台儿庄大战之

黄埔
师生录
上

吕东来 著

团结出版社
UNITY PRESS

图书在版编目（CIP）数据

台儿庄大战之黄埔师生录 / 吕东来著 . -- 北京：
团结出版社 , 2015.1（2024.7 重印）
ISBN 978-7-5126-2442-9

Ⅰ.①台… Ⅱ.①吕… Ⅲ.①革命回忆录－中国－当
代 Ⅳ.① I251

中国版本图书馆 CIP 数据核字（2014）第 296288 号

出　版：团结出版社
　　　　（北京市东城区东皇城根南街 84 号　邮编：100006）
电　话：（010）65228880　65244790（出版社）
　　　　（010）65238766　85113874　65133603（发行部）
　　　　（010）65133603（邮购）
网　址：http://www.tjpress.com
E-mail：zb65244790@vip.163.com
　　　　tjcbsfxb@163.com（发行部邮购）
经　销：全国新华书店
印　装：三河市东方印刷有限公司

开　本：170mm×240mm　16 开
印　张：55.75
字　数：980 千字
版　次：2015 年 1 月　第 1 版
印　次：2024 年 7 月　第 2 次印刷

书　号：978-7-5126-2442-9
定　价：139.00 元（上下册）

谨以此书献给黄埔军校建校 100 周年！

序

万邹湘

　　2015 年是中国人民抗日战争胜利 70 周年。1945 年 8 月 15 日，经过中国人民长达八年的浴血奋战，日本侵略者宣布无条件投降。抗日战争是中国近代以来反抗外来侵略所取得的第一次完全胜利的战争，扭转了近代中国历史发展的方向，为中华民族的独立与解放、为新中国的诞生奠定了基石，成为现代中国崛起的起点与开端。正如毛泽东同志所指出的，这是"战争史上的奇观，中华民族的壮举，惊天动地的伟业"。值此纪念抗战胜利70 周年之际，吕东来同志《台儿庄大战之黄埔师生录》由团结出版社出版，这是令人高兴的事。

　　台儿庄大战是抗战爆发以来中国军队正面战场取得的第一次重大军事胜利，是这场伟大的中华民族反侵略战争中的光辉一页。在台儿庄这个曾经的运河古城，中国军队拼死抵抗日本侵略军的疯狂进攻。经过长达十余日的拉锯血战，中国军队付出了巨大牺牲，击溃了日本侵略军两个精锐师团的主要部队，歼敌一万多人，缴获了大批武器弹药。台儿庄大战沉重打击了日本侵略者的嚣张气焰，打破了所谓"日军不可战胜"的神话，极大地振奋了前线抗日军队的士气，增强了中国人民争取抗战胜利的决心和信心，对于整个抗日战争的发展产生了深远的影响，在抗日战争中占有重要的历史地位。

　　在这场轰轰烈烈的战役中，中国军人表现出一种凛然的民族气节和热血男儿本性。他们面对日军凶猛的炮火前仆后继，浴血奋战，以鲜血和生命抵挡住了日军一波又一波的猛烈进攻，最终赢得了胜利。在这场民族存亡所系的战役中，黄埔军人作出了不可磨灭的贡献。比如，指挥此次战役的第五战区司令长官李宗仁曾任黄埔军校南宁分校总负责人，汤恩伯、关麟征、张耀明、王仲廉、郑洞国、张轸、潘朔端等黄埔师生参加了这次作战，参战部队中黄埔军校毕业的将士更是不计其数。他们或指挥部队冲锋陷阵，或舍身报国奋勇杀敌，以气壮山河视死如归的英雄气概，为爱国革命的黄埔精神注入了闪闪发光的精神内涵。

黄埔一期关麟征指挥部队全歼敌骑兵部队，对日军实行反包围，重创日军，时人将其与台儿庄战役中负责防守的孙连仲并称为"孙钢头"、"关铁拳"；黄埔一期郑洞国指挥部队对敌侧背发动了一次次的猛攻，双方短兵相接，白刃肉搏，鏖战数日；黄埔四期战术总教官张轸率部主动出击，十分骁勇，破坏敌人通信联络，捣乱敌人后方，掩护我大部队转移；黄埔四期潘朔端裹伤指挥作战，坚守阵地至后续部队到达；黄埔四期陈林达占领傅山口阻击日军迂回部队，指挥所部奋力抗击日军的猛攻，数次夺回阵地；黄埔三期陈纯一在激战中多处中弹，耳朵被弹片削去，腹部被弹片击穿，肠子流出，但他把肠子盘进肚子里，用绑腿带捆住腹部，继续指挥直至牺牲；黄埔四期罗芳珪、李友于率部围歼日军坂本支队主力，在前沿阵地指挥战斗时，被日军排炮击中牺牲……

对于黄埔师生在台儿庄大战中的英勇战绩和卓绝功勋，在台儿庄战史研究中还鲜有专门的著作问世。由民革党员吕东来同志潜心研究编撰的《台儿庄大战之黄埔师生录》一书，不失为在这一研究领域里一项颇为有益的成果。该书收集了大量的档案资料，梳理了台儿庄战役序幕战、外围战、核心战中涉及的第五战区司令长官部以及参战部队共计50余个师的军系渊源、作战序列、战史，将具有黄埔背景的346名将士作为研究对象，以大量资料呈现了黄埔师生在台儿庄血战中的英勇壮举，具有重要的史料价值。该书的出版有助于广大读者加深对抗日战争这段历史的认识，加深对黄埔军人、黄埔精神的了解，对于加强台儿庄战史、中国人民抗日战争史、黄埔军校史研究均具有重要的意义。

习近平总书记在全民族抗战爆发77周年纪念活动的讲话指出，"历史是最好的教科书，也是最好的清醒剂"。认真研究这段抗日战争历史，兼有多方面的教育、启迪和借鉴意义，对于我们大力弘扬伟大抗战精神，大力弘扬社会主义核心价值观，为实现中华民族伟大复兴的中国梦团结奋斗，必将起到积极的推动作用。

是为序。

二〇一四年十二月十日

前　言

　　1938年春，在国共两党第二次合作期间，国民党领导的国民革命军在山东台儿庄，击败了日军矶谷廉介、板垣征四郎两个精锐师团的主力部队，获得抗战以来正面战场第一次大捷，在中国抗日战争及世界反法西斯史上都具有重要意义。

　　90年前，在国共两党首度携手合作之际，孙中山在苏联顾问帮助下，于1924年在广州黄埔长洲岛，创办了"中国国民党陆军军官学校"，后更名为："中央军事政治学校"及"中华民国陆军军官学校"，迄今，世人通称"黄埔军校"。军校在黄埔开办到第七期，后迁往南京、成都和台湾。自创办到1949年底迁往台湾高雄县凤山市，在大陆共办了二十三期，在台续办至今。名将辈出，战功显赫，扬威中外，影响深远，在中国近现代史上占有显赫地位，尤其是迁台之前。

　　孙中山在开学典礼上的训词，其后成为国民党党歌及校歌，后又被确定为中华民国国歌的歌词。军校大门彩楼两旁原挂有一副对联："升官发财，请往他处；贪生怕死，勿入斯门"，横额为"革命者来"。孙中山病逝后改为总理遗嘱中的"革命尚未成功，同志仍须努力"。当年在军校二门口挂着一副对联："杀尽敌人方罢手，完成革命始回头"。军校以中山先生的"创造革命军队，来挽救中国的危亡"为宗旨；以"亲爱精诚"为校训。黄埔师生首先在东征及北伐战争中，旗开得胜；继而在抗日战争中立下不朽功勋。成为名副其实的国共两党军、政的主力军。

　　黄埔军校自创办至迁台，在大陆期间共有三任校长，分别为蒋中正、关麟征、张耀明，其中关麟征、张耀明均为黄埔一期生和台儿庄战役直接指挥者。还有一位台儿庄战役参加者，黄埔四期生、时任第九十二师参谋长的艾暧，到台湾后出任第七任校长。

　　在黄埔军校初期教员中，台儿庄战役参与者、指挥者李宗仁、周恩来、白崇禧、俞飞鹏、程潜等人赫然有名。各个时期的教官还有：

　　第五战区副司令长官兼十一集团军总司令李品仙(黄埔南宁一分校主任)；第五战区参谋长徐祖诒(也作徐祖贻，黄埔湖北均县第八分校主任)；第五战区司令长官部高级参谋胡若愚（西安第七分校、兰州军官训练班主任）；第二十军团军团长汤恩伯（南京中央军校教官）；第二十军团第一一〇师师长张轸（黄埔四期战术总教官）；第五战区民众总动员委员会委员张金铎（黄埔政治教官，中共地下党员）等30余人，他们均为台儿庄大战的参加者、指挥者。

在整个台儿庄战役及外围战中，黄埔师生可谓无处不在。上至统领千军万马的第五战区司令长官、各大集团军、军团、军、师的将帅们，下至普通士兵。蒋介石在大战期间于3月24日和4月22日，两次亲临台儿庄视察指挥（见《蒋介石年谱》）。从这个角度上讲，黄埔军校的四任校长，均参加并指挥了台儿庄大战，所以，台儿庄大战可以说是在黄埔军校校长们带领下，黄埔师生在鲁南大地上驰骋疆场，上演的一堂军事教学实战课。

时任第九十二师（师长黄国梁）五五二团代团长的李以劻（黄埔高教班二期），在台儿庄战役中，曾被子弹打中头颅，差点没命。他曾回忆说：台儿庄让他终生难忘。他团下面的副团长、副营长、连长、排长，都是黄埔出身的同学；很多黄埔的好朋友，好同学都是在那场仗里面牺牲的，黄埔学生牺牲的有两三千呢，他们才20岁出头呀；我们黄埔打仗为国家，抗战打日本鬼子，死了就算了，死了就睡觉了。2004年11月，93岁高龄的李以劻老先生，在观看央视十台播放的《台儿庄大战》纪录片和其中对他的专访时，全身颤抖，激动不已，号啕大哭。三天后，老人家溘然长逝。1995年他被评为全国100名抗战老战士代表。

时任第二十七师（师长黄樵松）秘书、战地服务团主任、抗战歌曲队长的于竹山（黄埔八期）后撰文也回忆说："抗战八年，黄埔同学牺牲者多，贡献也大！仅我所在三十军的骨干连、排长（也有团、营长）大都是黄埔本校和分校毕业的同学。"

徐向前元帅也曾满怀深情地写道："黄埔军校师生为抗日战争的胜利作出了重大贡献。"

台儿庄大战中的黄埔将士们，有些以身殉国，血洒鲁南；有些因抗战军兴，一战成名，更多的则是默默无闻，终其一生。在这些黄埔师生中，因抗战获得青天白日勋章者达40余人。他们在鲁南大地上表现出来的爱国情怀、抗日决心、牺牲精神，将台儿庄这块热土铸就成"中华民族扬威不屈之地"，也成为我们中华民族爱国主义精神的重要组成部分。

2014年是中国人民抗日战争暨世界反法西斯战争胜利70周年，黄埔军校也已创办90余年，把台儿庄大战中黄埔师生的英勇壮举再现给世人，既是对黄埔将士爱国抗日精神的颂扬；也是对牺牲的抗战老兵们和黄埔将士们的怀念；更是对两岸在黄埔精神达成共识的基础上，正视历史，还历史本来之面目。

　　让我们一起共同努力，为海峡两岸早日和平统一，实现中华民族伟大复兴的中国梦，尽绵薄之力。

作者

2014 年 11 月 18 日

台儿庄大战中的黄埔军校校长及前期教官

蒋中正 第一任校长（1924年6月—1947年10月）

关麟征 第二任校长
（1947年10月—1949年9月）

张耀明 第三任校长
（1949年9月—1949年12月）

艾 叆 第七任校长
（1961年1月—1965年3月，台湾）

李宗仁
校务委员、南宁分校总负责人

周恩来
政治部主任

钱大钧
兵器总教官

俞飞鹏
军需部副主任、经理部主任

叶剑英
教授部副主任

程 潜
校务委员、长沙分校主任

白崇禧
校务委员

王昆仑
潮州分校副总教官

卢 斌
政治教官、广州农民讲习所主任

李世璋
政治教官

黄季陆
特约政治讲师

陈豹隐
政治教官

目　录

第十章　台儿庄大战外围战中的滇军、黔军、湘军………… 666

第一部分
台儿庄战役概况

第一章　国民政府转入战时体制

一、民国政府转入战时体制

七七事变爆发后，中国政府为了应对日本帝国主义的大举进攻、坚持持久抗战，即开始筹组指挥全国军队的最高统帅机构。

1937 年 8 月 12 日，国民党中央常务委员会议决议：撤销原国民政府之国防会议及国防委员会，设立国防最高会议，为全国最高军事统帅机构。国防最高会议由国民党党、政、军中央机关主要负责人组成，为全国国防最高决策机关，决定国防大政、国防经费、国防总动员及其他重要事项。国防最高会议主席由军事委员会委员长担任，以国民党中央政治会议主席为副主席。同日，国防最高会议及国民党党政联席会议决定：推举蒋介石为陆、海、空军总司令（大元帅）；以军事委员会为最高统帅部。

8 月 16 日，国防最高会议常务会决定，由民国政府授予蒋介石陆海空三军大元帅衔，统帅全国陆海空军。27 日，国民党中央常委会决议，授予军事委员会委员长蒋介石，以行使陆、海、空三军最高统帅权，并统一指挥党政军各部门。民国政府和军队迅速由平时状态转入战时体制。

为适应作战需要，改组军事委员会——统帅部后，其建制如下：

军事委员会
委员长：蒋中正
副委员长：冯玉祥、阎锡山
参谋总长：何应钦
副参谋总长：白崇禧
办公厅主任：贺耀祖
军令部长：徐永昌
军政部长：何应钦
军训部长：白崇禧
政治部长：陈　诚

副部长：黄琪翔、周恩来

军法执行总监部总监：鹿钟麟

航空委员会

委员长：蒋中正

主任：周至柔

铨叙厅：林　蔚

军事参议院：陈调元

军事参议官

侍从室：钱大钧

参事室

军事调查统计局：贺耀祖

各战区司令长官（详后）

海军总司令：陈绍宽（海军部改制）

空军总司令：蒋中正（兼）

后方勤务部：俞飞鹏

各防空司令

各江防司令

各卫戍司令

二、全国战区划分

为统筹抗战全局，国民政府军事委员会于 1937 年 8 月至 9 月先后将全国面临日军进攻之区域划分为六个战区（后又逐步将全国划分为 10 个战区 2 个游击战区），由战区司令长官代表最高统帅部对该战区内所有抗日军队实施统一指挥，协调战区内各集团军、各军团之间的战役行动，共同对日作战，各战区之间的战略协同由军委会负责，并确定了各战区的作战任务。

1937 年 8 月 20 日，蒋介石以第一号训令宣布将全国划分为第一至第五战区，至 11 月成立了第六、七、八三个战区，为领导全国抗战提供了组织保障。

自 8 月 13 日淞沪会战开始以来，抗日战争已经发展为南、北两个战场。国民政府最高军事当局为防止日军由东南沿海登陆占领徐州，切断南北两个战场的联系，第五战区应运而生，负责指挥鲁南、苏北地区的战事。司令长官由蒋介石兼任。9 月，又任命桂系主帅李宗仁为司令长官；10 月，山东省政府主席、第三集团军总司令韩复榘被任命为副司令长官。至 1939 年 11 月，划分的八个战区分别是：

第一战区 司令长官 蒋中正（1937 年 8 月 20 日兼任）

    区域：河南省、山东省北部。

        程　潜（1937 年 10 月 25 日任）

    副司令长官　鹿钟麟（1937 年 10 月 25 日任）

第二战区 司令长官 阎锡山（1937 年 8 月 20 日任）

    区域：山西省、察哈尔省、绥远省。

    副司令长官　黄绍竑（1937 年 10 月 13 日任）

        卫立煌（1937 年 12 月 9 日任）

        朱　德（1937 年 12 月 9 日任）

    前敌总指挥　汤恩伯（1937 年 8 月任）

        卫立煌（1937 年 12 月 9 日任）

    预备军总司令　阎锡山（兼任）

第三战区 司令长官 冯玉祥（1937 年 8 月 20 日任；9 月 26 日改任第六战区）

    区域：江苏省长江以南、安徽省南部、浙江省。

        蒋中正（1937 年 10 月 4 日兼任）

        顾祝同（1937 年 12 月 30 日任）

    副司令长官　顾祝同（1937 年 8 月 22 日任）

    前敌总指挥　陈　诚（1937 年 11 月 12 日任）

        薛　岳（1937 年 12 月 27 日任）

    右翼军总司令　张发奎

    中央军总司令　张治中

        朱绍良

    左翼军总司令　陈　诚

        薛　岳（1937 年 11 月 11 日任）

第四战区 司令长官 何应钦（1937 年 8 月 22 日兼任）

    区域：福建省、广东省。

    副司令长官　余汉谋（1937 年 8 月 20 日任）

第五战区 司令长官 蒋中正（1937 年 8 月 20 日兼任）

    区域：江苏省长江以北、山东省南部、淮北地区。

        李宗仁（1937 年 9 月 19 日任）

    副司令长官　韩复榘（1937 年 10 月 4 日任；1938 年 1 月 26 日被处决）

        李品仙（1938 年 1 月 26 日任）

孙连仲（1939 年 11 月 26 日任）

参谋长　胡若愚（代，1938 年 1 月任第三集团军参谋长）

徐祖贻（1937 年 9 月任）

副参谋长　黎行恕

第六战区　司令长官　冯玉祥（1937 年 9 月 26 日改任）

副司令长官　鹿钟麟（1937 年 10 月 2 日任）

（由于津浦路北段沿线作战失利，该战区于 1937 年 11 月撤销，所属部队划归第一、第五战区统辖）

区域：河北省东部及平、津地区。

第七战区　司令长官　刘　湘（1937 年 10 月 26 日任—1938 年 1 月 20 日病亡）

副司令长官　陈　诚（1937 年 12 月 3 日任）

（刘湘病亡后，该战区一度裁撤。未划定作战区域。）

第八战区　司令长官　蒋中正（1937 年 11 月 9 日兼任）

副司令长官　朱绍良（1937 年 11 月 9 日任）

区域：宁夏、甘肃、青海三省。

三、国民革命军由来及第五战区所属部队

（一）国民革命军由来

1925 年 7 月 1 日，继承孙中山先生遗志的中华民国国民政府在广州正式成立。国民党中央执委会为了实行军事上的统一指挥，于 7 月 6 日成立国民政府军事委员会，26 日议决编组国民革命军，决定取消在南方革命政府统率下的一直沿用以省别命名的带有封建色彩的各革命军称号，党军称号亦同时取消，一律改成国民革命军，简称"国军"。然而，在当时的中国社会中，军阀割据泛滥，军队实际上属于私人、地方政治集团或集体所有。所以，改组和整编军队遇到非常大的阻力。军事委员会在整编过程中做了巨大说服动员，最终取得了各军事首脑的统一认识。于 8 月 26 日，国民政府军事委员会下达国民革命军各军编成令：

以黄埔军校训练的军官组成黄埔军校校军为第一军（军长蒋中正），"建国湘军"为第二军（军长谭延闿），"建国滇军"为第三军（军长朱培德），"建国粤军"为第四军（军长李济深），"建国粤军第三军即福军"为第五军（军长李福林）。初期国民革命军依照苏联体制，在军、师两级设党代表及政治部。

1926 年 1 月，改编湖南的"攻鄂军"为第六军（军长程潜）；3 月，改

编广西新桂系军队为第七军（军长李宗仁）；6月，湖南的唐生智参加国民革命，部队改编为第八军。

7月，国民革命军誓师北伐，此时国民革命军为八个军约十万人。蒋介石任北伐军总司令，李济深为参谋长，白崇禧任参谋次长代理参谋长，邓演达为政治部主任，郭沫若为政治部副主任。第一至八军军长及党代表分别为：一军（何应钦/缪斌）；二军（谭延闿/李富春）；三军（朱培德/朱克靖）；四军（李济深/廖乾五）；五军（李福林/李朗如）；六军（程潜/林伯渠）；七军（李宗仁/黄绍竑）；八军（唐生智/刘文岛）。

由此，可以看出国民革命军实质上是一个庞杂的军事集团。在其初创时期虽然强调了要以"党军"为中心，但其主要部队均从军阀部队演变而来，政治和军事素质都十分低下。北伐战争结束后，国民革命军形成了九个大的派系和集团，他们分别是：以蒋介石为首的中央军系，以冯玉祥为首的西北军系（亦称国民军系），以阎锡山为首的晋阎军系，以李宗仁、黄绍竑、白崇禧为首的新桂系，以张学良为首的东北军系，以李济深为首的粤系和西南地区的川系军、滇系军、黔系军。其他还有附属于中央军、西北军、桂系军等大派系中的小派系，如湘军、浙军、赣军、鄂军、闽军、青马回军、宁马回军等等，系中有系，派中有派，不胜枚举。

自九一八事变以来，为了应对日益严峻的日军侵略形势，国民政府对军队进行了一系列的整理，特别是1935年至1936年，国民革命军把整理陆军和建设特种兵作为抗战准备的主要任务。1935年1月26日，在全国军事整理工作会议上，蒋介石亲自规定和部署了在五年之内完成60个师的整军计划和整军任务。

整理主要包括两个方面：一是调整人事安排，师长以上军官必须由军委会任命。二是整理部队的编制，所有军队都必须按军委会下达的部队编制命令执行，即以军为战略单位，师为基本作战单位。对60个师的整编计划分为调整师和整理师两种类型，调整师（甲种师），辖3旅6团，整理师（乙种师），辖2旅4团。截至1937年6月，军委会仅调整了15个师，整理了24个师。为了适应对日作战的形势，亦为了加速非嫡系军队的中央军化，军委会继续对国民革命军进行人事调整和编制整理，边抗日边整军。通过整编和整理，国民革命军在组织上，实现了全国军队不仅在部队番号上，而且在部队的编制、装备、人事、作战指挥、后勤保障等方面基本上得到统一。

七七事变后，国民政府在整理军队的同时，积极扩充兵力，至1937年底，共划定8个战区、4个战区级预备军（司令长官分别是：李宗仁、刘湘、龙云、何成浚）、23 个集团军、25 个军团、92 个军、188 个师、44 个独立旅，共计约 200 万人；并将整理好的军队源源不断地输送到抗日作战的第一线，与日寇展开了殊死搏斗，粉碎了日寇三个月灭亡中国的梦想。形成了集团军、军团、军、师、旅、团的多级作战指挥体系。由于指挥系统层次太多，1939 年初即撤销了军团、旅两级指挥层次，其余指挥层次体系一直沿用至抗战结束。

国民革命军集团军作为军事组织机构，在北伐战争后期曾使用过，集团军在抗日战争时期是介于战区和军之间的战役兵团指挥机构，是按作战需要设置的，一般辖 2 至 3 个军，也有辖 1 个军或 4 个以上军或数个师的特殊编成形式，亦可临时指挥一些归其指挥的军、师。

国民革命军军团，是在抗日战争初期使用的一种作战指挥层次，介于集团军和军之间，它部分代替了军的职能。启用于 1937 年 9 月，至 1939 年初，除暂保留刘文辉之第五军团外，其余全部撤销，第五军团不久亦被取消。

（二）第五战区所属部队

第五战区司令长官部驻节徐州，规定其具体战略任务为："确保鲁南及苏北，与敌持久抗战。"蒋介石为此特调派坚决主张抗战的桂系领袖李宗仁将军出任第五战区司令长官，赋予保卫鲁南苏北地区的重任。

1937 年 11 月 12 日，李宗仁自南京赴徐州就任第五战区司令长官，全权指挥津浦线的防御战。第五战区重新划定了作战范围：北至济南黄河南岸，南达浦口长江北岸，东自长江吴淞口向北延伸至黄河口海岸线。直辖地区计有：山东全省和长江以北江苏、安徽两省的大部。辖区辽阔，责任綦重。

1938 年春，国民党在第一线的总兵力约为 120 个师，其中第五战区拥有部队计有：第三集团军（三个军）六个师，第二十二集团军（两个军）四个师，第十一集团军（一个军）三个师，第二十一集团军（两个军）五个师，第二十七集团军（一个军）两个师，第五十九军两个师，第三军团（一个军）一个师，第八十九军两个师，第五十七军两个师。另外还有属国民党军委直辖，在豫东、皖北整补的第二十军团以及第二十六集团军共八个师。总计此时在第五战区内约有国民党国民革命军三十五个师。北线九个师，南线十六个师。其余则在徐州附近休整待命。

第五战区所辖的部队除桂系的李品仙第十一集团军和廖磊第二十一集团军外，其余大部分由各战区调来，到 1938 年初，其辖区部队的番号和驻地是：

原西北军：第二集团军（总司令孙连仲），来自河南第一战区；第三集团军（总司令韩复榘、于学忠、孙桐萱代），驻山东；第三军团（军团长庞炳勋），驻砀山后海州；第五十九军（军长张自忠），来自河南第一战区；

原东北军：第五十一军（军长于学忠，其作战序列属第三集团军，但一直独立参加作战），驻青岛；第五十七军第一一一师第三三三旅（军长缪征流、旅长王肇治），驻苏北；

原川军：第二十二集团军（总司令邓锡侯，孙震代），原驻晋南，来自第二战区；第二十七集团军（总司令杨森），驻安庆；

中央军：第二十军团（军团长汤恩伯），来自河南第一战区；炮兵第四团；炮兵第十团（2个连）；战防炮3个连；重迫击炮2个连；

原浙军：第七十五军（军长周嵒）；

原晋军：第二十集团军第三十二军第一三九师（总司令商震、师长黄光华）；第二十六集团军（总司令徐源泉）；

海军：青岛海军陆战队（司令张赫炎）；

战区内各地方武装部队：第八十九军（军长韩德勤），由江苏省保安队改编，驻淮阴；鲁南保安司令张里元，驻临沂；第五战区第二游击司令刘震东，驻莒县；第五战区第五路游击司令盛子瑾；淮北游击司令孙文伯；皖北别动队司令张善俊；第五战区游击总指挥李明扬；第五战区人民抗日义勇队张光中、第三大队队长朱道南；四县（临沂、费县、峄县、沂县）边联教导队兼峄县县长李同伟；别动总队华北第五十游击支队司令黄僖棠、参谋长孙伯龙等。

台儿庄战役后期，又从其他战区调来大批部队和炮兵、空军助战，其中还有：滇军：第六十军（军长卢汉）；黔军：第一四〇师（师长王文彦）；中央军：第九十二军（军长李仙洲），来自河南第一战区、第二军（军长李延年）、第四十六军（军长樊崧甫）、第九十五师（师长罗奇）；骑兵第九师（师长张德顺）；骑兵第十三旅；原湘军：第二十二军第五十师（军长谭道源、师长成光耀因病滞留武汉、副师长彭璋率部随军赴运河东岸的邳县）；原西北军：第十九军团（军团长冯治安）、第六十八军（军长刘汝明）、第六十九军（军长石友三）等。

第二章　战役背景

一、平津、京沪陷落

日本侵略者自 1931 年九一八事变侵吞我国东北后，为进一步挑起全面侵华战争，陆续运兵入关。到 1936 年，日军已从东、西、北三面包围了北平。从 1937 年 6 月起，驻丰台的日军连续举行挑衅性的军事演习。1937 年 7 月 7 日，驻华日军悍然发动七七事变（又称卢沟桥事变），日本帝国主义开始了全面侵华。

时驻华日军在卢沟桥附近演习，借口一名士兵"失踪"，要求进入宛平县城搜查，其无理要求遭到中国守军的严词拒绝。日军遂悍然向中国守军开枪射击，炮轰宛平城，向城内的中国守军进攻，中国守军第二十九军（军长宋哲元）吉星文团奋起还击。这是中华民族进行全面抗战的起点。

到 7 月 25 日，陆续集结平津的日军已达 6 万人以上。日本华北驻屯军的作战部署基本完成，于是在 7 月 25 日、26 日制造了廊坊事件和广安门事件。26 日下午，华北驻屯军向第二十九军发出最后通牒，要求中国守军于 28 日前全部撤出平津地区，否则将采取行动。被宋哲元拒绝，并于 27 日向全国发表自卫通电，坚决守土抗战。

7 月 28 日上午，日军按预定计划向北平发动总攻。日军总司令香月清司指挥已云集到北平周围的朝鲜军第二十师团，关东军独立混成第一、第十一旅团，中国驻屯军步兵旅团约 1 万人，在 100 余门大炮和装甲车配合、数十架飞机掩护下，向驻守在北平西郊的南苑、北苑、西苑的中国第二十九军第一三二、三十七、三十八师发起全面攻击。第二十九军将士在各自驻地背水一战。第二十九军驻南苑部队约 8000 人（其中包括在南苑受训的军事训练团学生 1500 余人）掘壕进行阻击，最后，第二十九军副军长佟麟阁、第一三二师师长赵登禹先后战死疆场，不少军训团的学生也在战斗中壮烈牺牲。

28 日夜，宋哲元部撤离北平，29 日，北平沦陷。

7 月 29 日，第二十九军第三十八师在副师长李文田的率领下，攻击天津火车站、海光寺等处，遭日本军机猛烈轰炸，中国军队因伤亡惨重被迫撤离。30 日，天津失守。

卢沟桥事变爆发 37 天后的 1937 年 8 月 13 日，日军大举进攻上海（八一三事变）。驻上海的中国军队第九集团军，在张治中率领下奋起抵抗。国民政府陆续调集 6 个集团军 70 余万人抗击，初战获胜。从 8 月 23 日起，日军多次在长江口登陆，攻击守军左翼，遭顽强抗击。随后，日军逐次增兵，加强上海派遣军的力量。中国军队也陆续增援，不断调整部署。9 月 11 日以后，蒋介石亲自兼任第三战区司令长官。9 月下旬至 10 月初，日军增援部队陆续在上海登陆。9 月 30 日拂晓，日军向中国军队发起猛攻，中国守备部队陷入苦战，伤亡惨重。10 月 26 日晚，守卫大场防线的中国军队第八十八师第五二四团第二营 400 余人（史称"八百壮士"），在副团长谢晋元、营长杨瑞符的指挥下，奉命据守苏州河北岸的四行仓库，掩护主力部队连夜西撤。在日军的重重包围下，守卫四行仓库的中国军队孤军奋战，誓死不退，坚持战斗 4 昼夜，击退了敌人在飞机、坦克、大炮掩护下的数十次进攻。11 月 5 日，日军一部从杭州湾登陆，迂回守军侧后，合围上海。中国守军被迫撤退。11 月 12 日，上海市区陷落。

日军占领上海后，趁势分三路急向南京进犯。国民政府就此开始准备在上海以西仅 300 余公里的首都南京进行保卫作战。12 月 1 日，日军下达进攻南京的作战命令，南京保卫战开始。

12 月 2 日江阴防线全线失守，中国海军主力第一舰队和第二舰队在对日江阴海战中被全数击沉，作为南京国民政府唯一一道拱卫京畿的水上屏障失守。

12 月 10 日，日军发起总攻，12 日，南京卫戍司令长官唐生智下达突围、撤退命令，中国军队的抵抗就此瓦解。12 月 13 日日军攻入南京，开始了长达数星期的南京大屠杀。

占领平津后的华北日军，又沿平绥线、平汉线进攻，8 月 26 日张家口陷入敌手，10 月 10 日我守军弃守石家庄，继而邢台、邯郸、安阳、冀中、冀南与豫北地区全部沦入敌手。平汉铁路沿线各要地的失陷，特别是石家庄的丢失，使晋东门户洞开，虽经晋北战役、忻口战役、娘子关战役、太原保卫战等中国军队的浴血奋战，但太原也于 11 月 8 日陷落。日军在沿平汉路南进的同时，又以第十、十六师团由天津沿津浦铁路南进。

9 月，国民政府军委会下令将第二十九军改编为第五十九、六十八、七十七军，合编为第一集团军，任命冯玉祥为第六战区司令长官，指挥原部属宋哲元部、庞炳勋之第四十军、刘多荃之第四十九军及韩复榘之第三集团军，担任津浦路北段防御任务。由于妖言惑众、各自独自为战，冯指挥失灵。10 月 3 日，德州在日军的飞机、大炮猛攻下，守军苦战三天，5 日德州失陷。津浦路北段被日军控制。日军随即逼近黄河北岸，济南城区和胶济铁路安全，危在旦夕。

由第二十九军这个开启全民抗战的第一支部队改编的第五十九（张自忠）、六十八（刘汝明）、七十七军（冯治安），以及第四十军（庞炳勋）、韩复榘之第三集团军（后孙桐萱代）均是后来台儿庄战役中的生力军。

二、日军图谋徐州

日军在侵占南京、太原之后，虽然其华北方面军攻占了河北、山西大片地区，华中方面军也已攻占上海、江苏、浙江等地区，但在南北两路日军之间的广大徐海地区，还有相当数量的具有战斗力的中国军队，将日军战场一分为二，不能连接，对南北日军均构成重大威胁。因此，日军无论是欲巩固其对已占领地区的统治，还是欲由北线西进或由南线西进，打通津浦线，消除侧后方的威胁，使南北占领区连成一片，都是必不可少的先决条件。因而，在攻占南京、太原后不久，南北日军即迫不及待地各自开始了津浦线沿线的军事行动。

在津浦线南段，日本华中方面军于攻取南京后，即渡江北进，占领浦口、滁县一带。1938年1月，华中日军第十三师团为策应华北日军南下，沿津浦线向北发动攻势，相继占领明光、临淮关、凤阳、蚌埠等地，但在淮河一线遭到我第五战区部队的顽强阻击，双方形成隔淮对峙的局面。在津浦线北段，1937年12月下旬，日本华北方面军第二军奉命发动山东作战，其第十师团渡过黄河、占领济南后，继续沿津浦线南下，于1938年1月接连攻占兖州、曲阜、邹县、济宁，逼近鲁南。至此，已经形成了日军南北呼应、夹击徐州之势。

日军占领南京、杭州、济南后，为了迅速灭亡中国，决心以南京、济南为基地，从南北两端沿津浦铁路夹击徐州，台儿庄战役由此拉开了序幕。

三、整饬军纪 惩处韩复榘

南京、太原、济南陷落之后，我国的抗战在军事上进入了一个困难时期。抗战五个月以来，我军失去了京沪平津等大片地区，人员和武器装备的损失极其严重，第一线部队基本丧失，许多部队已失去战斗力，急需休整和补充新的兵源。

华北方面日军在攻占太原之后，又按预定计划，将其精锐部队板垣第五师团等部队从山西战场抽回，用以发起南下打通津浦线的作战。

1937年11月，日军由沧州进攻山东，韩复榘为掩护其主力后撤，派遣第五十五军军长曹福林部在德州、惠民、齐东一线进行试探性抵抗。为探明前线战况，韩亲率手枪旅特务队渡过黄河视察，由于走漏消息，汉奸告密，在济阳被日军先头部队包围在一个小村庄中，卫队拼死抵抗，伤亡殆尽，韩复榘只身骑着一辆摩托车突出重围，狼狈逃回济南。他恼怒地叫嚷："打，打，几乎回不来！"[1]

我军统帅部针对津浦北线战场新情况，撤销了原设的第六战区，将津浦线南北两段战事及第三集团军划归第五战区指挥，韩复榘被任命为第五战区副司令长官。韩归属第六战区时，也并未给一心坚决抗战的恩长老上司冯玉祥一点面子，置抗战大局于不顾，一味地保存实力。归属第五战区，被任命为五战区副司令长官后，也未到徐州赴任，对李宗仁更是置若罔闻，令如旁出。

据时任第二集团军第三十军军部副官倪志本撰文回忆：在日军刚开始进攻山东时，作为军事委员会副委员长、第六战区司令长官的冯玉祥就曾来山东督促韩复榘抗日，韩未从命。冯到德州桑园前线视察战事以后，用手帕捂住半个脸回到济南，斥责韩损害了西北军抗日声誉。他说："我这半边脸已无颜见全国的父老乡亲了！"

当日军占据了黄河北岸阵地后，即用远射程大炮向济南城内轰击。11月16日，韩复榘下令所部将黄河铁桥炸毁，而后立即疏散后勤和家眷，转移军需物资，集中部队准备撤退。

11月28日，第五战区司令长官李宗仁由徐州来济南视察、督战，韩复榘

---

[1] 何思源：《我与韩复榘共事八年的经历和见闻》，全国政协文史和学习委员会编：《一代枭雄韩复榘》，中国文史出版社2017年1月版，第72页。

无心抵抗，正忙碌着下令将部队后撤河南周家口、郾城，并将财产军备物资运往豫西南阳，将鲁东、鲁北民团武装开向漯河，准备实行全面撤退。李宗仁对此大为不满，欲加以阻止，并拿出拟订的作战计划，令韩氏以沂蒙山为根基，展开保卫济南战役，并准备进山打游击，以迟滞日军南下行进。韩复榘对此不加理会，对李宗仁说："浦口已失，南路敌人将打到蚌埠，我们已没有了退路。北路日军若过济南，南北一挤，我们岂不成了包子馅了吗？"李宗仁恼羞成怒，无可奈何，愤然返回徐州。

12月23日，日军强渡黄河南犯，南岸守备部队急电韩复榘请派兵支援，韩复榘竟复电以"无兵可派"加以敷衍。最后，韩部终于置五战区电令于不顾，于12月27日弃守济南。31日泰安失陷，1938年1月2日又放弃大汶口，4日弃兖州，5日又弃守济宁，沿津浦铁路线向运河以西地区撤退，以一部沿运河据守，主力退集于曹县、城武、单县一带。当韩复榘抵达曹县后，李宗仁来电责问他为何放弃泰安、兖州？韩又回电说："南京已失，何况泰安？"并讥讽李宗仁"挂羊头卖狗肉"。[1]

因韩复榘弃责逃跑，日军得以长驱直入，致使徐州以北、运河以东第五战区津浦沿线两侧地区几乎成为无兵防守的空白地带，不仅第五战区原拟之作战计划完全落空，而且威胁到徐州五战区司令部的安全。李宗仁拟派川军第二十二集团军北上支援，也被韩复榘拒绝。李宗仁忍无可忍，将韩氏前后所作所为一并呈报最高统帅部，并称他对韩已无法指挥，促使中央采取措施。

韩复榘的避战逃跑行为给山东战场的抗日战事带来了无可挽回的巨大损失，他拥兵自重、抗命不遵，在第五战区及全国造成了恶劣影响。

还是在七七事变后不久，上海中华职业教育社办事主任江问渔率领中华职业教育社成员迁往重庆，并以无党派社会名流身份，被蒋介石成立的参政会纳为参政员。时任山东省主席的韩复榘，对抗战态度暧昧，黄河天堑又至关重要。在这民族危急关头，江问渔与著名爱国民主人士黄炎培为谋求韩能站到抗日民族统一战线方面来，冒着敌机轰炸危险，赴济南做韩的工作，结果韩表示："不投降，不拼命"。他们大为不满，无功而返。

1938年1月10日、11日两天，蒋介石偕副参谋总长白崇禧亲自在开封召开了第一和第五两个战区师以上军官参加的军事会议，研究新的战略任务，

[1] 王道生：《大本营派我到韩部》，全国政协文史和学习委员会编：《一代枭雄韩复榘》，中国文史出版社2017年1月版，第237页。

明确提出，为了巩固武汉，决计要在以徐州为中心的津浦线上抵死固守。会上蒋介石作长篇发言，阐述了徐州会战的三个基本方针：一、坚持持久消耗战；二、攻势防御战略；三、在敌后发动游击作战配合正面战场的战略。另外，还提出要整饬军纪，提高指挥水平，加强后勤保障，加强对敌人的攻心战。开封军事会议上重申奖惩例要，要依例执行。有功者赏，有罪者罚，而且要赏自下始，罚自上起。哪一支部队未奉命就撤退，一定要罚办他的长官，绝不徇情。对畏敌怯阵者，蒋介石大声疾呼："当此国家民族生死存亡关头，我们如再不铲此种保存实力的落后思想，洗刷这种卑鄙无耻的亡国心理，还要拥兵自重，就一定要重蹈东北四省伪军的覆辙，要被敌人压迫来毁灭祖宗的庐墓，残杀我们自己的同胞，绝灭我们自己子孙的性命。真是生无立足之地，死无葬身之所，比奴隶牛马还不如。"

会议其中的重要事项之一，就是处置韩复榘问题。1月11日会议之始，蒋介石即下令逮捕了违抗军令的第五战区副司令长官、第三集团军总司令韩复榘，并以"抗令不遵，擅自撤退、收缴民枪、勒派烟土、强索民捐、侵吞公款"的罪状，将其押赴武汉候审，其第三集团军总司令一职由于学忠取代，旋即又由孙桐萱代理。1月23日，军委会组成高等军事法庭，由军政部部长何应钦任审判长，会审韩复榘。次日，韩复榘被判处死刑，在武昌执行枪决。

韩复榘身为国民革命军陆军上将、第五战区副司令长官兼第三集团军总司令，是抗战期间被处死的职位最高的国民党将领，所造成的震撼是不言而喻的。对韩氏采取断然措施，在当时不仅是必要的，也显示了最高统帅部执行军法、严肃军纪、整饬军队的决心。2月1日，蒋介石还以韩复榘为例通电全国，警告各级将领："今后如再有不奉命令，无故放弃守土，不尽抗战之能事者，法无二例，决不宽贷。"[1]

就在处决韩复榘的前三天，即1938年1月21日，国民政府军事委员会向全国发布了一条重要公告，一方面对佟麟阁、赵登禹、郝梦龄等抗日烈士重申褒扬之意，同时将对40余名失职将领的惩处情况公之于众。判处死刑的除放弃雁北天镇的第六十一军军长李服膺外，还有旅长高仰如等8人；第十九集团军副总司令香翰屏、师长邓龙光2人记大过一次；第三十九军军长刘和鼎和师长李松山、周祖晃、徐启明、潘文华、杨国祯以下10人撤职留任，戴罪图功；师长罗霖、巫剑雄、宋希濂、陈万仞以下10人撤职查办。此外，

---

[1] 陈兴唐主编：《中国国民党大事典》，中国华侨出版社1993年12月版，第522页。

旅长以下受撤职处分的 8 人、受撤职永不叙用处分者 2 人、判处有期徒刑 10 年者 1 人。以上受惩处者共 42 人，再加上韩氏就戮。如此大规模惩处以整肃军纪的做法，在国民党军的历史上是罕见的。全军将士尤其是对高、中级将领自是一个强烈的震慑，在一定程度上扭转了抗战以来国民党部队中出现的军纪松弛的不良现象，对于督促广大军队官兵作战及提高军队的抗战士气起到一定的作用。以致许多将领相互告诫："宁死于战场，不死于国法。"李宗仁说："使抗战阵营中精神为之一振"；[1] 白崇禧则说："韩既正法，纲纪树立，各战区官兵为之振奋，全国舆论一致支持，韩之原部第三集团军在孙桐萱指挥下亦奋勇与敌作战。在此之前，黄河以北作战部队轻于进退，军委会之命令，各部队阳奉阴违，经此整肃，无不遵行。"[2] 因此，惩处韩复榘，也为即将到来的台儿庄战役营造了有利的氛围。

[1]　《李宗仁回忆录》（下），广西师范大学出版社 2005 年 12 月版，第 536 页。

[2]　《白崇禧回忆录》，解放军出版社 1987 年版，第 126 页。

第三章　战役概述

　　台儿庄战役（也称台儿庄会战、台儿庄大捷）是抗日战争初期中国军队在山东省南部与日本侵略军进行的一次较大规模的战役。该战役的作战地区包括以台儿庄为重心的整个鲁南地区，所以也被称作鲁南会战。它是徐州会战的重要组成部分，是会战的核心战役。在这次战役中，中国第五战区的北线部队以优势兵力和旺盛的斗志将日军精锐第五、第十师团的主力阻挡和包围在台儿庄及临沂地区，并予以重创。在军事上，打破了日军"速战速决"的战略企图，为部署徐州会战、武汉会战争取了时间；在政治上，鼓舞了中国人民抗战胜利的信心，显示了中国人民在抗日民族统一战线旗帜下，举国一致联合抗敌的伟大力量。

台儿庄战役作战要图

（1938 年 3 月 14 日—4 月 7 日）

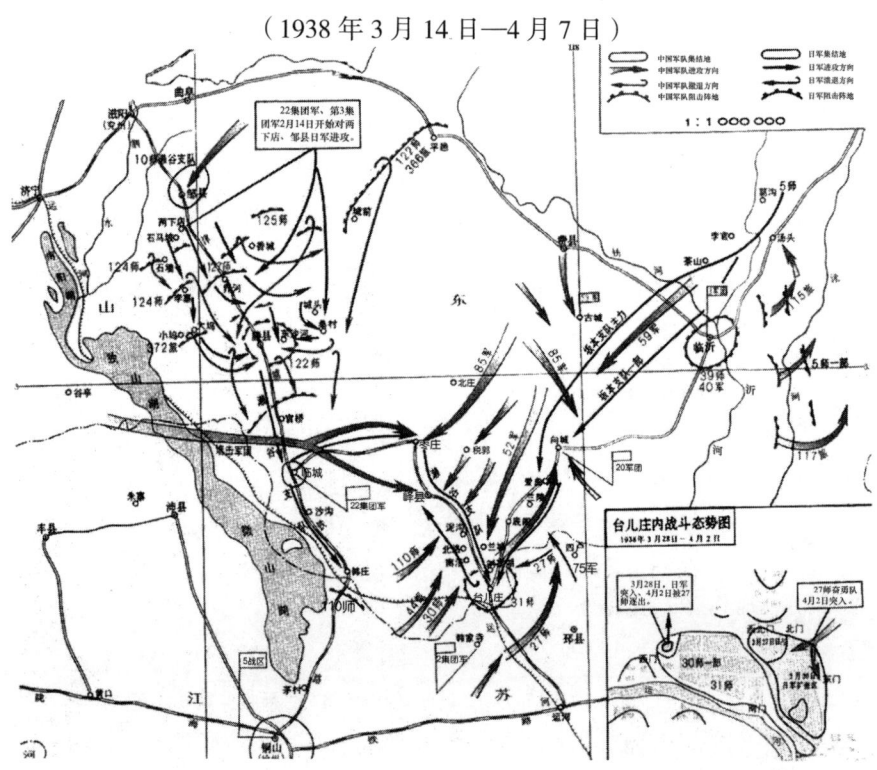

战役期间，中国军队前期投入陆军 29 个师又 1 个旅、2 个炮兵团，约 28.8 万人，后期包括徐州会战，中国军队增至 64 个师又 3 个旅，约 60 万人。另外空军飞机以少量架次给予支援。日军前期投入陆军 3 个师团，约 7.6 万人，逐次增加陆军兵力，后期达到 8 个师团又 3 个混成旅团，约 24 万人。另配属有临时航空兵团（下辖第一、第四两个飞行团）及第三飞行团。

在台儿庄作战中，中国军队终于一改在平津、淞沪、南京、忻口、太原战役五战五败的惨局，击败了日军两个精锐师团的主要部队，歼敌一万余人，粉碎了日军攻占台儿庄、打通津浦线的战略企图，中国军队获得抗战以来正面战场第一次大捷，在抗日战争史上具有重要地位。

一、序幕战

台儿庄战役作为徐州会战的组成部分，更是徐州会战的核心战役和经典战役，但也是一次单独完整的战役。中国军队为防止日军突破台儿庄，除了自身的阵地战、运动战和游击战外，在其外围还有若干次序战。

在津浦北段的日军矶谷廉介第十师团与青岛方向的板垣征四郎第五师团以台儿庄为会师目标。津浦南段日军北上支援矶谷、板垣两师团，我军在池河、淮河分别予以阻击，发生了津浦南段的池淮阻击战。池淮阻击战的目的，在于阻止津浦线南段的日军北上与北段日军夹攻台儿庄，因此，池淮阻击战成为台儿庄战役的序战之一。

（一）序战之一：池淮阻击战

1937 年 12 月中旬，日军由镇江、南京、芜湖三路渡江，以第十三师团为主力又三个联队，与经仪征、六合、正面自浦口之敌汇合后沿津浦线北上，12 月 18 日进至安徽滁县附近，直趋蚌埠，24 日进抵明光附近。第五战区将李品仙第十一集团军（辖刘士毅第三十一军），由海州调至滁县、明光一带堵截；又在合肥（1938 年 1 月 5 日后在寿县）指挥津浦南段防御战，调集三十一军驻守淮河南岸刘府附近，主力配置于凤阳，红心铺一线，另一部进出张八岭、明光一带，实施游击，打击日军。

另有徐源泉第十军驻合肥，杨森第二十军驻安庆。明光镇属安徽嘉山县，是沿津浦线的一个小市镇，镇南有湖沼和小山交错，易守难攻，日军机械化部队尤其不易发挥威力。在明光战斗中，虽然日军兵力超过守军，但由于中国军队英勇抵抗，形成对峙局面。随后日军自南京方面增调援军及坦克、野

淮河河畔进攻作战经过要图

（1938 年 1 月 27 日—2 月 10 日）

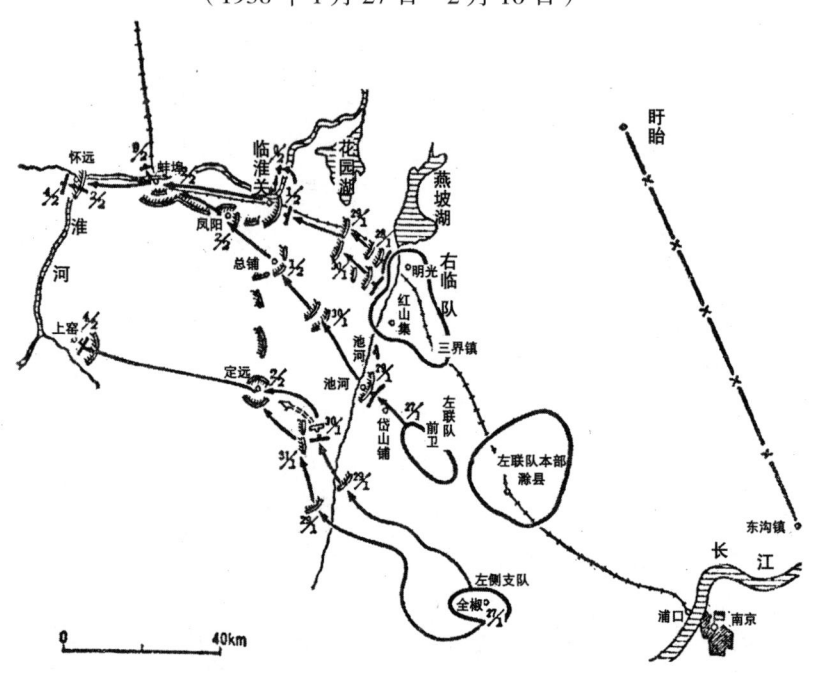

炮等武器，守军才主动撤出明光，让出津浦路正面。日军尽占明光，并连下定远、蚌埠等地，但受阻于淮河南岸。而且明光撤出之第三十一军却出现于敌军之左侧背，主动出击，将津浦线南段截为数段，并四处围歼孤立之敌。日军发现后路被切断，乃迅速将主力南撤，在津浦路与三十一军展开拉锯战，日军主力遂被牵制于津浦南段。

此时，我二十一集团军廖磊所属的周祖晃第七军、韦云淞第四十八军已由江南北调到合肥，立即配合三十一军分别由定远向铁路线进击，并向刘府、考城、蚌埠之敌展开攻击。这就加强了津浦南段的防御力量，使日军增加了后顾之忧，不敢贸然北进。日军第十三师团右纵队曾一度打到临淮关，并到达淮河北岸，但被第五战区调来的于学忠率第五十一军两师猛烈反击，又退回南岸。日军左纵队在怀远和小蚌埠两处渡过淮河，又被赶来支援的张自忠五十九军、缪征流五十七军等部阻击，在小蚌埠经过激烈争夺战，日军被迫回南岸。从1月中旬至2月底，津浦线南段战斗一直呈现双方胶着、隔淮河对峙的局面。使日军难以形成南北夹击徐州的态势。两个多月的池淮阻击战，为保证我军在台儿庄战役中获胜奠定了基础。

（二）序战之二：临沂阻击战

津浦南段日军不敢北上，津浦北段战事日趋激烈。1938 年 2 月上旬的华北战场，日军已占据了由太原到邯郸、濮阳、济宁、邹县、青岛一线。日军驻济宁、邹县间的矶谷廉介第十师团处在这一线的最南端，目标直指徐州。

临沂附近战斗经过要图
（1938 年 3 月 14 日—19 日）

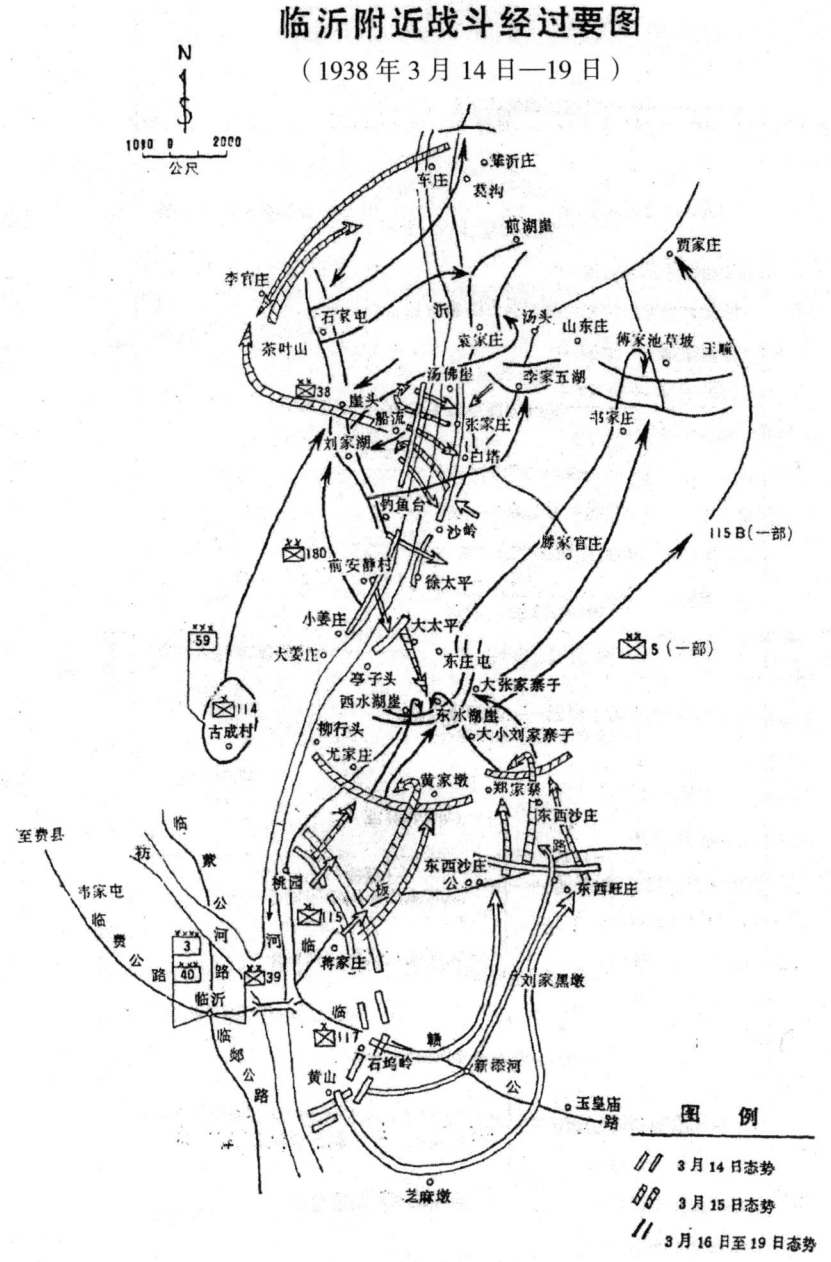

图 例

╱╱　3 月 14 日态势

╱╱　3 月 15 日态势

╱╱　3 月 16 日至 19 日态势

同时青岛方面的板垣征四郎第五师团也源源南下，沿台潍公路，向临沂进攻。

日军从左右两翼及津浦正面南下。津浦右翼我军放弃青岛，沈鸿烈率海军陆战队及保安队撤至诸城、沂水、临沂。1938 年 1 月 7 日，庞炳勋第三军团奉调自徐海进驻临沂，协同沈鸿烈部及刘震东游击队拒敌。庞部开赴鲁南前线后，曾与日军第五师团在蒙阴、莒县等地多次激战，损失重大。截至 3 月上旬，日军直逼沂河东岸，对庞部构成严重威胁。3 月 12 日，张自忠奉调率五十九军自峄县开抵临沂沂河西岸，增援庞炳勋部。五十九军渡河攻击敌之侧背，在河东与敌战数小时，敌军不支，我军占领张家庄、解家庄、白塔、汤佛崖及沙岭等处。停子头方面几经争夺，血战竟日，双方形成对峙。旋汤头敌军来援，猛攻我军阵地，我军退至沂河西岸。张、庞两军相呼应，进行反攻，又夺回玉皇庙及相公庄等地。日军又从曹县调来增援部队千余人，并在飞机、大炮掩护下，向我军阵地猛攻，茶叶山我守军一个连全部阵亡。双方争夺激烈，阵地屡得屡失。自 3 月 15 日以来，庞炳勋部配合张自忠部顽强作战，前后夹击日军。18 日，日军第五师团被张、庞两部连日痛击后，向沂河东岸北撤，主力集中汤头。是日，张、庞两部夹击汤头之敌，敌向莒县方向退却。此役被称为临沂大捷，毙敌 3000 余，我军伤亡四五千。临沂之役粉碎了日军板垣、矶谷会师台儿庄的计划，造成矶谷师团孤军深入，为我军在台儿庄的胜利提供了有利条件。

（三）序战之三：滕县保卫战

津浦线北段正面，第三集团军总司令韩复榘在日军第十师团的进攻下，不战而退，以致济南、泰安、大汉口、兖州、邹县、济宁等地相继失陷。1938 年 1 月 7 日，川军邓锡侯（孙震代）第二十二（辖四十一、四十五军）集团军奉调开赴滕县附近。该集团军开抵滕县后，即在津浦线正面布防。最高统帅部为扭转战局，下令逮捕韩复榘，并于 1 月 24 日执行枪决。1 月 11 日任命于学忠为第三集团军总司令，2 月 6 日改任第十二军军长孙桐萱代行第三集团军总司令职权，令其率部反攻济宁、汶上，阻击从津浦左翼南下之敌。

3 月 14 日拂晓，日军对滕县发起攻击，以重炮密集射击，我军阵地多被摧毁。次日，敌主力续攻滕县北界河，另以 300 余人向龙山、普阳山迂回包围，与我军展开激烈争夺战，亦未得手。当晚，敌军进攻滕县东门，被四十一军王铭章一二二师击退。

滕县之战打响后，最高统帅部于 15 日命第二十军团长汤恩伯亲率第八十五军开往临城（今薛城区）归李宗仁指挥。

16 日晨，日军向滕县城东关猛烈攻击，敌机 30 余架轮番轰炸。敌步兵由机枪掩护冲入城内，双方展开了多次肉搏战。我军先后打退敌军 11 次冲锋，东城门失而复得。

第二十二集团军滕县地区战斗示意图

（1938 年 3 月 14 日—18 日）

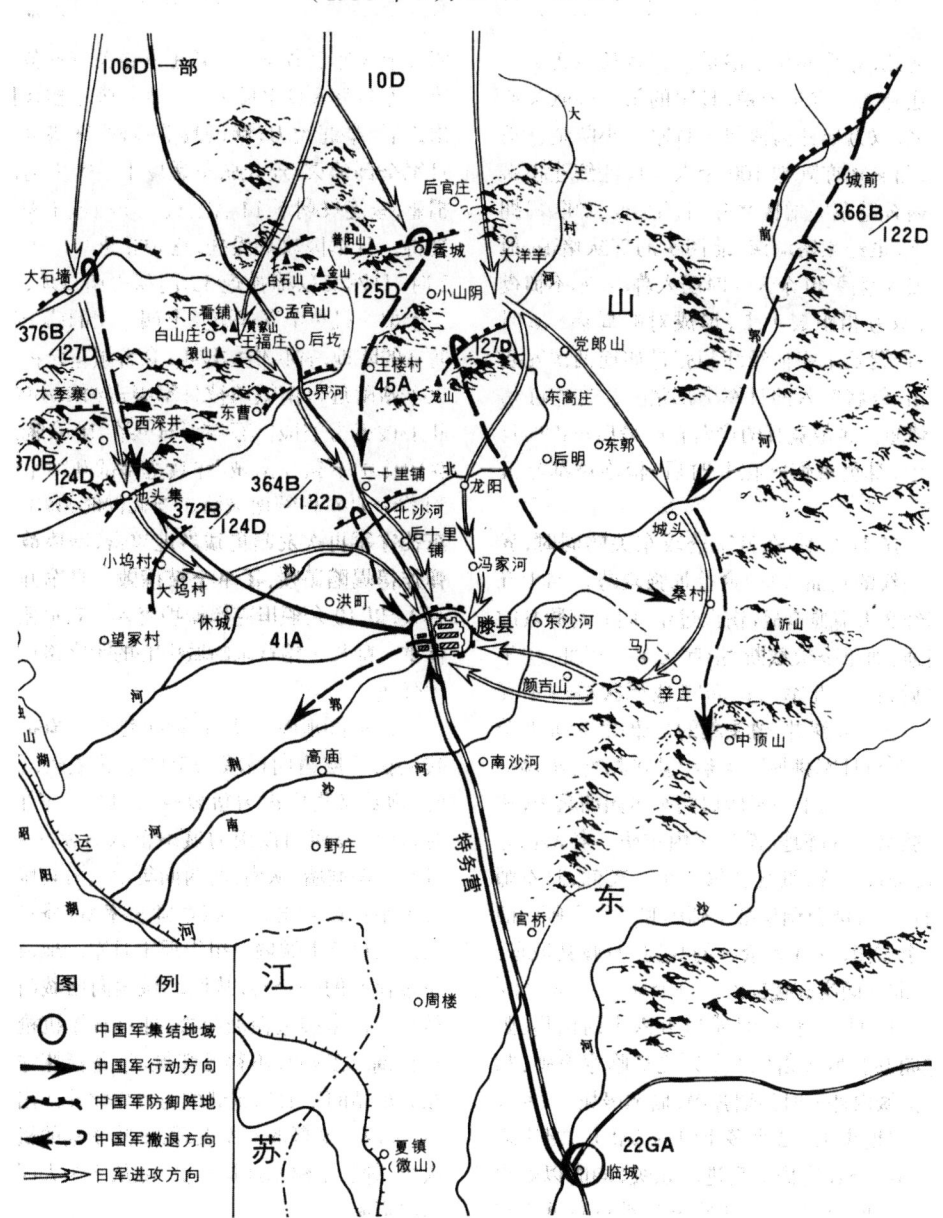

17日上午,日军向滕县城关东、南、北三面猛攻,全城一片火海。日军前头部队由坦克掩护,从东南角缺口处冲入城内。下午,日军从南城墙正面进攻,敌机轮番轰炸南关,我军工事被摧毁,南城墙几被夷为平地。与此同时,城东关被日军突破,守军团长王麟牺牲。午后,第一二二师师长王铭章亲临城中心十字街口督战,县长周同亦率保安团并肩作战,城内居民拿起武器参加战斗。下午五时,城西门陷入敌手。旋日军集中火力向十字街口射击,王铭章率部登上西北角城墙,继续与敌周旋,不幸腹部中弹,由几名卫兵搀扶沿城而下,又被日军子弹射中,壮烈殉国。守城官兵坚守至18日上午,滕县失守。此役川军自王铭章师长以下官兵死伤7000余人,连同城外四十五军守兵之伤亡人数,总计在万名以上。日军死伤官佐320余人,死亡士兵1500余人,负伤士兵5700余人。历时4天的滕县之役,为台儿庄战役写下了光辉的一页。

二、台儿庄战役

(一)孙连仲第二集团军阵地战

滕县失守后,日军第十师团濑谷支队向临城、峄县前进,沿枣赵铁路直逼台儿庄。3月18日,孙连仲第二集团军奉调自河南巩(县)洛(阳)迅开归德(今商丘)待命,归李宗仁指挥。该集团军池峰城第三十一师奉命向徐州集合,21日在车辐山集结完毕,配置于台儿庄。第五战区制订了台儿庄作战计划,其要旨是:(1)命孙连仲第二集团军3个师开赴台儿庄沿运河布防,并固守台儿庄,将敌主力吸引胶着于台儿庄及其以北地区。(2)命汤恩伯率五十二军及八十五军向峄县挺进,待敌主力被吸引到台儿庄附近时,即向峄县以南迂回,进出敌之腹背,协同台儿庄之友军将敌主力包围于台儿庄以北地区而歼灭之。部署既定,汤军团留张轸第一一○师接替关麟征第五十二军在韩庄至台儿庄沿运河南岸布防,汤部主力则向东北移动,进入抱犊崮,控制枣庄、峄县以北、东山地。孙集团军以黄樵松第二十七师在台儿庄以西顿庄闸附近布防,独立第四十四旅于徐州以北贾汪、柳泉一线集中,第三十一师8000余人担任固守台儿庄城寨的任务。

23日上午,三十一师派出骑兵连自台儿庄北上搜索前进,与自峄县向东南行进之日军在康庄发生遭遇战,台儿庄战役至此打响。24日日军2000人在飞机大炮掩护下猛攻台儿庄,摧毁了北面城墙,从突破口冲入200人,被我军歼灭。25日日军向台儿庄北的南洛进攻,三十一师主动出击,行至刘家湖附近,发现敌炮10余门正向台儿庄猛烈射击,三营营长高鸿立义愤填膺,赤臂挥刀，率领 500 名健儿冲向敌阵，誓夺敌炮。敌坦克 20 余辆，步兵千余人从正面扑来，敌我双方拼力搏杀。三十一师派增援部队赶来接应，掩护高营脱离了战场。经数小时血战，王郁彬团长、高鸿立营长均负伤，官兵牺牲半数以上。27 日，台儿庄西北门被日军炮火击毁，突入 300 人。我守军将敌消灭大半，残敌退入城内东南碉楼及大庙内。上午 9 时，敌图再举，城内敌我双方展开了犬牙交错的拉锯战，战斗异常激烈。三十一师官兵连日牺牲 2800 余人。下午，敌坦克 11 辆由刘家湖直趋台儿庄城西北角，被我军战车防御炮击毁 6 辆，余即仓皇逃窜。同日，孙桐萱第十二军、曹福林第五十五军在鲁西方面与地方游击队配合，猛攻大汶口，日军不支，退守附近机场。曹部派敢死队百余人夜袭机场，击毁敌机 5 架，并破坏大汶口至兖州间铁路线。敌援军被阻于泰安，无法南进增援。

28 日，台儿庄城内我军向大庙及碉楼猛攻，敌我双方一墙一室争夺惨烈。入夜，城西北角被摧毁，日军敢死队从缺口处冲入城内，妄图夺取西门，截

台儿庄战斗态势要图

（1938 年 4 月 2 日）

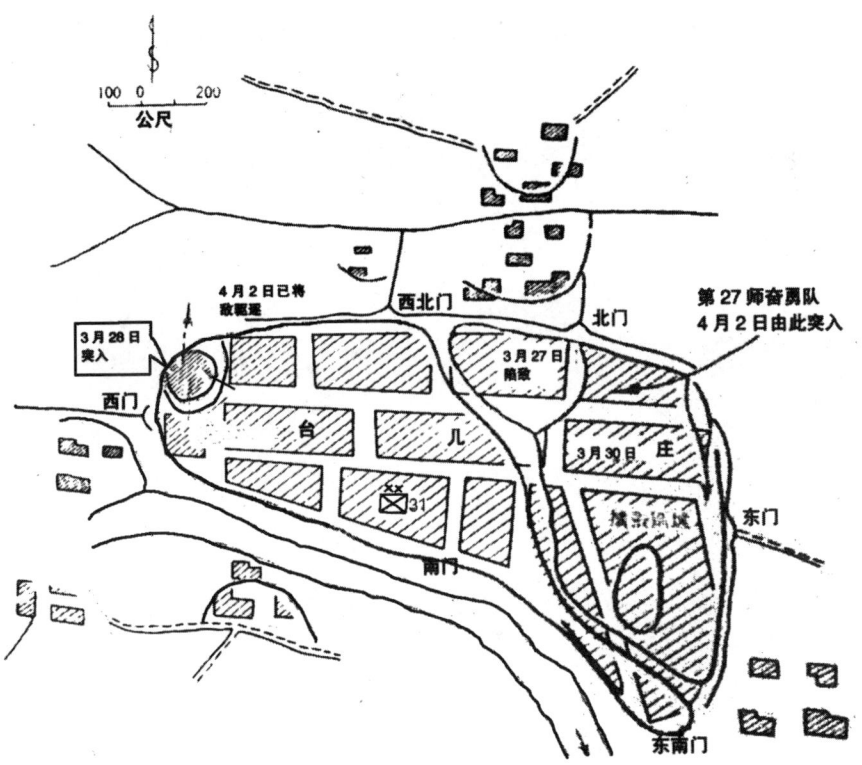

断三十一师师部同庄内联络的唯一通道。在紧急关头，二十七师派出 57 名敢死队，由连长王范堂带领，跑步进入台儿庄城西北角，在守城部队配合下，同敌军肉搏 1 个多小时，敌一部被歼，一部向北逃窜，战斗胜利结束，敢死队仅 13 人生还。31 日，日军约 500 人由台儿庄北门冲入城内，沿街与我军肉搏，敌军又从城东北及西北角同时进攻，城北门塌 10 余丈，我军各部建制已混乱，台儿庄保卫战面临危急时刻。

　　4 月 1 日，日军主力攻击城东部，另一部又大举进攻北站，三十师吴明林团增援北站，击退了日军的进攻。3 日，台儿庄城内之敌全线向我军总攻，占领了城东门地区，侵入城内百米，同时掷催泪瓦斯弹，我守军死伤十之七八，全庄三分之二陷入敌手，几不能保。适汤军团派参谋来到，台儿庄守军告以当前敌情，请即派兵侧击敌背，以解台儿庄之危。

（二）汤恩伯第二十军团运动战

　　当日军第十师团濑谷支队南下进攻台儿庄时，汤恩伯军团已转移到了峄、枣东北山地，准备对敌发起攻击。3 月 24 日夜，第五十二军二十五师在郭里集（枣庄东 5 公里）与日军第十师团十联队遭遇。我军将郭里集严密包围，实行火攻，敌人从梦中惊醒，四散逃命，又遭我军伏击，几被全歼。25 日凌晨，第八十五军攻占枣庄中兴煤矿公司的水塔及附近的 3 座碉楼，与日军对峙。

汤军团与孙集团会歼台儿庄顽敌要图
（1938 年 4 月 1 日—6 日）

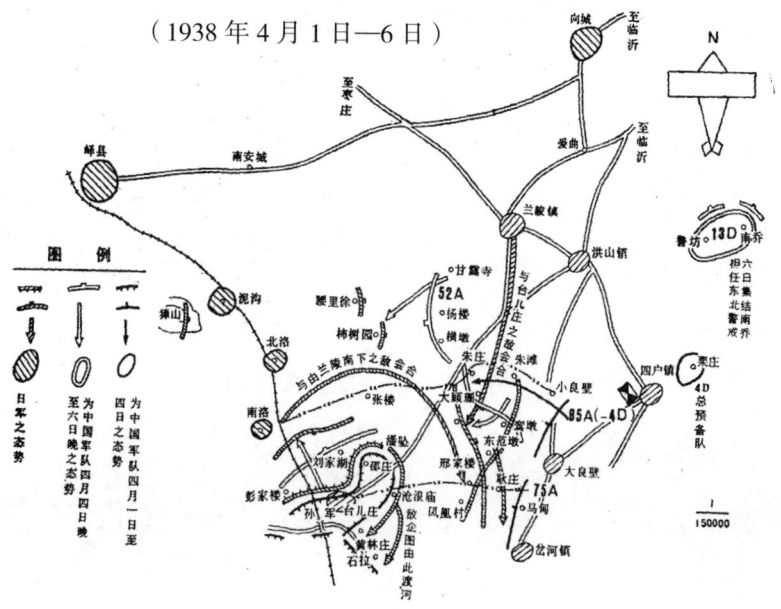

　　27日，汤恩伯命令第五十二军自傅山、青山南下，协同孙集团军夹击台儿庄之敌，八十五军拊峄、枣之敌背，掩护五十二军。30日晨，五十二军在兰陵镇西南展开于官庄、兰屯一带，推进至甘露沟、腰里徐、柿树园之线，八十五军一个师展开于水湖、王庄、甘露寺一带，与五十二军同时向台儿庄之敌后总攻。

台儿庄附近战斗经过要图

（1938 年 3 月 23 日—31 日）

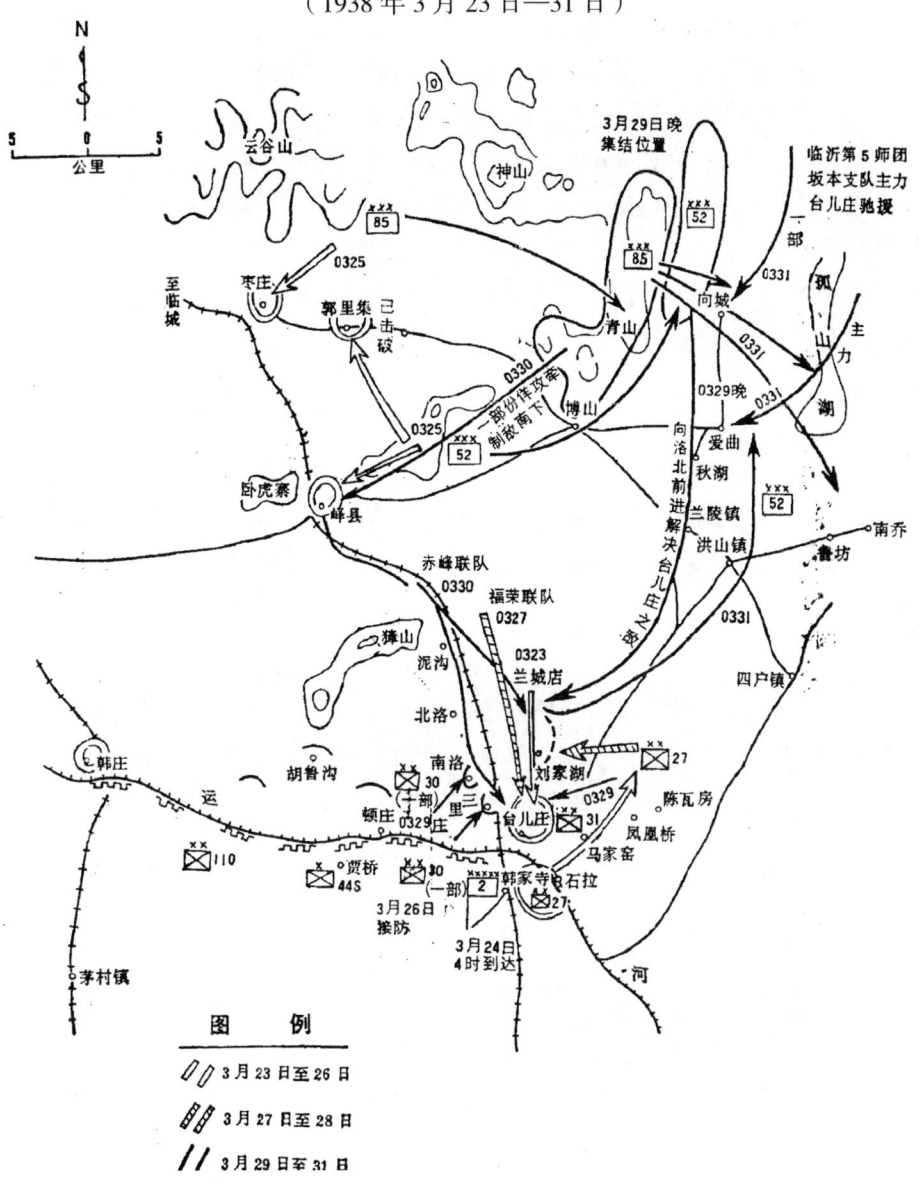

　　此时敌情已经发生变化。临沂日军第五师团于3月29日奉命派坂本支队救援第十师团濑谷支队。当夜，坂本支队步骑兵3000余人脱离临沂战场，向西南台儿庄方向增援。31日，开抵向城至邵家庄一带。自临沂南下的坂本支队与濑谷支队对汤军团五十二军形成东西合围的态势。汤恩伯决定调整部署，令五十二军乘夜自腰里徐、柿树园与敌脱离，急向爱曲、南桥一带，变内线为外线。八十五军掩护五十二军向右旋回。

　　4月1日，汤军团各部向敌发起进攻，前来增援的周喦第七十五军及炮四团、炮七团赶来增援。经过两天激战，至3日，爱曲、兰陵间的扫荡战结束，肃清了向城、秋湖之敌。此役汤军团伤亡达2000人。4日，汤军团对台（儿庄）枣（庄）支线开始总攻，五十二军再克甘露寺、杨楼、陶墩之线。八十五军在大顾珊与敌浴血奋战，屡得屡失。抗战初期，威震敌胆的"四大名团"之一的第八十九师五二九团团长罗芳珪在该役中阵亡，最终取得大顾珊争夺战的胜利。5日，五十二军向底阁、杨楼的日军进攻，当夜形成合围阵势。敌以坦克掩护突围，我军以猛烈火网封锁出口，经几度肉搏，将突围日军消灭，旋又在街市战中将敌寨攻破。此役歼敌千人以上。

（三）台儿庄大捷

　　6日日军濑谷支队自台儿庄撤退。晚8时，我军发起全线反击。汤军团负责外线包围，孙集团军负责正面清扫。园上村的日军弹药库被我军重炮击中爆炸，火光四起，敌兵纷纷逃窜。深夜，台儿庄内之敌全部肃清。7日凌晨，

武汉三镇举行10万人大游行，庆祝台儿庄大捷

我军冲出台儿庄向北追击，歼灭了刘家湖、三里庄的日军，残敌向峄县、枣庄败走。我军旋即展开追击，15 日停止追击战。至此，台儿庄战役结束。台儿庄之战，歼敌万余人，我军伤亡近 3 万人。这是我国抗战以来，在国民党领导的正面战场上取得的第一次重大胜利。

三、台儿庄外围战

（一）临沂再战

3 月 14 日至 19 日的临折大捷后，张自忠第五十九军除留一部分兵力协助庞炳勋部守临沂外，以主力于 3 月 20 日向费县出击，准备袭击日军第十师团的后方。但日军第五师团增兵南下，再度向临沂猛攻。临沂又陷入危急。3 月 25 日，张自忠部重返临沂，向日军发起反击，战斗异常激烈。3 月 27 日，日军移动到临沂西北方向向张自忠部猛攻，张部一面抵抗，一面缓缓向临沂后撤，以待援军。3 月 30 日，由苏北海州北上增援临沂的东北军——一师王肇治第三三三旅及汤恩伯部李之山的骑兵团开到临沂附近，使临沂形势趋向稳定。同日，板垣接到第二军司令官西尾寿造的命令，亲自到汤头指挥作战。日军因对临沂久攻不克，台儿庄日军又陷于苦战，于是板垣命令转移进攻方向，令在临沂的坂本支队停止进攻临沂，以主力星夜南下，向台儿庄前进，企图夹击台儿庄附近的中国军队，以扭转战局。

4 月 2 日起，日军向我临沂阵地频频猛烈发起进攻。张自忠遂令第三十八师派部赴临朐、沂水一带，第一八〇师派部赴新泰、蒙阴一带伏击敌人，另派第三十八师一部正面防守反击，敌终不克。由于对我正面阵地屡攻不克，5 日晨，敌转变了方向，向我阵地侧翼发动攻击，此处仅有我警戒部队，势单力薄，我守军被迫撤至西墩阵地。

6 日，由晋南开来的姚景川骑兵第十三旅到达临沂。8 日，第九十二军第十三师吴良琛部也开到临沂战场归张自忠指挥。但日军也于同日派来增援部队，双方力量均得到加强，因而仍处于胶着对峙状态。战至 4 月中旬，整个战局已经发生了很大变化。台儿庄战役已经胜利结束，日军受挫后决心发动更大规模的战役。4 月下旬，第五十九军、第四十军奉第五战区长官电令，向台潍公路、郯城新防地转移。

（二）峄、枣方面的追歼战

4 月 7 日以后，濑谷支队主力撤退至峄县附近，坂本支队主力在峄县东北郭里集附近固守待援。在南面包围日军的是一一〇师和第二集团军三十师、二十七师，东南方是七十五军、五十二军、八十五军。到4月10日，在东北方向又投入李仙洲第九十二军，扫荡临沂以西之残敌，向临沂前进。

追击战到4月9日以后转为攻坚战，第二集团军主攻獐山，八十五军主攻九山，五十二军主攻马山、九山。攻坚只有五十二军进展较顺利，攻下马山后又向西攻下双山、潭山，并且在12日前后包围了税郭，已经三面迫近峄县之敌。但此时由于部队连日作战十分疲劳，攻势已经缓慢。并且从14日开始，日军援兵开始由津浦线南下，开到枣庄附近，另一部分日军4月11日开到临沂西北地区，对我围攻峄县、枣庄的部队构成威胁。

4月14日，第五战区司令长官李宗仁下令第二十军团撤税郭之围，转入守势，仅在獐山一线布置攻击。第五战区主力部队则转入防御。台儿庄战役遂告结束，战斗转入以突破台儿庄为目标的各个外围战斗。

台儿庄附近顽敌溃撤之残余，复向峄枣方向回窜，我军追击态势图

（1938年4月7日—11日）

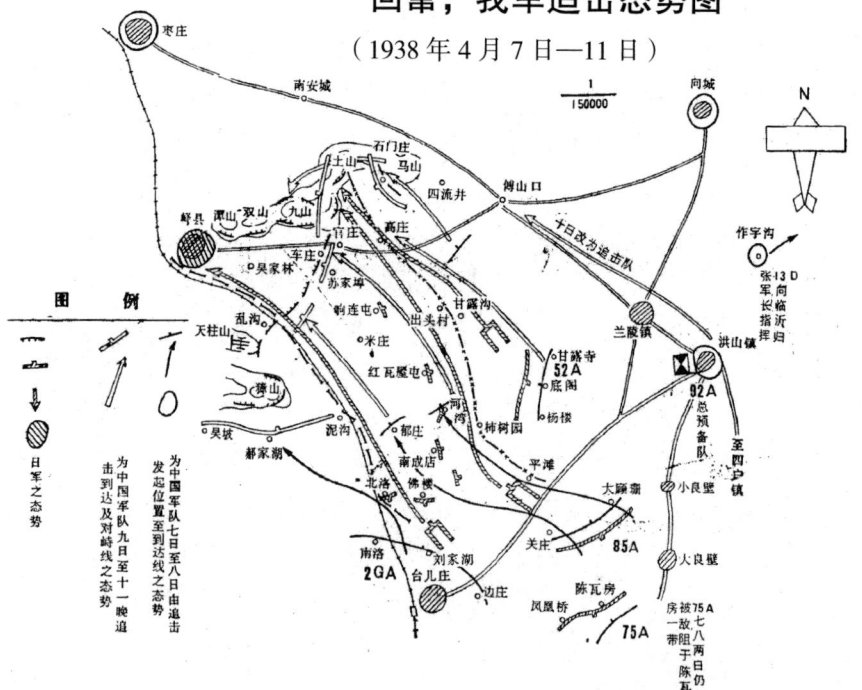

（三）增兵鲁南

由于李宗仁、白崇禧欲歼灭峄、枣之敌，感到兵力不足，致电统帅部参谋总长何应钦及其他决策人员，希望他们协助增兵第五战区。蒋介石及统帅

部同意并开始向第五战区增兵。

此时，由各战区增调至第五战区的部队已有樊崧甫第四十六军、卢汉第六十军、谭道源第二十二军的第五十师、王文彦一四〇师、石友三第六十九军、刘汝明第六十八军及张德顺骑兵第九师、姚景川骑兵第十三旅等。第五战区根据统帅部攻势歼敌的精神调整了部署，将所属部队按作战地区分为鲁南兵团、鲁西兵团、淮南兵团、淮北兵团及战区总预备队。重点是鲁南兵团。鲁南兵团的军队区分为：

右翼军：军长樊崧甫，辖第四十六军；

大批部队源源不断地向台儿庄集结（罗伯特·卡帕[1]　摄）

[1]　罗伯特·卡帕（Robert Capa，1913年10月22日—1954年5月25日）是匈牙利裔美籍摄影记者，二十世纪最著名的战地摄影记者之一。1938年春，他辗转来到中国，采访了台儿庄大战。他是抗日战争中唯一能在中国战区采访的盟军战地记者，他在上海、台儿庄等地，拍摄了大量揭露日本侵略军罪行的新闻照片，在世界各地产生巨大影响。1954年5月25日，卡帕在越南采访第一次印支战争时，误入雷区踩中地雷被炸身亡。

中央军：军团长汤恩伯，辖第二十军团（欠第一一〇师）、第二十七军团（第九十二军仍属之）、第五十师、第一三九师；

左翼军：总司令孙连仲，辖第二集团军、第五十一军、第六十军、第七十五军（欠1个师）、第一一〇师、第九十三师；

挺进军：军长石友三，辖第六十九军、骑兵第九师、骑兵第十三旅（第六十九军进出郯城以北后归石军长指挥）；

韩庄守备军：代总司令孙震，辖第二十二集团军（第五十一军之一团仍属之）。

统帅部于4月30日向李宗仁第五战区发出训令：在鲁南和淮南两战场同时采取攻势，以阻止日军的南北对进。由于日军的攻势加强，特别是矶谷廉介第十师团与板垣征四郎第五师团的进攻部队已联为一线，战场正面增大。为阻止日军攻势，中国军队以卢汉第六十军、樊松甫第四十六军、李延年第二军、谭道源第二十二军以及吴良琛第十三师等都已投入第一线战斗。由韩庄北的高皇庙经禹王山至郯城南的南北劳沟及捷庄一线，基本上正在进行着艰苦英勇的阵地战，势难按照训令"全线转为攻势"。鲁南方面，直至5月10日，双方仍处于胶着状态。

南线方面，日军"华中派遣军"的主力第九师团及第十三师团按照会战计划，于5月5日突破防守北淝河北岸及涡河西岸的第七军阵地。日军第九师团沿北淝河西岸的淮蒙公路，于9日攻陷了第四十八军第一七三师第一〇三八团把守的蒙城。该团除部署于城外的1个连外，城内副师长周元以下700余人绝大多数战死，仅团长凌云上率士兵9人突出重围。

当鲁南陷于阵地苦战而淮北又突然出现敌2个师团的主力北进时，李宗仁开始感到形势严峻，认为淮北情况实较鲁南为紧急，当即将冯治安第十九军团、刘汝明第六十八军及罗奇第九十五师调归廖磊指挥，阻止敌军北进。

5月16日，统帅部及第五战区发现日军已形成对徐州附近中国军队包围之势，果断地下达全线转进命令，成功地完成了大撤退。

第二部分
台儿庄战役参战部队
及其中的黄埔师生

第一章 第五战区指挥系统

　　1937 年 9 月，李宗仁受命出任第五战区司令长官，长官部驻节徐州。李为选派得力干将筹组长官部，欲从军委会中遴选一干员为战区参谋长，负责筹划战事全局以及能和中央统帅部保持联络，从而选中了任军令部第一厅厅长的徐祖诒将军。徐祖诒为人干练，军事学识极丰富，北伐前曾在奉军就职，1928 年任张学良代表，到北平就东北易帜之事，与李宗仁方接洽，但阴差阳错未能晤面。而其能名颇为李宗仁所知，所以他们虽未尝谋面，但彼此相知，此次双方一见如故。李略诉其情，徐便心领神会，欣然从命。立即束装赶赴徐州，组建战区司令长官部。10 月中旬，第五战区司令长官部在徐州旧道署内（今文亭街中段）正式办公，门侧牌示"第五战区通讯处"，而"第五战区司令长官部"的牌示，则挂在城西段庄本部马号所在地。

一、第五战区司令长官部

　　第五战区司令长官李宗仁【南京黄埔校务委员、常务委员，南宁分校总负责人】，字德邻，电报代字"德"后改"光"，一级上将；副司令长官李品仙【黄埔南宁分校校长】，字鹤龄，电报代字"鹤"后改"远"，上将衔[1]，兼任第十一集团军总司令；副司令长官韩复榘，字向方，二级上将，兼任山东省主席、第三集团军总司令。

　　参谋长徐祖诒（贻）【黄

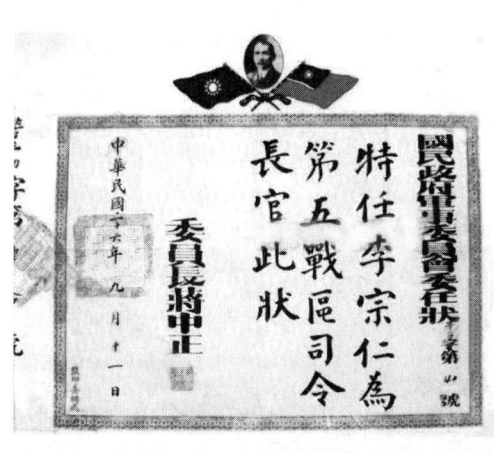

第五战区司令长官委任状

---

[1]　所谓上将衔，据 1936 年 4 月 14 日公布的《陆军中将加衔暂行条例》，"合于晋任上将之规定者，因为员额所限得先加上将衔"，"陆军第二级上将出缺由已加上将衔之中将择优转补"。

埔八分校（湖北均县）教育长】；代参谋长胡若愚【黄埔七分校（西安）兰州军官（预备学校）训练班主任】；副参谋长黎行恕【黄埔南宁分校高教班大队长】。

台儿庄大战之始，蒋介石前来巡视，随行的副参谋总长、李宗仁桂系的老搭档白崇禧【南京黄埔校务委员】；军令部次长、素为蒋介石所倚重的幕僚型浙江人林蔚；军委高级参谋王鸿韶（字真吾，后留任五战区副参谋长）；作战厅厅长刘斐等组成参谋团，留在五战区协助李宗仁指挥作战。

还有直接听从李宗仁调遣的高级参谋群：曾希吾、郑昌藩、周崇德、曹文彬、刘汉川、刘清凡【黄埔南宁分校高级班战术教官】、陈超【黄埔二期】、赖慧鹏【黄埔四期】、梁××、余定华【黄埔六期】、韩练成【黄埔三期（特许）】、刘端裳等；参议：张之江、刘仲华、刘仲容【黄埔军校国民党特别党部执行委员】、韩多峰等。

韩练成作为李宗仁在第五战区联络的军事代表，于1938年初，还担任了韩德勤部的第一一七师副师长兼五三一旅旅长一职。

1934年，南京国术馆创始人、西北军"五虎将"之首的陆军上将张之江（河北盐山滕庄子乡留老仁村人，今属黄骅市），回家探亲时，把自幼习武的外甥宋茂田【黄埔六分校（桂林）十六期】带到了南京国术馆学习。

淞沪会战后，第五战区司令长官李宗仁给张之江打来电话，派人送去公函，聘请张之江任第五战区司令长官部高级顾问。第五战区，除中央军，还有西北军、川军、桂军等地方部队，而张之江在北伐时曾经帮助过李宗仁，况且原来的那些西北军将士都是张之江的老部属了，对他非常信任，为了便于指挥，李宗仁就让张之江来帮忙。

于是，张之江带着50名国术馆师生亲赴第五战区司令长官部参加工作。而宋茂田正是其中一员，他被安排为张之江的贴身卫兵，负责掌管机要文件。宋茂田老人晚年回忆说，当时的这50多名国术馆师生有很多沧州籍人，个个身怀武功。

第五战区司令长官部里还有一些各方面派驻的观察联络人员，胡宗南部派驻观察联络员徐经济【黄埔一期】就是其中的一个。

第五战区司令长官部
总办公厅主任：曾　琪（中将，广西人）；
秘书室：
秘书长：潘宜之，秘书科长秦开明（上校衔），秘书程思远、黄雪村；

侍从室：

顾问室：顾问王葆真等；

机要室：

调查室：设第一、二、三科；

参谋处：处长黎行恕，后为梁寿笙【黄埔南宁分校一期，比照黄埔四期】，设一、二、三、四科；

第一科（作战科）科长田见龙（上校），第二科（情报科）科长甘复（上校），第三科（后方勤务）科长黄闲道【黄埔南宁分校一期，比照黄埔四期】（上校），第四科（民众动员教育）科长包钟敏【黄埔七期】（上校）。

科内参谋十余人，分别为上尉至上校，如：第一科作战参谋周竞【黄埔南宁分校五期，比照黄埔八期】、海竞强【黄埔南宁分校五期，比照黄埔八期】、参谋林广明（中校）；第二科参谋茅宇尘等；第四科参谋杨必声【黄埔武汉分校】等；

交通处：设一科、二科；

副官处：处长郭心冬（中将衔，广西人）、傅少伟；设一科、二科、三科、四科；

军需处：设一科、二科；

军务处：

卫生处：

军法处：

军械处：

长官部直属谍报组：设一、二、三组；

军事委员会军法执行总监部第五分监部：分监长张任民【黄埔八分校（湖北均县草店）教育长】，抗战爆发后，张任民即随李宗仁北上，后又兼任第五战区抗敌青年军团副军团长和教育长；督察官还有张寿龄等；

军事委员会兵站总监部第五分监部：分监长石化龙（广西人），副监呆炳南【黄埔六期教官】，兵站副官处处长莫若国【黄埔四期】；

战区政治部：韦永成【黄埔南宁分校政训处处长】、秘书尹冰彦；

通讯指挥部：指挥官：吴仲直【黄埔六期通讯科】；设有电务科、电台、无线中队和通讯营；通讯营营长吴奇伟；

炮兵指挥官：张广厚。

炮兵第一旅：旅长李汝炯【黄埔教官】、参谋长沈毅【黄埔六期，七分校（西安）教官】。

兵站总监部第五分监部在兵员、弹药、物资等方面发挥了重大作用，杲炳南、莫若国协助石化龙竭尽全力，积极配合前方，指挥运送130多万兵员人次上火线，从各地运集大批粮饷、枪支弹药、医疗器械和药品以及各种军事物资，昼夜不绝，及时地供应前方作战需要，使台儿庄战役取得了重大胜利。由于功劳卓著，得到司令长官李宗仁的赞扬。李宗仁还亲自为石化龙颁发"抗日英雄奖章"一枚。时任李宗仁秘书、后曾任全国人大常委会副委员长的程思远先生，于1987年11月25日在写给石化龙将军的女儿石嘉环（全国人大代表）的信中说："石化龙在台儿庄大战时任兵站总监，确属抗战有功将领"；当然杲炳南、莫若国在其中发挥的作用，功不可没。其时，杲炳南还担任了陇海铁路警备司令。

第五战区成立后，吴仲直就任徐州第五战区长官司令部通讯指挥官。参加台儿庄会战。台儿庄大捷后，擢升长官司令部参谋处少将参谋长，兼交通处处长。

抗战期间，军政部补充兵训练处，简称"补训处"，既是国民党政府的兵役机构，也是训练新兵的场所。其组织编制比一个步兵师还大。官兵满员时，达万人以上。1938年春宋思一【黄埔武汉分校政训处长】任军政部第八补训处处长，在徐州率部参加李宗仁组织的台儿庄战役，因参战有功，擢升为第一四〇师师长。

徐州驻地有三个陆军医疗机关，军政部第四陆军医院，军政部第二十二兵站医院和第二十三兵站医院。第四陆军医院是驻徐州的常设军医单位，组织正规，设备精良，有正式军医三十余人，病床近二百张。负责平时和战时的伤病官兵的一般医疗护养。院址设在徐州市复兴南路路西，于1938年初内迁离徐。第二十二和二十三兵站医院，系属战时军事医疗单位，驻地不定，随战场的转移而调动。组织简练，设备简陋。专门负责收容由战场上运送来的负伤官兵，作紧急处理。

军政部第二十三兵站医院，是1937年10月间由南京调来徐州，编制上属军政部管辖，执行任务上完全归第五战区司令部直接指挥。医院院部设在徐州公园快哉亭内，病区设在原第七师范学校（现在的公园巷小学）。为了适应五战区战事形势的需要，1938年1月，第二十三兵站医院奉令扩编为军政部第一六八后方医院，在台儿庄大战期间收治了大量伤员。

二、李宗仁运筹帷幄

以李宗仁为代表的第五战区，云集了桂系中众多的代表人物：白崇禧、李品仙、廖磊、韦永成等大批桂系将领，如李宗仁自己所言："长官部里都是广西人。"而且还有一大批长期跟随李宗仁或与桂系关系密切的各界人士。其中相当一部分将领拥有黄埔背景。此番李宗仁领衔五战区，可算是"故地重游"。

1927年，南京方面军事委员会决定继续"北伐"，以减除江北敌军的威胁。委任李宗仁为第三路军总指挥，由皖北攻截津浦路。5月15日获得合肥东北梁园大捷后，乘胜克复明光、临关和凤阳，22日克复蚌埠。6月2日占领徐州，继而，白崇禧指挥第二陆军向临沂攻击前进，李宗仁则率军于6月25日占领峄县，次日收复临城，数日间迫近邹县、济宁一带，攻克山东已成定局。这是李宗仁在徐淮打的第一次胜仗。

不意武汉政府准备东征，李宗仁的第七军奉命南调。李认为："徐州向称四战之地，无险可守。与其明知不可守而守之，倒不如将主力撤回淮河南岸，到不得已时，即放弃徐州，而守淮河天险。"但蒋认为徐州是战略要地，放弃徐州势必增长北方军阀和武汉的气焰。结果第七军于7月上旬撤离鲁南后，临城即失。7月24日，直鲁军攻陷徐州。蒋仍力主夺回徐州，并亲自主帅与孙传芳鏖战于淮河、徐、蚌之间。既之逼近徐州，被堕入其诱敌深入的圈套，全军溃败。8月6日，蒋介石仓皇退回南京，据江而守。这是蒋介石在徐淮地区打的第一次败仗。

1938年，历史给蒋、李、白在徐淮地区征战搏杀的机缘，这次血战的一方是保家卫国的勇士，另一方是嗜血成性的侵略者。经过近半年的浴血奋战，包括池淮阻击战、滕县保卫战、临沂阻击战等序幕战在内的台儿庄战役，歼灭了日军精锐部队第五、第十师团的主力，共歼敌近3万人，沉重地打击了日军的嚣张气焰，振奋了民心，极大地提高了前线我军的士气及战胜敌人的勇气和信心。这是蒋介石在此地打的第一场胜仗；而对李宗仁则是第二次辉煌。

台儿庄大捷10年后的1948年，还是第五战区所属的徐淮地区，国共两党在此进行了历史上规模最大的一场决战。主帅还是蒋介石、李宗仁等；而对手换成了人心所向的共产党。历史的天平由此倒向了人民的选择。昔日力战倭寇的荣光地，变成江河日下，一败涂地，蒋介石败走台湾，李宗仁出走异国。

（一）桂系"焦土抗战"

在全国抗战爆发以前，1929 年 8 月蒋桂战争期间及其以后一段时期内，桂系为了割据广西与蒋介石南京国民政府相抗衡，以李宗仁、白崇禧、黄旭初为代表的新桂系提出了著名的《广西建设纲领》（俗称《广西宪法》），开宗明义提出"建设广西，复兴中国"的主张和"三自"（自卫，自治，自给）、"三寓"（寓兵于团，寓将于学，寓征于募）的政策，在全省范围内加强了政治、经济、军事和文教等方面的建设。日本人也很看重新桂系的地方势力，新桂系也曾与日本发生过多次联系，其目的是想得到日本在军事技术上的帮助。

但是自 1931 年九一八事变后，随着中华民族同日本帝国主义矛盾的上升，桂系以民族利益为重，毅然断绝了与日本的联系，在全国抗日浪潮日益高涨的影响下，顺应历史潮流，改变立场，支持全国人民抗日，对蒋介石实行对日不抵抗主义政策表示出强烈不满。

1932 年一·二八事变后，桂系支持粤系十九路军的抗战，又称赞冯玉祥1933 年在察哈尔的抗日行动，指责蒋介石取消察哈尔抗日同盟军，派军队进入察哈尔是"倒行逆施"；同年 11 月，"福建事变"发生，福建人民革命政府成立，蒋介石对之百般阻挠和摧残，桂系对蒋严加斥责，说他"对外投降屈服，对内面目狰狞"。

1932 年 11 月 2 日，李宗仁在南宁发表《复兴中华民族是我们唯一的任务》的演讲，指出救亡图存的方法，最切要的，莫过于训练民团；开办民团，一面是在组织民众训练民众，使民众军事化，以准备全国总动员，另一面是在灌输知识给民众，使大众的文化水平提高，以促进社会的生产。并希望民国干训队学员"到乡村去，把政治基础弄好，以便推而至于一县，以至于一省、一国，把中华民族复兴起来"。[1]

李宗仁反蒋几乎都是以抗日相号召，他还于 1933 年发表了署名文章《焦土抗战论》，鼓吹"宁为玉碎，不为瓦全"，誓与"敌人火拼"到底，成为国内舆论关注的著名的抗日主战派将领。

1936 年 4 月 17 日，李宗仁在广州对记者发表关于中日问题的谈话，阐述了桂系的抗日主张，他指出："目前中国所最迫切需要者，为整个民族救亡问题，为争取中华民族自由平等，保卫中华民国领土主权之完整。……尤必须发动整个民族的解放战争，本宁愿全国化为焦土，亦不屈从之决心，用大刀阔斧来答复侵略者。""作有计划的、节节抵抗的长期消耗战……到敌人被

---

[1]　第四集团军总政训处编：《李总司令演讲集》，1935 年 9 月版，第 203 页。

诱深入我国广大无边原野时，我即实行坚壁清野，发动敌后区域游击战。"[1]

1936年6月，桂系还与广东陈济棠联合，发动了反蒋抗日的"两广事变"。为反对日本帝国主义对我国侵略，在这期间，桂系曾经发表不少主张抗战的言论，后来为桂系政治发展的需要，把它发展为桂系的抗战理论"焦土抗战论"。

"中国之生死存亡，全系于中国本身之能否抗战"。"全在我国大多数军民之能否觉悟，与军政当局之能否领导，上下一致，本焦土抗战之精神，毅然决然为民族解放战争而牺牲之一点而已"。1937年1月1日，李宗仁在《东方杂志》新年特大号上发表《民族复兴与焦土抗战》一文，进一步论述了他的"焦土抗战"的思想，他指出："今日中华民族之唯一的出路，唯有立即对日抗战，唯有立即发动举国一致之抗战，以民族解放战争答复日本之无厌侵略，以民族铁血，粉碎日本帝国主义之锁链。"这表明了桂系的抗战主张是纵使全国化为焦土，也要与暴敌血战到底的决心。

1937年1月，李宗仁与刘湘等联名通电，吁请"中央军停止入陕，消弭内战，团结对外……共同致力于抗敌御侮"。同年6月，李宗仁与中国共产党所派代表多次会谈后，表示完全赞同中共提出的抗日民族统一战线政策，并达成了"一致挥动，实现抗日"的六条纲领草案。

1937年2月，李宗仁向国民党五届三中全会提交了《抗日救亡之方案》，要求：（1）立即发动对日抗战，以救危亡；（2）迅速组织民众，训练民众，武装民众，以为抗日总动员之基础；（3）保障人民爱国言论，解放民众爱国运动，扩大救国力量。

1937年7月7日，卢沟桥事变爆发。全面抗日战争开始。全国人民奋起抗日救亡的潮流风起云涌。7月10日，蒋介石曾以"蒸午"电任命李宗仁为庐山暑期训练团副团长（蒋介石自兼团长），李宗仁未就任，但派黄旭初、夏威去庐山受训。黄旭初、夏威抵庐山后，被蒋介石派为训练团的总队长。7月14日，宋子文由庐山致电白崇禧："卢沟桥事变后，华北情势严重，抗战不可避免，蒋先生问兄能否来庐山或南京相晤。"以蒋介石对抗战仍未下定决心，白崇禧未应邀。7月15日，李宗仁致电南京国民党中央，请下定决心，实行抗战。17日，蒋介石发表"庐山谈话"，对日态度开始强硬。20日，李宗仁、白崇禧、黄旭初致电国民党政府，表示"已决誓本血忱，统率第五路军全体将士及广西全省1300万民众，拥护委座抗战主张到底，任何牺牲，在所不惜"。30日，庐山暑期训练团教育长陈诚约晤黄旭初、夏威，要他们电

[1] 《焦土抗战》，珠江日报社1937年12月版，第1—2页。

请白崇禧，并转告蒋介石召白崇禧入南京的意旨。8月2日，蒋介石亲电李宗仁、白崇禧，约他们赴南京共商抗日大计，并邀请白崇禧就任国民政府军事委员会副参谋总长。李宗仁、白崇禧认为时机已经成熟，遂电复蒋介石，表示即刻入南京受命。8月4日，白崇禧携潘宜之、刘斐、黄季陆等乘坐蒋介石派来的飞机由桂林飞抵南京，就任国民政府军委会副参谋总长，表示拥护中央抗战的决心。8月13日，淞沪会战爆发。是日，蒋介石召集最高国防会议，决定以军事委员会为最高统帅部，正式任命何应钦为国民政府军事委员会参谋总长，白崇禧为副参谋总长，1938年1月17日又任命白崇禧兼军事委员会军训部部长。同时，任命黄绍竑为第一部（掌军令）部长，刘斐为第一部作战组组长。

8月28日，白崇禧电李宗仁，告统帅部决定将津浦线划为第五战区，拟请李宗仁任司令长官，并指出："过去我公首倡焦土抗战主张，国人深表赞同。如能乘此时期，躬行实践，则对中外视听，必有重大影响。"李宗仁感到效命疆场的时机已经到来，便于10月4日乘飞机离桂飞湘转宁。行前，李宗仁和白崇禧联名发表《告广西党政军全体同志暨全省同胞书》，指出："民族之存亡，决定于这次自卫的战争；战争的最后胜利，决定于今后长期的战斗；而长期的战斗，则深赖于后方不断的振奋，不断的牺牲，不断的建议，不断的贡献。"因此，希望全省同志同胞"负起我们光荣的任务，争取战争的最后胜利"。同时发布《训勉全体将士书》，表示"纵使全国化焦土，我也要战斗到底；只要有最后一粒子弹，我们也要战斗到底"的决心，希望全体将士"精忠报国，努力杀敌，争取最后的胜利。"当日，李宗仁飞抵长沙，与中央社记者谈话时表示："广西全省民众，皆抱抗敌决心，各军团民众等纷纷请缨，目前可出师20万，后备者有110余万人，将来可征至300万人，与敌作殊死战。"12日，李宗仁抵达南京。

李、白不仅在言论上，而且行动上实践了他们的诺言，特别是在抗战初期，积极投入了伟大的民族解放战争，在淞沪战场上和台儿庄等战役中，写下了光辉的篇章。

台儿庄战役，李宗仁立下了不可磨灭的功勋，得到了全国人民的敬仰。凭着在台儿庄的功绩，李宗仁登上了国民政府副总统、代总统的宝座。

（二）李宗仁的"谍报战"

1931年至1936年，中国基本上处于军阀混战时期，与蒋介石对立的广东和广西二省均处于半独立状态。侵华日军利用中国当时的分裂局面，煽动地方势力派李宗仁同国民党中央政府对抗，遂派出各色人物去广州游说李宗仁。侵华日军参谋部第二课课长和知鹰二曾多次与李宗仁会谈，担任翻译的是大连留日回国学生夏文运。

1935 年 6 月，夏文运陪同和知长驻广州，做李宗仁及其两广军队的"和平"（即策反）工作。李宗仁与和知的历次会谈，都由夏文运翻译。时日一久，李与和知便熟络起来。李方得知日本军方在对外扩张政策上分成两派，一派是以东条英机、土肥原等人为代表的"南进"派，主张迅速占领中国及东南亚，攫取资源，以战养战；另一派是以荒木贞夫大将为代表的"北进"派，主张集中力量对付苏联。和知属于"北进"派，不支持扩大侵华战争，并与土肥原有矛盾。在会谈中，李宗仁对和知晓之以理：日本侵略中国，必将促成中国结成抗日统一战线，中国幅员广大，人口众多，日本想打败中国绝非易事；日本与德国、意大利结成轴心，大搞法西斯，横行世界，中国必将获得有力的外援，并与世界各国联合起来，共同打败日本法西斯。和知听后，深表同感。于是，李宗仁与和知交情日笃，和知也引李为中国知己，不时有意或无意地将日军侵华机密泄露给我方情报人员。担此传递重任者，便是夏文运先生。

据《李宗仁回忆录》记载：他与夏文运多次见面，觉得其为人正派，年轻热情，才华横溢，便想唤醒他的良知。一天，李宗仁密约夏文运到私邸倾谈。李宗仁诚恳地问道："我看你是位有德有才的青年，现在我们的祖国如此残破，你的故乡也被敌人占据，祖国的命运已经到了生死存亡的边缘，你能甘心为敌服务无动于衷吗？"经此一问，夏文运的心弦被拨得轰然作响，犹如流浪的孩子找到了亲人，顿时泪下。他回忆起自己小时候受到日本人的欺凌，即使无意中多看了日本人一眼，也会被打得鼻青脸肿；现在虽然声名显赫，但时常受到日本人的奚落，多次遭到日本宪兵的刁难。日本人嘴上高喊"大东亚共荣"，其实他们的心目中是把中华民族视为劣等民族，把中国人看作亡国奴。夏文运拭了一把眼泪，郑重地向李宗仁表示："如有机会报效祖国，当万死不辞！"李宗仁见他情真意切，语出诚挚，便与他私下约定，让其做秘密情报人员，刺探日方机密，并通过地下电台和专用密码与自己单线联系。夏文运当即允诺，并谢绝任何报酬。

从此，夏文运身在日营心在华，利用和知鹰二的庇护，长期为李宗仁提供军事绝密情报。

夏文运于 1906 年出生在金州老虎山会大朱家屯（今大连市金州区七顶山满族乡大朱家屯）。1919 年考入旅顺师范学堂，毕业成绩各科全优，得"满铁"

公费于 1925 年赴日本留学。1932 年 3 月，于日本京都帝国大学文学部毕业后回到大连。此时日军已侵占了东北，回国就职的夏文运失业了。在生活无着、报国无门之际，他经人介绍进入了伪"满洲国"政府机关工作，因其学历过人，日语甚好，不久，受关东军司令部情报课课长和知鹰二中佐的邀请，担任其随身翻译，深受器重，并与土肥原贤二、板垣征四郎、冈村宁次等日军高层关系密切。因"夏"字与"何"字在日语中发音相似，所以，夏文运对外自称"何益之"。

1936 年上半年，夏文运提供了日本派遣大批特务到印度支那活动的战略情报，李宗仁据此分析日军将施行南下战略，于是，同年秋，他果断地将广西省会从毗邻印度支那的南宁迁往内地桂林，实施战略转移，时隔半年，日本就发动了七七事变，拉开了全面侵华的帷幕。并出兵印度支那。之后关于敌军进攻徐州突入皖西、豫南以及围攻武汉的战略及兵力分布我方无不了如指掌……这些情报实际都是夏文运从和知处获得后提供的。嗣后和知因反对侵华而调职，直至太平洋战事发生，日军进入租界，夏文运因间谍嫌疑为日方搜捕而逃离上海，我方情报始断。抗战胜利后，担任过日本菲律宾军参谋长的和知鹰二少将作为战犯被盟军逮捕，李宗仁出面证明其为中国抗战提供了大量情报，并派夏文运赴菲律宾作证，从而使和知鹰二被无罪释放。

1937 年，上海、南京相继沦陷。夏文运得到和知鹰二等日本朋友的庇护，在沦陷区行动自由，搜集日方许多重要军事情报，通过设在上海法租界一位日籍友人寓所内的秘密电台发出。李宗仁第五战区情报科以专用电台接收，专用密码译出。以致军委会所得情报，尚不及五战区所得的为可靠。所以军令部曾迭电嘉奖五战区情报组，此实为夏君之功。

1937 年 12 月，夏文运提供情报：日军占领南京后，即派其第十三师团从津浦线北上作战。李得此情报，即令桂军第三十一军诱敌深入，待敌窜至淮河北岸，再加以堵截，并令李品仙等部在津浦铁路两侧夹攻，制敌于淮河以南，使日军不能会合作战。

1938 年 1 月 18 日，日本华中方面军占领了淮南重镇明光，与中国守军隔河对峙，形势严峻。李宗仁本应派兵增援又担心北线日军南下而腹背受敌。就在他举棋不定之际，夏文运发来绝密电报：日军南动而北不动。李宗仁转忧为喜，立即命令于学忠的五十一军在淮河北岸布防，又把张自忠的五十九军从北线调到淮河前线；2 月 11 日，日军窜到淮河北岸时，五十一军、五十九军将士一起上阵，打得敌军人仰马翻。经过激烈的拉锯战，日军损兵折将 3000 多人，被赶回淮南。

日军南线攻击失利后，被迫组织北线进攻，板垣征四郎的第五师团从青岛向鲁南进犯、矶谷廉介的第十师团沿津浦线南攻，2 万多名日军以饿狼扑食之势直逼台儿庄，如果得手，徐州则危在旦夕。

1938 年 2 月上旬，李宗仁接到夏文运密报：日军第五师团板垣征四郎所部从胶济路南进军蒙阴、沂水等地。李宗仁据此料定板垣将进攻临沂，因此命令庞炳勋军团驰往临沂，堵截敌人。庞军团奋战到 3 月中旬，渐渐抵挡不住板垣师团；而此时南北战线都很吃紧，李宗仁无兵增援。危急关头，夏文运又从上海发来密报：日军北动而南不动。李宗仁像吃了一颗定心丸，迅速抽调张自忠的第五十九军北上驰援庞部。庞部、张部在临沂歼敌 3000 多人，彻底粉碎了板垣、矶谷两师团会师台儿庄的企图。从而使中国军队取得台儿庄战役的重大胜利。

李宗仁在回忆录中写道："何君（即夏文运）冒生命危险，为我方搜集情报，全系出乎爱国的热忱。渠始终其事，未受政府任何名义，也未受政府分毫的接济。何君这样的爱国之士，甘作无名英雄，其对抗战之功实不可没。""其情报的迅速正确，抗战初期可说是独一无二"。

（三）李宗仁"肝胆照人"

1937 年 11 月 12 日，李宗仁离开南京赴徐州部署战事，离京之前，李宗仁晤蒋，以"将在外，君命有所不受"希望蒋不要越级指挥五战区部队，蒋此后整个抗战期间，基本上信守承诺，未越级直接指挥李宗仁所属部队。

李宗仁到任后，根据最高统帅部确定的战略方针，制定了第五战区的作战计划："（1）保有鲁省大部分及苏北地域，与敌行持久战。（2）作战初期，应把守黄河及沿海要点，直接阻止敌人之侵入；不得已时亦须逐次诱敌深入鲁南及苏北地区，准备会战，予以极大打击，获得最后胜利。"[1]第五战区还根据此计划，做出了分三个阶段实施的部署：第一阶段：以第一线兵团将日军阻止在黄河北岸及沿海地区，延缓日军南进速度，使我第二线兵团有充裕时间在徐州附近部署完毕；第二阶段：如黄河失守，第一线兵团退至莱芜、泰安、新泰一线，设防固守，会同朝邹县、滕县推进之第二线兵团的有力部队在兖州附近同日军会战；第三阶段：兖州附近会战万一失利，则在徐州进行决战。其决战方针为：以少数部队固守徐州，以

---

[1] 《历史档案》，1984 年第 3 期，第 99 页。

大多数部队沿津浦路侧击，开展运动战、游击战，阻敌南进。上述作战方针与部署，体现了积极防御的作战精神，是在敌强我弱的形势下采取的正确的作战方针。

1937年12月，敌华中方面军于占领南京后，随即渡江北进，攻占浦口、滁县一带，显示出沿津浦线北上的作战意图。第五战区根据敌情变化，适时修订了作战指导方针，提出"以一部仍守备海岸及黄河沿岸，以大部转移淮河之线，拒止北上之敌，相机转移攻势"[1]"第三集团军以主力配备于济阳、东阿、泰安，沿黄河右岸设防，……竭力拒止敌之渡河，以巩固本战区北面"；"第五十一军即日以主力向临淮关、蚌埠间地区转进待命"；"战区直辖之各部队，仍位置于徐州附近，司令长官部仍在徐州"。[2]

然而，韩复榘置李宗仁五战区命令于不顾，弃守黄河，放弃泰安，致使日寇沿津浦路鱼贯而下，不仅第五战区原拟之作战计划顷刻间变为废纸一张，而且直接威胁第五战区司令部所在地徐州的安全。以致蒋介石及统帅部"深恐第五战区长官部临时撤退不及，为敌所俘"。提出长官部迁离徐州，并交军令部研究。"指定河南的归德和安徽的亳县，让我任择其一。"李宗仁却大不以为然，为交通、通讯及赴前方督战，鼓舞军心之便捷，李宗仁置生死于度外。后令第二集团军于台儿庄运河北岸驻防固守，都表现出李宗仁背水一战，置之死地而后生的英雄气概和卓越军事指挥才能。

据《李宗仁回忆录》：

第五战区内可用的兵力尚不足七个军。而且这些部队均久被中央列为"杂牌部队"，蓄意加以淘汰之不暇，更谈不到粮饷和械弹的补充了。因此，这些军队的兵额都不足，训练和士气也非上乘。和当时在上海作战的部队相比拟，这些部队实在是三四等的货色。唯在抗日战争以前，因内战频繁，各级干部的战阵经验极为丰富，若在上者能推心置腹，一视同仁，并晓以国家民族的大义和军人应尽的天职，必能激发良知，服从命令，效命疆场。不过我们的最高统帅蒋先生的一贯作风，却是假全国一致团结、共赴国难的美名，企图将这些非他嫡系的杂牌军悉数消灭。所以这些被视为杂牌军的将领，一面激于民族争生存的义愤，都想和日军一拼；一面却顾虑部队作战损失之后，不仅得不到中央器械兵员的补充，恐还要被申斥作战不力，甚或撤职查办，并

---

[1][2]　胡璞玉主编：《抗日战·徐州会战》（一），台北"国防部"史政编译局1981年版，第11—12页。

将其部队番号撤销，成为光杆一根，即无以谋生，因此都怀着沉重惶惑的心情。我在日常言谈之中得知他们的隐衷甚详，也引以为忧。

因此，李宗仁能否驾驭指挥这些"杂牌部队"，成为能否完成战区战略任务之关键。

1. 推心置腹，晓以大义，感化庞炳勋

第三军团长庞炳勋年逾花甲，资历甚深，久历戎行，经验丰富。内战时期，他善于避重就轻，保存实力，能说善辩，为人圆滑，被称为不倒翁式的人物。凡与之共室操戈者，莫不对他存有戒心。但是庞氏有其特长，能与士卒共甘苦，廉洁爱民，为时人所称道。所以他实力虽小，所部却是一支子弟兵，有生死与共的风尚，将士在战火中被冲散，被敌所俘，或被友军收编的，一有机会，他们都潜返归队。以故庞部拖曳经年，又久为中央所歧视，仍能维持于不坠。

此次划归第五战区建制之后，庞氏即来徐州谒见李宗仁，执礼甚恭。李宗仁因久闻其名，且因其年长资深，遂也破格优礼以待。李虽久闻此公不易驾驭，但百闻不如一见，于谈吐中察言观色，觉他尚不失为一爱国诚实的军人。在初次见面，李便推心置腹，促膝长谈，勉励其奋起抗日，战死沙场，尽军人之天职。李诚恳地告诉他说，庞将军久历戎行，论年资，你是老大哥，我是小弟，本不应该指挥你。不过这次抗战，在战斗序列上，我被编列为司令长官，担任一项比较重要的职务而已。所以在公事言，我是司令长官，在私交言，我们实是如兄如弟的战友，不应分什么上下。

接着，李又说，我们在内战中搅了二十多年，虽然时势逼人，我们都是被迫在这旋涡中打转，但是仔细回想那种生活，太没有意义了。黑白不明，是非不分，败虽不足耻，胜亦不足武。今日天如人愿，让我们这一辈子有一个抗日报国的机会，今后如能为国家民族而战死沙场，才真正死得其所。

庞炳勋墨迹

你我都是五十岁以上的人，死也值得了，这样才不愧作一军人，以终其生。

庞听了很为感动，颇有知遇之感。李宗仁又问庞："你的部队有什么困难？"这一问就像启开了久淤的壅闸，一切愤懑、抱怨倾泻而来。他告诉李宗仁，他本来就只有 5 个团，南京中央还令他限期归并，否则就停发整个部队的粮饷，这实际上就是要缩编、遣散他的部队。李宗仁闻知此事，立即与南京交涉，要求蒋介石收回成命。不久，军令部答复："奉委员长谕，庞部暂时维持现状。"当李宗仁将此消息告知庞炳勋时，他感激涕零，认为本战区主帅十分体恤部曲，非往昔所可比拟。当即表示："长官德威两重，我们当部属的，能在长官之下，为国效力，天日在上，万死不辞，长官请放心，我这次决不再保存实力，一定同敌人拼到底！"李宗仁又令本战区兵站总监石化龙尽量补充第三军团的弹药和装备，然后调其赴海州接防。全军东行之日，李亲临训话，只见士卒欢腾，军容殊盛，俨然是一支劲旅。

此次临沂吃紧，第五战区已无军队可资派遣，只有调出庞炳勋这支南京中央久已蓄意遣散的"杂牌部队"，赶赴临沂，来对抗在数量上和装备上都占优势的号称"大日本皇军中最优秀的板垣师团"。

日军以·师团优势的兵力，并附属山炮一团、骑兵一旅，向庞炳勋部猛扑。庞炳勋率其五团子弟兵据城死守。敌军穷数日夜的反复冲杀，伤亡枕藉，竟不能越雷池一步。

当时随军在徐州一带观战的中外记者与友邦武官不下数十人，大家都想不到一支最优秀的"皇军"，竟受挫于一不见经传的国民党"杂牌部队"，一时中外哄传，彩声四起。

2. 仗义执言，主持公道，解困张自忠

李宗仁初抵南京之时，闻及张自忠正在南京"请罪"。由于七七事变后张自忠留在北平继续与敌周旋，一时国人对张自忠非议鹊起，朝野上下要求以汉奸罪惩治张自忠的呼声很高。当李宗仁从张的旧同事处了解到，自忠为人侠义，治军严明，指挥作战尤不愧为西北军中一员勇将，断不会当汉奸。李听到这些报告，私衷颇为张氏惋惜。蒋介石也了解一些张自忠的苦衷，并且很器重张自忠的忠义刚烈，只给张自忠撤职查办处分，未作进一步追究。李宗仁遂决定向委员长晋言，让他回去，继续带他的部队，将来将功折罪。张自忠似遇知遇之恩，说："如蒙李长官缓颊，中央能恕我罪过，让我戴罪图功，我当以我的生命报答国家。"张终于得以军委附员的身份代理原部队第五十九军军长。

至 1938 年 2 月，淮河前线吃紧，于学忠兵力不敷，军令部乃将第五十九

张自忠（1891 年 8 月 11 日—1940 年 5 月 16 日），山东临清县人。国民革命军上将衔陆军中将。

军调来五战区增援。张军长大喜过望，因为与李宗仁有那一段渊源，他颇想到第五战区出点力。不过，在五战区他也有所顾虑，因为他和庞炳勋有一段私仇。原来在 1930 年，蒋、冯、阎中原大战时，庞、张都是冯系健将，彼此如兄如弟。不意庞氏受蒋的暗中收买而倒戈反冯，且出其不意袭击张自忠师部，张氏几遭不测。所以张自忠一直认为炳勋不仁不义，此仇不报，誓不甘休。张自忠此次奉调来徐时，便私下向徐祖诒参谋长陈述此苦衷，表示在任何战场皆可拼一死，唯独不愿与庞炳勋在同一战场。因庞较张资望为高，如在同战场，张必然要受庞的指挥，故张不愿。好在原定计划中，已调他去淮河战场。

天下事无巧不成书，淮南敌军主力适于此时被迫南撤，淮河北岸军情已经缓和。独于此时，庞炳勋在临沂被围请援，而我方除五十九军之外，又无兵可调。徐参谋长颇感为难。李宗仁乃将张自忠请来，和他诚恳地说："你和庞炳勋有宿怨，我甚为了解，颇不欲强人之所难。不过以前的内战，不论谁是谁非，皆为不名誉的私怨私仇。庞炳勋现在前方浴血抗战，乃属雪国耻，报国仇。我希望你以国家为重，受点委屈，捐弃个人前嫌。我今命令你即率所部，在临沂作战。你务要绝对服从庞军团长的指挥。切勿迟疑，致误戎机！"

张自忠闻言，不假思索，便回答说："绝对服从命令，请长官放心！"

李宗仁即命张氏集合全军，并向官兵训话鼓励一番，张自忠乃率所部星夜向临沂增援，竟打了一个惊天动地的胜仗！若非张氏大义凛然，捐弃前嫌，及时赴援，则庞氏所部已成瓮中之鳖，必至全军覆没。其感激张氏，自不待言。从此庞、张二人竟成莫逆，为抗战过程中一段佳话。蒋介石也致电嘉奖，以张自忠在临沂树立奇功，明令撤销撤职查办处分。

3. 出川抗日，川军受难，李宗仁示爱

川军第二十二集团军下辖第四十一、四十五两军，由总司令邓锡侯、副总司令孙震二人亲自率领，前往阎锡山第二战区参加山西保卫战。

出川前，邓锡侯、孙震曾要求蒋介石换发武器装备，蒋复电云："前方紧急，时机迫切，可先出发，途经西安，准予换发。"由于出兵仓促，士兵们完全是赤足草履，单衣短裤，根本没有北方御寒的准备。原定到达西安后要

休息整理，换发武器，谁知到达宝鸡时，山西战事紧急，根本没有休息补充的机会，就这样带着劣质武器，穿着南方服装又马不停蹄地赶赴山西前线。

然而川军方抵山西，太原即告失守。敌人用机动性快速部队向我军左冲右突。川军立足未稳，便被冲散，随大军后撤。由于装备简陋，沿途遇有晋军的军械库即破门而入，擅自补给。第二战区司令长官阎锡山所大怒，电请统帅部将川军他调。没想到统帅部把电话打到郑州第一战区司令长官部，司令长官程潜在电话中竟一口回绝。于是，副参谋总长白崇禧想到了"巧妇难为无米之炊"的徐州第五战区司令长官李宗仁。此时，正值韩复榘不战而退，津浦路正面洞开，无兵把守，而第五战区已无援兵可调之际。

故李宗仁闻讯则喜，说："我现在正需要兵，请赶快把他们调到徐州来！"就这样，第二十二集团军调到了徐州，归第五战区节制指挥。李宗仁在徐州会见邓锡侯、孙震、王铭璋等人时，邓、孙二人表示："李长官肯要我们到五战区来，真是恩高德厚！长官有什么吩咐，我们绝对服从命令！"李宗仁说："诸位和我都在中国内战中打了二十余年，回想起来，也太无意义。现在总算时机到了，让我们各省军人，停止内战，大家共同杀敌报国。我们都

王铭璋

王铭章壮烈殉国后，国民政府明令褒扬王铭章，为其举行国葬。此为时任国民政府军事委员会委员长的蒋介石为王铭章的题词："死重泰山"。

是内战炮火余生，幸而未死，今后如能死在救国的战争里，也是难得的机会。希望大家都把以往种种譬如昨日死，从今以后，大家一致和敌人拼命。"当问到他们有什么困难需要解决？邓、孙异口同声地说，枪械太坏，子弹太少。李宗仁立刻电呈国民政府军委会，不久便拨给他们新枪 500 支，每军各得 250 支。李宗仁又从第五战区的库存中，拨出大批子弹及迫击炮，交两军补充，虽杯水车薪，但也算补给了。适矶谷师团另附骑兵旅、野炮团、重炮营和战车数十辆，自济南循津浦铁路南进，李宗仁遂调该两军前往防堵。大军出发前，李宗仁冒雪前往训话，以诸葛武侯统率川军北抗司马懿的故事激励官兵效法前贤，杀敌报国。川军将士深受鼓舞。滕县一战，川军以寡敌众，不惜重大牺牲，阻敌南下，达成作战任务，写出川军史上最光荣的一页。

4. 重金奖赏，背水一战，池峰城死守

3 月 18 日临城（今薛城）、枣庄失守后，津浦线北段告急，刚刚被调到郑州、洛阳一带的孙连仲第二集团军奉调到第五战区。第二集团军第三十一师池峰城部自信阳北开，刚到许昌，立即被调往徐州。该部作为先头部队，于 3 月 19 日到达徐州车站。全体官兵未下车就地待命。池峰城师长到徐州晋

池峰城台儿庄背水一战

台儿庄战场

谒第五战区司令李宗仁。

李宗仁见到池峰城后，关切地问候："池师长辛苦了"，然后交代任务："此次从济南南进之敌矶谷师团，陷滕县，克临城，下峄县，势其猖獗，有进窥徐州之企图。军委会为增强我战区阻击敌军之力量，调第二集团军归我战区指挥。贵部责任重大，望鼎力为之。"

池峰城深悟到战局的紧迫和任务的艰巨，他既感到光荣而异常兴奋，同时更感到责任重大而深感隐忧，他答道："服从命令，勇敢杀敌是军人的天职。守卫疆土，为国牺牲是我全师将士的决心。此次奉调，两者兼之。我全师官兵决心在李司令长官的指挥下，杀敌立功，报效祖国。"

李宗仁听到这铿锵有力的话语，称赞道："西北军的大刀片使日寇丧胆，我是早有所闻的呵。荩忱（张自忠字）这次在临沂打出了威风，使我对完成歼敌计划增加了一分信心。今见将军，可说又添我一分信心呵。"

最后李宗仁握住池峰城的手勉励说："我围歼冒进之敌的计划能否实现，现在关键在于台儿庄一线能否守住。望你全师将士，如你所说，勇敢杀敌，立功报国，以告慰全国父老兄弟。由于时间紧迫，我不能与你部官兵一一见面，请代致慰劳之意，待会战终了，再与贵师官兵，共同祝贺。"池峰城备受感动："请长官放心，峰城决不辜负厚望，坚决完成任务！"

于是，池峰城率部先行进驻台儿庄及其附近地区，构筑工事，掩护其他部队陆续集中。阵地布置完毕后，池便急赴徐州参加蒋介石召集的军事会议。会议结束时，蒋介石召见了他，并命侍从长俞飞鹏【黄埔筹备委员、军需部副主任、经理部主任】为池拨银圆5万元。蒋对池说："师可作为整编加强师，

孙连仲（中）、田镇南（右）、池峰城（左）在台儿庄战役时合影。

必须满员为 18000 名士兵。"蒋又说："将在外，望好自为之。"李宗仁又发银圆 40 万元为其壮行，并叮嘱池可用这笔巨款招募敢死队。只有孙连仲说："镇峨，你自幼在我棚子（前清营制之'棚'，相当现代建制之'班'）里当兵，心腹之交了。我囊空如洗，无一文相赠，只代冯玉祥将军训谕：台儿庄有失，提你的头见我。"[1]

台儿庄大捷后，蒋介石曾惊讶地向李宗仁说："你居然能指挥杂牌部队！"李宗仁则慨叹道：其实作主帅的人只要大公无私，量才器使，则天下实无不可用之兵。

据第五战区高参赖慧鹏回忆：在第五战区作战的所有部队，都能服从李宗仁的指挥，奋勇战斗，不怕牺牲，这除了他们热爱祖国的忠勇本质外，李宗仁的以诚待人，平等相处和尽其所能解决他们的困难和矛盾也有很大的关系。例如张自忠、庞炳勋、张冲等，在谒见李宗仁之后曾对人说："带兵数十年，从没遇见如此宽宏大度、关心部下的长官！今后愿意战死沙场，以报司令长官的知遇之恩。"在以后的行动中，他们果然实践了他们的诺言。张冲的第一八四师血战禹王山十九昼夜，张自忠在临沂拼死抗战，川军王铭章师长在

[1] 李颖：《池峰城师长在台儿庄大战中》，山东省政协文史资料研究委员会、枣庄市政协文史资料研究委员会编：《台儿庄大战亲历记》，山东人民出版社 1998 年 1 月版，第 95 页。

滕县与全师殉城，是其中尤著者。

（四）众参谋奔赴前线

李宗仁始终认为，他的各级参谋能够为他谋略全局、联系各方。所以台儿庄大战的前前后后，他的参谋们自始至终奔走在军委会、各战区、各地方势力部队以及中共延安等，甚至是在日军的谍报方面，使五战区李宗仁一直保持了"耳聪目明"。

白崇禧自1938年3月24日，随蒋介石至徐州视察，便以军委会临时参谋团团长的身份，携林蔚、刘斐及其副参谋总长办公室中校秘书谢和赓（中共地下党员）、参议刘仲容、办公室主任王泽民、上校参谋海竟强、中校参谋周竟、副官张湘泽【黄埔五期】等人留在徐州协助李宗仁指挥台儿庄会战，他还经常到台儿庄前线各战地与各军、师的高级将领联络，代表武汉大本营面致慰问，鼓舞士气。虽然《李宗仁回忆录》未详述及白崇禧在台儿庄的经历，但从一些史料及回忆录看，白崇禧在台儿庄战役前后一个月的时间里，几乎"长"在了台儿庄。

24日晚12时，白崇禧就在孙连仲的陪同下，亲临台儿庄前线视察。白崇禧到达运河南岸韩家寺第二集团军司令孙连仲的指挥所，听取了孙连仲的汇报，然后又来到台儿庄南站第三十一师师部了解战况。在台儿庄火车南站大楼顶上，白崇禧望眼之外火光冲天，枪声零落，白崇禧认为台儿庄是第五战区旋转轴；又得知三十一师仅装备有步机枪与迫击炮，急需大炮支援时，白即在师部与徐州李宗仁、开封程潜通了电话，李、程答应即调野炮、战防炮、坦克队来台儿庄。不久，炮第十团之第一、二两营，重炮第一连，坦克防御炮第一连，坦克第三中队即调到台儿庄一线。

《白崇禧口述自传》："台儿庄会战，我常至战地视察，与各军、各师之高级将领联络，并代表武汉大本营蒋委员长面致慰问。"白先勇[1]著《白崇禧将军身影集》："（台儿庄战役）敌我激战之间，父亲常乘车直到前线与各军各师之高级将领联络，听取战情，鼓舞士气，并代表武汉大本营蒋委员长面致慰问。""三月三十一日拂晓，李宗仁与父亲亲自到台儿庄郊外，指挥对入侵台儿庄日军的歼灭战。"

著名国际学者，时任第三十一师战地记者的盛成在《盛成台儿庄纪事》之"前线慰劳报告"中写道："晚九时回城，我将（池峰城）所判断之敌情

---

[1]　白先勇（1937年7月11日—　　）回族，台湾当代著名作家，生于广西桂林。白崇禧之子。

报当晚到台儿庄之白副总长，敌人因连日之夜袭，疲劳过度，因阵线太乱，伤亡太多，同时又发觉我汤军团在右翼七八十里地，沿途迂回中。我判断敌人整顿反攻，大量增援反攻；白副总长判断敌人还要来，今日退却系不得已退却。他说：'无论在任何时期，要确保台儿庄。'我问新到的二十七师如何使用法。他说：'用一旅控制黄林庄，如敌人反攻台儿庄，可同出击……'二十七日，敌大举增兵，……猛扑台儿庄。"

　　战地记者范长江在《好转中的气象》中写道："台儿庄达到紧要关头（三月尾），前方部队的死伤越来越大，各级司令部一步一步地往前移，希望用'督战'的方法，提高前线的士气。李司令长官偕同白崇禧设行营于台儿庄南十余里乡村，孙连仲司令部更前进至敌军重炮射程以内，直接指挥台儿庄作战的池峰城师长简直就在台儿庄南面一里路的铁道桥下。"

李宗仁、白崇禧在台儿庄战役时留影

　　4月3日，白崇禧陪着伊文思·卡尔逊一行到达台儿庄附近。当代著名作家曾德厚著《口琴与匕首——卡尔逊传》写道："于是，卡尔逊等人被请上李将军的专用列车，同车前往的还有白崇禧将军。白将军那时候还是蒋介石的副参谋总长。"也佐证了白崇禧在台儿庄的战斗经历。

　　《盛成台儿庄纪事》之"血战台儿庄大事表"中记载："（四月四日）寒食，晨，李司令长官白副总长（均往前线督战）回抵徐州，我包围之右翼中央左翼各军，渐次推进，大型反攻而混战。昨日退守南岸的左翼军部队渡河反攻，夺回黄林庄、赵村，又左翼军左翼部队强渡运河，由万年闸北进占领獐山。我空军狂炸敌台儿庄附近阵地，正面台儿庄炮战终日。晚，敌放毒瓦斯，寨内死守待援。"

台儿庄大捷后，白崇禧来到台儿庄古城清真北寺做过礼拜。时任第五十二军二十五师参谋长的覃异之，在 1988 年重返台儿庄时回忆道：白副参谋总长在台儿庄战役胜利后，来此地朝拜。白崇禧是回民，阿拉伯名"乌默尔"，意义与"崇禧、健生"吻合。当年 5 月，"中国回教救国协会"在武汉成立，白崇禧出任理事长。

由于枣庄是回族相对集中的地区，所以，白崇禧在枣庄还特招了一批回族青年，入黄埔军校学习，一腔热血的回族青年李鉴恩在枣庄回民协会的保举推荐下，带着表侄李忠贤一起坐火车从徐州到郑州，再转至汉口，几经周折，找到设在汉口一个清真寺的"投考军校学生报到处"，然后再转到广西柳州，一起考了黄埔军校六分校第十五期炮兵科学习。毕业后，作为回族学生，李鉴恩和其他二十多名同学，被分发到宁夏马鸿逵部。

陆诒当时在《峄县东北的前线》中写道："时在（4 月）12 日下午 4 时，……距台儿庄的前方，记者进谒第五战区司令长官及白副总长。为了争取抗战更大胜利，两位高级军事长官，都躬临前线，住在简陋不堪的乡村中……"

4 月 15 日，蒋介石给李、白 4 月 13 日的回电："即到。台儿庄李长官、白副总长：13·12 台电悉。所拟机动攻势案甚妥，应速实施。中○。15·15 令一元。"[1]

从陆诒写的文章和蒋介石的电文也说明白崇禧将军至少于 4 月 12 日至 15 日应在台儿庄。

5 月 14 日，白崇禧在运河南站参加举行的高级军事会议，到会的有李宗仁、徐永昌参谋总长、林蔚次长、刘斐厅长、孙连仲、于学忠两总司令、汤恩伯、张自忠两军团长等，部署徐州总退却。[2] 5 月 15 日，第五战区司令部自徐州城内移往南门外段家花园，19 日，徐州沦陷。白崇禧随李宗仁、林蔚、刘斐长官部等人辗转突围，于 5 月 29 日回到武汉。

---

[1] 中国第二历史档案馆编：《中华民国史资料丛稿台儿庄战役资料选编》，中华书局 1987 年版，第 146 页。

[2] 河南省政协文史资料研究委员会编：《河南文史资料》第 23 辑，张轸"一一○师参加台儿庄左翼作战的回忆"，第 57 页。

　　台儿庄大捷后，李宗仁与白崇禧在台儿庄视察时，中央社记者卓世杰拍摄了一张白崇禧在台儿庄的个人照片，刊登在 1938 年 4 月《良友》杂志（总 137 期）上，作为封面人物，算是白氏在台儿庄的真实写照。

　　先期抵达徐州的战区参谋长徐祖诒，一边组建第五战区司令部，一边调集各路大军布防。3 月中旬，日军板垣征四郎第五师团兵进临沂，直逼台儿庄，守军庞炳勋兵团岌岌可危。正当庞炳勋部与日军在临沂外围激烈争夺、面临灭顶之灾的危急关头，李宗仁电令张自忠的第五十九军"即日由滕县输送到峄县转赴临沂，接庞（炳勋）任务，击破莒、沂方面之敌，恢复莒、沂两县而扼守之"。此时，第五十九军正向临沂转进中。李宗仁为了使庞与张两将军能更好地协同作战，特派战区参谋长徐祖诒代表战区司令长官去临沂指导作战。并致电庞炳勋，大意为：临沂为台儿庄及徐州屏障，必须坚决保卫，拒敌前进。除已令张自忠部来增援外，并派本部参谋长前往就近指挥。

　　回到武汉的白崇禧在向蒋介石报告台儿庄作战经过时说："武汉居民特举行大游行以示庆祝，游行队伍中高举李宗仁与白崇禧巨幅相片作为先导。其实，是役全是李长官镇定指挥之功，尤其以参谋长徐祖诒运筹帷幄熟娴兵略，……白崇禧不过奉命留在长官部供李将军咨询耳……"[1] 也从另一个侧面反映出徐祖诒参谋长在台儿庄大战中功不可没。

　　胡若愚一度受命为李宗仁的第五战区代理参谋长，李宗仁特派其协助第二集团军孙连仲在台儿庄指挥作战。继而被派往第三集团军（原韩复榘的部队，孙桐萱代）任参谋长。李宗仁还把蒋介石留下的参谋团成员作战厅厅长刘斐和五战区高参赖慧鹏派往第二集团军孙连仲指挥部，一起指挥并督战。

　　副参谋长黎行恕长期追随李宗仁，在司令长官部，始终是李的得力助手，大战之始为参谋处长，不久即升任副参谋长。因有功勋，台儿庄大捷后，于当年 7 月，即出任桂军第七军第一七○师师长。

　　梁寿笙同参谋长徐祖诒及参谋处长黎行恕一道，在长官部精心编制作战方案，协助司令长官李宗仁调兵遣将，后升任参谋处长一职。台儿庄战役胜利后，国民政府军事委员会以梁寿笙协助李宗仁出谋献策有功，授予陆海空甲种一等奖章一枚，胜利勋章一枚，三等云麾勋章一枚。

　　刘清凡在任战区司令长官部高参的同时，还兼第四十八军第一七四师第五二二旅旅长，在台儿庄、寿县、凤台等战役中颇著功勋。

　　第五战区成立伊始，余定华随李宗仁调任徐州第五战区少将高级参谋，

---

[1]　"中央研究院"近代史研究所编：《白崇禧先生访问纪录》上卷，1984 年 5 月，第 173 页。

他担任前线各作战部队的联络工作。他回忆道：1938 年 4 月初，白崇禧、林蔚、刘斐回到了徐州一起商量台儿庄总攻，此时我也从台儿庄前线回到了徐州，适广西省政府派总务处长孙仁霖率各厅、处长来徐州慰问。李宗仁在长官部大宴宾客，济济一堂。席间白崇禧说："这次总攻，要把敌人赶到东海去，最担心的是右翼部队，必须派个专人去指挥。"散席后，副参谋长黎行恕交给一纸命令，让我带宪兵一个班、两个卫士分乘两辆吉普车直赴周碞第七十五军。我到七十五军后，把命令交给周碞军长，他很客气地说："军人以服从为天职，我很想协助你完成任务。"我在会上鼓励了他们一番，一起研究了作战方案，并在地图上标了敌我态势。我们一起到前线阵地，观察敌人阵地。

台儿庄开战前夕，31 岁的韦永成临危受命，到第五战区司令长官部担任中将政治部主任，还兼任第十一、二十一两个集团军的政治部主任，负责对全战区军官的政治教育、培训军事干部和政治干部，真可谓春风得意！成为新桂系的新秀。

1935 年秋，由蒋介石特批，韩练成进入陆军大学特别班第三期。在此，他遇上了北伐时就相识的白崇禧的秘书石化龙。石化龙不断宣传桂系在广西的政绩，李宗仁、白崇禧如何贤明，如何礼贤下士，劝说韩练成投入桂系。韩练成既受到蒋介石的信任，又亲身感受到蒋政权的腐败，犹豫了两年。七七事变爆发后，白崇禧被任命为副参谋总长，正在庐山参加军官训练团集训的韩练成，立即被国民党军事委员会副总参谋长白崇禧邀去作彻夜长谈，韩表示愿意去抗战前线。第二天，白推荐韩作为第五战区司令长官李宗仁的高级参谋，并指派为李、白与各方联络的军事代表。1938 年 1 月，李宗仁委任韩练成为第八十九军第一一七师副师长兼三五一旅旅长。师长李守维是复兴社分子，对思想进步、积极抗日的韩练成排挤打击，三个多月后派人暗中狙击韩练成，打断了韩的左臂，幸未击中要害。李宗仁、白崇禧得报后，派车疾驰苏北韩部驻地，将韩抢救出来，并辗转送往武汉养伤。李宗仁、白崇禧对韩练成可谓有知遇、救命之恩。

据韩练成之子韩兢先生撰写的《隐形将军韩练成》一书记载：

1965 年 7 月，前国民党代总统李宗仁夫妇由海外归来，周总理让人征询韩练成意见，是否愿意来北京看望老长官李宗仁？

韩练成实言相告：无论我当时的真实身份是什么，莱芜战役我丢了桂系一个主力军，这等行为有失忠信。我的出面只能勾起德邻先生不愉快的回忆，如果不是非我出面不可的话，我想还是不出面的好。

周总理深表理解，对传话人说：韩练成心境平和，头脑清醒，很难得。

1974 年 4 月初，韩练成在自家小院里一边饮茶，一边浏览报纸。忽见人民日报一个不起眼的位置报道：《蒋介石死了》。韩练成让警卫员拿来茅台酒，斟满酒杯，双手擎起，遥对蓝天："校长，走好。"慢慢把酒洒在地上。他从 1942 年追随中共代表周恩来以后，就把自己的政治立场彻底转到蒋介石的对立面。他祭奠的是"校长"的知遇之恩，但他更忠实于终身追求的革命理想。

参谋处第三科（后方勤务）科长黄闲道、第四科（民众动员教育）科长包钟敏分别兼任民众总动员委员会军事设计组正副组长，黄闲道还兼任第二十一集团军第四十八军政治部副主任；包钟敏从第二战区胡宗南第一军少校参谋一职调五战区；第四科参谋杨必声 1937 年底从延安回来即被调五战区任中校参谋，分管战教和动委会工作；张金铎【黄埔政治教官】原为第六战区冯玉祥部顾问，来五战区作为动委会委员；而从青岛市顾问一职随市长沈鸿烈一起撤下来的"中统"胶东特派员卢斌【黄埔政治教官】，则被安排担任了五战区的动委会常委、情报部部长；他们都在长官部效力。

参谋海竞强（其母是白崇禧的胞姐，即白的外甥）与周竞随副参谋总长白崇禧往徐州前线，作为上校参谋参加以白崇禧为团长的军委会参谋团，协助五战区作战，海竞强还兼任了第二十一集团军第四十八军第一七〇师一〇九团团长。

早在 1936 年初，第五十二军第二师驻徐州、蚌埠一带时，时任师长的黄杰、副师长郑洞国接军政部指令，组织参谋团，对台儿庄周围地区进行侦察，作战时的防御准备。黄杰派师上校参谋聂松溪和几位中校团附为骨干组成参谋团，因成员中缺炮兵人员，师部电话通知师属炮兵营派人参加。时任第二师炮兵营上尉连长的廖传枢（台儿庄战役时任第二师少校参谋）即被营部派往参加。他们从徐州车站乘火车东行到台儿庄、兰陵镇、禹王山、枣庄等地，然后沿陇海路东到沂河、炮车、碾庄等地考察，时达半月之久。返回徐州后，聂让随行的师炮兵营上尉连长廖传枢执笔写了一份《侦察报告》，呈报军政部。数月之后，军政部将这份报告发下，责令第二师在徐州近郊构筑国防工事。当时只构筑了部分钢骨水泥掩蔽体，修建阵地内的交通道路，强度可抗重炮轰击。但后来的台儿庄战役，这些工事并未发生作用。

为了更有把握地在徐州一带歼灭日军的有生力量，李宗仁特约请白崇禧带来高级参谋周竞。在台儿庄战役打响之前，让他和第五战区参谋处的参谋人员一起，到台儿庄的内外交通线、庙堂、街道、墙壁及其他重要建筑物、开阔地，进行了测绘和调查工作，同时，查阅了廖传枢当年的《侦察报告》和一些《地方志》，摸清了每个地方的地形、地势、地貌和历史沿革。依照这些翔实的资料和敌人情报，来研究制定台儿庄战役中的具体作战计划。

当台儿庄已失 2/3，全庄守军已被逼退守南关之时，守庄指挥官池峰城师长为免全军覆没，乃向第二集团军总司令孙连仲请求，暂时撤退至运河南岸。孙连仲请示长官李宗仁定夺。李宗仁严令死守待援，至第二天中午汤部援军赶到，如违令，当军法处置。为了坚定军心，李宗仁表示将于次日清晨来台儿庄指挥战斗，参谋周竞也连夜随李宗仁乘车到台儿庄郊外指挥作战，与士兵们共进退，同存亡。黎明之后，台儿庄北面枪炮声大作，汤恩伯的援军出现在敌后，日军撤退不及，遂陷入了重围。

众参谋穿梭在各个战场上，为传递战区长官部作战意图、情报和督励各部，发挥了重要作用。也充分体现了李司令长官作战指挥有方，驭人有术，具有知己知彼，百战不殆的军事、政治才能。

（五）第五战区的"黄埔军校"

第五战区在徐州成立之时，正值北平、天津、太原、上海等地相继沦陷，津浦铁路沿线各大城市学校大部停办，各地流亡到徐州的大专院校和中等学校的师生为数甚众。他们大多是满怀爱国热情和抗日壮志而又苦无出路的年轻人。于是在 1937 年 11 月，经第五战区民众总动员委员会提议，李宗仁应徐州青年抗日团体的要求，在省立徐州中学内招收并举办了"第五战区抗日训练班"。在李宗仁的亲自邀请下，桂籍著名教育家、江苏教育学院院长雷沛鸿先生（字宾南，他当时带领教育学院学生数十人到徐州参加"抗日训练班"）担任班主任，中共党员陈筹任指导员。铜山中共党组织选派张文盛等一批共产党员和进步青年到训练班学习。训练班大规模收容流亡青年及学生，而且徐州地区的农村青年也被组织起来了，接受抗日救亡的宣传教育和军事培训。第五战区司令长官部还通过报纸、招贴，招收学员。凡大专院校和中等程度学生，只需持有一定证件，即可报名参加。第一期招收培训青年及学生 300 余人。

中共苏鲁豫皖边区特委书记郭子化通过担任动委会委员、常委的身份，利用各种关系，安插共产党员陈筹、匡亚明、佟子实等任政治教官。在训练班中，发展了 30 多名党员和一批团员。学员学习 3 个月毕业时，由总动委会组织部（总干事郭影秋）掌握分配，他把这批学员分为 11 个组派到各县，组成民众动员工作团。工作团团长大多是共产党员担任。他们在宣传、组织、武装群众方面做了大量工作。

　　第二期"抗日青年训练班"扩招，由于招生条件宽泛，一不限年龄性别，二不问学历与信仰，三不管职业与资历。只考一篇作文，题目是《天下兴亡，匹夫有责论》，再由长官部高参兼第五战区民众总动员委员会（主任委员李宗仁）秘书长刘汉川口试录取。总之，招生只有一个重要条件："坚决抗日到底"。这个招生简章，极富有号召力，具有动员民众起来参加全民抗战的作用。所以，报名者十分踊跃，其中：有全校师生一齐报名者；有抗日群众组织集体报名者；有祖孙三代人一块报名者。这个报名行动，体现了同仇敌忾，抗战到底的决心。报名情形，非常感人。招生人数迅速增加到 5000 人，李宗仁大喜，把"抗日青年训练班"更名为"第五战区抗敌青年军团"，亲自兼任团长，刘汉川、刘仲华、刘仲容等为顾问。而实际掌权负责的是李宗仁的称心助手、第五战区军法执行总监兼任副团长的中将张任民，潘宜之中将任教育长，郑昌繁任军训处少将处长，黄季陆【黄埔军校特约政治讲师】任政训处少将处长（后为刘世衡），陆选之为团部秘书，王深林[1]任宣传科长，诗人臧克家【中央军校武汉分校五期】和美术家王寄舟、王景鲁都在宣传科工作。而具体管训各队学员的，则是张任民的亲信周聪。

　　第五战区抗敌青年军团招生后，按入团先后次序进行了第一次编队，共编为四个大队，一个女生队；每大队辖 4 个中队，中队辖 4 个区队，每区队 4 个班，每班 14—16 人。第一大队少将大队长梁松樵，第二大队上校大队长陈大中，第三大队上校大队长陈步藩，第四大队上校大队长张敬【黄埔七期】；女生队少校大队长曹汝慧，王琛汀、左岫泉任指导员。

　　青年军团虽已成立，但国民党中央却不给经费，李宗仁只有商请原广西"绥靖"公署从士兵空饷中拨款维持。由于徐州战事吃紧，1938 年 1 月全团离开徐州，开往河南潢川县城。临行前一天，在徐州中学大操场集合，李宗仁、李明扬、刘汉川讲了话。那天天降大雪，天气严寒，大家在风雪中一直站立了近 4 个小时，身上落满了积雪，手脚都麻木了，活像一队队人工塑造的雪人，但会场秩序井然。次日当地报纸作了详细报道，盛赞学员们的报国热情和严明纪律。大家当夜乘火车抵河南信阳，然后徒步行军，于泥泞中跋涉 120 公里，才到达潢川县城。

　　在潢川通过考核后按文化程度进行了第二次编队，这一阶段的教育方针

---

[1] 王深林 (1904—1978) 诸城市相州镇相州三村人。早年于同济大学肄业，后去苏联中山大学学习，1937 年毕业于德国柏林大学。回国后曾任第五战区长官司令部参议兼潢川青年军团宣传委员会副主任、桂林行营参议兼广西绥靖公署政治部代主任等职。后在重庆、上海、香港等地从事民主党派活动。新中国成立后，曾任政务院参事、农工民主党中央执行局委员、山东省政协副主席。

是三分军事、七分政治，生活管理军事化，严肃紧张，颇有朝气。每天日出前升旗朝会，上午下午两操三讲，晚间座谈讨论。不断有专家学者及高级官员讲话，如白崇禧、陈豹隐【黄埔军校教官】、张志让、黄炎培、江问渔、梁漱溟等。政治课程有战时宣传、民众组织、军队政工、唯物辩证法、战时法令等，政治教官有匡亚明（后任南京大学校长）、郝惊涛、王伯伦、张百川（即张勃川，后任山东大学校长）、佟子实、许大川【黄埔政治教官】、窦雪岩等二十余人；军事课程有步兵操典、野战勤务、射击教范、内务条例、谍报业务、战地救护、防空常识、野外演习、实弹射击等。

第三次编队是按个人志愿，分为特别政治组、普通政治组、军事组、艺术组。特别政治组提前结业，组成宣慰团到第五战区前线战地服务；艺术组由万籁天率领，到湖北鸡公山进行专业训练；军事组结业后，一部分转入中央军校南宁分校学习，成为了真正的黄埔生；一部分派充第五战区所属部队基层官佐；普通政治组人数最多，于1938年4月底结业，分为江苏、山东、安徽三个实习队，由窦雪岩、匡亚明、王伯伦率领，参加三个省的抗战工作及民众组训工作。

青年军团在当时名气颇盛，以致蒋介石欲把青年军团纳入黄埔序列"中央军校战时干部训练团"。所以，李宗仁自豪地说："蒋介石有中央干训团，共产党有抗大，我有青年军团。"无怪有人把当时潢川第五战区抗敌青年军团比作"黄埔第二"。

被派任青年军团上校大队长的张敬，后改任战区司令长官部作战情报科科长。一次，张自忠来青年军团参观，对张敬所带大队的良好表现，大为赞赏。后经长官部高参张寿龄荐引，张敬遂到张自忠的总司令部任高参。后来张自忠将军在随枣战役与敌拼搏壮烈殉国时，身边仅有的少数将领就有少将高级参谋张敬和少将副官马孝堂。

青年军团宣传科当时是最受欢迎的地方，科长王深林政治思想进步，作风平易近人，进步教官及学员都喜欢与他接近。几乎每天来宣传科交谈，互为交换意见，接受任务的人中，教官有郝惊涛、匡亚明、佟子实、张百川等，指导员有王立行、乔冠华（后为外交部部长）、左岫泉（女）等；学生有张景华（后为八一电影制片厂厂长）、俞铭璜（后为江苏省委宣传部部长）等，女生队有沈序（后为江苏省文联任职，俞铭璜之妻）、赵敏（后在国家公安部任职）、徐勉宜、汪云、李德宽等，当时的宣传科一时成为进步师生的活动中心。他们有的是共产党地下党员、"民先"队员，但大家都是心照不宣，思想可以完全解放。他们在宣传科里谈话时非常愉快。

青年军团里还有两位很受人爱戴的刘高参：一位是刘汉川，另一位是刘仲华。刘汉川是徐州萧县人（今萧县属安徽）是民主人士，早在四一二反革命政变时，因避难逃到了广西，结识了李宗仁，多年在广西帮李治理地方，颇见成效，是患难之交。刘仲华是新中国成立后陪着李宗仁先生从海外归来的刘仲容的令兄。他们两兄弟是多年留在李宗仁身边工作的中共地下党员，刘仲华帮助李宗仁成立了青年军团。不管是在招收新生中进行口试，或是同去潢川长期协助张任民主持青年军团的各项具体工作，他们二位都是有很大的功劳。

1937 年底，在日寇即将登陆青岛之时，时任莱阳乡村师范校长的吴伯箫决定带领全体师生迁往临沂，过路诸城时，吴伯箫邀请刚从省第十一中学（临清）回到家乡的臧克家任学校的国文教师。臧克家满怀抗战热情："我要去从军，到徐州，因为那儿最接近敌人。"于是离开临沂，携发妻王深汀（慧兰）及妻弟王斐到第五战区司令长官部所在地徐州去，与五舅哥王深林一起从事前线抗战工作。

然而在徐州没过了几天，臧克家又下定决心：到延安去！于是，臧克家、王深汀、王斐三人告别徐州来到西安八路军西安办事处。而此时，王深林发来电报，电告臧克家等尽快返回徐州，"第五战区抗敌青年军团"已经成立。臧克家和妻子只好把内弟王斐送过黄河到山西参加游击队，再转去延安。臧克家夫妇从西安返回了徐州。后来，臧克家和王深汀随青年军团也来到潢川。1938 年 3 月，臧克家辞职离开潢川到了武汉。臧克家在武汉巧遇王深林留学德国的同学、第五战区的政治部主任韦永成。韦对臧克家说："台儿庄正在激战，请你赶快回前方去，写点报道文章，鼓舞军心也鼓舞人心。"返回徐州后，臧克家冒着生命危险三赴台儿庄前线采访，在前线他采访了池峰城、黄樵松师长等抗日英雄。写成长篇报告文学《津浦北线血战记》。臧克家回忆说：我带着"第五战区司令长官部"秘书的名义，到台儿庄去采访，三次进入这个敌我激烈争夺的寨子，会见了坚守阵地的三十一师师长池峰城。……我也骑着大马，访问了张华堂、屯子彬，听取了他们对战斗的述说。

李宗仁和白崇禧对全国各地来五战区的文化宣传团体，尤其是对这些文化人的生活也很重视。有一次，李、白两将军视察阵地回到长官部。一下车，李宗仁忽然问副官处傅少伟处长，这些文化宣传团体，在前线生活过得怎么样？傅处长报告："他们对战地生活都很适应，对饮食也无任何要求。只听说臧克家是山东人，最喜欢吃大蒜、大葱，但伙房一时缺蒜供应。"

两位将军听了，相视一笑。李宗仁幽默地说："长官部里都是广西人，广西人可没有嚼大蒜的习惯哟。"白崇禧转身对秘书谢和赓说："你去让勤务兵设法搞些来，给他送去。"

不久，谢和赓的勤务兵小张在农民家里买了二斤蒜，用废报纸包好给臧克家送去。臧克家收到后，高兴地给谢和赓回了一张纸条，写道："收到你的'礼物'，真可谓'雪中送蒜'了，请代我向李、白两公致谢。"

而从上海来慰问演出的著名演员王莹她们，不习惯吃大蒜，臧克家就劝她们试着尝一尝，还说大蒜营养好并可杀菌。但王莹她们觉得吃了大蒜有气味，臧克家笑着点拨说："吃后抓一把茶叶嚼在口中，便可解除异味。"后来，伙房供应大蒜，文化人都跟着臧克家大吃特吃起来了。从此，"雪中送蒜"一词不胫而走，成了第五战区长官部里的一段趣话。偶尔，李宗仁和白崇禧闲谈时，一提到这件事还忍俊不禁。

1938年至1941年夏初，臧克家担任了第五战区抗敌青年军团宣传科教官、司令长官部秘书、文化工作委员会委员、战时文化工作团团长、三十军参议。此时的第五战区司令长官部坐落在湖北襄阳老河口。

据臧克家回忆：1941年初，受到池峰城将军的热情邀请，我约同碧野、田涛两位老友一同到了湖北南漳县军部去从事战地文艺工作，又做了池峰城

　　1940年4月15日，在老河口出席第五战区军事会议的将领合影。左起：吴仲直（第五战区司令部通信处长兼交通处长）、高永年（第五战区参谋处长）、刘汝明（第六十八军军长）、王鸿韶（第五战区长官部参谋长）、郭忏（长江上游江防司令）、汤恩伯（第三十一集团军总司令）、孙连仲（第二集团军总司令兼第五战区副司令长官）、李宗仁（第五战区司令长官）、张自忠（第十三集团军总司令）、黄琪翔（第十一集团军总司令）、韦永成（第五战区司令长官部政治部主任）。

臧克家与碧野（右一）、姚雪垠、田涛（右四）合影

部的文化教官。……这时候，战地服务团丁行（中共地下党员）担任三十军的秘书处长，我们经常在一道谈心。各师都要我给他们推荐位秘书，我给三十一师乜子彬师长介绍去了周希（周熙）同志，乜子彬对手下共产党员的身份心知肚明，宽容以待；二十七师黄樵松师长处，把单柳溪同志介绍去了。[1]

　　臧克家在追忆台儿庄大战时，写道："台儿庄是红血洗过的战场，一万条健儿在这里做了国殇，他们的尸身是金石般的雕浮。"在《三吊台儿庄》一文中记述其所见所闻："久行见空巷，但对狼与狸""生者无消息，死者为尘泥""田园寥落干戈后，骨肉流离道路中"。

　　当年在台儿庄前线采访的另一位具有黄埔背景的非常著名的国民党民主人士王昆仑【黄埔军校潮州分校政治教官】，他是在南京沦陷后，随国民党政府的迁移，来到了武汉。第二年年初，他同沈钧儒、邹韬奋、陶行知等联名发起创办《全民抗战》三日刊。台儿庄大捷后，王昆仑携未婚妻曹孟君赴前线采访，未能及时撤出，与当时留在徐州慰劳的一部分各界代表人士于5月18日（徐州沦陷前一日），在三十一军和第七军一个师的掩护下，随第五战区司令长官部一行，由萧县以南突围向阜阳前进，经七天七夜昼伏夜行才到达阜阳。到武汉后，王昆仑为台儿庄大捷，特别是徐州突围编写了大量宣传、鼓动文章。

　　据盛成在《台儿庄纪事》一书《前线慰劳报告》中，提及与李侠公【黄埔教官】等人前往李宗仁司令长官部的情形时写道[2]：

---

[1]　臧克家：《臧克家散文》（一）《遥远的怀思》，中国广播电视出版社 1995 年版。

[2]　盛成：《台儿庄纪事》，北京语言大学出版社 2007 年 10 月版，第 23—26 页。

（四月）廿二日早七时偕政治部代表郁达夫、庄智焕、罗任一、李侠公、林冰坡等往司令长官部献旗。由陈参议江领导，第一，政治部代表献旗，第二，中华全国文艺界抗敌协会献"还我河山"旗，第三，上海文化界国际宣传委员会献"为世界和平而战"旗。李司令长官三受旗答礼毕。

还有一位具有黄埔背景，时任《抗战日报》女记者、被称作"女兵作家"的谢冰莹【黄埔武汉分校五期，女生队】也穿行在台儿庄的战场上。

七七事变后，谢冰莹组织湖南妇女战地服务团，并任团长，在前线救死扶伤；在整个抗日战争的烽烟里，谢冰莹跑遍了运河东西、长江南北及黄河流域。在汉口，她作过"前线归来"的讲演，也曾在重庆为《新民报》编辑副刊《血潮》。在四川，她不习惯后方的生活，于是又奔向徐州；台儿庄大捷中那堆积如山的战利品，使她兴高采烈。这时期她写了许多报告文学，后来在广西出版了一本《五战区巡礼》。在欢乐与痛苦、光荣和侮辱、血泪与烈火交织的战时生活里，她凭着自己的勇气，"冲破了黑暗"，"斩断了枷锁"，又做了一次"叛逆的女性"。她回忆说："我没有一天停止过我的工作，虽然我个人是胜利了，一步步接近了光明、幸福。但回顾整个的国家仍然在被敌人侵略着，全中国的妇女还在过着被压迫、被轻视、被歧视的生活，我不能放弃我的责任，仍然要向着人类的公敌进攻；总之一句话，我的生命存在一天，就要和恶势力奋斗一天。"

作为战地记者，她在台儿庄战役中采访了李宗仁、白崇禧等抗日将士，发表数十万字的文章，激励国人英勇抗敌。在台儿庄大捷后的采访文章《白崇禧将军印象记》等风靡一时。谢冰莹自台儿庄归来后作的《与民族永存》诗写道：

中国的土地，一寸也不能失守！
台儿庄，你伟大光荣的战史。
将与日月争辉，
与民族永存！

并且预言说："可爱的台儿庄啊，暂时你虽然成了废墟，成了焦土，但战士的血开成了胜利之花。等把敌人都消灭时，你立刻就繁荣灿烂起来！"

三、蒋介石总揽全局

(一)蒋、李恩怨情仇

1926年初,完成了统一两广军政大权的李宗仁,于5月10日,以国民革命军北伐军第七军军长身份抵达广州。翌日,应军事委员会主席、黄埔军校校长蒋介石的邀请,李宗仁赴军校参观。访穗前,李宗仁已对蒋介石颇具好感。他回忆说:"那时,白崇禧时常往来粤、桂间,对蒋校长和黄埔军校的革命作风颇多好评,更增加我们对蒋氏的钦佩。"蒋介石热情地接待了李宗仁,陪其参观全校,并留李宗仁在校晚餐。觥筹交错之间,李宗仁滔滔不绝地向蒋介石讲述出兵湖南的利害,蒋介石在旁静听,未多言语。这是他们之间的第一次会面,李宗仁对此印象极为深刻。他说:

> 这是民国十五年五月十一日,我和蒋先生第一次的会面。我对他的印象是"严肃","劲气内敛"和"狠"。其后我在广州的颐养园和白崇禧聊天,白氏问我对蒋先生的印象。我说:"古人有句话,叫做'共患难易,同安乐难',像蒋先生这样的人恐怕共患难也不易!"白氏对我这评语也有同感。

此时,李宗仁力主广州革命政府从速北伐,这与蒋介石不谋而合。后在国民党二届二中全会上,一致同意北伐的主张。6月4日,国民党中央执行委员会决定迅速出师北伐,任命蒋介石为国民革命军总司令。在北伐途中到达长沙时,蒋介石主动提出与李宗仁互换兰谱,结为异姓兄弟。蒋介石兰谱上面除写有生辰八字之类的文字外,最显眼的便是蒋写的四句誓词:

> 谊属同志　情切同胞　同心一德　生死系之
> 　　　　　　　　　　　蒋中正　妻　陈洁如

李宗仁毫无思想准备,一边谦让一边说:"我是你的部下,真是不敢当啊!再说,革命不是不讲究这一套吗?""没事体,没事体,你可不要客气。其实,换帖子拜兄弟,和我们的革命并不冲突呀!这样,我们不更是亲如骨肉、同志加兄弟吗?"这样诚恳的态度,让李宗仁始料未及。

于是,过了几天,李宗仁依样画葫芦,也写上蒋介石的四句誓词,下署"李德邻　妻　郭德洁",交给蒋介石。蒋介石接过兰谱,态度特别亲切地说:"从今往后,我们的关系更上一层了,那就是同志加兄弟,为完成国民革命,

蒋中正 妻 陈洁如

李德邻 妻 郭德洁

誓必同生共死。"

谁知这亲如骨肉，同生共死的同志加兄弟，日后竟成为水火难容、势不两立的政敌，有数说不清的恩怨在等待着他们。

1927年4月初，蒋介石与李济深、白崇禧、李宗仁、张静江、吴稚晖、陈果夫等在上海召开军事会议，白崇禧受命实施全市戒严，四一二反革命政变便血腥地开始了，时任"清党委员会"委员的桂系将领潘宜之，对蒋介石疯狂的搜捕和屠杀共产党人做法抱保留态度，对共产党人有同情心。4月13日夜，时任中共中央军委书记兼中共江浙区委军委书记的周恩来在上海市西郊上海县七宝镇被捕，押解到司令部时，潘宜之屏退左右，念及旧情，将周释放。潘宜之后来在台儿庄大战期间，就任第五战区司令长官部李宗仁的秘书长及第五战区抗敌青年军团的教育长。

中央党校出版社出版的《历史漩涡中的蒋介石与周恩来》[1]一文第三章第五节有这样的记载：

---

[1] 伊家民著：《历史漩涡中的蒋介石与周恩来》，中共中央党校出版社，1995年2月，第64页。

1927年"四·一二"政变后，蒋介石签发了一张通缉令，开出了2.5万元的重金悬赏捉拿周恩来。4月13日上午，周恩来、赵世炎领导上海10万革命群众在上海闸北集会、游行，遭反动军队血腥镇压，周恩来逃出机枪扫射，朝上海方向隐蔽，天已经黑了，周恩来乘夜色，朝七宝镇方向走去。刚进镇，就听见一阵急促的脚步声，伴着大声吆喝："干什么的？！""路过的，来做点生意。""听你口音也不是本地的，走，到司令部去！"周恩来被推推搡搡带到司令部了，他一抬头，和司令部来的一名长官打了个照面，双方都吃了一惊。那位长官让那群兵退下，再次走近周恩来，端详了一番，低声问："你是周先生吗？怎么跑到这里来了？"抬眼的工夫，周恩来已认出对方是李宗仁桂系的核心将领潘宜之，他俩是在广州参加国民党"二全"大会认识的，潘系湖北人，保定军校三期毕业，与白崇禧同学，早年曾作孙中山侍从秘书，北伐期间在蒋介石的司令部里任秘书，这次随白崇禧到上海。潘宜之看了看表："趁夜深没人看见，你赶紧离开这里，离开上海。"周恩来来不及多说什么，用目光示意道谢："我会记住你的，后会有期。"1940年，周恩来作为中共代表在重庆工作时，向时任国民党经济部次长的潘宜之写信表示感谢，表示不忘潘对中共的支持，并介绍了中共在抗战期间发展简况。

1928年1月蒋介石下野重新上台后，李宗仁被任命为南京中央陆军军官学校校务委员会委员、国民党中央政治会议武汉分会主席和第四集团军总司令，参加蒋介石举行的第二期北伐。

北伐战争胜利后，蒋介石借"编遣"，削藩、遣散各路诸侯，首当其冲者便是李宗仁的桂系。于是，蒋、桂兵戎相见。1929年3月以李宗仁、白崇禧为首的桂系军阀与蒋介石之间爆发蒋桂战争。结果桂系战败，逃回广西。蒋介石以"叛乱党国"的罪名，开除李宗仁党籍，免除本兼各职。此后，李宗仁以广西作为基地，着力经营广西，继续与蒋介石抗衡。

1931年，日本帝国主义制造了九一八事变，侵占我国东北，中日矛盾上升为中国社会的主要矛盾。在国土沦丧、民族危亡的紧急关头，蒋介石却顽固地推行"攘外必先安内"的政策。以李宗仁为首的新桂系赞同中国共产党抗日民族统一战线，这一适应历史潮流的号召。主张在国家危亡面前，国内各派停止内战，共赴国难。1936年4月，李宗仁提出"焦土抗战论"，指出与其听任敌人蚕食而亡国，毋宁奋起而全面抗战以图存，表明了反对蒋介石对日本妥协、主张全面抗战的政治态度。

1936年5月，国民党两广政治领袖胡汉民在广州突然病逝。蒋介石乘此时机，以全国统一，加强"精诚团结"为名，压迫两广当局结束与南京的半独立状态，如两广当局不服从，即以武力解决。这激起了两广当局的强烈不满，于是广西的新桂系和广东的陈济棠粤系他们发动"逼蒋抗日"的六一事变，史称"两广事变"。

1936 年 6 月 1 日，广西宣布抗日救国。两广地方实力派组织的西南政务委员会和西南执行部于 6 月 2 日正式向全国发出通电，呼请国民党政府实行抗日国策。六一事变使全国为之振奋。但蒋介石对此采取一系列政治手段及军事措施，蒋桂战争大有一触即发之势。

然而，两广事变获得了全国人民的广泛同情和支持，中国共产党对两广事变非常关切，严厉谴责蒋介石，赞成新桂系的抗日行动。由于全国人民要求抗日，一致对外，双方达成政治妥协，两广事变最终得以和平解决。

两广事变发生以后，毛泽东在陕北通过无线电向全国发表了讲话："西南抗日反蒋，虽然不免夹杂有权位地盘等不正当的动机，但是在客观上是革命的进步的"，因此决定"吾人准备在军事上及其他各方面给西南以种种可能的援助"。

1936 年 9 月中旬，蒋介石飞往广州，并向广西发出和平信号。李宗仁也飞抵广州。他们终于在生死格杀的 8 年后，握手言和。李宗仁在回忆录中说：

九月十七日，我乃只身飞广州，谒见蒋先生。大家寒暄一番，未及其他。自此大家言归于好，共赴国难。不久，西安事变发生，接着抗战也就爆发了。国家的命运与个人的经历，遂又进入另一阶段。

1936 年 11 月，蒋介石制造"七君子事件"，桂系对"七君子"发出营救电，要求"政府对爱国运动不应予以压迫"。12 月 12 日，西安事变发生。李宗仁与白崇禧、李济深联名通电，提出政治解决事变的五点基本立场。支持张、杨，停止内战，一致对外，主张和平解决事变，统一抗日战线，并致电周恩来，表示赞同中共和平解决事变的方针。桂系对西安事变的鲜明主张，对正在观望中的其他地方实力派起到了积极的影响。

西安事变和平解决以后，李宗仁特使刘仲容到延安向毛泽东详细地讲解了李宗仁、白崇禧如何整治广西，如何与蒋斗争，不被蒋介石"吃掉"等事情以后，毛泽东对刘仲容说："广西这几年跟蒋介石闹独立。名气很大啊！广西是个有名的穷省份，闹起饥荒来，灾民常逃到湖南来。湖南的农民讨不到老婆的，就娶广西的妹子。李先生凭什么闹独立？据说，这几年，没有南京政府的财政支持，不仅撑得住局面，还被人称赞为全国的模范省。我看李宗仁是个有本事的人。"毛泽东还对李宗仁做出了许多评语，如"李宗仁对部队是控制不错的呀！""李宗仁确实有些本事哩！""没本事是闹不起独立的"等。毛泽东先后三次称赞李宗仁有本事，意在处理好与李宗仁的关系，最大限度促进抗日统一战线的形成，并通过刘仲容向李宗仁传递共产党人的信号。

历史已无从考证毛泽东所说的这番话对李宗仁抗日究竟起了多大作用，但后来的事实表明，李宗仁在民族大义面前确实不负众望，在抗日战争初期的台儿庄大战中上演了波澜壮阔的一幕。

1937年，卢沟桥事变爆发，全面抗战开始。大敌当前，桂系与蒋介石捐弃前嫌，无条件地共赴国难，携手抗战。蒋介石委任李宗仁为第五战区司令长官兼安徽省主席。李宗仁不负众望，率部浴血奋战台儿庄，取得了历史意义上的胜利。

蒋介石作为李宗仁曾经换帖的结拜兄弟，在1938年11月，宋美龄到桂林考察妇女救亡运动时，特委派其专程赴李宗仁老家看望李母。回到重庆后，宋美龄在一次集会上谈起会见的情景："我在广西见到李宗仁先生的母亲，这位73岁的老太太说：日本没有什么可怕，我们中国妇女每人拿一把菜刀就可以解决那些日本军阀！"会场顿时响起热烈的掌声。

1940年12月4日，在抗战的关键时刻，为部署抗日战事来到桂林的蒋介石携夫人宋美龄，在桂林行营主任白崇禧陪同下，不顾寒冷，在乡间路上经过一个多小时的颠簸，专程到广西临桂县两江镇看望了李母刘肃端，并为李母祝寿。此时的李宗仁正坐镇鄂北老河口前线与日寇厮杀，所以，只好安排夫人郭德洁、兄弟同刘太

1938年11月，宋美龄与李母、郭德洁在李宗仁家合影。

夫人等家人，在大门外恭候。蒋介石夫妇在白崇禧的一一介绍下，操着浓重的宁波口音，很是平和地与刘太夫人、李春华、李宗唐等人一一躬身握手，颔首微笑，蒋氏夫妇还在李宗仁旧居大门前拍照留念。

在众多的国民党政要中享此殊荣，李宗仁可谓是第一人。

然而，作为政治人物与军事首领，新桂系首领李宗仁与统帅蒋介石，一生中经历过合作、分裂对抗、再合作、再分裂对抗的四个阶段。在国共第一次合作期间，特别在北伐战争期间，他们互相支持合作，这是他们关系最好阶段。

随着北伐的胜利，他们为了维护自己的利益，共同策划和发动了针对共产党人的四一二反革命政变，他们共同叛变了革命，自己否定了自己。此后至抗日前夕，蒋介石为了消除地方势力，不惜同志加兄弟的情谊，蒋李兵戎相见。李宗仁欲取而代之，用武力同蒋介石对抗。在此期间，李宗仁曾两次逼蒋下野。他们之间处于分裂对抗的关系。

在抗日战争期间，李宗仁拥蒋抗日，能够服从蒋介石指挥，积极投入抗战。他们又再次合作，虽合作但也都存有戒心。抗战胜利以后，国共矛盾凸显，蒋介石为挽救江河日下的军事、政治困境，推行宪政，欲上演民主政治的闹剧。召开"行宪国民大会"，选举总统和副总统。关于李宗仁竞选副总统原委，《李宗仁回忆录》[1]有如下记述：

1940年12月，蒋介石与宋美龄在李宗仁家大门口留影。

1948年3月25日，我请见蒋先生，当蒙于官邸接见。寒暄既毕，我便向他报告我已决心竞选副总

[1]　唐德刚：《李宗仁回忆录》（下），广西师范大学出版社，2005年12月，第662页。

统，希望有所指示。蒋先生说，选举正、副总统是民主政治的开端，党内外人士都可以自由竞选，他本人将一视同仁，没有成见。得到蒋先生这项保证，乃兴辞而出。

但我知道，我如当选于蒋先生究竟有何不便，蒋先生可能也说不出。但他就是这样偏狭的人，断不能看一位他不喜欢的人担任副总统。他尤其讨厌对党国立有功勋，或作风开明、在全国负有清望的人。记得以前当台儿庄捷报传出之时，举国若狂，爆竹震天，蒋先生在武昌官邸听到街上人民欢闹，便问何事。左右告诉他说，人民在庆祝台儿庄大捷。蒋先生闻报，面露不愉之色，说："有什么可庆祝的？叫他们走远点，不要在这里胡闹。"蒋先生并不是不喜欢听捷报，他所不喜欢的只是这个胜仗是我打的罢了。

果然，蒋先生不久单独召见我，希望我放弃竞选，以免党内分裂。我说："委员长（我有时仍称呼他委员长），我以前曾请礼卿、健生两兄来向你请示过，你说是自由竞选。那时你如果不赞成我参加，我是可以不发动竞选的。可是现在就很难从命了。"

蒋先生说："为什么呢？你说给我听。"

我说："正像个唱戏的，在我上台面前要我不唱是很容易的。如今已经粉墨登场，打锣鼓的、拉弦子的都已叮叮咚咚打了起来，马上就要开口而唱，台下观众正准备喝彩。你叫我如何能在锣鼓热闹声中忽而掉头逃到后台去呢？我在华北、南京都已组织了竞选事务所，何能无故撤销呢？我看你还是让我竞选吧！"

蒋先生说："你还是自动放弃的好，你必须放弃。"

我沉默片刻说道："委员长，这事很难办呀。"

蒋说："我是不支持你的。我不支持你，你还选得到？"

这话使我恼火了，便说："这倒很难说！"

"你一定选不到。"蒋先生似乎也动气了。

"你看吧！"我又不客气地反驳他说，"我可能选得到！"

蒋先生满面不悦，半天未说话。我便解释给他听，我一定选得到的理由。我说："我李某人在此，'天时'、'地利'都对我不太有利。但是我有一项长处，便是我是个诚实人，我又很易与人相处，所以我得一'人和'。我数十年来走遍中国，各界人士对我都很好，所以纵使委员长不支持我，我还是有希望当选的。"

蒋先生原和我并坐在沙发上促膝而谈。他听完我这话，满面怒容，一下便站起来走开，口中连说："你一定选不到，一定选不到！"

我也跟着站起来，说："委员长，我一定选得到！"

我站在那儿只见他来回走个不停，气得嘴里直吐气。我们的谈话便在这不和谐的气氛中结束。

……

（4月）25日我便以选举不民主、幕后压力太大为辞，声明退出竞选。消息一出，果然全国舆论大哗，支持我的国大代表，尤其是东北代表们，无不气愤填膺，认为最高当局幕后操纵，破坏民主，孙科如当选亦无面目见人。孙科为表白计，亦于翌日退出竞选，程潜亦同时退出，国民大会乃宣告休会，延期再选。蒋先生不得已，只好将白崇禧找去，要他劝我恢复竞选。蒋说："你去劝劝德邻，我一定支持他。"

最高当局既已软化，底下的人也就不敢过分胡闹。4月28日国大恢复投票。我的票数仍然领先，孙科遥落我后，程潜票数太少，依法退出。原投程潜票的乃转投我的票。29日四度投票，我终以1438票压倒孙科的1295票，当选副总统。

李宗仁在当选副总统后，于次年1月，在国民政府军事、政治、经济大厦将倾，蒋介石内外交困之时，第三次逼蒋下野。当上了代总统，登上了中华民国的最高宝座。然而蒋介石并不甘心拱手相让，退出历史舞台。蒋、李

1948年5月20日，蒋介石、李宗仁于南京就任中华民国第一任总统、副总统。

之间发展到不能相处的地步。

从李宗仁与蒋介石关系的发展变化中，我们可以看出，凡是他们之间能够合作，并对国家对人民作出贡献，都是在国共合作的环境下，有正确的思想指导，顺历史潮流，站在人民这一边；凡是他们之间分裂、对抗，做出对国家对人民有害的事，都是没有正确的思想作指导，逆历史潮流，与人民为敌。

李宗仁毕竟与蒋介石有过"义结金兰"的情谊。他似乎很难忘记与他有过"生死之交"的蒋介石，也似乎无悔无怨。当他回国之后，有记者问他与蒋介石的关系时，李宗仁表示："他有许多缺点。就我个人来说，我很喜欢他。我们都是失败者。"

（二）蒋介石知人善任

在第五战区将领的选择使用上，蒋介石用心良苦，有许多知人善任之举。选用李宗仁为第五战区司令长官，而且担任此职一直到 1945 年初，应该说是蒋介石知人善任的代表作。李宗仁起于基层，能够成为新桂系首领，完全是靠他"打"出来的，这与他的精明强干，善于将将带兵是分不开的。李宗仁是桂系《焦土抗战论》的鼓吹者，宣扬"宁为玉碎，不为瓦全"，誓与"敌人火拼"到底，成为抗日最坚决的主战派将领之一。所以，委李以抗日重任，让其英雄有用武之地，必然会尽力效命，以实际行动证明自己主战、抗日是真诚的。

更为重要的是，抗日战争是全民族奋起抗战，蒋介石不仅动用"中央正规军"对日作战，还要调动"地方杂牌军"奔赴沙场，对日作战。桂系属实力派，抗战爆发后即动员了 3 个集团军、40 个团的兵力，这是一支重要军事力量，重用李宗仁，可以更好地调动这支军事力量积极投身于抗战序列。当时，第五战区所辖部队，大多是"地方杂牌"军，而选用也属地方实力派将领的李宗仁出任司令长官，其资历、威望、才干、人品、经验可足以服众，必将有利于战事。原广西部队第十一、第二十一集团军等部调归第五战区战斗序列，李宗仁也不无感慨地说：自己"亲手训练出来"的部队，"调动起来，如臂使指"[1]"指挥起来可以得心应手。"[2]其他"杂牌"部队置于同属"杂牌"的将领统辖下，有一种安全感；李宗仁要驾驭本不属于自己系统的其他"杂牌"部队，也只能以德待人，施恩于下，使之"感到无限的温暖与安全"。实战中正是如此，李宗仁"指

---

[1] [2]　唐德刚：《李宗仁回忆录》（下），广西师范大学出版社 2005 年 12 月版，第 532、528 页。

挥下的'杂牌'部队，人人皆有效死之心"，战斗力大大增强。

作为最高统帅，蒋介石希望部将尤其并不十分"听话"，但抗日热情仍然高涨的杂牌部队为抗战效力，对于李宗仁能够指挥杂牌部队，蒋是有起码的估计，否则怎么可能任命李宗仁为所辖部队以"杂牌"居多的第五战区司令长官呢？又怎么可能向第五战区大量增调杂牌部队呢？

事实证明，蒋介石选择李宗仁出任第五战区司令长官，是一项英明之举，李宗仁未辱使命，率领第五战区部队进行了艰苦卓绝的战斗，立下赫赫战功。

蒋介石知人善任的另一显著例证是对张自忠的使用。蒋借李宗仁、冯玉祥、鹿忠麟、宋哲元等为张说情，希望给张一个戴罪立功的机会。蒋也考虑到张自忠"为人侠义，治军严明"，确实是位不可多得的将才，抗战全面爆发，正在用人之际，若让他重新带兵戴罪图功，必有所作为，而且，张自忠若迟不归队，所部已扩编为第五十九军，驻防河南，军中无"主"，即便不乱，由于多方都想"瓜分"这支队伍，弄不好"受激成变"，反倒更糟……因此，蒋介石决定重新启用张自忠，令他代理第五十九军军长。张自忠万分感动，当即表示："我张某有生之年，当以热血生命以报国家，以报知遇"[1]随后，在台儿庄战役期间，蒋介石把张自忠第五十九军由第一战区调入第五战区，划归李宗仁指挥。不能不说与李宗仁等在京为张氏说项有关。1940年5月16日，在枣宜会战之南瓜店战斗中，张自忠身先士卒，战死沙场，为国捐躯，实践了自己以死报国的誓愿，成为不朽的"抗战军人之魂！"[2]

台儿庄战役打响之际，蒋介石令随同自己到徐州前线视察的统帅部副参谋总长白崇禧等组成参谋团留在徐州协同李宗仁指挥作战。白崇禧是李宗仁的老搭档了，二人是新桂系首领，共同奋斗多年，亲密无间，互相知之甚深，各自的品格、性情、用兵方略都互相了解，配合融洽，留白崇禧协助李宗仁指挥作战，确实是再恰当不过的人选。同时，蒋介石还令军令部次长林蔚、第一厅厅长刘斐在第五战区司令长官部协助李、白指挥作战，有利于统帅部与第五战区的上下沟通，这一人事安排可谓"珠联璧合"。

虽不能说蒋介石对第五战区所有将领的使用都做到了知人善任，但确实不乏这方面的实例，尤其对第五战区主要将领的任用，基本上做到了知人善任，任用适当，这是台儿庄大捷的重要因素之一，也是第五战区能够坚持抗战到

---

[1]　茅海建等：《国民党抗战殉国将领》，河南人民出版社1989年6月版，第207页。

[2]　《新华日报》，1943年5月16日。

底并取得一些重大战绩的重要保障。

（三）蒋介石调兵遣将

蒋介石作为国民政府最高统帅，通盘考虑全面战局，全面统帅正面战场的对日作战，诸如战区的划分、战区高级将领的任用、战区部队战斗序列的编定、战区间部队的调遣、会战的组织等，皆由蒋介石及其参谋班子策划或者经由蒋的同意，甚至一些重大战事，也由蒋介石直接调度和指挥。各战区长官部和司令长官，以及前线一些高级将领，直接向统帅部、向蒋介石报告战况，呈报或请示作战部署，这是抗战期间正面战场不成文的规定，没有一个战区例外。统帅部通过下面的报告了解敌情和战况，制订作战方案，进行战斗部署，并将这些方案、部署以命令的形式下达有关各部贯彻执行。抗战期间，统帅部一直是中国军队的指挥中枢，蒋介石从未被架空过，而且他极其喜欢"直接指挥前方作战"，有时"越级亲自指挥"，把前方指挥系统给搅乱了，非但对战事无裨益，反倒有损害。这是蒋介石一直未能克服的毛病和弱点。

从第五战区的大量报告、请求和统帅部、蒋介石的一系列指令电文中，不难看出蒋介石始终关注、指导、指挥着第五战区的战事。第五战区所进行

1938 年春，蒋介石在武汉召集最高军事委员会会议。

的"会战"和大战斗，一般统帅部都制订并下达作战计划或作战指导方案；向第五战区增兵调将，也基本上全部由统帅部、蒋介石运筹，并再下达命令。

最高统帅部为保卫津浦线，徐州会战期间从其他战区陆续抽调部队支援第五战区，投入前线作战。于学忠部、张自忠部、孙连仲部、汤恩伯部、邓锡侯部、孙震部至台儿庄前方，卢汉部、樊崧甫部到徐州，后期调李汉魂、黄杰、桂永清、俞济时、宋希镰等部至豫东开封归德陇海线，所有重大调动，均由蒋氏总揽全局、运筹帷幄。

在调配兵力时，战区与部队间发生意见分歧，需蒋权衡决断，遇调地方部队，蒋注意事先征询。3月中旬调汤恩伯部至鲁南时，李宗仁已电呈蒋，拟从第二十军团汤部抽其八十五军驻商丘之一整师到滕县，作为二十二集团军之总预备队。汤持异议，反对分割使用。后来汤军团全部调至鲁南参战。调六十军卢汉部赴徐州时，该部正在湖北孝感花园地区整训。据卢汉回忆说，先是李宗仁要求调卢部，蒋乃令陈诚找卢汉商谈。卢了解到鲁南战局有新的部署，表示同意调遣、这才下令调动的。[1]

台儿庄战役及徐州会战主要由第五战区承担作战任务，由战区司令长官李宗仁具体指挥。作战过程中，有关敌情、战况，战区均向最高统帅部报告，有关战略方针、战役部署、战斗方案，李宗仁均请示并遵奉统帅部的指令。

除此之外，蒋介石向第五战区下达的电令，大部分是关于李宗仁及前线将领的战报及呈示作战部署的批复，对李宗仁等作战部署的修订，或者下达新的作战命令、督战令，也有对将领进行褒扬、鼓励或诘责、批评的电文，甚至有调解前线将领关系的电文。这些电文充分体现了蒋氏总揽全局，心系前线，为台儿庄战役殚精竭虑。

3月17日致李宗仁、庞炳勋、张自忠电：临沂捷报频传，殊甚嘉慰。仍须督励所部确切协同，包围敌人于战场附近而歼灭之。如敌逃脱，须跟踪猛追，创开战以来之歼敌新纪录，藉振国军之气势，有厚望焉。[2]

3月19日致电孙桐萱、曹福林部：希贵部神速行动袭敌侧背策应正面之作战，以期各方面确切协同，一举歼灭敌人，挽回国军全盘之战势，有厚望焉。[3]

3月21日致李宗仁并汤恩伯、孙桐萱、曹福林、庞炳勋、张自忠电：对

[1] 孙连仲、刘斐：《徐州会战——原国民党将领抗日战争亲历记》，中国文史出版社 2010 年 9 月第 1 版，第 46 页。

[2] [3] 中国第二历史档案馆史料编辑部编：《中华民国史资料丛稿·台儿庄战役资料选编》，中华书局 1984 年版，第 143—144 页。

津浦北段之敌决依 20∶21 分之令，围攻聚歼之。[1]

3 月 28 日，台儿庄各战场鏖战正酣之际，因临沂吃紧，蒋介石命令第一战区派兵增援。第一战区司令长官程潜急派在开封驻守的黄光华、李兆锳所部第一三九师火速赶赴临沂，解救危局。

3 月 29 日，林蔚转述蒋的电令：台儿庄屏障徐海，关系第二期作战至钜，故以第二集团军全力保守，即存一兵一卒，亦须本牺牲之精神，努力死拼，如果失守，不特该军官兵死罪，即李长官、白副总长、林次长亦当严办。[2]

4 月 1 日，正当台儿庄大战进入白炽化、日军攻势猛烈、中国守军虽顽强抵抗但无法将攻入台儿庄内的敌军逐出，战局成胶着状态但潜伏着重大危机之际，蒋介石急电致李宗仁、白崇禧、林蔚：对于台儿庄之敌务须歼灭。倘兵力不足可用援军，并须注意步炮协同。[3]

4 月 5 日致汤恩伯电：台儿庄附近会战，我以十师之众对师半之敌，历时旬余未获战果。该军团居敌侧背，态势尤为有利，攻击竟不奏效，其将何以自解？应严督各部于六、七两日奋勉图功。毋负厚望。究竟有无把握，仰即具报为要。[4]

显然，蒋介石对核心阵地战事的进展，感到不甚满意，此电令既是斥责汤恩伯，亦是斥责李宗仁。次日，李宗仁致电蒋介石，向蒋明确答复：已严令并督饬各部队于最短时间歼灭台儿庄附近之敌矣。

4 月 7 日，当台儿庄之敌大部被歼，残敌向峄县退却时，蒋介石致电李宗仁：以损失较轻之部队如第一一〇师或第十三师，向峄县、滕县方面追击，以第二十一师向临沂方面追击。其余部队于扫清战场后，从速集结整顿，构筑坚强工事。[5]

8 日，蒋介石致电曹福林：台儿庄方面之敌迄 7 日拂晓已歼灭过半，开始北溃，除严令各军穷追外，着贵部迎头猛攻，以期一举歼灭。

9 日，李宗仁致电蒋，说他已于 8 日晚抵台儿庄，将战况作了一个综合报告。蒋回电下令对逃窜之敌"各军分途追截务期歼灭"，"饬令所属地方武力协力截击"。

同日，致山东省主席、省保安司令沈鸿烈电：（1）查鲁南敌主力已崩溃，

---

[1] [2] [3] [4]　中国第二历史档案馆史料编辑部编：《中华民国史资料丛稿·台儿庄战役资料选编》，中华书局 1984 年版，第 144、32、145、145 页。

[5]　中国第二历史档案馆编：《抗日战争正面战场》（上），凤凰出版社 2005 年 8 月第 1 版，第 619 页。

其小部向北分窜，除令各部分途追截，务期歼灭外，希通令所属地方武装协力截击。（2）希迅速整理山东各游击队积极袭扰敌人，妨害敌由鲁北或鲁东增援为要。

4月12日致李宗仁、白崇禧电：台儿庄之捷已逾5日，峄枣韩临尚未攻下，踌躇审顾，焦虑至深。以乘胜之军更加主力部队追逐援绝溃急之寇。不急限期消灭，一旦敌援赶至，死灰复燃，是无异堕已成之功而自贻将来之患。万望激励将士，努力进攻，一面分途堵截，务于一、二日内将残寇全数歼除。庶敌兵再至，我更有以待之。[1]

4月13日致孙连仲、汤恩伯电：仍盼督部迅歼残敌，限两日内攻下峄枣。[2]

1938年3月蒋介石在徐州、台儿庄，左起白崇禧、蒋介石、李品仙、李宗仁。

蒋氏虽在后方，但日夜关切前线战况，督令前方将士攻战。至4月下旬，蒋仍部署"决以机动防御及运动战击灭敌人，在鲁南发动凌厉攻势。"[3]他是充分贯彻了攻势防御的方针的。

即使是在战役后期，蒋对指示安排部队撤退，撤退后收拢兵力部队整补均作指示安排。为徐州撤退，蒋布置好给李宗仁、白崇禧送去联系的密码。[4]5月19日，蒋致孙震手令：务速将徐州一带火车、机关车全部毁灭，由兄负责勿误。[5]盖是日徐州已陷敌。蒋致电李、白、汤（恩伯），指示转移收容驻防事宜。据孙连仲回忆，徐州撤退后，他留在了苏北淮阴，参谋总长传达蒋的命令，

---

[1] [2]　中国第二历史档案馆史料编辑部编：《中华民国史资料丛稿·台儿庄战役资料选编》，中华书局1984年版，第146页。

[3]　《抗日战史·徐州会战（一）》，第42页。

[4] [5]　秦孝仪主编：《中华民国重要史料初编——对日抗战时期 第二编 作战经过（二）》，第269页。

在淮阴修一机场，修好后孙乘飞机撤退到周家口。

（四）蒋介石莅临台儿庄

蒋介石虽在后方，但日夜关切前线战况，直接参与了战役指挥。并且在几次关键时刻，蒋介石都亲临前方视察，指示机宜，鼓舞了前方将士的勇气。

3月24日，当台儿庄激战开始时，蒋即赴徐州视察督导，返回武汉时留下副参谋总长白崇禧、军政部次长林蔚，军令部第一厅厅长刘斐、高级参谋王鸿诏组成参谋团在徐州协助李宗仁指挥作战。

当日下午，蒋介石到达台儿庄邻近车站视察战事。据倪志本老先生回忆：

> 3月24日晚间，蒋介石与李宗仁等人一起乘钢甲车在台儿庄南下车（当时该车没有驶入车站），徒步到达台儿庄南站。蒋、李由孙边仲、田镇南、池峰城等人陪同观察。蒋在站台上向北远望了一会战火中的台儿庄，向孙、田等人询问了战况，并作了战略部署，当夜返回徐州。此后，蒋介石又曾来台儿庄视察慰问两次，其中一次来台儿庄时，正值后期战役激烈的时候，蒋所乘坐的钢甲车在车辐山站停下后，蒋在车上召见了六十军军长卢汉等人。

是夜，副总参谋长白崇禧偕第二集团军总司令孙连仲到台儿庄南站视察。白崇禧副参谋总长亲登车站大楼，俯视战场，此时夜幕已深，但台儿庄外许多村落火光通明，硝烟弥漫，许多被炸弹引燃的建筑仍在燃烧，十分悲惨。同时还不时传来零星枪声。白副参谋总长判断："敌将以一部牵制我汤军团，而以主力攻略台儿庄，以崩坏我迂回军之旋转轴。"当询悉三十一师仅有步机枪与迫击炮等简陋装备，无法与优势敌兵抗衡时，白崇禧即手令调炮七团一部、战车防御炮一连及铁甲车第三中队归三十一师指挥，并对池峰城说："国家仅此炮二连（团）一尚在机校：一始调汴，希重视之。"又说："台儿庄乃徐州屏障，今此要点，已非汤军团之旋转轴，乃战区旋转轴也，期能三日守，俾战区获得时间余裕，敌可就歼也。"勉励将士努力作战，嘱其从战局出发，实现聚歼顽敌的目的。

当晚，战区即派炮兵第七团一营前来协助三十一师作战。该炮团团长张广厚亦于26日前来亲自指挥。该炮最大射程万米，其威力不亚于日军野炮，该营在台儿庄运河南岸布防。

3月27日，当日军增兵鲁南，日军炮火猛攻台儿庄、敌我双方在寨内激烈巷战之际，蒋介石再次莅台视察，亲赴前线车辐山车站，坚持去台儿庄南站巡视。李宗仁劝阻说："委员长之安全系全国长期抗战之成败，万万不可在此久留。"蒋坚持说："前王铭章师长与全师在滕县壮烈殉城，我已痛惜，未曾与之谋面；今池师长又将及生死关头，我既来此，怎可却步？况战斗惨烈是战争常事呢，我怎好怕死不去？"

这时，随蒋公之侍卫长钱大钧【黄埔兵器教官】说："德邻兄所言极是，委座意见甚是正确，我应折中。我先代表委座去前线慰问，俟敌炮稀疏时，委座再行前去，较为安妥。"蒋、李二位遂听劝而止步了。钱侍卫长前去未几，敌因伤亡过重而退败。蒋终携李、白等人同到前线，中途适遇守台儿庄的三十一师池峰城师长。池师长刚从火线回来，手里还拿着手榴弹，见到蒋公，惊喜有加，忙说："这个地方，你老人家怎么能来啊？恳请您速回。这会敌人炮火虽然稀疏，说不定哪会又有激烈的战斗发作。请您老速速离去。"蒋公拉着池师长的手说："你的长官说你是'忠勇、精干兼备的铁军人'，今天看来此言不虚。"池师长再三恳求委座急速离开，并表示："我师绝对战斗到底，与阵地共存亡。以报国家，以报委座知遇之恩。"钱侍卫长接着说："池师长对委座的珍重和敬意，宜听取，咱们回去吧。"李长官也再三恳求，蒋又对池嘉许、勉励一番，才答应告别。他们三人同去之时，犹恋恋不舍。池师长肃立目送，待三人远去了，才回头对部属说："我是行伍出身，部队又是杂牌，今能蒙委座于敌炮猛烈攻击之时，亲来前线看望咱们大家，真感贤明领袖之仁慈心情可景阳。今后，我们要以高度精诚报效国家，永远追随慈爱的领袖！"[1]

据时任蒋介石的副官居亦侨【黄埔六期】撰文回忆：4月3日，台儿庄硝烟弥漫，血肉横飞，战斗相当惨烈。城内几乎没有一所完整的房子、大街、小巷每隔两三米就有一处建筑牢固的工事，双方进行了数次肉搏战、拉锯战，敌我犬牙交错，大街小巷躺满了尸体。中午时分，坚守在前沿阵地的三十一师电讯联系突然中断，情况十万火急，李宗仁和白崇禧急电蒋介石。

蒋介石正在用午餐。前几天陪宋美龄吃了几天西点、西菜，很不习惯。这天他独自午餐，桌上摆着四菜一汤：本蚶、蛎蝗、鸡汁芋艿、雪里蕻炒开洋和鸡汁豆腐汤，还有两碟腐麸和臭冬瓜。这是蒋介石最喜欢的家乡溪口菜肴。

我接电后，匆匆向餐厅走去。蒋介石听到我的"报告"声，语气平淡地

---

[1] 枣庄市台儿庄区政协文史委员会编：《台儿庄文史资料》（第一辑），牛洪凯，"蒋介石李宗仁视察台儿庄"，第 32 页。（注：此次蒋莅台，应与 3 月 24 日来台为同一次。疑作者回忆日期有误。）

应了一声"进来"，并把右手握着的筷子放下。我走到桌前，立正后把公文夹送上，说："先生，徐州急电！"蒋介石看完急电，愣了一下，眼神骤变，矜持而严峻，动作迂缓。霎时，狠狠地把文件夹往桌上一掷，愤愤地说："居副官，备车到机场，马上飞徐州。"

我随蒋介石飞抵徐州，此行极为秘密。蒋介石身着草绿色呢军装，腰配"军人魂"短剑。到达徐州后，李宗仁、白崇禧二人向蒋介石汇报说："委座，我已下令三十一师长池峰城乘势反攻，命令军团司令孙连仲、汤恩伯、关麟征率军支援。"蒋介石注视着李宗仁说："目前大本营与台儿庄电讯尚未接通，前线正在激战，最好派人前去慰问、联系。"

我站在一旁自告奋勇地说："委座，派我去。师长池峰城、副师长乜子彬、旅长王冠五都是我的好友。"蒋介石听后说："好，你快去。把战况急速报来。"

我急速启程，乘火车到离台儿庄约有两公里处下了车，步行到达台儿庄城垣前沿指挥所，和池峰城师长等阵地上相逢，均感高兴。池峰城、乜子彬、王冠五3人已经血战六昼夜未下火线，3人嗓音嘶哑，眼睛布满血丝，精力却很旺盛。34岁的池师长脸色苍黑，显得消瘦，他脱下军服，一面指挥打仗，一面下围棋，不像个将军，倒像个学生。他向我谈战况说："我的师已损失百分之七十，现有日军20辆坦克正向我军台儿庄北部阵地进攻，我军在城外只有一个连（实际只有40人）和一辆坦克，但已击毁日军坦克4辆，打落日机1架，击毙了日军六十三团团长福荣真平大佐，日军迫于我军的猛势，坦克不敢接近我的城墙。"我听了无比兴奋，并请池师长急速加派通讯兵，火速抢修通讯线路，不久，线路接通。池师长在电话中向蒋介石汇报战地实况。我与池峰城师长握别，迅速返回徐州，向蒋介石、李宗仁、白崇禧作了紧急汇报。

蒋介石侍从室另一位侍从官——胡靖安【黄埔二期】，在台儿庄大战期间，也随蒋三赴台儿庄，他在侍从室工作时，就参与了整个抗日战争一些重大战役的军事计划和部署，也经常奉命到各大战区去督战和了解实际情况，传达蒋介石的口谕，台儿庄战役的时候他冒着生命危险，三进三出台儿庄前线，当台儿庄战役进行到逐门逐窗的拉锯式的争夺战时，他看到我们中国的这些战士们真的是在那儿拼死，用血肉之躯来抵御日军的攻势。那堆积如山的战士的尸体，看到那些战士死的时候都是与敌人同归于尽地扭在一起，临死之前也不能够轻饶了日本鬼子，这种气概，使他非常感动，回来就向蒋介石报告，说我们有这么好的士兵，中国不会亡。为了了解战况，他深入第一线，子弹就擦耳而过，差点就送了命，他这种行动也大大鼓舞了前方的将士，他也把实际情况带回来报告，这样也有利于最高统帅部指挥。

后来胡靖安的妻子在回忆到这一幕时说：他每次去前线都好像永别似的，他说："我要去前线了。"我们都不知他能不能再活着回来相见。于是，他就走了，然后呢，哎呀！他又活着回来了。他第三次去，就是台儿庄大捷了，回来以后他是那么的高兴，她才知道：哦！原来他去的是台儿庄啊！

另据时任白崇禧的秘书谢和赓撰文回忆：在台儿庄战役将要结束的时候，蒋介石偕程潜到台儿庄视察并慰勉将士来了。当他们莅临第五战区长官部时，李宗仁夫妇和白崇禧等高级将领走出室外迎接。爽朗的郭德洁女士跟在丈夫李宗仁身后，打趣地说道："古人说'马到成功'，现在他们来，可以说是'成功马到'了。"

李宗仁赶忙转过脸，埋怨她："多嘴！"

众人听了，也深感郭女士失言。因为蒋介石毕竟是三军统帅，这么讲话，简直是有损他的尊严。这件事，后来成为桂系高干们茶余饭后的笑资。

蒋介石到台儿庄以后，接见守土有功的抗日将士，大大褒奖他们："不惧强敌，浴血奋战，舍生报国，忠烈可嘉。"高兴之际，蒋介石指示侍从室人员与李宗仁和白崇禧两位将军合影留念。

左起：李宗仁、蒋介石、白崇禧

台儿庄大捷后，时任蒋介石的副官居亦侨亦撰文回忆：一天晚上，我与上校副官组长项传远【黄埔一期】、李同堂等不足10人，陪同蒋介石去台儿庄前线视察阵地。蒋介石微服潜行，那天穿的是布军服，配短剑，精神很好。我们陪同蒋介石由第二集团军孙连仲的指挥所步行过河。孙连仲偕我们一行，到达庄垣前沿阵地池峰城的指挥所，蒋向池峰城师长等慰问。视察阵地后又作了战略部署，即行返回五战区司令长官部所在地徐州。

蒋氏此次莅临台儿庄，与谢和赓回忆记述的应为同一次。

4月底，当日军增兵鲁南，会战第二阶段开始紧张之时，蒋介石亲赴前线，在车辐山车站，召集各路将领开了军事会议。据卢汉在回忆录中写道：

4月24日晚，蒋介石到车辐山车站、电话通知我前往谈话，蒋介石说，台儿庄的得失，有关国际视听，必须以一个师坚守。我只得改变原计划，令第一八四师以一部在原阵地，大部进住台儿庄，加强工事。转移禹王山的命令则暂不实施。关于我军兵力部署，我去前线视察时，曾在丁家桥与张冲师长研究，张冲师长建议：敌人向我右翼进攻，企图从我右翼突破．直下切断陇海线。台儿庄只有一道土墙，工事不坚，敌人在此已吃过亏，只要守住禹王山，就能保住台儿庄。禹王山不守，台儿庄也守不住。我认为张冲师长的见解是很符合当时实际情况的，当即下令第一八四师向禹王山转移，不料蒋介石到车辐山向我说，台儿庄守军池峰城师已无战斗力，必须由六十军派1个师坚守台儿庄，因而改变计划，遂令暂缓实施，分散我军兵力。26日，我军出击不利，防守兵力单薄，我即向孙连仲提出，禹王山的得失，关系重大，请另派部队接替第一八四师台儿庄的防守任务，以便将第一八四师调守禹王山。孙连仲不敢决定，转报李宗仁，答应由第一八四师留1个团守卫台儿庄，其主力转移至禹王山占领阵地。当夜我即下令第一八四师将兵力乘夜向禹王山转移。由于禹王山地质系碎岩层，挖掘战壕不易，我立即向战区长官部要麻袋2万条，堆砌胸墙，加强防御工事。

蒋介石为贯彻他的命令，随即派军委会高参胡若愚到我军协助指挥军事。胡若愚是过去云南内战中的敌对人物，与我素不和睦，此来名为协助，实为监视，蒋介石于敌我展开激战之际，尚玩弄牵制手法，足见其防范地方部队甚于敌人。

滇军不仅守住了台儿庄和禹王山，而且遏止了日军极其强大的攻势，使轻取南京、上海的矶谷、板垣精锐师团多日以来尺寸未进。这对于蒋介石来说，真是天大的喜讯。

蒋介石及孙连仲总司令嘉勉第六十军战功的原电如下，证实了滇军的这段抗战历史。

蒋电："台儿庄卢军长：贵部英勇奋斗，嘉慰良深。查敌之苦困缺乏，较我尤甚。盼鼓舞所部，继续努力，压倒倭寇，以示国威。"

孙电：（衔略）"贵军此次在台儿庄附近集中之际，仓猝遭遇敌之主力于大平原中，以血肉之躯，与敌机械化部队艰苦奋战，前仆后继，鏖战八昼夜，初资不以伤亡惨重稍形气馁，不惟使台儿庄固若磐石，抑且使抗战大局转危为安。忠勇奋发，足资楷模！惟敌人犹作困兽之斗，尚望激励所属，积极加强工事，以完成聚歼大计，是为至盼。"

5月4日清晨，蒋介石再次飞抵徐州，对李宗仁、白崇禧说："禹王山这仗打得好嘛，张冲这个人不错。你们要把禹王山的战例好好总结一下，写好交我，我要把它作为军事教材，编到各军事院校学习。"但白崇禧却以张冲"违抗军令""有八路参战"等为罪名，肆意诋毁；李宗仁则以"禹王山的战绩恐有不实"，尽量淡化。其实，蒋介石的密探早就把各部队的作战实情以不同渠道汇报上去了，哪容他们瞒天过海！蒋介石却说："台儿庄、禹王山现在不是还在我们手中嘛，这是国际视听一直承认的现实！守住了台儿庄又守禹王山，功劳更大；至于说有八路参战一事，这也好嘛，现在是国共合作抗日，八路军即便参与打了一百个大胜战，还不是在国军战场上打的嘛，还不是在我们这些人指挥下打的嘛，功劳也决不会记在共产党头上的！……"蒋介石这一席话，说得李宗仁、白崇禧很不好意思，两人连说："委座高见，委座高见，我们自叹不如！"

李宗仁、白崇禧指着地图，较详细地向蒋介石报告了上一阶段的战况和当前敌我态势及整个布局，蒋介石以命令的口吻说："鲁南会战已到了战略决战时刻，你们要趁禹王山的胜利，迅速与敌决战。"并以批评的口吻说："为什么不命令汤恩伯、孙连仲堵住东北角上这个口子？只要堵住这个口子，八路军在平型关能消灭三千人，我们为什么不能消灭他三万人！这么好的战机，你们竟久拖不决，太令人失望了！"

13时许，战略决战的会议在徐州李宗仁司令长官部召开，李宗仁传达了蒋介石的命令，并下达了作战任务。汤恩伯信誓旦旦，于学忠也表决心，都说若不执行命令，愿提脑袋来见李长官。李宗仁又转向卢汉："吃掉包围圈内之敌，就看你们六十军了！"卢汉请求李长官再给点兵力，李宗仁说："我这里一点机动兵力也没有了！"李宗仁部署完作战计划，站起身来说："总统手谕！（众将肃立）此次作战，有关鲁南会战成败，更有关国际视听，只许成功，不许失败！有临阵退缩者军法从事！"

据时任军令部第一厅厅长刘斐撰文回忆道：

蒋介石对于第五战区司令长官部在作战指导上和统帅部之间的分歧很担心。大约是五月十一或十二日下午，蒋突然给我一个电话，要我立即赴飞机场同他飞郑州一行。当我到达机场时，知道还有军令部次长林蔚同去。我们在飞机上曾对当时的情况有所研讨。蒋承认徐州的状况正处在危险关头，对五月十一日的作战指示是否能贯彻执行很关心。我们进一步研究到，即使贯彻十一日的指示，鲁南兵团在运河的防守，能否保持到鲁西兵团和陇海兵团反包围作战的胜利，也还是问题。我当时还举出苏北之敌用在第一线的不过三千来人，淮北之敌也不过五千来人，竟长驱直进，如入无人之境，则陇海兵团能否迅速击破淮北之敌再转移兵力支援鲁南兵团作战也是问题，希望蒋作下一步的考虑。

飞机到达郑州已近黄昏，我们休息了一会，蒋介石马上找我和林蔚谈话，表示他对徐州的情况很担心，深怕李宗仁不马上执行五月十二日的命令（注：各兵团交叉掩护撤退），则徐州后方联络线将被切断，以后就更不好办了。末了，蒋介石很郑重地说："我再三考虑，只有我自己亲自去徐州跑一趟，要李德邻赶快行动才好。你们看怎么样？"

我估计蒋的本意就是自己不想去，否则，他领着我们一道去就是了，何必再问。因此我表示："委员长亲自去未免太冒险，由我去传达委员长意旨就行了。"林蔚也跟着我："只要我们去就行了。"蒋马上说："你们两人去也好。你们去同德邻说，这个是敌人的大包围，不赶快想办法，几十万大军会丢掉的。你们还要向各级将领讲明白，要他们贯彻统帅部的命令。只要大家齐心，首先各个击破淮北、鲁西方面的敌人，再对鲁南转移攻势，胜利是有把握的，有把握的。"他并说："我已经叫他们准备了一列专车，你们马上就去。你们一路上也要当心。我马上通知沿途各站将领，要他们到车站来向你们报告情况。"

5月14日，李宗仁即与白崇禧在运河南站召开高级军事会议，到会的还有：抗战时期军委会四巨头之一的军令部部长徐永昌参谋总长、林蔚次长、刘斐厅长、孙连仲、于学忠两总司令、汤恩伯、张自忠两军团长等，部署徐州总退却。5月15日自徐州城内移往南门外段家花园，第五战区所属部队成功突围。5月19日，徐州沦陷。

对于台儿庄大捷，蒋介石头脑清醒，处理低调。当各地鸣鞭庆祝时，蒋以统帅所发的公告称："此乃初步之胜利，不过聊慰八个月来全国之期望，消弭我民族所受之忧患与痛苦，不足以言庆祝，来日方长，艰难未已，我同胞应力戒矜夸，时加警惕，惟能闻胜而不骄，始能遇挫而不馁，任劳耐苦，奋斗到底。"

即便如此，还是让蒋介石兴奋不已，他与李宗仁、程潜各拨款10万元，共计30万元，犒赏台儿庄前线官兵，蒋介石特派俞飞鹏赴前线劳军，国民党中央执行委员会第四次全体会议致电第五战区司令长官李宗仁，祝贺台儿庄大捷，当日，武汉三镇10万人热烈庆祝台儿庄大捷。

1938年4月7日，蒋介石在日记中提及台儿庄只出现于当年四月之"本月工作检讨"内称：台儿庄胜利不仅关系战局之成败，实使民心士气为之一振。（1938年4月30日）至此不出二十日（5月19日），徐州弃守，蒋介石虽未言明，但已在日记里对李宗仁切责。

关于蒋介石莅临台儿庄面授机宜，文献并无详细叙述，特别是《李宗仁回忆录》几乎没有提及。据《蒋介石年谱》记载：

3月24日，偕白崇禧飞到徐州视察军务。当天飞返武汉，留白崇禧在徐州组织参谋团，驻守徐州，协助李宗仁指挥台儿庄战事。

4月21日，赴徐州指示作战方略。次日视察台儿庄战场。（卢汉等人的回忆录及一些史料均记载为24日，待考。）

综合以上，在台儿庄战役两三个月期间，据前方将士、蒋介石侍从人员回忆，蒋介石莅临台儿庄达4次，与台儿庄战役有关的莅临徐州、郑州各1次，如果算上逮捕韩复榘的开封会议，蒋介石关切台儿庄战役莅临前线次数达到7次之多。

四、周恩来高瞻远瞩

1937年12月9日召开的中共中央政治局扩大会议决定由项英、周恩来、博古、董必武组成中共中央长江局，领导南方各省党的工作。[1]由周恩来、王明、博古、叶剑英组成中共代表团，到武汉继续与国民党谈判，协商国共两党合

---

[1] 根据博古1938年9月在政治局会议上作的"关于中共中央长江局工作报告"，长江局工作范围包括滇、黔、川、鄂、赣、皖、苏、浙、闽、粤、桂等省以及上海市、河南省和新四军。

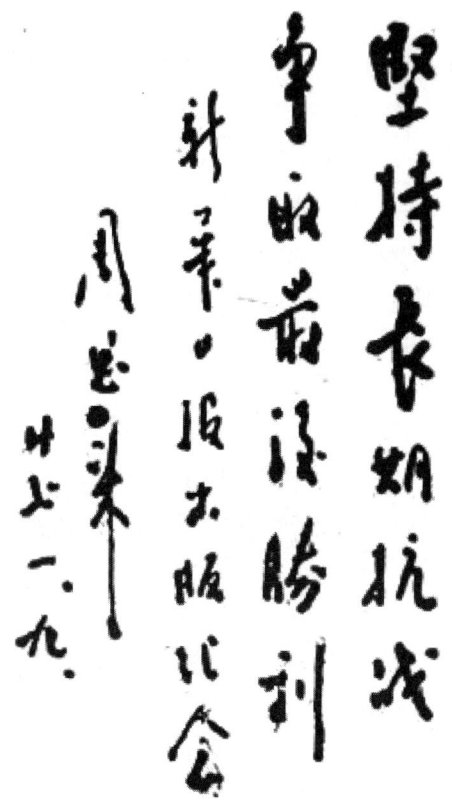

周恩来发表在《新华日报》上的抗战题词

作事宜，推动统一战线工作。[1] 12 月 18 日，周恩来【黄埔政治部主任】和王明、博古、邓颖超、孟庆树（王明夫人）等从延安飞抵当时成为国民党政治、军事中心的武汉，与先期到达的叶剑英【黄埔教授部副主任】等人汇合。住在国民革命军第十八集团军（原八路军）驻汉办事处（简称"八办"）内。"八办"设在汉口原日租界中街 89 号（现汉口长春街 57 号）四层楼的大石洋行内，长江局也将机关秘密设在这个楼上。据王明《传记与回忆》说："（中共中央）要王明等即日飞武汉去见蒋介石，以便给他以大力的支持，告诉他不仅中共而且苏联和共产国际都积极地支持他抗日。"蒋介石为了了解共产国际对中国抗战特别是对国民党的态度，特邀王明赴武汉一谈。周恩来主要负责统一战线和军事工作。

12 月 23 日，在汉口，中共中央代表团与长江局召开第一次联席会议，由于成员大致相同，为工作集中和便利起见，合为一个组织，对外叫中共中央代表团，对内称长江局。中央代表团和长江局由项英、博古、周恩来、叶剑英、王明、董必武、林伯渠组成；暂以王明为书记，周恩来为副书记，叶剑英兼任参谋长。周恩来主要负责统一战线和军事工作。

12 月 30 日，中共代表团和长江局举行临时会议，讨论通过了周恩来起草的《抗日救国共同纲领草案》。

1938 年 1 月 11 日，王明、周恩来、博古、董必武、叶剑英致电中共中央书记处：国民政府军事委员会改组恢复北伐时期军中的政治部，蒋以陈诚任政治部长，要周恩来任副部长，周曾再三推辞。请中央考虑具体意见。"兄弟阋于墙，外御其侮。"当国共两党为了共赴国难再度走到一起时，在国民

---

[1] 张培森主编：《张闻天年谱》（上下卷），中共党史出版社 2000 年 8 月第 1 版，第 529 页。

党中也享有较高声望的周恩来顺其自然地成为了担任这一历史使命的最佳人选。1924年第一次国共合作期间，当周恩来出任黄埔军校政治部主任时，陈诚还只是一个炮兵队长，深知"辈分"的陈诚亲自登门相请；同时，行政院院长孔祥熙也通过国民党元老、副院长张群出面，邀请周恩来到行政院任职。对这两项邀请，周恩来和中共代表团以"担心引起两党摩擦"为由，婉言推辞。但在蒋介石的一再坚持下，中共中央同意周恩来出任军事委员会政治部副主任一职。2月6日，国民政府军事委员会政治部成立，陈诚为部长，黄琪翔、周恩来为副部长。郭沫若出任第三厅厅长（主管宣传工作），由周恩来副部长分管。周恩来的这一任职是抗战期间共产党人在国民政府担任的唯一要职。

宣传工作是中共的优势，可以做出许多国民党做不到的事情，因此周恩来以大量的时间和精力用在筹建三厅和组织文化界统一战线队伍方面，为了动员郭沫若担任第三厅厅长，以影响和带动文化界爱国人士投身抗战、靠拢中国共产党，周恩来和郭沫若进行肝胆相照的商谈，拒绝了国民党派特务骨干来控制第三厅的要求，使他接受了这个任务。第三厅延揽了阳翰笙、田汉、胡愈之、杜国庠、冯乃超等思想、文化界知名人士参加工作。在周恩来的领导下，第三厅在进行抗战宣传，促进抗日民族统一战线发展方面发挥了不可替代的作用。

（一）抗战初期的武汉"文艺复兴"

受周恩来委托，阳翰笙、老舍等发起组织"中华全国文艺界抗敌协会"，并且得到了国民政府军事委员会副委员长冯玉祥的大力支持。第三厅成立前后，电影、戏剧、美术、音乐各协会纷纷成立，以文艺为武器动员人民，打击敌人。影响较大的活动如成立了10个演剧队、4个抗敌宣传队和孩子剧团，到前线部队和农村、工厂中演出，发挥了鼓舞士气动员群众参加抗战的作用。名演员金山、王莹演的街头剧《放下你的鞭子》等，使广大群众受到了很好的教育和启发。

1937年11月，在山东齐鲁大学任教的老舍别妻离子，从济南只身流亡到武汉。受到了周恩来等共产党人的热情相助，他曾对外说："我不是国民党，也不是共产党。谁真正的抗战，我就跟着谁走。我就是一个抗战派。"周恩来还邀请老舍，希望他出面主持文协工作，将流亡到武汉的文化界人士团结起来。

那时的武汉聚集了来自全国的文化名流，有胡风、萧军、萧红、沈从文、丰子恺、郁达夫，赵丹、金山、舒绣文、冼星海、崔嵬等，他们因上海的沦陷而流亡至此。他们的到来使武汉也成了全国的文化中心。

老舍接受了周恩来的提议和邀请。经过老舍和阳翰笙等人的筹备，1938年3月27日，"中华全国文艺界抗敌协会"成立大会召开。国民党中央宣传部部长邵力子为总主席，周恩来、蔡元培、罗曼·罗兰和史沫特莱等13人被推为名誉主席团成员。

在华北、华中硝烟弥漫，台儿庄战役正酣，战火紧逼武汉的紧张气氛中，此刻的文协成立大会上，却出现了难得的热烈与和谐场面。被推举为文协理事的冯玉祥还兴致勃勃地上台表演文艺节目。"轮到他表演时，他趋向台前，轻拂着一块手绢，大唱泰山民歌《柴夫的儿子》，博得满堂喝彩声。"时任冯玉祥秘书的于志恭回忆道。会后，冯玉祥在普海春大饭店设宴招待与会的全体文艺界人士，五六百位文艺界人士欢聚一堂，谈着团结抗战的话语，那种团结向上的热烈气氛，即便是十年后冯玉祥在异国他乡回忆起来，仍留恋不已："在武汉这一个地方，最好的现象是大家都想团结一致，共同抗战。如同汉口成立的抗敌文协，是舒舍予（老舍）他们领导的。我听说，这些拿笔杆子的文人，平时都是你挑剔我，我批评你，谁和谁都不易在一起；这一次为了打倒日本帝国主义，收复失地，雪我们全民族的耻辱，他们成立了抗敌文协，大家全团结起来了，把自己互相指责的精神，集中起来对准敌人进攻！"

"今天到会场后最大的感动，是看见全国的文艺作家们，在全民族面前，空前地团结起来。这种伟大的团结，不仅仅是在最近，即在中国历史上，在全世界上，如此团结，也是少有的。"周恩来在成立大会上也发表了一番热情的演讲。

5月中旬，周恩来被邀请到文协参加第二次理事会。老舍后来在会务报告中对这次会议有生动的描述：

> 轮到周恩来先生说话了，他非常高兴能与这么些文人坐在一处吃饭，不，不只是为吃饭而高兴，而是为大家能够这么亲密，这么协力同心地在一块儿工作。他说，必须设法给"文协"弄些款子，使大家能多写些文章，使会务有更大发展。最后（他眼中含着眼泪）他说他要失陪了，"因为老父亲今晚10时到汉口！（大家鼓掌）暴敌使我们受了损失，遭了不幸，暴敌也使我的老父亲被迫南来。生死离合，全出于暴敌的侵略，生死离合，都增强了我们的团结！告辞了！"（掌声送他下楼）

极富感染力的周恩来让这些文艺工作者充满了敬佩之情。后来，不少作家和文艺工作者都选择了共产党，为了吸收革命青年，在武汉的八路军办事处也帮助延安抗日军政大学、陕北公学招生，据"八办"提供的材料，"仅以 1938 年 5 月至 8 月的记载"，这一数字已达 880 人之多。"1938 年 8、9 月武汉形势吃紧后，党组织加紧动员大批工人、学生和其他人去延安，常常是以集体的形式，二三十人，五六十人乃至百余人，大批大批地出发奔赴延安。"周恩来的个人魅力，应该在其中起了不小的作用。

在台儿庄大捷后，由老舍执笔的"中华全国文艺界抗敌协会告同志书"，给第五战区的将士们及百姓以莫大的鼓舞！（全文如下）

诸位同志！

台儿庄的胜利，使全世界的人都换了一对眼睛来看我们中国人。在前几个月，世界上爱护和平的人都同情我们，而厌恶日本，可是在同情之中有点不放心：中国弱而日本强啊！台儿庄的大胜利，把这种不放心削除了！全世界的人开始认识我们的伟大，钦佩我们的民族复兴的决心与勇气，就是那与日本有些交情的人们，也没法不承认我们有根，而日本的侵略是自掘坟墓了。这样，台儿庄的胜利加强了全世界和平主义者的信心，削减了侵略主义者的威风。由这一战，我们已确定了转败为有名的地方，更将在历史上永远成为大中华民族复兴的光荣纪念碑。

日本的重炮与战车在这里失去了效用，我们的血肉牺牲却因维护正义与保卫江山得到空前的胜利，与无上的价值。战士们，你们的每一滴血，每一滴汗，都是神圣的；在血染过的战场上会生出民族复兴的新芽来。诸同志的精诚英勇改变了历史！中国从此必能抬起头来，成为自由的国家，与有骨气的民族；也只有这么着，世界才会见到真正的和平。

你们的壮烈，你们的牺牲，你们的辛苦，使全国同胞都感激敬爱。我们——全国文艺界的同仁更兴奋感动。我们要呕尽心血道出诸同志的伟大精神，歌颂这历史的功绩。我们必须把后方对诸同志的希冀与帮助，传达到前线；必须把诸同志艰苦卓绝的真情，带回到后方。枪杆与笔杆必须配备在一起，前方与后方定要一心一德；全国军民都骨肉相联的共赴国难，我们才能有更大的胜利，最后的胜利。因此，我们推举了代表，今日到前方与诸同志相见：一来向诸同志致敬慰问，二来是观察战场上的情形，而后报告给后方。

中华全国文艺界抗敌协会成立没有好久，诸事还没能就绪，所以这次来慰问诸同志的代表人数不多，而给诸同志带来的礼物也不过只是一面得胜纪念旗。可是，我们还要再来。诸同志的卫国抗战的精神与功劳是我们时刻不能忘记的，我们必须要常来常往，与诸同志会面。我们正计划着，在最近的将来，我们自己特为诸同志写些小书，送到前方去，使诸同志或能得到些精

神的安慰，我们也可以略表敬爱之忱。谨祝

　　继续胜利！

中华全国文艺界抗敌协会启

老舍

　　在周恩来卓有成效的工作下，大敌压境之前的武汉出现了短暂的文化兴盛现象，以致郭沫若一度认为抗战时期的武汉可谓中国的一个"文艺复兴期"。

　　4月7日，由第三厅发动的武汉各届抗战宣传周开幕，周恩来在《新华日报》发表《怎样进行二期抗战宣传周工作》的专论，提出：在文字宣传上要力求具体、通俗和生动；在口头宣传上要力求普遍、通俗和扼要；在艺术宣传上要普遍、深刻和激越感人。要求大家把这次抗战宣传周的经验，推广到各个城市乡村，一直达到全中华民族的动员。宣传周的第一天，传来台儿庄大捷的消息，晚上，武汉三镇举行了十万人的火炬游行。几十个演剧队和几百个口头宣传队深入至武汉的大街小巷、工厂、码头、郊区农村进行抗日宣传。又举行了歌咏日、美术日、戏剧日、电影日、漫画日等。以后在各种宣传活动中，广大群众都踊跃参加，形成规模空前的群众性抗日救亡活动。

　　特别是在纪念抗战爆发一周年时，第三厅举行的"献金运动"，影响大、效果好。当郭沫若向陈诚表示要举行这项活动时，陈诚断言一定会失败，而失败将带来不好的影响。事实与陈诚的断言截然相反。武汉人民积极响应，在短短的5天里，各界群众捐献现金、物资价值100余万元，其中有工人、农民、学生、工商业者甚至难民、乞丐。周恩来献出他担任政治部副部长的一个月薪金240元；长江局八路军办事处和《新华日报》馆的同志也都参加了捐献。"献金运动"在中国许多城市热烈展开，长沙、广州、重庆纷纷行动，都取得了很好的成绩。

　　在政治部这个平台上，周恩来发挥了他外交家的卓越才干，很快利用他的个人魅力与早期结识的国民党上层，迅速而游刃有余地进入了新的角色。他往往白天在武昌政治部办公或亲自做统战工作，晚上又乘渡船过江到汉口长江局来处理电报，一直到深夜。据当时跟随周恩来担任秘书工作的童小鹏回忆："（每）当我在他的办公桌上拿走最后一份电报稿时，往往是凌晨了。当时事情非常繁忙，长江局的同志找恩来同志处理工作要排着队，常常谈到深夜。记得有一次长江局秘书长李克农同志安排在最后，等和恩来同志谈完工作已是大天亮了。恩来同志每天工作达十五六个小时，但他始终精神奕奕，同志们都深为佩服。"

《武汉文史资料》中记载：周恩来上任后，在位于阅马场武大老校舍（现湖北教育学院）的国民政府军委会政治部内，以副部长身份，戎装佩剑，戴中将军衔，主持全部官员参加的总理纪念周。周的大将风度和威仪，给与会者留下了绝佳印象。周恩来在讲抗战形势时，严密的逻辑思维能力和语言表达技巧，也让不少本为"军统""中统"成员的听众为之折服。

（二）周恩来抗战的战略思想

自1931年日本帝国主义发动九一八事变，到1941年发动太平洋战争，世界战争从序幕发展到高潮，战火燃遍亚、欧、非三大洲。在遭受法西斯侵略的几十个国家中，大多数国家都沦亡了，即使是跻身于世界强国的法国也屈膝投降了。而中国作为一个积贫积弱的国家，却敢于抵抗日本法西斯的侵略，直至取得最后的完全的伟大胜利。其中一个较为重要的原因，就是中国共产党促成并竭尽全力维护了抗日民族统一战线。而周恩来在促成并维护这一伟大的统一战线的过程中，作出了卓越的贡献：他审时度势，从"抗日反蒋"，到提出"逼蒋抗日""拥蒋抗日"的新思路，为促成抗日民族统一战线奠定了思想基础；他相忍为党，以民族大义为重，竭诚维护抗日民族统一战线的团结；他提醒全党记取教训，主张以斗争求团结，高度重视争取党在统一战线中的领导权等。

在这场反日本法西斯的伟大战争中，周恩来高瞻远瞩，预见战争将是一场持久战，并提出持久制胜的战略思想：（1）只有全民起来抗战，抗战才能持久。（2）必须实施战略展开和发展敌占区的游击战争，抗战才能持久。（3）必须改造旧军和建立新的军备，抗战才能持久。（4）必须以马列主义理论为指导，创造性地解决游击战与根据地的关系，妥善处理在国民党正面战场作战中游击战与运动战、阵地战的关系。所有这些，为抗日根据地的发展，为中国人民反败为胜，抗击日本法西斯指明了斗争方向。他同毛泽东等一起提出正确的抗战路线、战略战术及其作战原则，发展和完善了民族革命战争的军事理论。

早在1937年卢沟桥事变爆发之时，周恩来面对妄想"用一个月就解决"中国事变的嚣张至极的日本帝国主义，非常坚定地表示："胜利是属于中华民族的。"并指出："抗战的方针必须发挥红军运动战、游击战、持久战的优势。"8月中旬，他在南京参加国民政府召开的军事会议上，就抗战的战略方针进行讨论时，再次提出：全国抗战在战略上要实行持久防御，在战术应采取攻势，即实行积极防御的方针。华北战区须培养独立持久的能力，并由阵地战转为平原与山地的广大运动战，同时在敌侧翼和后方发动民众，开展游击战，破坏敌人交通，牵制消灭日军。可惜这些正确主张没被国民党领导集团采纳。

8月22日至25日，在洛川召开的中共中央政治局扩大会议上，周恩来在分析当时的抗战形势后，明确指出：对形势要有持久战的估计。因为在华北，目前还不具备粉碎日军进攻的条件，但是我们愈持久，群众的积极性可以更大起来，我们的部队也能壮大起来，敌人消耗愈多，愈增加困难，对我们愈有利。并提出运用运动游击战，"布置敌人后方游击战争，必要时集中力量消灭敌人"的方针。可惜周恩来这些宝贵意见，因红军改编为国民革命军第八路军，急于出征抗日未得到充分讨论。但会议集周恩来、毛泽东等中共领导人的智慧，制定了《抗日救国十大纲领》和通过的《关于目前形势与党的任务的决定》，强调"应该看到这一抗战是艰苦的持久战"。

1938年1月，在抗日战争进行了5个月，察绥沦亡、保定失守，国民党政府首都南京陷落的情况下，和平妥协的主张，一时甚嚣尘上；抗日阵线内部也有些人对长期抗战发生动摇、失去信心。为坚定全国人民抗战到底的决心，周恩来在《群众周刊》发表了《怎样进行持久抗战》一文。文章开宗明义："只有持久抗战，才能争取最后胜利，这是抗战五个月中主要的教训。"文内周恩来以唯物辩证的思想，分析了中日双方力量消长的规律，即："我国地大物博人多"，"我们的长处是可以在持久战中发扬和增加起来的。特别是民众动员，愈因战争延长会愈加深入；军队作战，愈因持久，会经验丰富，改正愈多；军事工业和军事交通，愈因持久，会成就愈大。在日寇方面，则因他的短处，在于财政困难，军事工业原料缺乏，国内矛盾增长，后方不巩固，远东形势陷于孤立等等。如果战争持久，战线延长，他的兵力，将不够分配。他的短处，将日益暴露。他的长处，将逐渐减少"。文章提出坚持持久抗战，争取最后胜利的八项具体办法：巩固前线；建设新的军备；建立军事工业；发展敌人占领地区的广大游击战争；进行广大的征募兵役运动；巩固后方；加强国防机构；运用国际的有利条件。文章最后指出："只要贯彻抗战到底的方针"，并具有实施支持长期抗战具体办法的坚强的信心和决心，反对一切动摇、屈服、投降的思想，"日本帝国主义强盗的进攻，必然会遭到最后的惨败，中华民族的独立解放事业，必然会达到最后成功的！"

上述周恩来关于持久制胜的思想，大多发表于抗战之初，发表于毛泽东《论持久战》之前，尽管在理论上尚欠精辟、系统，但它所起的作用是不可低估的。

它在许多人对战争如何发展还不甚明了的时候，及时指明必须持久抗战才能取得胜利的前景，教给人们一整套削弱敌方、反败为胜的办法，鼓起人民抗击日本法西斯的勇气，坚定了中国人民争取抗战胜利的信心，使人民忧如在暗夜中见到光明，在迷途时辨明方向。

在如何进行持久抗战，并夺取最后胜利的问题上，周恩来认为："人民是抗战力量的源泉。"因为战争的基础，在于广大人民群众之深厚的伟大力量。进行持久抗战，"必须由现实中央政府所发动领导的全国军队的抗战，发展到全民族全面的抗战，才能争取民族革命战争的最后胜利。"要实现全民族抗战，首先"必须在全民族中进行战争动员"，唤起民族的觉醒。因为"民众的反抗，是持久战的最重要的条件"。"民族的觉醒，民族的愤怒，民族的斗争"，"这种力量的伟大团结和发展是敌人任何的军事分割和政治分化所不能分割的，它将保证着中国抗战的继续，它将保证着中华民族的胜利！"其次，是必须敦促国民党政府"开放民运"。"若再不开放民运，军队就无法补充，作战将无人援助，民众武装将无法建立，强悍者将受日寇的屠杀，懦弱者将变为日本顺民，狡黠者将变为汉奸，而奸商劣绅将首先悬挂日旗担任维持。我们如不愿意这样，只有无丝毫迟疑地宣传民众，发动民众，组织民众，武装民众"，让民众了解"这时代是战斗的"。这是一次"对外的全面的反法西斯侵略的战争"。"发动民众为保护其自身利益而斗争"，为民族利益而斗争。"要争人不争地"，"不怕战争失利，最怕战争失了人心！失掉民众——这是万劫不复的"。

此外，周恩来还创造性地解决了游击战与根据地的关系，妥善处理了在国民党正面战场作战中游击战与运动战、阵地战的关系。

（1）关于开展游击战必须以敌后抗日根据地为依托的问题，可以说是周恩来在抗战中的一个创举。1937年周恩来一到山西就注意考虑在新形势下如何建立敌后根据地问题。经过充分调研，他依据当时的情况，提出由中国共产党、牺盟会和其他群众团体参加的，由共产党、八路军领导的"战地动员委员会"的设想。并亲自领导起草动委会工作纲领。该纲领经与阎锡山多次谈判通过后，9月20日，第二战区民族革命战争战地总动员委员会在太原成立。之后，周恩来又提议把对配合八路军动员群众，开展游击战争，支援前线发挥了巨大作用的动委会发展成实际的政权组织。并具体指导了第一个敌后抗日根据地晋察冀边区抗日民主政权的建设。事实证明，敌后根据地的发展，为游击战争走出战术的范畴，上升到战略地位，起了巨大作用。

（2）正确处理游击战与运动战、阵地战的关系，是周恩来帮助指导国民党正面战场进行持久战所作的重要贡献之一。1938年2月，周恩来针对日敌长驱南下，国民党正面战场节节败退的现实，在《怎样进行持久战》一文中论述了游击战与运动战、阵地战的关系。他说："今后作战，将更便于发挥我中国军队在山地战、运动战中的特点，但这并不是阵地战就不要了，没有某些支点和要塞的顽强防御，便不能吸引和暴露敌人的兵力，阻止敌人前进，使我主力部队得以进行突击；但这也不是说将以游击战争为主了，运动战是正规战的一种，并不是游击战。游击战是配合正规战的一种主要的辅助战术。只是在敌人占领和包围区域，主力部队不易立足和不易集中行动的条件下，才以游击战为主，游击战本身是不能驱逐日本帝国主义出中国的。"要最后战胜日本帝国主义，不仅要发挥游击战和运动战的特长，而且要在提高技术的条件和军队现代化的基础上，使我军逐步提高阵地战的能力。同年2月，在《关于军事问题答记者问》一文中，周恩来进而阐述了游击战争的含义："游击战不是正规战，并不负决战的任务。它是以两种方式形成，一是部队中派出的游击支队，一是群众武装的队伍，在不定的战线上，进行袭击、扰击、截击和破坏的战斗，以达到吸引、牵制、分散、迷惑、迟滞、疲惫、削弱和打击敌人的目的。"并强调在战略防御阶段，"战略方针，应以运动战为主，配合以阵地战，辅助以游击战。"周恩来就是灵活运用上述思想，先向奉调去徐州协助第五战区司令长官李宗仁指挥作战的国民党副参谋总长白崇禧建议，又派张爱萍去徐州见李宗仁，当面转达他的意见，终于促成徐州会战并取得台儿庄大捷。

（三）周恩来以抗战促统战

抗日战争时期，周恩来坚决拥护和执行以毛泽东为首的党中央关于建立抗日民族统一战线的方针、政策，与其他中央领导同志一起开展了建立抗日民族统一战线的工作。他既是统一战线的决策者之一，又是统一战线工作的模范执行者。他在抗日民族统一战线工作中积极宣传我党的正确主张，为抗日民族统一战线做出了重大的突出贡献。

为了推动抗日民族统一战线的早日建立，1937年7月15日，周恩来起草了《中国共产党公布国共合作宣言》，由国民党中央通讯社发表。周恩来还与国民党蒋介石在西安、杭州、庐山等地多次进行谈判。经过周恩来等人的积极努力及中国共产党坚持独立自立的抗日斗争并进行有理、有力、有据的辩论，特别是在人民抗日情绪不断高涨以及日本帝国主义在上海发动八一三事变，中华民族危机进一步加剧，直接威胁着国民党蒋介石的利益形势下，国民党不得不接受共产党的要求，于 8 月 9 日，国民党政府军事委员会正式公布红军改编的命令，将陕北红军主力改编为国民革命军第八路军。9 月 22 日，国民党通讯社发表了《中共中央为公布国共合作宣言》，9 月 23 日，蒋介石发表了承认中国共产党合法地位和国共两党合作抗日的谈话。至此，以国共两党第二次合作为基础的抗日民族统一战线正式形成。

国共两党抗日民族统一战线建立后，并没有共同的政治纲领和合作的组织形式。尽管 1937 年 12 月周恩来按照国共两党的意见起草的《中国人民抗日救国共同纲领》草案，对 1938 年 3 月底至 4 月初国民党全国临时代表大会通过的《抗日建国纲领》有一定的推动作用。蒋介石亦采纳了周恩来代表中共中央向国民党提出的"遇事协商"的合作办法。但是蒋介石从骨子里一刻也没放弃一个领袖、一个主义、一个政党的"溶共""限共""反共"政纲，而是时刻在窥伺时机。

作为肩负国共团结协作重任的中共代表团领导人周恩来，深明"只有团结，才能外御其侮；只有统一，才能众志成城，打到最后"的哲理。因此在国民党于 1939、1941、1943 年连续发动三次反共高潮时，他以民族利益为重，顾全大局，"相忍为国"，在维护统一战线的前提下，与国民党顽固派进行针锋相对的斗争。提出克服中途妥协与内部分裂的主要措施是："坚持抗战到底，反对妥协投降；坚持全国团结，反对内部分裂；力求全国进步，反对向后倒退。"并呼吁人们，"团结精诚仍是当今急务"，"猜疑摩擦皆蒙日寇阴谋。"对国民党特别是其军队的挑衅和摩擦，主张采取"争取好转，务望防御；争取合作，务望斗争"的策略。

正是由于周恩来在极端险恶的环境中，本着"团结则存，分裂则亡；合作则胜，独霸则败"的中国抗战的铁则，对国民党顽固派的反共活动进行了"有理、有利、有节"的斗争。特别是在皖南事变后那些极艰险的日子里，周恩来将生死置之度外，谢绝中共中央对他的关心，坚决战斗在雾都重庆，以高超的斗争艺术和对党对人民的一腔赤诚之心，保存了国共联系的主渠道，保住了团结抗战的局面，对维护抗日民族统一战线起到了极其重要的作用。

从国共两党正式合作到 1939 年春国民党五届五中全会，为抗战史上两党合作最融洽的时期。在此期间，周恩来为巩固抗日民族统一战线，在军事上、政治上给予国民党积极支持，为推动国民党抗战起到了积极作用。

周恩来参与协调两党军事行动，给国民党正面战场以有力的配合。1937

年 10 月的忻口战役，周恩来与阎锡山会面，共同商讨两军作战配合问题，使八路军一一五师在平型关伏击日军 1000 多人，有力地支援了国民党正面战场的作战，取得了抗日战争以来第一次大的胜利。1938 年 3 月至 4 月，日军进攻徐州，由于李宗仁、白崇禧认真分析了敌情，采纳了周恩来等人提出的分割包围办法，从而取得台儿庄战役的胜利。这是国民党军队抵抗日军进攻，在正面战场上的一次重大胜利。

为了巩固国共两党关系，周恩来利用在军委会政治部的任职，广泛结交朋友，宣传中共团结抗日的政策，争取和团结了国民党上层及各界人士。他不仅与陈诚、邵力子、张治中等人有较多的工作接触，而且与冯玉祥建立了较为密切的关系，使冯玉祥在思想感情上更加靠近中国共产党，成为国共合作的一个重要代表。周恩来在国民党的军事将领中威信较高，常受到他们的称赞。白崇禧就很敬佩周恩来的恢宏气魄、渊博学识、军事才略和政治工作经验。

周恩来在武汉期间，经常与其他抗日党派和无党派知名人士保持友好联系，同救国会的沈钧儒、史良、邹韬奋、李公朴、国社党的张君劢、青年党的左舜生等聚商国事，向他们介绍中共代表团与国民党代表团谈判的情况，分析政治、军事形势，同时听取他们对时局的意见。通过交谈，使这些人逐渐提高了对中国共产党的认识，拥护中共抗战主张。周恩来与他们的交往不仅使抗日民族统一战线具有更加广泛的代表性，而且为促进他们中的许多人与中共长期合作奠定了基础。

周恩来在抗日民族统一战线工作中形成的一系列的重要思想和工作方法，特别是做好国民党高层人士及各界知名人士的抗战、统战工作，开创了抗日民族统一战线的崭新局面。

他把同各民主党派、爱国人士以及国民党军政人员的联络，作为党的一项重要工作。除了在八路军办事处亲自接见各方人士外，还经常在汉口中央银行同沈钧儒、史良、邹韬奋、李公朴、张君劢、左舜生等人会见，向他们介绍国共谈判的情况，交谈对时局的看法。中共和一些民主党派、无党派人士建立友谊，主要是在长江局时期开始的，这对重庆时期及以后的工作，都有深远的影响。

对于国民党上层人物和地方实力派，周恩来也做了大量工作。不仅与国民党高级将领邓锡侯、商震、张轸、刘汝明、刘茂恩、于学忠、冯治安、张钫、陈离等部建立了统战关系，而且更为突出的是周恩来与冯玉祥、白崇禧等人的晤面。

1938 年 2 月 14 日，冯玉祥在武汉的寓所里，接待了一位特殊客人——周恩来。一个星期前，周恩来通过冯的部下鹿钟麟向冯玉祥表示：拟请一见。根据冯玉祥的秘书整理的《冯玉祥日记》记载，冯对这个提议最初还颇有些顾忌，他让鹿钟麟转告："因外间耳目众多，不便相见，惟努力作不见面之默契可耳。"但不知为何，冯玉祥又很快改变了想法。

据《周恩来传》记载，周恩来与冯玉祥主要交谈了对时局和抗战前途的看法，"谈得很畅快"，特别是对前一段华北和上海作战指挥的得失进行详细的探讨。另，张克侠在当日的日记里也有记载："上午，周恩来、陈绍禹（王明）来见先生，余参加倾谈，饭后，在院内合影拍照数张而别。"[1] 当时担任冯玉祥秘书的于志恭也回忆：周也向冯介绍了共产党提出的"抗日救国十大纲领"等精神，"深得冯先生的赞许和拥护"。

"极精明细密，殊可敬可佩也。"当天晚上，冯玉祥在日记里这样描述周恩来。看得出，与周恩来的第一次见面给冯玉祥留下极为深刻的印象。于志恭回忆，在周离开后，冯玉祥就对周围的人连连感慨："我知道的东西太少了。"第二天，冯在自己的会客室写下八个大字："吃饭太多，读书太少。"

自此，周恩来与冯玉祥开始了近 10 年的交往，"以后，他常派他的专车将周恩来接到寓所晤面"。

冯玉祥长期和中共有联系，冯先生同情、支持中共在武汉的工作，他在汉口办了印刷厂，印了《列宁全集》和毛泽东的《论持久战》，又向延安图书馆捐赠大批图书。董必武和叶剑英等人也经常去探望冯玉祥，与其商谈国事，跟他建立了深厚的友谊。并通过在冯身边工作的共产党员王冶秋、赖亚力，对原西北军的将领进行了许多工作，加强了中共同他们的联系。

国民党地方实力派同蒋介石素有嫌隙，既愿意参加抗战，又怕被蒋介石吃掉，他们也想和中共联络以互相声援，特别希望我们派得力干部帮助他们做政治工作。中共则利用这种机会派人到这些部队进行统战工作，这样的事情非常多。如曾派张友渔到第一战区司令长官程潜的部队中担任重要职务。桂系的黄绍竑出任国民党政府浙江省主席时，在武汉会见恩来，要求派人帮助他工作。周恩来就调了一批共产党员和进步青年到浙江，这些人受到黄绍竑的信任，成了省、县政治工作队的骨干。

对川军的邓锡侯，滇军的龙云、张冲，周恩来也很重视做他们的工作。1938 年 3 月，邓锡侯来到武汉，周恩来诚恳地向他提出，川军应与八路军、

---

[1]　张克侠：《佩剑将军张克侠军中日记》（第二版），解放军出版社 1998 年版，第 67 页。

新四军配合作战。邓锡侯接受这一建议，他的部队驻扎在老河口，和新四军驻地紧邻，经常支援新四军枪支弹药。长江局还派薛子正同志到滇军一八四师担任师长张冲（字云鹏）的秘书，后来升任参谋长，在台儿庄战役中，协助张冲出力颇多。又通过张冲做龙云、卢汉的工作。以后，张冲秘密参加了中国共产党。在台儿庄战役中，邓锡侯的川军，卢汉、张冲的滇军表现得异常英勇。所以在抗战中，昆明有一点民主气氛，能容纳共产党员和进步人士活动。解放战争期间，龙云、卢汉、程潜、邓锡侯都先后摆脱国民党营垒，走向人民，这和中共特别是恩来同志做了多年工作有很大关系。

　　叶剑英还以云南讲武学校同学和滇军旧僚的关系，对滇军首脑龙云开展统战工作。早在南京沦陷前，有一次叶剑英与龙云同机赴南京参加会议，在途中和会议期间，叶剑英向龙云解释了我党团结抗日的方针，磋商了如何抗战的有关事宜，龙云表示拥护我党主张，决心将云南的人力物力贡献国家。除此外，对滇军的将领卢汉、张冲等人也积极开展军事统战工作。1938年春，叶剑英在汉口接见了比较进步的滇军一八四师师长张冲，并应张冲的要求，派共产党员周时英、杨华、薛子正等到该师工作，叶剑英在这一期间还到驻孝感的滇军六十军军部拜访了卢汉军长，向他宣传我党团结抗日的主张[1]。1940年冬，为了加强我党在滇军中的工作，叶剑英还亲自布置，把在重庆新华日报社工作的张子斋调回滇军二路指挥部工作，稍后又派朱家璧等人回云南滇军中工作。这些中共地下党员，利用在滇军中取得的合法地位开展统战工作，团结了一批进步军官，获得了广大官兵的拥护。叶剑英等人对滇军的军事统战工作是成功的。既坚定了滇军将士和云南地方实力派的抗战决心，还取得了他们对我党的同情和不同程度的支持。1942年初，国民党当局责令龙云等追查共产党在滇军中的活动，并派特务到滇军中监视和搜捕进步力量，龙云等人则暗中掩护，使我党的地下组织得以及时准备和转移，避免了破坏。

（四）周恩来秘密会见白崇禧

　　台儿庄战役前夕，有一桩重要的事件，这就是周恩来与白崇禧将军在武汉的会晤。因白崇禧奉命将赴徐州协助李宗仁指挥作战。所以，周先委托爱国抗日将军黄琪翔千方百计地说服白崇禧，并妥善安排好了双方晤谈的场所和时间。当时中共方面参加会谈的还有叶剑英。

---

[1] 南方局党史资料编辑小组编：《南方局党史资料》（四），重庆出版社1990年6月版，第404—405页。

1938 年 3 月 10 日的一个暴风雨之夜，周恩来、叶剑英等人准时来到位于汉口蛇山山脚下的熊廷弼路——白崇禧所在的寓所。

对于这次会谈，白崇禧自始至终没有向蒋介石报告过，新闻界更没有披露过。这次会谈是周恩来执行党的抗日民族统一战线任务的一次重要活动，是向白崇禧阐明中共方面真诚支持李宗仁打好台儿庄战役，促进抗日民族统一战线的良好时机。在白崇禧官邸随从白参加会谈的还有军令部次长刘斐、第三十一军军长刘士毅、高参刘仁、机要参谋刘维周、机要秘书谢和庚。因谢的母亲也姓刘，谢和庚作诗戏云："四刘随白会周叶，内幕知情有半刘。"即随从人员是"四个半刘"。

会议室灯光明亮，墙上挂着军用地图。会晤中，周恩来表现出过人的胆识和风度，给白留下深刻的印象。周公不计前嫌，对白表现相当尊重。他谦逊地说："我因为没有亲自到过徐州前线，所以贵战区的兵力布置和已经研究既定的作战部署，不甚了解，不敢妄加评论嘛。"

白崇禧听罢，微微一笑，对军令部作战厅长刘斐将军吩咐："你先给周将军介绍一下战区情况吧。"刘斐介绍了五战区的兵力部署，国军计划运用的战略战术。

周恩来聚精会神地听着。之后，他又提出了自己的一些见解，和白进行探讨和研究。周恩来说："在作战过程中，李宗仁将军必须拥有统一指挥部队的全权，要点是指挥中央军，这是个很关键的问题。"

周恩来提醒白说："我只担心，蒋委员长有独保中央军实力的企图，而让其他地方部队如桂系、西北、西南各省的'杂牌军'，在前线抗拒强敌。如果这样，则有失全国同心同德一致奋战的原则，是对台儿庄作战有害的。"

白崇禧频频点头，答道："英雄所见略同啊！"

周恩来着重谈到，中共方面已经命令张云逸部新四军和游击队，一定在津浦线南段加强活动，配合桂系李品仙集团军等牵制日军北上，支援第五战区的友军，向敌猛攻，破坏敌人的交通线，截断敌人的供给，夜袭敌人的重要据点。同时，将派张爱萍以八路军代表的身份，赶赴徐州向李宗仁表示，八路军一二九师三八六旅则在津浦路北段牵制日军南下，竭尽全力来支持第五战区的台儿庄战役。周恩来希望李宗仁能把这个消息向军、师级高级将领们发出密令通告，使战区的正规部队都知道新四军、八路军在全力支持国军，以增加全军将士对日军作战的勇气和信心。

当时，由于双方仍持分歧，有些商定之事最后并没有实行。如周恩来希望李宗仁"通报"的意见，白崇禧转告给李宗仁以后，李宗仁觉得事关重大，必须要向蒋介石请示后才能决定。同时，他担心如果这样做，会使蒋介石认定他是在帮助"共军"做宣传。这一点，李宗仁比白崇禧考虑得还要多一些。又如，周恩来提出新四军需要何应钦兼部长的军政部拨给一定数量的炸药、手榴弹、轻机关枪和其他军用品如水壶、棉被、军鞋等。会后，黄琪翔开列了一个补给新四军军用品的明细清单呈送白崇禧转交军政部。但后来，何应钦并没有照办。

白崇禧在会谈中，向周恩来侃侃谈到他对长期抗战的看法时，一再提到他在南京失陷前，便向"委座"提出"积小胜成大胜，以空间换时间"的战略思想，周恩来、叶剑英和黄琪翔表示赞成。在谈到第五战区作战部队的装备时，白崇禧认为汤恩伯的武器和军事装备是最好的，桂系部队居次，而云南、四川、西北部队的装备较差，西北军的装备还不及云南的部队。李宗仁和白崇禧在长途电话中，也谈到此事，并且向何应钦写过报告，希望给予补充。这件事，经孙连仲和张自忠两位将军列单呈报，得到圆满解决。在台儿庄战役中，蒋介石和何应钦对李宗仁和白崇禧的补给要求从没有刁难过，但对八路军、新四军的补充则是不公平的，经常另眼相待。

在会谈中，白崇禧提到，李宗仁曾在电话中讲到，孙连仲军从八路军那里学到了游击战的经验，这对台儿庄战役很有利。从抗战初期各战场的经验中不难看出，今后的抗战是长期的，必须重视游击战配合正规战，即与运动战、阵地战相结合。白崇禧告诉周恩来，他已提出要成立游击训练班，可能以南岳作为训练基地，而以西南各省军队军官为主要受训的对象。

谈到这里，白崇禧目不转睛地盯着周恩来，接着说："如果将来国民党需要训练游击战术，我就要向委座提出建议，邀请八路军派教官前往执教。"

周恩来爽快地一笑，回答："我党一定会协助。"（后来果真叶剑英应邀作为了"南岳游击干部训练班"教官。开始由汤恩伯任主任，叶剑英任副主任。后来改由蒋介石兼主任，白崇禧、陈诚兼副主任，汤恩伯为教育长，叶剑英为副教育长，陈大庆为总队长，廖运泽为副总队长。实际由汤恩伯、叶剑英两人负责。）

顿了顿，白崇禧又介绍道："李长官曾向报界表示，经过八路军在平型关伏击日寇之显胜，和眼下台儿庄战役可能取得的成果，今后全国抗战务须采取三种战法，就是阵地战、运动战和游击战有机结合在一起的作战方针，使国军能够以地广和人和的优势，去对付日寇不利的地广（即侵华战线太深广）

和不利的人和（即人口少）。"

白崇禧素有"小诸葛"之称，在为维护广西地方利益和实力上费尽心机。他对共产党、国民党都抱有相当的警惕之心。

白崇禧生怕蒋介石派特务打入桂系，更怕蒋侦察桂系与中共有什么联系。他在回忆录中，有与记录者这样的问答："健公在抗战时期与驻中央的共党分子等有没有往来？"白答："武汉撤退时，与周恩来不期而遇，我说：'谢谢你们不派人到广西来。'他说：'都像你们那样就用不着去了！'我说：'谢谢。''共产党与我没有什么来往。'"这是周恩来与白崇禧在武汉撤退途经长沙市的一个小镇时相遇，周恩来邀请他同车时所讲的话。

（五）周恩来派张爱萍赴徐州

1938 年 3 月间，周恩来与叶剑英商定，命刚从中共江浙军委书记任上奉调武汉、任八路军办事处参谋的张爱萍，作为八路军全权代表，到徐州拜访李宗仁，建议李在济南以南、徐州以北抵抗日军，同日军打一仗。周恩来告诉张爱萍，"曾同白崇禧谈过此事，现派你再直接向李宗仁做工作。"张爱萍向李宗仁陈述了几条：

一是向李宗仁介绍周围的情况，主要是介绍这支占领济南的部队，日军占领济南后南下，几乎是长驱直入，非常嚣张，骄兵必败，而且又是孤军深入，名义上是一个师团，实际上已经不完整了；

二是济南以南、徐州以北的地形很好，台儿庄、张庄一带都是山丘，地形于我方有利；

三是，南京、华北失守很不得人心，并鼓励李宗仁，你们广西军队是有战斗力的；加上北边八路军战略上的配合，应该在这样有利的地形和形势下，集中兵力打一仗，虽然伤亡大一些，但可以取得相当可观的战绩。这样既可以给日军一次沉重的打击，又可以提高广西军队在整个民众中特别是在国民党中的威信。

张爱萍还提醒李宗仁，蒋介石嫡系部队后撤，把一些非嫡系部队调往前线，想借日军的手消灭杂牌军，达到他消除异己的目的。开始谈时，他一直在沉思，谈到最后，他的神气就来了。他表示这个意见很好，要张爱萍转告周恩来。[1]

---

[1] 金冲及主编：《周恩来传 1898—1949》，中央文献出版社、人民出版社 1989 年 2 月第 1 版，第 411 页。

五、第一战区司令长官在五战区

1938年1月1日，程潜【黄埔军校校务委员，长沙分校校务委员会主任】被行政院任命为第一战区司令长官，15日特任军事委员会委员，17日就任司令长官，驻郑州，辖两个集团军（宋哲元第一集团军、商震第二十集团军）三十多个师。2月1日兼河南省主席，3日上任，发表了治豫纲领。2月8日日军四个精锐师团大举进攻，程潜指挥部队奋力抵抗，因右翼宋哲元节节退守，防线被突破，程潜仍派兵策应宋哲元，派骑兵北渡黄河，向道清线以南，平汉线以东地区攻击，重创敌军，既解了宋哲元的危机，又迫使日军不敢贸然渡河南犯。3月，程潜指挥第一战区部队作外围策应，在山东临沂、峄县一带牵制打击日军，配合第五战区作战，调编入一战区序列的五十九军来五战区增援。4月5日程潜到徐州，会同李宗仁、白崇禧指挥战事，取得台儿庄大捷。5月初，程潜指挥一战区组成薛岳兵团，在豫东鲁西积极配合徐州会战。5月上旬，日军土肥原贤二第十四师团孤军深入，由鲁西猛向陇海线进逼，企图阻断第五战区部队西撤后路，11日蒋介石电令程潜指挥兰封会战，集中精锐兵团歼灭侵入鲁西之敌，并亲赴郑州直接指挥。5月14日土肥原贤二部强渡黄河，攻陷菏泽，进袭兰封，23日夜日军克兰封，24日程潜立即奔赴开封，设立指挥所，调整部署，拟订以优势兵力全歼土肥原贤二部的计划，25日晨开始总攻，27日克复兰封，恢复了陇海铁路交通，保障了第五战区部队的安全撤退。

4月5日，前来督战的第一战区司令长官程潜限令各部，于8日之前务必将台儿庄之敌捕捉歼灭。树立首功者奖赏大洋10万元，否则师长以上定予重惩。第二十军团军团长汤恩伯也去电池峰城表示：我军明日决将台儿庄之敌击溃，与贵师会合，如不成功甘当军令。

第一战区司令长官部秘书长兼政训处处长的李世璋【黄埔二期】在郑州到任后，曾要求周恩来给他多派些干部。组织上已先后派去几十位同志，以民运指导员或政治指导员的身份去协助他开展工作。

国民政府立法委员何遂应程潜之邀担任第一战区司令长官部高级幕僚室主任。此时，其子24岁的何世庸【黄埔十期】刚从中央军校毕业不久，担任了第一战区政训处处长李世璋的机要秘书（侍从秘书）。4月初，何世庸随曾留学日本的李世璋来到第五战区长官部驻地徐州，协助五战区的抗战工作。此时日军被池峰城师遏阻于台儿庄，两翼又被中国军队包围，他们不分昼夜地赶印日文传单，用飞机散发，劝告日寇投降。不久，台儿庄大捷。一时举国欢腾，集中在徐州的 30 多个宣传队、演剧队、战地服务团也为此热闹了好几天。一些高级将领更是兴高采烈。何世庸从徐州回到郑州后，向父亲何遂[1]讲述了在徐州的情况。何遂虽然为台儿庄大捷感到高兴，但对战局的发展却不那么乐观，他担心一旦徐州失守，中原一带一片平原，就难以阻挡日寇了。

六、黄埔人物（一）

（1）蒋中正

蒋中正（1887.10.31—1975.4.5）　名中正，字介石，幼名瑞元、谱名周泰、学名志清，祖籍江苏宜兴，生于浙江奉化溪口，黄埔军校筹备委员会委员长、校长（1924.5—1947.10），保定军校炮兵科，日本预科军事学校——东京振武学校。历任国民革命军总司令、国民政府主席、行政院院长、国民政府军事委员会委员长、中国国民党总裁、三民主义青年团团长、第二次世界大战同盟国中国战区最高统帅、"中华民国总统"等职。

蒋介石父亲蒋肇聪继承祖业经营盐铺，蒋介石 8 岁时，其父病逝。由其母亲王采玉抚养成人，幼年入塾，诵读经史。1903 年入奉化凤麓学堂，两年后至宁波箭金学堂就读。1906 年初肄业于龙津中学堂，4 月东渡日本，入东京清华学校，结识陈其美等人，受到反清思想的影响。年末回国，1907 年考入保定全国陆军速成学堂，习炮兵。

1907 年初，蒋中正赴保定报到。当时的交通很落后，蒋中正考学容易入学难，仅从溪口赶到保定就走了一个月，这也是他第一次接触北中国。他在旅途中看到远比家乡大得多的世界，上海十里洋场的豪华，南京城里六朝故都和天王府里的帝王气，长江天堑的战略含意，徐州城挟中原要冲之势，在感叹中国之大的同时，也不时冒出"谁主沉浮"一类的想法。

---

[1] 何遂（1888—1968.1）　字叙甫，又作叙父、叙圃等。福建侯官（今福州市）人。老同盟会员，曾任黄埔军校代校务（代理校长），国民政府立法院军事委员会委员长，抗日战时，任第一战区高级幕僚室主任。一生待人耿直，热诚，不近烟酒，唯酷爱书画、文物，他唯一的财产就是大量的古文物和图书，曾先后全部赠给北京故宫博物院、上海历史博物馆、南京博物馆和天津图书馆。仅 1950 年捐赠给上海历史博物馆的古文物就达 6895 件。为此，陈毅市长，潘汉年、盛丕华副市长专函致谢，国家文化部发给了褒奖状。

保定军校有步、骑、炮、工、辎五大兵科，蒋中正则主修炮兵科。唯军事论者都十分重视火炮的作用，蒋中正也不例外。在他发迹后重用的军事人才中，有不少是学炮兵的，如陈诚、钱大钧、张群等，大都是受此一思想的影响。

蒋中正在到达保定军校的第一天，学堂总办（校长）赵理泰（1868—1932，字康侯，安徽合肥人，天津北洋武备学堂毕业。曾任清朝驻日本陆军留学生监督、保定北洋陆军速成武备学堂总办、保定陆军部陆军速成学堂总办、保定陆军军官学校第一任校长等职，陆军中将）个别谈话时问道："蒋志清！你是什么地方人？有几个兄弟？"蒋中正恭恭敬敬答道："兄弟姊妹一共5个。"又问："所以家里肯让你到北方来当兵哩！问你为什么来当兵？你们南方人好静不好动，怎么你倒愿意当兵？"蒋中正早已胸有成竹，说道："本来我在读书，因为感到读书不能打洋鬼子，平乱党，所以决定投笔从戎，效忠皇上。"

"瞧你志气可不小哩！"赵理泰打量他一下，问道："瞧你身体不大结实，倒像是个念书的样子，你念过些什么书呢？"蒋中正晃了晃刚蓄起来的小短辫子："我读书读得不多，8岁读大学、中庸；9岁念论语、孟子、礼记；10岁读孝经；11岁读春秋、左传；12岁读诗经，间习古文辞，学作制艺；13岁读尚书；14岁学易；15岁学作策论；16岁温习左传，圈点纲鉴；17岁习英文、算术；18岁诵周秦诸子、说文解字及曾文正公全集，尤爱读孙子及研究性理之学。"赵理泰大惊："那你还得了！你一肚子学问，去考状元得啦，还进什么军校？"蒋中正答道："我说过，方今天下不宁，男儿志在四方，上马杀贼，下马草檄，大丈夫应该如此！"赵理泰频频点头："好小子，你有功名么？"蒋中正心中暗笑："功名？我连童试都没考上哩！"嘴上却笑道："功名，如草芥耳！"

蒋中正在保定军校内除了第一次领略北方冬天的寒冷外，还有就是严格的入伍训练和紧张的军事理论学习。学校教程分为战术、兵器、筑城、地形、交通等五大项，还有就是外语，大部分时间用来进行操练和野外实地演习。由于学校教官大部分为外国军校的毕业生和日本教官，具有较高的军事素质，再加上教学管理严格且有条理，所以该校出过不少军事人才，许多毕业生成为北洋军队、地方军阀和后来国民党军队里的高级将领。

蒋中正在保定军校时间不长，只学习了一年，但也是风云人物。他一入校，就因为没有清朝所规定的长辫子，而引起学生和校方有关方面的议论，在不少人的眼里他似乎成了一个怪物。只是因为当时清朝已到末期，西风日盛，为了改变清王朝的形象，在城市和经济发达地区，已不再把没有辫子视为叛逆并加以镇压，有无辫子已不成为影响生存的标志。但在保守派的眼里他是个激进人物，而在当时一些主张社会改良的人士眼中，蒋中正的行为也不为过。

蒋中正鉴貌辨色，能言善辩，而且非常服从，看见教官老远就一个立正敬礼，同学们在背后批评讥笑哪一个教官，他便偷偷告密，害得说话的同学挨了十大板屁股，还不知道是谁"请的客"。于是彼此猜忌、打斗时闻，蒋中正便从中调解，充做好人。这么着，事无巨细，同学们便把他当作知己，放假时到保定城里游玩儿，少不了请蒋中正大吃一顿；同时在教官面前，他又把同学的事情原原本本报告一番，大大地赢得了校方的信任和赏识。但因一起爱国的举动，差点儿被校方开除，使他去日本留学军事的理想成为泡影。

有一天，一个态度傲慢、自视高明的日本军医官在给学生讲细菌课时，手拿一泥块打比喻说：这块泥土就能寄生4亿细菌，就像4亿中国人寄生在里面一样。日本军医官当着中国学生的面，把4亿中国人民比做寄生的细菌，显然是有意侮辱。蒋中正听到这话，气愤地跑上讲台，把泥块掰成8块，指着其中的一块泥土说：日本有5000万人，也像5000万细菌寄生在这块泥土里。这一突如其来的反击，使这位日本军医官瞠目结舌，面红耳赤，无言以对。当军医官看到蒋中正没有什么长辫子时，就咆哮着说："你、你、你是革命党！"并气冲冲地跑到尚武堂（校长室）找到学堂总办（校长）赵理泰，非要开除蒋中正。赵理泰还是有民族气节的，当他了解事情原因后，只是把蒋中正狠狠地批评了一顿完事。他对蒋中正如此有骨气的行动产生了好感，并为后来同意蒋中正去日本军校留学打下了基础。后来这一故事还编进了蒋中正统治时期的小学课本里（据笔者打听台湾来人说，国民党败退台湾后，小学课本里还一直有这一故事。蒋中正生前在给军队训话时，也多次提到他在保定军校上学的情况）。

1907年的冬天，清政府陆军部公布，从保定军校的学生中选派留日学陆军的学生。作为保定军校主办人的袁世凯，当然不会放过这个"网罗天下英雄豪杰"的机会，速成军校的校长赵理泰和教官平时便不断留心，想在这批学生中多挑选几个，送到日本上学，好在将来派上用场。军校规定必须是在校参加日语班的学生才准予报考。蒋中正并未参加日语班学习，但他向校方打了个报告，说明他曾在日本东京的清华学校学习过日语，请求准予他报考留日生。报告虽送上去，却迟迟不见校方批准，蒋中正已是绝望了。直到考试前一天的深夜，他才接到允许参加考试的通知。和当时考保定军校一样，蒋中正一试即中，被选派去日本留学。

一天，蒋中正突然被教官叫到办公室个别谈话道："蒋志清，你们就要毕业了，这一年多有什么感想？毕业之后你准备干什么呢？"蒋中正眼观鼻，鼻观心，恭恭敬敬答道："报告教官，这半年多来我是如鱼得水，毕业后一切任凭恩师支配，赴汤蹈火，在所不辞！"教官暗暗点头："好小子！你知道学成武艺了，应该怎么使用？"蒋中正诚惶诚恐地答道："一切为了皇上！"教官双眼一瞪："你错了！"随即又和颜悦色，拍拍他的肩膀道："蒋志清，你该知道我们的学校是谁办的？"蒋忙答："袁大人！"教官随说："是啊，算你的造化，你给袁大人看中啦！他根据我们的报告，要提拔你，重用你，你将来得好好报答袁大人才是！"蒋中正满心欢喜，浑身打战，像做梦似的，结结巴巴半天，双膝落地向教官跪拜道："都是大人所赐，学生来世变牛变马，也当图报。"那教官把他扶起，笑道："起来起来，不用行这么大礼，咱们以后是一家啦。当今咱们袁大人，连皇上也得让他三分。好小子，好好干吧，记着别忘记袁大人的大恩！咱们以后听他指挥便是！"蒋中正随问："那我分发哪里去呢？"那教官哈哈一笑："你好造化哩，袁大人要派你到东洋去深造，回来再派你带兵，限你在半月之内动身！行么？"

蒋中正一听要派他到日本留学，咕咚一声又跪下来谢过教官栽培，答话道："从今以后，袁大人就是我的再生父母，赴汤蹈火，在所不辞。去日本的行期就请袁大人决定，学生在学校里待命。"那教官见他伶伶俐俐，不禁慨叹道："蒋志清，好自为之啊！时势造英雄，英雄造时势，方今天下大乱，正是袁大人大展宏图的机会，咱们得好生跟着他才是！你想在出国之前回家看看么？"他指指桌上两包银子："这是袁大人赏你的旅费、安家费，拿去吧！"蒋中正又叩头谢过赏："不不，学生尚未成亲，虽有慈母在堂，好在有兄弟姊妹在旁侍候，学生不回去了；再说迢迢万里，一去一来又怕误了行期，不必回去了。"那教官点头赞叹："好小子！"随手拿起那两包银子往他怀里一塞："不管你回不回家，这是袁大人的赏赐，你一定得拿着。"蒋中正再屈膝谢过赏，一回头便跑到保定城里买了一大堆吃的，入夜便去那教官卧室送礼。那教官见他如此"通达人情"，不禁眉开眼笑，要他一旁坐下，不免夸奖他几句，鼓励一阵，不外是应该好好地为袁世凯效劳，等等。蒋中正叩头谢恩后，告辞回到卧室，免不了邀请几个平时听他指使的同学，出外吃喝玩乐，以表庆贺。

虽说蒋中正在保定军校的时间不长，但他有了保定军校的学历，并且是保定系中资格最老的一员。在讲究资历的国民党军界，这是很有作用的。从保定系构成看，除极少部分保定陆军速成学堂时期的学生，大多是后来保定陆军军官学校正式成立后的毕业生，如保定陆军速成学堂时期的张群、杨杰、林振雄、王柏龄、马晓军、田镇南等，保定陆军军官学校时期的一期生唐生智、李品仙、陈铭枢、蒋光鼐、杨爱源等，二期的熊式辉、刘峙、刘文辉、陈继承等，三期的张治中、白崇禧、徐庭瑶、何键、夏威等，四期的陶钧、胡宗铎、朱怀冰等，五期的傅作义、严重、钱大钧、王靖国、赵承绶、张荫梧、乔明礼、楚溪春等，六期的邓演达、叶挺、顾祝同、李汉魂、余汉谋、上官云相、韩德勤、黄琪翔、薛岳、吴奇伟、缪培南、邓龙光、周浑元、赵博生等，七期的陈长捷、范汉杰等，八期的陈诚、周至柔、罗卓英、马法五、宋肯堂等，九期的张克侠、何基沣、周福成、董振堂、郭寄峤等。从保定学历看，能和蒋中正相比的只有张群等少数几个。蒋中正既然有这样的资历，当然就成为保定系的首领。

1908 年春节过后，蒋中正与张群、杨杰、王柏龄等 65 名同学开始从保定起程赴日本。60 年后，据张群回忆东渡的情形时说："留日考试合格的学生，好像有 60 人左右。能够畅通日本话的人，由保定起程直接前往日本；我们（包括蒋中正在内）虽然能够懂得日文，但因为说得不好，暂且先到东北（北京）的陆军部集合，然后由大连乘船前往神户，换乘火车到达东京"。一个多月后，蒋中正第二次踏上日本的国土，进入东京的振武学校（士官预备学校），实现了他留日学军事的理想。[1]

1910 年冬毕业后，入日本陆军第十三师团第十九联队为士官候补生。投身民主革命获得孙中山的器重，辛亥革命爆发后，蒋介石回上海，受陈其美指派，率先锋队百余人至杭州，参加光复浙江之役；嗣后在沪军都督陈其美部任沪军第五团团长，与陈其美、沪军第二师师长黄郛结拜为"盟兄弟"。

1912 年 1 月，受陈其美派遣，收买歹徒暗杀光复会领袖陶成章。案发后避往日本，曾办《军声》杂志。1913 年夏二次革命爆发，在上海参加攻打江南制造局，事败后隐居上海，10 月加入筹建中的中华革命党，11 月再渡日本。

1914 年 7 月，孙中山在东京宣告中华革命党正式成立，蒋介石被派往上海、哈尔滨协助陈其美从事反对袁世凯的革命活动。1916 年 5 月陈其美被刺后，蒋介石奉孙中山命去山东潍县任中华革命军东北军参谋长。不久袁世凯死，中华革命军解散，蒋介石居上海，与青帮头目黄金荣、杜月笙等人有往来。

1917 年 7 月孙中山南下"护法"建立中华民国军政府，1918 年 3 月蒋介石任粤军总司令部作战科主任，半年后任粤军第二支队司令驻闽。因受粤军将领排挤，常离职滞居上海，曾与张静江、陈果夫、戴季陶等合伙做交易所投机生意。

---

[1]　见保定军校纪念馆馆长马永祥——"蒋介石保定求学记"一文。

1922年6月粤军总司令陈炯明叛变，孙中山避难于永丰舰，蒋去广州登舰侍护40余日，取得孙的信任和器重。蒋做《孙大总统蒙难记》一书，同年10月被孙中山派任东路讨贼军第二军参谋长，1923年2月被任命为大元帅府大本营参谋长。8月奉派率领"孙逸仙博士代表团"赴苏考察学习军事、政治和党务。

1924年1月国民党第一次全国代表大会决定建立陆军军官学校，训练革命军队，孙中山任命蒋介石为军校校长兼粤军总司令部参谋长。他对孙中山联俄、联共、扶助农工三大政策虽有所不满，但在当时形势下表示拥护，并在一定程度上加以执行。他在军校重用亲信，培植个人势力，支持反共分子成立孙文主义学会，抑制和打击青年军人联合会。

他组织和领导黄埔军校师生参加1924年10月镇压广州商团叛乱、1925年2月东征讨伐陈炯明、6月平定杨希闵、刘震寰叛乱等战役，战果卓著，因此获得声誉，先任潮汕善后督办，继兼广州卫戍司令。

1925年8月黄埔军校两个教导团编为国民革命军第一军，蒋任军长。廖仲恺被害后，他支持汪精卫驱逐胡汉民出国，不久又将粤军总司令许崇智驱离广州，收编粤军部分师旅，一跃而成为国民党内握有军事实力的首要人物。10月率师第二次东征，全歼陈炯明叛军。

在1926年1月国民党第二届全国代表大会上，当选为中央执行委员、中央常务委员；2月兼任国民革命军总司令。

从此，登上中国最高军事、政治舞台长达50年，其从政及军事生涯：北伐、训政、国共内战、对日抗战、行宪、退守台湾及东西方冷战，是近代中国著名政治人物及军事家，在中国近代史上具有重要地位。

（2）李宗仁

李宗仁（1891.8.13—1969.1.30）   字德邻，广西桂林临桂人，早年就读于广西陆军小学堂、广西陆军速成学堂，中国国民党内"桂系"首领，曾任"中华民国首任副总统、代总统"，获青天白日勋章，著名抗日将领，军事家，爱国人士。

李宗仁出生在广西省桂林市临桂县一个世代务农的家庭，17岁便开始了戎马生涯。《李宗仁回忆录》中记述了他成为一名职业军人前的入世历程：

我是我父母的第三子。然因长兄早夭，所以我实行二。唯据族谱凡属本房男性，我又列行九。至村上邻里的人多喊我为老九，而不称呼名号。在我七岁以前，我们过的是大家庭生活，和祖父母及春华叔婶都住在一起。祖父十分好客，所以我家那时常常宾客满堂。祖父尤喜堪舆之学，朋友中很多是看风水的专家。我们弟兄幼时即常在祖父烟榻旁听他们讲故事。

我家既是历代务农，所以我兄弟们都是地道的农家子弟。我学步未久，就跟着母亲下田去玩。经常与日光和新鲜空气接触。虽然晒得皮肤黝黑，但是身体却十分健壮。我们因为经常要下田工作，所以除在书房和过年外，我们都喜欢赤足。纵在碎石锋利的山路上，因习惯成自然，亦如履平地，不觉刺痛。

我们因是农家子弟，长辈虽也要我们"开蒙"读书，但是他们的意思无非要我们稍知诗书，明白事理，将来能承继且耕且读的家风，做一个诚朴纯良的农民而已，绝无意要我们以诗书作晋身之阶。母亲偶然也喜欢念几句《幼学诗》上的话给我们听，如"将相本无种，男儿当自强"，"丹桂有根，独长诗书门第；黄金无种，偏生勤俭人家"一类的话。但她的意思亦只是勉励我们而已，并非真希望我们能折丹桂，积黄金。

记得我幼时，有一次在田里帮助拔黄豆，母亲问我和德明二哥将来长大了希望做什么。二哥说他要做个米贩子。我们农村里唯一大宗出产的便是谷子。有些农人利用农暇，买了谷子回家，碾成白米，挑到市场上去卖。这样可以赚得些微利息，碾米而得的米糠又可饲养家畜，这种人叫作米贩子。二哥美慕他们长年有猪宰杀，所以他长大了也要做个米贩子。

母亲问我，我说我要做个"养鸭的"。我乡养鸭的人，的确对我们孩子们的引诱很大。养鸭也在农忙之后，那时各处田内收获后所掉下的谷子，正是饲鸭的最好食料。一个养鸭的可养两三百只鸭子。鸭子在四处田塘河沟内觅食，故不需太大的本钱。在我们小孩子想来，鸭生蛋，蛋变鸭，十分可羡。所以我说我长大了做个养鸭的汉子罢了。当时母亲很满意我们的志向和想法，可见我们自幼就只希望将来做个诚朴的农夫，胼手胝足，以求温饱。及后稍长，我们就帮助母亲做一切田间工作和家里杂务。诸凡插秧、割稻、打柴、喂猪、切猪菜、舂米、织草席等无所不做。孔子说："吾少也贱，故多能鄙事。"大概孔子少时，也能做这类粗重的事。

但是我家既然历代不曾废读，祖父和父亲对我们兄弟的教育当然也不会忽视。因此在我六岁那年父亲就让我"开蒙"了。所谓"开蒙"，就是举行一个小小的祭孔仪式，让孩子们正式开始上学读书。在清朝，开蒙是一个家庭内的大事，仪式甚为隆重。我记得在我开蒙那一天，家中备了三牲——猪、鸡、鸭——和一些水果，为我祭告孔子。我那时什么都不懂，只觉得很好玩，向那个红纸做的"先师"牌位叩头，却不知是什么东西。

开蒙后，我就正式入塾读书了。我的塾师，就是我的父亲。我最初的学业是认方块字，并学习写字。写字的最初步骤是"描红"。即先生写了红字，我们用墨笔跟着在上面"描"，这就叫作"描红"。在我识了一千多个字以后，我就正式开始读书了。我最早的课本是《三字经》、《百家姓》和《幼学诗》；接着便开始读"四书"和"五经"。那时我国的教育方法，不知由浅入深，一开始便是很艰深的课业。经书不必说了，即使《三字经》也不是启蒙年龄的儿童所能了解的。我读书的天资本是平平，没有太高的悟性，故读起来就颇觉吃力。

那时的私塾，今日想起来也是十分奇特的。每一私塾约有二十来个学童。大家挤在一间斗室里，每两个共享一张长方书桌，先生却独用一张方桌，放在最易监视全体学生动静的位置。塾师多半戴着深度的近视眼镜，样子十分严肃。他们大多数丝毫不懂儿童的心理，对学生管理的严格实非现在的人所能想象。教授法也极笨拙，往往不替学生讲解书义，只叫学生死命地念，以能背得滚瓜烂熟为度。先生规定某部书从第几章起逐日背诵，自一本积至十余本，都要从头背诵下去。学生如背诵欠熟，先生就将整沓的书甩到地上，待读熟后再一一从头背起。至于书中的意义，学生是不甚了解的。

先生的桌上必备有一块长方形木板，叫作"戒方"。学生如不守规矩，或背书不出，先生就用戒方打头或手心，打破打肿，都是司空见惯的事。有时，先生的桌子旁边甚至放着一根丈把长的竹竿。如果学生妄言妄动，先生不需离开座位，就可拿起竹竿，当头打去。屋子小而竹竿长，所以书房内每个学生的头，他都鞭长可及。

从前学生的家长们都有个错误的观念，认为严师出高徒。先生愈严，学生的进步愈快，因而做先生的也以作严师自豪。于是学生对老师，怕和恨之外，简直无情感之可言。这种教法，自今日眼光看来，不特不能启发学生的智能，适足以得相反的结果。卒至一般学生都视书房为畏途，提起老师，都是谈"虎"色变的。我们的私塾也不能例外，我父亲尤其是秉性刚直，责功心切。同学中被斥责、被罚跪，事极寻常。我那时宁愿上山打柴，也不愿在书房内受苦。

学生们被关在书房里念书，每日多至十余小时。唯一可以溜出书房、闲散片刻的机会，便是借口小便或出恭。这是先生无法管束的。因而书房内，出去"小便"与"出恭"的学生总是川流不息的，造成公开欺骗的习惯，影响儿童心理很大。今日回想当年的情形，实属幼稚可笑之极。

我在父亲的私塾内读了约三年的书，父亲便不教了。我乃转入另一私塾，随塾师龙均时先生又读了两年。嗣后，父亲受外婆的聘，到她家古定村设馆，我才又回到父亲的私塾内在外婆家继续读书。那时我乡私塾设立的惯例，是由一位比较富有的人家出面请师设塾，课其子弟。左右邻舍的学童也来入塾读书。这位塾师的薪金（其时尊称曰"束修"）都是由学生的家长分别以米或银钱付给的。而敦请塾师的"东家"，在束修外，并供给书房、塾师的住房以及日常所用的油盐和柴炭。这次外婆既是我父亲的"东家"，她循例要供给这些日用品，我也常奉父命往外婆处领取。外婆生性勤俭吝啬，平时与乡人买卖东西，总是锱铢必较，从不稍让。我那时虽才十一二岁，却已深知外婆的个性，所以我每次向外婆领取油盐时，总是踌躇不敢放胆前去。有一天放学之后，父亲在厨房内预备炒菜吃晚餐，锅子已烧着火，才发觉没有半滴油，父亲便急忙叫我到下屋外婆处索取。我执着油壶三跃两跳已看见外婆坐在厨房那一副冷酷的面孔，便有点胆怯，停止在厨房外的墙边，徘徊不敢进去。这时父亲因为烧红了锅子也不见我回来，就走来找我。他看我不声不响地靠在外婆厨房门口——父亲是个急性人，又因等了许久——不由得火上心头，一把将油壶从我手中夺去，狠命地打了我两巴掌。外婆见了，才对父亲说她看见我拿着油壶站在外边，不知是来做什么的。父亲取了油就回头走，我在后面跟着，想哭也不敢哭。那时我虽然年纪小，但是知道外婆分明晓得我来取油的，只是父亲不明白我站着不进去的原因，冤枉地打了我一顿，使我感到有冤无处申诉，又不便说破外婆吝啬的情形。这也是我在外婆家读书时的一件趣事。

父亲私塾内的学生，都是农家子弟，所以都是半耕半读的。农忙时节私塾便放假，让学生们回家帮父母操作。记得有一次我跟随村上几个成年人上远处的山中打柴，那时我大概十三四岁的光景，当夕阳西下准备回家时，看他们都装满一大担，我是初生之犊不畏虎，心情非常好胜，觉得一担柴百把斤重，他们既然做得到，我又怕什么？所以我也装上一大担，和成年人几乎一样多。最初挑来似乎不甚重，谁知"长路无轻担"，愈挑愈重，渐渐我就落伍了。最后竟至五步一停，十步一歇，实在挑不动了。而这时和众人相去已远，且时近黄昏，四顾茫茫，我不禁嚎啕大哭起来。但是我一面哭，一面仍勉强挑着柴担蹒跚前走。幸而母亲预料我挑不动，远道来接，才结束了我这场悲壮的场面。

我在父亲的私塾内又读了两年，四书五经，粗可理解，父亲便应募往南洋去了。母亲不愿我辍学，乃让我跟一位名叫李庆廷的先生读书。这位李先生是一位廪生，和父亲为莫逆之交。后来他要到桂林进新办的法政学堂。我得了母亲的同意，也跟李先生上省城，进了新创立的临桂县立两等小学，日里上课，夜间温习功课，受李先生的指导。那时正值庚子八国联军之后，清廷正在废科举、兴学堂、办新政，我们的临桂县当时就办了这所小学。所教的除了国文之外，还有许多新式的学科，如数学、博物、英文等。我是私塾出来的，从未学过这些，而又插入高年级，当然对这些学科一无所知。因而在学期终了时，我在榜上"坐了红椅子"。那时出榜的通例，榜末要用红笔一勾。因为那一勾正在最末一名的下面，所以考最后一名的叫作"坐红椅子"。而这次校里的一年两学期期终考试，"坐红椅子"的就是我。加以我又是乡下初来，体质尚称结实，而衣着不甚入时，举止言行，都带几分乡土气，因此城里的同学们都讥笑我是"乡下的傻瓜"。现在考试又坐两次"红椅子"，使我分外觉得难为情，所以我在这小学里读了两个学期，就辍学不去了。这便结束了我在文科学堂的教育。

我离开了临桂县立两等小学，父母无力使我继续升学，家中可以耕种的田地又不多，我这个壮健的孩子，也到了觅取一项正当谋生职业的时候了。读书上进，就我们那时家中的环境说来，可说已经绝望。

这时候，各省正在试办"新政"，广西省新设奖励工商业的"劝业道"，并在桂林城内设立"省立公费纺织习艺厂"，招收二百学徒，学习纺织。此时父亲方自南洋回来，也觉得这项新兴的行业很有前途，因此送我进习艺厂做学徒，希望我在半年肄业期满后，回家改良我乡的织布手工业。这习艺厂是由桂林城内原有的"考棚"改建的。建厂的目的是训练一班学徒用新式方法来改良旧式的木机织布。这在当时算是新式的工厂，规模很大，厂长似由劝业道道台自谦，训练也还认真。我们的厂长既是一位大官兼的，厂内自然也有些官场应酬。我记得厂中当局有时在厂内请客，规模极大。我们学徒只可从远处看去，那一派灯光人影、呼奴唤婢的场面，真是十分烜赫。

我在这厂内一共学了半年关于纺织的初步技术——从下水浆纱，到上机织布，我都学到了。光绪三十三年（1907年）春初，我十六岁时，学习告一段落，我便回家了。政府设厂的初意，原为改良农村手工业，增加农民副业生产，我回家之后，大家都欢喜，就买了一部新式木机，从事织布。才过半年，由于家人对织布一事，无太大兴趣，也就算了。这时父亲又已应聘到姑丈家教馆，我便又跟着父亲到姑丈家读书，而姑丈对织布倒颇有兴趣，他在桂林买了一部木机，要我教表姐们织布。谁知我在习艺厂所学的，仅是一些皮毛，故浆纱时，把纱浆焦了，一旦上机，随织随断，弄得十分尴尬。后来我又曾应聘到别村李姓家里教织布，可是均告失败。深叹任何行业从业的不易。我在姑丈家这次认真地读了两年多的书，便得了机会考入陆军小学，从此遂成了一名职业军人。

1910年，李宗仁加入同盟会。1916年投桂军，先后参加护国战争、护法战争，因战功由排长递升营长。1922年自任广西自治军第二路总司令，后将所部定为桂军。1923年加入中国国民党，1924年11月，在孙中山领导的大元帅府支持下，被任命为广西陆军第一军军长，他联合黄绍竑、白崇禧之讨贼军，组成定桂讨贼联军，李任总指挥，先后消灭了旧桂系军阀陆荣廷、沈鸿英部，击退入桂云南军阀唐继尧部，统一了广西，成为新桂系首领。他力主北伐，并担任国民革命军第七军军长，曾指挥过汨罗江、贺胜桥之战以及武昌攻城战。

1927年4月，李宗仁在上海参加了蒋介石召开的"反共清党"会议，支持蒋介石发动反共政变，并先后被蒋介石任命为南京国民政府第三路军总指挥、第四集团军总司令、武汉政治分会主席等职。1927年8月，他联合何应钦逼迫蒋介石下野。1929年蒋桂战争中，桂军败北，李宗仁出走香港，旋返桂。翌年出兵湖南策应冯玉祥、阎锡山反蒋作战，受挫撤回广西。抗战期间，李宗仁出任第五战区司令长官兼安徽省主席、汉中行营主任等，他指挥了徐州会战，取得了台儿庄大捷，在抗战史上留下光辉的一页。抗战胜利以后，担任北平行辕主任。1948年4月，当选为国民政府副总统，蒋介石"引退"后，担任代总统，派代表团到北平与中国共产党进行和平谈判，由于国民党一再策划"划江而治"的图谋，导致和谈破裂。

1949年12月，李宗仁因与蒋介石政见不和而出走美国，1954年被蒋介石免去副总统职务。1955年4月，周恩来总理在万隆亚非会议上公开声明，中国政府愿意在可能的条件下，争取用和平方式促使台湾回归祖国。已在美国避居5年之久的李宗仁深受启发，特于1955年8月在美国发表了《对台湾问题的建议》，在国内外引起强烈的反响。周恩来在征得毛泽东主席同意后，与海外联系，邀请李宗仁回国看看。1956年夏天，李宗仁派程思远来到北京与周恩来联系。在以后的几年中，程思远四上北京，两赴欧洲。终于，在1965年7月20日，栖身海外16年的李宗仁，回到北京，周恩来总理等党和国家领导人亲自到机场迎接他。后多次受到毛泽东、刘少奇、邓小平等党和国家领导人的接见。

李宗仁回归祖国 3 年后，不幸患直肠癌，于 1969 年 1 月 30 日在北京病逝，享年 78 岁。

（3）周恩来

周恩来（1898.3.5—1976.1.8）　字翔宇，小名大鸾，曾用名飞飞、伍豪、少山、冠生等。生于江苏淮安府山阳县（今淮安市），原籍浙江绍兴；天津南开学校大学部，1917 年留学日本，1920 年至 1924 年先后去法国和德国勤工俭学；1924 年 8 月从巴黎回国，经张申府 [1] 推荐，任黄埔军校政治部主任；国民革命军第一军政治部主任等职；解放后，历任国务院总理，外交部部长等职；伟大的马克思列宁主义者，中国无产阶级革命家、政治家、军事家、外交家，中国共产党和中华人民共和国的主要领导人，中国人民解放军主要创建人和领导人。他是以毛泽东同志为核心的党的第一代中央领导集体的重要成员，在国际上也享有很高威望。

他逝世后，联合国降半旗致哀！

早年的周恩来很文静腼腆，他曾自言："嗣（我）母终日守在房中不出门，我好静的性格是她身上继承下来的，但我的生母是个爽朗的人，因此，我的性格中也有她的这一部分。"

"我出生后，因叔父周贻淦去世，照传统习惯，把我过继给叔父，由守寡的叔母抚养。叔母即嗣母陈氏，是受过教育的女子，在我 5 岁时就常给我讲故事，如《天花雨》、《再生缘》等七词唱。我的好静性格是从她身上继承过来的……"

这些经历使周恩来从小就学会礼让仁慈，善解人意，少了男性的粗鲁，多了女性的柔韧。这都是中国南方男人的气质特征。

周恩来回忆说："12 岁的那年，我离家去东北。这是我生活和思想转变

---

[1]　张申府（1893—1986）　名崧年，张岱年之兄，河北献县人，北京大学、清华大学教授，哲学家，数学家。中国共产党主要创始人之一，中国罗素研究第一人，张国焘由他介绍进入北京共产主义小组，是周恩来和朱德的入党介绍人，曾是毛泽东在北大图书馆的"顶头上司"。参加黄埔军校的筹建时担任蒋介石的德文翻译，因与蒋介石难于共事，辞去黄埔军校政治部副主任职务。在上海中共第四次全国代表大会时，张申府列席会议，会上因讨论党的纲领时反对与国民党结盟而与蔡和森、张太雷等人发生争执，而后负气提出退党。一二·九运动的重要组织者和领导者。1957 年被打为右派分子，是第五、六届全国政协常委。1986 年逝世，享年 93 岁。

的关键"……"到东北有两个好处：上学，冬天、夏天每天都要有室外的体育锻炼，把身体锻炼好了，吃高粱米，生活习惯改变了。另外学会了交朋友，我由南方到了东北，说话口音重，同学们骂我是'南蛮子'，每天打我，欺负我，大同学还扒我的裤子打我，我被打了两个月。被逼得想出办法，我就交朋友，他们再打我，我们就对打，他们就不敢再打我了。东北的几年对我很有好处呢！"周恩来还总结说："东北的高粱米饭、风沙和严寒锻炼了我。"

东北的两年生活经历不仅培养了周恩来豪爽粗犷的特点，也练就了他果断强干的特点。这些特点都是北方男人的性格特征，也是周恩来两个长期生活在南方的弟弟所不具有的特征。后来，周恩来又随伯父来到南北会合的天津居住，并就读南开中学及南开大学。在这一阶段内，周恩来的南北气质兼容的人格结构已经形成，并在日后的生活经历中不断完善。

周恩来在大事上冷眉相对，在小事上却温情脉脉。1927年，中央酝酿南昌起义，张国焘任临时总负责。但他在起义问题上推三阻四，周恩来在与之争论中连拍桌子，并坚定地说："我们幻想着赤色的旗儿飞扬、共产花开放，不斗争行吗？如果你（张国焘）继续固执己见，我只有辞职！"当时，张国焘在党内的地位仅次于陈独秀，周恩来顶撞他是要冒很大的危险，但周恩来坚持原则，最终促成了南昌起义的胜利举行。

1934年12月18日，长征中的红军在黎平开会，决定接受毛泽东的建议。周恩来在这次会议上明确支持毛泽东，博古虽然反对但还是少数服从多数，李德因病没有出席会议。会后，周恩来向李德说明了会议的内容，李德不同意，周恩来勃然大怒，拍了桌子。周恩来这次拍桌子，给毛主席印象深刻，他在1956年八大之前的七届七中全会上还说："总理那次拍了桌子，一下子就把局面扭转过来了，也是老实人不发火的缘故吧。"

1969年，越南主席胡志明去世，苏联总理柯西金赴河内参加葬礼后途经北京回莫斯科，在北京机场与周恩来举行了一个会谈。在会谈中，周恩来强烈指责了苏联的大国沙文主义行径，而柯西金则一再指责中国政府好斗，所以会谈不欢而散。但细心的周恩来发现柯西金等人非常喜欢吃午餐上提供的北京烤鸭，就暗中安排厨师另做了一份给柯西金带在路上吃，这令柯西金感慨万分。他后来在会见日本创价协会会长池田大作时说："请转告周总理，他是绝顶聪明的人，只要他在世一天，我们是不会进攻的，也不可能进攻。"

1971年，美国乒乓球代表队访华，嬉皮士科恩对周恩来提出的第一个问题是"总理先生，我想知道您对美国嬉皮士的看法。"

周恩来客气地微笑着打量了科恩一眼，瞄了瞄那蓬松飘垂的长发，说：

"看样子，你也是个嬉皮士啰。"继而把眼光转向大家："世界的青年们对现状不满，正在寻求真理。在思想发生变化的过程中，在这种变化成型以前，会出现各种各样的事物。这些变化也会以不同的形式表现出来。这是可以容许的。我们年轻的时候，也曾经为寻求真理尝试过各种各样的途径。"

这个科恩是大学二年级学生，学的是历史和政治学。他原以为在这个最革命的国家，听他的总理评价嬉皮士，一定会听到那种"资产阶级的""颓废的""没落的生活方式"之类的训词，结果，出人意料。周恩来并没有用革命的大道理训人，还表示出十分理解当代青年的思想。这不仅仅是某一个人感到惊奇！

周恩来又将眼光转向科恩："要是经过自己做了以后，发现这样做不正确，那就应该改变。你说是么？"周恩来略略停顿，又补充了一句："这是我的意见，只是一个建议而已。"周恩来的这番话，在第二天，几乎被所有的世界大报与通讯社报道。4月16日，科恩的母亲从美国加州威斯沃德托人通过香港，将一束深红色的玫瑰花转送给周恩来总理，这位母亲，感谢周恩来对她的儿子讲了一番语重心长的话。[1]

1910年春，周恩来随伯父离淮安，先后在奉天省银州（今辽宁铁岭市）银岗书院和奉天（今沈阳市）东关模范学校读书。1913年春，到天津。8月，考入天津南开学校。1917年6月，在天津南开学校毕业。9月，赴日本留学。1919年4月，离日本回国。参加并领导天津爱国学生运动，参与发起成立觉悟社。1920年1月，领导天津学生运动。11月，赴法国勤工俭学。1921年春，加入巴黎共产主义小组（中国共产党八个发起组之一），参与组织旅欧中国少年共产党，担任中国共产主义青年团"旅欧之部"书记。

从此开始了他职业革命家、政治家、军事家、外交家的人生之路。

（4）钱大钧

钱大钧（1893.7.26—1982.7.21）   江苏吴县人，江苏昆山正仪镇雅泾村（现江苏昆山市玉山镇东北村）人。国民党元老，黄埔建校初期教官。早年积极参加反清倒袁，后在军阀混战中为蒋介石效力，被委以重任——国民政府军事委员会委员长侍从室主任，是蒋的八大金刚之一。曾担任重要职务："国民政府"航空委员会主任，

---

[1]   李海文主编：《周恩来家世》，党建读物出版社、中国青年出版社1998年版。

军统局局长，上海市长兼淞沪警备司令，"国民大会"主席团主席，国民党中央纪律委员会委员、中央评议委员、"总统府"战略顾问、"光复大陆设计研究委员会"委员，台北市私立戏剧学校董事长、"中华全国田径协会"名誉会长、中华航空公司董事长。获国民政府抗战胜利勋章。

钱大钧出生于江苏昆山正仪乡（现为巴城镇正仪街道）的商人家庭。他的祖父钱伯熊，是前清贡士。父亲钱自梅，母亲江氏，兄弟4人，他排行老末。4岁时，他父亲带着全家迁居苏州。6岁时，他进入私塾读书，读完"四书五经"。1902年，他转入英华学校学习，后又转入新创立的初等小学就读；翌年，考入苏州城内羊王庙长洲高等小学堂，学习成绩很好，一直名列前茅，深得老师喜爱。14岁时，其父病故，他家境更为清寒。两年后，母亲去世，为生活所迫，随次兄去上海经商。他以志趣不投为由，返回苏州，复读于长洲高等小学堂，1909年因成绩优异而被学校保送入南京的江苏陆军小学第四期。从此，他和军旅生活结缘。学习三年，正值1911年，爆发了孙中山领导的辛亥革命，推翻了清王朝的封建统治。陆军小学也在这场政治变动中停办了。钱大钧随即去上海参加学生军，投身于反对清政府和封建军阀的革命活动。当时，上海革命党人钮永建在淞江军政分府创办了一所淞军干部学校，他与蔡熙盛、薛栋等一起进入该校学习。

1913年，江苏陆军小学堂改为学校。钱大钧回校补训，完成陆军基础教育，半年后毕业，回淞军任别动队排长。孙中山"二次革命"时，江西的李烈钧和南京的黄兴出兵讨伐窃国大盗袁世凯，钱大钧随淞江钮永建组织的学生军和敢死队攻克上海郊区龙华，进而攻打上海制造局（现为江南造船厂），失利后，退到吴淞、嘉定一带，遂解散。1914年，钱大钧被钮介绍去日本。至东京，他认识了孙中山，并加入了东京大森浩然学社，聆听孙中山的教导，亲承孙中山的革命熏陶。这年8月，第一次世界大战爆发。日本借口出兵青岛和胶济铁路沿线，夺取了德国在山东的侵略地盘。中国留日学生愤而归国从军，抵御外敌。钱大钧也于同年年底回国，应召赴武汉南湖，入陆军第二预备学校。

1915年元旦，袁世凯复辟帝制，引起全国人民的义愤。钱大钧联合同志，积极从事倒袁运动。而袁世凯则加强军阀统治，不断派兵镇压，到处搜捕革命党人。他被湖北都督王占元怀疑，无法留在武汉，于是秘密转到上海，先在《时事新报》担任日文翻译。一个月后，钮永建在淞江重建旧部，钱大钧便赴淞江，帮助钮组训新军，来往于上海及其附近地区，配合蔡锷等在云南发动的＂护国＂运动。第二年6月，袁世凯在全国人民的唾骂声中，可耻地结束了罪恶的一生。钱大钧又回到湖北军校，恢复学业，于同年12月毕业，递升保定陆军军官学校。1917年4月，他以学习成绩优异被选送日本士官学校，在中国学生队第十二期炮兵科深造。

1919年6月，钱大钧在日本士官学校毕业，回国后，任保定军官学校第八期第四队分队长。正逢直奉战争，学业遂陷入停顿。次年10月，他奉命参加复校工作，任第九期炮兵队队长。在筹备复校期间，钱大钧深感北洋军阀只重视权力之争，而不讲办学目的，因此深为厌恶。听说孙中山为了重建革命政权，于1921年4月在广州召开了国会非常会议，通过了《中华民国政府组织大纲》，被选为"非常大总统"。

钱大钧便辞去第九期炮兵队长之职，于1921年南下广州，投入粤军第一师，师长是邓铿。钱被任为少校参谋，先后参加了西江战役、赣州战役、讨伐沈鸿英、林虎战役。这些战役的作战计划与命令均出自钱大钧之手，因而深得师长邓铿的信任，遂于1923年晋升为中校参谋。自此，他与何应钦共事，结下了深厚的情谊，为日后的升迁打下了基础。

1924年6月，黄埔军校正式开办，钱大钧是建校筹备成员之一。

他因精于兵器学，被任为中校兵器学教官，不久，升为代理上校总教官，同年，升任校本部参谋处少将处长，得到了蒋介石的信任。

钱大钧具有儒将风度，他有两方面才能：一是具有较坚实的军事基础知识，步炮射击和器械体操，均有较高技艺；二是具有较高文学素养，尤其对古文有较深造诣，深受蒋介石宠爱。蒋介石的作战文书多出自他的手笔。他和何应钦、顾祝同、蒋鼎文、陈诚、陈继承、刘峙、张治中八人被称为蒋家王朝的"八大金刚"。

1925年1月，第一次东征时，钱大钧为校本部少将参谋长。东征途中，他协助蒋介石、周恩来指挥部队与陈炯明部进行了英勇的战斗。2月12日，东征军进攻淡水，受敌钳制，态势不利。第二教导团团长王柏龄缺乏指挥作战能力，没有掌握好部队，贻误了战机，遂被撤职。钱大钧代理该团团长，终将敌军击败。3月12日，棉湖战斗快结束时，第一教导团千余人，在棉湖的西北山地，遭到敌军林虎部主力的围攻，伤亡惨重。钱大钧率领第二教导团赶到，拼力奋战，粉碎了敌军的攻势，并乘胜翻越猴子岭，追击溃逃之敌，相继攻克了林虎部的后勤基地五华及司令部所在地兴宁。是年4月底，钱大钧被调回黄埔军校训练新兵，组建第三教导团，代理教育长并代行校长职务，旋出任党军第一旅第三团少将团长，6月，参加了平定军阀杨希闵和刘震寰叛乱的战斗。1925年10月，举行第二次东征，钱大钧亲率第三团防守博罗。22日，他率部攻打海陆丰，配合主力，将陈炯明部彻底消灭。12月22日，钱大钧升任国民革命军第一军第一师少将副师长兼参谋长。

1926年7月，国民革命军誓师北伐，蒋介石命钱大钧留守广州，任广州警备司令，负责治安。1927年4月12日，蒋介石发动反革命政变，钱大钧遂于第三天在广州积极配合李济深，逮捕、屠杀共产党员和工人中的积极分子。白色恐怖笼罩广州上空。随后，他又被任命为国民革命军北路军总指挥，受命巩固北粤，遣散改编部队。1927年南昌起义爆发后，钱大钧奉蒋介石之命，力图堵截。8月25日，钱大钧率部在瑞金的壬田与起义部队发生激战，结果，钱部两个团被击溃；8月30日，又在会昌激战，又有4个团被起义部队消灭。但钱仍不甘心失败，又多次堵截、战斗，始终未能消灭起义部队。10月初，起义军胜利突围。由于他"剿共"有功，他的部队改编为三十二军，钱晋升为军长。1928年1月，蒋介石辞去第一军军长职务，任命何应钦为第一军军长，晋升钱大钧为第一军第一师中将师长。随后，钱大钧与王柏龄对换，任第二师师长。

1928年，钱大钧被任命为淞沪警备司令兼上海市党部常委，1929年春，又担任总司令部上将总参议。1931年1月，钱大钧调任中央军校武汉分校教育长兼八十九师师长，适逢教导第三师100多名伤兵闹饷和武昌第一纱厂、震寰纱厂工人要求增加工资。钱大钧不顾伤兵与工人的死活，蛮不讲理地说："这是有共产党支持的。"派兵逮捕了一部分伤兵和工人，并秉承蒋介石的旨意，枪毙了多人。同年秋，武汉发生大水，钱大钧不思抗洪，挽救人民的生命财产，却拿着蒋介石的手谕说："防共比防水更重要。"不准军队参加防汛，遂使汉口造成有史以来的最大惨案。

1932年春，钱大钧调任第十三军军长，指挥汤恩伯的八十九师、孙元良的八十八师，仍驻防武汉。蒋介石"围剿"红军的计划、方略、命令均出自钱大钧之手，而且他所辖的八十八、八十九两师，也是"围剿"苏区的主力。

1936年1月，蒋介石正式成立了军委会委员长侍从室，下设两个处，钱担任第一处主任兼侍卫长，其工作直接对蒋负责，负责全国的政治、军事、党务等各项工作。侍从室的地位凌驾于国民党政府各部门之上。

1937年7月12日，国民政府迁都武汉。由于钱大钧嗜财如命，得罪的人多，蒋介石不得不将他调离了侍从室。但由于有宋美龄的支持，他仍在航空委员会捞到了肥缺，担任了秘书长、参谋长之职。

1938年2月，他又接任航空委员会主任职务，专门指挥对日作战。

5月中旬，为了揭露日本军国主义穷兵黩武、害人害己的暴行，钱大钧组织空军远航日本本土夜投"纸弹"（即宣传弹）。当时有人问钱大钧："为什么不用炸弹轰炸日本东京而用纸弹？"钱说："炸弹不如纸弹来得意义大。加之炸弹太重，挂上炸弹，飞机飞不了那么远。"经过细致的研究，奇袭日本本土的行动计划报经蒋介石批准，最后确定由驻成都的十四中队队长徐焕升率本中队8人，执行这项艰巨而又危险的任务。当时，中国空军力量薄弱，如果从武汉起飞，燃料载量不够回程之用。他找徐焕升商量，徐说："东海之滨，有个丽水机场，略加修整，就可起航。"钱大钧同意此案，立即布置修整丽水机场。

5月17日，十四中队由成都飞到汉口。18日，在武昌官邸，他们受到蒋介石和宋美龄的接见，在座的有钱大钧等。同日下午，钱又召见徐焕升等8人，郑重地对他们说："此行任务艰巨，但绝不是命令，必须出于自愿，你们还可以再考虑一个小时，而后答复我。"钱的话音刚落，徐等8人异口同声地答道："我们弟兄都愿意这样干，请看我们的决心。"8人当场写了志愿书。19日晚上，徐焕升等驾驶"马丁"号飞机，起飞之前，他们从起飞基地给军事委员会发来电报，内称："职谨率全体出征人员向领袖暨诸位长官行致敬礼，以示接受此项工作之莫大荣幸，并誓以牺牲决心尽最大努力，完成此非常之使命。"起飞后，机上不断与地面电台联系。钱大钧通宵守在电话机旁，不时与电台互通电话。飞机进入日本本土后，躲过探照灯的照射。在东京、大阪、长崎等地上空，将大量宣传品投掷下去，最后胜利返航。此事弄得日本朝野皆惊，防空部队也慌了手脚。

1939年初，因私分军火被人告发，遭撤职查办处分。钱在四川落拓，他便到铜梁县虎峰镇西温泉创办西泉中学，自任校长，并制定了校训、校规。

1941年7月，经何应钦推荐出任军事委员会运输统制局（何应钦兼主任）参谋长，不久改任秘书长；12月到仰光监督从缅甸紧急输送物资到云南。

1942年6月23日，任军政部政务次长，兼点验委员会主任、军政部特别党部特派员，处理军政部日常事务。

1944年11月，再次任军事委员会委员长侍从室第一处主任，兼军事委员会调查统计局局长。

1945年5月当选为国民党第六届中央执行委员；8月13日，钱大钧被任命为上海市长兼淞沪警备司令；9月9日飞上海就任，其间向英国收回跑马厅、扩建南京中路、修筑吴淞口海堤，同时利用"接收"之机搜刮民财。

1946年3月5日，因贪污被人告发，钱大钧不得不辞职回苏州；5月，国民政府以抗战期间著有功绩嘉奖各战区参战将领，授予钱大钧青天白日勋章；12 月上海成立市体育协会，钱大钧任会长。

1947 年 4 月被选为吴县参议会议长，7 月当选为党团合并后的第六届中央执行委员。

1948 年 3 月 29 日，蒋介石在南京召开"国民大会"，钱大钧作为上海代表被推为大会主席团主席。

1949 年 2 月 19 日任重庆绥靖公署副主任，3 月 29 日任川康滇黔四省联合"剿匪"总指挥部副总指挥，5 月 1 日任西南军政长官公署副长官；11 月 28 日陪侍蒋由重庆飞成都，12 月从海南岛去台湾。

1950 年 5 月任"总统府战略顾问委员会"委员。

1952 年 10 月 22 日奉命退役，任"总统府咨政"。

1954 年 5 月 1 日，以台湾"足球委员会首席顾问"参加第二届亚运会（马尼拉）；11 月任"光复大陆设计研究委员会"委员。

1955 年 6 月"孙立人兵变案"爆发，台湾当局组织军事法庭并令钱大钧任裁判长，受命判孙立人无期徒刑。

1957 年任"中华全国体育联合会"常务监事和台北市私立戏剧学校董事长。

1958 年 5 月 24 日领队参加第三届亚运会（东京）。

1959 年 1 月 16 日率队参加第三届世界杯篮球锦标赛（圣地亚哥），并出任台湾"中华全国田径委员会"委员、远东旅行社董事长。

1960 年 2 月任国民党中央纪律委员会委员。

1963 年任台湾"中华航空公司"董事长。

1964 年 10 月到日本参加第十八届世界奥林匹克运动会，并担任国际田径会议代表。

1966 年 1 月"华航"向美国采购波音 727 喷气客机五架，开创了中国民航史上使用喷气客机的先例。

1968 年 1 月转任台湾"中华航空公司"名誉董事长。

1969 年 4 月被聘为国民党第十届中央评议委员。

1973 年任台湾"中华全国田径协会"名誉会长。

1976 年 11 月与 1981 年 4 月当选为国民党第十一、十二届中央评议委员。

1982 年 7 月 21 日，因肝癌在台北"三军总医院"去世，享年 90 岁。

钱大钧身材高大，相貌英武，早年积极参加反对清政府和封建军阀的革命活动，常年追随蒋介石，虽不善战，却具有谋略，公私分明，是蒋介石所推崇的高级幕僚；钱大钧胸无城府，不善交谈，性情偏激，贪财无度，重视仪表，爱与文人雅士来往，擅长书法，其钟鼎篆字苍劲有力，娟雅挺秀，为人彬彬儒雅，颇有古风，对佛学很有研究，通晓英文。著有《钱大钧上将八十自传》等。

钱大钧风流倜傥，婚姻更是传奇，他竟然同时博得了名士欧阳耀如的长女欧阳丽藻与三女欧阳生丽的芳心，娶为大小夫人。美貌的姐妹花共事一夫，堪称民国奇闻。钱大钧的婚姻，引来了同时代许多人的艳羡。

钱大钧的岳父是民国名士欧阳耀如，江西吉安人，一直在上海从事银行业。欧阳耀如是老同盟会员，参加过辛亥革命，江西独立时，被推举为江西省议员。孙中山组织南方政府，他又赴广东参加孙中山领导的国民革命工作。欧阳耀如一妻一妾，生有6个千金。长女欧阳藻丽很漂亮，早年许配于钱大钧。

1928年，钱大钧在上海任警备司令期间，夫人欧阳藻丽突患重病，经上海多家大医院中西医进行治疗，病情不仅没有好转，而且一天天危重，医院的病危通知书下了一次又一次。欧阳藻丽眼看自己病入膏肓，知道来日无多，想到自己儿女的年纪都很小，自己死了，丈夫必定要再娶，幼小的儿女一定会受到后娘的排斥、虐待，她越想越放心不下，便把丈夫叫到病榻前，口述遗嘱，交代后事。她表示，她死后支持丈夫再娶，但不准娶别人，只能娶她的妹妹欧阳生丽。这样，她既是姨妈，又是继娘，亲上加亲，一定会善待她的未成年子女。接着，她又向父母和妹妹欧阳生丽表达了自己的遗愿。父母见女儿病成这个样子，束手无策，对此也只好默许。

欧阳生丽这一年才17岁，面容姣好，身材修长，时尚靓丽。她性格活泼开朗，又受过良好的教育，颇具才华，是一位才貌双全的南国女子。钱大钧对这位美丽的

钱大钧的两位夫人：欧阳藻丽与欧阳生丽

小姨子早已垂涎三尺，如今妻子立下这样的遗嘱，真是天赐尤物，正中他的下怀。而欧阳生丽呢，也对姐夫很崇拜，姐夫虽然比自己大18岁，但还尚在壮年，加之他文质彬彬，十分儒雅，对情窦初开的她颇具吸引力。尤其是姐夫显赫的政治地位，高官厚禄，对她的诱惑极大，所以，她没有拒绝，爽快地答应了姐姐。

于是，为了关照身患重病的欧阳藻丽，姐夫小姨子两人常在一起，过从甚密。钱大钧的百般温存，以及成熟男人的魅力，很快使欧阳生丽堕入爱河不能自拔。

命运往往喜欢和人开玩笑。谁知，病得奄奄一息已经准备后事的欧阳藻丽，几个月后居然奇迹般慢慢地好了起来，而且恢复得光彩照人，美貌依旧。但此时，欧阳生丽与钱大钧已情深似海，且早已有夫妻之实了。欧阳藻丽此时想食言也来不及了，也认了与妹妹共夫的局面。岳父欧阳耀如眼看生米已煮成熟饭，亦无可奈何，只好同意钱大钧与妻妹欧阳生丽正式订婚结婚。钱大钧就这样又讨了年轻漂亮的小姨子，两美俱占。这样，欧阳氏家中便出现了两女同婿的奇特状况。

1929年，蒋介石将桂系残留的武昌军官学校学生改编为武汉军官分校第七期，委任钱大钧为教育长，实行一整套所谓的新式教育。钱大钧，躯干修长，一贯沉默寡言，平素服装整洁，在他的部下和学生面前总是装出一副忠孝、仁爱、信义、和平的样子，对学生们的训话也总是强调厉行蒋介石所提倡的什么"新生活"运动，要求大家"注重礼义廉耻"，"注重军人风纪"，发扬所谓的"黄埔革命精神"。但钱大钧的两个美貌妻子引来了大家的非议，同宿姐妹花还讲什么所谓的"新生活"呢？有胆大者还写了几句话公然贴出：

"湖上有园，园中有风景。同昏官，景色宜人喜洋洋。一夫两妻同枕共床，姐妹成双效鸳鸯，高谈旧道德礼义廉耻，历行新生活男盗女娼"。

此事令钱大钧很尴尬。武汉军官分校经理处第三科科长钱仰周因欲巴结钱大钧，便找教育处长赵锦雯要求追究此事，说："教育长的家事，也要别人来管吗？老百姓讨三妻四妾的多的是，教育长有两房家眷，这算什么稀奇？"赵锦雯旋即派人进行调查，但那个写诗的人杳如黄鹤，始终未查出，后来也就不了了之了。

陆军大学第17期毕业的中共地下党员段仲宇在蒋介石侍从室工作时，与顶头上司钱大钧私交很不错。据他回忆，在侍从室的那段时光，他常常去钱家吃饭，每次都和钱大钧及其两位夫人一起就餐。大夫人欧阳丽藻生性比较沉默，话不多，给人一种沉稳厚道的感觉。二夫人欧阳生丽性格开朗，比较活跃，打扮得也年轻入时，平时陪钱大钧参与社交活动也较多。但姊妹俩亲情融融，和睦相处，互相尊重体谅。段仲宇一次也没有看到姊妹俩有什么龃龉，或者闹什么争风吃醋。

　　1949 年，钱大钧携二夫人欧阳生丽随蒋介石逃往台湾。他晚年任国民党中央纪律委员会委员、中央评议委员、"总统府"战略顾问等，基本上都是虚职，是欧阳生丽陪伴他走过这段时光。欧阳生丽就像赵一荻对少帅张学良那样，一往情深始终不渝，多年来无微不至地侍奉着钱大钧，直至他病逝。

（5）俞飞鹏

　　俞飞鹏（1884.12.29—1966.12.19）　乳名丰年，又名忠稚，字樵峰，浙江省奉化县城（今大桥镇奉南村）人，宁波府师范学堂毕业，是蒋介石的表哥、俞济时和俞济民的族亲；历任国民政府行政院军政部军需署署长，滇缅公路运输工程监理委员会主任委员，中缅运输总局局长，行政院政务委员，粮食部部长。

　　1949 年 4 月去台湾，历任台湾"招商局"董事长、"中央银行"副总裁、"总统府国策顾问"、国民党中央评议委员等职。

　　奉化小学体育教员。辛亥革命爆发后，参加上海学生军，蒋介石担任沪军第五团团长后，任上海新军训练部军需。1913 年，经蒋介石力荐，被保送入北京军需学校，系统地学习了军事运输和后勤知识。后回甬，任教于省立第四中学。1918 年赴广州，1922 年先后任福建松溪、浦城县长，次年任粤军总司令部审计处长。1924 年为黄埔军校筹备委员、军需部副主任、经理部主任。次年随军东征，办理军需，并任广东惠潮梅七属财政处长。1926 年任国民革命军总司令部兵站总监，攻下南昌后，兼任江西省政务委员会委员、财政委员会主任委员。1927 年后历任上海江海关监督、军政部军需署署长、交通部长、国民党中央执行委员、军事委员会后方勤务部部长、屯粮监理委员会主任委员。1928 年，国民政府第二次北伐，被任命为国民革命军兵站总监，同年调任行政院军政部军需署署长。

　　1930 年，任交通部次长直至部长，其任职期间，建成 9 省长途电话网。开通中英、中美国际长途无线电话，开通上海、广州、汉口之间无线电话。

　　1937 年 2 月，中日矛盾日趋激化，国民党中央执行委员会第三次会议正式通过了"战备动员令"，俞飞鹏负责制订了种种战时交通应急方案，为抗战初期国民党的大撤退作了准备。抗战爆发后，俞飞鹏受命兼任国民党中央军事委员会后方勤务部部长。

1938年，兼任中央军事委员会后勤部部长。

1941年兼任中缅运输总局局长，在仰光沦陷前将当地物资抢运回国。

1942年2月中国远征军入缅作战，俞飞鹏面临抢运外援物资和运送军队入缅的双重任务。在他的统筹调度下，运输车辆出则运送军队及军需物资，入则抢运存于仰光的外援物资，不仅确保了入缅远征军3个军的顺利出征，而且还在1942年3月8日仰光沦陷前将存放于该地的6.64万吨外援物资中的5.2万吨抢运回国。1947年，任行政院政务委员、粮食部部长。同年回故里，倡修奉化中山公园和中正图书馆。

1949年4月去台湾，辞去一切军政职务，历任台湾"招商局"董事长、"中央银行"副总裁、"总统府国策顾问"、国民党中央评议委员等职。

1966年12月19日，因病在台北去世，享年80岁。

(6) 叶剑英

叶剑英（1897.4.28—1986.10.12）　字沧白，原名叶宜伟；广东梅县人；云南讲武堂，莫斯科东方大学特别班；曾参与筹建黄埔军校，任教授部副主任；历任国民革命军新编第二师师长、第四军参谋长。中华人民共和国元帅、一级八一勋章、一级独立自由勋章、一级解放勋章。1982年获哥伦比亚众议院授予的特级大十字民主勋章。新中国成立后，历任国防部长、军委副主席、人大常委会委员长等职。

中国伟大的无产阶级革命家、政治家、军事家，中华人民共和国元帅、中国人民解放军的缔造者之一，是久经考验的共产主义忠诚战士，坚定的马克思主义者，中华人民共和国的开国元勋，长期担任党和国家重要领导职务的卓越领导人。

叶剑英生于嘉应州雁洋堡虎形村，按家族排辈为"宜"字辈，其父叶钻祥望子成龙，为其取名"宜伟"。父辈祖辈虽经商，但都通晓诗书，继承着客家人崇文重教的优良传统。叶宜伟在家乡的近20年时间里，接受过传统的私塾教育，也上过新式学堂；在接受民主启蒙思想的同时，也完整地接受客家优秀文化的熏陶。他在少年时的一些趣事，仍为家乡人民所乐道。

在雁洋雁上村，居住着两姓人家，一姓李，一姓叶。旧时，两姓人家常因水源、地界等事引发纠纷。李姓是大姓，人多势众，叶姓人少，在纠纷中总是处于劣势。大人之间的不和，或多或少影响着孩子间的交往，李姓人家的孩子依仗人多刁难叶姓小孩是常事。

一日，一群李姓顽童又围着戏弄几个叶家小孩子，把叶家小孩子弄哭后还得意地哈哈大笑。小宜伟与几个伙伴闻讯赶来，他一边气愤地与李姓孩子理论，一边安慰跌坐在地上啼哭的小伙伴："不用怕他们李姓人！李子总是遮在叶子下的，我们叶姓人一定会盛（胜）过李姓人的！"宜伟此言，被从旁边经过的一李姓长者听个正着，此长者闻得宜伟此言，心头一震，喝退本家顽童，长者和颜悦色，以手招过宜伟，细看宜伟，见这六七岁的小孩子虽长得高瘦，但头宽面阔，剑眉如戟，余怒的双目精光内敛，隐显聪睿明智之象。长者心中称奇，问宜伟："头先所言，是何人所教？"宜伟不惧，目光直视李姓长者"何用人教？这是自然。你不见路旁李树，叶下方结李，李尽遮于密叶下？"长者闻言，若有所思，连称"不错，不错"。

回去后，长者遍集族人，告诫曰："叶姓人中要出人才，李姓人不得再逞强欺负叶姓人，否则后果难料。"自此，李、叶两姓人之间的纷争少了许多。

1980年5月，83岁高龄的叶剑英回到故居，站在大门前接见乡亲，高声询问："在场有无姓李的？"群众回答："有！"老师欣然道："好！李、叶要团结起来！"群众报以热烈掌声。

后来，叶宜伟进入横山钟傲泉私塾读书，再入新式学堂——怀新学堂读书。幼年时的叶宜伟聪明好学，博览群书。他还特别爱听大人讲故事。客家名人宋湘、李二何、李文固的故事更是让他百听不厌。其中李文固是梅县丙村人，距雁洋仅七、八公里，可说是同乡。李文固的机智灵敏、诙谐幽默的故事深深吸引着他。

叶父钻祥公是位武秀才，能文能武，因世道艰难不得志，仅在乡下做小商贩度日。但他性格豪爽干练、广交朋友，深受乡邻爱戴。因宜伟聪明，钻祥公出门时爱把他带在身边。一日，钻祥公携宜伟前往一小酒店中与友人相聚，座中一长辈久闻宜伟聪明敏捷，欲亲试一番。见宜伟将进门，便打趣道："阿伟古，这里是大人的聚会，你小孩子家不得随意进来。你要是能猜出阿伯哪只手中有番豆（注：客家人对花生的称呼），就让你进来。"酒店中众人闻言，均兴致盎然地看着这一老一少，看宜伟如何应答。宜伟闻此，收住将踏入小店门槛的左脚，对长者说："伯伯，你看我一脚在内，一脚在外，是要出去呀？还是要入去？"这一反问，让长者赧然：想考宜伟，不想却让宜伟问住。在座诸人均为宜伟的机敏叫好，纷纷向钻祥公道贺："日后宜伟必成大器！"

1908 年，11 岁的叶宜伟被父母送到十多里外的丙村三堡学堂读书。这是一所进步的学堂，校长谢鲁倩是同盟会会员，是印尼华侨富商之子，回乡创办新学，宣传孙中山的思想。教员中也大多是具有进步思想的青年。学校所开设的学科中既有传统的国文、算术，又有新设的英文、地理、体操等。宜伟聪明好学，深得老师们的喜欢。当时雁洋堡雁中村幽阒岗有一李姓书香世家，祖上雨苍公是清末举人，其后裔中出了两位有名的才子，均受聘到三堡学堂任教。兄长赞诒公教修国文，弟赞欣公（李岳三）教算术、历史、图画等学科，都是深受学生敬重的老师。宜伟与这两位老师更是投缘，李氏兄弟对宜伟亦是特别爱护。虎形村与幽阒岗相距一里多路，所以即使是从三堡学堂回到家以后，宜伟还是常在晚上打着火把到两位李姓老师家中，幽阒岗李家原有一私塾，不少当地孩子都在此读书，宜伟爱到这里诵读诗文，这为他日后爱好古诗词、创作诗词打下了坚实的基础。赞欣公多才多艺，善吹拉弹唱，好纵高爬低，宜伟与他最是相得，二人甚至超越了师生情谊，成了忘年交。

还有一位老师林修明，是同盟会会员（后来参加 1911 年"三二九"广州黄花岗起义，跟随黄兴攻打总督衙门，在激战中不幸中弹壮烈牺牲）。林先生毕业于日本的体育学校，先后在松口中学和三堡学堂任教。他上体育课十分严格，常常把体育与政治、时事联系起来，宣传革命思想。有一天，林老师在课堂上慷慨激昂地说起社会的弊端，并摘下帽子，显示出他的短发，叶宜伟等一向敬重林先生，信服他的话，加上早已感觉到头上的辫子是赘物，现在见老师如此果敢，回到宿舍后，几个大胆的同学私下在商量剪辫子，一个大同学趁别人不注意，手起刀落，把旁边同学的头发剪了，大家哈哈大笑，这同学也不客气，返身抓过另一同学的头发，一把剪了。宜伟等几个同学就这样，在玩笑打闹中，你剪我的，我剪你的，把头上的长辫剪了，完成了一次思想上的"革命"。

剪掉头上的辫子，在当时可是"大逆不道"的事，一时间，三堡学堂和周围村子传得沸沸扬扬，虎形村中的一些老人甚至找到钻祥公夫妇，要他们好好管教一下宜伟。秀云伯母被族人说得心慌意乱，焦急欲哭，还是钻祥公常到南洋一带走动，见多识广，思想开明，他对宜伟的举动不以为忤，所以对旁人的噪言也不以为意，只是淡淡地说："剪了就剪了吧！"

父亲的开明给了少年叶剑英极大的支持，这有利于他坚持真理、敢作敢为性格的形成，客家优秀文化的熏陶，父母的言传身教，个人的聪明才智以及时势的磨炼，造就了一代伟人叶剑英。后来，叶剑英在总结自己的光辉历程时，说："没有天生的革命家，我自己只是在党的领导下做了一些应该做的事。"[1]

（7）程　潜

程　潜（1882.3.31—1968.4.5）　字颂云，湖南醴陵官庄人；清末秀才；同盟会会员；日本陆军士官学校第六期；曾任湘军都督府参谋长、非常大总统府陆军总长，广东大本营军政部部长，第一战区司令长官兼河南省主席。1949年在长沙与陈明仁一起宣布起义，出席中国人民政治协商会议第一届全体会议；新中国成立后，任中央人民政府委员，全国人民代表大会常务委员会副委员长、国防委员会副主席，湖南省省长、中国国民党革命委员会副主席。是民国时期著名军事教育家，他主持创办的大本营陆军讲武学校，是中国国民党党办军校的先行楷模；他从南京中央陆军军官学校第十期开始兼任校务委员会委员，一直任到抗日战争胜利后的第二十二期，总计连任十三期。

程潜生于湖南省醴陵县北乡长连冲村一个耕读世家，父亲程若凤，母亲钟氏。生子女五人，程潜排行最小。幼时家贫，父母经常告诫程潜兄弟，应以耕读继承祖业，借读书振起家声。

1891年2月，当时程家家境稍宽，父母即送程潜入塾，从同宗前辈程寿峰读书，习读"四书五经"，程潜思维敏捷、资质聪颖、记忆力惊人，学业日进。1894年，程寿峰在距程家十余里许的南竹坡钟姓家开馆，召集程、钟两姓成年子弟授课，这是读寄宿的经馆，程潜年龄最小。10月底散学时，读完了《礼记》时文，学业日有进步。1896年2月24日到醴陵县应考童生，旋补府试，6月程潜同老师由浏阳普迹搭船赴省，应考院试落选。11月初从湘潭赵璧（字实涵）受业，攻读经史子文，其间受朱存性影响，习作五古诗，终至一生酷爱五古。

---

[1] 参见叶剑英纪念园管理局工作人员撰写的"恰同学少年——谨以此文纪念叶剑英同志逝世26周年"一文。

1897 年，湘潭县聘请全国著名经学大师王壬秋先生为书院山长，程潜附名书院，王壬秋对他的课艺曾作细致的批评，使他获益匪浅。1898 年 6 月，程潜赴省应试，考取秀才。1899 年 2 月，程潜赴省入城南书院就读。1900 年 2 月，抚台照例甄别，程潜报名岳麓书院，结果考取正课生，5 月后兼读佛经。8 月八国联军攻占北京，程潜满怀忧国忧民之情，仍然苦读经史，开始关心时事，思想慢慢发生了变化，爱国之心与日俱增，认为中国大势日就危亡，非有一种大变革，不足以振起人心。1902 年 8 月程潜参加乡试，未取录，他决心不再从事举业，萌投笔从戎之志。

1903 年 2 月，程潜以第一名成绩考入湖南武备学堂。1904 年 7 月，北平总理练兵处令各省督府选派武备学生送京考试，派遣赴日留学陆军，8 月初程潜与另三名同学乘海轮由武汉经上海赴京应考，考取公费留学日本资格，8 月下旬由监督赵理泰率领东渡日本。10 月入东京振武学校，补习科学和日文，结识了黄兴、宋教仁、李根源、李烈钧等留学生，在传统的民族主义思想上，接受了资产阶级民主主义思想的熏陶，走上了反清救国革命的道路。12 月，程潜同黄兴、宋教仁、程子楷等百余人组织了革命同志会，从事民族革命。1905 年 8 月经湖南湘阴人仇亮介绍加入中国同盟会，旋到东京赤坂区灵南坂谒见孙中山先生。1906 年 8 月到姬路野炮兵第十联队见习。1907 年 3 月加入"铁血丈夫团"，12 月入日本士官学校第六期炮兵科学习，1908 年毕业回国，入川训练新军。辛亥革命时，担任起义军龟山炮兵指挥。后任湖南都督府参谋部长、军事厅长。1916 年 4 月被推举为护国军湖南总司令。1917 年任护法军湘南总司令。1923 年在广州任陆海军大元帅大本营军政部长。

1924 年 9 月孙中山在韶关督师北伐时，任建国攻鄂军总司令，颇受孙中山器重，由于程潜曾在广州建立广州军政府军政部讲武学校，自任校长培养军事人才，宋希濂即出身于此。孙中山筹建黄埔军校时，曾一度考虑以程为校长，以蒋中正、李济深为副校长。

1925 年率部参加东征，次年 1 月任国民革命军第六军军长。1927 年任江右军总指挥。因国民党内部矛盾，1928 年被解除军职。1935 年出任参谋总长。全面抗战开始后，任第一战区司令长官兼河南省省长，指挥所部在平汉铁路沿线抗击日军，曾协助李宗仁指挥台儿庄战役及兰封会战等，炸开开封花园口黄河大堤。1939 年任天水行营主任。1940 年任军事委员会副参谋总长。1946 年任武汉行营（后改行辕）主任，所部曾在大别山区与人民解放军作战。1948 年任长沙"绥靖公署"主任兼湖南省主席。

　　1948 年 3 月参加副总统选举，落败，所得票改投李宗仁，令蒋中正支持的孙科未能当选。之后武汉行营取消，由白崇禧出任华中剿总代替。程改为湖南绥靖公署主任兼省主席，但仍集湖南军政大权于一身。

　　1949 年 8 月 4 日同陈明仁率部在长沙起义。新中国成立后，历任中央人民政府委员，人民革命军事委员会副主席，全国人大常委会副委员长，湖南省省长、民革中央副主席等。"文革"期间，受周恩来特别保护，个人未受冲击。著有《程潜诗集》，叶剑英为其题词。

　　1968 年 4 月 5 日，在北京病逝，享年 87 岁。

（8）白崇禧

　　白崇禧（1893.3.18—1966.12.2）　字健生，广西临桂县（今桂林）会仙镇山尾村人，回族，阿拉伯名"乌默尔"，意义与"崇禧、健生"吻合，当代作家白先勇之父。保定陆军军官学校第三期，是中国近代军事家、战略家，著名抗日将领，"国防部部长"，桂系首领之一。

　　白崇禧日常待人接物中，反对官僚架势，反对打骂士卒，主张吃苦耐劳，禁烟禁赌，反对不良嗜好，在国民党统治阶层中是比较自守自节的；他多谋善断，胆识超人，狡诈多变，谋略深长，记忆力惊人，善于捕捉战场信息，他善于根据不同情况，灵活运用穷追猛打、佯攻佯动、出奇制胜等战略战术，所以常常能够以少胜多，有"常胜将军"之称，在国民党将领中素有"小诸葛""今诸葛""当代张良""现代第一俊敏军人"等之称，毛泽东评价他为中国第一狡猾军阀。其卓越的军事才能为国共名家看重，甚至日本人也称之为"战神"；著有《三自三寓政策》《国民兵之建设教育》《军事抗战与政治抗战》《全面战争与全面战术》《游击战纲要》《抗战中敌我战法之演变》《现代陆军军事教育之趋势》等，其采访谈话被整理成《白崇禧回忆录》。

　　白崇禧祖上原本是世代书香门第，父亲白志书弃文从商，在桂林开永泰林店经营粮油，娶永福县马氏为妻，生七男四女，夭折三男一女，长成四兄弟（即崇勋、崇伦、崇禧、崇祜），马氏系笃诚之穆斯林，对其子女多有熏陶。

　　1898 年开始，白崇禧在私塾就读，刻苦用功，且聪颖异常，几乎过目成诵，奠定了扎实的文化基础。9 岁时与六弟崇祜到离家三华里的会仙镇会仙小学走读。次年父亲白志书因病去世，致使白家生活日趋艰难，由其小叔送他到新小学读书，深受校长李任仁喜爱。1907 年冬，白崇禧在全省千余人报考，仅录取一百二十人的情形下，以第六名成绩被广西陆军小学第二期录取，接受军事教育的启蒙，三个月后因患恶性疟疾退学，学籍由校方继续为其保留一年后方被收回。1909 年，白崇禧以第二名成绩考入广西省立初级师范学校，因屡次考试成绩均名列第一，被定为"领班生"。

辛亥革命爆发，白崇禧加入广西北伐学生敢死队，至湖北汉口，与北军对峙。1912 年 1 月民国南京临时政府成立，白崇禧被编入南京陆军入伍生队接受入伍训练，半年后入武昌第二陆军预备学校，课程与旧制高中大体相同，外加军事科目。1914 年春毕业，入北苑陆军第十师（师长卢永祥）实习，10月升入中国军事界最高学府——保定陆军军官学校第三期步兵科，学科以战术、筑城、地形、兵器四大教程为主。

1916 年 12 月白崇禧毕业，被授予上士，自愿请求分发到新疆见习，因陕西正与北京政府为敌，道路不通，故未能成行。1917 年 1 月回广西，在桂军陆荣廷部第一师第三团任见习官。5 月白崇禧调模范营（营长马晓军）任代理少尉连附，见习半年升少尉，不久升中尉。

1917—1926 年任桂军连长、营长、统领、广西讨贼军参谋长、定桂讨贼军前敌总指挥兼参谋长。北伐战争，任国民革命军总司令部参谋次长、代理参谋长，1927 年 1 月任东路军前敌总指挥，白崇禧的指挥才能最为人们所称道的是北伐中有决定性意义的一次战役——龙潭战役，是一次"压迫敌人丧失战斗意志"的血战。此役基本上消灭了孙传芳的部队。行政院长谭延闿写了一副对联送给白崇禧："指挥能事回天地，学语小儿知姓名"。10 月任西征军第三路前敌总指挥，1928 年 5 月任第四集团军前敌总指挥，率部参加第二期北伐。抗战期间，白崇禧担任军事委员会副总参谋长兼军训部长、桂林行营主任，提出"以游击战配合正规战，积小胜为大胜，以空间换时间"的战略思想，白崇禧协助李宗仁指挥徐州会战，取得台儿庄战役的胜利。白崇禧代理第五战区司令长官指挥武汉会战。白崇禧任桂林行营主任，负责指挥第三、第四、第九战区对日军作战。白崇禧指挥桂南会战，取得了昆仑关战役的胜利。还参与淞沪会战、南昌会战、长沙第一次会战等战役。1946 年 5月任国防部部长，1947 年 11 月白崇禧兼任九江指挥所主任围攻大别山刘邓大军，大败刘邓大军；1948 年 6 月任华中"剿总"总司令，指挥豫西战役、湘赣战役、青树坪战役等等，1949 年所部在衡宝战役、广西战役中被歼，12 月由海南岛去台湾。

　　根据近期档案解密爆料：毛泽东在 1949 年 1 月 7 日，向"捷列宾"，即联共与中共间的联络员奥尔洛夫，详细介绍了国民政府高级军事将领的"通共"情形，桂系巨擘白崇禧赫然在列，可谓内战最大牌的"通共"国民党军队将领。

　　"捷列宾"向苏共中央报告称毛泽东对他讲：

　　"白崇禧告诉我们的人（指中共地下人员），中共若有什么指令，他马上照办不误。我们对他已有口头暗示：其驻汉口部队按兵不动，不要为我们将要发动的进攻掣肘。我们对第八兵团司令刘汝明也有口头交代：留在国民党指定的地区，在我们部队发起进攻时，听凭其通过。汤恩伯也在谋求与我们联系。"[1]

　　1950 年 1 月 16 日，白崇禧与李品仙等联名给李宗仁发了电报，提出建议，称如须继续在美休养，"深恐久旷国务，应请致电中央，自动解除代总统职务"，李宗仁既不返台，也不辞职。3 月 1 日蒋介石在台北"复职"，5 月 1 日白崇禧任"总统府战略顾问委员会"副主任委员，7 月 26 日被聘为国民党改造委员会中央评议委员，从此失去职权，受蒋控制摆布，保密局在白崇禧公馆对面设了个派出所，对白的一举一动进行严密监视。1952 年 10 月 10 日，国民党在台北召开第七次"全代会"，产生新的中央委员，六届中央常务委员除当选七届"中委"或"中常委"外，其余均推为中央评议委员，仅白崇禧一人除外，此后白的处境日渐艰难。自认未能善始善终的白崇禧，在孤独寂寥的晚年，只好将精神之安慰寄托在虔敬地信奉宗教信仰上。

　　1966 年在台湾去世，享年 74 岁，安葬于台北六张犁回民公墓。

（9）王昆仑

　　王昆仑（1902.8.7—1985.8.23）　原名汝玙，字鲁瞻，笔名太愚；江苏无锡人，曾任中国国民党革命委员会中央委员会主席，全国人大常委，全国政协副主席。北京大学哲学系毕业。1922 年参加中国国民党。1926 年任黄埔军校潮州分校政治教官，参加北伐战争。1927 年四一二政变后，任国民革命军总司令部政治部秘书长，因不满国民党的独裁统治，参加反蒋民主运动。1933 年加入中国共产党。曾任国民政府立法委员，国民党候补中央执行委员，为争取国民党上

---

[1]　据《党的文献》2013 年第 05 期，王福曾《俄罗斯公布的一九四九年一月毛泽东与斯大林的一组往来函电》一文的披露。

层人士做了大量工作。

出生于河北保定。祖父王忠荫，清直隶候补同知；父亲王心如，历任山东平原、海丰（今无棣）等县知县。

先后在北京新开路小学、第四中学和北京大学读书。在北大期间，参加了五四运动。1922 年初，北洋政府委派彭允彝出任教育总长，激起北京爱国学生的义愤。王昆仑作为学生代表之一，南下上海寻求各界的支持，其间拜见了革命先驱孙中山。在孙中山的启发和鼓励下，他参加了中国国民党。

回到北京后，他根据孙中山关于宣传革命、组织起来的教导，在北京学生中团结进步青年，进行革命活动。1922 年 7 月，北京大学哲学系毕业后，应聘为天津南开中学国文教员。老舍、范文澜等都是他当时的同事，曹禺、冯至和王瑞骧等都是他当时的学生。同年加入中国国民党。

1924 年任杭州第一中学教师。后又返回北京，在师大女附中等学校教书。1926 年北京"三一八"惨案之后遭北洋政府通缉，南下潮州，任黄埔军校潮州分校政治教官，后随军北伐，历任政治部宣传科长、代政治部主任。1927 年四一二政变后，辞去国民革命军总司令部政治部秘书长之职，在上海发起组织"再造社"。1932 年任国民政府立法院立法委员。1933 年加入中国共产党。1935 年 8 月，王昆仑与钱俊瑞等在无锡鼋头渚王家的万方楼召开由沪、宁、锡三地读书会骨干参加的"万方楼会议"，研究建立抗日民族统一战线的问题，决定以"南京读书会"为基础，筹建南京各界救国会，以推动国共合作，一致抗日。1935 年 11 月任国民党第五届候补中央执行委员。1941 年皖南事变后，与王炳南、屈武等发起组织中国民主革命同盟。1943 年与谭平山、陈铭枢等发起组织三民主义同志联合会，在国民党内部积极进行抗日民主活动。抗战胜利后，历任国民政府立法委员、国民党候补中央执行委员、中山文化教育馆总干事、中苏文化协会常务理事等职。1947 下半年，因遭国民党迫害而赴美国考察，协助冯玉祥组织成立旅美中国和平民主同盟。

1949 年 1 月回国，参加中国人民政治协商会议筹备会和第一届全体会议，当选为全国政协常委；11 月，在中国国民党民主派第二次代表会议上当选为民革中央常委兼宣传部部长。1954 年当选为全国人大第一届常委。1954 年至 1964 年任北京市副市长。1956 年倡议民革中央创办《团结报》，任报社社长。

"文革"中，遭到林彪、康生、江青一伙的诬陷，被非法判刑，关入牢狱长达 7 年之久。在狱中，他坚持真理。直到 1975 年 3 月 28 日，在周恩来总理的亲自过问下，得以恢复自由。

1979 年 7 月至 1985 年 8 月任政协五、六届全国委员会副主席。1979 年 10 月至 1981 年 12 月任民革第五届中央副主席。1981 年 12 月至 1985 年 8 月历任民革第五、六届中央主席。著有《红楼梦人物论》、昆曲剧本《晴雯》（与女儿王金陵合著）等。一生代表作均收入《王昆仑文集》。

1985 年 8 月 23 日，在北京逝世，享年 83 岁。

胡耀邦代表中共中央在追悼会上致悼词，称他是"忠诚的共产主义战士，著名的政治活动家，中国国民党革命委员会的卓越领导人。"

（10）卢　斌

卢　斌（1899—1940.2.13）　谱名世延，字吉山（珊），化名陆沉。湖北黄冈回龙山镇戴家冲人，与林彪、李四光同乡。与毛泽东等一起任中共第五届中央候补委员。

卢斌系"江西填湖广"迁居麻城始祖卢福二 20 世后裔卢万丰与梅氏之子。早年入武昌中华大学中学部学习，1921 年随恽代英去四川泸州川南师范学校，曾参与恽代英、林育南、李求实、林毓英（张浩）、萧楚女等人组织的利群书社。1921 年冬入党，不久被派往安源，和李立三、刘少奇一起开展工运，曾任安源团地委书记，1924 年冬任安源路矿工人俱乐部主任。1925 年赴广州，任黄埔军校政治教官，后任中央农委委员，广州农民讲习所主任，湖北省农协委员长，全国农协临时执委会五常委之一（另四人是谭延闿、邓演达、毛泽东、谭平山）。1927 年参加八七会议，并当选为中共五大候补中央委员，同年 11 月，被临时中央政治局认为不搞农运，专搞军事投机而被撤销候补中央委员。1928 年调任江西省委书记、中共鄂北特委书记。

1929 年后调至江苏、河北等处工作，参加了托派组织并在《81 人声明》上签了名，但此时的卢斌却在上海的监狱中。1930 年被开除党籍。后被国民党逮捕叛变，1935 年加入中统。后被派赴青岛任中统胶东特派员。

抗战爆发后，卢斌任以李宗仁为司令长官的第五战区总动员委员会常务委员，3 月参加徐州会战，在台儿庄战役中负伤，5 月同李宗仁突围返回武汉。

伤愈后的 1938 年夏，卢斌受武汉国民政府派遣，与时任山东省主席沈鸿烈的邀请，远离妻儿再次赴山东莱阳抗日前线。1939 年春在敌后任国民政府鲁东行署主任，在不到一年时间的 1939 年正月初六，卢斌于山东莱阳遭国民党军统特务头子戴笠、沈鸿烈指令，被国民党地方保安司令兼莱阳县长王海如（三青分子）、叛变投日的行署副主任厉文礼（原国民政府军事委员会调查统计局成员，叛前因门户之见与陆沉结怨甚深）及部下胡定山劫持途中，于莱阳西大街约十里处红石岩，将卢委员活埋杀害，终年 41 岁。

1940 年 4 月国民政府下令褒扬，后被追认为抗战殉职人员。

附：

1. 毛泽东同志上世纪 60 年代初来湖北视察时，曾对湖北省委秘书长梅白说："你们湖北黄冈有位湖北农民运动的领袖陆沉，1927 年上半年我去过他的黄冈老家，是他向我介绍湖北农民运动情况的。"

2. 原青岛市图书馆副馆长、离休老干部郑重（"文革"前任大连市政协主席）说："可以肯定卢斌在胶东抗战史上是有功的，我们应该纪念他。"

3. 全国政协委员、原国民党军统总务处长沈醉，于 1992 年 2 月 15 日为卢斌事件写的《证明书》为："卢斌于抗战期间被军统杀害。抗日战争期间，我任国民党军事委员会调查局（简称'军统'）总务处长期间，因兼任军统局各特务训练班行动术（即绑架、暗杀、破坏等罪行）教官。军统头子戴笠令我编写一部行动术教材。我曾调阅军统极秘密的暗杀等有关材料。卢斌抗战初期任国民党山东省驻鲁东行署主任，因与共产党有联系而被军统杀害。我本拟将这一经过列入教材内，因考虑当时是国共合作（时期）又舍弃了，故迄今仍有印象。"

4. 1999 年 1 月 6 日中共湖北省党史研究室给卢斌女儿卢求真的信："你的父亲陆沉在党的创立时期、大革命时期和土地革命战争初期，作了大量革命工作，大革命时期还曾担任湖北省农民协会的委员长，全国临时农协委员，这些情况我们已经作为湖北革命历史的一部分，写入了即将出版的《中共湖北历史》一书，作了充分肯定。1928 年陆沉离开湖北后，其活动情况，因资料缺乏，我们了解不多，至今尚未发现证明他打进敌阵营工作的相关材料，所以不能给你满意的答复。有关情况，请你就便通过其他渠道进一步查实。"

2006 年 4 月，中共湖北省委党史办公室李福珍同志告诉卢斌嫡孙卢炽：湖北省委充分肯定了陆沉同志在革命时期的历史功绩和抗战中的功劳。

（11）李世璋

李世璋（1900—1983）　江西省临川县温圳杨溪村（温圳杨溪村今属进贤县）人。1922年参加中国社会主义青年团，1923年加入中国共产党。1962年重新加入中国共产党。著名民主人士。新中国成立后曾任江西省副省长，全国人大代表，全国政协常委。

曾就读于北京大学经济系、日本东京帝国大学研究院法律科，参加北京新文化运动和五四运动，1924年毕业。同年秋任北京《京报》记者和孙中山赴北京代表团新闻发言人，上海《申报》和《国民日报》记者。1925年夏到广州，经周恩来介绍到黄埔军校任政治教官，国民革命军第六军政治部秘书、代理主任，第十八师党代表，后参加北伐。1930年参加邓演达组织的"国民党临时行动委员会"，任中央干事兼组织部长及机关报《行动报》主编。

抗战时期，任国民政府最高国防委员会委员，第一战区司令长官部少将秘书长兼政训处长，冀豫战地党政委员会秘书长。1938年冬，因拒绝执行国民党《防止异党活动办法》被撤职。1940年在四川綦江创办渝南中学，任校长五年。1943年2月与中共南方局取得联系，参与组织"三民主义同志联合会"。曾当选第二届国民参政会参政员。1946年起任聚兴诚银行总秘书，三民主义同志联合会中央委员。

解放战争时期，主张和谈，反对内战。1948年参加中国国民党革命委员会。1949年作为三民主义同志联合会代表出席中国人民政治协商会议第一届全体会议。

新中国成立后，历任中央人民政府政务院监委秘书长，监察部副部长，中国银行监察，江西省人民政府参事室主任，民革中央常委及江西省委会主任委员，江西省副省长及省第五、六届政协副主席。1949年11月以后连续当选为民革第二至四届中央常务委员。

1979年10月当选为民革第五届中央副主席、江西省委主任委员。是第一至五届全国人大代表，第一届全国政协委员，第五、六届全国政协常委。

1983年6月在上海病逝，享年84岁。

著有专文《关于北伐前后的第六军》《北伐军攻克南昌前后记略》《回忆北伐军三打南昌》等。著作收入《李世璋文集》。

（12）黄季陆

黄季陆（1899.3.2—1985.5.24）　字学典，名陆、季陆，四川叙永县隆乡人。美国俄亥俄州州立大学毕业，硕士学位。曾任加拿大《醒华日报》总编辑、成都大学教授、中国国民党内政部常务次长、四川大学校长、台湾"行政院"政务委员、国民党内政部长、台湾"考试院"考选部长、台湾"教育部"部长、"中华民国国史馆"馆长等职。黄季陆是国民党十二届中央评议委员。著有《对俄外交问题》《民主典例与民主宪政》等。

幼有大志，聪慧过人，见诸兄读文章学制艺，曾曰："大丈夫当图盖世勋业，若仅读死书，谋科举为夷狄效奔走，余不取也"。族中伯叔辈闻其言，即以大器期许之。

少年受民主革命影响，在成都强国高等小学读书，组织小学生保路同志会。并选为会长，参加请愿、讲演活动。1913年赴上海，经同族的黄复生介绍，见到孙文（孙中山）。革命活动之余，黄季陆于1914年夏入上海的南洋公学学习。1915年12月护国战争爆发，黄季陆参加护国军，为躲避北京政府的追缉而逃入复旦公学中学部学习。1917年夏，自中学部毕业，奉孙文之命返回四川省，投奔川军指挥官熊克武。但熊克武逐渐同孙文疏离，黄季陆乃离开熊克武部。1918年赴日本留学，入庆应义塾大学。1919年5月，正值中国五四运动时期，黄季陆因参加反北京政府的游行，遭到日本警察逮捕，拘留1天后释放。反感日本的黄季陆自庆应大学中途退学，赴美国。1921年春，入加利福尼亚大学，其后转入伊利诺伊卫斯理大学（Illinois Wesleyan University）学习政治学。毕业后，升入俄亥俄州立大学研究生院，获得硕士学位。1922年，赴加拿大，在多伦多大学旁听，并任《醒华日报》主笔。

1924年1月，中国国民党第一次全国代表大会召开之际，黄季陆作为加拿大支部代表归国，参加大会，任大会《宣言》审查委员会委员。会后，历任广州市党部常务委员兼青年部长、大本营法制委员会副委员长、大元帅府秘书、广东大学（1925年改为中山大学）教授、法政系主任、黄埔军校特约政治讲师。黄季陆早就表示反共，1924年6月和孙科共同向中国国民党中央党部提出制裁中国共产党提案，遭孙文叱责。

1925年3月，孙文逝世，黄季陆开始反共活动。同年11月，黄季陆在北京参加了中国国民党右派召开的中国国民党一届四中全会，成为西山会议派成员。黄季陆随即赴上海，协助孙科在上海成立西山会议派的中央党部。1926年3月，西山会议派的中国国民党第二次全国代表大会上，黄季陆当选中央执行委员。

1927年1月，黄回四川，任成都大学教授。同年上海四一二政变，第一次国共合作破裂，黄任四川省清党委员、整理委员、执行委员。1928年，重回广东中山大学，任广东省党部常务委员兼宣传部长、广州《民国日报》社长。1931年11月，在中国国民党第四次全国代表大会上，当选候补中央执行委员，并任西南政务委员会委员。

1935年11月，在中国国民党第五次全国代表大会上，当选中央执行委员。应新桂系李宗仁、白崇禧招聘，赴广西省任抗敌青年军团政治部主任，负责民众训练。有一次，黄季陆在广西欢迎他的大会上说："李、白二公肩挑着左反共产党，右反蒋介石的担子领导我们向前迈进。"把李、白两人乐得眉开眼笑，合不拢嘴。西安事变后，黄季陆在香港通电力主讨伐张学良、杨虎城。

抗战全面爆发后，赴南京，任国民政府军事委员会大本营第四部副部长。赴徐州，任第五战区抗敌青年军团政训处处长。1938年夏，三民主义青年团成立，黄季陆任中央团部常务干事兼宣传处处长。其后，历任内政部常务次长、四川省党部主任委员。1943年1月，任四川大学校长，在抗日战争中为该大学的扩充作出了贡献。

1945年，黄当选中国国民党第六届中央执行委员。第二次国共内战期间，历任制宪国民大会代表、四川党团统一委员会委员。1949年前往台湾。此后，历任"行政院"政务委员、"中央改造委员会"设计委员、"内政部"部长、"考试院"考选部部长、"教育部"部长（1961年出任）、"总统府国策顾问"、"中央设计考核委员会"主任委员。

晚年，黄季陆从事中国国民党党史编纂事业，任中国国民党党史史料编纂委员会主任委员、"国史馆"馆长、中国历史学会理事长。1984年6月，被聘为"总统府"资政。

任"国史馆"馆长期间，1984年初，黄季陆在台北表示："最近着手和研究中国现代史的海外学者积极联系，希望能透过间接方式，将当年流落于大陆的国民政府史料逐一补齐。"1984年4月7日，设在南京市的中国第二历史档案馆副馆长施宣岑对中国新闻社记者发表谈话，邀请黄季陆来中国第二历史档案馆参观和查阅档案。但黄很快便卸任，未赴南京。

1985年4月24日，因病于台北耕莘医院病逝，享年87岁。

著有《对日外交问题》《对俄外交问题》《国父军事顾问——荷马李将军》

《光绪三十三年丁未四川革命起义运动》《民主典例和民主宪政》等。遗著编入《黄季陆先生文集》。台湾出版有《黄季陆先生事略》《黄季陆先生革命经历简记》等。

（13）陈豹隐

陈豹隐（1886.10.3—1960.9.9）　字惺农，笔名勺水、罗江，原名陈启修。四川中江县回龙镇杨家湾人。1917年毕业于日本东京帝国大学，同年受邀担任北京大学法科教授兼政治门研究所主任。1923年赴苏联和西欧考察。1925年归国后参与领导国民革命运动，历任广州黄埔军校教官与农民运动讲习所教员、国立中山大学法科科务主席兼经济学系主任、武汉《中央日报》总编辑等。大革命失败后流亡日本，从事理论著述、文学创作和翻译工作，为中文《资本论》最早译者。抗战期间当选第一至四届国民参政会参政员，1947年任重庆大学商学院院长，1952年底调任四川财经学院（今西南财经大学）临时院务工作委员会教务组组长，1956年被评为经济学一级教授，为当时全国仅有的两名经济学一级教授之一。

其父陈品全，清光绪二十年（1894年）甲午恩科进士。陈豹隐幼年于中江县私塾发蒙，1900年入法国人兴办的广州丕崇书院。1907年他随当时的"东渡"潮流，赴日留学，1908年考入东京第一高等学校预科，次年正式就读，享受官费留学待遇。辛亥革命期间，一度回国，在王芝祥第三军任二等参谋兼军需司副司长。1913年考入东京帝国大学法科大学政治科。1916年在东京发起成立丙辰学社（后更名中华学艺社，为近代三大民间科学机构之一），并当选首任执行部理事。

1917年底，受蔡元培之邀任北京大学法科教授兼政治门研究所主任。1923年10月，赴苏联、西欧进修。其间先后加入中国国民党和中国共产党，1924年当选为中共第四期旅莫支部审查委员会委员。1925年归国后，他参与领导了关税自主运动、首都革命、三一八反对段祺瑞政府等，并任国立北京中俄大学教务长、北京女子师范大学教授、《国民新报·副刊》（甲刊）主编等。

1926年春，陈豹隐随鲍罗廷等前往蒙古库伦（现乌兰巴托）说服冯玉祥参加国民革命。其后到达广州，被聘为黄埔军校政治教官、第六届广州农民运动讲习所教员、国立中山大学法科科务主席兼经济学系主任、《广州民国日报》主笔等，并与郭沫若组织四川革命同志会，出版《鹃血》杂志。武汉国民政府时期，转任武汉《中央日报》总编辑、武汉新闻记者联合总会主席、武汉国民党中央政治会议秘书长等。七一五政变后，他流亡日本，从事理论著述、文学创作和翻译工作。1930 年 3 月，所译的《资本论》第 1 卷第 1 分册由上海昆仑书店出版发行，此为《资本论》第一个中译本。

1930 年归国后，陈豹隐继续担任北京大学教授。1930 年 8 月，陈豹隐在上海参加中国国民党临时行动委员会（农工党前身）成立会议，并成为中央干事会成员。1932—1935 年暑假等，他还应冯玉祥之邀到泰山为其讲学。

七七事变后，陈豹隐由北平赴南京，进入国民政府军事委员会工作，1937年年底转赴徐州，到李宗仁部"教书两个月"。1938 年至武汉，受聘担任国民政府军事委员会参事室参事，后又当选为第一至四届国民参政会参政员和第四审查委员会召集人之一，负责对抗战期间有关经济问题的提案进行审查。

1947 年陈豹隐被聘为重庆大学商学院院长。1951 年 9 月，正阳法商学院、中国公学、相辉文法学院合并组成重庆财经学院，陈豹隐任院长。1952 年 10 月，西南军政委员会决定组建四川财经学院。12 月，四川财经学院成立临时院务工作委员会，陈豹隐任委员兼教务组组长，后成立学术委员会，陈豹隐亦为委员。这两个委员会为学院的组建进行了长期细致的工作。

1954 年，陈豹隐因身体原因休养。1956 年，新中国成立后第一次教授评级，被评为一级教授，与陈岱孙为当时全国仅有的两名经济学一级教授。曾任四川省政协常委、民革四川省委常委。1959 年 4 月，他以特邀人士身份当选为第三届全国政协委员、常委。

1960 年 9 月 9 日，陈豹隐在前往四川省政协开会途中因脑溢血逝世，享年 74 岁。

2011 年 3 月，西南财经大学正式启动《陈豹隐全集》编纂工作。

（14）李侠公

李侠公（1899.12—1994.2.7）贵州贵阳城北贵筑县西下里下堰寨（今贵阳市白云区麦架乡下堰村）人，知识分子家庭出身。其父李农卿以岁贡纳捐教谕，做过几年的贵州省视学和台拱厅知事，回乡后团馆授童，课士子弟，是一位具有维新思想的乡村老教师。

侠公长兄李仲公早年离乡到北京、日本求学，曾在北京与李大钊等人创办《晨钟报》。他在五四运动的影响下，21岁东渡日本，以官费生留学日本明治大学攻读政治经济学，与同在日本求学的周逸群相交甚笃。1923年初归国，受《中国青年》《浙江潮》《湘江评论》等影响和启发，1924年在上海与周逸群、胡秉绎等几位贵州青年创办《贵州青年》旬刊，受到中共团中央负责人、《中国青年》主编萧楚女的赞扬。

1924年7月，应邀离沪赴穗，任黄埔军校特别官佐。在军校期间，经鲁易、周逸群介绍，加入中国共产党，并在政治部主任周恩来的领导下秘密开展党的工作，与蒋先云、周逸群、王一飞等同志一道组织了"青年军人联合会"，担任联合会机关刊物《青年军人》编辑，团结军校中的滇黔籍官兵。1926年3月12日，在成立"西南革命同志联合会"时险遭谋杀。

东征、北伐中，历任东征军第一师（师长何应钦）政治部主任、第三军军官学校政治教官，并担任了广州中共军委会技术书记，成为革命军中有名的共产党人。"四一二"后，遭通缉。

受中共党组织派遣，1927年2月，赴苏联东方劳动大学、列宁格勒军政大学学习。留苏期间，担任中共旅苏支部宣传部长。1930年10月回国，在上海被捕入狱，出狱后与党失去联系而脱党。到无锡匿居孙冶方家，开始教书，并潜心翻译苏联名著《政治经济学丛书》。1932年又与孙冶方一起赴日本，在东京商务书馆继续从事翻译工作。1936年回国，得到孙冶方的关心，娶妻姜曼薇。

抗战期间，受聘担任国民政府军事委员会政治部设计委员和陆军大学政治部主任，任文化工作委员会副主任。

1945年以后，在上海参加了国民党内民主人士谭平山等人组织的三民主义同志联合会三人小组，后又到苏州继续翻译卢森堡的《政治经济学史》，与杨杰和定居苏州的国民党立法委员李仲公一道，积极参加反蒋民主运动。

1949年7月，李侠公、李仲公兄弟先后自苏州赴北平，参加新政协的筹备及会议，出席开国典礼。之后李侠公写下了《天安门城楼观开国典礼》一诗：扫净妖氛翻旧宇，昭苏万姓建新朝；蔽空赤帜千层浪，旷代殊勋一羽毛；执手温存恩义重，开元讲话激情高；从兹十月夸双璧，崛起中华敢自豪。

中华人民共和国成立后，被任命为政务院参事、西南军政委员会委员。

1950年7月，历任贵州省政治法律委员会副主任、省民政厅厅长等职，并负责组建民革贵州省委员会。1951年任民革贵州省委召集人。1956年后，担任民革省委第一至五届主任委员、政协贵州省委员会第四至六届副主席、民革中央常委会顾问、监委常委等职务。

第二、三、四届全国人大代表。

1994 年在贵阳病逝，享年 96 岁。

（15）李汝炯

李汝炯（1899.4.2—1990.1.5） 字伯庚，纳西族，云南丽江市古城区白龙潭人，云南讲武堂第十五期炮科，日本陆军士官学校第二十一期炮科，1924 年 7 月回国。陆军大学特别班第八期毕业。1929 年，任中央军校上校教官。1931 年，任陆军炮兵学校筹备委员会委员、教育处长。

出生于清贫的耕读之家，其父李炳璋是清末廪生，毕业于云南政法学堂，曾任丽江县劝学所长，母亲耕种家中的两亩余田，维持家计。他自幼受到良好教育，有正义、抱负远大。他身体强健，胆大气壮，在中学读书时时常带个"铁罗蒜旋"为同学四处打抱不平，被同学称为"打遍六合无对手"。留日期间，学校当局歧视中国人，不准中国学生听航空战术课，学生深感不平却又无能为力。义愤中，他设法窃取了学校图书馆里有关航空战术的图书，藏匿起来，带回国内。

1917 年，毕业于丽江六属联合中学。

1918 年，到昆明步兵十三团服役。

1919 年，考入云南陆军讲武堂十五期炮科。

1921 年，毕业后经考试，由该校送日本东京成城学校学日语。

1922 年，在东京第一师炮兵第一联队入伍，同年 10 月，入日本陆军士官学校第十五期炮兵科。

1924 年 7 月，毕业后回国。9 月，任粤滇军第二师第十团少校营长。1926 年 2 月，调云南陆军讲武堂将校队第八区队任中校区队副。12 月，调国民革命军第六军第十九师，任上校参谋长暨代理师长。驻军富安、南昌、九江期间，在军政委林伯渠影响下，对革命有深切同情。"宁汉分裂"时，在"宁可错杀三千，不可使一人漏网"的白色恐怖下，他冒着生命危险，救出同在第六军任上校团长、已暴露身份的共产党员周保中。

1928 年 3 月，任第六军军官团上校团长。

1929 年 3 月，调任第六军第十八师第一团上校团长。同年 7 月，任中央陆军军官学校上校教官，11月，任训练总监部炮兵中校监员。

1930年3月，调任教导第二师炮兵团上校副团长。12月，任炮兵学校筹备处上校筹备委员。1931年12月，任炮兵学校上校研究委员。

1932年5月，任南京汤山炮兵第一团上校团长。

1937年10月，任炮兵第一旅少将旅长，兼任司令部国民党区党部指导员，在保定、石家庄、台儿庄、武汉等地与日军作战。

1940年2月，调任陕西宝鸡陆军特种兵联分校中将主任，兼任该校国民党特别党部特派员。该校是国民党培养中下级特种军官的一个中心，设有炮兵、工兵、辎重兵、通信兵等兵种。中共也通过秘密渠道派了不少人员进该校学习，对这些人士他一视同仁，丝毫不为难，更严禁下属对他们进行迫害。

1941年，回乡探亲时，他了解到共产党员杨尚志被关押在成都监狱，回校后即刻设法营救，多次在中央陆军军官学校教育长万耀煌面前力称杨确系冤枉，请其放人，杨终得获释。

1943年2月，离开分校到印度兰姆伽美军战术训练班第三期受训。他在特种兵分校6年，为抗日培养了大批特种兵中下级军官。

1945年，宝鸡特种兵分校撤销后，他不愿打内战，谢绝了汤恩伯要他担任十九军军长的邀请。

1946年6月，调任重庆行辕第一处（军务处）中将处长和西南军政长官公署专业法庭审判长。这年秋，他坚决查处了行辕主任近亲、内江县长偏祖在职军官霸占私人地盘一案。

1947年，审判处死了贩卖大烟的国民党少将旅长魏允执。魏是一位方面军司令的亲信，又是成都码头的红帮大爷，称霸川西，不可一世，被捕后仍有恃无恐，舆论哗然，要求严惩，高级军政人员纷纷来函替魏求情。西南军政长官公署成立了一人专案庭，李汝炯担任审判长，很快判处魏死刑并执行，震动了四川。这年秋，公署改由朱绍良主持，李汝炯却仍任原职。当时公署第四处（财务处）处长沈崇尧因发军饷问题被告发贪污，家中抄出相当数量的黄金、美钞，沈被公署扣留，沈自恃是参谋总长顾祝同的女婿，飞扬跋扈，气焰嚣张。李汝炯接案后进行了细致的调查，落实了罪证，但在顾祝同的干预下，李汝炯被调离，调到了陆军大学特别班，这件事使他看清了国民党的腐败。

1949年12月，随陆军大学起义，积极参加护校工作。

1950年2月，进西南军事大学高级班学习，同年11月，调到南京军事学校任教员。

1958 年 11 月，转业，任江苏文史馆馆员。

1984 年，任江苏省人民政府参事。

1990 年 1 月 5 日，在南京逝世，享年 91 岁。

（16）杲炳南

杲炳南（1900—? ）别号泽民，又名春润、海澜、江苏邳县人。省立第二工专学校肄业，南京陆军大学特别班第一期毕业，黄埔军校第六期第一总队步科战术教官。

参加北伐战争，历任国民革命军第十四军副官、连长、营附、师教导队队长、参谋处作战科长。1931 年，被保送南京陆军大学特别班第一期学习，毕业后任军事委员会别动总队上校团长，缉私总处秘书主任，第一缉私总队少将总队长，后兼陇海铁路管理局代局长。1937 年 2 月，授陆军少将。

抗日战争爆发后，任陇海铁路警备司令，第五战区司令长官部兵站副监、总监，第五战区粮秣委员会主任。1943 年，任军政部军粮总局代局长、中将高参。

1946 年，退役。

（17）沈　毅

沈　毅（1902—? ）字载书，四川省威远县严陵镇金顶山人。炮兵第一旅上校参谋长，黄埔军校第六期，黄埔军校第七分校（西安）上校主任教官，陆军大学参谋班。

先祖沈一询原系江苏江阴人，于明末入川，曾任成都府知府，后定居威远西乡。清乾隆、嘉庆年间，沈氏崛起，七世祖沈致捷、沈致极先后考中举人，为地方有名的文化世家。

沈毅自幼入私塾，稍长考入县立小学。毕业后，回家助父经营炭业。1926 年，受在北京国立法政大学毕业的堂兄沈明善（八路军战地记者、抗日烈士沈文林之父）来信鼓励，毅然弃商从军。同年 10 月，赴南京考入黄埔军校（时称"中央军事政治学校"）第六期，炮兵科第二中队学习。同期威远籍同学有曾述道、卿云灿（后转入广州航空学校）。入伍期间，参加黄埔同学会。

1929 年 2 月，毕业后分派回川，历任国民革命军第二十军（杨森部）

排、连、营长。川南军官区司令部警备团上校团长、四川省保安第五旅参谋长。

抗战军兴，沈毅由黄埔同学史文桂推荐，任陆军炮兵第一旅上校参谋长。因该旅配置的是由德国进口的重型榴弹炮，故又称重炮旅。1937年底，沈毅率炮兵参加了淞沪会战，因参与指挥炮击日舰"出云"号、夜袭日军机场，荣立战功。由于装备落后于日方，部队也损失惨重。据四川省内江市威远县档案馆馆存《陆军炮兵第一旅司令部致威远县政府公函》（1940年1月13日）记载："沈载书与其侄沈秋侠（任一团二营上尉连长）、沈世明（任一团三营上尉连长。抗日烈士沈文林之兄）随队转战大江南北。如山东台儿庄、武汉外围大战、江西牛行决战以及最近之湘北大捷，均有卓越功勋。"

1940年初，陆军总参谋部在总结抗战初期的经验教训后，认识到"不仅武器装备居于劣势，更缺乏特种兵专业技术骨干"。于是，陆军总参谋部和军训部决定在陕西宝鸡成立陆军特种兵联合分校（以下简称联校），下设4个特种兵科，即炮、工、通信、辎重4科，重点培训特种兵技术骨干。蒋介石委任原重炮一旅少将旅长李汝炯为主任，负责校内业务。沈毅任该校炮科学生大队大队长，为中央军校代培十八期初级军官。沈毅对学员非常严格，"处处带头示范，更令同学们志壮心雄，矢志磨砺"，他除经常带领学员参加实弹射击和强行军训练外，还组织学生大队野战炮兵战斗行军演习和空中观测射击演习，成为川籍黄埔教官中的佼佼者。

1941年秋，调中央训练团第十九期党政学习班受训。次年，回联校继续任炮科学生大队大队长。1943年秋，选拔入陆军大学参谋班第八期学习。离开联校之前，沈毅汇款回威远，支持正在读中学的侄儿沈泽本投笔从戎，考入陆军特种兵联合分校炮科学生大队第一中队学习。陆大毕业后，沈毅到中央军校第七分校（西安）任上校主任教官。

1945年，抗战胜利后，中央军校第七分校奉令撤销，为训练尚未毕业的军校第二十一期部分学生，临时成立隶属于成都本校的"陆军军官学校西安督训处"，沈毅受聘为西安督训处上校兵器主任教官。1947年秋，沈毅将第二十一期学生培训完后，返回离开多年的四川。

1948年，升任川南军管区少将副司令，率部驻防泸州。1949年秋，参加了由郭汝瑰领导的第二十二兵团起义。

中华人民共和国成立后，任职不详。

（18）包钟敏

包钟敏（1913—1973.11.29）　　江西南丰人（一说湖北天门人），黄埔军校第七期，陆军大学第十一期毕业，和李仲辛、李树正等人同班。

1927年10月，入日本陆军士官学校第二十期炮兵科，1929年7月毕业。1931年黄埔七期毕业，1935年毕业于陆军国防大学。1937年抗战爆发后，任胡宗南第一军少校参谋，1939年后又担任胡宗南第一军第一师中校副参谋长，1942年参加缅甸对日军作战，被调任远征军总司令部上校参谋处长。1945年回国后，调任军令部上校科长。1946年6月，全面内战爆发后，接任国防部三厅少将副厅长。1948年9月22日，晋升陆军少将，时年35岁。1948年10月，调任胡宗南最精锐的部队第一军少将参谋长。1949年4月，又兼任胡宗南装备最精锐，全部美式机械化装备的第一军四十六师少将师长。后携军统妻子姜采芝随胡宗南和第一军中将军长李树正（其陆大同学）一道去台湾。

1973年11月29日，在委内瑞拉去世，终年60岁。

附：姜采芝（1912—？）【黄埔军校十四期】

1945年抗战胜利后，姜采芝任胡宗南的特务处长，1949年任第一军军部所属西南军政长官公署女青年大队（队长为胡宗南的妻子，军统女上校叶霞翟）中校副大队长，李树正任第一军中将军长后，安插自己的老同学包钟敏出任第一军主力师四十六师少将师长。在此期间后，姜采芝渐渐爱上包钟敏这个年纪轻轻，只有30多岁的国民党将军。1950年3月间，由于台湾派出飞机向西昌空运了一大批军火物资，女青年队刚一组建就领到了全套崭新的夏季美式女兵军装，一时间，西昌城的街头到处都可以见到身穿漂亮神气的美式军服、风姿绰约、神气活现的女兵。胡宗南自己坐镇西昌城，亲自指挥这1万余人的残余部队防守西昌城，其辖有女青年大队600人，女青年大队下辖通信、医护、政战、文宣、情报5个中队，每个中队编制120人。3月下旬，蒋介石在台湾宣布复职，就任"总统"。西昌地区的国民党残余部队大肆庆祝，在西昌城，西南军政长官胡宗南在县城中学的操场上举行了"阅兵式"。在阅兵式上，胡宗南发表讲话，说什么共军已是强弩之末，无力进攻拥有大渡河防线和数万精锐国军的西昌城，台湾马上要派飞机来空投大量武器装备，"蒋总统"命令大家再坚持三个月，第三次世界大战马上就会爆发等等。

阅兵式上，女青年大队的 600 多名女兵组成一个方队，戴着船形帽，穿着一色的棕绿色美式军服裙和秀气的皮靴，腰间紧扎着宽皮带，佩着小手枪和子弹盒，神气活现，由胡宗南老婆叶霞翟领头，从检阅台前走过，几百双的大腿踢动着还算是整齐的步伐，姜采芝指挥下级女军官、女兵们口呼："蒋总统万岁，中华民国反共复国大业万岁。"汉源县城，第七兵团司令官胡长庆则组织举行劳军大会，由兵团文工队女兵们演出文艺节目，以庆祝"蒋总统"复职，在会上，已经三十多岁但仍风姿绰约的姜采芝频频向国民党军第一军四十六师少将师长包钟敏示爱，包钟敏明白她的心意，向她微笑点头，姜采芝兴高采烈戴着船形帽，穿着一色的棕绿色美式军服裙走过来，向包钟敏大胆说道："包师长，我爱你。"这不仅让胡宗南和李树正等人感到意外，叶霞翟也被震惊了，包钟敏便紧紧把她抱住，也说道："我也喜欢你，采芝小姐。""好！钟敏兄不愧为党国的栋梁。"军长李树正笑道。胡宗南和叶霞翟等也不禁为他俩热烈鼓掌起来。西昌会战失败后，姜采芝便兼任包钟敏的秘书，随包钟敏和胡宗南、叶霞翟、李树正等人去往台湾。

（19）陈　超

陈　超（1903—?　）又名达衡，江苏省江宁人，黄埔军校第二期炮兵科毕业。

历任国民革命军排、连、营、团长等，国民革命军陆军少将。抗日战争全面爆发后，任军训部参谋，第五战区司令长官部高级参谋组长，干训团副教育长。1944 年任第六十九、第一四四师师长等职。

（20）海竞强

海竞强（1906.10.18—1985.1.13）　又名玉明、代澄。广西临桂县六塘镇新街人，黄埔军校（南宁）分校高等班第五期。其母是白崇禧的胞姐。历任国民党军队团长、旅长、师长、副军长等职。

他 6 岁丧母，8 岁丧父，由其曾祖母抚养成人。幼时读私塾 10 年。1924 年到梧州进广西讨贼军干部养成所受军事训练，1926 年毕业后分配到国民革命军第七军任少尉排长。在北伐战争中参加汀泗桥、贺胜桥之战并升中尉排长、上尉连长。北伐军攻占南昌后，谒见任总司令部副参谋总长的舅父白崇禧，后受到白崇禧栽培，1927 年 6 月保送入日本士官学校学习。

1931 年九一八事变，海竞强与一批留日学生激于义愤，自动退学回国。1932 年夏，派任第四集团军总司令部上尉参谋，后调任警卫团第六连连长。同年冬，保送至南宁中央军事政治学校第一分校第五期高级班受训。1934 年调任广西航空学校少校队长。1935 年 2 月考入陆军大学十三期。1937 年抗战爆发，随副参谋总长白崇禧往前线指挥上海抗战。1938 年 1 月，任司令部中校参谋，参加以白崇禧为团长的军委会参谋团，前往徐州协助五战区作战，并任上校参谋、第一七〇师一〇一九团团长。1939 年 2 月升桂林行营少将高级参谋。12 月参加广西昆仑关之战。1940 年 5 月，调任陆军独立十二旅旅长。1941 年 1 月，任三十一军一八八师少将副师长，同时调重庆中央训练团受训，结业后任一八八师代理师长，防守镇南关。10 月，升任师长。1944 年 4 月，赴印度中国远征军新一军防地之兰姆伽将官训练班受训。8 月回广西防守桂林，率部在三岔一带与日军作战。

抗战胜利后，1945 年 9 月，率一八八师开往海南岛接受日军投降。1946 年冬率部开往华北进攻解放区。1947 年 2 月 22 日，在山东莱芜战役中被解放军俘虏。1949 年 4 月国共和谈，获释由黄绍竑带回到南京任华中长官公署少将高参。8 月任五十六军副军长兼新兵训练处长。9 月任桂北军政长官公署副主任。11 月广西解放前夕携家眷往台湾。到台湾后，因"归俘未经训练不复任用"，未能恢复军职，遂跻身工商界。

1985 年在台中市逝世，享年 79 岁。

台湾出版有《海竞强先生传》（柳林风著）等。

（21）韩练成

韩练成（1909.2.5—1984.2.27）　原名继周，曾用名圭璋、炼成，字宗琦。甘肃同心县（今属宁夏）预旺堡谷地台村人。西北军学兵团第二期、黄埔军校政治训练研究班毕业，陆军大学特别班第三期肄业，蒋介石特许黄埔三期生。宁夏固原县人。他是中共四大传奇将军之一（熊向晖、郭汝瑰、钱壮飞），周恩来说他是"没有办理入党手续的共产党员"，朱德称赞他"为党、为革命立了大功、立了奇功"，毛泽东更说："蒋委员长身边有你们这些人，我这个小小的指挥部，不仅指挥解放军，也调动得了国民党的百万大军哪！"以致蒋经国在 1996 年还说他"是隐藏在老总统身边时间最长、最危险的共谍"。

1948 年脱离国民党部队，参加人民解放军。1950 年加入中国共产党。韩练成是中国共产党的优秀党员，久经考验的、忠诚的共产主义战士，优秀的军事指挥员，中国人民解放军高级将领。1955 年被授予中将军衔。获一级解放勋章。新中国成立后曾任兰州军区第一副司令员，甘肃省副省长等。

父亲韩正荣，曾在清军董福祥部当兵，庚子年（1900 年）跟随董福祥进京勤王，抗击八国联军于河北廊坊、北京朝阳门，升任什长；北京失守后掩护慈禧太后、光绪皇帝逃往西安。父亲常向童年的韩练成提起从军往事，痛斥入侵的洋人、懦弱的朝廷，在韩练成心中埋下争取中华民族不再遭受外强欺辱的种子。

母亲梁氏，陕西省乾县人，光绪二十一年（1901 年）16 岁时家乡遭遇灾荒，被族人带出，卖给固原巡防营哨官韩正荣为妻。不久，韩正荣因腿伤退伍务农，家境每况愈下，夫妇生育 4 个孩子，3 个夭亡，只有韩练成活下来。

1920 年 12 月 16 日 20 时 6 分，固原、海原、隆德一带发生 8.5 级大地震，死亡 12 万人，倒塌房屋 4 万余间。那天，韩正荣外出给人帮工，家中只有母子二人。地震发生时，11 岁的韩练成已经熟睡，房顶塌下恰恰给他留下一个空间，被母亲从废墟中刨出。母亲是怎么逃过这一劫的，韩练成一辈子也没弄明白。震后，母亲带他迁徙到父亲帮工住的固原最外围城墙下的窑洞，一家人落入城镇最底层、最边缘的人群。

12 岁时，父母用换工的方式顶"束修"，送他进私塾。他一边念书，一边帮工，放过羊、收过秋、剥过羊皮、学过拳脚、当过徒工。他在杂货店学徒时，喜欢上街听新闻，在店里柱子上写一些"五族共和""打倒列强""废除不平等条约"的标语，常与老板冲突，被解雇时连一个制钱也没有拿到。

1925 年 1 月，16 岁的韩练面临人生的十字路口。固原城里来了一位给黄埔军校招收中学毕业生的老师，母亲从做零工的东家借来甘肃省立第二中学韩圭璋的毕业文凭，让韩练成冒名报考黄埔军校。老师将"韩圭璋"等 4 名考生带到银川，考入西北陆军第七师军官教导队，当了一名学兵。"韩圭璋"不知道为什么报考黄埔军校却进入了宁夏马鸿逵的教导队。教导队的学习、训练，使他摆脱了城市贫民的低下地位，激活了从父亲身上继承的军旅基因，成为崭露头角的青年军人。

　　1926 年 9 月，马鸿逵的陆军第七师编为西北国民联军第四军，参加北伐战争。"韩圭璋"担任军警卫手枪营排长，随军向西安进发。联军总司令冯玉祥，推行"联俄、联共"政策，由苏联人乌斯马洛夫担任军事政治顾问、共产党员刘伯坚担任总政治部长，实施"固甘援陕，联晋图豫"的进军方略。马鸿逵第四军的军阀积习很重，联军总政治部派来共产党员刘志丹出任政治处长，传播新思想、新作风。每日朝会，士兵们高唱冯玉祥编写的《出操歌》《吃饭歌》《射击歌》。学兵出身的新官"韩圭璋"，对这些新事物接受得很快，深受刘志丹等共产党人的影响。

　　其间刘志丹曾让他填写了入党志愿书，韩练成是不是正式党员也随着刘志丹在东征中牺牲而成为"悬案"。1929 年，蒋冯反目，开始了生灵涂炭的中原大战，蒋介石被冯玉祥的部队包围在归德车站，蒋介石命悬一线。马鸿逵命令韩练成率独立团，把蒋介石从重重包围中解救出来。解围后蒋十分高兴，当即下了一道手令："六十四师独立团团长韩圭璋，见危受命，忠勇可嘉，特许军校三期毕业，列入学籍，内部通令知晓。"当时黄埔军校的学生在军队中颇为吃香，人们就戏呼黄埔学生为"穿黄马褂"。韩练成既被"赏穿黄马褂"，当然就被另眼相待了。后来入陆军大学特别班第三期，也是蒋介石特准的。由于没有正式在黄埔军校第三期上过学，韩从来不在履历、自传中填写自己是"黄埔三期生"，但在国民党军队，尤其是黄埔系将领中，人人都认同韩是黄埔同学。

　　1950 年 5 月，光荣地加入了中国共产党。历任西北军区副参谋长、兰州军区第一副司令员、训练总监部科学和条令部副部长、军事科学院战史研究部部长、甘肃省副省长等职，以兰州军区第一副司令员名义离休；是第一、二届国防委员会委员，第一、三、四届全国人民代表大会代表，政协第五届全国委员会常务委员，第六届全国委员会委员。

　　1984 年 2 月 27 日，于北京解放军总医院病逝，享年 75 岁。

　　3 月 7 日，在简单而隆重的遗体告别仪式上，摆放着中共中央第十二届中央委员会政治局全体常委胡耀邦、叶剑英、邓小平、赵紫阳、李先念、陈云送的花圈，送花圈的还有彭真、邓颖超、徐向前，聂荣臻、万里、习仲勋、杨尚昆以及中央军委、中央组织部、中央统战部等。这一超过常规的举动，给这位职位并不算高、曝光率较低的将军那传奇的一生画了一个句号。

（22）何世庸

何世庸（1914.6—2008.5.8）　　南京中央军校第十期第一总队步科毕业，原名何旭，福建闽侯人。何遂之子，李朗如女婿。沈阳南满医科大学预科毕业，上海同济大学预科毕业。

1931 年在北平参加学生抗日救亡运动。1933 年入中央军校学习，1936 年夏毕业。历任国民革命军第二军见习官，第一战区司令长官部政训处中尉秘书。1938 年 7 月加入中国共产党，同年 9 月到延安，入抗日军政大学第一分校学习，毕业后任军事教员。1939 年随叶剑英往重庆作统战工作。历任西北盐务运输处视察官。1944 年任广西桂东盐务处处长，受中共南方局委派在广西从事秘密工作。1946 年月任两广盐务局帮办。

1949 年 6 月辞职到香港，于《华商报》工作。同年冬返回广州，任两广盐务管理局军代表、局长，1958 年后任广东省化工厅厅长，1975 年起任广东省石油化学工业局（厅）长。

1983 年离职任中共广东省顾问委员会委员，兼任石油化学工业总公司董事、顾问，广东黄埔军校同学会副会长兼秘书长、会长，全国黄埔军校同学会理事等职。1997 年 12 月当选为全国黄埔军校同学会第二届理事会理事。

2008 年 5 月 8 日，在广州病逝，享年 94 岁。

著有《我的经历与自述》等。

（23）胡靖安

胡靖安（1903.8.25—1978.3.1）　　原名胡茂全、胡静安，字中道，别号静庵，江西靖安县高湖中港人。黄埔军校第二期步兵科，德国陆军军官大学毕业，中国陆军大学高级参谋班结业。曾任黄埔军校六期入伍生政治部少将主任，中国驻德国大使馆少将武官，军事委员会委员长侍从室中将副主任，国民党第一次国民代表大会轮值主席等。

父亲胡开意，是一个手艺精湛的篾匠。但家境贫寒，靠手艺勉强度日。因而，胡靖安无钱读书，只上 2 年私塾，9 岁便辍学，在家砍柴种地。12 岁开始，先后在靖安、德安、南昌等地药店、布店、酱园当学徒。由于他个性倔强，不堪其苦，18 岁愤然离家出走，颠沛流离于江西、湖北、上海等地。后于福建泉州投奔国民革命军赣军四旅当传令兵，不久为军阀所败，逃出。后经厦门奔赴当年革命中心广州。1923 年在广州参加孙中山麾下的赣军第四师当传令兵，多次前往广东大学听孙中山先生讲三民主义，深受教育。由于他对孙先生崇敬至极，经大本营秘书汪啸涯先生引荐，曾受到孙先生接见，并亲书"博爱"小条幅赠之，勉其继续革命。

1924 年 5 月入广州警卫军讲武堂。同年 8 月，讲武堂并入黄埔军校二期，改"胡茂全"为胡靖安，在黄埔军校加入国民党，1925 年夏，毕业于黄埔军校第二期步兵科。

胡靖安在黄埔军校毕业后，得到蒋介石的宠信，先后担任蒋的上尉、少校随从副官，中校随从参谋，蒋介石为胡靖安取名（字）"中道"，勉其尽忠孙中山、蒋中正。1927 年 5 月任黄埔军校第六期政治部少将主任，7 月任蒋介石少将随从参谋兼直属密查组少将组长。1927 年 8 月 13 日，蒋介石第一次下野东渡日本。胡靖安在上海邀集一批黄埔军校的学生组成"侦查组"，并任组长，为蒋介石收集情报，胡还代表黄埔军校同学会去日本请蒋介石回国任海陆空军总司令。这个侦查组就是"军统"（国民政府军事委员会调查统计局）的前身。此事深得蒋介石的赞赏，于 1928 年特批银圆 3000 元，准胡还乡省亲。胡靖安衣锦荣归，曾捐资高湖修桥铺路，并送同村乡民每户蓝布一匹。

1929 年 1 月，蒋派胡去德国留学，曾当选为国民党驻德支部常务执行委员，后毕业于德国陆军参谋班（德国陆军大学前身）。其间，胡频繁往返欧洲主要国家考察军事。

1931 年九一八事变后，东北沦陷，胡靖安回国请缨抗日，出任军事委员会少将高参。到 1936 年，还任过复兴社最高层力行社军事处少将副处长、军事委员会高训参谋团少将高参、峨眉山军官训练团少将筹备副主任、成都军分校少将筹备主任、庐山星子特训班少将特派员。1937 年夏至 1938 年冬，胡靖安为蒋介石侍从室少将高参。1939 年至 1946 年春，胡先后任息烽集中营特训班中将副主任、军事委员会中将高参、中统中将设计委员、国防部保密局设计委员会中将主任。此时，南京国民党警特基于强烈反共情绪，曾策划对中共驻南京办事处（梅园）进行冲击，胡闻讯及时制止，避免了一场恶性事件。胡还营救过谭虚谷等地下党员，协助掩护史良等民主人士。

1946 年夏，胡任江西省转业军官训练团中将教育长，因不满南昌市乱拘乱捕青年学生，曾殴打南昌市长唐新，惊动蒋介石亲赴南昌仲裁，蒋见胡在训练工地与学员同甘共苦，挑泥拌浆筑房，未加任何谴责，鉴于胡与蒋的特殊关系，轰动一时的新闻不了了之。1946 年至 1947 年当选"国大"代表，在国大会议期间学生"反内战"游行冲击会场，与军警对峙，时值胡靖安任执行主席，出面调停，不准军警动武镇压，保护了学生，未使事态扩大。1949 年任国防部中将部员。

1953 年 10 月于上海被捕，年底押回江西；1955 年押往北京战犯管训处；1957 年转押山东济南华东战犯管训处改造。

1975 年 3 月 25 日，他与全体在押战犯获特赦，安置在政协上海市委员会秘书处任专员。

1978 年 3 月 1 日，于上海病逝，享年 75 岁。

（24）胡若愚

胡若愚（1894—1949.11.26）　原名学礼，宇子嘉，云南罗平县罗雄镇人，中央军校第七分校（西安）兰州军官训练班主任，国民革命军第十一兵团上将司令官。

出生于云南罗平县城的一个地主家庭。父亲胡兆云，秀才，曾授直隶州同知，未到任。胡若愚七岁读私塾，后转入罗平州两等小学堂毕业。1910 年进入云南陆军小学堂第四期，接触《警世钟》等进步书刊。1911 年 10 月 30 日，参加昆明发动的"重九起义"。次年初胡若愚离开云南到江西，任督署警卫连长，二次革命前，胡奔父丧回云南。1914 年 1 月，胡考入湖北陆军中学，未毕业，同年便转入云南陆军讲武学堂将校班第六期，1915 年结业，在参谋部候差。不久云南政府招兵，胡任第一中队队长，任警卫二团一营营长，成为唐继尧最初的心腹之一。

1916 年任滇军步兵第十一团团长，为造福桑梓，胡提出："吾罗平之水利不兴，则生产量不增，人民之贫苦不能解决，社会亦难进步。"并商诸水利负责机关，派湖北人杨荫纯到罗平勘测腊山引水工程。

1920 年任滇军第二混成旅旅长兼任叙府警备司令，同年移师桂林，兼任桂林警备司令，1922 年任驻粤滇军第二路司令官兼前敌副总指挥，随唐继尧回滇，1922 年春任滇中镇守使兼戒严司令，1925 年任滇军第二军军长兼蒙自镇守使，1927 年 2 月与龙云通电讨伐唐继尧，3 月任云南省政务委员会主席，并兼任云南讲武学校校长，6月任国民革命军第三十九军军长，7月任云南省政府主席，并特任国民政府军事委员会委员，1928年11月任国军编遣委员会川康裁编军队委员会委员，1929年6月在云南发动政变，失败后寓居上海，1930年赴成都投靠刘湘，从事反蒋活动，6月任青岛市市长，9月反蒋失败再次潜往上海。

1933年，李宗仁赠给出国费用，赴德国留学，致力研究军事学，并参与杨耿光率领的"中国欧洲军事考察团"，赴法、比、荷、捷、波、苏、英等国考察，1936年回国，寓居香港。著有《现代大军统帅》《现代战争理论》《现代战略之根本》等书，在香港出版。1937年任军事委员会总参谋部中将参谋。抗战爆发后，在娘子关战役中与第十八集团军朱总司令相会，并协同作战。受命为李宗仁的第五战区代理参谋长，1938年1月任第三集团军参谋长，参加徐州会战、武汉会战，1939年任第一战区司令长官部中将高参，军训部部附。

抗战后期，先后任军委会第二、三校阅主任，代表蒋介石校阅驻川、黔、桂、湘、鄂诸省国民党军，以及驻防云南省的第二、五、六、八等各军。1942年出任兰州军官预备学校校长，抗日战争胜利后，在南京退役。

1948年初，为了支持李宗仁竞选总统，当上第一届国大代表，翌年2月复出任国民党十一兵团副司令，11月26日在广西桂东南岑溪容县杨梅圩被中国人民解放军击毙，所部全军覆灭，时年55岁。

（25）黄闲道

黄闲道（1906—？） 别号友林，广西桂林人。中央军校第一分校（南宁分校）第一期步科毕业，陆军大学正则班第十二期。

历任中央军校南京分校政治队少尉队副，"清党"委员会执行委员。1930年起任国民党广西省党部指导员，南宁市特别党部执行委员。1936年入南京陆军大学正则班第十二期学习。

抗战爆发后，任广西绥靖公署特别党部副书记长兼政训处副处长，第四十八军政治部少将副主任，第五战区战地党政指导委员会少将组长、大队长。1948年任滇桂黔边"清剿"总指挥部政治部主任。1949年底被人民解放军俘虏。

1975年3月19日公布的第七批获特赦人员中，当时公布的职务是"总统府"少将高参。1978 年广西区委统战部批准其回桂林两江公社定居。

曾任广西省政协文史资料委员会资料员，著有《南宁军校"清党"反共惨案点滴》《李默庵对解决西安事变的主和倾向》等。

（26）居亦侨

居亦侨（1906—？）　江苏吴县漕湖居家浜人。上海大学肄业，黄埔军校第六期步兵科毕业。北伐战争中，任国民革命军第三师、第九师营长、团长、处长；苏州市总工会主任委员。1935 年任国民党军事委员会委员长侍从室侍从副官；江苏省保安队副总指挥，江苏省保安副司令；苏州市行政干部训练班教育长。苏州解放之初，向解放军军管会主任韦国清司令员报到。苏州市政协特约文史员。

居亦侨出生于福建惠安县。祖籍是江苏吴县漕湖乡。祖父居镜生，清朝末年曾在福建汀漳道任事；父亲居聘臣，曾充福鼎、惠安盐场任知事。居亦侨六七岁时才返回故里，住在古城苏州夏午桥畔的一条曲折的小巷里。少年时期，他在苏州草桥小学、上海的中学念书，1925 年进入上海大学攻读社会学。那时，上海大学虽然规模较小，校舍简陋，但是师资出众，校长于右任，教师瞿秋白、恽代英、邓中夏、沈雁冰、邵力子、陈望道等都是饱学之士，名不虚传。居亦侨与丁玲、秦邦宪、王稼祥、康生、陈伯达等人同学。年轻的丁玲在求学时代就在报上发表文章，小说《莎菲女士的日记》曾在报上连载，居亦侨很喜爱这篇小说。康生那时在学校里叫赵云，丁玲看不起他，厌恶地说："这个山东生，坏东西，专门吃女同学的豆腐。"

这一年的冬天，恽代英前往广州，出任黄埔军校总教官。行前，他指点居亦侨潜往上海环龙路国民党地下组织报名。从此居亦侨便投笔从戎，后来考入黄埔军校第六期步兵科，与骑兵科的戴笠是同期同学。那时正值国共第一次合作期间，校园内三民主义、共产主义到处宣传，革命口号响彻云霄。毛泽东、李富春来校授课，叶剑英、聂荣臻任军事教官。教官吃、住、穿同学生一样。教育长陈演达、方鼎英对学生和蔼、亲热。他们都受到学生们的热爱和尊敬。居亦侨亲聆听过周恩来和恽代英的政治报告，至今犹未忘却。

1927 年，居亦侨随北伐军来到故乡。在苏州度假期间，他遇到黄埔六期区队长，共产党同志孙天放。孙要他留在苏州搞短期工运，由国民党省党部委任为苏州市总工会主任委员。苏州市市长陆权系居亦侨的亲戚，曾在上海卫戍司令白崇禧部队当过政训处长、军法处长。他对居的任职欣然表示欢迎，对居说："你在部队打仗很辛苦，回家休息，理所当然。"

居亦侨果然认真整理工会，组织人力车工人、纱厂工人罢工，闹得满城风雨，引起地方工商界人士的嫉恨。省里来电，命令陆权拘禁居亦侨。"老弟呀！假期已满，你快回部队吧！"陆权把省方来电给居亦侨看，问居亦侨："你看怎么办？""市长要怎么办，就怎么办好了。整顿工会有什么罪呢？""我已与你家里通过电话，派人到你府上向老太太说明，取来行李，明晚送你走。今天委屈你老弟，就住在我办公室后面的房间里。"

翌日深夜，居亦侨离开了苏州。乍从学校踏上社会，他感到生活之路是迷茫的、曲折的。

1935年，居亦侨经黄埔一期同学项传远、萧赞育的引荐，以"国民革命军第九师三团上校团长"的名义，到了南京进了蒋介石侍从室，历任中、上校侍从副官，直至1947年辞退。接着蒋介石亲自下手令，委任他为"江苏省少将保安副司令"，并由苏州市城防司令、黄埔三期同学厉百川推荐给"江苏省训练团"兼任"苏州市干部训练班教育长"。

1949年，解放军渡江前夕，居亦侨歧路彷徨。侍从室曾通知他到上海复兴岛报到集中；蒋介石夫人（侍妾）姚贻诚曾邀约同行飞台；"美龄号"空中堡垒驾驶长王崑和亲临苏州接母，约他一同离乡；厉百川对他胁迫……

但他都以"上有年迈老母，下有妻儿家累，不能独自一走了之"为辞，谢绝随往。

4月27日，南下大军压境，苏州古城解放，他毅然向华东第二野战军第七兵团司令员、苏州军管会主任韦国清报到，走上了光明之路。

韦国清在市府客厅接见了居亦侨，对他自动报到慰勉有加，并略询问黄埔军校毕业后的情况，对居亦侨说："你是蒋介石的十多年的侍从人员，能认识形势，留下来不随他们去台湾，根据你的谈话和思想认识，还是好的。目前我的军务和政事很忙，还没有安定下来，希望你在家安心休息一段时间，再行洽谈安置问题。"然而不久，韦国清率军离开苏州，居亦侨的工作职业暂时搁置，只得凭劳力维持一家老小的生活。

为了解决工作安排问题，居亦侨曾两次上书周总理，又给两位老师——国务院政务委员邵力子和中央国防委员李明扬去函。邵力子来信劝居亦侨："周总理日理万机，实在太忙，那时又恰去苏联，不在北京。在新社会里必须要从劳动中改造旧有的思想，在劳动中解放自己，果能如此，方能在新社会里有立足之地，希望你好自为之。"从此，他认真劳动改造旧的人生观、世界观。"文化大革命"给了他许多"史无前例"的"罪名"，他忍受了，虽然一时难以理解。

1978年12月，古稀老人居亦侨享受到退休人员的待遇，受到市有关部门的热情关注。当上了苏州市政协特约文史员。他起居有时，饮食有节，阅读文史，吟诗填词，听听评弹、京剧和粤曲，在苏州这个"天堂"里颐养天年。

（27）赖慧鹏

赖慧鹏（1902.7.2—1996.4.7）　号福田，客家人，广东梅州五华县人。黄埔军校第四期工兵科。历任第四十六军新编第十九师副师长、师长，广西军管区司令部参谋长，广西博白县县长。

出生在广东省五华县大都乡乐和村一个自耕农家庭，父母都是勤劳纯朴的客家农民。父母为了不受人欺负，脱掉世代文盲的帽子，节衣缩食，送赖慧鹏去读书。他在9个兄弟姐妹中排第四，长得身高体壮，聪敏好学，他不负父母期望，在村塾苦读了10年古书，考入梅州中学堂学新学，年年考试第一，免交学费。父母虽无文化，但对子女督教甚严，要求做老实人，济贫行善，不得行欺诈之事，违者严责甚至罚跪。赖慧鹏外出求学时，父母谆谆告诫，毕业后要当教师，不做官，不害人。以后赖慧鹏虽然走上了从军救国的道路，但始终遵守着不残民，不害人的家训。

1925年，他考进中山大学理学院，入学不久，受当时国民革命形势的影响，投笔从戎，考入黄埔军校第四期工兵科。1926年冬毕业后分派到国民革命军第一军军部任见习参谋，参加北伐进军福建，后返回广州任黄埔同学会编辑组长、常务干事。1936年6月两广事变，赖慧鹏等人拥护团结抗日的主张，于6月27日联合156位黄埔同学签名，由赖慧鹏起草《致校长蒋介石公开信》，揭露蒋介石消极抗日，实行独裁专制的种种罪行，港穗报刊争相登载，传诵一时。蒋介石大为恼火，悬赏追杀"叛逆学生"为首者。李济深助人之急，介绍赖慧鹏等人入广西投奔新桂系避难，自此，开始了其在广西的60年军政生涯。曾任第四集团军暂编第一师中校副团长、中央军校第一分校（南宁）工兵科主任。1936年任第四十八军独立第二旅副旅长。

抗日战争爆发后，赖慧鹏随李宗仁到第五战区任少将高参兼第二组组长，参加了台儿庄战役和徐州会战。次年回广西任第五路军总部高参，1939年任龙州区民团副指挥官，参加桂南抗战。

1948年8月任广西第六区行政督察专员兼保安司令，并任"反共救国军"第四十七师师长。12月13日在广西靖西率部起义投诚中国人民解放军，后历任广西省人民政府参事室参事、农业厅副厅长、广西壮族自治区政协常委兼秘书长、民革广西区委员会副主任、广西区黄埔军校同学会会长。

1996年逝世，享年94岁。

著有《靖西地区起义始末》《台儿庄之战和徐州突围亲历记》《新桂系在广西第六专区的垂死挣扎》等。

（28）黎行恕

黎行恕（1894—1949.8.2）　字海珊，广西阳朔白沙镇旧县村人，保定军校第九期炮兵科，陆军大学正则班第十期，中央军校第一分校（南宁分校）高级班少将大队长，历任国民革命军第四十六军军长，国民政府国防部办公厅中将主任。1944年7月31日获颁四等云麾勋章。抗日将领。

自幼父母双亡，依靠堂叔生活。清朝末年，入保定陆军第一中学第九期学武备。毕业后充任湖南军队排、连、营、团长。回桂后改属林虎、马济部。李宗仁、黄绍竑崛起统一广西时，黎行恕是他们的得力助手。

1926年李宗仁率北伐军第七军入湘，黎行恕在第七军任团长，请为前锋，参与了南浔等战役，每战皆捷。以功保送入陆军大学正则班第十期深造，毕业后回桂，任第四集团军少将参谋处长，南宁军校高级班少将大队长兼教官，军部少将参谋处长等职。在李宗仁、白崇禧主持下，与刘斐、李济深、黄旭初、廖磊等四人共同策划反蒋事宜。

1937年抗战全面爆发，黎行恕任第五路军总部参谋处长，第五战区副参谋长兼参谋处长，台儿庄大捷后出任一七〇师师长。因屡战不利，自请回防广西。

1939年冬奉命赴援西江，刚到横县，另一支日军由北海登陆，进犯钦州、防城两地。他回师邕江，又参加桂南会战，战后任三十一军副军长兼玉林师管伍司令，晋升中将。

1941年任四十六军军长，镇守衡阳。次年春改防洞庭湖。

1944 年夏，日军攻打衡阳，黎行恕率队驰援。方至，城已破，回师广西，奉命防守桂林。桂林城未陷黎部即西撤，日军占领柳州、宜山，直逼贵阳时，黎部方在南丹独山间与敌对峙。国民党军队一溃千里，社会舆论哗然。国民党两广监察署监察委员、军风纪视察团副团长白鹏飞弹劾四战区和十六集团军防守桂林失当，黎行恕引咎辞职。

1945 年 5 月 24 日调任汉中行营（主任李宗仁）办公厅中将主任。9 月所部改组为北平行营（主任李宗仁），仍任办公厅主任。

1946 年白崇禧任国防部长，黎行恕任部长办公厅中将主任。白调华中，他告假回桂林休养。

黎行恕一生廉洁，家居简陋，酷爱读书，即使在长期戎马生涯中也手卷不离，对数学、哲学和文学甚有兴趣，尤对《四书》颇有研究，当时有"四书军长"之称，在桂林休养期间，曾任西南商业专科学校文学教授。

1947 年当选阳朔国大代表，出席在南京召开的国民代表大会并参与李宗仁竞选副总统活动。归来不久，即卧病不起，于 1949 年 8 月 2 日，于桂林寓所病逝，终年 55 岁。

（29）李品仙

李品仙（1890.4.22—1987.3.23）　字鹤龄，广西苍梧平乐乡人，保定军校一期，黄埔南宁分校校长；自 1916 年夏至 1927 年 4 月，由一名见习生而跃升为军长；抗战时期，任第五战区副司令长官兼第二十一集团军总司令、第十战区司令长官等，配合李宗仁、白崇禧打了不少漂亮仗。在淞沪会战，台儿庄战役，徐州会战，随（州）枣（阳）战役等重大战役中，功勋卓著，荣获青天白日、"国家干城"勋章。

李品仙治军有方，较好地运用战略战术，抗战时期的一八八及一八九模范师，即为他一手打造。李品仙的军事才华得到了蒋介石的赞赏，连日军也对他敬畏三分。使免于日军攻击的安徽省于抗战中得以休养生息。1939 年，李品仙任安徽省主席，作为桂系干将，他与陈果夫、陈立夫 CC 系和地方实力派斗得不可开交，在 CC 系特务手中解救过共产党的不少地下党员。但他积极配合顾祝同发动皖南事变。解放战争时期，任桂林绥靖公署主任兼华中军政长官公署副长官，1949 年 12 月，所部在广西战役中被人民解放军歼灭。

去台湾后，被蒋介石委任为"总统府"战略顾问委员会顾问。

李品仙出生在广西苍梧县的一个望族家庭。父亲李即兴，乃清末秀才，任过桂林道员，后弃官到梧州教书，晚年专营进出香港的煤油生意，有妻室两房、子女六个，李品仙是长子，系大夫人莫氏所生。然而，在家族中李品仙却排行第五，因而弟妹们称他为"五哥"。

李品仙从小就被父亲大灌"四书五经"，猛输诗文，功底自然厚实。他13岁考入苍梧县立高等小学。同年参加科举考试，县试、府试他都一路过关斩将，可是到院试时，他一不留神竟漏抄一页试卷，导致仕途毁于一旦。

1907年，蔡锷在桂林创办广西陆军小学，招考16岁以上青少年入学。李品仙说服家人参加报考，顺利过关，从此开始了他的军旅生涯。1909年春，从广西陆军小学第一期毕业，升入湖北第三陆军中学。在此，他接受了"驱除鞑虏，恢复中华"的革命宣传，并在毕业前夕，参加了武昌起义。接着，他被派回广西发动响应起义。此时，广西已响应起义宣布独立，并派出了援鄂军。广西军政府代理都督陆荣廷将李品仙派到梧州军政分府长莫荣新手下，担任梧州军械局委员。

袁世凯上任中华民国总统后，为控制各省军事后备力量，于1912年下令开办保定陆军军官学校，通令全国全体陆军中学毕业生必须进保定陆军军官学校第一期受训。李品仙立即辞去梧州军械局任职，于1913年1月赴保定军校第一期学习。1914年底，李品仙毕业，被陆军部分发回广西陆军第一师第一团见习。

1915年12月，蔡锷、唐继尧等人于云南组织护国军，兴兵讨伐袁世凯。次年3月15日，广西督军陆荣廷响应讨袁，参加护国战争。李品仙随第一团自柳州出发，经桂林、全县向永州、衡阳进发，进击湖南，湖南被迫宣布独立。由于桂军门户森严，尤其歧视军校生。李毕业已近两年，未授实职，心中大为不满。同年6月，经湘军独立营连长的保定军校同学引荐，他从桂军转入湘军，担任中尉排长，不到一个月便升任连长，编入督署卫队营，他的保定同学唐生智任营长。8月，新任湖南督军兼省长谭延闿将督署卫队营编为湘军第一师二旅三团第三营。由于有唐生智这层保定军校第一期同学关系，加上李品仙在护法战争、湘直战争中南征北讨，屡建战功，到1924年他已从排、连、营、团长递升为旅长。

1926年6月，唐生智在衡阳就任国民革命军第八军军长兼前敌总指挥。李品仙升为第八军第三师师长。1927年2月，第八军扩编，不满37岁的李品仙升任副军长，统领三个师。同年4月，他又升任第八军军长，奉命率部驻守武汉，后第八军军部改为卫戍司令部，李品仙率部担负武汉三镇的卫戍任务。

李品仙飞黄腾达，得益于他的扎实功底与屡立战功，更重要的是得益于他的保定同学唐生智。10月20日，宁汉对立，南京政府下令讨伐并免去唐生智本兼各职，唐生智败北，于11月11日通电下野，逃亡日本。1928年2月，李品仙等唐生智旧部，迫于李宗仁、白崇禧新桂系重重包围，通电表示愿意接受南京政府改编，从此并入桂系。

抗战全面爆发后，李宗仁任第五战区司令长官。李品仙奉命率第七、三十一军开进徐州。李品仙从武汉乘船赴南京途中，参加乘客们自发组织的双十节庆祝大会，被公众一致推为大会主席。李品仙为公众的抗日热情所鼓舞，当晚极为感动，难以入眠，遂赋五言律诗一首：

> 海寇倾巢出，烽烟夜梦惊。
> 平津既陷落，淞沪复侵争。
> 国祚关隆替，黄魂决死生。
> 哀军尝却敌，众志足成城。
> 蕞尔二三岛，何如亿万兵。
> 横戈挥日起，大纛顶天行。
> 欲雪千秋恨，当思七尺轻。
> 时乎不我待，奋臂事长征。

以抒其志，励其行。

1942年12月18日中午，一架日军飞机在位于大别山区的安徽省太湖县弥驼寺上空，被第四十八军一三八师莫德宏部的高射炮火击落，机上乘员12人全部当场毙命，死者之一就是侵华日军第11军司令官冢田攻（追赠大将）。这是8年抗战中在中国战场上被击毙的职务最高的日本陆军军官。冢田攻座机被击落之后，侵华日军总司令畑俊六命令华中派遣军调集了第三、四十、六十八、一一六师团4个师团各一部约17000人的兵力，于19、20日由武汉、合肥、安庆三个方向分五路出发，搜寻冢田攻的飞机，并乘机扫荡新桂系军队盘踞的大别山区，进行报复。由于新桂系大别山的三个军配合不佳，被日军以一个联队绕过由第七军及第三十九军布防的严密防线，打进了大别山中心的立煌县，战后第二十一集团军代总司令张义纯被撤职。

1944年12月26日，李品仙被委任为第十战区司令长官。9月24日，李品仙作为统帅部任命的徐州、蚌埠地区受降主官，在蚌埠参加受降典礼，接受侵华日军代表第六军司令长官十川次郎投降。李拉其弟李品和出任蚌埠市市长，负责"劫收"蚌埠。李品仙能大享胜利果实，除了蒋看在他少不了的"孝敬"分上，也看在李在抗战中以及主政安徽中立下的战功分上。

李品仙有两房妻子，大夫人冯秀卿，广西人，常年在香港负责料理家财；二夫人罗啸如，湖南人，一直在李品仙身边，照料他的生活起居。李品仙共有 10 个子女。

1949 年底，李宗仁从香港起飞赴美。李品仙等桂系将领在南宁解放前夕乘飞机到海口，讨论今后出路问题，夏威主张先到香港，看看情势再决定，李品仙则主张到台湾归队，白崇禧一筹莫展，进退两难，后决定派李品仙到台湾先行探路[1]。12 月底，李品仙抵台北，不久即给白崇禧发回电报，告知蒋介石和陈诚都希望白崇禧到台湾，共荷"戡乱救国"之责。这样，白崇禧因为李品仙的这封电报去往了台湾。随着国民党在大陆的统治彻底崩溃，桂系军政集团也彻底灭亡。

1950 年 3 月，李品仙在台湾被蒋介石委任为"总统府"战略顾问委员会顾问的闲差。1953 年，李品仙"现役届满、奉命退休"。

退休之初，李品仙租寓台北罗斯福路四段水源里十邻。同年冬，台湾颁布地方自治法规定，选举邻里长，李品仙被街坊邻居选为邻长。他数次推辞，仍无法脱卸，一任两年。他在五言诗句中自嘲道："昔统十万师，今作百家掌，回念役人多，亦应甘俯仰，天道重循环，因果固不爽。"当时国民党军队陆军上将鹿钟麟，留大陆，居天津，任居委会主任；此二公虽然分隔台海两岸，但却同是验证了那句"治国齐家如统兵。"

此后，他于台北市郊承租山坡公地数顷。辟为农庄，种植各种蔬菜，既消遣时日，又维持生计。

1967 年后，他因年老多病，便将在香港九龙的鱼塘、房屋悉行变卖，又将台北的农庄出让，然后在台北市内置房一所，"聊蔽风雨，藉度余年"，以此湮没无人问津，幽居台北。

1971 年，年届八旬的李品仙，抚今感昔，将其"几十年来领军从政，南讨北伐，种种经历见闻撰为长文，印赠亲友"，后又将其增订补充，题为《戎马生涯》在台湾《中外杂志》上连载。可是，"刊出未及其半，要求辑印单行本的读者函电已纷至沓来"，于是由李品仙再次整理，易名为《李品仙回忆录》，于 1975 年由台湾中外图书出版社出版发行。在回忆录的最后，李品

---

[1] 王成斌等主编：《民国高级将领列传》第二集，解放军出版社 1996 年 1 月第 2 版，第 317—335 页。

仙凄凉悲伤地写道："余生逢战乱，弃文习武，虽一生戎马无补时艰，然俯仰无愧，差可遗憾。所憾者，今年且80矣，知来日无多，犹栖迟海岛，西望故园，不禁兴陆游之悲耳。"

1987年2月，李品仙因肝病先后进台北荣总医院和三军总院治疗，于3月23日逝世，享年95岁。

台湾出版有《李品仙鹤龄陆军上将纪念集》等。

（30）梁寿笙

梁寿笙（1907—1945.9.19） 原名春华，别号寿僧，又名寿笙，广西鹿寨县中渡镇北街人。黄埔南宁分校二期步兵科，陆军大学第十期。第五战区参谋处长、交通处长等职。

梁寿笙出生于一个富裕的书香世家。1921年入中渡两等小学。1924年考入广西省立四中学（今柳州高中）。毕业后，投笔从戎，1926年考入广西军校二期。后在桂系集团军中历任排、连、营长及军事教官。1931年9月考入南京陆军大学第十期。毕业后于1934年任第四集团军总参谋处上校作战科长，兼黄埔军校南宁分校教官。1935年随广西军事代表团访问安南（今越南）西贡，在西贡期间，被越南保大皇帝聘请为军事顾问。

1937年抗战军兴，梁寿笙任第五战区长官部少将高级参谋，同参谋长徐祖贻及参谋处长黎行恕一道，精心编制作战方案，协助司令长官李宗仁调动兵力，取得威震中外的台儿庄大捷。台儿庄战役胜利后，国民政府军事委员会以梁寿笙协助李宗仁出谋献策有功，授予陆海空甲种一等奖章一枚、胜利勋章一枚、三等云麾勋章一枚。

1940年，梁寿笙作为该战区的作战处长，在随枣会战中又因工作出色，还得过胜利云麾勋章2枚。

梁寿笙在戎马倥偬中撰述有《大军作战之研究》《闪电战术》两部军事教材，后来这两部书均作为陆军大学的军事教材，还写了《咏史诗集》《南归吟》2部旧体诗集。

然而，由于在徐州突围中领导无方，曾一度被撤职。直到1939年冬，经战区干部训练团教育长张任民的介绍，又至战区任交通处长。后由于派系之争、恃才傲物等原因，只得携眷回广西老家。[1]

1944 年，梁寿笙被委任为国民政府军事委员会中将高级参谋，派驻广西绥靖公署，1945 年 9 月 19 日，因患肺癌，病逝于中渡，终年 38 岁。

国民政府军事委员会有关人员蒋介石、李宗仁、李济深、白崇禧、汤恩伯等人，均送了挽联和挽幛。

（31）刘清凡

刘清凡（1897.9.16—1982.4） 原名刘如山，学名刘极，湖南省益阳市安化县清塘铺镇曾家桥村人。

1904 年至 1912 年在乡间私塾读书，其间辍学一年在家做工。1913 年进入长沙湖南育才中学学习，1916 年毕业后因家贫无力升学，1917 年到湖南地方部队当兵。1924 年入虎门桂军第六师任上尉连长，1925 年进入广州建国湘军讲武堂（后改第二军军官学校并入黄埔军校）第二期学习（毛泽东、李富春曾任其政治教官）。其间集体加入国民党。1926 年进入广州第三军工兵干部教导队学习，学习架桥、筑城等专业。

1926 年 7 月，任国民革命军总司令部交通处上尉队附、少校大队附、中校股长，随军北伐。1927 年 1 月调任东路军前敌总指挥部（兼总指挥白崇禧）交通处通信科中校科长、4 月所部改称第二路军（兼总指挥蒋中正）交通处通信科，仍任科长，不久任沪杭甬铁路管理局局长。6 月任交通部上海电话局局长、8 月调任上海（淞沪）卫戍司令部（兼司令白崇禧）交通处上校科长兼十三军交通大队长，曾在徐州与孙传芳部作战。1927 年 12 月任湖南衡阳军械分局代理局长，1928 年 5 月任第二路军及第四集团军总指挥部（总司令李宗仁）参谋处上校参谋，参与津东与张宗昌作战。1929 年蒋介石裁减异己，部队被遣散。1929 年 3 月，李宗仁、黄绍竑等组织反蒋讨贼南军第二路军总指挥部，刘任参谋处第一科上校科长，到柳州与何键作战，4 月败溃后返居长沙。1929 年 11 月年起任护党救国军第八路军总指挥部（总司令李宗仁）交通处上校主任、1930 年 4 月调任第一方面军总指挥部（兼总司令李宗仁）副官处上校处长，1931 年 6 月调任第四集团军（总司令李宗仁）交通处交通科上校科长。1932

---

[1] 《湖北省政协文史》第二十二辑，原第五战区司令长官部交通处第二科科长唐真如撰文《李宗仁处置交通处长梁寿笙》。

年4月入南京国民党陆军大学正则班第十期学习三年，1935年4月任国民党第七军参谋处处长，授少将军衔。1936年任第七军少将参谋长（军长廖磊）。1937年赴南宁军校第一分校（南宁）高级班教授一期战术。

抗战全面爆发后，任第七军参谋长，赴上海参加淞沪会战，10月调二十一集团军总部（总司令廖磊）任高参。1937年12月任一七四师五二二旅旅长。1938年，调任四十八军参谋长（军长韦云淞）。在台儿庄、寿县、凤台等战役中仍兼一七四师五二二旅旅长。

1938年7月调广西第五路军总部任少将参谋处长。1939年2月，调升第十六集团军中将参谋长（总司令夏威），防守桂南。桂南会战后，1940年1月改任桂林绥靖公署（主任李宗仁）中将高参。1941年6月叙任陆军少将。1942年3月调任桂柳（桂林、柳州）师管区中将司令。1943年10月调任田武（百色）师管区中将司令。1945年调任田邑（百色、南宁）师管区中将司令。在百色五年里，采取有力措施刹住了种植和偷运鸦片邪风。

1945年10月10日获颁忠勤勋章，1946年5月5日获颁胜利勋章，同月被授予中央训练团中将团员、入中央训练团将官班受训，但未到职。1946年底由广西回长沙，改行经商。1947年3月派任国防部（部长白崇禧）中将部员，亦未到职。1948年夏，任国防部九江指挥所（兼主任白崇禧）额外中将高参，到湖南督导民众组训。后被授以华中"剿匪"总部（司令长官白崇禧）政务委员、广西军管区（兼司令黄旭初）额外副司令，亦因故未到任。1949年调任华中军政长官公署（司令长官白崇禧）政务委员，10月兼广西第五督导团中将团长，赴百色督导"总体战"。时值广西爱国民主人士李任仁、陈良佐等开展和平活动。刘受其影响向白崇禧建议撤销售广西军管区，遭白拒绝。后刘下令解散督导团，并与驻百色黔桂边区司令张光玮商定，不去靖西逃往越南，而移至桂西北之西隆以待解放。11月至12月下旬，刘陆续派出代表与解放军接洽，于12月27日在广西西隆与驻百色黔桂边区中将司令官张光玮联名领衔通电起义。

1950年1月，派赴解放军百色南州支队、南宁十三兵团将校队、中南军区政治部学习。6月回长沙经商，开日新商店。次年10月前往武汉中原大学第二期政治研究班学习，其间参与了土改运动。1953年10月任湖南人民军政委员会参议室参议，1955年4月任湖南省人民委员会参事室参事。1956年加入民革，1956年7月年当选为民革湖南省委员会委员。其后四年间任幻灯组组长。

1982 年 4 月病逝于长沙，享年 85 岁。

2005 年，荣获中共中央、国务院、中央军委授予的"纪念抗日战争胜利六十周年"纪念章。

（32）刘仲容

刘仲容（1903—1980.3.27） 又名刘罋，湖南益阳（今桃江）人，黄埔军校国民党特别党部执行委员，留学莫斯科中山大学，与国共两党的学员都有良好关系。刘仲容的父亲刘承烈[1]曾任桂系驻天津代表，善于交往的刘仲容也受到桂系重用。李宗仁派刘仲容为代表，到西安、延安联系共产党、东北军、西北军。按照周恩来的部署，刘仲容从李宗仁处又转到白崇禧身边，任桂林行营参议。成为桂系与中共联络的特使。

是著名的爱国民主战士、杰出的政治活动家、民革卓越的领导人，曾任民革第五届中央委员会副主席、第五届全国政协常务委员等职。

出生于一个旧官僚家庭。中学毕业于天津。1923 年他加入国民党，参加筹组湖南省国民党临时党部。1925 年初到达广州，任黄埔军校国民党特别党部执行委员。是年冬，由其父的朋友、国民革命军第二军胡景翼及其部下郑思成旅长保送到莫斯科中山大学学习政治（其间，刘仲容与冯玉祥部骑兵师师长赵守钰之女赵祥锭结婚，夫妻同赴苏联）。1929 年冬从莫斯科中山大学留学回国，国民政府分配他到军事训练总监部做翻译工作。因对蒋介石的反共政策不满，力辞不就，奔走于冯玉祥、阎锡山、李宗仁、杨虎城、张学良等部之间，到处碰壁。1933 年，结识了刘子华等共产党员，在上海、南京等地做过掩护工作。后经留俄同学王公度介绍，与桂系将领李宗仁、白崇禧相识，建议他们积极与各方面联系，造成声势，迫蒋抗日。李、白听了为之动容，即任他为参议，派他去西安联合张学良、杨虎城。1935 年冬和 1936 年 11 月，他两次去西安。1936 年 12 月 12 日西安事变发生，16 日中共代表团从延安飞

---

[1] 刘承烈（1883—1952） 湖南益阳（今桃江）县人。早年留学日本，与黄兴等革命志士过从甚密，长期从事革命及反蒋活动。他参加了李济深等领导的福建人民革命政府的工作，参加了两广陈济棠、李宗仁联合成立的西南政务委员会。他与中共建立了更加密切的关系，以致他和女儿刘甲樱在为中共工作时两度被国民党政府逮捕。他与共产党员谢甫生、刘贯一、李运昌、邓华、宋时轮、姚依林等关系笃深。新中国成立后，应周恩来总理之邀任国务院参事室参事。

抵西安，周恩来和叶剑英见到他时说："李、白两先生一向主张抗日，我们钦佩，一切抗日救国的力量应该团结起来。"他当即把中共代表团的主张电告广西。李、白联名致电周恩来，同意共产党和平解决西安事变的主张。西安事变和平解决后，周恩来邀他到延安，与毛泽东进行了亲切交谈。1937年4月，他回桂林，向李宗仁汇报了西北之行的经过，并在桂系高级将领座谈会上介绍中共对形势的看法，列举全国抗日必将实现的条件。抗日战争爆发后，李宗仁再次派他去延安，作为广西常驻代表同中共中央保持联系。1938年2月，已就任徐州第五战区司令长官的李宗仁，召他到徐州、武汉。1938年夏，他到白崇禧处任行营参议，常和共产党方面取得联系。1940年秋，白崇禧调重庆任副参谋总长兼军训部长，他亦去任军训部参议，常与周恩来、叶剑英往来，参加发起"中国民主革命同盟"，对坚持抗日、反对投降，起了一定的推动作用。1945年8月，国共重庆谈判，他再次见到毛泽东，毛泽东肯定其多年来的工作成绩，希望他为人民民主革命作出更多贡献。

1949年1月21日，李宗仁代理总统后，2月，李宗仁派他北上接洽和谈。临行前，白崇禧和他谈了话，提出谋求国共两党"划江而治"的设想。3月下旬，他到北平，当天见到毛泽东、周恩来。毛泽东严肃指出：人民解放军一定要渡过长江。4月2日晚上，毛泽东又请他去谈话，请他回南京一趟，对李、白再做工作。他回到南京单独见了李宗仁，转达毛泽东和周恩来的意见。12日，他再飞抵北平。1949年4月23日，南京解放，白崇禧逃到长沙，电召他南下。周恩来则留他在北京，参加人民民主统一战线，他欣然从命，出任北京外语学校副校长，积极协助进行建校事宜，并运用自己多年来在知识界的影响，通过种种关系，从全国各地聘请大批教授、讲师来校执教。1950年3月，任校长，1954年8月，学校改为北京外国语学院，任院长。1959年2月，与北京俄语学院合并，建立新的北京外语学院，任副院长，一直到1978年改任顾问。

1957年起，当选为中国国民党革命委员会中央常委、副主席。他对争取李宗仁回国，起了很大作用。毛泽东邀李宗仁进餐，亦邀他作陪。他还是第三届全国人大代表，第二、三届全国政协委员，第五届全国政协常委。

1980年3月27日，在北京逝世，享年77岁。

著有《我为新桂系三赴西安》《记北京和平谈判》等。

（33）莫若国

莫若国（1900—1960.11）　别号观光，广西玉林人。黄埔军校第四期步兵科、中央训练团兵役研究班、南京陆军大学特七期战役班（将官班乙级第三期）毕业。

参加北伐。历任国民革命军排、连长，广西省立第二中学军训大队少校大队长，广西玉林五属警备司令部参谋长，广西省军官训练团副官处长。抗战爆发后，任第五战区兵站总监部分站副官处长，兵站总监部参谋处长，第五战区军法执行总监部少将督察。1946 年起任军政部第十四军官总队少将副总队长。南京陆大毕业后返广西，任南宁师管区少将副司令，桂西国民兵团副总指挥。1950 年 1 月在广西金城随莫树杰将军等起义并接受和平改编，后任南宁市政府参事室参事。

1960 年 11 月在南宁逝世，享年 60 岁。

（34）宋茂田

宋茂田（1917.1.14—2019）河北省沧州市黄骅朱里口村人，黄埔军校六分校（桂林）十六期步科。

出生在武术之乡沧州，自小就非常喜欢武术，14 岁时练了一身好拳脚。他是中国现代武术奠基人、南京国术馆创始人、西北军"五虎将"之首的陆军上将张之江的亲外甥。1934 年，张之江回家探亲时，把他带到了南京国术馆学习。

卢沟桥事变后，宋茂田和同学们义愤填膺，要求参军抗战。当时驻防中山门的是教导总队桂永清部，他致信国术馆张之江，如有学生志愿报名参军的，入伍就当班长。宋茂田闻讯后，和两个大个子同学拿着学校的证明，来到中山陵园征兵处报名参军。但由于他个头太小，又是个白面书生，被拒绝。张之江安慰他说："当不上兵也不丢人，以后跟着我有用武之地的时候。"

他随张之江先后参加台儿庄战役、昆仑关战役、鄂西会战和湘西会战等战役。历任重庆卫戍总部干训班少校教官，傅作义第九十四军第五师师部副官等。

1938 年 6 月，入广西桂林黄埔军校六分校第十六期学习。广西的战斗打响后，在军校期间，他和同学就拿起枪，来到前线战场。他是重机枪手。黄埔军校毕业典礼时，给他戴了两朵当时的国花——梅花，以表彰他们在昆仑关时的英勇。

　　军校毕业后，分配到国民革命军第五师，参加了著名的鄂西会战石牌要塞阻击战，毙敌甚多。后来，随第五师还参加了湘西会战等。

　　抗战胜利后，随第五师开赴唐山接受日军投降。

　　1949 年，随傅作义在北平起义。

　　中华人民共和国成立后，他一直跟随张之江。1969 年，张之江逝世后，回到沧州老家，务农为生。

　　由于他一直坚持习武锻炼，身体硬朗，平常教一些徒弟。平时以书报为伴，喜欢收集一些战史资料，还经常让家人陪他一起看时政新闻。2015 年，抗战胜利 70 周年之际，他还受邀赴京参加庆祝活动。

宋茂田在国术馆学习时练武

宋茂田老人讲述抗战故事

宋茂田夫妻及儿子与老母亲合影

河北省黄埔军校同学会秘书长刘礼梅为台儿庄战役参战、黄埔老人宋茂田庆祝百岁寿辰。

2019年，在沧州逝世，享年102岁。

（35）宋思一

宋思一（1894.2.17—1984.11.14） 原名中滇。贵州
贵定县都六乡人。黄埔军校第一期、潮州分校大队附、
军校上校管理处处长。起义将领。

父从农商，家境贫困。贵定县第六区高等小学、省
立第一中学毕业。1920年，由时任上海新建设杂志社
编辑恽代英、靳经纬介绍加入国民党，同年考入上海大
同大学数理系，后辍学。1922年留学日本，1924年初回国，再由恽代英、
靳经纬保荐考入黄埔军校一期。

历任副官、军需官、连长、黄埔军校潮州分校学生大队队长、大队附，
何应钦侍从参谋，营长，北伐东路军教导一团上校团长，第四师政治部主任。
1927年起任南京市公安局政治部主任，军事委员会委员长侍从室上校参谋，
中央军校管理科长兼中央军校武汉分校政治训练处处长。1929年初起任第十
师副师长，第八十三师副师长。

抗战爆发后，任第十四集团军后方办事处处长，军政部第八新兵补训处
处长，第一四〇师师长。1939年底任军事委员会少将高参，授陆军少将。
1941年调任军事委员会西北游击干部训练班副教育长。1944年7月任贵阳戒
严司令，贵州防空司令。1945年起任第三方面军上海指挥所主任兼军品接收
委员会副主任，京沪杭警备副总司令。

1949年后任贵州绥靖公署副主任，贵州警备司令。12月，云南卢汉起义
宣布脱离国民党而向共产党，宋思一通电拥护，也率部起义。新中国成立后，
宋思一任贵阳市云岩区人民代表。

1954年被捕，1975年12月获特赦。

1975年以后历任贵州省政协专员、省政协四届常务委员、民革贵州省
委常委，民革中央团结委员会委员。后任贵州省政协常委，民革贵州省委副
主委。

1984年11月14日，在贵阳病逝，享年91岁。

著有《我参加东征和北伐》《抗日战争亲历记》《黔南事变前后》《第
八十五师忻口抗战见闻》等。

（36）韦永成

韦永成（1907—?）　广西临桂人，中央军校第一分校（南宁）政治训练处处长，国民革命军华中"剿总"中将高参。妻子蒋秀华是蒋介石的唯一堂妹，被称为民国"驸马"，他还是李宗仁胞弟李宗义妻弟。

1934年得李宗仁资助与王公度及李宗仁三弟李宗义一起留学苏联莫斯科中山大学，后又留学德国。抗战爆发后回国，历任五路军总政调处主任、国防艺术社社长、广西日报社社长、广西建设研究会副会长、乐群社社长，第五战区长官司令部政治部主任，分兼十一、二十一集团军政治部主任，安徽省民政厅长、国民党政府宣法委员。1945年夏以安徽省代表出席国民党六大，并当选为中央候补执行委员。抗日战争胜利后，曾任广西绥靖公署参议，华中"剿总"高参。1948年5月7日，当选"立法院"立法委员。

到台湾后，"立法院""外交委员会"委员。任台北市广西同乡会理事长，并为创办的《广西文献》撰稿。著有《台儿庄胜利与孙连仲将军》等。

（37）吴仲直

吴仲直（1905.7.6—2002.1.20）　字佐之，号启辅、均夫，浙江诸暨孝四乡戈溪坞（现为诸暨市东白湖镇柯溪坞村）人，黄埔军校第六期通信科，陆军大学第十一期。国民革命军第七十五军中将军长。

1915年，进诸暨县城乐安高等小学（今万寿街小学）。继升中学。毕业后，考入厦门，复转上海国立暨南大学。国民革命北伐，进军上海，暨南大学因受战事影响而停课，当时由于开学无期，遂投笔从戎。1928年4月，考入黄埔军校第六期通信科，编入交通大队第三中队。1929年5月毕业，又转入中央陆军大学十一期。受训期间，服务于陆军通信兵团。陆军大学毕业后，派赴陆军第六师第十七旅任中校主任参谋，后任师参谋处上校主任。时阎锡山出兵反对蒋介石，该部在山西运城侯马镇一役获大捷，以此建立了晋南屏障，受到嘉奖，并获赏赠银2万元。

1936年6月1日，两广事变发生，陈济棠以抗日为名，发出通电，企图出兵夺取南京国民党政权。为平息事变，吴随部从湖南郴州入粤北乐昌。时蒋介石收买了陈济棠部下军长余汉谋等,派吴单骑往返敌营,最后兵不血刃,将 2000 余人缴械。同年秋,调任上校营长。

抗日战争爆发,任徐州第五战区长官司令部通信指挥官。参加台儿庄会战。台儿庄会战大捷,擢升长官司令部参谋处少将参谋长,兼交通处处长。又先后参加了长沙会战,鄂西会战,常德会战。其间,历任第二十六集团军参谋长,第六师副师长、少将师长等职。1945 年春,调任军政部通信兵司司长。抗战胜利后,于 1946 年 6 月 5 日任联合勤务总司令部通信署署长。

1948 年秋,任淞沪警备司令部第七十五军军长。解放前夕去台湾,仍任七十五军军长。后在台湾"总统府"战略顾问任内退役。

2002 年,在台湾逝世,享年 98 岁。

(38) 项传远

项传远(1902—1968.5.13)　字望如,山东广饶人,黄埔军校第一期,南京中央军校高级班,国民革命军山东青济警备司令部司令。

祖辈务农,有田产一公顷。广饶大营庄高级小学及山东省立正谊中学毕业,山东省公立商业专门学校肄业。

1923 年 5 月由王乐平(山东省出席国民党一大代表)介绍加入国民党,次年春再由其保荐到广州考入黄埔军校第一期第一队学习。

毕业后任军校教导第二团排、连长,国民革命军第一旅第二团营附,国民革命军北伐东路军第二纵队营长,国民革命军第一师补充第三团营长、副团长。

1935 年任山东省保安第十团上校团长兼山东省益都县公安局长。

抗战爆发后,任黄埔同学会办事处干事,中央军校学员调查处科长,军事委员会委员长侍从室上校侍卫官、少将副侍卫长。

1945 年起任山东青济警备司令部司令。

1948 年 9 月授陆军少将,次年秋到台湾。1959 年退役。

1968 年 5 月 13 日,在台湾逝世,享年 66 岁。

（39）谢冰莹

谢冰莹（1906.9.5—2000.1.5）　女，原名谢鸣岗，字凤宝，又名谢彬，笔名林三、英子、紫英等。湖南省新化县人，1921年开始发表作品。黄埔军校武汉分校第五期女生队毕业。在谢冰心、苏雪林、冯沅君等五四时期崛起的女作家中，她是小妹妹。而在这些作家中，她的人生和创作道路是最壮美、最坎坷的一位，也是和中国的命运连得最紧密的一位。她是中国近代史上第一个女兵，中国历史上第一个女兵作家。

谢冰莹一生感情崎岖，但她依然创作了数量可观的文学作品，堪称近代女子的一个传奇。1949年赴台，从事大学教育，后皈依佛门。

谢冰莹一生出版的小说、散文、游记、书信等著作达80余种、近400部、2000多万字。代表作《女兵自传》《秦良玉》等，相继被译成英语、日语等10多种文字。

在家乡冷水江市铎山度过了她的童年。最早就读的龙潭塾馆，在之前已有40多位男生在此读书，且都是谢姓。家父姓苏，因外祖父姓谢，是先生的堂兄，住在塾馆旁边，且资财富足，塾馆先生碍于外祖的面子，就收下家父这位异族弟子。塾馆不收女生，由于10岁的谢冰莹的执着，塾馆先生不得不破例。自此，这名特殊学生开始了一年的学生生涯。

谢冰莹长得俊俏，穿着整洁，一副大家闺秀模样。谢冰莹和男生分开而坐，塾馆授课时，先生点名"某某生"，学生即捧着书站到先生桌前，先生指着课本断句、解释，然后，学生回座位高声朗读课文，读熟了，又捧书站到先生桌前背书。她很少高声朗读，默读两遍即能背了。谢冰莹没事做的时候，就静静地听先生点书，听同学背书，居然将同学们的功课也都记下了。

先生高度近视，鼻尖贴着书本，说话声音很大，情急时还有点打结，口里不时溅着唾沫星子，穿着也不讲究，但对谢冰莹很好，平时呼"凤宝""鸣凤"（是冰莹儿时的名字）。男生犯规了，他狠狠地骂和抽打手心。但对谢冰莹仅打过一次，而且是轻轻地。那一天，上课铃响了，爱吵闹的谢冰莹倚靠着门，高高抬起一只腿，跨在门槛上，要男同学钻过去，胆小的钻了，多数不肯钻，先生看见了，真的发火了，"无理，无理，小女子无理"。到了教室里，先生怒容满面，厉声斥问谢冰莹："你认错么？你悔改么？"谢冰莹一动不动地站着，不回答。"你认错么？……"先生一次比一次声音高，简直在吼叫。谢冰莹倏地走向先生，伸出小手说："先生，您打吧。"先生长长地"唉"了一声，轻轻拍了一板，后来，到底没拍第二板了。这次算是先生对冰莹最严厉的处罚。

后就读于湖南省立第一女校（又名湖南第一女子师范），未毕业即投笔从戎，于 1926 年冬考入武汉中央军事政治学校（黄埔军校武汉分校）。经过短期训练，便开往北伐前线与敌人恶战。谢冰莹的《从军日记》就是在战地写成的，发表于《中央日报》副刊。1927 年军政学校女生队解散，先后入上海艺大、北平女师大学习。从北平京女师大毕业后，谢冰莹用几部书的稿酬作学资，赴日本留学（1931 年）。因坚拒出迎伪"满洲国"皇帝溥仪访日，而被日本特务逮捕。在狱中谢冰莹大义凛然，英勇不屈，当面揭露日本侵略中国的罪行，受到极为残酷的脑刑、指刑、电刑的严重摧残。被遣送回国后，谢冰莹又第二次更名改姓赴日本留学（1935 年），就读于早稻田大学研究院。

七七事变爆发后，谢冰莹为救祖国危亡愤而返国，组织"战地妇女服务团"，自任团长开往前线。在火线上救助了大批伤员，并做了大量的宣传鼓动工作。抗战爆发后组织湖南妇女战地服务团，赴前线参加战地工作，写下《抗战日记》。抗战后期还在重庆主编刊物。曾任北平女师大、华北文学院教授。1948 年赴台湾，任台湾省立师范学院（后改为师大）教授。1971 年因右腿跌断退休。谢冰莹在美国旧金山度过晚年，她曾下决心回国省亲，由于引起台湾当局的恐慌，不得不放弃。

2000 年 1 月 5 日，蜚声文坛的"女兵"谢冰莹，在旧金山溘然长逝，享年 93 岁。

谢冰莹自 1947 年离开故土，就永远没有踏上回乡的石板路。人们按照谢冰莹"如果我不幸地死在美国，就要火化，然后把骨灰撒在金门大桥下，让太平洋的海水把我漂回去"的遗嘱，将谢冰莹的骨灰撒入江海，圆了谢冰莹的还乡之梦。

（40）徐经济

徐经济（1897.12.6—1951）字子材，陕西临潼县交口镇定阳屯人。幼年随父读书，后就读于雨金小学，1919 年毕业后，考入省立三原工业职业学校，他学习刻苦，爱好体育活动，曾多次获得学校短跑、跨栏、跳高等项冠军。1923 年，以优秀成绩毕业后，受聘于省立西安一中任教。后考入上海吾州体育专科学校。1924 年 4 月，经于右任介绍，考入黄埔军校第一期，编在第四队，其间加入国民党。12 月，毕业后留校学习飞行。

1925 年，到驻河南的国民军第二军胡景翼部，任督办公署手枪营排长、连长、营长。国民军第二军失败后回陕，在冯之明部赵志杰旅任参谋长，驻富平、韩城、合阳一带。1926 年 11 月，西安解围后，李虎臣反冯（玉祥）失败，徐即回家乡临潼。1929 年，又被聘为西安第一中学任教。1930 年冬，杨虎城主持陕政，任命他为省会西安公安局第三分局局长。1931 年，随孙蔚如部入甘肃，任兰州局督察长。1934 年，任胡宗南部第一师招募处主任，后回陕任省军事训练委员会上校主任。

抗日战争全面爆发后，徐曾以胡宗南部观察联络员身份参加台儿庄会战。后回陕，奉胡宗南命与何文鼎等组建陕西抗日义勇军，任少将副司令，率部赴晋南对日作战。1938 年春，徐任陕西省防空司令部副司令兼参谋长。1939 年，调任陕西省保安副司令、保安处处长。曾兼任中央军校第七分校高级教官、战干团第四团总队长、三青团西安市总干事长等职。

其间，徐追随胡宗南封锁陕甘宁边区，阻止陕甘宁边区和外界的联系，镇压国统区的民主进步势力，许权中就是徐指使崔振山带便衣队杀害的。

1944 年底，胡宗南将保安团 3 个团编为暂编第五十四师，徐经济任师长。

1945 年，抗日战争胜利后，在军队缩编时徐经济辞去军职，居家为民。

1948 年，国民党召开国民大会，徐经济当选为陕西省国大代表，会后，担任宝鸡地区警备司令。1949 年 7 月，宝鸡解放，徐率部南逃凤县、留坝，后被国民党第五兵团编为第四十八师，徐任师长。11 月初，在解放军追击之下，他率军退到汉中，残部编为新五军，并任军长。后又退到四川通江时，在解放军进攻下，于 1949 年 12 月 30 日，在长坪、泥溪一带，率部 2000 余人向解放军缴械投诚。

1950 年，入西北军政大学高教班学习。1951 年，在镇反运动中错被镇压，时年 54 岁。

1983 年，西安市中级法院撤销原判，给予平反，为其恢复名誉。

（41）徐祖诒

徐祖诒（1895.4.17—1976.2.15）　又名徐祖贻，字燕谋。江苏省昆山县人。保定军官学校第三期炮科，日本士官学校毕业后又进日本陆军大学深造。中央军校第八分校（湖北均县草店）中将主任，国民政府国防部中将高参。

由于家境窘迫，少小离家先后考入吉林陆军小学、清河陆军第一预备学校学习军事。1914 年又考入保定军官学校第三期炮科。毕业后被派往日本留学。学成归国后，在张学良手下任职，当过保安司令部的科长、处长等，深受张学良的器重和信任。1928 年，作为张学良的代表，与邢士廉等人到北京，与国民政府代表李宗仁、白崇禧商议东北易帜之事。徐祖诒充分利用与白崇禧在保定军官学校的同学关系使洽谈得以顺利进行，双方和平统一终获成功。经历这一重大事件徐祖诒初露头角，显示出较强的谈判才能和较好的军事天赋，得到国民政府的赏识和重用。1931 年，九一八事变后，徐祖诒被任命为国民政府陆海空军总司令部参谋本部第一厅少将副厅长。1936 年调任参谋本部第二厅少将厅长，掌管对敌情报，对外宣传和联络外国武官等方面工作。由于业绩突出，不久晋升为中将。

抗战中，任第五战区长官部参谋长、中央军校第八分校主任、陆军大学兵学研究院主任等职。1947 年底任国民政府参军出中将参军，华中"剿总"副总司令，华中军政长官公署副长官兼参谋长，国防部参谋次长。1949 年 11 月到台湾，任"国防部"高参。1952 年秋退役，任台湾电信总局顾问。

1976 年 2 月 15 日，在台中病逝，享年 82 岁。

著有《陆军战术原则笔记》等。台湾出版有《徐祖诒先生生平事迹略记》。

（42）许大川

许大川（1906—1983.6.25） 四川省黔江县人，民国政治人物，曾任立法院立法委员。

其父许钧衡于 1909 年留学日本，加入同盟会。辛亥革命，参与南京之役，临时政府成立，曾任内务部参事，复同政府迁居北京。

1915 年奉父召，随母偕弟赴京就学，1925 年，肄业北京市立第二中学，代表该校参加全国各界国父治丧委员会，并于是时加入中国国民党，1926 年入国立北平大学法学院，在校期间创办《〈社会改造〉月刊》，任主编；1931 年毕业后，复任《〈探讨与批判〉半月刊》主编，1933 年任胡汉民先生主持之《〈三民主义〉月刊》编辑。

全民族抗战爆发后，在前方从事军队政工 5 年，历任中国国民党中央宣传部科长，中央农工运动委员会秘书，返重庆后，任三民主义青年团中央团部编审室副主任，中央军校政治教官。

1950年当选四川省第六选区第一届立法委员。

1966年至1972年，译有：哈叶克（F.A.V.Hayek）《价格与生产》、弥尔德（Gunnar Myrdal）《富裕国家与贫穷国家》、哈伯勤（G.Haberler）《繁荣与萧条》三书，均由台湾银行经济研究室列入该室所编印之经济学名著翻译丛书中发行。

1983年6月25日，在台湾病逝，享年77岁。

（43）杨必声

杨必声（1903.10—1982.1.11）　字德华，壮族，广西来宾县（今兴宾区）蒙村乡桂枝村委那棒村人，1938年加入中共。先后在河南、湖北从事党的秘密工作。三四十年代，曾经是国民党要人李济深、蔡廷锴的座上客，两度出任过国民党政府县长；与毛泽东、周恩来、朱德、叶剑英等中共中央领导人也有过多次的交往。1940年赴延安学习，先后在中央统战部和中央军委工作。1946年国共谈判时，随中共代表团到重庆、南京、上海等地做各民主党派和爱国人士的统战工作。1948年在滇桂黔边区党委任统战部部长、政权部部长和解放军滇桂黔纵队政治部主任。新中国成立后，历任广西省人民政府秘书长、省高级人民法院第一任院长、省民政厅厅长、省政法办公室副主任等职。1956年以后调浙江、四川、云南等地工作。

1927年，考入黄埔军校武汉分校，1929年到高树勋师负责新兵训练，又由李济深介绍到李宗仁部工作。1935年春，他得知张学良由欧洲回到上海，便毛遂自荐任少校参谋，1936年"西安事变"爆发，杨必声由西安抗日救国会负责人向陈介绍到"七贤庄"拜会周恩来、叶剑英。他被委托到上海、武汉、南宁、广州、香港传达"西安事变"。1937年春，到延安，他见到了毛泽东、朱德、林伯渠、董必武、徐特立、林彪、成仿吾、廖承志。中央领导人都称赞他为"光荣使者""国共特使"。

1937年10月被调至徐州五战区司令长官部任中校参谋，分管战教和动委会工作。之后杨必声到河南商城任国民党县长。临行，周恩来面告杨必声："党中央已批准你加入中国共产党。因为你有国民党的公开身份，今后只与我单线联系。"1938年7月，杨接任商城县长以后，中共长江局便介绍魏文伯等地方党组织负责人，到商城建立中共商城县委，抗日救亡，成绩卓著。1939年初，杨必声奉命接任英山县长，魏文伯、王枫、林擒、郑重、李静一等同志亦先后来到英山，魏任英山中心县委书记，其公开身份是国民党英山县抗日动员委员会指导员，郑重公开身份是国民自卫军政治部主任，李静一、王枫、林擒等同志都是县委委员，其公开身份都是县政府科长、秘书等职。当时杨必声同志除与魏文伯同志秘密联系外，其他同志和广大群众一样，只知道杨必声是国民党的一位公正廉洁、主持正义的好县长，不约而同地拥护和支持他的工作，司令长官李宗仁授予英山"抗日建政模范县"称号，并传令嘉奖。

新中国成立后，杨必声历任广西省人民政府秘书长、省高级人民法院院长、省民政厅厅长等。

1982年1月11日，因病逝世，享年79岁。

（44）余定华

余定华（1903—1986）　用名余学樵，湖南长沙县东乡人，南京中央军校第六期步兵科，后任江西省保安司令部少将高参。

1910年入私塾学习，1917年高小毕业后因家贫无力升学，即到长沙做学徒，后经过自学考入长沙第一甲种农业学校，1925年毕业。

1926年考入黄埔军校第六期步科。1929年毕业后被派往国民党第三师毛秉文部当排长，旋调任该师上尉政训员。1930年调南京中央军校第八期当教官。1932年因反对蒋介石操纵的特务组织"蓝衣社"而遭监视，遂逃往香港，并在香港《探海灯》杂志上发表文章，揭露"蓝衣社"的黑幕。1935年在香港参加"中华民族革命同盟"。1936年在李济深领导下，通电拥护两广出师抗日，实际为反蒋的军事行动。余任桂系国民党第八军第三十一师少将副师长，因蒋桂和解，桂军改编，同年调任广西南宁区民团少将副指挥官兼参谋长。

抗战全面爆发后，调任徐州第五战区少将高级参谋，参加台儿庄对日作战，担任联络工作。1939年任陆军第一八八师少将副师长兼参谋长，在广西参加昆仑关会战，后调任广西绥靖公署高级参谋。1941年以后，因受国民党部队中派系排挤，离开部队，在广西中渡县开荒办农场。1944年，日军攻陷桂林、柳州，农场遭到彻底破坏。

抗战胜利后，于1946年退役。1947年到香港，参加李济深领导的中国国民党革命委员会，并被派往广西、湖南等地，做策反工作。1949年春再到香港，因李济深已去北京，无从接洽，遂回到湖南，得到陈明仁的帮助，派任新田县长，在职两个月，乃去北京。后几次奔波于北京与湖南之间，生活陷入窘迫。1955年1月经李济深、章士钊推荐，任湖南省人民委员会参事室参事。1984年3月，任民革中央团结委员会委员。

1986年3月22日，病逝于长沙，享年84岁。

著有《徐州会战见闻忆述》《军统特务在武汉制造的一件血案》等。

（45）臧克家

臧克家（1905.10.8—2004.2.5）　曾用名臧瑗望，笔名少全、何嘉，山东诸城人，现代诗人；山东大学知名校友，民盟盟员；曾任中国诗歌学会会长，《诗刊》主编；第一部诗集是《烙印》，主要讽刺诗集《宝贝儿》，文艺论文集《在文艺学习的道路上》。其短诗《有的人》被广泛传颂。18岁前一直生活在胶东半岛的农村，他是诗人闻一多先生的高徒，被誉为"农民诗人"。

出生在诸城臧家庄一个中小地主家庭里。一个典型封建农民家庭，但它的文化气氛很浓。他的祖父、曾祖父都在前清有过不大不小的"功名"，他的父亲是从法政学堂毕业的。他8岁时，生母便去世了，他父亲患有肺病，终年咯血，仅仅活了34岁。

由于家庭的不幸，诗人在入私塾之前有机会和贫苦人家的孩子一起玩耍，从而对农民的悲惨、辛酸的生活有了深入骨髓的认识。又因为他家里文化氛围浓郁，他从小就对文艺感兴趣，诗人后来年老了还能清楚地记得他儿时听到的一些歌谣，如：山老鸹，尾巴长，娶了媳妇忘了娘，把娘背到山沟里，媳妇背到炕头上，出啦出啦吃面汤，吃完面汤想他娘，他娘变了个屎壳郎，碰了南墙碰北墙。

祖父和父亲都爱诗。祖父为人严肃沉默，令人不敢接近，但一高兴朗诵起诗来，声音里就饱含情感，进入诗的境界而成了另一个人。他小时候，祖父教他念古诗，当时臧克家虽不了解，但却能背得滚瓜烂熟。什么"打起黄莺儿"；"自君之出矣"；"床前明月光"；"壮士别燕丹"；什么"少小离家老大回"……祖父又写得一手好字，每年春节临近的时候，祖父总是亲手写春联，而年少的臧克家就负责按纸，堂屋里的门联年年换，大都是古人的佳句。像"花如解笑还多事，石不能言最可人"；"水能澹性为吾友，竹附虚心是我师"；"万卷藏书宜子弟，十年种木长风烟"等。

在八九岁的时候，臧克家上了私塾，12岁的时候上本村的初级小学校。在私塾读书的那几年，他竟能背熟六十多篇古文。长点的像《滕王阁序》《吊古战场文》《李陵答苏武书》；短些的像《陋室铭》《读孟尝君传》等。他后来回忆说："相隔近70年，至今仍能背得出来，当年啃骨头，今日始解其中味，获益不浅。"

在初小的两年间，孙梦星老先生常常慷慨陈词：我们堂堂大中华，有几千年的光荣历史，竟被小小日本这样欺压！而当局又一味忍让，弄得国亡无日，四万万黄帝的子孙，全将变成亡国奴了！臧克家怀着悲伤而激烈的心情倾听，年少的心灵撒下了仇恨帝国主义的种子，也激发了他强烈的爱国主义思想。

1919年，轰轰烈烈的五四运动爆发了，这一年臧克家14岁，他考入县城"第一高等小学"。夏秋之间，北京学生运动组织派了当地的一名大学生丘纪明回乡做宣传鼓动工作。臧克家和同学们跟着他打着小旗到街头去宣传，还到商店去检查日货，登记封存、没收日货。

在诸城县内有两处古迹，一处是秦始皇的琅琊碑，另一处是苏东坡的"超然台"。"超然台"是臧克家时常登临的地方。事隔千载，人隔生死，他似乎和苏轼心有相通。每临此境，臧克家北瞰潍水，南瞻"马耳"，东望庐山，西眺穆陵，口吟"大江东去"，时觉豪气满胸。他常默想：做一个诗人多好啊；千百年来，多少帝王将相，被东去的流水淘尽，而诗人的诗句，却永世长存，打动人心。

在"高小"学习了三年，臧克家受到新思想的影响，眼界和心智，都放宽了一些。"高小"三年毕业，当中因为丧父休学，臧克家推迟了一年毕业。

1923年，臧克家到济南，升入山东省立第一师范。该校校长王祝晨先生是高等优级师范学校毕业的，立志终生为教育献身，思想进步开明，常延请名人到校讲演，启迪学生的眼界和心胸，杜威、周作人、杨晦等人都到一师讲演过。

在全班中，臧克家的国文成绩是数一数二的，他的作文经常得到老师的好评。就在那时，他开始写起了白话诗。一次，他向《语丝》投稿，周作人复了信，不久《语丝》将他的投稿登了出来，这是臧克家有生以来第一次在大刊物上发表作品。接着他又向林兰女士主编的《徐文长的故事集》投去三篇稿子，又被采用，看到自己的名字印在书上，他真是"不亦乐乎"。

当时，山东第一师范算得上济南的一个开明学校，也是"五四"新思潮、新文化传播的一个阵地。在学校里，臧克家如饥似渴地读着许多新出版的书。那时，为了鼓励学生读书，学校还成立了"书报介绍社"，邓广铭就是它的负责人。

1926年秋，奉系军阀张宗昌在山东的统治非常黑暗，臧克家感到压抑得喘不过气来。正当此时，郭沫若的《革命与文学》中有几句话给了他很大触动："彻底的个人自由，在现在的制度之下，是追求不到的。"他便和同学结伴到武汉，那时武汉成立了革命政府，"南军"声威震全国，许许多多青年心向往之。

1927年初，臧克家考入武汉中央军事政治学校，曾随部队参加讨伐杨森、夏斗寅的战斗。他的诗集《自由的写照》就是描写武汉大革命生活的。大革命失败后，他回到故乡，不久，因受国民党迫害，臧克家逃亡东北。

1928年农历四月，和王深汀结婚。

1930年至1934年在国立山东大学中文系读书，1934年毕业。后任山东临清中学教员。

1938年春，任第五战区抗敌青年军团宣传科教官，自1942年，任第五战区司令长官部秘书、战时文化工作团团长，文化工作委员会委员，三十军参议，三一出版社副社长。1942年至1946年任重庆中华全国文艺界抗敌协会候补理事。1946年至1948年任上海《侨声报》文艺副刊、《文讯》月刊、《创造诗丛》主编。

新中国成立后，历任华北大学三部研究员、新闻出版总署编审、人民出版社编审，中国作家协会书记处书记、理事、顾问，《诗刊》主编、编委、顾问，中国写作学会会长，中国文联第三、四届委员，中国作家协会第一至三届理事。

第二、三届全国人大代表，第五、八届全国政协委员，第六、七届全国政协常委。1953年9月分为中华文化界黄埔军校生代表为《黄埔军校将帅录》题词。

2004年2月5日20时35分，因病在北京逝世，享年98岁，安葬于北京万佛园华侨陵园。

（46）张　敬

张　敬（1908—1940.5.15）　字少聊，福州闽侯南通泽苗村人，后随父母迁往福州市天皇岭居住。第三十三集团军少将高级参谋，随张自忠将军至湖北宜城南瓜店附近遭日军伏击，身负重伤殉国。年仅33岁。1986年，福建省人民政府和民政部先后追认张敬为抗日烈士，批准入祀文林山革命公墓。

　　张敬 13 岁丧父，家庭生活紧张，幸得其舅（在北京海军部当文书）按月寄款接济，全家得以度日。

　　1923 年，张敬考入理工中学肄业（校址在南台吉祥山），学校距家天皇岭较远，他每日快步往返，晚上在家帮母亲料理家务，并课督 3 个弟妹读书。张敬在理工学校毕业后，靠北京舅父的资助与荐引，考入北京大学，为旁听生。

　　1928 年，张敬经人介绍，南下广州，参加国民革命军，在国民革命军第十一师教导团任少校副官。不久，他又考入南京中央陆军军官学校炮兵科。3 年后，以优异成绩毕业，被选往日本炮兵士官学校深造。1933 年回国后，任国民革命军第十九路军第七十八师直属炮兵营营长。不久，参加"福建事变"。第十九路军失败后，张敬前往广西，投入李宗仁的抗日队伍。

　　卢沟桥事变后，受国民党委派，北上任宋元哲部高级参谋。后调往徐州李宗仁第五战区，任第五战区抗敌青年军团上校大队长，不久改任战区司令长官部作战情报科科长。1939 年 1 月，任战区干训团第三大队队长。同年秋，张自忠来干训团参观，对张敬所带大队的良好表现，大为赞赏。经长官部高参张寿龄荐引，张敬遂到张自忠的司令部任高参。3 月 10 日随张自忠出征参加临沂战役，驰援庞炳勋部。从此，跟随张自忠一直战斗在抗日第一线。

　　1940 年，日寇集中 30 余万优势兵力，在大批坦克飞机配合下，分三路围攻枣阳地区，直逼武汉。为配合武汉保卫战的部署钳制日军，张敬随张自忠将军于 5 月 14 日开赴前线。抵方家镇时，发现敌司令部，即抓住战机，采取"斩腰战术"灭敌之首脑。双方战斗十余次，伤亡惨重。又突接第五战区令，要他们向钟祥敌后攻击。张自忠部虽消耗殆尽，仍以弱制强。当部队行军到湖北宜城南瓜店时，遭敌伏击，危难中张敬不听张自忠逃生之令，坚持协助张自忠指挥战斗，他理直气壮地表白："身死名垂乃军人殊事，今日愿与张公共存亡！"并高喊："不怕死的跟我上！"带着仅有的十余名手枪队队员冲向敌阵，击毙敌寇 36 名，身负重伤后又被敌人刺刀插入胸膛，5 月 15 日下午 2 点壮烈殉国，时年仅 33 岁。

　　张敬将军与三十三集团总司令张自忠一同在南瓜店战斗中牺牲。殉国后的第二天，张部夺回阵地。张敬的遗体被安葬在湖北钟祥县郊，并被国民政府追认为中将。张寿龄将军特填词《思佳客·悼张敬烈士》一首，以志哀悼。

（47）张金铎（张语还）

张金铎（1905—1979）　民国时期著名爱国民主人士，后改名张语还、张今铎，取义"不以金为贵，珍惜今也"，字若谷，（亦作张语寰）。山东省东平县凤凰台村人。早年考入曲阜师范，继在天津北洋大学就读。北伐战争之前，经周恩来介绍任职黄埔军校政治教官。北伐战争时，出任北伐军第一路军参谋长。张语还一生持极端反蒋立场。

1930年阎、冯倒蒋战争发生后，张语还投奔冯玉祥部任高级参谋，授中将军衔。20世纪30年代早期，张语还曾拜师李苦禅学习绘画，后与李苦禅前妻凌成竹结婚，夫妇二人经常携手参加各种社会活动。

1936年，国民党政府逮捕了呼吁全国停止内战、建立统一抗日政权的"七君子"，张语还以山东学救会代表的身份去苏州监狱探望关押中的"七君子"。西安事变时，他赶往西安对民众和军人做一系列的时政演讲，呼吁东北军、西北军与红军联合，"打出潼关去"。

西安事变和平解决后，他偕夫人于1937年初来到延安，任抗日军政大学教员。其间曾受周恩来委托，由延安专程到济南说服韩复榘，释放在押的共产党员、爱国人士和抗日青年学生。

1938年春，赴徐州宣传抗日救亡，鼓舞徐州会战中的中国军民。在徐州时，应万里请求，以第五战区抗日动员委员会的名义，为山东省东平县建立抗日武装取得了部队番号，支持家乡的抗日斗争。在徐州突围时，他还受了重伤。

徐州突围后，偕夫人来到皖南新四军军部，在新四军教导总队任教员，工作了约半年时间。

关于张语还在新四军时期的活动，当年新四军教导总队的学员吕炯回忆说："课程有6门：周子昆讲《抗日游击战争》，王淑明讲《社会发展史》，薛暮桥讲《政治经济学》，张语还讲《统一战线》，彭柏山讲《民运工作》，还有《哲学》课，讲艾思奇的《大众哲学》，讲得通俗易懂。"这里张语还，被记作"张语寰"。新四军军医处军医吴之理也在回忆中提及张语还："1938年—1940年间来访军医处及医院的中外宾客有：（1）Lan-dau博士，为国联卫生专家；（2）董秉琦教授；（3）何鸣九大队长；（4）张语还教授夫妇；（5）美国著名进步作家兼记者史沫特莱女士；（6）波兰记者郭希伯先生（后牺牲于山东战斗中）。"

1939年3月14日，周恩来结束对新四军军部的视察工作，离开皖南。张语还因在徐州突围时曾身负重伤，此时旧伤复发，欲去重庆治疗，就以新四军科长身份随周恩来同行。3 月 17 日，周恩来一行抵达金华，19 日周恩来等人乘车前往淳安转往浙西行署，而张语还夫妇在金华逗留至 21 日下午乘车赴桂林。

1949 年，张语还由香港回到北平列席了全国政协会议，参加开国大典。后来执教于山东大学。1950 年，以教育界代表的身份当选首届山东省各界人民代表会议代表、山东省各界人民代表会议协商员会委员。1955 年 1 月，以无党派民主人士身份被推举为政协山东省第一届委员会委员。1957 年 4 月，增补为山东省政协第一届委员会常委。

1957 年 6 月 17 日，中共山东省委和山东省整风领导小组决定，在当日的《大众日报》上公开点名批判包括张语还（张今铎）在内的 18 人。山东省的反右斗争就此开始。打成"右派"后的张语还被下放劳动，接受改造。从此，张语还便完全消失在公众视野中。

1979 年拨乱反正后，始获平反。此时，张语还已双目失明，于获得平反的当年病逝，终年 74 岁。

据《东平人民打响抗日第一枪》一文记述：1937 年中共东平县工委书记万里与刘星开始一起研究关于建立抗日武装、筹备举行武装起义等问题。12 月，万里派孟子明带着他给江明的信去济宁，向鲁西南工委请示建立抗日武装的问题。因遇日寇飞机轰炸济宁，未能找到江明。孟子明从济宁回到苇子河赵效三家中找到万里作了汇报。万里又给张金铎（张若谷，东平县凤凰台人，山东救国会负责人之一，当时任国民党第五战区总动委会主任）写了信，派孟子明、赵效三去济宁找他联系建立抗日武装问题。因国民党省政府机关已撤离济宁，他们又追到徐州，终于找到了张金铎，交上了万里的信，张金铎又叫郭影秋（徐州八路军办事处的负责人，公开身份是国民党第五战区总动委会组织干事）以总动委会的名义给东平县地方武装办理了第五战区第二游击司令部第一纵队的番号。

（48）张任民

张任民（1898—1985.1） 别字退思，广西马平县（今柳州市柳江县）人，中央军校第八分校（湖北均县草店）中将教育长，赴台后任"总统府国策顾问"。

1906 年考入蔡锷创办的桂林陆军小学，毕业后升入武昌陆军第三中学。1911 年参加武昌起义。1912 年南北议和后，入清河陆军预备学校。后考入保定陆军军官学

晚年在台的桂系三元老，左起：李品仙、徐启明、张任民。徐启明将军是张任民的姐夫，现在一同并葬在台北市郊的观音山。

校第二期步科。1916 年任护国军军务院参谋处参谋。1917 年参加护国战争。1923 年参加广西讨贼军，任总参议。1919 年回桂任广西讲武堂教官。1923 年李宗仁组织定桂军，与黄绍竑、白崇禧所部联合讨伐陆荣廷，张任定桂军总参议。北伐开始后，奉蒋介石之命赴川滇黔活动。北伐结束后，回广西任第四集团军参谋长。1926 年任国民革命军第七军总参议，参与策划湖南唐生智起义，促成川军易帜，出师北伐。1936 年任广西绥靖公署参谋长。

抗战全面爆发后，随李宗仁北上，任第五战区中将军法执行总监，后任第五战区青年军团副团长兼教育长。1938 年 3 月任河南省第九区行政督察专员兼保安司令。同年 10 月任中央军校第八分校（设湖北均县草店）中将教育长。1939 年底返广西绥靖公署任参谋长。1945 年绥署撤销，8 月 20 日改任广西省保安副司令；曾任国民党第四届、第五届中央监察委员；同年又当选为中国国民党第六届中央监察委员。1946 年退役，任国民政府立法院立法委员。

1949 年赴香港。1962 年移居台北，被聘为"总统府国策顾问"。著有《退思园诗集》《策动川黔两省参加北伐的回忆》。

1985 年 1 月在台北荣民总医院逝世，享年 87 岁。

（49）张湘泽

张湘泽（1905—1986）　安徽寿县人，中央军校第一分校（南宁）第二期（比照黄埔军校第五期），日本陆军士官学校中国学生队第二十七期步兵科毕业，国军第三兵团第一二六军军长。基督教徒，台湾基督教地方教会的重要人物。

与在台湾的陆军政战部主任张雯泽中将是同辈族兄弟关系。

出生在安徽巢县一个大家族中，由于其父亲张练之与白崇禧是保定军校同学，所以，张在青年时代就到广西，跟白崇禧当随从参谋，白对他很信任，曾把他送到日本士官学校学习。长期在中央军校南宁分校任教官，历任第十三军教导团团长、第五战区战斗干部团教务主任、第四游击纵队副司令、司令。抗战胜利之后，游击纵队被裁，张湘泽被调任安徽省保安司令部第二团团长，后升为副司令。1946年，张湘泽与张王帅信（1915—2000）在杭州结婚。张王帅信生于南京一个基督徒家庭，18岁进入金陵女子大学，不久进入地方教会，受李渊如帮助，24岁参加倪柝声在上海友华村的训练，成为当时最年轻的同工。

1948年底白崇禧在桂系统治多年的安徽省新组编第一二六军，与第七军重新编成第三兵团，以张淦为司令官。白崇禧保荐了张湘泽任第一二六军少将军长。因为安徽省保安部队本来就不多，张湘泽凑来凑去也就弄出一个师的规模，而且张湘泽还在中共地下党的策动下，准备起义。但由于无法控制其部队，难以率部起义，此时解放军以迅雷不及掩耳之势就打过来了，一二六军还没来得及编成，张相泽就被迫跟着大部队南下了，这一撤就撤到湖南武冈，再从大冶一直退到广西玉林。

1949年8月，长沙生变，桂系部队就准备在衡宝打个大胜仗用来鼓舞士气。张湘泽的一二六军本来是作为预备队使用的，可就在张湘泽盼着前线友军胜利消息的时候，败兵就涌过来了，还没等张湘泽反应过来呢，一二六军也就被溃兵挤着一起退了。衡宝战役的失利，迫使白崇禧决定放弃湖南，全部退入广西做最后一搏，一二六军也就跟着去了广西，最后在博白遭到解放军重创。这时候的张湘泽不得不考虑起自己的出路。他带着警卫连一路退到越南，留下副军长王卫苍去收拾烂摊子。王卫苍带着残部在玉林向解放军投诚了。桂系残部第四十六军、第一二六军和在广西临时组编的第五十六军各一部，以及中央系黄杰的第一兵团残部三万余人，在黄埔一期生黄杰和桂系第十兵团司令官徐启明带领下逃到越南，被驻越南法国殖民者解除武装，送往富国岛（复冈岛）。其间逃到越南的国民党残军成立整编委员会，由一二六军军长张湘泽和第一兵团少将参谋长何竹本负责。其后又组织预备干部训练班，张湘泽担任副主任。1951年他前往台湾与子女团聚。直到1953年，逃到越南的国民党残军被国民党以"难民"身份运往台湾。

1944年张湘泽在大陆时已经相信耶稣，但没有参加聚会。1951年到台湾后，台北教会正经历大复兴，他也开始参加聚会。其妻随其来台后，同样投身于基督教会。

1953年，张湘泽在台湾参加李常受的训练后，成为地方教会里的一位全时间同工。张湘泽晚年中风、失明。1986年7月，在参加美国欧文的夏季训练时去世，享年82岁。

在安息聚会上，李常受[1]在会中痛哭，称赞他身上的四个特点："第一，他是绝对的寻求并跟随主以及祂的恢复；第二，他在主恢复的职事中是有用和忠信的；第三，他不变的、持续不断的与职事是一；第四，他完全不顾自己的性命。"并且评价张湘泽"的确是个得胜者"。

可以说张湘泽在戎马倥偬中遇见了真神，甘心从一个将军变成一个"奴仆"，最后跟随"主"走了。

他的妻子张王帅信在为张弟兄作见证时说："外子张湘泽弟兄自一九五三年在台蒙召，终身作主耶稣基督的奴仆以来，绝对放下自己已往作人作事的观念和态度，让主能有地位任意雕塑。他爱慕主话，宝贝主今日恢复的职事，亦步亦趋的紧随往前。这次来参加训练，他曾对一些弟兄姊妹说，'召会、国度、新耶路撒冷，乃是李弟兄从主所得最专一、最完美的启示和亮光，所以我一定要来，朝闻道，夕死可矣！'当他上午听完召会里的得胜者后，下午就突然像菩提一样的被主接去了，主将最好的给了他，他去得何其荣耀！生前他爱欧文的职事分站，认定这是能让主恢复的职事，倾其负担、训练并供应众圣徒的所在。这次他竟在欧文的受训中被主接去，安睡于此，等候主来，主作的何其美好！四年的病乃失明中，他仍然满有喜乐，仍然积极不怠的关心并跟随主的恢复，忠勇向前，直到他的路终。今天，主在地上的经纶尚未完成，帅信迫切祈求雕塑外子的主，能得着更多的青年人，纯一、绝对的让给主，任主作工并使用，以完成主的计划，带进主的再来。阿门！"

---

[1] 李常受（Witness Lee，1905.9.3—1997.6.9），是一位华人基督徒传道人，地方教会继倪柝声之后的第二位同工领袖，出版机构水流职事站的创建者。在国内曾是倪柝声重要的同工之一，在华北和上海等地工作；受倪柝声打发移居海外以后，在全球各地建立地方教会，继承倪柝声职事并受到众多召会和圣徒的爱戴。

　　李常受一生著作颇丰，受其影响，牧养、指导的地方教会仅在海外即达3000处。他所主导编译之圣经恢复本，其英文版是首本由华人主导翻译之英文圣经。不过由于其教导与主流教派观点有所不同，亦受到部分基督教人士的反对，指为极端教派甚至异端(有人以"呼喊派"称呼中国大陆境内的地方教会或其分支)，但是其中许多人经过认真研究，又认为李氏的神学理论仍属正统基督教信仰之列。2014年4月29日，宾夕法尼亚州众议员Hon. Joseph R. Pitts于美国国会公开称赞李常受为"华人之光"，其影响更超越了华语世界，对全世界信徒做出了杰出的贡献。

（50）周　竞

周　竞（1908.10—1981.1）　字剑提（金是），号必存，广西全县人；中央军校第一分校（南宁分校）第五期（比照黄埔军校第八期），陆军大学高级班；第一八八师参谋长、广西绥靖公署高参、桂西军政区司令部少将参谋长。

新中国成立后，任广西壮族自治区人民政府参事兼参事室秘书、区政协驻会委员。2005年9月荣获中共中央、中央军委颁发的纪念抗日战争胜利60周年奖章。

　　1927年10月，在白崇禧的介绍下，成为国民革命军第七军入伍生。1928年10月考入南宁中央军事政治学校学生。1929年8月毕业后，任第四集团军前敌总指挥部参谋处员参加北伐。1931年1月至1933年3月，入中央陆军军官学校第一分校高级班（黄埔军校南宁分校第五期）深造。1936年6月，任第一届广西学生军大队大队长。

　　1937年12月参加抗日战争，任国民政府军事委员会最高统帅部参谋总长办公室上校参谋。1938年参加台儿庄战役。1939年11月至1940年1月，任军委会桂林行营上校作战参谋，参加昆仑关战役。1940年调任广西武宣县师区第三团上校团长。1941年3月在兴安县任军政部第三十九补训处步兵团上校团长。1941年10月保送南京、重庆陆军大学特别班、将官班学习二年。1943年12月任广西绥靖公署独立四团上校团长。1944年4月至7月，作为最高军委会计划要组建三十个师的师长之一，赴印度兰姆伽美国军事战术学校学习，接受对日作战指挥与参谋业务训练。1944年8月至11月，率部参加了桂柳会战。1945年6月任广西第二行政区保安司令部副司令、柳州专员公署保安司令部副司令。

　　抗战胜利后，1946年10月间，任国民革命军新桂系四十六军一八八师少将参谋长。1949年4月，出任广西绥靖公署高参、桂西军政区司令部少将参谋长。

　　1950年1月在广西接受和平改编，任中国人民解放军宜山军分区改编委员会委员。1951年在武昌中原大学学习，1962年任广西壮族自治区人民政府委员会参事兼参事室秘书。任广西壮族自治区政治协商委员会驻会委员。

　　1981年1月，在南宁病逝，终年73岁。

作品有《抗战时期徐州突围回忆录》《山东莱芜战役桂系四十六军被歼经过》《桂西军政区接受和平改编经过》（与莫树杰合写）等（政协广西文史资料委员会出版《广西文史资料》）。

其子周榕林[1]是广西南宁市著名的书法家。

---

[1] 周榕林，1942年生于桂林，高级工艺美术师，中国书法家协会会员，广西文史研究馆馆员，广西艺术品收藏协会常务副会长，南宁红荔书画院理事。

第二章　序战之池淮阻击战中的桂军

在中国近代军事史上，各路军阀割据一方，自成派系，但又统归国民政府革命军序列。一些占据一省一地的军事集团又具备了浓重的地方色彩，被后人冠名以滇军、川军、黔军、湘军等称呼以作区别。

桂军即是其中的一个，桂军即桂系军队。桂系是指在 1911 年辛亥革命之后，先后以广西为统治基地，以广西籍军政人物为主要代表的军阀统治集团，属西南地区军阀派系之一。以陆荣廷为首的桂军集团，控制广东、广西、湖南三省。主要人物有陈炯明、谭浩明、莫荣新、沈鸿英等。

辛亥革命后，陆荣廷先后任广西副都督、都督。1913 年又兼任民政长，将省会由桂林迁往南宁，打着"桂人治桂"旗号，独揽广西军政大权。1916年 3 月乘护国战争之机，宣告广西独立，并向湖南进军。7 月派兵入广东，继而任广东督军。次年陆被北洋政府任命为两广巡阅使，其部属谭浩明、陈炯明分别任广西和广东督军。从此操纵两广军政大权，把桂军扩充到五万人，成为西南地区最大的一派军事势力。

孙中山揭起护法旗帜时，陆荣廷等桂系军阀一面利用护法名义对抗段祺瑞的"武力统一"政策，派兵入湖南参加护法战争；一面与吴佩孚等直系势力暗中谋和，并利用政学会分子等国会议员，改组广州护法军政府，排斥孙中山出广东，把持了军政大权。1920 年 8 月驻闽粤军在孙中山号召下，回师广东，到 10 月下旬，桂军战败退出广东。次年 6 月，孙中山动员粤、滇、黔、赣各军入桂讨陆。经过两个多月的交战，粤滇各军占领南宁和桂林，陆荣廷逃往上海。

1922 年 9 月陆荣廷在旧部的支持下，回龙州就任北洋政府任命的"广西边防督办"，次年 12 月又进南宁就任"督理广西军务"。因此，陆企图恢复旧桂系的统治。但此时桂系内部分裂加剧。1924 年 1 月，国民党"一大"后，广东革命形势日益发展，广西人民也掀起了反军阀的斗争。驻在梧州一带的桂军首领李宗仁和黄绍竑，接受广州革命政府的领导，分别就任"广西讨贼军总指挥"和"定桂军总指挥"的职务，通电讨陆，率部于 6 月占领南宁和左右江各县。不久陆荣廷再次通电下野，逃离广西。次年沈鸿英部也在桂林等地被击溃。至此，以陆荣廷为首领的桂系军阀统治结束。

以李宗仁、白崇禧、黄绍竑为代表的桂系势力控制了广西全境，统一广西。其势力又被史学界称为"新桂系"。

于是桂军整编为广西陆军第一、第二军。李任广西绥靖公署督办兼第一军军长，黄任会办兼第二军军长，白崇禧任公署参谋长。共辖12个纵队、1个独立旅和1个支队，约3万人。1926年3月绥靖公署与广州国民政府商定，第一、第二军合编为国民革命军第七军。李、黄、白分任军长、党代表、参谋长，辖第一步兵旅至第九步兵旅和部分特种兵。于是，桂系完成了从军阀到革命军的掂转并参加北伐。

第七军主力转战湘、鄂等地，战绩显著，自身实力亦得到扩充。至1928年第二期北伐前，陆续发展成为第七、十三、十五、十八、十九军，夏威、白崇禧、黄绍竑、陶钧、胡宗铎依次任各军长，加上收编唐生智的湘军，被扩编为国民革命军第四集团军。李宗仁任军长的第七军被称为北伐时期著名的"钢军"，一直沿称至抗战时期。1929年3月蒋桂战争爆发，6月桂军战败，第四集团军瓦解，李宗仁逃往香港。11月，李等回南宁正式组成护党救国军。李、黄分任总司令、副总司令，白任前敌总指挥。桂军共6个师和1个独立旅。12月，救国军向拥蒋的粤军反攻，被击败。1930年蒋冯阎战争爆发，李与阎锡山、冯玉祥组织讨蒋联军。桂军与张发奎部合编为第一方面军（桂张联军），李、黄、白分任总司令、副总司令、参谋长，辖第一路军至第三路军。桂军战败，后经充实调整恢复第七、第十五军建制。

七七卢沟桥事变爆发后，桂系除原有部队外，新建第三十一、第四十八、第八十四军，并在此基础上，逐步扩编为第十一、第十六、第二十一集团军。李品仙、夏威、廖磊依次任各集团军总司令。大部曾分别参加淞沪会战、徐州会战、武汉会战和随枣会战等。解放战争期间，桂系部队在江西、湖南、广西等地大部被人民解放军歼灭。

一、第十一集团军及战斗序列

七七事变后的两个月内，桂军共编成3个军，除原第七军、第十五军（已改称第四十八军）外，另成立第三十一军，组成第十一集团军，集团军总司令李品仙，参谋长何宣。第十一集团军原定参加徐州的防守，9月中旬，第四十八军首先挥师北上，抵武昌时，正值上海战事吃紧，于是奉命东下增援。

10月1日、2日，李品仙在桂林校阅第七军、第三十一军。随后，第七军抵海州布防，第三十一军进驻徐州附近。不久，第七军又奉调增援上海。这时，第五战区向中枢建议：为了便于指挥，请以第七军及第四十八军另编为第二十一集团军，以第七军军长廖磊升任第二十一集团军总司令，原第十一集团军总司令李品仙升任第五战区副司令长官仍兼第十一集团军总司令，国民政府军委会照准。同时，廖磊所遗第七军军长由该军副军长周祖晃代理。

第十一集团军1937年底奉令组建，首任集团军总司令李品仙，下辖刘士毅的第三十一军桂系部队，属第五战区指挥管辖，曾参加徐州会战，在明光、滁县一线顽强抗击日军。后该集团军改辖覃联芳的第八十四军、张义纯的第四十八军、何知重的第八十六军等部参加武汉会战。

1939年，该集团军指挥第八十四军和刘和鼎的第三十九军。10月，李品仙调任豫鄂皖边区游击总司令兼第二十一集团军总司令，夏威、黄琪翔先后接任集团军总司令，并参加随枣会战和枣宜会战。1940年5月，第八十四军第一七三师师长钟毅将军在唐河战役中殉国。后第三十九军转归第三十三集团军指挥，第八十四军转归第二十一集团军指挥，9月，第十一集团军在第五战区撤销。1941年末，第十一集团军番号调归昆明行营使用，宋希濂任总司令，张轮任副总司令，下辖第七十一军及预二师、新三十九师和新二十九师等部，曾在云南怒江一线抗击进犯日军。

1944年春，第十一集团军调归中国滇西远征军司令部指挥，下辖王凌云的第二军、黄杰的第六军、钟彬的第七十一军等部。5月中旬，该集团军参加滇西反攻战役，经过极其惨烈的8个月激战后攻克龙陵、松山、畹町等地，与滇西远征军第二十集团军及中国驻印军反攻部队共同打通滇缅路，在芒友胜利会师，歼灭日军第二、第十八、第五十六师团等部，创造了抗战爆发后中国军队对日作战单一战场战绩最重大的一次胜利。同年9月，黄杰继任第十一集团军总司令。后该集团军的第七十一军编入中国陆军总司令部用于担任战略反攻任务的四个方面军中的第三方面军，第二军编入中国陆军总司令部直辖部队，第十一集团军番号撤销。

第三十一军前身是桂系李宗仁所属一部。1938年，该军由南宁北上进驻徐州，隶属第十一集团军。后调淮河南岸，池、淮流域拒敌，有力地支援了台儿庄战役。同年2月，军长刘士毅调任国民党军事委员会军训部次长，由韦云淞任军长。

第十一集团军战斗序列：

总司令：李品仙【黄埔南宁分校校长】

　　参谋长：何　宣【黄埔长沙分校校务委员】

　　　　参谋处处长：龙炎武【黄埔高教班四期】

　　　　参谋处副处长：曾启亚【黄埔南宁分校特种炮兵教育主任】

下辖：第三十一军

军长：刘士毅【黄埔南宁分校副校长兼教育长，南京中央军校筹备主任】

　　韦云淞（1938年2月16日由第四十八军军长改任）

副军长：覃连芳

　　副参谋长、参谋处长（兼）：马展鸿【黄埔一分校（南宁）三期】

　　第一三一师

　　师长：覃连芳（兼）

　　副师长：钟　纪【黄埔四期，南宁分校高级班主任】

　　　　参谋长：赵　援【黄埔二期】

　　　　第三九一旅旅长：黎式榖

　　　　　　副旅长：冯　璜【黄埔第六分校主任】

　　　　　　第七八二团团长：韦　灿【黄埔九期】

　　　　第三九三旅旅长：栗廷勋

　　第一三五师

　　师长：苏祖馨【黄埔一分校（南宁）一期】

　　副师长：魏　镇【黄埔南宁分校教官】

　　　　参谋长：林赐熙【黄埔一期】

　　　　第四○三旅旅长：萧北鹏

　　　　第四○五旅旅长：魏　镇（兼）

　　第一三八师

　　师长：莫德宏【黄埔南宁分校高级班一期】

　　副师长：赖　刚【黄埔二期，校长办秘书，《黄埔潮》编辑】

　　　　政训处处长：刘立道【黄埔一期】

　　　　第四一二旅旅长：赖　刚（兼）

　　　　　　第八二三团团长：曹茂琮【黄埔南宁分校高级班一期】

　　　　　　第八二四团团长：陆觐祁

　　　　第四一四旅旅长：钟　毅【南宁分校高级班教官】

第八二七团团长：刘荣春

第八二八团团长：郭少文

二、第二十一集团军及战斗序列

第二十一集团军于 1937 年 10 月在广西由桂系军队奉令组建，首任集团军总司令为廖磊，下辖周祖晃的第七军和韦云淞的第四十八军。1937 年 10 月，该集团军率其第四十八军奉令开赴淞沪战场参加对日作战，属第三战区指挥管辖，曾担任中央地段防守任务，胡宗南的第一军和刘和鼎的第三十九军也曾加入过该集团军的战斗序列。在淞沪会战中该集团军第四十八军第一七四师五二二旅旅长夏国璋、第一七〇师五一〇旅旅长庞汉祯、第一七一师第五一一旅旅长秦霖均阵亡殉国。1938 年初，第二十一集团军调归第五战区指挥管辖，第七军正式加入该集团军战斗序列，廖磊兼任第四十八军军长，驻扎安徽河南一线，曾参加徐州会战，其第四十八军第一七一师副师长周元在蒙城保卫战中阵亡殉国。不久，该集团军参加武汉会战江北作战。

1939 年 10 月，该集团军总司令廖磊因病去世，李品仙接任该集团军总司令，该集团军司令部还兼属豫皖鄂边区游击总司令部，李品仙兼任游击总司令。该集团军曾参加随枣会战、枣宜会战、第二次长沙会战、常德会战。因该集团军长期驻守大别山区，又称"大别山兵团"。1943 年 4 月，莫树杰的第八十四军加入该集团军的战斗序列。1945 年初，第二十一集团军划归第十战区指挥管辖，李品仙任第十战区司令长官兼第二十一集团军总司令。

第七军前身为广西李宗仁第一军和黄绍竑第二军。1926 年 3 月国民党中央决定成立两广统一委员会。将广西第一、二军合编为国民革命军第七军，任命李宗仁任军长，白崇禧任参谋长。

抗战爆发后，以桂系第七军改属中央军编制国民革命军陆军第七军。军长周祖晃，下辖徐启明一七〇师、杨俊昌一七一师、程树芳一七二师。1938 年 6 月张淦接任军长。漆道征接任一七一师师长。

该军长期隶属二十一集团军，先后参与随枣会战、1939 年冬季攻势、第二次长沙会战、常德会战、豫西鄂北会战。

抗战结束时序列为：军长钟纪。下辖李本一一七一师，朱乃瑞一七二师，刘昉一七三师。1947 年该军被整编为第七师，师长钟纪。下辖马拔萃一七一旅，朱乃瑞一七二旅。

1948 年 9 月该师恢复七军番号。军长李本一。下辖莫放一七一师（后易张瑞生），刘月鉴一七二师。该军于1949年10月在衡宝战役中遭受重创。师长张瑞生、刘月鉴被俘。年底该军在广西被解放军全歼。军长李本一被俘。该军至此结束。

第四十八军前身是桂系第十五军。1936年，国民政府将桂系第十五军改称为第四十八军，夏威（后韦云淞）任军长。下辖：第一七三师，栗廷勋任师长；第一七四师，王赞斌任师长；第一七六师，区寿年任师长。1937年9月，该军隶属第二十一集团军参加了淞沪会战。此次抗战后，军长韦云淞因指挥作战不力被免职，第二十一集团军总司令廖磊兼任军长，王赞斌任副军长。该军参加了徐州会战和武汉会战。1938年7月，张义纯任军长。同年10月25日，武汉失守后，该军退往安徽大别山区休整。1939年11月，区寿年任军长，率部参加了随枣会战和冬季攻势作战。1940年，苏祖馨任军长，率部参加了枣宜会战后，该军由第五战区直辖。1945年8月，苏祖馨任第二十一集团军副总司令，张光玮继任该军军长。

1946年5月，国民党军队进行整编时，该军改编为整编第四十八师，隶属陆军总司令临沂指挥部。张光玮改任师长。此次整编后，该师在中原战场和华东战场多次与人民解放军作战，先后参加了中原围追战、朝阳集战役、两淮进攻战役、盐淮地区进攻战等。1947年3月，该师先后参加了蒙（阴）（新）泰战役、孟良崮战役、进攻鲁中作战、回援津浦路及津浦路战役、阻止解放军挺进大别山的追击堵截作战、张家店战役、大别山"清剿"战役、阜阳战役等作战。

1949年，该军恢复第四十八军，在湖北黄陂、孝感、汉川地区担任长江防线的防御任务。同年4月下旬，人民解放军发起渡江战役后，该军先后撤退到赣西和湘赣边区的醴陵、宜春、上高一线。8月5日，程潜、陈明仁等在长沙通电起义，宣布长沙和平解放后，该军随白崇禧指挥的5个兵团困守衡阳、宝庆之线，企图巩固其广西的门户。11月底该军在西南战役中，被人民解放军歼灭，军长张文鸿被俘。

第二十一集团军战斗序列：

总司令：廖　磊【黄埔长沙分校校务委员】
　　参谋长：张　淦
　　　　参谋处处长：陆廷选【黄埔二期】
　　　　参谋处作战课长：甘　霸【黄埔二期】

参谋处参谋：陈桂华【黄埔十一期】

总务处处长：翟　瑾【黄埔三期】

下辖：第七、四十八军

第七军

军长：周祖晃

副军长：徐启明（兼）

第一七〇师

师长：徐启明

副师长：罗　活【黄埔南宁分校六期，比照九期】

参谋长：马拔萃【黄埔南宁分校一期，比照四期】

第五〇八旅旅长：李瑞金

第五一〇旅

第一〇一九团团长：海竞强

第一七一师

师长：杨俊昌

副师长：王景宋【黄埔分校（南宁）代理主任】

第五一一旅旅长：谭何易【黄埔四期】、丘清英【黄埔分校（潮州）二期】

第一〇二一团团长：丘清英（兼）

第一〇二二团团长：刘维楷【黄埔南宁分校一期，比照四期】

第五一三旅旅长：

第一〇二六团团长：李本一【黄埔南宁分校一期，比照四期】

第一七二师

师长：程树芬

副师长：张光玮【黄埔一分校（南宁）一期，比照黄埔四期】

第四十八军

军长：韦云淞

廖　磊（1938年2月7日上任，兼）

副军长：张义纯

王赞斌【黄埔南宁分校校务委员】（1938年2月7日上任）

参谋长：刘清凡【黄埔南宁分校教官】

第一七三师

师长：贺维珍【黄埔南宁分校科长】

副师长：周　元【黄埔南宁分校高级班五期】
　　　　第一〇三三团团长：凌云上【黄埔五期】
第一七四师
师长：王赞斌（兼）
　　　第五二二旅旅长：刘清凡（兼）
　　　　第一〇五六团团长：莫　敌【黄埔南宁分校高级班】
第一七六师
师长：区寿年
副师长：凌压西
　　　参谋长：温克刚【黄埔教官】
　　　第五二六旅旅长：凌压西（兼）

三、第十一、第二十一集团军黄埔师生池淮阻击战

1938 年 1 月，李品仙升任第五战区副司令长官仍兼第十一集团军总司令，协助李宗仁、白崇禧进行徐州会战的战略部署。

1938 年 3 月至 4 月，李品仙令刘士毅第三十一军在津浦路南段打击日寇，将津浦路南段截成数段，围歼孤立之敌。日寇在北进中已先后损失 2000 余兵力、战车百余辆。由于李品仙在津浦路南段正面战场，以防御战拖住了北上之日寇，延缓了日寇南北对进会攻徐州的计划，从而为李宗仁集中第五战区主力在鲁南台儿庄地区围歼日寇创造了有利条件。

关于刘士毅及其第三十一军在池淮阻击战中的情形，1963 年，在台北市泰顺街刘士毅的公馆，记者采访了年近八旬，时任第三十一军军长的刘士毅将军，据这次访问辑录而成的《刘士毅先生访问纪录》记载：

民国二十六年，七七事变爆发，全国一致抗日，白健生（白崇禧）到了南京。当时广西所有之陆、空军与一切战略物资，全部贡献给国家，陆军除了原先廖磊之第七军与夏威之第四十八军外，并新成立第三十一军与第四十六军。我结束军校（作者注：南京中央陆军军官学校教育长），出任第三十一军军长。部队先由水路至广州，再转粤汉路、平汉路北上参战。李宗仁先生是第五战区长官，当时驻在徐州。我这一军是临时征集各地青年新编的。训练未及一月，不但众人怀疑他们的作战能力，就是我也深感忧虑。好在干部都是南宁第一分校的学员生，我要他们利用北上运输这一个月的时间，在火车中

讲解枪支各部名称与作用。是时因运输拥挤时有停顿，以等待其他部队通过等事，每一停车，即令部队长率部下车，在铁道两旁附近，遇机作实地的训练，而且注重作战必要的技术练习，如自动火器的使用与射击等动作，以便一遇敌即可作战，免去一切形式上的操作，以求节省时间。所以由粤汉路、平汉路、陇海路等运送到徐州，共费了一个多月的时间，部队也就受了一个多月的实地训练，所以一下火车，就可以作战。部队开拔之前，李、白两位先生以为委员长待我本厚，但我自从到广西后，从未见过委员长。我自问有愧，要我路经南京时，谒见委员长，这是李、白两位先生之好意。但是我心中想：如果委员长问我，你为什么要到广西去？实感难以对答。但若不借此机会谒见委员长一下，总感有点不安。所以利用军队正在运输期间，我决定抢前到南京一趟。不意一见委员长的面，委员长高明得很，并未问及我去广西之事，只说道："几年未见，这次你带兵参加抗战很好。"接着委员长又问我对于抗战有何感想，我说："我对于抗战前途的成败利钝，委员长高瞻远瞩，比我看得一定更清楚，我不敢妄自臆断。但就本人个人说起来，如无这次抗战，我这一生恐怕没有直接为委员长效命的机会，现在有了这个机会，不管前途胜败利钝如何，就是粉身碎骨我也是高兴的。"委员长听我如此说很高兴，不再问其他，只说道："我明天派车送你到徐州。"

至徐州后，李德邻先生要我沿运河南岸布防，因为怕敌人由平津经山东南下。李先生了解我这一军未经过严格训练，万一敌军南下，还可以利用运河掩护。讵知二十六年十二月十二日南京先失守，敌人由津浦路北上，后方忽然变成前方。第五战区在徐州以南原未布有一兵一卒，我方由南京撤退部队，多避开津浦路正面。而西向平汉路方面移动，所以徐州以南完全是空虚状态。李先生命我将运河南岸之兵力，星夜开至蚌埠，防守淮河北岸，阻挡敌人北上，因为蚌埠、怀远、临淮关等地都是战略要点。我奉命率部赶到淮河岸边，发现淮河北岸不能防守，因为冬季水涸，到处可以徒涉，敌人随地可以渡河。当时，我归第十一集团军总司令李品仙指挥，向他报告，与其在淮河北岸死守，不如在淮河南岸机动作战较为有利。李接受我的意见，我立刻将全军编成五个纵队，分别驻于怀远、蚌埠、凤阳、临淮关、定远等地。淮河北岸，以后李德邻先生调于学忠部防守。敌人沿津浦路北上的部队是第十三与第一〇六两个师团。是时中国的一个军，才能与日本的一个师团相敌。此时，日本是两个师团北犯，而我这一军又是未经训练的新军，所以一般人都替我担心。由于我了解敌我之势力，我的战略是：不与敌人正面冲突，能阻挡则阻挡。有一次敌人大举进攻明光等地，我将定远的守军向敌后方空虚之处移动，蚌埠、凤阳、临淮关的守军向西移动，待敌人快接近蚌埠，我军突然扰其背部，日军不得不回顾后路。我用这种日军攻于前，我军袭于后；日军出于东，我军现于西的战法，首先采用游击战与正规战之配合战法，使日军忙于首尾相顾，至二十七年四月，日军犹未攻下蚌埠。南京失守，中央文武机构均迁至武汉。配合军事之需要成立军训部，白健生先生以副参谋总长兼部长。白先生因为经常需要出外视察，有时还要代理战区长官职务，深感军训部需要找一位负实际责任的人，于是向委员长推荐我为军训部次长。我接奉调职之命令后，遂将第三十一军军长职务交给韦云淞。我来到武汉，众人都惊诧三十一军能与日军两师团周旋数月之久。当时报章登载之："淮南剧战记"便是指三十一军而言。我在淮南能与敌人相持数月，主要为将游击战术与正规战术配合运用，所以敌人疲于奔命而无所收获。

1937 年底，新组建的第三十一军第一三八师师长莫德宏即率部到第五战区苏北海州驻防，参加指挥了台儿庄战役及徐州会战，因为他的果敢指挥和全师官兵的英勇作战，第一三八师得到桂系高层的赞许，莫德宏将军也因战功获得了云麾勋章和宝鼎勋章。徐州失守后，莫德宏的一三八师跟随廖磊将军的二十一集团军转战于安徽一带，数度与日军血战，屡有斩获。

第一三八师的四一四旅旅长钟毅奉令，担任津浦路南段的守备任务，固守明光、凤阳一线阵地。1938 年初，日军占领南京之后，企图打通津浦路，调重兵进攻第三十一军阵地。敌人在优势炮火、飞机等重火器的掩护下疯狂冲锋，钟将军指挥第四一四旅抗日官兵固守主阵地，沉着应战，凭借高昂的士气和爱国热情以窳败的武器装备，多次打退了日军的进攻。

1938 年春，固守明光、凤阳的第三十一军遭日寇袭击，四一四旅首当其冲，激战数日，因装备悬殊，无法抵御敌人优势火力，奉命转进淮河沿岸。在撤退中，钟毅目击沿途民众四散逃难，感慨万千，即赋诗两首以明志：

（一）

半夜班师天地昏，中原到处哭声闻；
料应卷土又重来，一战唤回故乡魂。

（二）

四境纷传撤退忙，倭夷横海渡长江；
临淮关上思歼敌，剑气升腾月满窗。

1938年春，第二十一集团军总司令廖磊率部渡江北上，据淮为守，驻节合肥。其间，他多次派部队向皖东出击，不断歼击日寇，使皖中、皖西的局势得到稳定。在台儿庄战役中，廖磊奉命率领第二十一集团军主力移师淮北，坐镇宿县，并向定远一带侧击敌人，使敌第十三师团主力侧背受击，被迫退援淮南战场，不仅使张自忠率领的第五十九军乘势收复了淮河北岸阵地，而且牵制了日军第十三师团于淮南而不能北上参加台儿庄战斗，从而为中国军队取得台儿庄战役的胜利起到了不可轻视的配合作用。

在台儿庄战役南线的激战中，大量日伪军在飞机、坦克、战车、大炮开路下，如潮水般进犯，第一七一师五一一旅旅长谭何易亲率指战人员冒死到前线指挥，与日伪军展开血战，不幸中弹身负重伤，命悬一刻。幸得同僚第一二〇六团上校团长李本一（后授陆军中将，任国民党军第三兵团副司令官兼第七军军长）带着援军及时赶到，趁着夜色的掩护，才把他抢救出来。5个月后，谭何易才伤愈，又返回部队。不久被蒋介石颁令提升为一七六师副师长兼政治部主任。

在徐州突围中，第三十一军和第七军一个师又担任了负责第五战区司令长官部的突围，时任第五战区司令长官部高级参谋的赖慧鹏在回忆突围途中一段惊险一幕时说，他和两个卫士就曾因过于疲倦，倒在路边睡了一觉，就和大队三次失去联络。中间，丘清英旅长送过我一匹骡子[1]。

1938年5月初，日军在台儿庄受挫后，便调集数十万大军围攻徐州，妄图歼灭第5战区李宗仁部。为避免重蹈京沪战场覆辙，李宗仁决定放弃徐州，转移到豫南、皖西一带，并命驻守在淮河中上游的第七军第一七一师师长杨俊昌率一个团守宿县，以阻止沿津浦线北上的日军；命第四十八军一七三师副师长周元率一团守蒙城，以阻止沿蒙蚌路和涡河而进之敌，以掩护主力撤退。周元率部于5月6日进驻防蒙城布置防务。此时国民党蒙城县长葛昆山逃往望町、高隍一带。

此时3000多名日军逼近县城，经过3昼夜激战，在孤军无援的情况下，9日县城沦陷。周元率2400名官兵虽英勇拼杀，仍大部殉国。周元突围至城东南飞机场时，在同日军激战中为国捐躯。日军也伤亡千余人。

---

[1]　赖慧鹏：《台儿庄之战和徐州突围亲历记》《广西文史资料选辑》1964年第6辑，第123—124页。

四、黄埔人物（二）

（51）曹茂琮

曹茂琮（1901.10—1973.6）　　号奉璧，湖南省新田县三井乡人，衡阳军官讲习所、中央军校南宁分校高教班第一期毕业。曾任国民革命军教导师三团团长，中央军校南宁分校步兵大队大队长，第七军一七一师副师长、师长，第十战区司令长官部高参，湖南省第七区（永州）行政督察专员兼保安司令，新编第七军军长。

1949年11月5日，在湖南道县率部起义。

后任解放军零陵军分区第二纵队副司令员，解放军第四十六军参议，湖南省政协委员，湖南省人民政府参事。

有兄弟姐妹九人，曹茂琮居长。因人口众多，债负甚重，其父不堪负荷于四十五岁时去世，其母独自撑持家务、抚育儿女，家境颇为贫寒。1906年读私塾，1913年高小肄业，1916年考入湖南第六联合中学，1920年毕业。受风起云涌的革命浪潮影响，决意从戎。适遇湖南善后督办唐生智举办的衡阳军官讲习所招生，报考获录取，受训一年半结业。

1925年结业后，被分至驻耒阳第四师三团十连见习。1926年夏随部出师北伐，代理第九连排长，不久任少尉排长。是年秋，参加攻击汉阳之役，旋即进取汉口，追吴佩孚军于武胜关而大破之，再次因功擢升中尉。1927春调升国民革命军三十六军第一师工兵连上尉连长，参加了第二次北伐。郑州会师后，调任第一师三团第六连连长，1928年夏调升本团第二营营长，随军完成北伐。1929年夏，唐生智讨伐蒋介石，曹随部队转战于河南驻马店、确山等地，身受重伤，被送往长沙医院休养。1930年3月，曹自任团长组织队伍反对何键进攻祁阳，兵败后退到广西。同年8月在广西桂系第七军任中校特务营营长，驻柳州训练部队。其后长期驻防广西。1931年12月在南宁中央军校分校高级班读书，1934年1月至1936年4月在南宁、桂林、柳州、梧州等地先后任中校步兵队长、上校参谋长、上校团长，参加了当时桂系各种军事行动。

抗战爆发后，调任第一三八师八二三团团长，参加津浦南段、定远、北卢桥、永康镇诸战役。1938年春，参加台儿庄战役，升任第七军第一七一师五一一旅少将旅长，后率部参加鄂西会战、武汉外围平汉南段等战役。1940年夏，调任安徽战区一七一师副师长，率部在大别山区坚持游击，兼任二十一纵队司令。12月从大别山调到重庆国民党中央训练团受训一个月，其间集体加入"三青团"和国民党。1942年10月升任第七军一七一师师长，奉令开驻皖东敌后，兼皖东区指挥官。适与新四军第二师罗炳辉部毗邻，罗派人联系，强调应以国家民族为重，一致对敌。曹接受建议，达成秘密和平协议，后因反动势力影响，该协议一年后即遭破坏。

1945年7月起先后任第十战区长官部高参、南京中央训练团团员、蚌埠第八绥靖区高参、湖北第三兵团高参，多为闲职，常居六安或家中养病。1949年6月，白崇禧率部由武汉到长沙，曾有意要曹出任衡阳警备司令，曹犹豫不决。遂受白崇禧命任新七军副军长兼第一师师长、永州专员兼湘桂边区清剿公署主任、"剿匪"指挥部指挥官。9月任整编后的新七军军长。11月率新七军以及道县、江华、永明三县党、政、军人员同时起义。

新中国成立后，任零陵军分区第二纵队副司令员、第四野战军第四十六军参议。1951年3月任湖南省人民政府参事室参事，同年冬参加桂阳县土地改革。1953年12月入中南政法学院学习。后加入中苏友好协会，系湖南省第三届政协委员。

1973年6月，在长沙病逝，享年72岁。

（52）曾启亚

曾启亚（1909—1983） 江西会昌人。日本陆军士官学校第二十二期步科、陆军大学特别班第四期毕业。曾任陆军步兵学校教官，中央军校南宁分校特种炮兵总队教育主任兼总队长。

历任第四集团军第四十五师一三三团团长，南宁防空指挥部主任。

抗战爆发后，任第十一集团军总部参谋处上校副处长，1938年参加徐州会战，1940年任军训部步兵监少将副监，1946年任陆军总司令部训练署处长，1949年任陆军总司令部第五署署长，同年12月在云南曲靖参加起义。

新中国成立后任解放军南京军事学院教员，江西省南城政协常委，江西省政协委员。1970年离职休养。

1983年因病逝世，享年74岁。著有《回忆旧陆军大学的学习生活》等。

（53）陈桂华

陈桂华（1916.8.17—2002.11.23）广东东莞人，有说 1918 年 7 月 19 日出生。广州中山大学高中部肄业，南京中央陆军军官学校第十一期步兵科毕业，陆军大学正则班第十八期毕业。

1934 年 9 月，考入南京中央陆军军官学校第十一期第一总队步兵大队第二队学习，1937 年 8 月，毕业。

抗日战争全面爆发后，任第五战区第二十一集团军总司令部参谋等职。1941 年 3 月，考入陆军大学正则班学习，1943 年 8 月，毕业。任陆军总司令部参谋，参谋总长侍从室参谋，中国驻联合国军事代表团代表等职。1945 年 4 月，任陆军总司令（何应钦）部高级参谋室（主任马崇六）随从参谋等职。

1949 年，到台湾，入台湾革命实践研究室及实践学社联合作战班第一期受训。历任台湾陆军第七十五军第四十一师第一二一团团长，陆军第三十二师师长兼金东守备区指挥部指挥官等职。

1961 年，任台湾第二军团司令部参谋长。1967 年 2 月，任"国防部"人事局局长。1968 年 12 月，任"国防部"第一参谋次长室中将参谋次长。1972 年 6 月 1 日，任"行政院"人事局局长，1984 年 8 月，任"考试院"铨叙部长。1994 年，被聘任"总统府国策顾问"。

先后当选中国国民党第十一届候补中央委员。1988 年 7 月，被聘任中国国民党第十三届中央评议委员会委员。1993 年 8 月及 1997 年 8 月，被聘任中国国民党第十四、第十五届中央评议委员会委员。

2002 年 11 月 23 日，在台北荣民总医院逝世，享年 86 岁。

著有《希特勒征俄失败之研究》《光复大陆人才储备之研究》等。

（54）冯　璜

冯　璜（1900—1994）原名否璜，字璧如，广西容县人，广西讲武堂、日本陆军步兵学校、陆军大学将官班乙级第一期毕业。黄埔军校第六分校主任。

1931 年任国民革命军第四集团军警卫一团团长，1932 年任第四集团军总部航空处总务科长兼学生队队长，1934 年 9 月任广西航空学校副校长，1935 年任第十五军四十五师一二八团团长，在桂北阻截红军，1936年冬任第四集团军教导总队少将总队长。

抗战爆发后，任第三十一军一三一师三九一旅副旅长，1939年3月任广西民团干部学校教育长，4月任第四十六军少将参谋长，旋任第三十一军一三一师师长，未就职。1940年2月任第四十六军一七五师师长，参加桂南会战。1941年兼任廉康沿海守备区指挥官。1942年12月任第三十一军副军长。1944年10月任中央军校第六分校中将主任。1945年任军事委员会军训部中将参议。1946年10月任湘东师管区司令，后任第八绥靖区参谋长，广西省地方干部训练团教育长。

1949年6月任广西省第三区行政督察专员兼保安司令，并兼任梧州警备司令，10月任桂林绥靖公署桂南军政区副司令官兼新编第十九军军长。

1950年1月17日，在广西容县向军管会报到。后任广西自治区政协委员，广西自治区人民政府参事，民革广西自治区委委员。

1994年1月19日，在南宁病逝，享年94岁。

著有《新桂系崛起百色的片断回忆》《广西航空学校》《夏威传略》等。

(55) 甘 霸

甘 霸（1902—1943）别号西伯，广西平南人。黄埔军校第二期炮科、庐山军官训练团校尉班第一期、陆军大学特别班第四期毕业。

1924年秋，到广州，入黄埔军校第二期学习。毕业后，参加东征和北伐战争，历任国民革命军排、连、营长、师中校参谋，军上校作战科长。

抗日战争全面爆发后，任第二十一集团军总司令部参谋处上校作战科长，1940年，入陆军大学特别班学习。毕业后，任独立第十六旅副旅长，代理旅长。

1943年春，病逝，时年41岁。

(56) 何 宣

何 宣（1891—1946） 又名萱，字啸夫，号桂生，湖南桃江县大栗港小石洞村人，保定军校第三期步科，陆军大学第十期，黄埔军校长沙分校校务委员。

北伐时任第十二军二师师长，经白崇禧介绍与李宗仁结识。1932年为李宗仁召入新桂系行列。初任十五军参谋长、代军长。抗日战争开始，任第十一集团军总司令部参谋长。武汉会战后，何宣任第十一集团军第四十六军军长。因受桂系排挤，1945 年回乡，1946 年病逝。与白崇禧、叶琪等是同期同学，且为多年密友。

父中年逝世，有伯父三人，均早年亡故。母卢氏，贤德有能，持家勤俭，家教严谨，由母亲抚养成人。由于幼时丧父、家贫，他立志发愤，勤勉好学，能诗词，精书法，颇有才名。

二十岁，考入保定军官学校第三期，与白崇禧、叶琪等为窗友。毕业后，到湖南蔡钜猷部彭敬书团当见习生。以后逐级晋升。1926 年，任第一师独立团上校团长。不久，奉召赴长沙任第八军李品仙部教导团上校团长。被唐生智指派为黄埔军校长沙分校校务委员。1928 年，任国民革命军第四集团军第十二军第二十二师少将师长。何宣与叶琪为患难之交，叶去职，宣也弃官离部，到汉口日租界住了三年，读《孙子兵法》，习何绍基字帖。

1932 冬，得广西当局李宗仁、白崇禧电召：赴南宁任国民革命军第四集团军总司令部高参。次年春，带职到南京入陆军大学第十期学习。

1935 年他在陆大毕业，重回广西，任第十五军参谋长，代行军长职。

1936 年，蒋、桂妥协后，改李、白的第四集团军为抗日第五路军。何宣被调任龙州总队总队长。

1937 年抗日战争爆发，任第五战区司令长官，何宣任第十一集团军中将参谋长，指挥淮河蚌埠一线，与敌周旋年余。

1938 年，任四十六军副军长，代行军长职，1939 年，授中将衔，升四十六军军长。

1939 年 11 月 16 日，日寇发动桂南战役。防守桂南的部队是韦云淞的三十一军和何宣的四十六军。19 日日寇冲破防线，南宁落于敌手。

敌焰益张，取道昆仑关，觊觎云贵，其势汹汹。桂林行辕主任白崇禧下令集结大量部队反攻。何宣军在邕钦路两侧，破坏交通，阻击敌人。敌亦知固守不易，增援一万余人，取乡道直进贵县，侧击何宣军。何宣以一七五师战敌左翼，十九师战敌右翼。同时，何宣下达不准后退手令："班长退，杀班长，以副班长代理之；直至师长退，杀师长，以副师长代理之；军长退，自杀，首级由特务营长提报白崇禧。"并率领预备团坚守四合坳，阻击顽敌。第三天敌先遣队到达四合坳第一道防线，被何宣军阻击，不能前进。第四天敌后继大军到达，在敌机掩护下，冲向四合坳阵地，敌人的炮弹几次落到何宣近旁，而何宣神色不变，指挥若定。增援的四十六军大部队 5 日晨才能到达阵地，靠一个预备团固守实非易事，故白命何宣转移，何宣回电："誓与四合坳共存亡。"第五日援军到，两面夹击，歼敌一个旅团，敌旅团长自杀，取得重大胜利。白崇禧慰劳何宣说："啸夫，啸夫，我知道你有才，却想不到你有这么大的胆！"

1940 年 2 月 21 日，蒋介石从重庆飞抵桂林，当晚乘火车到柳州，亲自主持桂南会战检讨会。到师长以上将领二十余人，25 日会议发布奖惩名单，从白崇禧、陈诚起至师长以上将领十一人分别给以降级、扣留、会审、撤职查办的处分。只有何宣等三人记功。

由于长官部和集团军总部的高级长官都必须是两广人，地域观念太甚。湖南的何宣，始终遭嫉妒排挤。何宣只好向集团军总司令部、战区长官部，以"人地不宜，恐误国家大事，请准辞去军长职务"。得到批准并调任军训部部副。

何宣在抗日战争的长年战斗中，积劳成疾，且受过日军毒气弹袭击，辞职后在桂林医治休养一年多。1944 年因病势转重，回到湖南益阳大栗港小石洞故居休养。

此时，何宣的长子伯威早已奔赴湘西前线，次子仲威也参加远征军正酣战于缅甸。

在疾病的长期折磨下，又是在战火纷飞中，穷乡僻壤缺医少药，他的病情一再恶化，开始了大口大口地吐血。外无薪偿，坐吃山空。经济拮据，日甚一日，连长媳刘哆勤陪嫁的首饰也变卖了。何宣无助地看着膝下这一群尚未成年、嗷嗷待哺的孩子，心如撕裂。他的确是心憔力瘁，彻底崩溃了。此刻，他已经不是军人，而是在另一条生死线上抗争的弱势搏击者。

这期间，他陆续写了被台湾传为《绝命诗》的七言律诗：

世上几人思往事，东流逝水怎能还。
新陈代谢原如此，五五天星安不安。

一病缠绵床褥间，懒看绿水与青山。
静待大罗天上召，飘然不复恋尘寰。
儿女盈庭漫言多，各有前程莫奈何。
负笈单灯人去后，高堂空叹病成魔。

1946 年冬，何宣病势加重，医治无方，病终于小石洞故居，时年 55 岁。厅枢中堂，俟长子升武，次子升恒（在缅甸）回来后安葬。后因次子升恒在缅甸未得归，由长子升武主持，深葬小石洞祖山。伴卢太夫人棺墓。

2002 年在湖南省政协八届五次会议上，全国政协常委、湖南省政协副主席蔡自兴，全国政协委员、湖南省政协常委、辛亥革命领袖黄兴之孙黄伟民，全国政协委员、湖南省政协常委、著名抗日将领郑庭笈之子郑怡庭等，联名提案：建议将何宣将军墓地列为重点文物保护单位。

2002 年 6 月 15 日，湖南省文化厅以"湘文提〔2002〕39 号文件"给予了明确答复。中共益阳市委统战部部长亲往墓地祭奠和敬献花圈，鼓励民众继承传统，热爱祖国。

2004 年 11 月 28 日，益阳市人民政府以"益政发〔2004〕19 号文件"，确定何宣墓为市级文物保护单位。2007 年益阳市文管局在何宣墓地以大理石碑刻完成保护标志说明。至此，何宣墓得以维护。每逢清明或吉日，海内外常有遗属或故旧后人前往祭扫。

（57）贺维珍

贺维珍（1887—1976）　字宣廷，江西永新人，保定三期、陆大一期毕业，国民党陆军中将。先后任陆军官校第六分校步兵科长、中央军校南宁分校步兵科长、师长、第三十一军军长，后任国民革命军华中"剿总"中将高参。20 世纪 50 年代隐居于台湾南端屏东，担任中学教师，曾获全台优良国文教师评鉴第一名。是贺子珍的堂兄。

幼年就读于道南书院，毕业之后，投笔从戎，考入保定军官学校。3 年后毕业，再入陆军大学特别班一期深造。学成，贺维珍被派到部队带兵。初任陆军军官学校第六分校步兵科长，白崇禧言"15 位对广西有贡献的外省人"之一，白且赞贺"练兵、办教育都很热诚"。初任第四十八军一七三师少将师长，台儿庄战役战功因派系原因，而未被陈诚提报中央奖励。1939 年 12 月底于广西昆仑关战役战胜日军，时任三十一军韦云淞军长辖下一三一师少将师长。

贺维珍曾于 1944 年 10 月任第三十一军军长时，在没有外援的情形下，坚持率领桂林守军暨民防团约 2 万人死守桂林与日本 15 万大军持续血战 20 日，力竭而退（史称桂林保卫战）。

战后，蒋介石却认为贺维珍率部突围是"抗战不力"，命令第四战区司令长官张发奎召开"桂林军事检讨会"，追究责任。虽说是非最后得以澄清，贺维珍之所为得到与会将领和社会的理解与赞扬，《扫荡日报》并发表社论，以"向桂林防守战全体将士致敬"的大幅标题表彰他们英勇牺牲的伟大精神。但贺维珍自然因此感到官场险恶，蒋介石的门户之见，从而心灰意冷，亟欲解甲还乡，并在永新县城建造居室，以为颐养。奈何欲罢不能。

桂林保卫战后，贺维珍移军柳州。当时柳州一带兵荒马乱，流浪儿成群塞道，瑟缩无告，触目惊心。贺维珍乃与白崇禧共同创办孤儿收容所，将孤儿聚集起来，管吃管住，按年龄编成幼稚班和小学班。聘请老师、保姆教养。这一善举获得当时社会舆论的普遍赞誉。

1947年贺维珍奉命任赣西绥靖司令。1949年5月，所部在浙赣铁路沿线与陈赓兵团刚一接触即全军溃败。贺维珍只好率残部退驻永新。7月底，解放军十八军解放吉安向永新挺进，贺维珍率残部经绥源山退往拿山关北，不日即被解放军围歼。贺维珍藏在柴堆里侥幸漏网，经改换装束，趁夜赶往遂川飞机场，飞往台湾。

贺维珍从军前任教职，一生正直清廉，两袖清风，为著名之儒将。

1976年在台湾屏东病逝，享年89岁。葬于高雄大寮。

（58）赖　刚

赖　刚（1903—1975）　别号克柔，广东河源人。黄埔军校第二期步兵科、庐山军官训练团将校班毕业。历任黄埔军校校长办公室秘书、总务处副官、省港罢工委员会纠察队支队长、副大队长兼军事教官，黄埔军校第四、五期学员区队长，军校政治部《黄埔潮》编辑。

1927年秋任南京黄埔军校同学总会干事。1929年任中央宪兵司令部上校参谋，力行社及励志社成员。1936年冬任两广抗日救国军新编第三师师长、广西省保安司令部参议、独立第五旅旅长，广西独立第五师副师长。抗战爆发后，任广西独立第五师师长，第一三八师四一二旅旅长。

1939年8月24日任安徽省保安处中将处长。到任后来阜阳慰问抗日军民（阜阳在抗战期间未沦陷），正赶上蒋介石命令拆除城墙，遂亲自监督，拆掉了阜阳南北两座古城，并且把城上的附属建筑白衣楼、城外的刘公祠（刘锜庙）、文昌阁统统都扒掉了，阜阳的父老乡亲跪地请求不要拆城，或者仅象征性地扒掉一部分城墙，他都不允许，督促着一定要按照蒋介石的命令彻底拆除。至今阜阳人提到此事对他仍有余恨。

抗战胜利后，任桂北师管区司令兼全州县县长。1947年4月23日任广西第五区行政督察专员兼保安司令，同年6月24日被免职。1949年底被中国人民解放军俘虏。后获释。

1975 年病逝，享年 72 岁。

著有《蒋介石利用俞（作柏）、李（明瑞）倒桂之我见》等。

（59）李本一

李本一（1902—1951.8.24）　原名善宽，广西容县人，中央军校南宁分校第一期步兵科毕业（比照黄埔第四期）。历任国民革命军第七军排、连、营长。抗日战争爆发后，任第一七一师上校团长，第四十八军第一三八师师长，第五战区鄂东游击第十纵队司令，安徽三河行政区专员。先后参加徐州会战、豫南会战、随枣会战。1945 年 5 月授陆军少将，任第一七六师师长。1946 年夏任第七军军长。1948 年 9 月授陆军中将，任第三兵团副司令官兼第七军军长。1949 年，所部后在衡宝战役中全军覆没。1949 年 12 月 17 日在广西博白（一说平南）被俘。1951 年镇反运动，将其在安徽处决。

出身穷苦人家，小时候读不起书，靠给别人打工艰难度日。这使他在从军后十分注重知识的汲取，并且练就了一手好书法，据说用脚也能挥洒自如。

18 岁入伍当兵，靠着战功逐级提拔，由于他打仗过于勇猛，右手的中指、无名指、小指均被打断，身上也是弹痕遍身，此后在军中得了一个"死打烂打"的名声。也正因为如此，李本一作为新桂系中的后起之秀，得到了白崇禧的赏识，并将其保送到南宁军校深造。

抗日战争爆发时，身为第一七一师五一三旅一〇二六团上校团长的李本一随部参加了淞沪会战。由于先到战场的那几个团几乎都被日军打残了。等到李团赶到战场时，已经接近了会战的尾声。于是，第七军乃至于第二十一集团军主力是否能安全撤出战场的使命，落到了李本一的肩上。为了保障主力的安全转移，李团坚守嘉兴不退，全团无一退却，在战至仅剩 200 余人的情况下终于接到了撤退的命令。几十年后，曾经做过李本一上级的徐启明，在接受台湾中研院的采访时，仍对李在当年的表现赞不绝口。

台儿庄战役后，第七军奉命转移到大别山打游击后，李本一先后担任过安徽省第五行政区督察专员、皖东游击司令、第五战区第十游击纵队司令、第一三八师师长、第一七六师师长、第七军副军长兼第一七一师师长等职。在六年的大别山作战中，李本一打日军是十分积极的。

　　抗战胜利时，国民政府军事委员会对收复首都南京进行了一番颇费工夫的筹措，但是等这帮纸上谈兵的人终于制订出了一份计划时，却意外的得知，李本一带着他的一七一师早就开进南京受降去了。由于桂系与蒋介石始终是面和心不和，所以这次的"李本一事件"，自然与他们脱不了干系。李本一进入了南京，打出了受降大员的招牌，不仅给伪政府要员封官许愿，还收受了大量的房产金钱。国民政府当即由陆军总司令部下令，严令李本一退出首都，等候授过权的受降部队前来接受。李本一在南京潇洒一番后便也知趣地撤离了南京，前往真正的受降地——蚌埠去了。但是李本一的行为成了中央军嫡系将领的攻击目标，诸将领纷纷要求惩办，不过都被白崇禧一一压下，李本一仍旧当他的第七军中将副军长兼第一七一师师长。

　　内战爆发时，李本一随部与解放军在安徽交锋，并在灵璧、泗县等地取得捷报。当国民党军队对山东实施重点进攻时，第七军也随之调到山东。此后整编第七十四师被围，离该师最近的第七军、整二十五师和整八十三师成为了解围的主力。但三个部队各怀鬼胎，都是出兵不出力，坐看整七十四师覆没，张灵甫等将领阵亡。事后追究责任，对整二十五师和整八十三师的指挥官作出了处罚，但是对于新桂系的第七军不好下手，毕竟白崇禧位高权重，动第七军，容易落的个打压杂牌的名声。有人就出了主意，拿李本一开刀，重谈李当年在南京的作为。白崇禧要保第七军整体，就不便顾及个体，于是在白对李的再三保证之下，李本一"归案"了。1947年7月25日，国民政府明令公布"陆军少将李本一着即免官，并剥夺原授该员之忠勤勋章及陆海空军甲种一等奖章、干城甲种一等奖章、华胄荣誉奖章"，此外军事法庭判处他三年有期徒刑。不过一切都只是做做样子，李本一在监狱里"坐"了三个月，就在白崇禧先前的保证下重回第七军当副军长了。

　　1948年3月，李本一接掌第七军（时称整编第七师），踌躇满志的他竟成了第七军的末代军长。

　　解放军发起渡江战役后，江防沿线的国民党军队有如飞毛腿一般的往南转进。1949年8月，位于湖南的中央军竟然宣布了起义，而始终贯彻反共反蒋思路的新桂系为了获得美国支持，根据"小诸葛"白崇禧的部署，要李本一在青树坪伏击解放军，李到也不负众望，给了解放军的追击部队一个措手不及。但回过神来的解放军立即集中兵力围攻第七军，这回轮到李本一措手不及了，这原本是进攻的部队就这么三下五除二地被解放军击溃，副军长凌云上、参谋长邓达之、第一七一师师长张瑞生和第一七二师师长刘月鉴全部被俘，只剩下个光杆军长李本一冲出包围圈，回广西复命去了。

这一结局，使小诸葛白崇禧顿时气得七窍生烟，不过他没有处罚李本一，要和"共匪"干仗，还是需要李本一这样的猛将的。白一面重新调整广西防务，一面升李本一为第三兵团副司令官，并要其重建第七军。经过东拉西拼的，终于以广西的几个地方保安团，搭建起了一七一师和一七二师的架子，再加上在衡宝战役中未受损伤的二二四师，李本一似乎又有了些底气。但他没想到，解放军攻入广西后，他的二二四师首先在梧州覆没，师长刘昆阳被俘，紧接着第一七二师又由师长刘维楷率领在百寿起义了。李本一只得带着一七一师向三兵团张淦的司令部靠拢，但又没想到，最后赖以坚持的一七一师师长杨受才却抛下张司令官和他李军长跑了。11 月 30 日，第七军残部在博白覆灭，李本一化装脱逃，12 月 16 日在平南被俘。

此后李本一相继被关押在汉口、合肥。1951 年 8 月 24 日，李本一经过公审，被安徽省皖北人民法院以在抗日战争时期"残杀三万群众"等罪名判处死刑，并于当天执行枪决，时年 49 岁。

（60）廖　磊

廖　磊（1890.2.20—1939.10.23）　字燕农，又字元戎，又名梦祥，号伯符。广西陆川县清湖乡上坡村人，原籍广东化州。保定陆军军官学校第二期，黄埔军校长沙分校校务委员。先后任国民革命军第八军第四师少将副师长兼第三团团长，第三十六军第一师师长，第三十六军副军长、军长，第七军副军长兼第二十一师师长、军长，广西航空学校校长，第二十一集团军总司令，兼任安徽省主席，任鄂豫皖边区游击总司令。因病逝世于安徽。追晋二级上将。

国民党中央曾派要员视察廖磊统治下的安徽省，视察结果，认为该省军事政治均见整顿，对于组训民众、办理兵役、厉行精神总动员等，均能依照法令，积极推进，士气振奋，民情翕洽，尽劳懋绩，有抗战模范省之誉。由于廖磊在当时特定的历史条件下，能够坚持团结，坚持抗战，坚持国共合作，共同抗击日寇。所以，廖磊病逝后，周恩来、叶剑英、朱德、彭德怀、叶挺等人，代表中共中央、八路军、新四军都致电予以哀悼。

出生在一个普通的农民家庭，其父从事农业生产，农闲时节，帮人挑货，打短工。廖磊从小见父亲一年四季辛苦奔波，实在不易，懂事的他经常主动帮父母亲做些力所能及的活儿。其父积攒点钱后，出于不受人欺侮和望子成龙的心愿，下了好大的决心，将廖磊送到离家不远的私塾读书识字。读了三年，廖磊的父亲找不到什么赚钱的活干，家庭生活困难，廖磊被迫辍学。但是，廖磊并没有因此而荒废学业。他认为，要出人头地，有所作为，非读书求取知识不可。因而，他一面在家务农，一面刻苦自学，把能够借到的书都借来阅读。

1907 年，廖磊 17 岁，机会终于向他招手。当时，广西陆军小学向全广西招生第二期学员，他和家人积极做好报考的一切准备工作，终于如愿以偿，被录取为广西陆军小学第二期学员。

广西陆军小学直属广西兵备处管辖。1906 年冬开始招考第一期学员，1907 年春开学，以后每年招生一次，一共招了四次，即第一、二、三、四期。每期学员 100 名左右。陆军小学三年毕业后，学员可以升陆军中学学习。两年中学毕业后，入伍见习半年，合格后可以进入保定陆军军官学校。在保定军校学习一年半后，学业才告完成。

1908 年春，廖磊 18 岁，携带着父母亲给的十多元盘缠，从桂东南的陆川赶赴桂北的桂林，进入广西陆军小学学习。廖磊与张任民、徐启明是同期同学，而与李宗仁、白崇禧还是先后期同学。这些人以后之所以成为新桂系叱咤风云的历史人物，这与广西陆军小学良好的学风和校风不无关系。

1911 年，廖磊从广西陆军小学毕业后，升入湖北武昌南湖的陆军第三中学第二期继续学习。这年 10 月 10 日，湖北新军在武昌举行起义，辛亥革命爆发，廖磊与陆军第三中学第一、二期同学一起，积极响应武昌起义，并担任督战员，与清军激战于漊口，弹伤手臂，剧痛不已，但从此渐露头角。1913 年，廖磊以优秀成绩毕业进入清河陆军第一预备学校，第二年升入保定陆军军官学校第二期步兵科继续深造。学习一年半毕业后，廖磊已奠定了初级指挥军官的扎实基础。

1926 年 6 月，湘军的唐生智投入国民革命军任第八军军长，廖磊成为国民革命军第八军第四师副师长。廖磊随唐生智参加北伐，同北京政府军队作战立功。10 月，攻取武汉，第八军扩编为三个军，成为集团军，廖磊任其中的第三十六军第一师师长。1927 年 10 月，宁汉战争爆发，廖磊随唐生智与新桂系的李宗仁、白崇禧作战。唐生智败北下野，廖磊留在湖北省，投降白崇禧，加入新桂系。结果，随着军队重编，廖磊升任国民革命军第三十六军军长。

廖磊作为新桂系的国民革命军第四集团军的一翼，在再度展开的北伐中为攻取北京作出贡献，立下军功。北伐结束后，廖磊率第三十六军驻扎唐山。1929 年 1 月，随着军队缩编，第三十六军缩编为第五十三师，廖磊任师长。1929 年 3 月，蒋桂战争爆发，蒋介石唆使廖磊背离新桂系，但廖磊仍坚持支持新桂系。廖磊帮助留在中国北方的白崇禧回到广西后，为抗议蒋介石而辞职下野。

1930年，廖磊应白崇禧邀请，回到广西省，任护党救国军（新桂系的军队）前敌总指挥部参谋长。3月，护党救国军第一方面军改组，廖磊任第一方面军第七军副军长兼参谋长，在中原大战中同蒋介石军队交战。中原大战新桂系等反蒋派败北，廖磊在广西成功击退了进攻广西的卢汉的滇军（属于亲蒋派）。

1931年1月，廖磊升任第七军军长，驻扎柳州。新桂系统治广西期间，廖磊是军事统制方面的有力人物。1929年末中国共产党（中国工农红军）的百色起义及1933年的瑶族起义，廖磊均为军事镇压行动的主导。1934年中国工农红军长征之际，廖磊率部迎击，对中国工农红军造成很大损失，自身损失也很大。

抗战爆发后，廖磊任第十一集团军副总司令兼第七军军长，在第五战区迎击日军。同年10月，廖磊升任第二十一集团军总司令兼第四十八军军长，在上海方面同日军交战。廖磊的军队在交战中损失很大，后到湖南省重编。1938年春，入安徽省。同年4月，在徐州方面迎击日军。

台儿庄战役后，日军按照原定意图，加紧部署进攻徐州。5月上旬，敌华北方面军由北向南、华中派遣军由南向北，对中国军队发动疯狂进攻。5月7日，日寇绕道进袭蒙城。廖磊所部守军第一七二师副师长周元，奉廖磊命令率领一个团展开激烈抵抗，与日寇鏖战三昼夜，最后因寡不敌众，周元等将士全部壮烈殉国。为避免与敌人在不利的情况下作战，保存实力，第五战区司令部下令主力向徐州西南撤退。廖磊奉命率部保卫李宗仁、白崇禧等人及长官部安全撤出徐州，抵达阜阳。在保卫第五战区司令长官部撤退之时，廖磊曾严令所部第一七一师师长杨俊昌率部死守宿县，等司令长官部退过宿县，才可弃守。但日军企图切断中国军队后路，以优势兵力猛攻宿县。激战中，杨俊昌向廖磊请示，电话尚未说完，敌军已攻入城内，杨俊昌见情况不妙，慌忙丢下电话听筒就跑，从而将宿县放弃。廖磊勃然大怒，当即呈请严办杨俊昌，于是杨俊昌被押往汉口交军法会审，最后被判处十年监禁。随后，廖磊率部以大别山为据点，转战于皖西、皖中、鄂东、豫南之间，阻止日寇西犯。

1938年9月，廖磊接替在前线指挥的李宗仁，出任安徽省政府主席。翌月，兼任豫鄂皖边区游击兵团司令。廖磊将安徽省变成了抗日基地，推进军事训练的精细化及行政机构的改革，取得一定成果。另外，廖磊与新四军合作，采取容共姿态。但其容共态度遭到安徽省内的CC系以及同属新桂系的李品仙等反共势力的批判和反对，廖磊为此十分苦恼。

1939年10月23日，廖磊因突发脑溢血而逝世。时年50岁。

（61）林赐熙

林赐熙（1891.10—1962.3）　原名少波，以字行。广东文昌（今属海南）人，云南陆军讲武堂第十二期步兵科，陆军大学正则班第十二期旁听生，黄埔军校学生队教官。后任国民革命军第三十九军副军长。获颁忠勤勋章。1950年任广西省人民政府（主席张云逸）参议员、政协广西壮族自治区委员。1962年3月在广西南宁病逝。

1919年1月起历任广西讲武堂（堂长金永炎）中尉助教、上尉教官等职。1920年6月讲武堂解散后赋闲。

1921年7月起历任粤桂边防军第三路（司令李宗仁）、广西自治军第二路（司令李宗仁）、广西陆军第五独立旅（旅长李宗仁）、定桂军（总指挥李宗仁）中尉连附、上尉连长、少校参谋等职。

1924年11月升任广西绥靖督办公署（督办李宗仁）警卫第二团（团长陶钧）中校营长。

1926年3月所部改编为国民革命军第七军（军长李宗仁），升任参谋处上校处长。

1928年5月调升第四集团军（总司令李宗仁）参谋处少将处长。

1929年2月调任副官处少将处长。4月离职避居香港。10月出任护党救国军（总司令李宗仁）副官处少将处长。

1930年4月1日改任第一方面军（总司令李宗仁）副官处少将处长。

1931年5月所部改称第四集团军（总司令李宗仁）副官处，仍任少将处长。

1933年11月入陆军大学正则班第十二期旁听。

1936年6月离校返回广西，出任第四集团军少将高级参谋。7月13日改任广西绥靖公署（主任李宗仁）少将高级参谋。

1937年10月调任第一三一师（师长覃连芳）少将副师长。

1938年2月调任第一三五师（师长苏祖馨）少将参谋长。8月24日调升第一三一师（辖两旅）中将师长。

1939年4月24日调任第五战区（司令长官李宗仁）军法执行总监部中将执行监。11月29日调任第二十六集团军（总司令蔡廷锴）中将参谋长。

1940年4月13日调任桂林行营（主任白崇禧）中将高级参谋。

1942年8月6日叙任陆军少将。

1944年1月调任第三十九军（军长刘尚志）中将副军长兼襄樊师管区司令。

1945年10月调任军政部第九军官总队（总队长林廷华）中将副总队长兼第十大队大队长。同月10日获颁忠勤勋章。

1947年7月7日晋任陆军中将，并退为备役后在新加坡经商。

1948年6月移居香港。

1949年4月加入民盟。

1950年1月返回广西南宁，出任广西省人民政府参议员。

1956年4月当选政协广西壮族自治区委员。

1962年3月，在南宁病逝，享年71岁。

（62）凌云上

凌云上（1900—1969）　广西桂平人。中央军校南宁分校第二期、陆军大学将官班乙级第二期毕业。

1938年任第三十一军一七三师五一七旅一〇三三团团长，参加徐州会战、武汉会战，1940年任第八十四军一七三师五一七团上校团长，参加枣宜会战，1943年任第七军一七三师副师长，参加常德会战，1944年参加豫中会战，1948年任第七军一七二师少将师长，同年12月任第七军副军长，

1949年10月8日，在衡宝战役中被俘。后任解放军第二十二步兵学校教员，1957年被遣返回乡务农。

1969年病逝，享年69岁。

著有《蒙城抗战记》《衡宝战役亲历记》《在枣宜会战的敌后战斗十二天》等。

（63）刘立道

刘立道（1900—1981.4）　又名士随，广西桂林市临桂会仙乡邦山底村人，黄埔军校第一期毕业，毕业后任海丰农民自卫军干部训练所队长，同期加入中国共产党。后与党失去联系，1934年经李任仁介绍，在广西龙州区民团指挥部任政治指导员、政训处主任等职。

1949年12月，在百色率部起义投诚。广西壮族自治区成立后任广西自治区政协委员。

1923 年参加建国桂军，后随部入粤。同年冬考入广州大本营军政部讲武学习，1924 年秋该校并入黄埔军校，编入第一期第六队。1925 年春毕业，参加东征和北伐战争，1927 年 1 月任武汉中央军校学习总队第三队队长，加入中国共产党。

1927 年 8 月参加南昌起义，在叶挺将军二十四师。起义军进入广东后，他领命从香港先行到达东江特委所在地中洞。南昌起义军到达中洞改编时，他任中国工农革命军第二师第四团第二营营长，11 月后，第二师扩编时，他任工农革命军第二师第五团团长。

1928 年初任"东江大暴动"委员会参谋长，与红二、红四师并肩奋战在东江各地，为创建和发展中国第一个苏维埃政权做出过重大贡献。1928 年 3 月，自从海陆丰失败后，他在广东省委安排下，协助组织流落在东江的红军转移香港工作。1929 年 3 月，他也转到香港由广东省委派赴越南，任华侨中共党支部书记，越共中央委员；1930 年，奉中共中央命令赴广西催促红七军开往江西中央苏区，至湖南边境遭土匪抢劫，此后与党失去联系。

1931 年起任临桂县六塘小学教员、广西省立第一中学教员。1934 年经李任仁介绍，在广西龙州区民团指挥部任政治指导员、政训处主任等职。

1937 年，抗日战争爆发，调入广西战时政工人员训练班受训，后随部队开赴苏皖抗日前线，历任一三八师政训处长、师政治部主任、干训团主任、副帅长、第七军政治部主任等职。1939 年任湖北第八军上校秘书。1940 年任安徽四十八军政治部少将主任。1941 年任安徽省干训团副教育长。

1946 年任吉林省干训团教育长。后任黔桂边区司令部政务处长、秘书长。

1949 年 12 月，在百色率部起义投诚。

广西解放后，历任中国人民解放军百色军分区改编委员会委员、百色专署文教科副科长、广西壮族自治区文史研究馆干部，自治区政协委员等职。

1981 年 4 月，在南宁病逝，享年 81 岁。

著有《中国工农革命军第二师在广东东江》《谭浩明事略》《第三十一军一三八师参加徐州会战与突围》《新桂系在安徽的一些政治措施及其与 CC 斗争》《日军窜犯大别山立煌沦陷》《薛圩大桥日伪就歼记》《我所知道的大别山惨案》《徐州"剿总"步兵第四支队起义经过》等。

（64）刘士毅

刘士毅（1891.3—1982.10）　字任夫。江西省都昌县下排门刘家村人。曾任南京中央军校筹备主任，中央陆军军官学校第一分校副校长兼教育长，第三十一军军长，军训部政务次长，国防部次长，台湾"总统府"参军长。

1949年7月，他飞往台北，曾任国民党中央评议委员。

刘士毅生于小康之家，祖父与父兄们多是读书人。六岁时父亲谢世，死时年仅26岁，刘士毅是独子，后全靠先母王太夫人守节茹苦，抚育成长。

7岁发蒙，从塾师课读，为期仅一年，天资聪颖，翌年乃由大伯父与四伯父施以严格教育，非但要背四书、五经、诸子，且须学作八股文。不久，便考进南康府中学，肄业两年，适南昌成立高等农业学堂，前往考取就读，肄业三年，约等于预备科毕业。

1909年2月，正逢北洋陆军速成学校第三期招生（保定军校的前身），规定各省保送学生就读，多的几十名，少的也有十几名。那时一般青年学生鉴于甲午、庚子之役后，国势阽危，故从军之忱炽热。江西分配名额只有十五名，而全省高等学堂以上学生参加考试者竟达三千多人，经过五次考试，结果录取正取十五名，备取五名，刘士毅是正取第五名，其时22岁。3月，刘士毅等人由南昌出发，经九江到汉口，再由汉口搭京汉路至保定参加复试。保定速成学校的督办为段祺瑞。那时北方有一习惯，见督办不行军礼，而要打千（即屈一膝请安之意）。此对南方学生殊不习惯，虽极近侮辱，但仍须依样画葫芦，做起来姿势很不雅观。复试后，刘士毅为正取第二名。江西正取生中有一姓陆的学生，学术科皆优秀，因曾留日与剪辫，复试时惨遭淘汰，另由备取生中取一名递补之。入学后，最初三个月为普通军事教育，而后为兵科分科教育。当时只有步、骑、炮、工、辎五科，其中以步科人数最多。炮兵较少。因学炮科者，普通科学如数学等成绩要较好，他的志愿是炮科，炮兵队总数尚不到一百人。在军校期间，大家都留有辫子，陆军学生，尤其炮、辎、骑各科，不仅有操作，且须骑马，出操时，对辫子处理，极感困扰，一是将辫子盘于头顶上，而后戴上军帽，但这样甚不雅观；一是将发辫打一结于脑后，但如此在马上一跳动，结又散开，非常不便，实在妨碍操作。辫子既无好处，为什么还要留它呢？因此有些同学便主张把它剪掉，但剪辫是犯法的，最后大家想出个办法，一千多个学生都剪辫，学校总不能将全体开除，因此一下子，除了旗人学生外，一齐剪光。这一来事情糟糕了，旗人学生向清政府打报告说：学校中革命党很多，一夜之间辫子皆剪掉，事情非常严重。幼稚无能的清政府，接到此报告后，马上下令给驻扎保定的第二镇统制（相当现在的师长）马龙标，要他派兵包围学校，搜查革命党。督办段祺瑞知道消息后，即打电话向马说："你不要轻举妄动！小孩子们剪辫全为出操方便，并无其他用意。至于诬告校中有革命党，我可以身家性命保证不确；若你派兵前来包围学校，学生都有武器，甚至比你部队精良，如不幸双方发生冲突，岂不酿成大祸。"此外，段又打电报至陆军部，说明学生剪辫全因操作不便，绝非革命党，如有不法之徒混进学校，请让他来查办。如此，陆军部才收回成命，最后，段督办开除几位品行不好，成绩较差学生作为搪塞，一场风波乃告平息。所以，刘士毅这一期学生皆很感激段督办。

"蒋先生、张岳军，杨耿光（杰）皆是速成第一期学生。速成学校共办三期，不过又有前三期，后三期之分，前三期称为北洋陆军速成学校，后三期叫作协和速成学校，故可以说前后共办六期，蒋先生是协和第一期，我是协和第三期，也是六期中最后一期。我是宣统元年入速成学校的，宣统三年便毕业，连见习三个月在内，前后共为二年半时间。我学的是炮兵科，有日本医官担任卫生课程。"刘士毅回忆说。

1911 年 4 月，刘士毅以第一名成绩毕业于速成学校，当时除陆军部奖赏学员以指挥刀、望远镜、手表等物外，宣统皇帝并颁赐学员副军校（相当今中尉阶级）的官衔。刘士毅因成绩好，故晋升一级。分发到北京第一镇见习，三个月期满后，奉派回江西。

武昌起义爆发后，任九江都督府参谋，后被李烈钧任命为江西临川府知事，赣州第二师参谋长，随李烈钧参加反袁的湖口起义，反袁失败，逃亡日本。

1916 年 7 月回国，任北京政府陆军部咨议官，8 月赴日本东京士官学校学习。

1919 年 6 月毕业回国，由于五四运动，故未到陆军部报到，在上海闲居。

1920 年赴江西，任赣西镇守使方本仁的参谋长。后转入赣军第二旅赖世璜部任职。

1925 年 1 月任赣军赖世璜第四师参谋长，第四师改编为国民革命军十四军，仍任参谋长，参加北伐。1926 年 12 月在赖世璜被白崇禧杀害后，继任十四军军长，从此投靠桂系。

1927 年 8 月调任南京中央陆军军官学校教育长。

1928 年 12 月改任国民党军队独立第七师师长，驻防赣南，"围剿"赣南红军。

1930 年由于反蒋，潜逃到上海租界。后逃往日本。

1932 年 1 月回国，被白崇禧任命为中央陆军军官学校第一分校副校长兼教育长，为桂系培训了大批军政骨干。

1937 年 8 月调任国民革命军三十一军军长，率部参加淞沪会战。1938 年 3 月率部参加台儿庄战役。

1939 年调任国民政府军训部政务次长，协助白崇禧制订军训方案，开办了步兵、骑兵、炮兵、工兵、辎重兵、通信兵等专业军校。

1940 年 4 月授陆军中将。1942 年冬因犯案被判两年徒刑，获准缓刑两年。1946 年 5 月任国防部次长，华中"剿总"政务委员会委员及常务委员。"总统府"略顾问委员会委员，第一届国民大会代表兼主席团主席，"总统府"第三局局长、参军长。1949 年 5 月授陆军二级上将，同年到台湾。任"总统府"参军长，后为"国策"顾问，"国防部"战略计划委员会主任委员。1952 年 10 月退役。

1981 年 10 月 5 日，在台湾逝世，享年 91 岁。

著有《日本军队教育概况》《中国军事教育概况》《国防要义》等。

（65）刘维楷

刘维楷（1907.5.20—？）　广西临桂人。中央军校南宁分校第一期、陆军大学将官班乙级第四期毕业。

历任广西省军政干部训练学校教官、教育处长，广西省军管区司令部征募处长，军事委员会桂林办公厅参谋处副处长，广西学生军训导处长。1944 年任第五十六军第一二七师少将处长，第三十一军一八八师副师长。1946 年任第七军第一七二师师长。衡宝战役中所部为人民解放军击溃，败退广西。1949 年 12 月 13 日于广西百寿接受改编，后入解放军官学校学习，曾任广西桂林市政协委员。

著有《上海抗战亲历记》《解放前夕桂林绥靖公署的反动措施》《新桂系在广西的回忆》《陆军第一八八师在桂平柳州抗战片段》等。

（66）龙炎武

龙炎武（1908—1978.3.27） 字屏藩，湖南东安县白牙市镇横竹山人，中央军校高等教育班第四期，中央军校第一分校上校战术教官。第二十四师参谋长，第十、第八游击纵队司令、第十三军官总队副总队长，后改任安徽省军管区参谋长、皖南"清剿"指挥所所长及省保安副司令。

1949年去台湾，曾任"总统府"中将参军。

12岁入湖南永州苹洲中学读书，14岁投笔从戎，先后入长沙武卫军学兵营、武昌国民革命军第四集团军军官班、柳州军官学校。1932年4月，复被选送入南京陆军大学正则班第十期，1935年4月毕业。还曾先后受训于庐山军官训练团。南京中央训练团、重庆中训团等。自陆军大学毕业后，任中央军校第一分校上校战术教官。

抗战全面爆发后，任第二十四师参谋长，参加淞沪会战负伤。1938年，任第十一集团军参谋处长，参与策划台儿庄战役。1940年1月，龙炎武转任一三八师副师长兼第五二八旅旅长。1月3日，侵华日军合肥城防司令三浦中佐率两连日军进犯紫蓬山下的周新街（今农兴镇），与龙炎武旅遭遇，展开肉搏战，日军死伤大半。在溃逃中又遭伏击，此役歼敌500多人，三浦中佐被击毙。4月10日，日军矶谷十四师团骑兵1000余人沿淮南路北上，企图攻占寿县城。驻在寿县城内的省保安第九团赵达源获悉后，立即将情况转报龙炎武。龙命赵团据城固守，自己率部移驻寿县城郊九里沟周家寨指挥策应。4月12日拂晓，日军扑向寿县，分东南北三面包围县城，以猛烈炮火掩护攻城，战斗极为惨烈，龙旅按兵不动，参谋主任莫仲庆向龙建议攻敌侧背，里外夹攻，破敌人主力。龙不仅不睬，反说"必须使赵团将日军弹药消耗殆尽，方可挥师活捉"。激战自晨到午，赵团孤军无援，所部官兵全部牺牲，龙炎武率部逃跑。

嗣后，龙炎武调任第十、第八游击纵队司令。1943年11月20日，龙炎武率第八游击纵队的第一、二、三挺进支队及第五一五团全部、第五二八团一部共约5个团兵力，由盛家桥、黄姑闸出动，向新四军巢无地区的槐林嘴、笑泉口、魏家坝一线进攻，22日，龙部先后向磨盘山冲锋18次均被击退。战至晚9时，龙部第二支队大部被歼，余部仓皇溃逃。此役，新四军第七师各部歼灭龙炎武部900余人，生擒第八游击支队二支队支队长郑其昌。

1944年8月21日，龙炎武率第一七六师及无为县常备队1600余人，向新四军皖中根据地沿山一线进犯，新四军皖中独立团予以还击，毙伤龙部100余人。新四军为表示与友军团结的诚意，命令独立团退至天井山一线阵地。但是，龙认为新四军怯战，气焰更加嚣张，指挥一七六师追来。孙仲德看到这个情况，不愿与顽军拼消耗，决定再后退一步，撤至周家大山，调动沿江支队和地方游击队，在那里预伏纵深阵地，将进攻的顽军歼灭。23日凌晨7时，桂军第一七六师第五二八团攻下天井山后，继续向周家大山进攻，遭到新四军的围歼，毙龙炎武部300多人，其余大部被捕获。

1946年，龙炎武调任第十三军官总队副总队长，后改任安徽省军管区参谋长、皖南"清剿"指挥所所长及省保安副司令。1947年10月，龙炎武率整编第六十三师、第四十六师1个旅、1个宪兵团、1个首都卫戍团和2个保安总队对皖南地区进行大"清剿"，中共皖南地委除留一部分兵力在内线坚持外，分4路向皖浙赣、皖赣、皖浙、浙西天目山挺进，开辟新的游击区。到1948年4月，粉碎了国民党军队的"清剿"。1949年初，龙炎武任第三兵团（司令官张淦）中将参谋长，下辖第七、四十八、一二六三个军，分别以李本一、张文鸿、张湘泽任军长。同年8月，白崇禧派第一二六军（军长张泽湘）第三〇五师（师长覃琦）搜捕唐生智，一个多月都未抓到。派龙炎武、莫御协助第三〇五师抓唐。他们找唐的熟人和亲戚打听消息，扬言知情不报者，诛九族。同时安排大量便衣密探，四处搜索，虽未抓到唐生智，但抓到了顾伯叙、刘兴、唐夫人及其子女。龙炎武押解着唐生智一家老小，经冷水滩押往桂林。

同年冬，去台湾，曾任"总统府"中将参军。1960年退役。

1978年3月27日，在台北病逝，享年70岁。葬于台北县军人公墓。

（67）陆廷选

陆廷选（1904—1960）别字民举，别号文举，广西永淳人。广州黄埔中央陆军军官学校第二期步兵科毕业，陆军大学正则班第十二期毕业。

1924年8月，考入广州黄埔中央陆军军官学校第二期步兵科步兵队学习，1925年9月，毕业。1926年，任中央陆军军官学校第一分校（南宁分校）第二期步兵第六队队长等职。1933年11月，考入陆军大学正则班学习，1936年12月，毕业。

抗日战争全面爆发后，任第二十一集团军总司令部参谋处参谋、科长、处长等职。1942年7月，任陆军步兵上校。后任中央陆军军官学校第六分校（桂林分校)教育处处长。1945年1月,任中央陆军军官学校第六分校(南宁分校,主任冯璜)教育处处长等职。

1949年10月,被人民解放军俘虏。

中华人民共和国成立后,关押于战犯管理所。

1960年,在押期间病亡,时年56岁。

(68) 罗 活

罗 活(1900—?) 字清涛,广西宾阳人,中央军校第一分校(南宁分校)第六期(比照黄埔军校第九期),是新桂系中颇得白崇禧信任的高级将领之一,护国军讲武堂第一期,广西省干训团高级班肄业。

历任粤军第一军排长、副官、营附,广西讨逆联军第二纵队营长,国民革命军第七军第六旅副团长,北伐军前敌总指挥部副官处上校副官,第七军第二十四团上校团长,广西省干训团第三集训大队中队长,第四集团军总部警备二旅副旅长、旅长。抗日战争爆发后,任第七军第五〇八旅旅长,第七军第一七〇师副师长,第五陆军总部少将高参,遂龙师管区司令,第四十六军新编第十九师师长,第三十一军副军长。1945年2月授陆军少将。1948年4月任广西省第九区行政督察专员兼保安司令,1949年秋任桂南军政区司令兼新编第十一军军长。

1950年3月,罗活带妻儿子女,从平南县武林口乘船,潜逃到香港。

(69) 马拔萃

马拔萃(1906—1988) 别号聚占,广西容县十里乡大萃村人。黄埔军校南宁分校第一期毕业,后留校任第二、三期学员队附。陆大正则班第十二期,黄埔军校南宁分校第七期高级班中校军事教官。

1931年任第四集团军总部副官处副官。1933年任广西测量局学生队队长,同年冬入陆军大学第十二期受训。1936年冬任陆军大学南宁分校第七期高级班中校军事教官。1937年任第七军一七二师上校参谋长。1940年任第七军参谋长。抗战结束后,第七军整编,任整七师参谋长。1946年任第七军一七一师师长。1947年夏在蚌埠重组四十六军,1948年任整九十七师师长。1948年9月22日升任少将。1948年冬九十七师改为第五十六军番号,任军长。1949年春兼任柳州警备司令,后升任第五十六军中将军长。后潜居香港。

他是白崇禧特别赏识的少壮派军官之一，而且在桂系军队中有"小小诸葛"之名。在白崇禧的安排下，马拔萃还被保送投考陆大正则班第十二期，成了抗战爆发前的桂系军队中唯一一名少壮派高学历军官。在对日作战和对新四军作战中，出谋划策，协助主官，是一名出色的参谋人员。

马拔萃虽然没有任何队职经历，但仍被白崇禧直接任命为第一七一师师长，投入到内战之中。他在一七一师的两年里，对部队进行了大力整顿。他首先用重刑杜绝了部队里的赌博之风，其次对部队营以下军官的提拔全部采用考核制度，并公开成绩接受监督，做到任人唯贤，不用私人。在他的努力下，一七一师的风气为之一变，军中的小团体被完全打散，军官素质也得到了进一步的提升。在桂系的历次考核中，一七一师始终名列第一。

白崇禧又提拔他为新组建的整编第九十七师中将师长。后来整九十七师改称第五十六军，马拔萃随之成为五十六军中将军长。衡宝战役之后，桂系的精锐主力大部消耗。此时保持完整战力的五十六军地位突显。五十六军所属三三〇师被单独布置于南宁，另两个师作为反攻的机动力量。后从柳州突围到大容山打游击。而别的部队都是能跑就跑，不能跑的不是起义投诚，就是被解放军歼灭了。但孤军毕竟难以维持，不到半个月，五十六军就垮了。马拔萃只得带着残部步友军的后尘，向越南突围。沿途受到解放军的层层截击，部队很快就被打散。

马拔萃见大势已去，准备拔枪自戕，但被卫士夺下。此后在亲信卫士的保护下，艰难地抵达香港。自觉无脸前往台湾见白崇禧，又受不了在香港的那些旧军官的冷嘲热讽，于是跑到马来西亚经商。在混出了点名堂之后，又返回香港置业安家。

1988 年在香港病逝，享年 82 岁。

（70）马展鸿

马展鸿（1904—？）广西容县人。中央陆军军官学校第一分校（南宁分校）第三期步兵科毕业。加入新桂系集团部队，历任步兵团排长、连长、团附等职，广西绥靖主任（李宗仁）公署参谋处参谋，广西民团训练委员会委员等职。

1935 年 1 月，任广西第四集团军第十五军（军长夏威）第四十三师（师长韦云淞）司令部参谋处科长等职。抗日战争爆发后，任第五战区第十一集团军（总司令李品仙）第三十一军（军长韦云淞）司令部副参谋长，兼任参谋处处长，率部参加武汉会战。1941 年 12 月，入陆军大学特别班第六期学习，1943 年 12 月，毕业。任第四战区广西方面第十六集团军（总司令夏威）第三十一军（军长贺维珍）司令部参谋长，率部参加桂柳会战。1945 年春，任陆军第二方面军第十六集团军（总司令李品仙）第四十六军（军长黎行恕）参谋长等职。1946 年 5 月，任陆军步兵上校。1947 年 2 月，任徐州绥靖主任公署第八绥靖区（司令夏威）整编第四十六师（师长韩练成、谭何易）整编第一八八旅旅长。1949 年春，任华中军政长官（白崇禧）公署第十兵团（司令夏威、徐启明）第四十六军（军长谭何易）第一八八师师长。后任第三兵团（司令官张淦）第七军（军长李本一）副军长，衡宝战役战败后潜逃。

1949 年 12 月 15 日，在广西博白被人民解放军俘虏。

（71）莫 敌

莫 敌（1910—1962） 字天纵，广西百寿人。黄埔军校第三期辎重科、中央军校战术研究班第二期、陆军大学参谋班第三期毕业。

出身小地主家庭，家道殷实且家教严苛的父亲自己办起村中私塾，经常挥舞棍棒，逼令小莫敌略通了经书并练成一手好书法。读书期间，个子瘦小的他，将古诗中"男儿何不带吴钩？收取关山五十州！"一段写在自己床前。令家人深感意外的是，小莫敌 14 岁时偷偷逃离父母投奔国民军，走上了携佩吴钩夺府攻州的戎马生涯。

1925 年，莫敌随国民军第七军北伐，参加了八义集、龙潭等地战斗。在战场上勇猛善战，踏着战场的血与火，由一名小兵到排长、连长，少校副官。1936 年回广西军校高级班深造。

1938 年，莫敌升任一七六师一〇五六团上校团长，率部参加过淞沪会战。之后，他痛苦地认识到：中国军队和日军在武器装备上的差距不是短时间里可以缩短的。因此他在全团官兵中强化了白刃战和射击精度的训练，"抵近、抵近！用刀砍死敌人！"，"一枪既中！"成为了莫敌部官兵天天呐喊的口号。驻扎第五战区防地期间，莫敌率所部攻克英山、安庆，诱歼日军青木大队于桐城练潭。其后率兵驻守潜山县两年，与日军作战二十三次，损失极少。后该部奉命缩编，莫离职不到十天，潜山、怀宁沦陷于日军。莫又受命回潜山指挥作战，当面容冷峻的莫敌出现在战败的桂军士兵面前时，列队站立的士兵齐声呼喊着："莫敌！莫敌！……"，用长官的名字为口号激励自己的斗志。

一昼夜间，莫敌率部收复失地，并配合友军追歼日军志摩联队八百余人于三桥镇。战役结束后，莫敌以功升为第五战区第二挺进队副司令。莫敌可谓名副其实！

1938 年任第四十八军一七六师五二八旅一〇五六团团长，参加徐州会战、武汉会战。1939 年任第四十八军一七六师五二六团团长。1940 年参加枣宜会战，后任第五战区挺进第二纵队副司令。抗战胜利后曾任整编第四十八师一七六旅副旅长。1947 年 11 月任第三兵团作战处长。1948 年 7 月任第七军一七一师师长，1949 年 8 月任桂林绥靖公署桂北纵队司令兼桂林警备司令，10 月任桂北军政区副司令官兼新编第十三军新编三十九师师长，12 月 22 日在广西永福率部接受解放军改编。后赴香港定居。

1962 年在香港逝世，享年 63 岁。

（72）莫德宏

莫德宏（1893—1951）　字致宽，苍梧县须罗乡（现在的新地镇）富回村人。南宁的广西军校的将校班深造。青年时投奔于广西自治军黄季宽部队，从排、连、营、团长直至中将副军长，1951 年病故于辽宁抚顺战犯管理所。

童年时的莫德宏家境寒微，父亲莫楚兴是忠厚农民，莫楚兴早年去世，留下莫德宏姐弟两人，靠母亲挑担攒点工钱，以及在莲池寺边围园种菜出售维持家庭生活。莫德宏除了帮助母亲干活，还养母鹅以弥补家计不足。莫德宏姐姐嫁于本乡新村潘春年为妻。其时，古卯村塾师李庇谷开馆授业，潘春年前去就读。潘家道殷实，为了使其内弟能上学，不致成为白丁，遂约莫德宏一同前去就读，并资助其部分费用。在馆里读书的二三十个书友中，大多数的学生生活比较富裕，吃的是白米饭，而莫德宏吃的却是红薯饭．每当塾师离开学馆，书友们就像开笼放雀，把书本丢开，有的"车钱鸡"，有的"打陀螺"，有的"捉九九"，唯独莫德宏坐在书桌前读书写字；不少书友因为背诵"四书""五经"不出而被塾师用教方打，或罚跪圣人，唯独他没有受过塾师处罚。他为人祥和，勤奋好学，写得一手好字，深得塾师器重，认为此人将来必成大器，特免收其学谷。三年后，他读完"四书五经"后，回家娶妻立室，族上一些不肖之徒，见莫德宏为人老实，善良可欺，就经常欺负侮辱他，莫德宏感到自己无财无势在老家永无出头之日，塾师李庇谷也劝导他去大城市发展，挣一份功名，好光宗耀祖。

1922年黄季宽在容县自封为自治军支队司令，翌年开赴苍梧。为了扩大其实力，招收学兵队，以为基础，在梧州河西成立广西训干队，莫德宏与本村莫其亮一起前去报名应考，得以录取，经过短期训练，派出在第三营韦云淞部下当排长。其时韦云淞任清乡副司令，各地盗贼出没。抢掠民财，莫德宏在清剿龙潭峡两岸的盗贼中，表现出了他的谋略。

原来盘踞在龙潭峡两岸的盗贼特别猖狂，他们与当地土豪劣绅、无赖之徒勾结，作为耳目，通风报信，官兵两次清剿失利。甚至被无赖在官兵饮用水中投放毒药，使官兵疴呕肚痛，师劳无功。后来派莫德宏率队前去清剿，人马刚进村，立即召集村坊土豪劣绅与无赖之徒训话，并命令士兵把这批人看管起来，郑重地说："待剿除盗贼之后再放诸位回家，假若清剿失利，诸位的脑袋也难保。"这样，盗贼失去耳目，很快就被莫德宏剿除，他因此而得到上司赏识，由排长升为连长。

1925年他参加了联军三路讨伐沈鸿英的激烈战斗。1926年，莫德宏跟随李宗仁将军参加了北伐战争。

1927年莫德宏在韦云淞将军的麾下参加了对南昌红军起义部队的"围剿"，在蒋桂战争中，莫德宏参加了桂军对云南军队的南宁死守战！

1932年到1934年，隶属于桂系王赞斌第四十四师的莫德宏上校带领自己的一三〇团参加了在江西的对红军"围剿"的战斗和其后在广西对中央红军的战斗。

1936年，莫德宏晋升为桂系十五军四十四师的副师长，同年，在南宁的广西军校的将校班深造。

1937年，抗战军兴，莫德宏担任桂系新组建的三十一军一三八师师长，到苏北海州驻防，参加徐州会战，因为他的果敢指挥和全师官兵的英勇作战，一三八师得到桂系高层的赞许，莫德宏将军也因战功获得了云麾勋章和宝鼎勋章。

徐州失守后，莫德宏的一三八师跟随廖磊将军的二十一集团军转战于安徽一带，数度于日军血战，屡有斩获。

1941年，莫德宏指挥一三八师参加了消灭新四军的皖南事变。同年7月28日莫德宏晋升为桂系四十八军中将副军长。后从安徽回到广西，担任浔梧师管区司令，负责为桂系军队征集兵员。

日本投降后，莫德宏因浔梧师管区和其他师管区合并没有再被安排职务，便解甲归田，回老家过上了悠闲的生活。

1949年，随着战局的发展，一大批已经退役的桂系老将被重新起用，莫德宏也在其列，被任命为湘桂黔护路司令。在解放军摧枯拉朽的攻势下，莫德宏的军队很快就溃散，他本人也在新安被解放军俘虏。

莫德宏生活极有规律，被认为是桂系军队中的老好人，生活朴实，嫖赌不沾，其对部下的管理也比较严格，不准部下赌钱和抢掠百姓。莫德宏率领桂军主力四十八军一三八师抗战初期参加徐州、武汉会战，抗战中期转战大别山、皖东，为中华民族奋勇抵御外侮，是桂军的优秀将领，不失为一代抗日名将。

莫德宏发妻姓李，解放初移居香港，生二女，长女莫云英，现定居于香港。次女莫兰英，新中国成立后在广州某校任教。莫德宏的二姜刘志琼生三子一女，长子莫树勋，解放初期与大母一同出香港，居住在台湾。次子莫树年，毕业于华中师范学院，在临桂中学任教，"文革"中被迫害致死。三子莫树建，在湖北工作。女儿莫杰芝，土改后病故。

（73）丘清英

丘清英（1906—1952）　曾用名丘勃海、丘勃、丘金汤、丘健生、白健生、黎健生等，广东蕉岭县文福坑头村人。黄埔军校潮州分校第二期步科毕业。

1923 年，就读广东韶关师范学校。1925 年，在广西军队任司书、副官等职。1926 年，考入黄埔军校潮州分校第二期（比照黄埔军校第四期）步科。毕业后即参加北伐。后历任东路军排长、连长、第十九路军第六十一师特务营营长。1932 年，参加上海一·二八淞沪抗战，率全营与入侵日军浴血奋战，在上海的闸北、江湾等地痛击日军。是年夏，随十九路军入闽，任六十一师特务营中校营长及三六五团副团长，不久代理该团团长。1933 年，第十九路军改编为第七路军，曾代理总指挥部副官处少将处长。1934 年，入庐山军官训练团第三期受训。1935 年，任第七路军总指挥副官处处长。1936 年，任第四集团军新编第一师第一旅少将旅长，后调任第七军参谋处长，后又调任第五路军总部参谋处。

抗日战争全面爆发后，任第一七一师（桂系）第五一一旅旅长兼第一〇二一团团长，参加徐州会战及武汉会战以及田家镇诸战役。转进大别山后，调任一七六师五二六旅少将旅长。当年扼守土门津，光复英山，袭击安庆日军战役，屡建奇功。后因部队改编，1941 年，改任安徽立煌警备司令。1943 年，任安徽保安第六师少将师长。1945 年 4 月，任第七战区第二挺进纵队司令及第八绥靖区中将办公厅主任。

1947 年，任国民党合肥警备司令期间，到香港参加李济深领导的"三民主义联合会"任该会直属安徽小组组长。他是民革安徽省委创建人之一。

1949 年 1 月，在安徽合肥迎接解放。

1952 年夏，在合肥市去逝，时年 46 岁。

（74）苏祖馨

苏祖馨（1895—1963.5.3）别字馥甫，广西容县人。父明珍，母李作英，家境清贫。1903 年，入本乡新塘小蒙馆，继入大仁山大蒙馆读书。广西陆军小学第四期、中央陆军军官学校第一分校（南宁）第一期步兵科毕业，中央训练团将官班结业，陆军大学特别班第三期肄业。

1909 年，考入广西陆军小学堂（后改为广西陆军速成学校）步兵科学习，1912 年 10 月，毕业。1914 年冬，入陆荣廷部第一师当见习官、排长。1917 年，转入陆军模范营（营长马晓军）任连附。1922 年，任广西讨贼军步兵连连长。1924 年夏，任"定桂讨贼联军"第二纵队（纵队长伍廷飏）第三营营长。1925 年，率部进剿旧桂系沈鸿英部时，在广西宜北将沈部师长郑右文击毙，立下战功。1926 年，任国民革命军第七军（军长李宗仁）第八旅（旅长钟祖培）第十六团第一营营长，随部参加贺胜桥、箬溪、德安等战役。1926 年 10 月，在王家铺战役中负伤，伤愈后返回原部队。1927 年 6 月，任国民革命军第七军第三师第十六团团长，率部参加龙潭战役。1928 年 9 月，任缩编后的第四集团军陆军第十五师（师长夏威）第四十五旅（旅长尹承纲）第一团团长，参加讨伐唐生智部湘军战役。1929 年 3 月，所部在蒋桂战争中战败整编，被委任为新编第九师第一旅旅长。1929 年 10 月，返回广西，任广西第十五军（军长黄旭初）教导第二师（师长黄旭初兼）副师长，兼第六十一团团长。1930 年 7 月，任陆军第四军（军长张发奎）第十师（师长薛岳）第三十团团长。1931 年，任陆军第七军第十九师副师长，兼第五十五团团长。1936 年 3 月 10 日，任陆军步兵上校。1936 年 5 月，任陆军第四十八军第四十五师师长。1936 年 12 月，入陆军大学特别班学习。1937 年 11 月 13 日，任陆军少将，1938 年 10 月，毕业。

抗日战争全面爆发后，任陆军第三十一军第一三五师师长，率部参加徐州会战。1938 年 11 月，所部奉调回广西补训，重组三个步兵团，兼任邕江北岸守备司令部司令官。1940 年 7 月 1 日，任第五战区第四十八军代理军长，率部参加龙州战役。1942 年 3 月 28 日，任陆军第四十八军军长。1945 年 8 月，任第五战区第二十一集团军总司令（李品仙）部副总司令，兼任陆军第四十八军军长。

抗日战争胜利后，率部赴安徽安庆主持日军受降及接收事宜。1945 年 10

月，获颁忠勤勋章。1946 年 5 月，获颁胜利勋章。1946 年 1 月，入中央训练团将官班受训，《中央训练团将官班学员通讯录》记载为中将学员，1946 年 3 月，结业。1946 年秋，辞职，返回容县杨梅乡老家闲居。1947 年 11 月 19 日，任陆军中将，同时退役。

1949 年，迁移香港寓居。

1963 年 5 月 3 日，在香港逝世，时年 68 岁。

（75）谭何易

谭何易（1897—1962.4.5）　字且观，广西玉林县镇忠村谭屋寨人。中央军校第一分校（南宁分校）第一期（比照黄埔军校第四期）步兵科毕业。抗战时期，任第一七一师第五一一旅旅长、第一七六师第五二六旅旅长、第一七六师副师长及师长、第八十四军副军长兼第一七六师师长等。抗战胜利后，任整编第四十八师副师长、整编第四十六师师长、第三兵团副司令官兼第四十六军军长。1949 年后率残部退入越南。

1953 年赴台湾。后任"国防部"中将高参。

六世祖谭为俊曾考中清朝雍正年间的武举人，任过卫所千总之职，先辈尚武之风对谭何易影响很大。他祖父辈时生活尚可，至其青年时家境已清贫，无田、无地、无耕牛，家中除祖宅的公用厅堂外，只有一间白天仍需点灯的16 平方米的泥砖住房和一间共用的小厨房，即是其全部财产。谭何易排行老二，为人正直谦和、平易近人，做事大公无私、敢作敢为。堂兄谭华堂粗有文墨，给他取名且观，意为"看好了再做"，也就是要他"做事细心，全面考虑"。因他人矮小、瘦弱，脸上有点麻子，被人戏谑称"花二相"，受人欺凌极深，却为其树立起胸怀正义、反抗强暴、发奋图强的精神。

谭何易读过几年私塾学堂，后便在家帮工。1925 年孙中山发动"二次讨桂战争"时，他投军从戎于李宗仁麾下，同年 7 月以学员身份入国民党黄埔军校南宁分校第一期学习，毕业后在陆军第十五军和第七军任职。由于其为人正直谦和、关心士兵疾苦，经常帮士兵写家信等而获得下级的爱戴、拥护，由少尉事务长转为排长，并很快晋升为中校营长。1934 年 12 月被提为陆军一七一师一〇二一上校团长兼柳州城防司令。

在淞沪会战 1 个多月的浴血厮杀中，谭何易竟然奇迹般地没有任何损伤，他所率 1 个团士兵伤亡者不足百人，而别的旅、团大部分非死即伤，士兵亦大量伤亡。在撤离上海回营地的途中，谭即收到蒋介石亲自拍发来的电令，破格提升他为陆军少将，任五一一旅旅长，立即收编、整顿一七一师等的残部。谭何易晋升少将任五一一旅旅长后，率部到大别山收编整顿。稍后改任五二六旅旅长。

在台儿庄战役南线的激战中，大量日伪军在飞机、坦克、战车、大炮开路下，如潮水般进犯，谭何易亲率指战人员冒死到前线指挥，与日伪军展开血战，不幸中弹身负重伤，命悬一刻。幸得同僚第一二〇六团上校团长李本一带着援军及时赶到，趁着夜色的掩护，才把他抢救出来。

5个月后，谭何易伤愈后从汉口返回大别山，不久再次被蒋介石颁令提升为一七六师副师长兼政治部主任。1942年他率部在大别山、皖南、皖西一带与日伪军作战，1943年率军转到鄂东、豫南一带与日伪军作战。

抗战胜利后，国民党军整编，谭何易又被调任为陆军整编第四十八师副师长，由于整编第四十六师在莱芜战役中被解放军歼灭，谭何易又被提拔为整编第四十六师师长，承担重建该部重任，升陆军中将军衔。同年10月，该师扩充为军，谭何易升任第三兵团副司令兼整编第四十六军军长。

1946年春，为表彰抗战将官，蒋介石给其手下的将官发了一批奖金，谭以中将军衔受奖50两黄金。蒋介石明令规定受奖将官必须在自己的家乡兴建别墅，同时命令谭何易入中央陆军大学深造。

1948年任命原"东北剿共副总司令"（总司令为白崇禧）兼东北保安司令杜聿明为前方总司令，驻扎徐州一带，任命谭何易为后方总司令（即蚌埠卫戍司令），把原来的第三兵团15万军队和10万地方杂牌军共25万，交由谭何易统领作后盾，随时支援杜聿明。

淮海战役尚未结束，国民党军蚌埠后方就已惊慌失措。其时谭何易的子女在上海读大学。大女儿谭丕瑛前来蚌埠拜望父亲。谭丕瑛劝告父亲投降共产党，并声称"你不投降我就不认你这个父亲，声明和你脱离父女关系……"不久，儿子谭丕宁也来拜见父亲，劝他投降，也吵了一场未果。谭丕宁走后，戒备森严的司令部里发现一批规劝国民党军将士投降的传单，后经查证当日并无中下级人员及外人进出，定为谭丕宁所为。为了不影响谭何易的情绪，参谋部瞒过了此事。谭丕宁后于1950年底参加了抗美援朝志愿军，在赴朝作战的第三次战役中牺牲。谭丕瑛自1955年起在北京轻化工部情报司工作，当得知父亲1962年在台湾逝世，禁不住泪流满面。

淮海战役结束，人民解放军围歼蚌埠。毛泽东在北平向全国正式发表广播讲话，规劝谭何易投降，可以避免双方更大的伤亡，但谭何易拒绝了。不久，谭奉命撤弃孤城蚌埠，率部过长江，在安庆一带以长江为天险阻击共产党部队南下。直至南京解放，谭又奉命且战且退，退至湖南衡阳一带。又退入广西，退至融县（今融水、融安县）一带，依托大苗山打游击与解放军对抗。

不久，解放军沿东南海岸一带直下解放广东，实行迂回包围，谭部则火速向防城、凭祥一带撤退，并最终逃到了越南。谭何易到越南后，感慨万千：八年抗战结束，原以为上上下下可以告老还乡颐养天年，实在想不到接着又打起了内战，以致从将军到士兵都普遍厌战而一败涂地，今天又沦落到异国他乡……现在，这群跟着他逃亡的战士到了极度困难的境地，应该如何对待，他左思右想，最后决定"由他们自行做主"。

在大会上，他高声明朗地说："很多战士跟我出生入死打日本鬼子整整8年，我们一起同命运、共患难、舍生忘死战胜了日本侵略军……我非常感谢诸位。但真想不到又发生了3年内战……自孙中山先生领导民主革命取得成功，就存在着国民党与共产党，他们可说是两兄弟，一个主张实行三民主义，一个主张实行共产主义，谁是谁非，我不是哲学家，也不是政治家，我只是一个绝对服从命令的军人，我无法辨别，你们自己辨别吧。我和你们一起为了保卫中华4万万同胞，不怕流血牺牲，消灭日伪军永远都是对的。今天至于你们喜欢实行三民主义或者共产主义那是你们自己的选择了，现在每一个人都有选择信仰的自由。还有，很多战士十几年都没有回家看看自己的父母、兄弟姐妹、妻子、儿女。你们想清楚，凭着你们的认识，看着办吧！我都支持你们。愿去台湾的站到一边，留在这里；愿回祖国大陆或回家看望父母、兄弟姐妹、妻子、儿女的，翻过那座山就到了，那里有军人接待站接待你们。"当时，有人要阻止谭何易这个决定。谭摆摆手说："应该尊重他们个人的意愿，一去台湾可能就永无归日了，我更对不起他们，应该换个位置设想一下！……"有人问他："司令，那你呢？""我决定到香港去和妻子、儿女过平民生活，到台湾去蒋介石不杀我的头还杀谁？……"

谭何易的话像打开了闸门，中下级军官、士兵如潮水般爬上北面山岭，回到了凭祥等接待站。剩余的流亡残兵，1953年由蒋介石指示派兵舰接往台湾。

1954年，卫立煌（1947年原东北"剿共"总司令）回归大陆后，蒋介石害怕流浪在香港、澳门及其他地方的旧部被中共统战回大陆，急忙下令所有当年为抗日战争与"剿共"有功和即使有过的人员，无论职位高低或大小，希望一律去台湾，给予安排或养老，既往不咎。

留居香港的谭何易也被请到台湾，蒋介石任命他为台湾所谓"国防部中将参谋"。1957年退役，后又受聘为台湾烟酒公卖局顾问。1959年蒋介石公开宣称要"反攻大陆"，宣称委任谭何易为"广西省主席"，只是蛊惑一下人心而已。其时，谭何易已身患重病行走不便。

1962年4月5日，在台北病逝，享年65岁。

著有《谭且观诗集》等，台湾出版有《谭何易将军传》。

谭何易先后娶了3位夫人：第一位夫人陈日新，文盲，生一子二女，她不愿跟丈夫过部队生活，在谭屋寨家中侍奉后母，生活清淡得一日三餐只能基本维持，长期以来只保持3套衣服，其中两套补了又补，穿得都不如普通农妇。

二夫人罗瑞清，自被遣返柳州后，以养鱼、养猪、种菜为生，临终前几年为谭何易本家侄子谭辉抚养。

三夫人丘云英，为安徽省桐城理发工人的长女，生育4个子女，在台湾大学毕业后均留学美国。丘氏年过八旬，独自幽居于香港、台湾两地。

（76）王景宋

王景宋（1896—1951.12）别号芝云，广西平南人。县立高等小学堂、县立初级中学堂、保定陆军军官学校第八期步兵科毕业、陆军大学正则班第十一期毕业。中央陆军军官学校第六分校（南宁分校）副主任、代理主任。

1922年7月，保定军校毕业，分发广东陆军服务。历任粤军第五旅（旅长许济）步兵团排长、连长，建国军攻鄂总司令（程潜）部右翼纵队（司令卢师谛）步兵营连长等职。1925年底任国民革命军第四军司令部少校参谋。1926年春，任第四军第十二师步兵营营长，随军参加北伐途中的平江之役、汀泗桥及贺胜桥之役、武昌战役和江西德安大捷诸役。1927年冬，随军返回广东，任广州临时军事委员会警卫团团长。1928年初，赴武汉，任第四集团军总司令（李宗仁）部上校参谋等职。1929年，任第四集团军总司令部军官团军士大队大队长，陆军第五十一师（师长李品仙）第一五一旅（旅长凌兆垚）步兵第三团团长，率部参加河南黑石关战役。1930年夏，任陆军第四军（军长张发奎）第十二师（师长邓龙光）第三十四团团长，率部参加与滇军作战和广西平马之役。1931年，任柳州陆军军官学校（校长王泽民）战术教官，兼任第三队队长及军校国民党特别党部监察委员。1932年12月，考入南京陆军大学学习，1935年12月毕业。1936年5月，任广西第四集团军独立第三团团长，广西陆军第二十三师

（师长郭凤岗）副师长，兼任步兵第六十七团团长，第四集团军第二十一师（师长韩彩凤）副师长等职。1936年12月，任广西第四十八军（军长夏威）第一七一师（师长杨俊昌）司令部参谋长，1937年1月，任陆军第一七一师（师长杨俊昌）副师长，兼任步兵第五一一旅旅长等职。

抗日战争全面爆发后，任军事委员会第一预备军（司令长官李宗仁）第七军团（军团长廖磊）第一七一师（师长杨俊昌）副师长，率部参加徐州会战。后任中央陆军军官学校第六分校（南宁分校，主任冯璜）副主任、代理主任。1939年2月，任第四战区第十六集团军（总司令夏威）第四十六军（军长夏威兼）司令部参谋长。1940年4月，任第四战区广西方面第十六集团军（总司令夏威兼）第四十六军（军长何宣）第一七〇师师长等职。1942年1月，任陆军少将。1942年12月，任第四十六军（军长周祖晃、黎行恕）副军长，兼任第一七〇师师长。1945年3月，任陆军总司令部第二方面军（司令官张发奎）第四十六军（军长黎行恕、韩练成）副军长，率部参加桂林保卫战、桂柳会战、贵州独山阻击战诸役。

抗日战争胜利后，任徐州绥靖主任（薛岳）第八绥靖区（司令夏威）第四十八军（军长张光玮、苏祖馨）副军长，兼任第一七四师师长。1947年6月，任徐州"剿匪"总司令（刘峙）部第三兵团司令（欧震）部副司令官，率部在华东战场与人民解放军作战。

1949年10月，任广西桂中军政区司令官，兼柳州行政公署专员及广西第十四军军长，同年11月，兼任第七军（重建）军长，同年12月6日，被人民解放军俘虏，后于押解途中，逃脱潜往香港。

1951年春，赴台湾。

1951年12月，在台北陆军总医院逝世，时年55岁。

（77）王赞斌

王赞斌（1891.9.13—1976） 字佐才，广西凭祥人，广西边防师范学校、广西陆军速成学校第一期步兵科毕业，中央军校南宁分校校务委员。任第二十二师（兼师长李品仙）少将副师长兼第六十五团团长、第四十八军（军长廖磊）中将副军长、第七军（军长张淦）中将副军长、桂乐师管区中将司令。1946年退役，当选国民大会代表，国民政府监察院监察委员。1949年到台湾，续任"监察院"监察委员及"国防委员会"召集人。广西同志会名誉理事长。

1913年10月军校毕业后历任广西陆军将校讲习所（所长林秉彝）准尉见习官、少尉队附、第三队中尉队长、广西陆军第一师（师长陆裕光）第一旅（旅长陆云高）上尉连长。

1921年6月第一旅扩编为广西自治军第一师（师长陆云高），升任少校营长。

1924年4月所部编入讨贼军（总指挥黄绍竑）警卫团（团长吕焕炎）第三营（营长蒙志），降任少校营附。11月所部改称广西陆军第二军（兼军长黄绍竑）第五纵队（司令吕焕炎）警卫团（兼团长吕焕炎）第三营（营长蒙志），仍任少校营附。

1925年3月调升第二军独立第二营中校营长。

1926年3月所部改称国民革命军第七军（军长李宗仁）第八旅（旅长钟祖培）第十六团（团长周祖晃）第三营，仍任中校营长。

1927年2月升任第七军第一师（师长夏威）第二十团上校团长。

1928年3月所部改称第三十三师（师长李明瑞）第三团，仍任上校团长。9月所部改称第四集团军暂编第二师（师长夏威）第四旅（旅长李明瑞）第三团，仍任上校团长。10月所部改称第十五师（师长夏威）第四十三旅（旅长李明瑞）第三团，仍任上校团长。

1929年4月调任新编第九师（师长尹承纲）第一旅（旅长苏祖馨）第一团上校团长。5月所部被缴械后返乡避居。

1930年1月出任护党救国军第八路军（总司令李宗仁）教导第一师（代师长梁瀚嵩）第三团上校团长。7月所部改称第二十一师（师长吴奇伟）第六十三团，仍任上校团长。

1931年6月调升第二十二师（兼师长李品仙）少将副师长兼第六十五团团长。

1932年11月第二十二师并入第四十四师（辖三团），升任中将师长。

1936年1月27日叙任陆军中将。

1937年1月1日获颁三等云麾勋章。3月3日第四十四师改编为第一七四师（辖两旅），仍任中将师长。

1938年2月7日调升第四十八军（军长廖磊）中将副军长。9月19日调任第七军（军长张淦）中将副军长。

1940年5月8日获颁四等宝鼎勋章。12月调任桂乐师管区中将司令。

1945年10月10日获颁忠勤勋章。

1946年9月所部裁撤后赋闲。

1947年7月7日退为备役。11月当选国大代表。

1949年10月16日出任华中军政长官公署（长官白崇禧）总体战督导第九团团长。12月随军退往越南。

1950年6月移居台湾。

1976年在台北病逝，享年85岁。

（78）韦　灿

韦　灿（1898—1940.2.24）　字玉祥，广西容县人，中央军校第一分校（南宁分校）第六期（比照黄埔军校第九期）、广西陆军模范营、中央军校成都高教班毕业。

历任广西新编陆军第一旅排长、连长，国民革命军第七军营长、团长。

抗战全面爆发后，任第三十一军第一三一师七八六团团长，后改任第七八二团团长，先后参加徐州会战、太湖战役、广济战役及龙州战役。

1940年2月16日起，日军十八师团沿邕钦路南下，由钦州湾登船撤回广东，其另一个旅团由吴圩出发，向绥源（今东门镇）、上思疯狂扫荡。韦灿率领第三十一军一三一师三九二团在苏圩一带掩护主力部队向四方岭南部转移。先后在苏圩、那白、叫梧、叫林等地，对日军展开猛烈抗击。23日率部撤到田中、孔律线，布设阵地阻击。24日又继续与日军激战半天，中午，在那琴乡那邕村那扒屯北侧又设阵待敌。不料在枯理遭两路日军合围，在指挥部队转移过程中不幸中弹牺牲，时年42岁。

1942年9月5日，国民政府追赠陆军少将。

（79）魏　镇

魏　镇（1895—1973.3）　字屏藩，湖南邵东县魏家桥长冲口（一说湖南宝庆）人。武昌陆军预备学校，保定军校第八期，陆军大学特三期毕业，中央军校第三分校（长沙）少校教官。

新中国成立后，解放军第五十五军副军长。1956年2月转业，任湖南省人民委员会参事室副主任，湖南省人民代表大会代表。

1916年考入武昌高等师范，1918年入保定军官学校，保定军校第八期、陆军大学特三期毕业。直皖战争爆发，任国民革命军中尉排长，参加过北伐战争。

1927年任国民革命军第十九师第四团营长、团长。其时，红军第四师副师长宋涛，在海陆丰被粤军围击，逃往湖南，至魏处，被魏留任副团长。事发，魏掩护资助其走避香港。1928年任湖南省保安第五团团长，第三十五军补充师师长。

七七事变爆发后，被调往广西三十一军一三五师任副师长兼四〇五旅旅长。次年台儿庄战役前夕，奉命率四〇五旅离开广西，担任津浦路的正面战斗，与日军狄州立十三师团对峙，组织3次伏击，消灭不少日军，为台儿庄战役的胜利作出了贡献。随后奉调武汉代理一三五师师长。8月率部在霍邱、张家土旁等地与日军作战，突接"母逝、妻亡、女夭，速归"的电报，魏深感敌氛方炽，国难正殷，不以奔丧之私，贻误戎机，含悲率部激战获全胜。10月与一三八师合编为一三五师，任师长，10月30日奉令突围。任一八八师师长，奉调广西整训。1940年1月1日，率师参加昆仑关战役，与日军激战4天，5日在山墟与日军第五师一联队拼杀一昼夜，日军逃向南宁时，仅剩残兵300左右。战后，当地建纪念碑以志其功。

解放战争时期，魏不愿同室操戈。时白崇禧委以第四十八军军长之职，魏置之不顾，即回邵阳，任湖南省第六行政督察区专员兼宝永警备司令部司令，邀宋涛任副司令。任内率警备部队清剿土匪，安定社会秩序，修建邵阳公医院，多方抑止国民党特务的反共活动，多次营救中共邵阳中心县工委书记龙仲，释放地下工作人员和进步人士；支持《劲报》的进步言论；向中心县工委提供军政情报，在司令部院内掩护中共地下党员开展活动。1949年1月任湖南省军管区副司令，兼任宝永警备司令部司令，以桂系的旧关系，与白崇禧虚与委蛇，劝其勿忘"两广事件"的教训，其时国民党国防部令湖南征兵3万，魏在程潜省长的支持下，以未拨征兵经费为由故意推延，后拨来金圆券，魏又电："券不顶用，速拨银币"。当时国库金银已密运台湾，白束手无策，只好允予"宽限时日"，致使征兵未成。8月5日魏与宋涛在邵阳率部起义加入中国人民解放军。

新中国成立后，任中国人民解放军第二十一兵团副司令员，第五十五军副军长。1950年12月率部赴广西剿匪，胜利完成任务。1955年被授予少将军衔。1956年2月转业，任湖南省人民委员会参事室副主任。是湖南省人民代表大会代表。著有《马日事变亲历记》等。

1973年3月逝世，享年78岁。

（80）温克刚

温克刚（1896—1957）　字一如，号练百、潜庵。广东大埔县百侯白罗村人。保定陆军军官学校第六期炮科、黄埔军校第四期中校兵器教官兼炮兵大队队副。先后任陆军第一七六师少将参谋长、安徽省保安处处长、财政部湖南货物税局副局长。

1949年赴香港，1955年夏由香港去台北。

父亲温季文，儿时随养父（四伯父）温廷敬住潮汕。1911年，年仅15岁的温克刚在潮州金山书院读书时参加同盟会，曾为革命军秘密运输枪支弹药，参加武装起义的准备工作。是年10月10日武昌起义成功，11月13日革命军进攻潮州府城，19日发动总攻。时任金山书院学生军小队长，率队攻打据守北门楼及节孝祠的清兵，收缴清军枪械，并首先冲入府衙，因此立功。

1915年就读武昌陆军第二预备学校，在校内从事反袁运动，联络驻防当地的炮兵连同时举义。事泄，炮兵连叶连长被捕牺牲，校内孤立无援，因事败离校。袁世凯倒台后，回校复学，次年升入保定陆军军官学校第六期炮科。1919年毕业后，先后任粤军连长、参谋，参加讨伐海南军阀邓本殷等战役。

1926年初，任黄埔陆军军官学校第四、五期中校兵器教官，六期主任教官兼炮兵大队队副。同年7月，参加北伐战争，任第四军第十二师三十六团团副兼第三营营长。8月，湖南平江战役中，和三十六团团长黄琪翔、参谋长吴奇伟一起，率部协同叶挺独立团作战，直捣吴佩孚指挥部，19日克平江。吴佩孚军退守汀泗桥，由叶挺独立团正面进攻，所在的三十六团迂回截击，29日占领汀泗桥，乘胜攻取贺胜桥，继克武昌。

1932年初任十九路军总指挥部高级参谋，参加一·二八淞沪抗战。1934年起任广东警官学校主任教官、教育长，广东省保安第三旅旅长。

抗战全面爆发后，任陆军第一七六师少将参谋长，与师长区寿年率部参加淞沪会战。进入宝山阵地后，即向日军发起反攻，予敌重创，迫使日军后撤。次年徐州会战，所部在淮北汤阳、蒙城外围作战，牵制敌军。继而率部参加闻名中外的台儿庄战役，大捷后因功升任旅长。1939年4月，任安徽省保安处处长。

1941年下半年，奉调至重庆军官训练团轮训，受训后调任军事参议院少将参议。1944年任第七战区司令部高参。1945年9月授陆军少将，同年秋，一度代理湖南省政府主席。1946年8月退役,转任财政部湖南货物税局副局长。1949年赴香港,1955年夏由香港去台北。

1957年11月4日,在台北陆军第一医院病逝,终年62岁。

温克刚文武兼备,是位儒将。受其养父温廷敬影响,书法、诗文均有一定造诣。其书法师王羲之、怀素,自成一格,刚劲中不乏妩媚。1935年,曾在上海与画家吴公虎合办书画展览,并在香港、台北举办书法展览。逝世后,其家人曾编印《温克刚将军诗选》。

(81) 翟 瑾

翟 瑾(1894—?) 别号季华,安徽宁国人。安徽陆军小学堂、北京清河陆军第一预备学校毕业。保定陆军军官学校第三期骑兵科毕业。

1916年8月,保定军校毕业。历任江苏讨贼军第二支队参谋,镇江军政分府副官等职。1924年12月,到广州,任孙中山广州大元帅府大本营军政部参谋。1925年2月,任黄埔中央陆军军官学校第三期入伍生总队第一队队长,校本部教授部马术教官等职。1926年7月,随部参加北伐战争,历任国民革军第三军(军长朱培德)第八师(师长朱世贵)步兵团营长、团长等职。1931年10月,任安徽省防军警备旅司令部参谋长等职。后入庐山中央军官训练团受训,并任第三大队中队附等职。

抗日战争全面爆发后,任第五战区第二十一集团军总司令(廖磊)部总务处处长、高级参谋,新兵补充训练处副处长等职。1940年10月,任军事委员会桂林行营高级参谋室上校参谋等职。1945年4月,任陆军骑兵上校军衔。

抗日战争胜利后,任日军战浮管理处副处长,陆军总司令部高级参谋等职。

1947年11月,任陆军少将军衔,同时退为备役。

(82) 张光玮

张光玮(1899—1971.1.12) 别号云樵、雪樵,回族,广西永福镇人。中央军校第一分校(南宁分校)第一期(比照黄埔军校第四期)步科毕业。中央军校南宁分校高级班第一期毕业。

1921年,毕业于广西陆军讲武堂,后随李宗仁部参加北伐战争。历任广西定桂讨贼联军第一路军排长,国民革命军第七军第一旅连、营、团长,第十三军第一七六旅旅长。

抗日战争全面爆发后，任第七军一七二师副师长。1939 年 6 月，授陆军少将。后任第八十四军参谋长、副军长。1943 年 7 月，任第八十四军军长，担任大别山外围豫南、鄂东的防务。先后参加徐州会战、武汉会战、鄂北会战和桂柳会战。

1945 年 8 月，调任第四十八军军长。1948 年，任第六绥靖区（湖北孝感）司令官，后升任第三兵团中将副司令官。1949 年 2 月，改任黔桂边绥靖区司令官兼新编第六军军长。

1949 年 10 月，华中军政长官白崇禧委任他为黔桂边军政区（辖百色、靖西两专区和贵州兴义、安龙，册亨、望漠 4 县）司令。此时，中国人民解放军中、东、西三路大军夹击广西国民党军。12 月初，白崇禧所带部队在桂南全军被歼灭，南宁、百色相继解放。12 月 5 日，军政区司令部退缩到西隆（今属隆林县）。不几日，云南卢汉和靖西专员赖慧鹏分别通电起义。张得悉后，意欲投向人民。但却遭到副司令胡栋诚等人的反对。后张以电报向赖慧鹏了解了起义做法和共产党的政策，终于下定决心投向人民。

1950 年元月底，张率所属机关及四十六师、四十八师官兵 1400 余人在百色接受解放军改编，命副司令万式炯率安龙指挥所数百人到贵阳接受改编。起义后，张任广西省政府参事室参事，广西区政协第一、二、三届常务委员。

1971 年 1 月 12 日，在南宁逝世，享年 72 岁。

著有《新生系的第十三军》《整编第四十八师进攻沂蒙山区前后》等。

（83）赵 援

赵 援（1904.7.11—1972.4.29）别号金鑑，四川巴县长生乡人。重庆联合中学毕业，北京朝阳大学肄业，广州黄埔中央陆军军官学校第二期步兵科、陆军大学特别班毕业，中央训练团将官班结业。

1924 年 8 月，考入广州黄埔中央陆军军官学校第二期步兵科步兵队学习。1925 年 9 月，毕业，陆军大学特别班第五期毕业。

抗日战争爆发后，任陆军第八十四军第一三一师司令部参谋长。1940 年 7 月，入陆军大学特别班学习。1942 年 7 月，毕业，同年，任陆军大学兵学教官。1943 年 7 月，任陆军步兵上校。1944 年，任长江上游江防总司令部参谋处处长等职。抗日战争期间，参加过淞沪会战、徐州会战（台儿庄）、武汉会战、桂南会战等战役。1944 年初，任长江上游江防总司令部参谋处长，为阻止日军从宜昌攻入四川做了相当多的工作。

1946年1月，入中央训练团将官班受训，1946年3月，结业。后任国防部特种计划司司长等职。1947年8月，任国防部驻九江指挥所副参谋长，赵的黄埔二期同学、中共党员谢宣渠正在策反赵。谢建议赵"不要掌握军队"。于是，赵援谢绝了继任国防部长顾祝同多次许诺"愿向蒋总统举荐继任国防部次长（副部长）"提拔的愿望。

1948年春，谢宣渠又传来党的指示，要求赵"掌握军队、准备起义"。赵援随即出任华中"剿匪"总司令部副参谋长，兼任陆军暂编第八纵队中将司令。1948年9月22日，任陆军少将。

1949年2月，任陆军第四十九师师长，第一二四军军长等职。同年，赵援接到立即逮捕100名共产党员的指示后。他表面从命，暗中却将人放了。

1949年9月，在四川北碚起义。

中华人民共和国成立后，任川东人民行政公署北碚市建设科副科长，加入民革四川地方组织。

1954年7月，任四川省人民政府参事室参事等职。

1972年4月29日，在成都逝世，时年68岁。

著有《关于白崇禧在国民党华中"剿总"时的回忆》〔载于中国文史出版社《文史资料存稿选编·军政人物》（上）〕等。

（84）钟 纪

钟 纪（1907—？） 字之平，号柱南，广西扶南（今扶绥县）人。广西省立第三师范学校、黄埔军校第四期步兵科、黄埔军校五期区队副、中央军校南宁分校高级班主任。陆军大学正则班第九期学员。

历任国民革命军排长、连长、营长、十三军二师独立一团团长、广西干训团航空班副主任、广西航空学校副校长、第四集团军总司令部航空处副处长、中央军校南宁分校高级班主任、五战区三九一旅旅长、军政部第十补训处处长等职务。1942年，升任桂军主力张淦第七军一七二师师长。1944年，升任第二十一集团军参谋长兼第一兵站总监。第十战区司令长官部参谋长。1946年9月，任第七军军长，隶属于薛岳徐州绥靖公署，整编第七师师长，联勤总部副总司令，第八绥靖区副司令官，第十一编练司令部司令官。当选第一届国民大会代表。1948年，淮海战役前期，调任张淦第三兵团参谋长，第七军军长由李本一接任。

1949 年去台，续任"国大代表"。1958 年退役。

（85）钟　毅

钟　毅（1899.9.24—1940.2.18）　字天任，广西扶南县（今扶绥县）长沙村人。中央军校第一分校（南宁）高级班教官。任国民革命军第三十一军第一三八师第四一四旅少将旅长，第八十四军第一七三师中将师长。抗战中，参加了徐州会战、武汉会战、随枣会战和枣宜会战。

在随枣会战中，因被敌包围，所率全体官兵无一投降或被俘，从容自戕殉国。国民政府追赠为陆军中将。

1987 年 12 月 28 日，广西壮族自治区人民政府追认为革命烈士。2014 年 9 月 1 日，在民政部公布第一批 300 名著名抗日英烈和英雄群体名录中，榜上有名。

生于广西扶南县（今扶绥县）长沙村。其父钟曦堂（钟冥）考中光绪甲辰科秀才，成为钟家历代考取功名第一人；后在南宁设馆教书，家道小康。其母金氏，务农。钟毅有胞弟二：钟纪（国民党军长）、钟协（国民党扶南县县长）；有胞妹三：壬坤、丽坤、薇坤。兄弟姐妹都能进入较高的学校读书，可算是书香门第。民国初年，其父曾赴南宁设办塾馆，钟毅随父就读，习"四书五经"、《左氏春秋》，其天资聪颖，诗词书法造诣很深，年纪很轻就能下笔成文，纵谈天下大事，尤受钟老先生和村里长者的喜爱。少年时代已名扬桑梓。

1914 年，钟毅考入扶南县县立吉阳小学。他在学校刻苦努力，尊师敬长，豪爽仗义，加上他成绩优异，算术、音乐、体育等科目常常名列前茅，深得校方赞许和同学们的拥戴。此时其父母由邕返乡，在长沙村又设立私塾办学。钟毅每次放假由县城回家，一定到私塾去指导学生们唱歌、练操、绘画，并领导开展算术、竞走比赛活动，使学生们思想更加活跃，学业进步更快，深得学生们及父老的喜爱和赞扬。他有强烈的爱国主义精神，敬慕岳飞、文天祥等民族英雄，每年暑假回乡，他都教村里的年轻人唱歌、练体操，他最爱唱的就是流芳千古的岳飞的《满江红》。

1917 年夏，钟毅从吉阳小学毕业，以优异的成绩考入广西省立第三师范学校。当年这所师范学校是广西培训师资的最高学府，录取学生除免交学费外，还供给膳食、服装和书籍等，以鼓励学生学习。但这所学校每年仅招收新生一班，名额 50 人。因此每逢考期，莘莘学子成千上万齐聚邕城应试，没有真才实学的人是难被以录取的。而钟毅应考，一举名列第三，被誉为"扶南才子"。

1918 年暑假，钟毅感到自己学校比广州、上海各校落后，毅然离开南宁赴广州，想考取当时颇有名气的大学，无奈学历限制很严，被拒之门外。这时，他听说在南京任国会议员的同乡梁培先生（那隆村人）住在广州，并知道父亲曾与梁培同是清光绪三十年同科秀才，喜出望外，便登门拜访，请梁培举荐。梁培素重乡谊，且系故人之子，便欣然答允，介绍他到广东造币厂任小职员。他一边工作，一边伺机投考学校。不久，广东省韶关讲武堂招生，钟毅即往应试，由于他成绩优异，为该校李仙根（云南人）校长所器重。在校受训两年，正是军阀割据混战、斗争角逐，时局动荡的之时。钟毅在广州目睹国事之蜩螗，外人之专横，百姓之困苦，毅然决定投笔从戎，弃文习武，报考讲武堂。经过考试，他被录取。从此，踏上了军旅生涯。

1920 年底，毕业于广东韶关讲武堂。

1924 年，追随李宗仁参加统一广西诸战役。

1926 年，参加北伐，任营长。

1926 年 11 月，江西光复后，升任上校团长。参加随后的北伐诸战役。

1929 年初，宁汉战争后奉派赴日本学习军事，认真了解日本的军事装备情况，研究日本军队的战略战术。

1929 年 9 月，回国，因广西局势动荡，居上海岳父家。

1931 年，回广西任集团军上校参议。

1934 年，任黄埔军校南宁分校军训大队长，并在陆军大学特二期受训。

1937 年，被任命为第三十一军少将旅长，11 月率军北上抗日。参加淮河战役、台儿庄战役外围阻击战。

1938 年夏，以战功晋升为第四十八军第一七三师中将师长。武汉会战以后，该师负责保卫第五战区司令部。

1939 年夏，随枣会战后，因战功荣获军事委员会颁发的陆、海、空甲等奖状。

1940 年 5 月 9 日，在枣宜会战中，他率一七三师退至唐河苍苔，因敌围困，全体官兵无一投降或被俘，全军阵亡。他从容自戕殉国。时年 41 岁。

同年 7 月，中华民国政府以 1283 号褒扬令明令褒扬。8 月葬于桂林东郊，现为钟毅墓。其殉难处苍苔镇建有衣冠冢。国民政府在唐河县修建钟毅中学，由李宗仁亲笔题名。后来钟毅中学更名唐河县第三高级中学，现在已经更名为湖阳镇第一初级中学。

（86）周 元

周 元（1894—1938.5.9） 字凯之，壮族，广西宁明县洞廊村人，黄埔军校南宁分校第五期高级班。国民革命军第四十八军一七三师副师长、中将副师长兼五一七旅旅长。1938 年 5 月 9 日，在蒙城县突围中壮烈牺牲。

1939 年春国民政府追授陆军中将。

出生于贫苦农民家庭，幼年给人放过牛。1905 年因生活所迫，入广西左江镇总兵陆荣廷部当兵。1917 年投靠孙中山，参加了"护法运动"。

1920 年追随李宗仁的部队，1924 年入国民革命军，参加北伐战争。

1930 年任龙州教导团团长。

1934 年入黄埔军校南宁分校第五期高级班学习，毕业后任国民党第二十一集团军（总司令廖磊）第四十八军第一七三师副师长，授少将军衔。

七七事变后，奉命率部参加淞沪会战，10 月 17 日在上海陈家行指挥战斗时，英勇拼杀，虽身负重伤，仍坚持指挥作战。他的忠勇爱国精神，受到上级嘉奖，被擢升为中将副师长兼五一七旅旅长。淞沪会战失利后，第二十一集团奉命驻守江西九江。

1938 年 5 月初，日军在台儿庄受挫后，便调集数十万大军围攻徐州，妄图歼灭第五战区李宗仁部。为避免重蹈京沪战场覆辙，李宗仁决定放弃徐州，转移到豫南、皖西一带，并命驻守在淮河中上游的第二十一集团军第七军第一七一师师长杨俊昌率一个团守宿县，以阻止沿津浦线北上的日军；命令第四十八军一七三师副师长周元率一团守蒙城，以阻止沿蒙蚌路和涡河而进之敌，以掩护主力撤退。周元率部于 5 月 6 日进驻防蒙城布置防务。此时国民党蒙城县长葛昆山逃往望町、高隍一带。

3000 多名日军逼近县城，经过 3 昼夜激战，在孤军无援的情况下，9 日县城沦陷。周元率 2400 名官兵虽英勇拼杀，仍大部殉国。周元突围至城东南飞机场时，在同日军激战中为国捐躯。日军也伤亡千余人。后中华民国国民政府将蒙城县更名为周元县，县小学更名周元小学。周元及五一七旅殉难将士遗骨葬于蒙城东门庄子祠；在桂林建有纪念塔、衣冠冢，李宗仁题词"成仁取义"。

1985 年 5 月 21 日，民政部追认为革命烈士。2014 年 9 月 1 日，在民政部公布第一批 300 名著名抗日英烈和英雄群体名录中，榜上有名。

第三章 序战之淮河阻击战、台儿庄 大战中的东北军

东北军其前身为民国时期东北地区的北洋奉系军阀首领张作霖所统辖的军队，时被称为奉军，是当时中国唯一海、陆、空编制齐备的军队。1928年6月4日凌晨5点30分，张作霖乘坐的专列行驶至皇姑屯火车站以东，被日本关东军预埋炸药炸毁，张作霖被炸成重伤，送回沈阳后，于当日死去。史称皇姑屯事件。

其子张学良继任并主政东北，1928年12月29日"归顺"蒋介石国民政府，史称东北易帜。于是，奉军被编为东北边防军，纳入南京国民政府军系统，简称"东北军"，拥有兵力30万至40万。其统帅张学良被任命为国民政府东北边防司令长官、全国陆海空军副司令。

一、第五十一军及战斗序列

参加淮河阻击战及台儿庄战役的国民革命军第五十一军，前身是由北洋军阀吴佩孚部第十八混成旅发展而来。1925年10月，北洋军阀吴佩孚部第十八混成旅扩编为第二十五师，于学忠任师长。1927年秋，第二十五师、第二十六师与第七师合编为东北军第二十军。1930年9月，张学良在中原大战中发出拥蒋通电后，率东北军主力入关，为蒋介石赢得中原大战的胜利创造了条件。在此期间，该军改称为东北第一军，于学忠任军长，率兵入关，驻平、津一带。

1933年2月，根据国民政府国民革命军军队的编制序列，进入关内的东北军统一改编为4个军。原东北军第一军改编成第五十一军，于学忠任军长，下辖：第一一一师（董英斌）；第一一三师（李振唐）；第一一四师（牟中珩）；第一一五师（熊正平）。该军组成后，在参加了长城抗战和冀东抗战后，奉命调往鄂豫皖苏区和陕甘苏区，参加了对红军的"清剿"作战。1935年6月，国民政府任命于学忠为陕甘川"剿匪"总司令，兼第五十一军军长，该军编为西北"剿匪"军二路军第八纵队，参加了阻击红一方面军西征的作战。

　　西安事变后，东北军近 20 万士卒群龙无首，并在主战、主和问题上发生严重分歧，最后竟发展到内部残杀。为防止东北军内部残杀的悲剧愈演愈烈，经过中共代表周恩来等多方做工作，避免了事态的进一步扩大。1937 年 3 月东北军高级将领接受了蒋介石提出的东北军东调的"乙案"。东北军遂东调，分驻豫南、皖北、苏北地区。4 月到 6 月，南京政府对东北军进行整训、缩编。由每军四师的甲种军缩编成每军二师、每师二旅的乙种军编制，仅骑兵第二军保留 3 个师。

　　整编后的东北军为 6 个军的国民革命军：

　　第四十九军（刘多荃），辖第一〇五师（高鹏云）、第一〇九师（赵　毅）；

　　第五十一军（于学忠），辖第一一三师（周光烈）、第一一四师（牟中珩）；

　　第五十三军（万福麟），辖第一一六师（周福成）、第一三〇师（朱鸿勋）；

　　第五十七军（缪征流），辖第一一一师（常恩多）、第一一二师（霍守义）；

　　第六十七军（吴克仁），辖第一〇七师（金奎璧）、第一〇八师（张文清）；

　　骑兵第二军（何柱国），辖骑兵第三师（徐良）、骑兵第四师（王奇峰）、骑兵第六师（刘桂五）。

　　1937 年 4 月 26 日，于学忠率第五十一军由甘肃调至江苏淮阴整编，并被任命为江苏绥靖公署主任兼军长，李振堂任副军长，下辖第一一三、第一一四师。七七事变后，该军隶属韩复榘第三集团军，开赴山东，驻青岛担任海防守备。于学忠任第三集团军副司令兼第五十一军军长。1938 年 1 月，韩复榘被处决后，于学忠升任第三集团军总司令兼第五十一军军长。日军占领南京以后，为了沟通南北战场，打通津浦路，南路日军从镇江、南京、芜湖渡江北上时，该军奉命从青岛南调，开赴蚌埠、临淮关一线，参加津浦路南段抗日阻击作战。同北上欲夹击中国军队的日军第十三师团激战 10 日，双方阵地反复易手，战况惨烈，五十一军此战牺牲 6000 余人。4 月，该军赶赴台儿庄，在台儿庄附近的陶墩、柿树园、彩里徐（在今枣庄市台儿庄区和峄城区）一线阵地阻击日军，为取得台儿庄战役胜利立下汗马功劳。

　　1938 年 5 月，徐州失陷后，该军奉命转进铜山附近，占领津浦路东之国防工事，掩护鲁南兵团撤退。8 月，该军调赴大别山北麓前线，在参加武汉会战后，与第七、第十军等部被留置大别山区担任游击作战。

　　1939 年 1 月，国民党军事统帅部为建立敌后根据地，成立鲁苏战区。3 月中旬，该军奉命由安徽省立煌县开赴鲁南，进入沂蒙山区，担任沂水、蒙阴、安丘一带守备。此时，于学忠升任鲁苏战区总司令。牟中珩接任军长，周毓英任副军长。下辖：第一一三、第一一四师编制不变。同年 6 月，日军以第五师团为基干，并调集第二十一、第三十二、第一一四师团和第五独立混成旅团各一部，对沂蒙山实施分进合围大"扫荡"。该军利用沂蒙山区的有利地形，与日军周旋，经20余天的作战，粉碎了日军的"围剿"。在此次作战中，第一一四师师长方叔洪在冯家场战斗中阵亡。

1942年1月，牟中珩调任山东省府主席，周毓英接任军长。1943年3月至5月，驻山东日军和伪军吴化文等部万余人，向该五十一军所在的鲁南地区连续发动攻势作战，该军损失惨重，第一一三师师长韩子乾被俘；第一一四师全部阵亡。6月上旬，该军奉命撤出鲁南，暂往鲁西待命。1944年3月，鲁苏战区撤销后，该军隶属第五战区，调往鄂豫边界的大别山区，参加了豫中会战。

1946年5月，该军改编为整编第五十一师，原军长周毓英改任师长，韩世儒任副师长，原第一一三师改编为整编第一一三旅（李玉唐）；原第一一四师改编为整编第一一四旅（李步青）。同年，国民党对山东解放区发动全面进攻后，该军由河南调往苏鲁战场，该师在参加宿北战役和鲁南战役中，被山东人民解放军全歼。中将师长周毓英、少将副师长韩世儒、少将参谋长李献中等被俘。此次作战后，国民党军重建整编第五十一师，王严任师长，王秉钺任副师长。重建后该师隶属第一绥靖区，驻防淮阴，担任苏北地区的守备任务。1948年5月，该师在参加李堡、栟茶战役，益林战役，盐（城）南战役等作战中，第一一三旅再次被人民解放军全部歼灭。

1948年9月，该整编师恢复第五十一军的番号。王秉钺任军长。1949年4月下旬，人民解放军发起渡江战役后，该军在三江营至申港段长江防线担任防御任务时，所辖第四十一师被人民解放军歼灭。残部逃入上海外围后，在参加上海近郊防御作战中，再次被人民解放军全歼，中将军长王秉钺、少将参谋长向建白等被俘。退入市区的残部又重建第五十一军，由淞沪警备副司令刘昌义兼任军长。5月27日，该军在刘昌义率领下向人民解放军投诚。

第五十一军战斗序列：

军长：于学忠
副军长：李振堂
　　　参谋长：刘忠干、葛　覃
军械处主任：冉宪文【黄埔八分校（湖北均县）教官】
　　　第一一三师

师长：周光烈

副师长：周毓英

第三三七旅旅长：窦光殿（窦希哲）

第六七三团团长：梁忠武、张少舫（张植桴）【黄埔五期】

第六七四团团长：张儒彬

第三三九旅旅长：孟宪周、梁忠武

副旅长：乌庆霖（1938年2月7日牺牲）【黄埔高教班三期】

第六七七团团长：张炳南

副团长：李 桢（1938年2月7日牺牲）

第六七八团团长：李玉唐

副团长：曹宗纯

第一一四师

师长：牟中珩

副师长：张熙光

参谋长：黄德兴、方叔洪

军需：刘衍智【黄埔洛阳分校】

第三四〇旅旅长：扈先梅（1938年4月28日牺牲）方叔洪

第六七九团团长：陈聪谟【黄埔三期】、李超林

加强营第一连连长：戚天福（1938年1月29日牺牲）

第六八〇团团长：于学道、李连峰

第三四二旅旅长：李雨霖（李步青、李荫坡）

副旅长：贾 陶

第六八三团团长：黄德兴、王鹏举

第六八四团团长：刘明让（1938年4月22日牺牲）、杭子祥

二、第五十一军黄埔师生淮河阻击战及台儿庄战斗

第三三九旅副旅长乌庆霖每次战斗总是身先士卒，亲临前沿阵地指挥作战，他以自己的果敢行为赢得官兵的拥戴，被称为"标准军官""抗日的好汉"。

乌庆霖还积极主张联共抗日，这引起了国民党顽固派的不满。一贯仇视共产党的第三三九旅旅长孟宪周在暗中监视乌庆霖的行动，企图加以陷害。孟宪周又采取馈赠礼品等手段拉拢乌庆霖，但都被乌庆霖拒绝。1938年2月6日，孟宪周以谎报军情的假罪名逮捕了三三九旅的副团长李桢。李桢是乌庆

霖的亲密战友，两人都一直坚信联共抗日的主张，虽处逆境而矢志不渝。乌庆霖从淮河前线战场回到旅部后，听说李桢被捕，即找到孟宪周，要求释放李桢。孟宪周不但未放李桢，反而以同情共产党为由，逮捕了乌庆霖，他深知乌庆霖在官兵中的威望，唯恐时间过久，发生意外，于次日清晨，杀害了乌庆霖。乌庆霖时年 35 岁。

1938 年 1 月上旬，第一一三师奉命开赴蚌埠，在临淮关一线沿淮河北岸布防，阻击日军第三、九、十五师团北犯。第六七三团团长张植桴率部布防于日军渡河的正面位置，面对日军的蜂拥而至，他在前沿阵地向官兵动员说："我们过去打的都是无是非的仗，现在是和日本人打仗，是保卫我民族之战，是正义之战，我们要为中华民族奋勇杀敌，捍卫我民族尊严。……" 2 月 1 日，日军乘船渡河，未及半程，即遭到六七三团的迎头痛击，尔后，战斗转入白热化的拼刺刀肉搏战，张植桴与士兵一起执刃杀敌。此役历经 15 天，张植桴团共歼敌千余人，受到第五战区嘉奖。完成任务后，奉命撤至宿县整补。

4 月中旬，张植桴所率的六七三团是五十一军增援台儿庄的先头部队，他首先迅速抢占了台儿庄北面兰陵镇、庞家堂一线阵地阻击敌人。日军在飞机、大炮和坦克掩护下，狂妄至极，一天数次发动进攻，均被张植桴团打退。4 月 22 日，日军矶谷师团之沼田、平冢等部 4000 余人沿台潍公路赶来增援，在大炮掩护下，一排排冲来，张植桴团沉着应战，待敌至近，倏然而起，与敌拼刺刀，迫使日军后退。经过七天七夜的血战，坚守住阵地，打垮日军不可一世的武士道精神。在完成台儿庄战役任务总撤退时，第五十一军是殿后部队，张植桴的六七三团是撤退时的掩护团，担任后卫警卫。在此次台儿庄战役中，张植桴团受到第五战区司令长官李宗仁的嘉奖。

日军为挽回在台儿庄的失败，调集重兵再犯徐州。4 月 29 日第五十一军在郯城与前来增援的日军血战 9 日，给日军以重大杀伤。据全国政协编印的《徐州会战大事记》载："1938 年 3 月 30 日，第五十一军血战七昼夜，将猛犯台儿庄之日军两联队歼灭三四千人。"又载："4 月 29 日于学忠（五十一军）于郯城抗战九日，各级官长均亲临前线指挥，死伤旅长三，团长七，营以下官兵数千，予敌重创，并阻敌南下，掩护我大军集中。第五战区传令嘉奖。"张植桴团在郯城激战中，杀敌战功卓著，受嘉奖。

第一一四师三四〇旅六七九团团长陈聪谟，于 1938 年 4 月，转入第五战区，参加台儿庄战役，旅长牺牲后，他代旅长指挥战斗，坚持到战役结束。战斗中他带领部队浴血奋战，最后同敌军展开肉搏战，坚持到援军到达，此时，全团只剩下 7 名官兵和一条警犬，他因腿部受伤，才被勤务兵背下战场。

　　据时任第一一四师军需刘衍智，于上世纪 80 年代撰写回忆文章《牟中珩的戎马生涯》<《烟台文史资料》（第十辑）>记述，1938 年 4 月下旬，他当时就在台儿庄东北约 4 华里处的一个大坟场内，即师指挥所。在徐州突围时，刘衍智随一一四师转进突围。当时，为了掩护鲁南兵团转进，第一一四师曾在青龙桥苦战一昼夜。5 月 20 日下午奉命转进时，全师正与敌人成胶着状态，无法立即脱离火线。至 21 日凌晨 3 时许，先头部队到达张山集时，不料与由运河车站南窜截击我军的敌人 2000 余人突然遭遇。刘衍智当时突然看到前方上空升起了三颗红色信号弹，报告给师长牟中珩，为了摸清敌情，牟中珩立即率少数卫队乘马奔向前方，命令三四〇旅旅长方叔洪立即命令六八〇团团长李连峰率全团官兵迅速抢占一座小山头，三四二旅也改变了前进方向。旋即与敌交火。经过约两个小时的激战，终将敌人击退，部队随即通过。

　　刘衍智最担心的是身上所带的 3.4 万多元的公款。在突围落伍一天后，于 22 日上午 8 时许，才到达师长牟中珩的驻地。一见面，牟中珩就说："你们没回来，大家都很着急，部队都向我要钱，可我现在连派侦探的路费都没有，哪有钱给他们。部队伙食都无法维持。"当得知，刘衍智把 3.4 万元的百元大钞用布裹好系在腰里，把 500 多元的零票分给张科长（会计科长）和庞军需（会计）二人分带。他"抱定人不死钱不丢这个决心"，只是把马丢了。

　　牟中珩很是高兴，对他说："你很有办法，干得不错，你们一回来，师部的日子就好过了。"部队在泗县地区收容整顿了 3 天，失散的人基本上到齐了。这时全师共计尚有官兵 7000 人左右。这说明台儿庄一战全师共伤亡官兵 5000 余人。由于，张科长和庞军需却把账簿和分带的 500 多元的零钱全丢掉了，师长牟中珩很不高兴，后来，把张科长由少校降为中尉，庞军需由上尉降至中尉，而把刘衍智提升为上尉，并重赏法币 1000 元。

三、黄埔人物（三）

（87）陈聪谟

　　陈聪谟（1906.6.21—1972.12.17）字心察，后改为星槎，湖南石门县苏市乡三亩池人。黄埔军校第三期步兵科毕业。

　　父亲嘉善，母亲郑艳国，生有两女三男，因祖父翼教去世较早，家道中落，靠务农为生。陈聪谟从小聪慧，农活、手工活一学便会，三子中聪谟为次，因兄长体弱多病去世较早，很受其父亲器重。

1924 年，在石门县中学念初中二年级时，常与好友郑洞国，聚谈国家民族前途，意应追随孙中山先生民主革命，一致同意前往广州投考黄埔军官学校。当时国内军阀混战，南去广州的陆路不通，即和郑洞国、王尔琢三人从石门经长沙北上武昌再到上海坐海船绕道到广州。时军校一期招生报名时间已过，只得无功而返。次年，只身再临广州报考，取入黄埔三期步兵科。从此开始了他的二十多年的戎马生涯。

在校期间受到了严格的军事训练，以优秀的成绩和精湛的枪法于 1926 年 1 月毕业。时正值国内轰轰烈烈开展民主革命，他先后参加了东征，平定商团等战斗。在东征的战场上，他冲锋在前、指挥有方，活捉陈炯明麾下的师长一名，因而被荣升三级，由连长直接升任少校营长。任营长后随军进行了二次北伐，直抵湖北境内。

1926 年，北伐军进入武汉后，他先后任武昌中央军校、农民讲习所军事教官。当时是国共合作时期，在讲习所时与毛泽东等人共过事，为国共两党培养了众多军事人才。年底，与在武汉大学教育系就读的伍家峨女士结为伉俪。

宁汉分裂后，湖北农民讲习所解体。他转入上海城防警卫部队任中校营长，随后驻防北平，抗战前夕，由于形势紧张，移防河南洛阳。

随着抗日战争的全面展开，民族危机加剧。国家安危，匹夫有责，他决定放弃后勤部队任职，申请参加野战军抗战，任第一一四师团长，随即调往抗战前线。

1938 年 3 月，转入第五战区，参加台儿庄战役，旅长牺牲，他代旅长指挥战斗，坚持到战役结束。战斗中他带领部队浴血奋战，最后同敌军展开肉搏战，坚持到援军到达，此时，全团只剩下 7 名官兵和一条警犬，他因腿部受伤，才被勤务兵背下战场。是年夏天，日军集中五个多师团的兵力，大举进攻武汉，他伤愈后即投入武汉会战，在湖北武穴和日军激战，腰部受伤，在家乡养伤一年多。伤愈后，任湖南保安部队团长，驻临澧新安。1942 年，任运输二十团团长，驻防广东韶关。因战略转移，率部往广西至云南。1943 年，在广西警卫部队任职，挂少将衔。

1944 年，调重庆中央训练团集训。抗战胜利后至 1946 年，在长沙城防警卫部队任职。1947 年，任湖南保安第四旅旅长。

1948 年，应召到南京中央警官学校集训，结业后，因眷恋故土，要求回湖南任职，于当年回到长沙故居。

1949 年，在长沙就读的一些石门县大学生联名上书省政府，请求他去石门县任县长，因当时石门县社会秩序混乱，陈聪谟是本地人，对县里社会情况较为了解，不久省政府委任状下达，1949 年 4 月，正式任石门县县长。

石门县当时已是一个乱摊子。他到任后即着手整顿政务，安定治安，禁毒。7 月，解放军压境。而当时宋希濂部尚有一个军驻石门。陈聪谟欲起义又犹豫不决，率部退出县城至西北乡，任宋部少将高参。11 月接省政府电令，回县城投诚，放下武器，石门县全境解放。

人民政府安排他到常德教导团学习，后转长沙省教导团集训。1950 年，学习结束后回到长沙故居。不久，只身离境赴香港九龙。

1972 年 12 月 17 日，在九龙播道医院逝世，终年 66 岁。

《香港时报》登载了他去世的消息，称他为"抗日名将"。

（88）刘衍智

刘衍智（1912.3.18—？ ）字子明，玄谋，山东省蓬莱县于庄公社沈余大队（今烟台市蓬莱区小门家镇沈余村）人。1935 年 2 月，入中央陆军军官学校洛阳分校军士教导总队第六队学习。

其舅母是于学忠母亲的亲姊妹。1930 年 8 月，他由大连弃商投军到山海关于学忠部，安排到东北陆军第二十三旅（上校参谋长为牟中珩）旅部副官处庶务兵，从此，走向军旅生涯。至 1945 年底，日军投降，机关裁撤，他才与相处 15 年的牟中珩分手。抗战期间，参加了台儿庄战役、徐州会战、武汉会战以及鲁南敌后苏鲁游击区诸艰苦战斗等。

1975 年 3 月，获最后一批特赦。

安排就业于南京金陵图书馆工作。

根据刘衍智先生在南京金陵图书馆工作时，于 1981 年 10 月 25 日，在《干部档案》"参加革命前后履历"一栏所填内容如下：

1921 年 1 月—1926 年 12 月，山东蓬莱六区大迟家集育新小学学生（证明人：迟步云）；

1927 年 1 月—1930 年 8 月，大连市益泰祥代理店学生意（证明人：迟子祥）；

1930 年 9 月—1934 年 5 月，国民党第五十一军第一一四师师部副官处士兵（证明人：牟中珩）；

1934 年 6 月—1935 年 9 月，国民党中央军校洛阳分校军士总队受训（证明人：刘海波）；

1935 年 9 月—1939 年 9 月，国民党第五十一军第一一四师师部军需处少、中、上尉军需（证明人：牟中珩）；

1939 年 9 月—1940 年 1 月，国民党第五十一军军部补充团第十二连上尉连长（证明人：牟中珩）；

1940 年 2 月—1942 年 2 月，国民党第五十一军军部副官处第二科少校科长（证明人：牟中珩）；

1942 年 2 月—1945 年 2 月，国民党山东省政府秘书处第一科荐任一级科长（证明人：牟中珩）；

1945 年 2 月—1945 年 8 月，国民党第十战区临泉指挥所副官处上校副官（证明人：陈大庆）；

1945 年 8 月—1945 年 12 月，国民党第十战区徐州指挥所副官处上校科长、代处长（证明人：牟中珩）；

1946 年 1 月—1946 年 12 月，国民党第二十军官总队第六大队上校大队附（证明人：陈长捷）；

1947 年 1 月—1947 年 7 月，国民党中央训练团上海分团行政班上校学员（证明人：相君劻）；

1947 年 8 月—1948 年 10 月，国民党山东省第十一专区保安司令部上校副司令（证明人：王耀武）；

1948 年 10 月—1948 年 12 月，国民党第七十二军军部独立第四团上校团长（证明人：余锦源）；

1948 年 12 月—1949 年 1 月，国民党第一一六军第二八七师八六一团上校团长（证明人：谭心）；

1949 年 1 月—1975 年 3 月，人民政府抚顺战犯管理所学习改造（证明人：金源）；

1975 年 4 月，江苏省南京市人民图书馆工作人员（证明人：张曰跃）。

在档案中，刘衍智自述：1935 年 2 月，在国民党中央陆军军官学校洛阳分校军士教导总队第六队，集体加入国民党。曾历任少中上尉军需、上尉连长、少校科长，荐任一级科长，上校科长、处长、保安副司令、团长等职务。曾参加过抗日战争及三年反革命内战。1949 年 1 月，在淮海战役被俘，后被人民政府列为战争罪犯，通过 26 年的教育改造，于 1975 年 3 月 19 日，蒙党和政府特赦，释放。并于当年 4 月，派到江苏省南京市人民图书馆，参加革命工作。

他在有何特长和专业技术，熟练程度如何一栏中写道：在抚顺战犯管理所改造期间，曾在电机厂从事车工工作17年，基本上已熟练地掌握了C630大车床的操作技术，可以根据图纸的要求独立操作。

第一任妻子董玉凤（1913.7—？），南京市建邺区饮食业退休。女儿刘淑琴，曾供职于南京自来水公司上元门水厂，育有两子。女婿吴绍华，曾供职于南京市船舶运输公司。

第二任妻子张琦（1955年，与刘衍智离婚），山东省郯城县职工子弟学校教师退休。儿子刘术平（第二个妻子所生），山东省郯城县小埠岭铁矿工人，育有两女一子。

弟刘衍勇，山东省蓬莱县于庄公社沈余大队人社员。

生前著有多篇关于于学忠、牟中珩等人、抗战及东北军的回忆文章，《牟中珩的戎马生涯》载《烟台文史资料》（第十辑），《苏鲁战区国共合作反"扫荡"纪实》等。

1987年，政协蓬莱县委员会专函致谢。

（89）冉宪文

冉宪文（1894—1944）字兴周，山东夏津县城东侧吴井村（今属银城街道）人。保定陆军军官学校第六期步科，东北讲武堂任兵器教官，中央陆军军官学校八分校（亦称黄埔军校八分校）上校兵器教官。

赋性刚毅聪慧，1917年，考入保定陆军军官学校第六期步科，为十连学员，同期学习的有薛岳、顾祝同、黄镇球、余汉谋等。1919年毕业后，任北京政府中央陆军山东第五师（师长靳云鹏、张树元）步九旅（旅长马良）少校参谋。1926年，后升为直鲁联军第十七军（军长曲同丰、谢文炳）九十八旅中校主任参谋，随部与北伐军作战。1928年5月，调转沈阳东北讲武堂第九期教育处中校任兵器教官，后任战术教官，东北边防军司令长官部参谋处视察官。讲武堂由张学良亲任监督。1931年九一八事变后，讲武堂停办。随部撤退关内到北京，任张学良公署参议处上校视察员。

1933年4月，在华北军第一军团于学忠部供职，任平津卫戍区司令部中校科长。1935年，任于学忠部第五十一军军械处中校主任，后随部进驻西安。1936年3月18日，被国民政府军事委员会铨叙厅颁令，叙任陆军步兵中校。西安事变中，五十一军参与扣留蒋介石及其随人员行动。冉宪文意志坚决，怀着对祖国山河的热爱和对日军的仇恨参与了"扣蒋"行动。1937年之后，随军参加了津浦路南段战役、徐州会战、台儿庄战役、武汉会战（武汉保卫战）。他亲临前线作战，勇敢顽强，受到上级嘉奖。后任陆军第五十一军司令部干部训练班教育主任。

1941年12月，调任为中央陆军军官学校八分校（设立于湖北均县）上校兵器教官。因当时学员多而教官少，教学任务相当繁重。其除任本科教学外，还兼任其他学科教学。其训育学员态度严肃认真，一丝不苟，得到校方及学员的赞誉，为抗日培养了大批勇敢战士。

1944年10月，因病逝世，时年50岁。

（90）乌庆霖

乌庆霖（1903—1938.2.7）　号霁霞，蒙古族，热河省建平县（现属辽宁省建平县海棠南菜园子村）人，1938年牺牲在安徽省淮河北曹老集村边，年仅35岁。

幼年家境贫寒，祖上几代人都没进过学堂，父母见他聪明伶俐，破例让他念了二年书。由于他勤奋好学，两年里竟学了五年的课程。父母便节衣缩食地供他继续求学。他不但学习了"四书五经"，而且学习了数学、美术。在崇正学校毕业后，回到村里，成为村的秀才，不但字写得好，又会绘画、雕刻。不几年就誉满乡里，人们称他是"小圣人"。

教书不久，他就远离家乡去奉天谋求生路。初到沈阳，无亲无友，不几天，钱就花光了，他被逼无奈到大街上摆摊，靠写字画画儿挣点生活费用。一个偶然的机会，他被一个军官看中了，夸奖他的字和画见真功夫，并问他是否愿意当兵。正进取无门的乌庆霖欣然应允，便参加了东北军。他先当文书，后当排长，由于谦和耿直，在官兵中很快建立起威信。为了进一步深造，他考进奉天讲武堂第八期步科学习，潜心攻读军事。由于他通晓蒙汉两种语言文字，毕业后，被任命为哈（尔滨）满（洲里）司令部上尉参谋，驻军海拉尔。

九一八事变后，日本侵略军占领了沈阳，很快就占领了东北三省，又向长城以里进犯。在忍无可忍的情况下，张学良下令在长城一线阻击敌人。乌庆霖积极参战，在滦县以西指挥部队一举杀伤大批日本侵略军。掩护了部队的安全转移，出色地完成了阻击任务，为此他荣获东北军颁发的海陆空特等一级勋章。

　　1934 年南京黄埔军校高等教育班在全国各部队营职以上军官中招生，时任一二九师中校参谋处长的乌庆霖，以第二名的优异成绩被录取。1935 年结业时，考试成绩名列全班第二，荣获勤学奖章一枚。学校看中了他的文武才学，让他留校任教官，他毅然回绝了。张学良得知乌的要求后，曾数次与南京通电联络，终于把他要回，继续担任一二九师中校参谋处长。

　　1935 年张学良将军在西安城南的王曲镇成立了军官训练团，抽调少校军衔以上的青年军官一百二十名，加紧训练，志在重整东北军。乌庆霖也被调去。他在训练团中，接触了中共地下党员宋黎、王西萍等人。从他们身上，他认识了中国共产党，了解了共产党的抗日救国主张，看到了中国人民抗日斗争的胜利希望，坚定了自己坚持抗战的决心。由于他积极主张抗日，深得张学良的赏识。训练一结束，马上把他调到张学良公馆，任张学良随从副官。

　　1935 年根据抗战形势发展的需要，张学良把各地逃往陕西的青年集中起来，成立了学兵队。委任的第一任学兵队长是中共地下党员康博英，第二任队长是乌庆霖。许多中共地下党员，如谷牧、乔晓光、郭峰等同志都曾在学兵队做过秘密工作。乌庆霖在任期间，对中共地下党组织的各种活动都给予方便，并且在学兵队里组织学习了红军的游击战术和三大纪律八项注意。学兵队的进步性引起国民党宪兵特务的密切注意，他们挖空心思地寻找缝隙。乌庆霖识破了敌人的诡计，针锋相对地制定了纪律，加强学兵队的管理，队员下楼上街都集体行动，不给特务一点可乘之机。有一次，学员们准备集体去洗澡，特务闻讯后在澡堂里放了炸药，妄图制造事端加害学兵队。乌庆霖得知情报后，马上改变了原来的打算，使特务的阴谋未能得逞。

　　1936 年 9 月，张学良成立了秘密的抗日同志会，自任会长，吸收抗日积极分子参加，条件是：积极抗日，不吸大烟，不要小老婆。乌庆霖参加了抗日同志会。在西安事变中，乌庆霖带领学兵队在东城门、西京招待所、飞机场、军警督察处、电报局、张学良公馆等关键要害处所担任警卫工作。捉蒋第二天，乌庆霖带领学兵队员到南院门闹市区进行宣传讲演，宣传抗日救国的道理。有的队员还化装演出了街头剧，唱进步歌曲，还宣传了张学良、杨虎城两将军的八项主张，这对于逼蒋抗日、孤立反动派起了很大促进作用。

　　西安事变不久，张学良以学兵队为基础，组建了抗日先锋队。这支队伍抗日最坚决、中共地下党员最多，全队分三个支队，每个支队近千人，乌庆霖担任第一支队长。张学良被蒋介石扣押后，国民党强令抗日先锋队撤出西安。并把这支队伍改编成一百一十师，乌庆霖担任该师六二八团团长。

1937 年春，又把这个师调到安徽蒙城控制起来。乌庆霖还自筹经费办起了《六二八日报》，积极宣传抗日救国；与此同时，以贾陶为领导的六二九团抗战活动也很高涨。国民党反动派一计未成，又生一计。5 月，把先锋队中的两个团拆散，另行改编，以营为单位分别编入五十一军——三和——四师各旅团。对原团长则以明升暗降的卑劣手段剥夺他的实权，乌庆霖也失掉了带兵权，令其担任——三师三三九旅副旅长。在被改编的抗日先锋队中有三个营，在贾陶同志组织带领下，后来毅然起义。

全面抗战爆发后，乌庆霖非常高兴，破例设家宴以示庆贺，并告诉全家人要做好长期作战的准备。不久，他奉命开赴淮河抗日前线打击侵略者。他身先士卒，亲临前沿阵地指挥作战，沉重地打击了侵略者的多次进犯。他的果敢行为赢得官兵的好评，称他是"标准军官""抗日的好汉"。由于乌庆霖积极主张联共抗日，一贯仇视共产党的三三九旅旅长孟宪周监视乌庆霖的行动。孟一时抓不着把柄，就偷着拆看乌庆霖的家信，以寻找借口。孟宪周的无耻行径屡遭乌庆霖的痛斥，还不死心，又采用赠送珍贵礼品的方式对乌进行拉拢收买。乌庆霖洞察其奸，婉言谢绝，并警告说："大敌当前，应以国家民族存亡为重"。

1938 年 2 月 6 日，孟宪周以谎报军情的罪名逮捕了副团长李桢。李桢是乌庆霖的亲密战友，从学兵队到三三九旅，两人始终在一起，一直坚持联共抗日的革命主张，虽处逆境而矢志不渝。当天乌庆霖刚刚从淮河前线回到旅部，听说李桢被抓，立即前去质问孟宪周，要求释放李桢。孟宪周事先预谋待乌一到便以同情共产党为由，立即逮捕了乌庆霖。他深知乌庆霖在官兵中有很高的威信，唯恐延续时间发生兵变。于 2 月 7 日清晨，立即杀害两位志士。临刑时，乌庆霖沉着自若，视死如归，为妻子写下了遗言："筠：我已在抗日的战场上光荣地牺牲了，你领着孩子们奔你的前程吧，不要以我为念。霁霞"

乌庆霖光荣地牺牲了，经中国共产党地下党组织的安排，三三九旅官兵自发地将乌庆霖安葬在徐州云龙山下的苏堤上。

早在乌庆霖遇害以前，五十一军中共地下党组织已决定吸收他加入中国共产党，并已指定贾陶为入党介绍人，因形势突变，没来得及履行入党手续。

全国解放后，乌庆霖的胞弟乌庆彬将烈士的妻子侯雪约及子女由西安接到通辽。

根据中共中央党史资料征集委员会东北军党史组的建议，内蒙古自治区党委同意，通辽市人民政府于 1984 年 8 月 28 日举行追认乌庆霖为革命烈士大会，中共哲里木盟委员会追认其为共产党员。

（91）张少舫

张少舫（张植桴）（1905—1943.2.20） 别号植桴，江西瑞金人，黄埔军校第五期步科毕业，中央训练团军官研究班第三期、中央军校校尉班毕业，参加北伐战争，历任国民革命军排、连、营长，团副。抗日战争爆发后，任新兵补充旅副旅长，鲁苏战区第一一三师少将参谋长。1943年2月21日在苏鲁战区反扫荡战役中被日军围困于现安丘市柘山镇城顶山一带，率敢死队员突围中多处负伤，壮烈殉国。

历任东北军排连营团长及师参谋长等职。在任五十一军一一三师六七三团上校团长时，率部参加"西安事变"，并在事变中，率部将兰州的胡宗南部、甘肃绥署特务营、军统特务和警察部队解除武装，时人称这一迅疾行动为"兰州事变"，是西安事变的重要组成部分。

东北军完成具有伟大历史意义的"西安事变"后，五十一军军长于学忠受张学良重托，率部由大西北开发东进，先后到达皖北、苏北、青岛和鲁南等地抗日前线。1938年春，于学忠被任命为第三集团军总司令，仍兼五十一军军长。张植桴仍为五十一军一一三师六七三团团长。一一三师作为主力部队总是调配重要战斗任务。

1938年1月上旬，在淮河阻击战中，一一三师奉命开赴蚌埠，在临淮关一线沿淮河北岸布防，阻击日军三、九、十五师团北犯。张植桴率六七三团布防于日军渡河的正面位置。后又在台儿庄及外围激战，杀敌战功卓著，第五战区传令嘉奖。后又参加徐州会战及武汉会战，打得都很出色。

1939年春，时任第三集团军总司令的于学忠率东北军主力五十一、五十七两军由皖苏挥师北上，越过陇海、津浦铁路，经过多次浴血奋战，突破日军的堵截追击，挺进鲁南，到达沂蒙山区敌后，在沂水、蒙阴、安丘、莒县、日照等县，建立了鲁苏战区，是为国民党政府唯一的敌后战区，于学忠任战区司令长官，张植桴团成为保卫战区总部的警卫团。于学忠拒绝了顽固派国民党山东省主席沈鸿烈的拉拢，坚持原则与八路军协同抗日，把总司令部设在蒙阴上高湖，距八路军山东纵队司令员张经武的司令部王庄仅有十里多路，他亲自到王庄拜会张经武司令员；张经武司令员也到上高湖看望于学忠，彼此之间建立了深厚的友好关系。

　　1941 年 11 月，日伪军约 5 万人分 3 路对沂蒙山区实行"铁壁合围"，企图消灭该区八路军和鲁苏战区部队。张少舫协助战区总司令于学忠指挥所部坚持战斗 50 多天，歼敌数千人，粉碎了敌之"扫荡"。

　　1942 年 8 月，日军调集 1.5 万人发起第四次鲁中作战，对鲁苏战区主力第一一三师防区唐王山—擂鼓山一带实行"铁壁合围"。张少舫遂协助于学忠指挥一一三师与敌激战两昼夜，突出重围。

　　1943 年 2 月，日军 2 万余人发动大"扫荡"，企图寻歼鲁苏战区主力，又率部顽强抗击敌人。不久，奉命突围。在张家溜、书院山之线，遭到日军左右夹击。仓促间，率余部抢占了张家溜西南城顶山，居险死守，奋力抗战。日军不断增兵，将所部 800 余人层层包围。激战中，歼敌数百，自己也伤亡过半。20 日午后，遂下令集中火力突围，并与一一三师副师长周复将军率敢死队员数十人冲杀于第一线，不幸身中数弹，壮烈牺牲，时年 38 岁。

第四章　序战之淮河、临沂阻击战中的西北军

西北军泛指清朝末年、民国初年在中国西北地区发迹的军阀，由北洋直系军阀分化演变而来，其得名于 1919 年由原计划参与一战的"参战军"改编而成的"西北边防军"。如冯玉祥所统帅的国民军，中原大战后由冯玉祥体系中分裂出的韩复榘、宋哲元、石友三等人。

西北军的源头可追溯到 1912 年。当时，袁世凯决定编练新的军队，命名为备补军，分前后左中右五路，任命他的亲信陆建章为左路统领。左路备补军又分前后左中右五营，陆建章起用他的内侄女婿、因参加滦州起义而被解职、此时赋闲在家的冯玉祥任前营营长。冯玉祥上任之后，立刻到河北景县招了一营兵，石友三、孙良诚、刘汝明、孙连仲、冯治安、佟麟阁、曹福林、韩占元、池峰城等都是这次招来的，这个营就是后来这支庞大西北军的最初班底。

中原大战后，西北军被蒋介石打垮，一个纵横驰骋 20 年的军事集团分崩离析。西北军余部被整编为：宋哲元的二十九军，孙连仲的二十六路军，吉鸿昌的二十二路军，梁冠英的二十五路军以及韩复榘、石友三的部队。南京国民党中央政府在取得对各地方军队优势主导权后，特别是抗战后期，随着军令的进一步统一，西北军、东北军、川军、滇军、桂军等称呼很少使用，但人们还是习惯沿用此种叫法。

一、第五十九军及战斗序列

该军前身是西北军第二十九军宋哲元一部。1937 年 8 月，国民党军事委员会撤销宋哲元的第二十九军番号，将从平津地区撤退到河北南部的第二十九军扩编为第一集团军，下辖第五十九军、第七十七军和第六十八军 3 个步兵军和 1 个骑兵军。其中，以第二十九军原第三十八师和天津保安团队（特务旅）合编组成第五十九军。宋哲元任第一集团军总司令兼（后为张自忠）

军长，李文田为副军长。辖第三十八师（黄维纲）、第一八〇师（刘振三）、骑兵第十三旅（姚景川）；共计五个旅 11 个团，21000 余人。

后因"汉奸"嫌疑，张自忠主动赴南京"请罪"。在冯玉祥、李宗仁等众人的劝说下，于 1937 年 11 月，蒋介石同意张自忠回到原部队，但以代理军长职续任。返部队当天，他对部众痛哭誓言："今日回军，除共同杀敌报国外，是和大家一同寻找死的地方。"

1938 年初，号称日寇"钢军"的板垣第五师团在青岛登陆，一路西进，3 月上旬进至鲁南军事要地临沂城下，以优势兵力围攻守军庞炳勋的第四十军的 5 个团，庞部与敌血战数日，渐感不支。第五战区司令长官李宗仁急调第五十九军由淮南地区赴临沂增援。张自忠得令后即率部星夜兼程，日行 180 里赶到临沂北郊，随即兵分三路从北面对围城之敌发起猛烈进攻，临沂守军也开城出击。凶顽的板垣师团在两面夹攻下仓皇后撤。张自忠率部急追，在沙子岭再创板垣师团，在两军互相协同下，以伤亡万余人的代价，取得两次临沂大捷。有力地支援和保障了台儿庄战役的胜利。经此一役，张自忠声名鹊起，被提升为第二十七军团军团长。是年 10 月升任三十三集团军总司令兼第五十九军军长。不久，张自忠又兼任第五战区右翼兵团司令。

1939 年秋，该军隶属国民党军事委员会直辖，在湖北南漳地区整训后，参加了随枣会战和 1939 年冬季攻势作战。1940 年 5 月，该军在枣宜会战中，军长张自忠在湖北宜城之南瓜店战斗中殉国，第三十八师师长黄维刚继任军长。1943 年 8 月，军长黄维刚病故，刘振三代理军长之职。此后至 1945 年，该军先后参加了豫南会战、第二次长沙会战、鄂西会战、常德会战、豫西鄂北会战等。

1946 年上半年，国民党军队整编时，该军改编为整编第五十九师，隶属第三绥靖区。刘振三任师长，孟绍谦任副师长，刘月轩任参谋长。原第三十八师改编为整编第三十八旅；原第一八〇师改编为整编第一八〇旅。此次整编后，该师由鄂西调至徐州外围担任守备任务。1947 年，该军驻山东枣庄地区，参加了进攻鲁南解放区的津浦战役等作战。同年 7 月，该师整编第三十八旅在鲁南费县战役中被人民解放军全歼，旅长翟紫封被击毙。不久，该师重建整编第三十八旅，杨干三任旅长。1948 年 9 月，该师恢复第五十九军番号，刘振三任军长，孟绍谦任副军长，刘景岳任参谋长。原辖整编第三十八、一八〇旅恢复师的番号。同年 11 月 11 日，该军在第三绥靖区副司令长官、中共地下党员何基沣、张克侠等人率领下，在台儿庄、贾汪防区内举行战场起义，接受人民解放军的改编。

第五十九军战斗序列（1938 年 2—5 月）：

军长：张自忠

副军长：李文田

参谋长：张克侠

参谋处长：李英晨

参谋：梅贯一【黄埔八分校（湖北均县草店）教官】、王丕廉【黄埔十一期】

军特务团团长：安克敏

第三十八师

师长：黄维纲

副师长：何德修、翟紫封

参谋长：时树猷

参谋：张振华【黄埔七分校（西安）军官总队十二期】

政治部主任：马辉祖【黄埔四期】、张练庵【黄埔六期】

第一一二旅旅长：李金镇、李九思【黄埔高教班八期】

副旅长：于麟章

第二二三团团长：杜兰喆、赵金鹏

第二营营长宿之杰【黄埔高教班一期】

第二二四团团长：黄贵长

第一营营长赵金鹏、第二营营长蒋树勋、第三营营长姚世芳

第一一三旅旅长：朱春芳

参谋主任：刘景岳【黄埔高教班二期】

第二二五团团长：马福荣

第一营营长金文升、第二营、第三营

第二二六团团长：冯运申

第一营营长王治洲、第二营营长韩盛林、第三营营长张立经

第一一四旅旅长：董升堂

参谋主任：陈海涛

第二二七团团长：杨干三

第一营营长程振兴、第二营营长徐朝栋

第二二八团团长：刘文修

第一营营长刘同福、第二营营长冉德明、第三营营长冯运申、陆文龙

新兵团团长：李九思

第一八〇师

师长：刘振三【黄埔高教班二期】

副师长：李树人【黄埔高教班十期】

参谋长：金子烈

参谋处长：廖汝权

参谋：顾相贞、魏济亮

第二十六旅旅长：张宗衡【黄埔高教班三期】、李致远

第六七六团团长：张文海、范绍桢

第六七八团团长：崔振伦【黄埔高教班四期】、杜清岭

团附：张世桢

第一营营长范绍桢，第二营营长邢炳南、赵宏远，第三营营长段逢源

第三十九旅旅长：祁光远【黄埔高教班五期】、安克敏

参谋主任：杨遇春【黄埔七分校（西安）教官】

第七一五团团长：刘照华、陈芳芝

第一营营长孙瑞芳、第三营营长陈芳芝

第七一七团团长：韩德福

骑兵第十三旅旅长：姚景川（1938 年 4 月调归第五十九军指挥）

骑兵第一团团长：王 祥、邱铭秦

骑兵第二团团长：耿玺廷、姚铭超

骑兵第三团团长：姚铭枢（代），后撤销

学兵队：孙万群【黄埔二十一期】

据统计，在临沂保卫战第一阶段中（1938 年 3 月 14 日至 3 月 20 日），整建制殉国的部队有：独立第二十六旅第六七八团第二营、第一一三旅第二二六团第六连和第十连、第一一四旅第二二七团第十二连。为国光荣捐躯的官佐有第一一四旅第二二八团第二营营长冉德明、独立第二十六旅第六七八团第二营营长赵宏远等 75 名，受伤官佐 134 名，士兵阵亡 1000 余名，受伤 2000 余名。在临沂战斗中阵亡的众多官佐中留下姓名者，还有第三十八

师营长邓三霖、第一八〇师营长王玉文、第一一四旅第二二八团第三营营副李玉如等。

在临沂保卫战中，第五十九军伤亡达14000余名，以第三十八师为甚，故在4月下旬，该师的3个旅合并为第一一二旅，旅长李九思，同时师长黄维纲、旅长朱春芳等率领军官到后方训练新兵，以补充战斗部队。第一八〇师战斗减员近一半，但依然保持2个旅4个团建制。

1938年4月中旬，张自忠升任第二十七军团军团长，但该军团只辖第五十九军，原序列不变。

二、第五十九军黄埔师生淮河阻击战

1938年2月10日，李宗仁命令在徐州西商丘的张自忠第五十九军归第三集团军总司令兼第五十一军军军长于学忠指挥，协助恢复怀远。张自忠立即率部南下。11日，第五十九军全军接近固镇。此时临淮关失守，淮河战线支离破碎。于学忠见援军抵达，决定以第五十九军守固镇，掩护前线部队第五十一军撤下整补，再图反攻。11日午夜零时，第五十一军全线后撤。

在第五十一军撤退之后，第五战区副司令长官李品仙审度战局。此时先期放弃淮河正面的第三十一军正好位于日军侧翼，并在日军过兵后占领了淮河以南的新城口、考城。第五十九军与第五十一军在固镇集结，而敌援军第六军团与第七军团均赶往淮河防线。李品仙副司令长官相准这个有利态势，决心再以第五十九军与第五十一军于固镇正面拒止日军，待援军赶到之后争取包围日军。

于总司令接获命令后，即令第五十九军在固镇占领阵地，以拒止日军第十三师团北进。11日夜11时，张自忠军长以第三十八师及第一八〇师于固镇南方并列展开，布置单线阵地。

12日9时40分，中国空军12架战机沿津浦线南段轰炸临淮关、蚌埠车站，淮河中船只及岸上密集部队，日军损失颇大，津浦路两个车站被炸毁起火，并摧毁铁道岔道。13日，空军再以四架战机轰炸蚌埠车站。17日，空军以战机三架再炸蚌埠车站，炸毁车站路轨材料间，并炸沉淮河中日军船舶。

13日，张自忠军长判断日军似乎将主力抽调回援定远，所以命令各师各组一个加强团扫荡淮河左岸。

第三十八师派出第二二四团并第二二三团之一营为右先遣队，向怀远威力搜索，破坏了怀远城北小街的三座日军浮桥，并向第一一三师第三三七旅原防地突进。18日夜9时，该团占领朱家岗，并向龟山头延展。19日，日军反攻小街。第二二四团第三营反复争夺，连长吴锡巧上尉壮烈殉职，该团乃占领朱家岗与日军对峙。

第一八〇师第二十六旅旅长张宗衡派出第六七八团出击。15该团攻占新桥车站，歼敌百余。随即进逼小蚌埠。18日夜，第六七八团第二营第二连（加强连二百人）夜袭小蚌埠，与日军守军一个中队激烈巷战，日军暗夜遇袭，惊恐万状，连忙撤退。第二连将小蚌埠据点尽情破坏后撤退。19日下午2时，日军以五架飞机侦察小蚌埠，炮兵并试探轰袭，但对岸之敌始终未动。小蚌埠呈现中空状态，直到中国军队全线撤退，日军仍不敢进犯。

2月下旬，鲁南临沂方面战况紧张，第五战区电令第五十九军进援临沂，防地仍由第五十一军驻防。由于南路日军第十三师团受五十一军、五十九军之痛击，又顾忌其侧后威胁，无力发动新的攻势，直至当年5月，与中国军队隔河对峙。日军南路突击，打通津浦线的计划宣告破产。

三、第三军团及战斗序列

第三军团辖第四十军。这支由西北军庞炳勋部组成的第四十军，前身是西北军中国民军一部。1927年，国民军庞炳勋部改编为第二集团军第二十军。1930年5月，中原大战时，被编为反蒋联军的第三路军，庞炳勋任总指挥。1930年秋，中原大战结束后，该部被蒋介石收编扩编为陆军第四十军，庞炳勋任军长，马法五任副军长。下辖第三十九师，庞炳勋兼任师长，自此构成了其四十军的基本部队。该军组建后，先后参加了1933年的长城和冀东的抗日作战，以及镇压冯玉祥在察北建立的抗日同盟军等军事行动。1934年10月，该军被编为西北"剿匪"军第二预备队，对撤出鄂豫皖苏区转入长征的红二十五军，进行了多次的围追堵截作战。

1937年8月，抗战全面爆发后，该军新增骑兵第十四旅，张占魁任旅长。隶属第一集团军，由运城开赴津浦前线，参加了津浦路北线段沿线的防御作战，担任正面防务，曾与日军血战四昼夜，阵地巍然不倒，然而自己也是伤亡惨重。此时该军番号升为第三军团。仍辖一个第四十军，第四十军又只辖第三十九师。

第四十军自1937年10月于沧县抗击日军后，奉命调至东海、连云港等地，一面整补，一面对连云港至盐城一带沿海设防，历时三个月，人员及武器大体上得到补充。但新兵较多，缺乏训练，战斗力受到一定影响。

1938年2月初，该军调往临沂拒敌，参加台儿庄会战。在此次会战中，该军在鲁南地区死守临沂，阻止了日军沿东路南下，为国民党军夺取台儿庄战役的胜利起了重大作用。

1939年1月，国民党军进行整编，将第四十三军与第四十军合并组成新的第四十军，原第四十三军下辖第一〇六师改隶第四十军建制。此次整编后，该军隶属冀察战区。庞炳勋任军长，马法五、沈克任副军长，下辖：第三十九师（刘世荣）；第一〇六师（马法五兼）；骑兵第十四旅（张占魁）。同年12月，该军参加了1939年冬季攻势作战。后不久，在国民党顽固派发动的第一次反共高潮中，该军奉命参加了阎锡山发动的反共"晋西事变"的作战行动。

1941年，该军改隶第二十四集团军，同时将原辖骑兵第十四旅改隶胡宗南的第三十四集团军，1942年5月，庞炳勋升任冀察战区副总司令和第二十四集团军总司令后，由马法五继任军长，刘世荣、李振清任副军长，同时，将原战区下辖的独立第四十六旅调归该军建制。此时，该军下辖：第三十九师（李运通）；第一〇六师（李振清）；独立第四十六旅（司元恺）。

1943年，该军将原辖独立第四十六旅扩编为新编第四十师。同年5月，庞炳勋和该军第一〇六师师长李振清在与日军作战时被困，随率部叛投日军，军长马法五率该军一部避开日军主力安全转移。此战役后，经收容残部及整理后恢复第四十军建制，由马法五升任冀察战区副司令兼军长。1944年4月，该军参加了河南会战取得优异战绩，在豫中灵宝战役对阻止日军进入潼关和关中作出贡献，第一〇六师长李振清、第三十九师长司元恺受到国民政府军委会的嘉奖，此战还受到毛泽东主席的称赞。

1945年6月，马法五任第十一战区副司令长官兼第四十军军长，10月，该军奉命进攻冀鲁豫和冀南解放区，11月2日，该军在邯郸战役中被人民解放军歼灭，马法五被俘。

1946年3月4日，马法五在重庆因与叶挺和廖承志交换而获释，1947年3月任保定绥靖公署副主任，11月兼任天津警备司令，1948年3月辞职赋闲，1949年4月出任李宗仁组阁的总统府中将参军，7月逃赴台湾。

邯郸战役后，国民党重建第四十军，由原副军长李振清代理军长。

1946年，国民党对军队进行整编，第四十军改编为整编第四十师，原军长李振清改任师长，原辖第三十九、第一〇六师依次改编为整编第三十九旅（司元恺）；整编第一〇六旅（韩凤仪）。此次整编后，该军隶属整编第二十六军。1947年3月，该军改隶第十二绥靖区后，奉命参加了豫北战役。在此次战役中，该军一部遭到人民解放军围歼。此后，由豫北增援鲁西南，被刘伯承、邓小平评价是敌军十七个旅中最有战斗力的部队。同年 6 月至 9 月，该军在参加鲁西南战役后，又对挺进中原的人民解放军部队，进行了鲁西南至大别山的追击和堵截作战。其中，在大别山区的高山铺战役中，与刘邓两个纵队激战 29 个小时，该整编师师部及所辖第一〇六旅全部和第三十九旅一个团被人民解放军歼灭。战后，该整编师在河南安阳、新乡，经过休整补充后重建第三十九旅和第一〇六旅。同时，另建第四十三、第二六四师，隶属第四十军指挥，守备安新地区。

1948 年 9 月，整编第四十师恢复第四十军番号，隶属第 12 绥靖区。原师长李振清改任军长，原辖部队统一整编为：第三师、第一〇六师（赵天兴）、第二六四师。同年 10 月，该军率第一〇六师参加郑州战役。11 月初，该军第三十九师奉命由安阳开赴徐州参战，编入李弥第十三兵团。在淮海战役第三阶段，该军第三十九师扩编为第一一五军（司元恺）后，被人民解放军全歼于陈官庄地区。1949 年 4 月，该军参加安新战役后第四十三师在安阳地区被人民解放军全歼，军部率第一〇六、第二六四师在新乡地区放下武器，接受人民解放军的改编。

第三军团战斗序列：

军团长：庞炳勋，

　　参谋长：王瘦吾

辖：第四十军

军长：庞炳勋（兼）

副军长：马法五

　　参谋长：王瘦吾（兼）

　　　　副官处处长：李凤鸣【黄埔五期】

第三十九师

师长：马法五（兼）

副师长：刘世荣

　　参谋长：刘泽普、李辰熙【黄埔高教班二期】

　　第一一五旅旅长：朱家麟【庐山军官训练团 [1]】

---

[1] 庐山军官训练团作为训练军事骨干的组织，实施"七分政治，三分军事"的方针。受到蒋介石的极大重视，视其为"黄埔军校第二"。毕业时发给文凭，并赠予蒋介石照片一张和刻有"成功成仁，蒋中正赠"字样的"军人魂"短剑一把，以示宠信。所以，本书仅将第三军团庐山军官训练团之军官列入了本书黄埔人物。

副旅长：黄书勋【黄埔高教班】

政治部主任：周勋青【黄埔高教班二期】

第二二九团团长：邵惠民（1938 年 2 月牺牲）、绍恩三、司元恺【庐山军官训练团】

团附：李国干

第二三〇团团长：赵天兴【庐山军官训练团】

第二营连长：郑裕如【黄埔十期】

第一一六旅旅长：李运通【黄埔高教班三期】

副旅长：崔玉海【黄埔高教班三期】

第二三一团团长：刘富生

第二三二团团长：孙敬祖

补充第一团团长：李振清【黄埔洛阳分校教官】

第一营二连连长：李宗岱【黄埔高教班十一期】

补充第二团团长：史振京【庐山军官训练团】

特务营营长：田玉峰【黄埔武汉分校十六期】

工兵营营长：韩凤仪【黄埔洛阳分校】

四、第三军团、第五十九军黄埔师生临沂阻击战

1938 年 2 月上旬，第三军团由海洲进驻临沂，至中旬全部集结布防完毕。庞军团长在与驻防临沂的山东第三区行政督察专员张里元取得切实联络后，将张专员的保安团亦纳入第三军团指挥系统，并对临沂进行重新布防。其布防情况如下：军团部、四十军军部以及三十九师师部同驻临沂南关的山东省立第三乡村师范学校；朱家麟、黄书勋第一一五旅驻城东相公庄地区；李运通第一一六旅驻城北诸葛城地区；李振清补充团驻防城关；军、师直属部队驻扎南关；另以直属骑兵连驻相公庄以东地区，保安团驻城内。此外，庞军团长还派人查看临沂周围地形，并召集营长以上军官和各级参谋联席会议，研究敌情及攻守方法。同时又派人到临沂以西山区侦察地形，以备临沂不保时退入山区开展游击作战。

2 月 21 日，当日军坂本支队按照计划以长片野大佐的二十一联队为先头部队开始行动，在该联队顺利夺取潍县之后又开始了对莒县的攻击。当时防守莒县的是第五战区第二游击纵队和青岛海军陆战队，这两支部队先前已在蒙阴、沂水地区遭受惨重损失，已无力阻击日军。为此第五战区李长官急命

三军团派遣一部增援莒县，以确保莒县不失。

庞军团长在接到命令后很是犹豫了一番，因为以自己部队当前的实力固守临沂尚属勉强，还要去增援友军更是力所不能及了。于是他将自己当前的困难呈报上去，在得到李长官明确了以五十九军增援临沂的指示后，以及攻击莒县的仅是刘桂棠伪军的情报后，庞军团长终于在 2 月 26 日以所属朱家麟、黄书勋的第一一五旅增援莒县。

由于情报不准，庞军团长此时尚未获悉莒县早已于 2 月 23 日失守，第五战区第二游击纵队司令刘震东将军为国捐躯。所以当一一五旅副旅长黄书勋上校率领的右路绍恩三、司元恺的第二二九团赶至莒县时，方才发现了这个严重的情况。黄副旅长明白，他的任务是协助友军确保莒县不失，此时莒县已无守军，但是"确保莒县不失"的命令依旧有效。于是他立即命令二二九团团长邵恩三上校率领所部进入已是空城一座的莒县城头布防，并派人通知了由左路前进的朱家麟旅长。朱旅长在得知当前情况后，十分赞同黄副旅长的主张，于是他命令跟他行动的第二三〇团团长赵天兴上校立即率领部队进至莒县城西附近各村落，与城内守军遥相呼应。

2 月 27 日，日军第二十一联队发现了莒县又有了中国军队，于是立即以主力 1000 余人重新展开，分由莒县城西城北两处展开猛烈攻击，并切断了城内守军二二九团与二三〇团的联系。

黄副旅长在得知攻城部队为日军而非伪军时，大吃一惊，他深知一场恶战是不可避免的。于是他与团长邵恩三商量，由黄副旅长负责城西，邵团长负责城北。随后两位高级军官皆亲上城墙指挥作战，其中第二二九团团长邵恩三上校在指挥战斗当中左臂负伤，仍坚持指挥战斗。全旅官兵用命，经 4 小时战斗，终于将攻城日军击退。同时，第二三〇团数次派遣部队支援二二九团，但是为日军阻击部队牢牢牵制，无法前进半步。

半夜，日军重又组织兵力对莒县展开猛烈进攻，其中有一个日军分队利用守城军队的注意力全在正面攻城部队上，偷偷地潜上了城墙西北角，随后以炽热的机枪火力向城东南、西北两处猛烈扫射。此举造成了我城内守军的极度混乱，纷纷谣传日军进城，而向南门溃退。

为了稳定局势，黄书勋副旅长与邵恩三团长商量后，决定两人同上城南，率领一个连在 2 门临时配属的山炮配合下，对城西北角的日军分队猛烈攻击，终将该分队日军全部歼灭，稳定了城内的混乱状态，部队重又陆续进入阵地阻击日军。此次消灭日军分队的战斗中，多印珩上尉率领的这个连缴获了日军轻机枪一挺，军部据报后，当即通电全军赏大洋 100 元。

　　2月28日拂晓，日军又由城东北角偷袭而上。此次偷袭日军火力配备极为巧妙，邵恩三团长虽然组织部队进行反击，但是三次攻击皆告失败，以致日军开始大量突入城内，而在城外的二三〇团始终为日军牵制而无法进城配合作战，急得旅长朱家麟少将直骂娘。但是他深知己部火力、兵力皆处劣势，以二三〇团一团之力是没有办法支援二二九团了。莒县危矣！

　　面对这种情况，在城内指挥战斗的黄副旅长召回邵团长商议下一步行动方案。邵恩三团长坚决主张如城防被日军突破，就转入巷战，誓与日军血战到底，与莒县共存亡。而黄副旅长则在考虑了当前形势后，认为日军已占绝对优势，而二二九团已经伤亡近半，莒县的失守只是时间问题，继续打下去根本毫无意义。他最终说服了邵团长，并指挥着二二九团残部于28日下午18时由莒县西南方向突围。当二二九团残部突围至夏庄后，终于与城外策应的二三〇团会合。于是他们决定在夏庄暂作休整。不料这一决定使得一一五旅失去了摆脱日军的机会。就在3月1日，日军二十一联队的先头部队已经追到夏县，第一一五旅猝不及防，遭日军一个中队冲击后就混乱不堪。朱家麟只能率领所部且战且退，沿沭河两岸撤至相公庄地区休整。3月2日，当三十九师一一五旅摆脱日军的追兵退入了相公庄之后，日军第二十一联队主力在伪军刘桂堂一部的指引下由夏县、黄庄两处进逼汤头。汤头守军第二三二团在团长孙敬祖上校的指挥下顽强抵抗，在3天的激战中，第二三二团接连杀退日军7次冲锋，并将伪军击毙大半，但是因火力居于劣势，又多次遭到日军炮火压制，部队伤亡过重而被迫放弃汤头。

　　汤头弃守后，位于其后方的太平、白塔两地压力剧增。防守这里的二三一团告急电报像雪片一样地送到了师部，第三十九师师长马法五少将又将电报转给军团长庞炳勋上将。庞军团长眼见情况危急，急忙命令尚未得到整补的一一五旅二二九团在补充部分二三〇团战士之后再次开赴前线增援二三一团，要该团沿沭河东岸抄袭日军第二十一联队左侧背。此外庞军团长还要补充团放弃埭庄，由日军右侧背展开攻击。庞氏希望以这两个团和正面抵御日军的二三一团通力合作，将进攻的日军前后夹击，取得战斗的胜利。

　　当第二二九团先头部队进至铜佛官庄时，与日军遭遇，展开激战。该团第三营营长汪大章少校身先士卒，冲锋陷阵，终于突破日军阵地，但是汪营长却在攻击时壮烈牺牲。在二二九团发起攻击的同时，补充团也已赶至攻击处，与第二二九团相互配合，接连击退日军。在正面抵御的二三一团于此时相机反攻。终于迫使日军放弃了太平、白塔已占阵地，撤回汤头。第三十九师乘势收复汤头以南各失地。

日军第二十一联队撤守汤头后，联队长片野急电坂本支队长要求援军。在二十一联队得到了十一联队的支援后，预定于3月9日以5000余众在装甲车、火炮、飞机的掩护下重新发起进攻，企图强行突破临沂直趋台儿庄。

第三军团在这短暂的3天间隙中也早已预料到日军的进一步进攻将会更为激烈。为此，军团长庞炳勋上将在与参谋长王瘦吾少将研究之后决定：以第一一六旅所部配属山炮2门担负临沂防线正面之守备任务，命令一一六旅旅长李运通少将为指挥官；以第一一五旅（欠二二九团）为右翼防卫部队，命令一一五旅旅长朱家麟、黄书勋为指挥官；以第一一五旅二二九团和师属补充团（李振清）、特务营（田玉峰）、工兵营（韩凤仪）为总预备队，命令补充团团长李振清上校为指挥官。前线各守备部队以第三十九师师长马法五少将为前敌总指挥，负责实际统筹之责。后终于在援军张自忠第五十九军的共同战斗下，3月18日，经过7昼夜激战，日军第五师团遭到惨重损失，日军部队全线溃败，我军乘胜追击至汤头，鬼子向莒县逃窜。同时，第一一五旅也将临沂城东南的残敌肃清。此役累计毙、伤鬼子两千多人，战利品甚多，赢得临沂大捷。

3月底，庞军长接到战区长官李宗仁的电话："台儿庄正在围歼矶谷师团，让四十军再坚持几天，拖住板垣师团，并通知给四十军补充兵员。"庞军长即作坚守临沂城的部署。原城中保安部队也归第四十军指挥，共同加固城墙、修筑工事。4月初，敌人即从四面向临沂猛攻，战况空前激烈。官兵人人决心为国捐躯，轻伤不下火线。当地很多青年，也志愿参加战地服务。

河东阵地上，我军连夜加固工事，与敌展开血战。第一一六旅旅长李运通，亲自抱起机枪，在阵地上扫射敌人。李振清的补充团在当地吸收了数十名学生和小学教员也都参加了战斗。民众在战场上送饭、送伤病者，络绎不绝。此时，敌机狂轰滥炸，全城一片火海，枪声、炮声响成一片，指挥部里的官兵，也都拿起步枪，随时准备战斗。

临沂作战时，李振清的补充团作为预备队使用。当第三军团打到最后时，李振清的补充团发挥了关键作用。在与日军的几次肉搏之后，收复了丢失的阵地，并在战后被提拔为一一五旅少将旅长。

1938年2月，第一一五旅政治部主任兼军团战地服务团团长周勋青随部奉命死守临沂，他率政治部人员和全体战地服务团成员，开展战地宣传演出、组织群众担架队、救护伤病员工作。3月12日，敌板垣第五师团猛攻临沂，战事激烈，周勋青率部在临沂城头抢救伤员，给战壕官兵送饭，运送伤员时缴获敌军呢大衣1件、敌军官天皇所赠短剑1支、敌军旗等多幅（后均赠天水文化馆）。

当年驻扎在临沂的第三军团完成布防后，第四十军野战补充团一营二连连长的李宗岱提笔写下一封遗书，但遗书写好后，他并没有将它邮回家中，反而随手烧掉，李宗岱回忆说："当时鬼子占领的地方，屠杀的人很多，我们家里都没撤出来，老家被鬼子占了，不晓得我们自己的老人还在不在。"

自抗战以来，李宗岱就与家人失去了联系，所以他十分痛恨日军。他在空地上竖起两个木桩做成的假人——一个标明板垣征四郎，另一个标明矶谷廉介，然后就和战友们刀劈枪刺，经常劈砍得木片乱飞。

2月下旬，日军开始进攻临沂，战斗首先在临沂以北的村镇打响。第一批冲上来的是日军的骑兵，李宗岱和战友们并没有急于进攻，而是在等待恰当的时机。李宗岱回忆说："等靠近点打马，把马一打，人摔下来了，马就往前冲，后边的人就变得惊慌，就乱开枪或者乱跑。"就这样，日军的第一次冲锋被打散了，但在飞机大炮的掩护下，日军很快又重新组织起进攻。随着日军的狂轰滥炸，李宗岱所属连队驻防的葛沟阵地，已经遍地都是弹坑，连长在战斗中牺牲了，作战勇猛的李宗岱接替了他的位置。

白天的战斗中，我军伤亡惨重。为了打击敌人嚣张气焰，当天晚上，李宗岱挑了20名身强体壮的战士，趁着夜色偷偷摸到日军的阵地。李宗岱记得很清楚，当时他们已经非常接近日军阵地了，连日军挖战壕的声音都能听得到，又往前爬了20多公尺后，就已经能够看到人影了。李宗岱率先冲向一个敌人，一刀下去，就削掉了他半个身子，敌人疼得直叫，跟在李宗岱后边的一个班长给了敌人一刺刀，将他结果了。随后，剩下的战士全部冲了上来。接下来就是近身肉搏，短兵相接。与李宗岱他们的大刀片相比，日本人的刺刀就显得毫无用武之地了。经过几十分钟的白刃战，日军开始向后溃退。李宗岱和战友们夺取了敌人的机枪，依靠着机枪的掩护，他们也迅速返回阵地。这场战斗中，20个敢死队队员中除了7人受伤外，无一牺牲。从战斗中获得的文件中，李宗岱才知道，他们偷袭的竟然是装备精锐的板垣师团田野联队。

板垣师团又称第五师团或广岛师团，是日本编组最早的7个师团之一，曾创下在中国战场和先后70余个师对阵的纪录，素有"钢军"之称。

李宗岱所在的部队，一向战斗力不强，但他们硬是打败了这支装备精锐的"钢军"。李宗岱说："当时感觉就是我们这样子，就拼大刀吧，只有靠肉搏了。"

企图南进的日军被钉死在葛沟三天。3月12日清晨，200多名日军，在大炮、坦克的掩护下，向李宗岱连发动了第9次进攻。弟兄们已经杀红了眼，勤务、伙夫都抡起了大刀，日军再次被击退。李宗岱看了看旁边，原来100多个生龙活虎的兄弟，剩下的屈指可数。他命令残存的兄弟们把枪支砸烂，如果日军上来了，拉响手榴弹，与日军同归于尽，坚决不做俘虏。

回忆起当时的情景，李宗岱说："当时士兵只有几十个人，所以他们一个个把家属的名字、地址写给我。"战士们说："我如果被打死了以后，帮我给家属捎个信儿，告诉他们，告诉我娘，我是怎么死的。"李宗岱也想自己的娘，但此时，他却只能抛开一切。种种迹象表明，葛沟阻击战已经到了最危急的时刻。李宗岱说："兵源都很少了，伙夫、马夫都在补充了，一直在想援军一定到了，一定到了，结果真的把张自忠念叨来了。"

此时，已经困守葛沟三天三夜的李宗岱终于盼来了援军，他也带领剩下的战士冲了出来。在那次战斗中，李宗岱和许多士兵身上都挂了彩，但是即使这样，他们仍然坚持同敌人拼杀，一向号称"钢军"的板垣师团从来没遇到过这样不要命的部队，不得不开始其侵华以来的第一次大溃退。

3月18日上午，临沂第一阶段战役全部结束，板垣师团3个联队基本被歼灭，第五十九军和第三军团共歼敌5000多人。李宗岱清点人数时发现，他所带领的连队仅存29人。

第三十八师新兵团团长李九思是在参加临沂阻击战的战场上充任第一一二旅旅长的。1938年3月，张自忠电召李九思回军，任第五十九军新兵团团长。在第一次临沂战役中五十九军三十八师一一二旅旅长李金镇因未经力战而退，被军长张自忠撤职，李九思火线升任该旅旅长。

4月底，第五十九军转向台儿庄以东之长城、四户镇一带，配合汤恩伯第二十军团作战。24日，李宗仁令五十九军从四户镇出发东渡沂河截击郯城之敌。独立二十六旅、三十九旅在大王庄、冯庄、展庄一带作战。张宗衡率第二十六旅经过几番攻击，击退来敌，苦战5天，展庄战斗胜利结束。五十九军奉命调往徐州西南卧牛山及其以南地区集结待命。

5月16日，第五战区长官部在运河车站召开军以上将领会议，决定向豫皖边界山区突围，令张自忠指挥第五十九军及李仙洲第二十一师、黄樵松第二十七师、李兆瑛第一三九师掩护大军撤退，完成任务后撤至河南许昌集结。张自忠令李九思率第一一二旅占领徐州以北郝寨、夹河寨一带阵地，配合黄樵松二十七师、刘振三一八〇师及李仙洲九十二军二十一师解救被围的商震三十二军一三九师。16日始，三路掩护部队与敌激战，18日才放弃当面阵地撤退。李九思一一二旅撤退时在徐州以西一个车站陷于日军包围。日军气球在空中监视，一一二旅无法获得军部命令也无法行动。李九思急中生智，指挥官兵从一栋大房子里往日军包围圈外挖掘地道，18日夜——二旅5000官兵突围而出，与一八〇师汇合，向徐州西南萧县方向而去。

26日，行至永城东南青龙桥地区，与大股日军相遇并遭轰炸，李九思率一一二旅抢占阵地，激战至黄昏，才撤出战斗，经鹿邑、淮阳以北向豫南撤退。行军过程中，五十九军保持了良好的纪律，军长张自忠要求属下各级主官整顿军纪，一一二旅一路掩护大军撤退虽十分辛苦，但李九思仍因为部下士兵拉了百姓的牲口而受到张自忠的训斥，拉牲口的士兵被张自忠当场枪毙。6月1日，五十九军所部终于抵达许昌整补。

第一一二旅二二三团二营营长宿之杰，随第五十九军军长张自忠驰援临沂，在临沂战斗中，宿之杰部守卫全军阵地制高点茶叶山，全体官兵誓与阵地共存亡，在日军重炮、坦克和飞机的狂轰滥炸下，血战四天，我军阵地工事全毁，伤亡大半。但之杰镇定指挥，将士前仆后继，终将敌击退，我阵地岿然不动。接着宿之杰率部夜袭敌营，直捣日军指挥部，打乱其部署，歼敌缴获很多，取得重大胜利。他又不顾连日血战疲劳，兼程驰赴五里店解师部之围。战后，宿之杰因战功卓著，荣获陆海空"甲种二等奖"，并升任三十八师二二三团团长。

在临沂战役中，第一八〇师师长刘振三以张宗衡的二十六旅为主攻部队，以该旅第六七八团（团长崔振伦上校）强攻亭子头，并派队与左翼第三十八师一一二旅取得联系，以第六七六团（团长张文海上校）一部对柳杭头实行警戒，并随时准备歼灭该处日军，其余部队同第三十九旅（旅长祁光远少将）皆作为师预备队。

五、黄埔人物（四）

（92）崔玉海

崔玉海（1904—1980.4.25）字静波，陕西省扶风县人。幼年在本乡读私塾。南京中央军校高教班第三期毕业。

1922年5月，进入河南督军（冯玉祥）署学兵团步兵队当学兵，同年随冯玉祥开赴北京南苑，继续受训。毕业后任陆军第十一师炮兵团（团长孙连仲）排长、连副。

1924年初，任陆军检阅使（冯玉祥）署南苑教导团步兵二队队长。1924年10月，长城沿线爆发第二次直奉战争，冯玉祥被直军总司令吴佩孚任命为古北口方向第三路军总司令。临时调入冯玉祥总部卫队团任营长，参加"北京政变"。国民军成立后，任国民一军（军长冯玉祥）第二师（师长刘郁芬）第四旅（旅长孙良诚）团附。参加了京、津地区抗击奉军、直鲁联军的进攻。1925年10月，随师长刘郁芬由绥远开赴甘肃，接管省政。后奉命进军陕西，支援西安守军抗击刘镇华的镇嵩军。1927年7月，任第二集团军（总司令冯玉祥）第十五军（军长宋哲元兼）第三师（师长徐以智）团长。1928年，划归庞炳勋部暂编第十四师。中原大战后，随部退入晋南地区接受改编，任第三十九师（师长庞炳勋）营长。

1934年9月，入南京中央军校高教班第三期学习，1935年6月，毕业。任第四十军（军长庞炳勋）第三十九师（师长庞炳勋兼）第一一五旅（旅长刘世荣）第二三一团团长。

抗战全面爆发后，随部开赴山东，在临沂守城作战中，与张自忠部配合，打败日军第五师团，取得临沂大捷。后率部开赴豫北太行山区打击日军。1940年，任四十军（军长庞炳勋）第三十九师（师长刘世荣）第一一六旅旅长。1942年，任第二十四集团军（总司令庞炳勋）第四十军（军长马法五）第三十九师（师长李运通）副师长。1943年，任第四十军（军长马法武）新编第四十师师长。

抗战胜利后，入中央训练团受训。1946年7月，退除军役。遂在安阳、郑州等地以经营小生意谋生，直至解放。

中华人民共和国成立后，携眷归里。1950年，被选为扶风县人民政府常务委员。1952年，入西北人民革命大学学习，结业后任县建设科副科长、工商科副科长、工交局副局长等职。

1980年4月25日，在陕西扶风县逝世，享年76岁。

（93）崔振伦

崔振伦（1900—1974.10）原名崔叙堂，山东省淄川县人。幼年在本乡读乡学。中央军校高教班第四期毕业。

1916年，入山东护国军辎重营当兵。1917年，所部编入山东第六混成旅第一团后，历任正目、排长、连长。1927年，参加北伐，任第二集团军（总司令冯玉祥）第八十九师第二六六团营长。1928年9月，任第八十九师缩编为暂编第四师（师长冯治安）第十二旅少校营长。1929年1

月，任暂四师十二旅改称第二十三师（师长魏凤楼）第六十九旅少校营长，6 月，第二十三师扩编为西北军第三军，调升第二十六师（师长周永胜）上校团长。1931 年 1 月 16 日，所部接受中央改编，降任东北边防军第三军十二师三旅三团第一营中校营长。6 月 1 日，第十二师改称第二十九军（军长宋哲元）第三十八师，任第三十八师（师长张自忠）第一一四旅（旅长董升堂）第二二八团（团长刘文修）第一营中校营长。1934 年 3 月，升任第三十八师一一三旅二二六团上校团长。

1935 年 9 月，入中央军校高教班第四期受训。1936 年 11 月，毕业。1937 年 9 月，调任第五十九军（军长宋哲元兼）第一八〇师（师长刘振三）独立第二十六旅（旅长张宗衡）第六七八团上校团长。

1938 年 4 月，独二十六旅改称第五三八旅，仍任第六七八团上校团长。率部参加了台儿庄、鄂东、豫南抗战。1939 年 1 月，升任第一八〇师五四〇旅上校副旅长，11 月，第一八〇师缩编为三团制，升任第一八〇师上校步兵指挥官。1943 年 10 月，任第一八〇师少将副师长。1945 年 7 月，升任第一八〇师少将师长。

1948 年 11 月 8 日，在江苏贾汪率部起义。1949 年 1 月，第一八〇师改编为解放军第三十三军九十八师，任师长。1950 年 4 月，调任华东军政大学山东分校军事教员。

1953 年 1 月，转业，任苏北农场统计员。1954 年，退职，移居山东济南。1956 年 5 月，当选济南市政协委员。

1974 年 10 月，在山东济南逝世，享年 74 岁。

（94）韩凤仪

韩凤仪（1905.7.3—1986.7）（一说 1902 年生），号世昌，河南汜水（今河南省荥阳市高村镇常村）人。洛阳陆军军官学校毕业（一说行伍出身）。

1935 年，任国民革命军陆军第四十军（军长庞炳勋）第三十九师（师长庞炳勋兼）工兵营营长；同年 7 月 1 日，叙任陆军步兵少校。

抗战爆发时，任第四十军（军长庞炳勋）第三十九师（师长马法五）第一一五旅（旅长朱家麟）第二二九团（团长邵恩三）第一营营长。

1939 年，任第四十军（军长庞炳勋）第三十九师（师长马法五／刘世荣）第一一六旅（旅长李运通／崔玉海）第二三二团上校团长。

1941 年 10 月 29 日，晋任陆军步兵中校；此时本部驻防豫北林县，韩凤仪曾智擒汉奸吕坤。

1942年5月，师缩编为三团制，任第四十军（军长庞炳勋）第三十九师（师长李运通）第一一七团上校团长。

1944年6月，晋任第四十军（军长马法五）第三十九师（师长司元恺）上校副师长。

1946年4月，第三十九师整编为第三十九旅，改任整编第四十师（师长李振清）整编第三十九旅（旅长司元恺）上校副旅长；10月10日，获颁抗战胜利勋章。

1948年12月，第三十九师与一八〇师合编为第一一五军，任第一一五军（军长司元恺）第三十九师少将代理师长。

1949年，去台湾，驻防澎湖，隶属澎湖防卫部（司令李振清）。

1950年，第三十九师隶属九十六军（军长于兆龙）；9月1日任三十九师师长。

1952年8月1日，第三十九师番号奉命撤销，所属部队分编第五十七师、第五十八师，隶属第四十五军；后任第四十五军（军长高魁元）少将副军长；10月16日，调升第九十六军副军长。

1986年7月，病逝于台湾，享年81岁。

有两位夫人，韩杜氏，在大陆劳动；范芝兰女士（南阳人）随其去台，有子五人。弟韩凤岗，曾任国民政府甲长。

（95）黄书勋

黄书勋（1896—1940.12.1） 字麟阁，河北省宁津黄家镇人，中央军校高等教育班毕业。1920年，任西北军庞炳勋部排长，后逐渐升任连、营、团长。抗战期间，先后任国民革命军陆军第四十军（军长庞炳勋）第三十九师（师长马法五）第一一五旅副旅长、旅长，参加了台儿庄战役，连续在晋、冀、鲁、豫等地与日寇作战，获国民政府颁发陆海空军甲种一等奖章。1940年12月1日，病卒于军。夫人刘仪卿，在丈夫死后殉情自杀。留下儿子建章、建国，女儿坤英。

作为副旅长的黄书勋在台儿庄战役之临沂阻击战中，与旅长李振清一起率领的一一五旅，在支援莒县、守卫临沂、协防台儿庄等战斗中战功赫赫。

1938年6月，日军由徐州西进，占领开封。为阻止日寇，蒋介石下令扒开花园口黄河大堤，将大量日军辎重淹没在黄泛区。第四十军奉命出击抗敌，第一一五旅在旅长李振清、副旅长黄书勋率领下越过黄泛区，奔赴豫东开展游击战，全旅官兵在淮阳大于集、太康常营一带与日军第二十一师团（师团长鹫津松平中将）作战，屡摧强敌，缴获很多物资弹药。又在扶沟县击退鬼子一个联队的进攻，取得阻击日寇的胜利，受到国民政府的通令嘉奖。

1939年年初，第四十军奉命进入豫晋交界驻防。这时的黄书勋已升任第一一五旅少将旅长，他率领第一一五旅驻防在晋豫交界的沁阳常平、窑头一带。春夏之交，日军调集数万兵力，强攻常平。黄树勋率部在进深十公里的太行山脊以南地区筑起三道防线，在阴雨连绵中阻击日军第三十五师团（师团长前田治中将）近五十天，日军在久攻不下后，多处使用毒气弹，致使第一一五旅至少五百名将士窒息死亡。在持续四十九天的阻击战中，第一一五旅进行大小战斗四百多次，击毙日军两千多人，第一一五旅包括副旅长、参谋长在内的三千多人壮烈殉国。

常平阻击战后，黄书勋率部随第四十军转战在山西晋城、高平、长治、壶关，并于1940年春转入河南林县驻防。1940年12月1日在林县军营病逝，年仅44岁。黄书勋将军病逝后，其夫人刘仪卿将国民政府发给的抚恤金全部捐出用于抗战，13天后（12月14日），刘仪卿以身殉夫，并写下遗书，希望子女继承父志。

庞炳勋没有忘记这位跟随他多年，出生入死，积劳成疾病逝的部下，在他们战斗出没的太行山麓林县，选了一块风水宝地安葬。拟就了一篇铁骨铮铮、掷地有声的碑文，详尽地回顾了黄旅长书勋的戎马生涯。

黄旅长书勋暨配刘夫人仪卿合葬墓表

民国廿九年春，余拜廿四集团军总戎之命兼河北省主席，四月移节林县。秣厉抚循息精养锐，方将北指幽燕，为克服之计，于十二月一日黄旅长麟阁以病卒于军。越十余日，其夫人刘君仪卿服毒以殉。呜呼！国难方亟，正需良材，天何夺我麟阁之促也。且男能殉国，女能殉夫，忠义节烈，萃于伉俪，抑何持志之坚，而感人之深也。君家贫，总角入塾，旋即从戎。九年，曹吴祸国，余方随孙高阳禹行先生奔走革命。君闻声来归，充排长。十三年北京革命，崭然露头角。"九·一八"之变，东北不守，翌冬，倭越长城南犯，余奉命备边，君充团长。数经战阵，卒能以少胜众，首造光荣战绩。旋入中央军校高等教育班受训，学验益丰，报国益诚。"七·七"变起决策抗战，君欢然动容，昌于众曰："吾华百年积弱，历尽奇耻，今获湔雪之机，亦正复兴之会，吾得与于斯役，此生不虚矣！"八月，洊升副旅长，率部与敌矶谷师团血战于沧县者八昼夜。翌年一月，与板垣师团战于临沂，凡三阅月。继与鹫津师团战于豫东常营、大于集一带，均克摧强敌斩获众多。二十八年三月，擢三十九师百十五旅旅长。君感国恩，益奋励。旋复渡河展转晋城、高平、长治、壶关之间。七月栏车、长坪两役，机谋独运，战绩尤伟，国府嘉勉，颁给陆海空军甲种一等奖章，以酬殊勋。然劳瘁过度，形神支离，今冬偶被风寒，遂至不起。呜呼悲夫！方君卧病，仪卿自渭南间关来侍，调护扶持，寝食并废。及病革，乃戚然曰："吾不能与麟阁同生，誓当同死，脱有不幸，决相从地下矣！"迨麟阁殁，昏绝者数四，既厝麟阁于林县带顶山阳，拟遣仪卿回陕，期前一日来辞，欢颜略见，余心滋慰，讵意冰操凛烈，归寓即殉，时十二月十四日也。发其遗书谓："麟阁壮志未酬，恤金应移以救国，以慰逝者。大衣一袭，乃麟阁夺诸日寇，留赐长子建章，冀其继父遗志。"盖皆前数日书，区处若定，从容就义。呜呼！末俗日偷，谁复尚论？节烈说者辄谓余之教忠教孝，有以感格将士，化及闺阃，庸知燕赵古多慷慨悲歌之士，风趋相习，不独男知侠义，女亦能慕贞节。若麟阁夫妇不更足风乎？麟阁讳书勋，宁津黄家镇人，得年四十四岁。仪卿，景县人，得年三十三岁。男子二，建章、建国；女子一，坤英。其懿行淑德，非一、二所能详，余特著其大者，以为世俗模楷。

新河庞炳勋敬题
中华民国三十年一月立石

黄书勋留下的二男一女，由其弟黄书馨（1970 年 12 月过世）抚养成人。大儿子黄建章在西安翠华山高中（国民党遗属学校）毕业后，流落到南京时遇到黄将军当年的部下并随其到了台湾，考取台北工学院，1957 年又考取美国伊利诺斯大学，成为一名电子学专家。1972 年尼克松访华后，成为首批回国访问的华裔科学家。二儿子黄建国 1957 年从西安地质学校毕业后，曾在上海市地矿局工作，是一名优秀的地质工程师。女儿黄坤英，是一名普通的纺织女工。

2005 年 8 月，由上海市黄埔军校同学会上报，黄建国作为抗战将领的遗属，经中央有关部门批准，荣获中共中央、国务院、中央军委颁发的中国人民抗日战争胜利 60 周年纪念章，中共上海市委统战部副部长周箴专程前往其家中，向他颁发了纪念章。当年 11 月，黄建国夫妇带着抗战纪念章，前往美国，他要把先父所带来的巨大荣誉，要把凝聚在这枚小小的纪念章上林县人民的深情厚谊，带到大洋彼岸，与在美国生活的兄长、子媳等亲人一起来分享。

附：《黄书勋墓葬寻访记》[1]：

1989年12月，林县统战部接到黄建国的书信后，非常重视，马上到县地名办公室、县志总编室查阅"大圣山"地址，翻遍了有关资料，都没查到"大圣山"这个名称。接着，县里又利用全县有线广播进行查寻，一个月过去了，"大圣山"仍杳无音信。继而，又于1990年1月6日，由林县县委统战部部长杨志雄亲率5人组成工作队，冒风雪前往原康村、三井村、郭家园村等原国民党四十军驻扎过的村庄普询细访，这一带的所有山岭沟谷都留下了查寻队员的足迹，然而仍无"大圣山"这个名称。

似乎希望变得越来越渺茫，但大家毫不气馁，一连数日，串村走户全面询访四十军当年活动过的地方。工夫不负有心人，他们终于发现了黄旅长的有关轶事。在掌握线索的基础上，工作队跟踪追击，最后于合涧镇三羊村的带顶山找到了黄旅长的墓地。接着又在三羊村中的大池东边发现了原国民党四十军军长庞炳勋当年为黄书勋旅长夫妇立的墓碑。碑文系庞所撰，由东姚镇李清莲书丹，合涧镇东山底村郝虎昌刻石。碑体保存完好，六十年代中期，村民为保护这块墓碑，在碑背面凿了一个蓄水石槽，将碑字面朝下，置于池边，供村民洗衣服用，使墓碑躲过了"破四旧"潮流的洗劫。

父母墓葬有了下落，黄建国夫妇心中万分激动，于是马上和远在美国的哥哥黄建章和陕西的姐姐黄坤英联系。1990年10月3日，他们夫妇以及次子黄文煜，西安的姐姐和三外甥黄鸣祥一行五人风尘仆仆地赶到林县。第二天，他们即和郭德秀以及林县人大常委会王宏民等人到了合涧镇三羊村，在三羊村前池塘旁边见到墓碑，并请林县文化馆馆长张生一将碑文拓了下来。拓完碑文后，黄建国一行又去碑楼地址和葬地，并在当地找寻村民了解当年先父情况。

在原康乡政府的帮助下，他们找到了当年黄书勋养病期间曾服侍过他的村民尤信等人。据尤信老人回忆："黄旅长在养病期间，对下属要求很严。一次侍卫随他出去，要吃山坡上柿子，黄旅长严加制止说：'要吃到老百姓家去买，不能随便摘着吃。'黄旅长生活上很俭朴，对剩下的饭菜从来不让家人抛洒，以备下顿再吃。黄旅长服药只服中草药，喜爱剑术，每天早起都要在院子里练习。"文化馆馆长张生一先生的妻子说："尽管当时部队也很艰苦，但是黄旅长还是将队伍省下来的食品给当地老百姓吃，当地许多老百姓包括我都吃过他的饭。"还有人讲黄旅长养病期间，晚上毛驴叫，他睡不

---

[1] 郭德秀：《黄书勋墓葬寻访记》，《林县文史资料》1992年第五期，第240页。

好觉，他叫侍卫对邻舍百姓讲，请他们晚上把毛驴喂饱。

　　群众还回忆，黄旅长去世后，庞炳勋给他找墓地，最后在离原康乡二十多里的合涧镇三羊村带顶山三郎洼，选中了此风水宝地。按当地人的讲法，此墓地在一个山坳里，上有玉皇庙，下有二郎庙，前面是一片平川，有大青河，远处对面是大青山。这块坟地是：头顶玉皇顶，脚踏大青山，左青龙，右白虎。庞炳勋全军给黄将军送葬队伍蜿蜒达二十余里地，埋葬后在山下建有碑楼，每日8名士兵给黄将军守墓，一直到日寇再次打过来，墓碑仍保存完好。黄旅长病重期间，在原康乡西面柏尖山顶庙中石墙上有一首爱国诗，当灵柩被抬到山顶时，石工许贵把此诗刻在石墙之上。诗曰：

　　　　　　　　登高一望遍腥云
　　　　　　　　善恶同难何人分
　　　　　　　　返转乾坤行大道
　　　　　　　　还我原来太平春
　　　　　　　　黄登高题庚辰年九九行知

　　黄建国向林县县委提出了为父亲重修墓地的要求。由于林县属于山地，著名的红旗渠就在林县，当地气候干燥，人多地少，为节省土地，当地老百姓没有为死去的亲人做坟堆的习惯，一般就平地下葬。所以，林县县委连夜向安阳地委和河南省委打报告，请求批准重新树立墓碑的用地。地委与省委马上批准了县委的报告。接到上级的批文，县里马不停蹄地开始了重修墓地的施工。

　　墓地、墓碑重修很快完成了，县政府举行了隆重的纪念仪式，黄建国把新落成的墓地墓碑拍照留念，他紧紧握住了郭德秀、王宏民以及尤信老人的手久久不愿松开。他感谢林县县委、政府为寻找先父的墓所做出的努力，感谢当地群众半个多世纪以来为了保护先父的墓地、墓碑不受政治运动的冲击，而付出的心血和智慧。他说："先父黄书勋去世那么多年，社会生活有了天翻地覆的变化，但先父当年的抗战功业仍被林县百姓传诵，历史证明了一个真理，无论是谁只要他为国家和民族做过一点事，人民是永远不会忘了他的，先父与千千万万的革命烈士一样，他们的英雄伟绩是超越历史、超越时代的。"

（96）李辰熙

李辰熙（1897—1965.5）字煦东，河北省高阳县莘桥镇长果庄人。幼年在本乡上私塾，后入直隶姚村陆军小学堂及北京清河第一陆军预备学校。1919年8月，考进保定军校第九期步兵科学习。1923年8月，毕业后分配到北洋陆军第二十三师任排长。中央军校高教班第二期毕业。

第一次直奉战争后，任大名镇守使（镇守使孙岳，参谋长庞炳勋）署中尉副官。1924年9月，第二次直奉战争爆发，孙岳奉命率部由河北大名开赴北京保卫京师，10月，随部参加"北京政变"。1926年初，改任大名镇守使（梁寿恺）署司令部上尉参谋。4月，直鲁联军逼近天津，国民军主力收缩北京附近固守，李辰熙所在部队由庞炳勋带领，被改编成直系第十二混成旅。

1927年初，在河南重新回归西北军。任第二集团军（总司令冯玉祥）第九方面军（总指挥鹿钟麟）第二十军营附、参谋、参谋主任。随部在豫东地区与直鲁联军作战。1929年5月，韩复榘在华阴军事会议上，因同冯发生争执，负气出走，发动"甘棠东进"，公开叛冯投蒋。韩部从洛阳东撤途中，李辰熙随部于黑石关地区阻击韩军，打垮韩复榘第二十师的三个主力旅。

1930年6月，李辰熙随部参加蒋、阎、冯中原大战，在豫东地区与蒋军顾祝同、刘峙、韩德勤部作战，同年10月，反蒋联军失败，庞炳勋所部被改编为陆军第三十九师，庞炳勋任师长，后升任四十军军长。李辰熙担任团长，后又升任副旅长。1933年9月，进入中央军校高教班第二期受训。1934年6月，毕业。

抗日战争爆发后，任第四十军（军长庞炳）第三十九师（师长马法五）参谋长，随庞部参加了临沂保卫战。

1943年，庞炳勋任河北省政府主席兼第二十四集团军总司令，在太行山与日军作战负伤被俘，李辰熙与马法五收拾四十军残部，任第四十军（军长马法五）参谋长。1945年6月，授陆军少将。1946年6月，任国民党整编四十师副师长兼安阳城防司令。

1949年5月5日，在河南新乡接受解放军和平改编，入华北军政大学学习。中华人民共和国成立后，任河北省政府参事室参事。

1965年5月，在天津逝世，时年68岁。

（97）李凤鸣

李凤鸣（1908.7.15—2010）　字瑞亭，河北省大兴县人。中央军官学校毕业。

1923 年，任陆军第十五混成旅（旅长孙岳）补充团（团长庞炳勋）文书。

1924 年 12 月，参加第二次直奉战争、北京政变。任国民三军（军长孙岳）庞炳勋旅任上尉连长、副营长。

1926 年 9 月，冯玉祥发动五原誓师后，他随庞部被编入国民联军任庞部副团长。

1936 年 3 月 25 日，叙任陆军步兵少校。时任职第四十军（军长庞炳勋）第三十九师（师长庞炳勋兼，后为马法五）第一一五旅（旅长刘世荣 / 朱家麟）第二三〇团少校团附。

抗战爆发后，任四十军军部副官长。

1938 年 2 月，晋任第四十军（军长庞炳勋）第三十九师（师长庞炳勋兼，后为马法五）第一一五旅（旅长李振清 / 黄书勋）第二三〇团（团长赵天兴）中校团附，参加台儿庄大战。

1939 年 7 月 10 日，获颁陆海空军甲种二等奖章。

1940 年，任四十军（军长庞炳勋 / 马法五）第一〇六师（师长李振清）上校参谋长，参加太行山抗战。

1941 年 10 月 29 日，晋任陆军步兵中校。后晋任任四十军（军长马法五）第一〇六师（师长李振清 / 韩凤仪 / 董升堂 / 赵天兴 / 柴世烈）少将参谋长。

1946 年 10 月 10 日，获颁抗战胜利勋章。后于郑州腿部受伤，在南京三军总医院住院治疗。

1949 年，去台湾，任台湾高雄司令部少将高参，曾在河北平津同乡会会刊撰文"回首前尘忆太行"。

2010 年去世，享年 102 岁。夫人，赵秀清、刘少珍女士。子三人，德生、德煜（以炮兵上校退役）、德申；女六人，德珍（以上尉护理长退役）、德玲、德珠、德淑、德佩、德瑛。

（98）李九思

李九思（1900.5.30—1984.9.16）　字子有，河南邓县南郊汪垌村人，中央军校高等教育班八期。庐山中央军官训练团党政班毕业。为张自忠将军部悍勇之将。

幼年家贫，赖外祖父资助上学，师从清末光绪年间的乡试秀才刘光文念私塾。1920 年 7 月，冯玉祥派人到郑县招兵，李九思通过同乡排长荆迪凤（音）推荐，辍学参军，成为冯部学兵一员，编在十六混成旅补充团第一营第四连，连长张自忠。

早年在西北军任职，曾任第二十九军三十八师一一三旅二二六团团长，1933 年参加长城抗战，1936 年任独立第二十六旅少将旅长，抗战爆发后在平津对日作战，1938 年 1 月任第五十九军三十八师一一三旅旅长，参加台儿庄战役之临沂阻击战。1940 年 5 月任第五十九军三十八师师长兼第五十九军训练处主任，参加随枣会战、常德会战、豫西鄂北会战，抗战胜利后曾任第五十九军副军长，1948 年任第十三兵团中将副司令官，参加淮海战役，兵败后逃往南京，1949 年 4 月在苏州郊区被俘。

新中国成立后，在抚顺战犯管理所接受改造。1975 年 3 月 19 日获特赦。历任全国政协文史专员，江苏省政协秘书处专员，民革南京市委委员，江苏省第四届政协委员。

1984 年 9 月 16 日，在南京病逝，享年 85 岁。

著有《我参加抗日战争杂忆》等。

（99）李树人

李树人（1903—1990）字百年，河北省容城县张市村人。容城师范毕业，中央军校高等教育班第十期毕业。

1923 年，入北洋第二十四混成旅任司书、军需等职。次年，江浙战争后，经同乡杨化昭介绍，投奔大名镇守使梁受恺部刘翼峰团任军需。1927 年，投入第二集团军军官学校参谋训练班学习，1928 年业后，到第六师（师长张自忠）第十六旅（旅长张春棣）上尉参谋。1930 年 2 月，升任该旅少校参谋。1930 年中原大战后，退往晋南一带的西北军残部被张学良改编为第二十军，任第三十八师（师长张自忠）第一一二旅（旅长黄维纲）第二二五团（团长刘振三）中校团附。

抗日战争爆发后，参加过廊坊突袭战、临沂会战、武汉会战、襄樊会战等对日作战行动，因功升任第五十九军（军长黄维纲）第一八〇师（师长刘振三）上校参谋长、少将副师长。1939 年夏，率领邓焕章支队在豫南桐柏山地区与新四军协同作战，关系融洽。对共产党的抗日民族统一战线主张深表赞同。

1942年，到成都中央军校高等教育班第十期受训。1943年，入重庆中央训练团受训。张自忠阵亡后，在部队受到排挤，遂到四川万县任补充第一团团长。

抗战胜利后，任第五十九军（军长刘振三）少将附员。1946年2月，授陆军少将。1947年退役。1949年，曾为中共地下工作人员提供军事情报。当万县面临解放之际，积极动员当地自卫大队长左朋维护地方秩序，使解放军顺利接收万县县城。

1950年，返回河北容城原籍。在政治运动中，曾受到不公正对待。

1985年，当选为县政协委员。

1986年，落实政策，给予彻底平反。

1990年，在河北容城县逝世，享年87岁。

（100）李运通

李运通（1903—197？）字亨斋，河北省深泽县人。中央军校高教班第二期毕业。

通州师范学校毕业后，投入北洋军队当兵，后在国民三军庞炳勋部任连长、营长、团长。中原大战，阎冯失败下野后，庞炳勋部被张学良改编为第三十九师，师长庞炳勋，李运通任该师第一一九旅（旅长陈春荣）第三团团长。1933年夏，因旅长陈春荣反对庞炳勋攻打抗日同盟军被撤职，李运通升任旅长。同年9月，进入中央军校高教班第二期受训，1934年6月，毕业。1937年，入庐山军官训练团第一期受训。

抗日战争全面爆发后，任第三战区暂编第五军野战补充团二团团长。1937年11月，授少将军衔，后任补充旅旅长。1939年春，任第四十军（军长庞炳勋）第一〇六师师长，同年，改任第三十九师师长。先后在河北、山东、河南等地打击日军。

抗战胜利后，退役。

1948年，任整编四十八师少将参谋长。

中华人民共和国成立后，在安徽省定居。

20世纪70年代，病逝。

（101）李振清

李振清（1901.8.3—1976.4.21）　字仙洲，山东清平县李园村（今属临清市）人，中央军校第七分校（西安）第一期骑兵科（比照校本部第十五期）毕业。获颁抗战胜利勋章，获颁三等云麾勋章。

七岁时，就读于村内私塾，师从薛立泉先生。1922年六月二十四日，离家，投笔从戎，赴直隶大名，入陆军第十五混成旅（旅长孙岳）学兵连（连长廉壮秋）。1924年冬，受训期满，调保定警察厅（厅长刘耀奎）任职，负责屠宰税业务。

1925年夏，调暂编陆军第四师步兵第八旅第十五团，任排长。其后，考入西北军校受训。1931年，任陆军步兵第一师（后改为陆军第三十九师）第二团营长。1933年参加长城抗日。1938年初，参加沧县战役和台儿庄战役之临沂阻击战，战后升任第四十军第三十九师（师长马法五）第一一五旅旅长，后转战黄泛区，打游击。1939年任第四十军第一〇六师副师长。1942年任师长。后任第四十军军长。曾率部接收华北。

1948年兼任第十二绥靖区司令官。同年12月，兼任河南省政府豫北办事处主任。在起义、死战、逃跑这个选择题上，李振清从1948年11月一直想到1949年2月，经过四个月的苦苦挣扎，李振清决定去台湾。在将军部事宜交由副军长李辰熙负责后，李振清以去台湾要求补充为由，逃跑了。没了李振清的第四十军，在继续坚持了三个月之后，由副军长李辰熙率领，向解放军投诚了。去台的李振清，被任命为澎湖防卫司令官，后又任台湾"防卫总部"中将副司令。1957年调任"总统府"战略顾问。1970年退役，任台湾省土地银行顾问。1964年任国民党"国防部"委员。

1976年4月21日，病逝于台北荣民总医院，享年75岁。

李振清与韩凤仪入台后，却与一桩涉案人数最多的台湾白色恐怖事件"澎湖案"，史称"澎湖713冤案"或"山东流亡学生事件"摆脱不了干系。

1948年秋，济南解放后，山东各重镇相继被攻克，大批师生逃离战区南迁，国民政府教育部命令在浙、粤、赣、汉相继成立国立济南第一至第五联合中学、烟台联合中学、昌潍临时中学、海岱中学，号称山东八联中。八千多名山东省流亡学生在烟台联合中学校长张敏之带领下到达澎湖，奉国防部、教育部的命令，借马公国民学校成立"澎湖防卫司令部子弟学校"。

1949年6月22日，8所联合中学师生8000多人，在广州的黄埔码头，登上开往澎湖的济和轮，经过三天两夜的惊涛骇浪，于25日抵达澎湖。

原来教育部与李振清约定"18岁以上男生编成'青年军'，半天军训半天上课，不足龄的男生及女生一律进子弟学校就读"。因当时澎湖兵源短缺，但上岸十几天后，澎湖防卫司令李振清违反约定，强令 16 岁以上男生和未满 16 岁、但身高合乎"标准"的男生从军，"投笔从戎"。7 月 13 日，每排学生队伍前面来一个士兵，手中拿一条绳子，凡身高超过枪支高度的同学都必须编入部队。同学开始骚动，并愤怒地骂道："我们不要当兵，我们要读书"，"军方背信忘义"，现场人声鼎沸。这时，澎湖防卫司令部司令李振清气急败坏地向校长张敏之吼道："你们都是我用三块大头（银圆）一个个买来的，有什么资格和我讨价还价？"

张敏之痛心地大声斥责说："是你自掏腰包买的吗？"当时他觉得最重要的是要救出学生免于征兵，于是挑出一百余名年幼体弱、不合军方规定的学生出列，但其他学生这时却哭喊着："校长，您不要我们了吗？"一时哭声震天。

此举引起学生不满，引发冲突，当场导致两名学生被刺刀刺伤。李振清为了给学生一个下马威，还让士兵朝天空放了一排枪，学生惊吓之余秩序大乱，士兵也开始残酷的镇压暴行。学生中有人腿部、手背、臀部等不同部位被打中，不断有学生中弹倒地，也有人被刺刀刺伤；学生的哀号声反而让士兵亢奋，叫喊声愈大，笑声愈大。天色渐暗，5000 个学生被拆成一组组强行编入军伍。

剩下的 2000 名女生和年幼生和校长张敏之遭到软禁。10 月 30 日，张敏之和一批学生被带到台湾基隆西宁南路 38 号——人人谈之色变的台湾省保安司令部。不久，张敏之与 106 名师生却被军方诬以"匪谍罪"，加以秘密审判，最后，校长张敏之、邹鉴和 5 名学生刘永祥、谭茂基、明同乐、张世能、王光耀以"匪谍"罪名，被押到台北马场町枪决。另有 2 名学生王子彝、尹广居死于狱中。史称"澎湖 713 冤案"或"山东流亡学生事件"。

军方还让拒不招供的同学"自动消失"——装入麻布袋丢海。据一个侥幸逃出的学生指出，军方常选在月黑风高的时候，用小船载着十几个学生，将他们的两眼蒙住，航行到海中央，把学生推下去活生生的淹死。当时到底有多少学生被"抛锚"，没有人清楚。

而侥幸未被枪决或"抛锚"的师生，则被移送到内湖新生队管训，在绿岛监狱建成后又移送绿岛，成为绿岛监狱第一期（学生）。此案仅失踪者就有两百多人。

台湾作家王鼎钧曾说："国民政府能在台湾立定脚跟，靠两件大案杀开一条血路，一件二二八事件慑服了本省人，另一件烟台联合中学冤案慑服了外省人。"

尽管在台的山东籍政要想为受害者平反，却受限于当时白色恐怖时期的时空因素，案件也不为外人所知。1997 年，由新党的高惠宇、国民党的葛雨琴、民进党的谢聪敏等立委，蓝绿联手提戒严时期叛乱及匪谍案件和不当审判补偿条例，被害人与其家属始得沉冤昭雪。

2007年，民进党中常会决议建议政府为澎湖713事件兴建纪念碑，同时在澎防部操场，也就是当年开枪镇压的地点举办纪念会，但初期澎湖县政府反对立碑，当时国民党籍的县长王干发表示未听过此事件。

2008年7月，罹难校长张敏之之子张彤与县长王干发达成协议，同意县府提供观音亭西侧海堤兴建纪念碑。

时任国民党参选"总统"的马英九，在2007年造访绿岛时曾表示，"白色恐怖是台湾人权严重污点，面对历史伤口，要选择诚实面对历史，不回避、不掩饰，不论面对历史对自己有多么难堪不利，都坚持诚恳的面对。"虽然，在兴建"澎湖713事件纪念碑"问题上，国民党在当时选择了回避，不敢面对，但马"总统"说的这句话，无论对于哪个党派来说，都是共勉之真谛。

（102）李宗岱

李宗岱（1918—2011.4.24）　山东栖霞县人，中央军校高教班十一期，抗日英雄，原国民革命军四十军老兵，台儿庄战役中，击毁敌坦克1辆，缴获装甲车3辆，击毙敌片野大队长，并在肉搏中大刀手刃数名日寇。抗战期间3次身负重伤。

新中国成立后，为重庆市政府参事、民革党员、黄埔同学会员。他是电影《血战台儿庄》中英雄连长的原型、素有"独目虎将"之称的抗日英雄。

幼年随父到天津，1935年天津南开中学毕业后，李宗岱毅然投笔从戎，考进北方军官学校炮科，毕业后进入庞炳勋三军团第四十军野战补充团任中尉排长。

1938年，任第四十军军长庞炳勋下属连长。

1939年，任第九十二军军长李仙洲下属少校营长。

1941年，任江汉师管区司令侯镜如下属副团长。

1943年，任二十八集团军总司令侯镜如下属上校团长，后在中央军官学校高等教育班第十一期毕业。

重庆解放时，李宗岱到军管会出示了自己在原部队开具的请假手续，证明了他原在部队是有职务的军人。他到了川盐盐号当了个一般员工，1950年到重庆市干菜果品公司，在解放碑大阳沟商店当营业员。

1986年，被任命为重庆市人民政府参事。

1938年，李宗岱所在的国民党
四十军补充团二连，前三任连长牺牲，
损失惨重，危难之际，他被火线授命
为该连第四任连长。李宗岱奉命组织
"敢死队"死守阵地。四天战斗中，
一百七十人用旧式步枪杀退敌人十次
进攻，其间，李宗岱率领十余名机动
队员，左挡右堵，与敌人展开肉搏。

李宗岱与夫人的结婚照片

抗战期间，参加过津浦路北段沧
州静海战役，台儿庄会战，临沂葛沟阻击日寇板垣师团之战，陇海路东段大
许家等许多战役，三次负重伤，三次重返前线。因战功卓著，曾荣获"华胄
纪念章""国族干诚奖章"和"陆海空甲级奖章"等殊荣。

他曾用轻机枪击落一架日本飞机，将价值800两黄金的巨额奖金捐给国
家。其感人事迹被国立编辑馆、中央军事委员会政治部郭沫若编入士兵读物，
以"忠勇将士李宗岱"为名的歌谣广为传诵，当时在社会上引起了强烈反响，
包括《大公报》《新华日报》在内的海内外六十余家报纸都作了相关报道，
被誉为"民族英雄""独目虎将""民族楷模"，周恩来同志曾亲临汉口慰
问并给予了高度赞扬。

2011年4月24日下午2点40分，与世长辞，享年95岁。

有趣的是，2013年4月8日，在纪念台儿庄大战75周年之际，李宗岱的
儿子李大淮向台儿庄大战纪念馆捐赠了其父亲与母亲的结婚证，当主持人宣
读到，证婚人是：国民革命军第九十二军军长李仙洲时，台下第一排就座的
李仙洲之子李德强先生，刚刚卸任的原山东省政协副主席、民革山东省委主委，
立刻起身，向李大淮及全体嘉宾招手致意，赢得现场一片热烈的掌声。

（103）刘景岳

刘景岳（1908—？）字效（武）五。河北景县人。早
年参加西北军。后入第二集团军（总司令冯玉祥）军官学
校学习，毕业后历任排、连、营、团长。随部参加中原大
战和长城喜峰口抗战。南京中央军校高教班第二期毕业，
陆军大学特别班第七期毕业，留校任上校兵学教官。

1933年9月，入南京中央军校高教班第二期受训。1934年6月，毕业。

抗日战争全面爆发后，任第五十九军（军长张自忠）第三十八师第一一三旅（旅长刘振三）参谋长，率部参加徐州会战。后任第五十九军第三十八师(师长黄维纲)参谋处处长、第三十三集团军第五十九军（军长刘振三）参谋处作战科科长、副参谋长等职。

1943年10月，入陆军大学特别班第七期学习。1946年3月，毕业后，留校任陆军大学上校兵学教官。1948年，任三绥区（司令冯治安）第五十九军（军长刘振三）少将参谋长。

1948年11月8日，在淮海战役中，于江苏徐州贾汪地区参加何基沣、张克侠领导的战场起义。

1949年，部队改编后，任中国人民解放军第三十三军参谋长。

1952年，转业地方工作。任天津市河东区政协委员、天津市河东区政协副主席，民革天津市委常委，天津市政协委员等职。

著有《第五十九军临沂抗敌记》（载于中国文史出版社《原国民党将领抗日战争亲历记——徐州会战》）、《为国捐躯的张自忠将军》《七七事变后天津战役纪实》《张自忠将军治军》等。

（104）刘振三

刘振三（1894—1982.6.13）　字育如，河北故城县故城镇西南镇村人，中央军校高等教育班第二期，旋被冯玉祥派往德国军校深造，陆军大学将官班甲级第一期毕业。

曾任国民革命军第一一三旅旅长，第一八〇师师长，整编第五十九师师长，第五十九军军长。后任国民革命军上海警备总司令部中将副总司令。抗战期间，参加了长城抗战、徐州会战、武汉会战和随枣会战。

1921年11月学兵大队毕业后派任陕西督军署（督军冯玉祥）卫队团（团长赵席聘）第三营（营长张自忠）第一连（连长鲁崇义）班长。

1922年5月升任河南督军署（督军冯玉祥）学兵团（兼团长冯玉祥）步兵营（营长张自忠）第一连（连长鲁崇义）少尉排长。

1924年10月所部改称国民一军（军长冯玉祥）卫队旅（旅长孙连仲）学兵团（团长张自忠），任第一营（营长鲁崇义）排长。

1926年3月调升察哈尔督统署（督统鹿钟麟）手枪营（营长郭泽民）第二连连长。9月调升国民联军军事政治速成学校（校长张允荣）队长。

1927年9月调任第二集团军军官学校(校长张自忠)入伍生第一营中校营长。

1928年6月升任军校第一大队上校大队长。9月调任第二集团军暂编第六师（师长童玉振）第十八旅（旅长庞振江）第七团上校团长。10月所部改称第二十五师（师长童玉振）第七十五旅（旅长庞振江）第七团，仍任上校团长。

1929年5月调任西北军第四军（军长张凌云）特务团上校团长。

1930年4月第四军缩编为第二方面军（总司令冯玉祥）第六师（师长张自忠），仍任特务团上校团长。在中原大战，刘振三率一团击溃蒋介石军数千之众。后因中原大战西北军溃败，刘随张自忠余部北渡黄河于晋南待命，旋被编入新编二十九军任团长。

1933年第二十九军于喜峰口抗击日军入侵，刘率部抡大刀击退日军。9月升任第一一三旅（辖两团）旅长。

1937年9月9日升任第一八〇师（辖两旅）师长。

1940年5月8日获颁四等宝鼎勋章。7月8日升任第五十九军（军长黄维纲）中将副军长兼第一八〇师师长。

1943年8月17日，擢升为三十三集团军五十九军军长。1944年8月3日获颁四等云麾勋章。10月带职入陆军大学将官班甲级第一期学习。

1945年1月陆大毕业后仍任原职。10月10日获颁忠勤勋章。

1946年4月第五十九军整编为第五十九师（辖整编第三十八旅、整编第一八〇旅），改任中将师长。5月5日获颁胜利勋章。

1948年1月1日晋颁三等云麾勋章。9月整五十九师恢复第五十九军，改任中将军长。同月22日晋任陆军中将。

1949年1月调任淞沪警备司令部（兼司令汤恩伯）副司令。5月辞职赋闲。不久携部分家属赴台定居。

1982年6月13日，在台湾台北病逝，享年80岁。

（105）马辉祖

马辉祖（1904—1970）　别号兰轩，湖北阳新县白沙镇人。黄埔军校第四期经理科，高教班第五期。

参加北伐战争。历任国民革命军排、连、营、团长。抗战爆发后，任张自忠第五十九军第三十八师政治部少将主任，台儿庄会战中负重伤致残。后任湖北鄂西新兵补充训练处副处长等职。1946年退役。

另据湖北省政府大事记记载，1945年10月19日，"嘉鱼县长陈德纯免职，调阳新县长谈瀛代理，递遗缺以马辉祖代理"。"派马辉祖代理阳新县县长"。

（106）梅贯一

梅贯一（1893—1966）又叫梅冠毅，字启运，满族，河北省易县兴隆庄人。初入私塾就读，至初中因家贫辍学。1909年后，在北京陆军小学、清河第一陆军中学学习。1916年6月，考入保定军校第五期步兵科。1918年9月，毕业后，充西北边防军排长、中尉连长。

1920年，在直皖战争中失败，部队被解散，回乡务农。1924年，入西北边防督办（冯玉祥）公署任学兵团上尉教官，参与新兵训练。后改任卫队旅中校团附。1926年，任国民军第十五混成旅（旅长张自忠）中校参谋长。在南口与奉军作战失利，撤到包头。冯玉祥在五原誓师后随部进入陕西，参加西安解围作战。1929年，任西北军官学校骑兵队长。同年10月，参加中原反蒋战争，任第二十五师（师长张自忠）谍报处长。中原大战后，随军进入山西，编入第二十九军。任该军第三十八师第一一四旅（旅长张自忠兼）第二二四团（团长董升堂）第二营营长。先后驻军平定、井陉、内丘等地。最后调北平，驻防通县、保定、南苑各地训练。1934年，任二十九军南苑军官训练团（团长佟麟阁）第一大队大队长。后任第二十九军（军长宋哲元）第三十八师（师长张自忠）第一一三旅（旅长刘振三）副旅长，在河北廊坊驻守。1936年6月，张自忠任天津市长，梅贯一被调往天津，任市政府视察室主任。平津沦陷后，三十八师改编成第五十九军，梅贯一乘英国商船经青岛转往山东，返回部队，任五十九军专职作战参谋。

1938年3月，参加临沂会战。1941年后，任第五战区干部训练团高级教官。在湖北均县草店训练基层军官。1940年，改为中央军校八分校，任高级教官。

1946年，奉命退役后赋闲，在武汉随四子梅永良一块生活。

1966年，在武汉病逝，享年73岁。

（107）祁光远

祁光远（1903—1951）字德政，河南省西平县师灵乡小洼张村人。幼年家庭贫穷，因饥饿难忍，与几个伙伴偷杀了邻村财主家的一头病驴充饥。事发后不敢回家，独自外出，投奔冯玉祥部当兵。因训练刻苦，作战敢于拼命，由士兵逐级升任班长、排长、连长，参加了冯玉祥发动的"北京政变"。黄埔高教班第五期毕业。

　　1925 年 7 月，被保送到苏联基辅军官学校学习，与丁良俊、魏风喜等人编入骑兵班。1929 年初，回国，先后担任营长、团长。参加了 1930 年的中原大战。阎、冯失败下野后，随部退入晋南地区，编入第二十九军（军长宋哲元）第三十八师（师长张自忠），任营长。不久升任第二十九军第三十八师第一一四旅（旅长张自忠兼）第二二八团团长。1933 年春，日军进犯长城一线，祁光远奉命率领部在罗文峪、沙宝峪等地与优势敌军展开激战，苦战竟日，阵地数次失而复得，最后在援军支援下，全线出击，打垮了日军的进攻。

　　1936 年 10 月，被选送到南京中央军校高教班第五期学习。1937 年 7 月，毕业后，任第三十八师师部手枪团团长。7 月 28 日，按照军部的统一部署，在副师长李文田的指挥下，参加天津对日出击，率部攻打天津总站和东局子日本飞机场，歼灭大量日军。1937 年 11 月，第三十八师在河南省滑县道口镇扩编为第五十九军，祁光远升任第五十九军第一八〇师独立第三十九旅旅长。

　　1938 年 3 月，随部开赴山东临沂，与守军庞炳勋部配合作战，在刘家湖等地重创日军第五师团主力，取得临沂大捷。1938 年 7 月 19 日，第五十九军在河南省驻马店召开会议，按整理师编制整编，每师编为 5 个团（2 旅 4 个团，再加 1 个补充团）。祁光远升任第五十九军第三十八师副师长。1946 年 10 月，退役后返回河南省西平县原籍赋闲。

　　1951 年春，死于镇反运动，时年 48 岁。

（108）史振京

史振京（1898.2.20—1941.12） 号际昌，河北新河县第三区申家庄人。为家中长子，下有三弟三妹。

　　1918 年 8 月，入保定陆军军官学校（校长杨祖德/贾德耀/张鸿绪）第八期步兵科第四队学习。

　　1922 年 7 月 1 日，毕业后任连长。

　　1924 年 10 月，作为孙岳十五混成旅下级军官参加"北京政变"。

　　1926 年，任北洋陆军第十五混成旅（旅长梁寿恺）步兵第二团（团长裘时杰）第一营营长。

　　1927 年 6 月，随梁寿恺投冯玉祥。

　　1928 年 4 月，参加"二次北伐"。

　　1929 年，国民军与直奉鲁大战失败退出北京后，随梁寿恺部驻军大名。
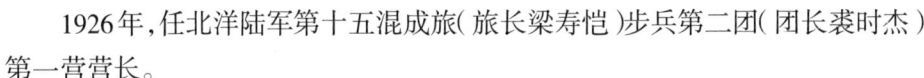

后来，国民军在天津附近与奉军李景林部大战，败后庞炳勋收拢残部。于1928年8月归属庞炳勋部。

1931年，任国民革命军陆军第四十军（军长庞炳勋）第三十九师（师长庞炳勋兼）第一一五旅（旅长刘世荣）中校参谋长。

1933年2月至5月，随第四十军第一一五旅参加长城抗战，一说于4月间，第一一五旅某团与萧之楚军第四十四师独立第四旅在山区围困自兴隆南下之日本关东军混成第十四旅团（旅团长服部兵次郎少将）之岛村英次郎少佐率大队数百人于死角。正招降间，停战谈判。

何应钦特令解围。

1933年9月2日，入庐山军官训练团（团长陈诚）第三期学习。

1934年，任第四十军（军长庞炳勋）直属骑兵团上校团长（驻河南叶县）；11月至次年10月，曾围追红二十五军长征。

1935年5月6日，叙陆军步兵上校。

1936年6月25日，骑兵团改编为补充第二团（驻河南新乡、焦作地区），任该团团长。

1937年7月，抗战军兴，第二补充团（即第二三四团）在姚官屯与日军陆军第十师团（师团长矶谷廉介中将）战斗后，因三十九师伤亡很大，于12月撤编，调任第三十九师参谋处主任。

1939年，任一一五旅（旅长黄书勋）副旅长，转战南太行沁阳、博爱等地区，先后与日军第十四师团（井关隆昌中将）、第三十五师团（前田治中将）作战。

1941年4月19日，任第二十四集团军（司令长官庞炳勋）新编第五军（孙殿英）暂编第四师（师长王廷瑛）少将参谋长；据史振京将军之孙女讲述，同年下半年，因在南太行沁阳常平之战受日军毒气弹攻击，呼吸道受到伤害，罹患肺病，曾秘密去敌占区北京协和医院治疗，不幸于1941年12月在北京协和医院去世，享年43岁，葬归故里。

史振京将军娶妻王氏素珍女士，育有一子一女。其子史殿林（又名：史健吾）先生，原系四十军留守处副官；其女史爱俊女士在西安求学、教书，并成家。史爱俊女士适余静野先生，生有1女（余小俊）3子（余小静、余小平、余小安）。

史振京将军去世后，史殿林先生离开四十军，在河南新乡做小生意养家。由于史殿林先生原配宋存玲女士只生6女（史敏、史勉、史昭、史慧、史杰、史斌），后继无人，再娶刘俊英女士生有1女（史景春）5子（史继祖、史建斌、史新房、史志新、史全新）。

由于家庭负担日渐沉重，史老夫人王氏素珍女士，先后携儿媳宋存玲女士、孙女投亲于河北新河和陕西西安，新中国成立后一直与女儿史爱俊女士一起生活，20 世纪 70 年代在西安去世。

儿媳宋存玲女士 20 世纪 60 年代在西安去世，儿子史殿林先生于 20 世纪 90 年代去世，女儿史爱俊女士于 2010 年去世。孙辈散落于西安、宝鸡、北京、新乡。

（109）司元恺

司元恺（1898.11.23—1953）　字怡唐，河北青县李豹庄人，直隶陆军讲武堂第一期步兵科毕业。1934 年，入庐山军官训练团受训一个月。

司元恺兄弟五人，排行第四。九岁时，就读村中小学。17 岁高小毕业后因无力升学，即在家协助父亲耕作。1918 年，在征得父亲同意后，先投军入北洋陆军直隶第一混成旅（旅长王承斌）任正兵。1921 年，考入保定直隶讲武堂（1920 年直皖战争后，曹锟划保定军校部分校舍，将原漕河直隶军官教育团迁此，易名直隶讲武堂）第一期。

1923 年 7 月讲武堂毕业后，派任北洋陆军第二十三师（该师于 1920 年12 月由直隶第一混成旅扩编而成，师长王承斌）步兵第四十五旅（旅长王维城）第九十团（团长阎治棠）少尉排长，后投效第十五混成旅（旅长孙岳），历任补充团（团长庞炳勋）、国民三军（军长孙岳）暂编第二混成旅（旅长庞炳勋）、北洋陆军第十二混成旅（旅长庞炳勋）、河南保卫军第十一师（师长庞炳勋）、国民革命军暂编第五军（军长庞炳勋）下级军官。

1927 年 6 月升任第二集团军（总司令冯玉祥）第二十军（军长庞炳勋）第五十九师（师长马法五）营长。

1929 年 1 月所部缩编为暂编第十四师（师长庞炳勋）第四十二旅（旅长马法五），仍任少校营长。

1930 年 3 月暂十四师扩编为护党救国军第六军（兼军长庞炳勋），改任第十二师（师长马法五）炮兵营少校营长。

1931 年 1 月所部接受国民政府改编，任东北边防军第一师（师长庞炳勋）第一旅（旅长余远彰）少校营长。6 月所部改称第三十九师（师长庞炳勋）第一一五旅（旅长刘世荣），任第二三〇团（团长朱家麟）第二营少校营长。

1935年7月1日叙任陆军步兵少校。

1936年3月升任第二三〇团中校团附。

1938年11月升任第三十九师（兼师长马法五）第一一五旅（旅长李振清）第二二九团上校团长。

1940年1月升任第一一五旅上校副旅长。

1941年10月29日晋任陆军步兵中校。

1942年6月调升独立第四十六旅（辖两团）少将旅长。

1943年6月独四十六旅并入新编第四十师（师长崔玉海），升任少将副师长。8月19日晋任陆军步兵上校。10月6日获颁五等云麾勋章。12月升任第二十四集团军（总司令庞炳勋）副官处少将处长。

1944年7月调任第三十九师（辖三团）少将师长。

1945年10月10日获颁忠勤勋章。

1946年4月第三十九师整编为第三十九旅（辖两团），改任少将旅长。5月5日获颁胜利勋章。

1947年11月19日晋颁四等云麾勋章。

1948年1月1日获颁四等宝鼎勋章。9月7日整编第三十九旅改称第三十九师（辖三团），改任少将师长。同月22日晋任陆军少将。12月升任第一一五军（辖第三十九师、第一八〇师）军长。

1949年1月1日晋颁三等云麾勋章。10日，淮海战役战败，于河南永城被人民解放军俘虏，先送至山东益都华东解放军官教导团高级组学习改造；4月，该团移至山东历城继续学习改造；不久，又移至苏州华东解放军官训练团第三团学习改造；7月11日，获国民政府晋颁三等宝鼎勋章予其家人。

1953年，转押河南安阳公审，公审期间突犯高血压病逝，时年55岁。

（110）孙万群

孙万群（1919.3.1—2004.12.14）　山东濮县（濮县原是山东省的一个县，1956年被撤销，全部并于范县，1964年随范县划归河南省）人，黄埔军校第二十一期工兵科。

19岁在山东寿张师范学校读书时，受到爱国教育。1938年毕业后，参加张自忠第五十九军一八〇师当学兵。

随第五十九军在台儿庄战役中急驰临沂支援，首战告捷。后敌援军至，被迫撤离临沂，转移到徐州，后突围到达安徽亳县，沿途保护了伤员和全师作战地图的安全。后又撤离到许昌休整。同年6月，随军由许昌开到驻马店。同时成立第二十七军团（由第五十九扩编成）干部训练团，学兵队被编入该团第四队，1939年6月，学习期满时，第二十七军团又编成第三十三集团军，总司令仍为张自忠。全体学兵队作为干训团第一期毕业生开到前线湖北宜城赤土坡总司令部所在地，分配工作。孙万群分到师参谋处见习，他多次聆听了张自忠总司令的教导。9月期满后，被提升为少尉电务员。见证了张自忠将军为国捐躯的壮烈场面。后随一八〇师参加了襄河防御战。

1944年6月孙万群被五十九军刘振三军长批准到军校受训，离开部队。抗战胜利后，第三十三集团军被缩编，孙万群于1947年冬在陆军军官学校二十一期工兵大队第四队毕业归队，1948年1月被安排在五十九军特务营第一连任上尉连长，后随同中共地下党员张克侠、何基沣副司令官于1948年11月8日在贾汪、台儿庄地区举行战场起义，起义部队23000余人编为中国人民解放军。

转业地方后，落户句容，曾任职上海市建工局五公司，江苏省句容县政协文史资料研究委员会委员。

2004年12月14日，在句容县逝世，享年85岁。

（111）田玉峰

田玉峰（1916—？）　原名田锡崑，山东临沂县人，曾入辅仁大学学习，1939年1月考入黄埔武汉分校十六期十一总队第一大队步兵科。历任庞炳勋部排、连、营长，傅作义部少校营长等职，1949年1月，参加北平起义。新中国成立后，一直从事美术教育工作。

时任庞炳勋为军长的国民革命军第四十军三十九师——五旅排长的田玉峰，参加了1938年3月至4月的台儿庄战役序幕战——临沂阻击战。在战斗中他英勇作战，由排长提升至连长、特务营长。后来他随军转战大西北，多次与日寇交锋。最后转入傅作义将军的部队，担任少校营长之职。1949年1月，北平和平解放时，他随军起义，参加了人民解放军。1950年转业到地方，回原籍临沂，参加了教育工作，任临沂师范美术教师。

其间，他又参加了临沂（华东）革命烈士陵园的修建工作。在修建过程中他为各种人物的石雕像设计了草图，其中著名的有罗炳辉的雕像和墓四周的浮雕。在塑造纪念塔四周的人物的塑像时，田玉峰则将在辅仁大学学来的西洋新的人物比例8∶1用在塑像上，取得了意想不到的效果。

1951年陵园竣工后，他调到临沂师范任师范和中学部的美术和体育老师。从此由戎马生涯进入了他后半生的教育生涯。1952年后他专任美术老师。他把辅仁大学美术系的画法带到了临沂师范。他教学生以写生入手，素描注重造型准确，还经常带领学生服务社会，配合各种运动画宣传画，得到了社会的好评。

1957年，被错划为"右派"。"文革"结束后，恢复了原职，于1978年退休。

他参与修复了"文革"中破坏的古建筑——始建于1913年的临沂天主堂的工作，这座罗马式古建筑的正面有5块石碑，乃临沂晚清进士王思衍唯一的榜书。可惜的是"文革"中，破坏严重。为了修复这一书法珍品，田玉峰自告奋勇带领儿子，自己配料，精心地修复了每一个字。修复后的5块石碑："天主堂""掌握天地""万有真原""恩光普照""真主圣殿"完全恢复了原貌，受到了文物和书法界的好评。

1984年，田玉峰被选为临沂市第六届政协委员，并被聘为山东省政府文史馆馆员。作为黄埔学校的老校友，他积极参加活动，撰写回忆录，好多都是难得的"三亲"资料。他发挥作用为参加抗战殉国烈士提供证明，接待海外探家的同学，深受统战部门的赞扬。

田玉峰撰写了多篇回忆文章发表在《临沂文史资料》上。他写的《临沂阻击战纪实》，作为论文在徐州参加了"苏、鲁、豫、皖四省九市、地社联抗日战争胜利四十周年学术研讨会"，会后发表在《淮海论坛》上。《我所知道的四十军》一文，被山东省文史研究馆1987年《文史资料》第一辑采用。1985年，中国人民政协全国委员会编审组出版的《徐州会战》一书。采用了田玉峰撰写的《临沂之战追记》一文。

（112）王丕廉

王丕廉（1911—2001）　字介挺，山东菏泽人，黄埔军校第十一期毕业，先后任国民革命军排长、连长、副营长、副团长、团长、副师长、军少将高参等，抗战时，参加了淞沪会战、无锡战役、南京保卫战、临沂战役、台儿庄战役、潢川战役、襄河战役、襄樊战役等。1949年在厦门参加起义。新中国成立后，担任济南市槐荫区政协文史资料委员会委员。

曾就读于山东省立第六中学、北京汇文中学。1934 年考入南京中央军校第十一期一总队，1937 年 8 月毕业留校任教导总队排长，后参加淞沪会战，升为连长。是年底参加无锡战役和南京保卫战，以战功升任副营长。1938 年3 月调五十九军张自忠部任少校参谋，随张将军参加临沂战役和震惊中外的台儿庄战役。1939 年潢川战役之后，在襄河两岸，转战湖北荆门、钟祥等地，痛歼日军。1940 年随张将军渡过襄河截击日军，后我集团军总部被日军包围，王丕廉副团长，奉命率部连夜增援。1942 年在徐家砀伏击战中，歼日军千余人，升任辎重团团长。1945 年又参加襄樊战役。王丕廉每次在与日寇作战中，都一身是胆，身先士卒，给日寇以致命打击，自己身负重伤，也不下火线，屡建战功。

抗战胜利后至 1949 年 6 月，先后任第五十九军一四一师四二三团团长，九十六军二一二师少将副师长、九十六军少将高参等职。曾驻防蚌埠、浦口等地。其间，受胞兄王丕襄和中共地下党南京负责人卢邵中、晁樾、张子生等人劝告，思想开始转化，先后两次秘密将国民党在南京长江两岸的军事部署转送给解放军。同时掩护一部分共产党员及其家属，护送一批青年流亡学生奔往解放区。1949 年 7 月，他冒着生命危险，在厦门宣布起义，后经香港转回山东济南。

新中国成立后，供职于山东省合作干校。1980 年离休后，协助胞兄王丕襄撰写了《跟随冯玉祥二十余年》一书及其他文史资料多篇。1986 年作为山东省黄埔军校同学会之代表，参加南京召开的川苏皖鲁四省黄埔同学会。

（113）宿之杰

宿之杰（1905—1940）　字汉民，临洮县辛店镇（祖籍八里铺镇宿家坪）人，中央军校高教班一期。

1919 年宿之杰小学毕业后，投考北洋军洛阳学兵团，历任排连长、副团长。1930 年秋，任宋哲元部中校营长，1932 年入南京中央军校深造，毕业后回原部队。1933 年随张自忠参加长城抗战，在喜峰口战役中，率部杀伤敌数百，在此战斗中，宿之杰因作战勇敢，获银质奖章。1936 年随部驻防小站，担负天津治安警卫任务，针对日本军队的猖狂挑衅，严整部队，积极备战。维护治安秩序。

1937年，卢沟桥事变后，宿之杰参加了北平（今北京）近郊，天津沧州及山东临沂等战役。同年8月，在天津小王庄激战时，因指挥得力，歼灭日军300余人，击毙中队长1人，缴获一大批武器弹药，受到旅部通令嘉奖。

1938年2月，在山东临沂，五十九军军长张自忠奉命率宿之杰等部驰援，战斗激烈，敌军溃退，战后受第五战区司令长官李宗仁嘉奖。同年3月，驰名中外的台儿庄战役中，五十九军奉命参战，宿之杰部守卫全军阵地制高点茶叶山，全体官兵誓与阵地共存亡，在日军重炮、坦克和飞机的狂轰滥炸下，伤亡惨重，全营只剩90人，仍守卫着阵地。战后，荣获陆海空甲种二等奖，并晋升为三十八师中校团长。5月，日军调集13个师团，30余万人，分六路包围徐州，宿之杰受军长张自忠令，率部兼程解围，击溃敌军，胜利完成了掩护全军安全通过徐州的任务。因数百次和日军作战，宿之杰积劳成疾，受命于9月回家休养。10月，张自忠部移驻湖北襄武、樊城一带，1939年春，军部（张自忠编三十三集团军）即电召宿之杰归队，参加鄂北大战。

1940年5月7日，随军长张自忠从宜城渡汉水袭敌；10日，在襄武、枣阳间与敌大战，毙伤日伪军千余；12日，在枣阳梅东地区与七八千敌人激战，双方均伤亡重大；16日，张自忠将军亲到前沿指挥，其作为警卫团长，率剩余300多人紧随其后，双方展开白刃格斗，将士绝大部分伤亡，张自忠壮烈殉国。

张自忠将军牺牲后的第五天（5月21日），宿之杰团长写信给他太太：

"此次我军由总司令亲身率领，到处截击敌人，给敌人打击不小；然而我们太不幸了！抗战以来，败仗我们虽然没有吃过；可是我们这次的不幸，比败仗还要厉害千百倍！实在是不幸得很，我真难往下写了！这种不幸，而且是国家的不幸，也就是国家的大损失！我们现在每天只有痛心流泪的过日子，写到这儿，我真是伤心的不能再往下写了，那么还是给你说明白吧！免得你着急，你知道吗？我们现在失去了泰山——就是领导我们为国英勇抗敌的英明总司令不幸于五月十六日在宜城县河东雷巴古山阵地牺牲了！他个性强，这次率领的七十四师，是前山东韩复榘部下的队伍，只有特务营是自己的基本队伍，差不多都损失完了，特务营长杜吉人也受了伤，若是三十八师随着他，绝对不会发生此种不幸事。就是我们牺牲完了，也绝不能让他有此不幸事！你说这种天大的事，我们能不伤心吗？真是伤心的不能再写了！详细之处，写来太多，我们以后见面再说，现在我们抱着最大的决心，就是为长官为民族报仇到底，才能对得起尊敬的张将军的英灵！别的不写了，容后详说……"

不幸的是，5月29日，宿之杰团长也在湖北宜城雷家河和日军激战中壮烈牺牲，这封家书却成了宿之杰的遗书。时年35岁。

1948年，在兰州中山林建立抗日阵亡将士忠烈祠，宿之杰名列众将士。

在抗日战争胜利四十周年纪念之际，于1985年6月18日，甘肃省人民政府批准，宿之杰为革命烈士，并颁发《革命烈士证明书》。2001年11月，宿之杰烈士被载入《临洮县志》。

（114）杨遇春

杨遇春（1902—1997）字子青，山西省阳曲县人。幼年在本乡读私塾，后入山西省立国民师范学习。1925年7月，考入张家口西北军陆军干部学校步兵科学习。南京陆军大学正则班第九期毕业。中央军校第七分校战术研究班兵学教官、陆军大学西北参谋补习班第十一期兵学教官。

1926年9月，参加了冯玉祥五原誓师，被编入国民联军，任参谋、连长。同年10月，随孙良诚援陕北路军开赴陕西，参加了西安解围之战。1927年4月，随西北军东出潼关进入中原，参加北伐战争，升任第二集团军（总司令冯玉祥）第十六旅参谋长，率部于鲁西地区抗击直鲁联军。1928年12月，被第二集团军保送到南京陆军大学正则班第九期深造。1931年10月毕业后，到山西投奔冯玉祥，任汾阳军校教官。1933年后，任第二十九军（军长宋哲元）司令部参谋处参谋、副处长等职。

抗日战争全面爆发后，任第一集团军总司令（宋哲元）部高级参谋、兼任第一集团军干部训练团教官，随部参加津浦线对日作战。1938年，任第三十八师（师长黄维纲）第一一一旅（旅长刘振三）二二六团（团长崔振伦）中校团副、第五十九军（军长张自忠）第一八〇师（师长刘振山）第三十九旅（祁光远）参谋长，随张自忠参加山东临沂会战，打垮日军第五师团，取得大捷。1940年，任陆军大学西北参谋补习班兵学教官。1942年，任中央军校第七分校战术研究班兵学教官。1945年，任陆军大学西北参谋补习班第十一期兵学教官。

抗战胜利后，任联勤总部第八补给区少将副处长、宁夏第八十一军（军长马鸿宾）少将参谋长。1946年2月，授陆军少将。

1949年9月，在宁夏起义，加入人民解放军，任西北军区独立第二军参谋长，宁夏军区参议等。

1954年，任甘肃省参事室宁夏银川分室参事。后参加民革，任宁夏自治区政协委员、常务委员等。

1980年，调任宁夏回族自治区政协第二、三届委员会副主席。

1997年，在宁夏逝世，享年95岁。

（115）张练庵

张练庵（1904—1988.1）　四川西昌市书院街（即今仓街）人，黄埔军校第六期。

少年时就读于东仓巷高等小学堂，后考入宁远联立中学，毕业后又考入国立成都师范大学，习教育专业，毕业后在成都、雅安、西昌等中学任教。1928年至1932年张练庵曾任宁属联立中学校长。

九一八事变后，张练庵考入南京陆军军官学校政研班（为黄埔军校六期）。毕业后分配到东北军王以哲军所属一〇七师任见习官，参加过长城抗战中的冷口战斗。

抗战全面爆发后，张练庵被调到张自忠第五十九军的三十八师任上校政治部主任兼副师长，转战河北大名，山东临沂；参加台儿庄大战、徐州会战、武汉会战。在河南潢川战役负伤后，转武汉协和医院治疗，武汉失守，辗转送到重庆就医。

1939年1月被国民党中央组织部派到西康建立军队特别党部任少将书记长。为稳定西康做了大量工作。1949年12月，欲同刘湘一起起义未果。

1950年3月，被捕。1975年12月，中央决定对在押的原国民党县团以上党、政、军、特人员全部释放，张获释后被安置在乌依铅矿就业。因时年已71岁，后回到西昌，任西昌县政协委员。此后又到江西九江市高城公社二房妻子处定居，任九江市第七、八两届政协委员。

1988年1月因病去世，享年84岁。

（116）张振华

张振华（1916.5.26—1986.4.12）　山东蒲台县（今广饶）人，黄埔七分校（西安）军官总队第十二期。

1932年，在蒲台弘文学校毕业后考入济南师范。1934年，联合他的同学们投笔从戎后又考入黄埔军校。1936年，毕业于西安七分校军官总队第十二期。分发至第五战区第五十九军三十八师黄维纲部任作战处作战参谋。参加了以徐州为中心的江苏、山东、安徽、河南等省抗击侵华日军的作战。

1938年2月下旬至4月下旬，历时50余天，取得鲁南反击战的胜利。他所在的第三十八师15000人仅剩3000人，战况之激烈、牺牲之惨重。

徐州会战后，第三十八师撤至大别山南麓，参加武汉会战，之后退到汉水西边的宜城一带进行整编。因部队减员严重，在不断的补充兵员。1939年5月，参加随枣会战，他多处负伤。1941年，随黄维纲军长参加豫南会战。

1943年8月3日，黄维纲军长逝于湖南南漳前线，他精神上受到了极大的打击加上旧伤复发住进了医院。后参加常德会战，被编入暂编第三十四师任师长。

1944年，被调至第八战区，跟随傅作义将军直至新中国成立。后申请组织并得到批准，解甲归田。回到了阔别多年的家乡。

他珍惜和平的幸福生活，常说：吃着家乡的饭、喝着家乡的水足矣。人的一生会各有不同，没有高低贵贱之分。做官有做官的责任，种地有种地的学问，守住自己的本分就是最大的福气。

1986年4月12日，在家中逝世，享年70岁。

（117）张宗衡

张宗衡（1902—1986）　字子权，河南太康县人，中央军校高等教育班第三期。后任国民革命军第十四集团军预备第十二师少将师长。

童年就读于淮阳四中。1922年加入冯玉祥西北军学兵团第一期，编入第一营（营长张自忠）当学兵。1924年10月学兵团毕业，派任国民一军（军长冯玉祥）卫队旅学兵团班长。1925年12月调任卫队旅学兵团第一营第二连排长。7月调升第五师第十五混成旅第四十五团连长。同年升任国民联军第五师第十四混成旅营长。

1927年5月调升国民革命军第二集团军（总司令冯玉祥）第二十八师（师长张自忠）参谋处中校处长。1928年9月调任第二集团军陆军军官学校教育处长，11月担任第二十五师参谋处长。1929年调任第四军第八师中校营长。1930年3月第四军缩编为西北军第六师，升任第十六旅上校副旅长兼第一团团长。

1931年1月中原大战阎锡山、冯玉祥失败后，部队缩编降职并编入边防第十二师第三团第一营中校营长上校待遇。1934年3月调升二二四团上校团长。9月被保送到南京中央军官学校高教班第三期带职学习。1939年4月保送到遵义陆军大学将官班乙级第一期学习。1940年陆军大学毕业后派任第三十三集团军（总司令张自忠）参谋处少将处长。之后于1941年12月考入重庆陆军大学特别班第六期学习。1943年12月毕业后派任军政部（部长何应钦）第五补训处少将副处长。1946年以陆军少将退出现役。

1948年6月24日开封第一次解放后，张宗衡即与三纵政治部的方少庸、吴宪等三位同志取得联系，为解放军作情报及策动国民党军队起义的工作。遂于淮海战役前返回胡宗南的新五军任参谋处长。将新五军及其他一些国民党部队的作战计划、部队番号、长官姓名、兵力部署、人员编制及武器装备等情况带回家中。并嘱托其子何枫将情报于11月6日开封第二次解放后转交给中原大学相关同志，由他们转交给开封警备司令部。随着解放战争南下，张宗衡继续作国民党军队的情报和策反工作，直到解放成都策动部分国民党军队起义后，回到河南。

1950年4月聘任河南省人民政府参事室参事。后当选为河南省政府委员。

1987年5月在河南郑州病逝，享年85岁。

著有《我追随张自忠的回忆》《张宗衡七七事变亲历记》。

对于张自忠将军的殉国，张宗衡抱憾终生。

1939年4月，张宗衡在张自忠将军保荐下入重庆陆军大学将官班乙级第一期深造，1940年2月归队，因无位置，被任为本集团军总部参谋处处长，5月，枣宜会战爆发，张将军出征襄河东岸，不知什么原因却未带他，由吴光辽为参谋处代理处长随赴襄东，此役吴代处长先负伤被送回，随后张将军阵亡，这成为张宗衡旅长心中永久的创痛。

1941年12月，与董升堂一起考入陆军大学特别班第六期，又赴重庆，两年后分配到军政部第五补训处任副处长，离开了奋斗二十年的团体，不知是什么原因当时未随张将军出征。

张还想带兵，对荩忱将军的安排，有点不高兴，故没有去就任，荩忱将军知道他的想法，又不好说什么，因为张的独立二十六旅在台儿庄会战中打得最好，后来部队缩编取消旅级编制，僧多粥少，荩忱就安排他去陆大学习，回来后被安排为总部参谋处长，所以荩忱将军壮烈后，张宗衡就感到很愧疚。

(118) 赵天兴

赵天兴（1905.9.8—？） 字长运，河北省清河县人，毕业于庐山军官训练团。

1935 年 7 月 1 日，叙任陆军步兵少校，任第四十军（军长庞炳勋）第三十九师(师长庞炳勋兼)第一一六旅(旅长李运通)第二三二团（团长孙敬祖）第二营营长。

1937 年 12 月，任第三十九师（师长马法五）第一一五旅（旅长朱家麟 / 李振清 / 黄书勋）第二三〇团上校团长。

1940 年 12 月，任第三十九师（师长刘世荣）第一一五旅少将旅长。

1941 年 10 月 29 日，晋陆军步兵中校。

1943 年 8 月 19 日，晋陆军步兵上校。

1946年，任整编第四十师(师长李振清)第一〇六旅(旅长董升堂 / 韩凤仪)副旅长。

1948 年，任第四十军（军长李振清）第一〇六师师长；9 月 22 日，授陆军少将。

1949 年 1 月 1 日，获颁四等云麾勋章；后任第四十军（代军长李辰熙）副军长；5 月 7 日，在新乡投诚；7 月 11 日，获颁四等宝鼎勋章。

新中国成立前去香港，又从香港去台湾任澎湖防卫司令部（司令李振清）少将高参。

生有二子：儒仪、儒淮。

(119) 郑裕如

郑裕如（1917—？） 字宪宽，河南延津人，中央军校第十期步科毕业、陆军大学参谋班、台湾陆军指挥参谋学院毕业。

1933 年 8 月，入中央军校第十期第二总队（中将总队长桂永清）步科步兵大队（中校大队长睢友兰）第二队（中校队长庞乃仲）学习。1937 年 1 月，中央军校毕业；7 月，抗日战争爆发后，在国民革命军第四十军（军长庞炳勋）历任排、连、营长。1938年台儿庄战役时，任国民革命军第四十军（军长庞炳勋）第三十九师（师长马法五）第一一五旅（旅长李振清）第二三〇团（团长赵天兴）第二营（营长宋英辰）连长；12 月 24 日，于黄泛区大陈庄之战负伤。

1943 年 5 月，任营长时，在太行山与日军作战重伤被俘；以后即投入日伪军庞炳勋部，曾任伪第三十九师（师长李运通）参谋长。

1945年10月，刘伯承率军围攻封丘时，郑率部抵抗。

抗日胜利后，郑被迫离军回家做地主，在原籍买了100多亩地，准备定居下来。但不久又向庞炳勋、李振清要求重返部队；后任第二十五军官总队队长。

1949年春，第三十九师（于淮海战役被歼）在汉口重建，任重建后的第三十九师（师长韩凤仪）参谋长。同年，第三十九师撤守台湾澎湖。

1953年，第三十九师改编为第五十七师，任副师长；后又任第三十三师副师长。

1959年，任十七师副师长。

1967年5月，乌丘守备区少将指挥官。

1969年7月，任预备第六师师长。

1970年1月1日，任成功岭大专学生集训班（班主任程立佐）学生第一师师长。

1970年9月1日，卸任学生第一师师长。

1972年，退役，后任台湾退除役官兵辅导委员会慈母育幼院院长。

1974年10月30日，任台湾省太平荣誉"国民"之家主任。

其夫人在台湾，大陆有二女：桂花、桂英。

（120）周勋青

周勋青（1914.11—2002.12）原名尧，甘肃天水秦州人，黄埔军校第二期高教班毕业。

1933年，于南京黄埔军校高教班第二期毕业。曾任国民党第四十军政治部上校主任、第三军团战地服务团团长、黄埔军校七分校（校长王曲）十五期凤翔总队特种大队指导员和第八战区骑兵第五军政治部上校主任等职。

抗战爆发时，任四十军一一五旅政治部主任。1937年8月，随部往援天津，天津失守，撤退苏北，监视海上日军。1938年2月，随部奉命死守临沂，代任第三军团第四十军政治部上校主任兼军团战地服务团团长。

任骑兵第五军政治部主任后，即委任天水聂青田为少校科员。聂是中共地下党员，党组织交给他的任务是了解联系西路军在河西失利后，被马军所俘去的男女红军并营救。周与康参谋长商定，表面上派聂前往各团营了解工作，实际是要完成党组织交给他的任务。聂半年后完成了任务，但不幸被军统侦知。第八战区调统室密电骑五军逮捕聂青田，由军法处李处长执行。李和周及步兵旅袁旅长均系同学，李将此消息密告给周，经袁的大力斡旋，周又当面给马军长说明聂是他的亲戚，少年荒唐，决不是共产党员，遂具结证明，并由马军长加注意见，才免了聂的杀身之祸。

1943 年，马步青被任命为柴达木屯垦督办。周勋青辞去主任职，转甘肃省政府工作，聂则被继任者解职。周勋青在兰州家闲住，半月后，聂离兰州东去不久，周由甘肃省府任命为临泽县长。正当赴任时，于 1943 年冬初的一个晚上，调统室头目程一鸣亲率武装特务、警察局长王璞等包围周的住室，欲找聂的下落。聂已离去，遂翻箱倒柜，检查出聂离兰后给周的信件及陈伯达所著《三民主义》等，于是以"庇护窝藏共产党"罪名逮捕周勋青，关进兰州新关秘密监狱。经张宣泽的营救，因病保释。

1949 年 8 月 26 日，兰州解放。次日，周看到军管会布告，主任是张宗逊，副主任是韩练成。周和韩是黄埔高教班 2 期同学，乃去见韩，互谈了毕业后十几年的情况，周希望能给他安排工作。韩得知周在新疆军政界工作有年，当即用铅笔写了"新疆之解放与建设"的题目请周作篇文章。周对如何进军和建设新疆绘了蓝图，做了周密陈述，并在张宣泽遗留下的旧书箱内找到了陕、甘、宁、青、新军用地图 190 余张，随文送去。解放军将领们得到周献的地图十分高兴，认为这是周的立功表现。张、韩两将军同意周按起义对待，并介绍给王震将军，保持周的上校军衔，随王入疆，以备咨询。周先回天水安置家务，终因母老家贫子幼，无法离开而作罢。

中华人民共和国成立后，周勋青鉴于有些地区缺医短药，极为困厄，乃拜族兄周子帆为师，学习医理医术。周子帆返兰后，任省中医院门诊部主任，周勋青亦随师来兰，钻研《伤寒内经》等经典理论，并在兰州名医牛孝威、王致廉的指导下学习临床经验，同时在积善针灸馆随高涵九、罗彦若学扎针灸。后经甘肃省卫生厅考试，取得中医师资格，派往国营模具厂充任医师。

"文革"中，周勋青被遣送农村，妻子也受牵连。

中共十一届三中全会后，获得平反并返兰州，由统战部推荐为兰州市城关区政协委员，参加了民革组织，成了黄埔同学会会员。

这一时期周的医术也得以发挥，写了 1 万多字的《解放前后兰州中医概况》文章登载在《甘肃省政协文史资料》第 27 辑上，又在《甘肃医药杂志》上发表了临床经验病例。

庚戌年冬是他的 70 寿辰，陇上诗人书法家张邦彦赠诗祝贺，内有"葭莩故里最关情，客里相逢情更亲"等句。辛未年冬 80 大寿，中国诗词学会理事马永慎填《青玉案》词一首祝贺，词中有"斗转星移新天换，鹤龄双寿，画堂春暖，莫道桑榆晚"等词句。

周勋青不顾 80 多岁高龄，辛勤笔耕，辑录了《国共两党交往史料辑》《黄埔同学诗词集》《保健长寿秘诀》等书。

2002 年 12 月，在兰州逝世，享年 88 岁。

（121）朱家麟

朱家麟（1892—1938.5.11）　又名朱德馨，河北省满城县尉公村人。保定军校第八期、庐山军官训练团毕业，国民革命军第四十军三十九师一一五旅少将旅长。

1922 年保定军官学校八期毕业，和蒋介石是校友，与陈诚（曾任台湾当局"副总统"等职）是同桌。在校时，朱家麟性情耿直、刚烈，除了功课，平时极少与同学交往。后来，陈诚成为集团军军长，而他即便从"庐山军官训练团"毕业，也没通过同桌的关系，靠陈诚获提拔，更没有因蒋介石的"校友"关系成为其嫡系。他为人质朴、忠诚，持身严谨，驻防河南安阳时，俘获当地两大土匪，缴获大量烟土，全部烧掉，那时烟土与黄金等价。平常总穿着军装、布鞋，鞋底磨破后再做新底上旧帮。

1938 年 5 月 11 日夜，奉命率部掩护全军从江苏沛县突围，被日军围困了 7 层。坚持到手下仅剩十几个人时，抢了一辆日军吉普车冲向敌军，冲到第六层时又被围住，带着部下跳下车与敌对射，最终全车人捐躯。遗物只有一个军用皮囊、一支派克金笔。突围的第二天夜里，官兵重回战场背出朱家麟的遗体，埋在沛县西关小李庄土地庙。1938 年 6 月 5 日在河南漯河召开追悼大会，官兵们都泣不成声。

1988 年陕西首位获"革命烈士证明书"的国民党官兵革命烈士，2014 年 9 月 1 日，在民政部公布的第一批 300 名著名抗日英烈名单中，与王铭章、赵渭滨、邓佐虞、刘震东、陈钟书、陈德馨、周元（见本书第 243 页）八名台儿庄战役牺牲的将领榜上有名。

第五章　序战之滕县保卫战中的川军

　　川军，是对民国时期四川地方军队的称谓，由旧川军直接易帜而成。与其他地方派系不同的是，川军从来没有形成一个统一的体系，早期的有刘存厚、熊克武当权，中晚期的有刘湘主政。刘湘死后，川军形成邓锡侯、杨森、潘文华、刘文辉、王陵基五个上将争雄的局面。

　　川军内部的派系繁杂，防区制盛行，内战之烈闻名全国。川军出川时，由于装备不足，缺乏弹药、给养和医疗设备，因此，各界普遍不看好这支军队。但是，在抗日战争中四川却承担了全国 30% 的财政税收和 40% 的抗战兵力和 50% 的钱粮。

　　重庆抗日胜利纪功碑书写着川军的这一华彩乐章。李宗仁将军也曾评价道："八年抗战，川军之功，殊不可没。"

　　1937 年抗战全面爆发，全国一片抗战声。四川省主席、四川"剿匪"总司令刘湘改变拥蒋反共的方针，决定联共结友，参与抗战，一致对外。他派张斯可为代表赴广西，与中共代表及李宗仁、白崇禧签订了一个旨在"团结一致，共同抗日"的《川、桂、红协定》。

　　七七事变爆发的第二天，刘湘即电呈蒋介石，请缨抗战。同时通电全国，吁请一致抗日。1937 年 8 月 7 日，刘湘飞赴南京参加国防会议，力主抗战。他表示："抗战，四川可出兵三十万，供给壮丁五百万，供给粮食若干万石。"回成都后，按南京政府部署，蒋任刘湘为七战区司令长官，将川军编成第二十二、二十三两个集团军，第二十二集团军总司令邓锡侯，副司令孙震，辖四十一、四十五、四十七军，第二十三集团军由刘湘自任总司令，唐式遵副之，辖二十一、二十三军。蒋介石先将从川北出川的邓锡侯二十二集团军调往山西，划入阎锡山二战区，当由川东出川的二十三集团军到汉口时，蒋将其划归程潜第一战区，拱卫南京外围。当刘湘到达南京时，他的第七战区防区何在，任务是什么都还不知道，手下的川军就全没了，刘湘完全失去了对川军的控制。1938 年 1 月 20 日，刘湘在汉口病逝。死前他留有遗嘱，语不及私，全是激勉川军将士的话："抗战到底，始终不渝，即敌军一日不退出国境，川军则一日誓不还乡！"刘湘的这一遗嘱，很长一段时间里在前线川军中每天升旗时，官兵必同声诵读一遍，以示抗战到底的决心。邓锡侯说："川军出川抗战，战而胜，凯旋而归；战如不胜，决心裹尸以还！"

一、第二十二集团军及战斗序列

第二十二集团军于1937年9月由川军邓锡侯部编组而成。首任集团军总司令为邓锡侯，下辖其兼任军长的第四十五军和孙震为军长的第四十一军，以及李家钰部。该集团军编组完毕后，徒步自四川至陕西宝鸡，后车运河南，渡过黄河进入山西，属第二战区指挥管辖，参加了娘子关保卫战。

1937年底，第二十二集团军编入李宗仁第五战区，调归第五战区指挥管辖。1938年1月初，第二十二集团军奉令开赴山东滕县。在滕县保卫战中，该集团军第四十一军第一二二师中将师长王铭章、师参谋长赵渭滨、第一二四师参谋长邹慕陶及第一二二师数千名官兵用窳败的武器抵抗进攻的日军，最后大部分阵亡殉国，为尔后台儿庄大捷奠定了胜利的基础。

李宗仁曾挥泪而言："川军以寡敌众，不惜重大牺牲，阻敌南下，完成战斗任务，写成川军史上最光辉的一页。"

刘湘病逝后，邓锡侯奉令调回四川，任川康绥靖主任，孙震继任第二十二集团军总司令，李家钰、陈鼎勋任副总司令。该集团军随后参加了随枣会战、第二次长沙会战、常德会战、豫西鄂北会战等战役，池峰城的第三十军、米文和的第六十九军都曾加入过该集团军的战斗序列。

1945年起，原属第一战区的川军李家钰部第三十六集团军在豫中会战中损失惨重，李家钰阵亡后该部被取消集团军番号，其基本部队第四十七军经恢复补充后，在军长李宗昉率领下加入第二十二集团军战斗序列。自此，第二十二集团军一直指挥管辖陈鼎勋的第四十五军、曾苏元的第四十一军和李宗昉的第四十七军。

孙震所部第四十一军，前身为川军田颂尧所部第二十九军。1935年10月，川军整编，该军因番号与宋哲元所部第二十九军重叠，遂改称第四十一军。

1938年3月，为了赢得台儿庄大战的部署时间，第四十一军奉命坚守滕县。此时，孙震升任第二十二集团军总司令，第四十一军军长职由第一二二师师长王铭章代理。当时，滕县的防守力量十分薄弱，只有一二二、一二四、一二七师三个师部和三六四旅旅部，每个师只有一个警卫连、一个通信连、一个卫生队，还有县内警察和保卫队四五百人，总兵力2000人。14日，日军以密集炮火猛烈轰击，守军顽强抵抗，击退日军多次冲锋。次日，一二四师一部赶到增援，与日军昼夜激战。17 日，日军以十余辆坦克为先导，再次发起攻击，守军与敌展开了白刃巷战。代军长王铭章身先士卒，在敌军攻占南城墙和东关后，亲临西关指挥守军继续战斗，行至电灯厂附近，遭西门楼密集火力射击，身中数弹，当场牺牲。四十一军守城将士继续与日军血战，除少数突围外，一二四师参谋长邹绍孟、副官长傅泽民、一二二师参谋长赵渭滨、副官长罗甲辛、七四〇团团长王麟及以下 3000 余官兵几乎全部殉国，旅长王志远、吕康，团长张宣武等均负重伤。滕县一役，毙敌 2000 余人，阻击日军长达四天之久，为战区主力集结赢得了时间。

王铭章殉国后，一二二师师长由王志远继任，张宣武继任三六四旅旅长。5 月，孙震不再兼任一二四师师长，由曾苏元继任。

1940 年 6 月，四十一军参加枣宜会战。9 月，因作战不力导致襄阳失守，一二二师师长王志远被撤职，张宣武继任师长。

1941 年 5 月，四十一军参加枣阳会战，在襄花公路上与日军展开激战，反复争夺阵地。9 月，军部率一二四师参加第二次长沙会战策应作战。

1942 年 5 月，曾苏元升任副军长，刘公台接任一二四师师长。

1943 年 4 月，孙震不再兼任军长，军长职由曾苏元接任。陈宗进升任副军长，汪朝濂接任一二三师师长。参加了鄂西会战、常德会战。

1945 年 3 月，参加了豫西鄂北会战。

1946 年 4 月，四十一军改编为整编第四十一师，师长为陈宗进，副师长为汪匣锋。辖第一〇四旅（旅长杨显明）、一二二旅（旅长张宣武）、一二四旅（旅长刘公台）。驻于河南考城。

该师整编后参加围追解放军中原军区部队的战斗及冀鲁豫战场的作战。1947 年，四十一军转战于豫北战场，在滑县战役中，第一〇四旅被全歼。

1948 年 10 月，四十一军由郑州东调。11 月投入淮海战场，战至月底，已伤亡过半。12 月，十六兵团单独突围，于河南永城被歼，军长胡临聪被俘。之后又在包围圈中以十六兵团残部编成新的一二二师，以熊顺义为师长，隶属七十二军，次年 1 月被全歼。

1949 年 2 月，在四川重建第四十一军，隶属第十编练司令部（不久改称第十六兵团），初辖一二二、一二四师，军长孙元良。6 月，又增辖三〇一师，为使川军消除戒心，孙元良他调，张宣武升任军长。在西南战役中，四十一军被歼一部，余部退往川西。12 月，张宣武率第四十一军在四川什邡通电起义，是时序列如下：

第四十一军军长：张宣武

　　　参谋长：王大中

第一二二师师长：熊顺义

　　　副师长：黄伯亮

　　　参谋长：罗　杰

第一二四师师长：蔡　钲

　　　副师长：李卓夫

　　　参谋长：李良策

第三〇一师师长：张则荪

　　　副师长：何海峰

　　　参谋长：沈人宁

（该师系 1949 年 2 月在宜昌新建部队）

第三〇二师师长：张子完

　　　副师长：何少桓

（该师系 1949 年 2 月在宜昌新建部队）

　　由川军邓锡侯部组成的第四十五军，其前身是邓锡侯所属的第二十八军。1935 年 5 月，蒋介石为加强围追堵截红军长征的力量，将川军邓锡侯第二十八军改编为第四十五军。邓锡侯任军长，牛锡光任参谋长。下辖：第一二五师（师长陈鼎勋）；第一二六师（师长黄隐）；第一二七师（师长马毓智）；第一二八师（师长邓锡侯兼）；第一三一师（师长陈离）。

　　1937 年 8 月，抗日战争全面爆发后，该军隶属第二十二集团军。邓锡侯任第二十二集团军总司令兼第四十五军军长时，该军整编为 3 个师和 2 个独立旅。其中：第一二五师（师长陈鼎勋）、第一二六师（师长黄隐）、第一二七师（师长陈离）。同年 9 月初至 1938 年 3 月，该军先后参加了晋东阻击日军作战，津浦路北阻止日军南下作战、滕县保卫战、运河阻击战等。

　　此后，该军转战山东、河南、湖北等省区，先后又参加了信阳战役、罗山战役、武汉外围要塞保卫战、大洪山西麓阻击战、鄂北会战、枣宜会战、豫南会战、常衡作战、老河口保卫战等。

　　1945 年 8 月，抗日战争结束后，国民党军队进行整编时，该军番号撤销，陈鼎勋改任第四十七军军长，原辖第一二五师、第一二七师改隶归第四十七军建制。

第二十二集团军战斗序列：

总司令：邓锡侯【中央军校校务委员】

　　　　孙　震（代）

副总司令：董宋珩

　　参谋长：胡畏三【黄埔四分校办公室主任】、杨俊清

军事委员会军法执行总监部司法长派驻第四十一军政工队：郑蕴侠【黄埔四期】

　　下辖：第四十一、四十五军

第四十一军

军长：孙　震（兼）、王铭章（代）

　　参谋长：袁雪峰

　　　　参谋课长：曾达光【黄埔九期】

　　第一二二师

　　师长：王铭章、王志远

　　副师长：王志远

　　　　参谋长：赵渭滨

　　　　　参谋：谢大庸

　　　　　副官：罗辛甲

　　　　第三六四旅旅长：王志远（兼）

　　　　　　第七二七团团长：张宣武、司吉甫

　　　　　　第七二八团团长：魏书琴

　　　　第三六六旅旅长：童　澄

　　　　　　第七三一团团长：王文振

　　　　　　　第一营营长：严　翊【黄埔高教班第九期】

　　　　　　第七三二团团长：蹇国珍、张则荪（代）【黄埔八期】

　　第一二四师

　　师长：孙　震（兼）

　　　　　税梯青（代）

　　　　参谋长：邹绍孟（邹慕陶）

　　　　副参谋长：张子完【黄埔六期】

　　　　　政治部主任：缪嘉文

　　　　　　副官：傅泽民

第三七〇旅旅长：吕　康

副旅长：汪朝濂

第七三九团团长：蔡　钲

第七四〇团团长：王　麟【黄埔高教班五期】、何煜荣【黄埔洛阳分校十期】

第三七二旅旅长：曾苏元【黄埔五期】

副旅长：刘公台【黄埔高教班】

第七四三团团长：余　坚、熊顺义【黄埔七期】

第二营营长：熊顺义

第七四四团团长：蒋永臣

副团长：阚焕然

第四十五军

军长：陈鼎勋

副军长：马毓智

参谋长：孙贤颂

副官处处长：余农治【黄埔六期】

第一二五师

师长：王士俊

副师长：林翼如

参谋长：李传林

参谋：何少桓【黄埔十二期】

第三七三旅旅长：卢济清

第七四五团团长：姚超伦

第七四六团团长：谭尚修

第三七五旅旅长：林翼如（兼）

第七四九团团长：瞿联焘

副团长：王勇如

第七五〇团团长：张元雅、陈　玲（陈仕俊）【黄埔高教班十期】

第一二七师

师长：陈　离

副师长：游广居

参谋长：沙伟卿

参谋：黄初年【黄埔特训班】

　　第三七九旅旅长：陶　凯

　　　副旅长：肖　成

　　第七五七团团长：王文拔

　　第七五八团团长：王徽熙

　　第三八一旅旅长：杨宗之

　　　副旅长：陈　泽

　　第七六一团团长：陈　麟

　　第七六二团团长：邹迪僧

集团军野战补充团副团长：刘景素【黄埔八期】

二、第二十二集团军黄埔师生滕县保卫战

　　1938年初，邓锡侯奉命率第二十二集团军从山西洪洞驰赴鲁南，将集团军总部设在军事要地临城。在第五战区司令长官李宗仁的统一指挥下，邓部从徐州沿津浦铁路北上兖州一线设防，以阻击从山东泰安方面南下之敌。邓以第四十一军防守津浦铁路沿线各要点，并令第一二二师王铭章部集结滕县一带，筑城固守，以第四十五军一二五师从界河前进，阻敌于泗水以北。这样徐州危急局面才得以暂时扭转，人心初安。

　　邓锡侯率部驻防鲁南时，能体察民情，尊重民俗。鲁南是孔子的故乡，礼教十分严格。邓特整肃军纪，严禁部属扰民、拉夫、派款，严禁部队进入民间内室，因而军民关系融洽。正是在当地群众的积极支援下，1938年1月14日，邓部川军初到鲁南前线，就在两下店夜袭敌营成功，毙伤日军二百多人，俘虏四十个，缴获枪械一批，首战告捷，军威大振。鲁南群众特作七律一首以颂赞邓部将士：

　　　天上遥瞻节钺临（指川军来），
　　　安危须丈老谋深（指邓锡侯）。
　　　晋文攘楚先三舍，
　　　忠武服蛮倚七擒（指胜利在最后，目前胜败无足怪）。
　　　中府一朝诛贰竖（指杀韩复榘），
　　　阳光普照靖群阴。
　　　川军将帅皆韩岳，

岂有神州竟陆沉。

鲁南民众对邓部的爱戴，使将士们非常感动，他们感慨地说："为民族而战争，能得民众如此爱戴，可以死而无憾了！"也正是在这种精神的支配下，才有一二二师师长王铭章及其所部三千官兵喋血滕县，与城偕亡的可歌可泣的英雄事迹。

时任军事委员会军法执行总监部司法长派驻第四十一军政工队的郑蕴侠，奉令率领一个政工队来到鲁南前线，亲自参加了炮火连天的滕县守城战，与日军5次争夺阵地……最终苦撑到援军到来，他才满身血污地掩护伤病员突围。

因此，他曾满含仇恨地改写岳飞《满江红》中下阕：

"……侵略耻，犹未雪，民族恨，何时灭！驾长车踏破富士山缺。壮志饥餐倭奴肉，笑谈渴饮东洋血。待从头扬我国族威，新中国！"

第一二七师参谋黄初年随师长陈离在向南沙河转移途中，与日军坦克和骑兵遭遇，陈离被日军机枪打中右大腿，血流不止。黄初年率仅剩的特务连一面抵抗一面掩护陈离等人撤退到一处坟场，躲过了日军的搜索。天黑之后，黄初年等人遇到两个路经此地的老乡，帮忙找到一辆手推车。随后，黄初年和卫士们将陈离平安护送到临城，再转送汉口协和医院进行治疗。

滕县保卫战中火线由营长升任到团长再到第四十一军前敌指挥部参谋长的熊顺义，在滕县火车站一站稳脚跟，立即派人去北关看望了滕县城德高望重的三老之首七十多岁的黄馥堂老先生。熊顺义营驻防县城时，就住在黄家，对诗书都颇有功底的熊顺义同黄老先生建立起一段忘年之交。当熊营驰援池头集时，黄老全家依依送别，当西北炮声轰鸣时，黄老倚门相望，赋诗祝愿。黄老同熊顺义的友谊维持了很多年。

熊顺义还在西门火车站迎来了一伙特殊的客人。领头的六十多岁，是滕县北关有名的武术教头张守谦老先生，他领来二十多个身手矫健的后生，要求参加战斗，配合守城作战，保证完成任务。熊顺义早就体会过这些梁山好汉后世的本事，对他们保家卫国的激情十分崇敬，立刻同黄伯亮营长一起将火车站存放枪械的仓库打开，拿出大批手榴弹和子弹等发给他们，让他们负责西关外围的游击任务和侦察任务。后来在实战中果然如此，他们不仅担任警戒、侦察敌情，还用集束手榴弹炸毁日军的铁道装甲车和运输车，多次协助我军打退日军的进攻。

三、第二十二集团军黄埔师生运河阻击战

3月16日，第二十二集团军司令部转移到利国驿。滕县、临城失陷后，该集团军立即收容从前线撤回来的官兵，组织新的部队，并负责担任防守微山湖东岸韩庄大运河以南的防御，阻止日军南侵。经过收容余部，重新整编很快又组建了5个团，配属一个炮兵营，人员约5000人。随着战场的不断扩大外延，中日双方在微山湖东岸投入的兵力都不大。

第二十二集团军第四十一军前敌指挥由刚刚代理第一二四师师长的曾苏元担任，指挥第四十一军第一二二师第三六四旅第七二七团两个营，第一二四师第三七二旅第七四三团两个营及炮兵一个营。守备在微山湖东岸大堤及从陈庄经运河铁桥、南韩庄、铁山寺、利国驿、柳泉车站一线。

由于滕县失陷，广大官兵对日军无比仇恨，经过短期培训后，部队的战斗力很快得到加强。之后曾苏元又将第四十一军所属部队分为：

右地区队：队长由七二七团长司吉甫担任，指挥该团一、二两营守备运河南大堤、陈庄至韩庄铁桥之线。团部设在小陈庄。

左地区队：队长由七三九团团长蔡钲担任，指挥该团两个营守备韩庄铁桥以西至微山湖大闸折向西南湖岸铁山寺与小白庄之间，团部住在小白庄。

炮兵队部署在张小屯附近，主要对付韩庄车站西南日军炮兵阵地。

预备队由第七四三团团长余坚担任队长，指挥该团两个营在利国驿、蔡庄地区构筑预备阵地。

第四十一军前敌指挥部住蔡庄。数日之内，川军在微山湖边、运河南岸构筑了各种机枪掩体、交通壕和隐蔽通道，构成重重火力网，以控制湖面和运河南大堤。而窜到韩庄附近的日军也到处抓捕劳工，砍伐树木，强行拆毁民房，在韩庄和运河北岸构筑工事。几日之间，也建成了纵横交错的堡垒，构成严密的火力交叉网。日军还在桥北桥头堡、韩庄火车站增设三四层铁丝网和鹿砦。铁丝网上挂满了罐头盒、烟筒等发响器，还在运河北岸及微山湖水面布满了水雷和电网，经常杀死渔民和牲畜。

4月17日，川军根据第五战区指挥部的命令，向韩庄火车站的日军据点进行炮击。日军仓促应战，措手不及，川军迅速冲过桥头，直插车站据点，敌我双方形成犬牙交错的混战局面。日军据点即将被攻克之际，北韩庄的日军赶来增援，双方展开了拼命的拉锯争夺战。这时，第七三九团一营长曹先哲抓住战机，强渡微山湖闸口，连续向闸口、北韩庄、桥头堡发起攻击，增援火车站实行围攻。日军12架飞机前来增援。影响了川军的进攻。日军很快

调整了部署，逐步分区反扑，川军预备队一时增援不上，右翼部队立足未稳，被日军赶出站外。敌机扫射、轰炸，使川军陷入了进退维谷的境地。左翼部队也被日军阻击于铁丝网外，对峙战斗到夜晚。

18 日拂晓，敌机轮番轰炸、扫射，川军也用机枪打击飞机。敌机不敢低空投弹。上午 10 时，日军由临城用火车运来千余人，战车 12 辆，大炮 12 门，驰援韩庄。下午 3 时，多义沟也发现日军，川军集中炮火阻击日本援军，击毁战车 5 辆，将日本援军阻击在多义沟一带。

第二十二集团军为了保存实力避免伤亡，严令各部迅速撤回南岸阵地，确保运河防务。19 日，日军增援部队和韩庄的日军与川军隔河形成对峙局面。下午 2 时，日军集中 20 余门大炮，一齐向川军阵地开炮，川军也用炮火予以还击。接着日本飞机不断向川军阵地轰炸、扫射，双方一直打到傍晚才停止。这种阵地战、冷战、热战、炮战、空袭战，持续到 5 月初。

4 月下旬开始，双方每天都进行两三次炮战和宣传战。中国军队只要发觉日军据点内有炊烟或者火车进站就开炮，打得日军不敢将火车开进车站。致使日军常常吃不上饭。同样，日军也不断用炮反击，先后摧毁了大小陈庄、小百庄、蔡庄等民房。日本飞机还不断空袭利国、蔡庄、柳泉等村镇，对川军也造成了一定的损失。双方还经常派出狙击手，向对方阵地进行射击。日军十分卑劣，有时把抓来的中国人推到阵地前走动，故意让川军射击。

5 月初，川军新兵陆续来到，集中到上官屯、安集一带整训。5 月 17 日，日军北线兵团深入到徐州后方黄口附近时，第二十二集团军司令孙震命令新兵部队以营为单位迅速后撤。5 月下旬新兵营 4000 余人，由砀山东转移到亳州地区，当部队转移到梁寨和唐寨之间，突然遭到日军骑兵的袭击。营长罗浚急忙命令副营长率领徒手新兵向黄河故道里面隐蔽，自己率领 50 余名有武器的官兵阻击日军，掩护新兵。但是，日军越打来得越多，从四面八方向新兵包围起来。日军也发现中国的这支部队没有战斗力，干脆就穷追猛打，乱砍乱杀。罗浚为了不使一枪一弹不落入敌手，便下命令把枪支全部埋在麦地里，带着徒手新兵设法突围出去。结果，这些新兵除了被日军打死以外全部作了俘虏，日军押着这些新兵进入黄河故道之后，便命令新兵停止前进，进行搜身检查。而后，日军密谋进行枪杀俘虏的罪恶计划。罗浚营长即出面与日军头目交涉，希望敌方尊重国际公法，保护俘虏的生命。然而，一个日军骑兵头目骄横傲慢根本不予理睬。当他们部署好后，便一声令下，四面机关枪一齐开火猛烈射击。大批手无寸铁的新兵倒在血泊里。罗浚营长看日军比野兽还残暴，就急得跳起来，高呼："新兵兄弟们，冲出去，给日军拼啦！"几百名新兵一轰四散，有的翻过大堤，有的夺过武器，有的赤手空拳与日军搏斗。三四百名新兵打到黄昏，仅剩下罗浚营长率领 10 几人冲出了虎口。他们绕过 3 个村庄把日军枪杀新兵的罪行告诉了父老乡亲，村民们对日军的暴行无比愤慨，纷纷募集了一部分便衣，让他们化装成逃难的老百姓。罗浚又把这 10 几个人分成几个小组，防止日军将他们一网打尽。他们历尽艰苦，到 5 月底才在潢川找到部队，得到医疗。全军官兵听了罗浚的汇报后，无不摩拳擦掌，誓为死难者报仇。

5 月 18 日，第二十二集团军接到第五战区长官部的命令，各部立即做好后撤准备。第四十一军前敌指挥部指挥炮兵集中火力射击敌人炮兵阵地，摧毁日军韩庄铁桥附近核心阵地；指挥工兵破坏交通，炸毁桥梁。川军一面做出佯攻的样子迷惑日军，一面通知各部一定要跟上主力部队，不要暴露撤退的意图，防止日军追击。在繁忙的一天准备过程中，双方进行了激烈的炮战。

夜幕降临，晚上 8 时许，第七三〇团掩护主力安全撤退，其余部队也陆续脱离火线，没有引起日军的警觉。5 月 20 日拂晓，部队到达黄集车站后，就发现徐州上空徐徐升起了几个气球，表明徐州已经被日军控制。徐州传来阵阵炮声，自此，鲁南苏北人民陷入了日本法西斯的铁蹄之下。

四、黄埔人物（五）

（122）曾达光

曾达光　四川内江人，黄埔军校第九期步兵科。

抗战期间，曾任第四十一军参谋课长，1938 年 2 月参加徐州会战，1946 年任整编第三十六师一二三旅参谋长，1949 年任联勤总部第四十一补给分区少将副司令，同年 12 月 26 日在四川什邡参加起义。

四川解放后，任成都市西城区政协常委，成都市西城区人大常委。

（123）曾苏元

曾苏元（1896.11.10—1960.2）　名宪悦，字起戎，四川广汉人；中央军校高教班第五期、陆军大学特别班第七期毕业。川军起义将领。

长期在川军田颂尧部任职，1930年任第二十九军川陕边区"剿匪"第二纵队司令。1931年任第二十九军独立二旅少将旅长，旋任第二十九军一师三旅旅长。1934年参加"围剿"革命根据地。1935年任第四十一军一二四师三七二旅旅长。

抗战爆发后，参加娘子关抗战，1938年3月参加台儿庄战役，5月任第四十一军一二四师师长。1939年参加随枣会战，1940年参加枣宜会战，1941年参加豫南会战，1942年5月任第四十一军副军长，1943年4月任第四十一军中将军长，参加鄂西会战、常德会战。

1946年任国防部中将部员，1948年任第十六兵团副司令官，1949年12月26日，在四川什邡率部起义。

新中国成立后，任解放军华东军区第九兵团副参谋长，参加抗美援朝，并兼任朝鲜东海岸防御指挥所副参谋长，回国后任华东军区高级参议，南京军事学院军事主任教员，民革江苏省委常委，江苏省政协常委，江苏省林业厅厅长，全国政协委员。

1960年2月在北京病逝，享年65岁。

（124）陈　玲

陈　玲（1907—1964）　字仕俊，四川仁寿人；四川陆军军官学校，中央军校高教班第十期毕业。历任川军排、连、营长。

1938年任第四十五军一二五师三七五旅七五零团团长，参加滕县保卫战，徐州会战，1940年任四十五军一二五师三七五旅旅长，1943年5月任第四十五军一二五师副师长，参加豫北会战和湘西雪峰山之役。1946年起任整编第一二五旅副旅长。1948年9月授陆军少将，1948年任第四十五军一二五师师长，同年12月7日在淮海战役中，于河南永城（一说1949年1月在山东）被俘。

新中国成立后，任成都市政协委员，成都市人民政府参事。

后病逝于战俘管理所，终年 57 岁。

著有《四十五军转战鄂北抗日》《第十六兵团参加淮海战役经过》。

（125）邓锡侯

邓锡侯（1889.5.24—1964.3.30）　字晋康，道号玉齐，四川营山县回龙乡邓家花园人。成都陆军小学堂第一期，南京第四陆军中学堂，保定军校第一期，南京中央军校校务委员。

历任川军第四师副官、连长、营长，第二师三旅团长、第五旅旅长、第三师师长、第三十师师长、四川省省长、国民党部队第二十八军军长、第二十二集团军总司令，川康绥靖公署主任及四川省政府主席，川康绥靖公署主任，统领四川省和西康省的军权。1949 年 12 月率部起义。

新中国成立后，曾任西南地区水利部部长、四川省副省长。第一、二届全国人大代表。邓锡侯是民国四川保定系实际第一首领。1955 年 9 月 23 日荣获一级解放勋章。

1926 年秋改编为国民革命军第二十八军，任军长。后任国民政府军事委员会委员，南京中央军校校务委员会委员四川省政府委员兼民政厅长，财政厅长，第四十五军军长。1936 年 2 月授陆军中将，1937 年 3 月加授陆军上将衔。

抗战爆发后，任第四军团军团长，第二十二集团军总司令，军事委员会重庆行营副主任，川康绥靖公署主任，第六十五军军长，第七战区副司令长官。1947 年 2 月授陆军二级上将，任四川省政协主席，重庆行辕副主任，川陕甘边绥署主任，西南军政长官公署副长官。

1949 年 10 月与潘文华率部在彭县起义。

新中国成立后，历任西南行政委员会副主席兼水利部长，西南政务委员会委员，四川省副省长，民革四川委省副主委，第一届全国人大代表，国防委员会委员，民革中央委员等。

1964 年 3 月 30 日，在成都病逝，享年 75 岁。

著有《我在川西起义的经过》等。

（126）何少桓

何少桓（1916—？）　原名刚，四川资中人；中央军校第十二期毕业。

抗战爆发后曾任第四十五军一二五师参谋，出川参加抗战，1945年任第四十五军一二五师参谋长，抗战胜利后在安徽砀山接受日军投降，后任第四十七军三零二师副师长，第四十七军少将代参谋长，1949年12月22日，在四川什邡参加起义。

新中国成立后，任安徽省六安人民行署农业局副局长，六安市人大副主任，安徽省政协常委。

（127）何煋荣

何煋荣（1910.11.25—1981.11.25）　字仲伟，四川仁寿人；成都市成城公学毕业，中央军校洛阳分校及南京中央训练团将官班毕业。历任国民革命军二十九军（军长田颂尧）排、连长，其后历任国民革命军四十一军（军长孙震）中校副团长、上校团长、参谋处长、师参谋长，川陕边区绥靖主任公署（公署主任潘文华）少将高参，国防部（部长白崇禧）少将部员，国防部陆军新军训练处教导纵队中将司令。

1925年在成都华西大学附属中学读书时，逢长江中的英国军舰炮轰四川万县城，造成震惊全国的"九五万县惨案"。为了抗议英帝国主义的霸道行径，参加了退学团。辍学之后考入二十九军（即四十一军的前身）潼川军官学校。并以全校第一名毕业（时其兄先在该校读政治，也发第一名），成为轰动全军的何氏兄弟"文武两状元"。后来，何煋荣被保送到中央陆军军官学校洛阳分校，毕业后回到四十一军绵阳军校任中校教官。

1934年10月考入中央军校军训班第三期学习。1935年4月军校军训班毕业后派任第二十九军（军长孙震）第一师（师长董宋珩）第一旅（旅长吕超）第二团（团长王麟）少校团附。10月所部改编为第一二四师（兼师长孙震）第六旅（旅长吕康）第十四团（团长王麟），升任中校团附。

1937年8月所部改称第一二四师第三七〇旅（旅长吕康）第七四〇团（王

麟），仍任中校团附。

抗战军兴，新婚仅十天的何煜荣留下一首诗和一份遗书走上前方。妻子徐元椿，四川嘉定女子师范毕业生，出身于仁寿县辛亥革命老军人世家。其兄徐元勋，在二十一军中任团长，现正随刘湘出征。一家两位至亲都上前线，为了让丈夫忠孝两全，在出征前执意同丈夫完婚。

1938 年 3 月升任第七四〇团上校团长。5 月调任新编第五师（师长吕康）上校参谋长。

1939 年 9 月调任四川省军管区（兼司令张群）优待征属委员会重庆中心示范区指导处上校副主任。1942 年 8 月调升川陕鄂边区绥靖公署（主任潘文华）少将高级参谋。1945 年 1 月升任参谋处少将处长。1946 年 5 月入中央训练团将官班受训。

1947 年 11 月 21 日叙任陆军少将，并退为备役。

1949 年 10 月出任国防部（部长阎锡山）新军训练处中将司令。12 月 26 日在四川彭县率部起义。先后在人民解放军第十八兵团高级军官研究班、西南军政大学高级研究班学习。

1951 年 3 月转业后分配到成都市西城图书馆工作。11 月出任成都市人民政府参事室参事。1955 年 1 月兼任政协四川省对台宣传委员会委员。

1980 年 5 月当选政协成都市东城区常务委员。

1981 年 12 月 25 日，在成都病逝，享年 72 岁。生、忌同日。

（128）胡畏三

胡畏三（1892—?）　名禄同，贵州独山人；保定陆军军官学校第二期炮科毕业，黄埔军校四分校办公室主任。

1924 年任黔军第二混成旅参谋长，1925 年 10 月任黔军总司令行营参谋长，1928 年 10 月任广东军事政治学校办公厅主任，1937 年 9 月任第五战区军粮局局长，1938 年 5 月任第二十二集团军参谋长，后任第五战区司令长官部中将高参，1944 年任中央军校四分校办公室主任，1945 年 2 月任汉中行营中将高参，9 月任北平行营中将高参，1946 年 9 月任北平行辕中将高参，1947 年 3 月叙任陆军中将后退役，在贵阳闲居，1949 年 12 月在贵阳迎接解放。

新中国成立后任贵州省政协文史资料委员会委员、省政协委员。

（129）黄初年

黄初年（1908.4.22—1948）字初年，四川省威远县新场镇人。中央军校特别训练班毕业。

新场黄氏于清乾隆年间由湖北麻城迁入。其父黄敏之为清末秀才，1908年（宣统元年）曾任新义乡（今新场镇）劝学员、户口调查员。民国初年，任新义乡团总，后弃职从商，在当地经营煤、盐运输，发家后娶妻周氏，早逝。继娶萧氏，生7子2女，黄初年排行老二。自幼随父课读古诗词，其后入新义乡国民小学。1925年，考入乐山嘉定联合县立中学。

1928年中学毕业时，报考国民革命军第二十四军第八师在乐山的学兵队，历任班、排长。随后参加二十四军（军长刘文辉）与二十一军（刘湘）的内战，因作战机智勇敢，颇受上司赏识，提升为连长。乐山保卫战中，黄初年率尖刀连与敌军夜间正面遭遇，黄避开敌军口令，果断以"自己人，军部派来督查前沿阵地"相答，并带队直插对方一侧，迅速形成合围，变被动为主动，一举拿下对方阵地，遂受嘉奖。1930年3月，到刘湘所部川军第二十一军任少校营长。1933年5月，离开川军去上海、南京打拼。

1933年秋，蒋介石在南昌成立具有宪兵和警察性质的军委会总别动队，招收各省区失业军官为队员。经人介绍进入军事委员会总别动队任中校指导员。1934年3月，调江西星子县中央军校特别训练班受训。因成绩优异，旋调庐山军官训练团受训。同年，与知名网球运动员鲍大经（奉节人，湘军将领鲍超孙女。1933年代表四川省参加旧中国第五届全国运动会，夺得女子团体亚军和女子单打亚军）结婚。由于黄初年出身川军故不受重用，1935年初，通过提前入川的别动队大队长曾晴初（黄埔三期）的关系，派到驻遂宁的川军部队任指导员，训练壮丁。1936年3月，调入整编后的川军第四十五军（军长邓锡侯）所辖一二七师任中校参谋。

抗日战争全面爆发后，随陈离一二七师从成都出川抗战。1938年1月，奉命参加了台儿庄战役中著名的滕县保卫战。当时该师负责守城第一线，防守滕县北香城、界河一线。王铭章率一二二师为第二线，负责滕县县城守备。3月14日，日军第十师团和板垣师团在战机、坦克、重型大炮等优势武器掩护下强攻滕县外围，第一二七师官兵奋勇迎敌，激战多日，界河最终失手。在被迫突围时，第一二七师师长陈离负伤，他和卫士们将陈离平安护送到临城，再转送汉口协和医院。

1938 年 7 月，陈离伤愈重返抗日前线，黄初年被任命为参谋处长，随陈离率一二七师驻守随县、枣阳、大洪山一带。该师与李先念领导的新四军第五师相邻。黄初年受陈离之命，负责将电台、军用地图和 5000 件棉背心等物品送给新四军。次年，第一二七师以武器弹药支援新四军被特务密报，陈离被蒋介石免去军职，调重庆中央训练团受训。1940 年，黄初年经陈离介绍到第二十九集团军副总司令兼军长许绍宗所部六十七军任上校参谋，随后参加了枣宜会战、豫南会战和第二次长沙会战。抗战后期，黄初年在前线因劳致疾，吐血不止，遂回乡养病。乡人"敲锣打鼓，燃放鞭炮迎接"。其间，与乡人集资开办建国、建华煤矿以养家糊口，又因其善待乡邻，口碑较好，被选举为县参议员。

抗战胜利后，陈离任成都市市长时，多次来函邀约黄初年赴蓉襄助，黄以身体欠安婉辞。其后，黄初年到成都治病，"常与陈离、张志和（邛崃人，著名川军将领，民盟四川省负责人）、谢直（江津人，新中国成立后任湖北省黄埔军校同学会会长，民革湖北省委主委、湖北省政协副主席）等人交往甚密"，积极支持陈离的进步活动。

1947 年 6 月，陈离出任四川省第七行政区督察专员兼保安司令，驻防泸州，力邀黄初年出任副司令。随后，黄初年携家人赴泸州，上任不久又因肺病复发，卧床不起，仍让妻子鲍大经往来泸州、成都之间，多次为川西地下党提供活动经费。

1948 年春，黄初年因肺癌病逝于泸州，年仅 40 岁。同年，其妻鲍大经携子女将黄初年灵柩送回故乡，安葬于新场铜鼓山。

（130）刘景素

刘景素（1911.2.4—1986.7.11）　四川江油人；中央军校第八期步科毕业。

1938 年 8 月任第二十二集团军野战补充团团长，同年加入中共，10 月任第四十一军一二二师三六七旅七三一团团长，1939 年春年调任第二十二集团军总部科长，8 月离职经商。1943 年 2 月任第二十二集团军总部参谋，1947 年任第四十一军一二二师副师长兼三六六团团长，1949 年 10 月任川鄂边区绥靖公署独立纵队司令，12 月 21 日在四川什邡参加起义。

新中国成立后任安徽师范学院副主任，安徽省人民政府参事，民革安徽省委主委。

1986 年 7 月 11 日，在合肥病逝，享年 76 岁。

（131）刘公台

刘公台（1895—1965.7.31）别号雄飞，四川资中人。四川陆军讲武学堂步兵科、中央陆军军官学校高等教育班毕业、陆军大学将官班乙级第一期毕业。长期在川军任职，历任初中级军职。

1935 年 11 月，四川军队整编后，任陆军第四十一军（军长孙震）第一二四师（师长孙震兼）第七旅步兵第十五团团长等职。

抗日战争爆发后，任第五战区第二十二集团军（总司令邓锡侯兼、孙震代理）第四十一军（军长孙震、王铭章）第一二四师第三七二旅副旅长，1938 年 1 月，任陆军第三七二旅旅长，率部参加徐州会战台儿庄战役，王铭章在滕县战役阵亡，曾甦元于战后接任军长职，其接任陆军第一二四师师长等职。1938 年 12 月，入陆军大学乙级将官班学习，1940 年 2 月，毕业。1942 年 7 月，任陆军步兵上校。

抗日战争胜利后，任第五战区第二十二集团军（总司令孙震）整编第四十一师［师长曾苏（甦）元］第一二四旅旅长等职。1947 年 6 月，退为备役。1947 年 10 月，返回家乡。1949 年 11 月，任资中县维持治安委员会主任。

1949 年 12 月 8 日，率众和平移交。后任川南人民行政公署监察委员会委员，成都市人民政府参事室参事，资中县人民政府副县长，资中县政协副主席等职。

1965 年 7 月 31 日，在成都逝世，享年 70 岁。

（132）王　麟

王　麟（1903.1.12—1938.3.17）　字智仁，四川荣昌县人，黄埔军校高等教育班第五期。

中学毕业后，投笔从军。1919 年国民革命军川军军官学校毕业后历任排长、连长、营长。1927 年升任团长，1930 年调任二十九军军官训练总队，任第一区队副队长，1931 年任四川北川县长（该县城 2008 年 "5·12" 大地震中被毁，易地重建。北川地处偏僻，交通不便，羌、藏、汉各族同胞杂居，经济生产落后。王麟在北川鼓励发展农业，减轻赋税；兴办文教，建立救济院；主持编纂了多年失修的北川县志，亲自撰写并手书《北川县志绪言》，该绪言手书原件现存于四川省图书馆）。1933年赴庐山军官训练营受训，1936年9月入南京陆军军官学校高等教育班第五期，毕业后返回原部队。

抗日战争爆发时，任国民革命军第四十一军一二四师三七〇旅740团上校团长。1937年9月率军出川北上，转战陕西、山西、鲁南抗击日寇。王麟与日寇作战勇猛，总是身先士卒，在山西曾身患重病，让卫士用箩筐抬到前沿指挥战斗。1938年初，王麟在成都养病痊愈后申请从四川回到鲁南抗日前线，并婉拒了孙震军长留他在指挥部工作的机会，亲率七四〇团在滕县西北外围一线阻击日寇。3月16日午后奉王铭章师长之命驰援滕县县城，半夜抵达后即换防东关我守军防务。3月17日黎明起，日军飞机大炮对东关狂轰滥炸，在炸开的城墙豁口处，步兵屡屡攻城，王麟亲率部下顽强抵抗，激烈时以大刀、刺刀与敌肉搏。中午，正在部署阵地的王麟被炮弹皮击中面部重伤，抬往城内指挥所后未及抢救，壮烈殉国。即刻，王铭章师长电报军长孙震："立到，临城。军长孙。〇密。黎明敌即以大炮向城猛攻，东南角城墙被冲破数处。王团长麟冲锋阵亡。现正督各部死力堵塞中。谨呈。王铭章。12.12.叩。"（王铭章最后三封电报之一）

王麟牺牲后，成都与荣昌等地都举行了隆重的悼念活动，国民政府予以褒奖并晋为陆军少将优抚。1997年9月25日，中华人民共和国民政部、山东省人民政府批准王麟为革命烈士。

（133）熊顺义

熊顺义（1910—2004.8.11）　字止仁，四川威远人；中央军校洛阳分校军官训练班第三期（比照黄埔军校第七期）、陆军大学特别班七期毕业。抗战期间，获颁忠勤勋章、宝鼎勋章和胜利勋章。

1927年参加国民革命军，历任第二十九军（川军改编）教导团排、连长，第四十一军三七二旅少校参谋，第四十一军干训班队长，第三七二旅七四三团营长。

抗日战争爆发后，任第四十一军一二四师三七二旅七四三团上校团长，第四十一军前敌指挥部参谋长。率部参加了太原会战、徐州会战、武汉会战、随枣会战、枣宜会战、鄂西会战等。

1946年3月陆大毕业后，任陆军大学兵学研究院少将战术研究员，第五绥靖区司令部第三、四处处长兼干训班教育长，中央训练团郑州夏令营少将总队长，第一二二师副师长，第一二二师少将师长，第十六兵团副参谋长，代参谋长。

1949年12月21日，率第一二二师及9个保安团、绵竹、德阳两县政府1万余人在四川绵竹起义，加入中国人民解放军，任西南军区起义部队第一二二师师长。

1955年转业山东工作，历任济南市劳动局处长、市人大代表、市政协驻会常委、市民革副主委、山东省人民政府参事、民革省委委员。1986年当选为山东省黄埔军校同学会副会长。

加入中国人民解放军后，曾荣立三等功。2005年获中共中央、国务院、中央军委授予的抗日战争胜利60周年纪念奖章。

2004年8月11日，在济南病逝，享年94岁。

（134）严　翊

　　严　翊（1905.4.12—1963.7.20）　字端纶，号章甫。四川华阳县人（现成都市）。中央军校高教班第九期。

　　祖父严恒经，号次咸。晚清秀才，温厚敦仁。虽家道中落，仍持"耕读传家，助人为本"的家训。他乐善好施，正值公道，颇得族人和乡邻的拥戴，事无巨细都请他出面调停。都尊称他为"三爷爷"，本家族谱中更称颂为"宿儒"。

末满六岁，祖父即送他入读私塾。稍大点，就帮人干活，卖菜卖酱油，赚点小钱以补家用。因不能全日制读书，小学就读了九年。但他勤奋聪明，已显才气，竟被华阳县第六国民小学录为教师。这一教就是四年半。深厚的儒家文化熏陶，现代文化知识的滋养和生活环境的磨砺，对他人格的塑造和人生志向的形成打下了坚实基础。

1924年5月1日，投笔从戎，报考了四川遂宁县陈国栋的军事教育团。

1925年5月1日—1926年5月31日先后在川北卫戍总部参谋处，川军十三师参谋处，川军十三师五十团七连任见习。

1926年6月1日—1926年9月30日任十三师师部少（中）尉差遣。

1926年10月1日—1930年3月31日任二十九军四师二十一团十一连少（中）尉排长。

1930 年 4 月 1 日—1932 年 11 月 30 日任二十九军四师二十二团二营八连上尉连长。

1932 年 12 月 1 日—1938 年 4 月 30 日任四十一军一二二师三六六旅七三一团一营少校营长。（1938 年 3 月 16 日在滕县负伤）。

1938 年 5 月 1 日—1947 年 2 月 28 日任四十一军一二二师七三一团上校团长。

1941 年 3 月 1 日—1942 年 3 月 31 日带职到陆军中央军校高教班第九期受训。

抗争胜利后，先后任四十一军一二四师少将师长、四十一军副军长之职。

1949 年 11 月 1 日—1949 年 12 月 23 日任四十七军中将军长。

1949 年 12 月 22 日在四川广汉率部起义。

1950 年 11 月 1 日到 1955 年年底在南京华东军区、教导总队、保卫部、解训团禁闭审查。

1956 年 1 月 10 日入南京市监狱（被定为战犯）。

1957 年入北京功德林改造。

1963 年 4 月 9 日特赦出狱。

1963 年 7 月病重，在组织护送和妻子的陪伴下回到家乡成都。

1963 年 7 月 20 日，在川医逝世，享年 58 岁。

1983 年 2 月 5 日《中华人民共和国最高人民法院通知书》："现经本院查明……对严翊按起义人员对待。"

1985 年 6 月 20 日四川省人民政府、成都军区颁发《起义人员证明书》。

妻子：郭雁行（1911.10.2—2011.8.11）享年 100 岁。慈祥、智慧、平凡、伟大的母亲。长子裕国、次子裕寿、三子裕祖、四子裕祥、五子裕玖；长女裕蓉、二女裕熏、三女裕萼、四女裕芬。

当严翊回到成都时，已昏迷不醒，经抢救醒来后，留下了最后一句话："相信共产党，世世代代跟共产党走。"就是这一句话，9 个子女及子孙们在妻子郭雁行含辛茹苦的抚育下，在艰难的环境中成长、成人。

（135）余农治

余农治（1901—1998.1.1）　笔名浓治，四川内江人；1927 年毕业于黄埔军校第五期。曾任中央军校教官，中央军校成都分校教官。

抗战爆发后随第四十五军出川抗战，1938 年 5 月任第四十五军副官处长，

1942 年任第四十五军参谋处长，1945 年春任重庆卫戍总司令部副官处长，后任重庆卫戍总司令部第一分区司令，1949 年 4 月任第四十四军三四九师副师长，12 月在四川内江起义。

新中国成立后，任四川省内江市政协常委、内江市政协副主席、内江市政协联谊会主任。兼任内江市诗书画院顾问及内江市政协诗书画院顾问、内江市老干局书画会会长等。四川省书法家协会会员，内江市书法家协会顾问。

其书法、诗词作品曾多次在省级以上的报刊发表、展览参展。河南"戎艺杯"、四川"峨眉杯"获佳作奖和优秀奖，国际金鹅奖书画大赛获佳鹅奖。作品在《中国书法》等海内外报刊发表 200 余幅。河南翰园碑林、四川太白碑林、云南石林碑林、广西玉林碑林、福建东峰碑林等入选刻石。福建郑成功纪念馆、四川大禹纪念馆、江苏柳亚子纪念馆等多处纪念堂馆收藏，并数经选送去日本及东南亚各国参展交流。传略辑入《中国现代书法界人名辞典》《中国美术书法界名人名作博览》《中国当代艺术界名人录》等。

1998 年 1 月 1 日，在内江病逝，享年 98 岁。

（136）张则荪

张则荪（1909—? ）原名则孙，别字则荪，后以字行，四川富顺（一说四川成都）人。南京中央陆军军官学校第八期步兵科毕业。陆军大学将官班乙级第一期毕业。

1930 年 10 月。考入南京中央陆军军官学校第八期第二总队步兵第二大队第六队学习，1933 年 11 月，毕业。

抗日战争全面爆发后，任陆军第四十一军第一二二师步兵第三六五团团长，率部参加徐州会战、豫南会战诸役。1938 年 12 月，入陆军大学乙级将官班学习，1940 年 2 月，毕业。1948 年，任陆军第四十一军（军长张宣武）第三〇一师师长等职。

1949 年 12 月 21 日，随董宋珩、曾苏元等在四川什邡率部起义。

（137）张子完

张子完（1905.6.8—1983.3.17） 四川巴中人。黄埔军校第六期警宪班、中央军校高教班第十期毕业。

历任国民革命第二十九军宪兵队队长，第四十一军军官训练大队中队长，团参谋主任、副团长，第四十一军一二四师参谋长。抗战爆发后任第四十一军副参谋长兼一二四师三七二团团长，出川参加抗战。1944年秋任第四十一军参谋处长，1948年8月任第十六兵团第四处处长，1949年夏任第四十七军三零二师师长，10月兼任第四十七军副军长，12月21日在四川什邡起义。

新中国成立后，任山东省卫生厅秘书，济南卫生学校总务科长，山东省政协委员。

1983年3月17日，在济南病逝，享年79岁。

（138）郑蕴侠

郑蕴侠（1907—2009.7.10）　江西临川县人；黄埔军校第四期，原国民党中统特务。

1933年后曾任国民政府中央司法院法制专员、军法执行总监部司法长、少将专员等职务；参加过抗日战争，亲身经历"台儿庄会战"和中国远征军远征缅甸；震惊中外的重庆"校场口血案"和"沧白堂事件"他则是现场的指挥者之一和参与者。

新中国成立后，他改名换姓，四处逃亡，在四川涪陵（今属重庆）和贵州务川一带"潜伏"长达8年之久，直至1958年落网，成为中国内地最后一个被捕归案的国民党将军。

被判处15年有期徒刑，并于1975年获得特赦。后担任政协委员，积极从事促进祖国统一的工作，并撰文披露自己曾经的特务生涯。

出生在一个官宦家庭，从小在四川、重庆两地长大；父亲郑宗尧是留日东京帝国大学高才生，同盟会成员，回国后曾在孙中山的大元帅府任职。

成年后，郑蕴侠考入上海法学院法律系，后又考入黄埔军校第四期。北伐战争打响后，他参加了北伐队伍，在何应钦的第一军军法处担任上尉军法官。

郑蕴侠说，凭着上海法学院和黄埔军校这两张"过硬文凭"，他很快受到了当时国民党陈立夫、陈果夫兄弟组织的CC派系的青睐。

1938年3月，台儿庄大战打响，郑蕴侠奉令率领一支政工队支援前线，参加了炮火连天的滕县守城战，苦撑到援军赶来，曾目睹抗日名将王铭章壮烈殉国（腹部中弹30余处）；对此，曾经满含仇恨地改写岳飞的《满江红》："驾长车踏破富士山缺。壮志饥餐倭奴肉，笑谈渴饮东洋血"以表达自己抗日之决心。

但抗战胜利后,反共特务活动却成了郑蕴侠最主要的工作。当年重庆"沧白堂事件""校场口血案"这两个影响重大的历史事件,郑蕴侠是其中的参与者和指挥者。

"校场口血案让我至今都觉得罪恶深重。"郑蕴侠回忆说,1946年2月6日,他接到上峰通知:中共10日要在重庆校场口举行"陪都各界庆祝政治协商会议成功大会",要求他执行破坏。

当日7时,郑蕴侠带领大小特务进入会场。当民主人士和欢庆群众相继进场后,特务们走上台肆意找茬,称集会现场没有悬挂总理遗像和国旗、党旗。

大会主席、著名学者李公朴准备发言时,站在一旁的郑蕴侠摘下帽子连挥三下,发出行动信号,早已布置在台上的特务们一拥而上,对李公朴拳打脚踢。李公朴全身受伤出血,现场群众见状,高呼"不准特务行凶!不准打人!"这时,场外的特务也拥进来,对参加集会的民主人士和群众一阵乱打。其间,郑蕴侠见郭沫若受伤不重,便指使旁边的几个特务:"架到后面去,好好招待他一顿。"

郑蕴侠说,到了1949年,国民党在西南将各种特务组织组成的"重庆反共救国总队"纳入正式编制,扩建为"国防部新编反共救国军第一军",他被任命为少将政治部主任兼军特别党部书记长。

后来,为了阻止解放军西上东下,当时的"重庆卫戍总司令"杨森又召集郑蕴侠组建一支"东西山游击纵队",妄图阻止重庆解放。但解放军一到,这支队伍顷刻间土崩瓦解,如作鸟兽散。郑蕴侠也开始了他的逃亡生涯。

新中国成立后,他仓皇逃窜,在四川涪陵(今属重庆)和贵州务川一带"潜伏"长达8年之久,周恩来总理对此人曾指示:"生要见人,死要见尸";法网恢恢,疏而不漏——他最终于1958年落网,成为中国内地最后一个被捕归案的国民党将军。

他被判15年有期徒刑,出狱后洗心革面,担任中学教师,晚年以政协委员及国民党元老陈立夫的昔日下属的特殊身份促进两岸和平统一。

2005年,中共贵州省务川县委统战部隆重举行庆祝抗日战争胜利60周年茶话会,时年98岁高龄的郑蕴侠作为曾参加台儿庄会战和远赴中国驻印缅远征军主持战地通信的抗日老兵应邀出席。

2009年7月10日,102岁的郑蕴侠走完了他传奇一生。他的亲属曾言:"他(郑蕴侠)还有最后一个心愿没有实现,就是回重庆校场口看看,他想站在历史面前忏悔。"

第六章　台儿庄大战中的西北军

一、第二集团军及战斗序列

北伐时期的第二集团军是由冯系军队发展演变而成。1926 年 9 月，冯玉祥在五原誓师响应北伐时，广州国民政府将所部由国民军改为国民联军，任冯玉祥为总司令。1927 年 5 月，武汉国民政府为适应北伐战争需要，又将所部改编为国民革命军第二集团军，任冯玉祥为总司令。5 月 1 日，冯玉祥在西安宣誓就任，同时任命石敬亭为总参谋长，何其巩为秘书长，刘伯坚为政治部长。6 月，冯玉祥附蒋后，南京国民政府任命冯为西北国民军总司令。1928 年 2 月 16 日，蒋冯在开封会商，同意将西北国民军改编为国民革命军第二集团军。

1930 年冯玉祥联合阎锡山、李宗仁起兵反蒋，发动中原大战。但因为阎锡山的"晋军"支援不力和张学良入关调停，冯玉祥最终兵败下野。西北军被蒋介石解散收编，余部被缩编为宋哲元的二十九路军、孙连仲的二十六路军、吉鸿昌的二十二路军、梁冠英的二十五路军等，以及韩复榘、石友三的投蒋部队。

孙连仲第二十六路军随后调山东济宁一带整编。1931 年初，孙连仲以江西清乡督办名义，率部进入江西，参加对中央红军的第二、三次"围剿"。同年 6 月，以该路军二十五、二十七师合编为十七军，仍隶属该路军，以高树勋为军长。二十六路军在红军机动灵活的战术面前，屡吃败仗，损失了约一个旅的兵力，加之孙部官兵多生于北方，不服南方水土，营中疟疾、赤痢流行，死亡日有发生。加上红军的政治瓦解，军心日渐不稳。适孙连仲本人患牙疾，乃请假赴南京就医，二十七师师长高树勋亦私自离队赴庐山，部队交由参谋长、地下党员赵博生指挥。12 月 14 日，赵博生同七十三旅旅长董振堂、七十四旅旅长季振同率两旅、二十六路军直属队及二十七师一部共 1.7 万人在宁都起义，开赴苏区加入红军，被编为红五军团。宁都起义后，二十六路军重新整编。

1932 年 8 月，该路军在宜黄被红军击败，十七军军长高树勋弃城而逃，该师溃散，10 月国民政府将高树勋明令撤职并通缉在案，十七军番号亦撤销。尔后该路军进行整编，将二十五、二十七师合编为二十七师，以孙连仲兼师长。

是时该路军辖第二十七师及独立第四十四旅。

1933年6月，以第二十六路军所属第二十七师和独立第四十四旅编成四十二军，孙连仲兼任该军军长，田镇南为副军长，仍隶属第二十六路军，原孙连仲所任二十七师师长由冯安邦接任。同年9月，孙连仲奉命赴鄂豫皖整理第三十军，于1934年初率该军及所属三十、三十一师入赣，归入二十六路军参加对中央苏区的第五次"围剿"。当年6月，孙连仲兼军长及师长。红军长征后，该路军调到湖北，"追剿"贺龙、萧克部红军，当年10月，调驻苏北，参加国防工事的构筑。当年11月，原三十一师师长李敬明他调，池峰城接任师长。西安事变后移驻河南信阳。1937年6月，张金照代理三十师师长。

抗战全面爆发后，该路军于7月12日奉命支援华北战场，8月25日，田镇南接任三十军军长，冯安邦接任四十二军军长。同年9月13日，孙连仲被任命为第一军团军团长，所部改称第一军团，并于当年10月初编入第二集团军序列，至此第二十六路军历史结束。

第二集团军是七七事变后最早进军华北增援第二十九军的中国军队，曾在琉璃河、良乡等地区抗击日军。后奉令调归第二战区指挥，参加扼守冀晋要隘娘子关的战役。

1938年初，该集团军调归第五战区指挥管辖，孙连仲任集团军总司令，其基本部队编组为第三十军和第四十二军，该集团军在台儿庄战役中是担任坚守任务的主力作战部队，为台儿庄战役的胜利作出了巨大贡献。后韩复榘旧部曹福林的第五十五军、宋哲元旧部刘汝明的第六十八军也加入该集团军的战斗序列。

1938年11月3日，该集团军第四十二军军长冯安邦在大别山战役结束后转进襄樊途中在襄阳城遭敌机轰炸而牺牲。1939年初，该集团军调归第一战区指挥。

1940年又划回第五战区，长期驻守豫西南鄂北地区，曾参加过第二、第三次长沙会战的策应作战。

1943年孙连仲调任第六战区司令长官，其基本部队随其调至第六战区，第二集团军总司令由刘汝明代理，下辖第六十八军、第五十五军及石友三旧部米文和的第六十九军，参加过常德会战及豫西鄂北会战。

1945年10月第二集团军改组为第四绥靖区。

第三十军的前身为原西北军嫡系部队吉鸿昌等部。1930年10月，在中原大战后期，吉鸿昌部被蒋介石收编为第二十二路军，吉鸿昌任总指挥。1931年9月，吉鸿昌因密谋反蒋事暴露，被迫离开出洋，该路军改为第三十军，张印湘任军长。下辖第三十师，第三十一师，第三十三师 3 个师。随后，该军参加了 11 月至 1932 年 10 月对鄂豫皖苏区的第三、第四次"围剿"作战和对湘鄂西苏区的第四次"围剿"作战。1933 年 7 月至 1934 年 10 月，该军参加了对鄂豫皖苏区的第五次"围剿"和对中央苏区的第五次"围剿"。1934年 10 月，中央红军长征离开中央苏区后，第三十师师长彭振山不愿意率部"清剿"留在赣省和湘鄂川黔边区的红军游击队，被蒋介石以"违抗军令"的罪名逮捕枪毙。第二十六路军总指挥兼军长的孙连仲兼任该师师长后，率部参加了对留在湘鄂川黔边区的红二、红六军团的第二次"围剿"等作战。

1937 年 7 月至同年底，该军隶属第一军团，先后参加了平汉路北段沿线作战和太原会战中的娘子关战役。1938 年隶属第二集团军时，田镇南任该军军长，率部参加了台儿庄战役。在此次战役中，该军奉命坚守台儿庄主要防御阵地，与日军进行了反复争夺，为此次战役的胜利起到了重大关键作用。徐州会战后，该军又参加了武汉会战，在武汉外围六（安）商（城）公路和固（始）潢（光）公路沿线担任阻击日军的作战任务。1939 年 2 月，该军隶属国民党军事委员会直辖，在河南南阳地区整训时，田镇南升任第二集团军副总司令，第三十一师师长池峰城任军长。下辖：第二十七师（黄樵松）、第三十师（张华棠）、第三十一师（乜子彬）。随后，该军参加了随枣会战、冬季攻势作战、枣宜会战、豫南会战和第二次长沙会战。

1943 年，第三十军军长池峰城兼豫北鄂边区游击总指挥时，该军隶属长江上游江防军总司令部，参加了鄂西会战和常德会战。1944 年 11 月，该军隶属长江上游江防军时，池峰城专任长江上游江防军副总司令，副军长鲁崇义升任军长，担负长江上游江防守备任务。1945 年 6 月，该军驻守河南汲县，隶属第四集团军。此后，该军在参加邯郸战役的作战中，被人民解放军重创于东西玉曹、冢王地区，第三十师师长王震被俘。

1946 年上半年，国民党军队进行整编时，该军在山西运城改编为整编第三十师，隶属第四集团军。鲁崇义任师长，黄樵松、唐秀清任副师长。此次整编后，该整编师作为国民党军主力部队，从 1946 年 7 月至 1948 年 7 月，先后参加了临（汾）浮（山）战役、吕梁战役、晋南战役、豫西战役和临汾战役等。在此期间，师长鲁崇义调任整编第二十九军军长，副师长黄樵松继任师长，1948 年 8 月，该师恢复第三十军的番号，该军二十七师和三十师八十九旅由副军长黄樵松率领增援太原。将所留部队为基础扩编为一一三军（军长鲁崇义），同时副军长黄樵松升任第三十军军长。同年 11 月 3 日，黄樵松在太原前线与人民解放军取得联系，准备战场起义时，被第二十七师师长戴炳南、副师长仵德厚出卖,向阎锡山密告了起义计划,致使黄樵松与解放军代表晋夫等人一起被捕,解往南京后惨遭杀害。此后,戴炳南升任军长担负防守太原城的任务。1949年4月底,该军在太原战役中被人民解放军全歼。戴炳南、仵德厚等被俘。

1949年5月,原第三十军在太原被全歼后,胡宗南为了安抚鲁崇义和其他西北军官兵,报请蒋介石批准后,将第一一三军改编为第三十军,鲁崇义任军长。

西南战役后期,该军由陕南汉中地区撤逃到川西地区,进驻成都东郊。12月25日,该军与李振的第十八兵团一起在四川成都率部通电起义,接受人民解放军改编。鲁崇义起义后出任人民解放军川东军区(司令员陈锡联)第四副司令员。1950年6月15日被国民政府以"叛国投匪"罪免官夺勋。

第四十二军的前身是原西北军孙连仲的第二十六路军之一部。1933年6月,第二十六路军以所属第二十七师和独立第四十四旅编成第四十二军。同年8月23日,孙连仲兼任该军军长,田镇南任副军长。下辖:第二十七师(冯安邦);独立第四十四旅(张华棠)。

1934年春,该军驻江西永丰,奉命参加了对中央苏区红军的第五次"围剿",同年10月中旬,中央红军主力突围长征。该军参加了对红军长征中的围追堵截作战。年底,国民党对其军队进行整编。该军下辖:第二十七师,冯安邦任师长,辖黄樵松、阎廷俊两个旅;第三十一师,李敬明任师长,辖黄鼎新、康法如两个旅。原独立第四十四旅改隶国民革命军第二集团军。

1935年2月,国民党军开始对湘鄂川黔苏区进行"围剿",该军参加了对湘鄂川黔苏区红军第二、第六军团的"围剿"作战。同年10月,该军随第二十六路军被调往苏州、淮阴等地,从事修筑国防工事以及导淮工程。1936年"西安事变"后,该军驻河南信阳、确山一带。

1937年8月,第四十二军隶属第二集团军,孙连仲任第二集团军副总司令兼第一军团司令。冯安邦接任第四十二军军长。同时,该军进行编制调整,原隶属第二集团军独立第四十四旅改隶该军;原辖第三十一师转隶第三十军。此时,该军下辖:第二十七师,黄樵松任师长;独立第四十四旅,吴鹏举任旅长。此次整编后,该军先后参加了忻口会战、台儿庄会战、大别山北麓作战等。

1938年11月3日,该军军长冯安邦在大别山战役结束后,转进襄樊途中,在襄阳城遭敌机轰炸牺牲。

1939年3月,国民党军队进行部分编制调整,该军在河南洛阳整编时番号撤销,原辖独立旅撤销,第二十七师改隶国民革命军第三十军。

第二集团军战斗序列：

总司令：孙连仲

参谋长：王范庭

参谋处长：何章海

辖：第三十、四十二军

第三十军

军长：田镇南

参谋长：金典戎

副官：倪志本【中央军校杭州军官训练团】

第三十师

师长：张金照

参谋长：傅同善

第八十八旅旅长：任泮兰【黄埔高教班】、李俊荣【黄埔高教班】

第一七五团团长：吴明林【黄埔高教班二期】

第一七六团团长：袁有德【黄埔高教班三期】

第三营营长：仵德厚【黄埔成都高教班九期】

第八十九旅旅长：黄鼎新【黄埔三期】

第一七七团团长：李文彩、李国信【黄埔高教班四期】

第一七八团团长：李公敏

第三十一师

师长：池峰城【黄埔高教班第二期】

副师长：康法如

参谋长：王　煦【黄埔高教班二期】、屈　伸（代）【黄埔高教班二期】

师附：牛殿楫【黄埔高教班二期】

王冠五【黄埔高教班二期】

军需处长：牛欣铨

参谋：王化宇、王勃森、罗文浩、耿泽山

师部勤务：曹辅民【黄埔八分校（湖北均县）】、刘寿彭【黄埔十七期】

第九十一旅旅长：王冠五（代）

参谋长：刘荆芳（刘子华）

第一八一团团长：戴炳南【黄埔高教班九期】

第一八二团团长：韩世俊【黄埔高教班四期】

团附：董树桢【黄埔军官训练班一期（比叙七期）】

第九十三旅旅长：乜子彬【黄埔高教班】

参谋长：孟庆文

第一八五团团长：王郁彬

第二营五连连长：牛洪凯（代）

第一八六团团长：王　震、王冠五（代）

第四十二军

军长：冯安邦【黄埔高教班二期】

参谋长：鲁崇义【黄埔高教班三期】

第二十七师

师长：黄樵松

副师长：阎廷俊【黄埔高教班】

参谋长：王柏骧

参谋主任：杜荫宗

副官：于挽中

特务连连长：李亚东【黄埔十期】

秘书、战地服务团主任、歌曲队队长：于竹山【黄埔八期】

第七十九旅旅长：黄宗颜【庐山军官训练班】

第一五七团团长：杜新民

团附：张国安【黄埔武汉分校七期】

第三营营长：徐长瑞【黄埔校官研究班】

第一五八团团长：杨守道【黄埔高教班一期】

第三营七连连长：王范堂【黄埔武汉分校】

第八十旅旅长：侯象麟【黄埔高教班二期】、阎廷俊（兼）、

黄宗颜（转任）

第一五九团团长：郭金荣

团附：王景山

第一六〇团团长：李靖华

独立第四十四旅旅长：吴鹏举【黄埔高教班三期】

第七二七团团长：孙××

第七二九团团长：仲得山【黄埔高教班四期】

二、第二集团军黄埔师生血战台儿庄

3月23日，第三十一师刘兰斋骑兵连在台儿庄北面的康庄与日军骑兵遭遇，战役之展开。当台儿庄战役打响后，第三十一师师附王冠五向师长池峰城请缨，率部进驻台儿庄镇北，紧守一线前沿阵地。3月26日，日军集中炮火猛攻台儿庄北门和小北门。接着占领园上和邵庄的700余名日军，向北城墙豁口处猛冲过来。王冠五激励官兵要坚决消灭进入庄内的日军。王冠五因作战有功升任第九十一旅旅长并且任守城总指挥，因第一八六团团长王震（孙连仲外甥）负重伤，王冠五兼任该团团长。第三十一师经过连日苦战，伤亡达2800人，各旅团建制均残缺不全，决心采取以攻代守的战术，由王冠五督率统一指挥，我守军与日军展开逐屋逐墙的争夺。王冠五发出"宁同孤城共存亡，不与倭寇戴天地"的钢铁誓言。

战斗初始，日军先以狂风暴雨般的猛烈炮击，把台儿庄的外围阵地工事摧毁，我军一无平射炮，二无坦克，无法反击，只能死守台儿庄城。王冠五把指挥部设在战斗最激烈的距台儿庄北城门不足二百米的清真寺内，而北城门又是日军进攻的主要地点，清真寺争夺战异常激烈。日军认为台儿庄背后为大运河，守军背水作战，一定不敢死守，便先以飞机投弹、大炮轰击，两小时内小小台儿庄城落下近万发炮弹，然后日军又以轻、重机枪作纵深射击，压制守军火力，掩护步兵冲锋。守城总指挥王冠五将军沉着指挥，待日军爬城及半时，机、步枪齐射，手榴弹齐扔。如此反复攻防，连日厮杀，双方伤亡惨重。据倪志本老先生回忆：巷战最激烈的时候，王冠五曾一日之内两三次被从炸塌的房屋中扒出来。

日军不断增兵，用炮火作地毯式轰击。血战至27日，千余日军在坦克掩护下攻入城内。守军在王冠五的指挥下，寸土必争，一寸土地一寸血，一个个犹如血人。29日，为坚定战士们守城信心从而与敌人决一死战，王冠五在池峰城的命令下，炸断运河浮桥，破釜沉舟，自断退路。王冠五身先士卒，与全体官兵齐心浴血奋战，双方隔墙相接，临屋而战，一堵墙一间房地争夺，有时敌我仅一墙之隔，互相凿洞射击，就是墙上的一个枪眼，双方都奋力争夺。4月3日，一八六团伤亡殆尽，预备队也打光了，台儿庄城已经成了尸山血海，街边尸体叠加，堵塞街巷。王冠五和中国守军顽强抵抗，与敌周旋搏杀，没有退缩一步。

经过15个日夜的殊死拼搏，牵制了日军的主力部队。终于赢得了台儿庄大捷。王冠五被提升为少将副师长。

捷报传来，一时中外新闻记者云集，称誉有加。著名记者范长江、赵家欣、陆诒等都先后亲赴军中采访王冠五，并撰写长篇专题报道《台儿庄血战记》，其中范长江和陆诒的专题报道还刊登在当时《大公报》的头版。郭沫若在收集大量第一手资料后，特辑《血战台儿庄》专刊，歌颂王冠五等为国家、为民族英勇奋战的光辉业绩。

6月7日前后，李宗仁、李品仙向蒋介石呈报了《徐州会战奖励人员名单》，其中提到王冠五时，写道：

第三十一师九十一旅旅长王冠五，守备台儿庄内最困苦时犹能沉毅以致全胜，授予华胄荣誉奖章。

蒋介石看后，欣然提笔批示：如拟。蒋中正

当时三十师八十八旅一七六团，归第三十一师池峰城指挥。在我台儿庄城内官兵大部分伤亡，失去联系之时，池峰城命令第一七六团团长袁有德立刻组织兵力冲进城内增援。袁有德对三营营长仵德厚下令："日寇从西北城角窜进城内，城内我军官兵已经大部伤亡，你率领全营从西门冲进去，将城中日军消灭！与城东禹功魁营取得联系，共同守住台儿庄！"

当晚，由仵德厚中校军官组成的40名"敢死队员"，身背大刀，步枪上刺刀，肩挂8枚手榴弹冲进城内，并亲自率领七连，由台儿庄城西门冲进敌人的火力封锁区与日军血战。官兵们逐街、逐巷、逐院、逐房、逐墙的与日军展开了争夺战。战斗白刃化时，双方互在墙上掏洞，作为射击孔或者投弹孔。一次，仵德厚刚挖一孔，对方日本兵就先投过来一枚手榴弹。仵德厚身边机警的战士毫不犹豫地抓起冒烟的手榴弹从墙洞塞过去，一声爆炸，对方就再也没有了声音。

"副营长赵志道率八连走南街，我带七连走北街，沙纪成带敢死队员做掩护，战斗持续了一夜，城内街道两边的部队被一一消灭。当时，我站在高处，发现北边还有敌人，立即命令士兵扔手榴弹，用机关枪扫射，敌人终于撤出街道。"仵德厚回忆道。

激战数日，日军战败，而我方伤亡惨重。跟在仵德厚身边战斗的6名连长、排长，均在战斗中阵亡，而由仵德厚组成的"敢死队"只有3人活着。第二集团军总司令孙连仲将军亲临三营表彰了仵德厚，这让仵德厚在67年后的2005年，回忆起来仍难以忘却。"台儿庄战役敢死队队长仵德厚"的名字，至今，写在了中国历史博物馆中关于台儿庄战役的记载中。

3月27日晨，日军攻破台儿庄北门，三十一师守备部队与日军展开激烈搏斗，形成拉锯战。我方虽经多次反击，均未能将日军赶出庄外。部队伤亡惨重，形势十分危急。此时，庄外各部均遭到日军猛烈炮轰。二十七师前后阵地也与日军发生激战。当天上午，二十七师师长黄樵松命令一五八团三营副营长时尚彬，七连连长王范堂各率七、八两个连增援庄内守军。由于庄内地形复杂，而且敌我双方已交织在一起，时尚彬带领的八连进庄后，遭到日军机枪火力伏击，不到半个时辰，官兵牺牲殆尽。当副营长时尚彬见到王范堂时，声泪俱下地喊道："王连长呵！八连全完了！"

28 日黎明，日军由西北角向西南方向猛攻，攻势十分凌厉，妄图切断庄内守军与三十一师师部的联络，置庄内守军于死地。守城指挥部迅速调集部队从两侧组成轻重机枪火力封锁网，封锁日军进攻路线，同时命令王范堂八连在正面进行阻击。王范堂接受命令后，为了减少伤亡，有效地阻击日军进攻，他利用有利地形组成火力网，并有重点地配备兵力。将全连三个排分为三条战线：第一线在前沿阵地与日军对垒，全力阻止日军进攻；二线隐蔽其后，随时准备接应一线，应付突变；三线为后备队，抓紧时间休息。三条战线隔一段时间调换一次。就这样在友邻部队的大力配合下，经过 2 天 3 夜的激烈战斗，打退了日军一次又一次地进攻，守住了阵地。

3 月 29 日，在增援的三十一师的队伍中，王范堂见到了自己的三弟王槐，兄弟二人来不及说话，王范堂就随队伍进入了台儿庄。当日，三弟王槐与进入台儿庄的将士一起为国捐躯，兄弟永诀于台儿庄咫尺的硝烟战火之中。

31 日拂晓，日军停止了正面进攻，前沿阵地一片寂静。此时的王范堂全连尚剩 57 人，战士们激战了几夜，困倦已极，倒地便睡。王范堂发现阵地前 100 米左右的开阔地带，出现多条纵横交错的壕沟，偶尔可见日军太阳旗在沟内晃动。很明显，日军经过昼夜强攻，由于地面火力封锁太强，很难奏效。为避开中国军队的地面火力，他们通过构筑坑道，向前沿逼近。王范堂当即向守城指挥官王冠五报告，并建议尽快集中庄内迫击炮，强轰阵地，摧毁敌人坑道，然后组织轻重机枪扫射，歼敌于坑道内。王冠五听到王范堂的报告，亲自到前沿阵地观察，并采纳了他的建议。用猛烈的炮火进行轰击，部分日军被迫撤离了坑道。

当天，日军在这一线的攻势明显减弱。为了彻底击退由西北角侵入的日军，王范堂向守备指挥部提出，让他连交出前沿阵地的防务，由自己率领全连尚存的 57 名官兵，组成敢死队，绕到敌侧，前后夹击，以求全歼入侵之敌。守备总指挥王冠五接受了王范堂的请求，并拟订了详细的战斗方案。

57 人敢死队组织起来后，当时王范堂郑重宣布："我们是敢死队员。敢死队员就是要以死报国！"他看着眼前这些从日夜奋战中幸存下来的敢死队员，想着那些朝夕相处已经为国捐躯的战友，王范堂的眼泪夺眶而出。

31 日黄昏，在密集炮火的掩护下，王范堂率领的 57 名敢死队员，迅速到达了目的地。此时，敢死队与日军仅一墙之隔。炮弹在墙内的日军阵地上炸成一片，日军的吆喝声、呻吟声时时传到墙外。为了不失时机地打击龟缩在西北角的日军，敢死队划分为 6 个战斗组，分别选择了越墙地点。我军炮击停止后，6 个小组同时从掩蔽体内飞驰而出，越过城墙与日军厮杀在一起。敢死队员们见敌人举刀便剁，抬枪就打，一个劲地向前冲。经过一个晚上的激烈搏斗，日军伤亡惨重，向北狼狈逃窜。偷袭取得了成功，夺回了西北阵地。在这次战斗中，王范堂全连 57 名敢死队队员仅生还 13 人。

据第三十军军长田镇南的副官，家住抱犊崮山区的倪志本老先生回忆说，在台儿庄被日军占领三分之二以后，田军长曾问他："抱犊崮山区里面你是否熟悉？"他回答说："不甚熟悉。幼小时在城市上学，离开学校即进入部队，但山区里面亲友尚多。"

田军长说："看吧，万不得已时，我们不能向后退，只能拉到抱犊崮山区打游击。"

在由河南信阳、武圣关一带开赴徐州五战区临行时，屈伸代理三十一师参谋长一职，他率领部队开赴台儿庄布防。战斗打响后，屈伸与师长池峰城把师指挥所设在与台儿庄一河之隔的铁路桥下，就近指挥台儿庄寨内及其附

台儿庄城内巷战

近部队抗击日军进攻。战斗中，屈伸坚持每天进寨联络，随时掌握战斗进展情况，当台儿庄大部街区被敌占领，守军阵地仅剩一座西门的危急时刻，屈伸一面鼓励守军坚定信心，死守阵地。一面建议师长调整部署，组织敢死队乘夜进行反击。经过日夜苦战，终于将寨内敌人全部肃清，稳定了战局。

乜子彬作为第三十军三十一师九十三旅旅长，率部驻扎在台儿庄内固守的正面战场。在战斗中，他英勇顽强，亲临前线指挥杀敌，在刘家湖等处重创日军。身为旅长的乜子彬身先士卒，在布置完了整个旅的军事部署后，还冲到连部指挥，在前线拼命博杀。23 日，四十二军军长冯安邦率二十七师抵徐州以北贾汪柳泉。24 日晨，日军正式向台儿庄发起猛攻，当晚突入台儿庄东北角。中国军队据城死守，将入城日军歼灭，堵住了缺口。冯安邦严令独立四十四旅固守运河一线，并派一部北出朝鲁沟，威胁日军侧翼。次日，二十七师徒步开抵台儿庄，担任城外右翼防御，准备侧击日军左翼。27，日军得到增援后，对台儿庄再次发起进攻，占领城寨东北角。冯安邦亲赴右翼督战指挥，阎廷俊（由于第八十旅旅长侯象麟作战指挥不力，被撤职。第二十七师副师长阎廷俊兼任该旅旅长。）率第八十旅与城内第三十一师合力抗击，使日军未能扩大占领区。次日，阎旅又与第三十一师协同反击刘家湖之敌，将该敌包围，与敌展开白刃斯杀。激战一直持续到 31 日，有效地牵制了日军对台儿庄城的进攻，减缓了城内守军的压力。至 4 月 1 日，台儿庄城内守军伤亡近半，西北门、东门、北门、东南门均沦入敌手，守军仅据有北站、西关和南门。在台儿庄濒于失守之际，为了支援城内守军，4 月 2 日凌晨，冯安邦特令阎廷俊组织敢死队二百余人附一营士兵共计 500 余人，从东门攻入城内，袭击城内日军左侧背，一度攻占了东门和城东北角。同日，二十七师阎廷俊第八十旅与日军坂本支队在台儿庄以东发生了空前激烈的阵地战。冯安邦乘马督战。官兵视死如归，歼灭日军 600 余人，惨重地打击了日寇。此战第八十旅伤亡 800 余人，两名营长阵亡。

日军在战斗详报中写道："研究敌第二十七师第八十旅自昨日（1938 年 4 月 1 日）以来之战斗精神，其决死勇战气概，无愧于蒋介石的极大信任。凭借散兵壕，全部守兵顽强抵抗直到最后。宜哉，此敌于此狭窄的散兵壕内，重叠相枕，力战而死之状，虽为敌人，睹其壮烈亦将为之感叹。曾使翻译劝其投降，应者绝无。"[1]

---

[1] 日本防卫厅研究所战史室编：《中国事变陆军作战史》第二卷第一分册，中华书局 1979 年 10 月版，第 37 页。

　　据倪志本老先生回忆："在台儿庄巷战后期，日军曾一度集中兵力猛攻顿庄闸我独立四十四旅。日军战车30余辆，在飞机、大炮的掩护下，向我阵地猛扑。独立四十四旅伤亡惨重。当时，我随田军长及三十师师长张金照正在前沿阵地。张看到独立四十四旅力不能支，意欲后撤，即命令督战队：'前线官兵如有后退者，就地正法！'这次战斗，幸我战车防御炮第七连有两门炮随驻，当敌战车群冲到顿庄闸时，被我一战防炮手连发7炮，当场击毁6辆，1辆负伤，其余20余辆仓皇逃窜，奔回南坝子。这名炮手因此受赏120元，并被晋升为排长。"

　　4月4日，外围汤恩伯军团等已开抵台儿庄附近，对台儿庄构成大包围态势。五日，冯安邦令第二十七师阎廷俊再组成"奋勇队"，发动夜袭，攻占了台儿庄东北的孟庄、裴庄、邵庄、彭村、沧浪庙等地，日军向东北、西北两个方向清退。6日，日军主力为免后路被断，乃窜入峄县附近之獐山、龙山及税廓等坚固围寨内死守待援。7日，台儿庄城内之敌被彻底肃清，台儿庄战役取得决定性胜利。随后，冯安邦率四十二军进行了峄县追击战，于8日攻占了金陵寺一带，堵击逃窜之敌。14日，奉命夜袭福家庄和峄县南关，受阻。由于日军援兵已由津浦线南下，开到枣庄附近，台儿庄战役的最后一战——峄县追击战遂于4月中旬结束，第五战区由进攻转入防御。此后，冯安邦率

台儿庄城内阵地

战后的台儿庄火车站

二十七师阎旅在峄县以南监视当面之敌，并阻敌增援，断敌补给。5月5日，阎旅又与日军第十师团第六十三联队激战于泥沟西庄，毙敌大队长吉帜重治少佐以下400余人。

第二十七师第一五七团团附张国安随部渡过大运河在贾汪东北集结，立即投入阵地，构筑工事。当张国安率"奋勇队"夜袭敌寇时，因缺少重武器，就在空铁桶内燃放鞭炮，犹如机枪扫射声，虚张声势。又放火呐喊冲杀，吓蒙了的敌军慌了手脚，纷纷败退，我军乘胜追击，又夺回了阵地。4月8日拂晓，日寇纠合6个联队的兵力再度大举反扑，张国安率部沉着应战，多次打退敌军进攻。战斗中，张国安腿部中弹，仍侧身卧地击毙敌数人。突然，一颗重型炮弹在张国安身边炸开。跟日寇血战16个昼夜的张国安，血溅国土，粉身碎骨，为国捐躯。

第二十七师师部少校秘书于竹山作为师范学生出身，又在黄埔军校受过训，爱好歌曲。1938年初，在洛阳整训时，他便和二十七师师长黄樵松研究，决定在师里成立抗战歌曲队。黄师长即命他负责组建，定名为"陆军第二十七师抗战歌曲队"。每连选拔两名聪明伶俐有文化的战士，共120多人，集中师部、编为三个分队、九个班，挑选了三名优秀排长（牛乃超、郝长富、张书声都是黄埔洛阳分校毕业生）任分队长，于竹山任队长，还聘请了新郑中学音乐教师梁季仁、赵声先任教官。

关于歌曲队在台儿庄大战中的情形，据于竹山撰文回忆：

我们坚决要求去前线战壕里把歌曲唱给战士们听。实现他在新郑临别时对我们的期许。黄师长批准了我们的要求，并找来军乐队韩队长，要他带着军乐队配合我们一起去。当时黄师长勇敢坚定的豪迈行动，充分表现了中华民族保卫祖国，誓死抗日的气魄和精神，使我和歌曲队的同志们深受感动。参谋处长杜荫宗（字绍先，河北邯郸人。他在部队资格最老，故人称杜老帅）说："带着军乐队去战壕里唱歌，恐怕不合适吧，暴露目标会招来敌人的炮轰，要增加伤亡的。"黄师长却风趣地说："怕什么，我们奏军乐，唱战歌也让敌人听听，中华民族的抗战精神不可侮，他们打大炮正好给我们唱歌奏乐打拍子，我们武器不如人，要以旺盛的土气压倒敌人。放心去，打仗就不怕牺牲！"

当晚我把一份抗战歌曲讲义交给韩队长，选了其中有代表性的十几首歌曲，请他让军乐队演奏熟悉，以便配合演唱。次日下午我们便冒着敌人的炮击和飞机轰炸进入阵地。我们的行动也确实招来了敌人的疯狂炮击。但我们主要在夜间活动，敌人虽闻其声却只能盲目射击，我们损失甚微。这时前线正处于殊死苦战阶段，敌我伤亡都很大。我师防线在台儿庄右翼，对面之敌为板垣师团。倚托刘家湖，凭借飞机、大炮、战车的掩护，不但向我阵地发起猛烈进攻，企图突破我阵地，从东面包围台儿庄，配合从北面已突入寨内之敌，一举拿下台儿庄，即可长驱直下徐州。我军坚守阵地，昼夜奋战，战斗艰苦，局势紧张，师里已无预备队增加，夜里还要抽派兵力进入台儿庄协助三十一师坚守苦战。当此之时，我们的出现，不啻给艰苦奋战的战士在精神上增加了一支生力军，我们不断在战壕高唱战歌鼓舞士气，还用自己的枪和战士们并肩战斗，对准敌人射击，我们简直成了支援前线的预备队。师长每天根据战况给我们下达任务，哪里战况紧张就让我们到哪里去。我们沿着上村、桃沟桥之线跑遍了我师阵地。完成任务后返回师部时，只有歌曲队二人、军乐队一人和我被炮弹皮炸伤。我们的行动实现了黄师长用兵作战的理想，大大鼓舞了士气，加强了必胜的信念。

当时，刚弃学从戎在三十一师师部当差的刘寿彭，在听说师部再一次组织敢死队时，他和师部的参谋们纷纷要求参战。池峰城深情地对这些师部人员说："你们还年轻，以后自有为国家出力的时候，师部现在需要你们，诸位兄弟宜恪尽职守，保持和司令部及兄弟部队的通信联系，敢死队我自有安排。"说罢池师长组织了六个敢死队,他们一手拿大刀,一手提枪,腰间装满了手榴弹。

4月6日,汤恩伯在李宗仁的催促下率部形成对日寇的合围。绝境中的三十一师会同田镇南军长的其他两个师和冯安邦的四十二军全线出击,方圆十几公里的大地上杀声震天。日寇胆战心寒阵脚大乱,丢下日军的尸体不顾,全线溃败。战役刚一结束,池峰城对刘寿彭和师部人员说:"你们可以出去看看了,看看战场的惨烈吧,这就是战争。"

台儿庄战地实录

第二集团军孙连仲部战损高达 70%

看着战场上横尸遍野，残肢断臂随处可见，弹壳弹皮铺满了地面，血流成河的惨景。到处散发着刺鼻的血腥味，战场惨状触目惊心。刘寿彭含泪和师部人员一起掩埋好战友的尸体。

关于台儿庄战役前后的景况及第二集团军撤离台儿庄战场的经过，倪志本老先生在回忆中作了详细的记录：

战前，台儿庄是鲁南地区较为繁荣的一座商业城镇。经过这次战火破坏，到处是断壁残垣，死尸枕藉，硝烟弥漫，变成了一座废墟。战后倪志本随孙连仲、田镇南、池峰城陪同后勤部长俞飞鹏、中央军委杜高参以及慰问团团长郁达夫等人前往庄内视察慰问时，曾见到一位老太太从寨墙下面的一个小土洞中爬出，面黄肌瘦，连路都走不动了。站在北门瞭望哨上的士兵衣服褴褛，膝盖以下几乎全部裸露。在文昌阁南面，慰问团一行遇见4名士兵，不知从何处弄来一对铜钹和一面鼓，用力敲打，庆祝胜利。杜高参看到这一情形后，向他们伸出了大拇指，称赞士兵们扬威不屈的战斗精神。在文昌阁院墙下，敌我阵亡官兵的尸体相互重叠，大部分为7—9层，最高的一摞是11层，在院内，共有烧焦的日军死尸数十堆，其中在东墙根一土堆上，插有日本"陆军大尉伊藤敏雄火葬之地"的亡碑。

当时，第二集团军的补给来自武汉。矶谷师团在台儿庄败退后，日军又集结兵力对第五战区长官部徐州进行迂回包抄，由鲁西南下的日军占领黄口火车站，截断了陇海线，我军补给被断绝。津浦南线日军也渡过淮河，攻占皖北涡（阳）、蒙（城）各县。我第五战区长官部突破日军包围，撤至河南潢川。第二集团军总部在掩护卢汉六十军撤退后，也随张自忠部相继由徐州沿陇海线向西撤退。在黄口车站，张自忠部突围成功跳出日军包围圈。第二集团军未到黄口时，黄口已被日军完全占领，并设重兵防守，孙连仲组织突围，未能成功。于是，又转向灵璧，经洪泽至江坝。当时，撤到江坝的有孙连仲、王范庭、田镇南等人及总部特务营、三十军与四十二军的部分官兵。此时，蒋介石派飞机来接（机场在江坝与清江蒲之间），孙、田不忍抛下部队，后经倪志本等随从人员再三劝告，才含泪与参谋长王范庭三人一起乘飞机离去。当日下午五时许，四十二军军长冯安邦也突围到了江坝。吃罢晚饭，冯军长独自化装突围，倪志本等人则整顿部队继续突围。当时，总部特务营由蔡芪忱、曹汉杰和包参谋三人带领，三十军人员编成一个队由倪志本带领，四十二军人员也编成一个队由马子让带领，独立四十四旅人员编成一个营由尹瀛洲带领，同时还编有徒手队等共计约9个连的兵力。经盱眙至张八岭，在车站又与日军遭遇。该车站驻有日本炮兵两个中队。当时正值深夜，暴雨连天，日军疏于防守，被总部特务营二连（连长李楷庸）封锁包围，肉搏战中，特务营一连排长李承祥、班长徐忠义、战士李秀成、副官秦某某等5人受伤，消灭日军约一个班。刚突出车站，日军钢甲车即由南京方面开抵站内，若非深夜暴雨，我部损失将会更大。接着经定远、合肥、六安、商城突奔到潢川。此时，第五战区长官部设在潢川。李宗仁派副官处为倪志本等人带领的突围官兵寻找旅馆、备下给养，留他们休息了两天。尔后，倪志本等人带领队伍继续突奔到信阳，坐火车到达广水，各部归还建制。突围途中历尽艰险，用了两个多月的时间。

在广水休整后，部队又投入了保卫大武汉的战斗。

从台儿庄战场转赴后方

三、第三集团军及战斗序列

1937年8月，国民党军队进行整编，将西北军韩复榘第三路军扩编为第三集团军，原所属四个师及独立旅扩编为第十二、第五十五、第五十六三军。首任集团军总司令为韩复榘、副总司令为于学忠和沈鸿烈，下辖第十二军、第五十五军、第五十六军和驻防山东的东北军——第五十一军（于学忠兼），属第五战区指挥管辖，其中孙桐萱为军长的第十二军、谷良民为军长的第五十六军和曹福林为军长的第五十五军是其基本部队。

1938年初，韩复榘因对日作战不力被国民政府军事委员会下令处决，于学忠继任该集团军总司令，旋即又由孙桐萱代理。该集团军基本部队曾参加台儿庄会战外围作战。1938年夏，第三集团军调归第九战区指挥管辖，集团军总司令为孙桐萱，但因第五十六军番号撤销（其第二十二师编入第十二军，第七十四师编入第五十五军），而第五十五军加入第二集团军，第五十一军加入第三十一集团军，仅辖第十二军，后该集团军参加武汉会战。

1939年初，第三集团军调归第一战区指挥管辖，自此长期驻守河南。由于国民党政府对韩复榘旧部采取极不信任和限制、分化的政策，至1943年夏，第三集团军只辖有第十二军的第二十师、第二十二师、第八十一师。不久，孙桐萱被国民党政府借故撤职扣压，第十二军被编入中央嫡系汤恩伯的第三十一集团军，至此，原由韩复榘部队为主组成的第三集团军消失。

在整个台儿庄战役期间，第三集团军遵照第五战区的命令，以有力部队渗入到兖州以北地区进行游击作战，以配合台儿庄的作战：2月11日第二十二师曾一度攻入济宁城区，第八十一师也攻入汶上县城；3月23日，第八十一师夜袭兖州，歼敌一部，并将兖州以北铁路破坏；3月26日，第

中国军队与日军在台儿庄内激战

五十五军第二十九师炸毁大汶口铁路多处，使日军列车脱轨；3月29日，第八十一师又夜袭大汶口飞机场，炸毁敌机8架等。该集团军侯益振团长于4月13日在枣庄胡庄殉国。

第十二军是由西北军韩复榘部一部扩编组成。1929年5月，韩复榘叛冯投蒋，其一部改编为第三路军第二十二师。1930年3月，第二十二师扩编为第十二军，孙桐萱任军长，贺粹之任参谋长。下辖第二十二师（谷良民）。5月，该军在讨逆军第一军团的编成内，参加了中原大战，负责津浦路方面的作战等。同年11月，因该军作战不力被裁减。1931年初，国民政府军事委员会又以第三路军第六军第二十师与第十四军第八十一师合编组成新的第十二军，驻守山东兖州和潍县地区，仍隶属第三路军编成，以孙桐萱任军长，下辖：第二十师（孙桐萱兼）；第八十一师（展书堂）。

1937年8月，该军参加了津浦路北段沿线之作战。1938年6月，孙桐萱升任第三集团军总司令后仍兼该军军长，刘书香任副军长，隶属第三集团军。辖第二十师（周遵时）；第八十一师（展书堂）。同时，将撤销的第五十六军第二十二师转隶该军。1938年至1941年，该军先后参加了徐州会战、武汉会战、1939年冬季攻势作战和1941年豫南会战等作战。

1943年1月，孙桐萱被撤职扣压后，贺粹之升任军长，唐邦植、周遵时任副军长。辖第二十师（周遵时兼）；第二十二师（张侧民）；第八十一师（贺粹之兼）。1943年初夏，该军第二十师转隶蒋系暂编第九军，另将原第三十一集团军直辖暂编第五十五师（李守正）转隶该军。1944年秋，其第二十二、第八十一转隶第五十五军，暂编第五十五师转隶第八十五军，该军番号被裁减。

第五十五军前身是西北军第三路军韩复榘一部，军长曹福林，下辖：第二十九师（曹福林兼）；第七十四师（李汉章）。隶属第三集团军，该军组成后，奉命驻防鲁北惠民、齐东一带。

1937年底，该军隶属第一战区，参加了津浦路北段沿线的作战。1938年3月下旬，该军参加了台儿庄战役，赴滕县以北，参加了阻止日军增援台儿庄的作战。同年8月，该军编入第五战区第二线兵团，参加了武汉会战。武汉失守后，该军撤至湖北、河南的平汉线以西地区修养。

1939年4月至1944年秋，该军隶属第五战区第三十三集团军，先后参加了随枣会战，1939年冬季攻势作战、枣宜会战，豫南会战、第二次长沙会战、鄂西会战、常德会战和豫中会战等。

1944年秋，第十二军第二十二师、第八十一师改隶该军。此时，该军下辖：第二十二师（谭乃大）；第二十九师（荣光兴）；第七十四师（李益智）；第八十一师（葛开祥）。1945年，该军驻湖北均县时参加了豫西鄂北会战。

1945年8月，抗日战争胜利后，国民党军队进行整编，此时该军隶属第四绥靖区，驻防在河南商丘地区。曹福林任军长，米文和任副军长。下辖：第二十九师（荣光兴）；第七十四师（李益智）；第一八一师（张雨亭）。

1946年下半年，该军又改编为整编第五十五师，原军长曹福林改任师长。原第二十九、七十四、一八一师依次改称为整编第二十九、七十四、一八一旅。此次整编后，该整编师在冀鲁豫地区先后参加了陇海路中段战役、定陶战役、巨野战役、郓城战役、巨金鱼战役、豫皖边战役等作战。在上述战役中，该师整编第二十九旅、第一八一旅被人民解放军歼灭后又重建。

1947年3月起，国民党军队开始重点进攻山东和陕北战场时，该整编师隶属第四绥靖区，鲁西南地区战役中，该整编师的师部及所辖第二十九、第七十四旅被人民解放军全歼，师长曹福林逃脱，副师长理明亚被俘。

1948年9月，该师恢复第五十五军番号。曹福林任军长，米文和、许文耀、陈宇书任副军长，白耀先任参谋长。由郑州后撤淮南地区，途中与发起淮海战役的人民解放军遭遇，第一八一师被歼，副军长兼师长米文和被俘。

1949年4月下旬，人民解放军发起渡江战役后，该军由青阳、石棣南撤，经浙赣路向福建撤退。5月中旬，该军进入福建漳龙地区。同年8月至11月，该军在福州战役和厦门战役中，主力被歼，第七十四师师长李益智被俘，军长曹福林率残部乘船逃往台湾后，该军番号被撤销。

第五十六军前身是西北军第三路军韩复榘一部，军长谷良民，下辖：第二十二师（谷良民兼）；第七十四师（李汉章）。隶属第三集团军，该军组成后，奉命在鲁北驻防期间，参加了津浦路北段的抗战。

1938年6月，该军在参加鲁北地区防御作战中，由于丧失了周村、博山河防战略要地，导致全线崩溃。第三集团军前敌总指挥兼五十五军军长曹福林逼迫孙桐萱撤销了五十六军番号，谷良民被迫离开军界（后来去重庆、天津经商），所部二十二师并入十二军，第七十四师改隶第五十五军。

第三集团军战斗序列：

总司令：孙桐萱（代）

　　参谋部高参：王振声【黄埔高教班九期】

　　特务营营长：李勋甫【黄埔高教班、南京中央训练团将官班】

辖：第十二、五十五

第十二军

军长：孙桐萱（兼）

副军长：刘书香

　　参谋长：贺粹之

　　第二十师

　　师长：孙桐萱（兼）

　　副师长：周遵时【黄埔高教班五期】

　　　　参谋长：张测民

　　　　第五十八旅旅长：张清秀

　　　　　　第一一五团团长：刘泮水

　　　　　　第一一六团团长：王书鼎

　　　　第五十九旅旅长：赵心德

　　　　　　第一一七团团长：史大福

　　　　　　第一一八团团长：滕运荣

　　　　　　　　迫击炮连班长：耿　介【黄埔七分校十八期】

　　　　第六十旅旅长：孙学法

　　　　　　第一一九团团长：胡兴起

　　　　　　第一二〇团团长：孙正训

　　　　补充团团长：陈宇书【黄埔七期】

　　　　炮兵团运输队班长：赵绍祥【黄埔一分校（陕西汉中）十六期】

　　第二十二师

　　师长：谷良民（兼）

　　副师长：时同然

　　　　参谋长：李放六【黄埔三期】、王万青

　　　　第六十四旅旅长：时同然（兼）

　　　　　　　副旅长：刘青浦【黄埔高教班三期】

　　　　　　第一二七团团长：田海中

　　　　　　第一·二八团团长：杜秉海

　　　　　　第一二九团团长：葛开祥【黄埔四期】

　　　　第六十六旅旅长：薛明亮【黄埔高教班五期】

　　　　　　第一三〇团团长：孔祥昇

　　　　　　第一三一团团长：薛明亮

第一三二团团长：康占魁

第八十一师

师长：展书堂

副师长：张茂德

参谋长：刘崇武

第二四一旅旅长：运其昌

第四八一团团长：林凤军

第四八二团团长：张德蕴

第二四三旅旅长：唐邦植

第四八五团团长：陈延年

第四八六团团长：赵廷璧

第五十五军

军长：曹福林

副军长：许文耀【黄埔高教班四期】

第二十九师

师长：曹福林（兼）

副师长：荣光兴【中央训练团党政班五期】

参谋长：樊殿杰【黄埔教官】

第八十五旅旅长：王士琦

第一六九团团长：侯兆麟

第一七〇团团长：刘玉荣

第八十六旅旅长：陈德馨

第一七一团团长：张传曾

第一七二团团长：高蓝田

第八十七旅旅长：荣光兴（兼）

第一七三团团长：靳殿邦

第一七四团团长：史占一

第七十四师

师长：李汉章

副师长：王毓璋

参谋长：王念根、杨景环

第二二〇旅旅长：李益智

第四三九团团长：江保元

　　第四四○团团长：富国曾、郑万良【黄埔高教班四期】

　　第二二一旅旅长：马贯一

　　第四四三团团长：黄俊芳

　　第四四四团团长：郭其瀋

参战的还有二十二师营长：罗先之【黄埔七期】

手枪旅旅长：吴化文

参谋长：赵树桂

　　第一团团长：贾本甲【黄埔高教班五期】

　　第二团团长：于凤军、张德荣

四、第三集团军黄埔师生济宁汶上、枣庄战斗

　　1938 年 2 月，为确保徐州地区的安全，李宗仁命孙桐萱部（原韩复榘的第三集团军），向运河以东推进，袭击济宁、汶上的日军据点，以牵制敌人主力。孙桐萱部第二十二师于 2 月 12 日晚由大长沟渡运河，14 日晚有一小部攀登入济宁城，双方短兵相接，血战数日，终因敌我双方力量悬殊，入城部队伤亡极大，17 日晚撤至运河西岸。

　　与此同时，第十二军八十一师也直取汶上，于 12 日晚由开河镇渡运河，一部由城西北攻入汶上城内，与日军进行激烈巷战，终因人少势弱，损失严重，13 日奉李宗仁之命撤向运河西岸。19 日，日军攻陷安居镇，22 日突破曹福林第五十五军阵地。25 日，日军突破杏花村阵地，守军被迫撤至相里集、羊山集、巨野一线。但李宗仁在这一线布置大量兵力，不断侧击北段南下之敌，使敌军在这一带徘徊不能南进，暂时稳定了战局。

　　2014 年，山东省唯一在世的参加过台儿庄大战的抗战老兵耿介，七七事变时，正在山东省立四中读书，于是他投笔从戎，加入了第三集团军第二十师五十九旅一一七团，成为迫击炮连的一名战士。他参加的首战是在德州桑园车站的对日阻击战，他从济南白马山、党家庄，到大汶口、曲阜、兖州，随部队四处征战，在台儿庄战役中，耿介所在的连，打到最后仅剩下了七八个人。几个月后又参加了武汉会战。1939 年，耿介被保送到黄埔军校。

五、黄埔人物（六）

（139）曹辅民

曹辅民（1920—？）安徽省淮北市孙町镇孙町村人。黄埔军校八分校（湖北均县）毕业。

幼年上过私塾，后在安徽省宿县读高小，1936年毕业。适逢孙连仲第二集团军来宿县招募兵源，他便报名参加。第三十一师师长池峰城因他年龄小、有文化、脑子机灵，安排他在师部接听电话、译电报、管理地图等。

1938年3月，他随三十一师开赴台儿庄前线。他的主要任务是接转电话和看管地图。

台儿庄战役后，他随三十一师撤到桐柏山区休整。

为了到第一线打鬼子，他主动要求到九十一团三营机枪连当排长。后到第二集团军许昌干训所学习。1938年6月至10月，他跟随部队参加了武汉保卫战。

1939年5月，参加随枣会战中的当阳战役。1940年5月至6月，参加枣宜会战。他历任机枪排排长、连长、营长、上尉参谋等职。1941年，郑州战役后，被保送到湖北均县黄埔八分校学习深造，军校毕业后回到军部任少校部员，负责征兵工作，直到抗战胜利。

抗战胜利后返乡，结束了从军生涯。

1958年，由于是国民党旧军官的缘故，被送到黄山茶林场劳改5年，1963年遣返回家，"文革"期间，再次被管制。1988年，当地政府给他落实了政策，每月享受安徽省黄埔同学会的生活补助金260元。

2014年5月10日，在春雨蒙蒙中，94岁的曹辅民坐着轮椅，在"1213"关爱抗战老兵志愿者安徽淮北团队和小儿子的陪护下，从安徽省淮北市孙町镇孙町村奔波3个多小时，专程来台儿庄祭奠战友。

在台儿庄大战纪念馆，看着图片，他回忆说："二十七师黄樵松师长穿的是马裤呢，和别人的不一样。屈伸参谋处长喜欢穿马靴，王冠伍的下颚肥大。我们的池峰城师长喜欢打篮球，师里成立了篮球队，我是队员，每次军里搞篮球比赛我们都是冠军。当时篮球队队员里有个地下共产党，名字叫沙振海，每次军里开运动会，他都能拿到多项冠军，池师长对他不错。沙振海和我关系也很要好，他曾经要把他妹妹许配给我。"

在放有大刀片的展柜前，他眼睛湿润了，说："这就是我们的大刀，西北军每个战士都背一把大刀，把上系着红缨子，我们就是靠大刀砍杀鬼子。"说到这里，他不由自主地唱起了《大刀进行曲》："大刀向鬼子们的头上砍去，二十九军的弟兄们，抗战的一天来到了，抗战的一天来到了……"

参观完展室后，曹辅民老人的心情久久不能平静，在休息室里，他又回到了当年的峥嵘岁月。"台儿庄战役后，我们师只剩下 200 多人，撤到桐柏山区休整。"

回忆到动情处，他不由地唱起了黄埔军校校歌：

怒潮澎湃，党旗飞舞，

这是革命的黄埔。

主义须贯彻，纪律莫放松，

预备作奋斗的先锋。

打条血路，引导被压迫民众，

携着手，向前进……

离开台儿庄大战纪念馆时，在留言簿写下："老兵自知夕阳短，有心无力难奋蹄。但愿祖国繁荣盛，哪怕倭鬼乱放屁。"的留言。

（140）陈宇书

陈宇书（1908—1995.10.4）河北高阳人。黄埔军校第七期步科、德国步兵学校、陆军大学特别班第五期毕业。

1925 年，投笔从戎，加入西北军。1926 年春，任西北陆军暂编第一师（师长韩复榘）第二旅（旅长程希贤）第四团（团长张振和）第二营第五连排长，随部参加大同战役并负伤。痊愈归队后，被调到国民军东路军总司令（鹿钟麟）部任侍从副官。1927 年，任国民革命军第二集团军（总司令冯玉祥）东路军总司令（鹿钟麟）部手枪营营长。参加对直鲁联军的柳河战役。1928 年 7 月，参加第二集团军留学德国军官考试，被录取后赴德国陆军步兵学校就读。1932 年 3 月，毕业回国。任中央陆军步兵学校教官、组长等职。

抗日战争爆发后,任第三集团军(总司令韩复榘)第十二军(军长孙桐萱兼)补充团团长，参加济宁战役。1938 年 7 月，任第三集团军总司令（孙桐萱）部副官长。1940 年 7 月，入陆军大学特别班第五期学习。1942 年 7 月毕业，任第三集团军（总司令孙桐萱）第十二军司令部参谋长。1943 年 6 月，任第二十二师副师长兼政治部主任。参加中原会战之襄城、禹县阻击战。1945 年

7月，任第五十五军（军长曹福林）第二十九师（师长荣光兴）副师长，率部参加豫西会战、鄂北会战。

抗日战争胜利后，任整编第五十五师（师长曹福林）第二十九旅（旅长荣光兴）副旅长。1946年11月，任整编第五十五师（师长曹福林）参谋长。1948年9月22日，授陆军少将。部队恢复军编制后，任第五十五军副军长兼参谋长。率部在长江南岸铜陵、贵池等地与人民解放军作战。1949年10月，从福建厦门撤往台湾。

1952年9月，任台湾"国防"大学兵学教官。后入台湾陆军指挥参谋大学将官班第七期受训。1953年3月，任台湾陆军总司令部作战计划委员会委员兼陆军发展研究室主任。

1995年10月4日，台北荣民总医院逝世，享年87岁。

（141）池峰城

池峰城（1903.12.8—1955.3.16）　原名凤臣，字镇峨，河北景县人，中央军校高等教育班第二期、西北军学兵团肄业，陆军大学甲级将官班第一期、庐山中央军官训练团将官班毕业。曾获颁四等宝鼎勋章、青天白日勋章、四等云麾勋章、三等云麾勋章。著名抗日英雄。

1920年起入西北军冯玉祥部陆军第十六混成旅当兵，任排长、连长。1927年后任国民革命军第二集团营长，中原大战后，任国民党政府军陆军第二十六路军第三十一师师长。1936年1月叙任陆军少将，同年10月晋升陆军中将。

抗日战争爆发后，曾任第二集团军第三十一师师长，于1939年3月升任第二集团军第三十军中将军长。1943年任第五战区鄂豫边游击总指挥。1945年后任第三十七集团军副总司令，第六战区长江上游江防军副总司令、第三十三集团军副总司令等职。先后参加台儿庄会战，徐州会战，武汉保卫战，枣宜会战。

解放战争中，1946年起任第二军军长兼宜巴要塞守备司令，国民党军保定警备司令部警备司令、国防部中将部员，河北省政府代主席，华北"剿总"中将高参，1949年1月策动军统北平站长徐宗尧投诚，率所部参加北平和平解放。同年4月1日因"历史遗留问题"被关押受审。

1955年3月16日在北京监狱病逝，终年52岁。

1983 年 5 月 21 日，北京市公安局予以平反。

"对池峰城问题的复查结论（88）京公预复字第 3 号"

经复查：池峰城于北京解放前即与我党建立联系，对革命做出一定的贡献，属起义投诚人员。根据"既往不究"的政策，对池峰城的历史问题不应加以追究。据此，撤销原北京市公安局一九四九年四月一日关押审查的决定，予以纠正。

（142）戴炳南

戴炳南（1906.12.15—1949.7.8）　字瞻衡，山东即墨人。中央军校高等教育班第九期，西北军军官学校高级班第一期、陆军步兵学校第一期。曾获颁忠勤勋章、胜利勋章、四等云麾勋章。国民政府追授其为陆军中将。

历任第三十一师第九十一旅第一八一团团长、第三十师副师长及代理师长、任整编第三十师第三十旅副旅长、整编第三十师第三七旅旅长、第三十军第二十七师师长，1942 年秋，其所部接受日本华北驻屯军改编为"皇协军"，两年后，投靠阎锡山的晋绥军。1948 年 11 月，因出卖军长黄樵松晋升为第三十军军长。1949 年 5 月 2 日，在太原俘虏，7 月 8 日被枪决。

第三十军军长黄樵松为了给三十军在黑暗之中寻求一条生路，决定阵前起义。起义的前一天，即 1948 年 11 月 3 日，他向深受其信任的第二十七师师长戴炳南宣布了起义计划。戴炳南已跟随黄樵松 16 个年头，从营长、团长一手提拔到师长，深得黄的信赖和重用。但听了起义计划的戴炳南却陷入了剧烈的思想斗争之中。戴炳南的祖父和父亲都曾在山西供职，阎锡山常说戴炳南和他是父一辈子一辈。

于是，他找来他的结拜兄弟、第二十七师副师长仵德厚商议对策。最终二人决定告密。

11 月 3 日晚上 11 点，戴炳南赶到绥靖公署，唤醒已经入睡的阎锡山，跪陈了黄樵松的起义计划并表示自己要坚决效忠党国。阎锡山立刻以紧急召开军事会议的名义，电话催请黄樵松，并派车将他接到绥靖公署。从黄樵松的身上搜出了徐向前、高树勋的信件。次日早晨，入城谈判的解放军代表晋夫和随行的侦察参谋翟许友也被捕。

原来，10 月 31 日，黄樵松派遣他的谍报队长王震宇和谍报队员王玉甲穿越火线，来到华北野战军第一兵团八纵阵地接洽起义事宜。徐向前接到由八纵转交的黄樵松的信件之后，回信一封，并派遣政治部主任胡耀邦和高树勋将军连夜与王震宇进行了会谈。会谈结束后，胡耀邦准备携带徐向前和高树勋的回信亲自随同王震宇进城与黄樵松面谈，出发时又改成了八纵参谋处长晋夫[1]。胡耀邦回忆说，当时他把亲自进城的想法向徐向前司令员在电话中汇报后，徐向前认为没有必要亲自去，因而改派晋夫以军团政治部宣传部长的身份，带侦察参谋翟许友以警卫员的身份进城。

但是，由于戴炳南、仵德厚、欧耐农、仝学曾的告密，晋夫等人一进城，就落入阎锡山的魔爪。他们以为晋夫就是胡耀邦，是国民党在内战中捕获的最高级别的共产党人，阎锡山逮捕了黄樵松、晋夫。1948 年 11 月 6 日，阎锡山按照蒋介石的电令，将黄樵松、晋夫等人经北平飞解南京。蒋介石令军法监理部与南京卫戍总部联合组成特别法庭审讯，要晋夫承认他就是胡耀邦。晋夫冷笑不答。11 月 27 日深夜，蒋介石即指令组织国民党国防部特别法庭进行了两次会审，以"率部投降共军"的罪名，判处黄樵松、王震宇死刑，以"煽惑军人逃叛既遂罪"，判处晋夫死刑，三人均拒绝在判决书上签字。

1948 年 11 月 27 日，不屈的晋夫与黄樵松、王震宇三人被枪杀于南京江东门外中央军人监狱刑室。晋夫同志牺牲时年仅 31 岁。晋夫 1937 年参加八路军，历经战争考验，是个很有前途的指挥员。由于徐向前的意见，胡耀邦同志幸免于难，晋夫却代胡耀邦走上了刑场。每每忆起此事，胡耀邦同志总是难过地说："想想他，我有什么理由不努力工作呢！"

黄樵松军长在就义前，面对敌人的屠刀，写下了《绝命诗》："戎马仍书生，何事掏虎子，不愿蝇营活，但愿艺术死。"临刑时他以国民党员的身份高呼："南京解放万岁！全中国解放万岁！毛泽东万岁！"

三人就义后，黄樵松的妻子王怡芳出重金买通狱卒运出三人遗体，置棺立碑安葬于莫愁湖畔。

出卖黄樵松之后，戴炳南很快就被提升为第三十军军长，阎锡山还一次奖赏他三万元现金。不久，阎的亲信出面介绍他与雅号"哈德门"的女子潘德荣结婚。

黄樵松起义虽未成功，但在守军内部产生了很大影响。在外围作战中，

---

[1] 晋夫（1917—1948） 原名吕晋印，河南洛阳人，抗日战争爆发后参加了共产党的抗日武装。1947 年 8 月 1 日，第一兵团第八纵队成立，晋夫担任参谋处长。

共有 5400 多名守军起义。

一年后，周士第率领的第十八兵团，即原来的徐向前兵团，在成都战役中巧遇从临汾战役中逃离的黄樵松旧部。悲剧没有再次重演，这支部队最终在老军长鲁崇义的率领下起义。

太原战役结束后，当年出卖黄樵松的戴炳南，是被太原前线司令部宣布的五名主要战犯之一。戴炳南自知罪行深重，难逃制裁。于 4 月 22 日下午，派部下谎称他在从公馆到前线指挥作战的途中，被解放军炮火打死在街上，并让妻子为他准备丧礼。然后逃到了太原市开化寺阴阳巷二号院潘德荣的姐夫高尊愈的家中。5 月初，戴炳南的卫士在俘虏营被人检举出来，突审后交代了戴炳南假死的真相。

太原市公安局派员赶赴高尊愈家中，将在壁柜下暗藏了八九天的戴炳南逮捕。之后，戴炳南被太原市军事管制委员会特别法庭判以"反革命"罪被执行枪决。

（143）董树桢

董树桢（1909—? ）别字青萍，河南尉氏人。南京中央军校军官训练班第一期（比叙第七期）毕业。

1926 年，加入冯玉祥部西北军。1930 年，任第九军（军长高树勋）司令部手抢队分队长，第二十六路军第十九军上尉警卫连长。1932 年，任第二十六路军总部干训所学生队长、辎重连少校连长，第三十一师一八二团团附，参加徐州会战。历任第三十一师教导队长，师部警卫营长，第七十九团副团长。1944 年，任第三十一师九十三团上校团长，兼江防石牌要塞副指挥官。1945 年初，调任第六十七师副师长兼二〇一团团长。同年 10 月，随高树勋在河北邯郸起义。后任民主建国军特务团团长兼民空建国学院教育长。1946 年初，派返原部队进行秘密策反工作，任第三十军三十师副师长兼八十九团团长。

1948 年 12 月，调任第一四四师副师长兼四三二团团长，在重庆，秘密加入民革。

1949 年底，在四川什邡率部起义。

1950 年冬，复员返原籍。

1952 年 9 月，分配至河北省农林厅（局）工作，后定居保定市。

（144）樊殿杰

樊殿杰（1888—1943） 号子英，河北河间人。毕业于保定陆军军官学校第二期炮科、陆军大学第六期。与张申府等一起为黄埔军校教官。

历任山西陆军辎重教练所教官、国民联军军事政治学校教育长、第二集团军第九方面军第十八军参谋长、第二集团军军官教育团教育长、第二十九师参谋长、北方军校炮兵科科长等。1936年2月5日授少将衔。

（145）冯安邦

冯安邦（1884—1938.11.3） 字化民，号恩善，山东无棣人。中央军校高等教育班第二期。抗日将领。在抗战中，任国民革命军第二十七师师长、第四十二军中将军长等职。率部参加娘子关、台儿庄等战役，获青天白日勋章。1938年底，在扼守大别山的战役中，与日军血战五十余日，歼灭大量敌人后，于11月3日，奉命由大别山向襄阳转进，刚抵达襄阳就遭日机轰炸，不幸重伤遇难，壮烈殉国，时年54岁。

1940年9月25日，国民政府发布了褒奖令，表彰冯安邦"奋迹戎行，战必先驱"的抗日功勋，按陆军上将阵亡抚恤。

冯安邦身材魁伟，勇武过人，性格朴实，治军严明。尤其值得赞赏的是，由于长期服役于西北军，深受冯玉祥先生爱民思想的熏陶，冯安邦热心于赈济贫困，尽力于慈善教育。每到一地，常组织部队协助百姓耕作收获，修筑道路等。自己薪俸所入，也常常悉数捐出，接济寒苦或创办学校。殉国后，家无余财，遗族生活均靠僚属们集资安顿。为了纪念他，当时赣南的永丰、湘西的慈利、鄂北的应山等地都筑有"化民桥"。

冯安邦牺牲后，遗体被运回故里，家中竟无钱安葬。他生前的同僚们得知后，大家凑钱为冯安邦料理了后事。蒋介石闻讯后，大为感动。国民政府特令发给治丧费一万元，照准给其按上将阵亡抚恤。

冯安邦先世以耕读传家，在乡间很有声望。青年时代，正值清末，民不聊生，他只得远走他乡，入伍为兵。民国后，转隶第十六混成旅冯玉祥麾下。

历任骑兵营排长、工兵营连长、营副，参加冯玉祥发动的首都革命时，晋升营长。1926年，五原誓师后，任第一师工兵团团长，翌年夏，晋升第十六师第四十八旅旅长，旋调任第三混成旅旅长，隶孙连仲麾下。

1929年，陇南之役后，因功擢升为第二十六师师长，并代理宁夏省主席。

1930年，蒋冯阎大战中原时，冯安邦部隶庞炳勋第二路军，反蒋作战；10月下旬，冯安邦随孙连仲投蒋，所部被编入孙之第二十六路军，调鲁西驻扎。

1931春，冯安邦随第二十六路军由山东开往江西兴国、瑞金、宁都一带，参加对工农红军的"围剿"。

1933年初，奉命入南京中央陆军军官学校高级班受训。结业后，返回江西。

1934年，蒋介石令二十六路军开往宜昌、宜都一带，"围剿"湘鄂边区红军。冯安邦部奉派公安、石首参加"围剿"作战。1935年，调往江苏淮阴一带整训。

七七事变爆发后，二十六路军即接到开赴保定、石家庄集中，支援第二十九军保卫平津的命令。冯安邦慷慨激昂地表示："杀敌报国，就在此时！贪生怕死，保存实力的军人，是国民革命的败类，不算是炎黄的子孙"！北上后，冯安邦率第二十七师布防于北平以南琉璃河一线。八月中旬，日军在攻占北平后，沿平汉路南下，第二十师团向二十七师阵地发起攻击。冯安邦指挥官兵应战，多次挫败其攻势。

九月十八日，二十七师奉命撤离琉璃河，退往石家庄休整。九月下旬，受命担任平汉线以南、滹沧河北岸一线的守备。九月三十日，第二十六路军被扩编为第二集团军，孙连仲任总司令，冯安邦升任第四十二军军长，辖第二十七师（兼师长）和独立第四十四旅。开始了抗日救国辉煌人生。因台儿庄大战功勋获青天白日勋章。

新中国成立后，民政部编《中华英烈大辞典》，已将冯安邦作为全国著名英烈列入其中，20世纪90年代入无棣县革命烈士陵园英名册。

2006年8月28日，无棣县人民政府在冯安邦故居（无棣县海丰路27号）建立冯安邦纪念馆。馆内有冯安邦将军半身汉白玉雕像，雕像基座前面是国民党名誉主席连战题词的"冯安邦将军"。

（146）葛开祥

葛开祥（1901—1968.12.18）　字瑞征，安徽蒙城人。黄埔军校第四期。

早年在国民革命军西北军任职，1938年任第三集团军第十二军二十二师六十四旅旅长，参加徐州会战、武汉会战，1939年任第十二军二十二师少将步兵指挥官，1940年任第三集团军总部副官处代处长，1942年任第十二军八十一师副师长，1943年1月任第十二军八十一师师长，1944年秋任第五十五军八十一师师长，参加豫中会战，1945年3月参加豫西鄂北会战。

抗战胜利后，任第六十八军八十一师师长，1949年5月3日在江西弋阳率部起义。后任解放军南京军事学院训练部教研室主任，河南省人民政府参事，民革河南省委委员，河南省政协委员。

1968年12月18日病逝，享年68岁。

（147）耿 介

耿 介（1915—　）　字爽直，又名连奎，号埔介斋，山东无棣县棣丰街道河沟村人，祖籍沾化县。黄埔军校七分校（西安）第十八期步兵科。

七七事变爆发时，在山东省立四中读书的耿介毅然投笔从戎，参加了国民革民军第三集团军第二十师第五十九旅一一七团，成为迫击炮连的一名战士，后为上士班长。参加的首战是在德州桑园车站的对日阻击战。1938年3月，耿介所在部队接到参加台儿庄会战的命令，他随部从济南白马山、党家庄，到大汶、曲阜、兖州，四处征战，耿介所在的连，打到最后仅剩下了七八个人。其后，又参加了武汉会战、开封战役等诸多战斗。

在台儿庄和武汉等地对日作战时，耿介几经生死。其中，有一次是在负伤昏迷数日后才被发现抬离火线。开封战役后，耿介考入黄埔军校第七分校期步兵科，毕业后又随军转战大江南北。西安军校读书期间，耿介因功夫高强、综合素质过硬，在蒋介石前往西安分校视察时被任命负责蒋寝室安全保卫。

1947年转地方工作，一生戎马，酷爱书画，经60多年的研练形成自己的书画风格。

1948年，因曾在河南汲县担任过代县长，耿介被判入狱，小女儿时年4岁，后其辗转回到山东老家。"文革"时，老人又屡受冲击，于1978年平反。

1980年夏，耿介为了不给政府增加额外负担，婉拒了有关方面给其生活安置的安排，在朋友介绍下到聊城市古城区，靠书画为生，在聊城生活了30余年。2011年，被女儿从聊城接至家乡无棣县城居住。烽火连天的岁月，战事间歇练习书画成了耿介唯一嗜好，并影响了他大半生。其书画作品和个人事迹曾被《山东统一战线》《大众日报》等媒体进行过详细报道。

1987 年批准为黄埔同学会员，1989 年北京市、河北省黄埔同学会首次举办《黄埔书画摄影展》，特邀作品《老牛明知夕阳短》被选入《黄埔书画摄影选集》。1990 年的黄埔同学会特邀参加建校 66 周年《黄埔书画摄影展》筹备及展出工作。获得先进积极分子荣誉称号。

1993 年参加了台儿庄大战 55 周年国际学术研讨会建馆落成典礼书画展，作品《誓死不当亡国奴、彻底打败日本侵略者奋战到底》得到社会好评。

1995 年纪念中国人民抗日战争胜利暨世界反法西斯战争胜利 50 周年，作品收藏于抗日战争胜利纪念馆。1996 年广西壮族自治区举办首届《海峡两岸书画名家精品大展》书法作品《一国两制架金桥》荣获优秀奖，台北九天书画院珍藏。1997 年老人出版了《耿介书画集》，其书画作品多次在国内外获奖。

2001 年特邀参加广西、香港、澳门、台湾四地市联办的《海峡两岸纪念辛亥革命九十周年》作品入选《书画集》，2001 年省统战部举办的统一战线纪念共产党建党 80 周年书画展，选入书画作品集，《黄埔》杂志多年刊载他的书画作品。

黄埔十期同学会赵纯佑老人以对联形式高度概括了耿介生平：

> 昔日投笔从戎，鏖战沙场，枪林弹雨，
> 出生入死，一样青山得失，从不耿怀内。
> 今朝改革开放，龙腾虎跃，莺歌燕舞，
> 扬眉吐气，依然春水东流，毫无介意中。

2013 年，山东省开展"寻访山东抗战老兵"活动，7 月 12 日上午，记者来到无棣县中医院探望 98 岁的抗战老兵耿介。他精神很好，并说："你们来看我，比吃什么药都强，我又得多活好几年！"当听闻民政部最近对原国民党抗战老兵纳入优抚范围的消息后，他觉得："这是对我们的最大肯定。"记者将齐鲁公益联盟提供的五千元资助金交到耿介手中时，他婉拒说："我不怕牺牲流血，我只怕没人能记得我们。你们给我捐款，我承受不起……"

据悉，耿介是 2014 年 11 月本书截稿时，山东省内唯一一名在世的参加过台儿庄大战的黄埔抗战老兵。

（148）韩世俊

韩世俊（1908—1971） 字子杰，陕西省长安县人，黄埔军校高教班第四期。

幼年入长安养正小学启蒙，后入西安一中就读。因家境贫寒，高中未毕业，即投考陕西军官训练团，期满入冯玉祥部陆军第十一师工兵营。先后任司务长，排长，连长，营长，参加过北伐，在彰德战役中，因功升任团长，1935年入中央军校高教班第四期受训，结业后，调任第三十一师参谋处处长，不久改任该师第九十一旅第一八二团团长。

抗战爆发后，奉命北上参加河北房山，涿州及山西娘子关之役，1938年3月，随部参加了台儿庄会战，指挥部队防守火车站地区，在与日军激战中，腿部受伤不下火线。伤愈后归队，参加了武汉会战，腰部腿部再次受重伤。为能够早日伤愈重返前线，他强忍剧痛，将右大腿肉剜下，补左腿伤处。伤口刚好，即重返部队，在河南、湖北等地，继续与日军展开激战，多次重创敌人。

1940年任第一四三师副师长兼政治部副主任，后入中央训练团新闻人员高级干部训练班受训。抗战胜利后，任第三绥靖区政工处少将处长，南京市民政局局长。

1949年到台湾，历任东南军政长官公署政治部第一处少将处长，"国防部"总政治部第七组组长，陆军总政治部少将副主任等职。

1971年在台北市病逝，享年63岁。

（149）侯象麟

侯象麟（1903—？） 字瑞生，河南宁陵县人，中央军校高等教育班第二期。

早年参加西北军，1927年参加北伐战争，任营长，后入中央军校高等教育班第二期学习，1934年毕业后任第二十六路军第二十七师第七十九旅第一五七团团长，随部调赴江西参加对中央苏区的"围剿"。卢沟桥事变爆发后，指挥部队在河北保定地区，山西娘子关等地抗击日军进犯。1937年冬，在山西赵城县（今洪洞县赵城镇）升任第二十七师第八十旅旅长，次年3月，奉命开赴徐州，参加台儿庄会战。1946年，任豫东"剿匪"总指挥并代理行政督察专员，1948 年 3 月，当选为第一届国民大会代表。去台湾后，任"国民大会"宪政研讨委员会委员及"光复大陆设计研究委员会"委员等职。

1978 年，台湾纪念台儿庄大捷 40 周年时，居台的侯象麟专门撰写了《第二集团军台儿庄战役实录》，发表在台湾《传记文学》第三十二卷第四期。

（150）黄鼎新

黄鼎新（1901—1959）　号足三，湖北谷城县冷集镇煤炭乡黄家坪村人，黄埔军校第三期步兵科、苏联莫斯科中山大学、陆军大学特二期、中央训练团将官班。

黄鼎新出生在一个贫困的农民家庭，黄氏年幼聪明伶俐，读书过目不忘，聪慧过人，深得在谷城传教的洋教士喜欢。洋教士刻意培养他读书，1924 年在谷城育英中学（早年鄂北有名的教会中学）毕业后经过洋教士介绍到武汉深造，黄氏到武汉后看到报上有黄埔军校招生的消息，就萌发从军报国的愿望。1924 年底黄氏从武汉坐船到上海再乘船转到广州报考黄埔军校。1925 年黄埔军校结业后入苏联莫斯科中山大学留学四年。在莫斯科中山大学读书时期和历任国民党中央军校毕业生调查科主任、军事委员会委员长侍从室秘书、第三处副主任、中央党政军联席会议秘书处秘书长时，曾参与组建复兴社，并在贺衷寒接任第二任书记前短暂代理书记；与时人将其视为蒋的"十三太保"之一的萧赞育、中共大叛徒叶青三人同居一室。

1927 年 4 月任河北民团军政治处处长（此处存疑，根据黄鼎新的亲堂弟 94 岁的黄灿新 2010 年 10 月 9 日口述黄鼎新在苏联留学四年），1930 年 5 月任训练总监部政治训练处第一科科员。

1932 年毕业于陆军大学将官讲习班第二期，3 月任第二十七师政训处处长。

1935 年 1 月任第三十一师第九十一旅旅长，1938 年 2 月调任第三十师第八十九旅旅长参加鲁南台儿庄会战，防御日军左翼进攻。

1939 年 12 月 16 日叙任国民革命军少将军衔，1942 年 4 月任苏鲁豫皖边区总司令部高参，1943 年 3 月任豫北游击司令部司令，辖 6 个游击大队。1945 年 3 月毕业于军官训练团第二期。1947 年 3 月任保定绥靖公署新闻处处长，是年毕业于中央训练团将官班，同年 7 月退役。

新中国成立后，黄氏没有去台湾，因为在保定绥靖公署的少将新闻处处长任上，目睹了国民党的衰败和腐败，当时绥靖公署在1947年9月发生共谍案，谢士炎等被捕，很受触动。再加上黄氏自己没有和共产党直接作战，没有血债。黄氏在冷集老家也没不好的名声，所以，决定留居大陆，回谷城老家务农。

黄氏回到老家后，各种政治风雨接踵而至。活过了镇反，在三年自然灾害的第一年中，黄氏饱受精神折磨和生活压迫，于1959年病逝，终年58岁。

（151）黄宗颜

黄宗颜（1900—1949） 号香甫，山东曹县人。庐山军官训练团第一期。

陆军第十一师学兵团毕业。1932年11月任第二十七师八十旅一六〇团上校团长，1934年6月调任第二十七师补充团团长，1937年11月调任第二十七师八十旅一五九团团长，1938年1月任第二十七师八十旅副旅长，4月任第二十七师七十九旅旅长，1939年11月部队撤旅之后，投靠日伪张岚峰部，1940年8月任伪和平救国军第一军总参议，1943年10月任伪和平救国军第一军副军长、代军长。

1945年抗战胜利后，随张岚峰接受国民党改编，10月任国防部新编第三路军副司令，1946年4月任暂编第四纵队副司令，1947年1月张岚峰被俘，7月任暂编第二十四师师长，1948年9月任第四十六师师长，10月任第五军副军长，1949年1月在淮海战役中阵亡，时年49岁。

（152）贾本甲

贾本甲（1905—1949）字晓东，山东寿光县人。山东省青州中学毕业，中央军校高教班第五期毕业。

1925年7月，考入西北陆军干部学校工兵队学习。1926年8月，国民军在南口大战失利，师生随军撤到内蒙古的包头，全体学员提前毕业，与部分学员继续西撤到五原，在新成立的国民联军军事政治速成学校继续学习。时值冯玉祥发动五原誓师，同年11月，被分发到国民联军第六路军韩复榘部，先后任差遣、参谋等职。与吴化文、傅瑞瑗等在参谋长李树椿手下共事。

1929年3月，调任第三路军手枪团（团长雷太平）第一营（营长谢书贤）

少校连长。1930年3月，手枪团扩编成手枪旅，任手枪旅（旅长雷太平）第一团（团长谢书贤）第二营中校营长。1933年1月，谢调任鲁南民团军指挥，贾本甲升任手枪旅第一团团长。直至抗战军兴。

1936年10月，入中央军校高教班第五期受训，1937年8月，毕业。

七七事变爆发后，日军沿津浦线南下，占领鲁北地区。贾本甲率手枪队保护韩复榘赴前线督战，途中与日军装甲车队遭遇，贾本甲奋力掩护韩复榘突出重围，本人腿部受伤。抗战期间，任第二集团军（总司令孙连仲）参谋处作战科长。1946年，任新编第十师副参谋长。1947年，任整编第八十四师（师长吴化文）副参谋长。1948年8月21日，第八十四师扩充为第九十六军，贾本甲任该军副参谋长。

济南解放后，随部队参加了淮海战役，不久因病离职，在中共华东军区山东分局的所在地青州疗养。

1949年春，在山东省人民医院病逝，时年44岁。

（153）李放六

李放六（1892—1953）　又名壹名，字仁厚，四川安岳人。黄埔军校第三期、陆军大学特别班第二期。

曾任军事委员会江西特别训练班教育科长，1938年任第五十六军少将参谋长，后任四川省保安第三旅旅长，1940年任川康绥靖公署第一处处长。1943年11月任四川省第八区（酉阳）行政督察专员兼保安司令。1946年任四川省第十五区（达县）行政督察专员兼保安司令。1949年8月兼任川东游击总指挥，12月15日在四川达县被俘虏。后任四川省安岳中学教员，1951年被捕，1953年12月在四川达县被处决，时年61岁。

1984年1月予以平反，恢复投诚人员身份。

附：

1949年12月8日，解放军二野十一军三十五师一〇五团抵达安岳县城，未动一枪一炮，顺利接管了安岳县地方政权，宣告安岳和平解放。

安岳为何能顺利实现和平解放？这与中共地方党组织在安岳的活动、安岳群众组织"安靖会"为和平解放安岳所做的工作、1949年2月接任安岳县县长的张孟才（系中国民主同盟会成员）的支持有关。

1946年,安岳李家街在外地读书返乡的部分同学,受当时"反内战、反独裁"掀起的新民主主义群众运动热潮的影响,在中央军校毕业的学生李再生(李家街国民党国大代表李放六之子)率先串联组建了"研真会",研读马列书籍,探索革命真理,联络进步青年,传播民主革命理想与讯息。并于四月中正式建立了"普洛会"和"普洛挺进纵队",拟订夺取国民党地方武装的纲领。但到九月,眼见国民党日薄西山,四川解放指日可待,才放弃了武装起义计划,并改"普洛会"为"安岳贫弱临时安靖会",改"普洛挺进纵队"为"安靖军",并筹集部分武器,以遏止反动势力的抗拒和破坏,全力争取安岳和平解放。同时,张孟才县长亲自与同僚黄爱智、杨无痕等人秘密商议,如何为迎接解放做好思想准备工作。

——摘自2009年8月31日《资阳日报》,《安岳和平解放始末》。

(154)李国信

李国信(1901—1952)字中孚,河北省沧县人。中央军校高教班第四期毕业。

早年参加西北军。中原大战后,随所在部队在河南新乡地区由孙连仲率领接受南京政府改编。1935年9月,入中央军校高教班第四期受训。1936年11月,毕业。任第二十六路军(总指挥孙连仲)第三十师(师长张金照)第八十九旅(旅长黄鼎新)第一七七团团长。

抗战期间,率部由河南禹县开赴徐州,参加台儿庄战役。后部队整编,任第三十军参谋长。1949年,因策划旧部起义未成,离开部队在河南荥阳县安家。

1952年,病逝,时年51岁。

(155)李俊荣

李俊荣(1900—1951)字华甫,河南省沈丘县莲池乡童庄村人。西北军著名将领李鸣钟侄孙。

1916年,投入第十六混成旅(旅长冯玉祥)第一团(团长邹心镜)第一营(营长姜瑞宁)二连当副兵,后升任正兵、正目、排长。1925年初,任绥远都统(李鸣钟）署卫队团连长。1926 年 6 月，随部编入吉鸿昌第三十六混成旅，增援甘肃刘郁芬部，平定张兆钾、孔繁锦发动的叛乱。1927 年 4 月，任第二集团军（总司令冯玉祥）第一方面军（总指挥孙良诚）第十九师（师长吉鸿昌）工兵营营长。随部参加北伐，1928 年 1 月，在攻打山东曹县的战斗中立功，升任团长。1930 年 9 月，中原大战后期，率部随吉鸿昌接受蒋介石南京政府改编。任第二十二路军（总指挥吉鸿昌）第三十师（师长吉鸿昌兼）第八十八旅（旅长彭振山）第一七五团团长。1933 年 9 月，入南京中央军校高教班受训，1934 年 6 月，毕业后任第三十师第九十旅长。1935 年 4 月 18 日，授少将军衔。1936 年，改任第八十八旅旅长。

七七事变爆发后，率领部队先后参加了河北琉璃河阻击战、山西娘子关会战和台儿庄会战。

抗战胜利后退役，1951 年，死于家乡镇反运动，时年 51 岁。

（156）李亚东

李亚东（1911.5—1996.6）　安徽颍上县人；1932 年 3 月至 1934 年 5 月，在南京中央陆军军官学校十期受训；1948 年 12 月 5 日，时任暂编二兵团独立总队总队长，在安徽省萧县谢营地区率本部步兵、炮兵营二千余人向解放军投诚。因台儿庄抗战获国防部一等功。

1934 年 5 月至 1934 年 7 月，在江西省吉安县国民革命军第二十六路军第三十师任参谋处少尉见习参谋。

1934 年 2 月至 1936 年 9 月，在江西省永丰县国民革命军第二十六路军第三十师炮兵营二连任少尉排长。

1936 年 9 月至 1936 年 12 月，在河南省洛阳任大本营中尉连副。

1936 年 12 月至 1938 年 1 月，在山西省娘子关任国民革命军第二十六路军第三十师八十八旅一营二连上尉连长。

1938 年 1 月至 1939 年 5 月，在河南省邓县任国民革命军第二集团军第三十师八十八旅一营副营长。

1941 年 5 月至 1941 年 12 月，在湖南省机械化学校受训。

1942 年 12 月至 1943 年 12 月，在广西全州任国民革命军第二〇〇师炮兵营少校副营长。

1943 年 12 月至 1946 年 12 月，在云南省昆明任国民革命军第二〇〇师炮兵营中校营长。

1946 年 12 月至 1947 年 4 月，在吉林省长春任国民革命军第二○○师六○○团上校代理团长。

1947 年 5 月至 1947 年 11 月，关押在徐州陆军总部监狱。后无罪释放。

1948 年元月至 1948 年 11 月，受国民政府国防部任命，到河南省商丘任国防独立四支队支队长。

1948 年 11 月至 1948 年 12 月，接到徐州"剿总"副总司令杜聿明命令，为徐蚌会战需要，到暂编二兵团独立总队任总队长，归国民革命军第五军指挥，建制直属国防部。

1948 年 12 月 5 日，在安徽省萧县谢营地区与中共一纵一师师长廖政国多次联系，主动率本部步兵、炮兵营二千余人投诚。

新中国成立后，安置在县农场，平反后，当选县政协两届常委。

1996 年 6 月病逝，享年 86 岁。

（157）李勋甫

李勋甫（1907.9.3—？ ）字世卿，河南省临颍县城北七里头人，幼年在本村读私塾。成都中央军校高教班、南京中央训练团将官班毕业。

1925 年 4 月，到北京南苑投奔冯玉祥部当兵。历任排长、连长。先后参加了京津地区抗击直奉联军、直鲁联军的战斗。1926 年 8 月，国民军在南口作战失利，李勋甫随军开赴绥西地区集结。后部队整编，升任营副。1926 年 9 月，参加五原誓师，进军陕西，参加西安解围作战，战后升任营长。1927 年 4 月，冯玉祥率陕西境内国民联军东出潼关，进入中原参加北伐战争，任第二集团军（总司令冯玉祥）第二十九师（师长曹福林）第五十九旅第一团团附。

1929 年 4 月，率部参加了冯玉祥联合桂系李宗仁的反蒋战争。战后任师部参谋。不久，随同韩复榘脱离西北军。1934 年，任讨逆军第三路（总指挥韩复榘）第二十师（师长孙桐萱）重迫击炮团（团长周遵时）第一营少校营长。

1937 年 12 月，任第三集团军总司令（韩复榘）部特务营中校营长。1938 年 10 月，任第三集团军（于学忠）第十二军（军长孙桐萱）第二十二师（师长单裕丰）第一三一团上校团长。1941 年，任第二十二师副师长兼师政治部主任，在郑州附近黄泛区驻防。1942 年，调河南灵宝、陕县一带担任黄河防务。

1943 年，调国民党第三十一集团军总司令部任少将高参。不久，进成都中央军校高教班受训 10 个月。1944 年 10 月，毕业后，回河南内乡参加抗日。1946 年 5 月，调安徽太和县第十三军官总队集训，同年 8 月，任第八大队少将大队长。

1947 年 2 月，到南京中央训练团将官班报到，是年 11 月，办理退役手续，回到河南许昌原籍赋闲。

中华人民共和国成立后，被捕判刑，参加劳动改造。

1956 年，刑满释放。后被政府安排工作。曾任河南省临颍县政协委员、政协常务委员等。

1986 年 6 月，任河南省人民政府参事室参事。

（158）刘青浦

刘青浦（1903—? ） 河北肥乡人。西北军干部学校、中央警官学校警政班、中央陆军军官学校高教班第三期毕业。

1925 年初入国民一军第二十师当兵，1927 年春起任第二师第四团排、连长，第二旅旅部少校参谋，中校团附。1930 年春任第二十二师第六十四旅参谋主任、参谋长。1936 年 7 月入中央军校高教班学习，抗日战争爆发后，任第三集团军第十二军第二十二师第六十四旅副旅长。1940 年任第三集团军总司令部驻鲁西招募处上校参谋长。1944 年 3 月辩日第七十八军为上校附员。抗战胜利后，任第十四军官总队上校大队副。1947 年 10 月任整编第六十八师第八十一旅副旅长。1948 年 8 月任第八十一师少将副师长。

1949 年 4 月与师长葛开祥率部向人民解放军投诚。后入第二野战军政治部高研班学习。1949 年 10 月分配任西南军政大学教员。1951 年任第二高级步兵学校教员。

1955 年 2 月转业，任成都市政府参事室参事等。

著有《收复济宁之战》等。

（159）刘寿彭

刘寿彭（1917—2001.9） 山东禹城县人。黄埔军校本校第 17 期毕业，历任国民革命军二十七师参谋、营长等职务。1949 年随部队在四川德阳起义，参加解放军。1950 年，复员返乡，曾担任禹城县第九届人大代表，著名书法家。

刘寿彭出生在河北省青县,幼年在家乡读义学私塾,1937年青县高中毕业。由于写得一手漂亮的毛笔字,被举荐到县城谋了一个文员差事。

七七事变爆发后,河北雄县籍人的国民革命军第二集团军总司令孙连仲正率部在山西娘子关英勇抗击日寇。于是刘寿彭联络了许多同乡青年,一起投笔从戎。

1937年11月,20岁的刘寿彭和部分河北青年来到河南许昌,投奔了主要由河北燕赵子弟组成的孙连仲部队。听说家乡青年前来报名从军,各师团长都跑来挑选。

有良好文化底子的刘寿彭,被第三十一师师长池峰城选中,留在师部当差,其余新兵被悉数充实到连队一线。

于是,在池峰城的队伍里,他参加了台儿庄战役、徐州会战、武汉会战等战役。1939年4月至12月,他在参加了随枣会战和冬季攻势作战后,决意报考军校。他就一个人徒步西进,赶去四川铜梁报考黄埔军校。由于有较好的文化功底,所以在黄埔军校第十七期的考试中被录取。他在铜梁学习了一年半,于1941年11月20日毕业,回到第三十军第二十七师任排长,此时师长是许文耀。他又投入鄂西会战的战斗中。

1949年,已是营长的刘寿彭随第三十军起义,当了一名解放军。

1950年4月,被解放军安排到重庆歌乐山西南军政大学学习。年底,转业回到老家禹城,时年33岁。

他淡泊名利,勤于书法,真草隶篆,均写的笔力纵横,风骨挺立,他的感情世界透过书法挥洒得淋漓尽致,看了让人赞叹不已。1981年至1984年,当选第八届禹城市人大代表。

2001年9月因病去世,享年85岁。

(160)鲁崇义

鲁崇义(1898.9.20—1994.1.15) 字宜轩。山东德州人。陆军第十六混成旅模范连第二期、南苑军事教导团、中央军校高等教育班第三期、陆军大学特别班第三期毕业。历任国民革命军第三十军军长、成都防守总司令部中将总司令等。获颁忠勤勋章、胜利勋章、四等云麾勋章。

鲁崇义出身于冯玉祥一手开办的模范连,毕业后长期跟随张自忠在学兵团当教官,后来又接了张的班,成了学兵团的团长。在归顺中央的西北军诸将中，不乏鲁崇义的学生。

中原大战后，鲁崇义跟随孙连仲，被任命为第二十六路军参谋处少将处长，后来又改任第四十二军参谋长。在"围剿"红军时期，鲁崇义极尽全力出谋划策，辅佐孙连仲。在宁都事件中，鲁崇义属于坚决跟随孙连仲的一派，这就巩固了他在孙连仲这个小集团中的地位。

在抗战爆发前夕，鲁崇义被孙连仲保送到陆军大学特别班第三期深造，毕业后不久就被任命为三十军副军长，成了台儿庄战役的英雄——池峰城的副手。由于池峰城功成名就的经常被调到后方去做演讲报告，这鲁崇义就成了实际上的三十军军长，指挥部队在前线与日军血战。

在当了五年的副军长之后，鲁崇义终于正式成为三十军军长。抗战胜利后，第三十军被派到晋南划归胡宗南指挥，孙连仲则被派到保定去当绥靖公署主任，这使三十军正式脱离了孙氏的掌控，成了胡宗南的附庸。

鲁崇义指挥三十军在晋南与解放军周旋了两年，所到之处经常发现有解放军写的"欢迎三十军"的标语。起初鲁崇义还以为解放军的标语是表示友善、避免作战之类的，后来发现那是蔑视之意，鲁崇义很是生气，发誓要给"共匪"一点颜色看看。

可鲁崇义终究不如人意，三十军屡战屡败。先是六十七师在午城镇遭到重创，副师长和参谋长被俘，团长也阵亡一名，紧接着三十师又在运城遭到重创，副师长也成了解放军的俘虏。鲁崇义被打的没了脾气，他学聪明了，避战是最好的选择。于是当三十军奉命增援太原的时候，鲁崇义就以"生病"为由，让副军长黄樵松代替军长。黄樵松一到太原就策划着带部队起义。虽然事败身死，但也给鲁崇义一个不小的震动，或许投靠解放军也是一个不错的选择。

解放军野战部队的联络部却与这支原西北军的将领积极联系，争取他们起义。鲁崇义自然也不例外，于是在老朋友高兴亚的居中联络下，他同中共地下党取得了联系。

1949年战局形势开始转变，鲁崇义的三十军在太原全军覆灭，他辛苦组建的一一三军于是改用了三十军的番号。不久鲁崇义得知国民党军队在华东地区大溃败的消息，而胡宗南也开始命令部队弃守西安准备退入四川了。在这种情况下，鲁崇义正式决定、并开始筹划起起义事宜了。他与中共地下党加紧了联系，并且在高兴亚的积极奔走下，得到了中共同意起义的明确指示。鲁崇义遂于1949年12月25日，率领三十军在成都宣布起义。

起义后，他被任命为川东军区副司令员，后调到第二步兵学校当副校长。

鲁崇义可谓是桃李满天下了，不仅国民党部队中有他的学生，现在就连解放军部队里也有他的学生了。

1954 年 10 月，鲁崇义转业到重庆市政府任参事，从此在重庆安了家，在这气候宜人、风景秀丽的山城安度余生。先后当选了全国政协委员、民革中央委员、重庆市民革副主委、名誉主委、民革中央监察委员等职。

1994 年 1 月 15 日，在重庆因病去世，享年 97 岁。

（161）罗先之

罗先之（1910—？）别字缙初，福建蒲田人。中央军校第七期步科毕业，中央训练团将官班肄业。

抗日战争全面爆发后，任第二十二师连、营、团长，中国远征军第一军二十师团长，新编第十旅副旅长、旅长。1946 年起，任新编第五军暂编第五十师师长，第八十六军二八四师师长。1949 年 2 月，在天津战役中被人民解放军俘虏。

（162）倪志本

倪志本（1913.5—1998.2.10）　字次文，山东临沂县第七区流泉保（今山东兰陵县鲁城乡）后龙潭湾村人。中央军校杭州军官训练团三大队步兵科、西北陆大参谋班二期。

7 岁入私塾，先后在苍山县向城、枣庄等地读小学，14 岁入济南育英中学学习，1932 年在育英中学高中毕业。

1932 年秋，经国民革命军第二十六路军军法主任石少白介绍到二十六路军总部特务营当兵，担负保卫总指挥孙连仲和总部的任务。先后任特务营一连一排二班班长、二排排长。

1936 年经考试选拔入中央军校杭州军官训练团三大队步兵科受训。受训结束后，于 1937 年 3 月回到二十六路军任三十一师九十一旅一八四团三营七连连长，同年 5 月任二十六路军总部副官，随总指挥孙连仲、军长田镇南等人在庐山军官训练团受训。

1937 年七七事变爆发后，调任第二集团军三十军军部副官，先后参加了卢沟桥增援战、娘子关战役（太原会战）。1938 年参加了举世闻名的台儿庄战役（徐州会战）、武汉会战。1939 年任第二集团军豫南挺进军总部副官主任兼军需处长，参加了随枣会战和冬季攻势作战。1940年初任营长，参加了唐河战役和枣宜会战，同年入西北陆军大学参谋班（二期）受训。1941—1942年先后任豫南挺进军十二纵队二十一支队队副、支队司令，参加了豫南会战。1943年调任第四军独立第一团团长，1944年秋在河南郾城任第四军新编第十七师师长。

1945年抗战胜利后，部队整编，入漯河第十五军官总队。1948年在河南驻马店任华中总部独立第一旅旅长。

1950年在郑州参加铁路工作，后退休返乡。1989年加入山东省黄埔军校同学会。

1988年4月8日和1993年4月8日先后应邀参加台儿庄大战胜利50周年、55周年纪念活动；1990年在台儿庄参加了亚运圣火传递活动。

就其亲身经历，撰写抗日回忆文章多篇。

1998年2月10日，在原籍病逝，享年85岁。

（163）乜子彬

乜子彬（1902—1952）　字森昌，河北景州（今景县）乜村人。中央军校高教班。与抗日名将池峰城是同乡。有"拼命三郎"的美誉。历任国民革命军第三十一师九十三旅旅长，三十一师师长。抗战胜利后，担任河北省政府保安处长、保定警备司令部司令和九十二军副军长等职，南京解放时去了台湾。

1902年出生于河北景州乜村的一个贫寒的秀才之家，家庭主要经济来源是祖父教私塾和祖母淋硝盐。由于家境贫寒，十岁时即当佃户，因势单力薄，常常被地主欺辱。十二岁时不忍地主歧视，投到冯玉祥西北军麾下当兵，先后干过马夫、伙夫、传令兵等。1929年升任营长。

抗战全面爆发后，1938年，时任第三十一师九十三旅旅长的乜子彬参加了台儿庄战役。

1939年3月，第三十一师师长池峰城升任军长，乜子彬升任三十一师代理师长；

1940年1月，任三十一师师长，后转任三十师师长；

1943年，升任第九十二军副军长兼任第三十师师长（后由路可贞担任师长）。5月，参加鄂西会战中有着"东方斯大林格勒战役"之称的石牌保卫战；

1947年，接任池峰城保定警备司令职务。之后，乜子彬的母亲去世，乜子彬为母亲操办了隆重丧礼，李宗仁、池峰城、孙连仲、孙科、蒋经国送来挽幛；11月，孙连仲被调任南京卫戌总司令，免去其保定绥署主任、河北省政府主席职务，乜子彬也随之被解职，回到北平家中赋闲。时隔不久，升任第九十二军副军长（军长侯镜如）；

1948 年，前往南京探望孙连仲，突然出现鼻出血、鼻塞、耳鸣、听力下降、头痛等症状，久不缓解，经陆军医院诊断为鼻癌；

1949 年，南京解放，乜子彬随孙连仲前往台湾；

1952 年，因鼻咽癌不治在台湾去世，时年 51 岁。

臧克家在《遥远的怀思》一文中，记述了他与乜子彬的一段友好交往。

（164）牛殿楫

牛殿楫（1901—?　）安徽省宿县人，早年参加西北军。南京中央军校高教班第二期毕业。

中原大战后，任第二十六路军（总指挥孙连仲）团长。1933 年 9 月，进入南京中央军校高教班第二期受训，1934 年 6 月，毕业。1936 年 10 月，任第二十六路军（总指挥孙连仲）第九十二旅第一八三团团长。

抗战全面爆发后，率部北上，在河北房山、山西娘子关、台儿庄等地打击日军。

台儿庄战役时，任第三十一师师附。

（165）牛洪凯

牛洪凯（1909—1990.9.20）　安徽宿州人，台儿庄大战时，系第三十一师一八五团二营五连连长，其任务是坚守台儿庄火车站。火车站的战斗异常激烈，攻守几易，反复争夺，站内外尸横遍野，血浸沃土。蒋介石曾亲临火车站观察战事，李宗仁更是多次莅此。1949 年，随第三十军于成都起义。

新中国成立后，为宿州市黄埔同学会会员。1990 年为迎接亚运会圣火，枣庄市确定台儿庄为接火把地点，牛洪凯以台儿庄战役参战老兵身份，应邀来台儿庄，作为亚运会圣火传递手。

1988 年，为纪念台儿庄大战 50 周年时，牛洪凯赋词四首：

（一）鹧鸪天　台儿庄大捷

三岛毕竟出降幡，匆匆又过五十年。犹记台庄血战日，梦中杀声响连天。

忆往昔，视今天。金瓯待补最为先。两岸三次重携手，一统九州亿民欢。

（二）虞美人　重携手

霜鬓雪发日促老，青春早去了。解甲归来又匆匆，世事沧桑恍若一梦中。

缚龙豪气今仍在，那论岁月改。问君日暮何所求？再补金瓯两岸重携手。

（三）鹧鸪天　重访台儿庄

金秋重访台儿庄，欢欣鼓舞热衷肠。疑是进入桃源路，挥手笑谈古战场。

情无限，喜欲狂，我爱我民更爱乡。万人满巷迎火炬，盛况空前志华章。

（四）水自泱泱山自苍

十万健儿日月光，台儿庄上气堂堂。民族伟业成古典，水自泱泱山自苍。

1990 年 9 月 20 日，逝世，享年 81 岁。

（166）屈　伸

屈　伸（1911—1981.10.22）　字宜之，陕西三原县城关人。南京中央军校高等教育班第二期。历任参谋，营长，团长，三十一师参谋主任，师代参谋长，三十军参谋处长，第五，第七补给区司令部办公室主任等职。参加了娘子关战役，徐州会战，武汉保卫战，枣宜会战等战役。新中国成立后，任九三学社西安分社宣传部副部长。

父母早亡，陕西三原民治小学毕业后，因生活所迫，13 岁去淳化县安子凹煤矿当童工。一年后，在于右任先生的资助下，考入三原省立第三师范学校读书。1925 年夏，投笔从戎，考入耀县杨虎城创办的三民军官学校学习。1926 年冬，考入冯玉祥所部第十一师当学兵。1928 年进入孙连仲所部，历任中尉书记长，上尉、少校，中校参谋。1933 年夏，入南京中央军校高等教育班二期受训。1934 年夏毕业后，历任二十六路军干训所军官队队长、三十一师人事科中校科长、教育营中校营长、辎重兵营长。

1937 年任三十一师上校师参谋主任，代理师参谋长。

抗日战争爆发后，参加了娘子关战役，徐州会战，武汉会战等战役。任第二战区上校视察专员。1939 年夏，历任三十军司令部参谋处处长兼三十军补二团团长，三十军干部训练教育长兼兵学研究班主任。在三十军任职期间，坚决执行国共合作抗战的方针，努力团结两党同志共同抗战。

抗战胜利后，任北平第五补给区司令部参谋处少将处长兼荣军院院长。1947 年 9 月，"北平谍案"发生，好友丁行（军法处副处长，"北平五烈士之一"）被捕。屈多方营救（未果），又因经济帮助和安置丁行家属，受到特务的监视，被迫辞职，回到老家西安。通过军校同学关系，任西安第七补给区司令部少将办公室主任。任职期间，同中共社会部西安情报处发生联系，并向延安提供大量重要军事情报及通信设备。西安解放后，屈伸受组织委派，随十八兵团贺龙司令员入川做策反工作，在返回西安后，进入西北人民革命大学学习。

新中国成立后，任九三学社西安分社宣传部副部长。1958 年被错划为右派分子。1979 年 3 月得到平反，恢复公职，任陕西省文史馆馆员。

1981 年 10 月 22 日，在西安病逝，享年 70 岁。

（167）任泮兰

任泮兰（1901—1958.7.17）　字畹九，广饶县西刘桥乡东雷埠村人。南京中央军校高教班，曾任国民政府国防部少将主任部员，被派往华北协助傅作义整顿平津国防事宜。在平津战役中，他晓明大义，为和平解放北平策动起义做出了贡献。北平解放后，参加了中国人民解放军。1950 年 12 月，因健康原因复员后留在北京定居。

1915 年就读于县立高等小学，1918 年考入益都省立第四师范学校。1925 年 5 月 7 日投考设在张家口的西北陆军干部学校。1926 年毕业后，被分配到冯玉祥部，先后任见习官、参谋、团参谋长和团长等职。中原大战后，任孙连仲第二十六路军三十师一七七团团长。率部开赴江西一带参加对中央苏区进行第二、第三次"围剿"。宁都起义后，二十六路军残部经整训恢复，任泮兰被提升为旅参谋长，少将旅长。1934 年 8 月，调任第八十八旅少将旅长。1935 年 8 月入南京中央军校高教班学习。1936 年毕业后，随部队先后被调往湖北，河南和苏北驻防。

全面抗战爆发后，任泮兰所在旅奉命开赴山西娘子关，阻击沿正太路西犯日军。1938 年，随部在徐州以北津浦路沿线布防。台儿庄告急，任泮兰带病指挥全旅官兵迅速增援。同友邻部队一道，将日军分割包围，日军被歼近千人。徐州会战结束后，任泮兰向上级申请回乡组建武装，开展抗日游击活动。

1938 年 10 月，任泮兰被国民党鲁北行署主任何思源任命为鲁北抗日联军副总指挥。1942 年 10 月辞职，带领随员辗转到达第二集团军驻地河南南阳，担任集团军总部少将高参。1944 年 4 月，任孙连仲第六战区长官部高参兼湘谷转运处处长。

解放战争时期，任泮兰被任命为国民政府国防部少将主任部员，派往华北"剿总"协助傅作义办理平津国防事宜。在职期间，任泮兰多次劝说傅作义认清形势，接受和谈，争取实现和平改编。并利用职务便利，为解放军提供北京，天津，和华北国防工程概要图及兵力配置情况等重要军事情报。

北平和平解放后，进入中国人民解放军军政大学学习。1950 年 12 月毕业后，根据本人申请被批准复员，回到北京定居。退职后，任泮兰积极参加北京市民革和政协工作。

1958 年 7 月 17 日，在北京病逝。时年 57 岁。

（168）荣光兴

荣光兴（1899—1987.1）字麟阁，河南省商丘县双八镇大乔庄村人。幼年失怙，靠母亲抚育成人，后入私塾启蒙。1913 年，插班进入河南省立二中。1917 年，毕业后到第十六混成旅（营长冯玉祥）入营当兵。

1922 年，考进陆军检阅使（冯玉祥）署军官教导团受训。结业后，任第十一师（师长冯玉祥）第二十二旅（旅长张之江）第四十三团（团长宋哲元）第三营（营长谷良友）第十二连中尉排长。1923 年 9 月，升任该营第十一连上尉连长。1924 年 7 月，调任该师工兵营（营长雷太平）上尉营副。1925 年 3 月，任国民军暂编第一师（师长鹿钟麟）通信大队大队长。4 月，升任该师第一旅（旅长韩复榘）第三团第三营少校营长。后任察哈尔都统署手枪团第一营少校营长、卫队旅（旅长冯治安）第二团上校团长。1926 年 9 月，升任国民联军（总司令冯玉祥）第四旅少将旅长。

1927 年 3 月，任第二集团军总司令（冯玉祥）部高级副官。5 月，任第二集团军前敌总执法（张之江）部稽查处处长。7 月，任第二集团军第三方面军（总指挥韩复榘）第六军（军长韩复榘兼）炮兵团团长。9 月，任第二集团军新编旅旅长。后调任第三十八军（军长张联升）第一师少将副师长。1929 年 4 月，任第三路军总指挥（韩复榘）部少将副官长。随韩叛冯投蒋，参加了"甘棠东进"。8 月，任第二十九师（师长曹福林）八十七旅少将旅长。1930 年，参加中原大战，与阎锡山部在胶济铁路沿线作战。1934年7月，入庐山军官训练团第一期受训。1935年4月18日，授陆军少将。

抗战全面爆发后，率部在鲁北、鲁西南等地抵抗日军进攻。1938年2月，升任第二十九师副师长。1939年冬，入中央训练团党政训练班第五期受训。1941年6月，升任五十五军少将副军长。10月，兼任汴兰师管区司令。1942年6月，兼汴兰师管区党务指导员。8月，调任二十九师师长。参加了枣宜、鄂北、豫西等战役。

抗战胜利后，任整编第五十五师第二十九旅少将旅长。1947年5月，入南京孝陵卫军官训练团第二期受训。9月，调任陆军总司令部郑州指挥所少将参议。

1949年8月，到台湾。退役后，靠经营小本生意养家。

1987年1月，在高雄逝世，享年88岁。

（169）王　煦

王　煦（1897—1980）别号东初，河北大城人。本县高等小学堂、直隶甲等师范学校、保定陆军军官学校第九期步兵科、南京中央陆军军官学校高等教育班第二期毕业。陆军大学特别班第二期毕业。

1923年8月，保定军校毕业后进入直隶陆军服务。历任北京政府陆军第二十五混成旅（旅长宋哲元）司令部参谋处（参谋长佟麟阁）见习、参谋，兼任随营学校教习等职。

1925年3月，任国民军第一军（总司令冯玉祥）西北陆军第四师（师长佟麟阁）司令部参谋处参谋、代理科长。1927年2月，任国民革命军第二集团军（总司令冯玉祥）第四方面军第十五军（军长宋哲元兼）第十六师（师长佟麟阁）司令部参谋处副处长，随部参加北伐战争华北战事。1929年1月，任第二集团军陆军第三十师（师长佟麟阁）司令部参谋处处长、参谋长，其间曾奉派入南京中央陆军军官学校高等教育班学习。1933年1月，随部参加长城抗战。1934年9月，保送南京陆军大学特别班学习，1937年8月，毕业。

抗日战争全面爆发后，任第一战区第二集团军（总司令孙连仲）第一军团（军团长孙连仲兼）第三十一师（师长池峰城）司令部参谋长，率部参加津浦线以北抗战和徐州会战外围战。1938年10月，隶属第五战区第三兵团（司令官孙连仲），任第二集团军（总司令孙连仲兼）第三十军（军长田镇南）

第三十一师（师长池峰城）司令部参谋长，率部参加武汉会战。1939年1月，任鲁苏战区第八十九军（军长韩德勤）第三十三师（师长贾韫山）司令部参谋长，1940年8月，任鄂豫皖三省边区游击总指挥（李品仙）部高级参谋。1945年6月，任第十一战区司令长官（孙连仲）部高参室高级参谋。

抗日战争胜利后，派任国防部部员。1945年10月，获颁忠勤勋章，1946年5月，获颁胜利勋章。

1949年10月，在四川随部起义。后任中国人民解放军西南军区司令部高参室高级参谋，四川军区司令部高参室高级参谋。

1952年3月起，任中国人民解放军西南军区江津防化兵学校战术教员、中国人民解放军陆军第八步兵学校军事编辑等职。

后转业成都地方工作。

1955年1月，任四川省人民政府参事室参事等职。

1980年，逝世，享年83岁。

（170）王范堂

王范堂（1908.1.6—1987.5.9）　原名王模，字范堂，号懿斋。陕西石泉县后柳镇人。早年入中央军校（武汉）学习。历任营长、团长、副师长。1949年在成都率国民党第三十师起义，加入中国人民解放军。

1950年入中国人民解放军西南军政大学学习，第二高级步兵学校担任军事教员。1952年转业后，任汉中市文化馆副馆长。为汉中市历届政协委员，第三届人大代表。

在抗战中，他先后参加卢沟桥附近地区的防御战、娘子关歼灭战、台儿庄战役、武汉会战、中原运动战、安塞保卫战等大小战役。

特别是在台儿庄战役中，奉命担任敢死队队长，带领57名官兵和日寇展开了面对面的肉搏战，一举歼灭了驻守在台儿庄西北角阵地上的敌人，而名震中外。

王范堂生在一个小商人家庭。10岁入学，就读于后柳石佛寺私塾，后在石泉县第一高等小学堂读书。父亲王文浩，早年在家乡经营油坊，后任过后柳镇民团团总。

王范堂少年时即胆识过人，1922年读私塾时，军阀吴新田驻军兵痞2人下乡扰害百姓，王范堂藏起兵痞仅带的一支长枪，指使受害群众捆绑了失去武器的两个兵痞，推入汉江淹死。

1926年，石泉县第一高级小学毕业，在后柳镇石佛小学教书。1927年4月，经老师陈雨皋介绍，考入冯玉祥在西安举办的西北军官学校学习。1929年毕业后，在国民党部队任排长、连长。

1931年春，蒋介石调第二十六路军赴江西进攻红军。九一八事变发生后，驻扎宁都的广大官兵对蒋介石不抗日却对红军大肆"围剿"十分不满。12月14日，该军1.7万余人在参谋长、中共党员赵博生与七十三旅旅长董振堂率领下，发动著名的宁都起义，开赴中央革命根据地。王范堂在红军中任文化教员。

1932年6月，在第四次反"围剿"的一次激战中，王范堂与国民党军队殊死拼杀，负重伤昏迷。因其在战斗中脱去衣、帽，竟被国民党军队中的熟人误认为他与红军作战受伤，送往南昌住院治疗，出院后再次分配到新组建的国民党中央军第二十七师一五八团三营七连任连长。1936年9月，被师部派送到中央军校武汉分校学习。

卢沟桥事变爆发后，他在河北保定赶上孙连仲率领北上抗日的第二十六路军，仍任连长。

1937年8—9月，参加了河北良乡县玻璃河防御战，率全连官兵给日军以重大杀伤。10月，率部参加山西娘子关阻击战。

1938年3—4月，参加了在闻名中外的台儿庄战役。激战中，王范堂之弟王槐壮烈殉国，王范堂率领的全连官兵130多人仅剩57人。在十分严峻的形势下，他自告奋勇任敢死队队长，于3月31日晚，率由57名部下组成的敢死队冲进日军阵地，经过一个多小时殊死拼杀，消灭日军60余名，敢死队只有王范堂等13人生还。台儿庄大捷后，王范堂和敢死队战友受到嘉奖，夜袭台儿庄成为当时轰动国内的重要新闻。重庆《新华日报》战地记者陆诒亲赴前线采访，把王范堂与敢死队的英勇事迹写成报道，在《新华日报》上发表。王范堂也因战功升任第一五八团三营营长。

1938年9月，率部在大别山一带与日军血战，升任第二十七师直属的第一一一团副团长，作战中身负重伤，伤愈后又加入中原运动战，在河南南阳等地与日军周旋。

1942年调防重庆，参加石牌要塞保卫战，与日军对峙至抗日战争胜利。

在国民党顽固派发动第一次反共高潮时，王范堂和第二十七师师长黄樵松一起营救过被捕的该师团级军官、共产党员陈扶民等7人，还放走在自己部下任连长的共产党"嫌疑"孙浩等3人。

1946年，任国民党第三十军二十七师七十九团团长。1948年7月，三十军调往太原。代军长黄樵松不愿跟随国民党顽固派打内战，策动该军起义。王范堂积极参与，亲自护送黄樵松派与解放军联系的代表。起义前夕，王范堂奉黄之命赴西安安置其家小，接着回石泉看望急电催他回家的母亲。其间，黄樵松因部下告密被阎锡山逮捕，押至南京杀害，起义夭折。

1948年冬，任国民党第三十军第三十师少将副师长。1949年春开往成都驻防。12月23日，该师师长谢锡昌率全师官兵约7000人在成都通电起义，接受中国人民解放军改编。他奉派入中国人民解放军西南军区军政大学高级研究班学习，1950年12月毕业后，任中国人民解放军第二高级学校军事教官。

1952年7月，转业回到石泉县。不久，又根据上级安排，入西北人民革命大学学习。抗美援朝一开始，政府号召捐献，他说服妻子把积攒应急的300元全部捐给国家。

1953年，王范堂在西北民大结业，分配到汉中地区工作，曾当选为褒城县人民代表。

1955年调任汉中市文化馆副馆长。他不辞辛劳，跑遍市辖200多个生产大队，组织文艺活动，宣传党和国家的方针政策。1976年退休。

1987年5月9日，因病逝世，享年80岁。

（171）王冠五

王冠五（1899—1949）　字鸿声。河南省汝南县人。早年投入北洋直系吴佩孚军中当兵。不久转入西北军吉鸿昌部，历任班，排，连，营长。1929年9月，任国民联军第十九师第三团副团长。1930年10月，随吉鸿昌部被蒋介石改编为第二十二路军，任旅长。1932年秋，入中央军校高教班学习。

抗战爆发后，任第三十一师九十二旅副旅长兼一八四团团长，三十一师上校师附。1938年，奉命驰援徐州，担任台儿庄守城指挥官，亲自率领守城官兵与日军血战十五个昼夜。因功被提升为少将副师长，并被授予华胄荣誉奖章。1940年2月，毕业于陆军大学乙级将官班第一期。

抗战胜利后，入南京中央训练团将官班受训。1947年元月退役，同年6月，任河南第十二行政区督察专员兼保安司令。1948年6月豫东战役后被捕，1949年被误杀。

王冠五幼年时家境富裕，入汝南简易师范附小接受启蒙教育，后又改入私塾读书。成年后当兵，是冯玉祥和吉鸿昌将军的老部下。

1930年9月，吉鸿昌部被改编为第二十二路军，王冠五升为旅长。

1931年，因王冠五是吉鸿昌旧部，降为副团长。七七事变后，奉命参加华北抗战，转战于河北涿州、良乡及山西娘子关等地，因指挥有方、屡有战功，被提升为团长。

1938年，王冠五隶属第五战区第三十一师池峰城部师附。王冠五向池峰城请缨，率部进驻台儿庄镇北，紧守一线前沿阵地。因作战有功升任第九十一旅旅长并被任命为守城总指挥。第三十一师经过连日苦战，伤亡达2800余人，各旅团建制均残缺不全，决心采取以攻代守的战术，由王冠五督率统一指挥，中国守军与日军展开逐屋逐墙的争夺。王冠五发出"宁同孤城共存亡，不与倭寇戴天地"的钢铁誓言。台儿庄大捷后，王冠五被提升为少将副师长。

著名记者范长江、陆诒亲赴军中采访王冠五，并撰写长篇专题报道《台儿庄血战记》刊登在当时的《大公报》上。郭沫若在收集大量一手材料后，特辑《血战台儿庄》专刊，歌颂王冠五等为国家、为民族勇于作战的光辉形象。

1939年，遭受排挤的王冠五在豫东驻防时结识了豫东抗日游击队主要负责人鲁雨亭。鲁雨亭当时是湖西人民抗日义勇队第二总队第二十九大队大队长。当新四军彭雪枫部进驻芒砀山区时，鲁雨亭请求加入共产党和归编为新四军，被任命为新四军游击支队第一总队队长，他们密切配合，不断袭击日军，并多次资助游击队物资和武器。为此，彭雪枫多次会见鲁雨亭，赞扬他抗日爱国、倾向革命的行动。

抗战胜利后，王冠五不愿打内战，在进攻解放区的行动中消极迟缓，被剥夺军权，排挤出军界。王冠五虽屡遭排挤和贬降，仍同情革命。1940年4月，鲁雨亭牺牲后，他把鲁雨亭的父母、妻子、子女7口人接到自己家中赡养抚育。

1947年前后，他回到汝南老家买了五十亩地，准备解甲归田与妻儿过清闲的生活，不再参与政治。这时，国民党当时的河南省主席刘茂恩和当时共产党的河南省负责人吴芝圃（吴芝圃是新中国建立后河南省第一任省政府主席）都再三劝说他出山，说赴任也可以为民办事。因此，1947年，他又被派往兰封（今河南兰考）任第十二行政督察专员，管辖十二个县。

在开封第一次解放时，王冠五带妻女准备去往台湾，当时已经到了武昌，共产党派人再三劝说，范长江也劝说他，说他与别的国民党官员不一样，与共产党关系密切，多次资助共产党，不要害怕，应该留下来等。在他们的再三劝说下，王冠五选择了留下。后来，好事却酿成了悲剧，据《汝阳县志》记载，王冠五于 1949 年被误杀，时年 50 岁。

据王冠五的女儿王荫凤回忆：王冠五身材较高，体魄健壮，浓眉大眼，两只眼睛炯炯有神，看上去很威严。王冠五写得一手好书法，喜欢京剧，喜欢下象棋，高兴时会和妻子一起在棋盘上对弈。王冠五的生活习惯特好，从不睡懒觉，天明即起来练剑。不喜欢舞会、宴席、打麻将，而偏喜好看书、练剑，有很深的古典文化积淀，特别喜欢看《资治通鉴》《聊斋》等文言书籍。王冠五的烟瘾大，喜欢吸又粗又长的雪茄，记忆中常见他思考问题时叼着雪茄来回地踱步。

（172）王振声

王振声（1902—?）字志远，河北省滦南县人。韩复榘部军需处长王向荣的胞弟。幼年在本县上小学。1918 年 4 月，经长辈介绍，入第十六混成旅（旅长冯玉祥）军官子弟学校、北京育德中学、北京汇文教会学校上学。法国巴黎警官学校、中央军校高教班第九期、陆军大学甲级将官班第二期毕业。

1925 年任国民军一军（军长冯玉祥）军部联络参谋。1926 年 9 月，国民军改编成国民联军，任总部联络参谋。1927 年北伐期间，任第二集团军（总司令冯玉祥）张自忠师营长。1930 年中原大战，任反蒋联军第二方面军（总司令鹿钟麟）第二路军（总指挥孙良成）总部上校副官。1931 年 1 月，被冯玉祥保送到法国巴黎警官学校学习。1934 年 8 月回国，应韩复榘之邀，任第三路军总部少将参议。不久，入中央军校高教班第九期受训。

1938 年，任第三集团军（总司令孙桐萱）总部少将高参，徐州会战后，入陆军大学甲级将官班第二期深造。1942 年 10 月 9 日，调任五战区第二集团军（总司令孙连仲）五十五军（军长曹福林）少将副军长。率所部在豫鄂边区和豫西南的唐河、泌阳、方城、桐柏一带打击日军。1943 年 5 月，任河南汴兰师管区中将司令。后改任中央训练团党政训练班学员大队中队长。1946 年 6 月 21 日，任第四绥靖区（司令刘汝明）第六十八军（军长刘汝珍）副军长。1948 年 9 月 22 日，授陆军少将。

1949 年 5 月 3 日，与第六十八军参谋长杜允中、随同第八十一师（师长葛开祥）在江西弋阳脱离刘汝明兵团，加入解放军。

先后担任解放军华东军政大学教员研究班副主任、南京军事学院教研室主任。

（173）吴明林

吴明林（1905—1951）字茂亭，山东省菏泽城西吴胡同人。早年参加西北军。在孙连仲部下历任排长、连长、营长、团长。中央陆军军官学校高教班第二期毕业。

中原大战后，随部编入第二十六路军（总指挥孙连仲），任第二十六路军第三十师（师长张金照）第八十八旅（旅长李俊荣）第一七五团团长。1933年9月，进入中央军校高教班第二期学习，1934年6月，毕业。

抗战期间，先后在河北、山东、湖北等地打击日军。日本投降后，任河北省保安第三总队上校总队长。

1951年，在北京逝世，时年46岁。

（174）吴鹏举

吴鹏举（1897—1970）字云程，河南省项城县官会乡吴庄人。幼年入私塾就读。南京中央军校高教班第三期毕业。

1917年，入冯玉祥部西北军。1921年8月，任排长。后升任连长，营附。1926年，任第三师营长、团长。1927年，任十军第十六师第四十八旅旅长。1928年12月，任第二十五师第一混成旅旅长。奉命参加河州解围作战。

中原大战后，任第二十六路军（总指挥孙连仲）骑兵第四师（师长关树人）第一旅副旅长。1934年9月，入南京中央军校高教班第三期学习，1935年6月，毕业。1936年，任第二十六路军独立第四十旅（旅长张华堂）第七二七团团长。1937年，入庐山军官训练团第一期受训。同年冬，任第四十二军独立第四十四旅旅长。

1938年3月，率部开赴徐州担负台儿庄右翼阵地防守任务，会战结束后，调往河南唐河、南阳等地打击日军。1942年，刘汝珍的独立第二十七旅与独立四十四旅合并，成立暂编第三十六师，刘汝珍任师长，吴鹏举任暂编第三十六师副师长。后调任第二集团军少将高参。1943 年，任豫南挺进军总指挥（田镇南）部第二十二纵队少将副司令、总指挥部副官处长，在河南驻马店附近界牌驻防。

抗战胜利后退役。1947 年 11 月 18 日，授陆军少将。1949 年初，张轸任河南省政府主席，任命吴鹏举担任河南省保安第三旅旅长兼项城县县长。因项城、沈丘一带都已解放，吴鹏举空有县长虚名，整天待在驻马店共和街家中赋闲。不久，由侄子护送到武汉办移交。后辗转随国民党军队撤退到大西南。

四川解放后，主动到军管会登记。

曾参加民革四川省委工作。

1970 年，在四川病逝，享年 73 岁。

（175）仵德厚

仵德厚（1910.3.23—2007.6.6）　字宏仁，陕西泾阳县龙泉镇雒仵村，成都中央军校高等教育班。早年投身冯玉祥的西北军，后编入国民革命军第三十军。台儿庄战役中，身为营长的仵德厚率 40 人组成敢死队与日寇搏杀，仅剩 3 人。曾获国民政府甲种一等嘉禾奖章、华胄荣誉勋章、宝鼎二等勋章。

解放战争中，与二十七师师长戴炳南泄露其上司三十军军长黄樵松的起义计划，导致起义失败，黄樵松及解放军第八纵队宣传部长晋夫（原名吕晋印）等人被国民党杀害。后在太原被人民解放军俘虏，特赦后，回原籍。

仵德厚是家中长子，他的舅父李止戈是于右任先生亲点的三原县三才子之一。仵德厚从三原县模范小学毕业后，14 岁考入三原县立初级中学，半年后因父亲失业而辍学。后来他曾在三原县南关一家名为"怡丰汇"的染房兼杂货铺做过学徒，还有过被人放高利贷的清苦经历。父亲为使仵德厚读书，曾在三原水津巷口收破烂谋生。

1926 年，仵德厚在父亲的一再要求下，考入三原陕西第三师范学校。读书期间，适逢冯玉祥将军在陕西招募学生兵，为减轻父亲的经济负担，他报考了学兵团并被录取。学兵团毕业后，曾被分配到冯玉祥属部任见习少尉、少尉排长、中尉连长、上尉营长，1930年西北军解体之后随残部并入国民革命军第三十军，曾参与对江西苏区的"围剿"。

抗战时，曾随三十军开赴北平外围房山以北杨尔峪东的四〇五七高地，阻击日军南下。最出名的是，参加台儿庄大战。时任三十师八十八旅一七六团第三营营长、敢死队队长的仵德厚所在三十师接到增援台儿庄的命令。1938年3月26日，仵德厚率三营官兵乘船渡过台儿庄运河，来到三十一师师长池峰城设在运河岸边一个大桥底下的指挥所。

接受池峰城的命令："由于敌人从西北角窜进城内，我城内官兵大部分伤亡，现已失去联系，命你固守台儿庄。"台儿庄大捷后，第二集团军总司令孙连仲亲自来到台儿庄城外，为仵德厚授予勋章。他因作战有功也升任为团长。

1941年，入中央军校（成都）高教班学习，毕业后任国民党第三十军二十七师少将副师长。

1948年7月至1949年4月解放军围攻太原时，任国民党第三十军二十七师少将副师长，率所部驻守太原。其间，他与二十七师师长戴炳南向阎锡山告密，破坏了另一抗日名将、其上级三十军军长黄樵松不愿打内战决定向人民解放军起义的计划。黄樵松因此遇害，同时遇害的还有与其谈判投诚计划的人民解放军八纵参谋处长晋夫等两名干部。仵德厚则被拔为二十七师师长。城破被俘后，被判徒刑十年。

1959年，刑满释放，服刑期间仵德厚认罪表现积极。服刑后又被指定到山西省太原东太堡太原砖厂当工人。

1975年，毛泽东签署发布"凡在国民党县团级以上军警宪特一律释放，与家人团聚"的命令，仵德厚得以返回陕西泾阳县老家，65岁的仵德厚开始学习放羊种地，后来进村办砖厂做工养家。

1984年后，担任了泾阳县政协第六、七、八届委员。

1997年后，仵德厚的抗战英雄事迹频频见诸各种新闻媒体，2005年纪念抗日战争暨世界反法西斯战争胜利60周年时，仵德厚故地重游，参观了抗战故地台儿庄。

2007年6月6日下午2时15分，仵德厚因病在泾阳县龙泉乡雒仵村的家中去世，享年97岁。

（176）徐长瑞

徐长瑞（1907—1979）字祥符，山东省无棣县人。中央军校校官研究班毕业。

1925 年，考入西北陆军干部学校学习。毕业后在西北军任排长、连长、营长、参谋处长。1936 年任第二十六路（总指挥孙连仲）第二十七师第七十九旅第一五七团第三营营长。后入中央军校校官研究班、第五战区战训班受训。1942 年，任阜颍师管区（司令鲁崇义）上校主任部员。

抗战后期，在高树勋部任职。

1945 年 10 月，参加邯郸起义。

1979 年春，在新疆逝世，享年 72 岁。

（177）许文耀

许文耀　（1897—？）别字炳南，河南徐水人。中央陆军军官学校洛阳分校步兵科、南京中央陆军军官学校高等教育班第四期毕业。陆军大学特别班第二期毕业。

历任国民革命军第三十九军步兵团排长、连长、营长、团长等职，率部参加北伐战争。1930 年任陆军补充训练旅旅长，讨逆军东路军独立第十师师长，陆军第十四军（军长曹福林）副军长，参加中原大战。1931 年 7 月，所部缩编，任陆军第十二军（军长孙桐萱）第二十九师（师长曹福林）副师长。1934 年 9 月，入陆军大学特别班学习，1936 年 2 月，任陆军少将，1937 年 8 月，毕业。

抗日战争爆发后，任陆军第五十五军第二十九师师长。1938 年 2 月 10 日，任陆军第五十五军（军长曹福林）副军长，兼任陆军第二十七师师长（前任师长黄樵松），率部参加南昌会战、枣宜会战、第二次长沙会战、鄂西会战、常德会战、豫中会战、鄂北会战诸役。其间曾发表任军事委员会军事参议院谘议等职。

1945 年 10 月，获颁忠勤勋章。1946 年 5 月，获颁胜利勋章。1946 年 6 月，任陆军整编第三十师（师长鲁崇义）整编第二十七旅旅长，率部在西北与人民解放军作战。

（178）薛明亮

薛明亮（1897—1959）字照宇，河南省郾城县白庙人。幼年家庭贫寒。南京中央军校高教班第五期毕业。

1917 年 3 月，第十六混成旅旅长冯玉祥派田金凯到河南漯河招兵，薛明亮应召入伍。此后，长期追随韩复榘，历任下级军官及师部参谋、参谋处长、旅部参谋长。1929 年 5 月，随韩复榘参加"甘棠东进"，叛冯投蒋。1931 年，担任第三路（总指挥韩复榘）第六军（军长韩复榘兼）第二十二师（师长谷良民）第六十五旅（旅长唐尧逊）第三团团长。1935 年，担任第二十二师（师长谷良民）第六十六旅（旅长李占标）第一三一团团长。1936 年 10 月，入南京中央军校高教班第五期学习，1937 年 8 月，毕业。

抗战全面爆发后，升任第三集团军第十二军（军长孙桐萱）第二十二师（师长谷良民）第六十六旅旅长。1938 年 2 月中旬，奉命在山东济宁大长沟构筑工事，阻击日军西进。激战中被日军炮弹炸掉半个鼻子。住院期间，冯玉祥多次前往探视。伤愈归队后在黄河沿岸阻击日军南下。1939 年，率部参加了收复开封的战斗。1940 年，任河南漯河警备副司令。1942 年，任第十二军（军长孙桐萱）第八十一师（师长葛开祥）团长。不久，调任苏皖边区招募处上校副处长。1946 年，进入南京孝陵卫中央训练团军官队受训。同年 12 月 23 日，授陆军少将。

后退出军队，到徐州枣庄中兴煤矿公司任职员。

徐州解放后，主动到华东野战军司令部投诚登记。

1959 年，在郾城县原籍逝世，时年 62 岁。

（179）阎廷俊

阎廷俊（1896—1957）　字灼三，河南省西平县洒店乡桂河村人。中央陆军军官学校高教班、陆军大学将官班。历任二十七师八十旅旅长、副师长、干训所教育长、豫鄂边区总指挥、挺进军总队司令等职。抗日名将。

阎廷俊出生于一个农民家庭，少时受过高小教育。1918 年在常德考入冯玉祥之第十六混成旅的学兵团模范连当兵。因他骁勇善战，做事踏实，又略通文墨，所以逐渐崭露头角，历任班、排、连长。1925 年升任冯玉祥之卫队旅第三团第一营营长。南口大战后驻军五原，1927 年进军潼关，升任卫队旅第三团团长。次年在洛阳晋升为第二十三师第六十七旅旅长，从此成为西北军一名将领。

1928 年，在讨伐张作霖、张宗昌的"二次北伐"中，阎旅斩关夺隘，迭挫强敌，受到冯玉祥的嘉许。

1930 年 4 月，蒋冯阎中原大战爆发。阎旅配属孙连仲部，与蒋军激战于平汉线。由于各部协同不当，加之东北军入关拥蒋，到同年 9 月，反蒋联军失败已成定局，诸将领纷纷自谋出路，阎廷俊也追随孙连仲投蒋，任孙之第二十六路军第二十七师第八十旅旅长。

1936年10月5日，国民政府发布第2170号公报：蒋孝先、阎廷俊、杜聿明等27人被授予少将军衔，抗战期间授予中将军衔。

抗战中，他率部先后在平津、娘子关等地抗击日军。1938年率部参加台儿庄战役，这是他一生参与的最辉煌的战役。后转战湖北、河南等地抗日。

徐州突围后，孙连仲鉴于抗战以来第二集团军损失惨重，尤其是干部缺员很多，遂成立干部训练团，并亲兼团长，任命阎廷俊为副团长兼教育长，主持干训团工作。

1940年春，阎调任鄂北抗日游击总指挥（指挥部设于高城），统率鄂北各县地方武装，在随县、枣阳、襄阳、樊城一带配合国民党正规军开展游击战争。

同年底，阎又调任河南省第四区专员兼豫北抗日挺进纵队司令。

1945年他在南京退役，转而从事城市建设工作。

1957年病逝，享年61岁。

（180）杨守道

杨守道（1903—1991.12.28）字胜天，山东省巨野县大义镇东杨庄人。南京中央军校高教班第一期毕业。

1922年，参加陆军第十一师（师长冯玉祥）当兵。后入陆军检阅使（冯玉祥）署教导团受训，随部参加了第二次直奉战争和首都革命，不久奉命开赴绥西地区驻防。1926年9月，冯玉祥从苏联考察回国后，重新整顿西北军旧部，宣布参加国民革命。杨守道随部驰援陕西，参加西安解围之战。1927年5月，率部开赴河南豫东地区与张宗昌直鲁联军作战，历任班长，排长、连长、营长、团长。

1930年，中原大战，冯玉祥失败下野后，所部退往豫北新乡一带。编入孙连仲第二十六路军。11月，杨守道任第二十六路军（总指挥孙连仲）第二十七师（师长高树勋）八十一旅（旅长王原布）第七团上校团长。1932年1月，所部改为一六一旅，仍任上校团长。4月，入南京中央军校高教班第一期学习，1933年4月，毕业后，任第二十七师上校附员，8月，任第二十七师第七十九旅一五八团上校团长。

七七事变爆发后，奉命由河南信阳北上，在河北涿州、琉璃河、山西娘子关等地抗击日军。1938 年 3 月下旬，由河南禹县开赴徐州，担任台儿庄右翼阵地防守任务。杨守道沉着指挥，同寨内部队紧密配合，与进犯日军血战 15 个日夜，取得大捷。战后，升任第七十九旅旅长。1939 年 4 月，带职进入陆军大学乙级将官班第一期深造。1940 年 2 月，陆军大学毕业后，任第三十七补充兵训练处少将副处长。1943 年 10 月，调充第六战区司令长官部少将高级参谋。1945 年 6 月，任第十一战区长官司令（孙连仲）部少将高参。

1947 年 3 月，任国防部少将附员。1948 年，调任第三十军（军长鲁崇义）军需处处长。1949 年 3 月，任国防部视察第十四组少将视察官。

1949 年 12 月 24 日，在四川绵阳地区随国民党第三十军军长鲁崇义通电起义。在重庆集训后，分到中国人民解放军四川万县军分区任军事教官。

1952 年，复员回家。

1986 年，任山东省巨野县政协委员。

1991 年 12 月 28 日，在山东省巨野县逝世，享年 88 岁。

（181）于竹山

于竹山（1908.8.11—1998.2.10）　曾用名于挽中，甘肃武威人，兰州第一师范毕业，中央军校特训班、中训团十八期毕业。黄埔军校第八期。

台儿庄大战时，从第二十六路军（孙连仲为总指挥，下辖二十七、三十、三十一师、独立四十四旅，原为冯玉祥的西北军，曾参加过"宁都起义"；卢沟桥事变后，该部改为第二集团军）第三十师（张金照）军法处少校附员，调任二十七师师部少校秘书、战地服团主任。

七七事变前，第二十六路军正在清江浦[1] 进行导淮入海水利工程。7 月下旬奉令北开，增援第二十九军。当时于竹山曾作纪实小诗一首：烽烟起北国，军情急如火；出师第一捷，血染琉璃河！后又坚守娘子关。1937 年 12 月下旬，整编为第二集团军的孙连仲部，由韩侯岭奉调洛阳补充整训。1938 年初，开赴台儿庄。台儿庄大捷后，升任师部中校副官长仍兼战地服团主任，1940 年，

---

[1] 清江浦，"中国运河之都"江苏省淮安市的主城区中的清河、清浦二区部分地区的古称。清江浦于 1415 年开埠，在明清时期是京杭大运河沿线享有盛誉的、繁荣的交通枢纽、漕粮储地和商业城市，是淮扬菜的发源地之一，至今已有 600 年的历史。

晋升为上校。1943 年夏初任三十军特别党部少将书记长，协助池峰城军长从事部队的政治教育工作。1945 年调任第十一战区司令长官部少将参议，1946 年调任河北省训团少将大队长，1948 年调任北平市训练团秘书主任。

1949 年 1 月 30 日参加北平专改，回武威从事地下革命工作。1951 年参加民勤县土改工作，1954 年调武威专区农业技术推广站任副站长，1955 年调任河西盐务局股长，后调武威县文物管理委员会工作。

1998 年 2 月 10 日，在武威逝世，享年 90 岁。

著有《八年抗战亲历记》。

（182）袁有德

袁有德（1905—？）字润吾，山东省濮县（今河南濮阳）人。中央军校高教班第三期、陆军大学乙级将官班第二期毕业。

早年参加西北军。历任连长、营长、团长、旅长等职。中原大战后，任第二十六路军（总指挥孙连仲）第三十师（师长张金照）第九十旅（旅长徐华荣）第一七九团团长，1934 年 9 月，入中央军校高教班第三期学习。1935 年 6 月毕业后，改任第八十八旅（旅长阎廷俊）第一七六团团长。

1938 年 3 月，率部参加徐州会战，担任台儿庄外围作战任务。1940 年 2 月，毕业于陆军大学乙级将官班第二期。

抗战胜利后，任联勤总部监护第一团少将团长。1948 年，入中央训练团受训。

1949 年，去台湾。

（183）张国安

张国安（1910—1938.4）　字诲罗，河南应城县葛蓬岗（今义和镇季伟村）人，黄埔军校（武汉分校）第七期步兵科，结业后留校当见习教官。

世代务农，家境比较富裕。张国安 8 岁入私塾读古书。5 年后考入应城县立高等小学，毕业后回乡屈志耕读度日，常发报国无门之慨。1929 年，张国安考入黄埔军校（武汉分校）第七期步兵科，结业后留校当见习教官。第二年秋，其父张成年通过私交打通关节，将其调回应城任县政府警卫连连长。后来，张国安又通过在外做官的同村张华辅引荐，出任河南商丘税务局副局长。

七七事变爆发后，张国安被召回部队，任国民革命军第四十二军二十七师七十九旅一五三团二营一连上尉连长，驻防琉璃河。同年10月，日寇进犯娘子关，张国安随军增援，在与敌军争夺旧关中英勇善战，重创来犯之敌，立了战功，晋升为少校营长。不久又被擢升为中校团附。随后，张国安率部到许昌一带整编补充。

1938年3月19日，张国安随部驰援台儿庄。22日，部队渡过大运河在贾汪东北集结，立即投入阵地，构筑工事。拉开了血战台儿庄的序幕。4月初，张国安率敢死队夜袭敌寇，因缺少重武器，就在空铁桶内燃放鞭炮，犹如机枪扫射声，虚张声势。又放火呐喊冲杀，吓蒙了的敌军慌了手脚，纷纷败退，我军乘胜追击，又夺回了阵地。

4月8日拂晓，日寇纠合6个联队的兵力再度大举反扑，张国安率部沉着应战，多次打退敌军进攻。战斗中，张国安腿部中弹，仍侧身卧地击毙日军数人。突然，一颗重型炮弹在张国安身边炸开。跟日寇血战16个昼夜的张国安，血溅国土，壮烈殉国。

张国安牺牲后，他生前所在部队派员护送其残缺遗骸和简陋遗物回应城。当时，葛蓬岗的乡亲们听殡仪卫士边哭边讲："几天前，张团附在台儿庄还向我们作战前训话：'日寇占我国土，杀我同胞，奸我妻女，烧我房屋，是我们不共戴天的仇敌，老子今朝跟小日本拼了，消灭他们！记得南宋文天祥说过，人生自古谁无死，留取丹心照汗青。弟兄们！我们马革裹尸、青史留名的时候到了！今天，张团附如愿了，马革裹尸，魂归故里。'"乡亲们听着听着，禾场上哭声如潮，哀声动地！应城各界人士和学生200多人，也自动前往葛蓬岗，为抗日英雄举行公祭。因其忠骨难收，只得修建衣冠冢。应城县政府还发给其遗属抚恤金，以资慰勉。

（184）赵绍祥

赵绍祥（1919.3.27—2015）河南省方城县赵河镇古营村马庄人。黄埔军校一分校（汉中）十六期十一总队步兵科。

1936年4月1日，在山东兖州从军，在第三路军二十师孙桐萱部学兵连当战士。1937年8月，升任第二十师炮兵团运输队中士班长。此时部队开拔至山东青岛崂山北边担任海防的防务。没多久，青岛沦陷，部队又撤至山东南部的大汶口负责镇守弹药库。1938年参加台儿庄战役，台儿庄战役胜利结束以后，部队转战山东西南部、河南西北部一带。赵绍祥又升任为师部侦察班上士班长。后中央军校到部队招生考试，赵绍祥参加应试被录取，成为陕西汉中第一分校十六期第十一总队第二大队的学生。1940 年，军校毕业，回到原部队担任第三集团军学生营少尉排长。时间不长，调任新七军暂编二十四师第二旅上尉参谋，不久调任一团机枪连任上尉连长。在新七军仅仅几个月，又调任位于安徽临泉，河南东部的鲁苏皖豫四省边区总司令部任少校参谋。不到 1 年，又回到郑州独立十四旅，此时日军在黄泛区东部与我军呈东西对峙。后来中原会战之洛阳保卫战打响，赵绍祥组织留守处携带军眷家属撤退到河南南阳内乡、登封、新郑、新乡一带修整。1943 年，赵绍祥又被调到河南与安徽太和县渡口与河南交界的黄泛区挺进军指挥部游击纵队参谋处第一课任中校作战课长，直到抗战胜利。

抗战期间，他参加了即墨县崂山前沿海防防卫战、济南保卫战、台儿庄战役、山东金乡、嘉祥、巨野等地的转移战，江西瑞昌等地的驰援战，后长期驻守在河南郑州地区的黄河边防。

抗战胜利后，赵绍祥不愿打内战，1948 年底，自行脱离国民党军队，返回河南老家。

1949—1950 年在家乡做医务工作，悬壶济世，服务乡亲。

1951 年，在上海医学进修班学习。

1952 年，在南京参加工作，先后在南京市工商局职工诊疗所、江苏省商业厅职工疗养院、职工医院任医师。

1955 年，因历史问题，被开除公职并遣送回原籍群众管制。1956 年，提前解除管制，参加邢庄乡联合诊所工作。

1957 年，被刑事判处 5 年劳改。1962 年，刑满留劳改农场就业。1969 年，还乡劳动。1972 年，参加村大队卫生所工作，直至改革开放。儿女孝顺，后居住在南京市向阳养老院。

2015 年，在南京逝世，享年 96 岁。

（185）郑万良

郑万良（1904—1942.2）字瑞图，又字小初，河南省沈丘县老城东小郑庄人。幼年入县立高等小学就读。中央军校高教班第四期毕业。

1922 年，投效冯玉祥部当兵，后入河南督军（冯玉祥）

署学兵团受训。毕业后在韩复榘部下任排长、连长、少校参谋。1926年8月，国民军南口作战失利后，随韩复榘接受晋军改编，同年9月，冯玉祥从苏联考察回国，郑万良重返西北军，参加了五原誓师和西安解围作战。1927年5月，随部进入中原地区，同北洋军阀作战。因功升任营长。1929年，在豫西陕县随同韩复榘叛冯投蒋，参加"甘棠东进"。中原大战后，任第三路军（总指挥韩复榘）第七十四师（师长乔立志）第二二〇旅（旅长马贯一）第四四〇团第一营营长。1935年9月，入中央军校高教班第四期受训，1936年11月，毕业。

抗战爆发后，任第五十五军（军长曹福林）第七十四师（师长李汉章）第二二〇旅（旅长李益智）第四四〇团团长。1938年，升任副旅长，随部转战于山东，河南、湖北等地，参加了对日徐州会战、武汉会战和1939年的冬季攻势作战。1940年，任第三十三集团军总司令（张自忠）部警卫团团长，直接归集团军总部指挥，同年5月，随张自忠将军参加了对日枣宜会战。东渡襄河攻击日军，在宜城南瓜店附近陷入重围，部队伤亡惨重。5月16日，张自忠将军壮烈殉国，郑万良率残部血战脱险。不久，调任第三十军第一补充团团长，豫鄂边区游击支队长。

1942年2月，因与人不和，惨遭暗害，时年38岁。

（186）仲得山

仲得山（1902—?）字峻岭，山东省济宁东吴太匿人。中央军校高教班第四期毕业。

早年参加西北军，历任军职。中原大战后，所部被改编。1935年9月，入中央军校高教班第四期受训。1936年，毕业后任第二十六路军（总指挥孙连仲）独立第四十四旅（旅长张华堂）第七二九团上校团长。

（187）周遵时

周遵时（1900—1971）字景侠，山东即墨人。黄埔军校高教班第五期毕业。

早年参加西北军。1922年10月，任第十一师（师长冯玉祥）第二十二旅（旅长张之江）第四十三团（团长韩复榘）排长。后任连长、营长。1929年5月，在豫西随部参加"甘棠东进"。1931 年，任第三路军（总指挥韩复榘）第十二军（军长孙桐萱）第二十师（师长孙桐萱兼）第六十旅（旅长马进功）第三团团长。1935 年，任第三路军独立重迫击炮团上校团长。1936 年 10 月，入中央军校高教班第五期学习。1937 年 8 月，毕业后升任第二十师第六十旅旅长。

1938 年 1 月，调任第二十师副师长。6 月，升任第二十师师长。1939 年 6 月，授陆军少将。1942 年 9 月，接替唐邦植，任第十二军（军长孙桐萱）副军长。12 月，孙桐萱被蒋介石监禁。1943 年 9 月 22 日，周遵时被汤恩伯调至印度接受美国顾问团训练。所遗副军长职，由张测民接任。1948 年，授陆军中将。不久，去台湾。

1971 年，在台北病逝，享年 71 岁。

1938 年，准备上抗日战场的中国士兵。罗伯特·卡帕拍摄，曾被美国《时代》杂志选作封面。

台儿庄大战之

黄埔
师生录
下

吕东来 著

团结出版社

第七章　台儿庄大战中的中央军

国民政府时期的中央军一般是指国民革命军中的嫡系部队，通常所指为听命于蒋介石的黄埔嫡系将领所统率的部队。是与具有相当的独立性并把持一定地方政权、财权的诸如桂系、粤系、晋系、滇系、川军、西北军、东北军和其他地方军阀武装相区别的部队。

中央军从来源上又分为：黄埔嫡系将领统率的中央军嫡系部队；蒋在北伐及历次的军阀混战中不断收编的被打败、失去地盘、编入中央序列的中央军旁系部队。

一、第二十军团及战斗序列

1937 年 10 月 10 日，国民革命军第十三、五十二两个军在河南新乡，合编为国民革命军第二十军团，其中十三军辖有第四、八十九两个师。第四师原为教导第二师，第八十九师原为军校武汉分校教导队和武汉北区要塞部队改编而成。这两个师皆为军校教导部队，具有示范性质，其装备精良，兵员素质亦极佳。五十二军辖有第二、二十五两个师。第二师原为第三、十四、五十四 3 个师于北伐胜利后缩编而成，这个师在二十军团中历史最长，战绩最为优秀。第二十五师则是由第四师抽调部队扩编而成，其官兵素质亦不差于另三个师，但是作战经验略为逊色。

1938 年 2 月，第二十军团在归德（今河南商丘）整补时获得了第八十五军的番号，同时又纳编了第一一〇师。一一〇师为杂牌部队，其历史可追溯至冯玉祥国民军时期，几经改编于抗战爆发后扩编为骑兵第四军，后因军长檀自新图谋不轨而被包围缴械，并被改编为新编第五师。1938 年 1 月，新五师与独立第四十六旅（鲍刚）以及豫北师管区的 5 个新兵营一起，在焦作被改编为补充第二师，同年二月开赴孝义训练，旋改称为一一〇师。该师历史虽久，但是组织人事复杂，派系不同，装备又差，战力不强。

军团长汤恩伯得到扩编新军的命令后，将第十三军所辖的第四、八十九师编入八十五军序列，以新纳入建制的一一〇师以及军团直属骑兵团编入十三军序列，五十二军序列不变。上述各师皆为两旅四团制，总兵力达 7 万 2 千余人。第二十军团是蒋介石的嫡系主力部队，于 1938 年 3 至 5 月间，是台儿庄战役和徐州会战的主力攻击兵团，与阻击兵团孙连仲第二集团军一样功不可没。

同年 5 月 3 日，民国政府行政院第 361 次会议议决褒奖第二集团军总司令孙连仲、第二十军团军团长汤恩伯。《决议案》称："台儿庄一役，孙司令连仲指挥所部，固守该地之村落，沉着应战，予敌重创，使友军达成包围任务。汤军团长恩伯指挥主力部队，迂回枣、峄等地，侧击敌军，获取胜利之基础。该总司令、军团长，忠勇奋发，指挥恰当，应即呈请国府，明令颁给青天白日勋章，以昭懋赏，而资激励。"

因台儿庄战役有功，同时获得此勋章的还有：第二十军团第八十五军军长王仲廉、第五十二军第二师第六旅第十一团团长陈林达；第二集团军第三十军军长田镇南、第四十二军军长冯安邦、第二十七师师长黄樵松、第三十师师长张金照、第三十一师师长池峰城、独立第四十四旅旅长吴鹏举；第三军团军团长庞炳勋；炮兵指挥官、炮七团团长张广厚等 12 人。

第五十二军素有"国军第六大主力"之称，成立于 1937 年，基本战力为第二师与第二十五师。抗日战争初期参加台儿庄战役、第一次长沙会战等战役，日军进驻法属越南后，第五十二军调防云南南部，防止日军攻击滇南。在国军接受美援后，五十二军成为半美械部队。

其前身是中央陆军军官学校所属六个教导团。1930 年春，中央陆军军官学校所属六个教导团编为教导第二师。同年 5 月，教导第二师改为教导第四师，师长徐庭瑶。1932 年冬，教导第四师扩编为国民革命军第十七军，军长徐庭瑶。下辖第二师、第四师、第二十五师。1933 年 3 月，长城战起，该军急调北平，参加长城战役及冀东作战。1935 年 6 月后，该军奉命撤出北平，开赴河南洛阳休整。1936 年春，该军调至晋南地区。

1937 年 8 月，第十七军以第二十五师为主扩编为第五十二军，隶属第一战区，军长关麟征。下辖第二师，师长郑洞国；第二十五师，师长张耀明。该军组成后，参加平汉路北段作战。1938 年，该军转进至山东，参加徐州会战和武汉会战。同年 6 月，关麟征升任第三十二军团军团长，张耀明升任第五十二军副军长兼第二十五师师长，同年秋，继任军长。

除了长城战役，第五十二军在抗战初期参加了台儿庄战役、徐州会战、第一次长沙会战等战役。

抗战胜利后，由滇南驻地赴越南北部接受日军投降，后从海防由美军船运秦皇岛，一路沿北宁铁路经长城攻入东北，击败林彪部接收沈阳，后进军安东。在辽沈战役时，经国民政府东北"剿匪"总司令部总司令卫立煌许可，未随廖耀湘兵团西进解锦州之围，反而南下抢占营口，原为海岸后勤并且留守退路，后来经海路全师而退至葫芦岛，再船运至江南整补。

上海战役期间，第五十二军于月浦之战造成解放军重大损失。1949年，在军长刘玉章率领下，先撤到舟山，后至澎湖，再到台湾，是国民党军队极少数以完全建制能保持完整战力的来台之部队。

1954年7月1日，第五十二军番号改编为第八军，1956年更动番号为第三军，1976年先更动番号为第十一军，再改为第六十九军。1989年军级单位裁撤，时驻地为台北。

来台后，其第二师后变更为第三三师、第三三三师，代号为埔光部队，素有"天下第一师"称号（因第一师覆灭未撤退来台）；第二十五师变为第三十四师、第二三四师，代号为长城部队；两师皆为国民党军队主力。

师级单位裁撤后，埔光部队（黄埔之光）保有一旅：第二九八旅，改代号埔传部队；长城部队（纪念长城战役古北口之役）保有一旅：第二〇〇旅，改代号古北部队。2013年4月1日，第二〇〇旅再次更换番号为第二三四机械化步兵旅，代号恢复为长城部队。2013年7月1日，第二九八旅更换番号为第三三三机械化步兵旅，代号恢复为埔光部队。

历任军长从成军至撤台初期为关麟征、张耀明、赵公武、梁恺、覃异之、刘玉章、郭永。

赴台历任军长依序为侯程达、张光智、田树樟、郝柏村、胥立勋、丁恩元、张道一、张振远、蒋仲苓、夏超、梁凤彩、李君志、柏隆柜、罗本立、黄世忠、王文燮、张前广、张光锦、梁世锐。

第五十二军在台儿庄战役时是攻击兵团，担负战场上关键性的任务和第八十五军、第七十五军在台儿庄附近向敌展开猛烈攻势。台儿庄大战前日军矶谷师团濑谷支队攻陷滕县后，当晚攻占临城（今薛城），以一部沿津浦线南下，攻占韩庄，企图直犯徐州，遭到布防于运河沿线的第五十二军郑洞国第二师的阻击后，日军拼力争夺台儿庄，占领市街。中国军队展开街垒战，逐次反击，肃清敌人，夺回被日军占领的市街。日军为解台儿庄正面之危，速以第五师团坂本支队（相当于团）从临沂驰援，进至兰陵北面的秋湖地区，即被第五十二军卷击包围。4月3日，第五战区发起全线反攻，激战数天，歼灭日军濑谷支队大部、坂本支队一部共万余人。其余日军残部于7日向峄城、枣庄撤退。台儿庄大战胜利后，曾在徐州会战台儿庄大战中与第五十二军较量过的板垣征四郎评价说："关麟征的 1 个军应视为普通支那军 10 个军。"

第五十二军之第二师，颇有历史渊源。

1925 年 4 月 29 日，国民政府为建立革命武装，于扩编党军第一师时又陆续扩编教导第四、第五两团。同年 8 月 26 日，国民政府于广东广州将教导第四、第五两团扩编为国民革命军第二师，辖三团。师长由原军校潮汕分部行营主任王懋功（江苏铜山人，伏龙芝军事学院、保定军校一期肄业）担任。10 月，该师参加第二次东征。

1926 年 2 月 26 日，师长王懋功因涉嫌"图谋不轨"被免职，调教导师副师长兼参谋长刘峙（江西庐陵人，保定军校二期步科）升任师长。

1927 年 9 月 26 日，师长刘峙升任第一军军长，仍兼第二师师长职。10 月，该师于临淮关击退张宗昌部反攻，继而协攻徐州。11 月 25 日，兼师长刘峙辞去兼职专任第一军军长，由第二师副师长徐庭瑶（安徽无为人，保定军校三期步科）递升师长。1928 年 4 月，该师参与第二期北伐，战于山东临城，策

在台儿庄战役中，关麟征军长（右二）与范长江（右一）、陆诒（右四）合影。

应友军攻占济南。

1928年7月25日，根据编遣决议，该师第二次重组以第三、第十四、第五十四3个师以及第九军教导团缩编为第二师，师部在安徽蚌埠成立，辖三旅六团（17862人）。师长由第九军军长顾祝同（江苏安东人，保定军校六期步科）降任。该师成立之初分驻宿县、蒙城、阜阳整训。

1929年10月15日，师长顾祝同升任第一军军长，仍兼第二师师长职。时蒋冯战争爆发，该师战于临汝。11月开赴南京，卫戍首都。12月沿津浦线追击石友三部。1930年5月中原大战爆发。该师同晋军胶着于陇海路，先后战于砀山、民权。后移防河南焦作。

1931年5月4日，师长顾祝同升任国民政府警卫军军长，调参军处参军上官云相（山东商河人，保定军校六期步科）接任师长。6月7日，师长上官云相升任第九军军长，由第二师副师长楼景越（浙江诸暨人，黄埔军校一期）递升师长。7月，该师开赴平汉路北段配合东北军夹击石友三叛军。8月，开赴河南信阳、潢川"围剿"红军。12月26日，师长楼景越它调，调第四师副师长汤恩伯（浙江武义人，日本陆军士官学校十八期步科）升任师长。1932年1月，该师于商潢公路北进时遭红军伏击，一度败退潢川。战后调往开封休整。

1932年3月1日，汤恩伯调任第八十九师师长，调第一师第二旅旅长黄杰（湖南长沙人，黄埔军校一期）升任师长。6月，该师开赴鄂豫皖苏区参与对红军的第4次"围剿"。

1933年1月，日军侵犯热河，该师奉命参战。3月抗击日军于古北口之南天门，战至5月撤防，驻河北怀柔整补。6月进驻北平。1934年3月，该师一部由副师长惠济率领南下江西"围剿"红军。

1936年3月26日，师长黄杰调任税警总团总团长，由副师长郑洞国（湖南石门人，黄埔军校一期、中央军校高教一期）代理师长。西安事变发生后，该师集结于潼关，对西安采取包围态势。1937年1月西安事变和平解决后，回驻徐州。

1937年5月12日，代师长郑洞国任师长。8月，该师即开赴平汉线北段之满城、保定、新安镇修筑工事。9月，同日军战于保定，继而撤守邢台。11月入林县山区开展游击，成功偷袭日军安阳机场。1938年3月，该师参加徐州会战，先后在利国驿、枣庄、峄县、兰陵作战，为台儿庄战役之大捷出力颇多。5月撤往归德整补。

1938年7月4日，师长郑洞国调升第三十一集团军高参兼第九十八军副军长，调第四十师副师长赵公武（广东大埔人，黄埔军校潮州一期步科，中

郑洞国将军与舒适存参谋长在研究部队训练方案

央军校高教四期、陆大将官班甲一期）升任师长。8月，该师参加武汉会战。1940年6月移防广西柳州。11月移驻湖南衡山。1941年3月，该师再返广西，驻于田东。8月入滇，先后驻防于富宁、文山，担负中越边境之警备。

　　1942年7月15日，师长赵公武升任第五十二军副军长，由副师长刘玉章（陕西兴平人，黄埔军校四期步科、中央军校高教四期）递升师长。1945年9月，开赴越南海防受降。11月船运秦皇岛。1946年3月开赴沈阳。1947年6月23日，师长刘玉章升任第五十二军副军长，仍兼第二师师长职。11月，该师攻占海城、大石桥。12月29日，兼师长刘玉章辞去兼职专任第五十二军副军长，由第二师副师长平尔鸣（陕西兴平人，黄埔军校四期经科）递升师长。同月，该师于沈阳外围击退东北民主联军之进攻。1948年2月再于白塔铺告捷。

　　1948年3月，师长平尔鸣升任第五十二军副军长，仍兼第二师师长职。10月，因东北战局失利，海运西撤葫芦岛，再经上海撤往江苏常州整补。12月，兼师长平尔鸣辞去兼职专任第五十二军副军长，由第二师第四团团长郭永（湖南澧县人，第二师教导队五期、中央军校高教十期）递升师长。1949年4月，该师进驻上海阻击中国人民解放军，终因战局不利而撤往舟山。6月开赴台湾。7月移防舟山登步岛。8月再回台湾，担负中坜至新竹一线之海防。

1949 年 10 月，师长郭永升任第五十二军副军长，调第五十二军参谋长侯程达（奉天辽阳人，中央军校十一期步科、中央步校四期）接任师长。1951年 12 月，该师参与驻台军队之检阅，成绩名列第一。1952 年 6 月 1 日，第二师与第四十师一部并编为第三十三师（师长侯程达）。

国民革命军陆军第二师之历史至此结束。

第五十二军之二十五师，号称"千里驹师"，其师长、副师长曾是赫赫有名的关麟征和杜聿明。无论德械师还是美械师都是较早改装的。早年和红军累次交手，胜多负少，名气很大，而且善于学习经验。发现红军特别能跑后也把行军神速当做该师特点。这在当时的国民党军队中是个特例，一般地说，国民党军跑不过红军是普遍现象，很少有二十五师这样铁脚板的。

1933 年，二十五师第一次施展其千里奔袭的本领，七天时间行军九百公里参加长城抗战，和中央军第二、八十三师一起在长城古北口要塞和日寇血战一个多月，二十五师几乎被打残，但也给日军以重创。回到内地整编后，张耀明任师长，参加了台儿庄战役、长沙会战等。"兵贵神速"，速度就是战斗力，二十五师无论是增援还是奇袭都快捷迅速，甚至撤退都能很快摆脱敌人追击。渐渐的，"千里驹师"开始叫响，名气也跟着五十二军大了起来。

蒋介石在武汉珞珈山军官训练团讲话时说："中国军队如都像五十二军那样战斗力强，打败日本军队是不成问题的。"作为五十二军主力的二十五师战斗力可见一斑。抗战后期，"千里驹师"随五十二军南下驻防中越边境，后又到越南受降，驻军越南。于是这匹"千里驹"在中国的大地上南北驰骋，甚至跑到了国外。

第八十五军前身是国民党中央军教导师一部。1931 年，国民党以中央教导第二、第三师各一部分别扩编为第四师、第八十九师，隶属第十三军。1937 年 11 月，为加强徐州会战的军事力量，国民政府以第十三军第四师、第八十九师在晋南合编组成第八十五军。王仲廉任军长，王万龄任副军长。辖第四师（王万龄兼）；第八十九师（张雪中）。该军组成后即由山西调往徐州，参加徐州会战。1938 年 6 月，该军奉命参加武汉会战时进行编制调整，将原隶属第五十三军的第九十一师奉命改隶该军，此时该军下辖第四师、第八十九师、第九十一师，随即参加了武汉会战。后该军撤到陕西汉中地区整训。在整训中，该军调往湖北枣阳附近，参加了随枣会战和当年的冬季攻势作战及枣宜会战。

1940 年 11 月，王仲廉升任第三十一集团军副总司令，李楚瀛继任军长，陈大庆、李宗鉴任副军长，下辖：第四师（石觉）；第二十三师（倪祖耀）；

台儿庄会战中的关麟征与张耀明

预备第十一师（蒋当翊）。1941年1月至10月，该军先后参加了豫南会战和第二次长沙会战。

1943年1月，该军隶属第十五集团军后，李楚赢升任第十五集团军副总司令，吴绍周继任军长，张测民、倪祖耀任副军长。下辖：第二十三师；第一一〇师（廖运周）；预备第十一师（蒋当翊）。1944年4月，该军奉命参加豫中会战后退至豫西芦氏一带防守。1945年春，该军在参加豫西鄂北会战中伤亡惨重，战后调至陕西商南整训。日本投降后，该军奉命调至郑州一带受降。

1946年上半年，该军改编为整编第八十五师，隶属整编第二十六军（第三十一集团军）。吴绍周改任师长，倪祖耀改任副师长。该整编师由郑州渡黄河至豫北，参加了豫皖边战役。

1947年3月，国民党军对山东解放区重点进攻后，该军又先后参加了泰蒙战役、孟良崮战役、阻止人民解放军挺进大别山的追击和堵截战役、大别山区战役，增援豫东战场的平汉路进攻战役等作战。在阻止人民解放军挺进大别山的作战中，该师在汝河南岸设防，企图阻止人民解放军南进，受到人民解放军的重创。

1948年9月，整编第八十五师恢复第八十五军番号。吴绍周任军长，张文心任副军长，陈振威任参谋长。该军恢复番号后，即参加了淮海战役。在淮海战役第2阶段作战中，该军第一一〇师在师长廖运周的率领下举行战场起义；第二十三师在师长黄子华率领下集体向人民解放军投诚。该军其余部队被人民解放军全歼于宿县西南双堆集地区，兵团中将副司令长官兼军长吴绍周、少将副军长张文心、少将参谋长陈振威等被俘。

1949年1月，国民党军在浙江义乌重新组建第八十五军，隶属第九编练司令部。吴求剑任军长，下辖：第二十三师（杨继章）；第一一〇师（廖运升）、第二一六师（谷允怀）。该军重新组建后，即参加江防战役，配置在浙东地区，担任第二线防御任务。同年5月4日，该军第一一〇师在师长廖运升的率领下在浙江义乌起义，加入人民解放军的行列。军部率其余部队逃到福建后，第二一六师在福州战役中被人民解放军全歼。

第八十五军之第四师先后成立过4次。

参加台儿庄战役的第四师是以教导第二师在河南开封改称第四师，辖三旅六团。师长由原第一师副师长徐庭瑶（安徽无为人，保定军校三期步科）担任。该师成立之初驻于杭州从事整补工作，并陆续扩编两个补充团。1931年2月曾抽调第十旅于赣东北配合友军进攻红军方志敏部。7月配合东北军"围剿"石友三叛军。9月开赴湖北武汉"围剿"红军第二军团。同时扩编特务团、骑兵团各一。1932年1月，第十二旅于天门遭红军重创。6月，开赴皖西"围剿"红四方面军，先后在霍邱、金家寨与红四方面军主力作战。10月回驻蚌埠。

1933年1月7日，师长徐庭瑶升任第十七军军长，由第四师副师长邢震南（浙江嵊县人，保定军校二期步科）递升师长。10月浒湾一役，重创红三军团。

1933年12月16日，师长邢震南调任参谋本部高级参谋，由第四师副师长冷欣（江苏兴化人，黄埔军校一期、陆大正十三期）代理师长。时福建第十九路军另立政府，该师奉命入闽平变，于1934年1月占南平。2月，福建政府瓦解。

1934年2月25日，代师长冷欣调任"剿匪"军第十纵队参谋长，由第十纵队司令官汤恩伯（浙江武义人，日本陆军士官学校中国队十八期步科）兼任师长。时国民政府对红军中央苏区的第五次"围剿"开始，该师与友军通力合作，迫使红军开始长征。12月开赴长沙，进攻红军萧克部。1935年6月于通城击败红军徐彦刚部。8月整编为调整师。

1935年9月30日，兼师长汤恩伯升任第十三军军长，由第四师副师长王万龄（云南腾越人，黄埔军校一期）递升师长。同时，师骑兵团调归第十三军直辖。10月按调整师编制改组（第二期），并逐步装备德械。同时奉命入晋，协助晋军堵截红军。12月移驻陕西绥德。1936年11月入绥，配合友军在百灵庙重创伪蒙军，取得大捷。此后该师驻于集宁、卓资山，镇守绥东。抗战全面爆发后，8月于河北南口抗击日军，经十天作战，以损失过重撤往河北易县，再退安阳。

1937年12月10日，兼师长王万龄调任第八十五军副军长，由第四师副师长陈大庆（江西崇义人，黄埔军校一期）递升师长。时该师于沁县、沁源、长子、长治等地节节抗击日军。1938年1月以长期作战未经补充而开赴河南南阳整补。2月再赴归德接收新兵。4月参加徐州会战，经峄县、台儿庄诸役，重创日军第六十三联队，为台儿庄之大捷出力颇多。峄县一役，第十二旅二十三团团长陈纯一殉职。武汉会战时于阳新、通山抗击日军。

1939年1月5日，师长陈大庆升任第八十五军副军长，由第四师副师长石觉（广西桂林人，黄埔军校三期步科）递升师长。1940年1月参加冬季攻势。4月参加枣宜会战，经沁阳、湖阳两战，击退当面之日军，并适时发动反击，缴获颇丰。11月，该师开赴河南南阳整训。1941年2月参加豫南会战，配合友军在确山、仪封抗击日军。9月，主动出击驻长台关之日军，于查山重创日军第二十九旅团之一部。

1942年3月28日，师长石觉升任第八十五军副军长，由第四师副师长蔡剑鸣（广西桂林人，黄埔军校三期步科、陆大将官班乙三期）递升师长。该师长驻临汝。1944年4月豫中会战事起，驻河南之国军大败。该师虽于登封一度击退日军，然于大局无济于事，被迫弃守临汝。10月开赴重庆。11月移驻贵阳。1945年4月，该师改换美械。

1945年7月1日，师长蔡剑鸣升任第十三军副军长，由第四师副师长骆振韶（浙江永康人，黄埔军校六期辎重科）递升师长。时该师空运广西柳州，并奉命戍守之。9月日本宣布无条件投降后，进驻广东广州，旋即开赴香港。10月海运秦皇岛，击退山东之八路军，连占山海关、绥中、葫芦岛、锦州、义县。1946年1月移驻热河平泉。2月解平泉以西友军之围。6月国共内战全面爆发。7月，该师攻占承德。10月入察，占赤城。11月于怀来同友军会师后回驻热河承德，戍守热西。1947年5月，师主力于宽城、八里罕击退晋察冀野战军之一部，另以一团坚守隆化。1948年6月又于承德挫败晋察冀野战军之进攻企图。

1948年9月，师长骆振韶升任第十三军副军长，仍兼第四师师长职。

1948年11月10日，兼师长骆振韶升任第十三军军长，由第四师副师长郑邦捷（浙江南田人，中央军官学校七期步科）递升师长。时该师撤守通县，再退北平，担负广渠门防务。曾于12月配合友军攻击南苑，1949年1月攻击丰台，但都被中国人民解放军东北野战军击退。1月22日，该师由第十三军高参虞上勤率领在建国门外接受中国人民解放军和平改编。2月26日，第四师改编为中国人民解放军独立第四十七师（师长郑邦捷）。4月10日，独立第四十七师番号撤销，官兵并入中国人民解放军第四十四军各部。

第八十五军之第四师之历史至此结束。

国民革命军陆军第八十九师是1931年以钱大钧教导第三师的一部编成，由汤恩伯出任首任师长，在汤恩伯的苦心经营下，该师很快成为汤的起家部队，至抗战初期，该部队已经成为国军的主力之一。八十九师下辖二六五，二六七两个旅，每旅下辖 2 个团，并且每旅还配有 1 个小炮连，师直属队有炮兵营、工兵营、通信营、骑兵连、战防炮连、辎重连、特务连、军医院等，计军官 666 人，士兵 11851 人。

其装备较好，共装备中正式 79 步枪 4500 支，哈乞开斯轻机枪 324 挺，24 式马克沁重机枪 48 挺，24 式马克沁高射机枪 24 挺等。弹药也很充足。

第二十军团战斗序列：

军团长：汤恩伯【黄埔教官】

　　参谋长：万建蕃

　　参谋处长：苟吉堂

辖：第十三、五十二、八十五军

第十三军

军长：汤恩伯（兼）

副军长：鲍　刚【黄埔高教班二期】

副军长兼二十军团干训班副主任：王万龄【黄埔一期】

　　参谋长：万建蕃（兼）

　　　参谋：任盛濂【黄埔六期】

辖：第一一〇师、独立骑兵团

　　第一一〇师

　　师长：张　轸【黄埔战术总教官】

　　副师长：王晓民

　　　　　　吴绍周【黄埔高教班五期】

　　　参谋长：秦鼎新【黄埔教官】

　　第三二八旅旅长：辛少亭【黄埔高教班四期】

　　　第六五五团团长：鲍汝沣【黄埔高教班四期】

　　　第六五六团团长：廖运周【黄埔五期】

　　第三三〇旅旅长：李世勋

　　　第六五九团团长：王振淮

　　　第六六〇团团长：张继烈【黄埔四期】

　　独立旅旅长：范龙章

　　独立骑兵团团长：李之山

第五十二军

军长：关麟征【黄埔一期】

副军长：张耀明【黄埔一期】

参谋长：姚国俊【黄埔四期】

参谋处长：吴丽川【黄埔四期】

政训处训员：柯大澍【黄埔武冈分校十七期】

第二师

师长：郑洞国【黄埔一期】

副师长：赵振起

参谋长：舒适存【黄埔高教班一期】、郑明新【黄埔五期】

参谋主任：罗汝正【黄埔四期】

参谋：廖传枢【黄埔六期】

政训处处长：方济宽【黄埔五期】

第四旅旅长：钟祖荫【黄埔三期】

第七团团长：刘玉章【黄埔四期】

第二营营长：周开成【黄埔分校（武汉）七期】

第八团团长：刘　平【黄埔四期】、尹先甲【黄埔五期】

第一营三连二排排长：赵宗汉【黄埔洛阳分校十三期】

第六旅旅长：邓仕富【黄埔二期】

第十一团团长：陈林达【黄埔四期】、吴啸亚【黄埔四期】

第十二团团长：汪　波【黄埔三期】、骆振韶【黄埔六期】

师直属骑兵团团长：叶剑雄【黄埔教官】

第二师还有某营营长：丁保如（1938年4月牺牲）【黄埔八期】

第二十五师

师长：张耀明【黄埔一期】

副师长：梁　恺【黄埔一期】

参谋长：覃异之【黄埔二期】

参谋主任：王作栋【黄埔四期】

参谋：徐幼常【黄埔五期】

第七十三旅旅长：戴安澜【黄埔三期】、覃异之

参谋主任：吴泽道【黄埔高教班五期】

第一四五团团长：韩梅村【黄埔三期】

第一四六团

第二营营长：曹云剑（1938年4月24日牺牲）【黄埔六期】

第三营营长：罗怒涛【黄埔七期】

第七十五旅旅长：张汉初【黄埔二期】

第一四九团团长：刘××

副团长：李正谊【黄埔四期】

第一五○团团长：高　鹏(1938年4月24日牺牲)【黄埔四期】

营长：李运成【黄埔六期】

第三营营长：楼浩卿(1938年4月24日牺牲)【黄埔六期】

第八十五军

军长：王仲廉【黄埔一期】

参谋长：张公达【黄埔四期】

参谋：郑　平【黄埔十四期】

第四师

师长：陈大庆【黄埔一期】

副师长：王毓文【黄埔教官】

石　觉【黄埔三期】

参谋长：金　式【黄埔六期】

作战科长：黄辉亚【黄埔六期】

秘书：郭雪萍【黄埔高级训练班】

军官教导队队长：王光荃【黄埔四期】

第十旅旅长：倪祖耀【黄埔三期】

副旅长：金式祁【黄埔三期】

第十九团团长：傅镜芳【黄埔五期】

第二十团团长：刘汉兴【黄埔四期】

第十二旅旅长：石　觉、蒋当翊【黄埔三期】

第二十三团团长：陈纯一(1938年3月牺牲)【黄埔三期】、
谷永怀

第二十四团团长：蒋当翊、彭赉良【黄埔六期】

工兵营营长：巫剑锋【黄埔七期】

炮兵第七团八连连长：应讯华【黄埔十期】

第八十九师

师长：张雪中【黄埔一期】

副师长：张公达（兼）

李　铣【黄埔一期】

参谋长：荀吉堂（兼）、吕公良【黄埔六期】

参谋：李梯青【黄埔武汉分校六期】

报务员：周协南【黄埔八期】

第二六五旅旅长：赖汝雄【黄埔二期】

参谋长：张绩武【黄埔武汉分校七期】

第五二九团团长：罗芳珪（1938年4月6日牺牲）【黄埔四期】

副团长：李友于（1938年4月6日牺牲）【黄埔四期】

第五三〇团团长：谭乃大【黄埔四期】

第二六七旅旅长：舒　荣【黄埔三期】、陈岚峰【黄埔教官】

第五三三团团长：李守正【黄埔四期】、

第五三四团团长：李　全

独立团团长：张绩武（兼）

炮兵营连长：颜棫才【黄埔六期】

第八十九师还有万宅仁【黄埔六期】等人。

所属二十军团，在台儿庄大战期间，具体职务不详者有：姚秉勋【黄埔三期】、蔡剑鸣【黄埔三期】、彭士量【黄埔四期】、胡冠天【黄埔五期】。

二、第二十军团黄埔师生血战台儿庄

1938年1月，汤恩伯率第二十军团到南阳整训。2月即调归德，成为台儿庄战役之中坚。汤军团于1938年3月15日奉调开抵鲁南参加台儿庄战役。根据第五战区的战略部署，汤军团从台儿庄北上进入抱犊崮山区。3月25日至26日，开展枣庄、郭里集之役，27日从抱犊崮南下，协同孙连仲第二集团军向进犯台儿庄之敌猛攻。31日下午变更态势（这一变更引起后来的争议），于4月1日至3日在向城、兰陵一带进行扫荡作战，肃清来自临沂的日军第五师团坂本支队，使坂本支队与濑谷支队会合成为泡影。4日至6日，汤军团继续南下，取得大顾珊之战的胜利并大败坂本支队于底阁、杨楼。6日，汤、孙两军在台儿庄东北造成了合围的态势，使濑谷支队全线崩溃，我军适时抓住战机，发起反击，一举取得了4月7日的台儿庄大捷。根据《李宗仁回忆录》，谓汤恩伯在此役前后充分显露其对友军见死不救的一面：在滕县不救援川军王铭章部，听凭其被日军击溃；而当第二集团军在台儿庄正面坚拒时，汤恩伯也是坐等西北军同日军连番血战，彼此拼光了所有预备队后才发动反攻，使日军大部败而不溃，顺利逃出包围圈。致使后来几十年，对汤恩伯在台儿庄战役中的作用，众说纷纭、毁誉参半。

但学者们认为汤恩伯是台儿庄制胜的举足轻重的关键因素。所谓台儿庄反攻时不听李宗仁命令、逡巡不前,似有对汤军团与坂本支队迂回作战的误解。因为汤军团发现日军坂本支队已到达邵家庄,出现在二十军团的侧翼;而另一日军主力已到达官庄,兰城一带,双方相距不足 15 公里。如果双方向两面推进,二十军团无疑被摧毁,所以汤恩伯认为战场瞬息万变,将在外军令有所不受,于 31 日下午作出大胆决定,修改作战计划:以二十五师后移阻击向城的坂本支队;第四师攻击爱曲、秋湖一带的日军;八十九师抵达洪山镇以东,掩护二十五师。这么做,可以摆脱二十军团侧翼威胁,使得其在最后的总攻没有后顾之忧,也能把矶谷师团的残部纳入包围圈,增加台儿庄的战果。汤的行军路线是南下——迂回——南下的过程。虽然修改了作战计划,耽搁了三天的时间,但汤军团完成扫荡任务后,即按照李宗仁的手令继续南下,对于台儿庄整体战局没有导致恶化,而且最终完成了对台儿庄之敌的合围。

李与汤有素来不合之说,李坐镇徐州,只要求汤部完成任务而已,对于汤部所面临的处境无从知道,却一再说汤是畏敌不前、见死不救,并无道理。同为桂系的白崇禧在徐州会战后的总结中说:"汤恩伯司令用兵适宜,当敌攻击台儿庄之际,迅速抽调进攻峄县而逞胶着状态之兵力,反包围台儿庄之敌人与孙连仲部相呼应。同时,并调关麟征、周嵒二部击破敌人由临沂派来解围台儿庄之沂州支队,于任务完成后,仍回师台儿庄,此为其用兵灵活、合宜之处。" [1]

中国社会科学院近代史研究所研究员韩信夫先生认为,根据汤军团作战的全过程,该军团在台儿庄大捷中的作用有四个方面:第一,汤军团开抵鲁南前线后,在临城、官桥一带与敌接战,并在韩庄、利国驿沿运河布防,掩护了川军从滕县撤离,并阻止了日军沿津浦线南下冲过运河,直扑徐州,使日军不得不取道枣、峄南下,在台儿庄陷入中国军队的包围中。第二,汤军团向抱犊崮迂回,进攻枣庄、郭里集,有力地牵制了日军,为汤军团南下配合孙军歼敌占据了有利的地势,赢得了歼敌的时间和空间。第三,汤军团对坂本支队的扫荡战,使坂本与濑谷两支队的会合成为泡影,对台儿庄战役的胜利起了关键作用。第四,汤军团继续南下,大顾珊与底阁、杨楼之战的胜利,使汤孙两军在台儿庄东北造成了合围日军的态势,迫使濑谷支队下令撤退,促成中国军队在台儿庄的胜利。[2]

台儿庄战役期间,中共的《新华日报》等报刊,也刊发过《战地访问汤

[1]　白崇禧:《白崇禧回忆录》,解放军出版社 1987 年版,第 133 页。

[2]　韩信夫:《汤恩伯军团与台儿庄战役》,《民国春秋》1995 年第 2 期。

恩伯将军》（1938 年 4 月 24 日）等充满赞誉的报道："11 点钟到达第二十军团汤恩伯将军的前线指挥部。这儿距峄县城很近，不要说大炮的怒吼，连战斗酣热时的机关枪声，也声声入耳。守南口的名将汤将军，依然保持着勇迈的作风，带了两三个卫兵，到火线督战去了。午刻，汤将军拖了一根手杖，腰间配着左轮手枪，布鞋以及旧灰军服上堆满了灰土，淌着汗珠；脸上劳瘁的神色，较前年在绥东见面时，似乎判若两人。但他谈起话来，依然是那么豪迈……"[1]

当年的《大公报》知名记者，新中国成立后曾任《人民日报》社社长、国家科委副主席的范长江先生，在 1937 年写了一篇《南口喋血记》。他在文中动情地写道："汤恩伯，这个铁汉子，他不要命了。这确实厉害。十三军从军长到勤务兵，他们全不要命了！大家都把一条命决心拼在了民族解放战争的火线上……"

因在南口保卫战和台儿庄会战中的"表现"，使汤恩伯拥有了"抗日铁汉"的美誉。

有意思的是，1947 年春，国民党军队重点进攻山东解放区，还是在鲁南一带，第一兵团司令汤恩伯，3 月底在临沂誓师时狂妄地宣称："要奉送的是一记铁拳，要把陈毅这个山大王捉拿归案。"[2]

孟良崮战役打响前，陈毅（左一）、粟裕（左二）在前线视察。

但事实并不像汤恩伯料想的那样，他指挥第一兵团在山里转了一个多月，就是捕捉不到华东野战军主力。相反地，汤恩伯部却被拖得疲惫不堪，既找不到食物，也抓不到民夫，除了每日疲于奔命外，还得修路、运输，消耗战斗力。

正当汤恩伯一筹莫展之际，成竹在胸的陈毅将军却诗兴大发，赋小令一首[2]：

---

[1] 王文政：《汤恩伯年谱》，上海人民出版社 2009 年版，第 78 页。

[2] 梅剑主编：《国共秘事》，中国文史出版社 2001 年 3 月版，下册第 724、725 页。

临沂蒙阴新泰，

路转峰回石怪，

一片好风景，

七十二个[1]堪爱。

堪爱，

堪爱，

蒋军进攻必败。

汤恩伯气得七窍生烟，却毫无办法。偏偏蒋介石又来命令，限半个月内扫荡沂蒙山区。汤恩伯采纳了整编七十四师师长张灵甫的建议，着手准备鲁南会战。我华东野战军在陈毅指挥下针锋相对，瞅准机会，于5月14日至16日在孟良崮全歼了敌整编七十四师，干净利索地粉碎了国民党对山东解放区的重点进攻，真正应验了陈毅将军"蒋军进攻必败"的预言。

1938年春关麟征率部参加台儿庄会战。3月24日，关麟征指挥部队向盘踞在津浦铁路台枣支线的日军第十师团濑谷支队发起进攻。关麟征发现日军白天战斗活跃，晚上龟缩不动，就采用夜战火攻战术，命令部队昼伏夜出，消灭敌人。

1938年3月31日下午，由临沂南下的日军板垣第五师团沂州支队约4000人配备野炮、坦克突然袭击关麟征的五十二军指挥部。此时五十二军的兵力全部投入战斗，关麟征身边只有约300人的一个警卫营兵力。关麟征临危不乱，佯攻迷惑敌人。拖延至黄昏后，增援队伍赶回，关麟征一举反攻，把日军板垣第五师团沂州支队包围，全歼日军骑兵。此后，关麟征乘胜追击，大大减轻了台儿庄外线进攻的压力，有力地支援了台儿庄的正面防守战。不久，关麟征五十二军、王仲廉八十五军挥戈南指，加紧对包围台儿庄的日军进攻。白天枪炮轰击，晚上纵火夜战，使敌人日夜不宁，先后毙敌1000余人，并将台儿庄东面的甘露寺、杨楼、陶墩等据点收复。这一胜利，使台儿庄东北面所受的日军威胁全部解除。4月6日晚，李宗仁下令全线反攻，中国军队在台儿庄战役中获得了辉煌胜利。

台儿庄战役后，4月下旬关麟征率军把日军冈崎支队包围在码头镇西面的北涝沟。关亲自指挥部队勇猛围歼堵击敌人，使日军死伤累累，伤亡惨重，

---

[1]　"七十二个"为鲁南72崮之称。

仅日军四十一、四十二两个联队伤亡即达1400多人，获得重大战果。

关麟征因台儿庄作战有功，升任第三十二军团长。当时，在黄埔军校毕业生中任军团长的仅有胡宗南和他两人。时人则称台儿庄战役中负责防守的孙连仲和负责攻击的关麟征为"孙钢头"和"关铁拳"。美国《时代周刊》竟呼关麟征为"中国巴顿"。国内的军事评论家对他的军事才能亦大加赞赏。

据后来成为关麟征上门女婿柯大澍在香港撰文回忆说：

抗战第二年4月，我军在台儿庄大捷，举国振奋，关将军所统帅的第五十二军，正是这一战役中的主攻部队之一。西安学界组织了前线慰劳团。作为其成员之一，我在鲁南邳县一个小村庄的农家里，再次见到关将军。同学们向他以及他的参谋长姚国俊将军面致恳切慰问之后，我及一位姓权的同学，当面向他提出了立即从军走上战场的要求。关将军略一考虑后对我们说："你们年纪还小，高中没有毕业，又没有充分的训练，军队里难找合适的工作，还是回去先把高中念完，以后想上黄埔军校，我保送你们，要上大学也行，如果经济有困难，我供给你们……"后来经我与权同学一再恳请，关将军终于满足了我们的愿望，让我们在军司令部里当上了"政训员"，不久我又被调到电务室，担任翻译来往密电的工作。

1938年3月，第二师师长郑洞国率部昼夜兼程地从河南赶到徐州增援滕县守军时，战局发生突变：日军精锐的矶谷廉介第十师团已攻陷滕县，川军第一二二师师长王铭章以下两千余人全部阵亡，敌前锋部队正由滕县以东向枣庄快速南下。郑洞国考虑我军已来不及实施在运河以北临城一线迎敌的作战计划，即使先敌一步到达运河北岸，也将因立足不稳为敌击破，这样连徐州都会陷入险境。为此，郑洞国根据参谋长舒适存的建议，并报请上级同意，果断地指挥部队火速开往运河南岸占领阵地，掩护友军集中，以确保徐州。这时大批日军已进抵运河北岸，正积极准备渡河南犯。郑洞国率师主力就在这千钧一发之际赶到了运河南岸的利国驿，立即与敌人隔河交战。但日军凭借强大炮火，攻势如潮。危急间，配属该师作战的重榴弹炮营及时赶到，郑洞国立即命令放列射击，十二门大炮齐声怒吼，一排排炮弹准确地落在敌人头上，打得日本鬼子狼狈逃窜、死伤枕藉，不得不放弃渡河打算，沿枣台支线转攻台儿庄。此战大大缓解了危殆的战局，为我军变更部署，调动兵力赢得了宝贵时间。事后，郑洞国回忆说，如果当时自己没有灵活机动的处理情况，使日军冲过运河，不但徐州难保，而且在运河以北枣庄、峄县间的中国军队亦将陷入困境，这样整个战局将面目全非。

当夜，第五战区长官部又命令新由郑州、洛阳赴援的第二集团军及第二十军团一一〇师接替第五十二军第二师的防务，沿运河南岸布防，扼守台儿庄正面阵地。第二十军团主力五十二军、八十五军让开津浦路正面，向峄县东北之兰陵、向城一带集结、迂回，待敌孤军深入时即南下拊敌之背，会同第二集团军将其聚歼。据此，五十二军连夜循运河南岸经台儿庄、兰陵镇开往向城秘密集结。以后，郑洞国指挥第二师参加了攻击枣庄、北大窑、峄县的激烈战斗。

台儿庄大捷后，中国军队追击退守峄县之敌，郑洞国率部以"精兵夜袭"的方式，一举攻占了峄县城外地形险要的制高点九山。军长关麟征异常高兴，亲自率人到九山阵地视察。后因日军不断增调援军至徐州战场，在前线的各中国军队相继撤至邳县以北沿运河一线拒敌，第二师担任燕子河、大刘庄一线防务，与敌反复鏖战20余日，阵地从未丢失，直至5月上旬才奉命撤出战

第二师师部长峄县附近阵地上午餐，左一背对镜头者为师长郑洞国将军

斗，开往归德整补。在邳县以北地区防御作战期间，为便利后方交通，郑洞国曾命工兵连在碾庄圩以东的运河上铺设了一道浮桥。未曾想，徐州失陷前，在运河东北地区作战的中国军队主力十余个师，竟均赖此桥撤出了战场。撤出战场后，为躲避敌机轰炸，郑洞国率第二师昼息夜行，徒步行至归德。时薛岳正率大军在归德以东地区与敌大战，又临时调郑部作预备队。

　　郑洞国将军虽身经百战，却未负过一次伤，有人称他是福将。其实他也屡历险情：就在台儿庄外围九山的那场战斗中，死神的阴影亦曾降临在他头上。当时，他率第二师攻打位于台枣支线上的重镇峄县。那天，他亲自到前线指挥部队攻城，激战中，由于身边一名参谋手中的望远镜不慎在阳光下反光，立即招致日军炮火猛击。一发炮弹呼啸而来，就近炸开。郑洞国猝然无防，只觉得左胸被重重一击，几乎跌倒，幸亏两名卫兵将其扑倒，并以身相护，方才未让纷飞的弹片相继击中。郑洞国满以为身上挂了彩，过后才发现左胸衣袋上仅划了一个破口，除袋内一枚银圆被弹片击弯外，自己居然毫发无损。没想到一枚银币竟救了他，让他与死神擦肩而过！

　　在纪念台儿庄大捷75周年之际，郑洞国将军嫡孙、民革中央副主席郑建邦先生，在山东省政协副主席、民革山东省委主委孙继业及民革中央联络部部长李蔼君的陪同下，来到枣庄市峄城区（原峄县），寻觅凭吊了郑洞国将军历险的九山战斗遗址。

　　刚接任第二师第四旅第七团团长的刘玉章，就指挥所部驰援防守台儿庄被困的友军。当时的友军是"杂牌军"第三十军，刘玉章不管嫡系、杂牌之分，全力增援，让三十军的军官感动不已。而刘玉章自己也在增援时折损两条肋骨，全身被炮弹片炸伤了十几处。台儿庄战役结束后，刘玉章几乎就是个血人，但他仍旧坚持在指挥岗位上。正是在台儿庄这段出色的经历，铸就了他此后在五十二军中的地位。

　　3月17日，第二师先头部队邓仕富第六旅在行至临城外围时和日军遭遇，于是奉命就地转入阻击，该旅坚持入夜后因与师部失去联系，乃由旅长邓仕富率领退往傅山口以东地区待命。

　　时日军第六十三联队正以一部迂回攻击第二十军团部。军团长汤恩伯由于正在部署对峄县、枣庄的反攻计划，已将所属的五十二军和八十五军尽数派出。如日军突破傅山口，军团部将直接暴露在日军火力之下。如此，则五战区部署的台儿庄作战计划将完全泡汤。当第二师师部与第六旅重新取得联系后，得知该旅正在傅山口以东待命，于是郑洞国师长命令第六旅火速派遣部队占领傅山口阻击日军迂回部队，为军团部重新调整部署争取时间。旅长

2013年4月7日下午，全国政协常委、民革中央副主席郑建邦在峄城区峨山镇九山战斗遗址。郑建邦（右六）、孙继业（左三）、李霭君（右五）

邓仕富知道情况严重，决定由陈林达第十一团来执行这一任务。

陈林达接到命令后连夜率领所部开赴目的地，终于赶在日军之前占领傅山口。3月18日凌晨，十一团与日军迂回部队发生激烈战斗。日军步兵在装甲车的掩护下发起冲锋，傅山口路南高地的一连守军不支后撤。陈林达闻讯后亲赴前线督战，将失守阵地的连长就地枪决。同时将配属十一团作战的平射炮连集中使用，当即击毁一辆装甲车，收复失地。但日军仍顽强进攻，在六个小时内接连发起四次进攻。陈团长则指挥所部奋力抗击，其间阵地一度丢失，陈团长又冲锋在前，指挥所部将阵地夺回，如此往返争夺，双方损失都十分惨重。入夜后，军团部完成调配，十一团已无坚守必要，于是借用夜色的掩护脱离了战斗。日军在台儿庄溃败后，第十一团又投入追击日军的作战中，后参与围攻峄县，至4月15日脱离战斗。中国军队放弃徐州之后，负责断后的陈团又一度配合第二十五师在李庄击退了日军快速纵队的追击，为五战区主力部队的撤退赢得了时间。

傅山口阻击战，使第二十军团军团长汤恩伯重新完成兵力部署，为中国军队在台儿庄取得的大捷奠定了基础。徐州会战结束后，军事委员会大加犒赏参战官兵，而汤恩伯则亲自将陈林达的名字加入了申请颁发青天白日勋章的名单之中。

第二师骑兵团团长叶剑雄曾在台儿庄附近，率所部将日军久川率领之敌军第五联队击溃，并俘其川岛联队附，使战局转危为安，且导致这次战役之大捷，被记大功一次及获奖金大洋2800元。

时任第二师少校参谋的廖传枢撰文回忆台儿庄战役时第二师战斗的几个片段：

傅山口争夺战

某日，我第二师于下午开始接战，入夜枪声仍激；二十三时，接上级命令，要我师向傅山口转移。天明时，师部到傅山口北侧半山村宿营，恰巧第六旅也宿营于傅山口以东地区，无意中与第六旅取得了联系。我到了宿营地，习惯地到村外走走，查看警戒情况，在巡视中，发现营地西方约距一千米的一个村子——利曾村，有日军向我方前进。我立即跑步回报，先遇见第十一团的陈营长（名字忘了，中校级）告诉他以该营须即刻占领正面高地（仅是一条土岭）阻止敌人前进。复向师长、参谋长报告所见情况，参谋长令我跑步（电话线尚未架通）向邓旅长报告，我令该旅占领傅山口南北高地，以阻击敌人。邓旅长得知情况后，当即命第十一团团长陈林达率部迅速占领高地。

第十一团抢先一步占领了高地，前进的敌军即向高地猛攻，双方展开了激烈的战斗；紧接着敌坦克数辆掩护步兵猛攻，傅山口路南的高地（一土岭，高约二十米）被敌攻占一部分。团长陈林达亲临第一线督战，将失守阵地的连长就地枪决，并指挥平射炮连（法造二公分平射炮）猛击敌人坦克，立即击毁一辆。但日军仍顽强进攻，我军奋力抗击，在这条土岭上两军反复争夺，形成拉锯战，双方伤亡惨重。我军一直坚持到黄昏后，始主动转移。

鲍家寨歼灭战

我师一次夜行军，拂晓行抵鲍寨的北端约二百米处，突闻寨内发出两响清脆的枪声，是三八式的枪声，部队急于行军，未作理会，继续前进。行至鲍家寨东侧南面约二里处，忽闻后面枪声连放，经查得知是大部队后卫的第四旅，遭到敌人的袭击，虽无伤亡，但旅部乘驮马十五匹，被击倒十三匹。后卫部队第七团团长刘玉章立即部署将鲍家寨包围，日军利用寨墙的有利形势，进行顽抗。后我军调来三八式野战炮一连，对寨子进行炮击，寨子虽不大，但寨墙却很坚厚，一直攻到下午二时，才将日军全部消灭。原来这是一支日军骑兵队，约一百二十余人，孤军深入，于先一夜进了鲍家寨，寨内居民逃走一空。日军由于疲劳太甚，都安然入睡，我军从寨外经过时，被敌哨兵发现，鸣枪两响报警，入睡的日军始警觉。故进行战斗时，敌只袭击到我军尾随的后卫部队。

追击日军的战斗

日军进攻台儿庄，孙连仲部坚守，形成了大会战。过了几天，我师忽然奉命要对日军追击，闻之非常高兴。七七事变以来，一直是日军长驱直入，这次我军转而追击日军，感到突然；但我军官兵都十分兴奋，士气旺盛。部队出击途中，经过台儿庄，见到遍地是碎砖，台儿庄原是青砖寨墙，遭日军炮击破坏很大，察墙北端尤甚。可见当时日军炮轰猛烈，我军战斗之艰苦。下午我部抵马山东侧，第四旅对山上日军展开攻击。

马山高约二百多米，东面和南面皆是平坦的耕地；西面与北面则有连绵的丘陵和山峦，山坡陡峻，接近山顶处倾斜度约七十度以上，攀登不易，仰攻困难。在日光照射下，士兵只能匍匐前进，当达到棱线下三十米与十米之间时，即遭到日军从北侧的斜射，和棱线上投掷下来的手榴弹的轰击。山上的日军似不甚多，但极顽强。当我迫击炮对敌射放时，敌人就撤至棱线以后掩蔽，待我步兵接近棱线时，日军复出射击我军。同时，我军协同攻击的配合不够，总是功败垂成。从头天黄昏激战至次日下午，才把日军驱除。但残余的日军退到北侧高地，仍威胁着我右侧臂，使我军不得西进。

距马山不远，又有一个兴隆山，居道路的北侧，高不过四十米，方圆仅约三百平方米，也是日军的一个据点，阻碍我军前进。我军经过一天的猛烈攻击，才将敌人歼灭，占领据点，始知日军只有十余人；这次我军追击日军的多次战斗，大多是零星的遭遇战，和侧臂影响的小型游击战，而未与敌大部队发生鏖战。直到后来我师奉命调到江苏省邳县北侧白龙埠附近参战时，才与日军展开阵地战，战斗就十分激烈了。如某日下午在激战中，师部指挥所被敌重炮命中，上校参谋主任罗汝正负重伤，可见战况之激烈。

袁庄阻击战

我师在白龙埠与日军激战数日后，奉令撤到涧下沟，大袁庄，小袁庄之线，构筑工事防守。日军随即来攻，先以密集的炮火，轰击涧下沟第二十五师徐文亮的营阵地，该营蒙受很大的损失，伤亡惨重，但仍能坚守阵地，军长关麟徵通令嘉奖。次日，日军将攻击重点转向大、小袁庄，猛攻我第四旅所属第七、第八团的阵地。该处地势平坦，防守困难；日军乃逐步迫近，不料村落前沿有一块相当广阔的沼泽地，日军侦察未曾发现，日军进攻时在沼泽地受阻，而正置于我最有效火力下。我军抓住战机，猛烈射击，日军伤亡惨重。双方连续激战两昼夜，日军攻势衰退，我军利用黑夜，进行反攻，终于打退了来犯的日军。清扫战场，缴获步枪三百余支及许多战利品，并击毙日军中队长等人。这是我师追击日军战斗中的一次较大的战果。

歼灭日军快速纵队

五月十日前后，我们奉命离开徐州，第二师和第二十五师，分别沿陇海铁路南北平行大道西行，我师于拂晓抵达李庄地区宿营。各部正在整理宿营之际，忽然发现敌情，约有日军百余人，分乘装甲车、卡车、摩托车等，从皖北宿县向我方驰驶而来。但日军没有料到在此会遇上我军的大部队，而我们也未想到在此地会碰上这支日军，于是展开了一场不期而遇的遭遇战。幸我军官兵尚未就寝，当即迅速行动，用平射机关炮给敌人猛烈的打击，击伤敌上校支队长，缴获敌三轮摩托车等军用物资，以及有关文件。日军遭此不意的打击，仓皇狼狈逃窜。此后，我师奉令撤离战场，调后方整训。

3月28日，第五十二军之第二十五师和第二师开始向进犯之敌侧背攻击。29日占领台儿庄以北的南北洛，敌试图夺取南北洛，都被两师击退。在枣庄北大窑的战斗极为激烈。3月31日，第八十五军赶到台儿庄东北河西乡杨家庙一带，4月1日两军联合向敌猛攻。时敌第五师团坂本支队4千余人由临忻南下增援濑谷支队。张耀明率第二十五师堵截，对敌坂本支队形成包围。敌乘夜向杨楼、底阁方向逃窜，敌骑兵支队被第二十五师包围于兰陵镇西北之村庄全部歼灭。4月3日，第二师配合第二十五师，将敌坂本支队包围于杨楼、底阁附近，敌死亡累累，残部向底阁西南之肖旺附近逃窜，被我军又包围于肖旺。4月5日晚，坂本支队向濑谷支队求援，敌濑谷支队陷于第八十五军和孙连仲部包围。4月7日，敌坂本支队乘夜突围，濑谷支队向峄县以西溃逃。中国军队取得震惊世界的台儿庄大捷。

4月21日，敌第五师团由临沂南下，再次企图与第十师团会合。张耀明率第二十五师和第二师由峄县以东向邳县以北地区，在艾山至燕子河的大小刘庄一带。4月23日至4月底，敌不断进攻，张耀明指挥全师利用艾山高地，给敌以痛击。因在除州会战中立功，张耀明升任第五十二军副军长兼二十五师师长。

第二十五师是中国军队在抗战中的铁骑，使日寇闻之无不丧胆。关麟征将军创建和率领的这支铁军，在抗战中素有"常胜之师"的称号，写有"不败"

的记录。

上世纪 80 年代初期，台湾有一首校园歌曲——《爸爸的草鞋》，词曲作者叶佳修，按照潘安邦父辈所在的二十五师的经历，通过一位台湾老军人的坎坷一生，折射出一段悲壮感人的历史故事，以寄托对故国的思念。歌曲很动听，很安静，既述说着历史，又饱含深深的情感。由张明敏、潘安邦传唱并广为流行于大陆。

白：

爸爸有双草鞋搁在鞋柜上，

他常默默地盯着它望。

仿佛注视着茫茫海上的一艘船。

不觉一颗泪滴到鞋上，

映出这段故事，好长，好长。

时任第二十五师七十三旅旅长的戴安澜在台儿庄战役中，火攻陶墩，智取朱庄，激战郭里集，迫使台儿庄之敌后撤。5 月，台儿庄战役后期，戴安澜又率部在中艾山与日军激战 4 昼夜。战后，因战功卓著，获得华胄勋章一枚，并升任第八十九师副师长兼第三十一集团军总部干训班教育长。

第二十五师参谋长覃异之接任了戴安澜的第七十三旅旅长一职。

第二十五师第七十三旅一四五团团长韩梅村率团在刘庄、枣庄东南进攻战中都给日军以重创，在虎皮口防御战中坚守 5 天 5 夜，歼敌 500 余人，在战场上被提升为少将师参谋长，台儿庄战役期间，左翼作家田汉曾经采访过韩梅村，对他英勇杀敌的事迹进行了报道。

第二十五师第七十五旅一四九团副团长李正谊在台儿庄对敌作战中再次负伤。战后，他因功升任了团长。

第二十五师在台儿庄会战中先后与日军激战于正阳，阜阳，台儿庄。4 月 20 日，第二十五师守备邳县，张耀明师长以第一五〇团占领要冲连防山。连防山不是山，只是平原上的聚落。22 日，日军以 3 个大队对连防山展开疯狂进攻，第一五〇团奋起抵抗，战况异常惨烈。前卫营营长楼浩卿与所属 4 名连长全体牺牲，日军突破高鹏团阵地。高团长亲率两个营白刃冲杀，恢复了阵地。在肉搏战中曹云剑、江玉振两位营长也先后殉职，全团仅余官兵百数人。

24 日，第五十二军军长关麟征将军命令高团长撤退，高团长环顾左右，慨然答道："此地至关要害，我若退则后防部队不能如期接济。我出发时已与家人诀别，今日官兵已多牺牲，我岂能苟且偷生，现在是我以身殉国的时候了！"此时高团阵地上只余官兵百余，高团长召集残部，厉声问道："战事甚危，我军寡不敌众，愿战？愿退？"全体官兵齐声答道："愿随团长杀敌，决不撤退。"高鹏团长于是率部逆袭，亲自操作机枪向日军扫射，日军在高团长面前大片大片倒下，但高团长也前胸中弹，高团长中弹后仍忍痛战斗，一个伤兵爬来要为高团长包扎，高团长大声叫他回去"不要管我，阵地要紧"。

24日下午，关麟征军长亲电命令高鹏团长撤退，说道："我们将来报国时日尚多，兄可退兵……"高鹏坚决不撤，而且隐瞒自己负伤情况，继续督战。下午2时，第二十五师师长张耀明命令高团撤退，两名士兵将高团长架起，高团长站起身，欲下达命令，突然弹中前额，壮烈殉国，终年34岁。是役第一五〇团伤亡官兵2000余员，三位营长曹云剑少校，姜玉振少校与楼浩卿少校全部殉职。

高鹏殉国后，张耀明师长命令将高团长遗体抢下，运往徐州公祭。国民政府追晋其为陆军少将。

高鹏阵亡次日，各大报纸纷纷发表消息，《大公报》的标题是《高鹏血染连防山，三千将士殉国》；《工商报》的标题是《抗日救国的民族英雄——高鹏》。高鹏遗体运回西安那天，陕西各界人士及抗日团体前往火车站迎灵，献花致哀，并于当天在西安民众教育馆召开追悼大会，大会横幅为"隆重追悼高鹏暨全国壮烈殉国之将士"，盛赞他们是"以身殉国的民族英雄""中华民族的优秀儿女"。灵柩运回陕西干县老家安葬。

大顾珊争夺战中，第八十五军军长王仲廉指挥的炮七团还创造了劣势炮兵消灭优势炮兵的空前奇迹。当时，黄家楼三河口之敌炮兵500人，炮12门，企图进出八十五军左翼贺庄，以威胁八十九师侧背。炮七团第四连和第八连在陈家瓦房、耿庄间阵地，对该敌作歼灭性的轰击。此举对大顾珊争夺战的胜利起到了关键作用。

4月6日，台儿庄守军全线出击。午后，激战正酣之际，王仲廉为鼓舞士气，并切实了解战地实况，亲往第一线督战。午后三时许，抵达张雪中第八十九师舒荣第二六七旅指挥所谭庄。立即登上碉楼，用望远镜向台儿庄方向搜索。发觉日军三三五五断断续续向南洛、北洛疏散移动。王仲廉判断，日军似有退却的模样。立即用电话通知炮七团，向后移之敌猛轰。五三四团在炮火掩护下向敌发起攻击，日军后卫强烈抵抗，其余在我炮火压制下向北溃退。王仲廉判明敌人退却无疑，立即用电话向汤恩伯报告：敌人已开始总崩溃。此时是下午4点整。后来王仲廉常对友人说："台儿庄胜利之花，开在4月6日午后4点。"

根据台湾《第二次中日战争各重要战役史料汇编：台儿庄会战》一书记载："王仲廉的八十五军是在三月十四日滕县告急时接到支持作战的命令，之前部队正在河南进行整训，十五日第四师便乘火车前往临城，不过尚未离开车站，在火车上第四师便已经与日军的战车、骑兵接触，情况十分狼狈。战斗过程中，由于八十五军担任机动作战，不断迂回包围日军进行攻击，所以都是白天打仗、晚上行军，第四师十二旅旅长石觉回忆时表示，曾经七天七夜没有睡觉，是八年抗战中最长的一次。第四师作战科长黄辉亚甚至曾在马上睡着，结果掉到田里，被卫士叫醒后才赶上部队。当时交战双方不仅装备差异极大，天寒地冻风雪交加中，中国士兵仅著单衣，甚至刚交战时连粮食都不足，而在突破日军阵地后，中国军队才发现日军喂马是用麦片，士兵还有维他命，甚至使用的军事地图即使是小小的一个村庄，不仅其中记载着土质，有多少居民，碉楼，连多少口井都记载清楚。王仲廉本人在十五日晚间曾与军团指挥官汤恩伯在徐州会面，席间除商讨军情之外，汤表示当天曾经路过萧县附近，距离王仲廉家乡王庄仅数里之遥，向村人打探王家状况，得知仅有茅草屋几户与薄田数十亩，便询问为何王仲廉未曾置产？王仅能苦笑无言以对。"

第八十五军少将参谋长张公达，在台儿庄战役期间，亲临前线作战，奋勇杀敌，同时由于张公达是云南大理人，因此担任了战役期间参战中央军和滇军的联络和协调工作，并多次亲自在蒋介石和卢汉的会谈和通话之间担任翻译，为整个台儿庄会战的胜利作出了巨大贡献。为表彰张公达在台儿庄战役期间的战功，升任其为第八十九师少将副师长。

时任第四师参谋长的金式，后旅居澳门时撰写的手稿《战争之经纬（上下卷）》中，援引了许多抗战时期的案例，都来自他的亲身经历。其中有不少战略战术的阐释是以台儿庄战役为例来分析的。

在说明敌情判断的重要性时，金式写道：

以抗日战争台儿庄战役为例，自从汤军团包围日寇左翼后，当面日寇军原有十余门山野炮参战的，到将要撤退前一两天已减至只有三四门之多了。又据情报人员报告，寇军很多坦克车，连日来用土民耕牛向北拉去云。这都可以证明寇军将要撤退的征候，也正是国军要加紧与日寇求决战的有利时机，可是最前线的军师长们还是断定日寇不会后退的，直至四月六日黄昏后日寇真的后退时，军师长才恍然大悟，乃令部队加紧攻击，殊不知其主力已逸出战场，只同他的后卫经过两三个小时的激烈战斗后，就改为追击前进了。这是证明第一线的高级指挥官缺少看破有利战机之慧眼，致对敌情有错误的判断了。

　　在说明指挥官怎样下决心时，金式这样分析：

　　记得抗战时，当台儿庄会战前期，国军第四师原由津浦线之临城车站附近东撤，抵枣庄附近后，曾奉上级命令，应以师之全力攻击枣庄的。这是中兴煤矿公司所在地，四周围有石城墙，比之普通县城高大而坚固，是临沂至台儿庄公路线上很重要的一个据点，早被日寇先占据着，并禁闭四门固守中，兵力不详。以当年国军战斗力，即令全师行堂堂正正之攻击，未必能克。而该师及师长仅令某团派一部行夜袭；而且原有配备的山炮一连也不使用，于攻击前，反令其开回战线后方安全处待命了。

　　主师长这一决心与部署，无疑轻视任务的首要性与上级命令的神圣性：结果攻了一夜，毫无进展，上级又令该师连攻两天，并将总部的野战重炮也配该师协助攻城战，可是主师长还是令某团派一部去夜袭，又是连攻连北。也许主师长并不想为了一个枣庄而糟（遭）了很大的伤亡，所谓令某团派一部夜袭，只是聊以塞责而已！……由于枣庄之未能攻下，于是日寇板垣师团由青岛登陆后，果然利用临、台公路大举南下而又台儿庄的大会战发生了。

　　第二师七团二营营长周开成率部驻防在枣庄南面的大运河北岸，攻防的是台儿庄。战斗打响时，日军炮火十分猛烈，一下子将他们右翼的两个团打掉了，被打散和带伤幸存的官兵一个也没有溃逃，纷纷向周开成他们靠拢。接着日军向他的阵地紧逼过来。周开成吸取右翼的教训，首先他命令士兵将房顶的茅草揭掉；将阵地周边的杂草全部清除，避免日军伤人；再命令士兵在日军离阵地400米内才能开枪。当日军进入他们的射程范围时，他一声令下，万弹齐发，车轮式火力网，使日军伤亡惨重，仓皇逃跑。收拾战场时，见到了100多具日军尸体，缴获了大批弹药。关麟征军长和郑洞国师长视察阵地时，十分高兴，现场命他为中校营长。

　　不可一世的日军原计划三天即可拿下台儿庄，可是战斗进行到第十天，日军根本没有达到预期目标，遭受中国军队如此顽强抵抗这是他们始料不及的。疯狂的日军动用飞机大炮更加密集地对中国军队进行狂轰滥炸。周开成的阵地几乎变成了一片焦土，他们营三分之二的战士在这场战役中牺牲，剩下的官兵在周开成的带领下顽强地守住了阵地。这次战役，周开成因指挥得当，作战英勇，受到国民政府国防部的嘉奖。

　　陈纯一从黄埔军校教官调任第十三军第四师二十三团（骑兵）团长，并奉命开赴华北前线。临行前，在给妻子的信中说："当此国难当头之际，正吾人出力之时，此去前方，当固守国土，虽马革裹尸亦所愿也"。1937 年下半年，率部在南口、张家口一带多次与日军作战。1938 年 3 月，参加鲁南台儿庄会战。激战中耳朵被弹片削下，腹部被弹片击穿，肠子流出，仍咬紧牙关把肠子盘进肚里，并用绑带捆住腹部，继续指挥战斗，直至牺牲。1986 年 3 月，湖南省人民政府追认其为革命烈士。

　　第八十九师师长张雪中，与黄埔军校一期时的同学、第八十五军军长王仲廉，奉命率部驰援，在临城与峄县之间同日军遭遇，发生激战，战况之激烈，为历次战役所罕见。3 月 27 日，日军倾全力猛攻台儿庄，致使台儿庄东北角阵地失陷，孙连仲的第二集团军三十一师池峰城师长率部拼死夺回阵地。张雪中率八十九师于 29 日晚，在傅山口对第二集团军正面之敌实施侧击，同时中国军队的机动兵团，迅速完成对日军的反包围，激战到 4 月 6 日，毙敌万余人，日军精锐板垣第五师团和矶谷第十师团全线溃退。台儿庄大捷，极大地鼓舞了全国军民的抗战信心，也改变了国际上认为中国军队不能同日军抗衡的定论。台湾著名历史学家黎东方在评论台儿庄战役时说："将来历史家一定会把当时的三位师长，马法五、刘振三与张雪中，两位旅长，侯象麟与石觉，大书特书。这五位将军都作了绝对对得起列祖列宗的事。"

　　第八十九师独立团团长张绩武随军从许昌出发，经淮阳、鹿邑、亳州、涡阳进军蒙城，集结待命，准备参加保卫徐州阻击日寇南下的大会战。行军中，张绩武看到日寇铁蹄践踏下的中国大地上满目疮痍，民不聊生，怀着满腔怒火写下了《中原东进》一诗：

> 日寇凶残极，千村付劫灰。
> 长亭人影尽，残榭燕难归。
> 饿犬犹依广，门框没扇楣。
> 强咽家国恨，刀剑向东挥！

　　部队向东挺进，他率部风餐露宿，日夜兼程。一天部队进至淮阳至鹿邑之间的洇河西岸，正准备渡河，军邮赶至马前，向他送呈他父亲写来的一封家信，拆信后，得知父亲病危，要他速归。他面对滔滔江水，凝望南天，心急如焚，但他想到值此国难当头，自己军务在身，自古忠孝难以两全，安能反顾！便毅然在信封皮上写下慰藉父亲的八句口占，拜托邮差寄回老家湖北罗田。这八句口占如同征人在杀敌殉国前吟唱的一支高昂战歌：

> 捧书知父病，家国两蹉跎。
> 狼寇烧杀掠，中华共枕戈，
> 好儿当报国，慈父听凯歌。
> 淝水奔腾急，杀向泰山窝。

就在这封信到家里没几天，病重的父亲就去世了。而就在此时，他的部队奉命以惊人的速度赶到了台儿庄的北面阵地，待命参加台儿庄大会战。

在这里，张绩武的独立团向北布防，为一线防御。不久接军部电令撤出北防阵地，向南转移，引诱日军南下至台儿庄，以图包围集歼。台儿庄战役打响后，张绩武先是奉命率独立团赶回原北防阵地，扺敌背后，与台儿庄守军一起包围敌军。后日军企图向北逃窜，在台儿庄附近峄县大顾栅构筑据点掩护撤退。张绩武又奉命率独立团赶赴大顾栅，聚歼该据点守敌。

经过十余天的激战，台儿庄会战取得了胜利，而张绩武在战斗中不幸负伤。他以诗记述了这一历史性的大会战《血战台儿庄》：

> 白天隐蔽夜包围，入阵冲锋血肉飞。
> 誓叫豺狼头尽断，不辞七尺骨成灰。
> 中华正义天犹眷，日寇凶残世所非。
> 国恨家仇今报雪，沙场碧血洒一回！

抗战初期，中国军队在与日本侵略者进行殊死搏斗的作战中，先后涌现出以英勇顽强作战闻名于世的"四大名团"：在卢沟桥率先抗击日军的吉星文团，南口保卫战抢防南口的罗芳珪团，忻口会战中在山西代县夜袭阳明堡日寇机场的陈锡联团，淞沪会战中孤军八百壮士苦守上海四行仓库的谢晋元团。

1938年3月18日，第八十九师第五二九团团长罗芳珪和副团长李友于，随第二十军团又浴血在台儿庄的战场上。至4月1日，6个团的守军伤亡过半，台儿庄危如累卵！台儿庄争夺战达到白炽化。日寇为解矶谷师团之围，板垣师团南下增援。途经峄县城附近时，早已等候在那里的我八十九师奋起迎敌。罗芳珪团冲杀在前，罗芳珪号令全团官兵："今天这一仗，有进无退，有我无敌，好男儿报效祖国的时刻到了！"使全团士气大振，决心血战到底。经过三昼夜的苦战,一连攻克了敌人的三处阵地,占领了大顾珊村,逼近了台儿庄。

4月4日,在李宗仁的周密安排下,我方各路援军陆续赶到,以凌厉的攻势对敌人实行反包围。台儿庄的守军紧密配合,向敌人发起猛烈反攻。4月6日,我军全线发起总攻,日寇溃退前,他们困兽犹斗,战斗更为激烈。这天下午5时左右,五二九团团长罗芳珪与团副李友于在大顾珊村外前沿阵地指挥战斗,隐蔽在一道土墙后观察敌情准备率部夜袭。突然,敌方飞来一排炮弹,弹片击中罗芳珪的头部和胸部,顿时血流如注,团副李友于也倒在血泊中,两人同时壮烈殉国。弥留之际,罗芳珪对部属断断续续地说:"我死不足惜,你们要杀敌前进……"说完,便安详地闭上了眼睛,时年31岁,李友于时年33岁。

正在采访的战地著名记者张高峰闻讯赶来,特地从树丛中采摘两枝盛开的桃花,放在两位烈士的胸前,沉痛地脱帽致哀:"安息吧,英雄!"

罗芳珪为国捐躯后,国民政府决定将其忠骸运回家乡叶落归根。长沙《大公报》4月15日用大字主标题《抗战名将罗芳珪灵柩抵汉,即将运湘安葬》,并配副标题《扼守南口,威震中外;台庄会战,为国捐躯》进行报道。

5月上旬,罗芳珪的灵柩由前方运抵衡山火车站。衡山县长孙伏园率各界人士到车站迎接。旋即在衡山县城文庙大坪里隆重举行追悼会。罗芳珪灵前,摆放着国共两党要员周恩来、林森、蒋介石、于右任、汤恩伯、蒋光鼐等的挽联、挽词。

蒋介石的挽联慷慨激昂:"善战久知名,诅翼妖氛摧猛士;临危能受命,好将浩气振军魂!"

周恩来的挽联情真意切:"为国家合作抗日,南口防守决死战,声震中外;作民族复兴英雄,台庄大捷成壮烈,独有千秋!"

国民政府主席林森的挽词言简意赅:"裹革完忠"。

在上千人参加的追悼会上,很多人为烈士唱起了挽歌:"风萧萧兮易水寒,壮士一去兮不复还……"更为会场增添了悲壮的气氛,很多人为抗日名将之死洒下了热泪。

李友于的遗体由随从副官、本县人杜积轩背到营地。徐州第五战区司令长官李宗仁主持了追悼会,在洛阳、西安、扶风亦进行接灵追悼。扶风县民众教育馆以国民政府主席林森、军事委员会委员长蒋中正以及各省军政要人的挽联、战地照片,以及嘉奖令布馆,展出多年。当年农历四月八日,遗骨安葬于龙里村庄南祖茔。

1938年4月26日,中央社报道了高鹏、曹云剑等爱国官兵,为国捐躯的壮烈情况。[1]

（中央社徐州4月26日电）记者于20日到邳县转往前方观战，是晚我国军奉在邳县以北20里之连防山及某某等处布防，敌不下一师团之众，于次晨即到达阵地前方，黎明开始，向我连防山阵地攻击，我守连防山之部队，为国军25师146团全部。从21日至24日，敌之主力连续指向该处猛攻，不下数十次，我全团官兵，奋勇博战，迄未稍动，部队长官日夜均在前线严督所部，指授机宜，故屡犯屡溃，卒未得逞。自24日晨以后，敌更集中轻重炮五六十门，并以飞机五六架，协同轮番向连防山阵地轰击，围寨墙屋，悉为炸平，该团坚守四日，伤亡殆尽，高团长犹自裹伤挥众，力予巷战，反复肉搏。敌之伤亡，数倍于我，四日来当在三千以上，终以敌源源增援，到处攻击，我守连防山之高鹏团，自团长高鹏、营长楼浩卿、曹云剑、姜玉振以下，全体官兵，多作壮烈牺牲，仅余数十人，犹与敌争持，至死不退，径至全团殉职，其光荣报国，可与南口战役之罗团先后互相辉映，而为后世子孙立一永垂不朽之规范。又记者目睹该部官兵战斗精神之旺盛，技能之优越，实出人意料之外，尤其由士兵口中所述战斗实况及经验，记者认为是今后作战之至宝。

据时任山东省第三区专员公署秘书兼临沂、郯、费、峄四县边区联庄会（简称四县边联）办事处处长及代理峄县县长李同伟的回忆文章，再现了国民党中央军嫡系部队在台儿庄战役时真实的一面。他写道[2]：

（在台儿庄大战胜利后）为迎接我军，我由临时住地向山前出发，遥见大队人马从东山口蜂拥而来，先头尖兵已渐渐接近我们。当我看清服装武器确系自己的队伍时，便迎向前去。据尖兵告诉是汤恩伯第二十军团的陈大庆第四师，陈师长在后边就到。

我在路旁等候，见队列中一个担架上躺着一个人，说是陈师长，我就近前自我介绍表示欢迎。陈在担架上掀开毛毯向我颔首，说行军太疲劳了，没什么事，到宿营地再谈吧。当时我虽然感到这位师长架子不小，但我很快意识到他们确实太辛苦了。

这时汤恩伯军团共四个师：第二师师长郑洞国，第四师师长陈大庆，第

---

[1] 浙江永康黄埔军校同学会编：《彪炳千秋》，天马出版有限公司2009年4月第1版，第32—34页。

[2] 《徐州会战 原国民党将领抗日战争亲历记》，中国文史出版社1985年12月第一版，第276页。

二十五师师长张耀明，第八十九师师长张雪中等共有三四万人已全部到达，住于抱犊崮山麓白山、埠阳一带二三十个村庄内，这些部队装备比我所见的其它部队都好，步兵一律捷克式步枪，另外还有重机枪、步兵炮、山炮等重武器，是我七七事变以来见到的第一支装备优良的军队。

我心情非常兴奋，认为抗日战争从此可以转败为胜，便通知四县边联辖区附近２０里以内村庄全体动员，筹备猪、羊肉、鸡蛋、白面、煎饼等慰劳部队。当时虽是荒春青黄不接之季，但各村群众无不尽其所有踊跃输将。

我于安排好支军任务后，就近到第二十五师师部去见师长张耀明。张说："我们自南口转战数千里刚到河南，未暇休整即奉令到第五战区，日夜行军，士兵异常疲劳，刚刚结束了台儿庄战役，又到这里。汤军团长指挥部就在埠阳村，正在开会，你同我一块到军团部去吧。"我们又骑马到军团部，汤恩伯军团长及万建藩参谋长，亲自接见。汤说："我们走过很多地方，部队未到，村民即逃避一空，见不到老百姓，见不到地方政府人员。你们山东地方组织的还很好，能协助军队作战，全国都这样，仗就好打了。"我说："这需要大力发动群众，做好宣传动员工作，广大人民是有爱国心的，组织起来力量就大了。"正值开饭时间，汤留我共进午餐。我原以为作战行军中生活一定很苦。不料高级烟酒，罐头食品，煎炒烹炸，非常丰富，应有尽有。席间，汤说："我们准备沿津浦路东侧北进，直趋济南。"他对战局非常乐观，大有一举收复济南之势。

1938年3月至5月，张轸率第一一○师参加台儿庄战役，受到最高统帅部嘉奖，战后，晋升为第十三军军长。

1938年3月20日，张轸接到命令，第一一○师开赴鲁南。担任万年闸至韩庄运河南岸15公里的防务。为了壮军威鼓士气扩大影响，张轸命令后勤部门专门制作了有一个"翼"字的臂章，统一佩戴在左臂上。"翼"字取自张轸之字"翼三"。因此，人们将第一一○师称为"翼字军"。后来，"翼字军"屡战屡胜，名声很快传遍整个抗日战场。

3月25日，张轸召开全师团以上军官作战会议，命令："根据李（宗仁）司令长官的命令和日军的分布情况，我命令三二八旅明天拂晓进入韩庄附近运河南岸的防御阵地，以第六五五团为右翼，第六五六团为左翼，以第三三○旅为第二梯队，布控贾汪以北高地前沿。完成布防后：一、立即派小分队侦察监视敌人行动；二、派谍报队深入枣庄、临城、峄县一带搜集敌情；三、利用夜幕作掩护抓紧构筑工事；四、密切关注韩庄日军动向，随时准备出击消灭增援韩庄之敌！"

张轸率第一一〇师很快进入指定位置。白天，张轸命令两个炮兵营向韩庄轰击，给日军造成了很大的威胁。夜晚，张轸命令武工大队，用梭镖、大刀等武器，偷袭日军营房，杀日军哨兵，闹得韩庄日军胆战心惊。

4月初，日军矾谷和板垣两师团主力向台儿庄发起总攻，日军后方顿时空虚，张轸立即命令辛少亭旅长派三二八旅两个营全线出击峄县，断敌后路，毁敌辎重，炸敌仓库，以配合友军在台儿庄作战。

台儿庄的战事呈胶着状态数日。4月5日，张轸趁机率部偷渡运河成功，向泥沟方向出击，打开了枣庄以西、韩庄至临城以东、运河以北的广大地区的日军粮仓。把粮食分发给当地民众。战地服务团的男女学生大做宣传发动工作，赢得了当地民众的支持，要求参加张轸师当兵打日寇的人数骤增。

张轸一边扩军，一边指挥部队占领獐山、泥沟。配合孙连仲、汤恩伯主力军正面作战。7日，第一一〇师第六五六团团长廖运周率部完全占领南洛，截断了日军后方联络线。至此，日军在台儿庄作战因腹背受到威胁，被迫停止攻击，连夜突围，向峄县、枣庄地区撤退。团长廖运周在此次战斗中负伤。

第一一〇师处在日军撤退的正面线上，张轸不顾连日疲劳，身先士卒，向日军进行猛打。在白山阵地上，张轸率部与日军对抗。日军飞机数次轰炸白山。如此激战一日一夜。直至后继部队赶到接收防务，张轸才率全师转移到金陵寺、望仙山一线阵地休整。

台儿庄会战中，张轸率全师将士战斗40多天，全师官兵英勇作战，被第五战区司令部评为"运动战第一"而得到传令嘉奖。战地通讯更是以《台儿庄战场的翼字军》为题作了报道，全国各地报纸纷纷转载。一时间，"翼字军"名震全国。

三、黄埔人物（七）

（188）关麟征

关麟征（1905.4.18—1980.8.1）　原名关志道，字雨东，陕西鄠县人，黄埔军官学校第一期。国民政府陆军总司令，用兵以稳、准、狠著称，长于急袭的"千里驹"第二十五师的首任师长，生性傲岸，有陕西冷娃之称。

历任国民革命军第十一师步兵第三十一旅第六十一团团长；1929年任新编第五师副师长；1932年升任第

二十五师师长；1937年抗战爆发，任第五十二军军长，参加台儿庄大战，重创日军，升任第三十二军团军团长；1939年任第十五集团军总司令。1947年任陆军军官学校校长。1949年任国民党陆军总司令。后定居香港。

著有《关麟征回忆录》等。

关麟征出生于陕西鄠县（今陕西西安户县）真花硙村（今振华威）一户普通的农民家中，父亲关树铭，母亲杨氏，继母贾氏，兄妹六人，关家世代务农，家业中等。幼时在本村私塾读书，九岁转到邻村小学，因关父对其期望甚殷，不久被送到鄠县高等小学读书，毕业考试成绩第一，但因平时爱打抱不平，经常打架而被降为第二名进入陕西省立第三中学，校长对人说："这孩子将来成器就是杨六郎；不成器就是卖麻糖。"当时老师问他的志向，他因见鄠县城里驻了一连兵，那位连长甚是威风，故答："希望将来当个连长！"

15岁的关志道来到省城西安省立第三中学时，镇嵩军刘镇华在西安举办讲武堂，他每次路过讲武堂门口，见讲武堂照壁上写着斗大的"奋斗"两字，心里非常羡慕。可是他是个穷学生，没有背景，不得其门而入，只有望堂兴叹而已。后因家中迭遭变故，负债累累，中途辍学。他决心弃文学武，投军从戎，更希望能挣钱帮助家庭还债。

这时，省立第三中学也有两个学生想去当兵，他们设法弄到一封去耀县投奔镇嵩军某营长的介绍信，于是就邀关麟征一起去。到耀县，他们在驻军营部递进了介绍信，等候了一个星期，连营长的影子也没有见到。原来他们不懂门道，没有送礼，光凭一纸空文是不能解决问题的。三人只好乘兴而来，败兴而归，重返西安。

1924年初，关麟征的一位朋友邓毓玫悄悄告诉他，孙中山先生在广州开办一所军官学校，秘密招生。他们弄到一张胡景翼处签发的署名邓毓玫和吴麟征的护照，吴嫌广东太远不想去，他问关麟征想不想去广州投考军校，如果愿去，只要将护照上的吴改成关就行了。关志道喜出望外，立即答应。他回家禀明情况，携带父亲卖牲口的25块银圆作为旅费，把护照上的"吴麟征"改为"关麟征"，从此，关志道就改名成关麟征了。

此时的关麟征与邓毓玫从西安步行到河南灵宝，换乘火车到了上海，找到了同盟会元老，陕西同乡于右任。于问他们："你们为什么要当兵？"那时，他根本不懂什么是"主义""革命"，只好老实回答："当军官威风。"于右任被关麟征纯朴憨厚的回答逗笑了，简单地向他们讲解了孙中山组织革命队伍反对北洋军阀，进行国民革命的道理。

而另一伙给同乡于右任写求助信的陕西籍青年杜聿明等，也到达上海。1924 年从榆林中学毕业的杜聿明，和堂兄杜聿鑫、杜聿昌同去北京。在北京他们遇见先期到达的阎揆要、马师恭和关中同乡张耀明（临潼）等人，一天，阎揆要偶尔在陈独秀主编的《新青年》杂志上看到黄埔军校招生的启事，当即告知马师恭，马又告知杜聿明等人，于是他们决定南下报考。1924 年 3 月初，杜聿明等人，从天津搭乘一艘英国轮船，历尽艰辛，抵达上海。于十分乐意，又亲自接见他们。

此时于右任处已先后有 13 名陕西籍青年到达。于右任见这 13 名陕西籍青年没有盘缠，当时就把自己的皮袍拿到当铺给当了送给他们做路钱，并致信向当时负责筹建军校的蒋介石说情，请求录取。信的大意是：从陕西来了13 个娃娃，有志报考军校……以便于培养开展北方工作的人才。同时，于右任还书写"登高望远海，立马定中原"一副对联赠蒋。蒋介石将条幅及学生全部收下，并把条幅装裱好挂在自己办公室最显眼位置上。

于是，他们 13 人（关麟征、杜聿明、赵云鹏、张耀明、阎揆要、邓毓玫、马励武、董钊、张坤生、何文鼎、雷云孚、李绍白、杜聿昌）从于右任处取得了秘密介绍信，一同由上海乘船到香港，再到广州，投考黄埔军校。

目前，条幅挂在黄埔军校旧址——校长会客室，远处木墙上可见该对联。

于右任送蒋介石的对联

1924 年 4 月，关麟征等人到达羊城，再乘船去黄埔岛，考入了国民党陆军军官学校，为第一期学员，他被编为第三队，并加入了中国国民党。5 月 5 日开始第一期新生入伍，6 月 16 日举行开学典礼，关麟征和新学员一起聆听了孙中山先生的讲演。孙中山勉励学员不仅要做一个有高度才能的军人，而且要做一个不怕苦、不怕死的军人。他的话，对关麟征以后的戎马生涯产生了重要影响，并为他以后征战疆场奠定了初步基础。

1925 年末至 1926 年初，关麟征先后任黄埔军校学生总队总队长严重的中尉副官、第四期入伍生团上尉连长、学生队队长等职。当时他也参加了孙文主义学会。

1927 年关麟征随军北伐抵达南昌时，他代理了宪兵团长。当时宪兵打死了南昌总工会的陈赞贤，三月十八日在南昌发生了血衣游行，当时任南昌公安局长的朱德乘机缴了宪兵团的枪，赶走了关麟征。他来到南京，不久正好碰上蒋介石第一次下野，关去拜访蒋，关立即联络黄埔同学迎蒋复职，从此奠定了他在蒋心中的地位。

1932 年 6 月，蒋介石对中国工农红军进行第四次"围剿"，进攻鄂豫皖苏区，已是第四师独立旅旅长的关麟征，奉命随徐庭瑶第四师进攻鄂豫皖，与邝继勋率领的红二十五军激战于霍丘县城。关旅在进攻中已经溃散，全靠二十四团杜聿明团拼死突入城内才转败为胜，同年 7 月，他又率部西攻，在砖佛寺遭到黄埔同学徐向前、蔡申熙、陈赓率领的红军 2 万多人伏击，前卫团被红军小部队一击即散，作为独立旅旅长、前卫指挥官的关麟征振臂高呼："跟我冲"连续数十次冲锋，号称"十荡十绝"，遂破围而出，四方面军总参谋长蔡申熙此役战死。关凭此战胜利，扩编独立旅为二十五师（后来的"千里驹师"），辖两旅，旅长一个为杜聿明，另一个是张耀明。

1933 年 3 月，关麟征奉命率二十五师随十七军军长徐廷瑶北上，参加长城战役。他亲率一团猛烈反击日军。关麟征被炮榴弹炸伤五处，成为血人，身旁官兵十余人全部战死，他仍毫不动摇，从容指挥部队英勇杀敌，终于击退了敌人。关麟征因此获得青天白日勋章。《大公报》主笔张季鸾亲自撰写社论"爱国男儿，血洒疆场"，以贺其功。

卢沟桥事变后，关麟征率第五十二军参加平汉铁路战斗后又转战河南、山东。1938 年春关率部参加台儿庄会战。台儿庄大捷后，关麟征升任第三十二军团长。

1945 年，关麟征就任云南警备总司令，却对徒手游行的学生开杀戒，史称一二一事件，他还在记者招待会上公开说："学生有游行的自由，军人有开枪的自由"这句军阀式的名言，确为其一生之憾事。

1946 年 7 月关麟征被调到成都任中央陆军军官学校教育长，次年蒋介石辞去各军校校长兼职后，关麟征升任中央陆军军官学校第二任校长（第一任蒋介石，黄埔生中升任该校校长的第一人），对学校进行了一系列的改革措施。

1949 年 5 月 12 日，关麟征亲自主持成都国民党陆军军官学校（黄埔军校）校务会议，第一次透露了军校要做好外迁的准备，他说："现在虽说上峰还没有这方面的训令，但据我观察分析，时局浮云遮日，只会越来越坏，军校要有充分准备。在如此紧迫的时局下，为免去各级官佐战时为眷属所累，我建议各级主官一律先将眷属疏散，以便安心应战。"

此时，代总统李宗仁为了拉拢一部分黄埔系统军人，便将陆军军官学校校长关麟征召至南京，拟调关麟征作参谋总长。关麟征有意想干，但又顾忌蒋介石万一东山再起，特又去奉化向蒋介石请示。蒋介石对关麟征说："你一向是带部队的，当参谋总长不适宜，不如作陆军总司令好。"因此，他回成都后，等候新职，并对军校人事做了一些调整。

但一直到了 8 月中旬，国防部还未任命他为陆军总司令，这使他焦虑不安。

关麟征见一时还不能名正言顺地离开军校，便急于想别的办法辞掉军校校长这一临急难以脱身的职务。他私下里派他的妻弟到香港买了房屋，做好了出走打算。

8 月 25 日，李宗仁"特任关麟征为陆军总司令"。9 月初，李宗仁电召关麟征去广州，在去广州的前一天，关麟征曾对他过去的参谋长、现任校办公室主任的吴丽川说："李代总统这次叫我去广州，是要我当陆军总司令或参谋总长，现在局面已经成了这个样子，谁干也没有办法。我准备到广州相机行事。学校我决不干了，准备保张耀明来接任校长。"

9 月 7 日，李宗仁的国民政府国防部发表陆军中将张耀明为陆军军官学校校长的命令。关麟征、张耀明在新职明确后，二人为了表示对老校长蒋介石的诚意，一同去见蒋介石。蒋在接见关、张二人时大谈他过去在广东东征中以少胜多、平定军阀的事，并表示即使他现在身边只剩下几个人，也要"革命到底"等等。二人怏怏告辞，回到成都准备办理校长易人交接仪式。

关麟征在卸去校长一职后，回到军校时如释重负。他高兴之余，决定亲自为长女关伯琨主办婚事，其女婿即为台儿庄战役时，陕籍学界前线慰劳团成员柯大澍。

1949 年秋，他退出军界，把一家老小送到香港居住。11 月，关麟征偕夫人从成都乘飞机前往台湾。在香港机场小憩时，他告诉同机旅伴"去探望病中的父亲，随后来台"。但一去不返，一直居住在了香港。他深居简出，整日以临摹于右任书法和阅读《孙子兵法》为乐趣，顾孟余组织第三势力，拉拢关麟征，关不应，蒋介石多次邀请关麟征去台，关也不应。

1980 年 7 月 30 日凌晨 1 点多钟，关麟征病危送香港伊丽莎白医院，医护人员在抢救过程中发现，他胸前伤痕累累，感到惊讶。关夫人介绍说"这些伤痕是他抗日浴血奋战所伤"。但也恐有"剿匪之伤"。关自己总结其一生时说："我的一生是打日本鬼子的一生！"

8 月 1 日，关麟征逝世，享年 76 岁。

中央人民广播电台、《人民日报》和全国各大报纸都登载了他逝世的消息和简历。黄埔一期同学徐向前元帅向他在香港的家属发去了唁电："噩耗传来，至为悲痛，黄埔同窗，怀念不已，特此致唁，诸希节哀。"

（189）张耀明

张耀明（1905.1.19—1972.10.11） 陕西临潼县张家庄人，抗日爱国将领，曾获五等宝鼎勋章，获仲勋奖章，二等云麾勋章，参加郑州举行的日军投降仪式。

1924 年冬，黄埔军校毕业后历经东征、北伐及中原大战，关麟征升任国民革命军陆军第四师步兵第十一旅旅长，张任该旅第二十一团上校团长。从此，成为关麟征军事集团的骨干成员。参加了第四次"围剿"鄂豫皖苏区红军，并身负重伤；1933 年参加了长城抗战之古北口等战役。

1937 年抗日战争爆发，张接替关麟征升任第二十五师师长，隶属于关麟征任军长的第五十二军。同年夏秋，第五十二军开赴平汉线北段阻击南下日军，张耀明师曾在保定以北的漕河及邯郸以南的漳河同日军作战，双方都有重大伤亡。1938 年春，张率部随同第五十二军参加台儿庄战役，与坚守台儿庄的孙连仲军内外夹击，歼灭日军濑谷、坂本两个支队大部，取得了振奋人心的台儿庄大捷，张因功升任第五十二军副军长仍兼第二十五师师长。同年夏又参加武汉会战。秋，张升任第五十二军军长，统辖第二师、第二十五师及第一九五师。1939 年秋，率部参加第一次长沙会战，取得湘北大捷。1943 年春，原第十五集团军改称第九集团军，关任总司令，张升任副总司令。不久，军政部部长何应钦借故将陈诚系的第五十四军军长黄维免职，派张兼任该军军长。旋因陈诚系的攻击而被免职。1944 年 1 月，张调任第四集团军副总司令兼第三十八军军长。第三十八军是杨虎城的基本部队，此时实际已为中共地下组织掌握。蒋介石派张去该军，就是企图让其嫡系将领切实掌握兵权。中共三十八军工委及中共中央都曾准备对张进行争取工作，但由于其坚持反动立场而未果。

抗战胜利后，张任整编第三十八师师长，曾参加进攻豫北解放区。1948 年 11 月，出任南京首都卫戍总司令。次年 4 月人民解放军横渡长江，张率残部撤往台湾。11 月又返成都，继关麟征后出任中央陆军军官学校第三任校长，为黄埔军校毕业生出任母校校长之第二人。

1950 年，关麟征要到香港定居，张耀明特地赶去香港话别。两位陕西老乡谈起当年投考黄埔时，转道香港的事，还记忆犹新。他们十几个老乡在大街上走饿了，就决定去吃饭。关麟征抢着说："我来选个地方，一定又便宜又实惠。"张耀明说："要是不便宜，你赔不赔损失？"大家跟着来到一个小摊前，每人花八便士要了一碗面。才付了钱，大家就嚷起来了，说上了当了，一点也不便宜。关麟征看到桌子上有壶醋，得意地说："有了这壶醋，就不用买菜了，还不实惠呀？"大家觉得有道理，纷纷拿过醋壶朝自个儿碗里倒。谁知这香港老板小气，吃醋要另外加钱。他们吃完面条起身就走，店伙计追出老远要醋钱。那个伙计当然不可能知道，在这群土得掉渣的学生中，日后会出七个中将。否则，他也不好意思追着要醋钱了。

如今关麟征离开军界找清静去了，大陆那边，阎揆要是共产党的将军；而杜聿明却成了战俘。人生难料，命如浮云啊！他俩好一阵感慨。

1949 年 9 月，在张耀明接任校长后，国民政府风雨飘摇，各级军官纷纷寻找出路，溜之大吉。教育长吴允周借口送家眷去台湾，一去不返，训导处处长王锡钧也携家眷去了台湾；副官处长吴丽川屡次要求去台湾，张耀明多次劝阻无效，最后也于 12 月初形势正紧时离开了军校。张耀明最亲信的军官教育队队长刘世懋，也携家眷飞台湾。

此时的校内中共地下工作者，对张耀明策动起义，但张耀明始终下不了决心。在大是大非面前，他既没有勇气急流勇退，撒手不管离校去台，又没有勇气率军校起义。由于国民党军队在战场上一败涂地，12 月，四川成都已处在解放军包围之中，慌不择路的张耀明，于 12 月 22 日，监督军校校办公厅人员把该校多年来积存的档案和历史资料、文物付之一炬。他的这一举动，给以后历史学者研究这段历史带来了很多困难，从这一点上来说，张耀明恐怕是犯了难以饶恕之罪。张耀明在处理完他在大陆的这最后一件事后，在 24 日，即胡宗南逃离成都的第二天，也乘飞机去了台湾。

张耀明到台湾后不久，蒋介石对他丢掉了军校很是绝望，被拘禁起来，不久又被释放出来。张被释放后，国民政府当局对他仍不放心，又在他家中安排了武装特务，说是为了保护，实是监视。张耀明至此终生不再被录用，结束了他的军事和政治生涯，后在忧郁之中病死。

张耀明也果然应验了他先前说过的"送终将军"的话：国民政府的首都南京，在他首都卫戍总司令的任上失去；蒋介石的发迹之地黄埔军校，在他校长的任上失去。所以，张耀明在台受到蒋介石的奚落，虽然心中有万般苦楚，但也不敢言声。

1972 年 10 月 11 日，郁郁寡欢的张耀明，因肝病逝于台北，终年 68 岁。

台湾出版有《张故陆军中将耀明先生事略》等。

（190）鲍 刚

鲍 刚（1897—1940） 谱名汝纲，号纪三，安徽省寿县九龙乡人。黄埔军校高教班第二期。

幼家贫，从事耕牧。14 岁时，得亲戚相助，就读于私塾。因家居瓦埠湖畔，涝灾频仍收成无着，迫于生计，18 岁离家至沪当工人。1917 年赴广州从戎于许崇智部，后投入冯玉祥西北军方振武部，因勇敢善战，升一旅旅长。五原会师后，国民军东出潼关配合北伐，以一旅之师溃敌 4 万之众。攻占磁涧，由登封小道奇袭密县，协同北伐军攻克郑州。同年 6 月 1 日与北伐军在郑州会师。

1928 年春，方振武部被蒋介石改编为第一集团军第四军团，方振武任军团总指挥，鲍刚任该军第九十一师师长。司令部设在济南城内一条大街上。驻在济南的日本侵略军蓄谋制造了济南五三惨案，乃在日本亨得利钟表店楼上架设机枪封锁司令部的大门，企图一举消灭鲍军。在千钧一发之际，鲍刚集合全体官兵奋勇冲出，杀出血路，占领有利地形。日军措手不及，翻房越屋窜逃。鲍部乘胜追击，忽接命令，速渡黄河，继续北伐。是年冬，鲍进驻惠民。

1929 年 1 月，蒋介石把方振武部第四军团编为四十四、四十五师。第四十五师师长方振武，鲍刚任副师长。9 月，方振武在南京被蒋介石扣押，鲍刚在芜湖召开会议秘密起兵反蒋。10 月 8 日晚，向韩德勤部发起进攻，一夜激战，缴获韩部许多枪支。蒋介石闻之甚为恼火，速派军队、军舰增援，鲍部退至屯溪、休宁一带。蒋派大军攻屯溪，鲍部不支。他逃至上海，住在法租界，用药除去右脸黑痣，化装潜至天津。次年 5 月，鲍至郑州谒见冯玉祥。冯委鲍为第二师师长，兼黄河河防司令，驻扎彰德。阎冯倒蒋失败后，他率部随冯进驻山西晋城，后移驻介休、孝义。

1932 年 10 月，方振武至介休找鲍刚，决定组建抗日救国军。12 月 25 日，在介休举行了抗日救国军誓师大会，决定行动部署：全军分为两个梯队出发。鲍刚第二团为第二梯队。

1934 年 8 月，阎锡山拉拢鲍刚，将其部队编为阎的第四十六独立旅。11 月，何应钦将鲍旅划归十七军徐庭瑶部，开赴河北新城县整顿。蒋介石将鲍刚调到南京军校高教班学习。次年，受训后，仍任四十六旅旅长。

蒋介石用"拉过来"的办法和较少的时间、经费，吸收杂牌军队中的中层骨干，以期达到控制、同化杂牌军的目的。所以高教班中除大部学员具有中央允许学历外，还有一部分无学历的学员，如高教班二期鲍刚（时任独立四十六旅旅长），五期吉星文（时任二十九军二一九团团长）等。蒋介石对每期学员都要亲自点名，认识之后，他便不直呼学员姓名，而称：王学员、李学员……以示亲切。据闻，鲍刚毕业时曾受到蒋介石召见谈话，蒋问鲍："你在高教班学习后，有何感想？"鲍原系西北军方振武部师长，在反蒋战争中，作战剽悍勇猛。1930 年，蒋冯阎中原大战结束后，鲍部被蒋介石缩编为旅，鲍因出身行伍而受到黄埔系的歧视和排挤。如今蒋问他有何感想，他当即答称："现在有了高教班的学历，以后我就不怕了，因为我已经是校长的学生，不会有人再排挤我了吧？"鲍之快人快语，却使蒋啼笑皆非。但是鲍刚所言，的确是从内心发出来的，也说出了大多数学员的心情和思想。

卢沟桥事变后，太原形势危急，第四十六旅受命扼守东阳关。鲍刚到东阳关前，中共八路军先遣部队已进驻黎城、东阳关等地。一次，阎锡山召开军事座谈会，鲍刚见到朱德总司令，将正定作战经过向朱报告，获得朱总司令的赞许。第十三军军长汤恩伯等知情后，怀恨在心，时欲谋害。10 月 23 日，洛阳战区电令鲍部开赴河南焦作，整编为一一〇师。鲍被调任十三军副军长。

1938 年元旦，一一〇师召开成立大会，张轸任该师师长。鲍旅编为该师三二八旅，旅长辛少亭。3 月随任汤恩伯参加台儿庄会战。武汉会战时，鲍随汤部开往江西、湖南参战，后调任湖南战区后勤部司令。

1940 年 8 月，汤任命他为鄂豫皖边区总指挥。接任鲍刚职务的是陈某。

蒋介石密电"伺机处置"。蒋介石令鲍刚到前线督战，陈到湖北随县的一个深山里，邀鲍刚前往商谈交接事宜，陈设筵为其饯行。次日晨，陈为他准备了一副担架，派一连人护送。因久困疲劳，在担架上熟睡，行至山间险道，被预先埋伏好的机枪手射杀。

（191）鲍汝沣

鲍汝沣（1908—1971）　字岷东，寿县东津人。幼读私塾，及长务农。黄埔军校高教班第四期毕业。

1924 年，入伍国民革命军第五军方振武部。出师北伐，辗转于湖北、河南一带，与军阀吴佩孚部激战，屡立战功，升任连长。

1937 年，任国民革命军四十四师少校营长，后任独立四十六旅营长。1938 年，调国民革命军第一一〇师，参加台儿庄战役，因作战英勇，身先士卒，升任为少校团长。同年，部队调至武汉，守卫在桐柏山麓御敌，与日本侵略军作战，大败日军。该师非蒋嫡系，于 1940 年，被摘去兵权，编为第十六师。他虽任少将步兵指挥官，但无军队，责其单人匹马去河南鹿邑招兵买马。次年，组成挺进四纵队，任少将总司令，开赴河南漯河等地整训。1942 年，编为独立第一旅，任旅长。1944 年，日本侵略军大举进攻中原。他受命守卫郑州，阻击日本侵略军。战斗开始，因汤恩伯部不战南撤，鲍旅为求生存坚持抗日，部队由黄河岸转战至密县一带，迂回击敌，历经一周，后乘隙东进，过京汉铁路以东，经扶沟、沈邱一带，南渡沙河，经上蔡、西平，暗越京汉路，在嵖岈山与日军激战，双方伤亡不少。同年秋到达镇平，与上级接通关系后，杀回豫西。是年底，改编为六十二师，任少将师长。

1945 年，抗日战争胜利后，受命驻防河南陕县。不久队伍被解散，复以通共之罪名，拘捕西安受审，囚居二年余，后经张轸电保释放。

1949 年 5 月，在武汉上游金口镇随张轸部起义。7 月，正式编为中国人民解放军五十一军二一二师任师长。

1950 年 10 月至 1952 年 7 月，任湖北省大冶军分区司令员，兼任二一二师师长。秋，大冶军分区撤销，调湖北军区司令部待分配。1953 年 9 月，任湖北军区干校第一副校长。

1955 年 3 月，任湖北省水产局副局长。1958 年 5 月，任湖北省参事室参事。

1971 年 1 月，在武汉逝世，时年 63 岁。

（192）蔡剑鸣

蔡剑鸣（1906—1988）　别号君莹，广西桂林大湾镇人。1924年冬，入黄埔军校第三期骑兵科学习，1926年1月，毕业。陆军大学乙级将官班第三期、中央训练团党政研究班毕业。

历任国民革命军排长、连长、副官、警备中队长，师部参谋处中校作战参谋、团长。

抗日战争全面爆发后，任第七十六师补充旅旅长。1942年3月28日，国民革命军第四师副师长蔡剑鸣接替师长石觉晋升为师长。1945年2月，授陆军少将衔。先后参加徐州会战、武汉会战、枣宜会战、豫中会战和桂柳会战。1946年7月，退役。

在国共两党合作抗日期间，曾与共产党著名将领叶剑英共事。因屡有战功，晋升至国民党第十三军军长。

1949年，去台湾。1959年退役后，任台湾肥料总公司顾问。

1988年8月6日，在台湾荣民医院逝世，享年82岁。

（193）曹云剑

曹云剑（1898—1938.4.24）　浙江永康唐先镇下杜曹村人，幼年在本村私塾求学，后就读于山西村鼎新小学，毕业后，以优异的成绩考取省立金华七中。出身贫寒，在校勤奋苦读，中学毕业以后，先后在下宅、峡源、山西等地，以教书为业，为本村创办过初级小学。

1926年，考入黄埔军校第六期，在赴广州轮船上写诗明志，有"愿洒热血沙场流"句。他学习勤奋，学校在学生中选考助教，曹云剑以优异的成绩被录用，每月20来元工资，他省吃俭用，余下钱寄回村资助办学，向母校鼎新小学赠书。毕业后，任见习教官排长，后编入二十五师一四六团一营任连长，爱护士兵，严格训练，言教身传，工作井井有条，所属连队被上司誉为模范连。

九一八事变后，他编入陆军关麟征师七三旅一四六团一营二连，任连长。1933年3月8日，他所在师奉命北上抗日，他斗志昂扬，引吭高歌，抱着为国捐躯的决心，奔赴前线。在古北口他身先士卒，奋勇杀敌。同年5月13日，一四六团奉命占领石匣高地，掩护友军撤退，他率二连占领左翼阵地，扼守一条主要通道，一连占领右翼山头，阻击日寇第八师团的进攻，从下午一时起，两连并肩战斗，抗拒强敌，激战到深夜，战况极其惨烈，官兵伤亡过半，顽强地坚守阵地，胜利掩护大部队安全撤离的任务。

1937 年端阳节，他告假回乡探亲，突接部队急电："卢沟桥事变，立即归队。"他立刻告别家人返回部队，所在师河北保定阻击南侵的日军矶谷师团。在这次战斗中因指挥有方，升任少校营长。在抗日战争频繁的战斗中，寄信慰勉家人："国家正处在多事之秋，要保家卫国，要学岳飞、文天祥，大丈夫视死如归。""如为国捐躯，当引以为荣，不要悲伤"。

1938 年 4 月间，参加台儿庄大会战，他所在团奉命防守在邳县以北二十里之连防山。4 月 20 日晚，一四六团在邳县以北的连防山布防。21 日起，连续受到敌人 10 次猛攻。24 日后，敌集中轻重炮五六十门，并以飞机五六架，更番轰击，全团奋战 4 天，上自高鹏团长，下至官兵，包括曹云剑在内全部牺牲，时年 40 岁。

当时各报报道了这一壮烈消息，曹云剑的遗体运回徐州中山公园安葬。1940 年，永康县政府在城西水攻山建立抗日阵亡将士纪念碑。曹云剑遗孀曾携子参加建碑典礼。

原国民党伞兵副司令张绪滋先生（后居美国），当时与曹云剑是同营战友，曹任二连连长，绪滋为一连连长，同是黄埔六期同学，交谊甚笃。1986 年，张绪滋先生曾向永康文史资料专刊撰写了《忆为国捐躯的曹云剑先烈》文章。文章详细地记述了与云剑相处的往事，对云剑的印象等。张绪滋先生在致曹云剑之子曹卧尝信中回忆道：

> 云剑兄是一位综理密微、雄才大略的黄埔同学，师团首长称赞曹云剑，好极了！与云剑兄情同手足，亦师亦友，无话不谈，他常说："绪滋，我家居浙江永康夏杜曹，你要牢记。"言外之意，务必相互照顾，也含牺牲之决心……回思往事，内心沉痛，想念故人，忧心戚戚，唯望云剑兄含笑九泉，代你最后禀告上苍，曹烈士对家对国，均无愧色，重如泰山也！

（194）陈纯一

陈纯一（1903—1938.3）　字静宇，号庆蓉，湖南新宁县人，黄埔军校第三期步兵科。

出生于一户没落官宦之家。少时曾读过私塾，在县立小学堂毕业。1925年初考入黄埔军校第三期。参加过第一、二次东征战斗。第二次东征时，曾报名参加敢死队，表现非常勇敢，因而被升为国民革命第一军连长。1926年参加北伐，相继升任营长、副团长。1932年2月奉命开赴上海，投入淞沪抗战，率一个营与其他部队一起，同日军血战两昼夜，击退日军多次进攻，受到国民党南京政府致电嘉奖。3月，被提升为团长。后调中央军校任教官。

卢沟桥事变后，调任国民革命军第十三军四师二十三团（骑兵）团长，并奉命开赴华北前线。临行前，在给妻子的信中说："当此国难当头之际，正吾人出力之时，此去前方，当固守国土，虽马革裹尸亦所愿也。"1937年下半年，率部在南口、张家口一带多次与日军作战。

1938年3月，参加鲁南台儿庄会战。激战中耳朵被弹片削下，腹部被弹片击穿，肠子流出，仍咬紧牙关把肠子盘进肚里，并用绑带捆住腹部，继续指挥战斗，直至牺牲。时年35岁。

1986年3月，湖南省人民政府追认其为革命烈士。

（195）陈大庆

陈大庆（1905—1973.8.22）　字养浩，江西省崇义县客家人，黄埔军校第一期。历任国民革命军陆军总司令、台湾省政府主席、"中华民国国民政府国防部部长"。追授一级上将。国民革命军著名将领，军事家。

1923年秋入广州大本营陆军讲武学校学习。1924年秋该校并入黄埔军校第一期，编入第六队学习。毕业后历任黄埔军校教导团排、连长，参加第一、二次东征和北伐战争。1928年起任南京中央军校第六期队长，中央军校武汉分校第七期大队长。1932年后任第八十九师二六七旅三五四团团长、副旅长，第十三军四师十旅旅长、副师长，1937年8月授陆军少将。

卢沟桥事变后，历任国民革命军第二十军团第八十五军第四师师长、新编第二军军长、第二十九军军长、第三十一集团军副总司令等职，1944年任国民革命军第十九集团军总司令、鲁苏豫皖边区副总司令。先后参加南口、台儿庄、武汉外围、鄂北、豫南、中原等战役。

抗战结束后，历任南京卫戍司令部副总司令官、京沪杭警备副司令兼淞沪警备司令部司令等职。

1949 年到台湾后，成为蒋经国心腹的重要成员，任"国家安全局"副局长、局长，并被授予"中华民国"陆军二级上将军衔。1962 年后，历任台湾警备总司令、军管区司令、陆军总司令、台湾省政府主席、"行政院"政务委员兼"国防部"部长。自 1944 年起一直担任中国国民党中央委员、中央常务委员。

1973 年 8 月 22 日，病逝于台北，享年 69 岁，葬于台北五指山军人公墓。

入台后主要简历：

1960 年 7 月晋升国民革命军陆军二级上将，时任"国家安全局"局长；

1962 年 11 月到 1967 年 6 月任台湾警备总司令兼台湾军管区司令；

1967 年 6 月到 1969 年 6 月任中国国民革命军陆军总司令；

1969 年 7 月任台湾省政府主席；

1972 年 5 月到 1973 年 8 月任"中华民国国民政府国防部"部长；

1973 年 7 月调任台北"总统府"战略顾问。

1973 年 8 月 22 日，在台北逝世，享年 68 岁。

著有《陈大庆抗战回忆录》《做人与作事》等。

（196）陈岚峰

陈岚峰 1904—1969.6.19）　原名岸浦，别号南光、台湾宜兰人。1919 年，更名为岚峰，只身偷渡，潜回祖国，与黄国书不约而同抵达上海，同时考入暨南大学附属中学。毕业后，继入暨南大学政治经济系。其时国内军阀割据，他认为：欲拯救中华民族，非革新军队不可，乃毅然赴日研习军事，考入日本陆军士官学校第十七期，致力军事研究，对阵地、攻城等战术及参谋造脂精湛，为其后献身 20 年戎马之生涯打下基础。1926 年，学成归国，随即被任为黄埔军校军事教官（官阶相当于少校）。

1927 年 6 月，奉调任国民革命军东路军总指挥部参谋追随总指挥何应钦，由广东经福建、浙江而至徐州，一举荡平孙传芳。

1928 年，调任南京中央军官学校大队长。嗣后，中枢于南京成立军官训练团，蒋介石任团长，准备抽调各路军中干部赴京受训，岚峰任该团第一连连长。该连学员尽是黄埔军校第一至第五期学生。其后江西五次"围剿"期间，先后出任"剿共"军队第四师参谋处长及第四十九师团长等职。

1936 年，日军侵入热河、察哈尔等华北诸省，奉命北上，率军前往内蒙古百灵庙，防守边塞重镇。

1937 年，卢沟桥事变爆发，时任第八十九师少将旅长，隶属于汤恩伯部，得偿抗日夙愿，转战南北，参与大小会战数十次。

1945 年 8 月，抗战胜利，奉命率部接收徐州，并协助当地政府办理受降工作。其后部队整编，奉调任国防部少将部员。旋决定卸除军职，回台服务桑梓。

1948 年，"台湾政府"实施宪政，被台湾省议会推选为行宪第一届监察委员。其后出任闽台行署委员及"国防"召集人。在任职期间，仍不改其军人豪放性格本色，心直口快，讨论问题，单刀直入，发言声如洪钟，同人戏称其为"张翼德"。

1955 年，农林公司董事会改组，黄成金当选董事长，林仁和为总经理。黄、林上任后竞同水火，最后由岚峰出任董事长，始化解纠纷于无形。此外，他先后兼任中国国民党台湾省党部委员及纪律委员、台湾航业公司及物资局常务监察人、私立淡江文理学院董事等职。

1969 年 3 月，被任为"中央"评议委员。

1969 年 6 月 19 日，午后一时，在台北中心诊所逝世，时年 66 岁。

台湾出版有《陈岚峰传》（王启宗著）等。

（197）陈林达

陈林达（1904.7.8—1970.1.14）　字兼善，湖南省湘潭县城十二总后街人。黄埔军校第四期步兵科毕业。历任国民革命军第三十二旅排长，新编第五师连长，第二十五师营附、团参谋主任。

抗战爆发后，历任第五十二军二师六旅十一团团长，第五十二军一九五师少将副师长、师长，参加长城抗战、台儿庄战役、武汉会战、南昌会战、第一次长沙会战、滇西会战，抗战胜利后赴越南受降。

1946 年起任东北"剿总"第五十二军一九五师师长。1947 年 11 月任新编第五军中将军长，1948 年 1 月 7 日所部于辽宁新民县公主屯地区被人民解放军全歼被俘。

陈林达的父亲为当地有名的雕花木匠，母曹氏。由于陈林达的祖父过继给一林姓亲戚，所以当他出生时，以林为姓氏，后认祖归宗，便在原名林达之前加上了陈姓。

陈林达幼年立志向学，启蒙时就能熟读"四书""五经"。十岁移居湘乡后，拜师于当地名医黄鹄臣门下学医，继入湘乡县立涟滨书院学习。此后在湖南省立第一师范学校读书时受到进步思想影响，参加了夏曦[1]在长沙发起的学生运动。在学运中，陈林达认识了在明德中学读书的文强[2]，两人结为好友，又都在1925年的五卅运动后一起加入了列宁主义青年团。

陈林达在加入青年团后，积极追随在夏曦周围参加学运，并深得夏氏的青睐。当黄埔军校第四期在广州开始招生时，夏曦便保送以陈林达为组长、文强为副组长的八个青年团员前往投考。临行前，他们又带上了同样向往南方革命阵营的毛泽覃，一行9人经水路于同年7月下旬抵达广州。

陈林达一行人抵达广州后，军校尚未开考。于是他们在青年团广州负责人穆青的帮助下服务于罢工委员会，暂时依靠服务所得维持生计。就这样，陈林达等人白天在罢工委员会上班，晚上住在农民运动讲习所，如此半月，终于等到了黄埔军校的开考时间。

经过考试，9人中仅陈林达和文强被录取，他们被分配到入伍生第三团三营一连受入伍训练。至1926年3月，入伍生们又经过升学考试正式转为学生。陈林达被分配到步科一团六连，文强则被分到政治科（两人在军校毕业之后即各奔前程，一直到20年后才再次相见）。第六连日后成为将军的除了陈林达之外，还有韩增栋、葛先才、张世光、皮震、邹麟、张定国、潘裕昆、李果、谷熹、魏巍、刘汉兴等人。此外，陈林达还认识了在二团三连的林彪，陈、林两人和文强在开学后不久又经周恩来的介绍，成为了一名中国共产党党员。当时和他们有着同样的理想，朝着共同的目标前进。然而使陈林达没有想到的是，他和林彪在20年后会在东北战场上兵戎相见，且最终由林氏结束了其戎马生涯。

1926年，正值国共第一次合作的蜜月期，为了政治需要，许多共产党人又都加入了中国国民党，成为拥有双重党员身份的特殊群体，而陈林达就是其中之一。可同样由于政治分歧，军校内由国民党学生组建的孙文主义学会和由共产党学生组建的青年军人联合会之间经常发生冲突，这对拥有双重身

---

[1] 夏曦（1901—1936）　字蔓伯，又作蔓白，化名劳侠。湖南益阳桃花江镇（今桃江县）人。毛泽东同学，曾和毛泽东一起参加湖南革命运动。是湖南群众运动的重要骨干，湖南早期社会主义青年团员之一。1931年3月，夏曦被派往湘鄂西苏区接替邓中夏的领导工作，并兼任红二军团政委。在此期间，夏展开大规模的肃反行动，1936年2月28日，在毕节涉水过河时，因身体疲倦被卷入漩涡溺亡。

[2] 文强（1907—2001）　号念观，湖南长沙县人。是毛泽东的舅表兄弟，在黄埔军校与林彪同期，与周恩来的弟弟周恩寿同班，参加过北伐战争、南昌起义，以后脱离共产党，成为军统人员、国民党军参谋等，淮海战役被俘，1975年3月获得特赦出狱，在全国政协文史资料研究委员会担任专职委员，为促进海峡两岸的和平统一工作做出一定贡献。

份的陈林达来说，其心理是十分矛盾的。

就这样，陈林达在经过七个月的军校学习后，于 1926 年 10 月毕业了。他的第一个职务是第二十一师（师长严重）六十一团（团长孙常钧）三营七连少尉见习。

1927 年 4 月，蒋中正在上海发动四一二政变，使在国民革命军中服务的共产党员先后被迫离部。随着事态的扩大，有着国共双重党员身份的陈林达也于 6 月受到牵连，被迫辞职离部。他在上海寻找共产党党组织未果后，对前途产生了疑惑，在经过激烈的思想斗争之后，陈林达最终选择了追随"三民主义"。同年 8 月，孙传芳的五省联军开始对南京国民政府实施反扑，陈林达打听到他的老部队二十一师正在南京作战，于是前往南京寻找部队。从此，开始了在国民党军的军旅生涯。

抗战胜利后，赴东北，率第一九五师抢占沈阳，夺取四平，先后占据长春、吉林，进而侵入通化，摆开进攻临江的阵势。在东北民主联军"三下江南、四保临江"的春季攻势下，1947 年 1 月，第一九五师在通化的高丽城予受重创，副师长何世雄被击毙。再进犯临江，又受重创，遂死守通化。后率第一九五师退入辽南。

1947 年 12 月，新任新五军中将军长的陈林达，北上援救四平国民党军。1948 年 1 月 4 日，新五军被人民解放军包围于辽宁省新民县东北的公主屯地区，三天后，新五军被歼，陈林达被俘。后被送入解放军军官教导团学习。

1956 年入北京功德林大院，改造期间，注意学习理论，改造思想，担任功德林学习委员会主办的《新生园地》编辑。1958 年送昌平秦城农场继续改造。1965 年入抚顺战犯管理所。

1970 年 1 月 14 日，于抚顺战犯管理所病逝，终年 66 岁。

（198）戴安澜

戴安澜（1904—1942.5.26）　字炳阳，原名衍功，号海鸥。汉族，安徽无为仁泉乡风和戴村人。黄埔军校三期毕业。曾参加北伐战争、保定、漕河、台儿庄、中条山诸役、昆仑关战役，因昆仑关一役获得蒋中正"当代之标准青年将领"之赞誉。1942 年，率第二〇〇师作为中国远征军的先头部队赴缅参战。入缅作战中，参加了大战同古、收复棠吉等战役。1942 年 5 月 18 日，在郎科地区指挥突围战斗中负重伤，26 日在缅甸北部茅邦村殉国，年仅 38 岁。

1923 年考入陶行知先生创办的安徽公学高中部。

1924 年投奔国民革命军。

1926 年黄埔军校第三期毕业，历任国民革命军排长、连长、营长、团长。

1926 年参加北伐。

1933 年 3 月，率部参加长城古北口抗战，荣获五等云麾勋章。

1937 年 8 月，升任第二十五师七十三旅旅长。

1938 年 3 月，在台儿庄战役中，戴旅火攻陶墩，智取朱庄，激战郭里集，迫使台儿庄之敌后撤，得华胄勋章（一说宝鼎勋章）一枚。

1938 年 5 月，在徐州会战中，曾率部在中艾山与日军激战 4 昼夜，因战功卓著，升任第八十九师副师长兼第三十一集团军总部干训班教育长。

1938 年 8 月，率部投入武汉会战，被第三十一集团军记大功 1 次。

1939 年 1 月 5 日升任第二〇〇师师长，接替杜聿明。该师是新建的第五军的主力师。

1939 年 5 月，率部参加抗击日军进犯的随（县）枣（阳）之战。

1939 年 6 月 17 日，晋升陆军少将。

1939 年 9 月，参加长沙保卫战。

1939 年 11 月，参加桂南昆仑关战役。

1940 年 1 月，在坚守昆仑关的战斗中，戴部确保 441 高地，毙敌百余人，毁敌坦克 2 辆、炮 4 门，缴获枪械百余支。11 日，戴安澜身负重伤。国民党政府颁授四等宝鼎勋章（一说青天白日勋章）一枚嘉奖之。

1941 年 12 月 16 日，第二〇〇师开赴缅甸协同英军作战。

1942 年 3 月，参加东瓜保卫战。在没有空军协同作战的情况下，同 4 倍于己、配备有步兵特种兵和空军的日军苦战 12 天，完全是以步兵对抗日军的立体进攻，戴师长立下遗嘱：如果本师长战死，以副师长代之，副师长战死，参谋长代之，团长战死，营长代之，以此类推，各级皆然。

掩护了英军的安全撤退，并歼敌 5000 余人。4 月 25 日，又率部克复棠吉。5 月 18 日，在郎科地区指挥突围战斗中负重伤，26 日下午 5 时 40 分在缅甸北部茅邦村殉国。

1943 年 4 月 1 日，国民党政府在广西全州香山寺隆重举行有 1 万多人参加的国葬。

1939 年 6 月 17 日，授陆军少将。1942 年 10 月 16 日，追赠陆军中将，抗战胜利后被追认为革命烈士。

蒋中正赋诗："虎头食肉负雄姿，看万里长征，与敌周旋欣不忝；马革裹尸酹壮志，惜大勋未集，虚予期望痛何如？"

孙立人称赞："伟哉将军，战绩辉煌。"

1943年3月，毛泽东赋诗"外侮需人御，将军赋采薇。师称机械化，勇夺虎罴威。浴血东瓜守，驱倭棠吉归。沙场竟殒命，壮志也无违。"

周恩来题写挽词："黄埔之英，民族之雄。"

罗斯福说："戴安澜将军于1942年同盟国缅甸战场协同援英抗日时期，作战英勇，指挥卓越，圆满完成所负任务，实为我同盟国军人之优良楷模。"并追授戴安澜一枚懋绩勋章。

史迪威评价："立功异域扬大汉声威的第一人。"

1948年5月3日，安葬于故乡安徽省芜湖市小赭山。

1956年9月21日，被中央人民政府内务部追认为革命烈士。

（199）邓仕富

邓仕富（1900.2.22—1952）　广东梅县人，黄埔军校第二期工兵科第一队、中央军校高教班第一期毕业。

历任国民革命军第一军第一师排、连长，第二十六师三团营长，南京卫戍司令部警卫师中校团附。1936年任第二十一师六旅少将旅长。1938年任第五十二军二十五师副师长，参加徐州会战、台儿庄战役。1944年任新编第一军新编三十八师副师长，参加远征军印缅抗战。

1947年任东北保安司令长官部第12支队司令。1948年任新编第七军暂编六十一师师长，同年10月19日在长春投诚。后回广东原籍，曾任银场村村长。1952年在镇反中被错误处决，时年52岁。

1983年5月予以平反，恢复起义投诚人员名誉。

（200）丁保如

丁保如（1912—1938.4）　字少如，浙江永康芝英三村人，出身贫寒，幼年在芝英培英小学就读，中学毕业之后，胸怀救国壮志，报考中央陆军军官学校八期，毕业之后即编入陆军第二师服役，据战友姚振昌先生（已故）回忆：保如升任连长时已身经百战，带兵有方，爱护士兵亲如兄弟，训练得法。

七七事变后，他所在师被编入北战场序列，参加了永定河战役，在战斗中，指挥士兵，奋勇杀敌，歼敌多人，建功卓著。第五十二军永定河防线被日军突破，向保定转移。师长黄杰深知保如智勇，特召面谕："不论情况如何危急，必须掩护主力安全撤退，待完成任务后，方可背进。"命令保如的机枪连为第二师的后卫部队。保如自知责任之重，当即向师长表态："即使战斗到最后一个人，也要掩护大部队安全撤离。"后撤不久，保如发现敌骑兵从右侧企图越过我后卫部队，作迂回追击，保如不待后卫司令官之命令，当机立断，指挥机枪连，占据有利地形，向日寇骑兵猛烈侧射，击毙敌军大半，余敌惊慌地后撤，我大部队得安全撤离阵地。黄师长手令记升丁保如为中校营长。2个月后，保定防线复被敌突破，第二师奉命撤至漳河，保如的机枪连仍担负着后卫的任务。当部队到达漳河渡口，一妇女携二少女逃难于河边，无舟渡河，惊惧不已，跪求保如同舟共渡，并说愿将其中一女许配为妻。保如怀着爱民恻隐之心，即令士兵将运枪炮的渡船，先送母女三人过河，并资助她们盘费，嘱其速速离开战地。士兵们称赞保如为"菩萨连长"。漳河之战，击退敌人，郑州、洛阳乃得从容部署，北战场至此告一段落。1937年秋第二师进驻洛阳整补，丁保如升任为营长。半年之后，敌我双方都在部署台儿庄大会战，丁保如所在师编入会战的战斗序列。

1938年4月上旬，郑洞国第二师与日军板垣、矶谷师团，在台儿庄一带展开了拉据式的争夺战，其战争之激烈是史无前例的。经过三日三夜的浴血奋战，歼敌甚众。敌人在惨重的伤亡中遁逃。丁保如身先士卒，率部紧追在遁逃的日军及其残部，终因我军无坦克的掩护，不幸被敌人坦克车炮弹击中而以身殉国，时年28岁。

遗体移送到徐州九里山安埋。

（201）范龙章

范龙章（1898—1972）　字柳堂，河南省汝阳县人。幼年在本乡读乡学，后因家贫辍学务农。1918年2月，经乡友介绍，赴陕西西安加入于右任领导的陕西靖国军当兵。不久升任排长。1920年，调西安镇嵩军第四营当连长，因与上司发生冲突，而于1922年3月，擅自离营返回家乡，秘密组织绿林武装对抗官府。

1924年11月，随姜明玉被镇嵩军憨玉琨收编，任营副。1925年春，升营长，年底又升团长。因函谷关阻击国民二军岳维峻部而名声大震。1926年春，随刘镇华参加围困西安之战，同年11月，升旅长。1927年，镇嵩军被编为国民革命军第二集团军（总司令冯玉祥）第八方面军，升任师长。不久，随姜明玉倒戈投向张宗昌。在山东曹县与孙良诚部大军对抗数月，兵败被俘，囚禁开封。

1929 年 5 月，获释重回豫西。奉冯玉祥令组织豫西自卫军，任总司令。不久，由于伊阳县民团的反扑，撤离伊阳，被孙良诚收编为一个师，参加反蒋。1929 年底，孙良诚失败西撤，范的一个师仅剩 100 余人。无奈，投奔万选才第六路军任旅长。中原混战中，万选才被扣押南京，范被河南省代主席李筱兰关押。未几获释，复回豫西收编民众武装。1930 年，国民革命军二十路总指挥张钫将范部收编为一个师，任范为师长。年底部队缩编，范任七十六师二二八旅旅长，驻开封一带。1935 年 4 月，授陆军少将。8 月，因案被撤职，滞留南京，遂入中央军校高教班受训。

1937 年 7 月，全面抗战爆发，第二十路改编为第十二军团赴上海抗日。范率部参加了上海"八一三"抗战。不久，第十二军团被解散，范部编入汤恩伯的十三军，任独立旅旅长，参加台儿庄战役。后赴江西参加瑞昌会战。1938 年年底，程潜成立抗日自卫军，他任第二十七纵队司令，归豫东游击司令杜淑指挥。1940 年，因反对杜淑与日军勾结，共同反共，遂越平汉线，进太行山区归二十七军指挥。1943 年，庞炳勋集团军投敌，第二十七军被击溃，范率所部二十七军两个营，由山西树掌镇突围，南渡黄河。是年 8 月，入第三十九集团军（总司令高树勋），任新八军新六师师长。

1945 年 10 月，在河北邯郸协助高树勋起义，任民主建国军中将军长、副总司令。1946 年 10 月，率民主建国军学习团赴延安学习。1947 年 1 月 15 日，经申伯纯、金城、周子健介绍，刘少奇、周恩来、朱德等签字同意，加入中国共产党。

中华人民共和国成立后，先后在开封面粉厂，河南省参事室工作。

1972 年，在郑州逝世，享年 74 岁。

（202）方济宽

方济宽（1902—1965）　字驾鳌，名承祖，又名金福，安徽太湖县人，黄埔军校第五期毕业。

出生于佃农之家，家境贫寒，少年时私塾辍学即外出谋生。后考入黄埔军官学校，参加北伐战争，曾任国民革命军排、连、营长，陆军部兵站总监部科长，第十七军政治部秘书，第二师（师长郑洞国）政训处处长，第五十二军二师政治部主任。

抗日战争全面爆发后，参加绥远抗日义勇军，先后参加平汉铁路保定会战、台儿庄战役、徐州会战、武汉会战和长沙会战等。后转战云南，参加中国远征军。此间先升任第二师上校政治部主任，第七十军少将政治部主任，后调任第八军荣誉第一师（师长李弥）副师长。1944 年夏，在中国远征军司令长官卫立煌指挥下，方济宽直接在日寇占领的云南松山（腊猛）前线指挥战斗，与作战部队一起强渡怒江，直抵松山脚下。后经激烈战斗攻克松山，全歼日寇五十六师团，并收复了龙岭、芒市。

1945 年，随部攻占缅甸八莫，打通了滇缅公路。

日本投降后，兼任军部驻青岛办事处主任，负责军调工作。1948 年任第八军高参，后调任第一兵团政工处少将处长、中将政治部主任。辽沈战役中在锦州被俘，与范汉杰（兵团司令）等国民党高级将领先后被监禁在抚顺、绥化、齐齐哈尔等地。

1965 年，病逝，时年 63 岁。葬于冯屯。

（203）傅镜芳

傅镜芳（方）（1904—? ）　字应藻，别号亭溪，四川安岳县驯龙场人。黄埔军校第五期步科、陆军大学将官班乙级第四期毕业。

抗战全面爆发后，任第十三军第四师第十旅第十九团团长。

后任第四十四军副军长。

1949 年，去台湾。

（204）高　鹏

高　鹏（1904—1938.4.24）　少时名明，字平厚，陕西乾县大坡口（今乾县梁村乡大坡口）人，黄埔军校第四期。追授国民党军队少将。

年轻时性情刚直，待人厚道，敢作敢为，胆识过人。1921 年正月，大坡口和大东村比赛社火，双方出现纠纷，即将发生械斗。大东村因在村口，倾村出动，四五百人手执器械，向手无寸铁的大坡口人冲来。在这千钧一发之际，年轻的高鹏脱去上衣，胸脯一拍，迎着为首的大汉大喊："永来！向我这儿砍，我弟兄八个，砍死一个还有七个。"被叫作永来的大汉顿时吓得傻了眼，不由自主地放下马刀，率众退回了村里。

这年，高鹏由乾县南乡的神伏坊高小毕业，考入了西安民立中学。他勤学多思，学业超群，深得老师的器重和同学的敬佩。当时列强入侵，军阀混战，外患日迫，内忧不已，高鹏目睹现状，遂立志投笔从戎，以身报国。

1925年，黄埔军校在河南开封招收学员，高鹏即约本乡同学李正谊、阎锡麟、张希义一同前往报考。同年8月到达黄埔军校，经过半年训练和复试，被正式编为黄埔军校第四期学员。

1927年毕业并分配到第二十二师充任排长，于武昌攻城爬云梯时腹部中弹负伤。

1928年北伐完成，调回军校任上尉区队长。1930年，调第四师任连长。与红军恶战于安徽金寨，腰部重伤。伤愈归队后调任第四师参谋处少校参谋，旋升营长。

1933年，高鹏随部参加古北口战役，又被炮弹击中负伤。是役获颁陆海空军奖章，并升任第一四九团中校团附。1936年随部往绥东"剿共"，并兼任师部高炮大队大队长。1936年率部参加百灵庙战役，高将军指挥小炮射击日机，并率部追杀日军溃兵，在战斗中高将军手刃日军军官一名，夺得其指挥刀。战后傅作义将军颁给巨额赏银，高将军分文未取，全部分给官兵。

1937年8月，升任第二十五师第一四九团团长。率部与日寇激战于南口、保定等地。1938年第二十五师参加鲁南台儿庄会战，至4月24日，血战月旬的高鹏团，扼守要冲台儿庄外围连防山（今江苏邳县）。

关麟征军长亲电高鹏，命令其撤退："我们将来报国时日尚多，兄可退……"高鹏坚决不撤，而且隐瞒自己负伤情况，继续督战。下午2时，第二十五师师长张耀明命令高团撤退，两名士兵将高团长架起，高团长站起身，正欲下达命令，突然弹中前额，壮烈殉国。终年34岁。

（205）郭雪萍

郭雪萍（1906.1.8—1941.1.28）族名铨基，原名琴舫，字雪萍，号岫夫，以字行。曾化名吴治平、丁渔等。四川威远县龙会镇詹家林人。广州中山大学社会系肄业，黄埔军校高级政治训练班毕业。

祖父郭宏权，授中书科中书，"平易近人，凡有义举咸乐成之"。父名成彦，号英三，授国子监典籍衔，娶南乡秀才尹若清之女为妻，生育三子，郭雪萍居长。自幼过继给大伯为子，6 岁入郭氏私塾，9 岁入本乡国民小学，接受新式教育。1920 年考入威远县立中学校，正值五四运动，他与同学宣传"抵制日货"，后因带头组织学生反对校方克扣学生伙食费遭开除。

1922 年初，赴成都，先后就读四川法政专门学校和四川陆军讲武堂步科。后历任川军第八师见习官、第二混成旅三等军法正、少校营长，率队驻防蓬溪并代理过短时间的县知事。后回乡奔丧，不久结婚生子，取名振华（意在振兴中华）。

1926 年初，约好友张挹骞、李君儒等人一道去广州投考黄埔军校，因黄埔军校第六期改在武汉招生，随后考入广州中山大学社会系，张挹骞、李君儒经同乡张涤痴安排到黄埔军校特训班作文书工作。入校不久由吴玉章、谢独开介绍加入中国共产党。同年夏初，经党组织推荐入周恩来任训练班主任的黄埔军校"高级政治训练班"学习。

1927 年初，训练班结束后，由孙炳文介绍到驻防湖北鄂城的国民革命军独立十五师任少尉连政治指导员，师长贺龙、师政治部主任周逸群。同年 4 月，随独立十五师参加了由武汉国民政府组织的第二期北伐。又随贺龙参加了南昌起义。部队被打散后，他带着枪伤由汕头逃往香港。同年底，伤愈后辗转回到家乡威远，与同期从广东回威的中共党员张涤痴、李君儒、张挹骞等人筹建威远县地下党组织。

1928 年春，由中共四川省委派往国民革命军第四十三军杨其昌师做兵运工作，随部队赴鄂西，任中共宜昌县委秘书。随后被派回四川做联络川鄂工作。同年 9 月，由中共四川省委派到涪陵任县委书记。1929 年，受组织安排去上海从事秘密工作。

1930 年 3 月，在上海因叛徒出卖被捕入狱。次年初，经周恩来通过国际联盟和国际友人营救出狱，任中共江苏省军委巡视员。1931 年夏，郭雪萍（当时化名吴治平）由中共江苏省委派往扬州县委指导工作。9 月 14 日，由于县委军委周道生被捕叛变，他与陈辛樵、田景田、徐开林、周云、梅春芝、张桂兰等 10 人被捕。1934 年 2 月，由泰县监狱移送苏州"江苏省反省院"，接受所谓"强化学习"。

1935 年 3 月，经陆军大学朋友吴正清、龚致和联名担保出狱。到南京陆军大学任编辑官。不久，由于文采出众被国民革命军第四师师长汤恩伯委任为师部秘书，主要负责代拟文稿和公文。

全面抗战爆发后，随第四师转战河北南口、山西沁县、沁源、长子、长治等地抗击日军。1938年3月，参加徐州会战中的峄县、台儿庄战役。后参加武汉会战中的阳新、通山战役。在一次与日军肉搏战中，"门牙都被刺掉了两颗"。

1938年底，在湖南衡阳成立"军事委员会军训部南岳游击干部训练班"（简称"游干班"），汤恩伯、叶剑英为正副教育长，他为游干班政治部第二科上校科长。其间，他与游干班第一期进步女青年杨剑芬结婚。

1939年下半年，第三十一集团军司令汤恩伯奉命开辟和建设豫鄂边抗日根据地，成立豫鄂边区游击总指挥部，他被委任为游击总指挥部政治部少将主任，不久派任豫鄂边区游击队第五纵队指挥官，奉命率部赴位于鄂豫边界的枣阳一带开展游击战。1940年1月，他率队从日军手中夺回枣阳后，遂兼任枣阳县县长。

由于他与新四军来往及发展武装力量之事引起了国民党顽固派的高度怀疑，1941年1月22日在成都被捕，旋即于26日被押解到河南集团军总部驻地。同月28日清晨，汤恩伯未经公开审理，即下令将郭雪萍枪杀于河南漯河县坡陈村。遇难时年仅35岁。

2005年、2015年获中共中央、国务院、中央军委颁发抗战胜利纪念章。

（206）韩梅村

韩梅村（1901.12.8—1996.11.27）　又名雪庵，湖南华容县塔市驿镇人，黄埔军校第四期步兵科、中央军校军官研究班毕业。1955年授予解放军大校。

历任第五十二军二十五师参谋主任，1937年8月任第五十二军二十五师七十三旅一四五团团长，在平汉路北段阻击日军；1938年4月任第五十二军二十五师少将参谋长，参加台儿庄战役；6月调任第五十二军一九五师五六六旅少将旅长，参加武汉会战；1939年7月任第五十三军一九五师参谋长，参加第一次长沙会战；1941年10月离职赴广西养病，1945年5月任昆明防守司令部少将高参兼直属部队指挥官，12月任东北保安司令长官部直属部队指挥官，1946年1月任热河省阜新市市长，7月兼任东北保安第三支队司令。

1947年5月1日在热河凌源"率其所属一部三个连举行战场起义，协助人民解放军扫清城内残敌"（1947年5月14日《黄海日报》）。

后任热河民主联军救国军独立第一旅旅长，东北民主联军独立第六师师长，解放军第四十八军一六一师师长等。

出生在湖南华容县一个偏僻的小山村里，父亲是个老实巴交的农民。7 至 12 岁入私塾念书。韩梅村长得眉清目秀，天资聪慧，常受到老师的夸奖，也深受父母的偏爱，尽管家境不好，他却有些养尊处优，这也因此养成了他自尊、自信、争强好胜和暴烈的性情。

12 岁时，正值壮年的父亲，抱着病体去稻田割稻，最后因患有痢疾，栽倒在稻田里，死时脚上还带着泥巴。父亲死后，韩梅村不再上学，去了一家药店当学徒。这使韩梅村懂得了人生的悲苦和世态炎凉，他想成为一代名医，用来医救人们的不幸。尽管他下大气力攻读了《药性赋》《伤寒论》《本草纲目》等书，他还是没有当上医生，因为他那时已经懂得：医生是医不好社会的病、国家的病的。他想寻找另外的道路。

机会终于来了。1921 年 5 月，韩梅村听说岳阳市正在招兵，便向药店借了两串铜钱，前去应征。那年韩梅村不满 20 岁，但因他身材高大，强壮英武，很惹招兵人员喜欢，便要了他。一个月之后，经过训练的韩梅村被编入湖南陆军第一师下属的一个连队。当时正是军阀混战的时候，韩梅村所在的部队不久便上了前线。每个士兵的肩章上都印有"援鄂之役，我军之责，万众一心，努力报国"字样，说是讨伐湖北军阀王占元。这次战斗颇为激烈，双方死伤数千人。此役结束后，韩梅村得了一场大病，因为官长从来不管下属的死活，极度失望的韩梅村便借故离开了部队。

韩梅村离开军队回家探望生病的母亲，那时母亲已卧病在床。两个月后，母亲便病故了。于是韩梅村又继续去念书。这次是念改良私塾，不念"四书五经"，而是念国文、历史、地理、修身等书，这使他初步懂得了一些人生哲学方面的道理。在这期间，他结识了黄祖轲[1]。

1925 年 2 月，当韩梅村、黄祖轲赶到广州报考黄埔军校时，学校第三期

[1] 黄祖轲 (1892—1945)　号立三，华容县东山乡人。1923 年加入中国共产党。1925 年春入黄埔军校第三期学习，在校集体加入国民党，并被提前派往部队任排长。10 月，升任国民革命军第一师政治部政治科长。1926 年调任第二十一师某连指导员，参加北伐。1927 年 4 月，蒋介石背叛革命，他毅然离开部队赴武汉，被党组织派往汉阳兵工厂做兵运工作。7 月，入叶挺国民革命军第四教导团，参加南昌起义。后随部队转战到广东，党组织派他到海陆丰从事工运。失败后，被调往上海做党的联络工作。1931 年调任红军某团政委，屡建战功。参加长征抵达陕北后转到地方工作。继调中共北平市委，任市委政治交际处主任。1945 年去山西太原执行任务时，不幸被捕，英勇就义。

已在一个多月前开学，他俩没能赶上入学考试的时间，幸好董必武写了两封信，一封给军校，另一封给广东石井兵工厂厂长雷大同，雷也是双重身份，既是共产党员也是国民党员，看见是董必武介绍的，便立即将二人介绍给黄埔军校党代表廖仲恺，由廖批准，使二人免试进入军校学兵连学习。由于韩梅村当过一年兵，有作战经验，就被任命为学兵连第一班班长，韩梅村所在的班上有黄祖轲、康代宾（后改名为康泽，深受蒋介石信任，后在解放战争中被我军俘虏）等，同年3月学兵连的学兵们集体加入了国民党，韩梅村和黄祖轲表上填写的入党介绍人是董必武和雷大同。

　　1926年2月，韩梅村等毕业，正值国民革命军准备北伐，他到了国民革命军第一军第三师七团，被任命为中尉排长，该团团长是叶剑英。在此期间，他受到军党代表周恩来、师党代表鲁易、团党代表蒋先云和团长叶剑英等共产党人的教诲，对革命形势和前途的认识有了新的提高。北伐战争中任连长。后一直在国民党嫡系关麟征和杜聿明部下任职，先后任营长、副团长、旅及师参谋主任、旅长、师参谋长等职。

　　1927年到1930年，韩梅村考入南京中央军校，在其学习时任军官研究班第二队少校区队长。

　　抗战期间，任第五十二军第一九五师五六六旅少将旅长，参加武汉会战。率部驻防湖北时，他严格治军，操练兵马，决心为抗日大干一场。由于他的治军方法类似红军的做法，受到了上级的责难。不久又把他调任师参谋长。他的爱国赤诚和抗敌决心，不仅得不到上级的支持，反而受到指责和排挤。一怒之下，于1941年10月，托病请假到桂林养病。他的老上级关麟征念他多年追随之情，给他安排了一个总部少将高参的头衔坐领薪俸。在桂林期间，他结识了几名共产党员，成为他人生旅途中的一个重要转折点。

　　1944年，桂林形势吃紧。韩梅村于1945年5月携家小辗转到贵阳。一路流亡，耳闻目睹，写了2万字记录国统区黑暗内幕的材料，加深了对国民党腐败无能的认识。后应杜聿明之邀，到昆明任长官司令部高参兼直属部队指挥官。

　　抗战胜利后，杜聿明被任命为"东北保安司令长官"。韩被任命为东北保安司令长官部少将高参兼直属部队指挥官，随杜赴东北。杨明清任韩的上尉书记同赴东北。

　　杜聿明深知这位老部下的秉性，对他的清贫生活也很同情，为给他创造一个发财机会，在国民党军队占领阜新后，杜便派韩梅村任阜新市长。而韩则认为这是一个为民谋利，大展抱负的好时机，愉快地于1946年1月到阜新上任。

　　1946年7月，东北保安司令长官部改组原驻凌源的东北保安第三支队，在阜新建一个团，该部队驻阜新、凌源两地，由韩梅村任司令。

韩梅村来阜新半年多时间，与反动官僚政客进行针锋相对斗争，又为民众办了几件深得民心的好事。虽也受到群众的赞扬，但毕竟孤掌难有回天力。那些官僚、政客、豪绅和军阀们勾结在一起与他作对，使他"解民于倒悬"的抱负化为泡影。这些国民党的权贵们还大造谣言，并写信告他，说他"政治主张乖谬"，"迷信政治解决，不打八路军"，等等。又对他极尽刁难、排挤之能事。韩梅村目睹这一切，对国民党的最后一丝希望也破灭了。他决心起义，弃暗投明。

最终韩梅村决定，于1947年4月30日午夜举行起义。

5月1日早晨，凌源城一片欢腾。十六旅早准备好的近百辆大车装满军用物资，并用缴获的一辆汽车拉着韩梅村及其家属，率近千名起义官兵（途中逃跑一部分），浩浩荡荡向解放区——宁城县八里罕进发。沿途群众敲锣打鼓进行慰问。行进途中，国民党派来一架飞机追踪，扔下几枚炸弹后，嗡嗡地哀鸣着，无可奈何地飞走了。这也是国民党给曾追随他们20多年的一名"信徒"举行的别具一格的告别仪式吧！

7月15日，韩梅村被批准加入中国共产党。下旬，东北民主联军总司令林彪和政委罗荣桓在哈尔滨接见了韩梅村。

韩梅村将军率部起义，在阜新和凌源大地上留下了一段历史佳话，事隔30年后，辽宁作家王占君以这次历史事件为素材创作的长篇小说《保安司令》，记述了韩梅村追求光明，投身革命的事迹。小说已发行近百万册，并在美国、加拿大、日本及中国香港、中国台湾等地引起很大的反响。1991年，由该小说改编的同名10集电视剧在中央电视台播出后，更是引起了人们的极大关注。

新中国成立后历任江西省浮梁军分区司令员、江西省军区干校校长、江西省农垦厅副厅长，江西省政协委员、常委，江西省黄埔同学会名誉会长。南京市黄埔军校同学会副会长。

1996年11月27日病逝，享年96岁。

著有《第一次国内革命战争片断回忆》《在湘北前线的经历》等。

（207）胡冠天

胡冠天（1901—1972）　字晓晴，湖北大冶县茗山乡人。黄埔军校第五期毕业。

北伐后，历任国民革命军见习官和排、连、营长；台儿庄战役后任团长，

1947年后任第十三军第八十九师师长，第十三军副军长。1949年于第十三军在北平参加起义时脱离部队。

新中国成立后，在四川省病逝，享年71岁。

（208）黄辉亚

黄辉亚（1906.11—1997.9.30）　字仲文，名教恭，号辉亚，湖南宁乡县四都泉塘（今宁乡县大屯营乡）人，属宁乡泉塘黄氏教字辈。黄埔军校第六期，陆军大学将官班乙级第二期，国防研究院第七期。

黄教恭是父亲黄诗炳的次子，就读于湖南长沙第一师范，时目睹国步艰难，而广州革命军兴，乃投笔从戎，报考黄埔军校。

历任国民革命军第八十五军（王仲廉任军长）第四师、八十九师、十三军、二十九军之作战科长、连、营、团长、处长、副参谋长、陆军总司令部集训第七总队少将副总队长、首都南京卫戍总部作战处长、淞沪警备司令部参谋长（并一度兼任防卫司令部参谋长）、九十七军副军长、驻香港南方执行部军事组组长、国防部高级参将、兼法规会委员及会务主任、台湾警备总司令部副参谋长等职。

历经湘赣、川、晋、陕北延安五次"剿共安内"之役。

自七七事变开始，历经南口、台儿庄、中原（河南长达七年）、鄂南各役，尤以1945年时任二十九军团长，千里驰援贵州，收复独山，导致最后胜利为殊荣。

撤退大陆前，亲承总统蒋介石面示，敷设三个师地下堡垒保护首都南京，迨后，防卫淞沪及湖南、广西诸战役。两次遭解放军袭击，一度落水获救，得以生还。故先后蒙国民政府颁授胜利、忠勤、宝鼎、云龙、光华、九星等功勋奖章。

为中国国民党优秀干部、资深党员，为国民党服务历时68年之久，迭任各级组织委员、主委、书记长、政策组长等要职，荣获国民党中央、党主席颁发"纪念"及"荣誉"奖状，以及各级党部之嘉奖与记功，凡数十次之多。忠孝传家，诚信治事。

1949年举家迁台。1961年，以考绩特优，"国防部"明令授缺为陆军中将。1997年9月30日病逝，享年92岁。

有子五女六。配：朱德珍，生没葬阙。生子五：宏、宇、南、龙、虎；女六：君淑、如、倩、禹殇、筑、瑾。

（209）蒋当翊

蒋当翊（1908.12.30—1990.5.1） 字赞侯、芝山，湖南东安县人，黄埔军校第三期步科，中央训练团党政班第二十期毕业。历任黄埔军校第六期步科第一大队第二中队少校区队长，国民革命军中央教导第三师连、营、团长。

抗战期间，一直是汤恩伯手下的一名得力部属。担任第八十九师辎重兵营营长，在南口和台儿庄战役时，与日军英勇厮杀，这才引起了汤氏的重视。任第八十五军预备第十一师副师长、师长。第五战区鄂豫边游击挺进第一纵队司令，第十二军副军长。1945年2月授陆军少将，后任整编第五十二师师长，第九十七军军长，第一〇〇军军长，第九十二军军长。

1949年到台湾，任"国防部"高级参谋。1954年1月递补为"国大代表"。1986年仍为"国大代表"。

1990在台湾病逝，享年83岁。

（210）金 式

金 式（1904.12.4—1994.12.19） 原名士元，乳名海宁，曾用名志仁、永标，军校名百魂，字知人，号不换，晚年署号东海老人。浙江浦江县横溪殿前金村（1960年划属兰溪。今兰溪市横溪镇殿前金村）人。蒋畈育才两等小学堂、浙江省立第七师范学校预科、中央陆军军官学校第六期步科、陆军大学正则班第十期毕业，军事委员会战时干部工作训练团东南分团干训班结业。

历任国民革命军排、连、营长、江西省保安第四团副团长、江西省干训团训育主任、国民革命军陆军第八十五军第四师参谋长、第八十五军参谋长、第六战区补充第五旅旅长、第十一预备师副师长兼河南周家口警备司令部少将司令、第十三军第八十九师少将师长等职。

抗战全面爆发后，随汤恩伯军团对日作战，相继参加南口、徐州、随枣、豫中、桂柳诸役。于台儿庄役负伤，因作战有功，获颁"指挥有方"嘉奖令，并以整肃部属、严明纪律而获军训部长白崇禧赞赏。金式掌八十九师任内，驻防河南登封。时该县已连续3年大旱，又遇黄河花园口决堤，洪蝗两灾并发，致赤地千里，饿殍遍野。金式令全师官兵扑灭蝗虫，6个月节省军粮3000石，以济饥民，众皆感戴，勒石于登封中岳庙。兼任周家口警备司令期间，为阻黄河之水涌入城内，首捐饷银600元修筑城墙。

1940年3月，代表第八十五军赴重庆出席第一次各战区军以上参谋长会议，建议中央遣参谋至各军、师实地督战。1946年2月，退役回籍。与妻曹守珊（曾是南京中央监狱医官）致力于农耕，种姜养猪，淡泊度日。同年秋，与内兄曹聚仁等发起创办"私立育才初级中学"，推为校董。

1948年7月，汤恩伯调任衢州绥靖公署主任，为阻人民解放军南下，在浙赣一线组建"二线兵团"，重召金式归队，委以第一六四旅旅长之职。至11月，令准改称第二〇三师，任师长。1949年2月，汤恩伯在沪召见金式，部署"应变策反"活动。3月，金式率部"围剿"兰北浦南革命根据地及金萧支队驻地。5月，人民解放军势如破竹，席卷江南。金式经内弟曹艺策反，萌起义之意，并主动与中共地方武装金萧支队联系。因军统特务作梗，未能按金萧支队指令集结待命，起义与投诚良机骤失，大部武装被人民解放军击溃。

1949年底，金式化装潜往香港。次年2月，抵台湾，向"国防部"请示机宜，无所获。则转赴澳门，改名赵秉富，以劳力谋生。晚年潜心研究军事，对古代用兵法则，加以注解引证，并结合从戎经历及作战实践心得，著成《战争之经纬（上下卷）》《国粹用兵手册》，计40余万言。因经济窘迫，遗憾的是其书稿未能付梓。

1993年夏，由其长子接至河南许昌定居。

1994年12月19日，在许昌逝世，享年90岁。

骨灰运回原籍安葬。

《战争之经纬（上下卷）》《国粹用兵手册》文稿是金式旅居澳门40年间所写，主要是结合自身的从戎经历和作战心得研究军事、注解兵法。这两部军事著作援引了许多抗战时期的案例，都来自金式的亲身经历。"比如检讨国民党的战争动员做得不到位、征兵靠买卖壮丁，有些细节只有亲身经历过才能写得出来。"（曹景行语）

"姑父晚年很少与家人来往，我也只在1972年随父亲赴澳门时见过姑父一次。那时他们生活拮据，靠姑姑给人织毛衣、打杂工维持。姑父很倔强，不见人。有时候在家写字画图，有时除了写稿什么都不干。"曹景行说。

（211）金式祁

金式祁（1899—1978）　又名帅其、式其，别字玉如，别号玉似，浙江东阳人。黄埔军校第三期步科毕业，中央训练团党政研究班毕业。

历任国民革命军排、连、营、团长、第四师第十旅参谋长、副旅长，军政部上校参谋，第十新兵补训处少将副处长，四川省干训团教务组少将组长，教导总队副总队长。1940年，任中央军校第三分校第十八期学员总队少将总队长。1946年9月，任国防部高级参谋班教导总队总队长。1948年9月，授陆军少将。

1949年，到台湾，任第十军代理军长。

1954年，退役。

1978年，在台湾逝世，享年79岁。

（212）柯大澍

柯大澍（1918—?）　陕西西安人，中央军校第二分校（武冈）第十七期步兵科，后任香港政府房屋署经理。

台儿庄大战时，作为陕籍学界前线慰问团成员，战场上从军，加入关麟征第五十二军。

陕西省立第一中学、美国乔治亚州本宁堡步兵学校高级班毕业。抗日战争爆发后当兵入伍，任第五十二军政训处政训员，第三十二军团及第十一集团军总司令部机要室电务员。1939年10月入中央军校学习。1941年毕业。任第九集团军特务营排、连长，美军驻昆明训练团少校连长。云南警备总司令部特务营连长。1946年赴美国留学，1947年回国。任甘肃天水骑兵学校教员，成都中央军校中校教官、视察官。1949年9月与关麟征之女关伯琨结婚。同年底移居香港。1954年考入香港政府房屋署，任区长、主任、高级主任、经理等职。1982年退休。

附：

怀念先岳父关麟征将军
——柯大澍（节选）

关将军一生爱护青年，奖掖后进，军务繁忙中，遇有机会，总不忘培养部属进修深造。1939年秋，我与总司令部里的四位青年同事（他当时已以战功升任第十五集团军总司令），由湘北前线往湖南武岗入黄埔第二分校受训，就是由他保送去的。还有一位当电务员的尹君，工作努力，求学心切，也是在关将军的帮助下，由中学而读到大学毕业。尹君现在美国，前不久还在给我的信中，特别表示感谢雨公（关将军号雨东）对他的栽培。前年我与友人游泰山、孔庙，回程乘公路车由曲阜往徐州，祖国大地依稀是我当年所见景色，我晋见关将军的那间农家小屋，说不定就在眼前繁花丛树掩映下的某个村庄内，一时望风怀想，感念不已。

我接到军长手令当起政训员的次日凌晨，还未来得及领换军服，就被军长的随从副官从床上推醒，匆匆忙忙上了一辆已在发动着的敞篷汽车。晨雾迷蒙中，军长及参谋长也上了车，坐在驾驶室的一侧。与我们慰劳团四个男女同学一起挤在车后厢的，还有军委会派来前方的联络员、几位中外男女记者，以及军长的四五个配带了驳壳枪的卫士。原来我们就要经徐州、归德去湖北随县，与分别自防地开往那里的部队会合，进行补充整训，以便接受新竹旳作战任务。后来才知道，当时上级已决定放弃徐州，重组战线。我们乘车南下而后西进，事实上乃是"突围"，随时都有与敌人遭遇的可能。

我们行经饱受敌机肆虐的徐州时，但见火光冲天，一片残垣断壁，难民如潮，加杂着伤兵游勇，四处奔逃。司令长官部的所在地已是一片混乱。经杨楼、黄口再继续西进，已有枪炮声从北面传来，以切断陇海路交通为目的的南窜之敌，有可能出现在我们去路的前方。由于情况紧急，途中已少见人迹，空旷的公路上就只我们一辆汽车向西疾驶。枪炮声则是一阵紧过一阵了。我们从一个小村口经过时，村民突然四散惊逃。我们大为惊讶，连忙停车查问，原来敌军坦克车刚从这里开过去，路上还留着履带辗过的痕印，乡亲们望见我们的汽车，还以为又是日本人来了。当下我们请了一位村民作向导，时停时进，左穿右插，近黄昏时分，终于通过敌人警戒线，到达第二十五师师部，大家才松了一口气。我们一下车，师长张耀明立即向关军长报告了好消息：当天上午，我第二十五军第七十三旅的苏罗通炮队在李庄车站附近，一举击毁日军坦克车12辆，来犯之敌遗尸数十具而逃。大家听了，立即沸腾起来，汽车上一整天的颠簸之苦及担惊受怕遽然消失，虽然全天颗粒未进，也顾不得吃端来的饭菜，要求立即往战场一行。除军参谋长以外，大家又登上汽车，由一位军官带路，只十多分钟就到了目的地。那时战斗早已停止，四野寂然，但见夕阳之下的麦地里横七竖八地躺着日军死尸。我极目远近搜寻，数出七辆已不能动弹的日军坦克车。我们登上最近的一辆，一位士兵正在敲敲打打拆卸车上记载制造时地及型号等的铜牌。我们还把伏卧在那辆坦克车外的一具日军尸体翻转过来，看得出是个很年轻的汉子，那是我们同车男女十多人，第一次见到日本侵略者的面目。目击其"死翘翘"的下场，各人兴奋得在归途唱起《大刀向鬼子们的头上砍去》。

那次"突围"，惊险百出，连军长随身佩带的左轮在内，车上只有不到十支短枪，根本谈不到战斗力，碰到敌军，只有死路一条。有几次，敌机临空，汽车只好暂在路边隐蔽，军长参谋长走下车来，查阅军用地图，瞭望附近形势，以决定前进路向。当时敌情既不明了，友军又无法联络，枪声起伏，敌人随时可能在面前出现，大家紧张得几乎能听见彼此的呼吸，但关将军气定神闲，谈笑自若，绝无惊恐之态，真是"勇者不惧"。

打完日本鬼子，取得最后胜利，1949年冬，关将军未就任国民党政府委任的陆军总司令职务，由成都与家人飞来香港。香港曾是中国领土，香港的社会实质上也还是中国人的社会，他选择在香港定居是很自然的事。

在香港定居的漫长岁月里，他"无官一身轻"，以读书、写字及教导子女为乐，也常与一些新交旧友来往。他熟读中国史籍，记忆力强，在与朋友交谈中，□□人物，纵论今古，多有独特见地，座中无论是学者、名流，或工商界人士，对他的谈论，莫不深感兴趣。朝鲜战争初期，中国人民志愿军还未南下，战局瞬息万变，有次与朋友聚谈，他断言美军不久可能自仁川登陆，后果如所料，朋友们都佩服他眼光独到，判断准确。他虽然已经"不在其位"，对国家大事还是十分关切的，从报上读到国家建设方面的各项成就，总是高兴得津津乐道。那些年，香港一般人渐渐喜欢旅游，他的兴趣倒不大。1972年春，在夫人与女儿陪伴下，曾往美国及欧洲各地漫游月余。回港时，家人往机场迎接，他一走出来，就摇手表示旅游没有甚么意思，"以后再也不去了"。但他对欧美各地的科技先进、市面繁华、人们生活看起来富足，还是留下深刻印象，说是毕竟开了眼界，并认为我们国家在这些方面，应该急起直追。数十年来，书法是他的主要爱好，居港期间，为了遣兴寄怀，写得更勤而书艺精进。他的大草很有气势而自成风格，曾参加过展览，颇获好评。为日常消遣，他喜欢与家人一起看电影，对国内作的戏曲影片，如《借东风》《杨门女将》等十分欣赏。有次全家大小同往看晋戏的《六月雪》，由于影片中的唱腔与道白与秦腔极为近似，不免触动了他对故乡故人的思念，他看得流下泪来。逢年过节，全家老少欢聚一堂，每有三人"自乐班"的演出。他的令弟麟兆，是秦腔胡琴高手，他自己擅唱《淝水之战》，我来一段"平贵打马到城南……"，常获他老人家拍手叫好。那情景，今天想起来，还恍如昨日！

　　1975 年 4 月，蒋介石先生病逝，台湾举办大规模丧礼，他本未打算前往吊唁，后经那边函电催请，他念及曾与蒋先生有过师生之谊，自己长期是他的僚属，在他的指挥领导之下抗日卫国，建功立业，如不亲往奔丧致祭，于心难安，故偕夫人由港飞台。丧礼前后，在台湾待了一个月。抵台当天，朋友同学数百人在机场相接，他与黄杰私交很厚，两人互见，抱头痛哭。留台期间，看望了许多老朋友及几位长期卧病在床的当年部下，又曾往几位亡故的师友坟前拜祭及探望其家人。他与夫人住在亲家刘玉章家中，每天有很多人看望他，在他任黄埔军校校长时毕业的各期同学，去拜见老校长的，为数更多，以致他不得不分批会见。离台时，又是几百人到机场送行，朋友们的情谊，令他深为感动。

　　他重视孝道并常以"慎终追远"的道理教导晚辈，尊翁树铭公于 1950 年病逝，安葬在香港的"华人永远坟场"，每年清明及除夕，他一定带领家人登山拜祭，风雨无阻。至今家人仍依期拜祭。

（213）赖汝雄

　　赖汝雄（1903—1996）　　字壮威，江西赣县湖江乡上站村麻油坑人。黄埔军校第二期辎重科、中央军校训练团参谋班第三期、黄埔军校第五期教导总队排长。1949 年春离大陆去台，任台湾警备副总司令。二十世纪六十年代定居美国。

　　历任国民革命军第一军第三师排长，第二十师营长，第四师第十旅副团长、参谋主任、教导第二师营长。1924 年 10 月在军校学习时，参加了平定商团叛乱战斗，立二等功。参加过东征、北伐和抗日战争，身经百战，多次立功。在第一次东征战斗中，因功擢升连长；在第二次东征战斗中，坚守阵地，打败顽敌，何应钦称其为"铁胆钢头"；在龙潭战役后，由营长升为团长。

　　1938 年参加台儿庄战役，据功升任第一九三师中将师长，1940 年 7 月 19 日被授予少将军衔。

　　1943 年 1 月 17 日，大公报记者张高峰从叶县寄出长篇通讯《饥饿的河南》，详尽记述了水、旱、蝗等天灾给河南百姓带来的苦难，披露了当局不顾人民死活横征暴敛的人祸加剧了灾情，批评政府的不作为。

　　这时候，河南旅渝民主人士也联名控告第一战区副司令长官汤恩伯纵兵殃民，蒋介石立即电令汤恩伯"查明事实真相具报"。汤恩伯气急败坏，迁怒于张高峰。1943年3月初，张高峰在叶县被国民党豫西警备司令部以"共党嫌疑"的罪名逮捕并遭刑讯。由于查无实据，汤恩伯只好将张高峰软禁于驻守方城县的七十八军。七十八军军长赖汝雄向汤恩伯汇报说，没有发现张高峰有任何政治背景。电话中，赖汝雄发现汤恩伯怒气未消，便婉转试探："张高峰的文章，虽有措辞不当之处，但基本还是有事实的，老总看，这事怎么办？"汤正想找个理由下台阶，便告诉赖："那就把张高峰放了吧！"时称为"张高峰事件"。

1945年在豫西（西坪）与日军作战半年之久，反击日军200余次进攻，打败了木村师团。

1947年任整编第七十六师副师长、国防部中将部附。1948年9月22日晋升中将军衔。赖汝雄便渐渐退出军伍，云游山水。1948年宣其为第九编练司令部副司令官，婉辞。1949年江西省政府主席方天荐其为第六编练司令，婉辞。1949年春离大陆去台，任台湾警备副总司令，未就。1949年辞职移居香港。

20世纪60年代，赖汝雄举家赴美定居伊利诺伊州。1990年北京举行亚运会前夕，赖汝雄曾派他在芝加哥电子仪器公司的次女赖小薇回国，向第十一届亚运会提供了一笔赞助，以示拳拳爱国之心。

1996年在美国伊利诺伊州病逝，享年93岁。

（214）李　铣

李　铣（1903—1991.10.29）　安徽合肥人。黄埔军校第一期，南京中央军校高等教育班学员总队第一期毕业。

父从商业，有房屋数十间，田产一百余亩，果园一公顷。合肥县立第一高级小学毕业，安徽省立第二中学毕业。1923年3月由李次宋（安徽省出席国民党一大代表）介绍加入国民党。1924年春由张秋白（安徽省出席国民党一大代表）、张拱宸（上海特别市出席国民党一大代表）推荐投考黄埔军校，同年5月到广州，入黄埔军校第一期第四队学习。毕业后任军校入伍生队服务员、教育副官，历任连长、团长、蒋介石待从副官。1927年起任国民革命军第八十九师军官队队长、上校参谋，该师独立旅副旅长。

抗战期间，任第八十九师副师长，第三十一集团军少将高参。1939年6月授陆军少将，后任第八十五军副军长，河南漯河警备司令。1941年任第三十一集团军总司令部政治部主任。1942年任苏鲁豫皖四省边区党政分委委员兼秘书长，次年夏任皖北界首沙河警备司令。1944年春任第十九集团军副总司令。

先后参加徐州会战、兰封战役、湖南会战。

1946年春任国防部部附，6月退为预备役。1948年9月授中将军衔。

1949年到台湾，曾为陆军总司令部中将附员，1963年当选第三届台湾省议会议员。

1991年10月29日，在台湾病逝，享年88岁。

（215）李守正

李守正（1904—1951） 别号莫邪，湖南新宁县对江乡人。黄埔军校第四期步兵科。

曾参加北伐战争，历任国民革命军排长、连长、营长、团长等职。1943年任鲁苏豫边区游击第二纵队司令。1943年7月任第十二军暂编第五十五师师长。1946年5月任整编第二十七师第四十九旅旅长兼第二快速纵队司令。1947年4月在豫北战役中于河南淇县被俘。

1951年去世，时年47岁。

附：

第二快纵被俘将领到达宜沟李守正抱怨王仲廉指挥无能
《人民日报》 1947.05.03

【新华社豫北前线二十九日电】在淇县地区放下武器之蒋军四十九旅（第二快速纵队）少将旅长李守正，及副旅长蒋铁雄、袁峙山、代理团长王吉彬等，现已到达人民解放军后方。李守正及蒋铁雄在战斗中均负轻伤，经人民解放军的医务人员细心治疗，不久当可告愈。李守正身着临时调换极不合体的深蓝色旧棉军服，面色枯黄，状极疲惫。据护送彼等之战士称：在大胡营战斗中，李守正在一座高楼上指挥作战，高楼为我猛烈炮火轰坍，李守正随着倒塌的墙壁一齐落到楼下。幸为解放军战士立即救起，否则将受伤更重。李守正为湖南新宁人，现年四十三岁，黄埔四期学生，历任团长、旅长、师长等职。他和他的副旅长、团长、营长们沿路受到解放军招待安慰，极为感动。李氏一再表示他自己并不愿意打内战，走上内战场，但上级命令逼迫，实在没有办法了，他抱怨王仲廉指挥错误，情报不灵，使他们第二快速纵队很快的就被歼灭了。他说："我这次来到解放区也好，借此机会学习学习"。

（216）李梯青

李梯青（1904.11.2—1954.9.30） 字问溪，河南南阳桐柏县人。北京大学毕业后，于1926入黄埔军校武汉分校六期学习，毕业后一直于军队任职，从少尉排长直至少将司令。

抗战爆发后，任第十三军八十九师参谋处少校作战参谋，参加过台儿庄战役，后提升为十三军特务营营长。在之后的对日作战中为了掩护军部撤退而受伤，伤愈出院后擢升为十三军上校参谋处长。1943年调任第一战区长官司令部任少将副官长。后又调任国民党暂编六十六师任少将副师长兼政治部主任。

抗战胜利后，任国民党整编第五十七师少将新闻处长，后改任师少将副参谋长。当时曾兼任连云港市警备司令。1947年9月在山东临沂沙土集战役中全师被共军刘邓第二野战军歼灭，与中将师长段霖茂（黄埔三期，1957年底任"国防部"联合作战计划委员会中将委员。1966年1月退役。1975年8月23日在台北逝世）一起被俘。1948年开释，回到国统区后先被任命为无锡指挥所少将参谋长（司令系陈大庆），后指挥所撤销改立无锡城防司令部，旋即被任为城防司令。无锡失守后前去上海，被汤恩伯委派为师督战官，直至上海失守。

1954年9月30日，在台湾病逝，时年50岁。

（217）李友于

李友于（1905—1938.4.6） 字右卿。陕西扶风县南阳乡龙里村人。黄埔军校第四期步兵科。历任排、连、营、团副等职，台儿庄战役中殉国，后国民政府追赠为陆军少将。

李友于出生于书香世家，其父李士清（介夫）系晚清优贡生，致力关洛之学，曾任扶风劝学所所长，县高等小学堂山长，陇州知州（知事）。

受其父熏陶，少有大志，勤奋好学，1921年毕业于扶风县第一高等小学，考入省立一中，旋投考黄埔军校第四期。1926毕业，参加北伐战争诸役。

1937年全面抗战爆发，李友于随所在部队由江南开赴华北前线。时任十三军八十九师五二九团一营长，他从前线给父亲来信说："……儿受命之日，心情激荡，扶危定倾，誓雪国耻，赴汤蹈火，义不容辞。望大人珍重，静待捷音……"在师长王仲廉、团长罗芳珪率领下，参加了抗战初期的绥东之役，亲自指挥，获得了百灵庙战斗初捷。北京沦陷后，友于与团长率先头部队抢占南口，选择险隘马鞍山、虎峪村、苏林口一带，与日军精锐板垣师团十数倍之敌浴血奋战，抗敌20日之久，打破了日军"三日拿下南口"的神话。南京中央社电云："倭敌用步兵五千人，飞机数十架，坦克30辆，野炮60门轮番袭击南口两侧，罗团官兵与敌激战，大部殉国，但士气旺盛。"南口之役后，友于虽负伤赴山西大同治疗，但罗团已成当时名震中外的抗战初期"四大名团"之一。

1937年10月初，李友于伤愈省亲，在故里接前线电令：擢升为上校团副，并敦促归队受任。10月5日，陕西省政府在省民教馆为之举行庆功会，省政府赠其"银盾一座"，王伯明先生代表扶风各界致欢送词。李友于致词说："离家时我父郑重指出：天下兴亡，匹夫有责，汝为军人，当膺命保国。我决心重上前线，上报国恩，下卫国土，不捣黄龙，誓不生还。"

1938年3月，台儿庄会战序幕揭开，罗芳珪团奉命增援鲁南，保卫徐州。4月6日下午，友于与罗芳珪团长在台儿庄外大顾栅村视察前沿阵地，被敌炮弹片击中头部、胸部，在胜利前夕牺牲，时年33岁。

（218）李运成

李运成（1910.9.4—1987.12.20） 号树功，湖南湘阴人，黄埔军校第六期步兵科，陆军大学参谋将官班第二期，国防大学联战系第六期，国防研究院第八期毕业，革命实践研究院第五期，台湾陆军参谋指挥大学第二期毕业。

1926年10月考入南京中央军校第六期，军校毕业后，历任国民革命军第二十五师排长、连长、营长等职。后调任第五十二军补充第二团团长、衡耒师管区上校参谋长、第九集团军总司令部副官处处长、第五十二军辎重团团长、第二师第四团团长。

1937年6月升任第五十二军第二十五师第一五〇团（曾谦）少校团附。1938年升任营长。8月调第一五〇团副团长。1940年调任衡耒师管区补充团团长，后升任第十五集团军副官处处长。

1945年秋调任第五十二军辎重团团长。

1946年春任第二师第四团团长。1946年冬升任第二师副师长。1947年升任新编第四师师长。1948 年 3 月辽沈战役中任第五十二军第二十五师师长。1949 年任第五十二军副军长。

1949 年 10 月，指挥第五军与高魁元指挥的第十八军、沈向奎指挥的第二十五军，成功地击退了解放军解放大金门、小金门的战役，史称"金门岛登陆战"。

去台湾后，历任第五军军长，第七军官战斗团团长。1955 年调任金门防卫司令部中将副司令。后任第一军团副司令。1960 年任台湾澎湖防卫司令部司令。1962 年任宪兵司令。1963 年 12 月升任陆军二级上将。1965 年任陆军副总司令。1967 年任"国防部"参谋总部特别行政助理官。后任"总统府国策顾问"。1972 年退役。

1987 年 12 月 20 日，在台湾逝世，享年 78 岁。

台湾出版有《故陆军上将李运成先生事略》《血战余生》等。

（219）李正谊

李正谊（1904—1990）　乳名满囤，别名时若，陕西乾县姜村乡神坊上堡子村人。黄埔军校第四期步兵科，庐山中央训练团暑期校官班毕业。

毕业后参加北伐。历任国民革命军新编第一师第一团排长，第一军独立第十五旅连长，第八十九师一四九团二营营长，参加长城古北口抗战。卢沟桥事变后，任第五十二军七十五旅副团长、团长，第二十五师副师长，参加徐州会战、武汉会战和第一、二、三次长沙会战。1945 年初起任第五十二军二十五师师长。1946 年 10 月在东北南满与人民解放军作战时被俘，后返原籍定居。

其父是一位私塾先生。12 岁始随父亲上学读书，15 岁转入务本学校（即今神坊学校）就学。高小毕业后，父亲劝其从教，李正谊要求继续深造。1924 年春，考入私立西安新民中学。1925 年，黄埔军校在开封招生。李正谊与本县同学高鹏等相约去应考，考入黄埔军校四期学习。李正谊被编入步兵二团二营六连，并集体加入了国民党，同时还加入了共产党领导的中国青年军人联合会。

1926 年，黄埔四期学员提前毕业，他被分到新编第二师六团二营六连，任见习排长，师长叶剑英。后李正谊随军到南京，被委派到第九军，在二十八旅任连长。后离开徐州，到武汉找第四师独立旅旅长关麟征，在关麟征部下任连长，后升任营长。

1936 年，李正谊奉命追击红军长征的尾续部队，从宝鸡进山，到两当、天水淌过渭河，一直追到宁夏的中卫，沿途没有发生大的战斗，只发生过一些双方侦察部队之间的小战斗。

西安事变发生后，部队从宁夏返回陕西，驻扎咸阳。1937 年春，李的部队在山西还和八路军发生过激烈战斗。

卢沟桥事变后，李正谊所属二十五师奉命开往山海关。在山海关的古北口同日军交战，激战两昼夜，师长关麟征负伤，由副师长杜聿明代理军务。李正谊也在战斗中负伤，住院治疗两月，伤愈又返战场。

1938 年春，台儿庄战役打响，李正谊随部参加了台儿庄战役。胳膊负伤，战后升任团长。接着，又随部开往云南，守卫在中越边境上，阻止在越的日军入侵。其时李正谊升任副师长。

李正谊在中越边境驻扎三年之久。抗战胜利后，奉命去越南接收日军投降后所缴的武器。随即又接到上级命令，立即开往东北，去接收日本投降后所缴的武器和地盘。数十年南征北战，戎马倥偬，士兵的厌战情绪十分强烈。李正谊及部下深知东北解放军势力强大，到东北势必发生内战，加之他获悉妻子病故的消息，十分悲痛，便向军部提出告假回家的请求，但未获准。

李正谊从越南海防坐美国军舰驶向东北。军舰到秦皇岛后，士兵登陆，出山海关向东北进发，一路上与解放军多次小打。赶到沈阳，苏联军队已接收了日军的投降缴械，李正谊部只好驻扎在沈阳郊区的新民县。到新民县后，李正谊升为二十五师师长。

1946 年 10 月，李正谊接到军部电报，命令二十五师立即往宽甸地区阻击解放军。11 月 2 日，李正谊给在沈阳的杜聿明打电报，要求派兵增援。沈阳方面杳无音讯，各团纷纷打电话，说弹药缺乏。李正谊心急如焚，便又给杜聿明发报，要求补充弹药。

电报发出不久，中午 10 点左右，解放军发动了猛烈的进攻，李正谊率部在原地抵抗，战斗十分激烈。李正谊走出指挥所，看到各个山头硝烟弥漫，解放军以强大的火力向国民党军阵地压过来，形势更加吃紧。这时，有人报告说军部有电报。李正谊赶忙回指挥所，接过电报一看，上面写着，军部用飞机空投弹药，注意对空联络。李正谊立即将电报内容用电话通知各团。一会儿，各团打电话报告，说空投弹药多半落入共军阵地。

激战了五六个小时，各团电话都不通，显然，阵地已被解放军攻占。解放军从四面八方向指挥部包剿过来。李正谊腿部中弹，他看到大势已去，便从腰间拔出手枪，准备自杀，站在他身后的随从副官抢前一步，夺过他手中的枪，正在这时，解放军围了上来，李正谊和剩余的部下被俘。

解放军把李正谊带到驻地，晚上，他和一起被俘的师长段培德、两个团长、一个炮兵营长见了面。第二天便被送到哈尔滨。

到了哈尔滨，李立三、李力果、高岗等人用车接李正谊到李力果家，用陕西口味的饭菜招待他，并动员他参加共产党的工作，被李正谊拒绝了。他们又劝李正谊去见林彪，说林彪也是黄埔四期学员，李正谊还是不肯。他说："在战场上想死没有死成，现在就请给我一枪好了！"李立三等见李正谊思想顽固，也就不再强求。

李正谊同被俘的国民党军队高级将领李仙洲、廖耀湘、周福成等人关在一起，接受共产党改造战俘的教育。起初，李正谊并不认真学习政治，却从街道买回《三国演义》《水浒传》《西游记》等古典小说来读。后来，他们被组织到附近工厂、学校、街道参观。他看到新中国成立后的建设成就，看到人民政府对人民的关怀爱护，看到共产党为人民谋利益、办好事，思想渐渐转化。

1953 年八九月间，在抚顺，人民法庭对李正谊等九名战犯宣判，李正谊被判刑 2 年，送往北安县农场劳动改造。

李正谊参加劳改，种菜、做饭，表现尚好。只一年半就提前获释，释放后分配到北安县农场就业当农工。

1962 年，李正谊患肝病住医院，他向黑龙江省公安厅提出回乡务农的请求，不久即获准，李正谊回到阔别 38 年的故乡。

1981 年 8 月，当选为乾县政协常委。咸阳市政协委员，陕西省黄埔军校同学会顾问等职。

1990 年病逝，享年 86 岁。

（220）梁　恺

梁　恺（1907.3.21—1993.2.5）　字克怡，湖南耒阳县永济人。黄埔军校第一期，陆军大学特别班第四期。

1924 年 11 月军校毕业后，历任教导第二团（团长王柏龄）少尉排长，第二十师（师长钱大钧）第五十九团（团长赵锦雯）上尉连长、少校营长。

1928 年 8 月调任中央军校武汉分校（教育长张治中）第七期步兵大队少校中队长。

1930 年 3 月调任教导第三师（师长钱大钧）第一团（团长张世希）中校团附。6 月升任教导第三师补充第一团上校团长。11 月 7 日教三师改称第十四师，任独立旅（旅长霍揆彰）第一团上校团长。

1931年1月13日所部改编为陆海空军总司令部攻城旅（旅长李延年）第一团，仍任上校团长。22日调任总部上校侯差员。2月调任第四师（师长徐庭瑶）补充第二团上校团长。

1933年1月补充团编入第二十五师（师长关麟征），任第七十三旅（旅长杜聿明）第一四六团上校团长。3月升任第七十三旅（旅辖两团）少将旅长。

1935年4月30日叙任陆军步兵上校。

1936年10月5日晋任陆军少将。11月12日获颁五等云麾勋章。

1937年8月20日升任第二十五师（师长张耀明）副师长兼第七十三旅旅长。

1938年4月调升第一九五师（师辖两旅）中将师长。

1939年6月17日升任第五十二军（军长张耀明）中将副军长。

1940年5月调任中央军校第六分校（主任冯璜）中将副主任。

1941年8月回任第五十二军副军长兼衡耒师管区司令。

1942年6月调任昆明防卫司令部（兼司令杜聿明）中将副司令。

1943年4月15日调任第五军（军长邱清泉）中将副军长。8月3日回任第五十二军（军长赵公武）中将副军长。

1945年10月10日获颁忠勤勋章。

1946年5月5日获颁胜利勋章。

1947年3月14日晋颁四等云麾勋章。8月升任第五十二军（辖第二师、第二十五师）中将军长。10月升任第一兵团（司令官孙渡）中将副司令官。

1948年1月22日第一兵团改称第六兵团（司令官孙渡），仍任中将副司令官。9月22日晋任陆军中将。

1949年4月调任国防部（部长徐永昌）部员。9月辞职后避居香港。

1951年3月移居台湾。

1993年2月5日，在台北病逝，享年86岁。

（221）廖传枢

廖传枢（1910.4.21—1987.3.16） 曾用名廖百亨，字震辉，安徽寿县凤台廖家湾村（今淮南市）人。黄埔军校第六期炮兵科，他是黄埔一期的廖运泽、黄埔四期的廖运升以及五期的廖运周的族叔。

1929年11月军校毕业后，任南京江宁区要塞司令部少尉、中尉排长，1931年4月任独立炮兵第四团中尉排长、上尉连长、营附。1933年4月任独立炮兵第一旅第一团二营四连中尉排长。1934年7月任第二师炮兵营上尉营附、连长。

1938年3月任第五十二军第二师少校参谋，参加徐州会战，后任中校作战参谋，1939年9月参加第一次长沙会战，12月任第五十二军二师上校参谋主任。1942年5月任第五十二军二师上校参谋长，同年11月任二师六团上校团长。1943年3月任二十五师七十五团上校团长，1943年8月任第五十二军军部上校附员，同年11月任第五十二军二师上校军务处长。1945年3月任第五十二军上校副参谋长，同年11月升任少将参谋长，1947年7月7日获颁胜利勋章。1948年10月兼任辽宁省营口市市长，12月8日获颁四等云麾勋章。

1949年4月任第十五军参谋长，同年12月24日在四川彭县参加起义。

1950年3月在解放军第五十军教导团学习，1951年在湖南南岳中南军大教导团学习，1953年12月在全国总工会干部学校武汉分校任图书馆员，1959年3任武汉市人委参事室参事、武汉市政府参事。1955年3月任武汉市政协常委。

1985年3月任武汉市黄埔军校同学会理事、黄埔军校同学会武汉联络组组长，民革武汉市委员会顾问，民革中央顾问。

1987年3月16日，在武汉病逝，享年77岁。

廖传枢的机警却在军中闻名，徐州会战中初露指挥才华，在以后的对日作战中屡有上佳表现，从师指挥机关到带领主力团作战，都以机智勇敢著称。

廖传枢将军的传神之笔，当数在辽沈战役中的全身而退。正是他率部全身撤出辽沈战场，才使得国民党军队精锐廖耀湘兵团免于全军覆没的命运。当时，其部驻扎于营口，廖传枢还身兼营口市市长一职。在黑山、大虎山战役中，正是由于他长期军旅生涯所养成的极高的警惕性，才使其所部损失不大。当他预见整个战场局势不利，败退不免，便始终固守营口退逃滩头阵地，并指挥所部在黑山、大虎山于东北人民解放军展开激战。由于滩头阵地未失，故于全军覆没之际，率部登船，由水路逃出东北。其机警可见一斑。

（222）廖运周

廖运周（1903—1996.5.11）　字冠洲，号汇川，安徽寿县凤台廖家湾（今淮南市）人。河南中州大学肄业，武汉中央军事政治学校第五期炮兵科、南京军事学院（人民解放军）第一期毕业。1955年被授予解放军少将。

历任国民革命军第二方面军直属炮兵团见习，第二十五师七十五团一营参谋。1927年春参加中国共产党，8月参加南昌起义，任二十五师七十五团团部参谋、连长。南下潮汕失利后到南京，1928年奉派入三十三军学兵团从事兵运工作，因学兵团解散，回廖家湾建立了党支部，并发动了"六六"雇工罢工。参加阜阳和正阳关武装暴动、参加发动芜湖兵变，在国民党军队先后任团部副官、师部参谋、连长、师部副官长、团长。1933年与中共失去组织关系。后升任国民党军队少将旅长、副师长、一一〇师师长。中国共产党一直重视包括廖运周师在内的原西北军冯玉祥部的争取工作。中共顺直省委、北方局、晋冀鲁豫中央分局、华东局、中原局乃至中共中央军委，于不同历史时期向廖运周部署任务，多次选派干部秘密进入一一〇师，帮助开展兵运活动，发展党员和进步力量。1938年廖运周恢复中共组织关系，在其任师长的一一〇师建立中共秘密师党委。1946年任一一〇师中共地下党委书记。

1947年夏，淮海战役期间，邓小平指示廖运周积极准备，耐心等待，在最有利的时机起最大作用。1948年7月，刘伯承、邓小平又指示一一〇师党组织，要做好起义的一切准备。11月26日，黄维决定次日集中十一师、一一八师、十八师和一一〇师共4个师齐头并进，向双堆集东南方向突围。廖运周立即派人潜往当面中原野战军6纵报告情况，并请求乘突围之机举行战场起义。考虑到4个师齐头并进，一一〇师被夹于中间，不利于起义行动，廖运周向黄维建议，将4个师齐头并进改为梯次行动，如果一一〇师先攻击得手，其他师即迅速跟进，黄维采纳之。刘伯承、陈毅、邓小平批准廖运周起义，规定了起义部队行进通道和联络信号，指示六纵做好接应廖运周师和阻击黄维的准备。11月27日，廖运周率一一〇师师部和两个团5000人，在解放军炮火掩护下，经六纵让开的通道，迅速向指定的地区开进。黄维以为一一〇师突围成功，命令后续3个师沿一一〇师路线突围，当即遭六纵痛击，折回双堆集。廖运周率师起义成功，使黄维突围计划失败，军心动摇，士气一蹶不振。廖运周所部改编为解放军第十四军四十二师，廖运周任师长。

新中国成立后，廖运周离开四十二师，1954年毕业于军事学院高级速成系，任沈阳炮兵学校校长兼党委书记，后转业任吉林省体委主任；民革中央委员、民革中央常委兼秘书长、黄埔军校同学会理事等职。

1996年5月11日，在北京逝世，享年93岁。

（223）刘 平

刘 平（1908.5.3—1962.8.11） 又名进德，字开瑀，号涤清，湖南湘潭人，黄埔军校第四期步兵科、陆军大学将官训练班毕业。

1926年10月至1927年3月为国民革命军二十一师见习排长，参加东路军北伐工。

1927年4月至1939年5月历任国民党第二师（原二十一师）连长、营长、副团长、团长、副旅长。

1939年6月至1944年5月任国民党一九五师旅长、副师长。

1944年6月至1945年3月任五十二军参谋长。

1945年4月至1948年7月任二军七十六师师长。

1948年8月至1948年10月任二军副军长。

1948年11月至1949年6月任十五军军长。

1949年7月至1949年12月任十四兵团副司令。

1949年12月24日，率十五军在四川彭县率部通电起义。

1950年5月至1950年11月任中国人民解放军五十军高参。

1950年12月至1951年8月任武昌中原大学学员、中南军区四野参议。

1952年7月任武汉市人民政府参事室参事。

1957年4月任武汉市民政局副局长。是民革武汉市第四届委员会常务委员、副主委。

政协武汉市第一、二、三、四届委员会常务委员，第五、六届委员会委员。

1962年8月11日，在北京病逝，时年55岁。

（224）刘汉兴

刘汉兴（1905—？） 别号子益，绥远托克托县（今属内蒙古自治区）人，黄埔军校第四期步兵科。

台儿庄战役期间，任第八十五军（王仲廉）第四师（陈大庆）第十旅（倪耀祖）第二十团团长。后任国民革命军新编第一师师长，第二十八军第一九二师师长等。

（225）刘玉章

刘玉章（1903—1981.4.11） 字麟生。陕西兴平县庄头乡白家空村人。黄埔军校第四期步兵科，黄埔军校高等教育班第一期，中央训练团将校班，美国陆军参谋大学特别训练班第三期毕业。

参加北伐战争，由排长累升至副团长。抗战期间，升任师长。在解放战争中，他两次率领第五十二军成建制从辽沈战场和上海战场上逃出。1953年调任"台湾防守区司令"，翌年出任金门防卫司令官。1957年转任"陆军副总司令"，次年就任"预备部队训练司令"，并赴美国参谋大学特别班深造。1967年至1970年6月任"台湾警备司令"。1970年受聘"总统府战略顾问"。国民党第十、十一届中央委员。

1926年10月毕业于黄埔军校，随即参加北伐，任见习排长。次年8月升任上尉连长，作战中负伤。1930年中原大战中二次负伤，升任少校营长。因负伤后头发脱落干净，人称"刘老头"。

1932年前往鄂豫皖地区"围剿"红四方面军。

1935年，随部参加了长城古北口抗战，在抵抗日寇中第三次负伤。抗战全面爆发后，组建第五十二军，任五十二军军长关麟征部第二师上校团长。台儿庄战役时，刘玉章奋勇作战，两度负伤，先被炮击震倒的墙压伤，撤退时又被日军飞机炸伤。在台儿庄战役中，他提出的"短距离，短时间，集中火力"的作战战术受到重视。之后，他随五十二军参加过武汉会战。1941年，五十二军调防云南时，刘玉章已任第二师师长。

抗战胜利后，第五十二军曾到越南接受日军投降。接着，由美国第七混合舰队海运送东北，参加内战。1948年，升任第五十二军军长。同年9月，东北解放军集中12个纵队和一个炮兵纵队，加上地方武装共70万人，向以沈阳为中心的卫立煌集团发动全面进攻。10月29日，沈阳解放的前两天，东北"剿总"让第五十二军赶快寻路逃跑。31日凌晨，刘玉章仓促率部由海上南逃。次日到达葫芦岛时，全军仅剩下5000余人，从而成为蒋介石派往东北的十几个军中唯一逃出来的一个军。淮海战役中，经过整补的五十二军负责防守津浦铁路南段，远离前线，未参加作战。上海战役开始后，刘玉章兼任浦西兵团司令官。1949年5月12日至25日，五十二军在上海西边一带受到人民解放军的沉重打击后，转逃浦东，再往舟山，刘玉章遂被委任为舟山防卫副司令。

1950 年 5 月，刘玉章到达台湾。他以竭力反共著称，因而受到蒋介石的重用。先率部驻防新竹沿海，1953 年又兼任"北部防守区副司令"。同年 4 月调任"中部防守区司令"，并到专门为训练台湾军事人员而设的美国参谋大学特别训练班第三期受训。1960 年 11 月晋升为陆军二级上将，并任台湾"陆军副总司令"、台湾"警备副总司令"。1967 年 7 月升任台湾"警备司令"。1970 年免职，同时晋升为陆军一级上将，改任"总统府战略顾问"。曾当选为国民党第十、十一届中央评议委员。

1981 年 4 月 11 日，在台湾病逝，享年 78 岁。

著有《戎马五十年》等。

（226）楼浩卿

楼浩卿（1904—1938.4.24）　字福海，浙江诸暨人，黄埔军校第六期毕业。

台儿庄战役时任第二十五师第一五〇团第三营少校营长，与第二十五师第一五〇团团长高鹏一起，于台儿庄东南连防山激战中，壮烈殉国，时年 34 岁。

（227）罗芳珪

罗芳珪（1907.12.20—1938.4.6）　号建唐，湖南衡山（今衡东）人，黄埔军校第四期辎重科。1926 年军校毕业后，参加北伐战争，历任排长、连长、营长。1934 年任第十三军第八十九师第五二九团上校团长。翌年率部由江南北上长城一线，于内蒙古抗击日军、伪军。

全国抗战爆发后，率部参加南口战役。1938 年 4 月 6 日，在台儿庄战役中负重伤牺牲。后被追赠为陆军少将。

罗芳珪出生在晓霞峰南麓的沱字区百叶冲（今新塘镇百叶村）一个书香门第家庭。4 岁就入私塾接受启蒙教育，6 岁入白衣冲回龙精舍念小学，12 岁考入长沙岳云中学，在那里学习生活了整 6 年。

1925 年夏，18 岁的罗芳珪从岳云中学毕业，与从莫斯科中山大学毕业回国的堂兄罗芳中一道投笔从戎，结伴经武汉绕道上海，乘海轮直达广州，考入黄埔军校第四期，后分配在步兵科一团七连见习。七连连长是黄埔军校一期毕业生陈赓。

1926 年冬，罗芳珪从黄埔军校毕业，随即参加北伐战争。之后，历任排、连、营长。

1935 年擢升国民革命军第十三军（军长汤恩伯）八十九师（师长王仲廉）五二九团团长。

1936 年，国民革命军第十三军奉命由江南北上，过黄河、出长城，到内蒙古乌兰察布盟抗击入侵的日军及其投敌的伪蒙军。在傅作义将军的配合下，收复了百灵庙，予敌以重创。在这场著名的绥东战役里，罗芳珪团初试锋芒，立了大功。

7 月底，北平沦陷。日寇企图打通平绥线，其精锐部队板垣师团、川原师团一部及铃木、酒井、高木、山下四个旅团，蜂拥集结昌平一带，向中国军队发起新一轮大规模的进攻。敌军向西冒犯，我第十三军奉命抢防南口。8 月1 日，罗芳珪团作为先头部队从内蒙古乌兰察布盟南部紧急出发，挺进张家口，抢在敌寇到达之前占领南口险隘。从 8 月 10 日起，板垣师团出动飞机 30 余架，坦克 30 多辆，野炮 60 多门，投入兵力万余众，向我军阵地疯狂进攻。坚守南口虎峪村、苏林口、马鞍山一带的罗芳珪团首当其冲，承受着极大的压力，与 10 倍之强敌连续血战 20 天。罗芳珪将个人生死置之度外，观察敌情、调度部队、慰问伤员、鼓舞士气，脸庞消瘦了，眼睛熬红了，始终坚持在一线指挥。团长英勇无畏，士兵精神振奋，大家誓与阵地共存亡，打退了敌人的一次次冲锋，阵地岿然不动。

据 8 月 27 日国民党中央社报道："敌用坦克三十余辆，冲入南口内外壁，工事均被填满，我守军在南口左右山头，与敌激战，罗团官兵，大部殉国，但士气极旺……"

第十三军军长汤恩伯给蒋介石的电文也特别强调："此役赖我守军罗团沉着应战，官兵奋勇异常，故予敌以重创。"

《大公报》著名记者范长江、孟秋江采写的战地通讯《抢防南口》《血战居庸关》，歌颂了十三军及罗芳珪团英勇杀敌的事迹，令中华儿女和国际友人无比振奋。罗芳珪团也赢得了抗战初期威震敌胆、名扬中外的"四大名团"之一的美名（抗战初期，涌现了威震敌胆、名扬中外的"四大名团"：在卢沟桥率先抗击日军的吉星文团，抢防南口的罗芳珪团，在山西代县夜袭日寇明堡机场的陈锡联团，苦守上海四行仓库的谢晋元团）。

南口突围以后，罗芳珪团大部阵亡，损失惨重。经过一段时间的休整补充，又同仇敌忾，奔向新的抗日战场——台儿庄战役。在 1938 年 4 月 6 日，日军从台儿庄溃退的前一天，英勇殉国，时年 31 岁。

罗芳珪殉国的第 12 天，他唯一的亲生女儿罗本忠在湖南老家降生。5 月上旬，罗芳珪的夫人康敬懿刚刚分娩，身子十分虚弱，也含着极大的悲痛，抱着刚满月的烈士遗腹女参加了追悼大会。罗芳珪在率部抢防南口前夕，动员爱妻离开部队驻地回到湖南老家，又义无反顾地奔赴抗日战场，没想到夫妻从此永诀。在追悼大会上，康敬懿含着泪水，讲述了烈士的生平事迹，并为丈夫为国献身感到骄傲；表示一定化悲痛为力量，完成丈夫的未竟事业。是年 12 月 26 日，罗芳珪的灵柩安葬在今衡东县新塘镇杨泗桥祖茔。

国民政府为表彰罗芳珪的功绩，追谥他为陆军少将，入祀南岳忠烈祠。

罗芳珪牺牲后，他唯一的女儿罗本忠由夫人康敬懿抚养成人，现已从西安西北建筑工程学院退休。在大学执教期间，罗本忠多次千里迢迢回家乡为父亲扫墓，瞻仰忠烈祠。

每年 4 月 6 日清明节前后，衡东县机关工作人员、学校师生和当地群众都要到新塘镇杨泗桥罗芳珪烈士陵园，为这位杰出的抗日英雄扫墓。

在陵园最显眼处，衡东县人民政府为烈士立了一块墓碑，碑文是："抗战四大名团之一的国民革命军五二九团上校团长罗芳珪，新塘镇百叶村人。1907 年 12 月 20 日生，1938 年 4 月 6 日台儿庄战役阵亡。国民政府军事委员会谥予少将军衔。1988 年 5 月中华人民共和国民政部追认为烈士。"

（228）罗怒涛

罗怒涛（1906—1958） 原名德馨，号破浪，四川南川县鸣玉乡（今鸣玉镇）兴隆堡人，南京中央军校第七期步兵科，后任国民革命军成都中央军校办公厅副官处少将副处长。

罗怒涛幼年入村里的私塾，辛亥革命后，被送入鸣玉乡开办的新学读高小，接受新思想的熏陶。不到二十岁，遵照父母之命娶王氏为妻，并添一子罗纯武（罗怒涛离家考入黄埔军校不久，王氏病故）。

1928 年 1 月 30 日，21 岁的罗怒涛辞别他的父母和新婚不久的妻子以及不满周岁的儿子，毅然投笔从戎，报考孙中山创办的黄埔军校。他满怀豪情壮志，将罗德馨改名为罗怒涛。他从南川步行到涪陵，经涪陵乘船到武汉。在武汉一家饭馆里吃饭时，从邻桌几个年轻人的交谈中得知：1926 年 10 月北伐军攻克武汉后，形势发展了变化，黄埔军校正在迁校到南京，更名为南京中央陆军军官学校。于是他改变计划，继续搭乘轮船直接赶到南京报考军校。

经过体检和考试，1928年初被录取为预科生，在杭州接受入伍训练，1928年冬开赴南京，于1929年初春正式分科编班成为黄埔第七期学员。黄埔七期分步兵、骑兵、炮兵、工兵4科，他被编入学生第一总队步兵大队第四队。

1929年12月28日，年仅23岁的罗怒涛毕业。随后在国民革命军第四师独立旅中相继担任排、连长。

1933年，在古北口保卫战中，时年26岁的罗怒涛，担任国民革命军第二十五师第七十三旅一四六团九连连长。在拉锯式的阵地争夺战中，他带领战士冲刺在前，英勇杀敌，不幸被日军的榴弹片击中多处，身负重伤，被送往北平协和医院治疗。

1938年，罗怒涛在关麟征第五十二军的第二十五师一四六团担任营长，参加台儿庄战役，后又参加武汉会战，1939年秋，参加第一次长沙会战，取得湘北大捷。

1941年，罗怒涛随时任国民革命军第九集团军总司令的关麟征将军由湖南经桂入滇，进驻滇东南重镇文山。他先后担任该集团军第二十五师第七十三团副团长、团长、集团军中校参谋，驻守中越边境一带。

抗战胜利后，罗怒涛率部赴海防驻守。由于关麟征于1946年任成都陆军军官学校教育长，1947年10月，接任黄埔军校校长，成为继蒋介石之后第二任校长，是黄埔军校在大陆期间三任校长之一，同时是第一位就任校长的黄埔毕业生。罗怒涛经关麟征引荐进入成都陆军军官学校任副官处少将副处长。

1949年底，在中共地下党员的策动之下，成都陆军军官学校第一、三总队1万余人起义。罗怒涛参加起义，并被编入中国人民解放军第十八兵团教导三队（原名十八兵团随校）。1950年4月，第十八兵团建制奉命撤销后，改称为西南军政大学川西分校。

罗怒涛参加起义后，由十八兵团发给中国人民解放军军人家属证明书，1950年，罗怒涛妻子回娘家三台县，凭解放军军人家属证，经县文教局安排，到心妙乡小学任教。罗怒涛家庭得到军属待遇，门前除了悬挂"革命军属"的光荣匾之外，逢年过节还有居委会的领导到家慰问，赠送慰问品。

1950年6月15日，成渝铁路开工，西南军政大学川西分校的全体学员和罗怒涛也参加了筑路大军。

1952年"三反""五反"运动中，在军政大学里的罗怒涛，写信动员妻子把父亲毕生积攒的黄金悉数送交"三台县增产节约办公室"。加上减租退

押和土地改革中的退赔，至此，他家庭的全部收入只有依靠当小学教师妻子
的微薄薪金。

1952 年秋，罗怒涛拿着西南军政大学出具的复员退伍证明，回到妻子的
原籍三台县。

当时，居委会正在举办夜校，组织家庭妇女扫除文盲。鉴于罗怒涛有文
化，又是西南军政大学回来的，居委会安排他作夜校教员，晚上给学员读报、
教学员学文化，还兼管街道黑板报，宣传党的方针政策和中心工作，每周换
一次黑板报内容。罗怒涛黑板报办得一丝不苟。

罗怒涛用退伍时发的津贴买了不少文史哲方面的书籍，甚至专业性很强
的诸如殷周历史之类的专著。可是，政治形势对他越发不利。他受到巨大的
社会压力，对找到工作逐渐丧失了信心，加之家庭经济特别困难，他只得将
自己珍藏的书籍都廉价变卖掉，包括跟随他多年的一本《辞源》。

为了应对经济拮据，罗怒涛将家中一小块花圃改为菜圃，自己栽种冬瓜，
还把多余的冬瓜放在街边便卖些钱补贴家用。

为了进一步缓解家中的经济窘况，罗怒涛曾打算靠卖文笔为生。在街边
父亲搭起一张小茶几，摆两条小凳子，替人代写书信。等了几天只有一个人
惠顾，得了一毛钱，而得到更多的却是路人怪异的眼神。父亲不堪受人白眼，
愤然决定出卖苦力。他购买了一根扁担、一对箩筐，每天早上天刚放亮，他
便饿着肚子，扛着箩筐到河边从木船上把煤炭一担一担地往岸上挑。八点多
钟回家吃过早饭，又往码头上赶。

然而更严重的打击却是政治上的。1954 年，全国进行第一次普选，有选
民资格的名单进行三次张榜公布，在选民登记过程中，派出所驻街道民警多
次调查他的政历，由于他参加了成都起义，又有军政大学的退伍证明，历史
身份早就是清楚的，因此第一次榜上有罗怒涛的名字。但是在张榜后，因为
"群众有意见"，"不该将选举权给反动军官"，"人言可畏"，罗怒涛的
名字很快从榜上被涂掉。既然如此，总得"挖"出理由来，于是在发"选民证"
的群众大会上，将罗怒涛揪到台上，公开宣布和批判他当过国民党军官的"反
动罪行"。从此，罗怒涛便背负沉重的精神负担，经常遭派出所修整、教训。
当时，他跟岳父住在一起，岳父是城市贫民出身，担任居民小组长。因为罗
怒涛受到株连，居民小组长的职务马上被撤掉。

1958 年第二次全国普选时，因为确实没有找到什么新的"罪行"，"恩赐"
了他一张"选民证"。

在整风"反右"时，有人想把罗怒涛打成"右派"，施加压力要他在街

道居民会上"鸣放",给党和政府提意见。他艰难地顶住压力,没有落入某些人设置的圈套,只给医院的护理工作提了意见。这样,总算躲过一劫。

1958 年全国"大跃进",一天晚上,罗怒涛被派出所送往拘押所。在没有任何理由、履行任何法律手续或法律文书的情况下,被送往公安局办的劳改农场——苏河农场去"劳动教养"。

大约一个月之后的一个晚上,两名劳改队员用滑竿,将面目已变得难已辨认,骨瘦如柴地的罗怒涛,从苏河劳改农场抬回城家中,他躺在一辆滑竿上,右脚赤裸,下肢肿得通红。这两名队员告诉家人,在繁重的劳动中,他被锄头挖伤脚,感染破伤风,病情恶化仍不予治疗,已经生命垂危时,才派遣他们俩人抬罗怒涛回家。垂危之中的罗怒涛已无法进食,只能喘着粗气断断续续地告诉孩子们:公安局拘押他到苏河劳改农场进行劳动教养没有其他原因,只是因为认定他是 2% 的反革命。

妻子从乡下赶到家中已是凌晨时分,他们将家里一块门板拆卸下来当担架,将罗怒涛抬到县人民医院抢救,然而这时早已失去抢救的宝贵时间,医院已无回天之力,罗怒涛在医院含冤去世,年仅 52 岁。此时家中早已一贫如洗,一切医疗、掩埋费用只得靠临时借贷凑集解决。被草草掩埋在郊外的一座荒山上。

罗怒涛一生不沾烟酒,为人诚恳厚道。他的毛笔字写得十分漂亮,悉心研读文史则是他闲暇时的最大爱好。一本厚厚的《辞源》不知翻阅了多少遍。他虽然从军,书生气却十足,一点不懂政治和钻营,在内战纷飞迫近西南之时,他仍潜心于编著《枪械学》一书,没有考虑时局变迁可能带来的生存危险。

罗怒涛去世 20 多年之后,他的起义军人的身份终于得到承认。

(229)罗汝正

罗汝正(1909.1.15—1973.8.17)　又名必修,福建连城县文亨乡人,黄埔军校第四期步兵科毕业。

1923 年罗汝正入私立惠存中学读书,在获得母亲支持下,考入了黄埔军校第四期学习。毕业后,分发南京国民党军队中任职,由下级军官逐步晋升为旅长。新中国成立前,他在国民党部队中任二二七旅旅长,驻扎在新疆绥来县(今马纳斯县)。1949 年 9 月 25 日,与陶峙岳司令员等人联名通电毛泽东主席、朱德总司令，在新疆和平起义。他为做好迎接解放军进疆的工作，保证人民生命财产安全和乌鲁木齐市的城防治安，不顾个人安危，深入敌巢，在阜康、呼图壁的平叛中，作出了优异成绩。荣获西北解放纪念章一枚。

1949 年 12 月，任中国人民解放军二十二兵团二十六师师长，1952 年 1 月任新疆军区二十二兵团农建第八师师长，1954 年任兵团生产建设第八师师长。并先后当选为新疆自治区第一、二、三届人民代表和自治区政协委员。在担任二十六师和农八师师长职务期间，和广大军垦战士一道拉砂运肥、植树造林，在开发石河子，建设石河子，"屯垦戍边"工作中做出了重大贡献。曾多次进京参加国庆观礼，受到毛泽东主席的接见，并一起摄影留念。

"文革"期间遭受残酷迫害，以"假起义，真潜伏"的"现行反革命"罪名逮捕入狱。

1973 年 8 月 17 日，含冤而逝，终年 64 岁。

1979 年 1 月 20 日，新疆石河子地委召开追悼大会，正式为其平反。

（230）骆振韶

骆振韶（1902—1969）　浙江永康人。黄埔军校第六期步科毕业。庐山中央军官训练团校尉班第三期毕业。

历任浙江陆军周凤歧第二师警卫连排长、连附。1926 年底，周凤歧部归附国民革命军，改编为第二十六军，他入军官教导队。1927 年夏，军官教导队并入中央军校第六期步科第四大队。毕业后，留校任教育副官、教官。后任中央教导第二师连长，第四师连长，第二十一师中校副团长。

抗日战争全面爆发后，任第四师第十二团上校团长、师参谋处长、参谋长。1944 年 5 月，任第四师副师长。1945 年 4 月，升任少将师长。先后参加徐州会战、南京保卫战、武汉会战、枣宜会战、鄂北会战、湘西会战等。1946 年起，任整编第四旅少将旅长，第十三军副军长、军长，第九兵团副司令官兼十三军军长。

1949 年初，北平和平解放前夕，随李文、石觉等乘机返南京，任淞沪防卫副司令官，舟山群岛防卫副司令，浙江绥靖公署参谋长。

1949 年底，到台湾，任台湾北部防守区副司令。

1952 年退役。

1969 年，在台湾逝世，时年 67 岁。

（231）吕公良

　　吕公良（1903—1944.5.1） 原名吕周，浙江开化县华埠镇人，1928年黄埔军校第六期步兵科、陆军大沽参谋班第七期毕业，分配在国民革命军陆军第十三军八十九师。历任第八十五军中将参谋长、华中抗日总队第五纵队司令、河南界首警备司令、周口警备司令等职。参加了1937年的晋中太谷、1938年的鲁南大会战——台儿庄战役、1939年的鄂北会战、1944年的中原大战等战役。

　　1944年任第十五军新编二十九师师长兼许昌守备司令，在保卫河南许昌的战役中，壮烈殉国，终年42岁。

　　1944年10月20日，国民政府追赠其为国民革命军陆军上将。1986年民政部追认吕公良为"革命烈士"。

　　吕公良生于一个小商人家庭，父亲以开榨油作坊为生。吕公良自幼聪颖好学，平时喜爱去茶馆听说书，岳飞抗击金兵、文天祥狱中作《正气歌》、史可法不受利诱守孤城等情节都深深地感动了他。吕公良还练就了一手遒劲端庄的好字，左邻右舍逢年过节家家的对联多为他所写所作。

　　1923年，吕公良考入衢县第八中学师范部读书，他经常以革命思想为主题为同学们题词，却导致了学校以思想激进鼓动革命为由开除了他的学籍。1926年8月，他只身跑到广东，考入黄埔军校第六期。在校期间，因崇拜孙中山先生，故以他的提词"天下为公"而改名吕公良。

　　军校毕业以后，分配到第八十九师任见习排长。吕公良古文功底扎实，又写得一手好字，颇有儒将风度，加上他踏实能干，办事认真，深受上级器重，在黄埔军校第六期的同学中，他是提升最快者之一。

　　1944年日军为打通大陆交通线发动1号作战（史称豫湘桂战役），许昌会战即是豫湘桂战役的一部分。由于对日军情报工作的不足，以及国民党军上层普遍存在的"等胜利"思想，中国军队损失惨重，特别是河南的汤恩伯部，表现相当不佳。致使新编第二十九师以全师覆没的代价，死守许昌，顽强抵抗，给日军以沉重打击。激战从1944年4月28日开始，直打到1944年5月1日，许昌失守，战斗中师长吕公良中将等多名将领壮烈殉国。

　　激战中，日军发现在丛林中有一小队人马，便进行偷袭扫射，当日军冲向落马的中国军官，用中国话高喊："投降，投降！"负伤的军官忽然坐起身来，喊道："不投降！"用手枪连开两枪，都打中冲在最前面的一名日军，后面的日军开枪，正中中国军官的头部，当即倒地。过了半晌，日军才敢凑上来看，这一小队中国兵全部阵亡，无一幸存，但是在那个倒地的军官身边，发现了吕公良将军的印章、公文等，经过核对，认为这个身中四发轻机枪弹又被步枪击中致命的军官，正是新编第二十九师中将师长吕公良。以中将师长之身，打到最后一人，重伤之余，还能翻身而起，击毙杀害自己的凶手，高呼"不投降"而以身殉国，吕将军，虎魂也！

得知吕公良将军战死的消息，日军联队长小野修并没有感到很高兴，因为作为一名高级军官，他对于当时日本的战况是比较了解的。估计是想到今后自己的命运感到有同情之感，小野修下令，在许昌南门外小村附近，为吕公良将军安葬，并让联队的联络官深谷高三郎大尉题写了墓碑，碑文曰："勇将新编第二十九师师长吕公良之墓。"这座墓标建立以后，不久，新编二十九师残存被俘的中国官兵从它旁边路过，其中一个团长（估计是八十六团团长姚俊义，因为新编第二十九师所属团长级别的军官，八十五团团长杨尚武，八十七团团长李培芹，补充团团长刘耀军都在战斗中阵亡。我团级指挥官只有他一个人下落不明。）看清了以后，冲上来抱住墓碑号啕大哭。随着他的哭，其他被俘官兵也大放悲声。日军亦无法禁止。

多年后，时任连长的张访朋先生曾展示了一封师长吕公良 4 月 24 写给妻子的亲笔信，字极漂亮。信上说："今天敌人围攻郑州，恐怕敌人攻了郑州之后，一定要南下新郑、许昌的，但是我已充分准备，打仗是军人的本分，希望他来一拼。恐怕此信到手时，我已在与敌人拼命了……当军人不打仗还有何用。"

1986 年，经国民党起义将领刘昌义提议，老一代革命家刘澜涛、杨静仁批示，4 月 5 日清明节，吕公良被中华人民共和国民政部追认为革命烈士。

1986 年，吕公良之子吕行健、吕行素兄弟拜访曾与吕公良共事 10 余年的国民党起义将领廖运周将军。廖运周 1927 年加入中国共产党，淮海战役中率部起义。廖运周将军说："汤恩伯是怀疑我且不信任我的，每次晋见时我都有意请公良先生陪同，我心中才踏实一些。我的共产党身份只有你父亲知道，但我信任他一个爱国的知识分子决不会出卖我。"他还为吕氏兄弟题词："吕公良革命烈士永远活在我的心中"。

2003 年，在纪念吕公良烈士诞辰 100 周年之际，吕公良烈士家属将烈士的骨灰从杭州凤凰山麓移葬到华埠公园，以遂烈士叶落归根的遗愿。

2004 年 4 月 1 日，值烈士殉国 60 周年之际，其家乡浙江省开化县，在华埠公园内修建了一座吕公良革命烈士陵园，作为县级爱国主义教育基地。

吕公良一生办事认真，一丝不苟，对部下要求十分严格。一次，师部中校参谋孙浩写了几份人员升迁的命令，把副团长的"副"写成了"付"，"爲"（为）的下面少了一点。他便把孙浩叫去训斥到："你今天'付'一个团长，明天能给我再'收'一个团长吗？'爲'字下面写成了三点，摆得平吗？作为一个军人，执行公务必须准确细致。如果下达作战命令，一字之差就会贻误战机，是要杀头的，千万粗心大意不得。"

吕公良治军严明，主张官兵同甘共苦。他规定营以下军官不准设小灶，与战士共同生活。在军需困难的情况下，官兵一律穿草鞋。多年的军旅生活使他养成了注重军容军纪的好习惯。大热天上衣扣总是扣得整整齐齐，寒冬腊月也从不把手伸进裤袋中取暖。他常说军风军纪不好的部队是打不好仗的。夏季他身先士卒，率部摸爬滚打，苦练三伏。在日常工作事务中，军训计划的拟订、作战命令的起草下达，他都要亲自过问修改。

（232）倪祖耀

倪祖耀（1903.3.3—1975.12.26）　别名子辰，江苏睢宁人。黄埔军校第三期步兵科毕业，庐山军官训练团。

历任国民革命军第一军第四师排、连、营长。1931年秋起任第四师二十团营长、二十三团上校团长。

抗战爆发后，任第四师第十旅旅长。1941年2月任第二十三师师长。1943年春任第八十五军副军长，兼黄泛区警备指挥官。先后参加南口会战、台儿庄战役、江西瑞昌之役、随枣会战、鄂北会战及豫东会战。

1946年起任整编第五十二师师长。1948年9月授陆军少将，任第九十八军军长。1949年春任第九编练司令部副司令官。

1949年到台湾，不久退役，后任台湾台北市政府救济院院长。

1975年12月26日，在台湾病逝，享年73岁。

（233）彭赛良

彭赛良（1906—？）　湖南长沙人，黄埔军校第六期第二总队步科毕业。中央训练团党政班第八期毕业。历任国民革命军第四师排、连长，营附，团参谋主任。1937年12月，任第四师补充团团长。

抗战爆发后，任第四师补充团团长、上校附员，独立第十五旅旅长，第七十八军暂编第四十二师师长，第一战区司令长官部少将高参。1946年起任南京卫戍司令部无锡指挥所参谋长。淞沪警备司令部副参谋长，淞沪民防司令部副司令，上海港口司令部副司令兼参谋长。

1949年秋到台湾。

（234）彭士量

彭士量（1904.8.5—1943.11.15） 号秋湖，湖南浏阳人，黄埔军校第四期。国民政府追授陆军中将。

幼时天资聪慧，秉性刚毅，学习一直名列前茅。1924年考入湖北明德大学，1926年毅然投笔从戎，考入黄埔陆军军官学校第四期，毕业后，分配到陆军第十师。历任排长、连长、营长等职。1927年参加八一南昌起义，在东征北伐战争中英勇善战，胆识过人，尤其南浔各役，因战功卓著晋升为副团长、团长。1932年，被选派到中央陆军大学第十一期深造。

毕业时，适逢抗战爆发，他参加了上海、山西忻口、台儿庄、武汉、长沙等战役。后晋升为预备第四师少将参谋长、副师长。在著名的武汉保卫战中，因指挥有方、重创日寇，获陆海空军甲种一等奖章，并受到宋庆龄女士的嘉奖，还赠送他一床苏联毛毯、一架德国造望远镜和一把缴获的日本指挥刀。

1942年调任第七十三军暂编第五师任副师长、师长，先后参加鄂西会战、湘北会战、常德会战等。

1943年11月，常德会战开始后，日军集中兵力进攻常德西北门户石门。石门位于澧江北岸，湘西山地边缘，是常德北面的战略要地。率暂五师坚守在石门的彭将军作好了充分的准备，决心与日寇死战。

11月6日，日军第三、十三师团在飞机、大炮的掩护下向石门前线发起了疯狂进攻。战斗十分激烈、残酷，双方在阵地前多次展开白刃战。彭将军冒着猛烈的炮火在前沿指挥战斗，巧妙地利用有限的兵力坚守石门达8个昼夜。14日，日寇又调集了大批精锐攻占了石门周围的笔架山、大山尖等制高点。

"14日晨，敌又增加援兵多次猛扑均未得逞，乃施放毒气，致使红土坡的我加强营全体官兵壮烈牺牲。后来北面防线被突破，彭师长率兵巷战，将窜入之敌全部歼灭。敌人数次冲锋，又以云梯攻城，局势危急，彭师长亲自到西城巡查，并增筑工事，谕官兵死守，并电呈上峰：决与石门共存亡。"（《大

公报》1944年2月12日彭故师长壮烈殉职经过）

此时，国民政府军委会下达七十三军后撤，"下令放弃石门，但此时该军正与日军全线激战，根本无法脱离接触。为了挽救整个七十三军，暂五师师长彭士量挺身而出，自告奋勇接下掩护全军撤退的重任"。14日夜间，暂五师在彭士量师长的指挥下死据石门，掩护全军南撤。

15日天刚明，敌人几度攻城均被暂五师击退。暂五师虽在万分困难之中，石门仍屹立无恙，此时彭师长他们已连续苦战八昼夜，部队伤亡过半，敌人兵力又超我军数倍，下午三时许，几处城垣忽被突破，暂五师全体官兵继续在城内与敌展开残酷的肉搏战。彭师长身先士卒，街、巷、民房皆成死守据点。

当掩护七十三军撤退任务完成后，暂五师于15日黄昏奉命撤出石门，但在渡河时遭遇日寇的围击，彭士量师长亲自指挥部队奋力突围，不幸在南岩门口被敌机机枪击中要害，身受重伤还喊杀不止，忠勇之气感动得在场的官兵哭声不绝。临终之前将军留下遗言："大丈夫为国家尽忠，为民族尽孝，死何憾焉！"彭士量将军成为抗战中亲临前线，与日军拼搏战死沙场的著名爱国将领之一。

当彭士量知道石门已陷入日军的重围，最后的关头已经来临时。他在阵地上写下了自己的两份遗嘱：

（一）本师全体官兵：

余献身革命，念年于兹，早其牺牲决心，以报党国，兹奉令守备石门，任务艰巨，当与我全体官兵同抱与阵地共存亡之决心，歼彼倭寇，以保国土；倘于此次战役中，得以成仁，则无遗恨。惟望我全体官兵，服从副师长指挥，继续杀敌，达成任务。

师长 彭士量

十一月十二日

（二）苏政吾妻：

余廉洁自持，不事产业，望余妻刻苦自持，节俭以活，善侍翁姑，抚育儿女，俾余子女得以教养成才，以继余志。

此嘱 秋湖

十一月十二日

彭士量将军就这样为中华民族的解放事业，壮烈殉国！年仅39岁！

1944年2月14日上午，在长沙市中山堂隆重举行公祭，与会逾万人。

1943年2月15日，遗体公葬南岳衡山驾鹤峰下。17日《正中日报》报道《彭士量灵柩运葬南岳》："市长率各民众团体代表百余人亲往执绋，遗柩过处市民自发路祭讣哀。"

1985年5月28日，四川省人民政府报国家民政部追认彭士量为革命烈士。在湖南南岳忠烈祠内立有纪念碑供后人瞻仰。

现台北市忠烈祠抗日馆有彭士量将军的灵位、照片和中、英、日三种文字的事迹简介。

海峡两岸的中国人都在缅怀他。

彭士量烈士的夫人婚前叫王素琴。1934年，他们举行婚礼前，将军对她说："素琴这个名字太柔弱了。孙中山先生提出的三大政策是联俄、联共、扶助农工。你干脆叫'苏政'吧！"从此，王素琴的名字就改名为王苏政了。

1943年10月下旬，彭将军从石门前线返回当时部队司令部行营所在地桃源汇报时，在随军的家里只住了一晚，第二天天未亮，就要匆匆赶赴石门。临别时，彭夫人依依难舍："秋湖，两个儿子（纪杰和纪伦）都在出麻疹，能多住几天吗？"彭将军心情沉重地说："倭寇不除，国无宁日，家无宁日。"就奔赴前线了。哪知这竟成了彭将军生前对夫人说的最后一句话。彭将军牺牲前两天，他的一个儿子纪杰因出麻疹夭亡。两三天里彭夫人同时失去两位亲人，悲痛万分。

（235）秦鼎新

秦鼎新（1896—1983）　字协一，河南汝南县人。黄埔军校第四期教官。

保定陆军军官学校第九期步科毕业。1925年12月任黄埔军校少校督练官，1926年7月任黄埔军校第五期学生队中校队附，11月任国民革命军总司令部工兵团团附，1927年5月任第六军十八师上校参谋长，1928年6月离职回乡，1934年5月任开封残废军人教养院总务股主任，1937年5月任豫北兵役训练班副主任，1938年1月任第二十军团一一〇师参谋长，3月参加台儿庄战役，1944年任豫南挺进军总司令部少将参谋长，参加豫南抗战，1949年4月任第十九兵团少将高参兼代参谋长，5月14日在湖北金口参加起义。

新中国成立后，任河南省政协委员，郑州市民政局副局长，民革郑州市委副主委。

1983年在郑州病逝，享年87岁。

（236）任盛濂

任盛濂（1910—1979）　字景周，贵州镇远县涌溪人。黄埔军官学校第六期步兵科、陆军大学特别班第4期毕业。曾任黄埔军校步兵第二大队第八中队中尉区队附。

1936年，任国民党薛岳军吴奇伟师参谋长、贵阳团管区司令兼贵阳警备司令部参谋长。1937年，调汤恩伯第十三军任师部参谋。8月，参加南口战役。1938年3月，参加台儿庄战役，7月，参加武汉会战。1939年5月，参加随枣会战。1940年后任参谋长，军长石觉，两人配合默契。5月，参加枣宜会战。1944年4月，参加豫中会战，所部在河南中部地区溃败。1945年初，石觉的第十三军隶属汤恩伯的中国陆军第三方面军。同年5月至8月，参加对入侵广西的日军的反击作战。直到抗战结束受谷正伦邀请才回到贵州镇远。1948年任贵州省镇远区行政督察专员兼保安司令，1949年11月24日，在贵州镇远起义投诚。

不久即参加革命大学学习，结业后，调贵州省人民政府民政厅任科长。1979年病逝于贵阳，享年69岁。

附：

以下为任盛濂自己所写的简历（摘录部分）：

任景周，原名任盛濂，贵州省镇远人，家庭成分手工业（开油榨房，我小的时候分家，分家分得油榨房，土地都归叔家，后来才设置的田地）。本人成分为爱国民主人士。

学历：伪中央军校高等教育班三期、陆军大学特别培训班四期。

经历：曾参加北伐军第十军（军长王天培）、二十八师副官参谋，连长，副营长。

（237）石　觉

石　觉（1908.2.15—1986.9.23）　原名世伟，字为开。广西桂林临桂县宛田瑶族乡瓮潭村人。黄埔军校第三期步兵科。1944年7月获四等云麾勋章；1945年获胜利勋章、忠勤勋章；1948年1月获二等宝鼎勋章，3月获三等云麾勋章。

幼时家境贫苦，父亲外出当兵，一去杳无音讯。母亲务农兼做小本谷米生意，节衣缩食供他进宛田崇实小学读书。小学毕业后在家务农，曾制作杠杆等简单机械，一人吊起数百斤重的石块，将高田基砌牢，引起村人惊异。

历任黄埔军校第五期入伍生队排长，南京中央军校第六期学生总队第二大队副中队长，中央教导师第一旅营长，第一军第四师团长。

1935年冬，在陕北参加"围剿"红军。

1937年7月抗战爆发后，任第四师第十旅少将旅长，率部开赴华北对日作战。8月，参加南口战役。1938年3月率部参加台儿庄战役及武汉会战。1939年5月，参加随枣会战。1940年初，升任第四师师长。5月，参加枣宜会战。1941年，升任十三军副军长兼第三十一集团军训练处处长。1942年3月任八十五军副军长。7月，代理十三军军长。1944年，先后参加豫中、长衡会战。1945年5月至8月，参加对入侵广西日军的反攻作战。10月，石觉率第十三军从广州海运秦皇岛，开赴东北对日军受降，并兼任东北第一绥靖区司令官。11月，率部攻占山海关、锦州等地。

解放战争期间，他先后在辽东、热河参加反共内战。驻扎热河时，兼任第二绥靖区司令官及热河省保安司令。1948年任华北"剿总"第九兵团中将司令官，率部参加平津战役。1949年1月21日，国民党华北"剿总"总司令傅作义接受和平改编，石觉、李文等蒋介石嫡系将领乘飞机离开北平。石觉到南京后，任京沪杭警备总司令部副总司令兼淞沪防卫司令部司令官。4月，任上海防守司令。5月24日，在人民解放军攻进市区后，石觉率残部撤至舟山群岛。此后，担任舟山群岛防卫司令兼浙江省主席。

1950年5月，率部12万余人撤退台湾。

到台湾后，先后任台湾防卫总部副总司令兼北部防守区司令、南部防守区司令、第二军团司令、金门防卫司令官、参谋本部副参谋总长兼联合作战计划委员会副主任委员，并晋级为陆军二级上将。1959年7月，任联合勤务总司令部总司令。1963年7月，任考试院铨叙部部长。1969年以后，任国民党中央评议委员会委员、"总统府国策顾问"，还任中国国民党第七、八、九届中央委员，国民党第十、十一、十二届中央评议委员。

担任台北广西同乡会理事长、香港广西同乡会名誉会长、世界广西同乡联谊会名誉会长等职。

晚年，主持太极拳协会工作，出钱出力，积极在民间推广太极拳运动。

1986 年 9 月 23 日，因中风于台北荣民医院病逝，享年 78 岁。

著有《从军作战记》《瀛海同舟》《反攻战略思想与行动》《战争面之建立与运用》《石觉回忆录》等。台湾出版有《陆军二级上将石觉先生事略》《石觉先生访问记》（张力著）等。

（238）舒 荣

舒 荣（1903—1974.6.21）　字子光，云南弥渡县太花乡舒家营人，黄埔军校三期步科，中央训练团党政班第十期毕业，黄埔军校第四期入伍生团区队长。历任八十九师辎重营营长，八十九师二六七旅五三四团上校团长，二六七旅少将旅长，八十九师副师长、师长，十三军副军长，十二军军长。退往台湾后任"国防部"中将部员。

黄埔军校三期步科的他，在毕业后却改行带起了辎重部队，而且还干得不错。以至于在军校的老师钱大钧编组八十九师时，就想到这个学非所用的好学生，将其调到八十九师当辎重营营长，好让他能继续发挥特长。

好在汤恩伯改变了舒荣的命运，在汤的提携下，舒荣当上了八十九师二六七旅五三四团上校团长。对此，舒荣自然是感恩戴德，并从此成为了汤恩伯的得力干将。当时汤恩伯担任第十三军军长，负责指挥第四师和第八十九师。在第四师中，有一个团长石觉，正是舒荣军校三期步科的同学。也许在军校的时候两人赌过气，在此后的军旅生涯中都一直互相攀比。舒荣本以为当上了八十九师的团长后，终于能和在第四师当团长的石觉平起平坐了，可没想到，舒前脚到任，石后脚升旅长了。

抗战全面爆发后，舒荣被提拔为第二六七旅少将旅长，又和石觉平级了。1938 年 3 月，舒荣的二六七旅有幸参与台儿庄战役。他的部队先是在临城与日军血战，此后更是在围歼包围台儿庄的日军时出力颇多。当然，石觉在这次战役中也立了功。石觉直接升任第四师师长，而舒荣也当上了第八十九师的副师长。

1940 年接任八十九师师长。1943 年石觉升十三军军长，舒荣也升为十三军副军长。

石觉对于这位总比自己低一级老同学一直在寻找机会推荐他外调当军长。1948 年 7 月，机会来了，霍守义的十二军在兖州被解放军歼灭。在石觉的举荐下，舒荣在众多十二军军长的候选人中脱颖而出，成了这个军的继任军长。

在徐蚌会战中，舒荣的十二军被编入邱清泉的第二兵团，并成了这个兵团的殉葬品。舒荣在会战的最后阶段，经过化装，艰难的返回了国统区。当他跑到南京国防部报道时，意外的发现，国防部已经另派他的黄埔学弟曹天戈接任军长了。可能是舒荣潜行得太成功了，不仅没让解放军找到他，还让国防部把舒荣列为失踪人员。原军长归队了，曹天戈多少有点郁闷……舒荣赶紧跑到杭州重建自己的部队去了。

就在他七拼八凑地把所属两个师的架子搭起来后，解放军就发起了渡江战役。第十二军被紧急调到上海，担负高桥防务。舒荣明白，自己的十二军还差一半兵力，而且没有完成整训计划，这时候就赶上战场，无异于以卵击石，但军令不可违。终于，他的十二军溃散了。

1949 年 5 月 24 日，舒荣的十二军残部在留下当牺牲品的友军的掩护下，经海运撤到了舟山。他的残部剩下 4500 人的部队被编进了友军，舒荣调为国防部中将部员。成为了舒荣军旅生涯的终点站。

1974 年 6 月 21 日，在高雄病逝，享年 71 岁。

在舒荣的葬礼上，一生相伴的老同学石觉沉痛地献上了花圈。

（239）舒适存

舒适存（1898—1989）　原名适，原籍湖北蒲圻，生于湖南平江县瓮江镇。南京中央军校高等教育班第一期肄业。湖南讲武堂肄业、陆军大学特别班第二期毕业。

1912 年，毕业于平江小学教员养成所，1916 年，任小学教员。次年至长沙参加湘军，任湖南陆军第一师司务长、排长，湘军第三师第二团一营二连连长。南北混战，无役不从。1927 年起，历任国民革命军第四十四军连长、营长、团附，唐生智第五路军独立旅参谋主任，第五十三师第一六二团参谋长，军事委员会南昌行营少将高参，湘鄂赣"剿匪"总司令部少将联络参谋。1934 年，入陆军大学特别班第二期。

1938 年，任国民革命军第二师参谋长，参加台儿庄会战，他力主改变统帅部集中兵力于临城的命令，改为沿运河布防，得以确有台儿庄大捷。1939 年 10 月，授陆军少将，冬，任国民革命军荣誉第一师副师长兼参谋长，率部进攻昆仑关之敌，指挥夜袭罗塘高地，歼日军一个旅团，击毙旅团长中村正雄，扭转战局，为抗日战争中阵地攻击战最成功之一役。后任第八军代理参谋长，中国远征军新编第一军参谋长。1944 年，任国民革命军新六军中将副军长，参加反攻缅北之战。次年，参加日军受降大典。抗战期间，先后参加保定战役、徐州会战、昆仑关战役、宜昌保卫战、远征印缅抗战。

抗日战争胜利后，历任东北行辕第三训练处副处长，第二兵团副司令兼徐州"剿总"前进指挥所参谋长，国防部部员，南京卫戍副总司令。

1949 年，败退台湾，任台湾防卫副司令兼参谋长，"国防部"战略计划委员会委员。1959 年退役，任台湾电力公司顾问等。

1966 至 1977 年，任"国文"教授。著有《横秋杂缀》诗集。

1989 年，在台湾逝世，享年 91 岁。

（240）覃异之

覃异之（1907.7.7—1995.9.17） 原名异存，壮族，广西安定县（今都安）人，祖籍广西宾阳县。黄埔军校第二期炮兵科。

因小时聪明过人，老师为其改名异知。早年就读于私塾和中学。1924 年夏赴广州，入建国桂军军官学校第一期学习。1925 年 6 月入黄埔陆军军官学校二期炮兵科，学习期间参加北伐。1935 年 1 月任黄埔陆军军官学校第三期少尉副区队长，此时加入中国共产党。1926 年 1 月任第四期入伍生第三团连、中队长。1927 年四一二事变后，离开黄埔军校。1928 年去上海，不久与中国共产党脱离，更名异之。1928 年入南京中央军校学习。曾在国民党政府军历任师参谋处科长、师部参谋、中央陆军军官学校中队区队长及副中队长。1930 年任中央陆军军官学校教导第二师团附、营长。

1932 年 8 月参加对红军第四次"围剿"，同年任第二十五师参谋处处长代理参谋长。1933 年 3 月率部参加长城古北口抗战，任一四九团团长。同年10 月赴江西参加第五次"围剿"中央红军。1936 年 3 月入山西"围剿"陕甘红军，任西北"剿总"第十一纵队二十五师七十五旅一四九团上校团长。

1937 年 9 月奉命参加平汉路北段对日作战，在保定保卫战中胸部中弹负伤。1938 年 3 月任第五十二军二十五师少将参谋长，参加台儿庄战役。4 月任该师第七十三旅少将旅长。同年 7 月参加了武汉会战。不久任第五十二军第一九五师中将师长，此时参加了著名的第一次长沙会战，在长沙外围新墙河地区率部阻击日军给予日军以重创，其部下史恩华营长率领全营官兵在笔架山与日军奈良晃支队苦战七日全营阵亡，由于在第一次长沙会战中的英勇表现，覃异之师长及其部下一战成名。1942年4月任第五十二军副军长兼衡耒师管区司令。不久任中国驻印度总指挥部战术学校副校长。1944年返国参加衡阳战役。1945年初蒋介石钦点其任青年军第二〇四师师长。

1946年9月当选为三青团中央干事会干事，同年由青年军第六军整编为第二〇五师，覃异之出任整编师师长。1947年10月任东北行政长官部第八兵团副司令兼第五十二军军长。1947年9月当选为中国国民党第六届中央执行委员。1948年3月当选第一届国民大会代表。11月任首都卫戍副总司令兼江北指挥所主任，淮海战役期间，兼任总统府战地视察组组长，并选为国民党中央委员。在任首都卫戍副总司令期间，保护了大批革命人士，并掩护了号称御林军的其部下国民党首都卫戍九十七师师长王晏清起义（1955年授予解放军大校）。

1949年去香港。同年8月与黄绍竑等通电反蒋，宣布脱离中国国民党，在香港起义并担任香港起义第一组召集人，主持政治、军事方面的联络和策反工作，12月全家回到北京。其后受副总参谋长李克农委派返回香港继续从事国民党高层将领的策反工作，后由于身份行踪的暴露及美国对台湾海峡的封锁，中共中央为了保护其安全将其接回北京，从事土改工作。

任水利部、水利电力部参事室副主任、主任，第二、三届中华人民共和国国防委员会委员，第二、三、四、七届全国政协委员，第五、六届全国政协常委，第七届全国政协提案委员会委员，全国政协文史委军事组副组长，民革中央五、六、七届中常委，民革北京市委第八、九届主委，第十届名誉主委，民革第八届中央监察委员会副主席，北京市人大常委会副主任，黄埔同学会总会副会长，北京市黄埔同学会首任会长等职。

1995年9月17日，在北京逝世，享年88岁。

骨灰安放于八宝山革命公墓骨灰堂。

著有《第五十二军台儿庄抗战经过》《黄埔建军》《舒宗鎏等谈中山舰事件》《衡阳保卫战前后回忆》《蒋经国与青年军》《中国驻印军始末》（与人合著）、《古北口抗战纪要》（合著）等，遗作编入《覃异之回忆录》等。

（241）谭乃大

谭乃大（1903—1960） 又名德容，号道中，四川梁平县人。黄埔军校第四期步科、陆军大学将官班乙级三期毕业。

曾在钱大钧、陈诚、汤恩伯部任排、连、营、团长等职。

抗战爆发后，任第十三军八十九师二六五旅五三○团团长，参加南口战役，1938 年参加台儿庄战役，1939 年任第十三军八十九师参谋长，1941 年任鲁苏战区游击第一纵队少将司令，1943 年 4 月任第十二军二十二师师长，1944 年 7 月调任第八十九军二十师师长，1945 年 3 月参加豫西鄂北会战，1946 年 6 月任整编第三师二十旅旅长，9 月在定陶战役中被俘后逃脱，1948 年夏任第四十一军副军长，未就职，7 月任浙江省第九区（临安）行政督察专员兼保安司令，1949 年 4 月兼任第八十五军中将副军长，5 月 30 日在浙江金华起义。

1960 年逝世，终年 57 岁。

（242）汤恩伯

汤恩伯（1898.9.20—1954.6.29）　原名克勤，字恩伯。浙江武义县汤村人。黄埔军校军事教官。抗战名将。被追晋为陆军上将。

先后毕业于武义壶山小学堂、金华省立第七中学转浙江体育专科学校。1920 年入援闽浙军讲武堂，毕业后任浙军第一师排长。

1923 年得到好友鲍经田的资助，受小学同学、武义首富童维梓之邀，同往日本，于次年考入东京大学法科，后于 1925 年 3 月因学费无着而辍学回国。同年在陈仪推荐下，汤恩伯官费入日本陆军士官学校炮兵科学习。1926 年夏，汤恩伯完成学业回国，在陈仪部担任少校参谋。同年 10 月，随陈仪率部投奔国民革命军。

1928 年任中央陆军军官学校军事教官，第六期步兵大队第一大队大队长，军校教育处副处长。1930 年任军校教导师旅长、副师长。在校期间著《步兵中队（连）教练之研究》，博得蒋介石赏识。

1931 年初，参加对红军的第二次"围剿"，12 月升任陆军第二师师长。1934 年参加对中央苏区的第五次"围剿"，连败红军，并率先攻入苏维埃共和国首都瑞金。1935 年获陆军中将衔，同年任第十三军军长。第十三军为国民政府中央军的嫡系主力之一。中央军当时有"陈、胡、汤"之称，汤即汤恩伯，陈、胡分别为陈诚和胡宗南。

1936 年底奉蒋介石命令，驰援傅作义参加绥远抗战。

1937 年卢沟桥事变爆发后，指挥所部在南口战役中抗击日军进攻，予敌重创，赢得"抗日铁汉"美誉。10月任第二十军团军团长，参加漳河战役，随后驰援山西第二战区，发起突袭并参加阻击日军的"子洪口战斗"。翌年3月率部参加台儿庄战役，担任机动兵团并反击获胜，对台儿庄大捷起了关键作用。6月任国民革命军第三十一集团军总司令，随后参加武汉会战。1939年参加随枣会战，使日军受到"歼灭性打击"（冈村宁次语）。1939年底参加对日冬季攻势，缴获甚众。1940年参加枣宜会战。1941年参加豫南会战，重创日军，被日军称为"天字第一号大敌"。1942年任第一战区副司令长官兼鲁苏皖豫边区总司令。1944年4月在豫中会战中溃败，受撤职留任处分。1944年底任任黔桂湘边区总司令，收复独山解西南危局；1945年4—5月参加湘西会战，5—7月参加桂柳反击战。

1945年日本投降后，汤奉命抢占沪宁地区，任首都（南京市）卫戍司令。徐州绥靖公署第一兵团司令等职。

1947年国共内战爆发，汤指挥所部进攻山东解放区未能克胜，手下之国民党军队主力，张灵甫的整编74师在孟良崮战役中被解放军歼灭，张灵甫毙命。消息传到南京，蒋介石极为震怒。蒋介石竟当着众将领的面，勒令对孟良崮惨败负有责任的汤恩伯跪下，举起手杖就打，致使汤恩伯满头是血。汤因而被撤职。

后转任首都（南京市）卫戍司令。不过随后因黄泛区大会战有功，因而又于1947年兼任陆军副司令，并曾代理总司令，此为汤恩伯军旅生涯最高职位。1949年蒋中正下野后，力荐汤出任京沪杭警备司令，负责隔江保护南京、上海。但是代总统李宗仁对汤能否胜任表示质疑，李宗仁在回忆录中曾说："汤恩伯当一师长已嫌过份，你（蒋介石）竟还把这种人引为心腹。"不久，解放军渡江战役胜利，随即占领南京和上海，汤将所部撤往福建、台湾。

其间与汤恩伯亦师亦友的陈仪试图向汤策反，劝汤投奔中共，为汤恩伯所拒，并密报蒋介石，陈仪被捕。同年8月，汤任福建省政府主席兼厦门警备司令。厦门被解放军占领后，汤恩伯将总部移到金门，督导李良荣二十二兵团，在胡琏十二兵团部分抵金门后，渡海进攻金门的解放军全数阵亡、被俘，是为古宁头战役（金门战役）。

1949年汤恩伯败退台湾后，任"总统府"战略顾问。1953年任驻日本军事代表团团长，但数月后被免职，后经友人协助，迁居东京。

1954年6月29日于日本庆应大学病院治疗胃疾时并发症逝世，时年56岁。有被日本医生谋杀说，自杀说。

蒋介石出席汤恩伯大殓

1954 年 7 月 15 日，汤恩伯灵柩自殡仪馆送往下葬，何应钦、陈良、胡宗南、蒋经国等为其执绋。

蒋中正闻知汤恩伯死讯后，非常悲痛。他亲自参加了在台北极乐殡仪馆举行的公祭，并发布命令，追赠汤恩伯为陆军上将。

一个月后，蒋中正在一次国民党高级干部培训班上讲话说："这几日来，由于汤恩伯同志病逝日本，使我更加感觉革命哲学的重要。本来汤恩伯在我们同志中，是一位极忠诚、极勇敢的同志，今日我对他只有想念、感慨，而无追论置评的意思。我之所以要对大家说我的感想，亦只是要提醒大家，对生死成败这一关，总要看得透，也要看得破才行。汤恩伯同志之死距离他指挥上海保卫战的时候，只有五年光景。这五年时间，还不到 2000 天，照我个人看法，假使汤同志当时能够在他指挥上海保卫战最后一个决战阶段，牺牲殉国的话，那对他个人将是如何地悲壮，对革命历史将是如何地光耀！"

目前，海外学者对汤恩伯在抗日期间的评价一致高调。汤恩伯是少数日本人畏惧的抗日名将。他在南口战役被称为"抗日铁汉"；在武汉会战中名列第九战区"应赏者"第一名；在随枣会战使日军受到"歼灭性打击"；在冬季攻势中斩获甚众；在枣宜会战围攻日第三师团使其遭重大伤亡；在豫南会战重创日军，被日军称为"天字第一号大敌"；在豫中会战最终虽溃败，也有反击密县日军的一些战绩；在桂柳会战收复独山解西南危局；在湘西会战痛歼日第五十八旅团；在桂柳反击战收复大片国土。对中国抗日战争的贡献不可磨灭。

著有《南口血战记》，台湾出版有《陆军上将汤恩伯纪念集》，日本出版有《日本之友汤恩伯将军》等。

（243）万宅仁

万宅仁（1904—？）　别号德人，安徽东流（今属东至）人。黄埔军校第六期步科毕业，陆军大学参谋班、中央军官训练团将官班毕业。

参加第二次东征和北伐战争。历任国民革命军排、连、营、团长。

抗日战争全面爆发后，参加台儿庄、豫西、鄂中战役。任预备第十六师副师长，第十三军新编第十六师师长，1944年后，任第八十九师师长。1948年，任浙江省第六区行政督察专员兼保安司令。1949年，任青年军第二〇四师（重建）师长。

1949年，到台湾。

（244）汪　波

汪　波（1906—1971.11.16）　别号安澜，湖南安乡人，黄埔军校第三期，陆军大学特别班第六期毕业。整编第八军军长兼荣誉第一师少将师长。

抗战爆发后，任潼关警备司令部参谋主任，第一军第二师直属辎重营营长，第二师第六旅第十二团团长，第三十四集团军直辖第一师第二团团长。1940年任荣誉第一师副师长。1944年春任中国远征军新编第一军荣誉一师师长。1945年6月授陆军少将。任整编第八师副师长兼四十二旅旅长，整编第八军兼荣誉一师师长。1949年到台湾，任"国大代表"及第十一研究委员会召集人等。

1971年11月16日，在台湾病逝，享年65岁。

（245）王光荃

王光荃（1902.9.6—1994.9）　别号月圃，云南龙陵县城关观音寺外村落人。驻粤滇军干部学校第一期结业，黄埔军校第四期步科毕业。

1921年，入滇军总司令部军士队（比叙为云南陆军讲武堂）学习，1922年，毕业。分发滇军部队服务。1923年，由龙陵赴广州，入驻粤滇军干部学校第一期学习，1924年，毕业，任驻粤建国滇军总司令部教导团排长。

1925年秋，入广州黄埔中央陆军军官学校入伍生队受训。1926年1月，入第四期步兵科步兵大队学习，1926年10月，毕业。任广州黄埔中央陆军军官学校第五期校本部总务科中尉科员，第六期入伍生团副连长，随部参加北伐战争。

1929年，任中央陆军军官学校武汉分校第七期学员大队区队长。1930年，任第八期学员总队大队附等职。1933年，任陆军第八军第十四师步兵营营长。1934年，任鄂豫皖三省边区"剿匪"总指挥部保安团队干部训练班学员队队长等职。

抗日战争全面爆发后，任陆军第四师司令部军官教导队上校队长，1938年，随部参加台儿庄会战。1939年，任军政部兵役署科长，1940年，任军政部驻四川第三十补充兵训练处第二团副团长、团长，负责训练驻滇西第七十一军补充兵员。1943年，任四川隆（昌）富（顺）师管区司令部第一团团长，1945年，任军政部监察专员。1945年4月，任陆军步兵上校。

抗日战争胜利后，入军政部驻重庆第一军官总队第一大队受训，并任中队长。1947年，任云南省国民义务督导团副主任。

1949年12月9日，参加云南起义，奉派入中国人民解放军西南军事政治大学云南分校学习。

1951年7月，转业地方，返回家乡，定居于龙陵县城关大寨三十四号寓所。

1952年，任龙陵县工商业联合会秘书。1954年，当选为龙陵县人民代表大会代表。

1972年，退休。1980年，当选为龙陵县第八届人大常委会委员，1985年，当选为第九届县人大常委会委员。参加黄埔军校同学会活动。

1994年9月，在龙陵逝世，享年92岁。

（246）王万龄

王万龄（1900.8.25—1992.1.15） 别号松崖，云南腾起（腾冲）县人。黄埔军校第一期第四队。

县立高等小学毕业。1923年冬到广州，入海军驻粤讲武学校。1924年3月，由国民党云南省总代表刘国祥、李宗黄介绍投考黄埔军校。同年5月入黄埔军校第一期第四队学习。毕业后历任黄埔军校卫兵队第二排排长，国民革命军第一军第一师二团排、连长，第三师第九团第三营少校营长。参加东征和北伐战争。1927年任第三师第九团副团长、团长。1928年任中央军校第六期步兵大队第三大队上校大队长。1929年任军校总务处处长，中央教导第二师第五团团长。1930年起任第四师第十旅二十团上校团长，第四师第十二旅旅长、第四师副师长。1936年1月授陆军少将，同年4月任第四师师长。

抗战爆发后，升任第十三军副军长，1937年12月调任第八十五军中将副军长，1938年任成都中央军校高教班第五期大队长，第二十军团干部训练班副主任，洛阳补训处处长。1940年任陕西咸阳补充兵训练处处长。1941年任第三十一集团军干训班副主任，苏鲁豫皖四省军训总处中将主任。1942年底因病辞军职赋闲。1946年退役在上海定居。

新中国成立后，曾任上海市中学教员，补习学校及夜校教员。1959年被聘为上海市卢湾区政协委员。1981年被聘为上海市文史研究馆馆员。1988年任上海市黄埔军校同学会顾问。

1992年1月15日，在上海病逝，享年92岁。

著有《周恩来在黄埔》《王万龄回忆录》等。

（247）王毓文

王毓文（1902—1984.11.11）　字晓明，别名晓民，山西夏县人。山西省立第二中学、太原省立工业学校、日本秋田矿山专门学校、日本陆军士官学校第十八期步科毕业。黄埔军校兵学教官。中央军校第九期大队长、总队长。

1928年回国，历任国民党南京中央军校兵学教官、陆军第四师参谋长等。1937年6月授陆军少将。

抗战时期，任第四师副师长，第九十一师师长，苏鲁豫皖边区挺进军总司令，第十三军副军长，暂编第九军副军长、军长，安徽省第四区行政督察专员兼保安司令，第八十五军副军长，暂编第一军军长等。先后参加南口会战、台儿庄会战、随枣会战、豫西会战和鄂北会战等战役。

抗战胜利后，任第九十七军军长，整编第五十二师师长，国防部中将部员。

1949年赴台湾，任台湾"国家安全局"中将监察官等。

1959年退役，曾任教和从事诗歌创作。

1984 年 11 月 11 日，在台北病逝，享年 83 岁。

（248）王仲廉

王仲廉（1903.4.29—1991.7.26）　字介人，又名介仁，江苏萧县（今属安徽）王衍庄人，黄埔军校第一期。与丰县王敬久、沛县王家修一起，被称为黄埔一期的"徐州三王"。抗日名将。因台儿庄战役，获青天白日勋章。

抗战时任第八十五军军长，第三十一集团军副总司令，苏鲁边第二挺进军总指挥，江苏省保安处长，安徽省第四区行政督察专员兼保安司令，第十九集团军总司令，第三十一集团军总司令职。率部先后参加绥远抗战、长城居庸关南口抗战、太原会战、徐州会战、武汉会战、1939 年冬季攻势、随枣、枣宜、豫南、豫湘桂会战、豫西鄂北大捷，为民族独立浴血奋战。

1947 年因在山东与解放军作战失利，被撤职送交军法审判，保释后闲居。党团合一后仍当选为国民党第六届中央候补监察委员。1949 年到台湾，退役后撰回忆录《征尘回忆》等。

家世务农，经济中等，有地产七十亩。少时读私塾。萧县县立第二高等小学毕业。1919 年进徐州中学，在校时期倾向进步，加入国民党。

1924 年春，由国会议员刘济川、江苏省国民党一大代表顾予杨介绍，考入黄埔军校第一期第四队学习。毕业后历任党军教导二团一营二连排长，后被派往上海协助陈果夫招募黄埔第三期学员，任上尉招募副官，第四期步科连长、军校训练部特别官佐。

抗日战争爆发后，任第八十五军军长，1939 年 7 月授陆军中将。后任第三十一集团军副总司令，苏鲁边第二挺进军总指挥，江苏省保安处长，安徽省第四区行政督察专员兼保安司令，第十九集团军总司令，江苏省政府委员兼徐州行署主任，第三十一集团军总司令。1946 年任整编第二十六军军长，第四兵团司令。在蒋介石庆祝 60 大寿之时，将河南安阳出土的国宝司母戊鼎送至南京，以为祝贺。

1926 年北伐前夕，王奉令到山东、江苏、河南等地负责敌后宣传、情报工作。后相继参加北伐、中原大战及"围剿"红军等。历任国民革命军第一军第二师营长，徐淮第二别动队司令，独立一师四团中校团副。1929 年起任第二师第六旅十一团上校团长，第四旅少将旅长。

1933 年，任国民革命军第十三军第八十九师副师长、代师长。是年冬，随汤恩伯率第八十九师从赣东入福建顺昌，攻打蔡廷锴的第十九路军。次年春"福建事变"平定后，第八十九师奉命参加对中央苏区的第五次"围剿"。是年 10 月，中央红军长征北上，王仲廉指挥所部对红军进行围追堵截。

1936 年成功地进行了绥远抗战，于 11 月 24 日取得百灵庙大捷。

1937 年卢沟桥事变后，王仲廉几乎无役不从。

1945 年日本无条件投降后，王仲廉参加了郑州受降典礼。随后，王仲廉第三十一集团军改为整编第二十六军，王仲廉任军长。率部进驻豫北，企图寻机同人民解放军决战。

1947 年 6 月 30 日，解放军发起鲁西南战役，此时，王仲廉已升任第四兵团司令官。7 月 19 日，蒋介石急令王仲廉的第四兵团经曹县向羊山集增援，命令王敬久的第二兵团从金乡向羊山集增援，以解宋瑞珂的整编第六十六师之围。在解放军的顽强抗击下，"二王"兵团被阻于离羊山集十几里的万福河南岸。7 月 28 日，经激烈战斗，羊山集被解放军攻克，宋瑞珂被俘虏。

中共党史出版社出版的《鲁西南战役：解放战争战略进攻的序幕》一书称王仲廉部"观望不前""龟步"增援。1947 年 8 月 18 日，即鲁西南战役结束后的第 10 天，王仲廉被蒋介石以"谎报军情、对整编六十六师坐视不救为由"撤职，后被押送南京受审。

1949 年大陆解放前夕去台湾。

1960 年 1 月 1 日退役，任"行政院"顾问。

1991 年 7 月 26 日，在台北病逝，享年 89 岁。

（249）王作栋

王作栋（1910—1948）　字丕庭，陕西醴泉人。黄埔军校第四期政治科、陆军大学特别班第五期毕业。抗战中，参加长城抗战、台儿庄战役、武汉会战、长沙会战等。

1937 年 7 月任第二十五师参谋处上校主任，1938 年 8 月任第五十二军二十五师参谋长，1942 年 7 月任第五十二军参谋处处长，1944 年 2 月任第三十八军少将参谋长，1946 年 5 月任整编第三十八师参谋长，1947 年 3 月任整编第三十八师十七旅少将旅长，1948 年 9 月任第三十八军十七师师长，11

月 23 日，在陕西富平与解放军作战，兵败阵亡，时年 38 岁。

（250）巫剑锋

巫剑锋（1909.2.2—1987.1.26）　号志中，江西萍乡人，黄埔军校第七期工兵科。新中国成立后加入民革。

1930 年张治中部工兵团一营少尉排长，1937 年汤恩伯部工兵营少校营长，1939 年任十九兵团十三军四师十团中校团长，1940 年任十九兵团十三军四师十团上校团长，1947 年任十九兵团十三军二九九师少将师长。

1949 年 3 月 13 日，在北平随傅作义将军率部起义，后任中国人民解放军独立四十八师师长，1949 年 8 月自愿离开部队回乡。

1950 年 8 月在江西萍乡镇反时判刑十年。1966 年刑满后在江西珠湖农场劳动改造。1976 年安排在武汉市粮道街五金厂工作。

1982 年 1 月落实政策，任武汉市政府参事室研究员。1984 年 12 月任武汉市政府参事，曾任武汉市武昌区政协常委。

1987 年 1 月 26 日，在武汉病逝，享年 78 岁。

（251）吴泽道

吴泽道（1907.10—1992.2）　又名吴璋、吴惠民，湖南新宁县人。南京中央军校军官研究班，南京中央军校高级教育班第五期。

祖辈世代务农，有兄弟姐妹七人。1916 年入私塾读书，后就读本乡小学及县立高小，1923 年长沙兑泽中学毕业后考入南京公共体育场附设体育学校，1926 年转入苏州中华体专，其间接触了不少思想进步的革命党人。毕业后于 1929 年考入南京军校军官研究班，不久由其二兄吴泽通（黄埔军校三期学员）介绍加入国民党，毕业后派往南京警察厅任实习员。1931 年考入南京军校高级教育班，毕业后任扩编第十七军第四师补充二团上尉连长，驻湖北武昌，1933 年部队改编为十七军二十五师，任一四五团机枪二连上尉连长。

1933 年初日军进犯热河，十七军主动请命北上抗日，吴所在的二十五师为先头部队，吴参加了为时 70 天、经历了大小战斗数十次的长城古北口战役，在师长关麟征率领下，与日军第八师团展开了殊死搏斗，一四五团伤亡惨重，一四九团王润波团长以身殉国，师长关麟征受伤，副师长杜聿明代师长。

1935 年随二十五师进驻河南、山西铁路沿线，后转至甘肃、宁夏、内蒙古。1936 年西安事变后随部队进驻陕西。1937 年卢沟桥事变后，任二十五师一四九团三营少校营长，驻保定参加平汉路北段对日作战。1938 年 3 月，任二十五师七十三旅中校参谋主任，参加台儿庄战役，立大功一次。

1939 年秋调任五十二军一九五师五六六旅一一三团团长。时值日寇进攻长沙，奉命驻守长沙以北福临铺，与日寇浴血搏斗一天。所在部队隶属中国第九战区部队，在湖南、湖北、江西三省接壤地区与日军展开第一次长沙会战，迫使日寇往岳阳桃林逃散，遂率团跟踪追击，出其不意由敌后方夜袭桃林，消灭日寇一个连。1940 年起，先后任二十五师补充团团长，湖南衡耒师营补充团团长，五十二军上校副官处长兼军补训处处长。1944 年 12 月任新宁县军事科长，次年初送新宁县青年军到贵阳入伍，后回五十二军任上校副官。

1946 年受国民党东北司令杜聿明委派任东北铁岭第七保安支队司令部上校团长，同年冬，又被成都陆军军官学校校长关麟征调至该校军官教育队任上校队附。1947 年任北平（今北京）市陆军军官学校第一军官训练班上校副主任兼训练组组长。1949 年升任国民党陆军军校第一军官训练班少将主任。

1949 年 12 月 8 日吴率部与军校中的地下策反工作者唐新民、徐幼常等在四川大邑县起义。起义后在西南军政大学学习一年，于 1950 年秋转入军区教导队学习。

1952 年 7 月因历史原因三次被错误判刑，1980 年撤销原判，得以平反。1982 年 3 月任湖南省人民政府参事室参事。

1992 年 2 月逝世，享年 85 岁。

（252）吴丽川

吴丽川（1905—?） 字雨村，号一程，别号逸尘，河南固始人。黄埔军校第四期步科毕业。陆军大学第九期毕业。

参加北伐战争。历任国民革命军排、连、营、团长。抗战爆发后，任南京警备司令部少将处长，暂编第三十师副师长、师长，第十六集团军军教导总队总队长，第五战区司令长官部少将处长。1944 年 3 月任成都中央军校办公厅少将主任，兼军校特别党部常务委员，军训部训练委员会委员，中央军校典试委员，后兼军校副官处处长。1949 年冬随校迁台湾。

（253）吴绍周

吴绍周（1902.2—1966.5.10）　又名吴见登，字子斌。苗族。贵州天柱县瓮洞镇客寨村人。黄埔军校高等教育班第二期。后任国民革命军第十二兵团中将副司令官兼第八十五军军长。获四等宝鼎勋章、三等云麾勋章两枚，被誉为"常胜将军"，抗日名将。

因家贫租佃陈姓的田耕种，并在克寨大路边开饭铺。祖父去世很早，家中全靠祖母和父母勤俭治家，父亲吴开佑农闲做木匠，母亲养猪以及从事各项副业，每年节余，逐渐置田地十多亩，变成中农。吴绍周八岁丧母，九岁后由继母抚养，生活颇为艰辛。1917年6月高小毕业后升入天柱旧制中学第三期，于1921年12月毕业。1922年因家庭经济困难，无力到外省升学，得父亲同意，离开了家庭考入贵州学生营充当学兵。从此开始军旅生活。经9个月训练，成绩优秀，保送贵州讲武堂第五期深造。1923年冬卒业，成绩名列前茅，分发黔军第二师第四混成旅第八团当见习生，次年升任排长，入川时任中尉副官，继升连长，后又升营、团长、师参谋长、旅长、师长、军长、中将司令。

抗战时期，他经历了南口、台儿庄、瑞武、西峡口等大大小小数百次战斗，特别是在台儿庄、西峡口战役中，吴绍周北部迎击日军，与日寇第十二军血战三个多月，取得大捷，同时打出了一支令敌胆寒的钢铁之师——○师的声威。这是他军人生涯中最骄人的战绩。

值得一提的是，在抗日战争第一次战役"长城南口战役"中，师长王仲廉，吴绍周任参谋长，参谋长是在指挥所替师长计谋，所谓"运筹帷幄之中，决胜于千里之外"，但王仲廉又派吴绍周参谋长率领一个支队去打仗，且打得很好，在八年抗战中，国民党军队难有这样勇谋兼任的军师，不仅扮演运筹帷幄之神算军师，更率领一股杂凑部队前往救援，使战局趋于稳定，是同军参谋长中少见之奇才。

第二次是台儿庄会战，作为副师长的吴绍周，指挥第一一○师在台儿庄西北翼及运河两岸作战，对保卫台儿庄起了重要作用。台儿庄战役后，日军包围徐州，一个向德国购买的大炮营撤不出来，上级交付一一○师保卫突围，吴绍周已任该师师长，乃率全师与日军拼命突出重围，使重炮营终保全到了后方。

1943 年吴绍周升任八十五军军长，奉命接收郑州黄河铁桥防止日军占领邙山头（黄河铁桥南岸），铁桥早已被国民党军队破坏，日军进行抢修，吴绍周指挥所在军队炮兵营每天又进行大炮破坏，尽管日军不断抢修但仍难以通行，对日军造成了威胁。但当时炮力有限，又未派德国的新型大炮，无力对日进行强有力的炮击，以致使日军运来东北最坚固的架桥材料把桥修成，将新型战车几百辆及多数重炮运来河南，发动了中原会战。当时吴绍周对日军的战术判断甚为正确，认为情况很不利，并下令他的炮兵营中的十二门大炮尽量向后方安全区转移，为的是不能让宝贵的炮丢失被俘。结果炮兵营官兵冒死将这些炮全部拖到后方豫西峡口。这次大战好几个军的大炮都因未安排好全被俘去损失惨重。而吴绍周撤去的炮在次年西峡口战役成为主火力，对打击日寇起了非常大的作用。在当时，军长或师长懂炮兵又会运用炮兵也爱惜炮兵的实在太少，吴绍周就是这样难得的人。他能打胜仗与此有很大关系。

西峡口战役是八年抗战中以弱制强的一仗。全战役中第一次重阳店及第二次豆腐店歼灭战都是八十五军军长吴绍周指挥的。重阳店之战是采用后退两次诱其主力，当其残部溃逃往东面河店时又派一师直捣其后方使敌溃不成军，实为漂亮的一仗。

抗战结束后，吴绍周曾在解放战争中与刘邓大军遭遇，在双堆集战斗中与黄维一道被人民解放军所俘，送北京广安门解放军官教导大队学习改造。

吴绍周在学习期间，美国发动了朝鲜战争，吴绍周一同参加美军战术研究班。吴绍周所在的八十五军大部分是美械装备，他对其优劣、性能了如指掌，提出对付美军一是夜战，夜间发动突袭；二是近战，利用堑壕隐蔽接敌，抵近射击爆破。最后由杨伯涛执笔，完成了一篇六万余字的资料《关于美军战术之研究》，呈送毛泽东及中共中央军委批阅，对志愿军了解美军的战略战术，有力地打击美国侵略者起到一定的作用。

1952 年，吴绍周获得释放回到长沙定居（他的家属已由武昌移居长沙），在家中他打纱织布，自食其力。后陈明仁将军从北京到湖南探亲，向有关部门反映，吴绍周视力不济，工作和生活上应适当给予照顾，于是组织上分配吴绍周到长沙织布社从事管理工作。之后聘请他为湖南省文史馆馆员，1962 年，经中共湖南省委统战部提名，出任湖南省人民委员会参事室参事。

1966 年 5 月 10 日不幸中风，在家中溘然长逝，享年 65 岁。

在台湾的重要档案中有一记录这样评价：吴绍周服务军职以来，历时几十年，未曾因私返家，视部队如家庭，数十年如一日，看他这样公忠为国，坚苦弘毅的精神，实可算是一个模范军人，尤其他身经百战的丰富经验，更是将领中难能可贵的。他的体格强健，少生疾病，习于勤劳，不惯闲逸，公余除研究克劳塞维兹战争论纲要及各种战史与政治经济问题外，无他嗜好。他对军费管理极严，从不贪污挪用公款，是一个廉洁军官。他常常表示"此身一息尚存，报国之志，决不稍懈；现代科学进步，一日千里，军事亦随之演变，今后甚愿获一机会，出外深造"。

吴绍周早年期投身学生爱国运动，从事宣传活动，写出《苏木海子的悲哀》《烙印》《塞外烽火》等小说、诗歌、散文、报告交学、文艺通讯与评论无数文章，对中国 20 世纪 30 年代革命文学和抗战文艺作出了宝贵的贡献。至今，北京图书馆古典文献部仍然珍藏有他当年一手操办的 8 期《青年文艺》。遗有《自传》《蒋军第八十五军在淮海战役中被解决的经过》《西峡口》《汤恩伯述略》等珍贵文史资料。

（254）吴啸亚

吴啸亚（1903.5.29—1968.4.26）　又名啸天、子龙、晓霞、吴云，字醒民，浙江青田县吴岸乡（今仁庄镇）吴岸村人。黄埔军校第四期工兵科。"国防部"督察室主任。

1926 年 1 月考入黄埔军校第四期，同年 10 月毕业。参加北伐战争，历任国民革命军第一军第一师排长、连附，第二师连长，第二十一师营长、团附。

抗战爆发后，吴啸亚任第二师（郑洞国）第六旅第十一团上校团长，参加了徐州会战，先后在利国驿、枣庄、峄县、兰陵作战，为台儿庄战役之大捷出力颇多。

1938 年 11 月，第三十六军第五师副师长刘采廷递升第五师师长，吴啸亚调任第五师副师长。1939 年 6 月开赴湖北长阳驻防，11 月入桂，于南宁外围抗击日军。

1939 年 2 月，郑洞国调任第五军副军长兼荣誉第一师师长，延请原在第二师的一些旧属前来共事。不久，吴啸亚即调任荣誉第一师第一团团长，率部参加武汉会战等，重挫日军。1939 年 12 月，广西南宁东北之昆仑关战役，吴啸亚的第一团担任主攻任务，他身先士卒，带领官兵奋勇拼杀，先后攻占了仙女山、老毛岭、万福村，经两得两失，反复攻占，终于攻克 441 高地，为邱清泉之新编第二十二师最终攻克昆仑关奠定了基础。此役历时 50 多天，是武汉失守以来中国军队取得的一次重大胜利，日军共伤亡8000多人，时称之为"昆仑关大捷"。但我军伤亡极其惨重，仅担任主攻任务的第五军就伤亡2.8万余人，其中主攻部队郑洞国的荣誉第一师全师1.3万人，仅余700余人，主攻尖刀荣一师第一团一营一连最后仅剩4人。

1940年，吴啸亚升任第十八军第十八师少将副师长。1943年2月，暂编第三十四师（1940年3月，由浙江省国民自卫团总司令部第三纵队改编而成）拨隶第十八军，3月13日，吴啸亚调任暂编第三十四师师长，参加了鄂西会战。后曾任师管区司令。

1944年秋，抗日战争、国际反法西斯转入战略反攻阶段，国民政府为了在中国战区储备反攻力量，蒋介石发出"战争总动员"，"一寸山河一寸血，十万青年十万军"的号召，动员全国知识青年从军，组建一支以知识青年为主体的现代化武装部队——青年远征军，简称"青年军"。是年10月，吴啸亚调任青年军第二〇四师副师长，1946年1月，调任青年军第二〇八师少将师长，辖第六二二团、第六二三团、第六二四团、第六二八团。9月，青年军第二〇八师扩编为整编第二〇八师（军级编制），吴啸亚仍任整编第二〇八师师长，1947年10月扩编为二旅六团制。

1947年秋，吴啸亚任总统特派军视组组长，驻节青岛。1948年夏调任国防部视察组中将组长兼督战官。1948年9月22日国民政府叙任为陆军少将。

1949年，吴啸亚去台湾，1952年任"总统府"资料委员会第三组组长等职，1958年前后任"国防部"督察室中将主任，后任"国家安全局"顾问。

1968年4月26日，于台北市病逝，享年66岁。

蒋介石特颁"忠勤永怀"挽额，用表哀矜！

（255）辛少亭

辛少亭（1902.10—1965.10.29） 字明礼，安徽凤台县人。黄埔军校高等教育班第四期。

出身于贫苦农民家庭，幼年曾读私塾四年，高小二年，后因家贫失学。1917年投军，入广东国民革命军第一师学兵连当学兵（师长钮永建，团长方振武）。1918年由学兵连选调到孙中山先生广州大元帅府海军陆战队，任副班长，班长，排长等职，并集体加入国民党，参加了孙中山先生领导的护法运动。1920年，参加了讨伐桂系地方军阀莫永星，同年入广州大元帅府大本营韶关讲武堂，毕业后回广东粤军第一师第一团任排长，连长。1922年参加了讨伐陈炯明的两次东征战役。

1926年7月，参加二次北伐，攻占南昌、九江、安庆、南京等地，消灭了军阀孙传芳的主力。后随方振武到西北，任国民军第五军营长，九月参加"五原誓师"。北伐完成后，方振武调任安徽省主席，部队改编为四十四师（师长阮玄武，后为肖之楚）任一二九旅旅长。1930年，参加陇海中原大战，冯玉祥失败后，被鲍刚所约，任新编第二师副师长（师长鲍刚），驻山西介休。

九一八事变爆发，1932年10月，方振武到介休商议成立抗日救国军，12月在介休举行了抗日救国军誓师大会，次年5月，由方振武领导到张家口，参加了冯玉祥，吉鸿昌发起组织的察哈尔抗日同盟军，失败后改为阎锡山部国民党独立第四十六旅，任副旅长（旅长鲍刚）。1934年，调南京中央军校高教班第四期（即黄埔军校高等教育班第四期）学习，1936年毕业后回原部队。

1937年参加卢沟桥抗战，任第二十集团军独立四十六旅副旅长（兼七三六团团长）、旅长，参加了著名的平汉路抗战和正定保卫战。1938年1月任国民革命军第一一〇师第三二八旅少将旅长，参加了台儿庄战役，受到国民政府军令部嘉奖，被誉为"运动战第一"，并记了战功。台儿庄战役后，因伤亡过重，部队调河南唐河整训，后参加了瑞（昌）武（昌）公路保卫战，江西南昌樟树抗战及武汉会战和随枣战役，后任一九三师副师长和河南汜北指挥官，代理河南第二行政专员兼游击第三纵队司令，驻河南鹿邑。1944年以游击第三纵队改编为二十九师，归九十七军建制，任九十七军副军长兼二十九师少将师长。1945年8月日本投降，部队奉命北上，开赴徐州接收日军投降。后九十七军缩编为五十二师，任副师长。

1947年，调国民政府国防部任少将部员，1948年接张轸（时任河南省主席兼第五绥靖区司令官）电催，到信阳担任第五绥靖区副司令兼城防司令，开始筹备起义工作。同年，经国防部批准，国民党第十九兵团成立，任第十九兵团第一二八军军长。经与中国人民解放军二野刘邓首长联系，邓子恢副政委指示，于1949年5月15日随张轸在武汉以南金口，贺胜桥起义，起义部队有第十九兵团一二七军一个师，一二八军三个师，共二万七千余人。起义后，四野邓子恢副政委来电慰问，毛泽东主席和朱德总司令亦来电表示欢迎。

1949年8月1日，经中共中央军委决定，辛少亭任中国人民解放军第五十一军副军长。后任湖北军区参议室主任。1955 年转业后，任湖北省人民政府参事室副主任，湖北省政协常务委员。

1965 年 10 月 29 日，在武汉因病去世，享年 64 岁。

湖北省人民政府，省政协为他举行了隆重的追悼会。

（256）徐幼常

徐幼常（1902—1984）　号伦叙，贵州独山人。黄埔军校第五期经理科、中央陆军步兵学校射击班、陆军大学特别班第五期毕业。

抗战爆发后，曾任第五十二军上校参谋。1938 年参加台儿庄会战。1944 年任中央军校高教班第十期班主任。1945 年 8 月任第三十八军五十五师副师长。1947 年任中央军校第一军官训练所少将主任。1949 年 1 月在北平参加起义，6 月受中共委派到四川从事策反工作，11 月任中央军校第二十二期学生第一总队总队长，12 月 23 日在四川郫县参加起义。

新中国成立后，任成都市政协常委，成都市人民政府参事室副主任，民革成都市委常委，民革中央团结委员。

1984 年 2 月 5 日，在成都病逝，享年 82 岁。

（257）姚秉勋

姚秉勋（1905—?　）　字柳强。广西桂林人。黄埔军学校第三期步科、陆军大学将官训练班毕业。

历任黄埔军校入伍生部第二步兵团连长、营长，国民革命军总司令部中央教导二师团党代表、师政治部中校主任等职。

1930 年后，姚秉勋任汤恩伯第八十九师和第十三军军（师）部副官长。1935 年任军事委员会南昌党政分会少将副主任、第十三军独立二师副师长、代师长。

抗战爆发后，历任第三十一集团军新编第四十四师师长、第十三军副军长等职。先后参加台儿庄会战、武汉会战、鄂北会战等诸役的战斗。1946 年起，任青年军第二〇三师副师长、师长，青年军第二〇二师师长，总统参军处参军等职。

1948 年，被授国民革命军陆军少将军衔。1949 年到台湾。

（258）姚国俊

姚国俊（1904.5.12—1992）　　号元钧、轨钧，陕西醴泉骏马乡傅官寨村人，黄埔军校第四期步兵科、中央训练团党政研究班第二期、陆军大学正则班第九期毕业。

1931年任第二十五师参谋处长。1936年任西北"剿匪"总部第十一纵队第二十五师参谋长，在山西参加阻截红军东进，抗战期间曾任第五十二军少将参谋长。1942年任第九集团军参谋长。1943年任第五十二军二十五师师长。1944年11月升任第三十八军副军长。1946年任整编第三十八师副师长兼五十五旅旅长。1948年7月任第三十八军中将军长。1949年5月被免职，6月任第十九绥靖区中将高参，后在成都从事对国民党军及黄埔军校的策反工作，12月在成都迎接解放。

新中国成立后，任四川省人民政府参事，四川省政协常委，成都市黄埔军校同学会副会长。

1913年开始在本村小学读书。1917年考入县立第二高等小学。1922年考入陕西第一中学，因受孙中山先生革命思想影响，曾参加反对北洋军阀的斗争。1925年，经同学张耀明（黄埔一期）介绍，考入黄埔军校四期，编入步兵科军官第一团（团长张治中）第九连第一排第一班当班长，曾参与过第二次东征，担任惠州城防工作，并给前方护送过弹药给养。

1926年10月，姚国俊从黄埔军校毕业后，分配到国民革命军第二十一师第一六三团第一营第二连任连副。该部奉命开往江西参加北伐战争，击败了北洋军阀孙传芳的主力。在战斗中，姚国俊左大腿被敌弹穿透受伤，但仍坚持指挥，经血战两昼夜，孙传芳部向嘉兴、上海方向溃逃。

1927年4月12日，蒋介石发动政变，实行反共"清党"运动，姚国俊从上海来到武汉，曾和周益三（黄埔四期同学）等去会见总政治部主任邓演达。当时，邓演达以北伐军总政治部名义，介绍姚国俊到西北军杨虎城部工作。

1928年秋，姚考入陆军大学学习三年。1931年毕业后，派到国民党第八十七师第二旅（旅长宋希濂）第四团任上校副团长。

1932年8月，姚被调到国民党第二十五师（师长关麟征）任参谋长。

1933年初，日本侵略军向热河和长城一带的中国军队大举进攻。3月，姚国俊率二十五师参加长城抗战，在古北口战斗中，姚国俊竭智尽力，作出了贡献。

1937年7月，抗日战争爆发后，姚国俊仍担任关麟征新组建的二十五军参谋长，跟随关麟征参加了平汉路北段的漕河之战和漳河之战，抗击日军侵略。1938年3月参加台儿庄会战，7月参加武汉会战。1939年参加第一次长沙会战，给日寇以沉重打击。

1941年初，姚国俊由国民党第九集团军参谋长调任五十二军第二十五师师长，担任云南南部中越边境从河口到马关一带边防任务，掩护远征军主力在中缅边境向日军进攻。

1944年底，姚国俊调任第三十八军副军长。1947年初，张耀明调任南京卫戍司令，姚国俊升任第三十八军军长。1949年4月底，姚国俊因与胡宗南发生矛盾，被调任商洛绥靖区副司令，姚国俊怕发生意外，便离开西安到宝鸡，后转赴汉中去成都。在成都从事对国民党军及黄埔军校的策反工作，随裴昌会第七兵团起义。

新中国成立后任四川省政协委员、常委，先后任民革四川省委委员、顾问和对台工作委员会副主任，民革中央团结委员会委员，成都黄埔军校同学会副会长，四川省黄埔军校同学会顾问等职。

1992年在成都病逝，享年88岁。

（259）颜械才

颜械才（1906.9.3—1951）　曾用名颜祖贤，浙江永康桥下镇后景颜村人，黄埔军校第六期炮兵科毕业。

1926年，永康中学（学生名颜祖贤）毕业。考入黄埔军校第六期，就读炮科专业。经3年（1926.10—1929.2）学习毕业。同年，赴南京丁山军事基地学习炮科一年，接着又去杭州大营盘中尉见习官半年。

1938年1月，任第八十九师炮兵营上尉连长。3月，颜械才所在部队奉命火速北上至枣庄、微山、沛县一带，坚守徐州北大门外围之敌，即台儿庄。

2年后，颜械才所部调回浙赣铁路保卫大动脉，当时沿线硝烟弥漫，烽火连天。日寇深知铁路对战争十分重要，而反侵略的中国人民更是晓得保卫铁路的重大意义，于是浙赣线的争夺战打响了。受过炮科专业学习和训练的颜械才，奉命保卫浙赣铁路，出任江西玉山炮兵团副团长（军衔从营长晋升为中校副团长）。

1942年9月，调陕西省榆林第二十二军八十六师，任师参谋长（准将军衔），师长仍为徐之佳，归属胡宗南绥靖司令部。驻陕三四年里，其妻姚赢洲（花川村人）随军眷属到陕西，因产后照料不周，加上战争岁月医疗条件不佳而死亡。离榆林不远处有所米脂中学，因军事教育需要，该校高校长多次到榆林八十六师聘请一名军事教官，经师部讨论决定，派参谋长颜械才兼任此职。去的次数多了，高校长了解到颜械才丧妻情况后，就决定将他在米脂中学刚要高中毕业的女儿许配与他。婚后不久，添了一子。

在抗战烽火连天岁月，兵员短缺情况下，颜械才动员亲友积极参军参战。其中一位是他内弟，名叫姚国藩（花川村人），后升任国民党军队正团级中校，后来死于抗日战场。另一位是他儿子奶妈家的大哥，名叫胡根福（今龙山镇古陇村人），据说当上连长。同样死于西北的抗日前线。

1947年冬，颜械才因忠诚又受上级选派，从西安乘飞机回浙江驻军金华岭下朱，任二〇三师少将副师长、代理师长，统辖有4个团，分别布局在武义、龙游、永康（即六零八团），总兵力有一万余人。

1951年，在镇反运动中，被处决，时年45岁。

其子颜茂钦，生于1939年，大学文化，高级工程师。

（260）叶剑雄

叶剑雄（1902—1969.8.23）　原名用爱，海南文昌县铺前镇田良村人。黄埔军校高教班第二期学员、骑兵分校主任教官。

1921年毕业于陆军云南讲武堂第十五期，在军旅服务六年，升至中校。

1927年夏赴日本深造，先后毕业于日本户山学校、日本骑兵学校。

1948年夏奉调参谋教官班第二期深造。历任骑兵排、连、营、团、旅、师长、副军长，海南警保师长，云南武校助教，中央军校少校、中校教官，广州燕塘军政学校骑兵队上校队长，张北分校教育组长，中央陆军学校骑兵分校少将主任，胡宗南部少将师长，接收印度支那北纬16度以北的日军投降的中国军队少将高参，国民革命军骑兵第二军中将副军长、"国防部"中将部员、参谋，海南警务处长、福建省政府委员等职。

抗战中，曾在台儿庄附近率所部将日军久川率领之敌军第五联队击溃，并俘其川岛联队附，使战局转危为安，且导致这次战役之大捷，被记大功一次及获奖金大洋2800元。

1969年8月23日，在台湾嘉义县逝世，享年67岁。

主要著述有：《骑兵对步兵战法》《军师属骑兵用法》《骑兵野外教育》《骑步兵战法异同》《体操教范》《抢剑术研究》等 20 余种。

（261）尹先甲

尹先甲（1905—？） 苗族，湖南沅陵县乌宿（天佑顺号）七家村人，1927 年 8 月，黄埔军校第五期步科第一学生队毕业。

抗日战争全面爆发后，尹先甲任国民革命军第二师第八团中校副团长。曾参加卢沟桥战斗、保定保卫战、台儿庄战役等。1938 年，旅长刘平请调，尹先甲到第一九五师当团长。1939 年 8 月，第一九五师派出尹先甲团到敌后游击，战果很不理想。关麟征大发雷霆，将尹先甲降为旅部参谋主任，以示惩戒。不久，尹先甲任国民革命军第五十二军（军长张耀明）第二师（师长赵公武）第八团团长，参加了第一次长沙会战，在斗篷山与日军血战。

1944 年，任赴缅甸中国远征军第八团团长、一九五师参谋处主任、上校参谋长。

1946 年，尹先甲团随调东北参加内战。1948 年 7 月，任国民革命军第五十二军第二师少将师长，参加了辽沈战役。10 月 27 日，尹先甲奉命率第五、六两团，由田庄台附近渡过辽河，准备进出盘山、沟帮子，攻击东北野战军之侧背，策应西进兵团之作战，忽奉卫立煌之命，以西进兵团失利，命所部兼程到达苏家屯集结待命，正拟放弃营口北上时，得知沈阳、鞍山为东北野战军占领便固守营口。11 月 2 日，东北野战军第九纵队指挥辽南独立第二师攻占营口，歼灭国民革命军第五十二军第二师、第二十五师一个团、军属人力输送团全部，俘虏尹先甲等 14000 余人。

中华人民共和国成立后，回到家乡湖南沅陵县，后病逝。

（262）应巩华

应巩华（1916.4—1993.4） 浙江永康芝英镇人，1933 年，省立第七中学毕业后，考入中央陆军军官学校第十期炮兵科。

1938 年，任炮兵第七团八连连长，配属汤恩伯兵团之八十五军，在鲁南与日军周旋。1943 年夏，任八十九师主任参谋，参加了中原会战，被日寇包围，曾率部自

临汝突围。

1949年，在第二三八师七一三团团长任内率部去台湾。在台湾继续任军职，并先后毕业于美国参谋大学、台湾三军大学暨"国防研究院"。

1973年，于陆军总司令部副参谋长任内，以中将军衔退役。在任内，曾多次受到蒋介石召见。

1993年4月，在台湾逝世，享年77岁。

妻杨可清，出自名门，子名广仁。

（263）张轸

张　轸（1894.4.15—1981.7.26）　字翼三，河南罗山县河口寨人。保定军校、日本士官学校毕业，任黄埔军校第四期战术总教官，第五战区司令官、河南省政府主席等职。

1949年起义。1953年至1957年，张轸从部队转入地方工作，在国家体委任职。1957年，张轸被错划为"右派"，受到不公正待遇。"文革"中，受到冲击。1975年，张轸被摘掉右派帽子，1979年被彻底平反，曾任河南省副省长、省政协副主席。

1909年8月，以第七名的成绩考中开封陆军小学。1913年夏，又考入南京陆军第三中学。1915年进北京清河陆军第一预备学校就读。1918年，张轸升入保定陆军军官学校第六期学习。1919年，因成绩突出，提前一年在保定陆军军官学校毕业，被保送到日本陆军士官学校学习。

1922年夏，毕业回国，经同盟会会员任芝铭推荐，先后在陕西刘镇华的镇嵩军第一师四团少校团副，次年晋升为中校。1924年10月北京政变后，投奔胡景翼的国民军第二军，就任第二军开封训练大队大队长兼战术教官。1925年10月，北伐时期，任黄埔军校第四期战术总教官。1926年2月，程潜所部由攻鄂军改称国民革命军第六军，张轸调任第六军第十九师五十六团团长，从此成为程潜的爱将。1926年7月，第六军进入江西攻打军阀孙传芳，11月，参加南昌战役。次年3月第六军攻南京，张轸指挥第五十五团、第五十六团夺取雨花台，首先攻入南京，被军长程潜任命为城防司令。四一二反革命政变后，第六军被蒋介石遣散，不久，程潜重建第六军，张轸任第十八师师长。七一五反革命政变后，程潜被蒋介石扣押，继任军长胡文斗被害，副军长张轸率部向闽赣边境转移，沿途屡遭军阀部队截击，部队伤亡甚重，张轸被迫下野，匿住沪杭。1930年，应刘镇华之邀，任六十四师参谋长，1932年与刘不和，辞职后在开封闲居。1936年，蒋介石启用程潜为参谋长，程潜调张轸到南京军政部任职。

1937年5月任豫北师管区司令。卢沟桥事变后，张轸在豫北举办游击训练班，邀请八路军驻第一战区长官部代表朱瑞、唐天际等担任教官。张轸以训练民兵的形式组建五个独立营，扩编为第一一〇师。1938年3月至5月张轸率一一〇师参加台儿庄战役，受到最高统帅部嘉奖，晋升为第十三军军长。6月初，率十三军参加武汉外围保卫战。同年秋，任桐柏山区游击总指挥，与中共鄂豫皖边区区委达成联合抗日的协议，次年4月谨晋升为国民党陆军中将。5月，率部参加随枣战役，获宝鼎勋章。1941年底任第十一集团军副总司令兼第六十六军军长。次年4月赴缅甸抗击日军。

解放战争时期，张轸先后任国民党军队第十四集团军副总司令、豫南挺进军总指挥兼豫东南行署主任、第十战区副司令长官、郑州绥靖公署副主任、武汉行辕副主任、华中"剿总"副司令兼第五战区司令官、河南省政府主席等职。1947年8月，率十二个整编师及两个独立旅于汝河、淮河一线阻击中国人民解放军晋冀鲁豫野战军挺进大别山。

1949年5月15日，张轸率部25000余人在武汉金口起义，配合人民解放军渡江作战。

新中国成立后，历任中国人民解放军第五十一军军长，湖北军区副司令员、中南军政委员会委员、国家体委委员兼全国民族体育运动委员会主任，第一、二、五届全国政协委员，第一届全国人大代表，河南省副省长，河南省政协副主席，民革中央委员等职。1955年获一级解放勋章。

曾题写"中华文明五千秋，炎黄子孙遍全球，台湾儿女思祖国，国共风雨宜同舟"的诗句寄赠蒋经国。

1981年7月26日，在郑州病逝，享年87岁。

（264）张公达

张公达（1902—1996） 字宏义，云南大理龙尾古城人。日本士官学校十八期步科，日本陆军步兵士官学校，黄埔军校四期，重庆陆军大学毕业。获颁抗战胜利勋章。

少年时期就读于苍山洱海之畔的下关玉龙书院。遵从父志，于1923年，被选送至日本振武陆军学堂和日本陆军士官学校学习。在校期间，经常参加关于共产主义的进步集会，聆听过夏衍等人的演讲。

1926年11月，日本陆军学校毕业回到广州，入黄埔军校四期，后任国民革命军第四军军部少校参谋，参加北伐战争。

1927年被程潜将军调任国民革命军第六军军部少校参谋和学生大队队长。

1929年北伐成功后，升任南京陆军军官团（兼团长蒋介石）第二连上校连长，随即奉命率第二连北上接孙中山灵柩回南京，并担任蒋介石警卫工作。后陆军军官团解散，成立军官大队，张公达任军官大队队长和四路要塞司令部参谋处第二科长，杨杰为司令。

北伐胜利后，张公达积极在部队中传播共产主义进步思想，还在上海秘密参加了由夏衍领导的共产党地下组织，并在军队中发展成员，甚至把自己的寓所提供给地下党作为集会场所。后来由于地下党组织被破坏，军统特务搜出地下党成员名单上有张公达名字，1929年初张公达被何应钦逮捕，交中华民国陆海空军总司令部军法处审讯，后又至龙华监狱管押。张公达被关押后，杨杰（时任陆海空军总司令部参谋长）、张治中（时任南京陆军军官学校教育长）、陈仪（时任浙江省及台湾省主席）、冯铁裴（时任陆军军官团中将副团长）积极展开营救活动，张公达与其他地下党员遂获得保释。

1930年，被赦放出狱的张公达又考至日本千叶陆军士官学校学习战术及射击。1933年随着中日关系的紧张，张公达毅然离开日本回到上海，后又转至重庆陆军大学学习。

1937年，卢沟桥事变爆发，历任国民革命军第八十五军第八十九师少将参谋长、副师长、师长，第八十五军参谋长。参加台儿庄战役时，由于张公达是云南大理人，因此担任了战役期间参战的中央军和滇军的联络和协调工作，并多次在蒋介石和卢汉的会谈和通话之间担任翻译，为整个台儿庄会战的胜利作出了巨大贡献。1938年，为表彰张公达在台儿庄战役期间的战功，升任其为第八十九师少将师长。

1939年，参加南岳游击干部训练班，任教务处长（汤恩伯任教育长，叶剑英任副教育长）。

1944年，赴河南任第五战区泛东挺进军豫东少将副总指挥，组织和开展日战区的敌后武装游击战，1945年2月升任第五战区泛东挺进军中将总指挥。

1945年11月23日，由朱德邀请和介绍，并经毛泽东的亲自接见，张公达进入了延安的中国人民抗日军事政治大学学习。抗大毕业后，张公达任八路军总部高级参议。在延安期间，张公达不仅系统地学习了共产主义思想和游击战争的理论，还见到了以前上海地下党组织的上级夏衍同志，并由夏衍作为其证明人和介绍人正式要求加入中国共产党。后来由于统一战线工作的需要，周恩来在与张公达见面时要求他不要急于加入组织，保留目前的身份更容易开展统战工作。于是，1945 年年底，朱德派张公达至东北工作。在东北吉林省期间，张公达同时作为国民政府的代表，接受了当地日军的投降。随后张公达调任汤恩伯担任司令官的第一绥靖区，至上海参与宁沪地区日军投降仪式。1946 年至 1949 年，张公达先后被汤恩伯调任至首都卫戍司令部、陆军司令部、第一兵团司令部和京沪杭警备司令部任中将参谋长。

1949 年 5 月，中共上海市委派张公达赴云南昆明做争取卢汉起义的工作。1949 年 6 月张公达回到昆明，任云南省绥靖公署副参谋长，顺利协助卢汉完成了起义工作，为云南省的和平解放作出了巨大的贡献。

1950 年，任中国人民解放军军事大学云南分校五区队长。1951 年任云南省军区参议兼军事干部集训队军事教员，并于同年当选云南省政协常委及昆明市人民代表。

1955 年，由部队转业，担任昆明市民政局局长。

1958 年，至北京中央社会主义学院第一期学习。1959 年回昆后担任云南省省政府参事室参事、云南省政协常委、民革云南省委常委。

1996 年，病逝于昆明，享年 94 岁。

（265）张汉初

张汉初（1902—?）　别号斌，四川巴县人，黄埔军校第二期辎重科毕业，后在中央军校高等教育班第五期毕业，德国陆军大学肄业。

参加第一、二次东征和北伐战争，后在兵站工作，北伐开始后进入野战部队，1938 年任第五十二军二十五师七十五旅旅长。1939 年 6 月授陆军少将，任第五十二军二十五师师长，先后参加第一、二、三次长沙会战。

1946 年担任整编二十七师副师长兼任第二十四旅少将旅长，1948 年 3 月 3 日在陕西宜川被解放军俘虏。后经学习审查后，到解放军第十八兵团政治部联络部工作。

1949 年 12 月 24 日，解放军第十八兵团政治部派张汉初由绵阳到成都，与姚国俊建立联系。张汉初在以前，曾与姚国俊一同在关麟征部共事多年，两人私交甚好。张汉初在成都见到姚国俊后说："我们兵团到绵阳后，接到成都地下党的敌情通报，知黄埔军校已准备起义。部首长让我先来了解情况，并让你收拢流散的军校生。"姚将军校近况向张作了介绍，并写信介绍张去郫县与军校教育处长李永中联系，姚又派出原军校官佐鲁克智和姚的原部属杨秉刚，于当日乘姚的吉普车送张到达郫县，找到李永中，接洽军校起义事宜，适逢李永中在郫县正宣布起义。

李永中听说解放军正式代表来后，立即从陈克非兵团返回军校临时驻址办公处，召集所部全体官佐师生列队迎接张汉初，随之召开了起义大会。在大会上李永中向全体官佐师生宣布，陆军军官学校第二十三期一、三总队等光荣起义，接受解放军的改编。台下，众目互视，既没鼓掌，也没起哄，鸦雀无声。而当张汉初代表解放军接受李永中所部起义讲话时，在台下台上官生中引起了很大震动。张汉初以洪亮的声音说道："蒋介石这个王八蛋，把你们坑苦了。"在往日，每当军校官生听到"蒋介石"这3个字后，便要挺身立正，此时在这3个字后竟冒出个"王八蛋"来，这不能不使这些官生震惊。台下在一愣一静之后，哄的发出一阵笑声，气氛顿时活跃起来。张汉初继之又讲了两种军队两重天的对比，讲了第二次国共内战的中共胜利形势，官生们听来如惊雷贯耳，思想发生很大震动。至今，那些当年的学生回忆此事，仍惊叹不已，说："那位姓张的解放军真有单刀赴鸿门宴之气魄，本来我准备在台下给他一冷枪，可竟被他的讲话镇住了，迷住了，在当时就已佩服得五体投地。"

新中国成立后，曾任西北高级步兵学校军事教员，陕西省政协委员，西安市黄埔军校同学会理事。著有《整编第二十四旅宜川被歼记》等。

（266）张继烈

张继烈（1902—? ） 字雪仇，河南罗山人。黄埔军校四期步兵科。张轸之侄。

参加北伐战争。历任国民革命军第六军排、连、营长。1930年参加国民党临时行动委员会。

抗战中，任张轸第一一○师第六六○团团长，河南汜水县县长，河南省保安司令部高参，参加台儿庄会战。1942年辞职，返乡创办两淮中学。1948年任张轸部第五纵队第五旅旅长兼潢川县长。1949年春任国民革命军第一·二八军第三一四师师长。同年5月随张轸部起义。所部编入人民解放军，任解放军第五十一军二一二师副师长。

1950年转业，定居河南郑州。

（267）张绩武

张绩武（1905.9.20—1991.9.10）　原名张继武，曾名张振端，乳名张九龄。湖北罗田县匡河乡花屋河村人。黄埔军校七期步兵科。获国民政府颁发青天白日、云麾、宝鼎等多枚勋章。

7岁启蒙，在家乡源祖祠、上良祖祠、八房祠等处读私塾8年，毕业于奉乡小学。曾考取汉口艺术学校，因贫困而辍学。1921年，在家乡"复兴庵"祠堂创办"复兴小学"，以边学边教的方式从事教育活动。

1925年投军，任国民革命军十一军二十六师七团二营六连上士文书，参加北伐。1927年考入黄埔军校七期步兵科，同时加入国民党。毕业后，任十三军八十五师二六五旅某机枪连见习排长。自此时起，在枪林弹雨的间隙，或诗词、或书画，每次展卷挥毫，寄情达意，不遗余力。其"风流儒将"的美名，随其职务的不断走高逐渐传遍军营。1943年7月，参加美国在印度举办的高级作战人员培训班学习，1944年任十六师副师长。1945年任第三方面军新兵集训总处参谋长、干训团教育长。在任职教育长期间，编写《步兵操练读本》、绘制山水地图当立体军图作教材，培训军队基层干部的实际识图能力。抗日战争期间，曾参加南口、居庸关、娘子关、台儿庄等对日各役。

1946年1月任交通警察第二总队总队长。1947年任二十九军整编十六师师长。1948年9月任交通警察第一旅旅长，11月兼任津浦路南段护路司令部中将副司令和宿县城防司令，11月16日在安徽宿县，被中国人民解放军俘虏。后转东北改造学习。1967年转内蒙古自治区呼和浩特市新生塑料厂。

1970年初，回罗田县石桥铺镇花屋河大队（今匡河乡花屋河村），参加集体生产劳动。1973年秋，应黄冈地委、罗田县委、石桥铺镇党委三级书记的托咐，为时为黄冈地委重点示范村的文斗河，绘制治山开田大会战《山水田林综合治理规划图》。

1978年，罗田县委为其正式安排工作。先后在县文化馆、县志办从事美术辅导和县志编修。1983年3月，罗田县政协成立，任县政协第一届副主席，并连任第二届副主席和第三届政协常委（当时三年为一届）。

他充分利用与台湾党政军各界的特殊关系，采用写信和创作诗词、书法、绘画作品等方式，大力宣传中国共产党和平统一、"一个中国两种制度"的方针政策，交流感情，增进共识。其诗词清丽，书法、绘画声名更隆。墨迹传至海外，同道中人视为佳品。

1991年9月10日，因病逝世，享年86岁。

其子张开来在其去世之后搜罗遗句，编《张绩武诗集》于2001年5月出版。

张绩武曾说："我一生抗日最痛快，内战最痛苦，回乡最幸福！"

（268）张雪中

张雪中（1899.7—1995.6.16） 原名张达，字通明。江西乐平县明户张家（今属观峰乡）人。黄埔军校第一期，中央训练团党政班第22期、陆军大学将官班甲级第一期毕业。军校毕业后，军阶由少尉而至陆军中将，军职由排长做到集团军总司令。汤恩伯嫡系将领。获甲种一等奖章，云麾、忠勤、青天白日勋章；第二次世界大战期间，因协助盟军作战有功，获美国政府颁授的自由勋章，可谓声威煊赫，权重一时。

出生于一个武举家庭。父亲张道顺在南昌久居军职，曾参加过清军同太平天国义军在赣江、鄱阳湖一带的拉锯战。受家庭熏陶，张雪中自幼好武，并立志将来投身军界，有所作为。辛亥革命之后，张道顺失去军职，家道中落，一家羁旅南昌，困顿不堪，幸得张雪中的姐丈叶永清（乐平东南乡叶家村人、省参议员）鼎力相助，才使张雪中不致辍学。

1922年，张雪中在江西省立南昌第一中学毕业后，考入南昌心远大学，不久转入上海大陆大学商科就读。

1924年，正在大陆大学读二年级的张雪中，得知孙中山开办的黄埔军校招生，毅然投笔从戎，考入黄埔军校第一期。11月底，张雪中从黄埔军校第一期毕业，旋于翌年2月随黄埔军校教导团参加讨伐盘踞在广东惠州、潮州、汕头一带的反动军阀陈炯明的东征；削平了桂军刘震寰、滇军杨希闵与云南军阀唐继尧相勾结的杨、刘叛乱；跟随蒋介石第二次东征。

1927年，黄埔军校迁到南京成立陆军军官学校，张雪中调任为军校杭州预科大队上校大队长，后来武汉成立分校，他又被任为分校第一大队长。1930年成立教导第二师，张雪中任该师第三团上校团长。

1930 年 4 月，蒋冯阎中原大战，作为"中央军"的精锐，张雪中奉命率部进攻山东人头山阵地，战事甚烈，虽然攻克了人头山，但张团伤亡惨重。同年，调回大本营整补，改任十四师八十一团上校团长。

1932 年张雪中升任八十九师二六五旅少将旅长，翌年任江西保安第二师中将师长，1934 年该师撤销，张改任八十九师少将副师长。

1937 年 7 月 7 日卢沟桥事变，8 月，南口战役打响，时任十三军参谋长的张雪中，分别在南口和得胜口两地，与日军展开血战。在南口一带阻敌达一个月之久，粉碎了日军所谓"三个月占领中国"的神话。

1938 年 3 月，张雪中时任八十九师师长，与黄埔军校一期时的同学、八十五军军长王仲廉，奉命率部驰援，在临城与峄县之间同日军遭遇，发生激战，战况之激烈，为历次战役所罕见。张雪中率八十九师于 29 日晚，在傅山口对第二集团军正面之敌实施侧击，同时中国军队的机动兵团，迅速完成对日军的反包围，激战到 4 月 6 日，毙敌万余人，日军精锐板垣第五师团和矶谷第十师团全线溃退，取得台儿庄大捷。台湾著名历史学家黎东方在评论台儿庄战役时指出："将来历史家一定会把当时的三位师长，马法五、刘振三与张雪中，两位旅长，侯象麟与石觉，大书特书。这五位将军都作了绝对对得起列祖列宗的事。"

1938 年 7—10 月，率部参加武汉会战。1939 年 5 月随枣会战中，张雪中率部在随县官王庙、青莒镇、万家店一线同日军浴血搏战，部队伤亡达 2000 余人。是年秋天，张雪中升任十三军中将军长。

1940 年 5 月，参加枣宜会战。1941 年 1 月参加豫南会战。

1942 年任三十一集团军中将副总司令，1943 年任第一战区政治部中将主任。

1944 年在豫中会战中，张雪中的三十一集团军遭受重创。

1945 年年初，世界反法西斯战争胜利在望，为了组织对侵华日军的大反攻，在昆明成立盟军中国战区陆军总司令部，下辖 4 个方面军。汤恩伯任第三方面军司令官，张雪中任副司令官，受命赴马场坪编练美式装备的 14 个步兵师，直接执行反攻任务，率部从广西方面反击日军，先后攻克河池、德胜、宜山、柳州、阳朔、桂林等重镇，因军功卓著而获青天白日勋章和美国政府授予的自由勋章。

1945 年 8 月 15 日，日本宣布无条件投降，张雪中以第 3 方面军副司令官兼前进指挥所主任的身份，偕同前进指挥所参谋长、美国第拔斯上校首先飞赴上海，主持受降、遣返俘虏、接受敌伪财产等事宜，成为炙手可热的"接收"大员。

1946 年，张雪中任第十九集团军总司令，驻山东临城地区，与解放军对峙。1947 年兼任淮海绥靖区司令官，指挥整编后的第四十四师、四十二军部队，对抗人民解放军，后因指挥不力，作战无能，被蒋介石斥责为"无胆无识、早该引退"。在淮海战役前夕，调任第九编练司令官，驻守浙江衢州，编练十二、七十三、七十四、八十五共 4 个军。

1948 年下半年，张雪中曾扶柩回到家乡明户村葬母，当地军政要员、亲朋旧部乃至同宗乡党、均麇集张家、执拂吊丧、极尽铺张。场面之盛大，实为乐平所罕闻。

1949 年，张雪中撤到福建，改任福州绥靖公署副主任。同年 8 月，自福州率部撤至台湾，任"国防部"中将参议一虚职，此后一直未再担任实际公职。1959 年，张雪中正式退役。

去台后，张雪中眼见不少退役老兵，尤其是自己的旧部生计无着，颇有感叹，亲向蒋介石提出开办农场，安置退役官兵。经商得当时台湾省"主席"吴国桢同意，划出花莲县富里乡六十石山让他开垦，开办复兴农场。开办经费都是由他本人及部属、亲友等处筹措的，从 1950 年开办以来，披荆斩棘，惨淡经营整整 35 年，高峰期曾收容安置退役官兵 200 多人。开垦荒地 800 公顷（12000 亩），种植果树、梧桐、贵竹、生姜等，成绩斐然，使不少游离失所的大陆去台的退役老兵安居乐业。张雪中此举颇受世人好评。

然而到了 1986 年，随着台湾"土改"推行，"国有财产局"以复兴农场开垦人等非自耕农，开办时的行政程序不合法规等原因，诉请法院注销执照，农场撤销，财产收归"国"有。

这一判决不啻是宣告张雪中彻底破产。惨淡经营 35 年的血汗之资顷刻之间付诸东流，这对耄耋之年的张雪中打击太大了。第二年即患轻度中风，从此精神日益不济，健康每况愈下。

在创办复兴农场的同时，张雪中还另组复兴实业公司，在花莲市嵩工业区，成立第一家石矿加工厂，在 1961—1971 年的 10 年间，开采石棉、滑石等产品，供应台湾最大的工业集团——台塑集团制造建材，为台湾的建设与发展，尤其是台湾东部的开发，贡献尤多。

张雪中虽然身居高位，手握重权，但作风朴实，尤重乡情。早年在军界任职，不少家乡子弟和邻县青年投奔到他门下，他不分贫富，不论亲疏，公务再忙，也要抽空接待，亲切交谈，询问家乡变化，打听故旧行踪，根据来者的情况和能力，或留军中任职，或资助其读书深造。

去台以后，对旧部和乡亲的急难，不时倾囊相助。大陆改革开放以来，社会稳定，经济发展，国力日盛，中国人在国际上日益扬眉吐气，张雪中晚年思乡之愿日炽，亟思返乡一游，有几次行程都已确定，只是苦于病魔缠身，临行又罢，乡游之愿，终不能偿。

1995 年 6 月 16 日清晨 4 点 40 分，在台北市中华医院溘然而逝，享年96 岁。

（269）赵宗汉

赵宗汉　黄埔军校洛阳分校第十三期。

1938 年 1 月，黄埔洛阳分校十三期学生正值学业期满，分派各部队之际，赵宗汉和同学们纷纷请缨赴前线杀敌。赵宗汉被分配到第二十军团关麟征第五十二军的郑洞国第二师工作。当时该师正是李宗仁指挥的台儿庄抗日大会战的前线部队。其在述说台儿庄大战亲历时说道："我接到命令急忙赶赴徐州，转滕县再去峄县，找到郑洞国的第二师，后被派到第四旅八团一营三连二排充任排长。当我被引到底阁、杨楼阵地时，接待我的是本连第一排排长张裕亮，由他送我到第二排和战友们见了面，并交代给我战斗任务。第三天才见到新来我连就职的连长兰光斌。原来本连前任连长及本排前排长都在几天前的激战中光荣殉职了。"[1]

（270）郑　平

郑　平（1916.3—2004.8）　字开明，曾用名奕祁，江西省遂川县人。黄埔军校第十四期。历任国民革命军第十六师中尉排长，上尉连长，少、中校参谋；河南镇新师管区直属营（九连编制）上校营长；第七十八军军部上校作战科长、参谋长及第一一四师上校参谋长兼参谋主任。曾参加"台儿庄战役""中原会战""大洪桐柏会战""豫南会战""随枣会战""老河口会战""西坪之役"等战役。曾获干城奖章、武功状。

台儿庄战役中，时任第二十军团第八十五军参谋的郑平，在台儿庄东北部兰陵镇、洪山镇一带的对日激战，他主动与第二集团军第二十七师副师长

---

[1]　山东省政协文史资料研究委员会、枣庄市政协文史资料研究委员会编：《台儿庄大战亲历记》，《赵宗汉在底阁、杨楼、向城一线打援敌》，山东人民出版社 1988 年 1 月版，第 84 页。

兼第八十旅旅长闫廷俊互通情报，协同作战。对阎将军及全旅官兵决死勇战的气概甚为崇敬，曾赋诗一首：

台儿庄上显宏韬，猛打猛冲慑寇曹。血海尸山光史册，灼三无愧大英豪。（闫将军，字灼三）。

被时任《大公报》随军记者的张高峰收入其《战地通讯》发表。近年来，军事科学院军事历史研究主办的《军事历史知识》杂志、中国文史出版社出版的《台儿庄大战诗词选》等书刊均予以转载。

在他任十六师参谋时，曾奉命率兵夜袭荆门日军飞机场，烧毁敌机六架，歼敌60余人，活捉日寇队长1人。

新中国成立后，曾任天津市黄埔同学会顾问、台儿庄抗战纪念馆顾问、《黄埔津风》期刊主编及顾问等职。他在耄耋之年与时间赛跑，笔耕不辍，将自己长期浴血奋战抗日战场的亲历、亲见、亲闻的事实，撰写成回忆录。他的作品有《沧桑诗集》《雪泥鸿爪》《郑平八一寿诞诗集》等。部分作品及个人传略曾入选《遂川县志·人物篇》《世界华人文学艺术界名人录》等典籍。著名诗人鲁藜曾以"铁马金戈虎帐吟，允文、允武、允诗人"赞美他。

（271）郑洞国

郑洞国（1903—1991.1.27） 字桂庭，湖南石门县商溪河南岳寺村人。黄埔军校第一期，南京中央军校高等教育班毕业。曾参加东征和北伐，历任黄埔军校教导一团第二营第四连党代表，国民革命军第一军第三师第八团第一营营长，北伐军总指挥部参议，第二师第五旅第十团（即改编前的第三师第八团）团长，南京警卫第一师第二旅第四团团长，第二师独立旅第四旅旅长，第二师副师长、师长等职。是最早参加抗日的国民党将领之一。抗战期间，历任第五军副军长兼荣誉第一师师长，第八军军长。曾参加过长城古北口战役、平汉路保定会战、台儿庄大捷、徐州会战、昆仑关战役、枣宜会战、第二次长沙会战等。1943年春，参加中国远征军并担任新一军军长，参加收复缅北要地密支那攻坚战。

抗战胜利后，历任第三方面军副司令长官，东北保安副司令长官、代理司令长官，第一兵团司令，东北行辕"剿总"副总司令等职。指挥了热河攻略和两次四平街会战，1948年10月，在长春被迫放下武器投诚。毛泽东指示中共东北局："郑洞国为黄埔高级军官，此次又率部投降"，"应给以礼遇"。

1952 年任水利部参事和全国政协文史专员。1954 年 9 月，在第一届全国人民代表大会第一次会议上，由毛泽东亲自提议郑洞国为国防委员会委员，并在中南海设家宴招待。任全国政协第三、四届委员，第五、六、七届常委，黄埔同学总会副会长；自 1979 年起任中国国民党革命委员会副主席。

1991 年 1 月 27 日，在北京逝世，享年 88 岁。

在众黄埔系的将领中，他是两个同被两岸追悼的将领之一。

出生在一个普通的农民家庭。他幼读私塾，后家境日益艰难，少年时代的郑洞国在生活的困顿中发愤读书，依靠在外谋事的兄长资助，17 岁考入石门中学，在校期间，曾考取湖南陆军讲武学堂，讲武堂因故停办，返回石门中学。毕业后，在家乡当了半年小学教师，考取湖南商业专门学校（今湖南大学前身）。

1924 年 1 月，正在湖南长沙攻读商业专门学校的郑洞国，闻听孙中山先生创办军官学校招生的消息，心潮澎湃，心仪神往。他急忙去找在长沙工业专科学校附中读书的王尔琢[1]商议。王是郑洞国的同乡兼小学同窗，还有亲戚关系。殊不知他已南下广州了。郑洞国心急如焚，想方设法借了 60 元川资，邀上另三位在长读书的同乡，辗转武汉、上海，走海路赴广州。4 月初，当他们满怀希望寻着先期到达的王尔琢时，才知晓报考军校的日期已过，郑洞国顿时急得团团转。

王尔琢也跟着急，与王尔琢一道报考军校的还有两位湖南同乡，一位叫贺声洋[2]（也是郑洞国在石门中学的同学）；另一位则是临澧县的黄鳌[3]，与

---

[1] 王尔琢（1903—1928）　又名蕴璞，湖南石门县人。1924 年考入黄埔军校第一期，同年秋加入中国共产党。1927 年，任国民革命军第四军二十五师七十四团参谋长。1928 年 1 月，参加领导湘南起义，任工农革命军第一师参谋长；4 月，朱德与毛泽东部队井冈山会师后，任中国工农红军第四军参谋长兼第二十八团团长，协助毛泽东、朱德指挥五斗江、草市坳和龙源口等战斗，为保卫和发展井冈山革命根据地作出了重大贡献。是红军的优秀指挥员。1928 年 8 月 25 日，在江西崇义思顺墟追击叛徒时，英勇牺牲，年仅 25 岁。

[2] 贺声洋（1905—1931）　又名沉洋，字靖亚，湖南临澧人，1924 年加入国民党，入黄埔军校第一期，后加入中国共产党；参加两次东征和北伐战争，1926 年任副营长、叶挺独立团第二营营长，后在第九军任少校营长，后调任北伐军左翼军宣传队副队长，后赴苏联莫斯科东方大学学习；1929 年回国，在中共中央军事部工作；1930 年入中央苏区，任中国工农红军军官学校第一分校学生总队长，主持日常工作，后任中国工农红军第十二军军长，1931 年，在扩大化的"肃反"运动中被错杀；新中国成立后，被追认为革命烈士。

[3] 黄鳌（1902—1928）　原名昭军，字钧德，号半石。湖南临澧人。大革命时期加入中国共产党。黄埔军校第一期毕业，曾留校任秘书部主任，是青年革命军人联合会骨干。1926 年参加北伐战争。大革命失败后，领导鄂西农民秋收起义，任中国工农革命军第四军参谋长。后在湘鄂边指挥军部直属队作战时牺牲。

郑洞国算是大同乡了。黄鳌初到广州时，担心一次考不上，便报了两次名，不料他一考便中，落下个名额虚位以待，此刻见郑洞国急成这般模样，便建议顶替他的名去考。郑洞国沉吟半晌，只好冒顶黄鳌之名报考军校了。

数日后，两个黄鳌的名字与王尔琢、贺声洋一道出现在黄埔一期的录取榜上。巧合的是，两个黄鳌都编在第二队，出操点名时，两人同声应答出列，众皆好笑。

心中不安的郑洞国鼓起勇气，向校方说明了情况，校方不但未追究，还让其把名字改正过来。真正印证了军校大门前的那副对联："升官发财请往他处；贪生畏死勿入斯门"，横额是"革命者来"。一个真正不畏生死的革命者——郑洞国来了。

时任黄埔军校政治部主任的周恩来，在校时就是郑洞国非常敬重的师长了。新中国成立后，周恩来在北京请郑洞国到中南海家中吃饭，席间，周总理问郑洞国将来的打算，郑洞国说："我别无所长，人也老了，打算回老家种地去。"

周恩来关切地说："你还不到 50 岁嘛，还有很多时间可以为人民做贡献。现在国家建设刚刚开始，有许多事情等着我们去做呀。"

黄埔军校毕业后，郑洞国随着东征、北伐、抗战，在血与火的战场上，甚至在异国他乡的缅北战场上，一路拼杀过来，虽身经百战，却未负过一次伤，有人称他是福将。

然而就在 1938 年春的台儿庄战役中，郑洞国与死神擦肩而过！时任第二师师长的郑洞国率部参加了攻打枣庄、北大窑、峄县的激烈战斗，"最后会同友军在杨楼、底阁一线，大败日军濑谷支队和坂本支队，获得台儿庄大捷。"

其间，郑洞国部屡攻峄县不下，3 月 30 日上午，郑洞国来到前线，亲自指挥部队攻城。战事正酣之时，日军突然发现远处出现一个亮点，位置正是郑洞国的身边！这个亮点竟是郑洞国身边一位参谋手中望远镜在太阳下的反光所致，这一疏忽，立即招来日军一阵猛烈炮击，一发炮弹落在郑洞国右前方，爆炸开来，郑洞国猝然无防，胸部已被弹片击中，几乎跌倒，幸亏两名卫兵将其扑倒，并以身相护，大家以为师长休矣，郑洞国也以为自己挂了彩。

不料，卫兵起身查看郑洞国的伤势时，只发现左胸衣袋上仅划了一个破口，除袋内一枚银元被弹片击弯外，郑洞国竟毫发未损。没想到一枚银币竟救了他，让他在台儿庄的战场上与死神擦肩而过！

1985 年初，著名军旅导演杨光远正在筹拍电影《血战台儿庄》。同年

8 月 25 日，《人民日报》刊载了《台儿庄光照人间》的文章。10 月，《血战台儿庄》开拍。为了真实再现当时的场景，杨光远在北京采访了国民党前高级将领——台儿庄战役时担任攻击任务的主力部队，时任第二十军团第五十二军第二师师长郑洞国。杨光远跟他推心置腹地说："我是直面历史的，是实事求是的，您放心，我不会歪曲这段历史的。"郑洞国就把当时的情景，原原本本讲给杨光远听。后来，两人成了很好的朋友。郑洞国深深地感叹，这是共产党的英明决策，是对历史负责，对祖国的统一将有很大的贡献。

2013 年 4 月 8 日，在纪念台儿庄大战 75 周年之际，前来参加纪念活动的郑洞国将军的长孙，时任民革中央副主席的郑建邦先生说："祖父一生的事业，起于黄埔军校；鼓舞他一生的信念，就是黄埔军校爱国、革命的精神；推动他一生奋斗的目标，也始终是黄埔军校救国救民的宗旨。在黄埔军校这面旗帜下，祖父真正做到了以爱国始，以爱国终。""魂系黄埔，心怀祖国，是祖父 88 年人生道路的写照！"

（272）郑明新

郑明新（1906—1948）　号燕庭，广东五华县华城镇人。黄埔军校第五期炮兵科毕业。

曾任第二十五师七十三旅一四六团团长，1933 年参加长城抗战，1936 年任第四十师二六五团中校团附、上校代理团长。抗战爆发后，1938 年任第五十二军二师少将参谋长，参加台儿庄会战。1942 年 7 月任第九集团军参谋长。1943 年 4 月任第五十二军一九五师师长。1945 年 4 月任第五十二军副军长。1946 年 4 月兼任军事调处执行部第二十九小组组长。1947 年兼任第五十二军前进指挥所主任，在东北参加内战。

1948 年 2 月 25 日，在辽宁营口被起义部队扣押去世，时年 42 岁。

（273）钟祖荫

钟祖荫（1903—?　）　别名厥昌，江西省修水人，黄埔军校第三期步科，中央军官训练团庐山特训班、陆军大学将官训练班毕业。

历任国民革命军第一军第二师排、连、营长，参加两次东征和北伐战争。1929 年起任第二师第六旅副团长、团长。独立第十旅副旅长。

抗日战争爆发后，任第十集团军独立第十旅旅长，第五师副师长、师长，军政部军务司副司长，第八十七军新编第二十三师师长。1945年2月授陆军少将。参加徐州会战、随枣会战、鄂北会战，第一、二次长沙会战和桂柳会战。1946年起任联勤总部新疆供应总局喀什第二分局少将局长，第一二八师师长。

1949年到台湾，任"国防部"第四军官团团长。1958年退役。

（274）周开成

周开成（1906.9.9—1994.8） 字涤洲，曾用名周鼎。湖北潜江（今竹根滩镇前明村）人。黄埔军校（武汉）第六期、黄埔军校高教班第一期毕业。

出生在一个比较殷实的耕读之家。父亲周虎成以教私塾为业，由于治家有方，经营得当，慢慢置办了20来亩良田，到周开成懂事时已雇工耕作。他8岁入学，先在其父的私塾读"四书五经"，12岁正式入县城小学读书，毕业后，即回家务农。

1926年秋，国共第一次合作期间，国民革命军到了潜江，他们在潜江大张旗鼓宣传革命思想，发展革命组织。1927年1月，在潜江成立中国国民党县党部，并将全县划分为4个区党部，区党部再下设分部。这年春天，21岁的周开成即任第二区（竹根滩为第二区）三江分部常委。他们当时主要做三件事：一是打土豪，当年冬，他们请示县党部同意很快处决了恶霸地主赵光卅。二是分田地，将地主的土地分给贫雇农耕种。三是发动群众成立农民协会、妇女联合会、儿童团等组织。是年夏天，汪精卫在武汉发动七一五政变，全县笼罩在一片恐怖之中。周开成自知有杀头之险，于是他找人借了五元钱，跑到武汉找到在潜江任过教育长的张乔松，由张乔松介绍到高楚珩（今天门张港人，保定军校毕业生）所办的教练所学习三个月后，到汉阳门当了一名站岗的。

1928年春，他考入黄埔军校武汉分校，成为黄埔第七期学员，1930年10月，毕业。被分到国民党第二师（师长顾祝同）当见习排长，驻陕西潼关严落村。

1931年11月，随部队开到河南后，被选送到南京高级军官学校受训一年。1933年1月，任连长，随部队开到长城古北口设防。在长城脚下的肖家沟与日军作战。战斗中周开成凭着一股勇气，总是带兵冲锋在前，一颗子弹洞穿了右大腿，被抬下阵地。

卢沟桥事变后，任第五十二军二师七团二营营长，随部队开赴河北、山东等地，参加了台儿庄战役。

1939 年秋，随部队开到湖南岳阳一带抗日。不久被提拔为代理团长。随后随部队开到滇西、滇南对日作战，任第八军荣誉一师一团团长。

1943 年初，随新任中国远征军驻印度新一军军长郑洞国到达印度加尔各答，在印度接受美式训练。一年后，回到第八军荣誉一师任副师长兼一团团长，驻防云南边境的龙陵、芒市、陆良、保山等地，为打通滇缅国际交通线做出了巨大贡献。他率部攻龙陵的战绩还被中国远征军司令部拍成了电影播放。抗战结束时，周开成升任代师长，荣获宝鼎、云麾勋章各一枚。

周开成身材魁梧，相貌威武，虽戴一副黑边玳瑁眼镜，没有半点书生气，他眼神冷凝，满脸杀气，打起仗来是一股死拼劲，治军十分严厉。他对违纪官兵常常杀一儆百，部属对他畏之如虎。淮海战役中，有两个团长抵挡不住解放军的炮火攻击，在没有命令的情况下撤退下来，其中一个还是他的老乡，被他当场挥泪枪毙了。

1948 年 9 月，升任第八军少将副军长，同年 11 月任军长。9 月 1 日，李弥转达"剿总"刘峙命令，要周开成率部接替徐州城防和飞机场守备任务。不几天，又命他率部支援济南。9 月底济南解放，他又受命率部回守徐州。周开成在这种作战目标不明确的途中奔波，十分郁闷。

1949 年 1 月 9 日凌晨，周开成的部队在向西运动中，被解放军发觉，一阵炮火将他的指挥所摧毁，他只好率副官、参谋长、二三七师师长孙进贤和警卫人员等向西逃，准备去找杜聿明和李弥，但被解放军包围。周开成手拿陈毅司令之前给他的劝降信，派人商洽投降事宜。

被俘后，周开成被送到华东解放军军官训练团集中学习。

1951 年，转到苏州解训团受训，后转山东禹城解训团学习。1953 年，转南京看守所学习。

1956 年，转北京看守所学习。1957 年，转抚顺战犯管理所学习改造。

1975 年 3 月 19 日，特赦。

特赦后，住武汉市武昌区民主街 19 号，被安排在湖北省政协任文史专员，后当选为全国政协委员。撰写了《荣一师光复龙陵之战》《临朐潍坊战役概述》《淮海战役中的第八军》《第八军进攻胶东解放区回忆》等大量的回忆文章在《人民政协》等报刊上发表。

1994 年 8 月，在武汉逝世，享年 88 岁。

实现了其魂归故里之梦，葬入前明村二队。

（275）周协南

周协南（1919.9.6—2005.7）　又名周正始，浙江永康市龙山镇桥头周村人，1936年7月，毕业于永康县中学。投笔从戎，到南京考入中央陆军通信兵团无线电教导大队第八期通信兵科学习，校址设在镇江，学制二年，由于战事需要，提前半年毕业，分发徐州八十五军八十九师任少尉报务员。参加台儿庄会战。

后随部转进到陕西、宝鸡、西安到四川。1940年5月，组织甄选到四川铜梁分校十七期通信兵科学习，至1941年12月，毕业，分配回原部八十五军八十九师由少尉晋升为中尉，在浙江松阳一带与敌人周旋几年。在金华、衢州一带遭遇与敌战斗多次，一直到1945年8月15日，日本无条件投降。

抗战胜利后，由朋友介绍到杭州青年军二〇二师师部电台任中尉台长。部队转到江苏省苏州市宝塔寺接收新兵整编后开到上海宝山军营训练新兵，后又由老领导推荐到上海虹口公园海军司令部担任上尉无线电台台长。

1949年，上海解放前夕，撤退到舟山群岛，后随军去台湾，一直服役到退休。军衔中校。

卸甲后经商，安度晚年。

2005年7月，在台湾逝世，享年86岁。

第八章　台儿庄大战中的浙军、晋军

一、浙军：第七十五军及战斗序列

第七十五军前身是北洋军阀孙传芳所属"五省联军（浙、闽、苏、皖、赣）"的浙军第二师。北伐战争时，浙军第二师投奔北伐军，后被改编为国民革命军第六师，受蒋介石青睐。

第六师虽然由浙军改编而来，但该部队已投靠蒋介石国民政府，基本上成为了中央军。1937 年，在淞沪会战中，第六师扩编为第七十五军，首任军长是周嵒，仍兼第六师师长。

第七十五军是一支有着嵊县、新昌、金华等浙江子弟众多的部队，它几乎参加了抗日战争所有重大战役。

1938 年 3 月至 4 月，周嵒率第七十五军增援台儿庄，归汤恩伯指挥。因在台儿庄仰攻天柱山受日军优势火力压制，前进受阻，伤亡逾半。后在军副官处处长裘轸（今浙江嵊县崇仁镇人）的指挥下，经血战突破重围。但受到台儿庄战役最高指挥官李宗仁的指责，周嵒被记大过，第六师师长张琪（今浙江嵊县富润村人）撤职留任。

徐州会战后，该军参加了武汉会战、随枣会战、1939 年冬季攻势和枣宜会战、1941 年第二次长沙会战、1943 年鄂西会战和常德会战。抗战胜利后，该军改隶第六绥靖区，进至应城、安陆、天门等地接受日军的受降。

1946 年，该军改编为整编第七十五师，柳际明任师长，沈澄年、李仲辛任副师长。该师整编后，参加了对中原解放军的围攻迫击作战。同年 9 月，柳际明调离，沈澄年任师长，李仲辛任副师长。1947 年，国民党军对山东解放区重点进攻后，该军先后参加了泰蒙战役、孟良崮战役和陇海路战役。

1948 年 4 月，该军调往济南，参加了胶济路中段作战。战役结束后开赴徐州，参加豫东战役，在豫东战役中，该师师部及所辖第六旅、第十六旅全部被人民解放军歼灭，师长沈澄年，副师长兼兵团参谋长林曦祥等被俘。此后，衢州绥靖公署在浙江重建该师，吴仲直任师长。同年 9 月，该整编师恢复第七十五军番号，吴仲直任军长，朱致一任副军长。同年 12 月，该军由嘉兴调至上海担任守备任务。1949 年 4 月下旬，人民解放军发起渡江战役后，该军退守上海市郊。5 月 27 日，该军在上海战役中被解放军歼灭。

第九十三师这个番号曾在滇缅边境十分有名，从抗战时期开始直到 20 世纪 80 年代，九十三师成为了滇缅边境民众对所有驻扎在那里的国民党军队和后来逃到缅甸的国民党残军的统称。其实 1950 年 3 月由李国辉和谭忠二人带领的这支由大陆逃到缅甸的部队中，国民党第九十三师的人只是少数，但数十年来，第九十三师在滇缅边境仍然大名鼎鼎。

第九十三师最早是中原大战后组编的驻贵州国民党军政部直属第十五旅（旅长陈金成）及下辖的第一团（刘观龙）、第二团（李毓蕃）两个团于 1934 年扩编而成。师长为黄埔一期生甘丽初，下辖三个团：二七七团（李友尚）、二七八团（彭佐熙）、二七九团（雷功）。团长都是黄埔四期毕业生。

第九十三师自编成之始就是国民党军劲旅之一，中层以上军官是清一色的黄埔弟子。抗战之初，九十三师在山东作战，战绩优良，但损失很大，奉命去湖南衡阳整补，1938 年国民党军令部以九十三师为基础扩编为第六军，甘丽初升任第六军军长。辖第九十三师（吕国铨）、第四十九师（彭璧生）、暂编第五十五师（陈勉吾）。此时第九十三师辖两个团，第二七七团（吕维英）、二七八团（梁天荣）。

1939 年第九十三师在第六军序列内参加桂南会战，在南宁驼南阻击日军进攻，九十三师作战英勇，奋勇杀敌，战斗相当激烈。因伤亡过重，战后调贵州贞丰整补。一年后作为国民党军队精锐奉命移至云南省罗平待命，参加远征军入缅对日作战。

1941 年中国远征军组成，第九十三师在第六军序列内，以加强团五千余人由二七七团团长吕维英率领提前进入云南车里（今景洪市）地区。12 月 11 日，第六军全体入缅作战，第九十三师从佛海（今孟海县），四十九师从畹町同时向缅甸推进。到 1942 年 2 月 24 日，日军已经由缅南大举入侵，仰光已危在旦夕之际，为了让第六军掩护远征军其他两个军顺利进入缅甸，军事委员会发布命令，将第六军沿着缅泰边境的走势，从西南到东北斜斜地摆了个一字长蛇阵，其中战斗力最弱的暂五十五师处在最南方的郎科，四十九师在中间的孟畔，而战斗力最强的九十三师则驻防景栋，三个师相互之间各距离 160 公里以上，全军防守的地段长达 500 余公里。自 1942 年 4 月以后，第六军不断向东北败退，而日军则向东猛追。

到 1942 年中旬，中国远征军全面溃败，第六军各部队交替掩护，成功返回国境。此次出国作战，第六军损失巨大。九十三师约损失 4000 人，伤亡近半；

四十九师剩 4600 人，暂五十五师经过收容之后，仅剩 2300 人。全军出征时 30000 余人，幸存 12400 人，损失达 17600 人之多。

鉴于部队损失巨大，经军令部指示，第六军将全部兵力补充进九十三师，直属军令部指挥。暂五十五师番号撤销，把四十九师的番号调归第五军。此时的九十三师师长仍然是吕国铨，下辖二七七、二七八、二七九三个团。三个团在国内分别驻防，第二七七团驻打洛；第二七八团驻车里（景洪）；第二七九团驻孟养。师部驻佛海（今孟海县）。

日本投降以后，九十三师奉命前往老挝接受日本投降，并帮助老挝王国建立政府。1946 年 5 月，国民党军进行大整编，九十三师改编为整编第九十三旅，辖二七七、二七八两个团。由原副师长彭佐熙任旅长，参谋长叶植南任副旅长。师长吕国铨奉调进入南京军官训练班。

1946 年 7 月，整编第九十三旅从老挝回国，具体布置是：二七七团（团长吕维英）驻文山；二七八团（团长罗伯刚）驻建水。整个滇南地区的边防仍然由整编第九十三旅负责。1946 年全国内战爆发，国民党在云南的嫡系主力基本调往中原内战战场，在云南的嫡系部队只留下这个九十三旅。

1947 年，军令部以驻云南的整编第九十三旅和整编第一九三旅合编为整编第二十六师。1948 年整编第二十六师改成第二十六军，军长余程万，下辖三个师。第九十三师师长叶植南、一九三师师长石补天、一六一师师长梁天荣。其中第九十三师下辖三个团，二七七团团长吕维英；二七八团团长罗伯刚；二七九团团长刘桂荣。

自 1942 年 6 月入缅作战回国后直至全国解放，第九十三师（旅）作为边防部队驻扎滇西南中缅边境长达八年之久。到 1949 年解放军进入云南之前，一直没有参加任何作战行动，甚至在 1944 年滇西对日反击作战也没有参加。抗战胜利之前，师长一直由黄埔二期毕业生吕国铨担任。

由于九十三师长期驻在滇缅边境地区，再加上长期没有作战行动，官兵日渐疲倦，大量士兵脱离部队，形成上千人的九十三师“在乡军人”群体。这些人借与九十三师的关系，收买民族上层，拥兵自重，在云南与缅甸交界地的车、佛、南地区（景洪、孟海、孟连）形成强大的地方势力。1949 年解放军到达之前，九十三师的在乡军人又组织了多个军事团体与解放军对抗。其中最有名的是总部设在缅甸景栋的“暹罗军事委员公署”，总指挥为黄埔第四期卓献书，下辖数个军事团体。主要有：勐混地区的曾宪武部百余人枪；车里、大勐龙地区张伟成部百余人枪；南峤曼勐养地区朱正部，三十余人枪；镇越县（今勐腊易武）地区罗庚部六十余人枪；佛海、黑龙潭地区何建忠部，约五十人枪，总兵力约为三百七十人枪。

由于九十三师的这一特殊经历，在滇缅边境造成了十分特殊的影响，对边境各民族的青年具有很大的号召力。九十三师驻防边境期间，在一定程度上注意了与当地民族的关系，与云南省上层的关系也比较融洽。国共内战开始后，云南省主席卢汉曾经以九十三师"驻滇日久，从不干涉地方行政"为名电请国民党中央免调九十三师去中原内战前线，九十三师也因此免除了在国共内战中过早被歼灭的命运。

1950 年初，在解放军入滇部队陈赓部第四兵团强大兵力打击下，驻云南的国民党嫡系主力李弥的第八军和余程万的第二十六军迅速瓦解，九十三师也未能幸免。九十三师二七九团和二七八团第三营在蒙自附近的鸡街被及时赶到的解放军歼灭，二七九团团长李桂荣被俘。九十三师师长叶植南率师直属部队和该师二七八团第一营以及蒙自机场部分空地勤人员共六百余人，与二七八团团长罗伯刚、副团长谭忠一道向西双版纳逃去。准备在车里（景洪）机场登机飞台湾。没想到刚到机场又被随后赶来的解放军占领，三人遂率部逃出国境，叶植南、罗伯刚二人在部队内收缴部分枪支卖给当地马帮，把部队交给副团长谭忠，自己从泰国乘飞机飞往台湾。

二七八团第二营营长品学珍率部逃过解放军追歼，准备越境逃向比较熟悉的缅甸。但因该营大部分士兵不愿意去缅甸而溃散，剩余三十多人随品学珍逃到缅甸大其力后，品将该营残部三十多人枪悉数交给从国内逃出来的九十三师"在乡军人"之一的蒙保业。自己经泰国逃往台湾。二十六军残部五千余人在最后一任军长彭佐熙带领下于中越边境河口逃出国境进入越南。九十三师第二七七团吕维英部在蒙自逃过解放军围歼，随彭佐熙逃往越南，吕维英在逃跑过程中又被彭佐熙任命为九十三师师长。进入越南后的第二十六军残部被法国殖民军缴械，集中到南越的富国岛，后撤往台湾。吕维英本人去了香港。

逃到缅甸的九十三师师直和二七八团残部 600 余人在副团长谭忠的带领下与随后逃到缅甸的第八军二三七师七〇九团团长李国辉带领的七〇九团残部八百余人一道，从此沦为异国他乡孤独的残军。

1950 年 3 月，残军在李国辉、谭忠二人的带领下第一次击败缅甸政府军后，李弥受蒋介石派遣，经香港前往缅甸东北部收编李、谭二部时，又把九十三师二七七团团长吕维英和滇系第五十八军第二六五师少将师长云南人段希文带去缅甸，吕维英和段希文二人也因此而成为逃缅国民党残军中后期重要人物之一。

残军逃到缅甸以后，在与所在国政府军和出境作战的解放军多次浴血拼杀中四处奔逃，求得一时之苟且。数十年来，这些残军在风雨飘摇、无家可归的窘迫之中艰难度日。经过 1954 年和 1962 年两次大的撤台行动之后，以九十三师成员为骨干的残军第一军大部撤往台湾。此时九十三师元老吕维英重新出山，以他在九十三师深厚的人脉关系从第一军中拉出九十三师旧部三百多人，在老挝当起了雇佣军。试图步李国辉后尘，通过帮助老挝政府剿灭反政府游击队，重振九十三师雄风。但又在老挝政府军和其他地方势力的联合打击下遭遇溃败，余部百余人由黄埔第二十期毕业生张苏泉带领并入缅甸大毒枭坤沙集团内，成为坤沙集团的核心力量。由此张苏泉与坤沙共同组建了横行一时的掸邦革命军，张苏泉任参谋长，十多年来，一直与缅甸政府对抗。1996 年，坤沙集团向缅甸政府投降后，集团内的九十三师人员也由于年老体弱逐渐失散，退出了历史舞台。张苏泉与坤沙被软禁于仰光，第三号人物梁忠英则隐居于泰北美斯乐山区。

　　残留在缅甸泰国边界地区的逃缅国民党残军部队第三军李文焕和第五军段希文两部虽然还有两三千人，但在这两部中的九十三师剩余老人、包括曾经在九十三师服役过的九十三师"在乡军人"成员仅存二十多人。虽然这支部队与九十三师已经没有太多的关系，而且名称也已经数次变更，但缅甸、泰国的当地老百姓仍然固执地把他们称作"九十三师"。

　　后来这支残军在段希文和李文焕的带领下，为泰国政府军剿灭反政府游

第九十三师在泰国北部的寨子

击队的作战中付出了惨重代价后，终于获得泰国政府同意定居于泰国北部的美斯乐。虽然得以定居，他们没有当地户籍，没有在当地获得工作的权利，没有出入公开场合的资格。仅仅只是在当地政府的默许下求得一个没有战争没有逃亡的安宁日子的泰国特殊公民，时至今日，在逃缅国民党残军最后的聚居地美斯乐，"九十三师由此去"的牌子仍然被当地人顽强地挂在那里。其实那支部队、或者说那个处于泰国北部山区的中国人聚居地与九十三师已经基本上没有关系。

这支曾经辉煌一时的黄埔嫡系部队第九十三师，就此消失在历史的长河里。

2013年热播的电视剧《战雷》，其中讲到雷公雷的背景，即是国民党九十三师。虽然情节有所虚构，但出现的"处处无家处处家，年年难过年年过"对联即是九十三师的真实写照。很多人过了多少年至死不愿加入外国国籍，一心向北。排除政见不合，他们无愧为中国军人。十年北伐，八年抗战确有他们的功劳。

第七十五军战斗序列：

军长：周　嵒
　　　副官处处长：裘　轸【黄埔军校政治部科长，黄埔杂志社社长】
下辖：第六、九十三师
　　第六师
　　师长：张　琪
　　副师长：丁友松
　　　　参谋长：寿　德
　　　　第十七旅旅长：吴振华
　　　　　　第三十一团团长：沈澄年【黄埔五期】
　　　　　　第三十三团团长：陈　理
　　　　第十八旅旅长：欧阳棻【黄埔一期】、徐　达
　　　　　　第三十四团团长：李仁民【黄埔七期】
　　　　　　第三十六团团长：徐　康
　　　　　　　第二营骑兵连排长：唐　谦【黄埔十期】
　　第九十三师
　　师长：甘丽初【黄埔一期】

副师长：邓春华【黄埔一期】

第二七七旅旅长：邓春华（兼）

第五五七团团长：彭佐熙【黄埔二期】

副团长：张忠中【黄埔四期】

第二七九旅旅长：陈金城【黄埔二期】

二、第七十五军黄埔师生台儿庄战斗

第六师第三十四团上校团长李仁民，从3月底至4月初，在台儿庄东北向城一带同日军作战。率部多次与敌人肉搏，击退日军主力。后在天柱山附近又与敌激战，带领官兵奋勇杀敌，解除日军对整个战役的威胁。作战中，身受三处重伤，仍从容指挥。4月4日，伤势恶化，不幸牺牲。

淞沪会战时，身为营长的李仁民奉命率部500人坚守市区的一个阵地，日寇的炸弹、炮弹密集地倾泻在阵地上，每一寸土都被层层翻卷，将士们毫无惧色，躲过狂轰滥炸之后，又回阵地坚守，以一当十，勇猛异常，敌人死伤为我方十倍以上。这样坚守了29个昼夜，最后一个营仅存7人。李仁民亲守战壕身先士卒，多处负伤，幸存性命，淞沪鏖战后，升为第六师第三十四团上校团长。

李仁民奉命率团回武汉整休，该团严重缺员，靠就地征集难民补充。这些人都未受过军训，他带着多处创伤夜以继日地督训。他深知多一分训练就少一分流血牺牲的道理，刚整训余月，这支以新兵为主的部队就成了一支锐不可当的雄狮，奉命开赴山东参加台儿庄战役。开拔前李仁民曾寄书家中，信中说："老父在抗日中负伤退役，伤愈后，不必复出，儿辈一定继承父志，不杀退敌人绝不罢休；二弟新民为现役军人，务必抗战到底；三弟伟诚年幼，家里再穷，也要让他读个中学，方能为祖国出力……"

李仁民率部为前锋，日夜兼程，全速开进。刚近山东境地，忽接司令长官孙连仲命令，日军矶谷师团已攻陷滕县，令他停止孤军深入。李仁民分析形势后，回电孙司令说："台儿庄西北有一制高点——天柱山，谁先占领谁就是胜利者，所以我军必先抢占。并请后续部队加速前进，以为援兵。"孙连仲接受了李仁民的意见，命部队加速前进。

翌日下午二时许，全团登上了天柱山。日寇濑谷见之，心里凉了半截，承认自己失算。李仁民趁敌人立足未稳，令大炮齐轰，全歼打头阵之敌。此时，汤恩伯的二十军团和孙连仲的第二集团军已陆续到位，将敌人层层包围，天柱山首战告捷，保证了台儿庄内外兵员流动、物资供应的畅通，士气倍增，但李仁民知道敌人是不会善罢甘休的。他一面加强戒备，一面请一些老家在东北的战士控诉日寇"三光"政策的罪行，使将士同仇敌忾，众志·成城。

不久，日军向天柱山发动疯狂的攻击，飞机、大炮、装甲、坦克倾巢出动。李仁民指挥若定，动中取静，静中观变，首尾相接。敌人攻击半月，反复冲杀无数回合，双方均伤亡惨重，尸横遍野，血流成河，但敌人始终未前进半步。他们感到拼死猛攻无益于事，便干脆只用重炮轰击，飞机狂炸，削弱我方力量。李仁民觉察到敌人战术的改变，便指导士兵如何构筑防护掩体，他正在示范时，一块弹片飞来，削去了他左肩一块长约十厘米、宽约五厘米的椭圆形肌肉，血流如注。他包扎一下，继续指挥，旁若无事。半小时后，又一块弹片剥开了他的额头皮，额头皮像帘子一样反垂下来，盖住双眼。他从容地解下绷带，将垂下的皮抹上去又继续指挥，官兵们要把他送下山去，他坚决不肯，决心与阵地共存亡。他的大无畏精神鼓舞着勇士们继续英勇杀敌。这时敌人向山头左翼发起猛烈攻击，山上已无救援的后备力量。李仁民决心用自己重伤的躯体，吸引敌人的火力。他用尽全力冲上制高点，振臂高呼："冲啊！杀尽鬼子救中国。"敌人的炮火很快被他乖乖吸引过来了。一块弹片从他的左肋钻进腹腔，他再也站不起来了。战地担架员苦苦求他上担架。他自知流血过多，已无法抢救，便沉重地断断续续地对面前的战友说："现在力量太小了，我不能在这关键时刻离开大家。"话音刚落，狡猾的敌人再次向山上冲来。李仁民神奇般地站起来，用带血的手臂指着前方高喊："勇士们！流尽最后一滴血，保卫我们祖国，保卫四万万五千万同胞！"敌人想，连日的轰击，山都低了好几尺，山顶上哪还有人呢？于是采取人海战术，日寇如蝗似蚁、漫山遍野地冲上来。李仁民忍着剧痛坚持督战，命令守护在身边的军需上士弟弟李新民捡起刚刚倒下的战士手中的轻机枪向敌人猛射。鬼子的猖狂进攻又一次被压下去了。此时通信员跑来报告，援军到了。反击的军号声响彻云霄，李仁民激动得热泪盈眶，从图囊里摸出纸和笔，写下了"吾死无憾，愿吾国万岁，吾民族永存不灭，国尚如此，家何患焉"的最后誓言。

师长周嵒在悼词中说："仁民是一个好同志，好将军，我们永远不会忘记你。"并宣读了嘉奖令，晋升为少将，抚恤家属银洋六千元。蒋介石的白绫挽幛上亲书"坚苦卓绝"四字，何应钦的挽幛上书"气壮山河"四字。[1]

---

[1] 本节文字为李仁民烈士的二弟李新民口述，三弟李伟庆整理成文。李新民又名宜之、金波。原在胞兄李仁民部，后系程潜部六十三师作战参谋主任。1949年在邵阳半边街起义，后在浏阳改编，任二十一兵团五十三军二一七师六五〇团二营营长。

台儿庄战役打响后，甘丽初率第九十三师奉命连夜车运徐州，预备增强汤恩伯军团的攻击力量。当陈金城第二七九旅抵达徐州时，日军已经开始由台儿庄败退，陈旅遂于4月14日在汤恩伯的指挥下，投入到追击日军的作战中，并协同友军将日军包围在税郭地区。但是日军此时已经得到增援，九十三师与友军各部久攻不下。同时由东向西进攻的日军绕过临沂守军直取向城，汤军团有腹背受敌的危险。最终汤恩伯下令撤围，部队退入连防山据守。

随着日军兵力的加强，中国军队数处防线皆被突破，战局逐渐发生逆转，第五战区司令长官李宗仁被迫下令放弃徐州。第九十三师在撤入连防山时已受到一定程度的损失，其后在阻击向城日军时部队又再度受创。当陈金城接到撤退命令时，他的部队已经陷入日军的包围态势之中。所幸陈金城在这个时候沉着指挥，率领己部突破了日军重重截击，在保留建制的情况下将部队带了出来。而另一路与九十三师同时突围的第六师最后则只剩下一团不到的兵力了。

第九十三师突围之后，因损失过重，师长甘丽初将部队被暂时缩编为三个团，暂由副师长兼第二七七旅旅长邓春华统一指挥，陈金城则奉命带领二七九旅旅部人员到陕西接收新兵。此时，陈金城的第二七九旅建制尚全，而邓春华的第二七七旅则几乎只剩下一个空壳了，对于此令，陈金城颇有微词。就在陈金城招兵整训的时候，收到了学长兼好友胡宗南的来信，应邀到第四十六师当副师长去了。

三、晋军：第三十二军第一三九师及战斗序列

近现代史，由于受三百多年的晋商遗风的浸润，三晋民风变的有些柔弱，但五千多年积淀下的厚重的军事文化，形成了雄健、强悍的三晋民风。阎锡山则是这三晋政治和军事的总代言人。清末新军第八十五、八十六标起义后，阎锡山将这支部队于1912年创建了晋绥军，属于国民革命军序列，晋是山西，绥是绥远，阎锡山的部队控制这两个地方，所以叫晋绥军，后又惯称晋军。其干部多是山西人。阎锡山所领导的晋绥军为推翻清政府，为抗击外蒙独立，为民族的抗战，为民族的独立、自由曾作出过重大贡献。这个强大的军事集团，在近现代史上曾扮演过重要的角色。

1928年2月，蒋介石在徐州召开军事会议，改编军队，成立四个集团军。阎锡山的北方国民军编为第三集团军，阎锡山任总司令。4月，蒋介石、冯玉祥、阎锡山、李宗仁四个集团军联合北伐。阎锡山的第三集团军不断扩编，

到 1928 年 7 月，他已拥有十一个军，辖三十个师。朱绶光为集团军参谋长、商震、杨爱源、徐永昌、傅存怀、傅作义、丰玉玺、张荫梧、谭庆林、李维新、徐源泉、方玉晋分任各军军长。此外，李培基、赵承绶、孙楚、高鸿文、王靖国、李服膺、陈长捷等都是他的重要将领。

阎锡山对晋绥军事集团这支部队的编制，很有个性和创造性。单独设立迫击炮团，手榴弹旅外加九个手榴弹营，仅此两项，便创造了中外历史的先河。这种编制在抵抗北洋军阀和日本鬼子的入侵，都发挥了重要作用。抗战时期，寺内寿一大将、板垣师团、东条英支部，都曾遇到这些晋绥军将领率部进行的顽强抵抗，吃了晋绥军的不少苦头。一支地方部队能有这样的表现和成就，这在近现代史上，恐怕只有桂系可以与之一比。

第三十二军前身是晋军之一部。1931 年 1 月，中原大战后，晋军第一军商震部接受张学良的改编，依中央军的番号顺序将东北军该军改编为第三十二军，商震任军长。下辖：第六十六、六十七师。7 月，商震率第六十七师的第一九八旅、第一九九旅奉命出晋，参加讨伐石友三的作战。1932 年 4 月，该军进行整编，第一九八旅改番号为独立第三十九旅，黄光华任旅长；第一九九旅改番号为独立第四十一旅，高鸿文任旅长；新兵旅改番号为独立第四十二旅，李吉村任旅长。1933 年 1 月，该军由山西开赴河北。同年 2 月，该军进行扩编，将所属各旅扩编为师，独立第三十九旅扩编为第一三九师，黄光华任师长；独立第四十一旅扩编为第一四一师，高鸿文任师长；独立第四十二旅扩编为第一四二师，李吉村任师长。该军扩编后，先后参加了长城抗战和冀东抗日作战。1936 年，该军由河北移防山西。同年 3 月，参加阻止红军东征的山西战役。

1937 年 9 月以第三十二军、骑兵第四军和第十一、第四十一师合并编成第二十集团军，商震为总司令，10 月任命万福麟为副总司令，12 月辖第五十三、第三十二军。1938 年辖第三十二军 1 个军。该集团军曾参加平汉路北段沿线抗战、豫鲁皖边地区之作战，担任祖粮寨迄黄河铁桥间的河防任务和黄河防守作战。第三十二军军长由集团军总司令商震兼任：辖第一三九师（黄光华），第一四一师（宋肯堂），第一四二师（吕济）。1938 年秋该军直属军事委员会。

1938 年 3 月，黄光华率领第一三九师，从开封上火车，到台儿庄南车辐山站下车增援台儿庄，颇有建树。台儿庄战役后，第一三九师奉命留在山东境内，与日军多次交战。

1939 年 3 月，第三十二军参加南昌会战，担任守备南昌的任务。南昌失守后，该军下辖第一三九、第一四一两个师。先后参加了第一、二次长沙会战、1939年冬季攻势作战、鄂西会战和常德会战。在常德会战后，该军撤回湖北整补。

1946年5月，国民党军队进行整编时，第三十二军改编为整编第三十二师，隶属第二绥靖区。军长唐永良改任师长。1947年7月，该师由豫北战场紧急调往鲁西南战场，在鲁西南战役中被人民解放军基本歼灭，残部逃到济宁，参加济宁防御作战。同年10月，整编第三十二师调至济南进行休整，师长唐永良因案被撤职，周庆祥接任师长。1948年3月，该军参加胶济路西段战役，被人民解放军全歼，师长周庆祥因"贻误战机"罪被枪毙。

1948年9月，整编第三十二师恢复第三十二军番号，赵琳任军长。此次整编后不久，该军在济南战役中被解放军全歼。该军番号被取消。

第一三九师战斗序列：

师长：黄光华【黄埔教官】、李兆瑛（代理）【黄埔高教班二期】
副师长：石彦懋
　参谋长：邓佐虞
　第一旅旅长：蒋修仁
　　副旅长：吕汝爽
　　第七一七团
　　第七一九团（补充团）
　第二旅旅长：李兆瑛、袁方中（代理）【黄埔九分校（新疆）教育长】
　　副旅长：马骥德
　　第七二四团
　　第七二六团
　补充第一团团长：马骥德

四、第一三九师黄埔师生台儿庄战斗

1938年2月，第一三九师奉命移防开封朱仙镇，担负黄河河防任务。此时，副师长李嘉霖调任第三十二军教导团教育长，遗缺由参谋长石彦懋接任，参谋长一职由邓佐虞接任。3月，黄光华率第一三九师奉命开赴徐州，归第五战区司令长官部直接指挥。当黄光华抵达徐州后，又奉命开赴台儿庄东南的车辐山、黄家楼地区沿运河南岸构筑工事，并归第二集团军总司令孙连仲指挥。

24日，日军猛攻台儿庄，第一三九师奉命在现驻地加紧构筑防御工事。

4月1日，就在第二十军团进入反攻位置时，第一三九师奉命开赴岔河镇并掩护孔庆桂炮兵第四团开赴邳县，归第二十军团军团长汤恩伯指挥。3日，第一三九师投入到对台儿庄日军的反攻中，负责耿庄、凤凰桥、三河口、邢家楼方面的作战。日军坂本支队据守要点顽强抵抗，第一三九师每进一步都要付出惨重代价，担负主攻任务的第七二六团因损失惨重而被调为预备队。黄光华改以补充第一团为主攻辅以第七一七团一部继续对贺庄、高家楼发起进攻。6日深夜，补充第一团团长马骦德利用夜色秘密潜入敌阵，不料中途为日军发现。马团长鉴于已有百余士兵突入敌阵，决定立即发起强攻，经三次肉搏，终以损失惨重而退回原阵地。与此同时，配合作战的第七二四团第一营也分别对凤凰桥、李庄、陈瓦房发起袭扰作战，以阻隔日军增援，第七一七团主力则向三河口方向挺进。7日，一三九师在得到重迫击炮第二营和第六师一个连的增援下继续对贺庄、高家楼发起进攻，仍无功而返。

4月9日，第一三九师经过整理，奉命以主力占领傅山、青石山、石城岗、平山等地，以掩护第二十军团继续对峄县的围攻，并派遣一部对向城日军发起围攻。14日，第一三九师奉命将阵地交由第四师后全部投入到对向城的围攻，并在占领向城后准备堵截由临沂增援的日军。当天日军据守向城的部队在外围日军的配合下开始突围，黄光华以所属第七一七团、第七二六团予以夹击，给突围日军以重创，其残部被迫退回向城。15日，黄光华命令所属三个团发起总攻，终于收复向城，全歼守城日军。此时，由于战场情况混乱，第一三九师与第二十军团部失去联络，但与第五战区司令长官部之间的联络仍畅通。这时日军坂本支队向台儿庄支援，第一三九师经连日作战，始终没有得到补充，黄光华担心以残破之师无力阻挡由临沂方向增援的日军，越级上报称敌势力强大，造成第五战区司令长官部误判，立即命令正在税郭围歼日军残部的第二十军团主力停止进攻立即收缩兵力。第二十军团军团长汤恩伯认为战区长官部的这一决定使己部丧失了围歼日军的机会，便以"贻误战机"为由擅自将黄光华撤职查办，改以第二旅旅长李兆锁代理师长之职。

鉴于第一三九师连日进攻损失过重，被汤恩伯调到洪山镇休整，并改归第九十二军军长李仙洲指挥。

黄光华身为杂牌，经此变故而又无处申诉，遂被迫返回军部报道，被商震委以第三十二军中将总参议的虚职。半年后，失意的黄光华携带妻儿举家迁居云南昆明，离开军界，过起了隐居生活。

五、黄埔人物（八）

（276）陈金城

陈金城（1904.3.5—1983.1.6）　字都，后改字精诚，又名陈精诚、陈金黻，安徽全椒县界首街人。黄埔军校第二期工兵科。历任国民革命军第一师三旅五团一营营长，开封行营讨逆军第二军团独立第三十三旅六九九团上校团长，中央陆军军官学校第七分校第十六期第四总队少将总队长，后提升为胡宗南部师长。1944年日军发动湘桂战争，南进广西，侵贵州危及陪都重庆。陈金城师被空运贵州防堵，与日军激战于独山。日军退出贵州后，晋升为军长。

1948年4月27日，时任第九十六军中将军长的陈金城，在山东潍县被俘。1959年获特赦，任江苏省文史馆馆员。

陈家世代经商，家境较为富裕，自幼便受到了良好的教育。1921年在县立中学毕业后，继考入与全椒相邻的南京蚕桑学校学习。就学期间，陈金城目睹了列强欺凌中国，以及北洋政府无能的种种窘境，使他深刻认识到救国的必要性。在接受了革命思想的熏陶后，他认为只有使用枪杆子推翻现有腐败政府，重建一个民主国家才是救国之道。

1924年在蚕桑学校毕业返家后的陈金城听闻他的中学同学们纷纷应考黄埔军校第一期，便将自己也想投考黄埔军校的想法告诉了长辈。结果他的父母表示反对，而他的姨父盛竹虚极表支持。正巧盛竹虚的学生杨虎正在广东担任北伐讨贼军第二军第一师师长，陈金城便带着姨夫的介绍信，只身一人前往广东求学。

陈金城抵达广东后得知黄埔军校第一期已招生完毕，无奈间只得在杨虎的第一师师部当一名差遣。几天后广州公安局局长吴铁城举办警卫军讲武堂，求学心切的陈金城便立即辞去差遣，以备取生第一名的成绩进入了讲武堂。1924年10月，警卫军讲武堂奉命并入黄埔军校，长久以来的梦想终于要实现了。在经过并校程序之后，陈金城以优异的考核成绩被编入黄埔军校第二期工兵科学习。由于当时军校缺乏工兵教练器材，学员很难掌握到工兵技术，陈金城便申请调往步兵科，被编为第二队学员。

陈金城在黄埔军校就学期间勤奋刻苦，成绩始终名列前茅，被第二队队长郜子举任命为学习小组长。之后又在区队长惠东升的介绍下，加入了青年军人联合会。青年军人联合会是由共产党员组织的团体，而由国民党员组织的孙文主义学会则与青军会形成鲜明的反差，由于两会政见不同，双方时常发生争执，最终导致了枪击事件的发生。1926 年 3 月，校长蒋中正下令解散青军会，共产党为了国共合作的顺利，便被迫接受了这一命令。

由于陈金城并非共产党员，在两会争执期间，他也没有参与进去。加上他擅于交际，在军校一、二、三期学员中的人脉十分广泛，后来成为军队中重要高级将领的胡宗南（一期）、王耀武（三期）等人都和他成为了好友。而陈金城亦在一期学长胡宗南、冷欣等人的影响下脱离青军会，转而加入了孙学会。所以当青军会被迫解散时，已经是连长的陈金城并未受到丝毫影响，他也暗自庆幸自己的及时转会。

军校毕业后，陈金城参加了东征、北伐，后又随第九十三师"围剿"红军。卢沟桥事变后，此时率部驻防虎门、宝安的陈金城，数次请命北上参战。同年 12 月首都南京吃紧，在经过三个月等待的陈金城终于接到了北上参战的命令。但是随着南京的沦陷，部队失去增援目标，便暂时在浙西地区驻扎了下来。

1938 年 3 月台儿庄战役开始后，第九十三师奉命连夜车运徐州，预备增强汤恩伯军团的攻击力量。当陈金城旅抵达徐州时，日军已经开始由台儿庄败退，陈旅遂于 4 月 14 日在汤恩伯的指挥下，投入到追击日军的作战中。

台儿庄战役后，陈金城就任胡宗南的第四十六师副师长。1938 年 8 月，陈金城前往西安面见胡宗南时，胡要他留在西安的军校第七分校里兼任第十五期第五总队的少将总队长。陈金城不便拒绝，于是勉强的答应了下来。10 月 29 日，陈金城被晋升为陆军少将。同时七分校第 16 期学生入校，陈金城又改兼第 16 期第四总队总队长。就这样，他长期留在军校从事教育工作。一直到 1940 年 4 月第 16 期学生毕业之后，胡宗南决定陈去一○九师当中将师长。

1944 年 4 月，在河南的第九军因作战不利，上阵仅三天便垮了下来。时任第一战区副司令长官的胡宗南为了整顿这支队伍，便调陈金城去接任军长。

抗战胜利后，陈金城通过王耀武的帮助，调到第四方面军，曾协助王耀武在长沙地区接受日军投降。1946 年 1 月，陈金城随部移驻武昌，一个月后又前往济南。3 月 1 日，第四方面军司令长官部奉命改编为第二绥靖区司令部，陈金城于是改任二绥区中将高级参谋。此时，陈金城充当了调解王耀武与李仙洲言归于好，精诚合作的和事佬的角色。此时，第九十六军军长廖运泽也以"戎马多年、体力不支"为由递交了辞职报告。王耀武决定由陈金城去接任军长。同时为了培养干部，王耀武还要陈金城兼任二绥区干部训练班的队长。

1948 年 4 月 26 日，解放军山东野战军第九纵队以两个师的兵力向潍县发起猛烈进攻时，守军陈金城召集部属，传达了突围的命令。27 日天明时分，陈金城跟着旅长汪安澜率领的 300 余人由东门突围，但出城不久即被解放军发现，部队马上就被打散。随后陈金城在卫士的保护下东躲西藏，经过一天的辗转，还真的突了出去。照理既然突围了，便不会有事，但是命运却给陈金城开了一个玩笑。由于在突围时，陈金城连吓带累，已经十分疲劳，在得知已经突围成功后，全身紧绷的神经一下子松懈下来，不久便迷迷糊糊的睡了。等到中午醒来时，发现自己已经在俘虏行列之中，于是就这么莫名其妙的结束了他的军旅生涯。同他一起被俘的还有参谋长李友尚、整编第二一二旅副旅长杨健等人。而那位在突围时声称要"誓死保护军长"的汪安澜却逃了出去。

在高级俘虏团，战俘们则吃中灶，星期天还单独加菜，不仅能经常吃到肉、蛋、鸡、鸭、鱼，有时还能吃到青岛运来的海产品，还供应香烟和水果。被俘军官们可以在划定的范围内自由散步、交谈，中将以上高级被俘军官还集中住独院（民房）。他们还可以到附近街市上购买东西，也可以用自己的钱改善生活。尽管如此，被俘时任国民党第九十六军军长、中将陈金城，利用高级战俘宽松的学习和生活环境，常常在私下大放厥词，如对原西北军的被俘军官们说："你们拥护冯玉祥，我拥护蒋介石！"更有一次他借喝醉酒的机会，肆无忌惮地高呼："蒋介石万岁！"

这在当时的被俘将领中也是绝无仅有的。他的这些行为，受到了华东解放军官团团长季方的严厉批评，也遭到了其他被俘将官的反对。陈金城见自己势单力孤，便在表面上有所收敛，但是他的根本政治立场仍旧没有改变。为了求得生存，陈金城从此沉默寡言，常常独处。这样的情况一直维持到王耀武在济南被俘后才得到改变。

王耀武被俘后，陈金城曾经要求见王。为此华东军区特地将陈金城从解放军官团接到军区，让他和王耀武见了面。陈金城此时的心情是又惊又喜又悲。在经历一场生死浩劫、人生的大起大落之后，两名当年的好友兼战友竟然沦落为阶下囚，其酸甜苦辣恐怕也只有他们自己才能体会的到。当陈金城和王耀武倾诉了一个通宵后（在场的还有整编第十二军军长霍守义），他们在第二天又受到了解放军华东军区政治部主任舒同的接见。在这一天的深刻交谈中，陈金城的思想终于有了改变。曾在淮海战役期间，和霍守义联名写了一份动员国民党军队官兵归属解放军的广播电，并且还表示愿意将自己的大量财产和房产、农场交公。此后他进入功德林后还被任命为学习组长。

在 1956 年的全国政协扩大会议上，第一批特赦的王耀武和与陈金城交往不深的卫立煌、郑洞国等人都提出要特赦他，而理由竟然是"与胡宗南有较好的关系"。终于，陈金城的名字出现在 1960 年 11 月 28 日的第二批特赦战犯名单中。

陈金城获得特赦后，因为家人都在南京，便被分配到南京国营木器厂当工人，一年后被聘任江苏省文史研究馆馆员。"文革"期间，陈金城不可避免的受到了"造反派"的冲击，但他却奇迹般的"毫发无损"，这在当时不可不说是一个奇迹。

"文革"结束后，陈金城恢复了名誉，仍旧当文史馆专员。

1983 年 1 月 6 日，因病在南京逝世，享年 79 岁。

著有《潍坊战役国民党军被歼经过》《国共合作无坚不摧》等。

（277）邓春华

邓春华（1900.2.25—1970.8.13）　原名邓世仁，字君实。广东省（今属海南儋州和庆镇）临高县和祥乡人。黄埔军校第一期第一队，中央陆军军官学校高等教育班第五期毕业。

世代务农，家境富裕。私立华美初级中学、广东公立法政专门学校毕业，曾任粤军义勇军第五支队第二营排、连、营长。1924 年春由谢殿光（国民党琼州临时党部执行委员）、丘海云（广东省澄迈县人）保荐投考黄埔军校第一期，同年 5 月入第一队学习。1924 年 5 月 15 日由谢殿光、丘海云介绍加入国民党。1924 年 9 月与第一队学员赴韶关大本营，担负孙中山的警卫工作。1924 年 11 月毕业。后历任军校教导第二团（团长王柏龄）排长、1925 年任党军第一旅连长，国民革命军第一军第二师营长。1925 年 11 月调升独立第二师第四团第三营营长。1926 年 1 月独立第二师改编为第十四师。任第十四师第四十团（团长薛岳）第三营营长。1927 年 11 月升任第十四师第四十一团（团长楼景越）副团长。

1928 年 3 月任第十四师第二团（团长楼景越）副团长。1928 年 7 月任第二师第四旅第八团（团长楼景越）团附。1929 年任第二师师特别党部执行委员。1929 年 10 月调升独立第十五旅（旅长唐云山）第二团团长。1931 年 4 月所部改称独立第三十三旅第六九八团任团长。12 月 7 日获颁五等宝鼎章。

1933 年 10 月 14 日独立第三十三旅改编为第九十三师（师长唐云山），升任副师长。1935 年 5 月任第九十三师（师长甘丽初）副师长兼第二七七旅旅长。1936年8月带职入中央军校高教班第五期学习。11月12日晋颁四等宝鼎勋章。1937年7月从中央军校高教班毕业。

1938年10月29日被国民政府授予陆军少将。1938年12月调任军政部（部长何应钦）第五补充兵训练处处长。1945年任山东丽云师管区司令。1945年10月10日获颁忠勤勋章。同月调任军政部第十六军官总队副总队长。

1946年5月5日获颁胜利勋章。同月入中央训练团将官班受训。1946年8月调入中央训练团兵役班第一期受训。1946年9月从中央训练团兵役班结业。后派任滇西师管区司令。1948年3月调任陆军第九训练处（处长陈沛）副处长。1949年3月调任第一〇九军（军长钟彬）副军长。1949年5月升任第一〇九军军长。同年10月该军在广东曲江被歼一部，余部被编并，该军番号撤销。1950年1月调任海南防卫军第三路（司令容有略）副司令官。

1950年4月撤往台湾任高雄要塞司令，5月调任"国防部"高参。1954年1月当选"国大"（临高县）代表。1954年11月调任"光复大陆设计研究委员会"委员。

1970年8月13日，在台北逝世，享年71岁。

邓春华次子邓崇雄，曾任蒋经国专机驾驶员，后任台北空军司令官，后调驻台湾海峡任海军陆战队少将司令官。

（278）甘丽初

甘丽初（1901—1950）　字日如，广西省容县容州镇大榄村人，黄埔军校第一期第二队。

早年就读于容县县立中学。1922年，甘丽初顺利考上了广州农业专科学校，家人东挪西借才让他顺利入读。可是在他还有两个学期就要毕业的时候，学费再次成了他继续学业的拦路虎。家人为了让他能够安心读书，就瞒着他把家里的一头耕牛给卖掉了。后来，甘丽初还是知道了这件事情。他不愿继续拖累家人，就辍学回家了。1924年4月考入黄埔学校第一期，编在第二队学习。11月毕业后在教导团任排长、连长。参加第一、二次东征，并因功升任营长。1926年7月，参加北伐战争。因桐庐之战有功，1927年升任第一军第一师第三团团长。后任第一师副师长。1928年4月，率部参加蒋介石发起的第二期北伐，1928年7月，根据编遣决议，以第一军第一师全部、第二十二师和军教导各一部、第三十三军第三师全部合并缩编而成第九师，下辖：第二十五旅，第二十六旅，第二十七旅。甘丽初改任第九师第二十五旅旅长，1929 年率部参加蒋桂战争。11 至 12 月，又参加蒋介石和冯玉祥及唐生智之间的战争。1930 年 4 月，参加蒋冯阎中原大战，并任第九师副师长。

1931 年 6 月，率部参加对中央苏区的第三次"围剿"。1932 年 4 月，由蒋介石特批作为旁听学员入陆军大学正则班第十期学习，9 月 26 日任参谋本部高级参谋。1935 年 4 月，陆军大学毕业，1935 年 9 月，第九十三师师长唐云山他调，甘丽初升任师长。1936 年 1 月 29 日，被国民政府授予陆军少将，1936 年 10 月 5 日被晋升为陆军中将。

抗战爆发后，1938 年 3 月，率部参加台儿庄会战。1938 年 8 月为加强武汉方面对日作战军事力量，国民政府以第五军第九十三师为基础扩编为第六军（下辖：第九十三师，甘兼任师长）。甘升任军长（隶属第三十二军团）。率部参加武汉会战。1939 年 12 月，率第六军参加桂南昆仑战役，同杜聿明的第五军等部队一起，给日军沉重打击。1942 年 3 月，甘丽初的第六军、杜聿明的第五军、张轸的第六十六军编为中国远征军，率部自滇西开入缅甸，对日作战。甘率所部九十三师（师长吕国栓）、四十九师（师长李精一）、暂编五十五师（师长陈勉吾）三个师在缅甸东部的毛奇、雷列姆等地抗击日军进攻，后被日军击溃，由缅甸的景东退到云南的思茅、普洱一带，全军仅存6000 余人，1943 年 1 月甘因入缅作战指挥不力被免去第六军军长职务。由黄杰接任军长。1943 年调任中央军校第六分校主任（该分校于 1945 年 11 月奉命裁撤，在校受训毕业学生并入成都本校继续受训），并兼任西南干部训练团副教育长。1944 年 9 月又兼任粤桂湘边区总指挥，1944 年 10 月甘丽初接任第九十三军军长兼第十六集团军副总司令。1945 年 4 月，第九十三军被裁减，军长甘丽初改任第二方面军参谋长。

抗战胜利后，甘丽初先后担任国民政府军事委员会广州行营参谋长、广州绥靖公署参谋长等职。淮海战役结束之后，为将广西重建为反共游击根据地，新桂系高层遂向国民党中央建议，成立"桂林绥靖公署"，直接隶属华中军政长官公署指挥（长官白崇禧），并推荐其副长官李品仙兼任桂林绥靖公署主任。此议得到国民党中央的批准，1949 年 2 月 9 日行政院会议决定成立桂林绥靖公署，以李品仙为主任。5 月 18 日，甘担任桂林绥靖公署副主任（增设）。1949 年 8 月任广西军政督导团团长，10 月兼桂东军政长官（副司令官甘竞生）。10 月兼广西民众反共救国军第十军军长（下辖：第二十八师，第二十九师），因与国军番号雷同，1949 年 10 月 25 日第十军改番号为新编第十军。甘率残部继续顽抗先后在广西等地指挥作战。

1950 年冬，与人民解放军的战斗中，在大瑶山阵亡。

1959 年 10 月，在台湾的蒋介石没有忘记这名黄埔一期的学生，追授甘丽初为陆军上将。

（279）黄光华

黄光华（1892.11.17—1972.4.4）　字函复，安徽凤阳人。国民党军队中将。保定军校二期毕业，黄埔军校教官。

辛亥革命时南下，任南方革命军第一军讲武堂教官。1917 年参加孙中山领导的南方革命军第一军第一师，自排长积功升为师长。1924 年 7 月任黄埔军校教官，1933 年 3 月参加长城抗战，成为第 29 位青天白日勋章获得者。1934 年驻军广西兴安，兼任广西保安司令。台儿庄战役时以贻误军机罪被撤职。1939 年任中央军事委员会高级参谋长，桂林办公厅主任。1941 任军委会远征军事务执法总监。1943 年任中央军事委员会驻云南昆明远征军总监部总监，西南干训团团副，航空运输部司令。

新中国成立后任中共广西桂林第一、二、三届政协委员。"文革"时遭关押。

出生在安徽省凤阳县府城内的一户书香门第。黄光华在家中行二，有一兄一妹，父名振邦，为清末秀才，主掌家务，二叔开办私塾，三叔、四叔经商，家境小康。黄光华六岁时进入二叔开办的私塾接受启蒙教育，1905 年升入县高等小学校。黄光华于 1907 年秉承父意，改入位于安庆的安徽陆军小学堂第三期习军事。三年后升入南京陆军第四中学堂。辛亥革命爆发时，黄光华等人分批前往武昌参加革命，被任命为革命军第一讲武学堂教官。中华民国成立后，清政府设立的四所陆军中学堂被全被撤销。位于北京清河的陆军第一中学堂改编为陆军第一预备学校（校长商德全），黄光华于同年 4 月前往南京入伍生队受训，两个月后即编入预校第一期继续学业。

两年后，黄光华被分配到驻防北苑的第十师（师长卢永祥）工兵营接受为期六个月的入伍锻炼，随后升入保定军校（校长曲同丰）第二期，仍习工科。保定军校是当时全国唯一一所正规军官学校，其学科教育全盘仿效日本，精神教育则以忠君报国为主旨。在第二期的开学典礼上，校长曲同丰先率全体师生向总统袁世凯像行鞠躬礼，随后黄光华等学员向校长和教官鞠躬，在同学互致鞠躬礼后即按照袁世凯所颁誓言，举手发誓，内有"服从命令，尽忠报国，如违誓言，天诛法谴"等语。黄光华所在的工兵连有学员 80 名，但以后在军界中有所发展并进阶将军者仅有黄光华、马典符、耿志介、秦绍观、李云杰等五人。黄光华在经过两年的学习后于 1916 年 6 月毕业，此时袁世凯正搞帝制，改元洪宪。黄光华等反对袁世凯独裁的学员们决定前往上海进行倒袁运动。未几袁氏病逝，黄光华重返北京，旋因仰慕在东北起义的商震将军之名，遂前往山西投军，从此在商震麾下效力达二十余年。

黄光华血战台儿庄，只因通信不通、信息有误，遭汤恩伯撤职。身为杂牌部队，经此变故而又无处申诉，遂被迫返回军部报道，被商震委以第三十二军中将总参议的虚职。半年后，失意的黄光华携带妻儿举家迁居云南昆明，过起了隐居生活。1939 年 7 月又举家迁居四川江津。同年 9 月，黄光华得到保定校友张治中的推荐，被送入中央训练团政治训练班第四期受训，同时兼任该期第一大队大队附。两个月后，黄光华于结业之后被任命为军事委员会中将高级参谋，仍处赋闲阶段。1941 年 3 月，军事委员会为了在西康省境内实行"限期禁绝烟毒"的目的，特成立西康省禁烟执法监（执法监李伴奎）。该执法监下属康雅区禁烟执法监调黄光华充任。黄光华到任后拟再有一番作为，但中央派遣之执法大员多利用此名义从中牟取暴利，黄光华虽屡次在驻军的配合下惩办种植、贩运者，但在这种风气之下，始终禁而不绝，反而是越禁越种。黄光华在此情况下日渐消极，遂又于 1943 年 4 月被调回军委会，仍任中将高参直至抗战胜利。

1946 年 7 月 31 日，黄光华奉命退役，并将住在江津的家室迁回凤阳，以微薄的退役金维持家计。随着国民政府在全国各大战场屡战屡败的消息传来，黄光华已对政府失去了信心。1949 年 6 月，黄光华举家迁往广西桂林，以期避开是非之地。而黄家的经济情况逐渐陷入窘境。为了维持家计，黄光华除拍卖衣物之外，还经营起小本生意，如卖面包、油堆、香烟摊等，此后还开办起连环画图书摊，勉强维持了一家七口人的生活。

1949 年 11 月 22 日，当解放军进驻桂林之后，黄光华以一介平民的身份成为了中华人民共和国的公民。1950 年 12 月，桂林全市开始了镇压反革命运动，黄光华因是旧军官，遂到桂林市公安局登记，并缴纳原国民政府时期的证件。

公安局按照坦白从宽的政策，决定对黄光华不予追究，仍以普通公民身份对待。1953 年 11 月桂林市第一次普选时，黄光华还被推荐参加选举。然而到了 1956 年 1 月 8 日，黄光华突然被老家凤阳县公安局派遣的两名警察宣布逮捕。黄光华被押解回原籍后，在精神上受到了很大刺激，县公安局以黄光华为"反革命分子"送交县人民检察院判决。县人民检察院检察长曹金山在经过反复调查研究之后，驳回了县公安局的起诉。其理由有"虽是匪军官有一定罪恶均属于战场敌对不予追究""退休回家后……未有反革命事情""有进步思想要求工作，同时有两个儿女在我方工作"等。

黄光华于8月15日无罪开释后，前往北京欲联系张治中解决工作问题，但因故未果，在结拜兄长李培基家中住了半个多月后于9月17日返回桂林家中，不久即得到桂林民革联系并参加学习。此前经营书摊生意因被捕而被迫停业，此时也由于身体精神等原因而不再复业。

1957年4月，黄光华被吸纳为民革桂林市成员。1958年3月，黄光华又被推举为中共桂林市政协第一、二、三届委员。1966年遭关押。

1972年4月4日，在桂林病逝，享年80岁。

（280）李仁民

李仁民（1901.4—1938.4.4）　字海波，湖南湘乡山枣镇洪塘片人。黄埔军校第四期学员。在台儿庄抗日战场上英勇殉国，追授少将军衔。

自幼聪颖，酷爱读书，曾就读于湘乡驻省中学，以稿酬维持生活及学杂费用，有时还有少许钱支援家中。

五四运动爆发时，年仅18岁的李仁民毅然投笔从戎，由士兵至班、排长，后考入黄埔军校第四期。毕业后，历任连、营、团长等职。

1938年，任国民党陆军第七十五军六师三十四团上校团长。3月，参加台儿庄会战。4月初，在台儿庄东北向城一带同日军作战。率队多次与敌人肉搏，击退日军主力。后在天柱山附近又与敌激战，带领官兵奋勇杀敌，解除日军对整个战役的威胁。作战中，身受三处重伤，仍从容指挥。

4月4日，伤势恶化，不幸牺牲。

（281）李兆瑛

李兆瑛（1898—？ ）　原名兆瑛，又名兆锁，别号警亚，河北安国人。县立高等小学堂、安国初级师范学校、保定陆军军官学校第九期工兵科、南京中央陆军军官学校高等教育班第二期毕业。陆军大学特别班第五期毕业。

历任国民军第一军第十五旅（旅长张自忠）骑兵营连长、营长等职。1927年春，任国民革命军第三集

团军第一军第一师第一旅骑兵营营长，冀州警备旅第二团副团长等职。1931年10月，任陆军第三十二军（军长商震）第一四二师（师长李杏村）步兵第一七五团团长。1933年春，率部参加长城抗战。1936年12月，任陆军第三十二军（军长商震兼）第一三九师（师长黄光华）第一旅旅长等职。

抗日战争全面爆发后，任第一战区第二十集团军（总司令商震）第三十二军（军长商震兼）第一三九师（师长黄光华）第一旅旅长，率部参加徐州会战，战役中代替黄光华第一三九师师长。后任第二十集团军（总司令商）部参谋长等职。1938年7月，任第九战区第二十集团军第三十二军第一三九师师长，率部参加武汉会战。1939年7月3日，任陆军少将。1939年9月，任第九战区第一集团军（总司令龙云）第三十二军（军长宋肯堂）副军长，不久配属第十九集团军（总司令罗卓英）序列，先后率部参加南昌会战、第一次长沙会战诸役。

1940年7月，保送陆军大学特别班学习。1942年7月，毕业。后任第六战区第二十六集团军（总司令周嵒）第三十二军（军长宋肯堂）副军长等职。1944年1月，转任冀察战区总司令（蒋鼎文兼）部高级参谋，后任河北永川师管区司令部司令官，冀中师管区司令部司令官等职。

1946年7月，任河北省冀北师管区司令官。1947年4月，入中央军官训练团受训，结业后返任原职。

（282）欧阳莱

欧阳莱（1900.4—？） 又名欧阳宙莱，湖南宜章县长策乡老屋村人。1925年在黄埔军校肄业。

1920年入宜章县立高等小学学习，毕业后考入郴州第七联合中学就读。1924年到广州，入国民党孙中山大本营军政部陆军讲武学校第一期接受军事训练，同年3月加入国民党。1925年在黄埔陆军军官学校肄业。

1926年欧阳莱在以程潜为军长的国民革命军第六军属下任连长，随军北伐攻入福建，次年任营长。1929年任第六师独立旅三团一营营长，随军开赴河南新郑一带作战。1931年任独立旅补充团团长。1934年调第六师师部任上校附员。

1936年进入南京参谋部陆军大学学习，次年学习期满后仍回第六师任原职。1939年欧阳莱调任南京参谋总长办公室少将高级参谋，兼任第一战区司令长官部总务处长。1940年任五十二军副军长兼代理第二十三师师长。1941年调任新编第二军中将副军长，兼任第三十一集团军党政总队总队长、河南信罗师管区司令员等职。1943年7月在重庆加入"三青团"。1945年2月20日授予陆军少将。

1946年任河南军管区中将兵役督导专员。1947年调湖南军管区任中将兵役督导专员。

1949年8月4日欧阳棻随程潜参加湖南和平起义。

1950年3月，赴宜章、资兴、汝城等地区协助人民解放军剿匪，先后争取了匪首薛家书、欧海等人投诚自首。1951年任郴州专署土改委员会委员、清理积案委员会委员、湘南行署参事等职。1953年任湘南行署森林工业局第一副局长。1958年调任衡阳专署林业局副局长。1962年任零陵专署森林工业局副局长。1966年任湖南省人民委员会参事室参事。

欧阳棻系宜章县首届和第二届各界人民代表会议代表，湖南省第二届各界人民代表会议代表，第一、二、三届湖南省政协委员。

（283）彭佐熙

彭佐熙（1900—1986.1.12）　字文雍，广东罗定县生江区双脉乡双脉村人。佛山武备专门学堂、黄埔军校第二期辎重科、高教班第三期毕业。

历任国民革命军东征司令部中尉参谋，第十八师五十四团一营营长。独立第十五旅二团营长、中校参谋主任。1935年春任第九十三师五五七团中校副团长。抗战爆发后，任第五五七团上校团长，第九十三师二一九旅少将旅长。1939年6月任第九十三师副师长兼政治部主任。1945年夏任第九十三师师长。先后率部参加徐州会战、衡常会战、昆仑关会战、远征印缅抗战诸役。1948年9月授陆军少将，任第二十六军副军长。

1949年冬任第八兵团副司令兼第二十六军军长。所部同年底退踞越南金兰湾，1950年任留越国军管训总处副司令官兼第三管训处处长。1953年夏接运台湾。任台湾中部防守区副司令官。1955年春任"战略设计委员会"委员。1964年退役，任台湾糖业公司顾问。

黄埔军校二期辎重科毕业后，他和十二军最后一任军长舒荣都属于"学非所用"的人物。因为步科毕业的舒荣混进了辎重兵队伍，而彭佐熙正好相反，辎科毕业的他却混进了步兵队伍发展。他从排长干起，随后连、营、团、旅、师、军长一个没少，此外他还当过参谋、参谋主任、参谋长，就连政治部主任他也当过，堪称"队职履历"的完人。

彭佐熙的运气出奇地好。当国民党军队开始北伐，他就从排长的岗位上调到留守部队里当参谋。军阀混战开始了，他又从连长的岗位上调到兵站当副官。"围剿"红军开始了，他又从营长的岗位上被送到高教班去进修，毕业之后升团长了，总算是跟着部队追了长征的红军几天。

抗战开始后，时任第九十三师第五五七团团长的彭佐熙，就参加了闻名全国的台儿庄战役。虽然第九十三师属助攻部队，但台儿庄大捷，旗开得胜。

此后彭佐熙升任第九十三师副师长（吕国铨担任师长），这个师被军委会布置在缅甸与中国之间的边界，作为拱卫边陲的国防力量。其间作为中国远征军其中一支部队，第九十三师和依附日本的泰国伪军时有接触。

彭佐熙在抗战胜利前夕，正式接任了九十三师师长一职。第九十三师是唯一一支开赴泰国境内受降的中国军队。

内战时期的九十三师一直被布置在云南，归余程万的二十六军指挥。

1949 年，彭佐熙受命反攻昆明，彭佐熙不负使命，在和第八军一七〇师的互相配合下（孙进贤任一七〇师师长），打得卢汉的起义部队焦头烂额，终于迫使卢汉释放了余程万和李弥等人，彭佐熙也由此当上了二十六军的中将军长。

当军长还没到一个月，第二十六军就被解放军击溃了。彭佐熙收拢了残部，决定和副军长叶植楠分两路突围到越南去。好不容易到了越南，又被法国军队缴械拘押。最后在台湾"政府"的交涉下，彭佐熙获得了自由，并且在法国人规定的富国岛上协助黄杰整顿残军，并在那里度过了四年的艰苦岁月。

1954 年 3 月，彭佐熙奉命调回台湾任职。10 年后，彭佐熙正式退役，此后他以读书、写字、栽花、种菜自娱，安逸地度过了余生。

1986 年 1 月 12 日，在台北病逝，享年 86 岁。

遗作编入《彭佐熙将军纪念册》《彭佐熙将军八秩荣庆录》等。

（284）裴　轸

裴　轸（1908.2—1993.3）　浙江嵊县崇仁人。上海法政大学毕业，参加北伐后，进中央军校军官研究班。曾任国民党中央军校政治部科长，《黄埔》杂志社社长兼主编。

历任第二师政训处长,第七十五军副官处长,预二师副师长、师长,十八军政治部主任,第六战区干训团政治部少将主任,侍从室第一处少将参事等职。

1948 年赴台,任东南军政长官公署高参等。

著有《轨迹寻痕录》。年届 72 岁时,撰联《自挽》:才高志大命蹇,徒有巨椽述世变;识远知阂时乖,留得风骚待论评。

(285)沈澄年

沈澄年(1903—1979) 字渐之,浙江省余姚县沈湾人。黄埔军校第五期步科毕业。陆军大学正则班第十一期毕业。

历任浙江第二师见习,国民革命军第二十六军排长、连长,浙江省保安第二旅营长、团附,第六师教导团团长。抗日战争爆发后,任第七十五军补充第一旅副旅长、旅长,第七十五军第六师副师长、师长。1943 年任第二十六集团军第七十五军副军长。先后参加淞沪会战、徐州会战、浙赣会战和常德会战。

1946 年起任整编第七十五师师长,1948 年 7 月 2 日,在河南睢县被人民解放军俘虏。

新中国成立后,先后担任华北军政大学战术主任教员,中国人民解放军南京军事学院战术组长等职。是少数前国民党军队高级将领得以在大陆未囚禁且善终者。

沈是电影《南征北战》中国民党师长的原型。

(286)唐 谦

唐 谦(1912—1938.9) 字益之,甘肃榆中县清水镇(今清水驿)人,甘肃学院、黄埔军校第十期骑兵队(骑兵科)。军校毕业后分配到了国民革命军第七十五军第六师三十六团二营骑兵连,任排长、连长。

出生在一个半农半商家庭。1931 年考入甘肃学院(兰州大学前身),九一八事变后,萌生了从军报国的念头,他私下联络了志同道合的七八个同学,瞒着家人悄悄从甘肃学院退学,报考了南京中央陆军军官学校（黄埔军校），被分入了骑兵科（骑兵队）。

毕业后分配到了国民革命军第六师三十六团二营骑兵连任排长。

1938 年，参加了著名的台儿庄战役。在台儿庄战役中唐谦作战勇敢，指挥得当。战场上，连长黄永胜阵亡后，唐谦被提升为连长。台儿庄之战后，唐谦曾给家里写了一封信，问候家人、妻女和父老乡亲。后来他在枣庄时，写信说要去武汉参加抗日"会战"了。谁知他参加了武汉会战后，就杳无音信。直到有一天，一纸阵亡通知忽然而至。

在南京第二历史档案馆找到的《请恤故员兵唐谦等七十员名》的文件，这是国民政府主席林森签署的批准对唐谦等 70 人的抚恤文件，文件上记录了唐谦所属部队的番号、阵亡地点、家属抚恤情况。文件的签署日期是民国二十九年（1940 年）七月三日。唐谦隶属陆军六师，阵亡地点为湖北阳新。

1938 年 3 月，第六师参加徐州会战，解台儿庄之围，促成台儿庄战役之大捷，随后参加了武汉保卫战。

根据国民政府的文件，唐谦是在湖北阳新阵亡的。他参加了阳新阻击战。这场阻击战异常惨烈。当时，日军的目的是沿瑞武公路西进，企图切断粤汉铁路，从侧后攻击武昌，包抄中国军队主力。战至 9 月 24 日，码头镇、富池口（属阳新）先后陷落。第二兵团在张发奎的组织下，第六、第五十四、第七十五、第九十八军和第二十六、第三十军团等部在阳新地区防御，同敌人死战到底。9 月 28 日，日军步兵在飞机、坦克、重炮的掩护下向中国军队发动猛攻。

唐谦牺牲的时间就是 9 月 28 日前后，此时阳新阻击战最为激烈。唐谦的弟弟唐勇搜集到了一些唐谦牺牲时的细节。唐谦指挥着骑兵连充分发挥了骑兵机动灵活的优势，屡次冲垮日军散兵线，多次打乱日军部署。起初，日军调动三辆坦克围攻他们，但唐谦指挥战士巧妙穿插，冲出日军包围。最后，日军调集了 8 辆坦克，呈扇形向他们压过来。此时，唐谦他们退无可退，只有血战到底。唐谦率领骑兵们同日军进行了殊死搏斗，以血肉之躯上演了"骑兵打坦克"的悲壮一幕，战斗中唐谦中弹落马，随后被日军坦克压过。

武汉会战结束后，唐谦所在的第六师长期驻防宜昌，抗击日寇向重庆的进犯，直到抗战结束前夕，才撤回四川休整。由于六师抗敌有功，国民政府专门在宜昌为陆军六师修建了阵亡将士公墓，所有阵亡官兵的名单都刻在纪念碑上。

1940 年，县长马元凤代表县政府向烈士家属赠送了大匾，匾中间是"英烈可风"四个大字，上款为"少校营长唐谦烈士"，落款为"榆中县政府赠"。唐谦的母校清水中心小学全体教师和六年级学生赠送了"抗日烈士唐谦气壮山河"的匾额。

（287）袁方中

袁方中（1891—1970）　别号用民，祖籍山东濮阳，生于河南内黄。天津优级师范学校、直隶陆军小学堂、北京清河陆军第一预备学校、南京中央陆军步兵学校高级班、庐山中央训练团将校班、老河口军官训练班毕业。中央军校第九分校教育长。

1923 年 8 月，保定陆军军官学校第九期步兵科毕业。任国民革命军第九军排长。

1927 年 12 月，任国民革命军第九军连长、营长，绥远军事政治学校学兵团团长等职。

1936 年 10 月，任陆军第三十二军（军长商震）第一四二师（师长李杏村）暂编第二旅（李杏村兼）步兵第一团团长等职。

抗日战争全面爆发后，任第一战区第二十集团军（总司令商震）第三十二军（军长商震兼）第一三九师（师长黄光华、李兆锳）暂编第二旅代理旅长，率部参加徐州会战、武汉会战、豫南会战。

1940 年 12 月，任第九战区第十九集团军（总司令罗卓英）第三十二军（军长宋肯堂）第一三九师（李兆锳、孙定超）副师长，兼任师司令部参谋长等职。率部参加赣北会战、随枣会战和宜昌会战诸役。1942 年 7 月，任陆军步兵上校军衔。1944 年 10 月，任中央陆军军官学校第九分校（新疆分校）副教育长、代理教育长等职。

抗日战争胜利后，任湖北省江汉师管区司令部司令等职。1946 年 12 月，任陆军少将军衔。后入军政部第六军官总队受训，1947 年 1 月，退为备役。

中华人民共和国成立后，返回原籍乡间内黄定居。1964 年 3 月，受聘任河南省政府文史研究馆馆员等职。

1970 年 3 月，在郑州逝世，享年 79 岁。

著有《袁方中自述》等，《河南内黄文史资料》，1986 年，第二期载有《袁方中事略》（邢玉衡著）等。

（288）张忠中

张忠中（1901—1976）　原名照奎，字华壹，海南乐东县利国镇官村人。黄埔军校第四期步兵科毕业。1947 年兵败被捕，为解放军做了一些策反工作。

后回老家居住。

张忠中的父亲一生行医,医德高尚,深获当地乡民称誉。张从小就深受父亲的影响,改名忠中,以表示忠于中国之意。

张只身奔赴广州,初进广州省立甲种工艺学校就读,因为学生参加罢工罢课,遭到军阀的残酷镇压。张忠中愤而报考黄埔军校,成为黄埔军校第四期学员,与林彪同学。结业后在杜聿明的部队从军27年,从见习排长一路凭军功提升到少将代师长。

卢沟桥事变后,任第九十三师二七七旅五五七团(团长陈金城)副团长,在台儿庄战役中,他身先士卒,英勇杀敌,立下战功。战役结束后,被提升为团长。接着他调兵回湖北老河口整训。当时,黄埔军校第七分校迁往陕西西安市。张的结拜兄弟陈金城出任该分校教育长,他调张任该校教官。1945年日军投降,张出任陈金城军二一一旅少将旅长。

1947年10月8日,张率部队从胶济线赴青岛途中,在山东省昌邑南与陈毅率领的人民解放军第三野战军某部相遇,遭败绩而投降。此后,进入中国人民解放军在山东济南举办的高级军官训练团学习改造。经过一年二个月的改造学习,他对毛泽东的军事思想有了认识,更兼他胸怀坦白、为人忠厚,因此提前获释,并派他在中国人民解放军某部做"攻心"工作。一次,解放军攻打一个国民党顽固据守的县城,相持7个小时之久还未攻克。张进行攻心喊话,竟瓦解国民党一个团兵力,此城遂获和平解放。党准备给他安排适当的工作,此时,张的夫人郑闺英在南京病危,经请求获准回南京护理妻子。蒋介石得悉后,认为张已被"赤化",成了国民党的所谓"内奸",暗中派遣特务跟踪追捕。幸郑希冉(原国民党政府总监副监长)闻讯,即派飞机接他们夫妻取道香港(并在香港治病)返回广州(后夫人在广州病逝)。安葬亡妻后,张为当时处境所迫,无法北上归队,为落叶归根计,只身从广州乘飞机飞回海南榆林,在榆林和朋友共同创办榆林小学。

1952年起一直隐居在老家官村,过着普通人的生活,学会种田和做木工。因为他是有功人员,政府一向对他以公民相待。到了文革时,才把他当作"反革命分子"进行管制。据说文革中民兵带张忠中去看电影《南征北战》,事后问他感觉如何?他说:"败是败了,但没败得那么惨。"结果遭到批斗。

1976年乐东县对台办已整理材料报县委讨论,准备给他平反。不料同年12月,因病在老家辞世,终年76岁。

张忠中有三子一女,均移居美国,事业有成。

第九章　台儿庄大战外围战中的中央军

一、第二十四集团军第八十九军及战斗序列

第二十四集团军于1938年初奉令组建，首任集团军总司令为顾祝同，不久副总司令韩德勤继任，下辖东北军系缪征流的第五十七军和由江苏保安团改编的第八十九军（韩德勤兼军长），属第五战区指挥管辖，驻防苏北。4月至5月，韩德勤的第二十四集团军，在高邮、宝应一带，负责南线作战，奋力杀敌，成功阻击了由扬州北进之敌，使徐州免受日军南北夹攻，掩护了京杭大运河沿线的交通。白崇禧曾评价韩德勤部："减轻我第五战区之特别威胁，于台儿庄之胜利有间接之贡献。"日酋板垣征四郎也说，韩德勤部的抵抗非常顽强。

5月韩德勤代理江苏省政府主席。夏秋，率所部策应武汉会战，积极破坏津浦南段铁路，游击骚扰日军，反攻克复阜宁、盐城、东台等地，并一度反攻入徐州城中，屡获蒋介石嘉奖。

1939年1月，国民政府军委会军政部，为战略上持久抗日，决定在敌后鲁南和苏北成立鲁苏战区，于学忠任战区总司令，韩德勤任副司令。第二十四集团军番号撤销，其所属各部队均归鲁苏战区指挥管辖。1940年夏，该集团军番号在冀察战区恢复，第二十四集团军总司令为庞炳勋，下辖其兼任军长的第四十军和孙殿英任军长的新编第五军，在豫北山区一线驻扎。1943年夏，第二十四集团军在河南林县一带与日伪军作战中失利，孙殿英首先率部投降，第四十军经激战后被击溃，庞炳勋被日军俘虏后也叛变投敌，该集团军番号再次被军事委员会撤销。

1938年2月，军委会以第三十三师与江苏各县保安团和警察部队新编组成的第一一七师合编为第八十九军，隶属第五战区之苏皖游击司令部。韩德勤任军长，李守维任副军长。下辖：第三十三师（贾韫山）；第一一七师（李守维）。该军编成后，先是在江苏和安徽边界地区执行游击任务，奉命参加了徐州会战、武汉会战等作战任务。

第三十三师是西北军宋哲元第三军残部，在1930年11月，中原大战结

束后，被蒋介石改编而成；第一一七师 1938 年 2 月，由江苏保安团和警察队一部合编而组成。

2 月 18 日任命韩德勤为军长；4 月 24 日任命李守维为副军长。1939 年 2 月 7 日，韩德勤被任命为新组建的鲁苏战区副总司令，副军长李守维于 3 月 19 日代理军长。8 月 22 日任命李守维为军长。同日任命贾韫山为副军长。同时，将中央军新建的独立第六旅，拨归该军，翁达任旅长。隶属鲁苏战区。

1940 年 10 月，该军向新四军驻地黄桥进攻，被新四军击溃，该军军部大部被歼，军长李守维坠马落水而亡。由第六十三师师长冷欣继任军长职。1941 年 2 月 1 日，该军一一七师师长顾锡九（顾祝同之侄）代理副军长。1941 年 4 月，韩德勤兼任该军军长。7 月 23 日，顾锡九任副军长。10 月 11 日，顾锡九继任为代军长。副军长仍为贾韫山。1942 年，贾韫山他调，姜云卿升任副军长。1943 年 12 月 13 日，顾锡九实任军长，当日任命孙启人为副军长，12 月 18 日任命王光汉为副军长。此时序列：军长顾锡九，副军长姜云卿、王光汉、孙启人。隶属第三十二集团军。1944 年，姜云卿副军长他调，6 月 14 日，该军第二十师师长刘琛（号佐珊）升任副军长，10 月 9 日，第一军之第七十八师师长许良玉升任该军副军长。1945 年，王光汉、孙启人他调。抗战胜利后，该军被裁撤。

第二十四集团军战斗序列：

总司令：韩德勤（代）
下辖：第五十七、八十九军
第五十七军
军长：缪征流
　　第一一一师
　　师长：常恩多（仅第三三三旅直接参加台儿庄战役，旅长：王肇治）
　　第一一二师
　　师长：霍守义
第八十九军
军长：韩德勤（兼）
　　第三十三师
　　师长：贾韫山【黄埔一期】
　　　　参谋处长：曾坚忍【黄埔三期】

　　　　第九十七旅旅长：曹　濡

　　　　　　副旅长：刘振黄【黄埔三期】

　　　　　　　第一九四团团长：姜云卿(清)【黄埔三期】、顾锡九【黄埔三期】（代）

　　　　　　第九十九旅

　　　　　　　第一九八团团长：翁　达【黄埔四期】

　　　　第一一七师

　　　　师长：李守维【黄埔二期】

　　　　副师长：韩练成【黄埔三期】

　　　　　　参谋长：单洪培【黄埔军官教育团】

　　　　　　第三四九旅旅长：姜云卿

　　　　　　第三五一旅旅长：韩练成（兼）

　　　　　　　第七〇一团

　　　　　　　第七〇二团团长：纪毓智【黄埔三期】

二、第八十九军黄埔师生台儿庄外围战斗

　　抗战全面爆发后，翁达从四川调往安徽屯溪任国民党第三战区行营特务团第二营营长。

　　1938年2月，翁达调江苏淮阴任陆军三十三师九十九旅一九八团团长兼任城防司令。台儿庄战役打响后，翁率一个团的兵力，扼守连云港、南城一线。日寇企图从连云港登陆，从侧翼包围台儿庄，战斗空前激烈。翁达身先士卒，冒死抗敌，为台儿庄大捷起了重要作用。当苏北地区几乎被日寇占领时，老百姓陷于水深火热之中。翁激于民族义愤，率部奋起抗日。4月，一举收复阜宁。

　　1938年初，刘振黄请缨带兵杀敌，先任第三十三师第九十七旅副旅长，转战于苏皖淮北地区。日寇初占睢宁时，刘振黄率部反攻克城，歼敌甚多，并俘虏汉奸维持会会长邵丕。1938年9月接替翁达，调任第八十九军第一九八团团长。该团由各县保安队拼凑而成，仅七百余人，而且军事素质和装备低劣。部队在洪泽县蒋坝整训，刘振黄一面整饬军纪，纠正官兵散漫习气，一面加强军事训练，以提高部队军事素质和战斗力。

　　1937年7月中旬，韩练成参加庐山军官训练团集训后，立即被国民政府军事委员会副参谋总长白崇禧邀去作彻夜长谈，韩表示愿意去抗战前线。第二天，白推荐韩作为第五战区司令长官李宗仁的高级参谋，并指派为李、白

与各方联络的军事代表。

1938年初，津浦路一线大战在即，第五战区司令长官李宗仁任命韩练成担任第八十九军第一一七师副师长兼三五一旅旅长，指令："这支部队是保安队改编的，战斗力很差，你要尽快整训。"与众多军官不同，韩练成是一个没有自己基本队伍的职业军人，他希望能在一支国家化而不是属于某个地方、某个人的军队中担任指挥职务。他对自己有信心：我不贪不懒不怕死，就能把三五一旅训练出来，拉上抗日前线！

但该旅的状况让他大吃一惊：大官吃空额，小官喝兵血，当兵的面带菜色、满街乱逛；活像一群街痞。他极不满意："这个旅真是个豆腐军，当兵的是豆腐渣，当官的是嫩豆腐。真不知道这支部队是怎么带出来的！"韩练成清醒地看到这支部队积习难改，唯有"乱军用重典"。他不顾忌军长韩德勤、师长李守维的裙带关系，着手整顿。谁知却因此触动了韩德勤、李守维的私利，被李指使部下暗杀。幸亏行刺者是个"嫩豆腐"，面对面的三枪只有一枪打中韩练成的左臂，还没伤着骨头。

白崇禧闻讯将韩练成接到武汉养伤，伤愈后，调出八十九军，继续以第五战区高参名义协助李宗仁、白崇禧工作。

三、第二军及战斗序列

第二军的前身一部为黄埔军校教导团。1924年4月，黄埔军校教导团编为党军第一旅。1925年8月，该旅扩编为国民革命军第一军第一师，1929年1月，第一师改编为第九师；该军前身另一部是由浙军改编的第二师。1926年12月，浙军第二师改编为国民革命军第二十六军。1929年1月，该军缩编为第六师。

1929年10月，蒋桂战争结束后，蒋介石以第六师与第九师合编为第二军，蒋鼎文任军长，陈诚任副军长。下辖：第六师（赵观涛）；第九师（蒋鼎文兼）；第十一师（陈诚兼）；独立第四旅（罗霖）。该军编成后隶属第二路军，参加了讨伐西北军的作战和中原大战。

1931年6月，该军奉命参加对中央苏区的第三次"围剿"。此时，第六师调出组成第一路进击军。第二军仅辖第九师，军长蒋鼎文兼师长。

1932年6月，该军军长蒋鼎文辞去师长兼职，由李延年调任第九师师长。1933年2月，该军开赴江西，编入中路军第三纵队，参加对中央苏区的第四次"围剿"。同年9月，第一军第三师调归第二军建制。此时，该军辖第三、第九师。10月，该军编入赣粤闽湘鄂"剿匪"北路军第二路，参加对红军的第五次"围剿"，向闽西红军进犯，被红军歼其一部。1934年10月，中央红军主力长征后，该军参加了对留在福建的红军游击队的"清剿"。

1937年7月，抗战全面爆发后，李延年接任第二军军长兼第九师师长。同年9月，该军由福建开赴上海，隶属国民革命军第十五集团军，参加了淞沪会战。1938年春，该军开往鲁南，参加了台儿庄对日作战。4月下旬，第二军奉命担任战区总预备队，布置于砀山、商丘、兰封一线警戒，后为了阻止日军在鲁南的攻势，第二军奉命增援汤恩伯的第二十军团，这样一来中国军队在邳县北依托禹王山、方头山、艾山、南北劳沟等险要建立起一条防线，利用地形，构成坚固阵地，与日军展开了阵地战，有力地阻挡了日军坂本支队的进攻，5月上旬，第二军被编入新编成的第二兵团（陇海兵团），汤恩伯担任兵团总司令，负责指挥各部在豫鲁平原阻击由商丘、亳州出动进犯的日军，此时中国军队各部在徐州外围与日军纷纷展开激战，但由于装备不良等原因，终未能挡住日军的攻势，5月中旬，在徐州逐渐陷入日军四面合围的险恶形势下，国民政府决定放弃徐州，并旋即对前线部队下达撤退命令，第二军所在的第二兵团（陇海兵团）奉命由徐州向西南亳县、鹿邑、柘城、太康、涡阳、淮阳一带转移，后移至宿县，由于宿县失守，第二军被迫与第二兵团（陇海兵团）余部向西突围，后由亳县、涡阳附近渡河西撤。

5月下旬，徐州失守后，第二军由亳县撤至漯河整训，其间任命陈应龙为第二军副军长。

1939年初，军委会将国民革命军第八十六军第一〇三师改隶第二军建制。此时，该军辖：第九师，郑作民任师长；第一〇三师，何绍周任师长。1940年，该军先后参加了桂南作战和昆仑关战役和第二次长沙会战。第九师师长郑作民在昆仑关作战中殉国，由张金廷代理师长。

1942年6月，第二军军长李延年调任第一战区第三十四集团军副总司令，由王凌云任军长，张琼、钟松任副军长。1943年10月至1945年6月，该军隶属中国远征军第十一集团军，先后参加了中国远征军第一次入缅作战、滇西反攻作战和第二次任缅作战等。在第二次入缅作战后，该军留置中缅边境，担任国境守备，隶属中印公路东段警备司令部。此时，王凌云任军长，钟松、张金廷任副军长。日本投降后，该军移防云南大理，隶属云南省警备总司令部。

1946年5月，国民党军进行整编时，将第二军改编为整编第九师，原军长王凌云改任师长。1947年4月，蒋介石对山东发起重点进攻后，该师从云南调至华东战场，编入欧震的第三兵团，先后参加了泰蒙战役、孟良崮战役、南麻战役、临朐战役、胶东战役等。在胶东战役中，该师被华东野战军歼其一部，残部逃向青岛。11 月，整编第九师师长王凌云被免职，由陈克非继任师长。12 月，王凌云升任河南南阳第十三绥靖区司令官，第九师即由青岛船运河南，担任南阳地区守备。

1948 年 5 月，该师在参加宛西战役、宛东战役中，被人民解放军歼其一部。10 月，整编第九师恢复第二军番号，隶属第十三绥靖区，陈克非任军长。此时，该军辖第九师，蒋治英任师长；第七十六师，张桐森任师长；第一六四师，李剑霜任师长。该军恢复编制后，奉命南撤。1949 年 11 月，第二野战军和第四野战军一部将陈克非第二十兵团大部歼灭。陈克非率第二十兵团及第二军残部逃至成都附近后，于 12 月 25 日，在彭县宣布起义。

第二军战斗序列：

军长：李延年【黄埔一期】
　　军部特务团团长：陈家麟【黄埔三期】
　　　　连长：邓纶魁【黄埔武汉分校一期】
辖：第三、九师
　　第三师
　　师长：李玉堂【黄埔一期】
　　　　参谋长：朱熙麟
　　　　第八旅旅长：赵锡田【黄埔四期】
　　　　　　第十三团团长：王兆华
　　　　　　第十五团团长：潘　质【黄埔四期】
　　　　第九旅旅长：胡蕴山【黄埔三期】
　　　　　　第十六团团长：方先觉【黄埔三期】
　　　　　　第十八团团长：周庆祥【黄埔四期】
　　　　　　　　副团长：陈应垣【黄埔八期】
　　　　补充团团长：张惠民
　　第九师
　　师长：郑作民【黄埔一期】
　　副师长：陈应龙【黄埔一期】
　　　　第二十五旅旅长：张金廷【黄埔三期】
　　　　　　第四十九团团长：陈克非【黄埔五期】
　　　　　　　　第一营营长：刘雪门【黄埔六期】

第三营七连连长：安占海【黄埔十期】
　　第五十团
　第二十六旅旅长
　　第五十一团
　　　第三营营长：蒋治英【黄埔六期】
　　第五十二团
　　辎重营营长：李剑霜【黄埔五期】

四、第二军黄埔师生台儿庄外围战斗

1938 年 5 月初，李延年第二军奉命日夜兼程，赶赴徐州第五战区，增援台儿庄会战，负责截击由海州（今连云港），鲁南调来参战的两支日本援军。李率部奋勇冲杀，将日本援军击退，保证了会战的顺利进行。会战终于连克强敌。战后，第二军集体立功受奖，李延年升任第十一军团长兼第二军军长。

1938 年 4 月，李玉堂第三师调往徐州战场时，被配置在砀山、商丘、兰封一线担负警戒任务。5 月在邳县以东、郯城西南地区阻击日军。徐州会战失利后，李玉堂奉命配合友军于方头山等地阻击日军，为战区主力后撤争取时间，李在完成任务后撤往涡阳。

1938 年 1 月方先觉调任第九旅（旅长胡蕴山）第十六团上校团长。5 月，方团随部调往第五战区，在邳县以东、郯城西南地区阻击日军，后又调到徐州以西掩护战区主力后撤。6 月 8 日军委会以第三师为基础组建第八军，师长李玉堂升任第八军军长，方先觉也随之升任第三师（师长赵锡田）第九旅（旅长胡蕴山）上校副旅长，率第九旅担负九江防务。

时任第二军第九师四十九团团长的陈克非，奉命率团自徐州东调，牵制陇海路东段日本侵略军。在邳县、郯城地区与日军激战 4 昼夜，全力策应主力部队台儿庄战斗，取得大捷。

五、第四十六军及战斗序列

在国民革命军陆军史上曾经有过 3 个第四十六军，参加台儿庄战役的第四十六军是由国民军和陕军各一部组成的，军长樊崧甫。

中原大战结束后，蒋介石把胡景翼国民军第二军新编第五师改编为第二十八师；陕军李纪才部和邓英部合编为新编第十三师，1931 年 6 月，新编第十三师改番号为第七十九师。

1935 年 12 月，国民政府以第二十八、第七十九师编成第四十六军，隶属豫皖绥靖公署节制。樊崧甫任军长，郭忏任副军长。下辖：第二十八师（王懋德），辖郭钟麟、杨四忠两个旅；第七十九师（樊崧甫兼），辖段郎如、李祖白两个旅。1936 年 12 月，西安事变发生后，该军隶属西安行营，被编为"讨逆军"第一纵队，樊崧甫任指挥官。

1938 年春隶属汤恩伯第二十军团参加徐州会战，尔后又参加武汉会战。该军下辖第二十八师（董钊）；第四十九师（周士冕）；第九十二师（黄国梁）。第四十六军于 1938 年年底被撤销番号。

第二十八师由湘军改编，属中央军序列，抗战前和抗战中几任师长都是黄埔军校毕业生。1935 年陕西长安人董钊接任师长。董钊的前任是王懋德，陕西武功人，孙中山在世时就在广东任师长。陕西扶风的黄埔生公秉藩也曾任过二十八师师长。

抗战初期，董钊一直任二十八师师长，与陕籍抗战名将杜聿明同为黄埔第一期，与陕籍抗战名将张灵甫同乡。西安事变时，第二十八师作为中央军先锋进驻洛阳潼关一线，事变后进驻关中，负责西安城防。三任陕西籍师长，从家乡带了不少"当兵吃粮"的子弟兵加入二十八师。

西安事变后，国民政府加紧抗战准备，陕西青年大量补入二十八师。1936 年，黄埔军校洛阳分校第五期军官训练班很多陕籍毕业生被分配到二十八师作连长，使部队战斗力大增。1937 年 1 月，国民政府军政部发布第 244 号军政公报，公布二十八师上、中、少尉军官名单，120 多人中，陕西籍军官占了近半数，军中陕籍人数之多可见一斑。名单中的这些军官，就是一年后血战台儿庄的骨干。

1937 年 9 月淞沪会战，二十八师奔赴上海参战，伤亡惨重。上海失守后，二十八师又参加南京保卫战。日军攻破中华门进入城内，南京守军慌乱撤退，各部队混乱逃命，枪伤水淹，损失惨重。唯有二十八师边打边退，成建制的从城内撤出战场。由此可见二十八师战斗力非同一般。

日军占领山西，陕西防务吃紧，军委会舍近求远，急调对日作战能力强的二十八师从南方回师陕西，驻军潼关黄河一线，守卫黄河。师长董钊同时兼任西安警备司令及防空副司令，维持战时地方治安。

上海南京两地恶战，按当时战况，二十八师官兵伤亡应达三分之二。回防陕西后得以休整，陕西青年又一次大量补入二十八师。

1938 年初，日军占领风陵渡，炮击陇海铁路，企图渡河攻击西安、洛阳。

二十八师英勇还击，阻击了敌人，保证了西安、洛阳的安全。

1938年春，徐州会战开始，董钊率二十八师奔赴李宗仁第五战区支援，奉命在台儿庄东、南部邳县、郯城一带阻击增援之敌。

1938年5月，徐州会战结束，二十八师跳出敌包围圈，向苏北且战且退，在敌占区迂回穿插，撤回武汉，后又参加武汉会战。

1938年4月，刚组建不久的第九十二师被编入第四十六军战斗序列，先后参加台儿庄会战和武汉保卫战。

第九十二师抗日无名英雄墓的入口仪门

武汉失陷后，该师撤至通城西南，据守天岳关一线，参加了九岭阻击战，通城县城攻夺战及锦山、铁柱港、咸宁柏墩、通山太阳山战斗。在历次战斗中，该师官兵前仆后继，浴血奋战，以身殉国者众多。他们的英勇牺牲，体现了中华民族反抗侵略的爱国传统。1939年，为阻击日寇进攻长沙，与侵华日军在此激战两昼夜，驻防天岳关的九十二师某部全军覆灭。为旌表自鲁南台儿庄大捷后至鄂南阵亡的英烈，时任该师师长梁汉明于1939年5月，动用补发的8个月军饷，征集工匠百余人，历时8个半月，在天岳关建墓勒石，以旌忠烈。

蒋介石、薛岳、李仙洲分别有"气壮山河""浩气长存""人类之光"的题词及石刻。1939年9月，第九十二师奉命南撤，其时无名英雄墓尚未竣工，师长梁汉明即率部至墓地祭奠，并留下一个班督修完成。惜"文革"中遭毁损。1987年修复。1999年建陈列室。2002年被列为湖北省重点文物保护单位。

主墓背面为梁汉明师长撰写的墓志铭：

倭寇侵凌，国土沦陷。本师将士，负全民之重寄，抱杀敌之决心，衔命抗日，驰骋鲁鄂，与敌鏖战达十余月，奈我英雄，捐身躯，拼头颅，冲锋陷阵每多壮迹，迂回继袭突建殊勋。本师之能达成任务，迭奏肤功者，英雄之

天岳关抗日阵亡将士纪念碑

勋甚伟也。报国尽忠，丹诚昭于日月。舍生取义，浩气连夫乾坤。英雄身死矣，精神震铎寰宇。英雄气绝矣，遗烈彪炳千秋。寄忠魂有托，树后死楷模，爰于己卯五月，避天岳关之阳，建墓勒石，以旌忠烈。抚碑兴思，幕阜云黯。书帛着绩，天岳星辉。我后死将士，能不缅怀壮迹，勇赴事功，扫荡敌寇，复兴民族，以慰英雄在天之灵者乎？

铭曰：

壮志凌云，生活艰辛，连年长征，救国救民。昔同甘苦，今竟成仁。出师未捷，何堪先殉？求仁得仁，不负此生。忠昭日月，义泣鬼神。英雄无伦，崇高无论。万古凛冽，感召后人。

中华民国二十八年陆军九十二师师长梁汉明率全体将士建立"无名英雄墓纪念"。

第四十六军战斗序列：

军长：樊崧甫

参谋长：李藩侯

参谋处作战科长：马鲲鹏【黄埔六期】

军部秘书：石仲伟【黄埔四期】

辖：第二十八、四十九、九十二师

第二十八师

师长：董　钊【黄埔一期】

　　参谋处处长：褚静亚【黄埔六期】

　　兵站站长：邓毓玫【黄埔一期】

　　　辎重兵团团长：李鸿基【黄埔四期】

　　第八十二旅旅长：李梦笔【黄埔一期】

　　　　第一六三团

　　　　第一六四团

　　　　　　连长：李彦春【黄埔洛阳分校五期】

　　　第八十四旅

　　　　第一六五团

　　　　第一六六团

第四十九师

师长：周士冕【黄埔一期】

副师长：李精一【黄埔二期】

副师长、政治部主任（兼）：王公常【黄埔七期】

第九十二师

师长：黄国梁

副师长：梁汉明【黄埔一期】

　　参谋长：艾　瑗【黄埔四期】

　　第二七四旅旅长：梁汉明（兼）

　　　　副旅长：皮德沛

　　　第五四七团团长：冼盛楷【黄埔五期】（代）

　　　第五四八团团长：蒋闳伟【黄埔四期】

　　　　副团长：冼盛楷

　　　第一营营长：邹鹏奇【黄埔六期】

　　第二七六旅旅长：林卧薪【黄埔三期】

　　　　副旅长：何元凯（兼）

　　第五五一团团长：何元凯

　　第五五二团团长：张　新【黄埔三期】、李以勖【黄埔高

教班二期】（代）

副团长：李以勖

团附：陈业桓【黄埔四期】

六、第四十六军黄埔师生台儿庄外围战斗

1938年4月21日，蒋介石电令："着樊崧甫部，率所编野战军团开赴徐州，归第五战区司令长官李宗仁指挥，参加鲁南作战，限23日前到达。"22日，蒋介石视察台儿庄战场后，返回郑州，适逢第四十六军从潼关东开抵达郑州。蒋介石当即接见了该军军长樊崧甫等人，勉励他们到前线要英勇杀敌，报效国家。抵达徐州后，樊崧甫前往长官司令部会见了李宗仁、白崇禧，白在地图上介绍了鲁南作战的情况，并将第九十二师黄国梁部拨归该军，让他们立即开赴临沂参加战斗。

4月26日晚，第四十六军军部抵达侯家集车站，翌日晨，樊崧甫在火车站会晤了黄国梁师长，进行了简单一谈。午后，就接到白崇禧的电话：庞炳勋部的第三十九师已经由临沂撤到红花埠，命令第九十二师迅速东开，沿运河展开阵地，战线长达45华里。28日上午，长官部又命令四十六军率领第二十八、第九十二两师向郯城、码头进行增援，经过两天急行军，抵达目的地。

此后，长官部又将李延年的第九师配属第四十六军序列，并抽还第四十九师周士冕部，另派第十三师吴良琛部增援第四十六军。随后，樊崧甫以董钊第二十八师、黄国梁第九十二师担任正面主攻，以吴良琛第十三师为预备队。由于日军顽强抵抗，日军的火力网异常周密，几次进攻均没有成功。日军兵力少，常用假人在战壕里晃动，或用坦克骑兵佯攻。董钊曾经担任过西安警备司令，作战经验丰富，他组织了500精兵特勤队，经常偷袭日军阵地，夺取日军的机枪等武器均获成功。有一次特勤队进入敌阵，袭扰日军，致使日军自相残杀了一夜，白天发现是一场误会。这一夜日军自相残杀伤亡了五六百人。

4月28日下午，第十三师吴良琛部的先头部队第五四七团刚刚到达狼子湖时，从兰陵方向传来隆隆的炮声。3小时后，正当旅长梁汉明视察阵地，突然遭到日军炮火的袭击。接着，有1000多名日军猛冲过来，中国守军工事还没有修好，即被迫迎战，激战3小时，打退了日军的进攻。营长周镇中负伤，部队失去指挥，日军乘机猛攻，该营阵地失陷。

29日早上，侵占前狼子湖的日军，先以大炮10余门向后狼子湖中国守军猛烈轰击，两个村子相距五六华里，后狼子湖遭到日军炮火袭击，部队伤亡较大，民房多处被炸起火。炮火过后，千余日军冲来，守军英勇抵抗，激战

3小时，将日军击溃。一直战斗到5月1日拂晓，中国军队与日军在前后狼子湖展开拉锯战，中国守军多次打退日军的进攻。阵地前日军尸体累累。中国守军也有重大伤亡。

　　5月2日，樊崧甫命令第九十二师派一个团的兵力袭击攻打郯城日军。其主力与第二十八师联系第五十九军张自忠部。黄国梁师长在狼子湖北端集合全师进行战前动员，由于暴露了目标，遭到日军炮火猛烈的袭击。第四十六军很快与张自忠部取得了联系后，即开始构筑工事，准备打击敌人。没有想到日军竟然先发制人，首先向第二十八师正面阵地发起了猛烈攻击。师长董钊率领官兵奋力抵抗。董钊官兵大都是关中子弟，在黄河边上曾经与日军开展了2个月的游击战和阵地战，有相当的作战经验。激战3天，第二十八师多次击溃日军的进攻，歼灭日军千余，缴获枪支800余支，轻重机枪80余挺，而后双方呈对峙局面。

　　5月上旬，日军反扑，关麟征、卢汉、周喦、谭道源等军也伤亡惨重，张自忠、庞炳勋部相继撤出。于是，汤恩伯来到运河前线指挥作战。5月5日，日军第五师团一部向第九十二师林卧薪第二七六旅的丁字沟阵地发动进攻。日军先以密集的炮火进行狂轰滥炸一个多小时，接着，就以步兵发起攻击，中国守军一次又一次打退日军的进攻，激战终日，日军始终没能突破阵地。

　　6日拂晓，日军再次发动攻击，先以5架飞机，对中国守军阵地进行轰炸，配合日军步兵的攻击。激战到早上七时许，西北角阵地被日军一度攻破。中国援军及时赶到，一阵猛冲，扫射，消灭了突入的日军。刚刚稳定了阵地，日军再次发起了进攻。中国守军与日军展开了肉搏战，由于短兵相接，日军的大炮和飞机都失去了作用，只有封锁中国的援军。激战到11时，日军不支，中国守军又一次猛攻，终于将日军击溃。中午，传来汤恩伯的命令：丁字沟阵地只能坚守，不能放弃。第九十二师第二七六旅张新第五五二团的官兵们一直坚守到午夜第五五一团前来接替，一直守住了该阵地。但是，第五五二团付出了伤亡官兵500多人的代价。团长张新负重伤，副团长李以劻代理团长后也身负重伤。在鲁南郯码阻击战中，第四十六军出色地完成了阻击日军南下的任务，可是，该军的第二十八师、第九十二师共计伤亡七八千人。

　　5月13日，日军钳制兵团已经抵达归德、砀山附近，日军企图用口袋战术将中国军队吸引在鲁南战场。中国军事当局发觉日军的这一企图后，立即派军令次长林蔚和一厅厅长刘斐星夜来到徐州向第五战区司令长官李宗仁传达战略撤退的命令。第四十六军随即也接到战略转移的命令，向徐州西南转移。5月19日徐州失陷后，第二十八师向苏北且战且退，在敌占区沿津浦淮南各线迂回穿插，于8月撤回汉口，驻扎横店地区守备武汉。9月，董钊升任第十六军军长，兼任第二十八师师长，参加武汉会战。

樊崧甫由于在狼子湖、涝沟线与日军板垣师团作战三昼夜，同年9月任第十二军团军团长。

1938年4月，董钊率第二十八师从潼关要隘，开赴台儿庄增援，奉命在山东郯城地区，阻击由青岛登陆西进之敌。董钊部在郯城所属的南北苏沟地区，与日寇板垣师团山田联队遭遇。全师官兵英勇杀敌，打退山田联队，缴获大量战利品。该师官兵伤亡三千余人。1938年1月，李彦春是从黄埔军校洛阳分校第五期毕业分配到第二十八师任上尉连长，作为部队基层骨干的李彦春，不幸在此次战役中阵亡。

作为陕籍黄埔生的董钊第十六军军长，也没有忘记随他作战牺牲在异乡的家乡弟子，在第二十八师转战一年回到原防地后，1939年开始着手对阵亡官兵实行抚恤。

由第十六军出资并派员给各阵亡军官在家乡立了纪念碑，董钊亲书"为国捐躯"大字置于碑头，各阵亡军官军衔提升一级。在沦陷区的遗骨无法搬回，故乡有个纪念碑，忠魂也有个依附了。同年，第二十八师又派该师营长李国杰来家，代表部队给李彦春立了纪念碑。董钊的手书"为国捐躯"四个大字刻在碑头，正文为"陆军步兵少校李公彦春纪念碑"。李彦春牺牲时是上尉，后追赠为少校。在扶风县，李彦春的纪念碑虽"文革"中受损，但至今仍旧保存。

据中国第二历史档案馆馆藏的一份关于第二十八师在1938年出陕作战牺牲的军官抚恤审批的国民政府文书（1940年），可略知国民政府对阵亡营连排基层官佐的抚恤金的审批过程。营连排基层官佐虽然军阶较低，但审批的最高长官却是国民政府主席林森和行政院长蒋介石。军事委员会、行政院、国民政府均须有印章。与李彦春连长一起报批的第二十八师阵亡基层军官，共14人。这些烈士名单抄录如下：

上尉连长李彦春，陕西扶风；上尉连长雷治安，陕西岐山；上尉连长史占奎，陕西凤翔；少尉排长蒙汉民，陕西栒邑；少尉排长孙云鹏，陕西临潼；少尉排长董兴才，陕西长安；军医贾明德，陕西长安；少校营长薛维刚，陕西武功；中尉排长王云溪，陕西长安；中尉排长孔子亭，河南南阳，遗族住陕西；准尉特务长程景淳，陕西华阴；少校团副卢振杰，陕西渭南；上尉连长李云汉，陕西长安；少尉排长雷子斌，陕西栒邑。

　　抗战期间，大量陕西青年服役于二十八师，参与了多个对日军的大会战。他们转战南北，英勇杀敌，很多人战死沙场，骨埋荒丘。

　　1936年就任二十八师招募处长的邓毓玫——这位曾邀约并帮助关麟征改名一起投考黄埔军校的关麟征的同乡好友，后改任二十八师兵站主任。抗日战争爆发后，随部队开赴潼关，驻守黄河一线。1938年春，随部队开赴台儿庄，防守东部北涝一线。给日军以重创。

　　时任第九十二师五五二团副团长的李以劻，于1998年为纪念台儿庄战役六十周年而写的回忆文章，记载了他亲身经历的这段光荣战史。

　　他写道：

　　台儿庄大战开始时，我是在第九十二师（师长黄国梁）二七四旅（旅长梁汉明）担任中校参谋主任，后调旅属第五五二团担任副团长。战斗中，本团团长张新身负重伤，我临危受命担任代理团长。

　　奉命死守丁家沟第九十二师直接投入战斗，是在1938年4月23日，奉第五战区司令长官李宗仁之命，立即开赴台儿庄增援前线部队，编入第四十六军（军长樊崧甫）战斗系列。我师迅速抵达前线后，即与日军展开激烈的战斗。在不到一周的时间里，全师官兵伤亡1000余人。幸存的官兵，目睹自己的上级、下属、黄埔同学、战友和兄弟们伤亡，无不义愤填膺，痛心疾首，决心报仇雪恨，讨回血债。

　　5月5日，我师奉樊军长之命，死守丁家沟、大埠子等要地，以策应第六十军在禹王山阵地之右翼，阻止日军南下，黄师长则命令我团死守丁家沟，不得违令。

　　丁家沟，位于江苏与山东的交界处，是个较大的寨子，寨周围的土墙高约1丈，东西南北各一个寨门，内有800余家住户（此时居民已全部撤离）。是日上午，我团刚刚进入阵地，日军即以飞机3架轮番轰炸，然后以重炮长时间的轰击，再以步兵千余人从西门向寨内发起猛攻，先后3次均被我英勇的战士击退，敌遗尸数十具，有两名中士被我第三营活捉。入夜，日军停止攻击，我团即乘机修整工事，检查火力配备并动员官兵准备迎接更加艰巨的战斗。

　　战斗长达14小时，不出所料，翌日拂晓日军在飞机的轰炸、大炮轰击下，步兵疯狂地向我团阵地发起进攻，战斗长达14小时之久。当我团首次击溃日军的进攻时，旅长林卧薪、师长黄国栋分别打来电话，除表彰全团官兵不怕牺牲，艰苦奋战击溃敌人的进攻外，特别强调丁家沟是我军的核心阵地，一定要继续发扬与阵地共存亡的英勇精神，坚决打退敌人的进攻，完成上级交给我们的死守任务。电话刚一放下，敌人增援部队上来了，又对我阵地猛攻。

团副营长多人伤亡。大约下午1时许，我的好战友、贵州的苗族好汉、英勇善战的第一营营长杨亦明中弹身亡，我抱尸痛哭不已。约3时左右，第三营营长潘又新在扼守北寨门的战斗中，身负重伤，但仍继续指挥战斗，直至将敌人击退，才肯退出阵地治伤。大概5时左右，第二营营长王介岩被敌弹击伤，西寨门阵地被敌人攻破，团长和我以及少校团副陈业桓分头下到阵地督战。当我到阵地不久，敌人的炮弹片擦伤我的左臂，只好任由鲜血流淌，继续指挥战斗。不久，相继传来团长左腿受重伤，不能行动；团副及连长欧华等多人相继阵亡。就在这时，我临危受命，担任本团代团长，率全团坚持战斗到黄昏时，丁家沟已被敌占领近半，敌与我在寨内进行激烈的巷战到肉搏战，彼此伤亡都很大。

丁家沟战斗结束后，我团伤亡官兵500余人。其中伤亡的团、营、连、排级军官，基本上是我们的先后期的黄埔同学，充分体现了"国事千钧重，头颅一掷轻"的崇高爱国主义精神。

台儿庄大战进行到5月上旬，接上级命令，从5月14日起，前线各军有计划地撤退。我所在的第四十六军，在孙连仲总司令指挥下，负责掩护各军安全转移后，向淮阳撤退，5月18日放弃徐州，60天的大会战宣告结束。这次战役共消灭日军有生力量约3万人，使日军原设想在此战消灭我军的梦想惨遭破灭。

七、第九十二军及战斗序列

该军前身是胶东刘珍年部。1928年9月，国民革命军在北伐战争中击溃直、鲁联军后，刘珍年在胶东收抚直、鲁败兵与地方民团合编为国民革命军暂编第一军，刘珍年任军长。辖第一师（刘珍年兼）；第二师（梁立柱）；第三师（何益三）；第四师（李锡相）；第五师（施忠诚）。1929年5月，国民革命军进行统一编遣时，暂编第一军缩编为新编第三师，刘珍年任师长，何益三任副师长，原所属的5个师合编为第一旅、第二旅、第三旅三个旅。

1930年3月，新编第三师改为陆军第二十一师，刘珍年任师长。1932年，刘珍年率部在胶东占据13座城市，企图割据胶东时，被蒋介石调至江西上饶一带与红军作战，被红军打败。蒋介石以刘珍年指挥不力为名将其枪毙，任命何益三任师长，并派其嫡系李仙洲任副师长。1936年，何益三被撤职，李仙洲任师长。从此，该师被蒋介石吞并，完全中央化。

1937年7月,抗日战争全面爆发后,第二十一师由陕北开赴南口抗击日军,归第十三军汤恩伯指挥。10月,该师在参加忻口战役中被日军击败,几乎全军覆灭,师长李仙洲身负重伤。

1938年2月,第二十一师残部开至河南郑州休整时,将河南和山西的两个保安团补入该师,与驻河南原隶属第八军的第九十五师合编为第九十二军,李仙洲任军长。下辖:第二十一师,李仙洲兼任师长,6月侯镜如接任师长;第九十五师,罗奇任师长。该军成立后,即调赴鲁南地区,参加了徐州会战。同年5月,该军在徐州会战后,退至湘北九岭一带休整并担任该地区的防御任务。7月,该军奉命增援九江,在瑞昌与日军作战中伤亡约两个团,后撤至湖南平江一带休整。

1939年冬,该军奉命开抵鄂北襄阳、樊城、随县、老河口一带驻防。1940年5月,该军参加宜枣会战,在宜昌东南马家寨一带与日军作战中,第二十一师第六十三团被全歼。此次战役后该军退至宜昌休整。10月,调驻皖北。1941年该军在参加涡阳、蒙城战役中遭受重大伤亡。此次作战后,江汉师管区拨河南、湖北新兵4000余人补入该军。2月,又骑兵第二军暂编第五十六师拨归该军监制。此时,该军下辖:第二十一师,侯镜如任师长;第一四二师,傅立平任师长;暂编第五十六师,柴济川任师长。1943年,该军隶属第二十八集团军时,奉命由皖北调往山东增援于学忠部,途中李仙洲升任第二十八集团军总司令,侯镜如升任该军军长,傅立平、柴济川为副军长。下辖:第二十一师,黄恢亚任师长;第一四二师,刘春岭任师长;暂编第五十六师,孟绍周任师长。该军到山东后,多次参加对日军的作战,伤亡惨重,每团仅剩残余官兵400余人,重武器全部丢光,在退回皖北进行休整后,旋即调往河南许昌。1944年3月,国民党军为增强长江防务,调该军从河南赴四川万县。7月,该军调至湘西石门后隶属第六战区,参加了长(沙)衡(阳)会战。1945年春,该军奉命开往湖南常德休整。4月该军参加了湘西等会战。

1945年8月,抗日战争胜利后,该军由湖南常德调往武汉接受日军投降时,收编了汪精卫新编第七军及其他伪军各一部。9月,该军空运至北平,担任北平城防警备任务,其军长侯镜如兼任北平警备司令部司令。1947年10月,侯镜如第二十一师由唐山增援东北,进至辽西义县时,被解放军冀热辽军区部队歼其大部,师长郭惠苍被俘,副师长被击毙,侯镜如逃脱锦州后重建第二十一师。此次作战后,该军第五十六师、第一四二师由冀东调防天津时,改为华北"剿匪"总司令部机动部队。同年冬增编第三一八师。此时,侯镜如任军长,刘春岭、孔海鲲任副军长,下辖:第二十一师,李荻秋任师长;第五十六师，王有湘（后余有）任师长；第一四二师，刘汝霖任师长；第三一八师，刘元伯任师长。1948 年夏，该军为配合国民党军在东北战场的作战，奉命进至冀热辽地区，主力集结于平古、北宁路沿线。同年 9 月，侯镜如升任第十七兵团司令，黄翔接任第九十二军军长时，该军调往北平担任守备任务。

1949 年 1 月，北平和平解放后，该军第二十一、第五十六、第一四二师接受和平改编。第三一八师在师长彭怀霖的率领下由海路撤逃杭州。同年 4 月下旬，人民解放军发起渡江战役后，师长彭怀霖见大势已去，率主力投降。其残部逃至福州后由补充成立第三一八师，解景和任师长。8 月，解放军叶飞兵团向福州进军时，第三一八师师长解景和率少部撤退台湾，副师长曹仁风率主力投降。

第十三师起源可追溯至 1917 年冬石星川在荆沙响应护法运动，发起"荆襄独立"时成立的湖北靖国军第一军。其部夏斗寅又在湖南津市组建了"鄂军团"。1921 年夏斗寅因援鄂有功，部队被改编为鄂军第二混成旅，受唐生智第八军节制参加北伐。1926 年扩编为鄂军第一师。1927 年扩编为第二十七军。1928 年缩编为陆军第十三师，开赴皖北"剿匪"。

1929 年 3 月蒋桂战争爆发时入鄂作战。5 月扩编为三旅六团制。7 月开赴鄂南"围剿"红军。10 月整编为两旅六团制。蒋冯战争爆发时开赴河南信阳作战。1929 年 12 月唐生智叛变中央，第十三师据守信阳，切断唐部退路，并在确山大败唐部叛军。1930 年 5 月中原大战时在曲阜坚守有功，并配合友军击溃了当面的晋军。11 月回师湖北，长年在鄂东、鄂北地区"围剿"红军。1931 年 2 月，师属两个补充团编为武汉警备旅，脱离序列。1933 年 12 月入赣，在南昌至兴国沿线构筑碉堡。1934 年 10 月红军长征时以主力尾随追击，连占安国、瑞金，随后又尾随红军，辗转湘、黔、滇、川、陕五省。1936 年 6 月两广兵变，第十三师奉命入粤。陈济棠垮台后，担负监视桂军的任务。11 月开赴河南洛阳构筑国防工事。

1937 年 6 月按调整师编制改组。9 月参加淞沪会战，在广福至陈家行一线作战十余天，因损失过重撤出战斗。1938 年 4 月，该军加入第九十二军参加台儿庄战役及徐州会战，协助友军猛攻台儿庄方向的日军，促成大捷。1938 年 9 月开赴柳林阻击日军，并在宣化店激战十余日。10 月回师武汉，在完成掩护战区主力后撤之任务后开赴湖南常宁休整。12 月，师缩编为三团制。1939 年 2 月开赴湖北宜都整训。5 月移驻当阳。12 月参加冬季攻势，强渡襄河进攻永隆。1940 年 4 月开赴兴山整训。1941 年 7 月日军进犯宜昌东北的分乡场，师与日军往返争夺阵地，坚守不退，终将日军击退。1942 年 12 月一度出击，策应友军进行第二次长沙会战。在 1943 年 5 月的鄂西会战中，第十三师在宜昌外围之阻击日军不利,致使战区主力被迫变更计划,遭到长官部申斥,师长也被撤职查办。同年 6 月,第十三师开赴建始白杨坪整训。11 月参与常德会战,曾在渔洋关重创日军第十三师团一部。

1945 年 3 月一度开赴湘西战场,配合友军作战。4 月开赴四川秀山整训。同年 9 月抗战胜利后进驻湖北荆门,继而换装日械。1946 年 1 月移驻应山,与新四军争夺占领区域。6 月根据《陆军整编计划》整编为第十三旅,辖两团。7 月进驻武汉。1947 年 4 月,整编第十三旅投入内战,在河南与解放军作战。7 月参加鲁西南攻势,当旅主力进至金乡时遭到解放军围攻,覆没于羊山集,位于外围的第三十八团也在解围时全部被歼。

1947 年 8 月,国民政府国防部在河南商丘以收容的原整编第六十六师残部为基础重建第十三旅,辖三团。该第十三旅成立后驻商丘整训,1948 年 3 月移防开封。6 月解放军围攻开封,第十三旅虽依靠城防工事顽强据守,终被解放军歼灭。

1948 年 6 月,国民政府国防部将原第十三旅残部收容后在江苏盐城重建,同时并入河南保安各旅的残部补充缺额,辖三团。该第十三旅成立后担负盐淮地区防务。9 月 15 日恢复第十三师番号。1949 年 2 月起负责南京至芜湖一线之江防。4 月江防战役开始后遭受重创,防线亦被解放军迅速突破,被迫沿浙赣线后撤,至广德地区遭解放军包围,至 4 月主力覆没,残部突围到独山镇后也被歼灭。

1949 年 8 月,国民政府国防部将南撤江西省保安第二旅和保安第十团在广东汕头整编为第十三师,辖三团。9 月,该第十三师被编十九军(军长刘云瀚)序列撤守金门。1950 年 6 月移驻马祖。1954 年 7 月,第十三师改称第四十五师。

抗战初期,忻口战役中,第九军军长郝梦龄牺牲,第二十一师师长李仙洲负伤。李仙洲伤愈归队后,于 1938 年 2 月 12 日升任第九十二军军长,仍兼第二十一师师长职。时该师担负郑州外围之黄河河防,并派遣游击队渡河游击。3 月参加徐州会战,在枣庄地区策应友军台儿庄方面之作战。徐州沦陷时,奉命掩护第五战区主力后撤,并于任务完成后开赴湖南平江整补。

1938 年 6 月 8 日,李仙洲辞去师长兼职专任第九十二军军长,调第九十一军参谋长侯镜如接任师长。7 月参加武汉会战,开赴瑞昌西北高地布防,随后接替友军第三集团军天子山、太仆山阵地之防务。月底,遭日军台湾混成旅团猛烈进攻,阵地大半丢失,致瑞昌沦陷。二十一师六十一旅副旅长金连城殉职。10 月开赴湖北通城以南之九岭布防。1939 年 9 月移防湖北襄阳、樊城。10 月缩编为三团制。11 月入列第二期整训部队,接受鲁苏战区督训。

1940年6月策应在宜昌作战之友军，一度收复沁阳。1941年3月开赴安徽阜阳，曾击退日军对阜阳的进攻。同年4月与皖北新四军彭雪枫部发生摩擦，一度越过津浦路深入新四军防区腹地。6月，移防涡阳、蒙城，担负河防任务。

1942年5月31日，师长侯镜如升任第九十二军副军长，调第九十二军参谋长聂松溪接任师长。1943年2月，所属第六十二团配属暂编第三十师进入山东单县建立根据地。4月，师主力亦随之入鲁，先后在单县、砀山击退日军的进攻。5月与八路军发生摩擦，进入定陶、巨野等八路军根据地作战。

1943年8月2日，师长聂松溪调任军事委员会委员长侍从室参谋，由第二十一师副师长黄辉亚递升师长。9月，该师因在鲁境与日军、八路军等部双向作战陷入窘境，奉命返回安徽阜阳休整。

1945年1月1日，师长黄辉亚调任第九十二军军部附员，调第一〇三师副师长郭惠苍（贵州绥阳人，黄埔军校六期步科、陆大特二期）接任师长。4月开赴湖南常德接替友军防务。5月于防区阻击日军增援雪峰山之部队。8月抗战胜利。9月进驻湖北武昌受降。10月空运北平，担负城防任务。1946年8月投入内战，进攻位于北宁路以北之八路军，连占河北平谷、三河、蓟县。10月进驻唐山，担负冀东滦县、滦宁、乐亭地区之绥靖任务。1947年10月出关增援东北战场，11月于辽宁义县遭到重创，副师长李传宗、第六十二团团长王子宏阵亡，师长郭惠苍、参谋长纪鹏被俘。

1947年11月2日，师长郭惠苍因战败被俘，调第九十二军参谋长李获秋（湖南新化人，黄埔军校六期交通科、陆大正十期）接任师长。时该师因在义县受创，奉命开赴天津整补。1948年1月移防河北唐山。

1948年10月10日，师长李获秋调任第十七兵团参谋长，调第十七兵团参谋长张伯权（湖北汉川人，中央军官学校第七期步科、陆大正十七期）接任师长。时该师海运葫芦岛增援锦州，但被阻于塔山。至锦州沦陷，回撤唐山。11月进驻天津，旋奉命开赴北平，担负南苑机场至大红门一线防务。1949年1月22日，该师由师长张伯权率领接受中国人民解放军和平改编。2月26日，第二十一师改编为中国人民解放军独立第五十三师（师长王念三）。5月23日，独立第五十三师番号撤销，官兵分编中国人民解放军第六十七军所属各部。

国民革命军陆军第二十一师之历史至此结束。

第九十二军战斗序列：

军长：李仙洲【黄埔一期】

参谋长：姚域声【黄埔四期】

特务团团长：萧续武【黄埔六期】

辖：第十三、二十一师

第十三师

师长：吴良琛

副师长：夏鼎新

政训处处长：黄天玄【黄埔二期】

第三十七旅旅长：张亚一

第七十三团团长：王胜泌【黄埔高教班】

第七十四团团长：刘士伟、曾昭度【黄埔南宁分校】（代）

第三营营长：曾昭度

第三十九旅旅长：朱鼎卿【黄埔高教班一期】、余跃龙

第七十七团团长：陈焕炳【黄埔高教班一期】

第七十八团团长：范柳权

补充团团长：涂　直

第二十一师

师长：李仙洲（兼）、侯镜如【黄埔一期】

副师长：黄祖埙【黄埔二期】

廖运泽【黄埔一期】

参谋长：蔡　棨【黄埔二期】、聂松溪【黄埔五期】

第六十一旅旅长：赵　琳【黄埔三期】

第一二一团团长：李鸿慈【黄埔四期】

第一二二团团长：黄剑夫【黄埔五期】

第六十三旅旅长：吕祥云

第一二四团团长：苗瑞体【黄埔三期】

第一二五团团长：庄村夫【黄埔六期】

八、第九十二军黄埔师生台儿庄外围战斗

据时任第十三师三十七旅七十四团代理团长兼第三营营长的曾昭度撰文回忆[1]：

---

[1]　《黄埔杂志》，2010 年第 9 期。

我率领的十三师三十七旅七十四团第三营及第二营六连官兵共计650多人，风驰电掣，于第3日午后3时到达徐州，并立即接到战区派驻长官熊参谋的作战命令：整个徐州大会战的胜败，在此台儿庄一仗。你们十三师应于明日的凌晨前在敌增援部队到来之前，经由一三八师阵地出击，将敌逐出台儿庄，不得有误。到达台儿庄后，我即率各连干部进入友师的第一线阵地侦察，发现敌人在台儿庄东北角占据民房200余间，为三角形地带，宽约100余米，最深处不超过200米，有一座两层的土碉堡，其上没有遮盖。土堡内有重机枪，所占民房也开有枪眼，并不时打几发冷枪。敌我双方相距200余米，中间有30余米的颓垣败瓦的开阔地。敌阵左右翼均以城墙为依托，并据有城门一个。

在友军团长、参谋的参加下，我立即召开阵前军事会议，研究作战方案，决定于午夜2时发动进攻（日军一般怯于夜间行动），接着召集全体官兵训话并下达作战任务。我对官兵们说，我营一定要在凌晨前将敌人逐出台儿庄，任务艰巨，时间紧迫。今夜的战斗就是巷战，以投掷手榴弹及白刃战为主，既要勇敢，又要机智，要逐座收复民房，消灭鬼子。事关全局，我们是敢死队，不成功则成仁。我问大家有没有决心？"有！"官兵们同仇敌忾，个个摩拳擦掌，喊声震撼夜空。此前我们就曾进行3个月的整训，我侧重的就是夜间攻击及投弹劈刺，今晚正好派上用场。

我宣布了具体战斗方案：1. 七连在右、八连在左，攻击正面之敌，务必于清晨4时前攻至敌占民房的最后一排；2. 九连为攻战敌土堡部队，往右侧隐蔽待命，并准备楼梯等登高工具；3. 六连为预备队，选空地做隐蔽，待命出击；4. 重机枪连的任务是立即构筑工事，测定距离，多配曳光弹指示目标并向敌土堡猛射及向左右扫射，务使敌人不能利用其居高临下的优势，构成火力网。我的位置在重机枪连。

我命各连在午夜1时前作好战前准备，让各连进驻到友军第一线后，详细了解前面地形、地物及敌方火力点，以利进攻，并规定各连官兵以毛巾围绕于左臂，以资识别。

午夜1时左右，我营后方电话线已架好，旅长张亚一在电话中询问我部署情况，并得到攻击批准。旅长还告诉我团后续部队黎明前可到达等情况。

时钟指向午夜2时正，我下达了进攻命令。重机枪以全部火力向敌阵扫射，七、八两连官兵，利用各种地物分别向前跃进，仅10余分钟，大多数官兵已接近敌阵。重机枪连即以两挺向敌阵纵深射击，以钳制敌人行动；另两挺则向敌堡射击，曳光弹的红绿弹道划破夜空，燃亮阵地，蔚为壮观。枪炮声、喊杀声、炸弹声震天动地，硝烟弥漫，尘土飞扬。土堡及其左右之敌，在我突如其来的火力猛烈制压下，一时失去还击能力。我各连攻击部队已分别突入敌阵，敌人开始了顽强抵抗，战况十分激烈。不到半小时，我营虽夺得民房20余间，但已伤亡官兵10余人。

大约经过两小时的肉搏厮杀，我七连已攻到敌阵三角形的尖端，我于是命令第六连攻击敌军右翼夺城门，命令九连立即向敌堡攻击占领。我冲向前指挥全线出击，喊声、杀声震天，士气极旺。敌军知大势已去，全部溃退；土堡之敌在我凌厉攻势下，亦狼狈跳城逃窜。凌晨4时15分，我营胜利完成于凌晨前将敌逐出台儿庄的任务。此战我营伤亡军官7名、士兵127名；缴获重机枪1挺、步枪17支、马2匹、步机枪弹药2000余发。敌遗尸50余具。我被晋升为团长。

在与红军作战时，赵琳在广昌指挥作战负了伤。可能是这伤太重了，在休养了一段时间后，赵琳被派到了福建的保安部队当团长。到抗战爆发时，赵琳也只升了一级，是保安第三旅旅长。这个时候，在北方作战的汤恩伯想到了远在南方的赵琳，于是利用李仙洲的二十一师归他指挥的机会，把赵给推荐到二十一师当了六十一旅旅长。于是，赵琳跟着李仙洲跑到忻口，经历了他人生中的第一次对日作战。

赵琳作战十分勇敢，身为旅长的他，在太原会战以及徐州会战的几次作战中，都能奔走于一线，还几次带着部队打冲锋。在这样的情况下，竟然没负过伤。

在台儿庄大战胜利后，关于第九十二军在台儿庄战役期间情形，时任山东省第三区专员公署秘书兼临沂、郯、费、峄四县边区联庄会（简称四县边联）办事处处长及代理峄县县长李同伟撰文有如下回忆[1]：

我从汤军团回到住地，又遇见第九十二军军长李仙洲部开来，我又前去见他。他说他是山东长清人，早年当过小学教员。因同乡同行关系，倍觉亲切相投。他叫我随他到前线巡视。这时，自台儿庄溃退的一股日军盘踞在枣庄以东抱犊崮山前的雷雨村，凭险顽抗，不时用山炮向我方阵地盲目放射，炮声嗖嗖凌空而过，在我们身后二三百米处爆炸。我们巡视一番，见到李军炮兵正在树林内挖炮兵掩体。我说汤军团长说要收复济南，很快就可实现吧？李军长笑说："这是速胜论。"隔了一天，李军长告诉我，他已奉令留在敌

[1] 孙连仲、刘斐编：《徐州会战——原国民党将领抗日战争亲历记》，中国文史出版社1985年12月第1版，第277页。

后打游击战，希望我配合建立山区根据地。我听后非常高兴。

战局突变，徐州吃紧。

当我们正在做着乘胜追击收复济南的好梦时，忽然接到报告："台潍公路方面日军板垣师团绕过临沂城向西南进犯，临、费边境大仲村已发现敌军。"我立即率队前去侦察，行至临沂长新桥以东，忽见日本飞机三架低空飞来，向正在路旁休息的大队日军空投包裹，有一包落在我们趴伏的沟旁100多米处，日兵并不来拾。我派队员爬着前去拾了回来，打开一看，都是食品罐头，有的罐头装的是酱油干，尝之味甚鲜美。有的罐头装有掺棉绒的黄色油脂，不知是何物；我们仍趴在隐蔽处详看动静，见日军打开罐头盒燃起火来，用随身饭盒煮饭，才知那是野餐军用燃料。日军饭后又整顿继续前进，从队列纵长估计至少有一千五六百人。这时，我一面派人速回向汤军团报告，一面亲到日军休息过的地点查看，见路旁抛弃很多罐头盒、木盒及刚刚燃烧完的燃料盒，有的木盒上印有"板垣师团长野联队"字样。证明这是一个联队的兵力。

我仍赶回驻地，预备报告汤军团派队截击这股敌人。行至中途见第九十二军正在河边沙滩上整队待发，我找到李仙洲军长报告了所见情况。李军长说："敌人后援部队已到，另路土肥原师团由鲁西向苏北前进，有截断陇海路企图，东路之敌由连云港登陆向西推进，南路之敌也渡过淮河北犯，有四路合围徐州之势。第五战区司令长官部可能要放弃徐州。我军已奉令掩护大军转移，不再留在山东打游击，这就要出发。"

说完和我握手说："再见吧！后会有期。"便乘马而去。

我站在河边上望着大军渐渐远去，心中非常难过，没想到战局变化得如此之快，几天来人欢马叫热气腾腾的山沟，顿时变得一片沉寂，乘胜追击收复济南的希望，转眼变成了泡影。

九、黄埔人物（九）

（289）艾　瑗

艾　瑗（1906—1982）　别号业荣。祖籍广东鹤山，湖北武昌人。黄埔四期步兵科，陆军大学第九期毕业，三军联合大学第二期毕业，美国陆军指挥参谋大学特别班第一期毕业，国防研究院第二期毕业。赴台后，任第七任黄埔军校（台湾凤山）校长。

1926 年起任军校教导团排长，党军第二团副连长，国民革命军第六军十六师营附，第十一军教导队大队长，第四军第六旅二四三团上校团长。抗战全面爆发后，任第六十九师旅长，第四十六军第九十二师参谋长，1938 年9 月授陆军少将。后任第九战区九十九军九十二师副师长、师长。1946 年任整编第九十二旅旅长兼广州防卫指挥官。1949 年到台湾。

1950 年—1952 年　陆军第六军军长

1955 年 4 月—1961 年 1 月　陆军第一军团副司令

1961 年 1 月—1965 年 3 月　陆军军官学校校长

1965 年 3 月—1967 年 4 月　澎湖防卫司令官

1967 年 4 月 16 日—1969 年 7 月 1 日　台湾"国防部"常务次长

1969 年 7 月 1 日—1969 年 11 月 1 日　台湾"总统府"战略计划委员会委员

1970 年退役，任《黄埔月刊》发行人。

1982 年在台湾病逝，享年 76 岁。

（290）安占海

安占海　字腾蛟，河北东光县王家集人。黄埔军校第十期毕业。

1931 年春，考进东北军王以哲部军士教导队，驻沈阳北大营东营房，历经九一八事变。教导队学兵分配到该部三个团，他被分到六二一团二连当战士，在辽吉边区游击了两个多月，回到关里京张铁路康庄车站整补。

1932 年 7 月，进驻古北口杨令公庙，升任一排四班班长。1933 年春节后，参加古北口阻击日寇南进。战后部队在顺义县整补，升任准尉代排长。同年 5月初，参加长城抗日。

1934 年，选派到洛阳分校军官训练班三期，毕业后转入本校插班十期二总队步一队。

毕业后分到第二军（军长蒋鼎文）九师（师长李延年）二十五旅旅长张琼四九团团长张金廷（三期）四十九团三营七连见习，见习结束后升任排长。先驻防江西宜春，后驻防湖南衡阳，其所在团担任粤片铁路（北段）护路任务。

1937 年，参加八一三淞沪抗战，任九师二十五旅四十九团三营七连少尉排长、代连长，在战场上，他用东北口音喊话东北和内蒙的伪军们不要为敌人卖命，调转枪口共同打鬼子。在上海作战两个多月，患上肠胃炎，在阵地争夺战中，大腿被日军手榴弹炸伤，坚持不下火线。

1938 年 3 月，任第二军第九师第四十九团第七连连长，参加台儿庄战役，战后调升师属战车炮兵连连长。在白崇禧的部署下，安占海带领战车炮兵连于台儿庄东及徐州西萧县归属第六十八军作战，在刘汝明军长亲自指挥下，完成了徐州突围中所担负的任务。

1941年3月，任第二军第九师第二十五团三营营长，参加鄂西会战等战役，后在中缅边境腾冲等地与日军作战。1947年，升任上校团长。

1949年12月23日，在四川成都郫县，随第二十兵团司令陈克非起义，时任兵团司令部上校高参。1950年，入中南军区（武汉）军政大学学习，1952年8月，学习结束返回原籍。

因生活，1954年来到天津，经介绍加入天津益民河北梆子剧团工作。1964年2月，因精减被解雇。

1980年，参加天津市民革组织，是天津黄埔军校同学会会员、天津市河东区政协委员。

育有2子、2女，"文革"期间，3个孩子支边插队，新疆2女，内蒙古1子。

（笔者根据安占海1987年5月15日撰写的《抗战回忆片段》整理）

（291）蔡　棨

蔡　棨（1904—2004）　号英元，别字子戟，广东揭阳县龙潭井下楼村（今属揭西县）人。黄埔军校第二期工兵科毕业。陆军大学正则班第九期毕业，军委会西北战干团高级班结业，曾留学日本陆军步兵学校。历任国民革命军排、连、营、团长、副旅长、师长等。

参加第一、二次东征和北伐战争。在东征军政治部任宣传干事。1931年毕业于北平陆军大学，后在第十九路军总指挥部任中校作战参谋。参加了名震中外的一·二八淞沪抗战，因立功被授予陆海空军甲二等奖章，并提升为上校科长。

抗日战争爆发后，任第十七军团（汤恩伯部）总部副参谋长，独立第十师师长。河南漯河警备司令，中央训练团将官班第五组组长，第一战区司令长官部中将高参。参加过台儿庄战役、武汉会战。抗战胜利后被授予忠勤及胜利勋章。

1942年夏任第三十七集团军总部参谋长，新编第一师师长。

1943年8月授陆军少将。

1946 年起任西安绥靖公署高参室主任，河南灵宝指挥所参谋长，汉中绥靖公署战术研究班副主任。

1949 年，任国民党军第五兵团副司令。赴台湾后，任"国防部"中将高级参谋。1962 年退役。

晚年以深厚乡土感情，致力于文史研究。其《河婆地方志略》《揭阳县城旧址考证》分别刊于 1981 年、1983 年在吉隆坡出版的《河婆之声》。"考证"一文被转载于《汕头文物》。

2004 年秋，于台北寓所逝世，享年 101 岁。夫人张作楷，籍贯河北。

（292）曾坚忍

曾坚忍（1907.7.7—? ）　字实研，又名庆洪，广东蕉岭人。黄埔军校三期步兵科，中央军官训练团将校班第八期毕业。

参加第二次东征和北伐战争。历任国民革命军第六军十八师五十四团排、连长，教导队长，第六军军部少校参谋，第四十六军新编第六师参谋处中校主任。1929 年部队编遣后，任新编第十师参谋处上校处长兼淮扬警备司令部参谋长。1930 年任军政部《军事》杂志社副总编辑。1934 年任江苏省政府兼任秘

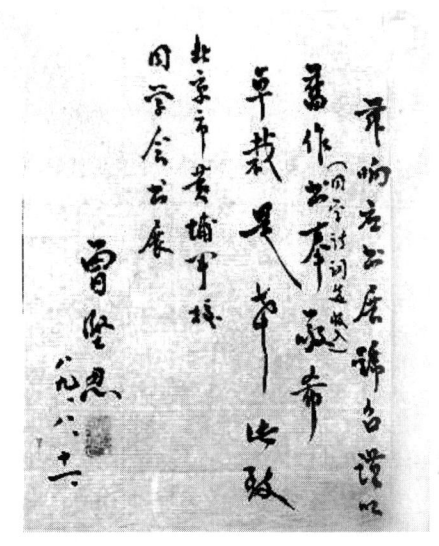

曾坚忍墨迹

书主任。抗日战争爆发后，历任第八十七师上校参谋处长兼第五二一团团长，第五战区第八十九军三十三师上校参谋处长、参谋长，第九十七旅少将旅长。台儿庄战役负重伤，伤愈后转任第三十三师参谋长、副师长兼政治部主任。后任第八十九军参谋处少将处长，第三十三师少将副师长，第三十三师少将师长，长江下游挺进军中将副总指挥等职。先后参加淞沪会战、徐州会战和江苏敌后抗战诸役。1946 年后任国防部中将部附、中将高参，兼高参室主任等。

新中国成立后，定居上海，曾任上海市黄埔军校同学会理事。

（293）曾昭度

曾昭度（1908—？） 湖南长沙人，黄埔军校广西分校；曾参加过粤桂战争、西安事变、淞沪会战、台儿庄战役、长沙保卫战等许多著名战役的老军人。

1924年，16岁的曾昭度考入就黄埔军校广西分校。1936年安事变爆发前，任国民革命军第三十七旅上校参谋，七七事变爆发时，任国民革命军陆军第十三师三十七旅七十四团三营少校营长，参加淞沪会战，1938年参加台儿庄战役时，任代理团长兼第三营营长，之后分别担任九十三师参谋处主任、第九战区长官司令部驻萍乡联络办公室主任。

1945年抗战胜利后离开了部队，回乡置地务农。同时又做过一段时间的生意，主要是从广东贩一些货到长沙出售。由于时局动荡，生意很不好做，惨淡经营了一段时间后，终于破产了。无奈，他只好挑着货郎担，走街串巷，做起了叫卖的小生意。

新中国成立后，曾昭度在长沙市民政系统工作，"文革"期间，被打为历史反革命，受到了不公正的待遇。

1983年平反后洗脱了历史反革命的罪名。进了长沙市某社会福利院。

说起台儿庄战役，时年98岁高龄的曾老似乎更加激动。"我们在武汉大概驻守了三个多月，我们师又奉令参加了震惊中外的台儿庄战役，这也是我一辈子都不会忘记的经历。""1938年3月下旬，有一天部队正在吃饭，突然接到命令，要求立即出发，我来不及和已到了武汉的妻子告别，就上了火车，向江苏的徐州进发。"此时，曾昭度决心很大，当他表示，此次战役不成功，便成仁。当时，曾是曾昭度老长官的李宗仁将军说，只能成功，不能成仁，成仁没有作用，只有把敌人打跑，才能成功。

"我参加抗战八年来，这（台儿庄战役）是我感觉最满意、最难忘的一次抗战经历。""我率领的十三师三十七旅七十四团第三营及第二营六连官兵共计650多人，我们营的士兵作战都不怕死，很勇敢，一个逃兵也没有。"战后，曾昭度统计了一下，全营伤亡军官7名、士兵127名；缴获重机枪1挺、步枪17支、马2匹、步机枪弹药2000余发。敌遗尸50余具。他因功被晋升为团长。

"我作为一个中国军人，一个黄埔军校的学生，我真正感觉到我尽到了责任。"

他还告诉来访者："我们防人之心不可无，抗战胜利都已60年了，日本人还不死心，所以要保持一定的警惕。"

另据新华网长沙（2004年）6月12日电：97岁的曾昭度老人精神抖擞地坐在一间教室的后排座位上，手里拿一个练习本和一支圆珠笔，一边记录，一边思考，偶尔轻轻点头。这是日前开课的长沙市首所老年大学的一个场景。

曾昭度老人是黄埔军校毕业的，"我以前就对文学很感兴趣，有一定的功底，但是没有经过系统学习。这次我可以系统学习，学一些修身养性的东西，让自己活到百岁，学到百岁"。

（294）陈家麟

陈家麟（1902—?　）　别号伯侯，别字希亮，海南文昌人。黄埔军校第三期步科毕业，中央军官训练团军官大队肄业。陆军大学乙级将官班第三期毕业。

历任国民革命军少尉排长、中尉排长、上尉连长、少校营长，第十九路军第六十师中校副团长、上校团长。

抗日战争爆发后，任第二军特务团上校团长、少将总队长，先后参加淞沪抗战、徐州会战、武汉会战、枣宜会战诸役。1946年2月，退役。

（295）陈焕炳

陈焕炳（1904—?　）　别号炎午，河南商城人。湖南军官研究所、中央步兵学校教官研究班第十一期、中央军校高等教育班第一期毕业。

历任国民革命军连、营、第十三师第七十七团团长、旅长，庐山军官训练团高级教官，武昌公安局局长。1941年春任成都中央军校办公厅少将总务处长。1944年秋卸职任军训部少将训练委员，军政部军事教育处副处长、中将部附。1946年7月退役。

（296）陈克非

陈克非（1903.4.14—1966）　字惟毓，号钟灵，又名文彦、毓彦，浙江天台县螺溪村人。黄埔军校第五期政治科、陆军大学特别班第五期、将官训练班第二期毕业。

陈克非虽然出生于富商之家，却自幼勤奋好学，追求进步。"五四"期间，在家乡天台中学就读，积极参与文明戏演出。还时常去乡下演出。1917 年，考入浙江省立第六中学（台州中学前身）。1921 年，中学毕业后，回到故乡螺溪小学，担任体育教师。深受革命浪潮影响的陈克非，于 1925 年考入黄埔军校第五期政治科，次年毕业后，分配到国民革命军第一军第九师某团任连级政治官佐。后历任国民革命军第一军第九师排长、连长、营附，第九师第五十一团副团长、团长。

抗战全面爆发后，任第二军第九师第二十五旅第四十九团团长、师参谋长。

1938 年 5 月，侵华日军进攻鲁南，奉命率部自徐州东调，牵制陇海路东段日军。在邳县、郯城地区与日军激战 4 昼夜，全力策应主力部队台儿庄战斗，取得大捷。次年末，开赴广西，率部主攻收复昆仑关，升副师长。

1943 年，率第九师渡过怒江，围歼日军于滩头阵地，为后续部队顺利过江创造条件。过江后，率部在滇西边境浴血奋战，率先打通中印公路，攻占芒友，与驻印新一军会师，立首功，获国民政府军事委员会褒奖。接着，担任中印公路东段警备任务。时任云南省主席龙云三公子，人称"龙三公子"。"龙三公子"，是个青帮首领，又挂着少将头衔，一向专横跋扈，仗势欺人。有一次，公然用大卡车，从滇西边境向昆明武装贩运鸦片。陈克非既为驻军首长，自然有保境安民之责。得知"龙三公子"武装贩运鸦片的消息后，不顾云南省政府要员出面干涉，毅然派部队拦截，并将缴获的十八桶烟土当众烧毁，百姓无不称快。

1944 年末任中国远征军第九师师长。

抗战中先后参加淞沪会战、徐州会战、武汉会战、昆仑关战役、第二、三次长沙会战、远征印缅抗战诸役。

1946 年秋陆大将官训练班毕业，任整编第九师第九旅旅长，整编第十五师师长。

1947 年，升任第十五军代军长。次年 9 月，被授予陆军少将军衔。之后任第二兵团第五军参谋长，第二军军长。1949 年，任第二十兵团中将司令官兼第二军军长，参加内战。蒋经国持蒋介石的亲笔信给予嘉勉。陈克非表示感激，但在内心深处，已经看透国民党政治的腐败黑暗。于是，不顾蒋介石已将他的老母和妻子儿女运往台湾作为人质的残酷现实，毅然决然，于 1949 年 12 月 24 日，率第二十兵团 1.2 万官兵，于四川郫县起义。

此后，历任中国人民解放军中南军区高参兼第五十军副军长，中南军政委员会参事，武汉市政府参事，湖北省人民委员会常务委员，湖北省政府参事室副主任，民革第三、四届候补中央委员，湖北省政协常委，第三、四届全国政协委员。

著有《光荣的抉择》《第二十兵团从鄂西溃退入川到起义的经过》等。

陈克非一生光明磊落，一心救国爱民。影片《大进军———席卷大西南》有贺龙会见陈克非将军的情节。1950 年 1 月 1 日，贺龙特地安排接见陈克非将军。贺龙握着陈克非将军的手说，我们很久不见了，你打日寇有功啊！陈克非将军很激动：贺老总，你还记得我呀？记得，当然记得。你这样的老朋友，我们是不能忘记的！

无奈，陈克非在"文革"期间，因为莫须有的"历史问题"受尽折磨，含冤去世，时年 63 岁。

1979 年 4 月，中央统战部在武汉召开陈克非将军追悼大会，并予以平反昭雪。陈克非将军的忠骨，埋在家乡螺溪村外的老磨山。2004 年，陈克非将军入选当代百位杰出天台人。

（297）陈业桓

陈业桓 广西容县人，黄埔军校四期毕业。台儿庄战役期间，任第四十六军第九二师第二七六旅五五二团团附参加战斗。

（298）陈应龙

陈应龙（1897—1951） 字美山，原名昌奕，海南文昌县东路镇人，早年在文昌县立谭深高等小学、广州市中学校毕业，黄埔军校一期毕业。曾任国民党广州市第一区慰劳会管理员、琼崖留省会馆干事、团长、旅长、师长、副军长，抗战中，参加淞沪会战、徐州会战、武汉会战、桂南会战和枣宜会战等战役。

1948 下半年回海南家乡创办文昌文西中学。1951 年镇压反革命运动中以"历史反革命罪"被处决。1980 年平反。

1924 年 11 月，黄埔军校毕业后，奉派在黄埔军校教导团和国民革命军第一军任排、连、营长，参加两次东征和平定杨刘之乱。1926 年又随军北伐，升任第一军第二师中校副团长、上校团长。1928 年又随军参加第二次北伐，任第一军第二师第二十六团上校团长。同年 7 月完成北伐后军队整编，仍在第九师二十六旅任团长。嗣参加中原大战，升任第二十六旅旅长。1933年率部参加对中央苏区的第四次"围剿"，是年冬至1934年初调福建参加围攻十九路军，继而参加对苏区的第五次"围剿"。1934年调任师部参谋长，1936年3月授陆军少将，1937年5月升任第九师副师长。

抗战爆发后，参加淞沪会战、徐州会战、武汉会战。1938年5月升任第二军副军长兼第九师师长。以后又率部参加桂南会战、鄂西枣宜会战。1941年调任军事委员会第三补训处中将处长。时因与广东省政府主席李汉魂发生矛盾，被军事法庭以"结党营私、图谋不轨"罪名判刑入狱。1944年获释出狱，在遵义、重庆与家人团聚后，弃官从商。

1948年赴上海，任京沪防卫总司令部中将高参（总司令汤恩伯，短期），下半年携眷还乡，创办文昌县文西中学，受家乡父老称赞。

1951年在镇反中被捕，被处决，时年54岁。1980年代平反，宣告系无罪错杀，并立碑于他创办的文西中学旁边草坪，以志纪念。

1924年5月黄埔一期学习；

1924年11月国民革命军教导团班长；

1925年排长、连长；

1926年第二十二师六十四团二营营长、副团长（团长文昌詹忠言），第一军二师二十六团上校副团长；

1927年北伐攻克上海后任二十六团上校代理团长；

1928年底，第一军二师补充团团长；

1929年1月第三师十七团团长（师长毛秉文、旅长李玉堂）；

1929年底第二师第八团团长（师长顾祝同）；

1930年第二师二十六旅副旅长（旅长李延年）；

1930年5月第一军二师四旅副旅长（旅长郑洞国）；

1932年5月第一军三师第九旅少将旅长（师长李玉堂）；

1935年10月第三师少将副师长（师长李玉堂）；

1937年第三师少将副师长（师长赵锡田）；

1938年第二军第九师中将师长（军长李延年）；

1939年初第二军副军长兼第九师师长（中将衔）；

1939年11月第二军副军长（不兼师长）；

1941年夏先后调任第十七补训处、第三补训处处长（中将衔）；

1943年因内部派系斗争遭削职入狱；

1944年获释出狱，在遵义、重庆与家人团聚、从商；

1948 年（短期）任京沪防卫总司令部中将高参（总司令汤恩伯）；

1948 年下半年携家小回海南家乡创办文昌文西中学。

（299）陈应垣

陈应垣（1907—?　）　原名昌彬，海南文昌县东路镇潭深村人。1925 年秋负笈赴穗，在其胞兄陈应龙的帮助下，考入黄埔军校第四期。1926 年 10 月毕业后，分派在国民革命军服役。参加过第二次东征、北伐诸役。

1913 年—1922 年在家乡就学；

1923 年海南琼海中学（今海南中学）就读；

1925 年参加东征革命军后参加北伐；

1927 年北伐攻占上海后返乡维持地方治安；

1928 年南京黄埔第 8 期学习毕业后留校当教导员；

1931 年陈济棠（广东省军政主席）部步兵训练二队队长；

1933 年—1934 年广东韩江警卫营上尉连长、副营长；

1934 年—1938 年第三师第九旅少校副主任营长中校副团长（师长李玉堂）；

1938 年—1946 年荣誉第一师先后任中校副团长、代团长等职；

1946 年军委会上校专员；

1947 年中央警官学校五分校代总队长；

1947 年—1948 年 3 月第八十七师上校团长；

1948 年 3 月—1949 年 5 月陆军第四十九军七十九师少将副师长（其间郑庭笈曾任军长）；

1949 年 5 月—1950 年 1 月海南警备司令部参谋（陈济棠任总司令）；

1950 年 1 月—1950 年 7 月海南防卫总司令部第一路司令部少将高参（司令李玉堂）；

1950 年 7 月—1956 年台湾中部防守区司令部上校高参（司令刘安祺）；

1956 年—1961 年台湾“国储仓库”公司主任；

1961 年—1975 年台湾省警务处科员；

1976 年退休。

（300）褚静亚

褚静亚（1905.10.29—?　）　别字靖亚，陕西省富平县薛镇乡土木坊村人。

幼年在本村读书，1920 年，升入富平县高等小学学习。1922 年考入西安陕西省立第一中学。1927 年，考入南京中央陆军军官学校第六期，编入工兵大队第三队第三区队学习。毕业后，任河南开封师范学校中尉军事教官。

1929 年 5 月，南京中央陆军军官学校第六期毕业，任陆军第二十八师司令部参谋处上尉参谋。后调任该师第八十三旅（旅长杨四忠）少校参谋，旋任该旅中校副团长。1932 年，调任第二十八师驻江西南昌办事处上校处长。

1934 年 9 月，入陆军大学特别班第二期学习，1937 年 8 月，毕业。

抗日战争期间，调任第二十八师（师长董钊）上校参谋处长。1938 年，随部开赴山东，参加徐州会战，防守郯城地区，阻止由青岛登陆西进的日军。在南北涝沟战役中，该部与日寇板垣师团山田铁联队激战 10 余日，终于击溃山田铁联队，缴获大量武器弹药。徐州失陷后，该部在江苏阜宁、青江浦一带与日军周旋。8 月，突围撤至汉口横店地区休整。该师因对日作战有功，董钊师长被提升为第十六军军长，褚静亚荣获二级勋章。后该部又开往河南罗山一带，投入武汉会战。

1939 年 1 月，褚静亚随部调回陕西，被任命为陕西省防空司令部（司令蒋鼎文兼、副司令董钊兼）参谋长。不久，又调任第十六军参谋长，驻防合阳，参与指挥预一师、预三师及第一〇九师担负南起潼关、北至禹门口一带黄河西岸的防守任务，阻止日寇西渡侵犯陕西。1943 年，褚静亚调任陆军第四十二军新编四十一师师长，驻防甘肃平凉地区，主要任务是训练新兵。1945 年，调任陇东师管区司令。

抗日战争胜利后，褚静亚调回西安将官组待职。1948 年，任陕西保安第一旅旅长，同年 5 月，调任第十八绥靖区参谋长（司令官董钊）。该绥靖区的主要任务，就是配合国民党陕西省政府，在所属 40 个县进行征兵、征粮，加强地方各保安团队及保甲组织，实行各县联防，保护交通通信，宣传反共政策，取缔进步组织，平抑市场物价，为维护国民党摇摇欲坠的反动统治服务。

1949 年 1 月，被任命为第七十六军副军长兼第二十师师长。3 月 1 日，在陕西三原西北泾阳口镇地区被人民解放军俘虏。

中华人民共和国成立后，关押于战犯管理所。

1963 年 4 月 9 日，获特赦释放。

后任陕西省政协委员，民革陕西省委会顾问，陕西省黄埔军校同学会理事等职。

著有《关于我竞选富平县出席国大代表的情况》《第二十八师永阳败后

烧杀扰民》、（载于中国文史出版社《文史资料存稿选编·十年内战》）、《第十八绥靖区的活动概述》[载于中国文史出版社《文史资料存稿选编·军事派系》（下）]、《第二十师在泾渭河谷被歼记》（载于中国文史出版社《解放战争中的西北战场》）、《胡宗南王牌第一师被歼经过》《龙首山防守被歼经过》等。

（301）单洪培

单洪培（1898—1949.5.28）　号原卿，江苏江阴人。中央军校驻苏干训班副主任，陆军炮兵学校第二期、陆军大学特别班第二期毕业。

抗战期间，曾任第八十九军一一七师参谋长，1939年夏任中央军校驻江苏干训班少将副主任兼第八十九军一一七师副师长，1940年夏任第八十九军参谋长，后任江苏省国民兵团编练处处长，鲁苏战区第一游击区总指挥部参谋长，1945年任苏北挺进军总指挥部少将高参兼第五路指挥官。

抗战胜利后，任第十二军官总队高级教官，1946年任青岛警备司令部副司令，第十一绥靖区副参谋长，1948年9月任江苏省保安司令部副司令兼参谋长，并兼任江苏省水上警察总局局长。

1949年5月28日，在江苏泗列岛水域被解放军袭击，船沉身亡，时年51岁。

（302）邓纶魁

邓纶魁（1912.8.29—?　）　原名邓宝善，山东省东营市广饶县大王镇邓家村人，黄埔军校武汉分校第一期步科毕业。抗战中，参加八一三淞沪会战、台儿庄战役、武汉田家镇要塞战、广西南宁昆仑关战役、鄂西宜昌襄樊战役、云南滇缅边防保卫战等。

邓纶魁是李延年伯母邓氏的亲侄孙。

1929年7月至1931年7月就读于济南东鲁中学，毕业后在原籍务农。1933年3月从军入伍，1934年10月至1935年10月在湖北武汉南湖就读于黄埔军校武汉分校第一期步科。1934年4月在广东、江苏任国民革命军第九师补充团第五十团少、中尉排长。1938年2月在湖北汉口升任第二军（军长李延年）军部特务连上尉连长。1939年6月在湖南醴陵升任第二军补充二团三营副营长兼第九连连长。1941 年 8 月在湖北建始升任第二军军部特务营少校营长。1943 年 2 月在贵州普安升任第二军军部辎重兵团一营中校营长。1945 年 11 月调任军政部驻青岛监护大队中校大队长。

1946 年 3 月因部队改编任军政部监护第十团四营中校营长。1947 年 7 月因部队改编在青岛城阳任第三十三军中校副团长。1948 年 4 月在青岛辞职退役。

1950 年 8 月任青岛第一运输公司职工。1958 年 12 月因整风"反右"被划为右派。1966 年 10 月至 1980 年 1 月被遣返原籍广饶县大王镇邓家村。1980 年 1 月平反。

1989 年 8 月加入民革。曾任东营市第二届政协委员。

（303）邓毓玫

邓毓玫（1900.10.20—1967.10.6）　字含光，陕西咸阳市渭城区窑店乡邓家村人。陕西陆军讲武堂、黄埔军校第一期毕业。

1921 年就读于三原陕西师范，不久到关中自治研究所学习，1922 年考入陕西陆军讲武堂，1924 年春，考入黄埔军校学习，同年秋在军校加入中国国民党。1926 年至 1929 年，先后任国民革命新编第二师一团上校团长、中央军事政治学校武汉分校第八大队队长、陆海空军总司令部征募处主任、国民党新编第二旅少将旅长。1930 年调任甘宁青军事联络员，负责协调西北军事方面工作及收编地方武装。次年改任驻天水陕西警备师高参。后应甘肃省主席邵力子电召，赴兰州任省府参议兼陇南行署专员。1934 年随邵力子至陕西，任西安绥靖公署陇南军事特派员、省政府参议。1936 年任二十八师招募处长，后改为兵站主任。

抗日战争爆发后，随部队开赴潼关，驻守黄河一线。1938 年春，开赴台儿庄，防守东部北劳一线。同年秋，开赴汉口北部，驻防信阳、罗山一带，参与了使日军遭受重创的罗山之战。1940 年调任天水行营（又称西北行营，驻西安）担任高参。翌年秋，奉行营主任程潜之命，赴河南、山西一带点编游击部队，开展敌后游击战。1942 年天水行营改为西安办公厅，仍任原职，同时兼前线视察小组组长。次年，调任第八战区长官部高参。1945 年调任第一战区长官部高参，兼任战地视察组组长。1946 年进入国民党中央训练团将官班学习。一年后，任国防部部员，同时被委派为第八集团军副总司令。1948 年出任川陕甘绥靖公署副主任，同年 10 月，任第十八绥靖区高参。

1949 年 9 月，在重庆被委任为陇南挺进军中将司令，未赴。12 月，在成都迎接解放。1953 年 1 月回到西安家中。入西北人民革命大学政研班学习，6

月结业，8 月任陕西省人民政府参事，1953 年 9 月因其部属叛乱，怀疑其涉嫌，被西北军政委员会公安部逮捕、关押。

1967 年 10 月 6 日，在西安病逝，终年 67 岁。

（304）董　钊

董　钊（1901.7.4—1977.9.30）　字介生，陕西长安县东桃园村（今西安市莲湖区）人。黄埔第一期、陆军大学将官班甲级第一期毕业。历任二十八师师长，十六军军长，三十八集团军司令，1947 年率整编第一军占领延安，1949 年任民国最后一任陕西省主席。曾获三、四等云麾勋章、四等宝鼎勋章。

董钊自幼读书，毕业于西安省立第三中学。1924 年经于右任函荐，与关麟征、杜聿明、张坤生、何文鼎等一起，赴广州入黄埔军校第一期第一队学习，同年加入中国国民党。年底毕业，北上河南投奔国民军第二军胡景翼部，任连长。1926 年北伐军占领南京，董前往南京谋职，经黄埔军校同学会介绍去北京，以《军事杂志》编辑名义，搜集北京方面的军政情报。1930 年，又被派往驻汉口之国民党第四十八师徐源泉部，任党务特派员。

1932 年，参加国民党特务组织复兴社，曾任复兴社陕西小组组长。是年，驻江西万安的国民革命军第二十八师师长王懋功（陕西武功人），请求蒋介石派董钊到该师任职，蒋准其到江西任第二十八师参谋长。1934 年，因王懋功辞职回陕，经陈诚系大将樊崧甫推荐，被提升为第二十八师师长，奉命从湖南邵阳出发追击长征途中的工农红军。

1936 年西安事变发生后，董奉命率部向陕西潼关开进，作为"讨逆军"进攻西安之前卫师，曾在华县附近与东北军对峙。西安事变和平解决后，该师开赴蒲城待命。1937 年初，西安行营主任顾祝同调第二十八师进驻西安担负城防守备任务，董任西安警备司令兼防空副司令。

七七事变时，任第四十六军第二十八师师长。1938 年 4 月，董钊率第二十八师开赴台儿庄增援，董钊部在郯城所属的南北苏沟地区，与日寇板垣师团山田联队遭遇。全师官兵英勇杀敌，打退山田联队，缴获大量战利品。该师官兵伤亡三千余人。于 8 月撤回汉口，驻扎横店地区守备武汉。9 月，董钊升任第十六军军长，兼任第二十八师师长，参加武汉会战。10 月，率第二十八师调赴豫西，参加罗山、信阳战役。11 月，奉调入陕，划归第三十四集团军战斗序列，复任西安警备司令及防空副司令。

1940年11月，他到中央训练团接受训练。1941年1月，回到陕西省，率部驻扎三原，任邠洛动员指挥官兼碉堡线封锁指挥官。1942年4月，他升任第三十四集团军副总司令。1943年9月，他转任晋陕绥边区副总司令。1944年冬，他入陆军大学将官班甲级第1期接受训练，翌年1月毕业后，升任第三十八集团军总司令。同年7月被授予陆军中将衔。

1945年7月，他率部出击山西省南部，和陈赓率领的晋冀鲁豫野战军太岳纵队进行交战。

1946年5月，他的部队改编为整编第一军，他任该军军长。1947年，他奉胡宗南之命进攻延安。1948年5月，他就任第十八绥靖区司令。同年7月，他接替祝绍周任陕西省政府主席兼保安司令、中国国民党陕西省党部主任委员。

1949年5月，解放军占领西安后，迁省府于汉中，并将保安旅、团拉到汉中，准备顽抗。他明里抓保安队的"整训"，暗里却飞往台湾购置房产，准备后路。11月，人民解放军进军陕南，董宣布撤销在汉中的省府，指使其亲信李鸿基在成都设立陕西省政府办事处，家眷随迁。

12月2日，当董由收音机里听到重庆解放的消息后，十分惊慌，当天下午就召开保安部队团长及各专署专员会议，布置了几项"应变"措施：保留陕西保安司令部并成立陕西绥靖总司令部；各专员公署改称"反共救国军"司令部；以镇巴山区为陕西国民党部队游击根据地，如镇巴不保，保安司令部及所属部队向四川撤退，并改编为新编第八军。当有人提出镇巴山区一无粮草，二无械弹补充，如何能开展游击时，董板起面孔说："我们是党国的柱石，理应执行上级规定，不能有丝毫的动摇。"然而会后第三天，他自己却乘大卡车逃往成都。

12月19日，被解除军政职务的董钊携妻及三个儿女飞往台湾。任"光复大陆设计研究委员会"委员。

1977年9月30日，在台北市病逝，享年76岁。

著有《董钊自传》《董介生先生行述》等。

（305）方先觉

方先觉（1903—1983.3.3） 字子珊，江苏萧县栏杆区（第十区）方家寨（今安徽宿州市埇桥区解集乡清湖村方家寨），黄埔军校第三期步兵科、黄埔军校高教班第二期、陆军大学乙级将官班第四期毕业。

抗战期间，曾参加台儿庄战役、长沙战役、衡阳保卫战等。1948年当选国大代表。1949年任陆军第一编练司令部中将副司令，旋任第六兵团中将副司令官兼福州绥靖公署军官团团长。

1950年任东南军政长官公署额外高参，旋调任"国防部"中将参议。1953年任澎湖防空指挥部指挥官。1959年调任陆军第一军团中将副司令。1959年出任联合勤务总司令部研究督察委员会中将主任委员。1968年退役。

方先觉与黄埔四期生张灵甫是姻亲，张灵甫的儿子娶方先觉的女儿为妻。

方先觉父亲方为宝，清末秀才，母康氏，育有兄弟五人，方先觉排行第三。他自幼受到良好家教，并得私塾启蒙。1917年9月考入县立第四高等小学，三年后考入南京中学，并立志成为一名律师。1924年9月，方先觉在考入上海法政大学法律系后接触到了三民主义，并逐渐萌生了革命思想。当时黄埔军校以一期毕业生王仲廉为招生委员赴上海秘密招生，方先觉得此消息后遂投笔从戎。

1925年1月，方先觉考试入黄埔军校第三期入伍生总队第一营。时任总队长王懋功，总队附张治中，第一营营长则是以后成为方先觉老长官的陈继承。经过半年的入伍生训练后，升为正式军校学生，编入步兵第二大队（大队长陈复）第五队（代队长李强）。值得一提的是，在同队同学中方先觉最早晋阶为军长，其余官至将军的还有陈希平、孙启人、夏季屏、高致嵩、张廷玉等人。

1925年11月，在校期间，军校的一名军需因贪污伙食费，学生餐饮质量大幅下降。方先觉知道后，当时便带着几名同学将该军需暴打一顿。由于他以下犯上，校方决定开除其学籍，其他参与学生则保留学籍，留校察看，而此时离军校毕业仅剩一个月了。方先觉的盲目行事使他失去了学籍，一年寒窗苦读，临头来却一无所有。但方先觉并没有因此服输，即使不要这个学籍，他也要在军中干出一番事业。

方先觉在同学的帮助下到第三师（师长）第九团（团长卫立煌）侦察队当了一名少尉见习官，见习期满后改任中尉排长。1926年8月，方先觉得到团长卫立煌的推荐，被调到第一军（军长何应钦）宪兵第三连担任上尉连长。三个月后又被调到第二十师（师长钱大钧），担任补充团（团长卢权）第三营第九连上尉连长。相继参加了中原大战和"围剿"红军的军事行动，官至团副。

1944年5月，倭寇发起了豫湘桂战役。方先觉率领第十军全体官兵，固守衡阳市，负责指挥了中国抗战史上最成功的战役——衡阳保卫战。在抵抗48天倭寇疯狂攻城后，方先觉与日军谈妥签订停战协议。衡阳保卫战震撼敌军，日军大将前往讨教神秘守城战术。3个多月后，方先觉逃离日军的看管，经接应，抵达重庆。

1945 年初，任青年军第二〇七师师长，旋又调任第二〇六师师长、第八十八军军长。

1946 年，他所在的第八十八军改编为整编第八十八师。其后，担任第十绥靖区的副司令官、福州绥靖公署副主任、第二十二兵团副司令官、第一编练司令部副司令官、东南军政长官公署高参。

1949 年底，携眷前往台湾。

1953 年 2 月，调任澎湖防卫副司令官。

1954 年 6 月，入"国防大学"联战系第三期学习。毕业后陆续担任第一军团副司令官、联合勤务总司令部研究督察委员会主任。1968 年退役，后在家修身养性，勤习书画。

1983 年 3 月 3 日，在台北病逝，享年 80 岁。

著有：《子珊行述》《衡阳坚守战回忆》。

2012 年 10 月 12 日，著名历史学者纪连海纵论衡阳保卫战。讲座的焦点是对方先觉的评价。对于方先觉最后的投降行为，学界颇有争议，尤其是上世纪更为盛行：是怕死叛国还是曲线救国？纪连海旗帜鲜明地支持后者，为方先觉鸣冤叫屈。

（306）顾锡九

顾锡九（1901—1989） 字祝儒、祝如，江苏涟水县南禄乡人。黄埔军校第三期步兵科，后因病改入第四期毕业，国民党高级将领顾祝同的堂弟。

1925 年夏毕业于江苏涟水县中学，旋考入黄埔军校，毕业后，曾任北伐军少尉见习官、中尉排长、上尉连长。

1929 年参加中央团警干部训练班，后历任江苏省军警干部训练所少校队长、江苏省保安第四团中校团副、江苏省保安团特别党部执委、监委、陆军第八十九军三十三师一九四团代理团长、三十三师九十七旅旅长、八十九军一一七师三五一旅旅长、一一七师师长、八十九军参谋长兼江苏保安处少将处长、八十九军副军长、八十军中将军长等职。

1942 年 1 月任三民主义青年团直属苏北区团部筹备处代主任，翌年 4 月任三民主义青年团中央第一届候补干事，夏，改任西安行营新兵训练处教育长。

1945 年任江苏省第一绥靖区司令，翌年秋改任陆军第一二三军军长。

1949 年 4 月南京解放后，率部从无锡、常熟退至上海。5 月上海解放，又退至浙江嵊山、泗礁一带，旋又逃入台湾。

1952 年春，任台湾省新化县新兵训练处处长。

1989 年 12 月在台湾病逝，享年 89 岁。

（307）侯镜如

侯镜如（1902.10.17—1994.10.25）　原名心朗，河南永城县人。黄埔军校第一期毕业。

早年先后考入河南留学欧美预备学校、中州大学理科学习。1924 年考入黄埔军校第一期，编在学生第三队，同年 11 月毕业后，到国民革命军教导一团任排长。1925 年 2 月、10 月两次参加东征，并依次升任连长、营长、团参谋长。

1925 年冬，由周恩来、郭俊介绍，加入中国共产党。1926 年参加北伐，任国民革命军第十七军第三师党代表兼政治部主任。1927 年参加上海第三次武装暴动，并担任主席团成员，指挥工人纠察队。之后，任武汉革命政府武汉三镇保安总队队长。同年 6 月，在武昌被改编在贺龙任军长的国民革命军第二十军里，担任教导团团长。7 月随二十军由汉口向江西进发，于 27 日到达南昌。8 月 1 日教导团参加南昌起义，歼灭第九军金汉鼎部一个团，出色地完成了起义总指挥部下达的作战任务。旋率部随"八一"南昌起义部队南下，8 月 23 日指挥教导团配合友军参加会昌战斗，经过浴血奋战，全歼敌军四个团。一千余人的教导团伤亡大半，他自己也身负重伤，转到香港疗养。

1927 年底，被派到上海中共中央和中共江苏省军委工作。1928 年春，由中共中央派往河南开封工作，后遭到国民党组织逮捕入狱。1929 年秋，蒋冯战争时被释放。在上海接受党组织培训后，先后被派往香港中共华南局军委和天津中共顺直省委军委工作，1931 年春，在上海去苏区工作时，因党组织遭到破坏与党失去了联系。

1935 年 4 月，被国民党政府授予陆军少将军衔。之后任国民革命军三十军第三十师参谋长、八十九旅旅长。抗日战争期间，任国民革命军第九十一军参谋长、第九十二军二十一师师长。1938 年 4 月，挥师进入鲁西南，率部参加了著名的台儿庄战役。1942 年晋升为九十二军中将军长，统辖二十一和一四二两个师。

抗战胜利后，兼任北平警备司令。1948年9月任第十七兵团司令兼天津塘沽防守司令。此时，正值解放战争后期，他又同中共组织取得联系，按照安子文转达的周恩来、贺龙信件的要求，积极配合中共，为解放全中国而准备起义。他经过周密的组织和安排，首先指示当时的九十二军军长黄翔率全体九十二军将士起义。1949年秋，他在改任福州绥靖公署副主任兼公署军官团团长时，指示原九十二军三一八师在福州起义，并与廖运泽一同联系廖运升师在浙江义乌起义，为解放战争的胜利立下了不朽的功勋。

1949年10月，因策动部属起义，避居香港。在香港期间，他积极联络朋友，注意宣传中共的政策，做了不少有益的工作。1952年7月，从香港回到北京。

历任国务院参事，政协北京市委员会副主席，北京市人大常务委员会副主任，民革北京市委员会主任委员。1954年12月起，连任政协第二、三、四届全国委员会委员，政协第五、六届全国委员会常务委员。1959年至1975年，担任中华人民共和国国防委员会委员。

1956年2月起，历任中国国民党革命委员会中央候补委员、中央委员、中央常务委员。1981年12月，在民革五届二中全会上，被选为中央委员会副主席，并连任六届、七届民革中央委员会副主席。1984年6月后，任黄埔军校同学会副会长、会长。

1988年4月，继续当选政协第七届全国委员会常务委员，并被选为全国政协祖国统一联谊委员会副主任。同年中国和平统一促进会成立时，被推选为会长。1989年3月，当选为政协第七届全国委员会副主席。

1994年10月25日，在北京逝世，享年92岁。

（308）胡蕴山

胡蕴山（1905.10.27—1950.4）　原名国裕，湖南益阳县人，黄埔军校第三期步兵科毕业。

1926年1月，军校毕业后派任军校入伍生第三团（团长张治中）少尉排长。3月调升第四期步兵军官预备团（团长张与仁）第二营（营长徐宝鼎）第四连（连长严武）中尉排长。5月所部改称步科第二团（团长张与仁）第二营（营长徐宝鼎）第四连（连长严武），仍任中尉排长。10月调升入伍生步兵第二团（团长李亚芬）第二营（营长杨文涟）第七连上尉连长。

1927年5月调升新编第一师（师长钱大钧）第一团（团长贺光谦）第一

营少校营长。

1928 年 3 月所部改称第六十九师（师长蔡熙盛）第一团（团长贺光谦）第一营，仍任少校营长。7 月所部改称第三师（师长钱大钧）第八旅（旅长蔡熙盛）第十五团（团长贺光谦）第一营，仍任少校营长。

1931 年 12 月升任第三师（师长陈继承）第八旅（旅长李玉堂）第十五团（团长谢远灏）中校团附。

1932 年 11 月调升第三师（师长李玉堂）第九旅（旅长李仙洲）第十七团上校团长。

1935 年 4 月调任第九旅（旅长陈应龙）上校副旅长。5 月 17 日叙任陆军步兵中校。10 月升任第九旅（辖两团）少将旅长。

1936 年 9 月 30 日晋任陆军步兵上校。

1938 年 10 月升任第三师（师长赵锡田）少将副师长。

1940 年 7 月 16 日升任第三师（辖三团）师长。

1941 年 8 月 2 日调任军事参议院（院长陈调元）参议。

1942 年 7 月 3 日调任第七十军（军长陈孔达）副军长。

1945 年 2 月 20 日晋任陆军少将。9 月入军政部第一军官总队（总队长潘佑强）。10 月 10 日获颁忠勤勋章。

1946 年 5 月 5 日获颁胜利勋章。6 月派任国防部（部长白崇禧）少将部员，派陆军总司令部服务。

1949 年 3 月调任国防部视察第四组（组长张翼扬）少将视察官。8 月离部返乡。

1950 年 4 月，在湖南桃江县被镇压，时年 45 岁。

（309）黄剑夫

黄剑夫（1906—1969）　　号登泰，四川江津人。黄埔军校第五期步科、中央步兵学校研究班第四期、峨眉山中央训练团将校班第十期。是黄埔军校五期同学、整编第二〇六师师长兼洛阳警备司令邱行湘的妹夫。

抗战爆发后，任第一军一师参谋主任，参加淞沪会战。任九十二军二十一师一二二团团长，参加徐州会战。1939 年任第七十六军一九六师五八八团团长，1943 年 1 月任第十六军一〇九师少将副师长，1948 年 8 月任第十六军二十二师师长，1949 年 1 月驻守北平德胜门，北平和平解放前逃离，飞回南京。后来在西南继续作战，3月任西安绥靖公署第三三六师师长，后任第七十六军副军长，1950年1月，在川北古城阆中，被迫投诚。

新中国成立后，任解放军南京军事学院教员（现中国人民解放军军事学院），四川省江津县政协副主席。

"文革"期间因遭受迫害，于1969年绝食自杀，终年62岁。

1978年予以平反并补办了追悼会。

著有《从康庄突围到北平接受和平改编》等。

（310）黄天玄

黄天玄（1896—1951.12.1） 字人极，湖北蕲春人。黄埔军校第二期毕业。

1925年任国民革命军海军局政治部组织科少校科长，参加第1次东征，同年任国民革命军总司令部特别党部执行委员。1926年任新编第二师政治部代理主任。1927年任第十七师政治部上校代主任，后任湖北省广济县县长；第二十五军十三师政训处处长，参加徐州会战。1938年夏任十三师政治部上校主任，参加武汉会战。1940年任第七十五军政治部少将主任。1941年调任军事委员会政治部少将部附，并兼任第六战区司令长官部少将参议。1942年任湖北省党部执行委员。1947年任湖北省干部训练团副教育长。1949年任暂编第八军少将高参，同年12月27日在四川新都参加起义。

1951年12月1日，被镇压处决，时年55岁。1983年3月予以平反，恢复起义人员名誉。

（311）黄祖埙

黄祖埙（1900.10.16—1951.2） 号伯笙，浙江浦江人，黄埔军校第二期步兵科毕业。

军校毕业后历任第一师排长、连长。1927年8月升任少校营长。1928年7月升任第一师第二旅中校团附。1929年5月升任独立第二旅第六团上校团长。1930年12月第六团改称第一师独立旅第三团，任上校团长。1933年8月调任第九十二师五四九团上校团长。1934年2月升任第九师少将副师长。1935年5月4日叙任陆军步兵上校。

1936年9月调任第二十一师少将副师长。1938年7月1日升任第四十六师（辖两旅）师长。1940年1月9日晋升陆军少将。1942年1月31日升任第二十七军中将副军长兼第四十六师师长。11月专任副军长。1943年4月17日调任第七十六军中将副军长。

1946年5月第七十六军整编为第七十六师，改任中将副师长。1947年8月升任整编第二十三师（辖第一九一旅、骑兵第九旅）中将师长。1948年9月22日晋升陆军中将。10月整二十三师改称第九十一军（辖第一九一师、第二三一师、第二四六师），任军长。

1949年9月升任河西警备总司令兼第九十一军军长，旋弃职南逃。11月于云南丽江被解放军俘虏。

1951年2月，在重庆被镇压处决，时年51岁。

（312）纪毓智

纪毓智（1909—1976.12.1）　别号也愚，江苏宿迁三棵树乡人，黄埔军校第三期步兵科毕业，国民党"国大"代表、第一二三军中将代军长。

他自幼读书，中学毕业后，南下进入黄埔军官学校第三期学习。毕业后，历任江苏省保安团连、营长及团附等职。1937年任第一一七师第七○二团团长，1939年任该师参谋长。1940年任第三五一旅旅长。1942年任独立第六旅旅长，后任第三十三师少将副师长。1945年任东路军区司令兼苏北"清剿"指挥官。

抗战胜利后，1946年任海州专员兼连云港市市长。1947年8月任江苏省第八区行政督察专员兼保安司令。1948年任江苏省保安第二旅旅长，同年冬任第三十八师师长，后任第一二三军副军长、代军长，并晋升中将。

1947年南京国民党政府召开"国民代表大会"，他被选为第一届"国民代表大会"代表。1949年去台湾后，曾任"国防部"高级参谋及"国民大会宪政研讨委员会"委员等职。

1960年退役，任"光复大陆设计研究委员会"委员等职。

1976年12月1日，在台湾病逝，享年68岁。

（313）贾韫山

贾韫山（1901—1980）　别字惠亭，谱名朝文，江苏铜山县（徐州）人。黄埔军校第一期第二队、中央训练团党政研究班第三期、台湾革命实践研究院联战班毕业。

铜山县立第一高等小学毕业，铜山师范学校肄业。1919 年受江苏国民党元老刘云昭（字汉川）[1]、顾子扬 [2] 影响，参加国民革命，被选为铜山县学生自治会会长。后任江苏东海县警备营录事，福建陆军第四团二营司书，三营代理军需长，铜山县棠梨乡第二十二初级小学校长。

1923 年 5 月由顾子扬介绍在徐州加入国民党。1924 年春由江苏省出席国民党一大代表刘云昭、顾子扬保荐投考黄埔军校，同年 5 月，考入黄埔军校第一期第二队学习。毕业后任国民革命军排、连、营长，江苏省保安第四团团长，江苏省军管区政务处长。

抗战期间，任第三战区江苏保安第二支队司令。第八十九军九十七旅旅长，第三十三师师长。1939 年 7 月授陆军少将，任第八十九军中将副军长，江苏省政府委员兼军事厅长，江苏省第八区行政督察专员兼保安司令，江苏省保安处长。

抗战胜利后，任江苏省保安副司令，国民党江苏省党部副主任委员兼党政军联合办公处特别党部书记长，当选第一届国民大会代表。1948 年任国防部中将部员。

1949 年到台湾，任"国防部"中将高级参议，"光复大陆设计研究委员会"委员，台湾革命实践研究院教务委员，"国防部"史政局专门委员。

1980 年 11 月 1 日，在台北逝世，享年 80 岁。

（314）姜云卿

姜云卿（1901—?　）　别号镜寰，江苏宿迁县人，黄埔军校第三期步兵科毕业。

抗战期间，历任国民革命军第三十三师旅长、师长，第八十九军副军长。1946 年 12 月，授陆军少将军衔。

---

[1]　刘云昭（1885—1962）　字汉川，江苏萧县（今属安徽）人，国民党元老，国民党一大代表。解放前曾任萧县县长、延津县县长、国会议员、第五战区民众总动员委员会秘书长等职，参加过国民革命军北伐战争。在解放战争前夕，刘云昭做了大量策反工作，新中国成立后，加入民革，曾任扬州市政协副主席等职。

[2]　顾子扬（1875—1940）　字声振，江苏铜山人。早年留学日本，加入同盟会。民国初年与蔺鹤卿等创办《民生日报》。1922 年，创办了私立徐州中学（现徐州市第八中学）并出任校长及铜山县教育会会长，国民党徐州支部长及江苏省临时党部执行委员。1924 年 1 月，作为江苏代表，参加中国国民党在广州举行的第一次全国代表大会。1940 年因公牺牲。

（315）蒋闳伟

蒋闳伟（1900.2—？） 字勋丞，湖南道县蚣坝镇仁山村人，黄埔军校第四期步兵科毕业。

少时家贫，靠清明集资款及亲戚资助读书，1926年考入黄埔军校第四期步兵科学习。当年11月参加北伐，任第四军十九师上尉连长。第四军的军官大多数是黄埔军校的学生，是北伐的主力军。

七七事变后，蒋闳伟主动要求上前线杀敌。他当时是第九十二师第二七四旅五四八团上校团长，奉命支援台儿庄。蒋宏伟率部坚守阵地，顽强抗击，将进攻之敌大部歼灭。战役结束后，蒋被提升为少将旅长，不久被调师部任少将参谋长。

（316）蒋治英

蒋治英（1905.6—1989.8） 号世堂，湖南新田县大坪塘乡人。黄埔军校第六期步兵科。淞沪会战中负重伤。伤稍愈，又参加台儿庄战役。之后，参加远征军，驻守滇西。1945年升为第二军第九师少将师长。

1949年7月，与第二十兵团司令陈克非一起在四川郫县起义。新中国成立后，历任湖南省参事室参事，湖南省人民代表，省政协六届委员。

蒋治英世代务农，兄弟姐妹六人，八口之家仅有薄田四亩八分，虽父亲辛勤劳作仍收获有限。幸母亲贤惠，持家有方，男耕女织，儿女均抚养长大。

1911年在本村启蒙，1914年初进保合小学读书，1917年底毕业，后转至私塾补习语文、数学。1921年1月到新田县立高中第九班插班，次年7月考入新田县甲种师范。1924年底毕业，回母校保合小学任教。1926年7月应共产党员蒋先云函邀，考入黄埔军校第六期步兵科，其间加入国民党。

1929年6月毕业后，分配至武昌任第二军九师五十团四连少尉排长，其后升任中尉连长、上尉副营长，1932年7月曾赴南京中央军校炮科学习半年。蒋在部队带兵有方，作战勇敢，短距离射击百发百中。尤爱养马，对马术颇有研究。

抗战全面爆发后，时任第九师五十一团三营营长的蒋治英奉令参加淞沪会战，率全营官兵守卫上海大仓至福广镇一线，战斗中身负重伤。1938年7

月任第九师二十五旅中校参谋，在守卫田家镇要塞的战斗中，与日寇鏖战七天，使日寇向武汉进攻的计划推迟。1939 年 1 月任第九师二十七团中校副团长，次年 1 月转战昆仑关，阻止侵入南宁的日寇北进。是年 5 月日寇为稳固武汉占领区，威胁重庆，重兵进攻宜昌。时已升任团长的蒋治英率二十七团通过玉泉山、长坂坡，守卫梁山坡战略要地。蒋亲临前线督战，激战三昼夜，七进七出，稳定阵地，缓解了友军守卫宜昌的压力。1944 年 7 月蒋任第九师上校参谋长，驻防滇西。

抗战胜利后，蒋继续驻防云南，1946 年 5 月在弥渡任整编第九旅少将副旅长。1948 年 5 月升任十五军六十四旅少将旅长，驻防南阳，10 月调回第二军九师任少将师长。1949 年 7 月第二军退入四川成都，至 12 月全国大部分已解放，成都危在旦夕。蒋决定率部起义，而二十兵团司令官兼军长陈克非举棋不定，蒋遂以探病为由巧妙劝说陈克非。陈立即召开"七人秘密会议"，决定宣布脱离国民党，在四川郫县通电起义。

起义后，各级将领受到贺龙、胡耀邦的接见，部队调往湖北天门整训，第九师整编为解放军第五十军一六七师。其后，蒋相继在中南军大直属三总队、南岳大队、南岳第二十二步校、中南军区政治部教导团、中南公安文化速成中学学习。

1954 年 1 月复员回原籍湖南。1956 年冬任新田县人民政府委员会委员，次年 2 月任湖南省人民委员会参事室参事，并当选为省政协委员。

后被错划为右派，降薪三级，1963 年予以改正。

"文革"中再次受到冲击，被遣送回乡劳动。

1979 年得以平反，恢复工作，补发工资。蒋从所补工资中拿出 3000 多元，支援家乡的公益事业，扶助生产队和救济困难户、病灾户。恢复工作后历任桂阳县革委会副主任、县人大常委会副主任、县政协副主席，任内组织、撰写了 50 万字的文史资料。

他非常关心祖国统一大业，先后撰写《从蒋介石的"行仁践义"谈起》《向台湾旧友说几句知心话》等 50 篇广播稿，被中央、前线、福建等人民广播电台播发 33 次。

1989 年 8 月于桂阳病逝，享年 85 岁。

著有《梁山坡激战》《宜昌反击战点滴回忆》《国民党军弃守宜昌回顾》等。

（317）李鸿慈

李鸿慈（1906—1998） 别名霭亭，山东省菏泽人。黄埔军校第四期经理科毕业。历任国民革命军总司令部警卫师排、连长，第九十八师特别营副营长，第二十一师参谋处参谋，第一二二团副团长、团长。第三十三军军长，去台湾后任"国防部"高参。

李鸿慈生于菏泽城内原中学西街。其父李桐梓，幼读诗书，禀赋豪侠义气。后投冯玉祥第十六混成旅，英勇善战，为人耿直，晋升为副营长、营长。与韩复榘、石友三等结拜莫逆。

李洪慈在菏泽私立南华中学读书期间，与刘仰月等人离家，远赴广州，弃笔从戎，考入黄埔军校第四期经理科。

1926年7月9日，奉国民革命军总司令部委派为军事特派员，翌年调第二十军上尉参谋、连长，参与豫鲁一带北伐诸役。至1937年，任团长参加南口诸役。

1938年，在台儿庄、临沂一带，参与鲁南会战。1939年参加湖北九岭战役。先后追随吕秀文、陈继承、李仙洲、侯镜如、廖运泽诸将领，历任二十一师参谋长，暂编十四师副师长、师长，兼任皖北阜阳警备司令，驻防河南周家口，兼任沙河警备司令。

1944年1月，何思源任山东省政府主席。当时山东省政府流亡在安徽阜阳，困难重重。此时李洪慈师长期驻防皖北一带，对于同乡何思源，可以说是有求必应，对其给予大力帮助。尤其是大批山东学子，不堪遭日寇蹂躏，纷纷自沦陷区化装逃亡，离开家乡，当时受李洪慈部队援助者，不计其数。

迨1945年抗战胜利，李洪慈奉命随李延年率军入鲁，并晋升九十六军副军长，后转任鲁北师管区司令。1948年济南战役，李洪慈已转进青岛，不久撤到海南岛，由三十二军二五五师师长，再次擢升为三十三军中将军长。未几奉命开赴台湾整编，改调"国防部"高参。

1998年去世，享年92岁。

（318）李鸿基

李鸿基（1897.10.29—1986） 号培青，陕西省西安市大土门村人。早年在陕西省立第三中学读书。1925年，考入广州黄埔军校第四期步兵科。毕业后，参加国民革命军，在北伐战争中，曾任排、连、营长。

1935年，到南京金陵兵工厂任警卫大队长。

抗日战争全面爆发，跟随第四十六军第二十八师（师长董钊）进驻西安，历任西安备司令部副官处上校处长、第二十八师上校团长、第四十六军司令部上校处长、辎重兵团上校团长。1938年4月，奉命开赴山东，参加徐州会战。在防守郯城地区时，与日寇板垣师团山田铁联队激战十数日，他率部英勇作战，终于击溃山田铁联队，缴获大量武器弹药，受到上级嘉奖。后又开赴河南罗山一带，参加武汉会战。

1939年，第十六军调驻西安后，曾参与对陕甘宁边区的军事进攻，在边区周围构筑碉堡，实行封锁政策。李鸿基担任晋陕绥边区总司令部（总司令为邓宝珊、副总司令董钊）少将高级参谋。

解放战争期间，任第三十八集军团司令部少将处长，奉命参与进攻晋东南解放区，屡遭失败。1948年7月，蒋介石任命董钊为陕西省政府主席，李鸿基担任省政府总务处长兼省保安司令部（司令董钊兼）少将参谋长。1949年5月，解放军第一野战军解放西安，董钊率国民党陕西省政府机关南撤汉中，并将保安旅、团拉到汉中，准备顽抗。同年11月，李鸿基受董钊指派，在成都设立陕西省政府办事处，安排家眷。12月，随董钊去台湾。

到台湾后，李鸿基思念家乡。1980年，开始与大陆亲属联系，频频来信，询问亲属及故乡情况，字里行间渗透着对桑梓亲情的怀念。

1986年，在台湾逝世，享年89岁。

（319）李剑霜

李剑霜（1901—1971） 山东广饶县大王镇中李村人。黄埔军官学校第三期、南京中央军官学校第五期毕业。

自幼读书，中学毕业后先后在本村和城坞村教书5年。1924年，李剑霜入黄埔军官学校第三期学习，并于同年加入国民党。黄埔军校毕业后，李剑霜被派回广饶进行国民党党务活动。1927年3月，国民党广饶县党部成立，李剑霜任党部组织委员。1929年1月，国民党广饶县第三届代表大会选举李剑霜为执行委员会委员。同年，李剑霜参加国民党军队，在陆军第一团任排长。1934年，李剑霜去国民党军第九师任总务科少校科长。1935年考入南京国民党中央军官学校第五期，1937年毕业后任第九师少校营长。

后曾任中校副团长、上校团长、副旅长等职。1948年，李剑霜任国民党第二军第一六四师少将师长。

1949 年夏，中国人民解放军第二、四野战军挺进西南。10 月间，李剑霜所在的国民党第二军退至川西。在解放军的猛烈追击下，国民党第二军军长陈克非率军部向重庆方向败退。李剑霜的一六四师则退至云南。同年 12 月，陈克非在四川郫县起义投诚。李剑霜率 5000 人在云南镇雄起义投诚。之后，李剑霜部被编入中国人民解放军第二野战军第十军。

1953 年，李剑霜转业回乡生产。1954 年加入农业生产合作社，并担任会计。1956 年，李剑霜任山东省政协委员。1957 年，被选为县人民代表大会代表，任县第四至第六届人民委员会委员。

1971 年病逝，享年 70 岁。

（320）李精一

李精一（1905.1.1—1985.3.8）　别字尧笙，又字尧生，湖南邵阳（据《陆军大学特别班第七期同学录》记载，另据湖南省档案馆校编湖南人民出版社《黄埔军校同学录》记载为湖南宝庆）人。出生于宝庆县东乡潭佳湾一个耕读家庭。父求麟，母陈氏，世代务农，耕读传家。本县高等小学、湖南长沙兑泽高级中学、广州黄埔中央陆军军官学校第二期工兵科毕业、陆军大学特别班第七期毕业。

1924 年，长沙兑泽高级中学毕业后，于 8 月考入广州黄埔中央陆军军官学校第二期工兵科工兵大队学习，在学期间随部参加第一次东征作战及广州地区平定滇桂军阀杨（希闵）刘（震寰）部叛乱诸役，1925 年 9 月，毕业。分发黄埔军校教导团任见习官，后任第一旅工兵连排长，随部参加第二次东征作战及统一广东战役。1926 年 7 月，任国民革命军第一军第二师第六团机关枪连连长，随军参加北伐战争，率机关枪连为攻克武昌城奋勇队，激战中负伤毫不退缩勇猛登城。痊愈返回原部队。1927 年春，任国民革命军武汉学兵团民队队长，1927 年 5 月，离职赴南京，通报武汉军事政治情形，受到蒋介石赏识，任国民革命军总司令部侍从副官。1928 年，任南京宪兵第二团第一营营长。1929 年，随吴思豫赴山东参与接收日军交还济南、青岛租界事宜。1930 年 1 月，任陆军第十一师第六十五团团附兼代团长，率部参加中原大战。战后任陆军第十四师（师长霍揆彰）第八十三团团长，率部参加对江西中央红军及根据地第一、第二、第三次"围剿"作战。其间奉派入庐山中央军官训练团受训，结业后返回原部队。1933 年春，任陆军第十八军（军长罗卓英）第十四师（师长霍揆彰）第四十一旅旅长，率部参加对江西中央红军及根据地的第四、第五次"围剿"作战。1935 年春，兼任第四十九师（师长伍诚仁）步兵第二八九团团长，参加对陕甘边红军及根据地的"围剿"作战。1935 年 4 月，任陆军第四十九师第一四五旅旅长。1935 年 5 月 11 日，任陆军工兵上校。1936 年 12 月，任陆军第四十九师（师长李及兰）副师长，兼任该师第一四五旅旅长，率部驻防河南地区。

抗日战争全面爆发后，仍任陆军第四十九师（师长李及兰、周士冕）副师长，率部参加鲁南抗日作战及徐州会战。1938 年 8 月，任陆军第四十九师师长，率部参加武汉会战。战后回师湖南驻军，兼任南岳、衡阳警备司部司令官。1939 年 3 月 28 日，任陆军少将。1940 年 3 月，免陆军第四十九师师长职，1940 年 4 月，任第九战区鄂南挺进军司令部司令官。1941 年 9 月，任第九战区游击挺进总指挥部第六挺进军司令官，率部参加第二、第三次长沙会战外围战役。1942 年 12 月，奉派入陆军大学参谋班西北班特别训练第四期学习，1943 年 5 月，毕业。1943 年 6 月，任峨嵋山中央训练团党政班第二十六期学员大队大队长。1943 年 10 月，入陆军大学特别班学习，1946 年 3 月，毕业。

抗日战争胜利后，1945 年 10 月，获颁忠勤勋章。1946 年春，任福建省军管区司令部督导专员。1946 年 5 月，获颁胜利勋章。1947 年春，任湖南省军管区司令部督导专员。1948 年 1 月，任陆军总司令部第十四快速纵队司令部司令官，率部在豫鄂湘地区与人民解放军作战。1949 年 1 月，任湖南省保安司令部高级参谋，兼任湖南省保安第二师（师长周笃恭）副师长。1949 年 8 月上旬，随黄杰返回湖南，任重建后的第一兵团（司令官黄杰）陆军第十四军副军长，兼任第六十三师师长，率部在湖南、广西等地与人民解放军作战。1949 年 12 月，率余部 4000 人退踞越南。1953 年 1 月，率部迁移台湾，任台湾"国防部"高级参谋，1956 年 7 月，退役。1956 年 10 月，被国民党军队退除役辅导委员会（主任委员蒋经国）任命为台湾荣民工程第三总队总队长，其后又任台湾荣民工程第四总队总队长，负责修建贯通台湾东西公路以及石门水库等工程。1960 年春，工程总队裁撤后，任荣民工程处副处长等职。

1985 年 3 月 8 日，在台北三军总医院逝世，享年 85 岁。

著有《李精一将军自传》（未发表或出版，由其次子李江柱记录）等。

（321）李梦笔

李梦笔（1902—1950） 陕西武功人。陕西省立甲种农业学校、西安法政专门学校预科、黄埔军校第一期第三队、陆军大学参谋班第七期毕业。

1936年11月任第二十八师八十二旅旅长，1939年初任第十六军二十八师师长，1940年2月任第十六军副军长，9月改任第九十军副军长，1946年任整编第九十师少将副师长，后任黄龙警备司令，1949年春任千山守备区司令，5月22日在陕西凤翔被俘。

1950年在镇反中被处决，时年48岁。

（322）李守维

李守维（1903—1940） 字新甫，江苏泗阳县仓集镇李楼村人。黄埔军校第二期毕业。

历任营长、团长、旅长、国民党江苏省保安处处长、陆军第一一七师师长、第八十九军中将军长、江苏省保安处副处长等职。

曾经多次与苏北新四军交战。1940年10月，在泰兴黄桥战役中被新四军陈毅、粟裕部击败，战时落水溺亡。

李守维兄弟五人，他排行第三。幼时，家庭并不宽裕，从小颇有大志，读了几年私塾后，经亲戚介绍并资助考取南京工业专科学校职工科。1924年夏毕业后到上海法租界大隆机器厂当车工，结识同乡中共党员陈玉梅，受其进步思想影响，积极参加工会组织。不久考入黄埔军校第二期，继而加入国民党，曾参加左派组织"青年军人联合会"。

1927年5月，李守维随北伐军第一军第三师（师长顾祝同，参谋长韩德勤）北伐，任营长。1931年，任陆军第五十二师补充团副团长（师长韩德勤），7月，参加对中共苏区的第三次"围剿"，在方石岭全军覆灭。后跟随韩德勤又参与豫南"剿共"战役。1932年，李守维任江苏省保安第一团上校团长。1933年升任少将副处长。1934年又成为国民党军统外围组织复兴社在江苏的负责人之一。蒋介石在全国推行"新生活运动"，李守维被委任为江苏省"新生活促进委员会"常务干事。1938年6月，韩德勤任江苏省代理主席兼八十九军军长，李守维任副军长。次年冬，韩德勤免兼军长，李守维升任中将军长兼中央军校驻苏北干训班主任、江苏省复兴社组织部长、江苏省干事长、国民党苏北战地委员会常务委员。

1940年7月，新四军东进，解放黄桥，组建新四军苏北指挥部，开辟苏北抗日民主根据地。9月下旬，韩德勤对新四军发起围攻，令李守维率部担任正面主攻。10月5日夜，李守维全军覆灭，率残部逃跑，在骑马过黄桥北"八尺沟"时，有族中子弟拉住马，要求带他们一起逃走，马惊力挣，李守维随马落水溺亡。

其夫人马邦贞，于李守维去世后，嫁给国民党冷欣中将，新中国成立前去台湾。

（323）李仙洲

李仙洲（1894.6.17—1988.10.22） 原名守瀛，字仙洲，号剑魂，山东长清县人（今山东德州齐河县赵官镇大马头村）；黄埔军校第一期、陆军大学将官班甲级第二期毕业；曾任黄埔陆军军官学校教导团排长；国民革命军连长、营长，国民革命军教导团团长、副旅长、旅长、副师长、师长；七七事变后，率部北上抗日。历任国民革命军军长、第二十八集团军总司令等职；参加了南口战役、忻口战役、台儿庄战役、徐州会战、武汉会战、枣宜会战、豫中会战诸役；后率部在鲁西、鲁南地区对日军作战。

抗战胜利后，历任徐州绥靖公署济南第二绥靖区中将副司令官等职。1947年2月23日，在莱芜战役中，李仙洲部7个师共6万余人被解放军全歼，李仙洲受伤被俘。关押在东北战犯管理所。

曾获颁四等云麾勋章（1944年7月31日）、忠勤勋章（1945年10月10日）、青天白日勋章（1946年3月2日）、胜利勋章（1946年5月5日）、三等云麾勋章（被俘后，1947年3月14日）。

1960年11月28日，获准特赦。历任山东省政协秘书处专员，山东省政协委员、常委，第六届、第七届全国政协委员，民革山东省委委员、常委，民革中央顾问，民革中央监察委员会委员、常委。黄埔同学总会理事，南京黄埔军校同学会名誉会长等职。

1988年10月22日，在济南逝世，享年95岁。

李仙洲出生在山东省长清县一个中农家庭。青少年时曾在济南镇守使马良所办的武术传习所学习，后谋取一个乡村小学教员的职位。

1924 年初春，李仙洲的一位亲戚和同乡好友孟民言[1]来访，介绍广州孙中山先生开办了一所培养革命军官的黄埔陆军军官学校，学员毕业后可以当军官，带兵打军阀。他便听从规劝，决定投考黄埔军校。为了不连累军阀统治下的家人，李仙洲在孟民言的帮助下，没有和家里人讲明，只身来到济南后，经人引荐，找到了常住齐鲁书社的国民党人王乐平[2]，按照王的指点和保荐，李仙洲赶到了上海，与李延年、李玉堂、王叔铭等在上海大学一同应试，同时通过初试。不久，又通过了在王柏龄主持下的又一次极为严格的考试。最后，又同时被录取。已过而立之年的李仙洲进入黄埔一期，被编入第三队第一区队。

时任黄埔军校政治部主任的周恩来对李仙洲印象深刻。以至 1960 年第二批特赦国民党战犯时，周恩来看到报告上来的名单上没有李仙洲的名字，周恩来亲自批示：一定要加上李仙洲。于是他与范汉杰、庞镜塘、沈醉等 50 人第二批获得特赦。

出狱后，周恩来还特意召见了他。周恩来说："黄埔第一期几百名学生，就你和曾扩情两人我记得最深，因为你俩的年龄都比较大。"李仙洲激动地说："学生不争气，造了不少罪孽，辜负了老师的教导。"周恩来笑道："过去的事就不要提了，我们要朝前看。"临别，周恩来又再三叮咛："你回去后有什么困难，可以找当地政府解决，当地政府解决不了的，可以给我写信。"李仙洲含泪答应了周恩来，之后便回到了山东老家。

"文革"中，有小孩子看到了他，就围上去大喊："大战犯！大战犯！……"李仙洲却理直气壮地跟家人说："我就是大战犯，一点不错。我被俘了，改造了，是个好事。他们两个（指李玉堂、李延年，同为山东人，同为黄埔一期，时人称'黄埔三李'）跟蒋介石跑，是个什么下场？"

1975 年，周恩来突然发电让李仙洲赴京，周恩来交给他一个秘密任务——"策反"黄维。原来，国家决定最后一批释放所有在押战犯时，黄维的情绪出现了波动，周恩来让他以黄埔第一期同学的身份看望黄维，并以亲身经验与黄维谈谈心，帮助他解决思想问题。李仙洲欣然接下了这个艰巨的任务。后来，在李仙洲的感化下，黄维的思想问题得到了解决，并于当年成功获特赦。时光荏苒，又过了 9 年，李仙洲再次从济南来到了北京，他是来参加黄

---

[1] 孟民言，原名孟广浩，时任青岛胶州中学校长，1924 年作为山东代表出席了国民党第一次全国代表大会。曾任国民党山东省党部宣传部长、南京国民政府教育部督学。

[2] 王乐平 (1884—1930)，名者塾，字乐平，山东诸城人。同盟会会员，与同乡王尽美一起出席了国民党"一大"，在"二大"上，被选为民党中央候补委员。1930 年 2 月遇刺身亡。

埔军校成立 60 周年纪念活动。当年风华正茂的黄埔学子，如今个个都已是耄耋老人。李仙洲抑制不住内心的喜悦，说："真像过节一样啊！90 岁的人了，真没想到还有这一天！"黄维紧紧握住李仙洲的手，开玩笑地说："谁比得上你老头子这么能活啊！考黄埔的时候你就比人家大了一截，人家都死了，你还活着。""活着好啊！"李仙洲笑得合不拢嘴。更让李仙洲欣喜的是，他在刚刚宣告成立的"黄埔军校同学会"上当选为理事。会长是徐向前元帅，顾问是聂荣臻元帅和全国人大常委会副委员长许德珩。李仙洲感到莫大荣幸。

北京盛会结束后，李仙洲又兴致勃勃地南下广州参加黄埔军校建校 60 周年纪念大会。来到军校旧址黄埔岛参观时，李仙洲旧地重游，百感交集。他东看看，西摸摸，仿佛要把一切都珍藏在心里。李仙洲来到孙中山先生纪念碑前。由于纪念碑建在一座小山顶上，要走近百级台阶才能到那里。工作人员见李仙洲年纪大，行走不便，赶紧送来一把轮椅，让他坐着上山。李仙洲谢绝了这番好意，他坚持要自己一步一步走上去。他说："当年我在这里读书时，经常和同学们比赛，看谁先登上这座山，每次我总是获第一。现在我虽然 90 岁了，我要拿出当年的劲头来，亲自登上山顶向孙先生致敬。"

1985 年，当著名军旅导演杨光远正准备拍摄《血战台儿庄》电影片时，他找到了台儿庄战役期间，作为机动部队扫荡枣庄、临沂一线日寇的国民革命军第九十二军军长兼第二十一师师长李仙洲。李仙洲听说要拍台儿庄，说，"共产党拍台儿庄，我还真转不过这个弯来。"杨光远向他保证，要拍就一定把台儿庄拍好。

两人谈了三个多小时。离开时，90 岁高龄的李仙洲一直把杨光远送到门口，挺直腰板，行了一个标准的军礼。

杨光远上了卡车，回头一看，李仙洲还在那儿行着礼，于是下车对李仙洲说，老人家您就不要送了。但李仙洲仍固执地表示，他要行着军礼把杨光远送离视线。

（324）李延年

李延年（1904.3.11—1974.11.17）   字吉甫。山东乐安县大王桥镇大王桥村（今广饶县大王镇王西村）人。黄埔"三李"（李玉堂、李仙洲同为山东人、黄埔一期）之一。国民党著名将领、国民党中央监察委员。

李延年出生在一个富裕的耕读家庭。李延年祖父李维清，承祖沃地百亩，掌管家业为主，不事田间劳动；祖母杜氏，为人和善，持家较为勤俭。父亲李之权，熟谙"四书五经"，在本村任教多年，又望子成龙心切，很重家教；母亲李氏，为人贤德，生有3子：长子寿年，次子延年，三子益年。7岁丧母，主要靠祖母和父亲抚养成人。

李延年自幼胆大顽皮，常为少儿嬉戏的中心人物；又聪明好强，颇得家人和邻里的欢心，尤其是祖母的溺爱。他6岁即从父读私塾，凡读之书多能记诵，12岁即能读通本镇重修"三元阁"碑文。14岁考入刘集村振华高等小学堂，17岁毕业后，即考入济南省立商业专门学校。因受时代潮流的影响，1924年春，20岁的李延年，毅然投笔从戎，经邓天一等人介绍考入黄埔军校一期。

同年11月毕业后，任教导团排长。1925年跟随蒋介石参加两次东征讨伐陈炯明叛军，任国民革命军第一军第二师第四团营长。1926年参加北伐战争。1926年10月北伐军攻克武昌后，22岁的李延年已任国民革命军第一军第二师五团团长。

1927年8月，在龙潭与孙传芳的嫡系部队决战中，李延年因作战不力，受撤职留任处分。

1928年初，北伐军受阻于临淮关，因数攻不下，总部正欲命部队转移，但李延年坚不撤离，自告奋勇，包打守军，即率全团发起猛攻。战前，师长徐庭瑶曾电示李延年：如果战斗吃力，部队宜早撤退。李延年回答说："要我撤回广州吗？打仗可不能婆婆妈妈。"随之与守军奋战多时，守军不支，弃城而逃，临淮关为北伐军占领。此役因李延年攻城有功，被撤销处分，官复原职，并记功一次。

同年4月底，北伐军各路军队取齐，向济南发起总攻。奉系山东督办张宗昌弃城而逃，日本帝国主义借口保护在济日侨，又派重兵由青岛登陆，乘机抢占济南普利门外商埠地区，构筑工事，架设电网，断绝交通，蓄意挑衅，企图阻挠蒋军北进。5月1日拂晓，北伐第一集团军第四军方振武部和四十军贺耀祖部，首先进入济南。后续蒋军在向城内集结时，不断遭到日军的杀害。特别是5月3日一天之内，日军就杀害我军民4000余人，制造了震惊中外的五三惨案。5月7日，蒋介石召开秘密军事会议，议决继续"北伐"，并命李延年和邓殷藩两个团留守济南西门南北两段，狙击和牵制日军，以掩护北伐军北进。李延年受命后，立誓决一死战。战争打得十分残酷，血战48个小时，终于按蒋的部署完成了狙击和牵制任务，使李宗仁部顺利渡过黄河。对此，蒋大为赞赏，曾当众说道：李延年见危受命，临难不惧，令人钦佩。

1929年，李延年被升任为国民党军少将旅长，驻军汉口；1930年在阎锡山、冯玉祥联合反蒋时，李延年以一旅的兵力，抵挡住了冯部一个师的强攻，随后被调升为八十八师副师长，驻军杭州。此后经徐州整编，奉命征讨白崇禧、李宗仁，转战于河南民权一带。

1931 年李延年奉调徐州任第九师师长兼徐州警备司令。不久即奉命率师参加了对江西中共苏区的三、四次"围剿"。国民党军从鹰潭沿南城、南丰南下，在广昌、宁都一线与红军展开运动战。红军集中兵力以袋鼠战术接连吃掉国民党军三个多师。最后黄陂一战，国民党军死伤惨重，被迫撤离战场。

1932 年一·二八事变后，原在上海抗击日军的国民党第十九路军，因对国民党政府与日本签订卖国的《淞沪停战协定》不满，与蒋介石分裂，向浙闽方向开拔。蒋介石即急调李延年、李玉堂两师星夜疾驰闽北，沿建瓯、古田公路追击、堵截蔡廷锴部。结果十九路军团以上官员及其家属从厦门乘船去香港，余部四散。李延年部驻漳州待命。

1933 年夏，蒋介石提出"攘外必先安内"的口号，于是集中主力组建四路"剿共"总部。李延年任东路军第四纵队司令官兼九师师长，指挥四纵所属第九、三十六、三十九、八十、八十三共 5 个师，为东路军主力，参加对中共苏区的第五次"围剿"。是年冬，四纵奉命从漳州西进，分兵两路，在华安以西与工农红军拉开战幕。龙岩州之战，红军顽强苦战，予来犯之敌以有力回击，坚持到最后，因寡不敌众，始作战略撤退。国民党军占领龙岩城后，李延年命三十六师防守，其他部队在四围清查和"扫荡"。随之又率部向古田镇进逼。该镇四面环山，不宜防守，红军再作战略撤退。文房大战，红军在山岭陡坡处筑有坚固地堡、掩体，阵前坡地里设有路障，暗埋地雷，居高临下，防守严密。国民党军三师师长李玉堂率 3 个团几经冲杀，死伤惨重，所剩无几，便向李延年告急。李延年即命第九师增援，用俄制直射山炮轰击红军阵地。红军暂时放弃了文房和长汀，向瑞金作战略转移。

1934 年 12 月，"四纵"建制撤销，东路"剿总"改为绥靖公署，李延年改任第三绥区司令兼九师师长，驻军闽南泉州。

1937 年 7 月 7 日，抗日战争爆发。时李延年已升任第二军军长，奉命参加淞沪会战。日寇仗其海陆空优势，气焰十分嚣张。中国军队以拉锯式战术与敌激战 3 个多月，达到预期目的，遂作战略转移。李部奉命到武汉略整编，归属二十集团军。

1938 年 5 月，李部奉命日夜兼程，赶赴徐州第五战区，增援台儿庄会战。李部的任务是截击日军由海州、鲁南调来参战的两支援军。此战连克强敌，全歼日军两个号称王牌的师团，名震中外。战后，李延年所属第二军集体立功受奖，李延年升任第十一军团长兼第二军军长。同年夏秋，李部又参加了保卫徐州、武汉等战役，战事皆不力。李延年因部署欠当，被撤军团长职务，后经湖南衡阳整编，部队取消了军团制，李延年仍任第二军军长。

1939年李延年奉命移防四川秀山，一方面整补，另一方面剿灭地方张少卿、陈国良等小股土匪。同年秋，李延年部奉调广西南宁，与第五军合编为三十四集团军，徐庭瑶任总司令，李延年任副总司令兼第二军军长，参加昆仑关抗日战役，并打前锋。战斗自始至终异常激烈，双方死伤惨重，副军长兼九师师长郑作民壮烈阵亡。战后的柳州追悼会上，蒋特对李部颁发嘉奖令，表扬该部虽主将阵亡，阵容不乱，集结迅速，且能继续坚守阵地。

1940年李部进驻湖南省常德稍事整编，先后参加了湖北省宜昌江防守备战和宜昌攻坚战。此战李部与日军交战四五个月之久，双方互有伤亡损失，但直到日本投降，该地日军终未能前进一步。

同年8月李军在湖北建始县整补月余，扩编为加强军，李仍为军长。并配备了特务、通信、搜索、战防炮等兵种，增加了工兵、辎重、山炮、重炮等兵团，还配备了3个步兵师、5个步兵团的兵员。第二军军力之大，为抗战三大加强军之一。

同年12月，李军开往四川璧山、永川一带驻扎。1941年3月，李军进军泸州，驱逐了地方武装周成虎部。8月李延年脱离二军，去西安升任第三十四集团军副总司令，为该集团军总司令胡宗南所左右，被安置在陕东河防指挥部。1942年镇守前沿的第一军军长李铁军无视李延年的领导，私自离开前沿，李延年上书蒋介石，要求按军法处置李铁军。蒋便乘机飞往西北战场调解人事关系，命胡宗南接任朱少良的第一战区司令官，李延年任第三十四集团军司令官。

1944年5月，日军集结10万精兵，配以10万伪军，由洛阳西犯，妄图攻取潼关后，再经西安、宝鸡直趋四川。蒋介石眼看日军要挖他的心脏，便从胡宗南装备最好的王牌部队三十四、三十七、三十八、四十集团军中各抽调两个军，又从川军三十六集团军李家钰部抽调4个师，从西北军四十军马法五部抽调两个师，共30余万人，令其开赴豫西前线，并命李延年为抗日前敌总指挥，指挥上述大军坚守潼关。李接此委令后，当即用电话向蒋请示道："胡宗南的部队，有些骄兵悍将，倘有不服从命令的，军长以上者，请示委座办理，师长以下者，我就地惩处。这样我就敢立军令状，如果潼关失守，我自刎人头！"蒋答复说："师长级的将领，有不听指挥打了败仗者，你可便宜行事。"

不几日，战役开始。在第一道防线的胡部官兵，多年养尊处优，缺乏实战经验，经不住日军来势凶猛的攻击，很快溃败下来。特别是几个师、团长不战而退，弃阵而逃，致使全线动摇。在如此危机情况下，李延年一面派其特务团堵截溃退官兵，一面下令将部队撤至第二道防线。随之，召开检讨大会，把擅退的师长傅维藩和弃阵而逃的两个团长枪决，把作战不力的师长戴慕真判处无期徒刑。这一果断措施，震惊了全部官兵，全军肃然。随即定出反攻计划，严明军纪。旬日后，李亲自指挥，向日军发起反攻，仅4天时间，即收复失去的阵地。从此，日军龟缩在洛阳附近，再未敢西犯。战后，蒋赐李抗日一等勋章。

1945年日本投降前夕，在重庆一次紧急军事会议上，李升任第十一战区副司令长官兼山东挺进军总司令。8月，又兼任山东受降区受降官，负责受理该区日军投降事宜。

1946年2月，战区撤销，李延年调徐州绥靖公署任副主任兼第九绥区司令。1947年徐州绥署改为徐州"剿总"，李延年改任副总司令兼第二兵团司令。1948年刘峙总司令去职，李延年为代总司令。淮海战役前夕，代总一职由杜聿明接任，李仍为副总司令兼第六兵团司令，驻军蚌埠，负责预备队任务。淮海战役开始，李延年在蚌埠1小时内接到蒋3次电报：第一次前进，第二次后退，第三次整装待命。结果在人民解放军的强大攻势下，国民党军一败涂地。眼看大势已去，蒋介石便以和谈为缓兵之计，趁机商定迁都台湾，委亲信汤恩伯以守江重任，命李延年为京沪杭警备司令。1949年4月21日一声令下，人民解放军强渡长江，势如破竹，国民党军全线崩溃，李延年率其残兵败将向福建省逃窜，途中接到台北军事当局电报：命李延年为泉州、福州两绥区司令，指挥所有福建境内的国民党军，死守平潭岛。同年8月末解放军解放福州，进军平潭。李延年指挥失灵，便把兵权交给参谋长任同堂，慌忙带领绥靖公署主任朱少良、副司令梁栋新等人飞往台湾。

任同堂未及平潭岛，就在福清县率部投降。李延年抵台后，蒋介石以无令撤退问罪，判处其有期徒刑10年。经国民党元老蒋鼎文、刘峙及山东老乡刘安琪等作保，念其有病，服刑1年出狱。后郁郁成疾。

李延年获释出狱后又遇雪上加霜。抗战时期，他把山东流亡的一个女学生毕小姐弄到军部里充当译电员，旋又占为小老婆，一直带到台湾。俟其出了监狱才得知，毕小姐在他入狱后早已"改换门庭"，与别人同居了。原来在李延年身边形影不离地跟着两个人：副官处长李荫堂和兵站总监朱功修。这两个人替李延年掌管部队的经济人事大权，还投其所好，专门为他搞钱搞女人。李延年的部下背后都骂他们是"费仲"和"尤浑"（费、尤是殷纣王身边的两个奸臣）。在李延年入狱后，这两个亲信裹挟走李延年所有的财物逃离台湾，到国外定居去了。李延年出狱后，身无分文，闲居在台北郊区，他一无军职，二无积蓄，生活十分艰难，每日三餐以馒头蘸辣椒盐水充饥，甚至连抽烟的钱也要向昔日的部下去借讨。

1974 年 11 月 17 日，李延年在穷困潦倒中病逝于台湾，终年 70 岁。

李延年去世后，由跟随他多年的副官徐连三出资买了一口棺材收殓。台湾的大小报纸和新闻媒介对李延年之死，没有作片言只字的报道。

李延年自从军至逃台的 25 年间，由一个见习军官一直干到中将兵团司令，可谓飞黄腾达，官运亨通。其最大特点是能容能忍。用他自己的话说："军人以服从命令为天职"，要"从一而终"。军旅期间，蒋对他任用、撤差又任用，招之即来，挥之即去，他对蒋只知感恩报德，很少埋怨。在北伐与"剿共"中，他因对蒋执礼甚恭，又肯卖命，得到蒋的特别器重，故在黄埔军校一期学生中升官最快和最受蒋的信任。

蒋曾在黄埔军校多期毕业典礼上讲："李延年是黄埔军校的模范学生，大家要向他学习。"在淮海决战中，他虽预感蒋的气数终尽，败局已定，曾背后发牢骚说："将帅无才，累死三军""举棋不定，亡国之征"，但却陷于反动愚忠的泥淖不能自拔，仍表示对蒋"鞠躬尽瘁，死而后已"。

随着地位的变化，特别是升任师长后，李延年生活日趋腐化堕落，女色、大烟、麻将并行。他 1918 年就跟邻村于竹卿结为伉俪，1930 年又纳南京李云卿为妾，在徐州又与戏妓肖荷花姘居多时，1940 年在建始又与毕爱慈勾搭成婚。对此，蒋介石听之任之，唯对其吸大烟，却曾严加训斥道："你如果再吸大烟，我要枪毙你！"李却不慌不忙地答："校长枪毙了我，谁替你卖命打仗？"蒋听后马上安慰说："你是我的得意门生，出类拔萃的将才；我是考虑你这样荒唐下去，有负我的期望，今后务必改过自新，为党国继续多建勋绩才好。"

1935 年 3 月 27 日，是李延年祖母 85 岁寿辰。李为了宣扬门第，光宗耀祖，便衣锦还乡为祖母庆寿。其耗费之多，声势之大，场面之隆重，时人为之浩叹。对此，蒋介石非但不予苛责，反而亲笔书写"延年益寿"匾额，连同银鼎等物一并相赠。

国民党高级将领，大多贪财如命。据说，李延年在接受日军投降时也曾捞过一把，但此外却常给人以清正廉洁的印象。

1931 年李驻军徐州时，贪官污吏上下勾结，作恶多端，并派人到李的老家行贿说情。时李的胞兄为人情说通，即致书李，李则立书 16 字回赠：居家勤俭，闲事少管，私利退后，公益向前。随后，李查清事实，立诛罪魁。一时民心大快。待李离任徐州时，众多市民曾高擎万民衣伞相送。1934 年李驻军泉州，获悉土豪蔡培庆勾结日寇，贩卖枪支、烟土，民愤极大，便将其扣押。蔡自知死刑已定，为保全性命，愿发九师两月军饷作抵押，并托人向李的上司蒋鼎文求情。李拒受贿赂，不徇私情，随即批令将蔡斩首。此举人人称快，一时市秩井然。

李延年早年熟谙经书，从军后更爱附庸风雅，弄墨舞文，每言出口成章，并写得一手汉隶好字。一次同王耀武会餐，王诙谐地说："你延年未必益寿。"李当即对答："你耀武何以扬威？"李驻军建始时，军部设在一位姓张的花园内。李见园内山水亭台，奇花异草，即书"建军之始"4个大字，悬于亭上，两联条幅挂于左右，上联为："建军建国共扶祖国成雄国"，下联是："为亭为榭且把张园做故园"。每天见房东浇水修花，遂挥笔写道："愧我年年服兵役，羡君日日为花忙"。因而陈诚曾多次对部将讲："李延年武中透文，颇有大将风度。"

李延年身躯修长，时常态度恭谨谦和，说话慢条斯理，常给人以和蔼可亲之感。表面虽如此，但他内在性情却刚硬不屈，"宁人负我，我不负人"。对于部属，他宽缓不苛，并注意体贴，常给以小恩小惠。如军内有一马排长曾聚众赌博，被参谋长任同堂发现，任即请示李处决此人。李却在随文中批示："马某何故？若仅以赌博致命，我军甚于此者何止马某一人，望君详察。"曾有一马弁班长，娶妻乏资，烦军需呈文求助，李批示道："夫家者枷也。既不能娶如何能养？然所需照发。"表面、平常虽如此，但对于作战，李却刚愎自用，一切由自己做主，并注重赏罚。因而部属多对他怀德而畏威，乐于为之效命。

（325）李彦春

李彦春（？—1938.4.26）　1937年1月，黄埔军校洛阳分校第五期。毕业后即分配到国民革命军第二十八师任上尉连长，4月随二十八师从陕西潼关防地奔赴台儿庄支援第五战区。二十八师在台儿庄东部阻击从青岛登陆而来的增援之敌，李彦春在4月26日的战斗中阵亡。

徐州会战结束后，第二十八师南撤武汉，参加武汉会战。随后，二十八师挥师向北参加信阳会战。1939年初回到潼关洛阳一线守卫黄河。

二十八师转战一年回到原防地后，1939年开始着手对阵亡官兵实行抚恤。

1939年，二十八师派人到李彦春家中送了阵亡通知书，安排家人去师部取烈士遗物。当时师部驻在洛阳，李彦春哥哥李逢春从家乡陕西扶风县出发，花了两个月时间才到洛阳师部。师部热情接待了他，向他移交了李彦春的遗物，有衣物、相册、毕业证、结业证、中正剑等。李彦春先后在庐山军官训练团和黄埔军校学习，遗物有中正剑，有内容丰富的相册，还有黄埔同学录等。这些遗物一直保存到新中国成立后。

同年，二十八师又派该师营长李国杰来家，代表部队给李彦春立了纪念碑。当时二十八师隶属国民革命军第十六军，十六军军长是黄埔一期生董钊，董钊同时兼任二十八师师长。董钊的手书"为国捐躯"四个大字刻在碑头。正文为"陆军步兵少校李公彦春纪念碑"。李彦春牺牲时是上尉，此时升为少校。纪念碑在"文革"中损坏，但仍保存至今。

1940年，国民政府批准了李彦春遗族的抚恤金，首次发放800元大洋，以后每年发放360元大洋。国民政府每年将钱拨到陕西省政府，再由省政府拨到扶风县政府。李彦春家以后每年从扶风县政府领

李彦春烈士纪念碑

取抚恤金。到了三年内战时期，国民政府照拨不误，但扶风县政府开始搞小动作，一是拖延不付，二是有所克扣。

1949年扶风县成立了新政府，抚恤金停发了，但李彦春家仍享受烈士待遇。土改时，给李彦春名下分了2亩多地。每年春节，当地政府仍慰问李彦春家。

（326）李以劻

李以劻（1912.7—2004.11.8）　广东电白县坡心镇坡心村人。陆军步兵专校第一期、黄埔军校高教班第二期、陆军大学特别班第五期毕业。

1932年随十九路军蔡廷锴（李以劻舅舅的同学）任侍从参谋，参加一·二八淞沪抗战，闽南事变时任蔡将军警卫营长。

抗战时期，参加过台儿庄战役、武汉会战、长沙会战，历任团长、副旅长、

副师长、代师长、第九战区司令长官部少将高级参谋、国民革命军新编二十师少将代师长。

抗战胜利后，任中央第六军官总队少将副总队长、粤桂南区副总指挥兼参谋长、总统府高参。

1948年3月，任总统府特派少将战地视察官，职务相当于"钦差大臣"，经常视察黄百韬、邱清泉、李弥、刘汝明、李延年等在前线的部队。

1949年任第五军中将副军长兼独立第五十师师长，后任第一二一军中将军长。

1949年8月，解放军大军渡江南下后，国民党败局已定，李以劻在福州战役中率所部8000多官兵投诚。虽然他不久便进入俘虏营，但从而挽救了数千官兵和人民性命，让李以劻颇感安慰。

1960年特赦。

1961年至1968年间，周恩来安排李以劻和末代皇帝爱新觉罗·溥仪等在北京顺承王府全国政协委员会做文史专员。二人结下深厚友谊。李以劻在回忆录里写道，溥仪与他家住得很近，1964年至1966年三年中，两家人每年春节都互拜新年。"街坊知道宣统来到我家拜年的消息，不少人以看李专员或李太太为名来我家，想看看'宣统皇帝'。溥仪禁不住哈哈大笑，引以为荣。这亦算一幕喜剧。"1967年，溥仪在"文革"中住院被批斗，病情恶化，李以劻在旁陪伴多时。10月16日深夜，溥仪突然清醒起来对他说："老李啊，你不能走呀！等我二弟溥杰来你才走呀！"次日溥仪辞世。李以劻和妻子、溥仪的遗孀李淑贤和溥杰四人，一起把遗体送往八宝山火葬场。

1980年恢复投诚人员待遇。1981年任港澳台及海外文史资料征集组副组长。

1993年获颁全国政协"荣誉证书"。1995年被评为全国100名抗战老战士代表之一。

曾任全国政协文史资料委员会专员，第六、七届全国政协委员，黄埔军校同学会理事。

2004年11月8日，在北京因病逝世，享年93岁。

2003年时，92岁的李以劻老先生回忆说：

台儿庄战役，我们这个团，打死日本鬼子几十个，还活捉了两个日本鬼子。黄埔学生牺牲的有两三千呢，我们黄埔打仗为国家，抗战打日本鬼子，死了就算了，死了就睡觉了。

据李以劻长子李龙生（香港）回忆："文革"期间，人人自危，李以劻在批斗彭德怀大会上看到彭德怀被斗的惨况黯然落泪。父亲常教导自己要同情苦难，虽工资低微，但依然节衣缩食，逢年过节便寄钱给生活困难的老部下和友人，少则一百，多则数百，数十年如一日。去年（2004 年）6 月回北京参加黄埔军校 80 周年校庆时，因病未能到北戴河度假而获得的 5000 元补偿金，也全数捐给家乡作建设之用。

"我父亲他对黄埔的感情，是非常深刻的。特别是我记得最清楚的就是，他跟我讲很多的，就是在打台儿庄的时候，他是最为挂念和悲愤的。在台儿庄的时候，当时他当团长，他下面的副团长、副营长、连长、排长，都是黄埔出身的同学。当时台儿庄那场仗，轮换了几批，连长牺牲了，排长补上来。当时打一两场仗，刚刚上来，可能就牺牲了，后来又要找别人补上来，如此的好几趟。所以台儿庄那场仗，他是最为悲伤的。很多黄埔的好朋友，好同学都是在那场仗里面牺牲。"

在台儿庄大战中，李以劻曾被子弹打中头颅，差点没命。"父亲 2004 年在北京医院住院时，就是 11 月 5 号那一天，晚上 10 时多，我无意中发现央视十台正在播放《台儿庄大战》的纪录片和其中对李以劻的专访，便叫醒李以劻来看。开始他很高兴，但一看之下想起当年战事的惨烈和将士们的牺牲，就激动不已，他是全身颤抖，然后号啕大哭起来。我从来没有见过的。我记得他说，我这么多黄埔的好同学，都牺牲了，他们才 20 岁出头，我反而活了90 多岁。那一天他哭得很厉害，可能因为太激动，后来医生进来，就说不能那么激动。"

"央视一年多前曾对父亲做过长达三个多小时关于台儿庄大战的专访，之后便无下文，他一直念念在心，一年多过去一直无缘观看。当晚如此巧合，大概是终于还了他的心愿了。三天后，他在北京医院，在睡梦中带着微笑去世。"

李以劻的遗体告别仪式于 2004 年 11 月 20 日上午 10 时在八宝山殡仪馆举行，民革中央主席、全国人大副委员长何鲁丽参加了遗体告别仪式，中央人民政府驻香港联络办副主任周俊明敬献花圈。全国政协机关，民革中央机关，黄埔军校同学会 100 多人参加仪式。家乡茂名市委、市政府，电白县委、县政府，茂港区委、区政府派代表参加了遗体告别仪式并慰问了其亲属。

（327）李玉堂

李玉堂（1899.3.16—1951.2.5）　字瑶阶，山东广饶县大王桥河西村人，黄埔军校一期毕业，1939 年 10 月—1942 年 1 月，日军三次进犯长沙，李玉堂率部给予沉重打击，取得抗战史上闻名中外的三次长沙大捷。1951年2月5日，李玉堂被国民党当局杀害于台北碧潭。1983年，经山东省人民政府批准，追认李玉堂为革命烈士。国民党军队中将，抗日名将。获青天白日勋章、忠勤勋章（1945年10月10日）和胜利勋章（1946年5月5日）。

李玉堂出生于一户地主家庭。7岁时入本村私塾。15岁考入广饶二区振华高等小学学习，毕业后考入山东省工业专科学校。毕业后，投军到山西阎锡山部队，仅数月时间，他看到旧军阀各霸一方，相互割据，并非为国为民的军队，便不辞而别，回归故里。

李玉堂自幼身体强健，胆大过人。十二岁时，有一次他同七八名同龄人在阳河内洗澡。忽然一条大花蛇由岸边洞内钻出，游入水中。众孩童一时惊恐万状，纷纷爬上岸去，各自奔逃。唯有李玉堂尾随花蛇游去，当游到蛇的背后，冷不防狠狠抓住了蛇的头部。花蛇立刻缠住了他的胳膊。只见他右手举着蛇，用左手浮水向岸边游来。上岸后，他举起右手狠命向地面摔去，只听"叭哒"一声，花蛇粉身碎骨。此时，众孩童方跑到蛇旁围观，并对李玉堂的胆大行为赞不绝口。

在靠近阳河岸边处有一棵参天老杨树，树梢顶端有一喜鹊窝，孩童们仰起小脸指手画脚，却没有一人敢爬上去掏喜鹊蛋。李玉堂当众说道：我能爬上去掏下喜鹊蛋。众孩童齐说："你吹牛。"话音刚落，李玉堂便脱掉鞋子，身子像豆虫那样一纵一纵爬上树去。当爬到喜鹊窝处，只见他的身子随着细细的树梢摆来摆去。几个胆小孩童只吓得尖叫起来。李玉堂左手托着喜鹊蛋，右手搂着树身一步一步退了下来。从此，村里的同龄人都非常敬佩李玉堂了。

五四爱国运动期间，全国掀起了抵制洋货的高潮。年仅18岁的李玉堂即率领十多名青年学生在故乡大王桥集镇将集市中待销日货全部砸毁。为表示爱国决心，李玉堂当众咬破中指，用鲜血写下了《良心救国》的四字标语贴在集市墙壁上。

1923年冬，李玉堂回乡省亲，得知孙文正在筹备军校招生的消息，便与赋闲在家的堂弟李延年等人商量投考军校事宜。为了能顺利考入军校，一个月后，他们在国民党员邓天一、李郁亭、王乐平、延瑞祺的介绍下秘密加入中国国民党。同年3月又在王、延两人的推荐下与同县的项传远、李殿春等友人投考黄埔军校。当一行人在济南转车时，又结识了同样要南下投考军校的李仙洲、王叔铭等人，于是又结为一队南下上海参加初试。李玉堂、李延年、李仙洲三人后来成为国民革命军中的高级将领，并被同学们誉为"山东三李"

闻名全军。

1924 年 11 月，军校毕业后，李玉堂被分配到国民革命军陆军第十师第二团任见习官。历经二次东征、北伐、中原大战、铲平闽变、"剿共"、抗日和国共内战，是个打硬仗的将领。

北伐后，升任团长、旅长。1931 年 12 月升任第三师师长。1932 年 8 月率部参加对鄂豫皖苏区的第四次"围剿"。1933 年 11 月率部开赴福建镇压发动福建事变的十九路军。

1934 年 9 月在对江西苏区的"围剿"中，属下第八旅被红军消灭，被蒋介石降级为上校，仍留任第三师师长。

1937 年 8 月率领第三师参加淞沪会战。1938 年 4 月参加徐州会战。6 月升任国民革命军第八军中将军长，率部参加"武汉会战"。

1939 年 9 月调任第十军军长。

1941 年 9 月第十军在第二次长沙会战中被日军击溃，又被蒋介石革职留用。

1941 年 12 月，日军集结重兵发动第三次长沙会战。于是第九战区司令长官薛岳决定让仍住长沙的李玉堂复出，承担起指挥第十军的责任。而李玉堂在没有办理完交接手续的情况下，就回家闭门谢客了。直到蒋中正亲自给李玉堂通电话后，才使他重新担负起指挥第十军防守长沙的担子。根据曾在第十军服役的蒋鸿熙回忆，这通电话的内容如下："（蒋）：你是第十军军长李玉堂吗？（李）：报告委座，是的！（蒋）：你是黄埔一期学生吗？（李）：报告校长，是的。（蒋）：那好了，那么长沙交给你了。"随后电话挂断。蒋中正简单的几句话，包含着处分的解除和校长的信任，既坚定了李玉堂的守城决心，也成就了其一生戎马生涯的最高峰。

12 月 30 日，李玉堂重返军部视事，并制订保卫长沙的作战计划，召开新闻发布会公开表示愿与长沙共存亡。1942 年 1 月 1 日，日军第三师团集中优势兵力，猛攻长沙，遭到第十军官兵奋勇抗击。该军所属三个师的师长皆离开指挥所亲临前线，如第三师师长周庆祥在天心阁、第一九〇师师长朱岳在兴汉门、预备第十师师长方先觉在南门分别督战。1 月 3 日，日军第十一军司令官阿南惟几又投入第六师团进攻北门至东门地段，第三师团则缩小战线主攻东门至南门地段，虽然兵力增加一倍，但仍无任何进展。随着外线中国军队相继投入反攻阶段，阿南惟几于 1 月 4 日夜间被迫下令撤退。

进攻长沙的日军被迫后撤，沿途又遭到各路中国军队的阻击以及第十军的追击，日军高级军官多名负伤，中国军队取得了抗战史上闻名中外的第三次长沙大捷。会战结束后，军委会向第十军颁发"泰山军"的荣誉称号，其所属三个师也分别颁授"荣誉"旗。

1月24日，李玉堂被提升为第二十七集团军副总司令兼第十军军长，并被国民政府授予青天白日勋章，成为了该勋章的第95位获得者。同年3月，李玉堂辞去第十军军长兼职，专任第二十七集团军副总司令。

1945年1月升任二十七集团军总司令。

1945年5月在国民党"六大"上被选为候补中央执行委员，兼任二十七集团军总司令。

1946年7月改任整编二十七军军长。1947年1月又改任第十绥靖区司令官。

1948年5月第二十七军在"兖州战役"中，被解放军包围，李玉堂率领保安旅残部向徐州突围，霍守义率整十二军残部向济宁突围。两路突围部队结果被先后击破，李、霍两人皆成为了解放军的俘虏。被俘后的李玉堂因冒充士兵而没被发现，之后在解放军押解俘虏后移时乘机逃脱，沿途又化装成农民，潜入微山湖中一个村庄内躲藏，随后又在当地一名渔夫的帮助下到了临城，继而坐火车抵达徐州。然而等待他的却不是抚慰，而是国防部颁布"永不叙用"的撤查令。这位戎马28年的抗战名将遭此变故，也只能无奈地避居于上海。

1949年2月蒋中正宣布下野，李玉堂到了广东省政府主席薛岳的部下充当高级参议。11月又被任命为海南防卫总司令部（总司令薛岳）副总司令。担负起防卫海南的重任。

1950年1月兼任东路军总指挥。2月，抵制薛岳指挥的第三十二军军长赵琳被撤职，李玉堂又兼任该军（副军长康乐三，辖康乐三第二五二师、柴正源第二五五师、耿若天第二五六师、冯陈豪第二六六师）军长，并担负文昌、琼东、加积、榆林一线防务。

在海南身兼三职的李玉堂对于即将解放海南的解放军来说是值得策反的重要人物。于是，在李玉堂之妻陈伯兰和内兄陈石青的联络下，解放军同李玉堂取得了联系。1950年4月，李玉堂与解放军的联络随着海南战役的开始而中断了。由于他一直没有下决心发动部队起义，便只能指挥着三十二军负隅顽抗。4月19日，李玉堂抽调所属第二五二师向澄迈友军防区增援，结果被解放军三个师围歼。三十二军的其余部队于4月25日在万宁遭到重创，李玉堂率其残部于28日撤往台湾。

李玉堂率领残部抵达台湾新竹后，再次被撤去军职。

继又因为夫人陈伯兰与中共地下党有联系而被逮捕。根据李玉堂的旧部胡林亭（原第三十二军第二五五师警卫营副营长）的回忆，李之被捕，主要是由于其从事策反的随从副官李刚暴露所致。李刚被捕后受刑不过，交代出李玉堂的夫人与内兄陈石清从香港到海南策反李玉堂一事。而李玉堂在得知李刚被捕后，立即写信给在高雄工作的陈石青，要他赶快逃命。结果这封信被保密局特工截获，李玉堂因此被捕。

审理此案的审判长钱大钧经过调查，认为李对他夫人的通共情况并不知情，于是按照《戡乱时期检肃匪谍条例》第九条知匪不报的条例判处李玉堂7年徒刑，不过军法官判他7年的判决书呈上去时，蒋介石批了个"再判"；军法官就改判他15年徒刑，可是呈上去蒋介石亲笔又批了一个"耻"字。因为蒋介石的"匪谍逻辑"就是"先生通匪，太太不一定知道；太太通匪，先生一定是奸匪"，李玉堂犯了蒋介石的逻辑，又遇到他刚丢了大陆，心情极度郁闷，一个"耻"字，于是这位得到过青天白日勋章的黄埔抗日名将就这样被决定了最终命运。

仅从海南岛撤守台湾两个月后。1951年2月5日，李玉堂及其夫人陈伯兰同被押赴台北碧潭刑场执行死刑，时年52岁。

但台湾官方却从未公布李玉堂夫妇被枪毙，连被捕原因与羁押单位都讳莫如深。50多年来，外界所知道的一切，都是官方刻意释放出来的，似乎这样更能达到"恐怖"效果。

可怜李妻陈伯兰是江苏铜山（现徐州）人，曾经是徐州某女中校花，李任第九旅旅长时与陈结婚。李玉堂"伏法"那天正逢农历除夕，他们看到宪兵至拘留所提人，以为是"总统"新年特赦，两人乃沐浴换装，李妻犹略施脂粉，一出门即见荷枪士兵，把他两手反捆起来，押上军车，李妻这时已脚软不能走路，大哭不止。

李玉堂不失将军气概，对他太太说："这时还有什么哭的，快走！"但李太太已不能走，宪兵便拖她上车。而李氏夫妇死后，特务们以为陈伯兰受共党利诱，家中必藏巨财珠宝，打开保险柜一看，除一些平时穿戴饰物，什么也没有，特务大感意外。

李玉堂在狱中曾留有遗书，给女儿李国英及五弟李荫堂："我命已矣！但事与我无关。总统命令，已无申诉余地，我死后望有公论。我无对不起国家之事，国家如此对我，于国家何益？实为共匪所快。我不足惜，不过一生为国，如此下场，心有不甘耳，和平后，葬我于徐州云龙山。"

20世纪60年代蒋介石有一次到金门巡视，用望远镜远眺大陆河山，忽然发了疯地大喊："反攻大陆，你们快反攻啊！"在场军官都不敢说话，李玉堂将军的山东同乡、黄埔时的学弟前陆军总司令刘安祺就坦然报告："校长，我们还没准备好。"

蒋介石气得拿手杖挥打刘安祺，打了几下又放声大哭："玉堂啊！玉堂你在哪里？你在我就不用受这些人欺负了。"一时之间，刘安祺也落下眼泪，一大堆司令哭成一团。他们在为李玉堂痛哭，其实也是为自己哭、为总统哭，也为这不幸的时代，共掬一把辛酸泪。

1983年7月20日，山东省人民政府经过国务院批准，追认李玉堂为革命烈士。其理由如下："1949年，李玉堂任海南防卫副总司令期间，中共通过关系策反李玉堂，李接受中共的条件准备举行起义。因交通中断，李玉堂未及时接到中共关于起义的指示，即随国民党军队撤往台湾。后因叛徒出卖，1951年2月5日，李玉堂被国民党当局杀害于台北碧潭。"山东省人民政府的这一决定使李玉堂成为了革命烈士。

但是在20多年后的2004年春节后不久，台湾"国民政府"又公开发表了一则题名为"李玉堂将军及夫人陈伯兰沉冤昭雪并颁予'恢复名誉证书'"的启事。

李玉堂将军夫妇遗孤李国英女士终身未嫁，矢志为父母平反名誉，终在陈水扁"人权立国"的主政下，"财团法人戒严时期不当判乱暨匪谍案件补偿基金会"重新调出李玉堂将军夫妇案全部档案，慎重审查，以具体实证而决议予以补偿，并由陈水扁颁给"恢复名誉证书"，使李玉堂将军夫妇沉冤得以昭雪。

（328）梁汉明

梁汉明（1901—1996.2.24）　号星海，乳名少辛。广东信宜人，黄埔军校第一期毕业。峨嵋山中央军官训练团将校班毕业。

抗战中参加徐州会战、武汉会战、昆仑关争夺战、第一至四次长沙会战诸役，荣获甲种一等奖章、云麾奖章、忠勤勋章、胜利勋章等7枚勋章。

出生于书香之家。父亲梁树熊，字辛尝，清朝秀才，他同高州六属的开明士绅一起创办高州中学堂，担任监学和国文教师，后加入同盟会。1911年武昌起义后，他协助林云陔领导高州反正成功，任高州军政分府民政长，后任孙中山总统府机要秘书，还先后任过茂名、鹤山、德庆等县县长。

青少年时在广州圣心中学读书至毕业，1924年春由西路讨贼军第五师师长林树巍保荐投考黄埔军校，同年5月入黄埔军校第一期第二队学习。与梁华盛、陈沛、甘清池、董煜、吴斌、甘达朝、李及兰等10位同学结为异姓兄弟，后来均官居要职。

毕业后参加第一、二次东征和北伐战争。历任国民革命军排、连、营长。1931年任第九十二师上校团长。1935年任中央军校学员总队上校大队长。

抗战初期，他先后参加台儿庄战役、武汉保卫战、昆仑关争夺战，立下战功，被提升为九十二师副师长，不久升任师长，领导该师时间较长。率领该师参加第一、二、三次长沙大会战。

1942年，在第三次长沙会战中，2月4日，配合友军由西北向西南，总会攻长沙方面之敌；是月7日，在李家段、新开市和神鼎山截击日军第九旅团，激战至次日，歼敌大部分。因在第一、二、三次长沙会战有功，1943年梁汉明升任九十九副军长，旋升中将军长，驻湖南益阳。

1945年8月，梁汉明驻江西九江，他以九十九军军长兼江西受降官的身份，接受20多万（一说10多万）日军投降。

1946年，九十九军改为整编六十九师，梁汉明任师长，年底因苏中战役失利被撤职，转任国防部中将参议。1947年，薛岳任广东省主席，梁汉明应邀担任广东省保安第一师师长，驻扎广九铁路沿线。

1949年10月，梁汉明带家属移居香港。

1953年迁至台湾，曾派任新海港务顾问，台北市信宜同乡会顾问。以诗书自娱，终其余年。

1989年3月，他赋诗陈燕茂（原国民党六十三军少将参谋长，曾任梁汉明九十九军上校副参谋长）："万水争流出海洋，千山雄立属华疆。共和五族永安乐，一统河山世富强。"

梁汉明治军甚严。有一中校营长赌博后行凶，用手榴弹炸伤多人。梁汉明接报审核属实后立即处以极刑；而对该营长家属给予厚恤。梁汉明对士兵一直仁爱有加，凡士兵有伤病者，常亲往慰问，其家属生活有困难时则给予救济。上级发下之奖金或物品，全部分发下属。当军长、师长时，不开小灶，与部属一起在饭堂吃饭。

20世纪70年代，香港出版《抗日战争史料：江山万里行》一书，著者罗振声，该书以《梁汉明席不正不坐》为篇名，叙述目睹九十二师独特用餐礼节："副师长艾　暨参谋长、各室主任，先端坐在饭桌畔恭候，等师长（梁汉明）

入座，大家再起立，彼此相向一鞠躬，然后才坐下用餐，可谓座不正不坐，十分注重礼仪。"

梁汉明一生清廉自持，从不敛财。在家乡信宜不建新屋，不置田地；在香港闲居赖亲友资助过生活；到台湾后，家庭开支主要靠其妻在银行工作之薪金维持，说来简直令人难以置信。1945年秋，梁汉明在江西九江接受日军投降期间，当地有一汉奸头目张园西曾托人送一大筐苹果到梁汉明驻地给他，下面藏有12块金条，梁汉明知道此事后，立即派副官将原物退回去。张园西看见不妙，只好仓皇逃逸。梁汉明到台湾定居之初，正值军方得到一笔巨额美援款项，计划分发退伍将官，供作安家费用。梁汉明率先反对，建议将该款筹建一所退伍军人医院，并得一群将领的支持。当局接受梁汉明的建议，建成一所蜚声国际的台湾荣民总医院。

他又是一个儒将。他博览群书，知识渊博，且能诗能书，挥洒自如。除军事外，还学文学、哲学、书法，也学外语，英语和日文书本，他能够看懂。罗振声记述云："梁爱吟咏，好金石，喜作五七言诗。我受招待入住其副军长套房，凌晨一早，及半夜深宵，即能闻其执卷吟哦声。"1969年，罗、梁二人重逢于台湾，梁汉明指出罗振声新作中，数见"投笔从戎"之句，不若改为"挟笔从戎"更为切当。可见梁汉明一直以"挟笔从戎"自豪，他自况诗云："皎洁心清秋夜月，纵横意气海天龙""虽经怒发千丝白，未许雄心半点灰"，道尽儒将胸襟。

1944年，梁汉明在天岳关黄龙山建无名英雄纪念碑，碑上亲书"灵护天岳，气壮黄龙"8个大字。又建无名英雄纪念祠，亲题对联"烈士有绩，有所纪绩；英雄无名，无以能名。"刻于祠两旁，供人瞻仰。1945年秋，他在九江接受日军投降后，在庐山建造一座九十九军抗日阵亡将士纪念碑，他亲撰一副对联刻在碑上，曰："风萧易水屠龙去；月冷庐山跨鹤归。"

1945年冬，梁汉明驻防九江市，军部几个头头和副官随员10余人上庐山游玩，他跟大家一起爬山，到达牯岭已是月上林梢了。梁汉明提出能够写旧体诗的人都要写一首来，以留纪念。大家写好后，一致认为他写的五律最好：

> 众人皆好汉，联步上高坡。
> 天际星堪摘，岩前雪可搓。
> 冷月迎新客，苍松绕旧萝。
> 投光轻扣户，炉畔笑吟哦。

著有《八十述怀诗集》等。

1996 年 2 月 24 日，在台北荣民总医院逝世，享年 95 岁。

（329）廖运泽

廖运泽（1902.6.13—1987.9.27）　字汇川，安徽寿
县凤台廖家湾（今淮南市）人。黄埔军校第一期第三队
毕业。

　　其父廖子宾，是同盟会会员。母亲谢氏，生下廖运
泽和妹妹两人后亡故。1904 年，廖运泽父亲和同族几个
读村塾的同学聚议："今国已不国，我辈应以天下为己
任，为国效力。"于是相约到安庆，考进了安徽武备学堂，不久又参加了乡
人柏文蔚、常藩侯组织的反清革命团体"岳王会"。

　　1908 年末，廖运泽的父亲和远房兄弟廖益箴等人参加了熊成基领导的安
庆新军马炮营起义。起义失败后，廖子宾和廖姓族人返回家乡，继续从事革
命活动。不久，熊成基也避难到廖家湾村，躲藏在廖运泽家的一间牛棚里，
棚里堆放了许多杂草以作伪装。那时，廖运泽只有五六岁，父亲就叫他每天
给熊成基送饭、打洗脚水。廖运泽虽小小年纪，却非常乐意做这些事。他想：
"躲在这里的人就是和父亲一样的好人。"一天，廖运泽去牛棚送早饭时，
看到熊成基睡觉的地铺上有一条假辫子（当时，剪掉辫子的革命党人白天外
出活动时就戴上假辫子以掩人耳目），他就像看见了一条毒蛇似的，竟然毫
不犹豫地一把抓起来重重地扔在地上，狠狠地用脚去踩它，嘴里不停地叫着：
"踩死你这个坏东西……"熊成基看到他一本正经的样子，不禁哈哈大笑起来，
大声夸奖说："好小子，有种，长大了一定有出息。"边说边拾起这根已踩
扁了的假辫子，说："别踩啦，我还要借用它一些时候呢。"熊成基在廖家
躲了六七天后，因为怕走漏风声，辗转去了日本。后来从日本回到哈尔滨后，
被清政府杀害，时年只有 20 余岁。

　　1911 年，廖运泽开始在村里读私塾。时值辛亥革命，许多省纷纷宣布独立。
当时的廖运泽年仅 8 岁，但头脑中已清清楚楚印上了"孙中山"这个伟大的
名字。安徽省是从寿县首先起事的，并组织了淮上军。廖运泽的父亲参加了
农历 9 月 15 日攻打寿州府的武装起义，第二天黎明就光复了寿州府。这时的
起义队伍已经扩大到 2 万多人，成立了"淮上革命军总司令部"。9 月 21 日，
起义军在安庆宣布安徽独立。

辛亥革命成功，孙中山就任临时大总统，淮上军袁子金部被改编为北伐军第一军第四师第七旅，廖运泽的父亲在该旅任十三团副团长。不久，袁世凯窃取革命果实。孙中山领导的"二次革命"失败后，淮上军被镇压。廖运泽父亲逃亡上海避难后就解甲归田了。

廖子宾离开新军返家后，仅靠20多亩薄田生活，自己又不会耕作，只能请些帮工耕作，勉强度日。当廖运泽16岁高小毕业后，日益贫困的家庭生活逼得他不得不辍学在家帮助劳动。常常是"三更灯火五更鸡"，赶着瞎了一只眼的驴子在磨坊里推磨。白天不是到野外放驴子就是到镇上去赶集，有时还要挑着数十斤重的担子到离家30里的寿县城里去卖面粉。

倪嗣冲当了安徽都督后，更加穷凶极恶地迫害曾经参加起义的幸存者。到处"清乡"，杀人放火，廖家湾两次被焚。廖运泽的父亲被迫离家到上海避难，廖运泽亦随家人到亲戚家求生。

家乡实在无法生存下去，廖运泽只得带了妹妹去上海找父亲。他父亲和安徽的革命党人一起住在法租界文德里23号，十几个人挤在两间小房子里艰难度日。

为了生活，少年的廖运泽常常到街上拾烟头，用手工重新制成香烟后上街卖。后来，经常接济难友生活的同盟会领导人柏文蔚去了国外，经济来源完全断绝。不得已，廖运泽只得随父亲返回家乡，在废墟上搭了二间草屋，做些零星杂货买卖，勉强维持生计。这样的坎坷生活，整整过了8年。

1920年春，廖运泽的父亲听说当时省会安庆有一所职业工读学校，上学不要交学费，就叫儿子去闯闯看，见见世面。廖运泽也决心离开家乡，只身去安庆闯世界。临走时，父亲东拼西凑，好不容易筹措了4块银圆作为路费。一路上，廖运泽省吃俭用到了南京，口袋里的钱却连买船票也不够了。万般无奈，只得咬牙卖掉了随身携带的一床棉被，才凑够了去安庆的船票钱。

孤身一人的廖运泽到达举目无亲的安庆以后，终于如愿以偿，考取了安庆职业工读学校。廖运泽在职校不仅刻苦攻读，而且关心时政，勤于思考。当五四运动的浪潮席卷安庆时，历尽坎坷、饱尝生活艰辛的廖运泽，立即成为学校里学生运动的积极分子。

1923年10月，曹锟以5000元一张选票贿选当上了北洋政府的大总统，全国舆论大哗，安庆学生掀起了轰轰烈烈的"倒曹"运动。作为安庆学生运动的领导人，廖运泽率安庆职业工读学校同学和其他大学的学生一起，扛着校旗和大幅标语，在黄家操场集会。柯庆施当时是安徽《建设日报》的记者、安庆学生运动的领导人之一。

安徽督军倪嗣冲急令抽调一个团到安庆来镇压风起云涌的学生运动。当柯庆施获悉通缉名单中有廖运泽的名字后,急忙告知廖运泽,要他赶快逃走。当时的廖运泽毫无思想准备,四顾茫然地问:"往哪里逃?"柯庆施说:"到广东投奔孙中山,上黄埔军校去!""孙中山!"这个富有号召力、吸引力的名字早已为廖运泽所深深崇敬。

1924 年 1 月由袁家声、廖子英介绍加入国民党,同年 3 月再由其二人保荐投考黄埔军校。带着报考军校的介绍信和 15 块银圆,廖运泽连夜离开了安庆。此时的广州城内,到处贴有醒目的革命标语。"打倒军阀!""联俄、联共、扶助农工!"街上行人熙熙攘攘,欢声笑语不绝于耳,呈现"革命策源地"的热烈气氛,与军阀统管区真是天壤之别。廖运泽立即摆脱了旅途中的压抑恐惧感,融入这自由、舒畅的氛围。

通过考试,廖运泽榜上有名。1924 年 5 月 5 日,他被编到黄埔军校第三队,与陈赓、杜聿明、李仙洲、侯镜如、王之宇等同队,与陈赓等人同住一屋。每人发给两套军装、衬衣裤、两双布袜,草鞋。第一次穿上新军装,廖运泽容光焕发,意气昂扬,从此开始了崭的人生道路。不久加入了中国国民党,后又加入中国共产党。

1924 年 11 月底毕业,分配至第二期学生总队部当教育副官。次年 2 月参加了第一次东征,担任东征军总指挥部警卫连队长,在棉湖战役中,随周恩来投入战斗。东征后任黄埔军校潮州分校学生队第一队队长。6 月,又参加了平定杨希闵、刘震寰的叛乱。1926 年 6 月,经孙一中、曹渊介绍加入中国共产党。

1926 年 7 月黄埔军校潮州分校解散后,廖运泽调至黄埔军校武汉分校,任第五期政治大队第四队少校队长、第三队中校队长,1927 年 5 月,邓演达调廖运泽到北伐军叶挺的第二十四师第七十二团当副团长,后任国民革命军第十一军二十四师七十二团副团长(团长许继慎)。参加南昌起义。南昌起义失败后,与中国共产党组织失去联系。

抗战爆发前,历任营长、团长、副师长等职。1939 年—1940 年国共合作期间,任华南衡阳抗日游击干部训练班副总队长。1940 年后任国民党第十四师师长和骑兵第二军军长。1946 年后,任国民党九十六军军长、陆军总部高参、第八绥靖区中将副司令等职。

1949 年 5 月,廖运升率一一○师(原暂一纵)起义,在广州的族弟廖运泽被国民党通缉,被迫出走香港。在港期间受中共华南分局地下党组织领导,与侯镜如一起,策动国民党三一八师起义。

1953 年廖运泽回到南京工作,加入民革。先后担任民革江苏省委员会副秘书长、副主委、主委; 历任江苏省人民委员会委员兼参事室参事, 省政协常委、副秘书长、副主席、省人民代表、省人大副主任, 南京黄埔军校同学会会长。

1987 年 9 月 23 日, 在南京逝世, 享年 85 岁。

（330）林卧薪

林卧薪（1898—1970） 原名林鸿焕, 字克仇; 海南文昌县昌洒镇榜头村人。黄埔军校第三期步兵科, 陆军大学西南参谋班毕业。

1906 年进入家乡宝墩小学读书, 1914 年毕业于文昌中学。后赴新加坡谋生, 入橡胶园做工。1925 年返国, 考进广州黄埔陆军军官学校第三期。1925 年 10 月参加第二次东征。1926 年 1 月军校毕业后分入粤军当见习官, 后任少尉排长, 驻军广东中山县。1926 年 7 月随国民革命军参加北伐。

1928 年任第八陆军教导一旅二团中校副团长。1931 年任蒋介石侍从室副官。1933 年任第九十二师五五二团上校团长。抗日战争爆发后, 任第九十二师补充旅旅长, 1939 年 10 月授陆军少将。1944 年任第八十二师师长。1945 年任第十三军副军长兼政治部主任。1949 年 1 月北平和平解放, 被傅作义遣返南京。同年 5 月任广东省保安第三旅旅长, 第一五九师副师长。1949 年到台湾, 1952 年退役。

1970 年 4 月 3 日逝世, 享年 72 岁。

（331）刘雪门

刘雪门（1901—1991.10.9） 原名刘学诚, 山东广饶县大王镇刘堡村人, 黄埔军校高等教育班第三期毕业。早年在振华高小与李延年同学, 后在李延年部任排、连、营、团长和师参谋长等职。

抗战期间, 参加淞沪会战、台儿庄战役、徐州会战、武汉会战、收复宜昌等战役。

解放战争中被俘, 1962 年回到老家刘堡村安家落户。1964 年被最高人民法院特赦。1984 年当选为广饶县政协第二届委员会委员。

1991 年 10 月 9 日, 因病去世, 享年 90 岁。

（332）刘振黄

刘振黄（1904—1938.11.22）　号炎民，江苏宿迁市宿城区耿车镇刘圩村人，黄埔军校第三期步兵科、黄埔军校高等教育班毕业。

幼年聪慧好学，为乡亲邻里所称道。1920年入徐州中学读书。1924年中学毕业，为实现报国之志，毅然从戎，经徐州中学校长顾子扬介绍与几位同学南去广州，考入黄埔军校第三期步兵科。

1925年，参加了以黄埔三期学员和教导团作为骨干力量的第二次东征。1926年1月，黄埔军校毕业，分配在国民革命军第一军顾祝同团见习。时正遇广州大沙头航空军官学校建成，遂考入，为第一期学员。时隔不久，北伐战起，刘振黄请缨杀敌。仍回顾团并升任排长。1927年升任连长，年仅22岁。在历次战斗中，他身先士卒，履危蹈险，多次出奇制胜，以弱胜强，战功累累，被擢升为营长。

1928年被调任军部少校参谋。第八十七师（师长王敬久）驻守福建时，调任师部中校作战科长。后顾祝同任江苏省政府主席，又调刘振黄任江苏省保安司令部参一科中校科长。

1935年底，升为作战教育科上校科长。

抗战全面爆发，刘振黄请缨带兵杀敌，先任第九十七旅副旅长，转战于苏皖淮北地区。日寇初占睢宁时，刘振黄率部反攻克城，歼敌甚多，并俘虏汉奸维持会长邵丕。

1937年9月调任第八十九军第三十三师第一百九十八团团长。

1938年11月中旬，占据睢宁的日军准备东犯宿迁，是时原设防宿城的第五十七军已经调防安徽，宿城空虚无防。刘振黄奉命到宿城设防，他明知敌我力量悬殊，但认为这正是男儿报国之时，毅然率部星夜赶往宿迁，11月17日，抵达宿城。18日，即察看地形，部署兵力，抢筑工事。在黄河西侧埋雷设障，炸毁黄河大桥，征集船民在大运河上架浮桥，作为后路，仓促做好应战部署。

11月20日晨，日军富永旅团3000多人在6架飞机、10多辆坦克、数十门大炮的掩护下，由睢宁向宿城逼近。21日，敌人以重炮、飞机对宿城狂轰滥炸，骑兵、步兵、坦克等分四路直逼宿城，其中一路绕道支河口经龙虎坝一线，直扑宿城西北圩门和北圩门。刘振黄指挥守城官兵沉着应战，凭借工事和坟头，用步枪和手榴弹与在坦克掩护下的日军展开殊死拼杀，终因敌众我寡，装备悬殊，孤军无援而伤亡惨重。经过两日激战，22日拂晓，城防终被日军突破。刘振黄当机立断，率部突围，准备从东关口渡河。刚出城门，就受到城内外日寇夹击，刘振黄腿负重伤，但仍坚持率部向关口猛冲，强行渡河。日军居高临下，天空飞机、地面坦克密集枪弹扫射河中，刘团官兵大部阵亡，鲜血染红河水。刘振黄泅至河中央不幸中弹，壮烈殉国，年仅 33 岁。

（333）马鲲鹏

马鲲鹏（1908—?）　别号炳魁，湖南湘潭人。陆军大学正则班第十四期毕业。南京中央陆军军官学校第六期步兵科毕业。

1928 年 4 月，考入南京中央陆军军官学校第六期第一总队步兵第二大队步兵第六中队学习，1929 年 5 月毕业。1935 年 12 月考入陆军大学正则班学习，1938 年 7 月，毕业。

抗日战争全面爆发后，历任第十四集团军（总司令卫立煌）第四十六军（军长樊嵩甫）司令部参谋处作战科科长、代理副处长等职。1940 年 6 月，任军事委员会桂林行营（主任白崇禧）参谋处（处长吴石）作战科（科长孙国铨）上校参谋等职。1943 年春，任第四战区第十六集团军（总司令夏威兼）第四十六军（军长周祖晃、黎行恕）司令部参谋长等职。1945 年 4 月，任陆军步兵上校。

（334）苗瑞体

苗瑞体（1902—?）　别号全明，江苏铜山县（今徐州）人。黄埔军校第三期毕业。

徐州第六高级小学、铜山县立中学、中央训练团校尉班毕业。参加北伐战争和抗日战争，历任国民革命军排、连、营、团长。曾因倒卖军火被判入狱一年。

1940 年 10 月，在黄桥战役中，第八十九军军长李守维部三十三师、六十六旅和翁达的独立旅打头阵。他们以为陈毅率领的新四军势单力薄，互相争抢头功。结果被新四军分割围歼，各个击破。三十三师师长孙启人、六十六旅旅长苗瑞体双双当了新四军的俘虏，独立六旅旅长翁达畏罪自杀，八十九军军长李守维骑马逃出重围，在八尺河（当地叫八尺沟）被水淹死。

后又回到国民党部队，1946 年任江苏铜山团管区司令、徐州团管区少将司令。1949 年 1 月淮海战役中，被人民解放军俘虏。

（335）聂松溪

聂松溪（1906.5.3—1989.3.10）　山东聊城人。黄埔军校第五期经理科、陆军大学正则班第九期毕业。

1927年军校毕业后，参加北伐战争，任国民革命军第一军第三师排长、连长、营长。

1928年12月，入陆军大学正则班第九期学习。1931年10月陆大毕业。

1932年秋，聂松溪到第三十军（军长张印湘）第三十一师（师长张印湘兼）任中校参谋。后调第二师（师长黄杰）任上校参谋，驻徐州。

1936年冬，军政部令师长黄杰组织参谋团，对台儿庄周围地区进行侦察，作战时的防御准备。黄杰派师上校参谋聂松溪和几位中校团附为骨干组成参谋团，从徐州车站乘火车东行到台儿庄、兰陵镇、禹王山、枣庄等地，然后沿陇海路东到沂河、炮车、碾庄等地侦察，时达半月之久。返回徐州后，聂让随行的师炮兵营上尉连长廖传枢执笔写了一份《侦察报告》，呈报军政部。数月之后，军政部将这份报告发下，责令第二师在徐州近郊构筑国防工事。当时只构筑了部分钢骨水泥掩蔽体，修建阵地内的交通道路，强度可抗重炮轰击。但后来的台儿庄战役，这些工事并未发生作用。后聂松溪应第二十一师师长李仙洲之邀，任该师上校团长。曾任第九独立旅副旅长、旅长。

1938年1月，李仙洲任第九十二军军长，仍兼第二十一师师长。6月，李仙洲卸师长兼职，由侯镜如升任，聂松溪任师参谋长。7月，二十一师参加武汉会战，后退至湖北通城以南之九岭一带担任防务。

1939年9月，二十一师移防湖北襄阳、樊城。10月，部队缩编为三团制。11月列入第二期整训部队，接受鲁苏战区督训。

1940年5月，第二十一师副师长廖运泽升任暂编第十四师师长，聂松溪继任副师长。6月，为策应宜昌作战，侯镜如和聂松溪率二十一师一度收复沁阳。是年秋，第二十一师奉命随第九十二军开往山东。

1941年3月，受日军所阻，第九十二军未能按计划进入山东，只好暂时进驻安徽阜阳，并在阜阳击退了日军的进攻。从重庆拟随军入鲁的国民党中央陆军军官学校驻鲁干部训练班（简称"鲁干班"）驻在吕寨及周围各庄，军长李仙洲兼班主任，聂松溪兼任教育长。鲁干班主要任务是训练下级军官和收容山东沦陷区的青年学生，毕业后充任下级军官。4月，九十二军与皖北新四军彭雪枫部发生摩擦，一度越过津浦路深入新四军防区腹地。

1942年5月31日，第二十一师师长侯镜如调任第九十二军副军长，聂松溪继任师长，路可贞任副师长，参谋长为刘儒林。下辖第六十一团（团长庄村夫）、第六十二团（团长李又清）、第六十三团（团长吴冠军），仍驻防安徽阜阳地区。时阜阳地处皖北，盗匪横行，恶霸土豪仗势欺人，为保地方安宁，国民政府在阜阳城里设一警备司令部。继任师长的聂松溪兼任警备司令，他甫一上任，为了给个下马威，将经群众揭发的恶棍李连若抓来，就地正法。第二天《淮上日报》发表短评，称赞他这是灭邪除奸的第一炮。以后因远离城厢的乡镇仍时有劫案发生，聂司令便成立了快速侦缉队，根据天气以马队或自行车队快速缉捕劫匪归案，取得了长治久安的效果。12月，蒋介石再令第二十八集团军总司令兼苏鲁豫皖边挺进军第一路总指挥李仙洲率部由皖东北上鲁南，李仙洲令所部分批入鲁。

1943年1月，暂编三十八师首先进抵鱼台地区建前进阵地。2月，李仙洲令二十一师聂松溪部第六十二团配属暂编第三十师进入山东单县建立根据地。3月，九十二军一四二师四二六团进入鲁南。4月，聂松溪奉命率二十一师主力开始入鲁，聂兼任胶南区警备司令、鲁北师管区司令。5月，李仙洲率总部、九十二军二十一师、五十六师进抵单砀、丰鱼边，在单县、砀山击退日军的进攻。李仙洲部进入鲁南后，与八路军冀鲁豫军区发生摩擦。6月中旬，李仙洲率部从三面包围八路军湖西根据地，与冀鲁豫第六军分区司令员王秉璋、政委唐亮指挥的部队在巨南发生激战。7月2日，聂松溪奉命亲率六十一团及六十二团一个营，由丰县、杨山、单县边急援巨南。刚到单县西北禄刘庄附近，遭到伏击，损失官兵300余人。后因日伪军乘隙来犯，巨南之役被迫暂停。7月24日，中共冀鲁豫军区将部队分成东、西两个集团，首先以东集团之第九团向李仙洲总部外围村张集发起攻击；以西集团从曹（县）西地区出发，远程奔袭李仙洲总部南天宫庙以南的小寨里、侯集等村寨。李仙洲大为震惊，急忙命令聂松溪之二十一师、曹班亭之暂编三十师、常振山之保安第七旅向他收缩靠拢；同时，命令丰（县）北地区的侯镜如部和皖北地区的窦绍周之五十六师前来救援。八路军第二纵队杨得志部主力在曹县地区，将李仙洲总部及来援的第二十一、暂编第三十师围困在陈楼、陈庄一带。29日，在小范楼村将常振山保安第七旅歼灭大部。随后，主力部队对收缩于陈楼、陈庄的李仙洲部主力发起攻击，并切断两庄的水源和粮道。8月2日，聂松溪改任军事委员会委员长侍从室参谋，由黄恢亚接任二十一师师长。8月3日，侯镜如率九十二军进至单西南谢庄、侯寨一线北援。8月9日，李仙洲分三路向南突围，伤亡惨重，二十一师也损失1000余人。

1944 年秋，军事委员会委员长侍从室第二组组长于达外调新疆督办公署任参谋长，聂松溪接任第二组少将组长（第九任）。1945 年 2 月，聂松溪调西北任第一战区第三十四集团军五十七军中将军长，侍二组组长由军政部交辎司司长赵桂森接替。聂率五十七军参加豫北会战、湘西雪峰山战役。

1945 年 9 月抗战胜利后，国民政府大量裁军。为了安置裁编下来的军官，从 1945 年 9 月 1 日起至 1946 年初，国民政府在全国各地成立了三十一个军官总队，收容编余军官、军佐、军属和流散社会上的无职军官，估计总人数在十万以上。聂松溪调任第二十五军官总队中将总队长，第二十五军官总队驻地为河南郑州西二十五里铺须水镇一带，下辖二十个中队，约三千人。

1947 年 6 月，李仙洲改任济南第二绥靖区中将副司令官，邀聂松溪任绥靖区参谋长。1948 年 4 月，潍县战役中，整四十五师师部与第二一二旅被全歼，师长陈金城、参谋长李游尚被俘。第二一一、二一三两旅因先前已调到济南，故得幸免。蒋介石将这两个旅改编为整编第二师，以聂松溪任师长。6 月，聂松溪改任山东省保安司令部副司令，由晏子风接任师长。是年，聂当选第一届国民大会代表，国防部中将部员。1948 年 9 月授少将军衔。9 月，华东野战军发起济南战役。16 日晚，攻城兵团开始发起攻击，24 日黄昏，济南城被攻克。27 日，聂松溪在济南向解放军报到。11 月 6 日，淮海战役爆发，为了瓦解国民党军队士气，华东野战军政治部组织王耀武、聂松溪等被俘高级军官联名写了《告国民党官兵书》，并组织王耀武（第二绥靖区中将司令官）、霍守义（十二军中将军长）、陈金城（九十六军中将军长）、聂松溪（第二绥靖区中将副司令官）等十二名高级将领，利用华东广播电台进行口语广播，广播词均由自己拟好。聂松溪主要介绍了自己投案的经过。

1949 年 1 月，聂松溪获释后，前往香港，后转赴台湾。

1989 年 3 月 10 日，在台湾病逝，享年 83 岁。

（336）潘　质

潘　质（1905—1946）　湖南浏阳县人，湖南第一师范、黄埔军校第四期毕业。

参加北伐，历任连、营、团、师各级职务，台儿庄战役时，任国民革命军第三师第八旅第十五团团长；1944 年 6 月衡阳战役时，任第十军第一九〇师副师长。

于 1946 年的一场车祸中，受伤去世，厚葬于重庆。留一女儿潘忆利。

他与堂弟潘裕昆（历任第五十四军五十师师长、新编第一军军长、东北第五绥靖区副司令，后脱离国民党，定居香港，与李默庵、龙云等通电起义）双双考入湖南第一师范、黄埔军校第四期。

军校毕业后，潘质与潘裕昆便投身于抗日战场，兄弟二人正式在抗日战场上崭露头角，但从此二人再未见面，只偶尔从报刊上了解彼此战绩，并致信祝贺。

八一三上海事变发生后，潘质随部先后转战庐山、修水、平江、长沙、常德，最后驻守衡阳。1943 年秋，潘质升任第十军第一九〇师少将副师长。第二年，衡阳保卫战爆发，潘质奉命死守衡阳，终因孤军奋战弹尽粮绝，与第十军军长方先觉一起被俘，被关押在集中营里。后在地下组织与游击队的营救下出狱。

（337）石仲伟

石仲伟（1903—1991.1.18）　陕西省富平县人。黄埔军校第四期毕业。

1925 年，肄业于北京中国大学。他毅然南下广州，考入黄埔军校第四期第一团第四连学习。"中山舰事件"后，经王松龄、赵莘仁介绍加入中国共产党。1926 年 5 月，因患眼睛复视症，经军校医院介绍，退学到上海诊治。病愈后，北伐已开始，他回陕西富平家乡。他积极组织武装力量，联系进步青年和几个乡的民团，编成一个独立团，办起军事训练队，准备开展武装斗争，迎接北伐。1927 年 5 月，经富平县委书记马文彦和石林侯介绍，第二次入党，先后任党支部书记、富平县委常委，开展农民运动，抗粮抗款，与当地军阀田生春和地方恶霸进行斗争。

1928 年，渭华起义失败后，反动势力猖狂反扑。1929 年，经陕西省委临时负责人王荢南介绍，到上海党中央另派工作。到上海后，党中央派他到武汉新一师做兵运工作。同年秋，该师在鄂西"围剿"红军时，在宜昌发动兵变，成立了工农红军第七军。党中央派他和柯庆施、邓乾元兰人组成第七军前敌委员会。后因遭到敌人"围剿"，该军除一部分到洪湖贺龙部队外，其余失散。他同柯庆施、邓乾元回到汉口，经与党中央联系，组成武汉军委，负责武汉地区的军事工作。同年 12 月，国民党独立第十五旅由汉口开往鄂东"围剿"红军，他与当时在该旅充任连长的程子华联系，在大冶、阳新发动兵变，获得成功，为后来开展鄂豫皖武装斗争和红四方面军的建立奠定了基础。

1930 年初，蒋冯阎中原大战，石仲伟受党中央指派，到河南南阳第十七师杨虎城部做兵运工作。6 月，杨部冯钦哉旅北调，到阜阳附近时，该旅特务连连长张焕民（地下党员）率部发动兵变，带领 900 余人打起了工农红军第九军的旗帜。后在向桐柏山挺进的途中，被冯钦哉的部队击溃，张焕民被俘，解押于泌阳县政府看守所。石仲伟、冯昇生赶到泌阳，营救张焕民未成功，石和蔡子伟又到信阳参加党的京汉军委工作。在京汉路南段花园车站，发动一次兵变，力图发展壮大革命武装力量，抗击、削弱反革命武装力量。由于受"左"倾路线的影响，几次兵变失败。石仲伟回到上海参加反李立三"左"倾路线的学习。在上海时，当时负责党中央军委工作的周恩来同志的接见，向他询问了前方的敌军力量和党组织的兵变情况，鼓励他们积极开展武装斗争。后党中央派他回陕西负责军委工作。1932 年，石仲伟以任富平县教育局局长作掩护，负责地方党的军委工作，发动学生运动和农民运动，引起了反动派的恐惧。7 月，习仲勋在北去赴苏区途中被县驻军逮捕，经石仲伟营救获释。

　　1933 年 5 月，党组织派石仲伟到张家口参加吉鸿昌"民众抗日同盟军"，他任政治部科长，师政治处长等职，随军参加收复察北 4 县（多伦、康保、宝昌、沽源）战役，抗击日军侵略。后因受蒋军和日寇夹击，抗日同盟军在北平以北的小汤山附近失败。

　　同盟军失败后，经北方局同意，回陕到杨虎城部工作。1934 年，以杨部参议名义到兰州策动邓宝珊反蒋抗日，在甘肃日报社担任编辑工作。结识了地下党员刘贯一等几位同志。1935 年冬，红军长征到达陕北。石与刘贯一等于 1936 年初回到陕西。西安事变爆发后，他接受杨虎城将军的手谕，负责审讯在押的政治犯工作。1937 年，任蒲城、白水、澄城三县政治委员，宣传张、杨的抗日八大主张，协助解决南下红军的给养。后因驻蒲城的东北军骑兵师檀自新叛变投蒋，石仲伟脱险回西安。

　　抗战军兴，国共合作，经友人介绍，并经中共西北特支负责人徐彬如同意，到第四十六军（董钊任军长）任秘书，实际开展抗日民族统一战线工作。1940 年，在黄陵旅店以师生关系谒见了由陕北去西安的周恩来副主席。1941 年，随四十六军担任韩城到潼关一带河防任务，先后达 3 年之久。在当地组织学生宣传队，宣传抗战的意义，联系地方各界人士，组织民团共同防御西犯之敌。1943 年，董钊调榆林，他回乡居家。1945 年，董钊调任国民党第三十八集团军总司令，任命他总部秘书、机要室主任。

　　1946 年，董钊奉命率第三十八集团军进攻晋东南解放区，屡遭失败。董钊在前方作战失利，却在后方"整顿"内部。董钊以石仲伟有反内战言行将其免职。胡宗南下令通缉，石闻讯后回富平农村躲避。1948 年，石仲伟利用人事关系先任省保安司令部秘书，后任秘书主任。同年 11 月，任三原县县长。1949 年 5 月，率部起义，参加中国人民解放军，任龙江第七支队队长。

中华人民共和国成立后，先后任西北军政委员会民政部秘书科长，西安市政协第一至第七届常委、副秘书长，西安市第三届人民代表、西安市侨联委员、西安黄埔同学会理事。

石仲伟是民革西安组织创办人之一。1950年，受民革中央主席李济深函聘，担任民革西安组织筹委会委员。后组建成立民革陕西省委。1984年，民革西安市级组织筹备成立。历任民革西安市委员会副主任、省民革顾问、民革中央监委、西安市政协常委兼文史资料研究委员会副主任、陕西省黄埔军校同学会顾问、西安市黄埔同学联络组组长以及民革西安逸仙业余大学校委会主任。

多年来，他关心祖国统一事业，带头给在台湾的老同学、老朋友写信，畅叙别离怀念之情，宣传党的对台政策。1986年，被陕西省政协评为"社会主义建设服务和政协工作先进个人"。

他爱好广泛，能诗词，工书法，曾任西安秦川书画服务社名誉社长，书法作品在西安和全国几个大城市参加了书法展览，出版诗词选集。

1991年1月18日，在西安逝世，享年88岁。

（338）王公常

王公常（1908—1949.9.20）　字树瑶，四川省威远县观英滩镇人。黄埔军校第七期炮兵科，中央训练团青年干部训练班第二期。历任独立二十旅军官处处长，中央政治大学区队长，陆军第四十九师少将副师长兼政治部主任，陆军第五军少将参谋处处长，国防部附员，京沪杭警备总司令部少将参谋兼丹阳县县长。

早年入凤凰镇王氏私塾，稍长就读山王国民小学、威远县初级中学。1928年12月，考入南京中央军事政治学校（黄埔军校）第七期炮兵科。1929年底毕业，历任排、连、营长和上校团长，后调独立二十旅军官处任处长，再调充中央政治大学任区队长。

抗战军兴，任陆军第四十九师少将副师长兼政治部主任。1939年7月，任陆军第五军少将参谋处处长，积极协助军长杜聿明、副军长郑洞国，参与昆仑关战役和桂南战役的筹划。1940年3月，桂南战役后调任国防部附员。1941年，再调重庆中央训练团青年干部训练班第二期受训并任中队长。

抗战胜利后，追随江苏省政府主席丁治磐，历任省政府秘书、京沪杭警备总司令部参谋。

1949 年初，兼任丹阳县县长。任职期间，强收乡镇枪械，积极派粮筹款，抢修工事，抵御人民解放军渡江。4 月 21 日，渡江战役前夕，王公常布置手下将关押在县看守所的王书荣、徐泰贞、孙正火等 9 名共产党员和革命志士杀害。次日下午，中国人民解放军二十军在丹徒姚家桥登陆后，王公常率县政府人员乘船南逃。23 日清晨，王公常被解放军第三野战军某部俘获。同年 9 月 20 日，在丹阳县城被人民政府公审枪决，时年 41 岁。

（339）王胜泌

王胜泌（1905—1952）　字溥泉，湖北大悟人。中央军校高教班毕业。

1937 年 11 月任第十三师三十七旅七十三团团长，1938 年参加徐州会战、武汉会战，后任师管区少将副司令。

抗战胜利后任第八军官总队三大队副大队长，1946 年任湖北省礼山县县长，1948 年 5 月任湖北省第八区行政督察专员兼保安司令，1949 年 7 月任湖北绥靖总司令部巴、建、秭指挥部指挥官，10 月任暂编第九军副军长，12 月 26 日在四川金堂参加起义。

1952 年 8 月被处决，时年 47 岁。

1983 年 7 月予以平反，恢复起义人员身份。

（340）翁　达

翁　达（1898—1940.10.4）　原名凤鸣，字醉卿，浙江淳安县新畈村人。黄埔军校第四期毕业。

世代务农。幼时就读私塾，先后就读上海体育学院和南京美术专科学校。毕业后曾执教于宁波琉才中学。平日喜读心理学和经济学，1924 年加入国民党。

1925 年 5 月，上海发生日本纱厂资本家枪杀工人顾正红事件，上海学生纷纷上街游行示威，强烈抗议日本帝国主义暴行。翁达积极参与这一斗争。继而在宁波与蒋志坚、何志浩等人领导群众参加反帝斗争。不久，翁又以"淳安旅沪学生代表"名义返淳，领导石狮师范师生开展反日爱国运动。1926 年赴广州考取黄埔军校第四期学习。毕业后，任国民革命军四十二师三十六团排长。随部参加北伐战争。在武昌马迴岭及德安诸战役中奋勇立功，晋升为连长。蔡东、西洪战役后，升任营长。1928 年春，其挚友徐洪涛以书相召，再次出任二十六军少校科员。同年夏，调任六十一师政训处宣传科科长。北伐战争结束后，整编军旅，翁升任第六师政治部中校秘书。1930 年调任第八军参谋处第二科长。不久，改调五十二师中校参谋。1931 年调任五十九师副官处处长。1935 年，翁奉命率部进驻四川重庆，任军委会委员长行营特务团第二营营长，1937 年抗战爆发后，翁从四川调往安徽屯溪任国民党第三战区行营特务团第二营营长。

1938 年 2 月，调江苏淮阴任陆军三十三师十九旅一九八团团长兼任城防司令。当时苏北地区几乎被日寇占领，老百姓陷于水深火热之中。翁激于民族义愤，率部奋起抗日。4 月，首战告捷，一举收复阜宁。6 月，收复姜堰、曲塘、大白米、小白米等重镇。翁军士气高涨，乘胜追击，接连收复盐城、海安、如皋等地。不久，又奉命率部转战皖东，收回蒋家坝、马坝等地。1938 年 9 月，友军某部攻打宿迁，被日寇包围。翁率部往援，使友军冲出重围，免受重大伤亡。10 月，台儿庄战役打响后，在李宗仁将军的指挥下，翁率一个团的兵力，扼守连云港、南城一线。日寇企图从连云港登陆，从侧翼包围台儿庄，战斗空前激烈。翁达身先士卒，冒死抗敌，为台儿庄战役歼灭日寇一万余人的辉煌胜利起了重大作用。翁因功晋升三十三师九十九旅少将参谋长。同年冬，翁继续带领部属转战苏北。淮阴、淮安、盐城相继沦陷，江苏省政府从淮阴迁往兴化。翁军突围而出，驻守建阳、湖垛等地，经过整训，复成劲旅。

1939 年 7 月，翁达升任九十九旅旅长。涟水战役中，翁出敌不意，率领全旅官兵同日寇血战两昼夜，收复涟水县城。接着又收复泗阳、东台。此三城皆为兴化外围，三城收复，兴化局势大为改观。翁因涟水战功卓越，受到鲁苏战区司令韩德勤的接见。1939 年冬，翁达奉国民党军政部命令，升任国民党陆军第六独立旅中将旅长（第六独立旅为国民党唯一全副美式军械装备部队，编制 7000 人，连长以上军官均为黄埔军校毕业生，号称"梅兰芳式"部队，系国民党御用部队，受蒋介石亲自调度）。不久，奉命率部西渡运河。到达天长县，于新四军罗炳辉部会合，两军互访联欢。时国民党八十九军驻竹集镇某部与罗部发生冲突，情况紧急。罗致书翁达，约其出面调解。翁对八十九军动以民族深情，晓以抗日大义，平息了事端。正在此时，苏北日寇倾巢出动，进犯兴化。翁率部回援，至兴化外围老河口与敌遭遇。日寇炮火空前激烈，翁沉着应战，并迂回敌后，战至次日黄昏，敌始溃退，确保兴化不失。一时间，苏北战区，日寇"闻翁色变"，同时深得蒋介石厚爱，常以"翁虎将军"相称。

　　1940年，国民党发动第二次反共高潮，6月，韩德勤命地方实力派李长江率14个团进攻新四军驻江都、泰安属部。为此，7月中旬，新四军陈毅军长专程赴独立旅指挥部与翁达会面，两人彻夜促膝长谈，陈毅动员翁达与新四军合作，把抗战进行到底，翁达虽与陈毅将军一样救国心切，但终因军令难违，未达成一致。同年10月，翁奉命率第六独立旅进攻新四军苏北重镇——黄桥。经过激战，第六独立旅被陈毅、粟裕属部歼灭，翁达率随从外潜。

　　黄桥战役失败，翁达从此去向不详，坊间各种传言不一，多说自杀。

（341）冼盛楷

冼盛楷（1901—？）　字懋欣，广东高州茂名县长坡古南塘村人，黄埔军校第五期第二总队步兵科第二中队毕业（1926年10月至1929年2月24日）。

　　抗战爆发前，在国民革命军第九十二师任营长、副团长。

　　抗战中，任九十二师五四七团团长，以军功升九十二师少将副师长，1938年参加台儿庄战役，1941年冬至1942率部参加三次薛岳指挥的长沙会战，1943年升中将师长、代理沅芷师管区司令。

　　1946年任九十二旅副旅长，在河南灵璧县朝阳镇与解放军作战时，和参谋长刘立身均负重伤被俘，后冼盛楷获得解放军宽大释放，解放前夕去了台湾。

　　1946年9月4日《解放日报》社论"国民党军官兵起来罢战怠战"：

　　在渔沟战役罢战的九十师副师长冼盛楷少将说："我听到内战枪声一响，心绪即降到冰点。"

　　另据《上将风云录》"第34章唐亮在解放战争年代"记载：

　　在抓好瓦解国民党军工作的过程中，唐亮责成联络部门和新华社前线分社相配合，注意运用被俘的国民党军高级军官的材料进行宣传。在宿北战役中被俘的整编第六十九师第九十二旅少将副旅长冼盛楷，在解放军宽大俘虏政策的感召下，写了一封笺短情长的家信，想请解放军记者代发，以绝境逢生的事实来告慰妻子。事情报到唐亮那里，他很快表示同意代为发出。华东前线分社将那封家书一字不改地发往新华总社，建议转给邯郸广播电台播发。新华总社对此事大加赞许，并在广播节目中专辟了《蒋军家书》一栏。这件事，在蒋管区引起极大的反响，不仅蒋军官兵亲属、校友、同僚，连一些关心战局的人也通过这个节目来判断战局的变化。《蒋军家书》后来在瓦解国民党军队的宣传中起了巨大作用。

（342）萧续武

萧续武（1906—1986.11.26）　字粹亭，山东高唐县前坡村人。黄埔军校第六期骑兵科毕业。

出身于农民家庭，幼年在孙家启蒙学堂就读。1922年考入聊城山东省立第三师范一级甲班学习。在第一次国内革命战争的影响下，于1926年10月奔赴广东，投考黄埔军校第六期骑兵科。

1929年毕业后，历任国民革命军骑兵第一旅上尉连长、第二十一师少校营长、暂编第十四师上校团长、少将副师长、第一四一师少将师长和九十六军少将副军长等职。

1933年参加了著名的长城要塞南口抗击日军的战斗。

抗战期间，参加了山西忻口、山东台儿庄战役。

1949年春，与中国共产党取得联系，支持了人民解放军渡江作战。6月在福建南部永春县率部起义。

在中国人民解放军第十兵团联络部领导下，从事有益于解放事业的工作。1950年入军政大学学习。1951年后，任南京第三高级步校教员，南京总高级步校教员。1956年11月转业，任江苏省南京市教育局副局长。同年加入中国国民党革命委员会，历任民革江苏省第三、四届委员会委员，民革南京市第三至六届委员会委员及第五、六届委员会副主任委员。系政协南京市第七届委员会常务委员。

1986年11月26日，在南京病逝，享年80岁。

（343）姚域声

姚域声（1905—?　）　原名升瀛，别号江泠。河南浚县人。黄埔军校第四期炮兵科，陆军大学正则班第十二期毕业。

黄埔陆军军官学校第四期炮科毕业。后于陆军大学正则班第十二期毕业。参加了北伐战争，历任国民革命军第六军炮兵团排长、连长、营长、第十七师炮兵队队长、第十二军团总指挥部炮兵团团长等职。

抗战爆发后，担任第九十二军上校参谋兼炮兵营营长、炮兵指挥官、第二十一师上校参谋长、副师长等职。1945年后任国防部第二厅人事处副处长。

1948年，被授予少将军衔。

1949年到台湾，任行政公署第一处少将处长、台湾警备总司令部少将处长等职。

1958年退役。

（344）张　新

张　新（1902.10.23—1985.8.13）　谱名咸琨，字光
耀，又字作民。浙江浦江县七里仙里村人。1916年，县
立浦阳高等小学校毕业，又习"四书五经"两年，曾在
乡村小学任教。黄埔军校第三期步科毕业，中央陆军军
官学校第七分校少将副总队长、入伍生团团长，中央训
练团西北分团将官班、陆军大学将官班乙级第一期毕业。

1925年7月，考入黄埔陆军军官学校第三期步科，曾参加第二次东征和
北伐战争。历任国民革命军第一军第二十师第六十团第一营第二连见习连长、
浙江省防军警备一旅营长、第一师独立旅营长、第九十二师第五四七团第二
营营长、副团长、师部军士教导队队长、第五五二团团长。

1938年5月，率第五五二团参加台儿庄会战，在丁字沟与口军激战，身
负重伤。伤愈后，任第四十六师第一三八旅少将旅长。1940年，在陆军大学
将官班乙级第一期毕业。1941年，任中央陆军军官学校第七分校少将副总队长、
入伍生团团长。1943年，任第七十六军第二十四师少将副师长。1944年春，
赴印度兰姆珈美军军官战术学校受训。

抗战胜利后，率部在湖北当阳接受日军一三二师团的投降。1946年，任
第七十六军第二十四师少将师长。不久，该师改为整编旅，任整编第二十四
旅少将旅长。1947年10月11日，在清涧战役中被俘，入山西兴县晋西北解
放军官团高级队学习。1949年初，派赴西北军区联络部工作。

1949年9月，经周恩来策划，彭德怀、贺龙、习仲勋、胡公冕部署，张
新于23日南下汉中策反胡宗南，乔装行至褒城，陷入特务手中，曾与胡宗南
三次密谈，后被打入死牢，九死一生，功败垂成。12月23日，在四川金堂
县脱险，潜入成都从事地下工作。

1950年1月起，历任中国人民解放军西南军区高级参谋、西南军区第二
工作团军官教导团副团长、西北军区工作团教导团团长，负责改造起义军官
工作，屡受表扬。

1952年7月，转业回乡。1956年12月起，当选为浦江县第二届及历届
人民代表大会代表。1959年11月起，历任浙江省政协第二、第三、第四、第

五届委员。

1984年9月,批准离休。

撰有《回忆我在黄埔军校的日子》《整编第二十四旅进攻"囊形地带"和庆阳》《清涧战役》《我所知道的胡宗南》等文史资料。

1985年8月13日,在浦江逝世,享年83岁。

有《作新民堂纪事》,记录其一生经历。

(345) 张金廷

张金廷（1905—1978） 名铤,字金廷,山东高密井沟镇吴家庄人,黄埔军校第三期毕业,是黄埔三期中唯一的高密籍学员。

张金廷出生于一个富有之家,其兄弟多人均学业有成,其兄张铸为高密早期国民党党员,曾任潍县、淄川县县长。

1925年初,张金廷参加东征讨陈炯明之役。1926年1月毕业后,任第一军第二师第四团第九连中尉排长,7月随军北伐,先后参加武昌、南昌、龙潭战役,升任连长。1928年参加第二期北伐,任营长。北伐结束后,所在部队编入蒋鼎文的第九师,仍任营长。此后参加蒋桂战争、蒋冯战争和中原大战等。1931年任第八十八师中校参谋。1932年参加淞沪抗战。1933年升任第九师上校团长,并随军前往江西,参加"围剿"中央苏区,12月随第九师进入福建,参加围攻联共反蒋抗日的十九路军。平定福建事变后,改任第九师补充团团长,参加对中央苏区的第五次"围剿"。

1937年8月参加淞沪会战,任第九师第四十九团团长。

1938年初升任陆军第九师第二十五旅旅长,并晋级为少将。4月参加台儿庄会战。9月率部参加武汉会战,因功升任第九师副师长。1939年11月率部参加桂南会战,升任第九师师长。1940年参加枣宜会战。1943年由贵州移驻滇西,入印度兰姆伽美国战术学校受训。1944年5月率部随黄杰的第十一集团军渡过怒江,11月攻克龙陵、芒市,因功升任第二军副军长。1945年1月率部进入缅甸,与中国驻印军及盟军美军在芒友胜利会师。1946年底,陆军第二军改为整编第九师,任副师长。1948年任整编第九师师长,移驻南阳,隶属第十三绥靖区,后兼任第十三绥靖区副司令官,1948年9月,授陆军中将。同年底,因病赴汉口就医,旋调国防部中将部员。

1949年去台湾,1961年春退役,在台湾航业公司任常务董事。

1978年12月28日病逝,享年74岁。

台湾出版有《张金廷将军哀思录》等。

张金廷之妻姚秀彦，早年毕业于西南联合大学，1949 年前任浙江大学历史系教授，1949 年去台湾，为台湾著名学者。张金廷之子张同生，曾任台北市议员。

（346）赵　琳

赵　琳（1902—1968.5.24）　字静尘，山东泰安人，泰安县立中学、上海同济大学工科肄业。黄埔军校第三期步兵科毕业后，随军参加北伐战争。初期的军旅生涯主要是跟着钱大钧的部队。钱大钧组建了八十九师，而八十九师又归了汤恩伯，于是赵琳就成为汤恩伯的部下了。赵琳在读军校之前，是在同济大学学土木建筑的。

或许是有了这次经历，赵琳在作战时就特别能修筑工事，那个工事质量在国民党军队诸将中可是排的上名次的。

赵琳作战十分勇敢，身为旅长的他，在太原会战以及徐州会战的几次作战中，都能奔走于一线，还几次带着部队打冲锋。

历任国民革命军第一军第二十师司令部特务连连长，第二十师补充团第一营营长等职。1931 年任陆军第十三军（军长钱大钧、汤恩伯）第八十九师（师长王仲廉）第二六七旅步兵第五三三团副团长，1934 年春任该团团长，率部参加"围剿"红军的作战。1935 年夏任陆军第八十九师附员，1936 年 1 月任福建省政府参议。1936 年 2 月 7 日至 1937 年 6 月 7 日任军事委员会军事参议院谘议。

抗战爆发后，任福建省保安第一团团长，1938 年春任福建省政府保安处第三旅、第二十一师第六十一旅旅长等职。1939 年任第三战区预备第二师（师长陈明仁）副师长。1939 年 9 月任陆军步兵上校。1940 年任第三十一集团军总司令（汤恩伯）部高级参谋等职，随军参加枣宜会战。1941 年任陆军第八十五军（军长李楚瀛）第四师（师长石觉）副师长，率部参加豫南会战、第二次长沙会战外围战事诸役。1942 年 10 月任陆军预备第十一师（师长蒋当翊）副师长，1944 年 2 月 3 日任陆军第八十五军（军长吴绍周）预备第十一师师长，率部参加豫中会战、桂柳会战。1945 年 6 月任陆军第七十一军（军长陈明仁）第九十一师师长。

抗战胜利后，率部进驻东北并参加四平争夺战。1948 年 3 月任重建后的整编第三十二师（师长施中诚）副师长、代理师长，1949 年 1 月任第三十二军军长，率部辗转台湾至广东。1949 年 11 月任海南防卫总司令部第二十一兵团（重建，司令官刘安祺）第三十二军军长，率部防守海南岛东线地区，

1950 年 1 月被免职。

1950 年 5 月随部乘船去台湾，任"国防部"中将附员，1956 年退役。

1968 年 5 月 24 日，在台北病逝，享年 66 岁。

（347）赵锡田

赵锡田（1907—? ）　江苏涟水县人。黄埔军校第四期步科毕业。历任国民革命军第一军第三师排、连长，第三十二军少校参谋、工兵连长、营长、第三师参谋主任、团长、旅长。国民党陆军总司令顾祝同的外甥，同时还是顾祝同夫人的妹夫，因长得白白净净，斯文，一张娃娃脸，显得年轻帅气。

1937 年 5 月，赵锡田被授陆军少将，时年 29 岁。抗战爆发后，历任第二军第三师第八旅旅长、副师长、师长，第三十六师师长。

1941 年 1 月，率第三十六师参加皖南事变，围攻新四军部，新四军军长叶挺被赵锡田部所俘。

1944 年 6 月，任第一〇〇军副军长。

1945 年 2 月，任第十军军长。

先后率部参加南昌会战、第一、二次长沙会战、浙赣会战、常德会战、长衡会战。其中以常德攻坚战和衡阳保卫战战功显著，所率第三师和第十军是蒋系中央军中能攻善守的著名抗日部队，并参加远征缅甸对日作战，有卓越的战功。

1946 年初，任由第十军改编的整编第三师中将师长。时年 38 岁。同年 6 月参加全面内战，进攻我苏中解放区，配合张灵甫的整编七十四师占领淮阴淮安，对我苏中新四军有一定的杀伤力。

1946 年 9 月 6 日，所部被刘伯承和邓小平指挥的华中野战军陈再道、陈锡联部于定陶战役中全歼，赵锡田被俘，事后，赵锡田的夫人许文丽（顾祝同夫人许文蓉胞妹）向南京国防部哭诉，指责刘峙见死不救，南京各界为之震惊无不对她表示同情，蒋介石愤怒了，将刘峙等高级将领全部革职。

当刘伯承和邓小平在俘房收容所里看到赵锡田时，蒋介石之整编第三师师长全然没有了国民党军队的神气，样子十分狼狈——穿一件破棉袄，裤子已经破了几个大洞，脸上也有许多泥土，蓬头垢面的。邓小平心直口快地说："赵先生的这身打扮是换来的吧，看样子赵先生还想跑。"

刘伯承不由得动了恻隐之心，诚恳地对赵锡田说："赵先生这些年来东奔西跑，很疲惫了，还负了伤，到解放区可以安心休养了，不要有任何顾虑，生活上我们尽力而为。还跑个啥子。"赵锡田对刘伯承的关怀深表感激。

1947年2月，赵锡田和被俘虏的3000余名整三师官兵全部释放回家，赵锡田回到南京和妻儿团聚，他受中共委托，争取自己的老部下率部起义，不久，赵锡田因对共产党表示感谢，积极营救被捕的共产党员，一度入狱。

1949年，赵锡田拒绝顾祝同要他去台湾的要求，和妻儿一道到南美洲巴西定居。1991年曾回国探亲。

（348）郑作民

郑作民（1902.9.28—1940.2.3）　又名振华，湖南省新田县高山乡高山村人，黄埔军校第一期毕业。先后参加东征、北伐。抗战中，参加淞沪会战、徐州会战和田家镇守卫战。

作为第二军副军长兼第九师中将师长的郑作民，1940年1月，奉命驰援南宁。在抗日战争中期正面战场著名的昆仑关战役中，亲冒矢石，率部冲锋陷阵，于2月3日，在指挥部队反击突围的激战中，壮烈殉国。

1940年6月11日，国民政府追授陆军中将。1986年，民政部颁发烈士证书，追认郑作民为革命烈士。

出生在一个贫苦农民家庭。其父以抬轿、挑煤炭、打短工挣钱，供他读私塾、初小、高小，直到甲种师范。

1924年考入黄埔军校一期，学习期间，郑作民学习认真，作风踏实稳重，勇于吃苦，不畏困难，深受同学们的赞许和学校的赏识。

毕业后，以战功历任特务长、排长、连长、营长、团长、旅长、副师长等职。

1930年参加中原大战时，是年冬在洛阳西工营房整训，国民政府参谋部参谋总长朱培德前来检查时，看到郑作民亲临校场教练，曾当面赞扬他"言传身教"。

1932年1月28日晚，日本帝国主义武装侵犯上海。郑作民奉命率全旅增援第十九路军抗日。

1933年10月，由于在对工农红军"围剿"时按兵不动，蒋介石撤销其旅长职务，调陆军大学特别班学习，期满后仍任旅长。

卢沟桥事变后，当淞沪会战开始时，郑作民任第二军第九师副师长，在全师官佐会议上，宣读分呈国民政府、蒋介石、黄埔同学会、蒋鼎文的决心书，同时宣读给母亲的遗书："男现率师重上战场，抱定不成功则成仁的决心，誓与敌寇战斗到底，把敌人赶出去。"还反复训示部属："求仁得仁，死亦有荣。只要文官不要钱，武官不怕死，日本鬼子就会乖乖地滚出去"。

1938年春，郑作民率部参加台儿庄外围战，此时，徐州会战已进入第三阶段，即徐州突围战。郑作民奉命率部随陇海兵团向西突围。连续突破日军的几道包围线，进入湖北，参加即将进行的武汉会战。

1939年11月15日，日军约4万人，在飞机、战舰的掩护下，在广西钦州登陆。12月4日，日军攻占昆仑关。中国守军浴血奋战，收复太宁，强攻昆仑关之敌。为加强作战力量，调九师增援。郑作民率部由四川酉阳经贵州都匀，奔赴昆仑关前线。出发前夕，再次予妻遗书，明志杀敌报国。

1940年1月初，配合杜聿明的第五军向日军强攻，收复昆仑关。九师奉命驻守昆仑关，阻止日军北犯。2月2日，日军凭借空军优势，攻占宾阳，严重威胁昆仑关。最高统帅部一再急电九师撤退，郑作民回电："打退敌人后，再依次转移。"未获批准。遂决定于黄昏前佯作全线出击，指挥部队从容撤退，中途敌机轮番袭击，师指挥所无法转移。2月3日黄昏，郑作民不幸中弹，于广西上林为国捐躯，年仅38岁。

郑作民牺牲后，蒋介石题词："马革裹尸还万里，虎贲英烈壮千秋。"中共中央在延安召开追悼大会，毛泽东、朱德、周恩来分别题写挽词："尽忠报国""取义成仁""为国捐躯"。

（349）周庆祥

周庆祥（1904—1948）　原名周昭桐，字云亭。山东省夏津县城北陈庄人。黄埔军校第四期步兵科，陆军大学特别班第五期、中央训练团党政班毕业。

出生于富裕农家，幼读私塾，后相继就读于夏津县第一高等小学、东昌二中。1925年10月入黄埔军校第四期步兵科，次年10月毕业后，分配到国民革命军第一军第三师，随部队参加北伐，先后任见习官、排长、连长等职。1927年9月，曾在南京市东龙潭镇参加讨伐军阀孙传芳部战役。1932年随部参加了第四次对工农红军的反革命"围剿"。

抗战初期，任第二军第三师十八团团长。1938年5月至10月参加了台儿庄战役、武汉保卫战。同年7月，九江湖口一役，部队伤亡惨重，遂到湖南衡山补充兵员整训达半年之久。1939年2月中旬，日军进攻南昌，周庆祥率团至江西修水阻敌进攻，部队损失严重，又率部至湖南湘潭整训。1939年9月，复调修水参加长沙反击战。1940年7月，任第三师师长，转战湘赣一带。1941年9月、12月两次参加长沙保卫战。1943年1月，第三次长沙保卫战胜利结束后，因功获青天白日奖章1枚。1944年5月下旬至8月上旬，周庆祥率第三师参加了长（沙）衡（阳）会战。6月18日，长沙失守，日军乘胜进攻衡阳。周庆祥师所在的第十军展开衡阳保卫战。6月28日，重创日军。7月11日，日军攻势再起，守军伤亡惨重。8月16日，日军冲进衡阳，守军与之展开肉搏战。紧要关头，后援不到，军长方先觉乃下令全军缴械投降。至此，历时47天的衡阳保卫战以失败告终。周庆祥被俘后约20余日，脱逃出走至广西，收编散兵，重建第三师。同年底，该师先后到重庆、汉中整训。1945年2月任第十军副军长。

1946年春，他只身来山东，投靠第二绥靖区司令官王耀武。相继任国民党中央训练团第十九军军官队总队长、山东省训练团少将教育长、团长。

1947年10月，任整编第三十二师师长。1948年3月，在周村战役中与解放军作战，一触即溃。事后，周庆祥被蒋介石电召去南京，交军法处会审，以"贻误战机罪"被枪决于南京雨花台。

（350）周士冕

周士冕（1903—1953.12.25） 原名士城，别字民铎，别号功九，江西永新县人。黄埔军校第一期第三队毕业，上海大学社会学系肄业一年，陆军大学将官班甲级第二期毕业。

其父周易照，母陆氏，妻汪氏。父从农商，有铁器及锯木场各一所，有田产40亩，自给尚余。县立高级小学毕业。1923年1月毕业于江西省立第六中学校，1923年8月考入上海大学社会系肄业。

1924年1月在上海由何世桢、叶楚伧介绍加入国民党。1924年春由叶楚伧（孙中山指派国民党"一大"代表"上海特别区"，原上海《民国日报》主笔，国民党第一届中央执行委员，国民党上海执行部常务委员兼青年妇女部部长）、何世桢（前任上海大学教授、博士及租界律师）保荐考入黄埔军校。

　　1926 年 5 月 6 日，被任命为第三师政治部主任，曾任第一师独立旅第三团团长，1933 年任第一师第二旅副旅长，并兼任中央军校西北军军官训练班教员长，1936 年任第一军七十八师二三二旅旅长。

　　抗战爆发后，参加淞沪会战。1938 年 4 月，调任第四十九师师长，隶属第四十六军（军长樊崧甫），参加徐州会战，后又参加武汉会战，后任中央军校七分校政治训练班班主任。1938 年 9 月，改任军事委员会战时工作干部训练团（战干四团）副教育长，1939 年 6 月任第二十七军副军长，12 月兼任西北游击干部训练班办公厅主任，1940 年战干四团特训总队迁咸阳，该总队为军委会西北青年劳动营，周士冕任主任。1940 年 5 月任第一军一六七师师长，1941 年 6 月 3 日任陆军少将。1942 年 6 月 25 日任第三十六军副军长，1943 年 6 月 30 日升任第九十一军军长，1943 年 9 月改任第二十七军军长，1945 年 3 月，入陆军大学将官班甲级第二期深造，1945 年 6 月，从陆军大学将官班甲级第二期毕业。1945 年 6 月 4 日，改任联勤总部第七补给区司令，1945 年任第十战区政治部主任，抗战胜利后任第十五军官总队（驻地在西安）副总队长，后任西安绥靖公署干训团政治特派员兼党政训导处处长，1949 年 11 月任西南军政长官公署政治部主任，1949 年冬随胡宗南转战四川、西昌。

　　1950 年 4 月 1 日，在西昌彝区甘相营（今西藏）与沈策等人被人民解放军所俘。后获释返乡定居。

　　1953 年 12 月 25 日，在永新县被枪决，时年 51 岁。

（351）朱鼎卿

　　朱鼎卿（1902.3.2—1982.5.24）　又名万均。湖北黄冈（今武汉市新洲区）人。朱怀冰之堂弟。云南讲武堂第十八期步兵科、中央军校高等教育班第一期毕业，后任国民革命军第三兵团中将司令官兼暂编第八军军长。

　　出生在一个世代务农的家庭。其父早丧，由母亲带着朱鼎卿兄弟姐妹七人，靠种几亩薄田维持生活。朱鼎卿是家中长子，要靠他支撑门户，所以尽管穷困，母亲还是让他断断续续读了七年私塾。

　　1920 年，朱鼎卿随堂兄朱怀冰离开家乡，到江苏淮阴镇守使马玉仁部当兵。不久，又被朱怀冰介绍到石青阳部，在连队当书记。当时，军队里流传着这样的说法："穷书记，富军需"。

1922 年 10 月，石青阳部在军阀混战中被击溃。朱鼎卿便辗转到四川，投入川东边防军教导营。该营营长石润碧，欣赏朱有文化，处世干练，让他当了几个月书记以后，擢升他为排长。石青阳是云南讲武堂毕业的，就鼓励朱鼎卿报考这所学校。1923 年 6 月，他考入该校第十八期步科。

1925 年讲武堂毕业后，任国民革命军第九师（师长朱培德）第二十六团（团长李明扬）中尉参谋、上尉连长等职。

1926 年 8 月调升第九军（军长彭汉章）第一师（师长贺龙）少校参谋兼教导大队大队附。

1927 年 2 月第九军瓦解后离职返乡。9 月任第十九军（军长胡宗铎）第三师（师长郑重）第十团中校副团长。

1928 年 2 月所部改称第六十一师（师长郑重）第一八三团（团长吴良琛），仍任中校副团长。7 月所部改编为第四集团军（总司令李宗仁）暂编第三师（师长胡宗铎）第九旅（旅长郑重）第九团（团长吴良琛），改任中校团附。10 月所部改称第十六师（师长胡宗铎）第四十八旅（旅长郑重）第九团（团长吴良琛），仍任中校团附。

1929 年 4 月跟随所部反蒋失败后离职。5 月出任第十三师（师长夏斗寅）第三十九旅（旅长卢本棠）第七十八团（团长张亚一）第三营少校营长。10 月调升师参谋处（处长棠长金）中校参谋。

1931 年 12 月 7 日获颁六等宝鼎章。

1932 年 9 月考入中央军校高教班第一期学习。

1933 年 5 月军校毕业后派任第十一师（师长萧乾）第三十二旅（旅长黄维）第六十五团（团长陈希平）中校团附。8 月调升第六十七师（师长傅钟芳）第三九九团上校团长。

1935 年 5 月 18 日叙任陆军步兵中校。12 月调任第十一师（师长黄维）第三十三旅（旅长莫与硕）第六十五团上校团长。

1937 年 4 月升任第十一师（师长彭善）第三十三旅（旅长王严）上校副旅长。5 月 6 日晋任陆军步兵上校。11 月调升第十三师（师长吴良琛）第三十九旅（辖两团）少将旅长。

1938 年 12 月升任第十三师（师长方靖）少将副师长。

1940 年 4 月 16 日升任第十三师（辖三团）少将师长。

1943 年 4 月 1 日升任第七十五军（军长施北衡）少将副军长。7 月 13 日调升第八十六军（辖第十三师、第六十七师、暂编第三十二师）军长。

1945年2月20日晋任陆军少将。6月23日调升第十集团军（总司令王敬久）中将副总司令。9月22日晋颁四等宝鼎勋章。10月调任军政部（部长陈诚）第八军官总队中将总队长。同月10日获颁忠勤勋章。

1946年5月5日获颁胜利勋章。

1947年5月调任第一补给区中将司令。

1948年6月调任第九补给区中将司令。9月22日晋任陆军中将。

1949年1月1日获颁四等云麾勋章。2月21日调任湖北省政府主席兼全省保安司令、军管区司令。7月所属保安司令部、军管区改组为湖北省绥靖总司令部，兼任总司令。11月5日所部改编为第三兵团（辖暂编第八军、暂编第九军），改任司令官兼暂编第八军（辖暂编二十二师、暂编第二十三师、暂编第二十四师）军长。12月26日在四川金堂率部起义。

1950年2月入人民解放军第十八兵团高级政治研究班学习。5月转入西南军政大学学习。12月出任西南军区（司令员贺龙）高级参谋。

1954年9月转业后聘任湖北省文史研究馆馆员。

1956年2月调任湖北省人民政府参事室参事。4月当选民革湖北省省委（主委陈离）委员。

1959年4月当选全国政协（主席周恩来）委员。6月当选政协湖北省（主席王任重）常委。

1961年9月当选民革湖北省省委（主委陶述曾）常务委员。

1979年10月当选民革中央（主席朱蕴山）委员。

1980年1月当选政协湖北省（主席许道琦）副主席。3月当选民革湖北省省委（主委陶述曾）副主任委员。

1982年5月24日，在武汉病逝，享年80岁。

（352）庄村夫

庄村夫（1902—？）　原名毓章、奉忱，山东长清人。黄埔军校第六期步科毕业。

历任国民革命军排长、连长、旅部参谋，特务营长。抗日战争爆发后，任第二十一师一二二团上校团长，第五战区鲁南干训班入伍生团团长。1943年10月后任第九十二军二十一师副师长，第九十二军少将高参，军政部第八军官总队少将中队附。1946年6月退役，后任豫皖边招抚专员，鄂豫皖湘边国民自卫兵团总指挥部司令，鄂皖边绥靖区司令，鄂豫皖边区绥靖总司令部中将总司令。1949 年 12 月在四川巴县率部投降。1975 年 3 月特赦释放。后往武汉定居，曾任湖北省政协秘书处专员等。

（353）邹鹏奇

邹鹏奇（1908.3—2005.6.1） 字东宾，湖南隆回县司门前镇锡婆溪村人。黄埔军校第六期步兵科，陆军大学乙级将官班第三期毕业。是一位声震寰宇的抗日虎将。从参加北伐战争开始，他身经二百余战，是有名的常胜将军。特别是在抗战时期，他担任二七五团团长，率部参加第三次长沙会战，全歼日军第十三骑兵联队，而被誉为九战区"老虎"团长。此后升任九十二师副师长，九十九师师长，九十九军军长、陆军训练司令、"总统府"战略顾问等要职。他一生坚决抗日，多次率军杀日寇于全胜。现在庐山仍立有国民党九十九军抗日牺牲战士纪念碑。

出生于一个贫苦家庭，从小十分懂事，为了帮助家里缓解一点困难，常常饿着肚子上山打柴，下水捉鱼。近代的司门前镇，文化昌盛，是著名思想家魏源的家乡，学塾很多，家境好一点的孩子大多能进学堂念书，但他家却无能为力。邹鹏奇很想读书，就跟疼爱他的母亲求情。得到母亲允许后，他每天早出晚归做力所能及的农活，上学时间争分夺秒地攻读书本。夜晚，家里点不起洋油灯，他就用打柴时捡回来的松膏照明，松膏油烟极多，他的脸经常被熏成了"包公脸"。

那时读书的学费是弟子给老师送"束脩"。束脩就是腊肉。在生产力十分落后的封建社会早期，孔子就规定学费的标准是十块腊肉。可是邹鹏奇家里很穷，莫说十块，就是一块腊肉也送不起，只能送豆腐干子。这老师也很刻薄，在送肉的学生名字后面打个"○"，在送豆腐干子的学生名字后面打个"×"。邹鹏奇名字后面都是清一色的"×"。后来有一回，他家连豆腐干都没得送了，他就从菜地里摘了个嫩南瓜送给老师。老师当着他的面把南瓜扔得老远，还呵斥道："老师跟你一样，是猪啊？吃这样的东西！"邹鹏奇受不了这口气，离开了学塾，远走他乡当苦力，作挑夫，苦度生计。

在流浪途中，邹鹏奇碰上湘军叶开鑫部队招兵买马。他报名从军，奔赴北伐战场，因作战勇猛灵活，屡立战功，战斗结束后，1928 年，他被选送到黄埔军校第六期学习。

卢沟桥事变后，他以少校营长的身份，参加了著名的台儿庄战役、武汉保卫战。战斗一结束，来不及休整，又率兵进军鲁南，与日寇激战两个多月。

1939年夏，邹鹏奇晋升为上校团长，奋战于湘、鄂、桂、赣等省。在鄂南侧应第九战区时，多次成功阻击敌人，其中崇阳通城一战，歼灭日军1000多人。1940至1941年战斗最为激烈，邹鹏奇率部队与日军第十三骑兵联队苦战于两湖一带达两年之久，屡战屡胜，功勋卓著。对于这段战争经历，2001年，邹鹏奇在给长沙周南中学离休干部吴贻庄的信中提及了。这封信是他得知给他的部队带过路的吴炯臣老人去世，专门给他儿子吴贻庄写的。在信中，邹鹏奇表达对老人的哀悼之情，称赞他"以布衣参赞戎务，乃其智者也；向导率伍，攻彼倭寇，乃其勇者也……"再现当年的抗战场面："日寇第三次犯湘，一个骑兵联队窜至洞冲虞与吴家大屋一带，我时任第九十二师第二七五团团长，防地包括王池、吴家大屋，是长沙北部铁道线的大门，不容落入敌手。这股敌兵进入吴家以后，七日之间，不进不退，我团主力分布在几个据点应付更大的情况，无法抽动，只能派预备部队进行攻击，但起不了太大的作用。时至除夕，师长梁汉明增派一个营，及师部战炮连，归我指挥。准备再兴攻击之际，令尊吴炯臣来说，吴家后山据有敌兵一个排，俯瞰全村，不止监视我军行动，而且支撑它的防守，必须先加扫平。我请吴先生做向导，先带一个连攀登王狮岩，攻下这座据点，然后以主力攻克吴家、洞冲虞及白水寺，予敌以致命的打击。从晚八时战至次日凌晨四时许，才告结束。敌第十三骑兵联队，除少数落荒逃走外，大部被歼。"

在湘阴，邹鹏奇的部队因卫国有功，百姓感谢将士们，集资在歼敌之地为官兵修建住宅一栋。邹鹏奇挥笔题额"致果楼"，寓战果辉煌之意。

1943年秋冬时节，日军为牵制中国军队对云南的反攻，并掠夺战略物资，打击中国军队的士气，出动约9万人，在第六战区和第九战区结合部的常德发起战争。在这场战役中，邹鹏奇奉命率部阻击从华容增援湘西的敌人，与敌军展开数十场激战均战无不胜，攻无不克，受到嘉奖，被升为少将。

1944年6月，邹鹏奇正率所部的200多名校尉级军官在桂林集训，突然接到防区战事吃紧的情报，他日夜兼程返防，整理濒临溃散的部队，与日军血战到底。和历次战斗一样，邹鹏奇身先士卒，奋力前驱。其时，头上敌机轮番轰炸，阵前敌寇疯狂进攻，他与士兵同生死共患难，士兵死伤不少，他也头部中弹，血流不止。部下一再要他退下火线治伤，但他只是简单地处理了一下伤口，又和将士们战斗在一起。将士们看到头部受伤的长官还坚守阵地，顿时士气大振，官兵英勇拼杀，打得敌人鬼哭狼嚎，尸横遍野。然而，终因敌我力量悬殊，我军弹尽粮绝，全团覆没。邹鹏奇本人的头、背均已受了重伤，他倒在草丛中的一个小坑里。日军四处搜索，狼狗狂吠，刺刀闪烁。这时，邹鹏奇的战马侧身横卧，挡住了草丛中的主人。日军朝马连捅两刀，战马一动不动。日军又用刺刀撩开草丛，发现受了重伤的邹鹏奇。日军要去抓他，他强忍剧痛，站起来用皮鞋猛踢鬼子。日军使唤狼狗啃咬他的小腿。在寡不敌众的情况下，邹鹏奇被拖进日军的诊所内。日军医生要给他治伤，邹鹏奇把医药器械推落地上，抱着宁死不屈的决心拒绝治疗。这时，一位中国翻译走到他身边，轻轻地用中国话劝他先治好伤，然后找个机会一起逃走，你再领兵杀敌。他觉得翻译说得在理，接受了治疗，后来一起趁着夜色钻过敌人的铁丝网，穿过封锁线，逃离了魔窟，重回到抗日战场。

蒋介石凭印象认为，邹鹏奇进黄埔六期前只读过几年私塾，而同期的湖南兵很多都是大学生，如刘廉一、刘宗捍等人还是金陵大学毕业后，到美、英等国留学回来的，妄称他"道德有余，学问不足"，派他到美国陆军参谋大学将官班和国防研究院培训。其实，邹鹏奇文韬武略，饱读诗书，就是在行军途中，都在马上哼着诗词，或感怀赋诗。他也写得一手好毛笔字。据台湾回来探亲的老兵说，在台中市火车站旁一家叫"沁园春"的酒店，进门就能看见悬挂在墙上的一面镜框，里面嵌着他书写的岳飞《满江红》。他的字被不少收藏家收藏，他的书法，是挺拔苍劲的颜体字，很有功力。

他很有民族气节，不仅敢于蔑视日本侵略者，就是在当时的盟军美国人面前，也注意维护国家的声威。有一次，翻译官胡正带着几位美国军官来见邹鹏奇，正碰上他在批阅文件。侍从官让他们在一旁候着。胡正却与几名美国军官在他的办公室自由走动，并大声说笑。邹鹏奇见状，喝令胡正把美国军官带出去。事后，他教育胡正说："我们军人代表国家的尊严，你带外国人来见我，首先要讲究礼节，而你却跟他们在那嬉笑闲聊，太不成体统。"

赴台后，受训于革命实践研究院、美国陆军参谋大学将官班、"国防研究院"等。历任第八十七军军长、金防部副司令、一军团司令、联训部司令、"总统府"战略顾问，升至上将。

2005年6月1日，在台北市逝世，享年97岁。

第十章 台儿庄大战外围战中的滇军、黔军、湘军

一、滇军：第六十军及战斗序列

滇军是民国时期云南地方实力派组建、指挥和武装的一支相对独立的军队。其前身主要为云南新军暂编陆军第十九镇（辖第三十七、第三十八协）。辛亥革命前夕，蔡锷接任第三十七协协统，许多同盟会员担任该协中下层军官后，使这支部队成为反对清廷，发动昆明"重九"起义的骨干力量。抗战期间，滇军在"云南王"龙云的带领下，获得"国之劲旅"的美名。1949年年底，卢汉在昆明通电起义，云南和平解放，部队编入中国人民解放军序列。

蒋介石与龙云

七七事变爆发后，蒋介石宣布坚决抗日，于8月上旬在南京邀请和召集全国各党、派、系、各省军政长官首脑召开国民政府最高国务会议，商讨抗日御侮大计。云南省政府主席龙云于8月8日乘飞机离昆，9日抵达南京参加会议（据说在西安转机时，与朱德总司令等同机飞抵南京）。龙云下榻于南京北极阁宋子

文家中，会后，蒋介石到北极阁看望龙云，希望云南出两个军的兵力抗日，龙
云表示先出一个军，另一个军看战争的情况再定。蒋介石非常高兴，滇军，素
以骁勇善战著称，尤为蒋介石倾心，当即给予中央国民革命军序列第六十、
五十八军两个军番号。蒋答应叫何应钦负责出滇抗战之滇军的一切供应和补
充，并协商了有关修筑滇缅公路、滇缅铁路等事项后，并欣然在北极阁合影
留念。22日，龙云回昆明，蒋介石亲往机场为龙云送行。回到昆明后，龙云
立即召集地方军政负责人开会，决定先以云南废师改旅后成立的一、二、三、五、
七、九计六个旅编成第一八二、一八三、一八四3个师成立六十军。以卢汉
为军长，赵锦文任参谋长，辖三个师6个旅12个团，共计4万余人，军部尚
有直属机关、一个直属炮兵团。国民政府随即颁布命令：任命卢汉为六十军
军长，安恩溥为一八二师师长，高荫槐为一八三师师长，张冲为一八四师师长。

1937年9月，六十军出征前的军官合影，前排左三卢汉、左四龙云、左五赵锦雯。

1937年9月10日农历重阳节，新组编的六十军作为云南第一支出征抗日
的部队，在昆明南郊巫家坝举行隆重的誓师大会，受到昆明各族各界人民的
热烈欢送。10月10日，六十军由云南经贵州入湖南，徒步行军40多天1000
多公里，经贵阳到长沙，到达常德集中待命，先头部队到浙江兰溪，最初，

统帅部把六十军由浙赣路运往南京参加南京保卫战。由于南京沦陷，六十军奉令于 1938 年元旦到达武昌，并在孝感、花园一带进行整训和补充；扩大军部和直属队，增编了三个补充团，拨给汽车 20 辆，德国造手枪 800 支和子弹10 万发，并配属了六十军后方医院。在武汉，该军受到了武汉群众和各抗日团体的热烈欢迎。

作曲家冼星海和田汉夫人安娥为激励云南子弟兵英勇抗击日寇，专门为六十军作了一首军歌——《六十军军歌》：

我们来自云南起义伟大的地方，
走过崇山峻岭，
开到抗日战场。
弟兄们用血肉争取民族的解放，
发扬我们护国、靖国的荣光。
不能让敌人横行在我们的国土，
不能让敌机在我们的领空翱翔。
云南是六十军的故乡，
六十军是保卫中华的武装！
云南是六十军的故乡，
六十军是保卫中华的武装！

抗战中的云南妇女战地服务团

1938 年 4 月 14 日，六十军奉调参加台儿庄会战，历时 27 天。六十军不辱使命，全力以赴，浴血奋战，重创日军精锐矶谷、板垣师团，杀伤敌寇万余人。自己亦伤亡惨重：阵亡旅长 1 人，团长 6 人；负伤旅长 1 人，团长 4 人。营连排长和兵员伤亡过半。台儿庄一战，六十军为云南人民在全国争得了荣誉。

第六十军战斗序列：

军长：卢　汉
　　参谋长：赵锦雯【黄埔工兵教官、武汉分校教育处长】
　　　　参谋处处长：马　锁
　　　　参谋处参谋：龙泽汇【黄埔八期】
　　政工处处长：彭祖祐
　　　　参谋处三科科长：李韵涛【黄埔高教班三期】
　　　　军部警卫营第三连连长：贺明哲【黄埔八期】
　　　　特务营营长：陇　耀
　　　　炮兵营营长：戴永康
　　第一八二师
　　师长：安恩溥【黄埔五分校（昆明）学员总队副总队长】
　　副师长：邱开基
　　　　参谋长：阎　旭
　　　　　　参谋处处长：卓　立【黄埔武汉分校七期】
　　　　　　政工处处长：王林兴
　　　　　　师直属特务连连长：卢　峻【黄埔五分校（昆明）十二期】
　　　　　　通信连连长：张蕴珍
　　　　　　工兵营营长：李文鸿
　　　　　　辎重营营长：尹国栋
　　　　　　野战医院院长：陈凤文
　　　　　　卫生队队长：冯会典
　　　　第五三九旅旅长：高振鸿、卢浚泉【黄埔五期学生队区队长】
　　　　　　副旅长：稠吉光
　　　　参谋主任：巫宗显
　　　　第一〇七七团团长：余建勋
　　　　　　团附：陈保祥

第一〇七八团团长：董文英、陈浩如

　　副团长：谢济民

第五四〇旅旅长：郭建臣

　　副旅长：布秉我（留后方兼补充团长收送补充兵）

参谋主任：尹集生

第一〇七九团团长：杨炳麟

　　副团长：回福五

第一〇八〇团团长：龙云阶

　　副团长：钟光汉

该团连长：杨鹏【黄埔第十四期】、王正富【黄埔昆明分校十二期】；排长曹鲁光【黄埔昆明分校十一期】均参加了台儿庄战役。

第一八三师

师长：高荫槐

　　参谋长：盛家兴【黄埔五期】

　　政工处处长：赵文侯

　　第五四一旅旅长：杨宏光

　　副旅长：肖本元

　　第一〇八一团团长：潘朔端【黄埔四期】

　　副团长：张吉祥

　　团附：黄云龙

　　副官：潘　尧

　　第一〇八二团团长：严家训

　　团副：苏景泰【黄埔南宁分校五期军官训练班】

　　第五四二旅旅长：陈钟书

　　副旅长：马继武

　　参谋主任：白肇学【黄埔军校校部副官】

　　第一〇八三团团长：莫肇衡

　　第一〇八四团团长：常子华

第一八四师

师长：张　冲

　　参谋长：萧大中【黄埔六期】

　　政工处处长：张永和

　　特务营营长：桂　灿【黄埔高教班】

第五四三旅旅长：万保邦

第一〇八五团团长：曾泽生【黄埔三期】

第一〇八六团团长：杨宏远

第五四四旅旅长：王秉璋【黄埔南宁分校副主任兼教育处长】即王肇端

第一〇八七团团长：王开宇

第一〇八八团团长：邱秉常

在第六十军参加台儿庄战役的还有冷克【黄埔十期】等人。

每团除配有一个迫击炮连，一个 13.2 毫米特重机枪队，一个护旗排，一个通讯排，一个防毒排外，还配有三个重机枪连，九个步兵连，分属于三个营。每连三排九班，计战斗士兵 148 名，加上勤杂士兵共 167 名。全团三个直属排作一个连计算，共 14 个连及一个特重机枪队，共有士兵 2324 名。再加团部及三个营部的勤杂士兵 46 名共 2370 名，加全团军官 83 员，军佐 27 员。合计官佐士兵 2480 名。全师人员统计，官佐、士兵、民夫 11736 名。

全师乘、驮马统计，计乘马 341 匹，驮马 580 匹，合计乘、驮马 921 匹。

师直属部队的装备：

特务连：稍次于团属步兵连，有七九步枪 60 支，哈其开轻机枪 4 挺，自来得手枪 20 支。

通信连：主要为有线通信，有十门总机一，五门总机二，话枕 15 架，话线 50 公里，无线电收发报机三台。

工兵营、辎重营因成立未久，留武汉训练，编制装备从略。

野战医院：卫生队系以原两个旅的医务人员为基础，到武汉后又由申请中央补充装备，人员药械都相当完备。

二、第六十军黄埔师生血战禹王山

第六十军增援台儿庄时，归孙连仲总司令指挥。4 月 22 日上午 10 时，第一八二师和一八三师到达凤凰溪、后铺、杨庄、五圣堂、邢家楼之线。第一八三师即与南犯之敌遭遇，战斗异常激烈，相持 3 昼夜。日军以密集炮火轰击，继以飞机坦克联合猛攻，我军官兵伤亡极大。潘朔端第一〇八一团之尹国华营与南下日军遭遇。敌军已进入陈瓦房村并开枪向我军射击。尹营长立即率队奋勇进攻，将陈瓦房村之日军消灭。我军立足未稳，大队日军又蜂拥而至，尹营官兵随即与日军血战，并展开肉搏，使日军无法攻入陈瓦房村。在这次遭遇战中，团长潘朔端身负重伤，副团长黄云龙中校阵亡。营长尹国华因阻击坦克阵亡于五圣堂，该营最后战至仅剩官兵十余人，由班长率领突围，在村边又遭日军伏击，仅士兵陈明亮一人生还，全营官兵500余人壮烈殉国。

至第3日午后，第五四二旅旅长陈钟书（在云南由行伍升至将官，素以勇敢善战著名），身先士卒，率所部与敌拼白刃战，虽使敌攻势稍减，但敌军集中炮火，向该旅猛烈轰击，陈旅长被炮弹碎片击中面部，伤势严重。旅部参谋主任白肇学在激烈战斗中将陈旅长背下火线，始由担架队救至后方，不久牺牲。苦战数日之后，第一八三师退据火石埠、东庄第二线。

第一〇八二团团长严家训又阵亡于赵庄，第一〇八三团团长莫肇衡阵亡于火石埠。第一八二师奉命集结凤凰溪、后铺、杨庄时，亦与日军发生激战，后亦退据枣庄营、鸭鹅池一带固守。先后阵亡团长董文英、龙云阶、陈浩如，营长王铣、辛朝显等5员，其他官兵死伤之重，亦不亚于一八三师。

第一八四师师长张冲接万保邦旅长电，得知一八三师失利，率特务连、通信连到前线指挥，并嘱五四四旅旅长王秉章作增援准备。张到达五圣堂后，用望远镜扫视各处，命一〇八五团团长曾泽生率两个营由左侧绕道袭击敌后尾部队，命万旅长坚守五圣堂阵地。敌人追一八三师到五圣堂，已成强弩之末，被击退。曾泽生率两个营绕道拦腰袭击，致敌退走邢家楼。张冲命曾泽生仍回五圣堂时已薄暮，乃令五四三旅仍深挖工事，多设障碍物。

滇军的机关枪阵让日军吃尽了苦头

　　潘朔端于 1938 年 5 月中旬来到武汉住院养伤，潘朔端系云南威信人，与罗炳辉家乡云南彝良县毗邻。罗炳辉多次到医院看望潘朔端，向其宣传我党建立抗日统一战线的主张。潘朔端伤好临别时罗炳辉意味深长地说道："你我同生在一块土地上，但愿将来能走到一条道路上。"八年后，1946 年潘朔端在东北战场率部起义，终于如愿以偿。

　　1938 年 4 月 28 日，《云南日报》以通栏大标题《金碧增辉：台儿庄北敌进犯受创，滇军健儿初建奇功》刊登消息，报道"我一〇八一团在台儿庄以北与敌矶谷、板垣之混合队遭遇，发生激战，团长潘朔端身先士卒，中弹受伤，腹裹创指挥，亲率营长尹国华部冲入敌阵，尹以身殉职，战况之激烈为台儿庄之战所仅见"。由于潘朔端在台儿庄战役中带领先头部队奋勇杀敌，裹伤指挥作战，坚守阵地至后续部队到达，立下战功，被国民政府授予一级宝鼎勋章，这在抗战时云南军人中是相当高的荣誉。

　　出征台儿庄战役前，第六十军少校作战参谋云南普安人桂灿（回族）与其身怀六甲的妻子临别照相留念，在相片上，题词一首："生命诚可贵，爱情价值尤高。救国热血涌波涛，两者甘心抛掉。马革裹尸沙场，黄泥盖面荒郊。收复江山锦绣娇，不求青史名标。"淋漓尽致地抒发了这位爱国军人抱定战死沙场的决心。

　　第一八四师第五四四旅旅长王秉璋亲自率领预备队实施冲击，王旅长个高力猛、武艺高强，短兵相接，他端起日军的一支三八大盖步枪连续刺死了十多个日军后，又发现一个日本军官拿着手枪正指挥战斗，便大吼一声，猛扑上去，一刀刺死了这个豺狼般的军官，同时，他的胸部也挨了对方一枪，流血不止，身负重伤的王旅长用鲜血染红的双手撕破灰红色的冬装，用衣里的棉花塞住创口，止住血流，继续指挥歼灭日寇的残酷战斗！将突入之敌大部歼灭，夺回阵地后，王旅长的伤口还在淌血，衣服全被染红，他不用搀扶，不带随从，硬撑着挨到师指挥所，努力挺正笔直的骨架，向张冲立正，敬礼："请师长检验，子弹是不是从前面进去的？"原来，张冲治军极严，常对将士们说："我们彝族老祖宗三十七蛮部治军有个规矩：前面有刀箭者，奖；背后伤刀箭者，刀砍其背。我们一八四师决不能贪生怕死，做脊背挨子弹的逃兵，谁给老祖宗丢脸，军法不饶！"张冲师长看了他的伤口部位，虽不致命，但伤势不轻，连忙亲手给他包扎好，当即要派人送他下山。这位铁血将军硬是不从，王秉璋说："我的伤离命还远。送我一人，禹王山就少了一人。我还能走，不必派人。"张冲只好嘱咐他好好养伤，祝他早日伤愈归队。他仍旧向张冲师长立正，敬礼，然后，才在阵地上一拖一拖地自己下山去。王旅长的榜样极大地激励了浴血鏖战的滇军官兵。

王秉璋，云南鹤庆人，抗日名将。早年留学日本，回国后任云南陆军讲武堂教官，是叶剑英元帅的老师，治军极严但又体恤士卒，身材高大，红脸黑髯，作战勇猛有韬略，大有关云长遗风，人称"王大军人"。

王秉璋被护送到汉口后方医院治疗，任伤兵管理处处长。治疗期间，他的学生、中共代表团的叶剑英等代表八路军到医院慰问他；云南省主席龙云也从昆明到汉口慰问他。

4月28日，《武汉日报》报道："我卢汉部张冲师28日晨在禹王山与敌发生猛烈奋战，战况空前……"美联社和路透社记者也很快把六十军战况发往国外。

三、黔军：第一四○师及战斗序列

黔位于桂、湘、川、滇四省包围之中，在中国近代史上，黔军也是西南军阀中一支重要的力量。由于贵州是一个贫瘠、闭塞的省份，经济基础薄弱，因而黔系军阀在其形式和发展过程中，常常要依附邻省如滇系军阀等大势力；或是在对外发展过程中，矛头常指向四川、湖南等比较富庶的地区。

黔军在追随孙中山共和理想，筹建新军、组织群众推翻清廷专制统治的一系列行动中，发挥重要作用，贵州成为全国第六个宣布独立的省份。在之后的二十年内，为了共和理想，建立革命军队，始终听从孙中山的号令，多次出川入湘，是西南唯一没有背叛过共和的军队。在孙中山平定广西、北伐军攻克武汉和徐州以及中国共产党发动的南昌起义中发挥了重大作用。

抗战时期，黔军不同于川军和滇军所各自拥有一个完整的地方军系，黔军仅仅是附庸于中央军的七个"独立"师，即第八十二、八十五、一○二、一○三、一二一、一四○、新八师。

第一四○师原为王家烈的第二十五军教导师，因其防地横跨黔、川两省，故另有一个番号——川南边防军。1935年4月，教导师"围剿"红军失利，师长侯之坦被诱往重庆遭扣押。该师不久也被调往赤水整训。薛岳负责将该师改番号为新编第二十五师，师长沈久成。

1936年1月底，该师开赴广元后，军委会发布了"新编第二十五师改番号为第一四○师，所有人员照任原职"的命令。同年秋，该师进驻陕西汉中略阳策应第三军"围剿"红军。不久又调赴天水，进驻秦安、通渭、马营、华家岭一带，接替关麟征二十五师防务。同年10月，师长沈久成调任军事参议院参议。何应钦乘机将其内弟王文彦接掌一四〇师。由于师长沈久成尚未将一四〇师中央化，使得该师补给诸多不便。王文彦接任后通过与何应钦的关系，使该师的装备补给大为改观。

西安事变发生后，该师是最先积极响应何应钦主张的部队之一，率先开赴西安周至地区与驻防周至的东北军一〇五师相对峙。幸而西安事变和平解决，两部只局限于小规模战事。

1938 年 2 月，一四〇师被编入黄杰第八军序列，奉令开赴潼关沿黄河南岸布防。同时师部派遣八三五团团附王俊臣率领两个营、八三七团两个连渡河进入运城、永济、夏县等日占区，进行敌后骚扰，迟滞了日军进犯速度，使一四〇师在黄河南岸从容布防，加强防御工事。但是派遣之部队也伤亡惨重，其中阵亡连长三人、排长四人，士兵百余人。

1938 年 4 月，当台儿庄重开激战之际，一四〇师奉命开赴禹王山接替六十军防务，同时暂时归属孙连仲第二集团军节制。第六十军在台儿庄与日军激战后伤亡十分惨重，所余兵力不足半数。在六十军撤退后一四〇师立即与日军接战，激战中遵义人第八三五团团附王俊臣阵亡，其余官兵损失两千余人。王俊臣是一四〇师在抗日战争期间阵亡的最高级军官，死后追赠为上校。

1938 年 8 月，一四〇师开赴湖北荆州、沙市整训待命。由于师长王文彦主动提出调职。何应钦便将贵州籍、刚在第五战区出力颇多的第八补充兵训练处处长宋思一与王文彦对调，同时整个师部也全部更换了一遍。

随后，该师参加了武汉会战、长沙第一、二、三次会战等战役。抗战结束后，第一四〇师开赴江西吉安、泰和驻防。由于久历战事，伤亡严重，剩余人员补入其他部队，第一四〇师番号被撤销。

第一四〇师战斗序列：

师长：王文彦【黄埔一期】
副师长：何昆雄【黄埔一期】
　参谋长：温　靖【黄埔五期】
　兵站站长：李祖明
　第八三五团团长：方成德【黄埔四期】、谭　心【黄埔五期】、李祖明（代）
　　　副团长：王俊臣
　第一营二连连长：刘宗繁【黄埔洛阳分校三期】

第二连连长：戴泽坤【黄埔洛阳分校三期】

第八三七团团长：万徐如【黄埔三期】

第八三九团团长：罗遇春（振武）

第二营连长：江英华【黄埔十一期】

另令狐禹畴【黄埔八期】、王若坚【黄埔八期】均随第一四〇师参加台儿庄战役。

四、第一四〇师黄埔师生浴血望母山

1938 年 3 月下旬，孙连仲、汤恩伯、张自忠等部在台儿庄及其邻近战场与日军恶战。4 月中旬，第六十军（滇军卢汉部）和第八军所属之一四〇师王文彦部奉命调往台儿庄地区，一四〇师由潼关、灵宝一带乘火车赴鲁南增援，将黄河南岸防务交一〇二师柏辉章部接替。就在六十军到达鲁南前线后两天，一四〇师到达车幅山（距台儿庄仅一站，当时属终点站）下车，归第二集团军总司令孙连仲直接指挥。孙立即令一四〇师驰赴台儿庄东南郊之禹王山左翼阵地（与六十军衔接）及南郊望母山一带防守，并负责该地段运河西岸河防防务及构筑沿河工事。

第五十一军于学忠部已先几日到达台儿庄北面与敌作战，第二十军团汤恩伯部亦早在峄县、兰陵、苍山一带阻击敌人。此次敌增派飞机、大炮、精锐师团、骑兵及机械化部队等，攻势极猛，于、汤等部连月与敌激战，伤亡重大，曾暂向台儿庄左右两翼后撤。适于此时，第六十军到达，除扼守台儿庄一带阵地外，并向敌猛攻。击退日军攻势，杀其凶焰，汤恩伯、于学忠两部才稳定下来。

第六十军为我方主力军，是战斗力极强的部队，他们无论攻防都是能手，又有勇敢强悍的一四〇师助威，敌人虽发动无数次进攻，终未能越雷池一步。六十军和一四〇师勇猛强悍的牺牲精神，为当时战区长官部、集团军总部一再嘉奖，也为在鲁南战场上各友军和当地民众所一致称道和尊敬。

日军认为六十军和一四〇师这颗硬钉子对它的攻势计划障碍很大，只要消耗损伤这支实力，攻占重要阵地禹王山一带，其他部队就容易对付，便可直下徐州，因而集中力量向台儿庄之屏障——禹王山、望母山一带正面战场各阵地猛烈攻击，反复争夺，经过两旬多惨烈苦战，敌终未能得逞，且死伤累累。

当敌向六十军一八四师禹王山正面阵地猛攻时，该师誓死抗击，坚守阵地，因而伤亡较大。孙连仲令一四〇师派一个团增援该师。一四〇师师长王文彦乃派八三九团团长罗遇春（字振武，云南玉溪人）率部归一八四师师长张冲指挥，加入该师战斗序列；另派八三七团（团长万徐如，贵阳人）接替罗团担任的望母山一带防地任务，与右翼本师八三五团（代团长李祖明）所据守禹王山左翼之阵地衔接。日军进攻六十军禹王山正面阵地时，同样对一四〇师在禹王山左翼和望母山一带阵地猛攻，经过多次反复争夺和短兵相接，我军均击退敌之攻势，守住了我军防线。在争夺战中，一四〇师八三五团副团长王俊臣（贵州遵义人）在指挥第一线战斗与敌肉搏中为国捐躯；第二营副营长陈英华亦阵亡。八三五团伤亡连、排长共 20 余人，伤亡士兵 800 余人。在战斗激烈时，因伤亡过大，师部派出留作预备队的师直属教导队（教导队的成员属于储备待补充用的初级干部）200 余人增援八三五团，在惨烈的争夺战中，教导队亦伤亡近百人。少校队长张我威（贵州黄平人，贵州崇武学校七期毕业生）壮烈牺牲。一四〇师八三九团在望母山方面与敌战斗亦激烈，该团二营营长李昌荣（贵州赤水人）在阵地上英勇牺牲，伤亡连、排长近 20 人，伤亡士兵数百人。暂归一八四师指挥的八三七团，牺牲亦很大，营长秦春阳（贵州黎平人，贵州崇武学校毕业）及该团副营长冯俊之（云南人）在作战中捐躯。该团伤亡连、排长 20 余人，伤亡士兵 900 余人。此一战役，一四〇师校尉级军官阵亡 30 余人，负伤 40 余人，伤亡官兵近 3000 人。为黔军出黔抗日谱写了光辉而悲壮的历史篇章。

由于在禹王山争夺战中，敌人在我阵地前沿遗尸累累，于是不断增加兵力，扩大阵线。

不几天，日军大举进犯，开始向八三五团阵地炮击，整个战场一下沸腾起来，炮弹像雨点一样落到阵地的前后左右。敌人大炮一直轰鸣着，八三五团官兵无炮还击，只好缩头藏身在战壕里，多数士兵早已被隆隆的炮火掀起的泥土埋住了半截身子。这时，官兵们没有沮丧，说自己被"打活埋"，反而戏说鬼子为我们送来了"土盔甲"。

八三五团的阵地，虽经修整加固也被炮弹掀掉了一层。很多士兵，连敌人的面还没有见着，就这样死在敌人的炮火之下；很多人死的时候身上连伤痕都没有，后来打扫战场，掩埋战友的尸骨时才发现有些尸体会忽然七窍流血，黑色的血——这是被爆炸震死的。如今敌人没见着就死去不少的袍泽，气得活着的官兵个个咬牙切齿，誓要血债血还。

随着敌人炮火不断向我阵地纵深延伸，一大队鬼子兵端着三八大盖、举着太阳旗，排成几路纵队浩浩荡荡一路冲来，人腿、马蹄荡起了一片尘烟。

日军在几辆坦克装甲车的掩护下，前扑后拥，嗷嗷狂叫，杀气腾腾的冲了上来，形势十分危急。很快敌人迫近了各营阵地，当敌人走到距离我前沿不到一百米的时候，各营长大喊了一声："开火"！一时间枪声大作，战士们的轻重武器一齐射向了敌人密集的队形，把敌人步兵打的晕头转向，霎时倒地一片。但看着日军坦克耀武扬威地冲来，这样的庞然大物别说打，就是老兵都没几人见识过。投手榴弹吧，除了腾起的烟雾，根本就伤不着它；枪就更加不用说了，子弹碰上钢板更不知会飞到何处，身在前沿的几个班排长一心急，就直接打电话到师部，询问如何对付这种"铁壳虫"。

看着鬼子的装甲车如此嚣张，第一营的二连连长刘宗繁急得红了眼："我操他妈的，老子把这乌龟壳给炸了！"于是带着三个士兵，一跃而起跳出战壕，奋不顾身的爬上首先冲过来的坦克，想从射孔把手榴弹塞进坦克，但狡猾的敌人把炮塔转来转去，四人立足不稳，全被甩下，当即就有两人被碾于车下，一时脑浆崩裂，大肠挤出。杀红了眼的连长刘宗繁一看战友惨死景象，马上冒死怀抱集束手榴弹滚到坦克之下，与敌人同归于尽！

台儿庄战役，挫败了气焰嚣张的强敌，打乱了日军的进攻部署，使敌人付出巨大的代价无法通过台儿庄地区而直取徐州，后来日军改由鲁西和鲁东以及苏北方面包围徐州，并袭击、切断陇海路。5月中旬末敌已迫近徐州，战区司令官李宗仁急电孙连仲转令第六十军移师保卫徐州，一四〇师王文彦部则于5月18日接替第六十军在台儿庄禹王山一带的全线阵地防务，掩护六十军撤离前线过运河。5月19日第六十军到达徐州近郊时，徐州已失守，六十军乃向西往河南方面突围。一四〇师于5月20日始奉令放弃禹王山一带防线随六十军之后转移，并留八三五团第一营（营长刘植斋）作后卫在运河南岸继续防守，阻止和迟滞敌人之追击。该营于5月22日始撤离运河前线，是本战区最后撤离的部队。一四〇师撤到徐州近郊时，敌人已将徐州全部占领并控制了附近地区，得知坐镇徐州的第五战区司令长官李宗仁已经后撤至安徽。一四〇师在徐州与敌遭遇，经过剧烈战斗，付出重大牺牲始突出重围，结果分成两路：一路由八三九团团长罗遇春率领，向西撤往河南；一路由王文彦亲率往南撤到苏北、皖北的壁灵、泗县收容集中。

撤往苏北、皖北之一部由师长王文彦、参谋长温靖率领后撤，抵达安徽灵璧、泗县集结时，仅余官兵一千余，经收容，得官兵两千余。当第二集团军司令部也退到泗县后命令王文彦将所部两千余编成一个游击总队归一二四师指挥，任命一四〇师原旅长李靖化任总队长，但李却借口脚伤坚辞总队长，而后以八三五团团附李祖明担任总队长。师长、参谋长等人则由淮阴方向逃往上海，之后通过香港回到武汉。留归一二四师的游击总队被编为四个营又一个特务连。该部在泗县、马公店、双沟、五河、新集一带游击日军半个月，扰乱日军落单部队和辎重部队，迫使日军决定对该部"围剿"。

之后该部在与一二四师失去联系的情况下，由总队长李祖明决定突围，在当地群众和八路军民众机构的掩护下利用明光车站的日军薄弱处突围而出。撤退途中，失去消息的一四〇师副师长何昆雄也找到了游击总队。该游击总队抵达六安后，得知师长王文彦已经经由香港抵达武汉，便立即电报军政部，希望能将游击总队回归一四〇师建制。在武汉的王文彦抵达武汉后也只有一个一四〇师师部的空架子（光杆司令），得悉游击总队抵达六安后也电报军政部，希望收回老部队。在得到军政部允许后王文彦立即电告何昆雄，将游击总队名义取消，所部改编为八三五团，由李祖明暂时代理团长。这个团改编完毕后乘车抵达武汉回归一四〇师建制。嗣而王文彦又得知向河南突围的部队在八三九团团长罗振武的带领下，经由萧县、永城后抵达河南信阳休息，便电告罗振武说师部已在武汉恢复。罗振武接到电报后也立即归队了。一四〇师在武汉稍事休整后即转赴湖南平江整补，得到新兵三千余人的补充。

五、湘军：第二十二军第五十师及战斗序列

湘军是晚清时对湖南地方军队的称呼，或称湘勇。太平天国运动兴起后，清朝正规军无法抵御，不得不利用地方武装，湘军就是在这时发展起来的。民国时期的湘军，除了镇压太平天国时期的曾国藩创建的湘军，还包括由该部旧湘军演变而来，一直延续到抗日战争时期的湖南军队。直到何键下台，蒋介石才把湘军改造为半中央军。到1949年，半中央化的湘军全部被解放军消灭，湘军的历史至此终结。

第二十二军前身是湘系军队谭道源部。1930年底，国民党军队为加强对中央苏区和红军的"围剿"力量，将湘系所属第二军谭道源部改编为国民党军第二十二军，隶属于鲁涤平的第九路军。谭道源任军长，下辖第十八师（张辉瓒）；第五十师（谭道源兼）。该军组建后，奉命参加了对红一方面军的第一次"围剿"作战。在此次"围剿"作战的龙冈战斗中，第十八师被红军全歼，师长张辉瓒被俘。1931年3月，该军以原第十八师残存的第五十四旅为基础重建第十八师，朱耀华任师长。该师所属两个旅，分别由易振湘、喻镜渊任旅长；第五十师，谭道源兼（后岳森、成光耀）任师长，该师所属两个旅，分别由彭璋、朱光纬任旅长。1932年4月至1934年10月，该军在中

央苏区多次与红军作战,先后参加了对中央红军的第二次"围剿"作战,对赣东北苏区红军的"围剿"作战、对中央苏区的第五次"围剿"作战和对湘鄂赣苏区实施大规模的"清剿"作战等。

1937年8月,该军参加了淞沪会战,在此次会战中,奉命坚守大场地区的阵地,顽强坚守,伤亡严重。10月26日,大场阵地被日军攻占后,第十八师师长朱耀华自杀殉国,李芳邨继任。1938年4月,该军参加徐州会战,此时军部仅率第五十师进入鲁南,战后退往皖北,此役副师长彭璋、第一四九旅副旅长杨炼煊于安徽宿县作战时殉国,军部副官长易宝钧被俘后在天津遇害。7月谭道源因病免职,该军番号撤销。第十八师转隶第五十四军;第五十师师长易为张琼,转隶第七十五军。

第二十二军战斗序列:

军长:谭道源
　　副官:易宝钧
　　参谋:周自元
　　第五十师
　　师长:成光耀【黄埔高教班三期】
　　副师长:彭　璋
　　　　参谋长:曾锡焘
　　　　第一四八旅旅长:彭诗圭【黄埔一期】
　　　　　　第二九五团团长:文　德
　　　　　　第二九六团团长:李竹轩
　　　　第一四九旅旅长:朱光纬
　　　　　　副旅长:杨炼煊【黄埔高教班三期】
　　　　　　第二九七团团长:杨大江
　　　　　　第二九八团团长:贺中杰
　　　　　　　第二营副营长:廖定藩【黄埔军官训练班一期】
　　　　补充团团长:李邦藩【黄埔高教班三期】、叶军三

六、第五十师黄埔师生台儿庄外围战斗

台儿庄大捷后,谭道源部奉命增援徐州战场。命令第五十师归还建制,

乘火车往汉口集中，师长成光耀称病滞留武汉。部队由彭璋率领所辖彭诗圭第一四八旅、朱光纬第一四九旅，全师约一万人。随谭道源从汉口乘火车赶赴运河东岸的邳县。战斗序列划归二十军团司令汤恩伯指挥。

第五十师司令部驻扎在离圯（相传为汉代张良替黄石老人拾履的地方）不远的一个酒厂里。第五十师阵地的左翼是李仙洲所辖九十二军吴良琛的第十三师和卢汉所辖第六十军安恩溥的一八二师；右翼是汤恩伯所辖王仲廉八十五军陈大庆的第四师。

1938 年 4 月 21 日起，日军从苏北一路陷高邮、宝应、逼淮阴；日军另一支军队由盐城、阜宁趋海州转向新安镇与郯县南下之敌会合，拟包围徐州。4 月 24 日，自台潍公路及津浦路集结之敌，由峄县东南经洪山南下威胁邳县，郯县之敌亦同时西犯，台儿庄至邳县全线展开激战。五十师二九八团贺中杰部，为抢夺敌炮兵高地，全团牺牲，其他各团亦有损失。4 月 25 日，邳县告急。敌机低飞扫射投弹，步兵配合坦克多次向我阵地猛攻。彭璋日夜在前线亲冒弹雨指挥督战，苦战兼旬，虽然部队伤亡惨重，但仍坚守阵地。阻滞了敌人的进军计划。

5 月上旬，敌东京大本营，增调五个师团来华，分由天津、青岛、上海登陆，急向津浦路南北两段增军，企图以南北钳形迂回到徐州以西截断陇海路，彻底包围我在徐州及鲁南地区之部队。5 月 12 日，蚌埠附近之敌进迫宿县，永城失陷，敌进抵萧县，其快速部队直趋砀山、归德。鲁西敌三十六师团，也由金乡、鱼台南下虞城、砀山，黄口车站。我徐州主力不得不变更部署作战略转移。

统帅部决定：由汤恩伯率领第二、十三、五十八、八十五、九十二等几个军，组成陇海兵团。由徐州西南向皖北转进，变内线为外线，脱离敌之包围圈。在鲁南的第二十二、三十、四十二、四十六、五十一、七十五、六十等军及张自忠的五十九军和刘汝明的六十八军组成鲁南兵团，由孙连仲指挥，掩护汤军团撤出后，再互相掩护向苏北撤退。孙连仲命令第二十二军的五十师，掩护汤军团在邳县之主力撤出后，沿运河作第二线梯次掩护。5 月 13 日半夜，彭璋在电话中，听到汤恩伯向陈大庆下令："我奉命向河南撤退，你立即率部随我走，万万不要失掉联系。"彭璋坚持到 15 日上午十时，撤离阵地，沿津浦路东侧撤退，日机白天跟踪扫射投弹，我军伤亡颇大。军长谭道源在撤退时化装逃到江苏清江浦，由江苏省主席韩德勤派人护送到南通，搭上英国轮船，经香港辗转回到长沙。

5 月 19 日徐州失陷，彭璋率军部及残余部队数千人，昼伏夜行。第一四九旅副旅长杨炼煊也奉命随军撤退，5月22日上午抵达灵璧境内西北的尹集。此时，日军也追击到尹集，进行围攻，杨副旅长率所部二千余人随师部突围，与敌机械化部队激战，受敌三面包围。杨副旅长率全部健儿奋勇杀敌，士兵伤亡几尽，终以力战致负重伤，士兵救护犹嘱：尔等前进杀敌勿专顾我。气未绝时尚呼前进冲锋，以伤重殉命。

副师长彭璋也在指挥部队突围时，身中数弹，倒在麦田血泊中，壮烈牺牲，时年47岁。

第五十师奉命增援鲁南徐州战场时，第一四八旅旅长彭诗圭适母丧回籍，受命后移孝作忠，迅即率部奔赴台儿庄前线，参加战斗。据守运河岔河镇至禹王山阵地，率部突入湖山、锅山敌阵，进行夜袭、巷战，击溃敌军，夺回戴庄，统帅部为其颁发三等宝鼎勋章，并任命其为代理师长。4月下旬，日军大量增援反扑，直逼邳县。彭诗圭率部与日军苦战兼旬，始终坚守阵地，阻滞其进军。5月上旬，日军增兵华东，汤恩伯率部由徐州向皖北作战略转移，彭诗圭奉命担当掩护任务，坚持战斗至15日才率部撤退，一周后抵安徽境内，遭到日军投弹扫射围击，在副师长彭璋、副旅长杨炼煊遇难，各部均损失惨重的情况下，彭诗圭在血泊中重新集结部队反击日军，激战后终突出重围。且撤退途中仍时有敌军胶着，彭诗圭积极采取军民结合、虚实互用的方法，指挥分段阻敌，率部且战且撤，由安徽经河南等地，于8月初撤抵预定目标湖北咸宁，圆满地完成了掩护任务，完整保全了第五十师建制。另外在撤退途中，遇战场各部之落伍伤病散兵万余人壅塞重要道路。为清理行军路线及使同胞免遭日寇杀害，彭诗圭就地整编，派员指挥，也将其一并随师撤抵湖北咸宁。

七、黄埔人物（十）

（354）安恩溥

安恩溥（1894.4.10—1965.12.25）　原名德鸿，更名德化，字恩溥，彝族，云南镇雄人。云南省镇雄直隶州上南五甲（今云南省昭通市镇雄县场坝乡麻塘村）瓜竹沟（花竹沟）人，出身富裕农家，自小就勤奋读书，崇尚练武。云南陆军讲武堂第十四期步兵科毕业。1931年，任滇军独立第二旅旅长。中央陆军军官学校第五分校（昆明分校）学员总队副总队长。陆军大学特别班第七期毕业。

1935 年，率部入黔参与对长征红军"围剿"作战。1936 年，任滇黔绥靖主任公署独立第二十二旅旅长等职。1936 年 4 月 1 日，任陆军少将。

抗日战争全面爆发后，1937 年 8 月，任陆军第六十军第二旅旅长。1938 年，任第六十军第一八二师师长，率部参加徐州会战。1938 年 5 月，奉派入军事委员会战时将校研究班第二分队受训，受训期间并任学员队分队长等职，1938 年 7 月，结业。1939 年 1 月，任陆军第六十军副军长。1939 年 7 月，任第六十军军长。1940 年 9 月，任第一集团军第一路指挥部指挥官等职。1943 年 10 月，入陆军大学特别班学习。1946 年 3 月，毕业。1947 年，任立法院立法委员。1949 年 1 月，任云南省政府委员，兼任云南省政府民政厅厅长及云南省干部训练团教育长等职。

1949 年 12 月 9 日，率部在昆明参加起义。中华人民共和国成立后，任云南军政委员会委员，云南省人民政府委员兼民政厅厅长，西南军政委员会委员，云南省人民政府参事室参事等职。

1965 年 12 月 25 日，在昆明逝世，享年 71 岁。

1980 年 9 月 3 日，中共云南省委统战部对其被错划为"右派"和受到的处分作了彻底纠正，为其平反昭雪。

著有《顾品珍之死》（载于《云南文史资料选辑》，1963 年 5 月，第二辑）、《滇军第三纵队追堵红军经过》［载于中国文史出版社《原国民党将领围追堵截红军长征亲历记》（上）］、《滇军在威宁、宣威、普渡河阻击红二、六军团经过》［载于中国文史出版社《国民党将领围追堵截红军长征亲历记》（下）］、《浦汪、辛庄、后堡之战》（载于中国文史出版社《原国民党将领抗日战争亲历记——徐州会战》）、《龙云在云南起义前的活动》(载于《云南文史资料选辑》1963 年 5 月，第四辑）等。

（355）白肇学

白肇学（1899—1971）　原名钟禄，云南榕峰县人。云南陆军讲武堂第十七期步科、黄埔军校干部训练班毕业。1926 年 1 月任黄埔军校第五期入伍生第一团一营二连连长，1927 年 5 月任黄埔军校第六期入伍生第一团一营营长，1928 年 1 月任黄埔军校校部副官。

1931 年 11 月任第三军八师副官主任，1934 年参加

江西苏区"围剿"。

1937 年 10 月任国民党第六十军一八三师五四〇旅参谋主任,后随六十军参加抗战,1938 年 5 月任第六十军副官处上校处长,11 月任新编第三军一八三师五四八团团长,1942 年 3 月任滇黔绥靖公署步兵第二旅少将副旅长,1943 年 6 月任昆明行营暂编十九师副师长,1946 年 3 月任第六十军一八二师师长,1948 年 10 月 17 日随曾泽生参加长春起义。

新中国成立后任解放军第五十军一四八师师长,参加抗美援朝,回国后历任云南省工业厅副厅长、云南省交通厅副厅长、云南省人民政府参事、云南省政协常委,系民革云南省委委员、常委。

1971 年在昆明病逝,享年 72 岁。

著有《六十军的编成和参加鲁南抗战述略》等。

(356)曹鲁光

曹鲁光(1915—2005) 云南昭通市昭阳区人,黄埔军校昆明分校第十一期步科毕业。

1937 年 10 月随六十军出征,任六十军一八二师一〇八〇团排长,参加了台儿庄战役、赣北战役,1945 年随六十军回防转入云南,1949 年在昆明随部队起义,参加云南昆明保卫战。

云南解放后,复原回家乡昭通,直至去世,享年 90 岁。

(357)曾泽生

曾泽生(1902—1973.2.22) 云南永善县大兴镇人。1922 年 12 月考入云南唐继尧开办的建国机关枪军事队。毕业后入云南陆军讲武堂十八期学习。1925 年入黄埔军校任第三期区队长,1927 年 1 月入黄埔军校高级班学习。1929 年 1 月应国民党云南省主席龙云之邀回滇,在昆明开办军官候补生队,任副队长,后任滇军第九十八师军士队队长,第三旅六团营长、第五团副团长。

抗战爆发后,任国民革命军第六十军一八四师一〇八五团团长,参加了台儿庄会战。1939 年起任第六十军一八四师副师长、师长,第六十军军长。1945 年日本投降后,曾率部到越南受降。

　　1948年10月17日，率第六十军于长春起义，所部被改编为中国人民解放军第五十军，任军长。后率部参加解放鄂西、进军西南作战。

　　1949年参加了全国政协第一次会议。1950年3月任中南军政委员会委员，10月参加抗美援朝，任中国人民志愿军第五十军军长，率部参加了第一至第四次战役。1951年3月15日，奉命完成汉江阻击作战后，率领第五十军回国休整补充。1951年7月4日，再次率领五十军入朝，担任西海岸防御及抢修前线机场任务。1951年10月11日，指挥五十军渡海攻岛作战，先后解放清川江北敌占岛屿。1951年底，因病回国休养。1953年1月，又入朝回到五十军。1955年4月19日率领五十军回国驻防丹东。

　　1955年被授予解放军中将军衔，获一级解放勋章。第一至三届国防委员会委员，第三、四届全国政协常委。

　　出生于一户有田地数百亩，人口三四十，却又"自私自利的地主家庭"。未及两岁丧父后，寡母带着曾泽生和他7岁的哥哥改嫁叔父，从此，在族内族外的地位一落千丈。曾泽生少年失学，13岁时，由舅父出面说情，家庭方允许其到200余里外的昭通读书。高小毕业后，家庭拒绝继续供读，曾泽生求学心切，乃私窃家中200银圆逃走，被家人缉回，经亲戚再为说情，才勉强允许其赴昆明读初中，刚一年，又断绝供给。刚满20岁的曾泽生走投无路，毅然弃学从军，考入云南省都督唐继尧的军士队。虽在旧军队里做事，但他是一个富有爱国心，有正义感，能洁身自好的军人。以至于1937年开赴抗战前线时，虽已升任团长，但他也只能给寄托在丈母娘家里的老婆孩子预支几个月的薪水，自己过着行装一被一褥，衣服不破不添，不抽烟，不喝酒，不打牌，不跳舞，不嫖娼的清苦生活。抗战爆发后，他主动请缨出滇抗战，率部与敌浴血苦战数十次，为保卫祖国、民族尽了军人的天职。他虽曾追随蒋介石打内战，但他最终起义后，率部参加了解放战争，特别是在抗美援朝战争中创立了不可磨灭的功勋。

　　1973年2月22日，在北京逝世，享年71岁。

　　曾泽生逝世后，叶剑英、胡耀邦等党和国家领导人参加了隆重的追悼会。国防部副部长肖劲光将军代表中共中央、国务院、中央军委致悼词，给曾泽生将军以很高的评价。他是一位追求进步、追求光明、爱国爱民的将军。

（358）成光耀

成光耀（1888—1950）　字谷泉，原名光辉，湖南宁乡人。中央军校高等教育班第三期，陆军大学甲级将官班第二期毕业。

早年加入同盟会，参加辛亥起义。后入湖南陆军讲武堂，曾任国民革命军陆军第二军第五师副师长，第四十二军第五十师师长。1935 年 4 月 17 日任陆军少将。1936 年 10 月 5 日任陆军中将。后任国民政府中央训练团教育研究委员会中将委员。1946 年 2 月退役。

1949 年起义，1950 年病逝于衡阳，时年 62 岁。

（359）戴泽坤

戴泽坤（1913—?） 贵州普定县人，18 岁离开家乡，考入黄埔军校洛阳分校第三期一大队。

毕业时值抗战爆发，分配到国民党一四〇师八三五团任连长。1938 年 3 月，徐州会战爆发，第一四〇师奉命赴台儿庄东连防山、禹王山一带接替与日军奋战多日伤亡惨重的滇军第六十军的防务，随部参加防守。戴泽坤在阵地日记中写道：

运河水，清又清，战火纷飞两岸旁，战士的勇气高万丈，战士的热血洒疆场，舍身报国不回顾，誓斩倭奴保家邦，马革裹尸男儿志，青山埋骨永流芳。

随后又参加过武汉会战、三次长沙会战等重大抗战战役，在国共合办的西南南岳游击干部训练班受过训，经历过周恩来等中共领导人的面训，在国民党军队中的最后职务是上校团长。

1949 年 11 月，被贵州安顺民主进步人士挽留，任安顺县警察局长，为安顺和平解放做出重要贡献。上世纪 80 年代初期，被选为安顺市政协常委。

（360）方成德

方成德（1897—1973） 字命安，后改茗庵，湖南省平江县长寿街镇邵阳乡斗壁里人。黄埔军校第四期政治科。历任国民革命军排长、连长、营长、上校团长、六十七师少将副师长兼政治部主任、九十一军少将政治部主任、甘肃河西警备总司令部少将新闻处处长。荣膺军事委员会授予的甲等奖章一枚，国民政府颁授抗战及忠勤勋章各一枚，国防部记大功一次。

1949 年在甘肃酒泉起义，参加解放军进军新疆后勤筹备工作。"文革"期间，被移送回乡。1979 年平反，恢复起义将领名誉。2005 年 8 月，中共中央、国务院、中央军委以"爱国将领"追授"纪念抗日战争胜利 60 周年"纪念章。

其父方典卤，为人谦和，热心公益，颇受村民尊敬，母熊氏，勤俭持家，笃信佛教。方成德几岁就随父读书，后入私塾，两年即能作文，深得塾师喜爱，后就读于长寿街小学、平江师范学校。1920年，方成德与吴思健小姐结婚。1921年，方成德与内兄吴博源同赴省城，考入长沙当时高等教育三大专科学校之一的湖南统计专门学校，他对于现代会计学之理论与应用，十分感兴趣，常有著述在报刊发表，很受学术界的重视。毕业后，任职于湖南省建设厅。

1924年，在方维夏的引荐下，于1925年初和同乡张世光、苏文标、张蒿等秘密起程，到广州，考入黄埔军校第四期政治科。1926年6月，以优异成绩毕业，分配到第二军第五师第十四团第九连任中尉排长，到差尚未满月，即参加新喻与丰城之役及南昌战役，击退孙传芳精锐之第一师。不到半年，晋升上尉连长。

1927年4月，立有战功，调升为第十四军特务营少校营长。

1928年春，第十四军继续北伐，因功晋升中校团附，并获记大功两次。1931年，任第八十三师第四九五团中校团附。1932年1月28日，随部到上海参加淞沪会战。

抗战全面爆发后，何应钦将一四〇师扩编为三个旅六个团，任第一四〇师（师长王文彦）第四一八旅（旅长李靖化）第八三六团团长。1938年1月，改任第八三五团团长。同年2月，第一四〇师被编入第八军序列，奉军长黄杰令，开赴潼关沿黄河南岸布防。4月，参加徐州会战，第一四〇师奉命赴禹王山接替与日军奋战多日伤亡惨重的第六十军的防务，方成德部团附王俊臣阵亡，官兵损失2000多人。是年8月，改任第一〇三师补充团团长，参加武汉会战。

1941年，调升第三战区第六十七师少将副师长兼政治部主任。翌年，将其调至西北部队工作，先后任新编第二十七师及骑兵第十师副师长兼政治部主任，第九十一军政治部主任，陶峙岳兵团之政治部主任兼新闻处处长。

1949年春，国民政府任命陶峙岳为西北军政公署副长官兼新疆警备总司令，同年6月兼任河西警备司令，方成德为河西警备司令部政治部主任。9月22日晚，国民政府西北军政长官公署副参谋长彭铭鼎在酒泉卫生街21号召开将校军官大会，讲明共产党的政策，请与会者决议，方成德认为："起义才有出路，顽抗是死路一条。"23 日，陶峙岳派曾振五、方成德飞抵兰州，同彭德怀商谈河西、新疆和平解放事宜。24 日，彭德怀会见曾振五、方成德，曾、方向彭德怀转达了陶峙岳的问候。方成德介绍了河西和新疆高级将领的政治态度，欢迎第一野战军尽快到达迪化。同日，宣布起义。

此后，方成德参加了解放军进军新疆的后勤筹备工作。"文革"期间，被遣送回乡劳动改造。

1972 年 2 月 3 日，病逝，享年 75 岁。

1979 年平江县为方成德恢复起义名誉。

（361）桂 灿

桂 灿（1908—?） 回族，贵州普安县青山镇人，黄埔军校高教班毕业，1938 年春任第六十军一八四师少校作战参谋兼特务营营长，随部参加台儿庄外围禹王山攻守战。民革党员。

出征台儿庄战役前，与其身怀六甲的妻子张玉兰女士临别合影留念，并在照片上题诗一首，留给妻子。在昆明群众欢送六十军北上抗日大会时写下：

出滇抗战

新仇旧恨涌心房，无数同胞刀下亡。马革裹尸匹夫责，黄沙盖面民族光。
泅身下海捉蛟龙，捷足登山擒虎狼。高唱凯歌会有日，咚咚胜鼓奏笙簧。

在六十军途经长沙，适逢大雨洗兵，湘雅医学院的师生，冒雨伫立车站一夜，迎送过路将士。桂灿激动万分，即在军车上以诗记之。

路经长沙

民族仇恨人人深，沐雨栉风夜送行。千万热情鞭策我，不降倭寇不回程。

在血战台儿庄后，写道：

禹王山战斗

强敌进犯禹王山，枪林弹雨刀影寒。几度拉锯溅溃退，欢歌斩得小"楼兰"。

战略转移

台儿庄浩气冲云天，阻击敌锋近半年。放弃徐州大转移，集结宋庄重整编。智战单城惊鬼神，修路涡阳喜保全。

（362）何昆雄

何昆雄（1902—？）　又名崑雄，别号子伟，湖南酃县（今炎陵县，一说资兴县）人。黄埔军校第一期，陆军大学正则班第十三期毕业。

其父从商农，有田产 500 亩。1908 年在家乡读私塾，1913 年入酃县乐成高小，1916 年考入长沙市岳云中学，1920 年进入岳云体育专修科肄业，1923 年考入汉口明德大学商科肄业。1924 由湖南省出席国民党一大代表林祖涵、邹永成保荐，考入国民党黄埔陆军军官学校第一期第二队，与陈明仁同学，同年在校加入国民党。毕业后，分派到国民党教导第二团第五连任见习排长，1925 年升任教导第二团第九连副连长，参加平定广州商团及滇桂军阀叛乱。后曾任广东警卫军排、连长，警卫军讲武学校教官，黄埔军校入伍生部教官。

1926 年先后调任黄埔军校入伍生团中尉排长、区队长和军官团上尉连长。同年冬，任国民党新编第一师第二团第二营少校营长。1927 年赣南行政委员会成立，被任命为赣南五县行政监察员，负责清党与改组各县政法组织工作。同年秋调任国民党新编第一师第二团团长。1928 年到上海，在国民党三十二军军长钱大钧属下任第三师第一团团长，驻守江苏无锡。不久离开第三师到蒋介石侍从室工作，兼任军事杂志社武汉分社负责人。1929 年 1 月何子伟调安徽任新编第三旅第五团上校团长。1931 年任南昌行营上校参议。1932 年调任国民党军政部上校附员。1934 年进入南京陆军大学第十三期学习，1936 年从陆大毕业后任一四〇师少将参谋长。

抗战全面爆发后，任第一四〇师四一八旅少将旅长、副师长、代理师长等职，参加了台儿庄会战。1938 年任武汉卫戍总司令部防空司令部参谋长、代副司令。1938 年 10 月授陆军少将。1942 年 8 月因战事失利被免职。被降职调任国民党军事委员会军政部少将附员。1943 年回到湖南耒阳开办农场。1944 年出任资兴县县长。

抗战胜利后，调任湖南省第三区行政督察专员兼保安司令、特种汇报会主任。

1949年1月，由程潜任命为湖南省第二区行政督察专员兼保安司令。同年7月解职后由郴县到邵阳。8月4日湖南和平解放后，于年底到长沙向湖南临时省政府投诚，经陈明仁同意进入中南军政大学湖南分校学习。

1950年5月，任湖南人民军政委员会参议室参议。1955年任湖南省人民委员会参事室参事。

（363）贺明哲

贺明哲（1909.1.16—2011） 生于云南昭通水富县，原籍湖北孝感。黄埔军校第八期步兵科毕业。

1933年军校毕业，分发到云南讲武堂任队副。讲武堂改为中央军校第五分校时任区队长。1937年10月，任六十军军部警卫营第三连连长，参加了台儿庄战役和武汉会战。以功调军部任作战参谋。后参加长沙战役、上高战役。升任第一集团军事副总司令代理作战科长。1939年，在军令部桂林参谋训练班第一期受训，结业后调任四川军区政治部军事主任教官、继在中央军校成都本校高等教育班任参谋、教官（学员是营—师级干部）任职三年。

1943年，任绥江下游会仪自卫大队长。抗战胜利后，任二十六军军官总队上校队员，后调四川军管区川南师管区宜宾团管区任上校主任参谋三年多，后任新一军少将副军长兼前进指挥部指挥官，1950年8月投诚。回老家水富县至去世。

1989年至1992年任水富县第二届政协副主席，第三届人大代表。

此后，多年来，贺明哲一直致力于海峡两岸"促统一，反'台独'"和人类生命科学课题的活动。

1984年，贺明哲写了一篇"告台湾同学同胞书"，倡议海峡两岸血浓于水，并由统战部在福建台播放，文章声情并茂，感人至深，影响远大；当年，贺明哲参加省政府的知名人士的表彰大会，受到省委省政府领导的表彰和奖励，1994年贺明哲带着自己发明的乌蒙山鲜汁天麻蜜，参加北京33届国际养蜂大会，并得到一致好评。

1996年，88岁高龄的贺明哲与儿子贺天振创建了云南尔康保健品有限公司，将几百年来祖传的强身健体，延缓衰老的秘方和自己多年来致力于研究的生命课题相结合，转化为市场适应的新型保健品——贺尔康久宁膏及贺尔康蜂蜜系列，产品投放市场就立即受到广大消费者特别是中老年人的青睐，也同时引起国内外医药保健品同行的重视，并得到诸多殊荣，2001 年，贺明哲被英国皇家医学院聘请为该院自然科学及天然药物中心客座课题教授，他研究的"鲜汁天麻保健品及其制备方法"成果，获"英国皇家医学院自然科学及天然药物金皇冠奖"，这是英国皇家医学院首次在中国大陆聘请研究学者，首次将最高的奖项授予中国大陆的中医执业者及中医药及保健品的研制者，2002 年 12 月，由《人民画报》社，中国社科院，《中央画报》社三家编辑的《共和国专家成就画展世纪珍藏本》，贺明哲被入选为中华人民共和国医药专家。而早在 20 世纪 80 年代，贺明哲还入选《中国当代发明家》，同时，贺明哲写过多篇著作、论文，都在国内外刊物上发表，很多医药杂志都将贺明哲老先生刊作封面人物，颇有影响力。

而由贺明哲研制生产的贺尔康久宁膏，贺尔康特色蜂蜜获得多项国家发明专利，特别是久宁膏和鲜汁天麻蜜，荣获"香港新技术新产品金奖"，2001 年，荣获"第三届中国国际发明展览会银奖"，2001 年在第二届中国国际保健节上被评为"十佳保健品"，2001 年在香港召开的第四届全球华人医学大会上获"国际绿色保健产品金奖"，贺尔康产品还作为香港回归、红军长征 60 周年纪念会、民交会，昆交会等国家级和省级会议指定礼品，馈赠贵宾。在纪念抗战胜利 60 周年时，胡锦涛总书记为贺明哲老先生颁发抗日英雄奖章。2009 年 7 月 15 日，中央电视台张悦和黄薇主持的"夕阳红"栏目"百岁传奇——贺明哲"详细介绍了他的一生。

2011 年逝世，享年 102 岁。

（364）江英华

江英华（？—1938.4）　云南人，中央陆军军官学校第十一期毕业，台儿庄大战时任一四〇师八三九团二营上尉连长，战斗中暂归一八四师指挥参加禹王山防守，阵亡殉国。

（365）李邦藩

李邦藩（1900—1949）　号昱明，湖南武冈人。黄埔军校武汉分校第三期步科、中央军校高教班第三期、陆军大学将官班乙级第一期毕业。

历任国民革命军排、连、营、团长，第六路军补充二旅副旅长、旅长、广州防空司令部步兵指挥官。

抗战期间曾任第九集团军副参谋长，1945年12月任云南警备总司令部副参谋长，1946年任中央军校步兵科少将科长，1948年任中央军校教育处副处长兼第二十三期学生第二总队总队长，1949年12月21日，在四川大邑与解放军作战中阵亡，时年49岁。

（366）李韵涛

李韵涛（1898—1963）　原名松，字韵涛，后以字代名。云南省澄江县凤麓镇东门人。黄埔军校高等教育班第三期毕业。

长年在国民党滇军中任职。新中国成立后，任云南省第一、二、三届人民代表大会常务委员会委员，云南省政协一、二、三届常委。

出身城镇贫民家庭。小学毕业后，为生计在滇越铁路当劳工。奋志从戎，赴广州考入驻粤滇军第三军干部学校学习，毕业成绩优异，被保送入黄埔军官学校第三期高级班深造，留校任中尉连长。后被任命为第六十军司令部参谋处第三科上校科长，在台儿庄战役中，协助军长卢汉指挥作战，重创顽敌。

1943年，升任九十三军暂编二十二师少将副师长。

1945年，调升少将师长。抗战胜利后，滇军奉令开赴越南受降。

1946年4月1日，驻越滇军奉令北上打内战。5月，一八四师潘朔端部即在辽宁海城起义，李韵涛内心踌躇不安，长期请假在沈阳、北平养病，借故报请"剿总"批准退役，于1947年冬，回滇。后被任命为云南省政府第九行政区督察专员兼保安司令赴缅宁理事。

1949年春，调任暂编七十四军副军长。随卢汉参加云南和平起义。

历任云南省人民政府参事室参事、云南中苏友好协会常务干事、民革云南省委常委等职。

1958年，到昆明西郊劳动，因工棚倒塌压断肋骨，疗养期间中风瘫痪久治无效，于1963年病逝于昆明，享年65岁。

（367）廖定藩

廖定藩（1906.2.6—1949.4.21）　字惠源，湖南湘乡人。中央陆军军官学校军官训练班第一期毕业。

1927年入国民革命军第二军（军长鲁涤平）当学兵，旋升任第二军教育团第一大队第四中队少尉中队附。6月调任第三十九师（师长岳森）第一〇五团（团长朱刚伟）第一营第二连少尉排长。

1928年2月所部改称第四十九师（师长岳森）第一四五团（团长朱刚伟）第一营第二连，升任中尉排长。12月所部改编为第四集团军（总司令李宗仁）暂编第七师（师长谭道源）第二十二旅（旅长李云杰）第四团（团长俞业裕）第一营第二连，仍任中尉排长。

1929年1月所部改称第五十师（师长谭道源）第一四九旅（旅长李云杰）第二九七团（俞业裕）第一营第二连，仍任中尉排长。

1931年12月升任第五十师（师长岳森）第一四九旅（旅长朱刚伟）第二九九团（团长张有恒）第三营第八连上尉连长。

1932年9月考入中央军校军训班第一期学习。

1934年6月军校军训班毕业后派任第五十师军士训练大队上尉队长。

1936年5月调任第五十师（师长成光耀）第一四九旅（旅长朱刚伟）第二九八团（团长李作雄）第二营上尉营附。

1936年11月5日叙任陆军步兵上尉。

1938年8月升任第五十师（师长张琼）第二九八团第二营少校营长。

1939年3月所部改称第五师补充团（团长杨培德）第二营，仍任少校营长。11月调升第一九八师（师长王育瑛）第五九三团（团长李达材）中校副团长。

1943年1月23日晋任陆军步兵少校。2月升任第一九八师（师长叶佩高）第五九三团上校团长。

1945年4月30日晋任陆军步兵中校。

1947年4月第一九八师整编为第一九八旅（旅长刘金奎），仍任第五九三团上校团长。7月7日获颁胜利勋章。12月升任整编第一九八旅（旅长张纯）上校副旅长。

1948年9月调升暂编第五十七师（辖三团）少将师长。暂五十七师改称第二九一师后（辖三团），仍任少将师长。

1949年4月21日，在江苏丹阳与人民解放军作战时阵亡，时年44岁。

（368）冷　克

冷　克（1910—?　）　奉天（今辽宁）铁岭人。东北讲武堂东北陆军军士教导队肄业，南京中央陆军军官学校第十期第一总队步兵科、军事委员会军官外语训练班第四期、陆军大学正则班第二十期毕业。

东北陆军军士教导队肄业后，去东北军服务。1931年，九一八事变后，随军撤退关内。1933年7月，考入南京中央陆军军官学校第十期第一总队步兵大队步兵第一队学习，1936年6月，毕业。继入军事委员会军官外语训练班学习。

抗日战争全面爆发后，随部参加淞沪会战、台儿庄战役诸役。历任国民革命军陆军第六十军步兵团排长、连长、营长、中校科长、上校督察官。1944年1月，考入陆军大学正则班学习，1946年5月，毕业。

抗日战争胜利后，任陆军第六十军司令部参谋处处长、副参谋长兼教导团团长。1947年，任国防部战地视察第二组少将组长。1948年12月，在辽沈战役中被人民解放军俘虏。

中华人民共和国成立后，在关押战犯管理所学习与改造。

1975年3月19日，获刑满释放。安置抚顺市就业，晚年，定居辽宁省抚顺市新抚区凤翔路寓所。

1989年，作七律诗"怒潮歌未残"遥寄金门黄埔同学。

著有《南京设防前后》(载于中国文史出版社《文史资料存稿选编——全面内战》中册)等。

（369）令狐禹畴

令狐禹畴（1913—?　）　贵州桐梓人。中央军校第八期步科毕业。

1936年2月任第一四〇师七一八团三营营长，1938年春参加徐州会战，5月任第二集团军游击总队副总队长兼三营营长，深入敌后开展游击战，在当地群众的支持下和八路军游击队配合下，顺利完成任务。后参加第一、二次长沙会战，1949年11月任国民党西南军政长官公署第三六九师少将师长，同年12月16日在四川沙湾起义。

（370）刘宗繁

刘宗繁（1916—1938.4）　贵州贵阳人，黄埔军校洛阳分校第三期二大队毕业。

第一四〇师八三五团一营二连中尉排长，台儿庄大战禹王山争夺战中英勇战斗，怀抱集束手榴弹滚到日军坦克之下，与敌人同归于尽！牺牲时年仅22岁。原国民党二十五军军部参谋处处长刘宗芬的胞弟。

（371）龙泽汇

龙泽汇（1910—1991）　云南昭通人，彝族。是龙云的侄子、卢汉的内弟。中央军校第八期，陆军大学将官班乙级第一期毕业。

曾任国民革命军连长、营长、中校参谋。抗日战争时期，随部队参加了台儿庄战役等。

1940年，任第一集团军总部特务营营长，后任第一集团军副官处处长。

1943年3月，任第三十六补训处第一团团长。

1945年6月，任第一方面军兵站司令部司令，11月，任第九十三军暂编第二十二师少将师长。

1948年5月，任第九十三军副军长。

1949年2月，任云南省保安第三旅旅长，10月，任第九十三军中将军长。

1949年12月9日，率部随卢汉在昆明起义。

中华人民共和国成立后，任解放军第十三军副军长、云南军区副军长，云南省林业厅厅长、云南省体委副主任、云南省第三至五届政协副主席，云南省第六、七届人大常委会副主任，民革中央委员、民革云南省委主任委员。是第四、五届全国政协委员，第六届全国政协常委。

1991年3月3日，在昆明逝世，享年81岁。

（372）卢　峻

卢　峻（1904—1953.9）　号嵩岚，彝族，云南威宁县四甫乡（今雪山镇灼甫管理区）人。出生于一个农民家庭，幼年读过私塾，青少年时代，曾在家乡的明德小学和昭通的宣道中学读书。生长于封建割据、军阀混战的年代。社会极不安宁，兵结匪，匪连兵，横行霸道，无所不为。当时，农村的有钱人家，都纷纷购买枪弹，筑营盘建碉堡，以防卫兵害、匪患。现在，到处可见营盘、碉堡的痕迹，这就是过去动荡年月的历史见证。中央陆军军官学校第五分校（昆明）十二期毕业。

　　1916 年，他二哥卢世贤（卢盖凡），在贵阳读书期间，响应蔡锷将军讨袁护国的号召，毅然投笔从军，参加了讨伐窃国大盗袁世凯的"护国军"，受命回威宁筹饷募兵，这一壮举，在年轻的卢嵩岚心中产生了深刻印象。

　　1935—1937 年，他到国民党中央军校五分校学习（有两年在部队，也曾返回威宁）。

　　1937—1938 年，在六十军一八二师任服务员。

　　1938—1940 年，奔赴抗日前钱，参加台儿庄战役，任六十军一八二师警卫连连长。

　　他凭着抗日爱国热情，不惜抛头颅、洒热血，冒着枪林弹雨，将负伤师长安恩溥背下火线。他英勇作战，两次负伤，荣立二级军功。

　　1940—1941 年，任云南省第一集团军总部副营长。

　　1941—1944 年，由于蒋军内部倾轧，他解甲回乡。

　　1944—1948 年，任滇军独立旅突击队营长。

　　抗日战争胜利后，蒋介石强行改组云南，迫使龙云下台。卢嵩岚既不满国民党的统治，也不愿追随蒋介石打内战，就把在昭通独立旅突击队的部分人马带回威宁，出面维持乡政，任四甫乡乡长。

　　他自身拥有三个分队的武装，约 100 多人枪，是威宁西北实力较强的武装头领之一。由于他英勇善战，抗日有功，在群众中享有一定的威望。

　　1949 年春，中共滇东北地委和六支队党委，曾派中共地下党员付发聪为代表，到威宁做卢嵩岚的工作。9 月，在党的政策感召下，他毅然率部投入革命，全部队伍交给共产党领导。10 月，授予"中国人民解决军滇桂黔边区纵队第六支队威宁游击团"番号，同时任命卢嵩岚为团长。

　　参加革命后，多次和解放军的师、团长接触，深受革命军队军容、军纪的影响，对人民解放军官兵一致、纪律严明的好传统好作风赞口不绝。

　　在他指挥下，威宁游击团先后同国民党溃军进行过两次艰苦卓绝的战斗，在激烈的战斗中，左臂中弹负伤，仍然坚持指挥，继续战斗。他负伤不下火线的行动，鼓舞着全团指战员，出色完成了阻击任务，受到了毕节军分区的赞扬。

　　1950 年 4 月 23 日，威宁游击团奉中国人民解放军四十三师命令，阻击国民党军李弥兵团残部仝登文团，他和陆宗棠亲自布置、指挥。以不足 4 个连的兵力，向三倍于我、全副美式装备的国民党正规军在团箐展开决战。团箐一仗，他右臂骨被打断致残。在昭通住院治伤期间，第四十三师师长张显扬亲临医院探望，对他指挥游击团夺取团箐战斗的胜利，给予高度评价。

　　1950 年 8 月，威宁游击团奉命改编为"中国人民解放军步兵四十三师特务团"，他仍任团长。

1950年12月，第四十三师特务团调归毕节军分区指挥，他率全团配合解放军进行剿匪。

1951年1月，该团再次整编，调任毕节专区政治协商委员会副主任，毕节专区民族事务委员会主任。

1953年9月，在贵阳逝世，终年49岁。

（373）卢浚泉

卢浚泉（1899—1979.9.20）　彝族，云南昭通炎山人。幼孤，是遗腹子，母亲多病，依靠卢汉的母亲抚养，从小和卢汉一块读书长大，卢汉的幺叔。1922年，入云南陆军讲武堂第十八期。1924年，入黄埔军校轮训班，后留校任第三期学生队区队长、入伍生第一团第三营连长、营长。

在昭通小学毕业后，1918年，考入昆明成德中学，毕业后，志愿从军。1922年，入云南陆军讲武堂第十八期。历任唐继尧、龙云滇军中下级军官。1924年，选送黄埔军校轮训班，后留校任第三期学生队区队长、入伍生队第一团第三营连长、营长。

1927年，回云南在卢汉的第九十八师任中校参谋，继任龙云讨逆军第十路总指挥部军官候补生队大队长，组训军事干部。

1930年，调任第九十八师第三旅第六团营长。1931年，升任讨逆军第十三路总指挥部（总指挥龙云）卫士大队（警卫团）大队长。

1933年，任云南省补充大队（团）大队长。1935年，编成龙云的近卫一团。1937年，龙云以近卫第一团为基础，扩编为近卫第一旅，以卢浚泉任旅长。

卢沟桥事变后，任第六十军第一八二师第一旅旅长。1938年4月，第六十军调到河南兰考、商丘一带，归第五战区司令长官李宗仁指挥，担任维护陇海路后方补给线的任务，后接防台儿庄。4月22日，拂晓六十军东渡运河，进驻台儿庄。立即与日寇遭遇并展开激战，坚守阵地27天，击退日寇无数次进攻，保住了台儿庄。卢浚泉所在的一八二师及一八三师打得只剩一个团的人员，损失官兵四分之三。随后，第六十军于5月下旬转移至河南周口，6月上旬，又奉命开赴湖北黄麻一带，参加武汉会战。

1941年，近卫第一旅改编为陆军暂编第十八师，卢浚泉任少将师长。1943年，继任第一集团军第一路军指挥官，指挥暂编第十八、二十、二十二师 3 个师。1944 年，该路军编为陆军第九十三军，卢浚泉升任中将军长。

抗战胜利后，卢浚泉率部随中国第一方面军（司令官卢汉）进驻越南北方接受日寇投降。兼任越南首府河内的警备司令。

蒋介石用武装改组云南省政府，解决龙云后，命令卢汉将第六十、第九十三两个军开赴东北，参加反革命内战。第九十三军于 1946 年 6 月抵达东北，驻防锦州及其附近地区，归东北保安司令长官杜聿明指挥。

1948 年 3 月，卢浚泉兼任锦州警备司令，5 月间，任第六兵团司令官。

1948 年 10 月 15 日下午，东北"剿总"副总司令兼锦州指挥所主任范汉杰与第六兵团司令官卢浚泉、副司令官杨宏光、第九十三军军长盛家兴等人被解放军俘虏，锦州即告解放。

被俘后，受到东北军区司令员林彪的接见，卢浚泉给第六十军曾泽生军长发电报，告知锦州守军已被全歼，希望不要再抵抗。

先后在东北、北京等地学习改造。

1959 年，被特赦，安排为政协云南省委员会秘书处专员。

1978 年，被特邀为第五届全国政协委员。

1979 年 9 月 20 日，在昆明逝世，享年 80 岁。

著有《锦州国民党军被歼记》《防守红军过普渡河的回忆》等。

（374）潘朔端

潘朔端（1901—1978.9.14）　又名潘燮，字孝源，别号盛坤，云南省威信县长安乡人。黄埔军校第四期步兵科毕业后，留校任第五期入伍生队排长。

幼时在家乡私塾就读，从《三字经》《百家姓》到"四书五经"，孔孟之道和封建伦理道德对他有一定的影响，但他也从所学的诗文中，吸取了比较积极的思想。他常把"先天下之忧而忧，后天下之乐而乐""富贵不能淫，贫贱不能移，威武不能屈"作为座右铭和为人处世的准则。他性格倔强，好抱打不平，对历代许多英雄十分崇敬。他最喜爱读岳飞的《满江红》、文天祥的《正气歌》《过零丁洋》，以及辛弃疾、陆游等人的爱国诗词。他的夫人宋平女士回忆，直到晚年，还常听到他吟诵这些诗词。1918 年，潘朔端不顾家人的反对，只身前往昆明，考入云南省立第一中学。在课堂上。他聆听爱国教师的讲课，开阔了眼界，增长了不少新知识。尤其是孙中山先生的三民主义主张，给了他很大的启迪，他一心向往革命策源地——广州。1924 年，潘朔端在省立一中 12 班毕业，回家筹集去广州的路费，谁知他大哥坚决不同意，分文不给，还想强迫他与一个不相识的女子结婚。后来又提出要他到镇雄城里谋个高等小学教员，或是谋个长安乡的保董来当，这样潘家就可以光耀门庭，大振家声了。潘朔端坚决不从，执意要前往广东，寻找救国救民的道路。最后，大哥只好让步，答应为他筹措路费，让他出去。在黄埔军校的两年中，周恩来讲的《军事运动与农民运动》，恽代英和肖楚女讲的《中国民族革命史》和《社会主义问题与社会主义》等课程，给他留下很深刻的印象。特别是周恩来讲到孙中山先生三大意愿："统一广东，统一中国，打倒帝国主义"，对他触动非常大。他反复思考后得出结论：不打倒军阀，不打倒帝国主义，中国绝不会复兴。他决心做一个革命军人，并立志为革命理想奋斗一生。

全面抗战开始后，晋升为第六十军一八三师一〇八一团上校团长，率部开赴抗日前线。在台儿庄战役中带领先头部队奋勇杀敌，裹伤指挥作战，坚守阵地至后续部队到达，立下战功，被国民政府授予一级宝鼎勋章。后还参加过武汉会战、长沙会战。

1945 年，任一八四师师长，同年 9 月，入越南接受日本投降。

1946 年 5 月，率部在海城宣布起义，成为内战初期，国民党第一个起义将领。10 月加入中国共产党。

后历任东北民主同盟军军长、东北嫩江军区副司令员，1949 年 6 月任中国人民解放军第四野战军第十二兵团副参谋长、西南军政委员会委员、中共昆明市委常委、昆明市市长、昆明市革命委员会副主任。

第一至第五届昆明市人大代表、第一至第四届全国人大代表、第四届省政协常委、第五届全国政协委员。

1955 年，中央军委授予其国家一级解放勋章。

1978 年 9 月 14 日，因病逝世，享年 77 岁。

著有《海城起义经过》《第六十军一八三师参加台儿庄会战片断回忆》等。

（375）彭诗圭

彭诗圭（1899.10—1951.8.25）　字复白，湖南省湘乡县月山乡洲上湾人。湘军讲武堂第一期步兵科、黄埔军校教官、南京中央军校高等教育班第三期、陆军大学第十三期、中央训练团将官班毕业。

童年好学上进，熟读"四书五经"，为乡邻所称许。1911年，彭诗圭入湘乡县东山高等学校读书，1913年，考入省立长沙甲种工业学校学习。求学期间，目睹军阀混乱，列强蚕食，立志投笔从戎，于1918年入衡阳镇守使署当兵，参加护法联军，与北洋军作战。1922年，入湘军讲武堂第一期步兵科学习，毕业后任湖南陆军排长、连长，参加了谭赵战争。1923年，彭诗圭随军入粤，参加讨伐陈炯明之役。1924年，奉调广东韶关湘军讲武堂（即国民革命军第二军官学校，后合并为黄埔军校），先后担任第二、三、四、五期教官、学生队队附、队长、大队长。1926年，彭诗圭任国民革命军第二军第五师中校团参谋长，参加北伐战争，随部攻克吉安、南昌，升任师参谋长，随军光复南京。

1929年，任第二军第一旅第二团上校团长。1930年中原大战爆发，彭诗圭率部参加开封、十字河、朱仙镇之役，曾以一团兵力击溃敌军一个师，并促其投降缴械。1931年部队入赣，奉命参加第一次"围剿"中共苏区，在东韶失利。1932年春，彭诗圭任第五十师第一四八旅上校副旅长。1933年，彭诗圭任少将旅长。1934年夏，彭诗圭入南京中央军校高等教育班第三期受训。1935年7月，彭诗圭考入陆军大学第十三期学习，后奉令回原部任职。

1937年7月抗日战争全面爆发后，第五十师第一四八旅暂留后方担任粤汉铁路宜章至岳阳段的护路任务。1938年3月台儿庄会战开始，第五十师奉命增援徐州战场。彭诗圭适母丧回籍，受命后移孝作忠，迅即率部奔赴台儿庄前线，参加战斗。同年秋，彭诗圭任军政部少将部附。1944年夏，日军入侵湘乡，彭诗圭被借调任第七十三军少将高参，协助彭位仁抗击日军。抗战胜利后，彭诗圭仍被调回军政部。

1946年，入中央训练团将官班受训。1947年春，蒋介石接见彭诗圭，命其接任鲁南某整编师师长之职，彭诗圭拒就，并申请退役还乡。曾赴中山陵祭拜国父，对蒋介石专制独裁加以谴责，祷告不能追随完成革命大业之宏愿。同年6月24日退役解甲归田。11月21日，彭诗圭被国民党政府铨叙部授予陆军少将军衔。1949年春，彭诗圭应陈明仁之邀出任第七十一军少将高参兼长沙警备司令部湘乡军警稽查处长，积极配合、参与湖南和平解放进程。同年8月4日，彭诗圭率部在湘乡起义。

新中国成立后，奉命入湖南军政大学学习，却因故耽误了入学时机。后加入了以运送军粮为主业的"济安运输公司"工作。

1951年8月25日，彭诗圭因被人诬告私藏手枪两支而被湘乡县公安局判处死刑，终年 52 岁。

1985 年 8 月 31 日，湘乡市人民政府为彭诗圭平反，恢复名誉。

（376）盛家兴

盛家兴（1904—1985）　别号仲宾，祖籍江苏南京，出生于云南下关。黄埔军校第五期政治科、陆军大学第十期毕业。

1925 年在上海求学时，目睹日本帝国主义者制造五卅惨案，以满腔爱国热忱，愤而投笔从戎。考入黄埔军校第五期。毕业后，分配到国民革命军第一师任排长，参加北伐，后来到南京，在陆军教导第一师历任排、连长、营长。1931 年考入陆军大学第十期，毕业后，继续在本校研究院深造。1936 年，留校任战术教官。

七七事变后，任六十军一八三师参谋长，参加鲁南台儿庄战役。1939 年，应第七十一军军长宋希濂之邀，任该军参谋长。在晋东南参加抗战。后任第一集团军总司令部副参谋长，1940 年 9 月任第一集团军参谋长。参加了武汉会战、滇缅会战等。1941 年冬任军政部第三十六补训处处长。1945 年 3 月任第一方面军少将总参议。1946 年任第六兵团第九十三军副军长，赴东北参加内战。1948 年 3 月任第九十三军中将军长，驻防锦州。1948 年 10 月 16 日在锦州战役中与范汉杰等在辽宁锦州被人民解放军俘虏。

1949 年，调解放军东北军区司令部研究室任研究员，编写过《陆军编制装备之研究》与《兵役制度之研究》等资料。1950 年 7 月，调齐齐哈尔东北军政学校任教员。同年在沈阳开办高干训练队。1951 年调南京军事学院任战术教员，因成绩显著受到刘伯承院长的表扬。

1955 年转业到安徽省教育厅工农教育处任副处长，安徽大学图书馆主任，安徽省人民政府参事，安徽省政协常委，民革安徽省委常委，民革中央团结委员。

1980 年由安徽回到云南，任省人民政府参事，云南省政协委员。

1985 年 5 月 20 日在昆明病逝。

著有《第九十三军锦州被歼概述》《陆军大学战术史回忆》《辽沈战役亲历记》《滇军六十军台儿庄战役回忆》等。

（377）苏景泰

苏景泰（1908—1949）　又名锦泰，别号怀东，云南云山人，云南省立成德中学、云南陆军讲武堂第十八期步科毕业。中央军校南宁分校第五期军官训练班毕业。

历任讨逆军第十路军第三旅五团排长，云南保安第三旅第六团连长。

抗日战争全面爆发后，任第六十军军部上尉参谋，第一八三师一〇八二团少校团副，第一集团军特务团团副，第一八三师五四七团第三营中校营长、第九十三军暂编第二十三师一团副团长、团长，1946年后，任第九十三军暂编第二十二师副师长。

1949年4月23日，在太原与人民解放军作战身亡（有说1947年9月14日，被东北人民解放军俘虏），时年41岁。

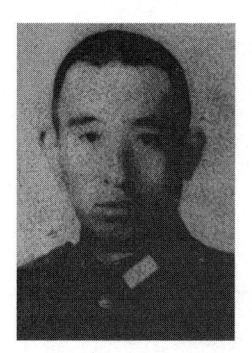

（378）谭 心

谭 心（1906.2.22—1951）族名注谦，初字作鑫，改字觉民，以字行。曾用化名醒吾。四川省威远县新店镇马鞍井人。黄埔军校第五期、陆军大学特四期毕业、美国驻中缅印陆军军官战术学校第一期毕业。

谭氏先祖自清初入川，世居威远西乡谭家冲，以耕读传家。其父名德鑫，号怀江，自幼失怙，随母迁居南乡马鞍井，耕种自家田土。后娶妻饶氏，育子女九人，谭心居长。

自幼入私塾，1915年，考入县立模范小学，因读书较为刻苦，国文成绩优秀，为校长傅振群和教师周君坞、李倩云、黄超子赏识，1917年，破格升入县立高等小学。1919年，考入县立初级中学，因该校在省府立案未准，临时停办，转入荣县中学就读。读书期间，其父因借高利贷做生意失败，家道中落，谭心"尚差一年毕业，即以学费无着而废学"。经老师傅振群介绍任新店观音堂国民小学教员，教学一学期。再经同乡介绍赴荣县"海天阁书店"当店员，其时正值五四新文化运动之后，各种新书籍新报刊已传入川内。谭心白天买书，晚上则得以阅读《新青年》《东方杂志》等进步书籍。

1924年，经父母包办，回家与威远南乡韩家塘人陈子琴结婚。1925年8月12日，长子谭自非（后改名浪仙）出生，谭心在家邀请同学陈桓等人吃喜酒。席间，两人商议投考广州黄埔军校。同年11月17日，谭心与陈桓等人背着家人到自流井，乘运盐船出邓关经泸州到重庆，改乘客轮直到上海。经吴玉章、廖划平出具介绍，二人赴广州投考黄埔军校。

　　1926年1月，谭心和陈桓参加了黄埔第四期最后一次招生考试，编入入伍生部。3月，入伍训练期满，陈桓编入第四期步兵科，谭心因名额限制，编入第五期入伍生第一团。同年9月，升入黄埔军校第五期工兵队。在校期间，加入国民党并"受《向导》周刊与彭述之文章鼓动"参加中国青年军人联合会，积极参与该会活动。同年冬，随黄埔五期工兵队迁往武昌，参加北伐，编入国民革命军第一军学生队，参与"贺胜桥与武昌攻城之役及南浔路、涂家埠、乐化、吴城、南昌之役"。南昌克复后，随队回武昌继续受训。

　　1927年6月"宁汉合流"后，在南京因"共产党嫌疑"被捕入狱，关押两个半月，经邵力子、胡逸民先生保释出狱。8月，于军校毕业，分发国民革命军第一军第二师第二团任少尉排长。其时同乡官全斌（黄埔一期毕业）任该团营长。继后，谭心随官全斌参加了龙潭之战。战后，官全斌升任上校团长，他升任上尉连长。后又随官全斌转战徐州、济南、武汉、郑州。1930年10月，官全斌兼任郑州市公安局局长时，任命谭心兼任市公安局第二分局局长。其后调陆军第八十师工兵营任中校营长，曾先后在豫鄂皖边界与红四军徐向前部作战及与江西、福建之工农红军作战。

　　1935年6月，经同乡曾扩情和黎天才介绍任军事委员会委员长武昌行营主任张学良侍从参谋。10月，"西北剿匪总司令部"在西安成立，张学良委任谭心为总司令部第一处上校科长，主管后勤补给。西安事变之前，谭心奉张学良之命，在西安城内金家巷秘密与"延安方面派来人员交换军事资料。"1936年12月，由张学良推荐考入陆军大学特别班第三期受训。

　　卢沟桥事变后，前线急需指挥人员，他中断学业，奉调陆军第一四〇师任八三五团团长。1938年2月，谭心率八三五团开赴潼关沿黄河南岸布防以迟滞日军进犯速度。同年3月，当台儿庄激战之际，又奉命开赴禹王山接替六十军防务，与日军作战。徐州会战后，升任一四〇师参谋长，并率部开赴湖北荆州、沙市整训。9月下旬，武汉战事吃紧，一四〇师奉命开赴武汉城内增加防御力量，随后又赴武汉外围参战。谭心协助师长宋思一指挥部队先后在大冶、阳新、通山、咸宁、蒲圻等地与日军作战。武汉失陷后，率部向鄂南、湘北转移。转移途中，发现日军一个联队企图侧袭友军，谭心当即派八三五团一营向该股日军突击，毙敌300余人，此举受到第二军军长李延年嘉奖。1939年10月，第一次长沙会战后，谭心赴贵州遵义入陆军大学特别班第四期继续受训。

　　1940年4月，陆大毕业后，任重庆卫戍司令部参谋处第一科上校科长。次年春，调任军政部第十五补充兵训练处上校团长。其后，补训处改编为陆军九十三军暂编第二师，谭心任该师第四团上校团长，旋升任该师参谋长，并兼任军警联合稽查处处长。在渝期间，与陈少卿（湖南人，南岳游干班毕业）结婚，并支持其参加由宋美龄组织的"中华妇女抗日服务队"。随后，谭心奉令飞赴印度兰姆迦参加了由史迪威将军创办的美国驻中缅印陆军军官战术学校第一期的训练，回国后仍回暂编二师。1944年4月，暂编二师移防新津县负责美军军用机场的对空防御，利用"流动式高炮和高射机枪，保卫美军第十四航空队B-29重型轰炸机及机修人员安全。抗战胜利后，获胜利勋章和忠勤勋章。

1947年夏，国民党陆军整编第七十二师在山东泰安遭中国人民解放军华东野战军击溃，旋再次组建时，谭心调该师任参谋长，率部在山东、苏北黄泛区与人民解放军作战。此间，谭心曾向师长余锦源建议释放所俘解放军官兵20余人，此事在军中震动颇大。1948年9月，谭心改任第十二军新十五旅旅长。不久，该旅改番号为二三三师，谭心充任师长，国防部授以少将军衔。

淮海战役（又称"徐蚌会战"）前夕，谭心调任第七十二军副军长。战役之初，第七十二军编入第十六兵团战斗序列（1948年11月后，归属第二兵团建置，下辖第三十四、一二二、二三三师），"集结津浦线上梅花山及其以西九里山，兼守备徐州机场"。1948年11月19日，黄百韬兵团被华东野战军围于徐州以东之碾庄地带。徐州"剿总"司令刘峙乃急令第七十二军增援。20日，第七十二军在碾庄外围，遭解放军猛烈阻击，伤亡惨重。22日，黄百韬兵团被歼。随后，徐州"剿总"副总司令杜聿明将黄百韬第二十五军残部以及鲁西之地方团队编为第四十四军（属第二兵团，辖第二八七、二八八师），特委谭心任军长，萧德宜为参谋长。其后，因第四十四军在四川重新组建，国防部遂改杜聿明之第四十四军为第一一六军，谭心仍任该军军长。

1948年11月底，蒋介石令杜聿明放弃徐州，率部南撤。溃退途中，孙元良兵团被歼。12月7日夜，杜聿明所部即在河南永城东北地带遭人民解放军重重包围。第七十二军奉令布防于青龙集，守备唐河东西两岸，与华东野战军第十纵队形成相峙状态。迨至年底，天气大变，雨雪交加，粮弹无给，人心惶惶，解放军乘势发起政治攻势，国民党军队士气大衰，逃者不计其数。谭心曾对一二二师师长的同乡熊顺义说："天时地利于我不利，求和方为出路。"

1949年1月6日，中国人民解放军发起总攻。当夜，华野第十纵队突破第七十二军唐河东岸阵地，双方展开激战，第七十二军伤亡惨重，步步退缩至胡庄。8日，华野第十纵队前锋仅距第七十二军军部地下掩体300余米。在外援无望之下，谭心为顾及全军将士生命，经其一夜冷静思考乃痛下决心，向解放军投诚。次日清晨，谭心亲赴第七十二军二三三师阵地与该师师长徐华以及第三十四师师长陈涣浦等秘密商议投诚一事，取得共识后，遂派第二三三师特务连连长杨法治带两名通讯兵，手执白旗，牵拉电话线至解放军阵地，并表示"愿意放下武器，请求派代表谈判"。华野十纵认为一名连长不够资格，谭心改派二三三师参谋长余勋闳出面。

9日下午5时，华野第十纵队前方指挥所政委宫愚公、副团长雷英夫等三人与余勋闳在双方警戒线上开始谈判。其间，第七十二军一二二师师长熊顺义奉令来到军部。谭心对他说："这个仗打不下去了。我们不能作无谓的牺牲，与共军联系，大家不打了，都是中国人，自己拼什么？共军已经答应，只要我们不打，保证我官兵生命安全。"谭心问熊顺义是否同意，熊顺义立即表示："事已到此，大势所趋，当然大家跟着走。"数小时后，双方达成协议：一是双方立即下令停火，避免冲突；二是第七十二军放下武器，保证安全，连以下官兵，由解放军安排，营以上官佐全部释放；三是为避免第七十二军官佐回国统区受到迫害，此次战场起义改为秘密投诚，新华社不刊登消息。待协议签字时，第七十二军军长余锦源尚犹豫不定。华野十纵八十七团派到七十二军指挥部的一名营教导员当即声称："时间不多了，我方炮兵早已等不及了。"言毕起身欲走，谭心乃立身疾呼："再不缴械，全军将死无葬身之地。"到此，余锦源方才勉强签字。第七十二军一万五千名官兵正式投诚后，全体官兵按解放军规定路线，于当日深夜进入华野纵队阵地缴械。10日，淮海战役结束。

谭心投诚后，被护送至华野总部集训。其间，在华野政治部编辑的《新生报》上以"醒吾"化名发表过《历史重演》《解放军人物印象记》等文章。1949年2月6日，谭心由华野政治部主任唐亮、副主任钟期光亲自签署通行证，并派人护送至安徽蚌埠。1月底，谭心辗转返回南京与家人团聚。随后，国防部参谋总长顾祝同即令其仍任第七十二军副军长，负责收容在宁官兵，后因特务密告其在"徐蚌会战中有通敌嫌疑"而遭免职。1949年5月，谭心心灰意冷，执意解甲归田，遂带家眷回重庆，年底返乡。

1950年初，谭心被威远县公安局逮捕。次年，于狱中自缢身亡，时年45岁。

1983年6月，中国人民解放军南京军区政治部致函中共威远县委统战部，确认原国民党七十二军副军长谭心系起义投诚人员。同年11月，威远县公安局按照对起义投诚人员"既往不咎"的政策，予以平反纠正，恢复起义投诚人员名誉。

（379）万徐如

万徐如（1899—1951.11.16） 贵州贵阳人，黄埔军校第三期步科毕业。

1926 年由国民党中央保送苏联莫斯科中山大学第一期学习。1929 年回国，历任国民革命军团政训副主任、主任，师政治部主任。后入陆军大学参谋班及将官训练班学习。

抗战期间，曾任第八军一四〇师八三七团团长，第八军副参谋长等。参加了忻口会战、台儿庄战役、徐州会战、松山战役等。

抗战胜利后，退伍还乡。1949 年在贵州省政府任职。

1951 年镇反扩大化时，被处决，时年 52 岁。

1984 年 4 月 20 日，平反，按起义人员对待。

妻子兰淑华，1942 年大夏大学毕业。一生从事教育事业。生前在贵州省科学院中共，是民革党员。1957 年反右运动中，在"帮党整风，提意见"时，她谈到丈夫万徐如的问题，而被定性为：为反革命分子鸣冤叫屈，妄图翻案。被打成"右派"。

生有四子、二女。长女万洁卿（解放前，随夫唐政去台湾，晚年回贵阳定居，2009 年去世），长子蓝厚坤（现已 90 高龄，西安大学退休教师，居住西安），次子蓝强（乳名松生，1944 年出生时，因其父正于松山战场浴血奋战而得名），三子蓝勇（企业家，创立了"徐如特殊家庭救助基金会"），四子蓝毅（一直在蓝勇公司及"基金会"工作），小女蓝星（"文革"前知青，教育工作者，现已退休）。

（380）王秉璋

王秉璋（1890—1951.1） 字元九，白族，云南鹤庆人，保定陆军学校第六期步兵科毕业后留学日本，回国后出任云南陆军讲武堂教官，是叶剑英元帅的老师。中央军校第五分校少将副主任兼教育处长。

1917 年任云南陆军讲武堂学生队长兼云南省立师范军事教官，1925 年任近卫三团副团长，1928 年任滇军第七师副师长，同年调任云南省军官团副团长，五华山总指挥部教练处处长，1930 年任云南省教导团训练主任，

1931 年 5 月任滇军第五旅十一团团长，1935 年任滇军第九旅十八团团长，1936 年任第九旅副旅长，1937 年 10 月任第六十军一八四师五四四旅少将旅长，出滇参加抗战。

1938 年台儿庄大战时任一八四师五四四旅旅长，治军极严但又体恤士卒，身材高大，红脸黑髯，作战勇猛有韬略，大有关云长遗风，人称"王大军人"。在争夺禹王山战斗中受伤，被护送到汉口后方医院治疗，任伤兵管理处处长。治疗期间，他的学生、中共代表团的叶剑英等代表八路军到医院慰问他；云南省主席龙云也从昆明到汉口慰问他。

1938 年秋任第六十军补充兵训练处处长，1939 年任中央军校第五分校少将副主任兼教育处长，1946 年退役，1948 年任云南省政府顾问，1949 年 12 月在昆明参加起义。

1951 年 1 月，被处决，时年 61 岁。

1982 年 1 月予以平反，恢复起义人员身份。

（381）王若坚

王若坚（1910—2001.7）　贵州兴义人，黄埔军校第八期毕业。曾任国民革命军上校团长、少将处长、代师长。起义后任中国人民解放军长沙高级工程兵学院战术教员、军事科研员。后任湖南省政府参事、北京市人民政府参事。民革党员。

1938 年台儿庄战役时，任第八军一四〇师营长，奉命在台儿庄南禹王山与滇军第六十军共同设伏阻击日军。腿部中弹负伤。1939 年 1 月，任第二十七军中校作战科长，次年 1 月任预八师上校团长，在太行山、豫西、陵川等地参加对日军的作战。曾作为国民党代表之一赴西安陵川拜见了朱德总司令和彭德怀副总司令，协商双方部队活动的界限和范围。

1945 年 8 月，任国民党天津警备司令部参谋处上校处长，1946 年 11 月任国民党东北指挥所少将处长。

1949 年 12 月代表国民党三四三师签字，参加和平起义，被解放军第二野战军任命为起义部队副师长、代师长。在军事装备、汽车、油料等物资方面为解放军西进大军提供了大力帮助。

1950 年 6 月，入解放军西南军政大学高级研究班学习，1951 年 2 月任西南工程兵学校教员。同年 6 月，入湖南长沙高级工程兵学校教员队学习，

1952 年任该校教员。1960 年任长沙工程兵学院军事科研员。

1966 年 7 月转业，任湖南省人民委员会参事室参事，1985 年 4 月任北京市人民政府参事。

2001 年 7 月病逝，享年 91 岁。

（382）王文彦

王文彦（1902—1955）　别号人俊，贵州兴义县景家屯人。黔军少帅王文华堂弟，南京国民政府军政部部长、陆军总司令何应钦夫人王文湘胞弟。黄埔军校第一期第四队，上海大同大学英语专修科结业，陆军大学正则班第十三期毕业。

贵州兴义县立中学堂、上海大同大学英语专修科结业，陆军大学正则班第十三期毕业。自填登记处：贵州兴义县景家屯，通信处：上海静安寺路一九三号寓所。自填入学前履历：曾在本省高等小学毕业，后入南明中学修业三载，民国九年因事到申，事毕在申投考上海大同大学英文专修科，考取后遂在该校修业，直至本年始行退学，投考军官学校。1902 年 6 月 16 日生于兴义县一个官宦家庭。1924 年春到广州，由李烈钧（国民党第一届中央执行委员，前孙中山北伐军大本营参谋总长兼北伐中路军总司令，广州大元帅府参谋总长）举荐投考黄埔军校，1924 年 4 月 3 日经韩觉民（上海《新建设》杂志社主任，上海大学社会系教员、教务长）、周遗琴（上海《新建设》杂志社新闻记者）介绍加入中国国民党。1924 年 6 月考入黄埔陆军军官学校第一期第四队学习，1924 年 11 月毕业。分发任黄埔军校校本部办公厅服务员，教导第一团（团长何应钦兼）团部副官，随部参加第一次东征作战。1925 年 4 月任党军第一旅（旅长何应钦）第一团（团长何应钦兼、刘峙）第一营（营长蒋鼎文）排长，后与宋思一派赴广西执行招兵事宜。1925 年 8 月任黄埔陆军军官学校步兵总队（总队长李赓护）第一营（营长陈继承）分队长、队长。1925 年 8 月国民革命军成立时，任第一军（军长蒋介石兼）第一师（师长何应钦）第一团（团长刘峙）第二营少校营长，随部参加第二次东征战事。1926 年 7 月国民革命军北伐誓师后，先后任北伐东路军总指挥（何应钦兼）部直属宪兵营营长，特务团团长，平定福建进军浙江时晋少将衔团长。1928 年 1 月任国民革命军总司令部军官团教务处少将衔教官，1928 年 5 月该机构并入南京中央陆军军官学校，仍任附设军官团衔少将教官。1929 年 1 月任军事委员会训练总监（何应钦）部总务厅（厅长潘瀚）管理科科长，1929 年 12 月任军事委员会武汉行营（主任何应钦）副官处处长（少将衔），1931 年春任陆海空总司令部南昌行营（主任何应钦兼）副官处处长，兼任"围剿"军总司令（何应钦兼）部和前敌总指挥（何应钦兼）部副官处处长，随部参加对江西红军和根据地的第二次"围剿"战事。1932 年 4 月任国民政府军政部（部长何应钦）参事（1938 年 9 月免参事职），后兼任军政部直属特务团少将衔团长。1935 年 4 月 20 日被国民政府军事委员会铨叙厅颁令叙任陆军少将。1935 年 4 月考入陆军大学正则班学习，1937 年 12 月毕业。1936 年 10 月任改编后的第二十五军（军长万耀煌）第一四〇师师长，该师无旅建制，直辖三个团，所部原为黔军王家烈部队，接沈久成任师长后，吸取过急做法教训，仅以少数随从任司令部职能主官，下属团以下主官均没动，实行较为温和慎重的统驭方式。因其与何应钦关系，使该师武器装备被服逐渐补齐充实，即由原先丙种师升级为乙种师。1936 年 12 月西安事变时，编入"讨逆军"第十二纵队序列，率部参加围剿东北军与西北军的军事行动。该师后隶属第四十七军（军长李家钰）序列。

抗日战争爆发后，所部奉命扩编为三旅六团之甲种师，统辖第四一八旅（旅长李靖化）、第四一九旅（旅长方日英）、第四二〇旅（旅长林丽山），全师员额 10000 余人，率部隶属第八军（军长黄杰）建制，在华北参加抗日战事。1938 年 6 月任第五战区陆军第七十五军（军长周喦）第一四〇师师长，率部参加台儿庄战役，在禹王山战斗中所部损失严重，伤亡达 3000 余人，部队撤退时溃散成两部分。其率余部 1000 余人至泗县，归并孙连仲部第二集团军统辖，整编为游击总队（总队长为李靖化、李祖明），1938 年秋才将所部归编于沙市地区。1940 年 7 月任第三十四集团军（总司令胡宗南兼）第七十六军（军长李铁军）副军长，兼任西安警备司令部司令官，后接宋思一任军政部第八补充兵训练处处长，主持在黔西、大方、毕节一带接收和训练新兵，陆续补充前线各野战部队。1942 年 1 月任第二战区第三十四集团军第八十军军长，1943 年 6 月袁朴接其任军长职。1944 年 4 月任第八战区胡宗南部第三十七集团军总司令（丁德隆）部副总司令，抗日战争期间率部先后参加徐州会战、忻口会战、豫南会战诸役。

抗日战争胜利后，所部裁撤，一度赋闲在南京居住。1945 年 10 月获颁忠勤勋章。1946 年 5 月获颁胜利勋章。后返回贵阳寓居。1946 年 8 月任由第三十七集团军整编的第二十九军（军长刘戡）第一副军长，1948 年 3 月 3 日所部在宜川被人民解放军歼灭，其潜逃出重围返回南京。1948 年 11 月任首都卫戍司令（陈继承）部副司令官，1949 年初离职返回贵阳。1949 年 2 月任设于昆明的陆军总司令部第六编练司令（何绍周）部副司令官，1949 年 6 月任贵州绥靖主任（谷正伦）公署副主任，兼任湘桂黔铁路管理局局长。1949 年 11 月随谷正伦等撤离贵阳，谷正伦在晴隆枪毙刘伯龙后，曾征询由其接任第八十九军军长职，其因恐刘部难于控制没敢接任。后随谷正伦等赴昆明，再转赴香港寓居。

1950 年到台湾，任"国防部"中将附员等。1956 年退役，参与筹组旅台贵州籍同乡联谊会，任理事会理事，参与编纂《贵州文献》等。

1955 年秋，在香港病逝，终年 53 岁。

（383）王正富

王正富（1917—1995）　云南昭通市昭阳区人，黄埔军校昆明分校十二期步科毕业，黄埔军校昆明五分校任军事教官。

1937 年 10 月随六十军出征，任六十军一八二师一〇八〇团连长，参加了台儿庄战役、在战斗中负伤，伤愈后，所在部队部门已投入武汉会战，辗转回到云南，在黄埔五分校任军事教官。

抗战胜利后，因不愿参加内战，申请复原，返回老家云南昭通，当农民直至去世，享年 78 岁。

（384）温　靖

温　靖（1898—1980）　字卓寰，广东梅县人。黄埔军校潮州分校第三期（比照黄埔军校第五期）、中央陆军步兵学校高级班、陆军大学正则班第十三期毕业。

历任国民革命军北伐东路军第三师少校副官、副营长，国民政府警卫室二团营长。1933 年任军政部征役处上校科长。1936 年任军政部兵役署财务科长、参议。

台儿庄战役时任国民革命军一四〇师参谋长。1938 年 10 月授陆军少将。

1944 年任广东潮惠师管区司令。1945 年任军政部兵役署第五处处长。1946 年任粤中师管区司令。1948 年任第九十九军一九七师师长。1949 年春任国防部第十四编练司令部高参。同年秋移居香港。

1980 年在香港逝世，享年 82 岁。

（385）萧大中

萧大中（1908.9.9—1986.12.22）　号庆华，云南呈贡人。黄埔军校第六期步科、陆军步兵学校第一期、陆军大学第十二期毕业。

昆明省立昆华中学毕业，云南高等军事学校及南昌赣军教导团毕业，南京中央陆军军官学校第六期步科、中央陆军步兵学校、陆军大学正则班第十一期、国防研究院毕业。曾入王钧部第三军第七师第三十九团当兵，后升任见习班长。1929 年于中央陆军军官学校毕业，转入南京步兵学校学习。毕业后历任第三军第七师排、连、营长，该师野战补充团图团长、代理团长。1936 年 12 月陆军大学毕业后，留校任兵学战术教官。

1936 年 12 月任陆军大学战术教官，1937 年秋任第一战区司令长官部作战处少将处长，1938 年任第六十军一八四师参谋长，参加台儿庄会战，同年 10 月任新编第三军参谋长，参加武汉会战，1942 年任第一集团军第二路军参谋长，1943 年任国防研究院研究员，1944 夏任中国驻澳大利亚大使馆少将武官，1945 年底任国防部铨叙厅第一处处长，1946 年任国防部兵役局第二处处长，1947 年春任黔西师管区代司令，1948 年冬任贵州省军管区副司令，不久任云南绥靖公署中将高参，1949 年 12 月 9 日在昆明参加起义。

后任解放军云南军区教导团军事教员，昆明市政府参事室参事。

1986 年 12 月 22 日，在昆明病逝，享年 78 岁。

（386）杨　鹏

杨　鹏（1917.7—2010.6）　字羽天，云南昭通人。黄埔军校第十四期步兵科毕业。1937 年至 1949 年，历任国民革命军第六十军排、连、营长，第一八二师师部作战参谋、上校参谋主任。

1938 年 11 月，黄埔军校十四期一总队步科毕业。1941 年 6 月，陆军大学西南参谋班六期毕业。1943 年，国民政府军委会驻滇干训团步兵科毕业。

参加台儿庄战役后，即考入黄埔军校十四期，毕业后，回部队参加了长沙会战、武汉会战，转战山东、浙江、湖北、赣北（奉新、靖安、高安）、滇南防守诸役。

1949 年 12 月，参加了卢汉领导的云南起义，参加了起义策划和作战部署。起义后，所在部队改编为二野四兵团暂十三军三十九师，历经昆明保卫战、滇南追歼第八军、二十六军诸役。

1950 年入中国人民解放军西南军政大学昆明分校。1951 年毕业，6 月，复员回乡，从事小学教育工作。在"文革"中被错划为右派。

1987 年，被选为民革昭通市支部副主委。

1989 年至 2010 年，任黄埔军校昭通同学会会长，黄埔军校云南省同学会理事，昭通县、市、区历届政协常委、委员。

2010 年 6 月，在昭通病逝，享年 93 岁。

（387）杨炼煊

杨炼煊（1898—1938.5.22）　河北阜城人，黄埔军校高等教育班第三期毕业。西北军官学校毕业。

历任西北军排、连、营、团长。1938 年 4 月，任国民革命军第二十二军第五十师第一四八旅副旅长兼第二九五团团长。参加鲁南会战。5 月 22 日，率部从徐州突围至尹集时，与日军遭遇。身先士卒，与敌展开血战。激战中，身负重伤，终因敌我力量悬殊，与副师长彭璋及全团官兵一起壮烈牺牲，时年 40 岁。

（388）赵锦雯

赵锦雯（1894—1965）　又名锦文，号雨金，云南昆明人。南京第四陆军中学、保定陆军军官学校第 6 期工兵科毕业。黄埔军校管理处长，中央军校武汉分校教育处长。

1920 年任云南讲武堂韶关分校教官兼驻粤滇军连长，1921 年任粤军第一师军官教育班教官，1922 年加入粤军，任粤军第一师工兵营排长、第四团第二连连长。1924年秋入黄埔军校任中校工兵教官。1925年10月任国民革命军第一军第一师第二团参谋长，同年12月调任黄埔军校入伍生第一团第三营营长。1926年5月任黄埔军校上校管理处长。不久转任第一军二十师第五十九团团长，第二十二师副师长。1927年任第二十一师副师长。1929年编遣后任第三师第九旅旅长，中央军校武汉分校教育处长。1931年任第十九路军第六十一师参谋长，参加一·二八淞沪抗战。1933年参加福建事变，任福建人民革命军第二军参谋长。1935年1月改任"剿匪"军东路第七路军总指挥部参谋长，第二路总指挥部参谋长。同年4月授陆军少将，后任参谋本部高级参谋。

1937年8月任第六十军参谋长，参加台儿庄战役。1938年6月任第三十军团参谋长，参加武汉会战。1939年1月任第一集团军参谋长，1940年任军事参议院中将参议，1946年7月授陆军中将，1947年退役。1949年任云南绥靖公署中将参议，同年12月9日在昆明参加起义。

后任解放军云南省军区参议，云南省人民政府参事。

（389）卓　立

卓　立（1901.2.25—1988.4.28）　别号子魁，云南盐津人。1927年8月中央军校武汉分校第七期、陆军大学特别班第六期毕业。

昭通高等小学、云南省立甲种工业学校、省立第一师范学校毕业。1924年加入共青团。1930年中央军校毕业后，历任国民革命军第六十军一八二师少校副官、中校主任参谋。1938年任一八二师参谋处长、代参谋长。次年冬升任第六十军参谋处长、副参谋长代参谋长职。1943年12月毕业于陆军大学特别班第六期，任新编第三军少将参谋长。1945年作为国民党新三军（新三军即抽六十军一八四师与五十八军新十二师两个师组成，军长张冲）参谋长在九江接受日本人受降。抗战期间，参加了徐州会战、武汉会战、德安会战、第一、二次长沙会战及滇缅会战诸役。

1946年起任第五十八军一八三师副师长、代理师长。1948年入陆军大学任战术教官，再入陆大兵学研究院学习。1949年夏任陆军总部第六编练司令部参谋长。同年底在昆明随卢汉部起义。

云南解放后任云南省临时军政委员会行政处副处长，云南复原委员会委员及办事处副处长，省政府民政厅科长，省政协委员，云南省政府参事室参事等。

1988 年 4 月 28 日，在昆明逝世，享年 88 岁。

著有《滇军在赣北作战》《抗战时期滇越边境防卫部署》（与王栩合写）、《日军在九江受降纪要》《李弥部入滇始末》《回忆云南起义片段》等。

第十一章　台儿庄大战外围战中的地方游击部队

一、国民党游击战的开展

国民党高层对游击战的初步考量，最早来源于共产党人的建议。卢沟桥事变爆发后，国民党统帅部于 1937 年 7 月 11 日至 8 月 12 日召开军事会议，研讨对日作战方略，中共领导人周恩来、朱德、叶剑英等应邀参加会议。8 月 11 日，周恩来、朱德在会上提出，为维持战略持久作战，在"战术上应采取攻势"，在部署上不宜实行正面消极防御和一线配置，而应将主力置于敌之侧后，"由阵地战转为平原与山地之扩大运动战"，在正规战之外，还须采用游击战术"牵制敌人不能不以大量兵力守其后方。"应该说中共的建议未引起统帅部应有的重视。

但作为国共合作谈判成果的一部分，陕北红军整编之后，得到统帅部认可，独立自主开展游击战。并在初期取得了不错的成绩，给坚持抗战的国民党人以很大鼓舞。当时，国民党内一些将领也认识到游击战是对付日军的有效战术，主张仿效八路军。胡宗南讲："要打日本只有采取八路军的办法。"关麟征也说："只有用红军打我们的战术，才能打倒日本。"国民党统帅部遂对敌后游击战刮目相看，在形势推动下，最终决定调整战法。

国民党正式确定敌后游击战是在 1937 年太原保卫战前后，1937 年 9 月，国民党河北守军在涿县战败，退守山西，国民党有意识在敌后留下一些部队，命令河北保安两旅改编为第一八一师，留在冀南打游击。10 月，又命冀西的万福林第五十三军及孙殿英部留驻太行山南部游击作战，这可以说是国民党最早确定的实战游击决策。

在敌后开展大规模游击战的部署是在太原失守之后进行的。1937 年 11 月 10 日太原失守，第二战区司令长官阎锡山欲西渡黄河撤往山西。此时，国民党在武汉正召开军事会议，副参谋总长白崇禧在会上建议，在战术上"应采游击战与正规战配合，加强敌后游击，扩大面的占领，争取沦陷区民众，扰袭敌人，使敌局促于点线之占领。同时，打击伪组织，由军事战发展为政治战、经济战，再逐渐变为全面战、总体战，以收'积小胜为大胜，以空间换时间'之效"。[1] 白的建议受到蒋介石的重视并被采纳。李宗仁也曾明确说过"日本利于主力战，而中国则以游击战扰之"。[2]

于是蒋介石命令第二战区所有部队共 15 个军 30 多个师立即转至山区实施游击，并令原支援太原保卫战的第一战区卫立煌第十四集团军共四个半师留驻晋南，参加山西游击战，12 月阎锡山将全省划分为七大游击区，在南部中条山，东南太行山，西南吕梁山开展游击战争，至此，国民党敌后游击战争策略开始正式确立并在河北、山西初步实施。

李宗仁将第五战区划分为 4 个游击区域："第一游击区以第二十四集团军之第五十七军（欠一师）及江苏保安总团为基干，位置于淮海扬各属，向津浦、陇海各线及江海岸之敌游击。另以一一二师任东海沿岸之守备。第二游击区以庞军团长指挥第三军团、海军陆战队及张里元、厉文礼、蔡晋康、杨士元、刘震东各部为基干，位置于鲁南山地，向津浦、胶济、陇海及鲁东南海岸之敌游击。第三游击区由第三集团军孙副司令指挥所部及曹军长所属，位置于鲁西地区，向津浦、陇海之敌游击，相机规复济宁，以为北进之根据。第四游击区以在皖北之保安队及该区域内宋世科、孙伯文、季光恩游击部队为基干，位置于津浦南段两侧地区，向津浦线之敌游击，归李副司令长官指挥。"[3]

作为最高统帅，蒋介石自己有目的地采纳并推动游击战则是在 1938 年春的台儿庄战役中。在此次战役的战略构划中，蒋介石亲自部署敌后游击战。5 月 13 日，蒋致电李宗仁、白崇禧速派正规部队到大砚山附近及新泰、莱芜建立根据地并实施游击战。18 日，又指示石友三部到敌后扰袭，施行游击战。对国民党政府重视游击战，中共在武汉的《新华日报》曾于 2 月 15 日发表评论说："自从最高统帅部整饬前线以来，我军战略战术的确有了许多改变和进步，""我们的战略方针已表现出以运动战为中心，配合阵地战辅之以游击战。"

迄 1938 年底，在敌后进行游击的武装达 60—70 万，其中正规军约 30 万（包含八路军及新四军）。鉴于八路军敌后游击战的出色成就，为使各战区掌握游击战要领，南岳军事会议决定举办游击干部训练班。1939 年 2 月 15 日，

---

[1] 苏志荣：《白崇禧回忆录》，解放军出版社 1987 年版，第 303 页。

[2] 李宗仁：《焦土抗战的理论与实践》，全面抗战周刊社，1938.19—20。

[3] 《第五战区关于作战部署命令》，中国第二历史档案馆编：《中华民国史档案资料汇编》第 5 辑第 2 编"军事"（1），第 641—642 页。李副司令长官即为李品仙。

南岳游击干部训练班宣告成立，由汤恩伯任主任，叶剑英任副主任。未几，改由蒋介石兼主任，白崇禧、陈诚为副主任，汤恩伯、叶剑英为正副教育长。学员都是国民党军队中营以上军官。中共还派李伯崇、边章五、李涛、薛子正、吴溪如等担任教官，讲授游击战问题。在各战区，国民党也办过游击训练班，聘请共产党人帮助培训游击干部。1939 年冬，军训部长白崇禧编成《游击战纲要》，印发至各战区及军事学校作为讲授游击战的教材。该书对游击战的政治、组织及作战要求、根据地创设、作战要诀与战斗要求、游击战后勤保障等均作具体规定，成为国民党敌后部队开展游击战的官方指南。

总之，抗战时期国民党的敌后根据地和游击区，规划、建立时间早，数量众多，面积也不小，在根据地建设上颇具特色，对国民党坚持敌后抗战提供了较好的支撑作用。但是后来的发展不平衡，且呈日益萎缩衰败的态势，仅有一部分根据地坚持到抗战胜利，这与中共敌后抗日根据地蓬勃发展、不断巩固壮大的态势形成鲜明的对比。

二、第五战区及鲁苏战区的游击战

第五战区在抗战中，战区辖区迭有变更。抗战之初，山东、江苏长江以北属该战区。日军入侵山东后，在鲁西，范筑先领导地方民众抗日武装开展游击战，打击敌人。在鲁北，山东省国民党党部负责人秦启荣于 1937 年 11 月组织"鲁冀边区游击司令部"，后转至沂水、莱芜游击。在鲁南，留日回国的台儿庄人黄僖棠于 1937 年底，从秦启荣处领得国民政府军事委员会别动总队华北第五十游击支队的番号，并被委任为支队司令，有效地配合了台儿庄大战。武汉失守时，李宗仁派廖磊率第二十一集团军开进大别山开展游击。

第五战区是国民党独立游击战开展得最为成功的地区，其开辟的大别山根据地一直坚持到了抗战结束，虽向外开拓相当不足，但打击敌人的效果相对其他战区来看比较显著。如：

（1）廖磊第二十一集团军驻节立煌（今金寨县），并在皖东津浦路之五河、皖北周家口、鄂东麻城开辟游击区，形成以立煌为中心，拥有豫鄂皖三省 20 余县地域的大别山游击根据地。

（2）1939 年 5 月，第四十八军一七六师师长区寿年率主力与林士珍游击队协同奇袭安庆，攻入城内，与敌激战数小时，焚毁敌粮弹仓库后撤回原防。

（3）1940 年 5 月，日军发动枣宜会战。李宗仁令大别山游击军兼总司令李品仙辖二十一集团军威胁敌后、李品仙亲率第七军及游击队游击黄陂、孝感敌人后方。

（4）1941 年 9 月，日军第二次进攻长沙，大别山游击区奉军委会之命派四十八军一部协同豫南游击纵队进攻信阳，第七军一部会同鄂东游击队向礼山、花园方向出击，威胁平汉线；第四十八军袭击长江沿岸据点，封锁江航；驻皖东一七一师配合地方游击武装袭扰津浦线南段。

1937 年，国民党山东政府委员秦启荣组织鲁北边区游击司令部；韩复榘被处决后，孙桐萱率其第三集团军进驻鲁西南；1938 年 5 月，沈鸿烈任山东保安司令；在苏北，韩德勤组编各县保安团成立八十九军。

1939 年 3 月，鲁苏战区成立，国民党最高统帅部规定其任务是："应于鲁南山区及苏北湖泊地区建立游击根据地，展开广大游击战，重点指向津浦、陇海、胶济各要线，尽量牵制消耗敌人。"为便于游击，战区总司令于学忠设立鲁南、鲁东、苏北三大游击指挥部，还将山东分散的游击队改编为 10 个游击纵队。该战区成立之初，对日游击较积极。但皖南事变之后该战区部队作战逐渐集中于限制新四军及八路军发展。

1939 年 10 月初，华北、华中之敌合击苏北，韩德勤部在头涵洞、泾河镇、盐城、高邮、盱眙等地拒敌。在优势敌人的进攻下，韩部向淮安以东转进，并乘虚袭击敌后，一度克复高邮、宝应、蒋坝、盱眙等地。

1940 年 1 月 20 日，在长江中游水上游击战中，长江中游敌后布雷游击队成立，以芜湖至湖口为第一布雷游击区。未几，又组建湘鄂布雷游击队和 4 个挺进布雷队，将鄂城至九江段划为第二布雷游击区，监利至城陵矶段划为第三布雷游击区。至抗战胜利，布雷游击队共布雷 1500 余颗，炸沉敌人大小舰船 135 艘。

事实上，参与国民党军队游击战的除了奉命留在敌后的正规军，还有由国民党军队军官、地方军人、国民党党务人员所领导的民间武装部队。这些武装部队一直活跃在敌后，打击并牵制日军，有效地起到了配合国民党正面战场、支持长期抗战、牵制日军并困扰其后方、协助国民政府恢复沦陷区政权、维系沦陷区民心的作用。

而在敌后战场殉国的国民党军队将官亦达数百人，军阶较高的有：东北挺进军骑兵第六师中将师长刘桂五、东北游击队总司令中将唐聚五、第五战区第二路游击司令少将刘震东、苏鲁战区政治部主任少将周复、第三十四军暂编四十五师少将师长王凤山、第九十八军中将军长武士敏、第五十一军——四师中将师长方叔洪等。

三、第五战区游击队黄埔师生台儿庄外围战斗

第五战区成立后，老同盟会会员、北伐名将李明扬【黄埔南昌分校教育长】应李宗仁之邀出任第五战区游击总指挥兼江苏省政府委员、江苏徐州督察专员、徐州防空司令兼苏北第二、第四游击区总指挥官、还兼任第五战区动委会战勤部部长。徐州沦陷后，他赴苏北泰州任鲁苏皖边区游击总指挥。李明扬到徐州后，第五战区司令长官李宗仁对这位军界前辈很尊重，常移尊就教。由于李明扬思想倾左，经李宗仁两次从中说项，蒋介石才同意任命李明扬兼第五战区游击总指挥，拨两个团（地方杂牌部队）给他。

在徐州丰县，李明扬曾给远在武汉的周恩来写信，谈了徐海前线的战况。不久，他收到周恩来托人带来的信，请他务必多多支持鲁苏皖边区的中共抗日力量。于是，李明扬在微山湖畔的张官屯主动约见了中共鲁苏皖边区区委副书记郭子化，商量合作抗日事宜。郭子化告辞时，李明扬特地派了4名卫士护送。因为当时徐州特务横行，他们抓住共产党员，往往扣上"破坏抗日"的帽子，将其杀害。李明扬去找李宗仁交涉，费了不少口舌，总算得到李宗仁批准，为中共方面争取到"湖西抗日游击第一大队"的番号，允许其公开活动，并拨给200支老式步枪、一万发子弹……

而仅就在十天前，蒋介石还给李宗仁发了密电，称如发现中共拉抗日武装，就立即抓人缴枪，不得姑息。

过了没几天，郭子化由郭影秋（新中国成立后曾任云南省委书记、南京大学党委书记兼校长、北京市委书记处书记等职）陪同，去找李明扬，转达周恩来的口信。口信主要内容：一是对李将军表示感谢，二是中共打算设八路军驻徐州办事处，请李从中相助，务求办成。李明扬便又去找李宗仁商量。这一回，李宗仁不敢点头同意，甚至还给李明扬以"忠告"，不可再"助共"，以免惹祸上身。

不久，徐州沦陷。李明扬未随第五战区主力西撤入皖，而是率部队南移江苏泰州，正式成立了鲁苏皖边区游击总指挥部，下辖11个纵队，号称三万兵马。

曾任国立中央大学军事教官的陈中柱【黄埔六期】，后在北宁铁路和津浦铁路任职，他满怀抗日救国热忱，积极投入抗日救亡运动，组织津浦路沿线之铁路员工、学生和群众，成立战地服务团，被委任为国民政府军事委员会战地特种团第三总队少将团长。参加了台儿庄战役和徐州会战。一次，他在徐州附近同日寇激战，伤亡惨重，队伍被冲散，得到农民掩护才脱险。1938年底，陈中柱接受鲁苏皖边区游击总指挥部李明扬聘请，出任第四纵队少将司令，陈中柱率领的这支抗日部队同新四军相互配合，在苏中一带打游击。

四、安徽省保安处黄埔师生台儿庄外围战斗

参加完福建事变，在桂系第四集团军任总部少将高参的丘国珍【黄埔桂林分校军事政治干部训练班军官大队大队长】，于抗战全面爆发后，就任桂系第十一集团军总司令部少将参谋处处长，安徽省民众总动员委员会情报部部长，1938 年 3 月 30 日又担任安徽省政府保安处中将处长。

随部队北上抗日进入河南的安徽淮南籍人廖运升【黄埔四期】，被调回安徽任保安第八团上校团长，在庐江、无为、桐城、霍山等地配合桂军与日本侵略军进行过多次战斗。著名的有巢城阻击战、落儿岭（霍山县境）防御战、正阳关抗日等，得到多次表彰。1939 年 12 月调任安徽省政府保安处（处长丘国珍）上校参谋。

另一位黄埔军校毕业后，被分派到滇军的赵达源【黄埔四期】，于 1934 年转战来皖，升任少校营长，不久升任安徽省保安第九团中校团副、宣城保安警察大队队长等职。抗战全面爆发后，升任安徽省保安第九团上校团长。正值徐州会战期间，芜湖、安庆相继沦陷，他率部转战江淮，屡屡获胜，常获嘉奖。

1938 年，国民安徽省政府所在地六安县县长盛子瑾【黄埔四期】，率领县保安队竟从刚刚占领六安的日本侵略者手中，收复了六安，一时名声大震。同年，盛子瑾调至皖东北任安徽省第六区行政督察专员兼泗县县长及第五战区第五游击司令。

由砀山县县长贡沛诚【黄埔四期】兼任大队长的砀山县保安大队，其组织机构由省保安司令部和徐州专署司令部节制，贡沛诚还成立了砀山县抗日民众自卫队。台儿庄大战期间，贡沛诚接受了军政部交给的在砀山筹建简易飞机场的艰巨任务，他动员万余民工，按区、乡、保编组，分片平整位于县西北的荒地约六百多亩。城内各机关人员，各学校青壮年师生踊跃奔赴场地劳动；由中共在苏、鲁、豫、皖边区开展统战工作负责人郭子化开办的统战讲习班学员也及时前来起土、运土；他还征集三千民工去徐州协助赶筑外围国防工程。

山东滕县失守后，徐州专员李明扬电令砀山抗日民众自卫队开赴微山湖西侧南段，协助警戒和监视日寇渡湖西窜。

五、山东抗日游击队黄埔师生台儿庄外围战斗

抗战全面爆发后，高道先【黄埔九期】奔赴抗日前线，担任了山东省铁

道破坏少将总队长，他率领部队在铁路沿线屡屡袭击日军，破坏敌人交通，使敌人运往前线的兵员和军用物资不断遭受到损失，为阻止日军的进犯和台儿庄战役的胜利立下了战功。

六、峄县（台儿庄）抗日游击队黄埔师生台儿庄外围战斗

卢沟桥事变爆发后，正在日本留学，专修政治、经济学的峄县台儿庄籍人黄僖棠【黄埔六期】出于爱国之心，即束装回国，参加抗战。1937 年下半年他回到家乡台儿庄，开始筹组武装抗日，并从山东省国民党党部负责人秦启荣处领得国民政府军事委员会别动总队华北第五十游击支队的番号，并被委任为支队司令。他首先以黄氏家族的看家武装为基础，将各区、乡的联庄会、自卫团首领如杨桂链、孙云亭等，以及一些原先的匪伙如马玉山、李良镇等一齐联络、招纳过来，分编为三个梯队。第一梯队司令杨惠联，第二梯队司令马玉山，第三梯队司令孙云亭等。他在组军期间，得到峄县上层人物崔蘧庵[1]、孙伯龙【黄埔六期】等人的支持，崔、孙两人分任他的副司令、参谋长。台儿庄大战期间，他们配合国民党军队，策应台儿庄会战，厥功甚伟。但由于黄僖棠少年离家，在峄县没有多大的社会基础，因此，他亲自组织、指导的军队不过百人。刚开始，孙伯龙曾率部与黄僖棠一起在台儿庄马兰屯一带活动，但因黄顽固地执行反共政策，致使孙伯龙离开他，率队单独行动，崔蘧庵也借故离开他，活动在抱犊崮山区。

1939 年秋，黄僖棠部奉山东国民党党部之命北撤入抱犊崮山区，被鲁苏战区总司令兼第五十一军军长于学忠改编为五十一军补充团，黄任团长，继又改番号为第七支队。1941 年冬，国民党军政当局为强化鲁南抗战基地，特任黄僖棠为沂水县县长，后调任临朐县县长，兼任鲁苏战区战地青年服务团团长。

生于山东峄县张范乡北于村的朱道南【黄埔六期】，1922 年，即将结束小学学业，由于他刚正不阿，善打抱不平，在学校得罪了"峄南望族"大地主的儿子黄僖棠，为了躲避报复，他与要好的同学谢拙民、杨荣林连夜逃离家乡，一起去了济南。在济南，他们一起考入济南师范讲习所，1924 年考入了山东省

---

[1] 崔蘧庵：1919 年留日期间，联络留日爱国学生齐集东京，抗议日本军队占我青岛。罢学返国后，被山东省长熊秉琦任命为省公路局坐办（局长），去青岛接收日本管理的仓库、医院等设施。1928 年被聘任为中兴公司外交顾问兼齐村小学名誉校长。1935 年任复兴煤矿经理。1938 年筹建抗日武装，任别动总队华北第五十支队副司令。抗战期间，为统一战线做了大量工作。

立第一师范，1926年又考入黄埔武汉分校。1927年加入中国共产党，同年11月，朱道南等在叶剑英的率领下到达广州，参加了中共广州起义。广州起义失败后，朱道南与党组织失去联系，1930年，贫病交加的朱道南回到了家乡——山东峄县。

由于在家乡一带，曾带头闹学潮的是他，上黄埔军校的是他，参加广州起义的也是他，这使朱道南成为鲁南地区的"传奇式"人物。

回到峄县后，他先当了一名乡村教师，后担任了峄县教育局教育委员。1937年，朱道南利用自己发展的力量组织成立了"抗日联庄会"，建起枣庄地区第一支人民武装。

其时，由于受"梁漱溟乡建派"影响，韩复榘在邹平开办了"乡村建设研究院"，受此带动，峄县的6个乡都办起了为韩复榘政府服务的"乡农学校"。当时，朱道南家乡附近的峄县邹坞镇也成立了"乡农学校"，这个"乡农学校"的校长王效卿，经常祸害百姓，无恶不作，当地百姓都恨之入骨。

1937年秋，朱道南和刘景镇等人领导组织策划了"邹坞暴动"。邹坞镇是"临枣"铁路的一个车站，在暴动中，"抗日联庄会"成员一鼓作气端了"乡农学校"的窝，校长王效卿被打死。邹坞暴动打响了枣庄地区武装反抗国民党统治的第一枪。之后，朱道南开始利用"联庄会"组建地方革命武装，并积极同党组织取得联系。

1938年春，日寇进犯滕县。为保存有生力量，朱道南带领部队转战山区，边打游击，边扩充队伍。台儿庄大战前夕，为指导鲁南地区武装抗日斗争，中共苏鲁豫皖边区特委指派张光中，组织地方抗日武装，在薛城区的邹坞火车站北侧的墓山村举行了会师，把多支队伍整编为"第五战区人民抗日义勇总队"，朱道南为第三大队负责人。

第三大队成立后，历时半月的台儿庄大战也结束了。这时日本鬼子开始收拾残余部队向西逃窜。为了抓住这个有利时机，1938年4月6日，朱道南带领部队在薛城区的甘霖一带伏击了逃窜的日军，初战告捷，军威大振。用朱道南自己的话说，鲁南人民抗日义勇总队，在鲁南是"第一个建军"，"第一个打鬼子"。在此后的一段时间内，朱道南带领部队在鲁南一带开展了打土顽斗争，先后消灭了马卫民等土顽，打击了滕县反动地主申宪武等封建地主武装。

1938年秋，根据形势需要，人民抗日义勇总队转入抱犊崮山区活动。这支队伍就是日后让日寇闻风丧胆的铁道游击队的前身。

1938年夏、秋，中共特委派峄县县委书记纪华、宣传委员朱道南和文立正等同志到运河南北一带活动，使用国民党名义联合峄县、滕县等地倾向我党、抗日有成绩的游击队孙伯龙、董尧卿、邵剑秋等部，7月上旬，组成山外抗日军联合委员会，公推朱道南为主任委员；文立正主办抗日青年训练班，培养抗日力量，宣传党的抗日救国十大纲领；另有铜山县北部地下党员陈诚一、胡大毅等，通过胡大勋（大毅之兄）的社会基础，使用国民党游击队名义，组织抗日武装，1939年初参加八路军陇海南进支队。南支委任命胡大勋为峄滕铜邳后方办事处主任，在运南唐庄一带展开抗日活动。

生于峄县陶官乡李庄的孙伯龙【黄埔六期】，黄埔军校毕业后，于1931年到山东博山、安丘两县国民党县党部任职。1934年，终因他对国民党的明争暗斗的官场不满，离开了国民党县党部，也回到峄县老家，创办了文庙小学，积极从事抗日救亡活动。七七事变后，孙伯龙在家乡组建了一支百余人的抗日武装，活动于周营一带。1938年4月，孙伯龙在黄埔军校的同学黄僖棠（曾任国民党山东省党部委员）回到峄县，他拉拢孙伯龙带着队伍，同他一起活动。孙伯龙坚决主张抗日，毫不理会黄僖棠那一套。为摆脱黄僖棠的牵制，他断然率部开赴峄西。1938年6月，孙伯龙接受朱道南提议，与邵剑秋等部组成山外抗日军四部联合委员会，朱道南任主任，孙伯龙任副主任。联合之后，在运河两岸开展游击战。同年秋，八路军第一一五师东进鲁南，孙伯龙、邵剑秋等部组建为一一五师运河支队，孙伯龙任支队长，朱道南任政委，邵剑秋任副支队长，胡大勋任参谋长，文立正任政治部主任。1940年11月，孙伯龙调任鲁南军区副司令。

1937年11月初，李宗仁赴任徐州后，在徐州中学，作了一场爱国动员报告，出生于台儿庄东南20公里的邳县土山镇的爱国热血青年沈庆霖【黄埔七分校第五期】和同乡曹化楼（江苏邳县碾庄人，后在抗战中阵亡）在现场聆听了李将军的报告后，沈庆霖没有顾虑年迈的双亲，丢下年轻的妻子和3岁的幼子，毅然脱下长衫换上戎装，参加了李宗仁的部队，走上了抗日救国的战场。李宗仁将军特别垂爱这批投笔从戎的青年，将他们安排在第五战区徐州青年干部团集训。沈庆霖跟随李宗仁将军的部队转战江苏、安徽、鲁南一带。

峄县籍（今枣庄市中区齐村镇）人田培相【黄埔十八期】是枣庄教育界知名人士，并被选为"国大代表"候选人，枣庄镇成立镇公所时，曾任副镇长。因与县政府第五科长、教育委员朱道南、峄县督学张捷三、教育界人士李微冬等人关系密切，结为最早的国共统一战线。抗日战争全面爆发后，他到族伯田毓岷等人组织的"四县边联"中任大队长，与郭子化、朱道南、李微冬等人所领导的抗日义勇队结为军事同盟。其间，曾率队夜袭卓山日军碉堡，因熟悉地形，打伤两名日军，打击了日军的嚣张气焰。

田培相二弟田培桂【黄埔十七期】、三弟田培才【黄埔十五期】，在"四县边联"担任了联络员。田培才还参加了李浩然等人领导的，随第二十二集团军来到枣庄的"上海旅沪同乡会战时服务团"，在枣庄、滕县从事抗日救亡及宣传工作。1938年3月16日，滕县落入敌手，田培材即行南下到达徐州，仍在"上海旅沪同乡会战时服务团"工作。到达江西南昌后，考入江西青年服务团，从事抗日宣传救护工作，后转到陆军第十五师政治部工作，参加了江西九江"马当战役"。

1919年出生在台儿庄大战发生地的——山东峄县台儿庄的尤广才【黄埔二分校十六期】，1938年台儿庄大战时，他19岁。在台儿庄战役的隆隆炮声中，尤广才跪别老母亲，带着6块"袁大头"西逃。到达安徽凤阳一带时，他通过一个专门招收流亡青年参加部队的组织，被送往武汉，编入"战时工作干部训练一团"，简称"战干团"。

后来他成为了一名中国远征兵战士。1948年11月在辽沈战役中主动投诚。

2014年7月7日，95岁的尤广才作为抗战老兵代表受到了习近平主席的亲切接见。当天，参加抗战纪念活动后，尤广才有感而发，写下《我一生最高的荣誉》一文，表达了自己的期待：能在有生之年，看到两岸和平统一。

前排就座的抗战老兵，从左至右依次为中国远征军代表赵振英先生、尤广才先生，93岁的美国老兵伯纳德·马丁先生和新四军老兵、原昆明军区政治部主任肖剑先生。（贾钊摄影）

8月30日，"国家记忆——美国国家档案馆馆藏二战中美友好合作影像展"在北京中国军事博物馆开幕，展览以美国国家档案馆馆藏二战期间美国通信兵团一六四照相连拍摄的美国与中国盟军在中缅印战场共同抗战的历史照片为主。尤广才参加了开幕式。

9月3日是我国第一个法定的抗战胜利纪念日，又恰逢是抗战英雄尤广才95岁的生日。他还到卢沟桥的中国人民抗日纪念馆参加了抗日战争胜利纪念日相关活动。

七、黄埔人物（十一）

（390）陈中柱

陈中柱（1906—1941.6）　原名陈为让，字退之。江苏建湖县草堰口乡堰东村人。黄埔军校第六期。中央大学任军事教官，1933年后到北宁铁路和津浦铁路任职。参加了台儿庄战役和徐州会战。

出生于一个农民家庭。兄弟五人，他排行第二，父亲早逝，由寡母带领，耕种几亩薄地，艰难地维持生活。由于家境贫寒，只勉强读到初中毕业。1925年家乡灾荒，他和四弟陈为刚去上海谋生，四弟进纱厂做童工，他去当电车售票员。

1927年国民革命军北伐渡江前夕，他弃职回家，策划接应。北伐军到达盐阜区后，他参与筹建国民党基层党支部和农会组织，准备与地方上的土豪劣绅作斗争。不久，四一二反革命事变，陈中柱出走南京，经其堂兄陈独真介绍，入江苏省警官学校学习。1928年又转入南京军官研究班学习，1930年结业，编属黄埔军校第六期。因毕业成绩优良，分配在江苏省政府候差，深得国民党元老叶楚伧赏识。1931年到国立中央大学任军事教官，1933年大学军训结束，他先后到北宁铁路和津浦铁路任职。

卢沟桥事变爆发后，他满怀抗日救国热忱，组织津浦路沿线之铁路员工、学生和群众，成立战地服务团，被委任为国民政府军事委员会战地特种团第三总队少将团长。一次，他在徐州附近同日寇激战，伤亡惨重，队伍被冲散，得农民掩护才脱险。

1938年底，陈中柱接受鲁苏皖边区游击总指挥部李明扬聘请，出任第四纵队少将司令，带领部队两千多人先驻军徐州附近，不久，又移驻淮阴王营子，司令部设在淮阴城里，后又移防安徽灵璧，在戚家围子与日寇激战一场，随后集中部队到睢宁，南下泰州。当部队路过盱眙县国民党军韩德勤部队防地时，遭到韩德勤部队堵截。部队停在那里三天，没有粮食吃，只好到洪泽湖里捕捉鱼虾充饥，几经交涉，才让通过。

1939 年秋天，陈中柱率领的这支抗日部队到达泰州。部队驻在斜桥，司令部设在泰州城里。

这年年底，中共地下党员赵敬之在职业中学任教期间，动员一批青年学生去皖东北受训，因国民党特务告密，被抓获关押在东台乌义巷的监狱中。事发后，我地下党组织派赵敬之夫人陈静前去泰州找陈中柱，请他设法营救。他听说赵敬之被韩德勤部队关押，心急如焚，即派五弟勋武、三弟步平二人，星夜赶至东台，将赵敬之保释出狱，接至泰州，安排治病疗养。赵敬之病愈后，受陈中柱之请，曾指导过第四纵队的宣传工作。

1940 年 6 月，新四军东进抗日，在郭村休整。李明扬的副手李长江受韩德勤的挑拨，下令攻打郭村，并令陈中柱派兵出击，陈中柱迫于军令，派出部分兵力前去参战，损失了一个营的兵力。新四军停止进攻后，苏鲁皖地区游击总指挥李明扬和陈毅司令员在泰州文明旅社谈判，达成谅解，两军合作，一致对外。陈中柱参加了这次谈判，他对陈毅司令员的远见卓识、大将风度很钦佩。谈判以后，双方交换战俘，陈中柱特派副官室主任率部推了十几车毛巾、鞋子等慰问品和十余箱子弹送到新四军驻地刁家铺，以表示友好情谊。不久，新四军撤出郭村，挺进黄桥，陈中柱奉命率部移防江都塘头。后来，在韩德勤调兵攻打黄桥时，陈中柱信守诺言，按兵不动，间接支持了新四军坚守黄桥并赢得战役胜利。

1941 年 2 月，李长江正式投降日寇的前一天，召集各个纵队的司令到泰州城里的西山寺，开紧急会议，四周架起机枪，密布岗哨，强迫各纵队司令对着菩萨磕头起誓，跟他投敌。当时，陈中柱迫于情势，也参加了"起誓"。会一散，陈中柱就秘密出泰州城把部队拉走，与李长江分道扬镳。李长江公开叛国投敌后，新四军讨伐李长江，打进泰州城，惩罚了汉奸卖国贼，伸张了正义，后又主动撤出。日酋南部襄吉率部占领了泰州，并不断派出日伪军下乡"扫荡"。陈中柱率领的第四纵队，同新四军相配合，在苏中一带打游击。

1941 年 6 月初，日伪军分几路"扫荡"，包剿鲁苏皖游击总指挥部坚持抗日的部队，主要矛头对着陈中柱指挥的第四纵队。由于敌人来势凶猛，李明扬总指挥未能及时把敌情通知陈中柱，致第四纵队遭突然袭击，边打边退，部队伤亡越来越多，最后被迫退到蚌蜒河一带，分乘小木船行动，同日伪军打了几天。一天，兴化老阁方向开来十几只敌军汽艇，武家泽的敌人又卡住前进道路，陈中柱当即决定，将身怀六甲的妻子王志芳和六岁女儿让卫兵杨凤高领着转移，他带着卫兵去阻击敌人。他拿着望远镜，冲在前头，被武家泽的日伪军发现，一梭子机枪扫过来，他身中六弹壮烈牺牲。敌人打扫战场时，发现了他的尸体，把头割下带到泰州去向日酋南部襄吉请赏。他的无头尸体，由当地百姓用门板钉了一口棺材下葬，并插上一块写着"陈中柱将军"的木牌。

王志芳和女儿从草垛里跑出来，找到陈中柱时，却是将军无头的遗体，他的头颅已经被敌军割去，送至泰州日军司令部。这一幕让王志芳无法接受，她与陈中柱患难十年，无法接受丈夫不能全尸安葬这一残酷现实，后来王志芳坚决要求不能无头下葬，她通过投降日本人的一个姓秦也是南京人的司令太太，找到一个翻译讲情归还头颅，日本人还是同意给了。于是王志芳租了当地农民的一个小船，中间架了陈中柱的棺材。王志芳和女儿就站在船头上，看到船头上血往下流。

王志芳挺着大肚子带着女儿与丈夫生前的卫兵孤单三人来到已被日军占领的泰州城，在日军的虎视下走进南部襄吉司令部，索要将军的头颅，一看桌子上一个红木盒子，当时那个卫兵就要抱起来，她不让抱，她说我们还要给他举行个仪式祭奠他，她上完香以后，才拿着回到那个小船上，从泰州回来后，王志芳用那双曾为丈夫缝补衣衫的手，将丈夫的身首缝合安葬于泰州西门外西仓桥下。

抗战胜利后，国民政府还都南京，为陈中柱召开追悼会，于右任、吴铁城、陈果夫等人参加，会上追赠陈中柱为中将军衔，并出了纪念册，介绍陈中柱英勇献身的事迹。

1987年2月14日，江苏省盐城市人民政府报省人民政府批准，追认陈中柱将军为革命烈士，并与同年将烈士墓迁于盐城市烈士陵园，陈中柱将军当年殉难的时候，他夫人王志芳才25岁，她只是跟陈中柱将军共同生活了十年，但这

陈中柱将军与妻子王志芳

十年刻骨铭心，从那之后她一生守寡，没有再嫁。

1980 年王志芳女士跟着子女移居澳大利亚，但是对埋在故土的丈夫陈中柱始终割舍不下，2000 年，王志芳女士和她的家人捐赠 5 万元钱把陈中柱家乡的一所学校的教学楼装修一新命名为"中柱楼"，当她得知江苏省人民政府追认陈中柱将军为革命烈士的时候，这位女子就是当年为了全尸安葬丈夫独闯日军军营的刚烈女子泪流满面，仰天长叹，说："退之、退之你可以瞑目了！"。

（391）高道先

高道先（1906—1943.5）   号化宇，安徽舒城县人。黄埔军校第九期步兵第一大队毕业。历任国民革命军排、连、营、团长，1942 年任山东省铁道破坏少将总队长。

抗日战争全面爆发后，他奔赴抗日前线，担任山东省铁道破坏少将总队长，率领部队在铁路沿线屡屡袭击日军，破坏敌人交通，使敌人运往前线的兵员和军用物资不断遭受到损失，为阻止日军的进犯立下了战功。1943 年 5 月，高道先率部在山东境内抗击日军时，不幸被俘，惨遭日本侵略者的杀害。

（392）贡沛诚

贡沛诚（1895.11—1986.6.9）   江苏武进人。先后任中央政治学校训导、中央政治学校附设边疆学校副主任兼研究部边务组组长。

历任甘肃省第六区行政督察专员、甘肃省第一区行政督察专员、重庆市政府地政局局长、重庆市政府秘书长、浙江省政府委员、浙江省建设厅厅长。

新中国成立后，任芜湖市第四中学地理教员。为民革中央团结委员会委员，江苏省民革顾问，镇江市政协委员。

1986 年 6 月 9 日，在江苏镇江病逝，享年 91 岁。

著有《县政经验谈》《鸟瞰河西走廊》等。

（393）黄僖堂

黄僖堂（1909—1989）   字公如，峄县台儿庄马兰屯人，黄埔军校第六期，后入日本东京专修大学，参加过东征北伐，历任国民党第五十游击支队司令、沂水县县长、少将高参、济南防守司令部参谋长、青岛警备司令部参谋，1949年后赴台。1989年在台湾病逝，享年80岁。

出生于大地主家庭，其父黄近仁，清代庠生（秀才），诨号小诸葛。民国初年，任峄县企彭乡新河社社长兼团练练长，为乡邑领导人之一。掌握民团武装，家有土地千亩，在马兰屯开设粮行、牲畜行，有住宅数十间，并有家丁20余人持枪护院，是峄县崔、宋、黄、梁四大家中，马兰屯黄家有权势的显赫人物。母孙氏，系出名门，因持家操劳过度而早逝。黄僖堂兄弟5人，他最小，外人称他为黄五。

僖棠幼读家塾，聪颖过人，博闻强记，又就学于峄县县立高等小学校，毕业后考入济南正谊中学。时逢"五三"惨案，激于爱国热忱，参加了学生爱国运动。

曾声援"沪案"，并回峄县开展国民党党务活动，建立峄县党部，被推选为常务委员。1926年夏，由山东省党部选送赴粤考入黄埔军校第六期步兵科，毕业后曾参加东征。国民革命军北伐时任随军宣传员，后又任济宁党务指导兼训练部部长、济南市党部监察委员、山东省党务整理委员会组织部干事。在1929—1935年间，其军衔由见习官递升中校。

1935年夏，他辞职东渡，入日本东京专修大学，研究政治、经济学科，并作社会调查。

卢沟桥事变后，黄僖棠即束装返国加抗战，被国民党中央军事委员会委任为别动总队第五十游击支队司令。他首先以黄氏家族的看家武装为基础，又得到峄县上层人物崔蘧庵、孙伯龙等人的赞助，将各区、乡的联庄会、自卫团首领如杨桂链、孙云亭等，以及一些原先的匪伙如马玉山、李良镇等一齐联络、招纳过来，分编为3个梯队。后因意见不合，观点各异，孙伯龙与崔蘧庵各带所部，分道扬镳。台儿庄战役期间，配合中国军队，策应台儿庄会战，厥功甚伟。

1939年秋，黄僖棠部奉命北撤入抱犊崮山区，被改编为五十一军，黄任补充团团长，继又改定番号为第七支队。1941年冬，国民党军政当局为强化鲁南抗战基地，特任黄僖棠为沂水县县长，后调任临朐县县长，兼任鲁苏战区战地青年服务团团长。国民党山东省政府迁往皖北后，黄僖棠又历任山东省训团区县训练指导处处长，山东挺进军总司令部少将高参等职。

抗战胜利后，他被派到济南为接收人员，随后担任德州专员。1947年，任国民党济南防守司令部参谋长，继任第四区行政督察专员、第十一绥靖区司令部少将高级参谋，兼青岛警备司令部参谋长。

青岛解放时，随军逃往台湾。抵台后，奉准离职退役。

数年后，国民党整顿改造结束，又经原黄埔同学宋君介绍，任中国国民党嘉义铁路党支部书记长。1973年退职。

（394）李明扬

李明扬（1891—1978.11.17）　　原名敏来、逊吾，曾用名健，字师广，江苏萧县（今属安徽萧县）李石村林寨镇人。黄埔军校南昌分校筹备委员、教育长。

1907年进入江苏陆军小学。同年，受辛亥革命影响，他毅然奔赴湖北参加革命，被派往九江，进入海军舰艇见习。因表现突出颇具军事指挥才能，又被推荐调任安徽都督府参谋，随后调任援鄂北伐第二军总部（总司令为李烈钧）直属机关炮大队长。民国元年晋升为江西陆军步兵第十团团长兼任湖口要塞司令。

1912年，袁世凯复辟称帝。李明扬与李烈钧发动湖口战役，打响了反袁复辟的第一枪。讨袁失败后，他先后赴日本大森浩然学社和德国柏林大学研习军事。1916年回国后，先在广西梧州参加讨袁活动，且担任了护国第二军少将高级参谋、建国赣军司令。1925年起任国民革命军第三军第九师副师长兼二十六团团长，北伐东路军先遣司令官，第三十一军副军长兼黄埔军校南昌分校筹备委员、教育长。1928年春任第十七军副军长兼第二师师长等职。后由时任江苏省主席的顾祝同保荐，任省政府委员兼保安处处长。1936年，韩德勤在庐山会议上大肆攻击李明扬，他被迫下台暂时退出军政界，在上海办起了"人和"药厂。

抗战期间，历任国民革命军第一十七军副军长、第五战区敌后游击总司令，江苏第九行政区督察专员，徐州防空司令兼苏北第二游击区、四游击区总指挥官，鲁苏皖游击总指挥等职。1943年起，历任鲁苏战区副总司令、长江下游挺进军总司令兼江苏特别行政区主任、第十战区副司令兼江苏省淮南行署主任、中国国民党中央监察委员会委员等。

抗战胜利后离开军队，在老友奚东曙邀请下投资上海扬子木材厂，后出任董事长兼总经理。1949年被李宗仁代总统聘为总统府国策顾问。

新中国成立后，出任华东军政委员会委员、江苏省政协副主席、江苏省人民政府委员兼农林厅长、华东行政委员会委员、国防委员会委员、中国国民党革命委员会中央团结委员等职。他还是第一届全国政协委员，第一、二、三、五届全国人大代表。

1978 年 11 月 17 日，在北京病逝，享年 88 岁。粟裕为其主持了追悼会。

（395）廖运升

廖运升（1901.9—1981.8.20）　字旭东，又中平，安徽凤台县（今淮南市田家庵区）廖湾村人。黄埔军校第四期步兵科毕业。其堂弟廖运泽为黄埔一期、廖运周为黄埔五期，堂叔廖传枢为黄埔六期。

祖父廖锦章为塾师。父廖润斋曾入清武备学堂，为新军弁目，同盟会员，参加过安庆马炮营起义和辛亥革命，在"二次革命"反袁的战斗中任团副。当北洋军阀倪嗣冲统治安徽时，家被抄，祖坟被挖，全家避难他乡。廖运升随父赴沪坚持反袁斗争，1920 年回原籍，入塾就读。在"五四"运动的启发下，结伴至皖北就读于教会学校怀远含美中学读书，因参加爱国学生运动，与堂弟廖运周等人遭到排斥而离校，后转入南京成美中学就读，也因积极参加学潮被开除。

廖运升在已入黄埔一期的堂弟廖运泽影响下，于 1925 年夏，到上海的黄埔军校秘密招生处要求入学。依靠父辈老同盟会员的关系报了名，并填表加入了国民党，经考试录取，遂乘船秘密南下广州报到，被编入第四期步兵科第二大队，后转警宪科。参加了消灭广东军阀的东征，开始了军事生涯。

因在黄埔军校成绩优秀被分配到武汉分校（后改为中央政治军事学校）第六期入伍生团第二团第一连任连副。年底，由北伐军总司令部派遣到安徽蚌埠，策动军阀孙传芳部一个连反正，回到武汉后即留在总司令部宪兵第三团第一连任中尉排长，不久随总部进入南昌。蒋介石叛变革命后，他对蒋破坏孙中山的"三大"政策，与军阀勾结镇压革命人民非常气愤，毅然离开宪兵团，回到安徽加入坚持北伐的国民革命军第三十三军（军长柏文蔚），在该军政治部（部主任常恒芳）任上尉干事，不久他主动请求调第一师（师长袁家声）任第二、三团营副、营长。他性情豁达、慷慨磊落、勇敢善战、深得器重。随军追击张宗昌等军阀队伍，转战于合肥、宿县、徐州，直达山东。

1928 年，三十三军被迫解散，廖运升也因有共产党嫌疑横遭排挤，遂投奔爱国将领方振武为总指挥的第六路军，被派往第四十一军（军长鲍刚）任军部参谋。次年，方振武调回安徽任省政府主席，四十一军改编为第四十五师，廖运升随队返皖驻防在南陵、宣城一带。

方振武因参与反蒋，于 1929 年 9 月中旬被蒋介石扣押在南京，部下余亚农、鲍刚为营救方振武举行了反蒋兵变。廖运升参加与鲍刚等组织策划的芜湖兵变，被南京政府重兵包围。廖运升部队边打边撤至屯溪、祁门一带，坚持了两个多月。部队被打散，他化装至上海避难，靠亲友接济生活。安徽著名爱国民主人士岳相如等到安徽组织"护党救国军"，廖运升随行至定远、寿县、六安一带，组织了一支 3000 多人的队伍，但未展开活动。经挚友常持青（常恒芳家侄）介绍到安徽补充第二旅任第二团第一营营长，驻防大别山一带，执行对大别山革命根据地的封锁任务。他觉得"反蒋不成又来反共"很不乐意，仅几个月便辞职回凤台县，担任县治安大队长。九一八事变后，廖运升决定从戎杀敌，因而重返部队到独立第四十旅任中校参谋。部队北上抗日进入河南，改编为第九十五师二八三旅，他仍任参谋，活动在卢氏、信阳、新乡等地。

全面抗日爆发后，民国安徽省政府在廖磊主持下组建地方抗日武装。廖运升被调回安徽任保安第八团团长，在庐江、无为、桐城、霍山等地与日本侵略军进行过多次战斗。著名的有巢城阻击战、落儿岭（霍山县境）防御战，正阳关抗日等，得到多次表彰。

廖运升不仅抗日坚决勇敢，而且注意启发与鼓励下属的抗日激情，自编抗日歌曲教士兵演唱，对从沦陷区逃出的青壮年他都给予收容，组织铁肩队（即运输队）。他拥护国共合作团结抗敌的主张，在霍山、无为等战斗中与游击队互通消息，并肩战斗。

廖磊逝世后李品仙主持安徽省政，保安团被裁编，廖运升调往安徽省政府保安处任参谋主任，年底又被调往皖南行署任警保处长。"皖南事变"后辞职，居家赋闲。

1941 年底，汤恩伯任鲁苏豫皖边区总司令兼三十一集团军总指挥，驻防豫皖边境，堂弟廖运泽任该部第十四师师长，来到皖北阜阳，经其与第二路军挺进总指挥王仲廉推荐，廖运升来到汤部任党政大队长，负责集团军的干部训练。1942 年任挺进第五纵队少将司令，在涡阳、蒙城、太和一带与日军周旋。1943 年部队改为第一一七师，廖运升留任师长，划归第九十二军序列（军长先为李仙洲后为廖运泽），由于他坚持"枪口一致对外"，"不与共产党正面作战"的原则，因此受到非难。

抗战胜利，廖运升不愿打内战，于 1947 年初托辞回到南京，挂名国防部附员闲居。

1948年初，人民解放军长驱南下。廖运升与堂弟廖运泽在皖北正阳关组建暂编第一纵队，司令由廖运泽兼任，廖运升任副司令实际负责。其间通过凤台县参议张明诚与中共凤台县委联系，与人民解放军华东野战军、中原野战军有关部门进行了接触。同年秋，华野敌工部派朱淮明来到一纵队，协助廖运升组织部队起义，因故未成。年底另一堂弟廖运周在淮海战役中率部起义，南京国民政府派军统特务一个组到部队监视，并电"暂一纵队"退往江南。1949年初，廖运升被迫率队渡江至芜湖，在此通过爱国民主人士与中共地下党组织石原皋、方向明等联系。部队调防泾县时，与皖南游击队达成互不侵犯协议，并为游击队秘密送去电台1部。后"暂一纵队"改为暂一师，由泾县、太平退至浙江萧山县时又改为八十五军第一一〇师。

1949年5月4日，在浙东游击队的协助下，率全师近万人到达浙江义乌县宣布起义，脱离国民党。为摆脱国民党军队追击，廖运升在中原野战军十二军第三十五师李德生师长的接应下，把部队带到浙江金华兰溪进行改编。大部分官兵编入人民解放军随军至南京。

新中国成立后，廖运升先后担任南京市城市建设局秘书长、副局长。房地产管理局局长。1959年后调任南京市民革主委、省民革副主委、市政协副主席、市人大副主任等职。

1981年8月20日，在南京病逝，享年80岁。

（396）丘国珍

丘国珍（1894.5.3—1979.10.24） 别号聘之，广东海丰县人。海丰县立第一高等学校、援闽粤军军官讲习所第一期、日本成城军校、日本千叶步兵学校、重庆中央训练团党政高级班毕业、黄埔军校桂林分校军事政治干部训练班军官大队大队长。

早年任教，1918年5月从军，加入援闽粤军，历任警备队第三营第一连见习、第二营机枪连排长、警备队司令部副官、粤军第二路司令部特务连连长。1922年秋起任粤军第十三旅指挥部副官，第十四旅指挥部代理副官长，陈炯明部第二师副官长、团长。1925年初与翁照垣离职赴香港，后转南洋任教。1928年初赴日本留学。1930年5月回国，任第十九路军第六十一师第七旅参谋主任、特务营营长，第十九路军第七十八师第一五六旅参谋主任。1932 年夏随军入闽，任福建绥靖公署参谋，福建团务处少将主任兼干部训练所所长。参加福建事变，任福建省会公安局局长。失败后赴欧洲考察。1934 年底回到桂林，任第四集团军总司令部参谋处参谋，新编第一师少将参谋长，第四集团军总部少将高参。

1936 年冬任中央陆军军官学校桂林分校军事政治干部训练班军官大队大队长。1938 年 3 月 30 日任安徽省政府保安处中将处长。1940 年春起任安徽省党政军总办公厅主任、鄂豫皖苏四省边区战地党政分会中将委员兼秘书长。1945 年初任第十战区政治部中将主任。先后参加徐州会战、豫北会战、随枣会战诸役。1946 年起任第八绥靖区政治部主任，同年底退役。

后去台湾，1949 年秋移居香港，开设小店谋生。

1979 年 10 月 24 日，在香港病逝，享年 86 岁。

著有《抗日战争回忆》《军民联合的游击战术》《安徽省保安纪实》《十九路军兴亡史》《大别山八年抗战之回忆》《近代国防观》《锋镝余生录》等。

（397）沈庆霖

沈庆霖（1913—1942.1.3） 江苏省邳县土山镇人，第五战区徐州青年干部团，1939 年毕业于黄埔军校七分校十五期六总队炮兵科。1942 年 1 月 3 日，在第三次长沙会战中不幸中弹，为国捐躯。

出生在一个家境殷实的书香门第，父亲沈宪邦是一位儒商，还经营了"浴德池"。幼时聪颖过人，在父亲的督导下勤于读书，立志报国。及长，先就读于家乡小学，后来，沈宪邦将其送到徐州读中学。1934 年，考入南京高等中学。1936 年，到位于连云港的海州师范读书。

卢沟桥事变爆发后，时局紧张，学校停课，沈庆霖回到了家乡。在国难当头、民族危亡之际，沈庆霖没有贪恋优裕舒适的家庭生活，四处奔走乡里，宣传和寻求救国之道。

1937 年 10 月，沈庆霖没有顾虑年迈的双亲，丢下年轻的妻子和 3 岁的幼子，毅然脱下长衫换上戎装，参加了李宗仁的部队，走上了抗日救国的战场。

1938 年春，台儿庄大捷，这场战役极大的鼓舞了全国抗日军民的斗志，振奋了民族精神，使沈庆霖更加坚定了自己的信念。台儿庄战役后，沈庆霖随军转战南北，先后在安徽、河南、广东、广西、云南、贵州等地，屡立战功，逐渐成长为一名优秀的青年干部。他先后于河南潢川参训，1939年毕业于黄埔军校七分校十五期六总队炮兵科。

第一次长沙会战后，选派到第九战区干部训练团第二期步炮协同作战学习，1941年初，调任五十二军一九五师直属山炮营营长。由于第二次长沙会战我方炮兵没起到作用，所以战后沈庆霖会同王若卿、董浩等人对长沙周围进行了详细的测量，详细绘制了标点图，后来的事实证明，此举对第三次长沙会战步炮协同作战起到了不可估量的作用。

1941年12月23日，日军强渡新墙河，第三次长沙会战开始。这次会战，中国军队一改被动局面，在前两次长沙会战的基础上进一步总结经验，展开防御作战。沈庆霖山炮营直属一九五师，师长为梁凯、覃异之，在新墙河防御战中顽强阻击进犯的日军，战斗非常惨烈，战士们人人奋勇，个个争先，极大的挫伤了日寇狂妄叫嚣的气焰，为战役的最后胜利奠定了基础。

1942年元月2日，日军第三师团的石野联队向黄土岭一带发起了猛攻。薛岳将战区直属炮营全部交由李玉堂军长指挥，沈庆霖山炮营将预十师防守的阵地作为炮火支援的重点。当日拂晓，日军出动二十多架飞机对我前沿阵地狂轰滥炸，一场惊天动地的殊死战争就此展开。沈庆霖所率山炮营集中炮火，一改常规，不怕暴露目标，向敌机展开猛击，迫使敌机不敢轻易俯冲和低飞，配合地面部队，使来犯的日军伤亡惨重。日军为了突破中国军队防线，不顾国际公约，悍然使用了毒气弹。

1942年1月3日，预十师的第二道防线受到了空前惨烈的攻击。日军主力开始攻打东瓜山、红头山一带防线。敌军地面部队进展很快，道路破坏严重，重武器很难跟上，仅有的小型炮也被我方炮火压制。沈庆霖山炮营用密集的炮火给来犯的日军以沉重的打击，有力的支援了前沿阵地。日军下令第三师团偷袭我军修械所和山炮阵地，沈庆霖率全体官兵与来犯的日军展开殊死搏斗，工兵营、搜索连和输送连都投入了战斗，打退了敌军的11次进攻，彻底粉碎了敌军的企图。沈庆霖在指挥攻击来犯的敌机中，不幸中弹，为国捐躯，时年29岁。

战后，国民政府军事委员会命令，对第三次长沙会战牺牲的烈士入殓，在原军衔上加一级，沈庆霖属直属炮团级，被追认为陆军少将。

第九战区元月二十五日在岳麓山下开阔地举行了隆重的追悼会。用大量木材临时搭设的大礼堂，两边是国民政府官员和将军题的挽联，礼堂进门处摆放烈士灵牌，数以万计的名字按生前的单位，和追认后职位整齐的站立着，如同他们的身躯，战士持枪站立。沈庆霖的灵牌放在前面，两边写着，沈庆霖将军永垂不朽！挽联：三千里为国驰骋，忆当年壮志凌云，是御长风摧大敌，赤子雄心吟血，痛此时深仇未雪，惟凭赤胆慰英灵。寇犯长沙，大波轩起，捐躯为国，忠勇将士，正气浩然，彪炳青史。

追悼会由薛岳主持，全体官兵向烈士鞠躬，开过追悼会，又举行了庆功会。

沈庆霖自从离开家乡，每到一个地方，都给家中来一封信，因当时土山是沦陷区，他在信中只简单地说在外做生意，给家中报个平安。最后一封信是1939年底来的，还寄来一张照片（照片在"文革"中，红卫兵抄家拿走失落）。

抗日战争、解放战争中，家人与沈庆霖失去了联系。还是长沙第三次会战后不久，沈庆霖的同学吴守仁在贵阳部队，他给沈庆霖的父亲沈宪邦来了一封信。信中说："我听同乡讲，庆霖在长沙会战中，与日军作战，全营壮烈殉国。消息是否真实，我也无法考证。"这是从1939年底到今，得到的唯一庆霖的消息。

真正得知沈庆霖血洒岳麓的是1968年：

与土山镇相邻的薛集乡的薛振华也是国民党一九五师的，是在沈庆霖牺牲的当天（1942年元月3日）和他认老乡的。新中国成立后在郑州汽车修理总厂工作，改名薛家强，1968年回乡探亲，到"浴德池"洗澡，正巧碰到了沈庆霖的儿子沈德凡，见面他就对沈德凡说："你长得多么像你父亲。你父亲沈庆霖在1942年元月3日长沙第三次会战中，是炮兵营长。我给他送炮弹元月3日见了一面，还互相说了话，当天下午，这个炮兵营叫小日本飞机炸了，全营官兵无一幸免。"沈德凡把这消息告诉了母亲冯玉连，冯玉连流着泪说："庆霖的死活，总算有了音信！"

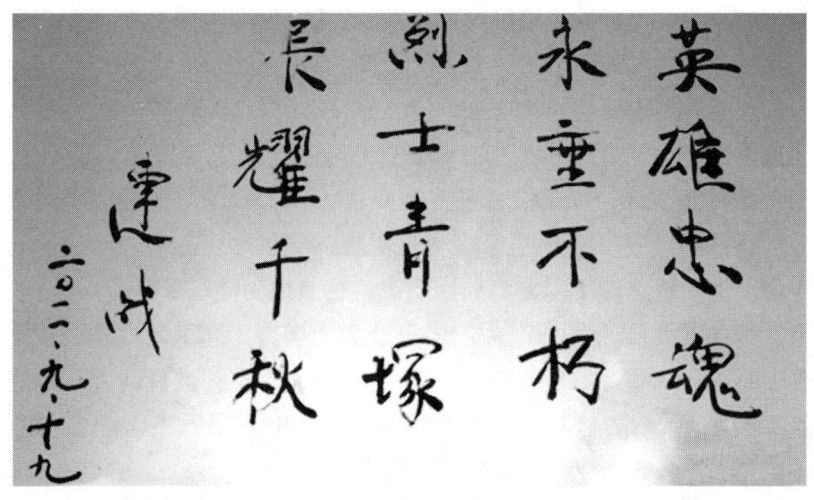

连战为沈庆霖题字

一直到2006年，沈庆霖的孙子沈祥忠到衡山南岳忠烈祠，在《永远的丰碑－国民党抗日阵亡将士英名录》中，查到了爷爷沈庆霖的资料，上面写着："53号，沈庆霖－1913年生，江苏邳县人。曾就读连云港海州师范，1937年抗战爆发，毅然投笔从军入李宗仁部，并毕业于黄埔军校七分校，十五期炮科。后任五十二军一九五师直属山炮营长。1942年元月在第三次长沙会战在岳麓山炮兵阵地不幸殉国，年仅29岁，葬于岳麓山烈士公墓，后被国民政府追认陆军少将。"

2007年8月27日，江苏省人民政府以苏政烈字第64号，下达了"革命烈士通知书"、邳州市人民政府：沈庆霖同志于1942年1月3日在对敌作战中壮烈牺牲，根据《革命烈士褒扬条例》第三条第（一）项规定的条件，已批准为革命烈士。发给其家属《革命烈士证明书》，并按革命烈士家属给予抚恤优待。

（398）盛子瑾

盛子瑾（1906—1954.12.9）　又名盛瑜，安徽省和县白桥后港人。黄埔军校第六期毕业，曾加入中国共产党，后被捕叛变。七七事变前在上海开过工厂。1938年在武汉和戴笠的门徒杨文蔚（医生）结婚，戴笠亲自参加婚礼，夸盛子瑾是他的好部下，因而盛子瑾、杨文蔚均成为戴笠特务系统中的一员。戴笠并赠杨文蔚无线电台一部，可直接与其保持联系。

盛子瑾原为六安县县长。因从日本侵略军手中收复了六安，于是在1938年，盛子瑾调至皖东北任安徽省第六区行政督察专员兼泗县县长及第五战区第五游击司令。

中共鄂豫皖省委派共产党员江上青、赵敏、周屯、谢景鸿、廖量之、吕亮平（吕振球）、吴云屯等10余人到盛子瑾部工作。11月，盛子瑾带七八十人枪进驻泗城东南的郑集，并连夜杀奔五河县城，逮捕、处决了维持会头面人物，委派李东逸代理五河县长。

五河局势稳定后，盛子瑾重返郑集，建立专署和县府机构，委派各区区长和队长。除从前任专员孙伯文的部下孟广太、马含章手中接收1000多条枪支外，又搜缴了群众自卫枪支，同时号召青年参加，不到3个月，即建立了几个抗日自卫团。

1939年春，盛子瑾开办了"军政干部学校"，自兼校长，秘书江上青任副校长，军事主任石青兼政治大队长，政治部主任为谢景鸿（3人均系中共地下党员）。

　　盛子瑾在筹措经费中，除截留省财政厅在泗县的全部税收外，又逮捕一些劣绅，罚款罚枪，因而触怒了地方豪绅。他们联合上告盛子瑾通共产党。安徽省国民政府看到以共产党为核心的进步力量迅速发展，对盛子瑾深为不满，"反盛""驱盛"之声日高。

　　是年秋，八路军新四军皖东北办事处处长张爱萍为开展皖东北的抗战工作，在灵璧北张大路开会，想调解盛子瑾与灵璧县县长许志远之间的矛盾。会上盛子瑾、许志远相互攻击，不欢而散。许志远企图杀死盛子瑾取而代之，于是与泗县的大地主柏逸荪、王广沛、王铸九等密谋，当 8 月 29 日盛子瑾偕江上青巡视灵璧，晚间骑马沿濉河堤回返青阳行至泗县刘圩东小湾子时，对盛子瑾突然袭击。盛子瑾只身逃脱，共产党人江上青等牺牲，是为"小湾事件"。

　　1940 年 1 月，安徽省府派马馨亭带千余人马到皖东北取代盛子瑾为"第五战区第五游击司令"，进驻泗县大柏圩子。中共苏皖区党委和皖东北抗日部队的主要负责人，认为坚持皖东北的团结抗战，必须"拥盛驱马"，乘其立足未稳而聚歼之。于是决定 2 月间（农历除夕），由新四军第四总队总队长张爱萍统一指挥，对马馨亭及其所部的驻地大柏圩子发起攻击。马馨亭带少数人逃跑，其余全部被歼。马馨亭逃到安徽省府，告盛子瑾联合共产党，对盛子瑾下通缉令。盛子瑾恐惧，于 2 月 29 日率其嫡系第四支队陈大尧部、第五支队杨子文部，并胁迫中共党员石青、赵敏、刘沛霖等，企图经淮南投奔在苏北的国民党军苏鲁战区司令李明扬，结果被新四军截获。新四军以抗战为怀，劝其留下共同抗日，盛子瑾未依从，遂发还部分自卫枪支，礼送出境。

　　日军投降后，盛子瑾在上海与美国第十五航空大队长陈纳德合股开设"中美棉业公司"，盛子瑾任总经理。1948 年，国民政府国防部军事法庭以"勾结日人走私"罪，判处盛子瑾有期徒刑 6 个月，因病准予监外执行。

　　1951 年 4 月 27 日，被上海市国家安全局以反革命罪逮捕入狱，1954 年 12 月 9 日，病死狱中，时年 48 岁。

　　　　　　　　　　　2001 年 2 月 20 日，得到平反，恢复名誉。

（399）孙伯龙

　　孙伯龙（1903—1942）　　原名孙景云，字伯龙，山东峄县陶官乡李庄人。黄埔军校第六期步兵科。

　　峄县韩庄小学、济南省立第一师范毕业。

　　1926 年考入黄埔军校第六期预科，参加北伐战争。

不久加入了国民党。1931年到博山、安丘两县国民党县党部任职。1934年，终因他对国民党的明争暗斗的"官场"不满，离开了国民党县党部，回到峄县创办文庙小学，积极从事抗日救亡活动。

七七事变后，孙伯龙在家乡组建一支百余人的抗日武装。1938年6月，孙伯龙经朱道南提议，与邵剑秋等部组成山外抗日军四部联合委员会，孙伯龙任该会副主任。联合之后，于运河两岸开展游击战争。是年12月，组建八路军一一五师运河支队，孙伯龙任支队队长。1940年11月，孙伯龙调任鲁南军区副司令。1941年2月率峄山、运河支队、峄县县大队和教导二旅五团三营，重新开辟黄邱山套抗日根据地，建立了黄邱、旺庄、新河等游击区，并控制了微山岛。

1942年1月1日晚，峄山支队与驻村村民举行欢度新年晚会，日军乘机集结千余主力星夜奔袭，2日拂晓包围了毛楼子村，孙伯龙突围中不幸牺牲。

罗荣桓曾高度评价了孙伯龙的一生是坚持团结抗战的一生。

2014年8月29日，民政部公布第一批著名抗日英烈和英雄群体名录，孙伯龙名列其中。

（400）田培才

田培才（1918.4—2007）　山东峄县殷村（今枣庄市市中区齐村镇殷村）人，出身于书香世家，峄县卓阳田氏家族之后裔，家居三子。"四县边联"联络员，黄埔军校第十五期步科、黄埔军校政治训练班第八期毕业，后留本校，任第十八期二总队副官。

1929年，考入中兴中学，两年后考入中兴公司职业中学商科。1936年，在济南齐鲁中学就读，后转入北平志诚中学就读。高中二年级时，七七事变爆发。旋即回家乡，担任"四县边联"联络员，并且参加"上海旅沪同乡会战时服务团"，在枣庄从事抗日救亡工作。

1938年3月16日，滕县落入敌手，田培才即行南下到达徐州，仍在"上海旅沪同乡会战时服务团"工作。到达江西南昌后，考入江西青年服务团，从事抗日宣传救护工作，后转到陆军第十五师政治部工作，参加了江西九江"马当战役"。随后，考入黄埔军校第十五期。毕业后，分配到陆军第一六四师第九七九团和第九八〇团任连指导员。部队到达成都后，又转入黄埔军校政治训练班八期受训，期满后留本校第十八期二总队任副官。

1941 年，考入中央警官学校正科第十三期学习，毕业后分配到西安警察局工作，数月后，调到陕西省民政厅警务科。一年后，调任陕西省礼泉县政府任军事科长。半年后，又调回西安中央警官学校西安第一分校军官转业警官甲级学员总队，任少校，后晋升中校教官。

数年后，调到徐州警察局任保安大队副大队长。后来任命为徐州坝子街警察所长，因嫌官职低，不符合身份而未到任，遂到安徽淮南市田家庵长淮水上警察局田家庵分局任副局长。数月后，经国民党中央委员、中央警官学校教育长介绍给山东省主席王耀武（王是第三绥靖区司令官）。到济南后，首先拜访了他在警官学校学习时的教官、山东省警官训练所所长马佩行。马佩行说："现在局势不好，你来山东干什么？"然后又说："先在我这干着吧。"遂任命他为临时教官，并安排住在胶济铁路护路司令闫毓栋家中。几天后，马来电话说王耀武司令召见。某天晚上，他见到了王司令官（省主席），与他谈了一些话。王耀武最后说："你的工作由刘秘书长安排。"没过几天，省政府任命他为东平县警察局长。接到任命不久，又逢济南告急。县长、县参议长催他立即到任。当时看到形势不好，立即离开济南转到徐州，又赴南京后借病辞职。

1948 年，到国家警察总署见到了教育长李骞，给他提供三个去处选择。一是去台湾，二是去杭州，三是去上海。结果他选择先到上海，在那里见到了王国栋局长。王说："现在局里人多事少，多数地区已由共军占领，无适合你的职位，你先等着，工资照拿，以维持生活。"此时，济南已经解放。几天后，淮海战役拉开序幕，时局紧张。这时他大哥田培相已来上海，于是他兄弟二人等南下，辗转到了广州，靠跑单帮生意维持生活。后在香港与郭子化、朱道南等取得了联系。

广州解放后，他一人先行北上，到达蚌埠时，遇到了小学同学、皖北行署工商处长李继祥。此时，刚解放不久，安徽尚未建省，分南北二署。北行署在合肥，南行署在屯溪。由李介绍他在皖北粮食公司工作，从此踏上了革命征途。一年后，调到天津华北区石油总公司工作。在支援大西北时，由天津调赴甘肃省商业厅。后辗转多个单位，直到 1962 年，回归乡里务农。享受退职老干部待遇，定期定额发给救济金维持生活。

1981 年，在枣庄市市中区渴口乡史志办工作。同年，被推举为第一届区政协委员，后又连任第二至第六届区政协委员。曾任枣庄市侨联代表、枣庄黄埔军校同学会会员及市中区联络组长、台属联谊会理事等职。住齐村镇殷村，颐养天年。

1984 年 9 月，加入民革。

2007 年，在枣庄逝世，享年 89 岁。

田培相、田培桂、田培才 3 人简历由《一门黄埔三兄弟》（田培才笔述，孙法寅整理）等材料编写。

（401）田培桂

田培桂（? —1944）　字芳村，又名田滔，山东峄县殷村（今枣庄市市中区齐村镇殷村）人，出身于书香世家，峄县卓阳田氏家族之后裔，家居次子。"四县边联"联络员，黄埔军校第十七期步科。

先后读于枣庄南马道小学，济南爱美中学，毕业后在枣庄南马道小学执教数年。

在抗日军兴后，任"四县边联"联络员。后随兄到成都考入黄埔军校第十七期步科。毕业后，又到军令部谍报参谋人员训练班受训一年，结业后，被分配到陆军九十七师任上尉参谋，翌年，晋升为中校参谋兼谍报队长。适逢豫西战役爆发，该师奉令阻止日军前进。当时他在灵宝县与该县县长处理汉奸时，枪决了一名汉奸，后闻大队已转移，在陇海铁路常家湾与日军相遇，发生遭遇战，因寡不敌众，被日军打散。他与警卫员 3 人壮烈牺牲，遂葬于此处。战后，该师师长胡希元上报军长刘安祺，此时刘军长已到西安宏济医院养病。刘得知后，当即打电话询问田参谋如何，胡师长只报说是"失踪"。

嗣后，长兄田培相亲赴灵宝县调查事实真相。证实牺牲后，上报国民政府军事委员会，获准按抚恤条例，晋升一级，追认为上校参谋，同时颁发抚恤令。

留有一子一女。儿子在天津市模型厂工作，已退休。女儿田秀贞居住美国，其丈夫在美国空军俱乐部工作。

（402）田培相

田培相（1903—1977）　字式如，名国政，中华人民共和国成立后，改名毅人。峄县殷村（今枣庄市市中区齐村镇殷村）人，出身于书香世家，峄县卓阳田氏家族之后裔，家居长子。黄埔军校第十八期步科二总队毕业。

曾祖父田广誉，清朝贡元，颇有才名。当时峄县有"南郑北田"之称。因开采煤矿失败，年仅 40 余岁即行去世。

祖父田铭，因家道中落，适耕度日，享有文昌阁典

籍之衔。

其父田毓沅，1880年出生，字湘南。幼从叔父田铨攻读私塾，后就读于济南师范学堂和兖州蚕桑学堂。曾任清化县教习，峄县师范讲习所所长，峄县劝业所所长（后更名为实业局，任局长），枣庄南马道小学董事会主任，长芦盐运使公署咨议，济兖道尹公署第一科长。

北伐成功后回归乡里，联络地方土绅梁允富、金汉岭、金鸿才、金仲藩、金叙五、田毓岳、董鸣凯、董鸣峄、刘文卿等人，依照国民政府教育部公布的《利用寺庙办学管理条例》，在枣庄南马道利用结义庙，成立校董会，并推举为校董会主任创办南马道小学，即现在市中区实验小学的最早前身。是峄县最早创办师范教育的开明人士之一，枣庄教育界名流。

由于当地屡受土匪侵扰，田毓沅与崔蘧庵、田毓岷合作组织地方武装，峄县人民自卫团，有力保护了峄北士、农、工、商的人身和财产安全，造福一方百姓。

抗战全面爆发后，他协助族兄田毓珉（田瑶峰）成立临、郯、费、峄四县边区联庄会（简称"四县边联"），打击日寇，并与共产党员郭子化、朱道南、李微冬等人领导的抗日义勇总队联合，活动于枣庄北部山区，与日寇周旋。在艰苦的抗战岁月中，积劳成疾。

1939年3月，去世，终年59岁。作为枣庄市教育界知名人士，收入《（枣庄市）市中区志》。

田培相幼年就读于峄县第一小学，后考入山东省公立工业专门学校金工科。毕业后，经金宝鼎（字铸九）介绍到中兴煤矿公司任绘图员，不久因军阀混战，枣庄煤矿停产而失业。

此后，他被委派为国民党山东省党部中兴煤矿公司整理委员会整理委员，接着又被选为峄县第二区国民党党部组织委员，县国民党党部执行委员，同时兼任南马道小学教职，未几年，升任校长。由于办学成绩突出，是峄县4个完全小学（除矿办中兴小学外）设备较全、班次较多的一流学校，故被选为峄县教育会常务理事。枣庄镇成立镇公所时，任副镇长，是教育界知名人士，并被选为"国大代表"候选人，为枣庄实权派人物。因与县政府第五科长、教育委员朱道南、峄县督学张捷三、教育界人士李微冬等人关系密切，故结为最早的国共统一战线。

抗日战争全面爆发后，到族伯田毓岷等人组织的"四县边联"中任大队长，与郭子化、朱道南、李微冬等人所领导的抗日义勇队结为军事同盟。其间，曾率队夜袭卓山日军碉堡，因熟悉地形，打伤两名日军，打击了日军的嚣张气焰。

由于"四县边联"解散，于1939年初，田培相携二弟田培桂几经周折奔赴大后方，考入黄埔军校本校第十八期步科二总队学习。毕业后，被分配到第六十一军任上尉副官，后调入第十一战区副司令长官部任少校副官。

抗日战争胜利后，调到胶济铁路护路司令部任中校参谋。后因家庭生活困难，弃戎经商，往返于湖南、广州、香港等地，此间经常与共产党人朱道南等保持联系。广州解放后，经山东省第一副主席郭子化写信介绍给广东省人民政府副主席方方，由广东省政府资助路费回山东，安排在自然科学研究所任研究员。

新中国成立后，田培相为二弟田培桂办理烈士手续时，延误工作3月之久，不能回原单位工作，遂到天津，经他的学生梁克一（时任华北石油公司总经理）介绍，到北京石油供应站工作，因年老体弱多病，辞职。后去长女秀真处颐养天年。

生有4女，长女田秀真大学毕业后，分配到辽宁省华铜矿任会计师，已退休；次女田秀华在台湾省台北市实验中学任教，已退休；三女田秀芝，在辽宁省华铜矿工作，现已退休；四女田秀玲在枣庄大观园家具公司工作，也已退休。

1977年逝世，享年74岁。

（403）尤广才

尤广才（1919.9.3—　　）　山东峄县台儿庄人。黄埔军校二分校十六期十九总队毕业。

自幼家境贫寒，只读完小学，继在峄县图书馆当见习生二年，由于勤奋好学，打下中学文理两科基础。

1938年4月，日本侵略军兵临城下。忠孝不能两全，跪别老母，逃出家门。适值徐州会战，随军撤退，辗转于苏鲁皖豫地区，逃出敌人包围，至潢川考进武汉战干一团。武汉会战，战干一团转移四川，途经常德、桃园。分科时，志愿战场杀敌，编入军校二分校十六期十九总队独立军事大队。继沿乌江入川驻进綦江三角镇完成军事教育。

1940年，军校毕业后，留战干团任区队长。1941年分配滇南中越边境第五十四军特务营任排长。1942年调升第五十师师部特务连任连长。1944年4月，第五十师调赴印缅战场，编为中国驻印军新一军。反攻缅甸，亲历密支那战役和西保战斗。迄今仍保存在南京第二历史档案馆"陆军第五十师缅甸西保战役有功官兵勋绩表"附表第八，功勋事迹："师特务连上尉连长尤广才，军校十六步，忠勇果敢，指挥从容，行动坚决，于三月十六日，攻破敌坚固阵地，追敌至数英里，使敌不遑而抵抗。"

1946年至1948年在第五十师第一五〇团曾任副营长、营长、团附等职，参加东北国共两党三年内战。1948年11月辽沈战役，国民党军队失败，主动投诚，在抚顺解放军官教导团学习，半年后遣返沈阳。自此沦为"历史反革命"长达32年。

1958年被关进天津茶淀清河农场劳动教养。1965年春，下放山东枣庄原籍，就地监督改造。经历10年"文革"由于作风正派，克己为公，得到地方政府宽大处理。

1979年，全国平反冤假错案，被摘去"历史反革命"帽子，转为国家正式公民。1980年当上枣庄市市中区西王庄乡中学英语教师。连续三届当选西王庄乡人大代表，担任枣庄市第三、四届政协委员和枣庄市政协文史委员。

1986年4月参加南京黄埔军校同学会，任北京市黄埔军校同学会第四、五、六届理事。

曾在中国教育国际交流协会和美国国际应用教育学会联合举办的读书竞赛中获得三等奖。1990年退休，1993年初女儿将他接到北京安度晚年。

到北京后，积极参加北京市民革和北京市黄埔军校同学会活动，经常与他在台湾和美国的同学通信联系，为海峡两岸和平统一，为联络两岸黄埔同学做出相应工作。他曾任朝阳区统战部台湾事务办公室特约通信员，经常向台办报道台湾信息，多次受到区委表彰。

近些年相继在中央电视台、北京电视台、凤凰卫视、香港卫视、荷兰国家电视台、搜狐视频的节目中出镜亮相，《三联生活周刊》、阳光卫视、香港《长城》杂志给他做了专访，《星岛日报》《文史参考》《法制晚报》等多份报纸对他进行报道。特别是，2014年7月7日和9月3日两次受到习近平总书记的亲切接见。

《潮流》杂志为他出版了回忆录《血鉴》。至今思路敏捷，每天看书、读报，写作不辍，他的精神生活十分丰富。

（404）赵达源

赵达源（1907—1940.4.12）　字德泉，云南大理县中和镇人。云南讲武学堂十九期步兵科，黄埔军校第四期。国民政府追晋赵达源为陆军少将。

少时家贫，曾读于云南省立高级农科中学，因受孙中山领导的民主革命的影响，弃学从军。1926 年考入云南讲武学堂十九期步兵科，后考入黄埔军校第四期。毕业后，被分派到滇军第五旅，历任排长、区队长、连长等职。

1934 年转战来皖，升任少校营长，不久升任安徽省保安第九团中校团副、宣城保安警察大队队长等职。1937 年，抗日战争爆发，升任安徽省保安第九团上校团长。赵达源将妻小送回云南老家，并致书双亲，壮言其志：

"值此国家受侵，山河破碎之际，送回妻儿以慰双亲。儿一心逐鞑虏，荡日寇，精忠报国，为还我中华，尽天下兴亡匹夫有责之职。"

时芜湖、安庆相继沦陷，他率部转战江淮，屡屡获胜，常获嘉奖。

1938 年 6 月，皖保六团调防寿县，受桂军第一三八师第四一二旅指挥。1940 年 4 月 11 日，日军第十四师团意图扩展淮蚌据点，于是组织 1 个骑兵联队附山炮 2 门沿淮南路北上强袭寿县。第四一二旅龙炎武旅长命令赵团长坚守寿县，并由正阳关调入步兵二连支持。赵团长命疏散城内群众与随军眷属，部署城防，抢修工事。赵部连同援兵 2 个连以及寿县自卫大队，共官兵 1700 余人。但均属保安团队，战力较弱。

4 月 12 日凌晨，日军对寿县展开正面强攻，部署在城郊的皖保六团第三营各连阵地被日军截断包围，营长区连文少校不得不指挥各连突围，向县城靠拢。日军快速逼近北关集。保六团守军在城北的北门桥设伏，在日军过桥时以交叉火网扫射，日军当场被击毙 100 余人。在北门挫败之后，日军向城东，城南延伸，以山炮支持三面攻城，其炮兵并使用催泪炮弹炮轰城内第一连阵地。

赵团长以战况紧急，向龙旅长急电求援。但龙旅长不愿出兵，仅严令赵团长坚守县城。此时日军以主力猛攻较薄弱的城东南角，因为寿县城墙在 1938 年拆毁城堞，所以城上守军目标暴露，伤亡惨重，日军才突破东南城门，并马上以机枪控制城东与城南。守军在日军火网下于城内拼死肉搏，战况惨烈。在激战中赵团长与 6 名随身卫士在机枪火网下壮烈牺牲，时年 33 岁。

抗战胜利之后，寿县政府在西门勒碑纪念。

（405）朱道南

朱道南（1902.8.31—1984.3.1）　原名朱本邵，山东峄县张范乡北圩村人。1925 年夏参加共产主义青年团，1926 年考入武汉中央军事政治学校黄埔分校，后转长沙黄埔军校第三分校（属黄埔军校第六期）。1927 年随叶剑英参加广州起义。历任鲁中南行署秘书长，鲁苏边区统战部长，第五战区抗日义勇军总队三大队负责人，八

路军运河支队政委，山东省人民政府办公厅副主任，华东军政委员会机关事务管理局局长，华东行政委员会办公厅副主任，上海房地局党委书记兼副局长。

20世纪50年代开始发表作品。他以自己的亲身经历撰写了反映第一次国内革命战争时期青年知识分子命运的革命回忆录《在大革命的洪流中》一书。1962年改编成电影剧本，拍成电影《大浪淘沙》，激励了一代青年。

父亲朱玉煊是当地有名的乡村塾师。朱道南4岁丧父，同父异母兄弟四人，他排行老四，亲母只生了他和一个姐姐。

父亲去世后，朱道南孤儿寡母相依为命，日子过得十分艰难。朱道南在舅父和小学教师张捷三等人的帮助下，读完了小学。在上小学时，朱道南阅读了不少旧小说如《响马传》《七侠五义》《水浒》等，他十分同情穷苦人民，憎恨贪官污吏、更钦佩那些杀富济贫的英雄好汉们。1922年，即将结束小学学业的朱道南，由于刚直不阿，善打抱不平，得罪了大地主的儿子黄僖棠，为了躲避报复，他与要好同学谢拙民、杨荣林连夜逃离家乡，在路上他们又遇到了为躲避仇人而出逃的地主的儿子孙之斌，于是四个人一起去了济南。在济南，四个人一起考入济南师范讲习所，1924年又考入了山东省立第一师范。

在省立第一师范，朱道南开始接触进步学生和进步思潮，这为他日后走上革命道路打下了基础。当时的省立一中，已有不少学生加入了共青团，田慕翰就是其中的一个。在省立第一师范，朱道南等很快便与田慕翰走在了一起，并在田慕翰的影响下经常参加共青团活动。在共青团的活动中，朱道南、谢拙民、杨荣林又结识了曲阜青年公今寿，再加上一同跟来济南的孙之斌。这五个人便是后来《大浪淘沙》电影中主要人物的原形。

1930年朱道南因病回到家乡。1932年创办"南华书店"，引导青年走革命道路。

抗日战争爆发后，他和刘景镇等人领导了"邹坞暴动"，建立起一支百人的鲁南抗日自卫团。1938年3月，在墓山与郭致远所率大北庄抗日武装合编，成立苏鲁人民抗日义勇总队。6月，山外抗日四部联合委员会建立，朱道南任主任。1939年9月，任峄县抗日运动委员会主任、运河支队政治委员。1940年9月任峄县县长，1943年8月任秘书长。

新中国成立后，先后担任山东省干部学校党委书记、山东省人民政府办公厅副主任、华东军政委员会办公厅副主任、华东行政委员会机关事务管理局副局长、上海市房地产管理局党委书记、副局长、顾问。

1977年当选为上海市政协第五届常务委员，1978年7月，中央组织部批准其行政级别为副省级。

1984年3月1日，在上海病逝，享年83岁。

朱道南逝世后，中共上海市委、市政府专门成立了治丧委员会。时任上海市委组织部副部长的曾庆红是治丧委员会的成员，时任上海市常务副市长的吴邦国同志也参加了追悼会。朱道南的家乡——枣庄市市委、市政府委派时任枣庄市副市长的汪纪戎、原枣庄市政协主席高继信等代表专程到上海悼念。

1984年7月经中央组织部批准，享受上海市副市长级待遇。

第十二章　台儿庄大战战略配合中的八路军、新四军

卢沟桥事变爆发后，国共两党终于捐弃前嫌，结成了抗日民族统一战线，双方携手团结，共同抗日。

中国共产党与国民党经过谈判达成协议，1937 年 8 月下旬，中国共产党领导的工农红军改编为国民革命军第八路军，朱德任总指挥，彭德怀任副总指挥，叶剑英任参谋长，下辖第一一五师、一二〇师、一二九师 3 个师，共计 3 万余人。于 10 月将在江南八省的红军游击队改编为国民革命军陆军新编第四军，叶挺任军长，项英任副军长，张云逸任参谋长。

针对日本帝国主义发动的大规模军事进攻，国民党政府做了相应的军事部署。1937 年 8 月上旬，国民党在南京召开了有共产党人周恩来、朱德等参加国防会议，决定在华北采取三道防线即以保定至沧州一线为第一线，以安阳到济南为第二线，以洛阳经郑州、开封、徐州到淮阴一线为第三线。并且成立了最高统帅部，蒋介石任海、陆、空军大元帅，将全国划分为 6 个战区，第八路军归第二战区指挥作战。按照国共两党的协议，国民党军队担负正面战场的作战，第八路军担负敌后战场的作战。这种分工在当时是必要的也是适当的。

八路军不但在战略上配合友军，作战方针上提出建议，而且在战役上直接配合了台儿庄大战。1938 年 2 月，蒋介石曾在武汉特地召见彭德怀，询问道："是否可以在青纱帐起时派队袭击津浦线，声援徐州会战？"彭德怀当即慨然回答："为了配合徐州会战，不待青纱帐起即当派队前往！"[1] 3 月 5 日，朱德、彭德怀先后电令刘伯承、徐向前、邓小平、聂荣臻等，派出得力支队"向津浦线袭扰"，积极"配合津浦北段作战。"[2] 3 月 13 日，朱德通过在武汉的

---

[1]　唐培吉等编：《两次国共合作史稿》，浙江人民出版社 1989 年版，第 302 页。

[2]　《朱德年谱》，人民出版社 1986 年版，第 184、188 页。

八路军参谋长叶剑英，曾向国民政府军委会蒋介石将军作过这样的报告[1]：

委座钧鉴：

晋东粉碎敌军九路围攻后，职等遵照钧座意旨，曾令129师副师长徐向前率该师所属一旅，东出津浦线，配合鲁南主要战线作战，现该部已逾南宫东进，迫近津浦线行动。谨呈鉴核

职　朱德　彭德怀转

徐向前部与先期抵达冀南的陈再道挺进支队、孙继先东进纵队、宋任穷骑兵团一起，结合地方抗日武装，消灭了大量日军、伪军，收复县城30余座。

与此同时，一二九师在晋东南粉碎厂敌人3万余人的九路合围，分散和牵制了日军主力，有力地配合了台儿庄战役。在整个徐州会战期间，华北八路军不断袭击敌人，牵制了敌人的大量兵力，出色地从战役上配合了台儿庄大战。毛泽东指出："敌攻鲁南时，整个华北5省的游击战争，对于配合鲁南我军的战役作战，也尽了相当的力量。"[2]

关于全国各战区，特别是华北敌后游击战对台儿庄大战配合所起的作用，国民政府军事委员会政治部部长陈诚说："目下敌军在中国境内各战场者（东北4省不算），计共有50余万人，而参加台儿庄会战不过五六万人，彼何以不抽调它处兵力增援，此盖因我国自采用游击战以来，各处围歼其小部，袭击其后方，即如山西境内，我方有20万之游击队。遂使敌五师团之众，只能据守同蒲路沿线，不敢远离铁路一步，其他平汉线以及江北、江南、浙西各战场，均自顾不暇，遑言抽调，以远水不救近火，故台儿庄之战胜，在战略上观察，乃各战场我军努力之总和，不可视为一战区之胜利、简言之、即我游击战运动战，在战略上之功效也。"[3]另外，中共地下工作人员也为第五战区提供了军事情报，帮助李宗仁指挥台儿庄战役。

当时在中共中央北方局情报机构工作的谢甫生同志，冒着生命危险获得了日军第十师团（矶谷廉介）的兵力编制、各级指挥官名单、武器装备、军事布置等绝密情报。根据中国共产党的指示，设法将这一情报转到了李宗仁

[1]　王辅著：《日军侵华战争》，辽宁人民出版社2015年2月版。

[2]　《毛泽东选集》第二卷，人民出版社1991年第二版，第417页。

[3]　《抗战中的中国军事》，河南人民出版社1981年12月版。

第五战区司令部。台儿庄大捷后，李宗仁特电报给谢甫生，赞扬并感谢他为台儿庄大捷作出的贡献。

全面抗战以来，中国共产党就提出要实行全国军事的总动员和全国人民的总动员。"全中国人民动员起来，武装起来，参加抗战，实行有力出力，有钱出钱，有枪出枪，有知识出知识"[1]，强调"只有全面的民族抗战才能彻底地战胜日寇"。[2]因此，八路军不仅在敌后游击战争中，积极地发动群众，组织群众，武装群众，在友军进行台儿庄战役前后，也做了大量的群众工作，有力地配合和支援了台儿庄战役。

战略要地徐州是第五战区司令长官部的所在地，以徐州为中心的苏鲁豫皖一带中共党组织活动非常活跃。1937年11月初，郭子化奉命来到徐州，正式建立了苏鲁豫特委，郭子化任书记，张光中负责组织，冯彬如负责宣传，刘文以特派员身份参加特委领导，郭影秋任特委秘书。[3]至1938年5月徐州沦陷前，苏鲁豫各县的党组织都恢复和发展了起来。

李宗仁对民众动员工作比较重视。他到徐州后，提出要成立第五战区民众抗日总动员委员会，以团结各界人士共同抗日，并聘请中共苏鲁豫特委书记郭子化任总动员委员会委员。动委会是半官方、半群众性的组织，李宗仁亲任主任，下设组织、宣传、战勤、情报4个部。中共苏鲁豫特委决定利用这个机构，来开展抗日民族统一战线和发动群众的工作。经徐州民众教育馆馆长赵光涛推荐，特委秘书、中共铜山工委书记郭影秋担任了总动员委员会组织部总干事。而总动员委员会的各部部长，副部长多为挂名的，实际工作主要由总干事承担。于是，郭影秋选调了几名共产党员到组织部担任青年干事和职工干事，掌握了组织部的实权。

总动员委员会成立后，各县也相继成立了动员委员会。中共苏鲁豫特委通过郭影秋，用总动员委员会组织部的名义派干部到各县，担任县动员委员会指导员，处理动员委员会的日常工作，发动群众，训练干部，广泛宣传抗日政策。与此同时，特委还通过总动员委员会组织部建立了各种抗日群众团体，有全区性的，也有各县的。如1937年12月成立的徐州职工抗日联合会，1938年2月召开的青年代表会及其建立的第五战区青年救国团，以及先后成立的第五战区农民抗日救国会、妇女抗日救国会、儿童团、姊妹团等。据统计，

[1] 《毛泽东选集》第二卷，人民出版社1991年第二版，第355页。
[2] 《毛泽东选集》第二卷，人民出版社1991年第二版，第354页。
[3] 郭影秋：《苏鲁豫特委和湖西地区党的斗争历史回顾》，《济宁地区党史资料》第二辑。

1937 年底到 1938 年初，中共苏鲁豫特委活动区域的民众团体，多达 1518 个，36 万人。由于这些抗日群众团体的努力工作，使这一地区各阶层群众普遍发动团结起来，激发了他们的抗日热情，为台儿庄战役的胜利奠定了群众基础。

1938 年 3 月，台儿庄大战打响。中共苏鲁豫特委书记郭子化号召各抗日团体和广大群众，积极行动起来配合并支援台儿庄战役。总动员委员会举办了"保卫徐州宣传周"，共产党人为之起草宣传提纲。郭影秋带领第五战区宣慰团，到战区各县进行抗日宣传和慰问工作。特委和各县委通过各级动委会，组织了宣传队、担架队、运输队、救护队，奔赴台儿庄前线，积极支援参战部队。台儿庄地区的民众，更是奋不顾身，在台儿庄战役最激烈、最艰苦的时候，在日军占领了全庄四分之三面积的困境下，我坚守部队的物资供应十分艰难。台儿庄人民群众冒着枪林弹雨和敌机轰炸的危险，为士兵煮饭送水，救护伤员，运送弹药。有的还从死伤的士兵手中，接过武器直接参加战斗，情景感天动地。李宗仁将军感慨地说过，在台儿庄战役中"民众的力量和军队配合起来了，帮助军队输送伤兵的是民众，当侦探的是民众，帮助军队输送枪弹、粮食的也是民众。这些民众完全是赤诚地表现他们的爱国热情，充分地担负起救亡的责任来了"。[1]特别指出的是，在台儿庄战役的参战的各国民党军队中，还有中共地下组织的存在和为数不多的共产党员在活动。他们根据上级党的指示，严守组织纪律与党的机密，以爱国军人的身份出现，坚守在台儿庄战役中的各个战斗岗位上，以奋勇杀敌的勇敢精神和为国捐躯的浩然正气，起到了共产党员在民族战争中的模范作用，为台儿庄大战的胜利，作出了应有的贡献。这是一批无名烈士和无名英雄，后人也不应当忘记他们。

台儿庄战役打响后，引起了中共领导人毛泽东、周恩来等人的高度重视。武汉的《新华日报》和延安的《新中华报》，逐期报道战役的进展情况，指出此役对于打破日军以占领徐州和打通津浦铁路南北两段为目标的战役计划的极端重要性，唤起人们对台儿庄战役的关心。在战役最激烈的时刻，新华日报社的记者，还冒着生命危险亲临战场采访，进行战地报道，为台儿庄大战造势宣传。

4 月 7 日台儿庄战役胜利后，在武汉的中共领导人及八路军办事处、《新华日报》社的全体人员，同武汉三镇人民群众一道，参加了规模盛大的"祝捷火炬大游行"。延安各界也举行了热烈的庆祝活动，庆祝台儿庄战役的伟大胜利，称赞这一胜利"写下了抗战史上最光荣的一页"。4 月 5 日，周恩来在武汉发表广播讲话，在 6 个方面，阐述了台儿庄战役胜利的伟大意义。

---

[1]　何仲山：《血战台儿庄》，北京燕山出版社 1987 年版，第 155 页。

1938 年 5 月，毛泽东在总结抗战 10 个月的经验时，写下了著名的军事论著《论持久战》。其中，有多达 13 处谈及台儿庄战役，如："每个月打得一个较大的胜仗，如像平型关、台儿庄一类的，就能大大的沮丧敌人的精神，振起我军的士气，号召世界的声援。"[1]毛泽东不但指出了台儿庄战役的意义。而且总结了台儿庄战役的经验，并提高到战略战术上来考察，认为台儿庄战役所实行的正是共产党人所主张的"战略防御中的战役和战斗的进攻战，战略持久中的战役和战斗的速决战，战略内线中的战役和战斗的外线作战"，正是持久战的抗日战争的战略方针所必须。《论持久战》不但被共产党人和全国人民视为经典，也为忠诚抗日的国民党军将士们所赞赏。白崇禧当时就将此书印行 10 万册，发给每个桂系军官阅读。

1937 年 8 月 20 日，在第五战区成立之时，国民政府军事委员会所颁布的第五战区战斗序列中，将新四军第四支队纳入第十一集团军（李品仙）战斗序列。在台儿庄战役前夕，周恩来在武汉主动向副参谋总长白崇禧提出，将命令活动在津浦铁路南段一带的张云逸部新四军，协同李品仙、廖磊等桂军作战。因此，活动在津浦铁路南段的张云逸部新四军和位于北段的第八路军一二九师一部，不断袭击日军，从战略和战役上配合了李宗仁指挥的台儿庄战役。

台儿庄战役时期可以说是国共两党第二次合作，配合最好的时期。因此，台儿庄大战的胜利也是国共合作结出的硕果。

一、第八路军第一二九师战斗序列及台儿庄之战略协作

第八路军战斗序列（1937 年 8 月成立）：

总指挥：朱　德

副总指挥：彭德怀

参谋长：叶剑英【黄埔教授部副主任】

副参谋长：左　权【黄埔一期】

政治部主任：任弼时

副主任：邓小平

第一二九师

师长：刘伯承

---

[1]　《毛泽东选集》第二卷，人民出版社 1991 年第二版，第 485 页。

　　　　　副师长：徐向前【黄埔一期】

　　　　　参谋长：倪志亮【黄埔四期】

　　　政治部主任：张　浩

　　　　　　　　　蔡树藩

　　　　　副主任：宋任穷

　　　　　　　　　刘志坚

　　　　　　　　　黄　镇

　　　　　　政委：张　浩

　　　　　　　　　邓小平

　　第三八五旅旅长：王宏坤

　　　　　副旅长：王维舟

　　第三八六旅旅长：陈　赓【黄埔一期】

　　　　　副旅长：陈再道

　　　　挺进支队：陈再道（兼）

　　　　东进纵队：孙继先

　　　　　骑兵团：宋任穷

　　1937 年 10 月，陈赓就率领第三八六旅一进入抗日战场，以三战三捷闻名全国。他先是在山西省平定县的长生口的七亘村在同一地点两次设伏，以伤亡 30 余人的代价，共歼灭敌 400 余人。几个月后，陈赓巧用"引蛇出洞计"，在神头岭设伏，两个小时肉搏加枪战，毙伤鬼子 1500 余人，缴获长短枪 500 多支。随后，又在响堂铺设伏，一个"口袋阵"套住 500 多鬼子，毙伤其官兵 400 多人，缴获汽车 180 辆。八路军总司令朱德和副总司令彭德怀邀请国民党高级将领现场观战，陈赓此战打得国民党军队"啧啧啧"地赞叹不停。这三战震撼了鬼子，也使得八路军声望大增。

　　一个月后，陈赓又在长乐村再次设伏，三八六旅歼敌 2200 人。

　　一次，美国大使馆武官卡尔逊来到三八六旅考察，禁不住称赞说："三八六旅是中国最好的旅。"

　　1938 年 3 月 16 日，在山西潞城县到涉县之间，邯（郸）、长（治）公路上进行的一次伏击战——神头岭伏击战，充分说明了陈赓大将的指挥艺术，八路军一二九师师长刘伯承命令陈赓在神头岭打一次伏击战。在旧地图上，标明神头岭是一个险要地段，大家一下子就乐了，这回有好处可捞了。但是陈赓不放心，带着手下的军官到实地考察，发现现场根本不是如地图所标的那样，神头岭地势既不险要也不利于隐蔽，路段狭长不利于部队展开，而且上面有国民党的旧工事，会引起敌人的警惕，工事最近的离公路不过100米，极易被敌人发现。大家议论纷纷，觉得这一仗不能打。陈赓将军思考了一下后决定原计划不变，理由有三，这里地势不险要但是正是因为不险要，敌人会以为我军不会在此设伏放松警惕；这里有旧的工事正好为我军所用，敌人对这里早已熟悉反而不对这些工事产生警惕，只要隐蔽好就会给敌人以出其不意的打击；这里路段狭长，不利于我军展开但是敌人就更不容易展开，就像两个人在独木桥上打架，最先出手的最后一定会是胜者。结果果然如陈赓将军所说神头岭设伏战以近距离奇袭的战法击毙敌人1500余人，生俘8人，击毙和缴获骡马600余匹，缴获长短枪550支和大批军用物资，这次战斗在粉碎敌人的九路围攻中提高了军民的信心，在配合台儿庄战役上起到了尖兵作用。

附：

第一一五师师长：林　彪【黄埔四期】（1938年陈光代，后罗荣桓代）

　　　　副师长：聂荣臻【黄埔政治部秘书兼政治教官】（1937年10月任师政委）

　　　　参谋长：周　昆

　　　政治部主任：罗荣桓（1938年3月任政委兼政治部主任）

第三四三旅旅长：陈　光（1940年改为杨勇）

　　　　副旅长：周建屏

　　　　　政委：肖　华

第三四四旅旅长：徐海东

　　　　副旅长：黄克诚（1938年改为杨得志）

　　　　　政委：黄克诚（1938年任）

第一二〇师师长：贺　龙

　　　　副师长：肖　克【黄埔四期】

　　　　参谋长：周士第【黄埔一期】

　　　政治部主任：关向应

　　　政治部副主任：甘泗淇

第三五八旅旅长：张宗逊【黄埔五期】

　　　　副旅长：李井泉

第三五九旅旅长：陈伯钧【黄埔六期】

副旅长：王　震

二、新四军战斗序列及台儿庄之战略协作

1937 年 10 月 12 日，由赣、闽、粤、皖、苏、浙、鄂、豫八省 14 个地区红军游击队改编为国民革命军陆军新编第四军，编入新四军的红军游击队经过长途跋涉，分别到皖南和皖西集结。辖 4 个游击队、10 个团、一个特务营，共 1 万余人。

新四军成立时的战斗序列：

军长：叶　挺
副军长：项　英
参谋长：张云逸
副参谋长：周子昆
政治部主任：袁国平【黄埔四期】
政治部副主任：邓子恢
第三支队（1938 年 1 月组建，辖第五、第六团）
司令员：张云逸（兼）
副司令员：谭震林
参谋长：赵凌波
政治部主任：胡　荣
第五团（由闽北游击队改编）
团长：饶守坤、孙仲德（后）
副团长：曾昭铭
参谋长：桂逢洲
政治部主任：刘文学
第六团（由闽北游击队改编）
团长：叶　飞
副团长：吴　琨
参谋长：黄元庆、乔信明（后）
政治部主任：阮英平

第四支队 [1]（1938 年 2 月组建，辖第七、第八、第九团和手枪团）

　　　　司令员：高敬亭

　　　　参谋长：胡维先

　　政治部主任：萧望东

第七团（由鄂豫皖边游击队改编）

　　　　　　团长：杨克志、秦先安（后）

　　　　　　政委：曹玉福、徐世奎

　　　　　参谋长：林英坚

　　　政治部主任：萧望东

第八团（由豫南桐柏山游击队改编，1938 年 5 月，扩为第五支队）

　　　　　　团长：周俊鸣

　　　　　　政委：林　凯

　　　　　参谋长：赵启民

　　　政治部主任：徐祥亨

第九团（由鄂豫皖边游击队改编）

　　　　　　团长：顾士多

　　　　　　政委：高志荣

　　　　　参谋长：唐少田

　　　政治部主任：郑　重

手枪团（由原红二十八军手枪团和教导大队改编，1939 年 1 月撤编）

　　　　　　团长：詹化雨

　　　　　　政委：汪少川

　　抗日战争时期，张云逸任新四军参谋长兼第三支队司令员，新四军江北指挥部指挥，新四军副军长兼第二师师长。抗日战争全面爆发后，参与领导新四军的组建、整编等工作。1938 年春指挥了清水潭战斗、马家园战斗，日军伤亡惨重，后又在台儿庄战役期间率部运动，迫使日军不敢贸然北上，援助其南下日军。

　　附：

第一支队（辖第一团、第二团，后辖第一团、新一团、挺进纵队）

　　司令员：陈毅【黄埔武汉分校政治部文书，中共武汉分校党支部

---

[1] 设立第五战区之初，国民政府军事委员会把该部列为作战序列。

书记】

　　　　副司令员：傅秋涛

　　　　参谋长：胡发坚

　　政治部主任：刘　炎

　　第一团（由湘鄂赣边游击队改编而成）

　　　　　　团长：傅秋涛（兼）

　　　　副团长：江渭清

　　　　参谋长：王怀生

　　政治部主任：钟期光

　　第二团（由湘赣边、粤赣边、赣东北游击队改编而成）

　　　　　　团长：张正坤

　　　　副团长：刘培善

　　　　参谋长：王必成

　　政治部主任：肖国生、郭猛

　　第六团（由闽北游击队改编，原属第三支队管辖）

　　　　　　团长：叶　飞

　　　　副团长：吴　琨

　　　　参谋长：黄元庆

　　政治部主任：阮英平

　　第二支队（辖第三、第四团）

　　　　　司令员：张鼎臣

　　　　副司令员：粟　裕

　　　　参谋长：罗忠毅

　　政治部主任：王集成

　　第三团（由闽西、闽赣边游击队改编而成）

　　　　　　团长：黄火星

　　　　副团长：邱金声

　　　　参谋长：熊梦辉

　　政治部主任：钟国楚

　　第四团（由闽西、闽南、浙南等地游击队改编而成）

　　　　　　团长：卢　胜

　　　　副团长：叶道志

　　　　参谋长：王　胜

政治部主任：廖海涛

特务营（由湘南、闽中红军游击队组成）

三、黄埔人物（十二）

（406）陈 赓

陈 赓（1903.2.27—1961.3.16）　原名陈庶康，湖南省湘乡市龙洞乡泉湖村人。黄埔军校第一期，是"黄埔三杰"之一。中国无产阶级革命家、军事家，国家和中国人民解放军的优秀领导者，解放军大将。新中国国防科技、教育事业的奠基者之一，1952 年，毛泽东主席点将陈赓筹建中国人民解放军军事工程学院（哈军工）。央特科重要领导人之一。曾获一级八一勋章，一级独立自由勋章，一级解放勋章。

出身将门，其祖父为湘军将领。1916 年入湘军当兵，1921 年脱离湘军，在长沙的铁路局当办事员，参加爱国运动，得到共产党人何叔衡、郭亮等的帮助，接受了共产主义思想。1922 年加入中国共产党，1924 年 5 月考入黄埔军校第一期，毕业后留校任连长、副队长，参加了平定商团和讨伐陈炯明的东征等战斗。1925 年 10 月，在第二次东征时，在华阳附近战斗失利，叛军追了过来。到前线督战的蒋介石怕被叛军俘虏，拔枪企图自杀，要"杀身成仁"，幸亏陈赓眼明手快下了校长的武器，陈赓不顾个人安危，连背带拖，将蒋救了出来。之后，陈赓又不眠不休，长途跋涉找到何应钦和周恩来的第一师，搬来援兵。因为这次救命之恩，1933 年，陈赓在上海被捕后，蒋介石最终也睁一只眼闭一只眼地任凭中共将陈赓营救了去。

1926 年秋，被派到苏联学习，1927 年初回国。8 月参加南昌起义，到贺龙部队任营长。失败后，由香港转赴上海。1928 年起，主持中共中央特科的情报工作。1931 年 9 月赴鄂豫皖苏区，任中国工农红军第四方面军的团长、师长。1932 年因负重伤秘密到上海就医，曾向鲁迅详细介绍鄂豫皖红军的斗争事迹。1933 年 3 月被捕，由上海解往南昌。正在南昌指挥对中央苏区的第四次"围剿"的蒋介石亲自用高官厚禄进行劝降。陈赓大义凛然，严词拒绝。经中共和宋庆龄等营救，脱险后到中央苏区，任彭（湃）杨（殷）步兵学校校长。

抗战时期，历任八路军一二九师三八六旅旅长等。率部开赴太行山区，参与神头岭、响堂铺、长乐村等战斗指挥，继又转战于平汉铁路中段、鲁西北和冀南平原。1940 年 1 月率三八六旅主力和十八集团军总部特务团进入太岳区，5 月任太岳军区司令员，曾率部参加百团大战。1941 年 8 月，三八六旅与决死一纵队、二一二旅及决死二、三纵队组成太岳纵队，他被任命为司令员。1943 年 11 月赴延安、12 月入中共中央党校学习。1945 年 4 月参加中共第七次全国代表大会，被选为候补中央委员。

陈赓历经北伐、南昌起义、长征、抗日战争、解放战争，朝鲜战争，援越抗美战争，为人民的解放事业立下汗马功劳。

新中国成立后，任西南军区副司令员兼云南军区司令员，云南省人民政府主席。1950 年 7 月应邀赴越南民主共和国，帮助越南军民进行抗法战争，取得边界战役胜利。1951 年参加抗美援朝，任中国人民志愿军副司令员兼第三兵团司令员、政委。1952 年 6 月回国。1953 年任中国人民解放军军事工程学院院长兼政委。1954 年 10 月任中国人民解放军副总参谋长。1956 年参加中共第八次全国代表大会，被选为中央委员。1958 年 9 月兼任国防科学技术委员会副主任。1959 年 9 月任国防部副部长。他是第一、第二届国防委员会委员。

1961 年 3 月 16 日在上海病逝，终年 58 岁。

（407）倪志亮

倪志亮（1900—1965）　北京市人。1925 年考入黄埔军校四期步兵科。中国共产党优秀党员、久经考验的忠诚共产主义战士、无产阶级革命家、中国人民解放军优秀的政治工作领导者。1955 年被授予解放军中将，荣获一级八一勋章、一级独立自由勋章、一级解放勋章。被授予朝鲜最高奖赏——一级国旗勋章。

幼年读私塾 4 年，15 岁高小毕业后做杂货店学徒。17 岁入皖系军队当兵，任过班长、排长。1924 年春入陕军第一混成旅炮兵营当文书。1925 年秋考上广州黄埔军校第四期步兵科，接受革命教育。

1926 年加入中国共产党。1927 年大革命失败后被捕入狱，广州起义时被起义部队开释，遂参加了起义作战。1928 年参加中国工农红军。土地革命战争时期，任鄂东北红军游击队队长，游击支队支队长，红一军第一师三团团长，红四方面军第十一师师长、第四军军长，红四方面军参谋长兼红军大学校长，右路纵队司令员，红四方面军供给部部长兼政治委员，步兵学校校长。参加了长征。

抗战时期，任八路军一二九师参谋长，晋冀豫军区司令员，晋冀豫边区游击纵队司令员，军委四局副局长。解放战争时期，任辽北军区、嫩江军区、嫩南军区司令员，西满军区副司令员，东北军政大学副校长，中南军政大学副校长兼武汉警备副司令员。

新中国成立后，任驻朝鲜民主主义人民共和国大使，中国人民解放军后勤学院副教育长、教育长，中国人民解放军武装力量监察部副部长。

1965 年 1 月任政协第四届全国委员会委员。同年 12 月 15 日因病在北京逝世，享年 65 岁。

著有：《鄂豫皖苏区红军历史》《三战三捷》等。

（408）徐向前

徐向前（1901.11.8—1990.9.21） 字子敬，谱名象谦，山西五台县永安村（原名薄家村）人，黄埔军校第一期，新中国成立后，是第一任黄埔同学会会长。中国共产党的优秀党员，久经考验的无产阶级革命家、军事家，忠诚的共产主义战士，中国人民解放军的缔造者之一，中华人民共和国元帅，党和国家卓越的领导人。

他一生说山西话，爱吃山西饭，平生没有官气，平常话不多，生活简朴，人称"布衣元帅"。

出生在一个贫寒的教书先生家中，位于滹沱河北岸，他的父亲徐懋准是清末秀才，母亲赵金銮，是一位典型的家庭主妇。徐向前在母亲身边长大，伴随着母亲劳动，母亲也就成为他人生中的第一位老师。徐向前的母亲是一个虔诚的佛教徒，勤劳善良，积德行善，她那贤惠、助邻的行为深深地影响着小象谦。儿时，他幼小的心灵虽然还理解不了那些难以捉摸的深奥的事理，但他从人与人的关系中认识母亲，开始朦朦胧胧地意识到，人与人之间应该相互爱护、和睦相处。父亲的行为同样给徐向前以很大影响。他以父亲为榜样，模仿着以平等的态度对待周围的人。

他七岁就开始干起捡粪、拾柴、挖野菜之类力所能及的事。边参加劳动边跟父亲识字、练字。十岁入私塾正式读书。两年后升入东冶镇陀阳高等小学校，在这所寄宿式生活的学校里，他听到了老师讲授西方的民主革命思想和救国救民的道理。但由于家庭困难，被迫辍学，回家参加劳动，以减轻父母的负担。

已酷爱读书的徐向前，经亲友介绍找到了到书店当学徒的差事。这是个既能赚钱糊口，又有书读的职业，虽然还要做一些苦力，但有不花钱的书看，已是最大的安慰。

1919 年当他听说山西省立师范招官费生时，立即前去投考并被录取。在师范学校读书两年，其间发生了五四运动，师生们思想活跃，产生一批革命活动家。徐向前在这里受到了民主革命的深刻影响。毕业之后，他被介绍到阳曲县教小学。正当他努力教学时，却被不明不白地被解雇了。失业回家后，他又在阎锡山的老家河边村小学找到了教书的差事。由于徐向前给学生讲述鸦片战争、太平天国革命、五四运动等内容受到校长的干预，于是他又被辞退了。

1924 年 1 月，徐向前听说广州的国民政府要办军官学校，在上海招生，于是串联了几个同乡，一同去上海报考。黄埔招生是全国范围的，各省均分配了名额，上海考区是一个比较集中的地区。国民革命政府设有办事处，负责招收北方的学生。黄埔军校招生的具体简章，徐向前到上海后才见到。应考的条件和手续颇严，规定了许多条。政治思想上要"了解国民革命须速完成之必要""无抵触本党主义之思想"，学历上要"旧制中学毕业"或相当程度之中学毕业；身体条件要"营养状态良好""强健耐劳"及无肺病、花柳病、眼疾等。既有笔试，又有口试。笔试考作文、政治、数学；口试则观察学生对三民主义的了解程度及个人志趣、品格、判断力之类的。应考前，徐向前在美术学校一个姓赵的同乡家里复习功课。

3 月中旬，徐向前在上海环龙路一号进行了初考。政治题由于事先看了报纸和书，还比较有底，作文也不怕，数理化就不行了。谁知初试顺利通过，山西来应试的共有十来个人，都被录取。接着招生委员会给每人发了一点路费大概是十多块钱，要徐向前等人到广州参加复试。

徐向前等从上海乘火轮去广州复试。复试是在广东高等师范学校进行的，政治试题不难，加之试前徐向前从报纸上看到一些文章，记了些术语，成绩不错，作文也过关，但数学因为没基础，几乎交了白卷。不过录取通知发下来，徐向前等还是榜上有名。

徐向前在黄埔军校接受了正规军事教育及训练，经过七个月的学习，为徐向前后来在海陆丰、鄂豫皖、川陕以及以后的战争中发挥军事才能打下了坚实基础。

值得一提的是，黄埔军校开课以后，蒋介石每个星期到学校来，除训话外，每次都要找十几个学生见面，谈上几句话，以便"了解军心、选拔人才"。几乎所有的学生，都和蒋介石单独见过面、谈过话。当时许多学生对被蒋介石亲自找去谈话，都觉得高兴和新奇。一天蒋介石和往常一样坐在办公室，要学生站在他的门外，一个个叫进去问话。徐向前等山西的十来个学生都在场。徐向前进入办公室后，蒋介石问："你是什么地方人？"徐向前回答说："山西人。"蒋介石又问："在家都干过什么？"徐向前说："当过教员。"蒋介石边问边观察徐向前，时而很注意听回答，时而又漫不经心，随后就让徐向前出来了。

黄埔军校开学不久，徐向前参加了平定广州商团叛乱的战斗。毕业留校期间，他和同学们一道参加了第一次东征。在东征中，徐向前第一次率兵作战，学生军中的共产党员、共青团员不怕流血牺牲的英勇献身精神以及彭湃同志领导的海陆丰农民支援东征军的革命壮举，使他深受鼓舞。

1925年7月，他和白龙亭、赵荣忠、孔少林等来到了驻河南安阳的国民革命军第二军第六混成旅。在这支军队里，他目睹了军阀贪污、吃空名额、军纪败坏的情况，感到非常失望。1926年，他追随着广州国民革命军来到武汉。他从汉口走到武昌，看到标语满目、歌声震天，好一派革命的景象，又重新点燃了他内心革命的火焰。在这里，他担任了学兵团的一名指导员，不久又被任命为武汉军校总队政治大队第一队少校队长。他常常利用工作之余与活跃分子聚在一起，谈理想，谈志向，谈三民主义与共产主义、国民党与共产党的区别等。他先后阅读了列宁的《二月革命》《远方来信》，布哈林的《共产主义ABC》，还有瞿秋白、鲁迅的文章。徐向前从读书、交谈和争论中，思想发生了飞跃，他终于认识到：国民党多是一些官僚政客，昏庸无能，只有共产党才是中华民族的希望。1927年3月，在国共合作面临分裂的严重关头，徐向前选定了自己的奋斗方向，由樊炳星、杨得魁两同志介绍，加入了中国共产党。从此走上了革命道路。

在这里，徐向前还结识了他终生的伴侣——黄杰。此时，北伐军攻下武汉后，为培养北伐骨干黄埔军校在武汉成立分校，并招收女生学员。年仅16岁的黄杰当即报考。作文的题目是《革命与进化之区别》。黄杰把自己所知道的，能写的都写到了试卷上，共108个字。数学考试共有8道题，黄杰只做出两道。她座位后面的同学见她不会，便好心地丢了个纸条给黄杰，黄杰没敢拿。但发榜时，黄杰还是得以考中。黄杰遂成为黄埔军校武汉分校第六期的女生队队员，被编入步科第二团第三连。后来她看了自己的卷子，只见上面没有批写分数，只批写了"孺子可教"4个字。

1938年4月，毛泽东给刘伯承、邓小平、徐向前发了电报，要他们在河北平原开展游击战争。徐向前接受了任务，告别了刘伯承、邓小平，率部队挺进冀南，来到了一马平川的河北大平原。徐向前从戎十余载，多在山区转战，对山地的作战指挥可说已驾轻就熟。来到大平原后，没有了大山的依托，游击战争怎么展开是摆在徐向前和战士面前的一个新课题。徐向前并没有被困难吓倒。他亲自调查冀南的民情、民俗，找干部、群众谈话，并与宋任穷、刘志坚等领导人研究如何开展平原游击战争问题。最终他与干部的思想不谋而合：人民群众才是最高的山，最大的森林，要坚持抗战，要生存发展，就要依靠人民群众，在平原上造"人山"。徐向前写了《开展河北的游击战争》一文，阐述了建立"人山"的思想。这是一篇开展平原游击战争的精辟论著，处处闪烁着毛泽东军事思想的光辉。它不仅对冀南有直接的指导作用，也为全党提供了坚持和发展平原游击战争的重要经验。

新中国成立后，徐向前任解放军总参谋长，1954年，任为中央军委副主席。"文革"时，被诬为"二月逆流"，两次被红卫兵抄家。

1979年，徐向前决策了对越自卫反击战。1988年，他为支持邓小平使干部年轻化的政策，主动辞去了中央军委副主席、国务院副总理等职。

党的十一届三中全会召开后，在中共中央和小平同志的亲自关怀下，中央书记处决定成立黄埔军校同学会。1984年6月16日，在纪念黄埔军校建校六十周年之际，海内外各期黄埔同学聚首北京人民大会堂隆重集会。党和国家领导人李先念、徐向前、杨尚昆、习仲勋、乌兰夫、杨静仁等出席了大会，叶剑英元帅也送来了贺词："发扬黄埔精神，致力振兴中华"，邓颖超主席和聂荣臻元帅为大会挥毫题词。历史新时期的"黄埔军校同学会"正式成立，德高望重的黄埔一期毕业生徐向前元帅担任了首届会长。

早在1926年6月27日，黄埔军校就在广州军校校内，成立了最早的黄埔同学会。1930年底，曾任黄埔军校学生总队长、教育长和武汉分校校务委员会常务委员的邓演达，在上海霞飞坊（今淮海中路）成立了黄埔革命同学会。1941年10月4日，为适应抗日战争的需要在延安中共中央所在地，由黄埔一期的徐向前和黄埔四期的郭化若发起，成立了延安黄埔同学会。

1990年9月21日4时21分，徐向前元帅在北京逝世，享年89岁。

徐向前在战争年代和建国以后，发表多种军事论著，主要著作已收入《徐向前军事文选》。1984年出版了回忆录《历史的回顾》。

徐向前逝世后，《纽约时报》于次日即发表了N.N.克里斯托夫写的特稿《88岁的长征老兵徐向前逝世》。

第十三章　台儿庄大战中的炮兵、空军

一、国民革命军之炮兵

据白崇禧回忆，卢沟桥事变爆发时，国民革命军共有轻炮兵 30 个团，重炮兵 5 个团，高射炮 7 个团。全国炮兵共计 4 个旅及 20 个独立团，而战时预定可用于一线兵力为炮兵 2 个旅和 16 个独立团。根据 1937 年师编制，师直辖炮兵加上团营炮兵共应配属 46 门。至 1938 年底，国民革命军配属炮兵团计 22 个。

抗战初期，国民政府得以恢复部队、组建新军坚持抗战是与苏联的援助分不开的，据当时的上海报纸记载："苏联军器从西北方面越山过岭源源而来"。苏联公布的数字：1937 年 10 月至 1939 年 9 月，中国靠贷款向苏联购买了野山炮 1300 门。这些炮在战术、战役层面上，无疑对于中国政府的持续抗战起到了一定作用。

由于火炮数量的限制，在美制装备大量进入国民革命军基层部队之前，国民革命军在建军整军过程中始终将炮兵集中编组独立使用，与军、师共同构成了全国陆军基本战略单位的组成部分。

国民革命军野战炮兵部队创立于黄埔建军。至 1936 年 3 月，经过 10 余年惨淡经营，国民政府陆续将堪用之各种火炮 457 门，编成两团制的独立炮兵旅 4 个、独立炮兵团 5 个、独立炮兵营 4 个，连同晋绥军炮兵总计 22 个团又 5 个营。

1937 年 3 月，国民政府军事委员会直属战车营与交通兵第二团装甲汽车队改编为装陆军装甲兵团。1937 年 12 月中旬，陆军装甲兵团陆续撤退到了湖南湘潭。1938 年 1 月，苏联以换货形式援助中国的 T-26 战车 82 辆；自意大利购入的"菲亚特"CV-33 战车 92 辆；德国"豪须式"装甲车 18 辆，"奔驰"卡车 100 余辆；美国四缸"福特"卡车 400 余辆，"哈雷"两轮及三轮摩托车 40 余辆，陆续由广州进口，运至湘潭。T-26 战车战斗全重 9.5 吨，乘员 3 人，装有 1 门 4 毫米炮和 1 挺 7.62 毫米机枪。蒋介石命令杜聿明负责接收，15 日，军政部正式下令以装甲兵团为基础，将陆军装甲兵团扩编为机械化陆军第二〇〇师，任命杜聿明【黄埔一期】为师长，邱清泉为副师长，廖耀湘为参谋长。直隶军政部，由机械化学校督训。第二〇〇师按照当时德国陆军装甲师模式编成，是国民革命军有机械化师的开始，不为人知的是，这个我国第一个机械化师，是当时世界上第四个装甲师，因此，第二〇〇师在中国近现代军事史上具有划时代意义。

抗战伊始，第五战区国民革命军炮兵配属情况：（1937 年 8 月 20 日—1938 年 4 月）

炮兵指挥官（张广厚）
炮兵第一旅一团
炮兵第一团
炮兵第四团团长：孔庆桂【黄埔教官】
炮兵第五团
炮兵第六团团长：纪毓鲁
炮兵第七团团长：张广厚
　　　　副团长：邝书沛
　　第一营营长：丁在山【黄埔七期】
　　第二营留守许昌
　　第三营营长：端木寿南
　　炮兵第十团加强连连长：张是瑞【黄埔五期】
铁甲车第三中队
第二集团军配属：
炮兵第四团
第二〇〇师炮兵第五十二团团长冯尔骏【黄埔二期】部 3 个营、直属步兵炮营营长佟大芳【黄埔六期】

1938 年 1 月 15 日，国民政府军事委员会决定将装甲兵团扩编为第二〇〇师，任命杜聿明为师长。部队马上进行整训，准备参加台儿庄大战。到 3 月间台儿庄大战打响时，苏联支援的五吨级炮战车 87 辆及从意大利购买的三吨级枪战车 200 辆都还没有运到。全师来不及参加台儿庄战斗。这时只有将已经装备的炮兵第五十二团冯尔骏部的 3 个营及师直属步兵炮佟大芳的一个营投入战斗，每个营有 37 辆战车，防御炮 18 门，4 个营，共计 100 多辆战车，50 多门防御炮，部队抵达徐州后，第五战区司令长官李宗仁考虑日军的机械化较强的优势，没有集中使用，而是将这些炮兵分割配属到各个部队协同作战。

这样杜聿明只好听取各部的炮战情况，而失去了直接指挥炮兵给日军歼灭性打击的机会。第五战区将一个战防炮营配属给第二集团军孙连仲部，该部又根据战况将炮营分割到各连或者各营。

刚从黄埔军校毕业的杜中夫【黄埔十四期】，随铁甲车第三中队参加了台儿庄战役。

在台儿庄大战中，第二〇〇师参加的4个战防炮营，拥有当时比较先进的武器，机械化装备、通信设施完整，排、连、营均是无线电联系。各营的电台又直接与师长杜聿明联系。从3月23日参加战斗到4月6日追击战开始。战防炮共击毁日军装甲车、坦克30多辆。当杜聿明得到日军被击溃的消息后，激动异常。他请示是否将一部分战利品运往内地时，得到机械化兵监徐庭瑶的批准，将日军坦克8辆、15.5型重炮2门及履带式牵引车4辆运到湖南湘潭进行展出。日军丢弃的大批重武器，使杜聿明很不理解，直到1939年12月，在昆仑关作战中缴获日军对台儿庄作战失败的检讨文件中，才发现日军之所以失败是由于轻敌冒进、久攻不下、弹尽油缺，后路又遭到阻截，被迫撤退，因而，将大炮和牵引车也毁掉丢弃。

5月中旬，日军用一支数千人的部队，插到徐州以西黄口附近，截断陇海铁路交通，企图将中国军队数十万大军击溃。这时，杜聿明接到前方各营长来电说："前方并无激烈战斗，战防炮奉命正随大军撤退。"此后半年之久，杜聿明一直没有得到战防炮的有关消息。杜聿明很担心这支战防炮部队。后来，杜聿明得知，在徐州大撤退中，战防炮白天怕日军追击轰炸，都是在夜间行走，虽然有的战防炮丢失，但是大部分已经安全撤出。只有配属给第二十四集团军韩德勤的一个战防炮连，退到苏北水网地带，韩德勤为了逃命，将6门战防炮连车一起炸掉了，炮连官兵只好辗转归还原建制。

二、台儿庄大战的"战神"——炮兵

1938年3月24日，日军大部绕过南洛，攻占台儿庄以北四公里的刘家湖、园上。国民政府军事委员会委员长蒋介石一行抵达台儿庄邻近车站视察战事，他特意将副参谋总长白崇禧、军令部次长林蔚等组成参谋团留在第五战区协助指挥作战。当天深夜，白崇禧和孙连仲来到台儿庄南站大楼顶上，望眼庄外村落，火光冲天，枪声零落，白崇禧认为台儿庄是整个战区旋转轴，急需大炮支援时，白崇禧当即在师部与徐州李宗仁、开封第一战区司令长官程潜通了电话，李、程答应即调野炮、战防炮、坦克队来台儿庄。增调的炮兵部队是炮七团 1 个野炮营（75 毫米野炮 10 门）、炮兵第十团机械化野战重炮兵 1 个连（德制 150 毫米榴弹炮 2 门）及铁甲车第三中队，并配属第三十一师。

25 日下午，炮兵第七团第一营与炮兵第十团第一营一个加强连抵达台儿庄。炮兵第十团的两门"三十二倍十五榴"被推进宿羊山车站东北我军占领的阵地，与炮兵第七团一营的 8 门野炮一起向日军猛轰。此次轰炸，"三十二倍十五榴"充分利用射程优势，打得日军晕头转向，极大地鼓舞了中国军队的士气。

炮兵第七团第一营装备沈阳兵工厂仿造的克虏伯野炮，炮弹口径为 76 毫米，最大射程 13 公里，每营配备此炮 8 门；炮兵第十团装备德国造莱茵式重榴弹炮，炮弹口径为 150 毫米，最大射程为 15 公里，且为机械化牵引，配属第二集团军孙连仲部的为两门炮，这种炮是当时国民党军队中射程最远、威力最大的野战重炮。放列在台儿庄以南水晶沟一带的炮兵部队开始向日军怒吼，被打得晕头转向的敌人误以为台儿庄火车站为我炮兵阵地，便将炮火集中轰击火车站附近，三层楼的车站成为一片废墟。在持续两个多小时的炮战中，炮七团第一营阵亡战士 3 人，被击毁野炮 1 门，炮十团被击毁炮车 1 辆。坦克防御炮是由重庆五零兵工厂仿瑞士苏罗通坦克防御炮制造而成，炮弹口径为 37 毫米，最大射程 3 公里，每分钟可连续发射炮弹 20 发。此炮发射的穿甲弹，穿透能力强，对坦克很有威胁力，而发射的爆炸弹则可给人员造成大量的杀伤。此炮属于 30 年代的新式产品，装备于新近由装甲兵团扩编的第二〇〇师。将配属于第二集团军的是二〇〇师炮兵第五十二团第八连，该连装备此炮 6 门。

以上这些重兵器，虽数量有限，但大大地增强了第二集团军的作战实力战防炮也于 3 月 26 日夜间运至台儿庄南站。

3 月 29 日，炮兵第七团第一营又配合第二十七师攻击刘家湖之敌，击中日军油车 4 辆，一时烟雾漫天，因炮位暴露，遭到日军重炮抑制，炮被击毁 4 门，伤亡连长以下 20 余人。4 月 5 日，黄家楼三河口间有日军 500 余人，炮 12 门，企图包抄第八十九师，该营立即向敌发射，粉碎了日军的阴谋，并且击毁其火炮 12 门。

孔庆桂的炮兵第四团在鲁南会战开始时就参加了，一直到后期突围。孔庆桂还兼任炮兵指挥官，归他指挥的炮兵不计其数，而他始终以大将风度，指挥若定，全部未受损失，奉军委会令记大功一次，同年六月并以功升任炮兵第三旅旅长兼突击军炮兵指挥官。

日军在进攻线路上并没有遇到像样的炮火打击，使其在战略、战术上都没有把中国军队放在眼里，抛弃原来的步步为营，改为坦克快速突击消灭机枪阵地，步兵跟进占领。3 月 27 日 13 时，日军战车 11 辆由刘家湖直趋台儿庄西门及运河浮桥阵地。早些时候第三十一师也于当晚得到了炮兵第五十二团第八连 4 门战车防御炮的支援。布防于此的炮兵的 4 门 PaK 36 战防炮严阵以待。在约 200 公尺的距离处，四门战防炮曳光弹和破甲弹交叉使用，似如四条火龙般瞬间击中 6 辆战车，其余 5 辆仓皇调头逃窜。第三十一师官兵自抗战以来第一次见识了战防炮的厉害，奋起欢呼之余纷纷跳出战壕将毁车投弹焚烧。园上日军遥见此幕，呆若木鸡，战防炮的威力使其感到震撼。

37 毫米的 PaK 36 战防炮是当时中国从德国引进的另一种反坦克炮，它的效能主要在于其机动能力，战防炮全重仅为 432 公斤，火炮放在两个装有气压轮胎的大型车轮上运行，依靠炮兵班人力操作火炮并不费力，它可由汽车或某些类似的轻型车辆牵引，并且将它放在卡车车厢上或铁路平板车上也非常容易，对于公路条件差的中国战场具有明显的吸引力。PaK 36 战防炮能发射穿甲弹，又能发射榴弹，所以可执行多种任务，而不只限于打击装甲车辆的单一任务。它的弱点在于穿甲能力较差，300 米外的穿甲深度只有 50 毫米，但对付鬼子的薄皮坦克还是游刃有余的。

PaK 36 战防炮出现在台儿庄最危急的时刻，新参战的 6 门反坦克炮如同 6 位门神，给了守军巨大的信心。第三十一师师长池峰城调整部队，在防线外加挖多条反坦克壕，将地雷、战防炮、机枪和挂满手榴弹的敢死队交替布置，单等日本坦克来试刀了。战斗打响后，矶谷师团的战车队照样大腹便便地引导步兵冲击，这些日制 89 乙式坦克按惯例通常加速前进，试图提前消灭中国军队的机枪阵地。谁料想当日军坦克冲到中国防御阵地 100 余米时，隐蔽在暗处的 PaK 36 战防炮猛烈开火，由于日军坦克是采用原始的铆接机构，炮弹撞上钢板后，车体内的铆钉因惯性作用四处横飞，把车内的鬼子打得半死。一名日本战车乘员在战后回忆："我们有一些战车（坦克）的履带被打断，有一辆冲在最前列的战车至少被中国军的防御炮直接击中 10 多次，……突破中国军的阵地，已不再是一件轻松的事了！"PaK 36 战防炮也成台儿庄大战克日军坦克的法宝。

对于中国军队的炮战，日军方面的回忆录：3 月 28 日福荣部队占领了台儿庄西北部的一角，但因敌军的抵抗和猛烈的炮火，难以扩张战果。29 日仍然如此。上级逐次增加兵力，抵达的主要战斗部队为：步兵第六十三联队主力（约 2 个大队），独立机枪第十大队，轻装甲车第十中队，临时战车中队，野战炮兵第十联队的第一大队主力，野战重炮兵第二联队的主力，工兵小队。

29 日，第十师团长命令尽快歼灭台儿庄之敌。30 日福荣部队排除敌军抵抗，在傍晚攻下了台儿庄城内的东半部分，抵达大运河，遭到对岸敌炮兵的猛烈轰击。

据第二〇〇师的战防炮七团副连长苏杨志【黄埔十一期】及战士崔铭回忆[1]：

正当我三十一师池峰城部与敌在台儿庄展开逐屋争夺、浴血奋战之际，敌先头坦克已绕过台儿庄直逼运河渡口。我第二集团军总司令孙连仲严令警卫团在河南岸列阵，下达了"如有擅自渡河南退者格杀勿论"的命令，以抑制欲退的部队。正在这时，一列火车由武汉方向开到徐州，运来我国当时唯一的一支机械化部队，二〇〇师的战防炮团一个连。该连有德造 37 战防炮 4 门。连长是黄埔九期一位同学，因公务在武汉逗留；部队由连副苏杨志（黄埔十一期）率领，向孙连仲报到。孙正火冒三尺地训斥那些被坦克追击下来的部队长，听说已枪决了两名军官。一见战防炮连来报到，立即命令："你们马上进入阵地，挡住坦克，打完了再吃饭！"又命令警卫团长："马上派 1 个营负责掩护，如有失误提头来见！"空气十分严肃紧张。

炮阵地设在运河南岸河堤上，掩护部队在河北岸河堤上。有一条大路由北边穿过一个村庄直到河边渡口。村庄距河边约 500 米，由河南岸阵地上可以瞭望到村北大路上的动态。其他大部队分别在村庄大道两侧隐蔽。当阵地构成火网进入完成设计准备时，已发现村北大陆上有 7 辆坦克向南行进。这时台儿庄方向枪炮声仍在继续，敌军坦克竟然没有随伴步兵，狂妄的认为只要几辆坦克就可以长驱南下。我们是经过较长时间严格训练的炮兵，严阵以待，准备全歼这几辆狂徒乌龟。战场上除了北边的炮声外一片寂静。但当第 5 辆坦克出村口时，先头一辆已迫近步兵阵地，官兵们都回头看炮兵的动静，似乎在催促发炮。炮阵地官兵一再摇手示意要他们沉住气，想等最后两辆出村后再射击，来个全歼。但是他们却一个个慢慢向后缩，甚至营长也缩下河堤，无法再推迟了，于是下令开炮。600 米以内，正是那种火炮的最佳射程，第 1、2 炮分别命中首尾两辆；3、4 炮命中当中的两辆；第 1 炮有机会射出第 2 发炮弹，命中另外 1 辆。顿时 5 辆坦克起火，车内敌兵逃奔。就在这同一时间，我们的步兵似闪电一般，从各个隐蔽点跃起，齐声喊杀，简直无法形容。敌后续的坦克见状不妙，在村内掉头没命逃窜。我们的步兵战士似乎忘记手

[1] 苏杨志、崔铭：《枣庄文史资料》，1989 年 4 月第三辑，第 114 页。

中武器制取不了这装甲兵的困窘经历，一直追击出去大约有两三里，接近台儿庄地区。5 发炮弹稳定局势，并给尔后的决战创造了条件。当年各大报纸上均头版头条大书特书了这次胜利。

孙连仲司令派副官来慰问说："孙司令想起你们还没有吃饭，叫拿 500 元来给兄弟们加餐。"事务长拿钱到街上去买肉，遇见一个人推了一片猪肉叫卖，一个军官正在讨价还价，此时街上再没有卖肉的了，事务长抢上去说："他嫌贵我全买了！"买肉的军官不依，发生争执，最后闹到司令部。原来是司令部的副官买肉，招待来战地采访、慰问的人员。司令孙连仲听说是和小炮队发生争执，没有批评训责，反而哈哈大笑说："算了吧！小炮队立了大功，肉给他们吃，钱由司令部付，我们不吃肉也高兴！"

在炮兵部队中，要数炮兵第十团的装备最好，这个炮兵团是当时国民党军队仅有的机械化炮兵团，全团总计两千余人，拥有载重汽车、观测车、弹药车、吉普车、三轮摩托车、两轮摩托车等各类车辆 480 辆之多。是国民政府花高价从德国买来的。炮兵第十团在台儿庄战役、封锁长江、保卫武汉、衡阳、桂林等战役中均发挥了重大作用，狠狠打击了侵略者。

据时任炮第十团少校副营长，兼任加强连的连长张是瑞的老部下张炳梅在纪念抗日战争胜利 50 周年之际，撰写的《黄埔霞辉》[1]回忆文章，记叙了张是瑞在台儿庄战役炮战中的英勇事迹：

台儿庄炮战

1938 年 3 月巧日，张是瑞奉徐州前线长官司令部的命令，率领他的重炮加强连，围歼台儿庄日寇。张是瑞深知，在战场上，时间就是生命。他率领的重炮加强连有 24 门战炮、180 多辆各型战车，从军需弹药物质的配备，仅花去两个多小时就开出了军营。张是瑞乘坐在指挥车上，战车发出"狼嚎"般的啸叫声。这种啸叫声是战车的一种特殊声音，可使敌人"闻之胆寒"。重炮是履带式牵引车（如同坦克），逢山开路、逢水涉水，日夜兼程指挥前进。战车一直开到山东省峄县（又称峄城）的某地区待命。第五战区总司令李宗仁、参谋总长白崇禧、第二集团军总司令孙连仲亲临巡视战炮，并命令张是瑞接受台儿庄军团总司令孙连仲的指挥。孙连仲命令他的王参谋长，向张是瑞介绍敌情，王参谋长指着军事地图说：日军一个军团的兵力，企图扫除津

---

[1] 《国防科技工业》1995 年 10 期，《黄埔霞辉》。

浦路上障碍，割据我津浦线，妄图南进。我军以7个兵团的优势，将日军团团围困在枣庄与台儿庄沿线。枣庄与台儿庄相距约80公里，而峄县正在"两庄"之间。我军已攻占了峄县，将日军拦腰"斩断"，迫使日军撤出了枣庄，集中兵力于台儿庄。我军已将台儿庄包围，并进行围堵。当时我军已是"知己知彼"，主要是日军正面火力网甚强，还有无后坐力重炮坚守。敌情介绍完，王参谋长向张是瑞说：明天是3月20日，我代表孙连仲总司令，命令你明天上午9时开炮，摧毁台儿庄正面日军的火力网！张是瑞摸清了敌情，回到炮兵阵地，他高兴地见到友军工兵部队正在协助构筑重炮发射阵地。测量班长向他报告：我重炮阵地离台儿庄10.5公里，离日军炮兵阵地7.8公里，张是瑞是炮兵专科毕业生，他深知日军的无后坐力炮射程为4—5公里，而他率领的野战炮射程为10—15公里，他预感到，明天有他小日本鬼子好受的。3月20日下午8时30分，战地总指挥孙连仲和参谋长亲临炮兵阵地观察。孙总司令对张是瑞说："素闻你是炮战中的'虎将'，今天歼灭台儿庄正面的主敌，全靠你率领的'中国第一炮'发挥神威了！""是！歼灭台儿庄正面主敌，发挥我军神炮的威严！"他顿了一下，又说："'虎将'卑职不敢承担。"这个不敢"承担"，却使张是瑞与"虎将"的威名，更加广为传扬。9时整，孙总司令命令："开炮！"24门重炮同时发出了愤怒的吼声。紧接着各炮位不间断的轰击，目标各有指向。其中有：穿甲弹、燃烧弹、爆破弹、杀伤弹，打得日寇阵地上天翻地覆、鬼哭狼嚎、浓烟滚滚、火焰冲天。张是瑞在各炮位上奔忙着，指挥着（某国外记者当时拍下了他指挥炮战的镜头，在炮兵军中多次放映）。炮手们不断的发出口令：开炮！放！放！！放！！！

　　在隐蔽所的孙连仲司令和王参谋长，也跑到阵地上来了。他们用望远镜观察到敌阵地被我军重炮命中的目标，称赞说：打得好！打得好！真不愧是"炮魂"！真不愧为"虎将"！

　　炮战后的第二天，战区司令李宗仁、参谋总长白崇禧，在孙连仲的陪同下，驱车来到了炮兵阵地，命令张是瑞随同去巡视日军战场，当他们驱车来到台儿庄战场时，满目都是被摧毁的残存的景象！清点战果时发现：被摧毁的重炮15门，重型坦克4辆，各型汽车57辆；被（杀伤弹）炸死的战马597匹，来不及运走的尸体275具（已运走的伤亡日军，其数量不详）。尚有给养、后勤、弹药等库房的烈火还在焚烧。张是瑞打了多年的仗了，却从未巡视过战场。今天，他见到了重炮的威力，使他高兴！使他振奋！日本鬼子是可以打败的！仇恨的火焰仍在他心中燃烧。

徐州突围

台儿庄之战后，张是瑞受命在徐州某地，第十集团军张自忠将军部下待命。同年4月24日，蒋介石"电示"：命令张是瑞炮连撤出徐州，开赴武昌待命。

可是，战场风云突变！日军大举重兵由陇海路逼近。侵占了"黄口"车站（离徐州约80公里），分南北夹击徐州。情况紧急！张是瑞的重炮连（加之日军飞机轰炸）已来不及撤退了。前线总司令部决定：命令孙连仲3个师及张是瑞的重炮连，坚守徐州防线。汤恩伯4个师掩护徐州长官司令部突围。

当徐州防线坚守战打到第4天时，军需排长报告：炮弹不够了！张是瑞紧急报告孙连仲司令，孙连仲也"红"了眼。他毫不加思索地说：重炮决不能留给日本鬼子，我命令，毁炮！这如同晴天霹雳！张是瑞也毫无思索地说："毁炮？……不！……"（这个"不"字，是违抗军令！要受到枪毙的。）

可是孙连仲司令又收回了成命。问张是瑞说："你有何办法？""我愿与重炮共存亡！临危请命！率部今晚突围！"孙连仲司令紧握张是瑞的手说："好！但我已无兵力配合你行动，我祝愿你成功！"

张是瑞回到阵地，部署了晚上（零点）突围的行动后说："我们的突围行动是因为没有炮弹，但是我们还有一个排的高射机枪18挺；在保卫炮兵阵地防空上，还未打过空战。这对突围来说，高射机枪改打平射，它将是无敌的对手。"他又豪迈地说："我们开得进来，就一定开得出去！所不同的是，我们是'冲'出去！冲出去了就是胜利！"

晚上零点！排头的指挥车发动了。随后180多台各型战车也发动了，车灯亮就是命令，整个车队的车灯都亮了，车队全速开动，如同一条巨大的"火龙"，好不壮观！向南奔驰！

日军司令部还没有搞清楚是怎么一回事，他万万没有想到，这是一场突围的行动。张是瑞应用了"兵不厌诈"的战术，率领他的车队从日军防线的鼻子底下开了出去！张是瑞乘坐在排头的指挥车上，没有遇到阻击虽然是预料之中，但也感到迷惑？他问身边的高射机枪排长说："我们的车队已闯过日军两道防线了，为何还未遇到阻击？"高射机枪排长叫刘诚，山东人，他说话很是风趣。他说："俺'关帝老爷'在过关斩将，他还敢出来？要不就是小矮子睡着了。"说得乘坐在指挥车上的机枪射手们都笑了起来。炮车继续前进，张是瑞却没有刘排长这种雅兴。他在计算车速与行程，估计前面快到夹沟（徐州离夹沟约35公里）。这里两面环山，是历代兵家必争之地。他命令刘排长作好战斗准备。不出所料，当车队开到离夹沟约一公里多时，在车灯强烈照射下，发现前方有路障！两边的山头上，已有6个机枪火力点射出机枪的火焰。张是瑞命令车队减速行驶。刘排长命令高射机枪射手（4人），他自己也手执一挺，对准日寇的机枪火焰喷射点射击，5挺高射机枪各有目标。刘排长发出口令："打！"打得日寇机枪阵地金光四射，这种"金光"就是高射机枪弹，它集"穿甲、燃烧、爆炸"于一体的威力。这场阻击与反阻击的战斗，打了约十分钟左右就结束了。张是瑞命令指挥车，发出"狼嚎"啸叫，全速前进冲开路障。指挥车是履带式（如同坦克），真正是势不可挡！冲毁了路障，冲出了日军最后一道防线—夹沟！

枪声就是命令，后续车队上的战士们都在准战状态中。当车队通过夹沟防线时，同样发出仇恨的枪声！实际上山头上的日军早已被消灭了。但是，战士们还是要开枪！枪声说明了喜悦！枪声说明了突围的成功！枪声又如同放"鞭炮"，在迎送这条巨大的"火龙"回归大海，回归军营。张是瑞率领的重炮加强连，日夜兼程。当车队来到离徐州前线约300公里的安徽省曹市（又称曹老集），与友军汇合，宣告了"突围"的胜利成功！张是瑞在徐州突围后，于同年8月在武昌待命时，升任为炮兵中校营长。又于1940年升任为炮兵上校团长。1941年国家组建远征军，于同年升任为"印缅"远征军炮兵旅长，但因战局变迁另有军务，故未去"印缅"。

张是瑞于1927年毕业于黄埔军校炮科五期。直至1945年抗日战争胜利，经历了历时18年的战场戎马生涯。在抗日救国战争中，张是瑞还参加过上海的海战、镇守长江的防卫战、保卫南京、武昌江防战。在徐州一次战斗中，日军轰炸使他身负重伤，伤未痊愈，置生死于度外，（仍）鹰战沙场！

刚刚从黄埔军校炮兵科毕业的胡一新【黄埔贵州都匀分校第十七期】在《我在抗战中》（胡一新口述，周学文整理）一文中写道：

抗战初期，我随国民党中央炮兵一旅一团一营二连赴山东协助韩复榘据守济南，驻扎在金牛山。那时的金牛山顶只有一座小亭子，别无它物，而且，自金牛山、鹊山到洛口镇中间也没有任何建筑物，一片荒野，视野极为开阔。当时，日军驻扎在黄河北岸，无日不梦想占领济南。

一天，一个日军指挥官率十余名日军侦察人员，骑马登上鹊山对济南进行侦察。他们时而围聚，时而分散，不断用望远镜朝济南方向观测。驻扎在金牛山上的炮兵观测所发现敌人动向后立即报告国民党中央军令部，请示可否对敌射击（因弹药缺乏，发一发炮弹都要请示），得到回答，可以，但只作警告，不能多用弹药。得到命令，山炮营随即采用空炸信管进行射击，一发空炸正好在敌人上空爆炸，侦察之敌毫无防备，头顶上空剧烈的爆炸声让他们乱作一团，大有人仰马翻之势。我在望远镜中看到敌人的狼狈像，立即对周围的战友"现场直播"，大家欢呼雀跃。虽只发射一炮，未能对敌进行更大的打击，但警告效果奇好，直至济南撤退，再未见敌侦察、骚扰。

……

台儿庄大战期间，我是炮一团一营的观测班长。由于弹药奇缺，我们炮兵不能轻易发炮，必须是日军集群运动、日军炮兵运动或是日军骑兵运动可以先开炮后报告，其它情况要先请示，经军令部批准才可以开炮。

由于我们武器装备落后，台儿庄大战期间，我们大都是夜间发起攻击，白天不大行动。日军调动，大白天汽车都大开着车灯，嚣张之极。一天，驻守连房山的观测兵发现一股日军从利国驿出动，目标是台儿庄方向，显然是要增援台儿庄。我经过分析，确认可以"先开炮，后报告"，于是，立即命令炮三连准备。随着我的口令，四发弹在敌附近爆炸，接着，四炮迅速调校射击敌人，乘敌混乱之际，炮弹像长了眼睛在敌群中炸开。虽只是四炮发射，但威慑力是明显的，只见日军增援部队快速缩了回去，再不敢出动了。

1938年4月22日至28日，滇军第六十军在台儿庄东南禹王山连日与日军作战，没得喘息之机，战斗打得相当艰苦。日军每天都派出多批次多架次的轰炸机，向东庄、火石埠等地进行逐点轰炸，然后以步兵、坦克和炮兵联合进攻，向我阵地进行集团冲锋。

4月24日，六十军的重炮营和野战炮营陆续开了上来。这些大炮都是德国克虏伯厂生产的当时世界上最先进的大炮，尤其是重炮口径150毫米，最远射程23千米，而日军的重炮口径115毫米，最远射程18千米。这些重炮的威力远远超过日军重炮。野战炮口径75毫米，最远射程9千米，火力与日军野炮相当。

根据卢汉军长的指示，云南军队中，也是中国军队中最具权威的炮兵专家、一八四师五四三旅旅长万保邦，命令炮兵对日军的炮火进行压制性的轰击。我军炮兵观察哨根据敌方炮弹出膛的硝烟，测出了敌炮兵阵地的准确位置和距离，经过几发炮弹的试射之后，第一排炮弹直接命中了日军的大炮阵地。紧接着，中国炮兵发射的炮弹刮风下雨似的扫向日军。经过第一轮打击，敌人的炮兵阵地完全被中国军队的炮火覆盖，日军仿佛才从梦中惊醒：中国军队也有大炮啦！不可一世的日军侵略者遭到毁灭性的沉重打击，他们的断肢残体连同大炮的残骸一起被轰上半空，又重重地摔了下来。日军感到了死亡的恐惧，由于他们的炮火够不到中国炮兵阵地，只有挨打的份儿，便惊慌地嚷着叫着，不顾一切地四散奔逃。这次炮击后来被称为"抗战以来，日军首次遭到中国军队如此强烈的炮火袭击"。

毕业于日本陆军士官学校炮兵科的万保邦十分了解日军的战术，他指挥炮兵对日军进行有效的打击之后，马上命令转移阵地。六十军的炮兵阵地刚一转移，日军的飞机果然来了。只见十几架九六式重型轰炸机，在刚才的中国炮兵阵地上，进行了疯狂的轰炸。万保邦深知日机轰炸过后，日军马上就要对六十军进行新一轮的进攻。他经过仔细观察和分析后，果断命令数十门重炮和野战炮对日军集结的由树林掩盖的大、小杨林猛烈轰炸，顷刻间消灭了整整一个大队 500 多名日军，以一场漂亮的炮战打乱了敌人的进攻部署。那些吃尽敌人炮火苦头、对日军炮兵恨之入骨的六十军官兵，看到中国炮兵的火力如此迅猛准确，不时地在阵地上击掌欢呼起来，夸赞炮兵"神了！"日军遭此炮击，整整一天没敢发起进攻。

万保邦指挥的中国炮兵成了台儿庄之战的"战神"。日军白天进攻没有奏效，为了躲避中国军队炮火的袭击，就改在夜间向我军阵地发起攻击。但是万保邦指挥的大炮早已测定好射程。日军在夜色中悄悄地向六十军的阵地接近，还没等他们开始进攻，中国军队的炮弹又一次飞临他们的头顶，纷纷在敌群中开花。日军几次夜间对中国守军的攻击，才一露头就被万保邦指挥的炮兵挫败，再也不敢轻举妄动。

自在台儿庄开战以来，第六十军一直没有反坦克强力武器，在历次战斗中，士兵们只能用集束手榴弹、高射机枪，甚至自己的血肉之躯与日军的坦克较量，结果是对敌人打击有限，自己伤亡惨重。

1938 年 4 月 26 日，防守台儿庄右翼的六十军也得到了一个专打坦克的战防炮连的支援，军部立即将它们配置到最前沿的火石埠等阵地。云南将士灵活地运用这批新到的火炮，给予敌坦克有力的打击。当战防炮连刚刚在前沿阵地部署好，敌人的进攻开始了。9 辆日军坦克冲锋在前，几百名鬼子跟在后面，卷着滚滚黄尘向火石埠一线压了过来。他们故伎重演，9 辆坦克排成品字队形，构成交叉火力，吐着一股股黑烟，如入无人之境地接近了我火石埠阵地。

几声沉闷的炮声过后，5 辆敌坦克在爆炸声中先后起火燃烧，它们挣扎了几下，便趴在那儿不动了。另外 4 辆坦克感到了死亡的威胁，慌忙掉头逃窜，随着战防炮的怒吼，又有两辆坦克瘫在了那里。中国军队阵地上顿时枪声大作，暴雨般的子弹向敌人倾泻过去。鬼子乱作一团，剩下的两辆坦克早已退了回去。没有坦克的配合，骄狂的日军只好丢下几十具尸体灰溜溜地逃跑了。中国军队战防炮连一会儿火石埠，一会儿五圣堂，一会儿又转移到辛庄等阵地，忽东忽西，神出鬼没地打击敌人。日军惊恐万状，心有余悸，敌坦克嚣张的气焰受到了压制。六十军将士缴获了几辆被击毁的日军坦克，并以胜利者的姿态在坦克前留影纪念。

这六十军就是来自西南边陲的数万滇军将士，他们在大运河北面死死拖住日军板垣师团，保证了友军的后顾无忧。

三、国民革命军之空军

1934 年 4 月，航空委员会再度改组设委员制，蒋介石兼任航空委员会委员长。航空委员会委员周至柔担任航空委员会主任，以委员宋美龄担任秘书长襄赞空军建设。抗战期间，她佐辅空军建军发展甚有贡献，举凡外国顾问之延聘、飞机之采购、空军节之核定、对空军人员之关怀、飞行伙食之改善、前线慰劳、慰问空军遗眷。后来谦辞秘书长，仍对空军多所关爱，如督导妇联会空军分会兴建慈恩新村，泽被空军官兵及眷属。

宋美龄出任航委会秘书长前，国民政府空军由意大利提供飞机与训练，然一无成就。宋美龄急需能干的助手帮她整顿空军，她聘请了前美国陆军航空队飞行员霍布鲁克当顾问。宋是个做事讲究效率的人，于是，她问霍什么人可以在短时期内把中国空军改造成像样的军种，霍马上想到了一个长相酷似"老鹰"而有充满剽悍之气的老飞行员，这个人就是陈纳德。

1937 年初春，陈纳德收到了宋美龄的一封信，问他是否愿意到中国当空军顾问，月薪 1 千美元，此外还有额外津贴、专用司机、轿车和译员，并有权驾驶中国空军的任何飞机。因病而离开军职的陈纳德立刻答应，4 月 1 日即由旧金山搭乘"加菲尔总统号"邮轮经日本赴华，护照上面写的是到中国"考察农业"。从此，陈纳德开始了自己的中国生涯，成为家喻户晓的"飞虎将军"。

1937 年 6 月初，陈纳德抵达上海。一个炎热的下午，霍布鲁克带他去见宋美龄和澳大利亚籍政治顾问端纳。当天晚上，陈在日记上写下他会见宋美龄的印象："她将永远是我的公主。"陈答应在两个月内向宋美龄提出对中国空军的考察报告。

尽管中国空军远居劣势，但飞行员的素质和爱国心却是一流的。1937 年 8 月 14 日，日寇木更津空军联队的 18 架轰炸机自台湾新竹基地起飞执行轰炸杭州任务，日寇机群越海窜入笕桥上空，中国空军第四大队大队长高志航率领

27 架战斗机升空拦截，击落 6 架敌机。这是中国空军的第一次空战，非但无一受损，且创造光辉战果，宋美龄即建议将 8 月 14 日定为"八一四"中国空军节。

陈纳德正式参与中国空军的训练与作战，指挥上海、南京和武汉的对日空战，在昆明训练中国空军并建立一个复杂的地面警报系统。1938 年春，宋美龄由于健康原因辞去航委会秘书长职务，由其兄宋子文接任，实际负责人则为钱大钧，但宋美龄始终对空军的人事、采购甚至训练和作战都掌握大权，她甚至被称为"中国空军之母"，她一生中最喜爱的胸前别针就是金色与银色的中国空军军徽。

抗日战争全面爆发后，中国空军只有 9 个大队，31 个中队，各种作战飞机共计 296 架。而日本当时的空军实力是：陆军飞机 1000 架，海军飞机 1200架，用于侵华的空军兵力是：29 个陆军航空队和 7 个海军航空队，飞机总架数约为 850 架。敌强我弱的形势已定，特别是淞沪会战之后，中国飞机只剩下 89 架了，而且急需修理，可以说已经损失殆尽了。缺乏飞机，是中国空军最大的难题。

于是国民政府决定，发行 30 期"航空奖券"和举行声势浩大的"国人献机"活动，筹集到了资金。原打算买美国飞机，谁知海岸线被日军封锁后，飞机无法从美国买进，何况美国对日本侵略中国一事作出"中立"姿态，不能公

左起：宋美龄、宋霭龄、宋庆龄在重庆市民献机报国仪式上。（摄于 1942 年 10 月 25 日）

开卖给中国军用飞机。美国政府慑于日本的威胁，不但使许多在华美籍教官回国，而且对我国早先订购并已付款的飞机，也要求我国自运（珍珠港事件后，美国开始对华援助）。1941 年 8 月 14 日，重庆各界发起一元捐机运动，到 1943 年 2 月，重庆人民的献机捐款已购买 5 架飞机。

国民党考虑到海路难以获得外援，就派人同苏联政府进行多次秘密谈判。苏联与中国有共同对付日本的战略需要，当时只有苏联愿意支持我国对付日本的侵略，并决定向我国出售飞机、坦克，并提供贷款。在 1937 年 8 月 21 日中苏签订互不侵犯条约的基础上，苏联开始向我国交付物资援助，决定派遣空军志愿队来华作战。苏联空军第一批志愿队已经到达凉州，第二批人员也已经出发，将驻扎在汉口机场，从苏联运来的新式战斗机和轰炸机已经在兰州组装完毕，等待飞赴前线机场。

空军总指挥决定，把高志航的第四大队剩余的飞机移交给五大队，然后挑选最优秀的飞行员赴兰州接收苏联新式飞机，四大队将全部装备最新飞机。

1937 年 10 月 26 日，日军 150 余架飞机轰炸上海。当时莫斯科广播电台关于中国战况的报道："……日本空军连日来大规模空袭南京，其中两次轰炸南京机场，中国空军损失严重。日本空军对中国和平居民狂轰滥炸，甚至追炸旅客列车和轮船，南京民宅毁坏万余间，无辜民众死伤数万……"

在兰州大雪中等待多日的高志航，再也等不及了，他不顾生命安危顶风冒雪闯过 6000 多米的六盘山自己试飞到西安，2 天的单机试航成功后，大编队的飞行却失败了。由于天气恶劣及队员尚不熟悉苏联飞机性能，虽然冒险勉强起飞，但还是不得不迫降陕西安康。该地机场过小，飞机落地失事，一下损失了 6 架。

抗战初期，中央航空委员会空军作战序列：

第一大队（轰炸机），辖 2 个中队：诺斯普罗 –2E 型 18 架、弗力特 –7 型教练机 1 架。

第二大队（轰炸机），辖 3 个中队：诺斯普罗 –2E 型 27 架。

第三大队（战斗机），辖 3 个中队：霍克Ⅲ型 9 架、波音 281 型 10 架、布瑞达 –27 型 2 架、菲亚特 –32 型 3 架。

第四大队（战斗机），辖 3 个中队：霍克Ⅲ型 28 架、福克. 华夫型教练机 1 架。

第五大队（战斗机、轰炸机），辖 3 个中队：霍克Ⅲ型 28 架、福克. 华夫型教练机 1 架。

第六大队（战斗机、轰炸机），辖 4 个中队：道格拉斯轰炸机 27 架、菲亚特–32 型战斗机 3 架、波罗尼–Ⅲ型轰炸机 7 架、德.哈兰–摩斯教练机 2 架。

第七大队（侦察机），辖 4 个中队：可塞型侦察机 27 架。

第八大队（轰炸机），辖 3 个中队：萨伏亚 S–72 型 6 架、道格拉斯轰炸机 6 架、亨格尔Ⅲ–A 型 6 架、马丁型 6 架、福克.华夫型教练机 1 架。

第九大队（攻击机），辖 2 个中队：雪莱克 A–12 型 20 架。

直辖大队辖 5 个中队：

第十三中队：道格拉斯轰炸机 7 架。

第十八中队：道格拉斯轰炸机 9 架、可塞型侦察机 3 架。

第二十中队：可塞型侦察机 11 架。

第二十九中队：霍克Ⅲ型 9 架、霍克Ⅱ型 3 架。

第三十一中队：道格拉斯轰炸机 9 架。

徐州会战期间，中国空军的主要任务是进行以武汉为中心的空中防御，同时也对日军实施战略和战术攻击。

在空中防御作战方面：徐州会战期间，中国空军在武汉、归德、洛阳、长沙等地上空曾多次重创日军飞机。其中最重要的是武汉上空的三次作战。第一次，1938 年 2 月 18 日，正当淮河阻击战和鲁南两下店反击战进行激烈之际，日军轰炸机 12 架在 26 架战斗机掩护下（一说 15 架攻击机在 11 架战斗机掩护下）空袭当时抗战指挥中枢的武汉，驻汉口和孝感的中国空军第四大队大队长李桂丹率战斗机 29 架迎击，在汉口机场附近上空激战约 12 分钟，击落日机 11 架（一说 14 架，另一说 12 架），中国飞机也被击落 5 架，大队长李桂丹、中队长吕基淳及飞行员巴清正、王怡、李鹏翔 5 人殉国。第二次，4 月 29 日，正当徐州外围战斗在郯城以南激烈争夺之际，日轰炸机 24 架在 18 架战斗机掩护下再袭武汉。中国空军第四大队和苏联航空志愿队共起飞 67 架迎击，经 30 分钟空战，击落日机 21 架，日军飞行员战死 50 余人，跳伞被俘 2 人。中国飞行员陈怀民以负伤的座机撞击日机，壮烈牺牲，中国空军损失 12 架飞机。第三次，5 月 31 日，正当豫东中国军队开始向豫西作战略转移之时，日军轰炸机 18 架、战斗机 36 架再一次袭击武汉。中国空军与苏联航空志愿队并肩作战，共起飞 48 架，经 30 分钟激战，击落日机 14 架（一说 15 架），中国空军仅损失 2 架飞机，阵亡中、苏飞行员各 1 名。[1]

[1]　马毓福著：《中国军事航空》，航空工业出版社 1994 年版，第 485 页。

在战略攻击方面：中国空军曾对台北及日本本土进行过两次突袭，造成很大影响。1938年2月21日（一说23日）凌晨，中国空军驻汉口的苏联志愿队28架轰炸机飞越台湾海峡，7时许到达台北松山机场和新竹大电力厂上空进行俯冲轰炸。这一行动完全出乎日军意料，日方毫无防备。直至9时前后，日军飞机才飞到台北上空，但志愿队已完成轰炸任务，并在台北市低空环飞一周后飞回中国。这次突袭，炸毁日海军第一联合航空队鹿屋航空队飞机12架及仓库数座，并使新竹大电力厂遭到严重破坏。1938年5月20日，在中国军队安全撤出徐州包围圈，日军大肆宣扬徐州会战歼灭中国军队主力时，中国空军直属第十四中队徐焕升及余彦博带领队员，驾驶2架马丁B–10重型轰炸机自宁波栎社机场起飞，到达日本九州上空，沿途经过熊本、久留米、福冈、佐世保、长崎等城市，散发了几十万张传单，于11时安然返回汉口基地。这是日本有史以来第一次受到其他国家飞机的袭击。[1] 1937年8月15日，日海军第一联合航空队木更津航空队以20架96式陆基攻击机从济州岛起飞，袭击中国南京时，曾自诩为"第一次渡洋爆击"、世界最初的"战略航空作战"等。[2] 万万没有料到中国空军轰炸机竟能跨过大海，远征到日本本土。全世界报纸都以大字标题报道了这一消息，许多国家的新闻媒介称之为中国空军的"人道远征"，说明此举在政治上、心理上起到重大作用。

在战术攻击方面：中国空军虽然因飞机数量太少，较少直接支援地面部队作战，但亦进行过许多积极行动。在徐州会战期间，曾多次轰炸南京、芜湖、广德、杭州、新乡、蚌埠等处日军机场。如1938年2月初，正当日军"华中方面军"第三飞行团以杭州为基地，支援其第十三师团猛攻淮河北岸中国守军时，中国空军袭击了杭州机场，击毁敌机数架。

在台儿庄地区战斗期间，除各战区支援协同外，蒋介石还指令空军部队配合第五战区作战。当时国家的空军力量很有限，在全国各战场上不敷分配。2月1日，津浦南段作战开始后，他给航空委员会代主任黄光锐手令，指示周家口、归德、合肥、徐州各机场应准备三日的油弹量，以备在淮河西岸蚌埠附近作战。后来中国空军多次轰炸淮河敌军阵地，使淮河阻击战得以成功。3月25日后，中国空军第一、三路司令部，空军第三、四、七大队等多次飞临莒县、临沂、滕县、峄县、枣庄、台儿庄轰炸，配合地面部队行动作战。

---

[1] 刘直云著：《空军东征九周年》。载《中国的空军》第103期第16—18页。又见日本防卫厅防卫研究所战史室《本土防空作战》第48、49页。

[2] 日本防卫厅防卫研究所战史室：《中国方面海军作战》(1)第345页。

3月24日以轰炸机14架轰炸了韩庄、临城日军；4月4日以轰炸机和战斗机27架轰炸了台儿庄东北、西北敌人阵地，当晚，日军濑谷支队力战不支，炸掉不易搬动的物资，向峄县溃逃；4月9日以9架飞机轰炸从峄县后退的日军；10日以飞机18架轰炸退至枣庄的日军等。在豫东地区战斗期间，还曾轰炸过三义寨、马牧集的日军，并阻滞了日军第一军对其第十四师团的增援等。

1938年3月，为了充分发挥空军的威力，配合陆军作战，中国空军在南昌设第一路司令部，协同第三、第五战区作战；在广州设第二路司令部，协同第四战区作战；在西安设第三路司令部，协同湖北、四川以北地区的中国军队作战。第一、第二、第三路分别以张廷孟、刘牧群、田曦分任司令官。不久，杨鹤霄接刘芳秀任第二路司令官，第三路司令官田曦他调，陈栖霞【中央航校教官】任司令官。[1]

空军第一路司令张廷孟【黄埔三期】，在徐州会战、长沙会战、鄂西会战、常德会战、湘西会战诸战役中，他率领第一路空军支援地面部队作战，狠狠地打击了侵华日军的嚣张气焰。

空军第三路空军司令陈栖霞，在参加台儿庄战役时，击落敌机一架，得嘉奖一万银圆，悉数分与部下。

1938年2月18日，日机偷袭武汉，航空第四大队飞行员陈怀民【中央航校[2]】随队长吕基淳由孝感飞赴武汉应战，座机被敌击中，不得已跳伞落地，腿部负伤。4月10日，他驾机飞台儿庄执行低空侦察任务，在返航途中遭遇日机，孤军奋战，驾驶自己的座机撞毁一架日机，自己再次跳伞成功。几次死里逃生的作战经历，不仅没有使陈怀民胆怯，反而更锻炼了他倔强善战的性格，坚定了他抗日救国的信心。

1938年4月28日，陈怀民得知第二天要参加激战，特意回家看望父母。当夜，陈怀民在宿舍写了一篇近似"遗言"的日记，他说："在家中，我很想把自己的心情向父母亲讲讲。我怕他们难受，又怕他们为我的安全担心，故话到嘴边又咽下去了。我常与日机在空中作战。打仗就有牺牲，说不定哪一天，我的飞机被日机击落，如果真的出现了那种事情，你们不要悲伤，也不要难过。我是为国家和广大老百姓而死，死得有价值。如果我牺牲了，切

---

[1] 《国民革命军沿革实录》第三章第二节：空军，2001年1月，湖北人民出版社。

[2] 1929年，国民政府在中央陆军军官学校内设立航空班，于南京明故宫机场进行学习训练。在此基础上，蒋介石秉承孙中山"航空救国"及"无空防即无国防"之理念。于1930年，择址杭州笕桥，扩建为中央航空学校。广东航校、广西航校分别于1936年、1937年与中央航校合并，因此，这三个军校的毕业生及教官也纳入本书黄埔人物叙述之列。

望父母节哀，也希望哥哥、姐姐、弟弟、妹妹继续投身抗日，直到把日本侵略者赶出中国。"

二一八武汉大空战后不久，张明生【中央航校】所在的空军第四大队奉命调往河南前线，支援正在进行徐州会战的陆军。

1938 年 4 月 7 日凌晨，中国军队向驻守在台儿庄的日军发起总攻，日军溃不成军，其残部向峄城、枣庄撤退。至此，持续月余的台儿庄战役结束。

4 月 9 日，张明生所在中队奉命攻击南下增援的日军。当飞临敌军阵地上空时，张明生见战区上空无敌机踪影，便单机脱离队伍，对敌进行低空扫射，眼看着敌人狼狈逃窜，他才心满意足地返回编队。这种离队独行的行为虽然英勇，但也危险，因为在落单中一旦遭遇敌机，就很容易受到致命攻击。张明生敢于单刀赴会，与他长期在足球队担任前锋的性格有关。

张明生所在的中队完成任务，返回归德（今河南商丘）机场，喘息未定，便遇敌机来袭。大家又立刻升空迎敌，敌机见我军已有准备，便偷偷逃跑了。我空军勇士在天空中徘徊良久，直到敌机远去，才降下地面来。

由于日军多次遭到我空军打击，敌陆军航空队不得不加大对我空军的作战力度。4 月 10 日，中日空军便在归德上空展开了一场大空战。

当天，中国空军第四大队第二十二、二十三中队 18 架 E-16 飞机组成第一、第二梯队，第三大队林佐副大队长率领第七、八中队的 9 架 E-15 飞机为第三梯队，掩护从河南周家口起飞的轰炸机部队前往鲁南峄县、枣庄轰炸日军。当我机群完成任务，在返航途中，发现有大队敌机迎面而至。敌人显然是知道我后方空虚，就乘机而入，打算趁我机燃油已不多，不能支撑多久，以逸待劳围歼我空军。

第四大队第二十二、二十三中队的飞机分为高、中、低三层队形，张明生的飞机在第二层。见敌机群越来越近，张明生按捺不住了，立刻加速，第一个向迎面而来的敌机冲过去。他再一次使出足球前锋的那股劲头，率领全队向敌机猛冲。

于是，1 架对 1 架，所有的我机和敌机，各自找着对手，忽上忽下，追逐、翻滚、爬升……一场空中大战便展开了。

时间，定格在 1938 年 4 月 10 日 12 点 30 分；地点，是归德附近的上空。

林佐率领的中国空军第三大队第七、八中队早在 10 分钟前，已在归德以东的马牧集（今虞城）上空与敌机遭遇，并发生空战。

张明生紧盯着 1 架敌机，渐渐缩短两者的距离，在敌机企图转弯脱离的瞬间，即刻开火，敌机头开始冒烟。张明生正准备加速冲上去，将面前这架敌机当场击落时，突然发现自己的飞机上空有2架敌机，其中1架正自上而下向自己俯冲而来。他只好放弃前面的这架已被他击伤的敌机，转而与来袭的敌机缠斗。但不幸的是，由于发现已晚，来不及摆脱这架敌机的追逐和攻击，飞机就被击中了，出现可怕的"尾旋"，从3000米的高空直向下面坠去。

敌机见把张明生的飞机打了下去，便回头飞走了。张明生在一阵昏眩中惊醒过来，虽然倒悬着身体，但神智还清醒。他操纵着平衡器，挣扎着试图将飞机机头拉起来，但几次努力都没有成功。飞机从3000米高空旋转下坠，快要跌到1000米了，张明生还不准备跳伞，他不想放弃，舍不得这架与自己朝夕相处的飞机。此刻，他无意中手触到了油门，发现油门还开着，便扭闭油门，再使劲将平衡器一扳，居然让飞机恢复了平衡。

张明生终于松了口气，将飞机飞平稳，身体坐正。这时，他才有机会看清周围的环境。他发现自己距地面仅有500米，飞机还在下坠，油箱仍在冒烟，而下面是一片麦田。他决定冒着飞机可能爆炸的危险，关闭电门和油门，将飞机侧滑下去，飘落于地。

迫降后，张明生跳下飞机，感觉自己身体还完好。他迅速将飞机检查了一遍，发现飞机的机头中了20多弹，发动机的护板被爆炸弹打了一个洞，油箱上弹痕累累，幸而无一穿透，否则早已爆燃了。发动机上的排气管中了2弹，润滑油流出，燃烧冒火，所以机头不断冒黑烟。飞机创伤很多，但仍然可用。

飞机降落的地方是归德附近的一个村落，交通不便，没有军警。此时，飞机旁边已聚集了不少村民围观，有的还在飞机旁边吸烟。这使张明生十分担心，他既担心漏油的飞机会被引爆，又担心空战没有结束，被敌机发现后，会引来敌机的攻击，伤及无辜百姓，遂决定再次冒险将飞机飞回基地。

他成功了！张明生将这架番号为2202号的重伤飞机安全地飞回归德机场，创造了中国空军史上的一个奇迹。

此役，我空军击落敌机5架，自己损失4架，受伤8架，飞行员孙金鉴（第四大队）、梁志航（第三大队）阵亡。

4月10日，日本陆军航空兵企图从空战中找回便宜，又被中国空军打得落花流水，曾代表日本空军狂妄地向中国空军下战书的日本王牌飞行员加藤建夫也被击毙，成为中国取得台儿庄大捷锦上添花之笔。

空军第七大队第六中队中队长金雯【黄埔六期】。西安事变中担任国共双方空中交通联络工作。国共第二次合作后，他率领空军第六中队由洛阳进驻西安，继续承担国共双方交通联络任务，曾多次接送周恩来往返于延安与西安。

淞沪会战中，金雯率领空军所属中队投入战斗，曾轮番轰炸上海日军阵地和长江口敌舰，重创敌舰"出云号"，受到上级嘉奖。在武汉会战中，与苏联空军志愿大队并肩作战，立下战功。后又率空军第六中队参加台儿庄大战、徐州会战以及晋南战役。

四、原广西空军参战台儿庄

1938 年 3 月，中国军队血战台儿庄，第三大队北上增援，第一天就击落敌机 2 架。第五战区司令李宗仁闻讯后，激动地连说几个"好得很"，连日来饱尝日机轰炸扫射之苦的陆军兄弟无不热泪盈眶。4 月初，日军被迫从台儿庄撤退，中国空军又在天上截杀，中国军队终于取得了抗战以来战果最大的一次胜利—台儿庄大捷。4 月 10 日，日本陆军航空兵企图从空战中找回便宜，又被中国空军打得落花流水。

三十年代广西办起了地方空军。当日本侵略者扑来，危及到国家、民族利益的时刻，广西空军于七七事变后被改编为中央空军，北上抗日。

广西空军是新建的军队，它的飞行机械人员平均年龄不过二十三四岁，真乃风华正茂，血气方刚。他们对国家，对人民、对民族有着美好的理想与愿望，面对日军的入侵，无不切齿痛恨。听说要北上抗日，个个欢欣鼓舞，所以心甘情愿接受改编。广西航校并入中央航校，飞行部队改编成中央航空委员会空军第三大队。

台儿庄大战期间的归德（今商丘）机场

台儿庄战役期间，空军第三大队（驱逐机大队，广西空军顶替抗战开始已经消耗殆尽的原中央空军第三大队番号。）作战序列：

大队长：吴汝鎏【广东航校三期，空军少校】

  副大队长：林 佐【广东航校三期，空军少校】

辖：

第七中队队长：吕天龙【广西航校一期，日本明野陆军飞行学校；南洋华侨，空军中尉】

  分队长：欧阳森【广西航校一期，空军中尉】

  飞行员：韦鼎峙【广西航校三期，空军少尉】

    梁志航【广西航校二期，空军少尉】

第八中队队长：陆光球【广东航校六期，日本明野陆军飞行学校；空军中尉】

  副队长：何 信【广西航校一期，日本明野陆军飞行学校；空军中尉】

  分队长：曾达池【广西航校一期，日本明野陆军飞行学校；空军中尉】

  飞行员：陈业干【广东航校六期，空军中尉】

    莫 休【广西航校一期】

    李膺勋【广西航校一期】

    李康之【广西航校二期】

第三十二中队队长：张柏寿【广西航校一期，日本明野陆军飞行学校；空军中尉】

  副队长：韦一清【广西航校一期，空军中尉】

  分队长：韦鼎烈【广西航校一期，空军中尉】

  飞行员：杨永章、吕 明、庞 健、蒋盛祐、唐信光、李之干、莫 梗

机械长：赵廷桂。整个中队计有日本造"91"型单座驱逐机9架，"甲A"型单座驱逐机10架，英国造"A.W 16"型单座驱逐机1架，广西飞机修理厂自行设计制造的"朱荣章号"单座驱逐机1架。这些飞机大都已残旧，性能落后，又缺乏器材零件供修理补充，多不堪使用。

第三十四中队（独立轰炸机飞行中队）队长：邓堤【广东航校六期，空军中尉】

每中队有飞行人员1人至15人。改编后每人的级别都比原来降低一级，

但人人心中只考虑如何为国杀敌，对此无足挂齿。

1937年9月，广西飞行部队改编完毕后，第七、八两个中队奉命开赴湖北襄阳机场，接受苏联飞机的飞行训练，准备接收苏联飞机参战。第三十三中队移驻南宁，第三十四中队仍驻原地桂林。

12月，某日拂晓，第三十三中队按计划照常练习飞行。突然间，上空出现四架来路不明的怪机，机身下有两个浮筒，（水上飞机）断定是敌机，机场发出紧急空袭警报。副队长韦一清当时在地面，立即起飞迎敌，其余在空中练习的分队长韦鼎烈等也齐奔敌机迎战。由于我机破旧与敌交火先后不齐，等到各机都加入战斗时，飞行员蒋盛祜（灌阳县人，空军少尉，广西航校二期毕业）已被围攻中弹身亡，殊为痛心。

我军飞行速度虽慢，但飞行员斗志昂扬，采用缠斗方法，以时间换取速度，于是韦一清、韦鼎烈等纠缠敌机不放，等到敌机油量耗尽，迫降我境。敌机不敢恋战，加大速度俯冲脱离战斗，其中一架已被击伤，尾曳白烟，向北部湾方向逃遁。

1938年1月，第七、八中队训练完毕，奉命到兰州接收新飞机。当时苏联援助的战斗机有"伊—15"式和"伊—16"式两种，均为单座战斗机，安装有固定式机枪四挺，获利相当强大。"伊—15"式是双翼机，最大时速三百六十公里，留空时间两小时三十分钟，最适合缠斗。"伊—16"式是单翼机，起落架可以收缩，最大时速四百公里，留空时间两小时，适于追击。这两种飞机和当时日寇的"九五"式和"九六"式战斗机性能相仿，不相上下。七、八中队都装备"伊—15"式战斗机，准备担任空防任务。本来按当时空军编制，每中队有飞行员十人至十五人，规定配备飞机九架，使飞行员可以轮流警戒，轮流休息。但是七、八中队求参战心切，人人都要求自己单独领取一架飞机，所以特许每人接收飞机一架，于是七、八中队都按人头领到飞机各十一架。机身号码七中队从5860号到5870号。八中队从5871号到5881号。各中队又把飞机固定分配到每个飞行员，领到新飞机后，人人喜气洋洋，精心检查，反复试飞，对"伊—15"式战斗机的性能感到十分满意。有的还在机身上涂上自己设计的图案，使战友在空中也能辨认出自己是谁（当时飞机没有无线电通信设备）。

接收飞机完毕，第七、八中队奉命分批回防襄阳，第三天敌机就来挑衅。空袭警报后，七中队飞机11架，八中队飞机6架，（另五架由副队长何信率领在回访途中）全部起飞。近一小时，未见敌机到来。正踌躇间，一架敌机在很远的地方出现，是一架轻型轰炸机。总领队吕天龙一个转弯向着敌机迎去，其他飞机也同时转向敌机。敌机是个狡猾的家伙，技术相当老练。开始若无其事地向前继续飞行，等到敌距我四五百米，我机要开枪未开枪的一刹那，敌机轻轻抬起机头窜进云里，无影无踪地溜掉了。我机群扑了一个空，只好加强警戒，继续盘空搜索。不一会儿，敌机又在另一个方向出现，我机群又一起奔向敌机。敌机还是那一招，又躲进云层，我机又扑空，像在天空"捉迷藏"一样，我机始终没有机会打过一枪。

敌机来偷袭机场，发觉我方防备严密，无隙可乘，乃盲目投弹后，偷偷逃遁。

1938年2月，我空军第七中队奉命移驻湖北孝感机场。协同其他部队担任武汉三镇空防。因为任务重要，大队长吴汝鎏坐镇这个中队。第八中队移驻河南信阳机场，担任京汉铁路南的空防。

3月上旬，敌军占据南京后，正从南北两路夹击，企图打通津浦线。北线战场尤为吃紧。第五战区司令长官李宗仁为了鼓舞守军士气，要求空中支援。要求不高，既不要求保卫指挥中心徐州市，也不要求长期配合陆军作战，仅仅要求我方飞机在前线敌阵转几圈，投下几颗炸弹，然后向我军阵地低空飞过一趟，使守军官兵亲眼看见我方飞机支援，借以鼓舞士气，就算完成任务。

第七、八中队都是驱逐机中队，别说在前线敌飞一趟，即使十趟百趟也可以，问题是炸弹怎样携带呀？右手拿驾驶杆，左手抱炸弹吗？不行啊，驱逐机飞行员不但要右手拿驾驶杆，左手也是不闲着的。飞机快慢全凭左手操纵油门，调节发动机温度，翻阅地图等重要资料都要用左手来照料，携带炸弹必须另想办法。经过机械员们的精心设计，结果在机翼下面临时安装一套炸弹架。左右两边一共可以挂小型弹八个，每个八公斤，勉强凑合。

因为飞机油量有限，从孝感、信阳起飞不能往返徐州前线。需要临时转场飞行。乃选定归德机场为前进基地，驻马店机场为中间站。先派必要的机械人员前往当地场站协助做准备工作。

一切准备完毕，3月17日，七、八两中队各队出动飞机九架，先飞往驻马店机场汇合。为了出敌不意，黄昏时才悄悄地飞到驻马店机场着陆，准备明日一早出发徐州前线。

飞机着陆完毕，天已渐渐黑了，趁飞行员们吃饭休息的时间，大队长吴汝鎏与徐州通了电话，向第五战区长官部请示。长官部告知了前线最新情况，特别是敌军我军的实际位置。因为当时没有大比例尺军用地图，只有航行用的小比例尺军用地图，敌我位置无法在地图上具体认定。乃约定由长官部将我机到达时间和飞机架数通知前线各守军，并要求军队于我机到达时，在显眼地点上铺设长白布条一块，表示我方阵地所在，便于识别。

第二天早晨，天将亮，机械员已经开发动机、细心进行试车。隆隆机声把飞行员叫醒，因为要出发打仗，个个精神抖擞，都忘却了昨晚睡眠不足，立即起床准备出发，场站送来了早餐，因为时间太早，大家都吃不下饭。厨师们懂得按实际情况办事，在饭菜中备有不干不稀的清淡绿豆汤，正合大家的胃口。但大家都很当心，因为飞机上不能大小便，不敢多喝。

天刚放亮，碧空无云，天地线看得清清楚楚。大队长吴汝鎏一声令下，飞行员纷纷爬进座舱，各自开动飞机等待起飞。不多时，所有的飞机都发动起来了，唯独第八中队飞行员陈业干的飞机发动不起来。机场上所有的视线都集中在这架飞机上，焦急地等待着他的螺旋桨快快转动。陈业干心情更加焦急，可是一次又一次地发动不起来。虽然三月清晨北方天气还很冷，陈业干此时却满头大汗。时间已经耽搁了将近二十分钟，不能再等了。大队长吴汝鎏用手一挥，领着第七中队为第一梯队起飞。接着陆光球领第八中队为第二梯队起飞。正当两个梯队一面上升，以免进入航线的时候，陈业干终于把飞机开动了，加大速度从后面赶了上来。当他加入编队的时候，两眼一直凝视着长机，表示前来报到，并表示一定和大家战斗在一起，为国家、为民族争一口气。长机点头表示欢迎，其他各机也点头致意。第八中队又恢复正规队形"三三制"了。（三机为一分队，三分队为一中队，故称三三制。）

航行高度第一梯队为四千米，第二梯队为四千五百米，（这是我机最优性能高度）大约四十分钟到达津浦线北段的兖州，邹县、滕县上空。乃一面进行空中警戒，一面根据长官部指示的敌我概略位置进行盘旋侦察、寻找敌我实际位置。不一会，又两处地方铺出信号，一处在一个大院落里，放一条长白布条，旁边似乎有人走动；另一处在一间土房的屋顶上，是一块近乎方状的白布，像是一块被单的样子，这处没有看见人。

其实无须地面指示，从空中看见地面，敌我位置分得清清楚楚。一边是浓烟弥漫，很多民房正在火起焚烧，很少看见有人走动，这正是铺设信号的我方（守军都在掩体里坚持抵抗）；另一边，没有什么烟火，大路小路都有人、马在走动，有些村庄停有车辆。显然，这是敌人一方，正在凭借重武器向我方进犯。

情况判明以后，第八中队继续担任空中警戒，由第七中队首先对敌攻击。第七中队迅速降低高度，降到离地面一千米时，解散队形，采取单机分散行动，尽量扩大活动范围，由各机自行选择目标，自行俯冲投弹。于是各机有的向敌人炮位俯冲，有的向敌人车辆投弹，每架飞机六十四公斤炸弹一次投下。敌人阵地顿时全面开花，浓烟滚滚。虽然看不清敌人被炸的尸体，但是未丧命的敌人从一团团浓烟中向外拼命奔跑逃命的狼狈相却看得一清二楚。

日军阵地上的鬼子们见有飞机来临，以为又是他们的飞机前来助战，所以一切照常活动，不理不睬，若无其事。还纷纷晃动太阳旗，以示前线敌人阵地的位置。岂料，飞机在阵地上空盘旋了几周后，突然向日军阵地俯冲投弹。日军阵地顿时全面开花，浓烟滚滚。有的从道路向两旁飞奔，有的从马背跑到马下，有的从屋里往屋外奔跑，有的从外面向屋里奔跑。整个敌人阵地乱作一团，好像一窝老鼠被捅了一棍子到处乱窜。日军嗷嗷乱叫着，四处乱窜。

中国空军完成轰炸任务后，相继飞临中国军队阵地上空，低飞摆翼，向坚守阵地的英勇官兵致敬。此时，已认出中国军队飞机的卫士们纷纷跃出战壕掩体，举枪脱帽，欢呼雀跃。许多士兵流下了激动的热泪。中国空军首次在台儿庄上空的出现，对坚守阵地的我方将士起了很大的鼓舞作用。

旋即，中国飞机一面上升一面恢复队形，接替第八中队担任空中警戒。第八中队随即降低高度，用同样的办法对敌人进行第二次攻击，敌人惊魂未定，又遭第二次打击，更是人仰马翻，心惊胆丧，狼狈相自不待言。投弹完毕，同样低飞通过我方阵地上空，再一次向守军致敬。之后一面上升，一面进入航线返航。

两次攻击，前后不到二十分钟。但这二十分钟对我军将士来说，真正是一次大鼓舞，大动员，坚守阵地的信心更足了。相反，对于敌人来说，正是预告侵略者的下场绝对不会是美妙的。

当第八中队正在对敌攻击的时候，从徐州方向飞来两架日军轰炸机，由南向北编队飞行。第七中分队长欧阳森发现后，立即率领一个分队三架飞机向该敌机攻击。这一次双方对射，时间不过十秒钟，敌机一架当场起火，一架坠落敌阵。但欧阳森左手敌被射伤，为抗击日军流了血。

在返航的路上，第八中队改为第一梯队，第七中队为第二梯队，仍在归德机场着陆。趁飞机加油时间，大队长吴汝鎏与徐州通电话，报告战斗情况，司令长官李宗仁亲自接电话，对七、八中队飞行员大加表扬。当谈到打下两架敌机时，李宗仁连连说："好得很，好得很！"并说："就是这两架敌机，天天按时来徐州轰炸，每天早、午、晚三趟，太可恶了！"打完电话，吴汝鎏笑眯眯地向大家走来，眉飞色舞地转达李宗仁的赞许，大家听后实在高兴。加油完毕，再飞驻马店，当日各回原防。

由于台儿庄战况愈烈，第五战区要求空军支援愈勤。3月24日、25日，空军第七、第八中队作出第二次支援。第七中队派飞机5架，先飞驻马店与第八中队9架飞机会合。当天，傍晚飞抵归德机场。翌日，由大队长吴汝鎏率领第七中队长吕天龙，战士李膺勋、莫休、梁志航、韦鼎峙、陈业干等分驾 E15 式机型 7 架。第八中队长陆光球，副中队长何信、分队长曾达池及黄名翔、江秀峰、莫火彦、黄莺等分驾 E15 式机型 9 架。在 3 月 25 日，黎明飞至临城空域，见城内安静如常，而公路多股敌部队向南推进。我机群分两个梯形编队，鱼贯轰炸扫射，见人马奔跑分窜，使人精神振奋。在回航至归德虞城上空，似有约定一般，我机群与敌 18 架 95 式的飞机遭遇，遂发生一场激烈空战。战斗多时，像足球决赛一般，上下翻腾，互相争取开枪良机，枪声卜卜震长空。航空委员会战报，是役战果击落敌 6 架。我战士牺牲者有李膺勋、莫休（座机被击毁跳伞，敌机违反"国际法"仍作靶标射击而牺牲）。受伤者有：大队长吴汝鎏，中队长陆光球，座机着火烧伤面部跳伞获救；战士黄名翔等入院治疗均获救。吴汝鎏在院治疗期间，大队长职务由副大队长林佐代理。

　　空军第三大队第八中队副中队何信，在临（沂）枣（庄）上空与日机交锋后，当回航至牧马集上空时，遭到埋伏在云层中的日军 18 架驱逐机的截击。此时，何信所驾飞机油弹两缺。敌机发现何信的飞机是主机，纷纷围了上来，何信胸部连中三弹，血流如注。他没有选择跳伞逃生，而是拼上最后一点力气，驾机向日机迎头撞去，利用日机躲闪的机会，射出最后一排子弹，中弹敌机冒着黑烟坠向大地。何信继而操控伤机，就近撞上另一架敌机，与日机同归于尽。

　　在地面的中国军民目睹了这场惊心动魄的空战。何信牺牲时才 25 岁，台儿庄当地一名大财主捐出了自己的棺材收敛烈士的遗体，后来遗体运至武汉又换成了楠木棺材。运回故乡桂林安葬时，公祭三天三夜，万人空巷。

　　国民党军事委员会授予何信"空军烈士"称号。新中国成立后，中央人民政府追认其为革命烈士。

　　1938 年 3 月 30 日，台儿庄方面战况最烈。第五战区长官部要求第七、八中队再次协同出击。只因大队长吴汝鎏战伤，派林佐为副大队长，重整军容。七、八中队飞行员与日军不共戴天，只要是和日军拼命，剩下一人也要拼到底。第八中队因归德空战中队长受伤，副队长阵亡，无人领队，遂由分队长曾达池替补副队长缺，率队参战。七、八两个中队，凑够九架飞机，由新任副大队长林佐率领，勇敢出动参战。

　　这次支援台儿庄，以轰炸机投弹为主，战斗机只担任空中掩护，不进行对地攻击，连六十四公斤的"芝麻弹"也不携带了。轰炸机两个中队分成两个梯队。从河南周家口机场起飞，经归德上空与战斗机三个梯队会合，飞往徐州以北峄县，枣庄一带，轰炸敌军后续部队（苏联志愿队使用开封、砀山机场配合作战）。

轰炸机投弹完毕，第七中队队长吕天龙发现敌军阵地上有敌机一架，是双座侦察机，正在执行炮兵观测查任务。吕天龙当即俯冲攻击。该敌机驾驶员很狡猾，一面做急转弯，以免降低高度以躲避我机的射击。吕天龙几次俯冲都因速度过大，射击时间太短，无法瞄准，没有击中要害。等敌机降到不能再降，吕天龙便潜入敌机后方进行尾随攻击。只见敌机被我机追逐在敌阵上空掠地而过，震撼了整个敌军阵地，扫尽所谓"皇军"的威风。敌机时而向左急转弯，时而向右急转弯，极力想摆脱我机的射击。吕天龙岂肯罢休？咬住不放，非捕捉到良好的射击机会不轻易开枪。在追逐过程中，吕发现敌后座机枪已无人操纵，判定敌后座机枪手已被击毙。乃更逼近敌机尾部，进入敌机后方视线死角。敌机驾驶员刹时间看不见了我机，慌了手脚，一时操控过猛，飞机突然"失速"，轰隆一声倒栽在敌军阵地上自取灭亡。

吕天龙露出轻松的笑容。突然座机发生一阵抖动，随即一颗子弹从下方射穿右手掌，血流如注，疼痛异常。顿时右手无力，无法继续操纵驾驶杆。当时飞机离地很低，随时有撞地的可能。情况十分危急，无暇思索，吕天龙想：这是敌人从地面射来的炮火。必须迅速脱离敌阵上空。说时迟那时快，吕天龙用左手一把抓住驾驶杆，加大速度冲出敌阵上空。

在返航的路上，鲜血不断从手心涌出。吕感到阵痛加剧，只觉两眼直冒火星，疼痛难以忍受。几次由于疼痛而濒临休克，危险万分。但是"壮志未酬"的念头始终支持着吕天龙和他那可爱的"伊—15"式战斗机忽高忽低、忽左忽右、歪歪斜斜、弯弯曲曲地飞回自己的基地归德机场。

飞机着陆，吕全身力气已用尽，无力走下飞机，在昏昏迷迷中被抬进了医院。机械员马上检查飞机，发现机身机翼弹痕累累，战友们都为吕的平安归来握手称庆。

经过战斗分析，大家认为，这次空战敌机屡屡降低高度，固然是为了回避我机的射击，同时还有另外一个企图，就是引诱我机在敌阵上空低飞，以便地面炮火夹击。敌人虽然诡计多端，然而侵略者心虚，抵抗者胆壮，敌人的阴谋绝难得逞。

当吕天龙在追逐敌机的时候，我轰炸机群，战斗机群已陆续回航。轰炸机仍回周家口，战斗机回归德。非常奇怪，敌机专等我机回航油量将尽的时候，在归德附近拦截我机，而且又占高度优势向我战斗机攻击，发生第二次归德大空战。激烈程度不亚于上次，双方都有相当大的伤亡。我第七中队飞行员梁志航阵亡，第七中队飞行员韦鼎峙受伤，大家都很悲痛。空军第四大队亦有损伤，苏联志愿队也在另一空域与敌激战，亦有损伤。同是一条战线，同为反抗日军侵略而流血牺牲，中苏飞行员为台儿庄大战做出了贡献。

1938 年 4 月 7 日凌晨，中国军队向驻守在台儿庄的日军发起总攻，日军溃不成军，其残部向峄城、枣庄撤退。至此，历经月余的台儿庄战役结束。

五、中国空军"纸弹轰炸"日本岛

1938 年 5 月 20 日清晨，日本长崎一家寿司店的老板打开店门，突然发现门前到处是传单。传单上印着汉日对照的文字："尔国侵略中国，罪恶深重。尔再不逊，则百万传单将变为千吨炸弹，尔再戒之。"日本安保部门立即在辖区内进行搜索，并将传单交由"王子制纸"八代木工厂进行化验，证实传单的确来自中国。消息传出，当地民众十分恐慌，并对当局所称"日本本土防卫固若金汤"表示怀疑。

当天，同在九州岛的福冈市和北九州市也发现了大量中国警告日本的传单。

原来，中国政府为了激励民心士气并向日本与国际媒体宣传，决定策划一次对日本本土的超长距离空袭作战。5 月 19 日，中国空军远征日本本土。空军第十四队队长徐焕生、第八大队第十九队副队长佟彦博各驾飞机一架，自宁波夜飞日本长崎、福冈、久留米、佐贺及九州各城市散发传单。不曾想第一次受空袭，竟然是以"纸弹轰炸"的方式，开启了日本有史以来第一次被他国飞机轰炸的历史。

1937 年 12 月，南京失陷，日寇侵略气焰十分嚣张，凭借庞大的军事力量，相继占领华中、华南的大片领土。凭借 2700 多架飞机的日本空军，加紧了对政治军事中心和作战物资主要集散地的武汉实施空袭和轰炸，同时又在中国的领土上到处狂轰滥炸，激起举国同愤。于是，国民政府最高当局决定采取一次重大行动，派空军跨海东征，对日本进行一次"政治空袭"，以此来警告日本侵略者当局者。并制定了《空军对敌国内地袭击计划》，空袭时间定在 1938 年 5 月下旬，目标是九州、长崎、福冈等城市。这次空袭不投炸弹，只投"纸弹"即散发传单。这样一是打击日本自认为本土不可侵入的夜郎自大的狂妄气焰；二是显示我全民抗战的决心，并对日本民众忠告而不施以报复的人道国格；三是唤醒日本民众对日本法西斯侵略者当局的痛恨和反战、厌战情绪。时任航空委员会秘书长的宋美龄，对这次远征日本本土称作"人道远征"。而唤醒日本民众的传单拟作者竟然是时任军委会政治部第三厅厅长郭沫若。

1937 年，郭沫若决定从留学并与日籍妻子佐藤富子育有四儿一女且生活了 11 年的日本，回国参加抗日战争。他深知日本民众的疾苦。于是拿起手中的笔，将"纸弹"——《告日本国民书》投向日本："中日两国有同文同种、唇齿相依的亲密关系，应该互助合作，维持亚洲和全世界的自由和平，日本军阀发动的侵略战争，最后会使中日两国两败俱伤，希望日本国民唤醒军阀放弃进一步侵华的迷梦，迅速撤回日本本土。"

同时郭沫若还主持编写了《告日本工人书》《告日本农民大众书》、《告日本工商者书》等多种传单，由日本友人、反战作家鹿地亘翻译成日文。日本反战同盟也撰写了《反战同盟告日本士兵书》。这些内容的传单，总印数达二百万份，一起随着飞机的嗡鸣声，落入了日本的土地。

早在 1936 年年底，国民党政府军事委员会参谋本部制定的 1937 年度《国防作战计划》就向空军要求，"准备全部轰炸机袭击敌之佐世保、横须贺及其空军根据地，并破坏东京、大阪等大城市"。但不久抗战爆发，中国空军在与日本的血战中伤亡惨重，其中能够飞抵日本本土的萨伏亚 S—72 和马丁—139WC 等两种远程轰炸机损失殆尽。

无奈之下，国民党政府将目光瞄向了海外。1937 年 9 月，中国军事代表团赴苏联洽谈军事援华问题时，收到蒋介石密令：务必购买可以用于轰炸日本的重型远程轰炸机。10 月，苏联对华军事援助协议中的 6 架 TB—3 重型轰炸机按计划飞抵兰州。11 月 30 日，其中的 5 架飞机由兰州经汉口飞南昌进行对日轰炸前的临战训练。不幸的是，日方早就得到南昌有中国重型轰炸机的情报。12 月 13 日，日机空袭南昌机场，当场炸毁 2 架，炸伤 3 架，剩下的战机被迫飞返兰州躲避空袭。后来，由于数量有限且备件缺乏，TB—3 在中国战场只作为运输机使用，再也没有担当任何战略轰炸任务。

就在人们为轰炸机一事发愁时，美、英、法、荷等国的多名志愿飞行员来到中国参战，同时带来了马丁—139WC 轰炸机 4 架、伏尔梯 V—11 轻轰炸机 7 架和刚刚从欧美淘汰的诺斯洛普 G2E 轻轰炸机数架。国民党空军似乎又看到了希望，但外籍飞行员却称执行这项任务风险太大，提出了让国民党政府无法接受的天价酬金。针对此情况，国民党政府航委会决定由中方飞行员来执行这一任务。这时，编在委员长侍从室的专机飞行员徐焕升上尉自告奋勇地提出由他负责重新组建远征轰炸队的具体事宜。

徐焕升受领任务后，立即通知在汉口待命的预先选拔好的十四中队人员立即飞抵成都报到。1938 年 3 月，中国空军重新制定了《空军对敌国内地袭击计划》，选定日本佐世保军港和八幡市为轰炸目标。为了保证任务的顺利完成，航委会又从飞行第八大队第 19 中队调来以佟彦博副队长为首的数名优秀飞行员，与先前到达成都的飞行员会合，成立特别轰炸中队。

特别轰炸中队在徐焕升的率领下，对当时中国空军的各种轰炸机进行了深入细致的考察，最后选定马丁—139WC 轰炸机。而后，特别轰炸中队在成都凤凰山基地开始了临战训练，并对马丁机的性能进行摸索和适应。在训练过程中，徐焕升发现：马丁—139WC 虽然性能良好，威力巨大，但返航途中极可能遭到日本人的追击，不一定能在沿海机场加油。而且，仅靠眼下这几架飞机投掷炸弹难以取得震慑效果。于是，特别轰炸中队请示航委会，修改原定计划，以两架轰炸机携带传单空袭日本，宣扬我国抗战意志，警告日本当局，并且为了缩短航程，将目标改为九州岛的长崎、福冈和北九州。国民党政府同意了他们的建议。

当在空军第十四队飞抵武汉以后，蒋介石和夫人宋美龄亲临武汉南湖机场点名致训，向队长们昭示："死有重如泰山轻如鸿毛之别，为国牺牲是光荣的，无论成功成仁，决不辜负你们。"徐焕升和队员们抱定"我死则国生"的牺牲精神，留下遗嘱，宣誓以最大努力完成非常使命。

经过近两个月的紧张准备，徐焕升他们克服 5 月间正值梅雨季节，气候一直不适合越洋航行的困难，终于选择在 1938 年 5 月 19 日，徐州沦陷的当天，整装出发，"纸弹轰炸"日本岛。

15 时 23 分，3 架战机从汉口王家墩机场起飞，两个小时后降落在宁波栎社机场，补充燃油。23 时 48 分，1403 号、1404 号轰炸机，分别由队长徐焕升上尉驾驶 1403 号长机，副队长佟彦博上尉驾驶 1404 号僚机，分队长苏光辉中尉、蒋绍禹中尉，队员刘荣元少尉、吴积冲少尉、雷天春少尉、陈光斗少尉分别担任两架飞机的副驾驶、领航员、无线员。

在残云淡月下，两架轰炸机沿舟山南端直指日本。东海上空海风强烈，加快了飞机航行速度，飞行高度保持在 5000 公尺以上。出征人员为表达必胜的决心，由徐焕升向蒋介石拍发致敬电文："职谨率全体出征人员向领袖蒋委员长及诸位长官行最高敬礼，以示参与此项工作之荣幸，并誓各以牺牲决心，尽最大努力完成此非常之使命。徐焕升皓。"这篇电文，曾在全国各报刊载，显示了我东征勇士们的悲壮忠勇。

5 月 20 日 0 时 35 分，徐焕升给地面人员拍发电报："云太高，不见月光，完全在黑暗中飞行。"飞行一个多小时后，两架马丁轰炸机飞入日本近海，徐焕升再次向地面发报："现在成队飞行，一切平安。"

空军第十四中队的第 3 号马丁—139WC 轰炸机，徐焕升远征日本时的座机。

5月20日凌晨2点20分，两架马丁轰炸机飞抵日本九州西部海岸，飞机紧贴海面飞行，直达长崎港。凌晨3点，长崎市还处在无戒备状态，飞机盘旋一周，借助城市灯光，投下第一批传单。一时间传单像雪片一样纷纷扬扬，散落在长崎市区。飞机按原定计划向北作半圆形航行，飞经佐世保、佐贺、久留米、福冈、九州、熊本整个九州岛。可是自从飞机进入福冈以后，日方就发现了上空有飞机，立即发出防空警报，并且实行灯光管制，探照灯对空乱照一气。机组人员一面投下照明弹，一面投下传单。两架马丁轰炸机在日本本土盘旋半个多小时，把带去的20万"纸弹"——200万份传单全部投完之后，才从容返航。

5月20日拂晓，两架马丁轰炸机飞抵我国东海岸，这时才发现有日军战机试图拦截，同时还遇到日本军舰高射炮的轰击。远征勇士利用云雾作掩护，以高超的飞行技术沉着应对。徐焕升清醒地意识到日军战机一定在跟踪，就临时决定直飞南昌。8点48分，1403、1404号轰炸机分别降落在南昌和玉山机场，加油后继续西飞。上午11点30分，安全降落在汉口机场。经证实，20日上午，徐焕升和东征勇士经过16小时的长途飞行，终于圆满地完成了"人道远征"的历史使命。

东征勇士胜利归来的喜讯，很快在武汉三镇传开，各界代表云集汉口机场，行政院长孔祥熙、军政部长何应钦、航空委员会主任钱大钧在机场举行了热烈的欢迎仪式。汉口市民夹道欢迎凯旋归来的空军勇士。

5月22日，中国共产党、八路军驻武汉办事处代表周恩来、陈绍禹（王明）、吴玉章、罗炳辉赴航空委员会，分别代表中国共产党和八路军，向徐焕升等空军勇士进行慰问并赠送锦旗。中共驻武汉办事处的锦旗上写："德威并用，智勇双全"；八路军驻武汉办事处送的锦旗上写："气吞三岛，威震九州"，

孔祥熙（左一）等亲自到汉口王家墩机场迎接远征机组人员等凯旋

各八个大字。周恩来还在欢迎致词中给予高度评价："我国的空军，确是个新的神鹰队伍，正因为他们历史短而没有坏的传统，所以民族意识特别浓厚，而能建树了如此多的伟大成绩，这更增加了我们的敬意。"并与徐焕升和佟彦博合影留念。

蒋介石从洛阳发来专电，嘉慰徐焕升等八位远征勇士。

中国空军"轰炸"日本本土极大地鼓舞了全国人民的士气。全国各大媒体纷纷对此进行报道。王昆仑与沈钧儒、邹韬奋、陶行知等联名发起创办的著名的《全民抗战》三日刊，在5月23日第74期上刊出了邹韬奋的《空军远征日本与新的抗战力量》文章，该刊著名评论家余仲华在同期的"战局动向"栏目中也指出：传单给日本一个警告，百万张传单可以变成百万吨炸弹！《大公报》也于5月21日在头版刊出《空军夜袭日本》的社论。

徐焕升等八勇士东征日本，完成"人道远征"的新闻，成了国内外报刊报道的焦点。美联社评论："中国空军远征日本的成功，证实中国实力甚强，决非日本所能击败。"路透社则以《中国飞机轰炸日本》为题，详尽介绍中国空军远征的经过。香港报纸评论："传单比炸弹更具威力，中国空军来去自如，足见日本空防不可靠，今后日人不得安宁矣。"

英国《新闻记事报》社论称："中国空军日前飞往日本散发传单，唤醒日本人民推翻军阀，此事意义重大，亦饶有趣味。"苏联《莫斯科新闻》也不吝赞美之词："中国空军在抗战中占重要地位，在未来无疑将充当更为重要的角色。"其他世界主流媒体也认为，中国空军夜袭日本本土，彻底打破了"大日本神圣领空不可入袭"的妄言，狠狠地灭了日本帝国主义的嚣张气焰，极大地鼓舞了世界人民的反法西斯斗争。中国飞行员的良好形象也得到了充分展示，尤其是指挥官徐焕升获得了外国同行的"世界一流飞行员"的美誉。6年后，即第二次世界大战结束前，美国《生活》杂志刊登了世界著名的12名飞行员的照片，徐焕升位列其中。照片上标明："徐焕升是先于美军杜立德轰炸日本本土的第一人。"

六、黄埔人物（十三）

（一）炮兵

（409）丁在山

丁在山　字静泉，安徽寿州人，黄埔军校第七期。台儿庄战役期间，任国民革命军炮兵第七团（张广厚）第一营营长。

（410）杜聿明

杜聿明（1904.11.28—1981.5.7）　字光亭，陕西米脂县东区吕家岭杜家湾人。著名抗日将领。黄埔军校第一期、高等教育班第一期。历任军校教导团副排长，武汉分校学兵团中尉连长，中央陆军军官学校中队长，教导第二师营长、团长，第十七军第二十五师旅长、副师长，第二〇〇师师长等职，曾参加北伐战争、长城抗战、淞沪会战。1939年11月任第五军军长，率部参加桂南会战，重创号称"钢军"的日军第五师团。1942年3月任中国远征军第一路副司令长官兼第五军军长，率部参加滇缅对日作战。1943年1月任第五集团军总司令。

解放战争时期，任徐州"剿总"副总司令，东北"剿总"副总司令兼冀热辽边区司令官。

1949年1月9日在淮海战役中所率各部全军覆没，于河南省永城市陈官庄乡被俘。

1959年12月4日第一批特赦，1961年3月，任全国政协文史专员。1964年被特邀为全国政协第四届委员会委员。

1978年当选为第五届全国人大代表、全国政协第五届常委和文史资料研究委员会军事组副组长。

其祖辈是当地封建地主。父亲杜良奎，是清末举人，在西安长安大学堂执教时，参加了同盟会，曾数度回米脂，鼓动县里的民团赶走了清政府官吏，并参加了反对袁世凯称帝的斗争。生母高兰庭，出身贫寒家庭。有四个姐姐、一个妹妹，还有一个弟弟杜聿德。杜聿明从小就喜爱玩弄枪支，12岁时，在表哥李鼎铭办的成家垄小学读书。在学习上得到了这位严师的指点。不久，祖父母及当家的伯父杜良辅相继去世。杜良奎一直在外教书，素来不问家务，杜聿明只好承担管家的重担。由于聪颖过人，很快掌握了一套经营家务、保全家业的本领。16岁时，其父由榆林返家，见其因操家务，学业基本荒废，大为失望，决定将家务交仨儿杜聿成管理，杜便随父到当时陕北二十三县里唯一的一所中学榆林中学榆中20级丁班继续读书。校长杜斌丞是杜聿明的堂哥，教师有陕西著名的共产党人魏野畴、李子洲和教育家王森然、朱横秋等。同班有后来成为共产党人的谢子长、霍世杰和以后成为现代文学家的刘蕴华（柳青）等。

1924年初春，不满20岁的杜聿明与榆林同乡阎揆要、马师恭等人先后来到北京。杜聿明原想报考北京大学，但在京停留期间，他目睹北洋军阀贻误政事、膺窃国柄的黑暗。在《新青年》杂志上，看到了黄埔军校招生的广告，由于革命思潮的影响和杜斌丞的熏陶，经过慎重考虑，毅然选择投考黄埔军校。

1924年3月，杜聿明和堂兄杜聿鑫、陕籍青年阎揆要、关麟征、张耀明等十一人，从北京取道天津，搭乘英轮南下广州。因为同乡于右任向蒋介石的推荐，杜等全被录取，成为黄埔一期学生。

1925年春，在军校的号令下，讨伐广东军阀陈炯明的战斗打响了。攻打淡水城时，杜聿明和同期的陈赓等同学报名参加了教导团组织的敢死队进行爬城攀攻，最先登上城头的也是杜、陈两人，紧接着他俩又打开城门，迎来大队人马歼灭残敌，终获全胜。当时，杜聿明、陈赓等黄埔学生的冲杀过程，被设在城北边指挥所的蒋介石、何应钦等人观察得清清楚楚。战后，蒋向众将士当面夸奖了杜、陈等人的英勇无畏。

从此之后，成为了蒋介石的黄埔系骨干将领。纵观杜聿明一生，参加黄埔军校一期，浴血东征、打倒军阀，中年时对日抗战，先是古北口长城各役，次为装甲兵部队在广西昆仑关与日寇苦战，缅甸战役，协助盟军打垮日本部队，冒千辛万苦，经野人山归国。他一生流血流汗，移孝作忠。

抗战期间，杜聿明指挥的昆仑关战役是被世人最为称道的一役。当时，他命令第二〇〇师副师长彭璧生率部从公路左侧越过昆仑关，形成包围之势；邱清泉师把战车埋伏在公路两旁的丛林地带；郑洞国师则加强右翼攻势，再度进入昆仑关内敌军纵深阵地，将敌指挥部及炮兵阵地摧毁。战斗整整打了十八天，于 31 日以中国军队获重大胜利而告结束，史称昆仑关大捷。

昆仑关一战，日军损失空前巨大。据日本战后公布的材料统计，这次战役，第十二旅团班长及军官死亡达百分之八十五以上，士兵死亡四千余人。旅团长中村正雄在九塘被戴安澜的第三团击毙。

昆仑关战役中国军队获得重大胜利，捷报传出，举国欢腾。全国各地的记者纷纷前来采访。当时的《中央日报》在题为《记杜聿明将军》的文章中称："我国机械化部队开始歼敌，则自杜将军聿明督率始，在昆仑关大捷后，敌人开始认识到我国军队已踏入世界近代军队行列。"

1959 年 12 月 4 日上午，"中华人民共和国最高人民法院对战犯特赦大会"在北京功德林战犯管理所隆重举行，杜聿明、王耀武等十人被列入首批特赦名单。十天后，周恩来在中南海接见了他们。周恩来曾任黄埔军校政治部主任，是杜聿明的老师。杜聿明面露愧色地对周恩来说："学生对不起老师，没有跟着老师干革命，走到反革命道路上去了，真是有负老师的教导，对不起老师。"周恩来微微含笑，摇摇头说："不能怪你们学生，我这个老师没有把你们引导到正确的道路上去，我也有一定的责任。往者已矣，来者可追嘛！"

1960 年 7 月，周总理、陈毅宴请来我国访问的英国陆军元帅蒙哥马利，邀请杜聿明作陪。第二次世界大战期间，蒙是非洲战区地中海战场的指挥官，杜是中国战区中缅战场的指挥官，彼此闻名，互相倾慕。席间，英国元帅问他："你的百万大军到哪里去了。"杜指了指坐在对面的陈毅元帅说："我都送给他了。"陈毅却摇摇头，笑道："你没有这样大方，是我们一口一口吃掉的。"事后，杜聿明说："这当然是说笑话，真正说来，陈毅那句话我只能同意一半，因为国民党军队有一半是败在自己手里的，这方面我有切肤之痛，在心里留下了难以忘却的印象，就像过去机械化部队的战车，留在泥泞道路上的车辙……"

1961 年 3 月，杜聿明被任命为全国政协文史资料研究委员会的文史专员。他积极撰写文史资料，力求忠实地把过去的经历记录下来。他写了《淮海战役始末》《辽沈战役概述》《中国远征军入缅对日作战述略》等；1962 年又着手写他任东北保安司令时的资料，都先后在《文史资料选辑》上发表。

杜聿明的妻子曹秀清，1958 年初离台赴美的，不到两年，她便得知杜聿明获赦的消息。夫妇情分，归心似箭，在中国政府的帮助下，她先飞去与中国建立外交关系的第三国，然后绕道返回北京。曹秀清所经历的一切，在夫妻团聚之前，杜聿明全然不知。苦闷之时，曹秀清又告诉他："你知道吗？因为你被共产党释放了，你又写了许多文史资料，台湾骂你是叛徒呢。"杜聿明火冒三丈："我投降的是人民，追随的是时代，只要我没有背叛真理，我就不是叛徒！"

1963年深秋，人民大会堂台湾厅里，周恩来总理、陈毅副总理以及其他领导人，接见了在京的获赦人员和他们的家属。与第一次走进人民大会堂不同，杜聿明穿着一套全新的笔挺的西服，那是杨振宁（1950年在美与杜聿明长女杜致礼结为伉俪）请曹秀清转交的礼物。曹秀清则穿着一件色彩光鲜的旗袍。落座之后，周恩来首先代表毛泽东对曹秀清从美国回来表示欢迎："你的壮举令人佩服，你丈夫的表现也令人欣慰，要知道，杜聿明先生对社会主义革命和建设是有贡献的，更何况从甲级战犯到劳动人民，这本身就是新中国才能产生的奇迹！"

1980年发表《纪念二·二八寄语台友》一文，呼吁在台湾的老同学、老同事、老朋友们为完成祖国统一大业贡献力量。

1981年5月7日，因病在北京逝世，享年77岁。

在遗嘱中，杜聿明仍不忘统一大业，嘱其妻率其子女为祖国现代化继续作出贡献，"盼在台湾之同学、亲友、同胞们以民族大义为重，早日促成和平统一。"

悼词中这样评价他："他虽然走过曲折的道路，但他有光荣的后半生，为人民的革命事业，作出了自己的贡献，人民怀念他！"

著有《淮海战役始末》《辽沈战役概述》《中国远征军入缅对日作战述略》《蒋介石解决龙云经过》《古北口抗战记略》（与人合著）等。大陆出版有《杜聿明将军》等。

（411）杜中夫

杜中夫（1920—2003） 广东高明杨和镇桂村管理区黄丽堂村人，黄埔军校第十四期毕业。

1937年，杜中夫考上黄埔军校。七七事变后，他加入坦克团，学坦克系课程，由苏联顾问训练。1938年，他参加了台儿庄大战、南昌战役及信阳、潢川、罗山，以及武汉会战等多次战斗。解放战争时期，他在中国人民解放军服役，曾任坦克兵教员、队长和营长之职。参加过解放潍坊、济南、徐州等战役，后进驻上海。在各次战斗和工作中，先后荣立二等功五次；三等功多次；发明奖一次。还获得模范工作者称号。

1948年，加入中国共产党。1949年8月，杜中夫被第三野战军特种司令部推选为十二位代表之一（十二位代表包括：粟裕、陈士渠、江渭清等），出席在北京召开的第一届中国人民政治协商会议。会议期间，曾参加在天安门广场为人民英雄纪念碑奠基典礼、中苏友好协会会议。会后，10月1日下午3时，参加开国大典，他和全体代表跟随毛主席登上天安门城楼，庆祝新中国的诞生。会议结束后，杜中夫奉命到特种兵各部队巡回作报告。

1950年，抗美援朝初期，受陈毅司令员之命，到香港采购军用物资，在香港合众公司担任技术顾问。曾与多个国家有关人士洽商，圆满完成任务，为抗美援朝做出了贡献。

之后，他一直在解放军装甲兵部队服务。先后担任过营长、处长、坦克中心工厂厂长、二六九部队部长、总工程师等职务。1973年12月，任济南军区装甲兵炼油厂厂长，1982年，离职休养。1986年，住进济南军区司令部第三干休所。离休后，受军区政治部之意，曾任山东省黄埔军校同学会副会长、名誉副会长。为促进祖国早日统一，发扬黄埔军校精神，联络台湾同学感情，接待他们回大陆探亲旅游，做出了一定成绩，得到一致好评。

2003年，在济南逝世，享年83岁。

（412）冯尔骏

冯尔骏（1904—1989.5.14） 字骥超。广东琼山（今属海南省）演丰乡人。广东大学肄业，黄埔军校第二期炮科、南京中央军校研究班毕业。1925年任黄埔军校校长办公室侍从官，军校教导团参谋，中校大队附。

1930年任军事委员会炮兵第二团营长，教导二师团长。1934年任航空署航空学校高炮队上校队长。1938年任炮兵第五十二团少将团长。1943年改任青年军炮兵第五十四团少将团长。1946年任虎门要塞司令部参谋长，中（山）番（禺）宝（安）东（莞）"清剿"区副指挥官。1948年任海南要塞司令兼南线八县"清剿"区司令。1950年到台湾。

1989年5月14日，在台北和平医院病逝，享年85岁。

(413) 胡一新

胡一新（1915.9—2008） 山东省滕州市姜屯镇胡村人，黄埔军校贵州都匀分校第十七期炮兵科毕业。民革党员，黄埔同学会会员。历任政协滕州市第九、十届委员。

1937 年，入黄埔军校贵州都匀分校第十七期炮兵学校学习，为二十五总队学员。

1938 年，参加济南战役、徐州会战、武汉会战等。

1949 年 9 月，参加绥远起义，后入朝作战。

1956 年，回国复员回滕县（今滕州），利用复员费成立滕县第一个"初级社"。1957 年，山东省委组织选干入选，后赴青海工作。

1963 年，由于身体原因，在祁连山铜矿厂病退回滕，后在滕县五金厂打工。

1985 年，落实政策，享受离休待遇。

胡一新一直致力于民革组织在滕州的发展。1987 年，民革滕州小组成立，胡一新任组长。1990 年 3 月 31 日，黄埔同学会滕州联络组成立，胡一新任组长，林洪昌、邱盛藻为联络组成员。1994 年，第一届民革滕州支部成立，了却了胡老多年的心愿。

胡老乐善好施，自 1990 年以来，先后资助贫困学生 8 人，累计向农村学校和贫困学生捐款捐物 2 万余元。另外，在张北地震、长江洪灾等危急时刻踊跃捐款捐物。尤其令人感动的是在其弥留之际还关心汶川灾区的人民，并向组织交了特殊党费——给地震灾区人民的捐款，彰显出一名黄埔学子、一个民革党员的赤诚爱国之心。在滕州市以年龄最大的"代理妈妈"美誉广为流传，2005 年，被评为"民革全国社会服务先进个人"，并荣获民革山东省优秀党员称号。

2006 年，被黄埔军校同学会授予"先进会员"。

2008 年，在山东滕州逝世，享年 93 岁。

(414) 孔庆桂

孔庆桂（1892—1969.10.3） 又名庆，别号励丹，江苏江都（今扬州）人。保定陆军军官学校第三期炮科、航空学校第一期毕业。历任北洋陆军安徽第二混成旅炮

队队官，第六陆军师炮兵连长、营长，威海炮台总台长。1924 年任黄埔军校第二期炮兵教官，炮兵大队中校大队长，国民革命军第一军第二师炮兵营长、炮兵主任。1930 年起任炮兵独立第四团团长。1933 年率部参加古北口抗战。1937 年后任军政部炮兵第四团少将团长，炮兵第三旅旅长，第六战区司令长官部炮兵指挥官，参加淞沪、徐州、武汉、鄂西会战等。

1946 年后任江阴要塞司令。1948 年 6 月因贪污案辞职。改任国防部中将高参，同年 9 月授陆军中将。1949 年 1 月调任京沪杭警备总司令部（总司令汤恩伯）江防司令部司令。

1949 年 5 月离职赴贵阳经商。1953 年 11 月在贵州被逮捕。

1966 年获特赦后，聘任为全国政协文史资料研究委员会委员。

孔庆桂是孔子第 73 世孙。1909 年，时为 16 岁的孔庆桂考入江苏陆军小学堂，赴南京读书，后升入陆军预备学校学习现代军事知识。

1914 年入保定军官学校第三期学习炮科，1916 年 11 月毕业后，任江苏陆军见习官，1921 年以功擢升，任江苏炮兵旅第二团中校团副。那时正当中国开始建立空军，飞机是一种使人惊异的东西，而孔庆桂就有勇气、有胆量考入北平（北京）南苑航校第四期学习航空知识，立志成为一个空军英雄。1922 年毕业后在江苏航空队、东北航空飞豹队服役，是中国最早的飞行员之一。

九一八事变后，他毅然参加国民革命军。他当过黄埔军校的炮兵队大队长和炮兵科科长，并且担任过炮兵战术训练班的教育长、特种训练班主任，干训团炮工班主任及第七军参谋等职务。1933 年 2 月日军侵犯长城，当时孔庆桂任独立炮兵第四团的团长，他亲率全团官兵由杭州日夜兼程北上，参加古北口抗日之役。他身先士卒，忠勇奋发，所得战果，异常良好，尤以南天门一役，毙敌无数，其战况之激烈，惊天地而泣鬼神。孔庆桂以战功彪炳，国民政府授予他全国最高荣誉的青天白日大勋章，来表彰他为国家、为人民建立的特殊功劳。

1937 年淞沪会战，孔庆桂又奉命率炮兵第四团到上海参战，驻守极为重要的南翔正面阵地，指挥官张治中将军知道孔庆桂的军事才赋，命他担任炮兵指挥官，归他指挥的大小火炮共计一百余门。此役后奉军委会令以少将记升。

1938 年春，孔庆桂的炮兵第四团在鲁南会战开始时就参加了，一直到后期突围。那时孔兼任炮兵指挥官，归他指挥的炮兵不计其数，他指挥若定，全部未受损失，奉军委会令记大功一次，同年 6 月以功升任炮兵第三旅旅长兼突击军炮兵指挥官。

同年 9 月武汉吃紧，孔庆桂以突击军炮兵指挥官，改兼第九战区第二兵团炮兵指挥官，和张发奎将军一起负起了保卫武汉之责。

1939 年 2 月，孔庆桂又奉命率部属开往西安，兼任第十战区炮兵指挥官，担任西安到潼关的河防炮兵的指挥。

1940 年 7 月，孔庆桂因为见重于陈诚将军，率部南下，驻节湖北恩施，兼任第六战区炮兵指挥官、高级参谋。同年 10 月首次计划反攻荆宜，一举击毁敌机 20 余架，且曾一度攻入宜市。1941 年 10 月孔庆桂以作战得力，奉军委会令记功一次，并晋升为中将，以示酬奖。1944 年 7 月，三次计划反攻鄂西，孔庆桂将所有炮兵周密布置，夺关斩将，功勋卓著，为蜀川门户建立天堑，以战功于同年十二月被授予干城奖章。

抗战胜利后，国民政府以国防建设计，复予孔庆桂国防重任，委以江阴要塞司令，负责重建江阴要塞，兼任常熟十二圩港至江阴申港的江防指挥。

1948 年 4 月，孔庆桂看到国民党大势已去，便辞职去贵阳经商。1953 年 11 月被查获，送公安部战犯管理所劳动改造，1966 年 2 月 16 日特赦释放后在全国政协文史资料研究委员会工作。

1969 年 10 月在北京逝世，享年 77 岁。

编有《劣势炮兵运用》等。

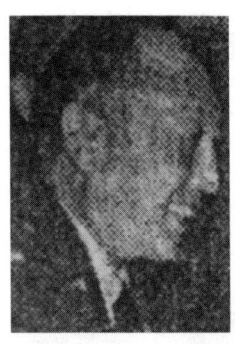

（415）苏杨志

苏杨志（1913—? ） 别号仰三，山西平遥人，1934 年 9 月就读南京中央军校第十一期步科。北平宏达高等中学、台湾革命实践研究院、圆山军官训练团、国防大学、美国陆军参谋指挥大学、美国海军两栖战术学校毕业。后任二〇〇师战防炮团副连长、连、营长，团附。

1949 年到台湾，任海军陆战队二旅第六团团长，陆战一师副师长、师长、第一军副军长。1958 年初任海军陆战司令部少将副司令兼参谋长。1962 年 1 月授陆军中将，任海军陆战司令部司令官。1965 年 2 月任金门防卫司令部副司令。1969 年底任台湾警备副总司令。

1973 年退役经商。

（416）佟大芳

佟大芳，（1902—？）　字杰三，江苏铜山人。黄埔军校第六期。台儿庄大战期间，任第二○○师直属步兵炮营营长。

（417）张是瑞

张是瑞（1904—？）　湖南醴陵人。黄埔军校第五期。曾担任连长、营长、团长，直至1941年，担任"印缅"远征军旅长。素有"虎将"美称。

抗战胜利后，毅然决定"解甲归田"，隐居田园。

张是瑞1927年毕业于黄埔军校第五期，曾担任连长、营长、团长，直至担任"印缅"远征军旅长。该旅为重炮旅，有3个团，共计216门重炮。重炮全是德国制造的，口径为300毫米野战炮射程为20—30华里。配备有各型战车近2000辆，其中有：履带式牵引车、重型辎重弹药车、装甲运兵车、战场四座指挥车等。在当时，这种大炮口径最大、威力最强、射程最远，号称中国"第一炮"，又称"炮魂"。

这个重炮旅，连长以上的军官都必须是黄埔军校的"门生"。当时重炮一旅的旅长五期生彭孟缉，张是瑞和他是黄埔军校的同班同学。张是瑞身材魁梧，浓眉大眼，为人正直，不畏艰险。特别是他的声音洪亮，当他在教场发出"虎啸"般的口令时，音波在军士们耳中回荡。1938年台儿庄战役时，他已担任重炮十团少校副营长，兼任加强连的连长。

在抗战中，张是瑞还参加过上海的海战、镇守长江的防卫战、保卫南京、武昌江防战。在徐州一次战斗中，日军轰炸使他身负重伤。

1946年夏，毅然决定解甲归田。

时隔47年后（1990年），张是瑞的老部下张飞武、黄勃然由台湾回乡，专程来株洲市看望他。在谈道：为何解甲归田？为何未去台湾？张是瑞感慨地说："我戎马半生，过去打的都是抗日救国战争，诚可谓'匹夫有责'！但叫我带兵打内战，残杀自己的同胞，我不愿为之，故而隐居田园。"当谈到为何未去台湾？他说："上有老母妻室，下有儿女8人。'母恩连心，育子有责'，我何忍弃之？总之，我解甲归田是问心无愧！我未去台湾是尽孝、尽父之责，也不后悔！你们是了解我的，这就是我张是瑞的为人。"

1995年，张是瑞已91岁高龄，在他的人生道路中，有过奋斗，有过荣誉；有过幸福，也有过坎坷，还有过磨难。但是，这些都已成为过去……

（二）空军

（418）曾达池

曾达池　广西容县人，广西航空学校第一期，毕业后到日本明野航空战术飞行学校深造。卢沟桥事变后，任空军分队长、大队长。领队参加了台儿庄、南昌、武汉、衡阳会战以及重庆防空战、汉中天水拦截敌机战等重要战役，后来还参加远征军缅甸作战。

在上世纪 30 年代的广西容县中学，学校加强了"读书不忘救国"的教育，学校门口两旁就写着"锻炼身体，保卫祖国"八个大字。大批容中学子走上了抗日救国的道路。在抗战中，"太空健将"曾达池即是容县中学的骄傲。在台儿庄战役中，完成任务的曾达池返航至归德上空，遭遇敌机。在激烈的战斗中，曾达池击落敌机六架，重创两架。不少归德群众亲见曾达池的英勇作战，在当晚举行的庆祝和慰劳大会上，一面"太空健将"锦旗赠送给曾达池。从此，曾达池"太空健将"的美名传开了。

（419）陈怀民

陈怀民（1916.12.25—1938.4.29）　原名天民，江苏镇江人，杭州笕桥中央航空学校毕业，1936 年毕业后编入中国空军第四大队任少尉飞行员，1938 年武汉"4·29空战"中牺牲，是世界空战史上与敌机对撞的第一人。他曾经说过："每次飞机起飞的时候，我都当作是最后的飞行。与日本人作战，我从来没想着回来！"

陈怀民出生在镇江市白莲巷 29 号，父亲陈子祥，母亲魏静诚。陈怀民初名陈天民，参军后改名陈怀民，意即将来要有所作为，爱国怀民。1932 年一·二八事变后，他毅然投笔从戎，参加蔡廷锴领导的十九路军中的学生义勇军，在上海吴淞一带抗击日本侵略者。1933 年 1 月，陈怀民进入杭州笕桥中央航空学校，1936 年毕业后编入中国空军第四大队任少尉飞行员，先后参加了保卫华北和捍卫上海、南京的战斗。

1937 年 9 月，日军出动 300 余架飞机空袭南京，陈怀民驾驶 2405 号"霍克"飞机，与战友们一起与敌机格斗拼搏，击落敌机 1 架，击伤 4 架。陈怀民被 4

架敌机包围，仍奋勇冲杀，最后油箱被敌机击中起火，迫降长江，鼻骨折断。1938年2月，日机偷袭武汉，陈怀民随队长吕基淳由孝感飞武汉应战，座机被敌击中，万不得已跳伞，腿部负伤。4月10日，他驾机飞台儿庄低空侦察，返航途中与日机遭遇，他孤军奋战，以座机撞毁一架日机，自己又一次跳伞成功。几次死里逃生，不仅没有使陈怀民胆怯，反而更锻炼了他勇敢坚强的性格，坚定了他抗日救国的信心。

1938年4月28日，陈怀民得知第二天要参加激战，特意回家看望父母。当夜，陈怀民在宿舍写了一篇近似"遗言"的日记，他说："在家中，我很想把自己的心情向父母亲讲讲。我怕他们难受，又怕他们为我的安全担心，故话到嘴边又咽下去了。我常与日机在空中作战。打仗就有牺牲，说不定哪一天，我的飞机被日机击落，如果真的出现了那种事情，你们不要悲伤，也不要难过。我是为国家和广大老百姓而死，死得有价值。如果我牺牲了，切望父母节哀，也希望哥哥、姐姐、弟弟、妹妹继续投身抗日，直到把日本侵略者赶出中国。"

1938年4月29日，侵华日军海军航空兵佐世保航空队出动飞机36架空袭武汉，欲以空中大捷作为献给天皇生日"天长节"的寿礼。陈怀民奉命与战友们驾机迎敌，在武汉上空与敌机展开短兵相接的鏖战。

陈怀民首先咬住1架日机，一条无情的火舌舔向敌机，刹那间，敌机中弹起火，旋转着坠落地面。陈怀民一拨机头，又盯住了另一架敌机。然而，他那出色的战斗动作引起了敌人的注意，5架敌机发疯似地扑了上来，猛烈地向陈怀民射击。陈怀民的战机多处中弹，难以操纵，在这千钧一发之际，他

陈怀民空中战斗图

本可跳伞求生，但他看到敌机逞凶一时，不禁怒火中烧，毅然放弃了求生机会，开足马力，向附近的一架被日军吹嘘的所谓"红武士"高桥宪一的敌机机背高速撞去，只听"轰"的一声巨响，两条火龙翻滚着落向地面。

战后，在清理被陈怀民撞落的那架日机残骸时，发现了该机驾驶员高桥宪一的妻子美惠子的照片及美惠子写给丈夫的信，信中充满了凄凉、孤独和对丈夫的思念之情。陈怀民的妹妹陈难读完该信后，挥笔写下了《一封致美惠子女士的信》，信中，她愤怒地控诉了日本军国主义者制造侵华战争的滔天罪行，表达了对美惠子的关切之情。这封用血泪写成的信，牵动了亿万人的心弦。武汉各报相继刊登，并被电台译成多种语言，向全世界广播。

高桥宪一的妻子也在日本发表文章，悼念战死的亡夫。当时的香港《读者文摘》将她们的文章刊载于同一期上，并介绍她们通信，建立联系。此事产生了巨大轰动，在国际社会形成了强大的反法西斯侵略的舆论。

（420）陈栖霞

陈栖霞（1901.6.18—1977.2.15）　字御仁，浙江青田县油竹乡（今油竹街道）油竹上村人。1930 年考入昆明航空学校第一期，1932 年赴巴黎航空学校深造，1934 年任杭州笕桥航空学校飞行教官，1937 年任空军第六大队大队长。七七事变后，任空军北正面司令、第三路空军司令、航空委员会处长，云南乃至中国航空事业的开拓者之一。1940 年任昆明航校教育处副处长。1941 年任航空委员会航空处处长，衢州航空站站长。1943 年任航空联络处参谋。抗战胜利后，卸甲还乡。秘密支持中共浙南地下党的革命活动。

1950 年出席青田县第一届各界人民代表会议。1960 年被聘为浙江人民政府参事室参事。

是国务院副总理、国务委员，第七、第八届全国人大常委会副委员长，兼任全国妇联主席陈慕华的叔父。

父亲陈云峰，生有三男、二女；大哥陈树勋，字福仁，浙江讲武堂、陆军大学毕业，陆军少将高参；幼弟陈永仁，飞机维修机械师。

自幼读书，聪颖惠达、品学兼优，先在油竹读私塾，后改读县立敬业小学（今县人民小学、实验小学）。1917 年 17 岁时，即随父去安南（越南）、缅甸经销"图书货"（青田石雕）。后随父卖石雕至昆明时，父亲有病早点回家，陈栖霞一人留下，生活困难，靠卖字画，维持生活。

1922 年秋，云南省督军兼省长唐继尧，响应孙中山先生"航空救国"的号召，延聘国内外航空人才，在昆明南郊四公里之巫家坝，修筑我国第二个飞机场——巫家坝机场，向美国购买飞机，组建云南航空处，以刘沛泉为处长，建造校舍（与云南讲武堂相连），设置机库、学校和一切设备，创建云南航空学校，招考优秀青年。11 月，陈栖霞即考入云南航空学校第一期飞行科。

1922 年 12 月 25 日（云南护国首义纪念日），云南航校第一期，在巫家坝机场正式开学，唐继尧兼任督办，刘沛泉兼任校长，这是中国航空史上，继北京南苑航空学校、东三省航空学校之后的第三所航空学校，早于杭州笕桥成立中央航校 9 年，被称为中国空军最具特色的摇篮之一。

云南航校第一期，学制三年。第一年在云南陆军讲武堂航空入伍生队受严格的军事训。1925 年底，陈栖霞以优异的成绩毕业。

不久，陈栖霞被派往上海航空队驾机。此时，正值北伐战争开始，1927 年初，北伐革命军东路军克复浙西时，退居杭州西湖的刘沛泉（广东南海人），衔北伐革命军东路军总指挥白崇禧之命，潜入上海，策反驻沪航空队人员参加国民革命，顺利收编了全部人机。北伐革命军占领上海后，3 月 21 日在上海成立国民革命军东路军航空司令部，委刘沛泉为司令，陈栖霞为司令部参谋长，下辖两支航空队，随军出征。此后，白崇禧西征讨伐唐生智，蒋介石下令撤销东路军航空司令部，航空队归并南京国民军总司令部航空处。

1928 年 1 月，南京政府委任龙云为云南省主席兼第三十八军军长。龙云主政云南后，更为重视航空队建设。是年，龙云聘刘沛泉筹办民用航空，设立云南省商业航空筹备委员会，向美国订购四个客座的莱茵小型客机 2 架。张汝汉、陈栖霞回云南充任飞行员。1929 年 3 月，蒋介石要龙云出兵广西，委任龙云为"讨逆军"第十路军总指挥。龙云将云南航空队扩编为"讨逆军第十路军航空司令部"，任刘沛泉为司令，张元养为副司令。编制两个航空队，任陈栖霞为第一队队长，李法融为副队长；张汝汉为第二队队长，李嘉明为副队长。

1929 年 4 月，云南航空公司向美订购的飞机运抵香港，分别命名"昆明号""金马号"，作为航行滇粤间之用。云南方面派刘沛泉、陈栖霞、张汝汉等人到香港九龙机场接收试飞，中旬，"昆明号"先飞往广西北海，在没有任何地面导航、飞机设备不全的情况下，完全靠肉眼判断地形、风速、方向，又从北海飞抵昆明。这次滇桂长途飞行，航行 900 多公里，飞出了当时国内最长、也是自然条件最为复杂的一条航线，引起了全国航空界的高度关注。

随后，刘沛泉、陈栖霞等人又去九龙接回"金马号"，拟准备开辟西南和东南航线。为了解除民众对飞行的疑虑，特以广州大沙头为基地，组织飞行表演，供各界人士参观和乘搭飞机上天飞游，由陈栖霞驾驶"金马"号载人升空。继而进行长途飞行，时遇全国博览会在杭州西湖召开，龙云想趁此机会显示一下云南空军的声威，遂指示李嘉明、陈栖霞将"金马号"开往杭州参加西湖博览会。当时国内一般飞机的长途航程是四个小时，他们经过改装，在机翼下增设副油箱，于1929年8月3日，"金马号"由李嘉明、陈栖霞轮流驾驶，经广州直飞杭州，创造了全国安全长途飞行六小时半的最高纪录，曾受到蒋介石的嘉奖。8月8日，刘沛泉亲驾"金马号"飞机，载客在杭州西湖上空进行了多架次游览观光飞行，并环飞全浙各县散发博览会宣传刊物、传单，在当时引起了轰动。参加西博会航空表演的还有"摩斯号"陆上飞机两架，陈栖霞、赵云鹏、李嘉明均驾机表演，西湖边、苏白二堤都挤满了热烈如沸的人群，盛况空前。

1929年9月，刘沛泉率领陈栖霞驾驶的"金马"号又飞上海，10月飞抵南京，当时各界名流和诸亲友纷纷前去迎接。每到一处，都要大张旗鼓地表演飞行。后来"金马号"被广东方面借用损坏，对方赔偿了一架法制波特斯六座水陆两用客机，命名为"碧鸡号"。

1930年，四川省省长、第二十一军军长刘湘，聘请闲职在上海的国民政府航空署飞行教导队原队长蒋逵回川协办空军，购买飞机，招聘航空人才，负责把第二十一军航空处改组为第二十一军航空司令部（四川空军）。1931年春，第二十一军航空司令部正式在重庆广阳坝成立，由刘湘兼任司令，蒋逵为副司令（后任司令）。司令部设有参谋、机务、副官处三处和飞机修理厂，由陈栖霞、汪武烈、李竖宇分任处长，王季冈任厂长，共辖有飞机两队，由高在田、张裴然任队长，共有法、英、美制飞机12架。

1932年，陈栖霞赴法国巴黎航空学校深造。1934年回国，任杭州笕桥中央航空学校飞行教官、初级飞行组组长。

1933年2月，军政部航空署全体人员改叙空军阶级，此为空军官制之始。1935年9月7日，陈栖霞被国民政府叙任为空军上尉军衔。

1937年，陈栖霞任空军第六大队（混编机队）空军少校大队长，下辖第三、第四、第五、第十五四个中队，分驻南京、苏州、淮阴、杭州等地，共有轰炸机、战斗机等39架；后又临时配属第十六中队。

1937年8月13日，淞沪会战正式爆发，8月14日，空军第六大队大队长陈栖霞奉命率部到达指定出击地点，参加上海轰炸日军的战斗。8月15日，第六大队出动部分飞机侦察搜索青岛方向敌舰和航空母舰的位置，大队的主力则协助陆军轰炸、攻击虹口靶场、海军陆战队司令部、兵营、公大纱厂及长江口日军舰队，当日即出动三批次出击；8时，由大队长陈栖霞偕参谋长葛昌世驾驶401号布瑞达机，自南京出发，9时飞抵上海侦炸虹口、杨树浦一带之敌。8月21日，空军总指挥部责成第六大队组成夜袭游击支队，由支队长空军少校陈栖霞、副支队长空军少校李怀民，参谋空军中尉吕志坚各率2架战机，执行夜袭任务。8月22日至24日，夜袭支队从杭州出发，采取游击战术，每夜至少以3机各出动1次，连续攻击日军据点及水面舰艇。入夜以后至拂晓，敌军阵地警报不断，炮声隆隆，火光一片，有时攻击通宵达旦，日军一夕数惊，打击了日军的嚣张气焰。

1937年9月，为协同晋北和平汉线对日作战，陈栖霞奉命率空军四个中队北上，支援晋省作战，于9月14日进驻山西省北部机场，以配合地面部队参加作战，并编组空军北正面军（也称空军北正面支队），陈栖霞任空军北正面司令，下辖空军第七大队及第二十七、第二十八中队，共有飞机41架。兵力编组：第七大队可塞机18架驻洛阳，另有布瑞达机2架及弗力提、福克渥夫机各1架担任通信联络，第二十七中队许机12架分驻南阳、洛阳，第二十八中队霍克二式机7架驻太原。空军北路司令部设于太原，洛阳、西安、南阳、绥德为基地，太原、太谷、临汾、汾阳、长治为前进机场，归由第二战区指挥。支队空防区域，"从四川万县以东，迄湖北、信阳之线以北所有黄河两岸，除甘肃一省外的空军和地面场站归该支队司令部指挥区处"。11月，第二十七队奉令移防安徽，协防南京，又加入第三十一中队。空军北正面军在太原会战期间曾对大同、繁峙、平型关、阳明堡、崞县、原平及平汉路沿线日军进行轰炸，以支援地面部队作战。据统计，连同太原会战开始前几天，共计进行了12次侦察、42次轰炸，击毁日军大批重型装备，击落日机3架，击伤1架，几天之内连续击落关东军集成飞行团的重轰炸机大队长秀岛正夫少佐、侦察机中队长平长一大尉等人，击毙日飞行员14人，9月21日，日军"驱逐机之王""四大天王"之一的歼击机大队长三轮宽少佐，也在太原上空被击落而丧命。

1937年10月26日，娘子关失守，影响晋北作战，11月2日陆军撤守太原，空军北正面司令部南撤汾阳，1938年初移驻西安。在山东台儿庄战役中，陈栖霞架机击落日机一架，得嘉奖一万银圆，悉数分与部下。

1938年3月，为了充分发挥空军的威力，配合陆军作战，中国空军在南昌设第一路司令部，协同第三、第五战区作战；在广州设第二路司令部，协同第四战区作战；在西安设第三路司令部，协同湖北、四川以北地区的中国军队作战。第一、第二、第三路分别以张廷孟、刘牧群、田曦分任司令官。不久，杨鹤霄接刘芳秀任第二路司令官，第三路司令官田曦他调，陈栖霞任司令官，10月陈栖霞调军校任职，复以田曦任司令官。（见《国民革命军沿革实录》第三章第二节空军，2001年1月，湖北人民出版社）。

空军第三路司令部初在西安市二府街，不久移驻南阳，1939年10月迁成都。当时，空军第三路司令官陈栖霞，辖豫、晋、鄂、陕等省所驻空军，职务军衔为空军上校，按照当时空军官阶俸禄之规定，薪俸则相当于陆军中将。

陈栖霞是位进步的国民党空军高级将领，积极参加抗战。驻军西安时，与八路军驻陕办事处林伯渠（中共中央驻西安全权代表）、宣侠父（八路军总部高级参议）等过往甚密，其侄女陈慕华即于1938年3月由八路军驻陕办事处安排，搭上延安的运粮车，赴延安参加革命的，"办事处接待她的王部屏同志，经过多次联系，确定了行期。行前，林伯渠同志亲自接见了陈慕华同志，并同她进行了亲切的谈话。"后来，陈慕华成为党和国家领导人。"在等待搭乘去延安的顺路车期间，我多次去八路军办事处打听出发的消息，有时搭叔父的汽车去。由于办事处周围有国民党特务的监视，结果把我叔父暴露了。"（见王喜义、肖刚《辗转鬓霜染，何曾忘延安——陈慕华同志回延安散记》，《中国金融》杂志1986年第11期）

1938年10月，陈栖霞被调到成都军校后不久，因送侄女陈慕华赴延安参加革命而遭到连累，曾受到审查，因著有特殊功绩，且得同邑陈诚将军缓颊，始无性命之忧。

1940年，陈栖霞调任昆明中央空军军官学校教育处副处长。1941年，调任航空委员会航政处上校处长，后调任浙江衢州空军第十三总站总站长。1943年，任第三战区航空联络处参谋。

1946年11月22日，国民政府叙（晋）任陈栖霞为空军少校；1947年8月15日，叙（晋）任为空军中校，并退为备役。

抗战胜利后，曾邀陈栖霞任空军司令部政治作战部主任，未就，乃告退，携眷归里。他还在油竹半坑（今麻宅）驮斜背，买了一座屋和一片山，开山、砍柴、耕作，息影田园，乐为乡邻书写对联（至今油竹上村村头还遗留一副陈栖霞书写的对联）。他惜苦怜贫，多有善举，且秘密支持中共浙南地下党的革命活动。1950年，当选为青田县第一届各界人民代表会议代表，积极参政议政。

新中国成立初期，周恩来总理曾来函，邀陈栖霞赴京任职，因故亦未成行。1960年10日起，任浙江省人民政府参事室参事。

　　陈栖霞身材魁梧，勤奋好学，文笔优美，从小练就一手好书法，尤长行楷和草书，画画、下围棋、弹钢琴亦佳，又精通外语，他生性耿直，廉洁正派，参与对日空战和空军方面之作战指挥，且担任过云南航空学校、中央航空学校等航校的飞行教官，为中国空军培养了大批的人才，不愧为文武双全的空军将领。撰有《蒋介石空军重要训练基地——笕桥中央航空学校》《沪战开始时空军动态》等文稿。

　　1977年2月15日，在青田县油竹寓所逝世，享年76岁，葬在油竹对面的坦洪背山麓。

　　陈栖霞夫人邵曼萍，湖南长沙人，杭州女子中学毕业，知书达理，贤德见称，育有四子四女，子名陈小椿、陈小松、陈小柏、陈小楠，女名陈小榆、陈小梅、陈小蕉、陈小咪，分别在浙江青田、杭州、陕西铜川及西班牙、奥地利、美国、意大利等地工作和生活，事业卓然有成。

　　陈栖霞旧居，亦即陈慕华故居，坐落于青田县油竹街道油竹上村139号，坐西朝东，由陈栖霞父亲陈云峰赴欧洲经商归国，于民国初年兴建。1921年，陈慕华出生在主楼次间，在家乡度过13个春秋，1934年离开故乡参加革命。

　　2011年4月20日，陈慕华故居被青田县人民政府列入第八批县级文物保护单位。

南京航空烈士墓：（1995年9月）落成，记录着3305名二战空军烈士的名字。
其中有中国870人，苏联236人，美国2197人，韩国2人。

（421）陈业干

陈业干　广西容县人，广东航校第六期。台儿庄战役时，任空军第三大队第八中队中尉飞行员。

1995年8月，坐落在南京紫金山北麓的"南京航空烈士公墓"及"南京抗日航空纪念馆"旁边的"南京抗日航空烈士纪念碑"落成，上面记载了陈业干烈士的名字。

（422）邓　堤

邓　堤　广东龙州县人。广东航校第六期。台儿庄战役时，任空军第三大队第三十四中队中尉队长兼飞行员。1946年11月22日晋任空军少校。

（423）何　信

何　信（1913—1938.3.25）　号德璋，广西桂林人，就读柳州航空学校，国民党中央空军第八队上尉副队长。1932年考入柳州广西航空学校，学成后任教于广西航校。1937年11月，赴兰州接受苏联援助的E15、E16飞机训练。1938年1月，任国民党中央空军第八队上尉副队长，1938年参加台儿庄空战时与敌军同归于尽，时年25岁，新中国成立后，中央人民政府追认其为革命烈士。

何信出生在广西桂林的一个贫苦的知识分子家庭。他的父母都是最早加入同盟会的革命者。其母在他幼年时就以"岳母刺字"及文天祥的《正气歌》等古人爱国故事教育他。

九一八事变以后，不满二十岁的何信愤于国耻，毅然投笔从戎，考入柳州航空学校。那时社会上都把从事航空事业的飞行员说成是"玻璃公子"，意即一摔就碎了，是万分危险的事。何信却说："男儿大丈夫，当以身许国。人生谁无死？为国为民而死，乃得其所矣！国家兴亡匹夫有责，何况我辈热血青年，难道还不如当年岳飞、文天祥？"

何信以优异成绩从航校毕业后，广西当局资送他到日本留学，成绩全优。在一次高空射击考试中，何信打破日本国最高纪录，当时日本明野航校一主教官云："信者，乃我日后主要对手也。"

1937 年七七事变爆发，全面抗战开始。广西军阀与蒋介石联合抗日，乃将陆军扩编为 40 个团，分 3 个集团军。空军扩编为 4 个中队，第一、二中队开赴前线，第三、四中队留守后方。此时已是空军中尉分队长的何信抗日心切，率先报名参加到前线的中队。一、二中队任务是开赴西安、兰州，接收苏联援助之 E15、E16 新型驱逐机。

1937 年 11 月间，何信抵兰州接受新式飞机训练。他与苏联教官通力合作，只用不到三个月时间就提前完成了训练任务。何信奉委为中央空军第八队上尉副队长，率队飞赴徐州第五战区，参加鲁南保卫战，于临城、枣庄、台儿庄一带上空截击敌机，并协同地面部队防守前沿阵地，保卫城市及各项重要设施。何信到鲁南后，先后数次升空出击，屡建奇功，因此他再三获得嘉奖。

1938 年 3 月 25 日凌晨，何信率机 14 架与日机 17 架交锋于临、枣上空。何信以出色的指挥和灵活的战术，以击落敌机 6 架，我机全部安然无恙的战果再次取得全胜。可正当中国机群高奏凯歌回航之际，在飞抵牧马集上空时，突然遭遇敌 24 架驱逐机的截击。此时，我方飞机因刚经历一场空战，正处在人员疲乏而油弹两缺的不利状态下。面对远胜于己的敌人机群，何信以拼将一死的决心，率队再次冲入敌机群中，以寡敌众，与敌人进行生死搏斗。敌机以三五成群的机队围住了何信对他进行围攻。何信胸部连中三弹，血流如注。他全然不顾，拼上自己最后一点力气，驾机向敌酋迎头撞去。敌机没有料到何信会有如此拼命之举，惊慌之下，拉起飞机赶快躲闪。何信利用这一瞬间机会，射出最后一排子弹命中，敌机拖着长长的黑烟坠了下去。继而何信再次操控伤机，就近撞上另一架敌机，与敌人同归于尽了。在地面的中国军民一起目睹了这场惊心动魄的空战，他们为何信这样的空中勇士的牺牲而痛惜不已。

此役，先后击落敌机 8 架，而何信及莫休、李膺勋 3 位烈士亦以身殉国。

（424）金 雯

金 雯（1908—1942.1.8） 字叔章，浙江永嘉县郭溪（今属瓯海区郭溪街道曹埭村）人。黄埔军校第五期，中央航校第一期。曾因重创敌舰"出云号"，受到上级嘉奖，在武汉会战中，与苏联空军志愿大队并肩作战，立下战功。1943 年 1 月 15 日，国民政府追赠为空军上校。空军抗日英烈。

南京抗日航空烈士公墓的墓地

黄埔军校毕业后，他参加了北伐战争，在战斗中腿部中弹受伤。后调入中央航空学校学习飞行，为航校第一期学员，毕业后留校任飞行教官。

1936年，任空军第七大队第六中队中队长。西安事变中担任国共双方空中交通联络工作。"西安事变"和平解决后，国共双方进行建立抗日统一战线的具体谈判。此时，已调任国民党空军第七大队第六中队中队长的金雯奉命从洛阳进驻西安，担任国共双方航空联络和交通任务，接送周恩来等中共高层领导人来往延安、西安之间。

1937年2月的一天，金雯奉命驾驶可塞飞机（用于侦察的两翼双座飞机）在延安机场降落时，他从人群中很快辨认出当年的黄埔军校政治教官、政治部主任周恩来，心里兴奋不已。当周恩来走向飞机时，金雯跑步迎上，行了一个军礼。

"报告周教官，空军第七大队第六中队队长金雯奉命前来接您。"

周恩来听他叫"教官"，眼睛顿时一亮，连忙跨上几步，紧紧握住金雯的手："你……"

"我是黄埔军校五期学员。"金雯立刻答道。

周恩来满意地笑了，并用力地握着金雯的手："好！我们又见面了，今后我们又要为救国大业共同奋斗了。"

周恩来上了飞机，金雯马上开动引擎，飞机很快就滑上跑道，飞上了天空。为让周恩来能向送行人员告别，金雯特意调转机头，在送行人员上空兜了一个圈子。周恩来频频向人群挥手告别，然后，驾机向南，飞向西安。

国共实现第二次合作之后，金雯所在的中队又接受了和八路军总部联络的任务。一次，他驾机飞抵延安后，周恩来在八路军总部会同朱德、彭德怀亲自接待金雯。这次延安之行，使金雯更深刻地领会了周恩来有关救国救民、振兴民族的教诲。

周恩来同志十分欣赏金雯坚持团结抗战的精神和精湛的飞行技术。1938

年与金雯在西安机场合影留念。

淞沪会战中，他率领空军所属中队投入战斗，曾轮番轰炸上海日军阵地和长江口敌舰，重创敌舰"出云号"，受到嘉奖。全国各大报刊均出号外庆祝。

在武汉会战中，他与苏联空军志愿大队并肩作战，立下战功。

后又驾机并率空军第六中队参加了平型关大战、台儿庄战役、徐州会战、晋南战役、武汉会战等重要战役。

1941 年，调任四川梁山空军第二总站站长；不久，调任空军第二大队中校大队长。

1942 年 1 月，日军对长沙发动第三次进犯。金雯于 1 月 8 日率 9 架苏式 CB—3 轰炸机从成都太平寺机场起飞，至长沙长街轰炸日军；返航时，遭 8 架日机攻击，激战 20 分钟，击落日机 3 架，而金雯驾驶的长机亦中弹累累，机件失灵。他令同机另一飞行员紧急跳伞，自己驾机寻找有利地形迫降，不幸在贵州省黎平黎云山区被大风吹离航道，撞山殉职。壮烈牺牲，年仅 34 岁。

抗战胜利后，金雯遗骨迁葬南京紫金山航空烈士公墓。"文革"期间，墓地遭破坏。

1992 年 4 月 17 日，经浙江省人民政府批准，追认金雯为革命烈士。

（425）李康之

李康之（1913—1938）　广西苍梧县旺甫镇人。广西航空学校第二期飞行班。

1932 年，毕业于苍梧县立中学，1933 年，入童军训练人员养成所学习。1934 年 6 月，投考广西航空学校，编入第二期飞行班。他学习努力，连暑假都留校进行航空演习，故其飞行技术超群。1936 年 6 月，毕业，奉派广西航空学校飞行教导队第二队服务，后来改归第一大队。1937 年 9 月，奉国民党中央航空委员会派遣，隶属空军第三大队第八中队驱逐机队，担任空中警戒。李康之先后参加鲁、豫、皖、鄂各地空战共 40 多次，特别是参加台儿庄战役，建立了功勋。

1938 年 4 月 29 日，敌机袭击武汉，他从孝感起飞参战，击落日本重型轰炸机一架，击伤日本驱逐机一架。5 月 17 日，他驾驶轰炸机由鄂飞粤，轰炸沿海敌舰及三灶岛敌军机窝、油库。完成任务后，返航武汉复命，飞机飞经湖北的阳新县境时，天气突变，遇雾撞山，飞机坠毁受伤身亡，时年26岁。

（426）李膺勋

李膺勋（1910—1938.3.25） 广西陆川县滩面乡上旺村人。广西航校第一期飞行班，日本明野陆军飞行学校学习。回国后任广西航校战斗机教员，广西空军机队分队长。台儿庄战役中，鲁南战斗机队奉命第五次出击时，李膺勋所驾之机不幸被敌机击中要害，以身殉国，时年28岁。民国政府追认李膺勋为中尉。新中国成立后，陆川县人民政府呈报广西自治区民政厅，于1987年2月18日批准李膺勋为抗日烈士。

李膺勋于陆川中学、玉林省立九中毕业后，考入暨南大学就读。1931年9月18日，日军入侵东三省，后进攻淞沪，激起他的愤慨。1932年考入广西航校第一期飞行班。1934年7月毕业入机见习。同年10月到日本明野陆军飞行学校学习。1935年回国任广西航校战斗机教员。1936年8月，广西空军成立，任空军机队分队长。1937年8月，广西空军拨归中央航空委员会领导，编入中国空军第三大队。9月，机队集中兰州训练，后驻湖北孝感，参加台儿庄会战。

1938年初，驾机轰击津浦路的日本侵略军，与第七大队队长吕天龙配合，摧毁日军坦克10余辆，扫荡敌阵歼敌千余人。同年3月25日晨，鲁南战斗机队奉命第五次出击，李膺勋身感不适，坚持要参战。在临台儿庄炸敌协助陆军作战完成任务后，返航归德县的马牧集上空时，遭日机24架埋伏云端截击。我机两队14架在人乏机疲、众寡悬殊的情况下，当即与敌机展开搏斗，为掩护大队机群，李膺勋迅速与吕天龙驾机冲前，两机兔起鹘落，神变不穷，激战良久，击落敌机4架。敌人仍持机多负隅顽抗，皆以我两机为目标，集中还击。李膺勋见吕机颠簸右倾，于是开足机力向敌机冲前扫射，吕天龙机方脱重围，即以左手驾机飞还防次，仅伤右肩及掌。李膺勋所驾之机不幸被敌机击中要害，以身殉国。

（427）梁志航

梁志航（1914—1938）　又名护昌，别字孝浦，壮族，广西宾阳县人。广西航校第二期。1937年8月13日，淞沪会战爆发，梁志航编入中央战斗序列的空军第三大队第七中队。1938年4月10日，梁志航所在第七八中队接令，由副大队长林佐率9架战机又投入台儿庄战斗，梁志航被一日战机击中，光荣殉职，时年24岁，领上尉衔。

国民政府军事委员会授予梁志航为"空军烈士"称号。1986年11月27日，广西壮族自治区民政厅追认其为"革命烈士"。

梁志航的父亲梁步嵩是个忠厚老实的农民。有弟4人，妹3人，他排行老大。幼年时在本村镜湖小学读书，因家境贫寒，从小就帮家里做些力所能及的杂活，照顾年幼弟妹，上山砍柴割草，深得父母喜爱。毕业后，他随叔父梁瀚嵩在南宁补习两年，考入南宁高中就读，学习成绩优良。梁志航幼年时性格好动，机智勇敢。16岁那年，一次上山割草，正遇村人打猎，追赶一只野狸，野狸正好逃到他旁边的草地里，梁志航急中生智，拿起扁担迅即把这只野狸打死。又有一次，他和村人上山砍柴，回来时突然下起暴雨，山洪突发，湍急的洪水不断从山上往下倾泻，同行的3人不敢冒险涉水，梁志航毫不犹豫，卷起裤袖，挑着柴担，就蹚过了水，其他的人见他过了，也跟着过去，平安回到了家。读高中时，他积极参加军训，经常进行跑步、单杠、双杠、跳木马等体育运动，还爱好乒乓球、篮球、排球，时常下河游泳。由于他积极锻炼身体，练就了一个强健的体魄，1.85米高的个头更显得魁梧壮实了。

九一八事变发生后，1934年4月，国民革命军第四集团军航空学校在柳州成立，不久改名为广西航空学校，仍隶属于第四集团军总司令部。面对破碎的河山，梁志航决心遵照孙中山"航空救国"遗训，投笔从戎。在其叔父梁瀚嵩[1]的引荐下，他得到李宗仁、白崇禧的接见，经考试全部合格后，被广

[1]　梁瀚嵩（1884—1949）　爱国将领。字浩川，广西宾阳人，壮族。清末就读于宾阳简局师范、广西省立初级师范。辛亥广西独立后，参加广西学生军北伐援鄂。1916年毕业于保定陆军讲武堂。在桂军中历任营长、团长、副师长、代理师长，广西民团中将副总指挥，南宁区、武鸣区民团指挥官等职，参加过北伐战争。抗日战争时期任邕钦前线前敌总指挥、战工团团长、第四战区宾阳民团指挥官、宾阳县长等职。抗战胜利后和李济深等反对蒋介石独裁和发动内战，1947年春与中国共产党广西地下组织建立联系，掩护中共党员，支持武装斗争。1948年2月加入中国国民党革命委员会。1949年5月被国民党军杀害于宾阳县新梁村宅第中。1984年被广西壮族自治区人民政府追认为革命烈士。

西航空学校录取为第二期学员。梁志航入广西航空学校后，将原名改为"志航"，以表志在航空之意。

1938年2月中旬至3月中旬，梁志航先后在湖北樊城、孝感、汉口机场参加对日空战，受过伤。在其养伤期间，徐州战况日益激烈，滕县失守，临城告急，濑谷支队兵临台儿庄。为减轻第五战区空袭压力，使鲁南一带守军发挥应有之战斗力，第五战区司令长官李宗仁命出动飞机支援。当时梁志航伤还未好，仍随其所在的第七中队参加支援台儿庄会战，按第五战区长官司令部指示的目标攻击。3月25日清晨，天气晴朗，由第三大队长吴汝鎏率领的中国空军第七、八中队出动14架飞机，分两个梯队从河南归德机场起飞，直飞徐州北面的临城以北开阔的地域，攻击敌地面目标。我机编队发现多股敌人向南行进，其中配有不少运输骡马。于是，立即降低高度，解散队形，采取单机分散投弹方式，对敌围歼。顿时，敌人被围歼在我机群炸弹爆炸范围之内，残余的敌人在一团团爆炸浓烟之间乱跑乱窜，骡马也脱缰奔跑，无人驾驭，我对空部队使敌人在徐州北大门吃了不少苦头。

当我机群返航到归德附近上空时，与敌"95"式战斗机18架遭遇，一场大空战发生了。敌机三番两次向我机攻击，我飞行员一面熟练地回避敌机的有效射击，一面发挥我机爬高性能较优的特点，与敌机缠斗。双方参战飞机共32架，在虞城县城与归德市上空数十里范围内，满天翻滚追逐，机声"隆隆"，枪声"咯咯"，天地为之震撼，实为抗战以来罕见的大空战。这次空战，梁志航和战友们共歼灭敌机6架，我方也付出了重大代价。

4月10日，敌用重武器从北面压迫徐州，台儿庄战况更加激烈。第五战区长官司令部要求空军第七、八中队再次协助出击。因大队长吴汝鎏受伤，遂派林佐副大队长率领9架飞机投入支援台儿庄战斗。这次支援，以轰炸机投弹为主，战斗机担任空中掩护。轰炸机两个中队分成两个梯队从河南周家口机场起飞，经归德上空与战斗机3个梯队会合，飞往徐州以北枣庄、峄县一带，轰炸日军后续部队。轰炸机将敌人数十辆坦克全部炸毁。我飞机编队出色完成任务后，轰炸机返回周家口，梁志航等所驾的战斗机飞回归德。当我战斗机群回航到归德附近上空时，发现敌人以逸待劳，专等我机回航燃油将尽的时候，出动多架飞机拦截。敌方由加藤建夫单机率领，在其左、右、后三方约1000米处，有两个编队机群，而且又占高度优势，向我机群发起攻击，敌我双方展开了激烈空战。梁志航在人乏油少的情况下，不顾个人安危，升高战机，俯冲敌阵，打乱敌战机队列，将日军"驱逐机之王"加藤建夫座机击落。敌机不支，仓皇逃窜。尔后，梁志航的战机被一敌机击中，壮烈殉国。

梁志航牺牲后，他的灵柩从武汉运到桂林，沿途所经各地停留都设灵祭奠其胞弟梁宝昌、胞妹梁家媛、遗孀彭华到桂林迎接运回宾阳县城。宾阳县各界人士 1 万多人在县中山纪念亭广场设灵，举行了公祭大会。梁志航灵堂静谧肃穆，挂满了挽联、挽词、挽诗，仪式极为隆重而庄严。附近乡村群众扶老携幼前来参加，争相瞻仰烈士遗像。公祭大会由县长侯匡时主持，题词并致悼词。各界人士代表讲话并敬献花篮，其亲属代表梁炎昌作了答谢词。公祭结束后，将梁志航烈士遗体安葬在中山公园西侧狮子山上陵墓。《宾阳县志》将梁志航反法西斯侵略的英勇事迹载入史册。每年清明节，宾阳县各界人士和中小学师生都前往其陵墓拜扫，缅怀其爱国精神。

（428）林　佐

林　佐（1906—1938）　字学诗，广东湛江海头圩新村下井村仔人。广东航校第三期。

1928 年，考入广东空军部队。1931 至 1936 年，林佐从飞行员升为分队长，后晋升为副中队长。

1936 年两广事变，广州国民政府军事委员会委员、第一集团军（由粤军组成）第一军军长余汉谋率部投奔蒋介石，广东空军亦集体飞往杭州。其时林佐也随部队投奔中央国民政府。

1938 年 4 月 29 日是日本天皇的生日，侵华日军出动 36 架轰炸机在 12 架战斗机的掩护下企图偷袭武汉三镇向天皇献礼。我空军出动第四大队和苏联志愿航空队共计 60 余架战机迎敌，并制定了以伊–16 对付日轰炸机，以伊–15 拦截、引诱日战斗机脱离机群分而歼之。但在武汉上空第四大队只有 9 架战斗机，敌机在数量上占有绝对优势。面对劣势，我 9 架战机冲入敌机群展开混战。

战斗中，林佐紧握机舵，脚踩油门，让战机升腾在云层之上，步步逼近敌机。此刻地上指挥中心发来信息："前方发现目标"，"林佐知道"，"预测目标准备进攻！""好的！"林佐此时浑身充满力量，身为一名中国空军战士，神圣的使命感让这位身材魁梧的南方汉子充满胜利的信心，"哒哒哒"一颗颗子弹从他的战机喷射出去，只见敌机"呜咽"着拖着长长的黑烟向下坠落。在持续 30 分钟的空战中，中苏空军共击落 21 架日军战机（其中中国军队击落敌机 14 架），令日军颜面尽失。事后空军最高指挥部门发出嘉奖令，表彰林佐等战斗英雄。并在林佐的座机上刻上四颗红星，以示奖励。

　　虽然击落多架敌机，但林佐的战机也受重创。经修理后，林佐重新驾着战机试飞，当他驾机升空不久，由于机件失灵发生故障，飞机摇摇晃晃，他立即向指挥台报告，指挥员指示其弃机跳伞。正在危急关头，他发现机前一片农田，一大批农民正在耕作。林佐心想，若弃机跳伞，肯定危及老百姓，后果不堪设想。于是他咬紧牙关，毫不犹豫地操纵机头拔高，想越过农民再弃机；但刹那间，飞机飞向一个山坡，撞向丛林。此时林佐已来不及跳伞，不幸机毁人亡，牺牲时年仅 32 岁。

　　林佐殉职后，轰动整个武汉。空军司令部在孝感机场召集全体人员，并通知林佐的亲属（林佐的叔父林定业、未婚妻周雪贞小姐）赴武汉参加追悼会。空军司令部追认林佐为烈士并授予"抗日英雄"称号。

（429）陆光球

　　陆光球（1913.11.11—2004.12.9）　又名如凤，壮族，广西省田东县那舍乡梅桑村（现平马镇梅桑村）人，广东航空学校第六期。

　　1928 年秋，在校长马君武博士照顾少数民族的关怀下，考入广西大学预科班。从 1931 年 10 月到 1933 年 4 月在广东航空学校学习飞行技术一年半。毕业后被委派到广西航空学校飞行一队（在柳州）任飞行员（广西航空学校成立于 1932 年）。

广西航校飞机设计师朱荣章与陆光球（右）在"朱荣章号"前合影

1934年10月至1935年2月，被桂系派至日本明野陆军飞行学校学习飞行技术。同年被吸收为"广西革命同志会"成员。1937年，广西空军改编后，被国民政府任命为空军第三大队第八中队队长，同年4月29日陆光球驾驶由柳州机械厂（时称广西航空学校机械厂）工程师朱荣章自行设计制造的中国第一架双翼单座驱逐战斗机在柳州升空试飞。陆光球以220公里的时速飞行，飞行高度达到5500米。这架战斗机被命名为"朱荣章号"，也称"广西号"。陆光球驾机试飞成功后，柳州机械厂开始生产飞机。抗日战争爆发后，该厂改为国民党中央航空委员会第九飞机修理厂。先后参加了台儿庄战役、南昌会战（同苏联援华空军一起）、武汉会战、四川保卫战等空战。先后击落日机两架。

1940年12月，任国民党空军军士飞行学校驱逐科科长，1944年初任柳州防空司令部任联络参谋。1944年秋，任贵阳陆军第三方面军总部联络参谋。1945年6月，考入国民党空军参谋学校第五期，1947年春，任空军总部法规委员会第二组组长。作为广西省的"国大代表"，投了同乡李宗仁"代总统"一票。1948年春，任空军总部飞行安全处副处长。1949年初前往台湾，同年五月回到广州任国民党国防部第三厅第一处（飞行安全处）空军副处长、处长。1949年8月，陆光球遣人前往香港，秘密与香港中共地下党组织会谈，决定投诚，同年10月，带领四名空军于广州市光荣起义，参加了中国人民解放军空军。

1949年冬，接受中共党组织委派，前往锦州中国人民空军第三航校任训练处飞行助教，协助苏联教官指导新中国第一批飞行学员进行飞行训练工作。1950年初，被任命为第三航校飞行中队长，负责全校的飞行训练工作。1951年初，担任航校飞行大队副大队长。1953年10月，返回中国人民空军第三航校，担任第一飞行团第二飞行大队第一中队飞行教员。

1955年初，奉党组织命令退伍转业。被安排到长春市房产管理局当行政干部，后改派到长春市第八中学当数学教员。1964年秋，长春市第三十九中学成立，陆光球被抽调至三十九中任三年级几何教师。1966年夏，"文化大革命"开始，陆光球被扣上"历史反革命兼臭老九"的帽子。白天被迫"挂牌站街"审查批斗，晚上进行"黑屋隔离"汇报罪行。

1973年，落实对国民党起义人员的政策，安排他到长春市第十二中学（现长春市养正高级中学）担任数学组组长，兼任毕业班数学课。

陆光球利用繁忙的教学间隙，撰写了大量文史资料：1981年撰写了《南京政府崩溃前夕在广州所见》、1982年撰写《共赴国难——广西空军抗日空战追记》、1983 年撰写《蒋介石撤换航委会主任钱大钧之谜》、1988 年撰写《柳州飞机修理厂自制战斗机始末》等史料，均被国内外权威出版社、报社刊登或转载。

1981 年，被选为长春市第五、六届政协委员，同时被选为长春市南关区第一、二届政协副主席。同年 6 月加入民革组织。

1984 年，在长春市第十二中学离休，作为新中国成立前参加革命的干部，享受了"离休"待遇。1987 年随儿女移居广州市，同年被广东省航空联谊会推选为副理事长。

2004 年 12 月 9 日，白天仍在骑自行车运动，当晚在家中安详仙逝，享年 91 岁。

陆光球光辉的一生，用自己的八句话生动的进行了概括：

> 读书不成学航空，
> 空想救国乱投身，
> 身为军人应抗日，
> 日本投降又焦心，
> 心甘情愿来起义，
> 义不容辞效空军，
> 军队转业爱教书，
> 书写身史度余生。

（430）吕天龙

吕天龙（1910—1972） 荷属东印度群岛（今印度尼西亚）苏门答腊的邦加岛高木镇人，祖籍广西陆川县。广西航空学校第一期。1934 年任广西飞行驱逐机队的主任教官和飞行队队长，1937 年任中央空军第三大队第七中队任中队长，1949 年 8 月间，进入东江游击区，被编入教导队。广州解放后，在广州军管会航空处工作。

吕天龙幼时在当地华文学校念书，1923 年返回祖国，就读于南京暨南学校，高中毕业后返回邦加，后将家产变卖，携带妹妹再次回国，并考入暨南大学外语系。（暨南学校于 1927 年改名为暨南大学）两年后因经济困难辍学，又重返印尼。

九一八事变后，身在海外的游子、热血男儿莫不义愤填膺。1932 年，22 岁的吕天龙立志从军报国，毅然告别心爱的第二故乡邦加岛和众亲友，第三次回国考入广西航空学校第一期，从此走上航空救国的征途。由于他品学兼优，被公派到日本进修。1934 年毕业后，返回广西担任飞行驱逐机队的主任教官和飞行队队长等职。

七七事变爆发后，吕天龙被调任中央空军第三大队第七中队任中队长，不久就奔赴抗日烽火前沿对日作战。1938 年他多次驾机参加襄樊、汉口等地阻击日本空中强盗的空战。尤其是自 3 月 23 日到 4 月 7 日，在山东峄县的台儿庄大会战中，他率领机群，和其他空军飞行员一起，飞临山东南部的枣庄一带轰炸日军的交通补给线和后续部队，以切断敌人的增援和退路，有力地配合地面部队围歼日寇。

3 月 30 日，在台儿庄空战返航时，遭遇日本机群的包围，但吕天龙机智勇敢，沉着应战，在激战中又击落一架日本侦察机，然而这一次他的右掌却被日机枪弹射穿，鲜血溅红了机座。虽然如此，他仍以惊人的毅力，用左手抓紧方向盘，沉稳地驾机返航，安全降落基地机场。着陆后，他已精疲力尽，昏迷不醒。幸好被赶来的战友急送医院抢救。

刚刚伤愈，他又参加了武汉保卫战的对日空战中，一共击毁敌机 4 架，击伤 3 架，战功卓著，荣获中国航空委员会授予的"抗日英雄勋章"。他负伤后在武汉住院疗养期间，当年武汉八路军办事处负责人周恩来也曾前往慰问他们光荣负伤的抗日战士。

当时周恩来同志在一次讲话中高度评价抗战时的中国空军说："我国的空军，确是个新的神鹰队伍，正因为他们历史短而没有坏的传统，所以民族意识特别浓厚，而能建树了如此多的伟大战绩，这更增加了我们的敬意！"。

1944 年 9 月，吕天龙治疗康复后，被公派前往英国留学，在"英帝国中央飞行学院"深造。1945 年 12 月结业后，返回南京，在空军单位任职。

解放战争期间，他反对打内战，而秘密地设法与中共中央华南分局在香港的地下组织取得联系。后于 1949 年 8 月间，进入东江游击区，被编入教导队。广州解放后在广州军管会航空处工作。

海南岛解放前夕，他于 1950 年 1 月秘密潜入海南岛某地军用机场，并设法驾走一架蒋军的 B-25 轰炸机，飞回广州。1951 年 8 月，他又参加中国人民志愿军的空军部队奔赴朝鲜前线抗美援朝。停战后，一直在解放军部队和军事学院工作到 1955 年 6 月转业，先后在山西省国防体协和上海市体委国防体育处工作。由于他曾就读于暨南大学外语系和先后留学日本、英国，通晓英、日、俄和印尼语，是一位不可多得的人才，于 1970 年退休。

1972 年在上海病逝，享年 62 岁。

（431）莫　休

莫　休（1912—1938）　　广西阳朔县福利镇青鸟村姑婆寨人，广西航校第一期。

出生于一个农民家庭。1932 年肄业于广西省立第三高级中学，后投考广西航校为第一期飞行生。毕业后，入日本明野陆军飞行学校深造。1935 年任广西航校少尉飞行员，1937 年擢升为广西飞机教导队中尉分队长。后调第五路军飞机第二中队任分队长。

抗战爆发后，广西空军归中央领导，莫休被任命为中央航空委员会空军第三大队第八中队分队长。曾在西安、襄阳、信阳等地担任空防任务。1938年 3 月 25 日奉命飞往鲁南协同陆军作战，扫射滕县、临城一带的日军阵地。在胜利返航途中，于归德县上空与 27 架敌机遭遇。激战中，莫休纵横驰骋，与友机共同击落敌机 7 架，终因众寡悬殊，所驾飞机不幸中弹，油箱着火，被迫跳伞，不幸遭敌机扫射击中，壮烈殉国。

国民政府明令，优恤万金，着防军护送骸回原籍安葬。忠骸运抵桂林时，各界在公共体育场公祭 3 天，后移柩回原籍，葬于阳朔公园屏风山下。墓旁有中央航空委员会主任周至柔撰写的墓志铭。

莫休烈士墓

（432）欧阳森

欧阳森　云南人，广西航空学校第一期，空军中尉。台儿庄大战时，任空军第三大队第七中队分队长。在台儿庄空战中，左手被子弹击中，负伤。

（433）韦鼎峙

韦鼎峙　广西融县（今融安县）人，广西航空学校第二期，执教空军参谋大学。

韦鼎峙家境贫寒，苦读力学，自小学、县高小、县初中而南宁军校童训队，后转广西航空学校习飞行，1936年6月由该校第二期飞行科毕业。抗战军兴，参加多次会战，并于豫东上空与日机格击受伤。后因中国滑翔运动第一人——桂籍韦超先生表演殉职，乃随其兄韦鼎烈，承继滑翔事业，实现发展民间航空教育，建设空防之志，于1940年调航空委员会滑翔训练班任教官、学生队队长，空军幼校滑翔组组长等，在后方西南西北表演，名噪一时。

抗战期间，并归中国空军第三大队，参加徐州会战、武汉会战、粤汉铁路、渝蓉上空保卫战等血战。

到达台湾后，曾任职空军供应司令、三军联合后勤总部，执教空军参谋大学。

退休后，曾任台北市广西同乡会秘书。

据蒲阳空军幼年学校二期的覃志元老先生撰文"我与韦鼎峙组长"，刊载于《航空史研究》，1994年04期。摘抄片段如下："我们这群幼年空军，对空战故事，是最欢迎的。现在依稀还记得他讲的，是参加台儿庄空战，怎样击落敌机，及座机不幸中弹起火，负伤跳伞获救等经过，他一口的广西国语，听来格外亲切。"

（434）韦一清

韦一清（？—1940.12.27）　广西容县松山乡人，广西航校四期毕业。中国空军的佼佼者。

1939年12月27日，第三大队副大队张陈瑞钿（美国华侨，20世纪30年代回国报效国家）驾驶"斗士"战斗机，在昆仑关战役中，三架斗士战斗机掩护SB-2轰炸机轰炸昆仑关中途遭遇10架战斗机，劣势的中国空军周旋达一小时之久，并击落敌机两架，另有一架未确认，轰炸机完成既定任务，但仅剩的三架斗士战斗机在此役中悉数损失。韦一清牺牲，陈新业受伤跳伞。

（435）吴汝鎏

吴汝鎏（1907—1938） 广东新会县（今新会市）棠下镇区天乡管理区沙田村人。广东航空学校第三期，空军飞行员。1929年毕业后，初任广东空军某队飞行员，后升任广东空军某队分队长。

吴汝鎏出生于广东省新会县棠下天乡沙田村一个贫苦的农民家庭。其父早逝。吴童年时，在家乡读私塾。1913年家乡洪水泛滥成灾，农业歉收，因家境贫穷而辍学。由于生活所迫，母亲便把他寄养在香港亲人处，两年后，随祖父母居住广州。不久，祖父去世，靠祖母抚养，生活无法维持，由邻居携带回家乡新会。后随伯父吴子祥到上海金利罐头食品厂当童工，其间经常受资本家打骂。因此，在他幼小的心灵中，充满着仇和恨，自小养成刚强性格。1915年，吴汝鎏离开上海，又回到广州祖母家，继续读书，经济由伯父接济。吴读书刻苦用功，勤奋好学，1927年中学毕业后，考入广东航空学校第三期甲班航空科学习。

一·二八淞沪抗战，吴汝鎏率机队进驻杭州乔司机场，支援十九路军在上海对日作战。他驾机与敌机周旋，表现英勇。但因飞机性能欠佳，致无大战绩。战后返广东，受聘于广西航空学校，任飞行教官、队长、副大队长等职。

1936年，蒋介石迫使陈济棠下野，吴汝鎏率机队归顺南京国民政府，奉编为空军第三大队，任大队长，辖第七、八、三十二这三个中队。抗日战争爆发后，参加对日作战。

1938年初，侵华日军拟打通天津至南京浦口线，发生津浦会战。吴汝鎏奉命率领第七、第八两队飞机十架，赴山东临城一带配合陆军攻击日军。

1938年3月18日，他驾驶飞机领先升空，飞往阵地轰炸日军，并击落日机一架，受到第五战区司令长官李宗仁电传嘉许。

同月24日，吴汝鎏率机14架参加台儿庄大战。他率队俯冲投弹和扳机关枪扫射敌军阵地，完成任务返航时，先后遭到三组敌机共16架居高临下袭击，当即展开一场苦战。此役共击落敌机6架，击伤敌机6架，击毙敌王牌空军中队长加藤健夫，创造歼灭敌机的新纪录。而吴部亦3死5伤，吴汝鎏本人亦受伤，被送汉口陆军医院。他愈后又率队与日军作战。

同年 8 月 9 日，率所属飞机飞往衡阳整训后，担任华南空防。

同年 8 月 18 日，敌机 27 架来空袭，吴汝鎏率机迎敌，击落敌机 3 架。

同年 8 月 29 日，率机 9 架飞往南雄驻防。次日，敌机 29 架分批轰炸粤汉铁路线的曲江、乐昌，又有高空掩护的战斗机 10 余架，与吴汝鎏率领的 9 架飞机相遇，发生空战。在敌众我寡的情况下，吴汝鎏沉着指挥，击落敌机 4 架，击伤 1 架，而吴汝鎏所驾飞机因救援友机，被敌机围击，机尾折断，油箱起火，飞机坠毁，吴汝鎏亦壮烈殉国，时年 32 岁。为了纪念他，南雄机场改名为"汝鎏机场"。

国民政府按例抚恤其家属，授予烈士称号。新中国成立后，经广东省人民政府批准，追认其为革命烈士。

（436）张柏寿

张柏寿 台儿庄大战时，任空军第三十二中队中队长。抗战胜利后，任中国空军第二十二地区司令，负责台湾的日军受降事宜。

1934 年 6 月，张柏寿与廖济群、阳永祚、唐健如、黄昌琳、陆光球、曾达池、李膺勋等 8 人到日本明野学习空中驱逐战术。

1945 年 10 月初，重庆方面宣布，陈仪为台湾行政长官公署长官，统一领导接收台湾的工作。陆军第七十军军长陈孔达、六十二军军长黄涛，空军中校张柏寿、林某，分别在台北和台南负责接收日本陆军和空军，海军第二舰队司令李世甲负责接收台、澎日本海军。

（437）张明生

张明生（1910—1939.5.4） 江苏省南汇县（今上海市南汇区）人，笕桥中央航空学校第五期。当年，重庆白市驿机场就是以 1939 年"五三"重庆大空战中牺牲的张明生的名字命名。

张明生从小聪明好学，初中时即考入号称"北南开、南浦东"的浦东中学（现上海浦东中学）。该校于 1907 年创办，是上海创办最早的现代中学之一，首任校长为我国近代著名教育家黄炎培先生。

浦东中学教学设施为国内一流。在实验方面，有物理、化学、生物等实验室，其中仪器设备、试验药品多从国外进口。在体育方面，晴雨操场、足球场、篮球场、垒球场、网球场、游泳池等应有尽有。其图书馆的藏书，比当时许多大学还丰富。此外，学校还广泛邀请名家演讲。杜威（美国著名哲学家、教育家）、蔡元培、陈独秀、郭沫若、恽代英、茅盾、章乃器等中外饱学之士都曾到学校与师生面对面交流。

张明生在这种环境中学习，自然获得了良好的教育，为他以后报考空军军校奠定了基础。他还曾任浦东中学第十四届学生会体育部长，为校足球队队员。

1933年，张明生高中毕业后，很快在一家洋行找到了一份职员的工作。但深受孙中山先生"航空救国"思想影响，他在这时作出了一个他人生中的重大选择，放弃洋行的优厚待遇，报考中央笕桥航空学校。

考入航校第五期（乙班）学习的张明生，由于基础扎实，空气动力学、飞机学、发动机学、气象学、国文、数学、英文等都没有什么可以将他难倒。而他会踢足球的特长，在航校更是得到了淋漓尽致的发挥。他担任校足球队正前锋，常常冲锋陷阵，为学校屡建奇功。

1936年1月，张明生毕业，由于学习成绩十分优异，留在了航校（洛阳分校）担任教官。

全面抗战爆发后，张明生奉命加入中国空军第四大队，参加了杭州、上海、南京等地的对日空战。

"二一八"武汉大空战后不久，张明生所在的空军部队奉命调往河南前线，支援正在进行徐州会战的陆军。

在武汉会战后，中国的抗战进入相持阶段。中国空军第四大队后撤，驻守重庆广阳坝、四川梁山（现梁平）机场，担任中国战时首都——重庆地区的空防任务。

1939年5月3日，驻守武汉地区的日军海军航空队第一空袭部队，出动第十三航空队两个中队的21架飞机和第十四航空队3个中队的24架飞机，空袭重庆。

12时30分，驻守广阳坝的中国空军部队接到命令后，立即派飞机升空布阵。中国空军分3个编队依次升空，第一编队由第四大队大队长董明德率领，他第一个驾机升空；第二编队由第五大队的飞机组成；第三编队由第四大队的中队长郑少愚带队。

13时10分，郑少愚编队发现了敌机群。当时，敌机队形分为上下两层，上层18架飞机，下层27架飞机。郑少愚的编队在敌机群正前方，但高度略低于敌机群，处于不利位置。可此时敌机群已迫近市区，准备投弹，形势十分危急。郑少愚立刻下令"对头攻击"，整个编队呈一字形散开，以 15 度仰角向敌机群猛烈开火。

郑少愚编队发起攻击后，我第一、二编队飞机也发现敌机群，加入战斗。这是重庆历史上的第一次大规模空战，双方参战飞机达到 82 架。其中中国空军参战飞机为 37 架（第四大队 25 架、第五大队 12 架），日本空军参战飞机为 45 架。

武汉、重庆的空中航线距离约 780。当时的战斗机续航能力有限，敌机却使用了 96 式陆上攻击机这种原本用于海上远距离作战的飞机。这种飞机不仅可以悬挂炸弹，作为轰炸机使用，且自身配置的火力也极强，可参加空中格斗。若该机按良好的编队飞行，各机之间形成的交叉火网可以有效抵御来自空中各个方向的攻击。

中国空军的 3 个编队向敌机群发起队形攻击后，并没有打乱敌机队形，反而未能保持自己的队形，只得依靠单机与敌机群作战。

眼看着敌机投弹在地面上升起一朵朵光烟，已升为中国空军第四大队第21 中队中尉副队长的张明生按捺不住胸中的怒火，冒着敌机群密集的火网，向敌阵冲去……

张明生所驾驶的飞机被敌机火力击中，但他并没有马上跳伞，直至油箱爆炸，他全身着火，才跳伞而下，着地时已身负重伤。当地百姓以为他是日本人，捡起鹅卵石打他，他只能用微弱的声音叫着："我是中国飞行员，我是中国飞行员。"张明生在江边坚硬的鹅卵石上躺了 4 个小时，才被赶到的一个韩姓

南京航空烈士墓碑

警官找人把他抬到南岸的医院救治。

消息传来，张明生的父亲抱起张明生两岁的儿子张国欣就去了江边。当船家听说老人家是当天空战英雄的父亲时，深为感动，立即驾船将他们送过江。

父亲看到张明生时，张明生已是全身缠着纱布，张明生断断续续地向父亲讲述了空战及跳伞的经过。他父亲问他为什么不早一点跳伞？他回答："我们的飞机来之不易，我要尽最大的努力把飞机保住，可是我已经尽了最大的努力，飞机还是没有保住。"张明生的父亲听到这里心如刀绞，对他说："明生，你尽力了，我知道你尽力了！"

1939 年 5 月 4 日上午，张明生因伤势过重，经抢救无效牺牲。

抗战胜利后，南京航空烈士墓亦为他们树立了墓碑，以纪念他们，供后人瞻仰。

（438）张廷孟

张廷孟（1907.11.15—1973.5.5）　字绍孔，山东青岛崂山汉河村人。黄埔军校第三期。1925 年冬被保送去广州大沙头航空学校学航空技术。1926 年被派往苏联学航空技术。回国后，在南京航空署飞行第一大队担任飞行员兼中央军校第六期航空教官。1930 年中原会战时，任飞行第二队队长。1937 年任国民党空军第二轰炸大队大队长，其后又任国民党空军第一路司令。1945 年 9 月 9 日上午 9 时，日本侵华军投降仪式在南京举行，当时，张廷孟作为盟国中国战区空军代表参加受降仪式。1948 年晋升空军少将，任国民党空军东北基地中将司令、空军总司令部参谋长等职。1949 年撤至台湾。任"总统府"战略顾问，1953 年晋升空军中将，旋退役。前往美国定居。

1924 年 12 月黄埔军校第三期开始从全国各地通过各种渠道扩大招生，共陆续招收具有高小文化程度的青年 1235 人。其中山东学生 23 人，青岛地区的有即墨长直村的孙嘉傅、宋天修（又名宋厚爵）、长直凤凰庄的张汉卿、崂山的宋瑞珂（曾任国民党六十六军中将军长）、张廷孟（曾任国民党空军参谋长）和徐仁江 6 人。这 6 人为青岛地区最早的黄埔军校生，也是黄埔军校中青岛地区学生最多的一期。

经李村学校体育老师李郁文（黄埔军校二期毕业）介绍，张廷孟与宋瑞珂、枯桃社区的徐仁江（中共党员，在省港大罢工时被英军枪杀，新中国成立后被追认为烈士）三人在上海环龙路（今南昌路）四十四号招生办事处报名投考，考入黄埔军校第三期学生。

1925 年 6 月 23 日，张廷孟与宋瑞珂、徐仁江等人参加"六二三"（沙基惨案）大示威游行，徐仁江牺牲（年仅 18 岁）。

1925 年 9 至 10 月，广东航空学校招收第二期学员，广州中山大学预科生李玉英，矢志学习航空，且与当时航空界人士相识，因而被推荐为二期飞行班学员。同班的有：常乾坤（后为中国人民解放军空军副司令员）、徐介藩、李乾元、黎鸿峰（越南人）、龙文光、毛邦初、张廷孟、余世沛等。

1925 年冬，被保送去广州大沙头航空学校学航空技术（二期）。

1926 年初，在黄埔军校学习了两年的红军的第一位空军飞行员龙文光毕业了，此时正值国共两党联合创办的广东航空学校招生，龙遂和后来担任国民党空军要职的毛邦初、张廷孟、王叔铭等人，以优异的成绩入选航校。

1926 年 7 月，国民革命军在广东誓师北伐，航空局改组为航空处，隶属于国民革命军司令部。同时空地勤干部黄光锐、周宝衡、杨官宇、丁纪徐、黄毓沛、黄毓荃、刘植炎、梅龙安、叶以芬、梁庆铨、李槐、杨标、马季鲁、陈兆机，以及二期毕业生毛邦初、张廷孟、龙文光、陈兆机、林理甫等 5 人也一起赴苏深造，毛邦初、张廷孟、龙文光等进入苏联空军学校深造，毕业后即同王叔铭等直接回到南京中央空军服务，后来成为主持中央空军的主要人物。

至 1927 年 1 月仅有毛邦初、李玉英、张廷孟、龙文光、刘铁仙、李乘云、金震一 7 人参加毕业典礼领取证书，任少校飞行员。

1927 年冬学成回国后，在南京航空署航空第一大队担任飞行员兼中央军校第六期航空教官。

1930 年中原会战时，任飞行第二队队长。

苏联第一批来华空军与毛邦初、张廷孟、王叔铭合作保卫过南昌，参加过马当要塞对日本出云舰的轰炸。

1931 年后，任航空第一队、第四队队长。

1935 年 9 月 7 日叙任空军中校。

1936 年 7 月任空军第二轰炸大队大队长，曾多次轰炸黄浦江中日军军舰和上海战场的日军阵地。

1938 年 3 月任空军第一路司令。

1940 年晋升空军上校。

1941 年 11 月 23 日，出任新组建的空军总指挥部参谋长，多次参加对日空战。

1943 年 10 月 1 日，中国空军中美混合飞行联队在桂林成立，下辖 3 个大队：中国空军第一轰炸机大队、第三和第五战斗机大队。中美混合飞行联队属于中国空军序列，但归陈纳德指挥，因此人们也将其视为"飞虎队"的一个联队。

中美混合联队各级均设有中、美两方指挥官，中方司令为张廷孟上校，美方司令为摩斯上校，1945 年 3 月由本奈特上校接任；中方副司令为将辅翼中校（后为徐焕升中校）。中美混合联队的飞行员和地勤人员大多数为中国空军，美军人数仅为中国军人的四分之一。

1943 年 11 月，驻汉敌第十一军司令官横山勇中将，调集 10 万日军侵犯鄂西、湘北地区，妄图"消灭中国军主力，摧毁第六战区的根据地"。日军派出的有飞行第十六、二十五、四十四、四十五、八十五、九十战队及独立第十七、十八、五十五中队，计 253 架飞机。为了支援我第六战区地面部队作战，我方投入空军第一、二、四、十一大队，并有美国第十四航空队、中美空军混合团协同作战，共 200 架战机。由空军第一路司令官张廷孟上校坐镇恩施机场指挥作战。这时升任第二十三中队长的周志开，几乎每天出机轰炸扫射敌军阵地或交通线。他刚到恩施就立即要求出战，张司令官笑着说："勇气可嘉，但你不要忘记现在你是一队之长，作战就应该时刻想到集体的安全和力量，还是等一等。"

1943 年 4 月复任空军第一路司令。

1945 年 9 月 9 日上午 9 时，张廷孟以中方空军代表的身份，随何应钦去南京接受日军侵华总司令冈村宁次的受降仪式。

中国战区日军投降签字仪式在南京黄埔路陆军总司令部前进指挥所举行。当时中国陆军总司令部一级上将何应钦居中（皮椅原编号为 1），左边为海军上将陈绍宽（皮椅原编号为 2）、空军上校张廷孟（皮椅原编号为 4），右边为陆军二级上将顾祝同（皮椅原编号为 3）、陆军中将萧毅肃（皮椅原编号为 5）。投降席上有日本中国派遣军总司令冈村宁次、驻华日军总参谋长小林茂三郎、副总参谋长今井武夫等 7 人。参加受降仪式的中国方面，还有国民党将领汤恩伯、王懋功、李明扬、郑洞国等。盟军将领有美军麦克鲁中将、柏德勒少将、英军海斯中将等。

中国空军第一路司令张廷孟上校代表中国空军在受降书上签字，并接收了冈村宁次上缴的佩刀、钢盔及日本空军崇拜的图腾"荒鹫"模型一具。

1945 年 9 月 14 日，接收台湾，国旗先行。九月十四日空军第一路司令张廷孟携带青天白日旗，率员飞抵台北，专机降落前先环绕台湾低飞一圈，民众仰望飞机，雀跃欢呼。

　　张廷孟的专机降落松山机场后，命前来迎接的台湾总督安藤利吉先降下机场的日本国旗，换上青天白日旗。这是民国国旗首次正式在台湾飘扬。张廷孟又要求把所有殖民地机构的日本国旗除下，代之以青天白日旗。安藤利吉立即照办，总督府亦升起青天白日旗。

　　中国国旗在台湾上空冉冉升起。一位白发老翁含泪对孙子孙女深情地说："我们本都是中国人，我们又回到祖国的怀抱了。"

　　10 月 25 日，台湾地区日军投降仪式在台北市举行。出席受降仪式的有：台湾行政公署长官陈仪，公署交通处长严家淦、工矿处长包可永、警备副司令陈孔达、第七十军军长陈颐鼎、空军第一路军司令张廷孟、美军联络官柏德尔以及台湾本地著名人士和新闻记者李万居、叶明勋、李纯青等共 250 人。日本台湾末代总督安藤利吉在投降书上签了字。

　　1946 年 6 月任驻沈阳空军第一军区司令，副司令是易国瑞将军。

　　1948 年 3 月 1 日调任空军总司令部咨议室首席咨议官。

　　1948 年 9 月 22 日晋升空军少将。

　　1949 年随国民党军队撤至台湾。任国民党"总统府"战略顾问委员会中将战略顾问等职。

　　1953 年晋升空军中将，旋退役。前往美国定居。

　　1973 年 5 月 5 日，病逝于台湾，享年 66 岁。

名 录

（以台儿庄战役时职位及各章出现先后为序）

第二部分

第一章 第五战区指挥系统

1.蒋介石 军事委员会委员长、陆海空三军总司令（大元帅）【黄埔军校校长】

2.李宗仁 第五战区司令长官【南京黄埔校务委员、常务委员，南宁分校总负责人】

3.李品仙 第五战区副司令长官、第十一集团军总司令（兼）【黄埔南宁分校校长】

4.徐祖诒（贻） 第五战区长官司令部参谋长【黄埔八分校（湖北均县）教育长】

5.胡若愚 第五战区长官司令部代参谋长【黄埔七分校（西安）兰州军官（预备学校）训练班主任】

6.黎行恕 第五战区长官司令部副参谋长【黄埔南宁分校高教班大队长】

7.白崇禧 军事委员会第五战区临时参谋团团长【黄埔南京校务委员】

8.刘清凡 第五战区高级参谋、第二十一集团军第四十八军参谋长（兼）【黄埔南宁分校高级班战术教官】

9.陈 超 第五战区司令长官部高级参谋【黄埔二期】

10.赖慧鹏 第五战区司令长官部高级参谋【黄埔四期】

11.余定华 第五战区司令长官部高级参谋【黄埔六期】

12.韩练成 第五战区司令长官部高级参谋【黄埔三期（特许）】

13.刘仲容 第五战区司令长官部高级参谋【黄埔军校国民党特别党部执行委员】

14. 宋茂田　第五战区司令长官部高参张之江贴身卫兵【黄埔六分校（桂林）十六期】

15. 徐经济　胡宗南部派驻第五战区司令长官部观察联络员【黄埔军校一期】

16. 梁寿笙　第五战区司令长官部参谋处处长【黄埔南宁分校一期，比照黄埔四期】

17. 周　竞　第五战区司令长官部参谋处第一科（作战科）作战参谋【黄埔南宁分校五期，比照黄埔八期】

18. 海竞强　第五战区司令长官部参谋处第一科（作战科）作战参谋【黄埔南宁分校五期，比照黄埔八期】

19. 黄闲道　第五战区司令长官部参谋处第三科（后方勤务）科长【黄埔南宁分校一期，比照黄埔四期】

20. 包钟敏　第五战区司令长官部参谋处第四科（民众动员教育）科长【黄埔七期】

21. 杨必声　第五战区司令长官部参谋处第四科（民众动员教育）参谋【黄埔武汉分校】

22. 张任民　军事委员会军法执行总监部第五分监部分监长【黄埔八分校（湖北均县草店）教育长】

23. 莫若国　军事委员会兵站总监部第五分监部兵站副官处处长【黄埔四期】

24. 呆炳南　第五战区司令长官部兵站副监【黄埔六期教官】

25. 韦永成　第五战区司令长官部政治部【黄埔南宁分校政训处处长】

26. 吴仲直　第五战区司令长官部通讯指挥部指挥官【黄埔六期通讯科】

27. 李汝炯　炮兵第一旅旅长【黄埔教官】

28. 沈　毅　炮兵第一旅参谋长【黄埔六期、七分校（西安）教官】

29. 宋思一　军政部第八补训处处长【黄埔武汉分校政训处处长】

30. 俞飞鹏　军事委员会后方勤务部部长、侍从长【黄埔筹备委员、军需部副主任、经理部主任】

31. 张湘泽　军事委员会副参谋总长（白崇禧）办公室副官【黄埔五期】

32. 张金铎（张语还）　第五战区民众总动员委员会委员【黄埔政治教官】

33. 卢　斌　第五战区民众总动员委员会常委、情报部部长【黄埔政治教官】

34. 黄季陆　第五战区抗敌青年军团政训处处长【黄埔军校特约政治讲师】

35. 臧克家　第五战区抗敌青年军团宣传科【黄埔武汉分校五期】

36. 张　敬　第五战区抗敌青年军团第四大队大队长【黄埔七期】

37. 陈豹隐　第五战区抗敌青年军团教官【黄埔教官】

38. 许大川　第五战区抗敌青年军团教官【黄埔政治教官】

39. 王昆仑　《全民抗战》三日刊负责人【黄埔潮州分校政治教官】

40. 李侠公　国民政府军事委员会政治部设计委员【黄埔教官】

41. 谢冰莹　《抗战日报》记者【黄埔武汉分校五期，女生队】

42. 钱大钧　军事委员会侍从室侍卫长【黄埔兵器教官】

43. 居亦侨　军事委员会侍从室副官【黄埔六期】

44. 胡靖安　军事委员会侍从室高参【黄埔二期】

45. 项传远　军事委员会侍从室副官组长【黄埔一期】

46. 周恩来　中共中央长江局副书记、中共中央代表团团长，国民政府军事委员会政治部副部长【黄埔政治部主任】

47. 叶剑英　中共中央长江局参谋长、中共中央代表团成员【黄埔教授部副主任】

48. 程　潜　第一战区司令长官【黄埔校务委员，长沙分校校务委员会主任】

49. 李世璋　第一战区司令长官部秘书长兼政训处处长【黄埔二期】

50. 何世庸　第一战区司令长官部高级幕僚室主任【黄埔十期】

第二章　序战之池淮阻击战中的桂军

51. 何　宣　第十一集团军参谋长【黄埔长沙分校校务委员】

52. 龙炎武　第十一集团军参谋处处长【黄埔高教班四期】

53. 曾启亚　第十一集团军参谋处副处长【黄埔南宁分校特种炮兵教育主任】

54. 刘士毅　第十一集团军第三十一军军长【黄埔南宁分校副校长兼教育长，南京中央军校筹备主任】

55. 马展鸿　第十一集团军第三十一军副参谋长兼参谋处处长【黄埔一分校（南宁）三期】

56. 钟　纪　第十一集团军第三十一军第一三一师副师长【黄埔四期，南宁分校高级班主任】

57. 赵　援　第十一集团军第三十一军第一三一师参谋长【黄埔二期】

58. 冯　璜　第十一集团军第三十一军第一三一师第三九一旅副旅长【黄埔六分校主任】

59. 韦　灿　第十一集团军第三十一军第一三一师第三九一旅七八二团团长【黄埔九期】

60. 苏祖馨　第十一集团军第三十一军第一三五师师长【黄埔一分校（南宁）一期】

61. 魏　镇　第十一集团军第三十一军第一三五师副师长【黄埔南宁分校教官】

62. 林赐熙　第十一集团军第三十一军第一三五师参谋长【黄埔一期】

63. 莫德宏　第十一集团军第三十一军第一三八师师长【黄埔南宁分校高级班一期】

64. 赖　刚　第十一集团军第三十一军第一三八师副师长【黄埔二期，校长办秘书，《黄埔潮》编辑】

65. 刘立道　第十一集团军第三十一军第一三八师政训处处长【黄埔一期】

66. 曹茂琮　第十一集团军第三十一军第一三八师第四一二旅八二三团团长【黄埔南宁分校高级班一期】

67. 钟　毅　第十一集团军第三十一军第一三八师第四一四旅旅长【南宁分校高级班教官】

68. 廖　磊　第二十一集团军总司令【黄埔长沙分校校务委员】

69. 陆廷选　第二十一集团军参谋处处长【黄埔二期】

70. 甘　霖　第二十一集团军参谋处作战课长【黄埔二期】

71. 陈桂华　第二十一集团军参谋处参谋【黄埔十一期】

72. 翟　瑾　第二十一集团军总务处处长【黄埔三期】

73. 罗　活　第二十一集团军第七军第一七〇师副师长【黄埔南宁分校六期，比照九期】

74. 马拔萃　第二十一集团军第七军第一七〇师参谋长【黄埔南宁分校一期，比照四期】

75. 王景宋　第二十一集团军第七军第一七一师副师长【黄埔分校（南宁）代理主任】

76. 谭何易　第二十一集团军第七军第一七一师第五一一旅旅长【黄埔四期】

77. 丘清英　第二十一集团军第七军第一七一师第五一一旅一〇二一团团长【黄埔分校（潮州）二期】

78. 刘维楷　第二十一集团军第七军第一七一师第五一一旅一〇二二团团长【黄埔南宁分校一期，比照四期】

79. 李本一　第二十一集团军第七军第一七一师第五一三旅一〇二六团团长【黄埔南宁分校一期，比照四期】

80. 张光玮　第二十一集团军第七军第一七二师副师长【黄埔一分校（南宁）一期（比照四期）】

81. 王赞斌　第二十一集团军第四十八军副军长【黄埔南宁分校校务委员】

82. 贺维珍　第二十一集团军第四十八军第一七三师师长【黄埔南宁分校科长】

83. 周　元　第二十一集团军第四十八军第一七三师副师长【黄埔南宁分校高级班五期】

84. 凌云上　第二十一集团军第四十八军第一七三师一〇三三团团长【黄埔五期】

85. 莫　敌　第二十一集团军第四十八军第一七四师第五二二旅一〇五六团团长【黄埔南宁分校高级班】

86. 温克刚　第二十一集团军第四十八军第一七六师参谋长【黄埔教官】

第三章　序战之淮河阻击战、台儿庄大战中的东北军

87. 冉宪文　第五十一军司军械处主任【黄埔八分校（湖北均县）教官】

88. 张少舫（张植梓）第五十一军第一一三师第三三七旅六七三团团长【黄埔五期】

89. 乌庆霖　第五十一军第一一三师第三三九旅副旅长【黄埔高教班三期】

90. 刘衍智　第五一军一一四师军需【黄埔洛阳分校】

91. 陈聪谟　第五十一军第一一四师三四〇旅六七九团团长【黄埔三期】

第四章　序战之淮河、临沂阻击战中的西北军

92. 梅贯一　第五十九军参谋处参谋【黄埔分校（湖北均县草店）教官】

93. 王丕廉　第五十九军参谋处参谋【黄埔十一期】

94. 张振华　第五十九军第三十八师参谋处参谋【黄埔七分校（西安）军官总队十二期】

95. 马辉祖　第五十九军第三十八师政治部主任【黄埔四期】

96. 张练庵　第五十九军第三十八师政治部主任【黄埔六期】

97. 李九思　第五十九军第三十八师第一一二旅旅长【黄埔高教班八期】

98. 宿之杰　第五十九军第三十八师第一一二旅旅长二二三团二营营长【黄埔高教班一期】

99. 刘景岳　第五十九军第三十八师第一一三旅参谋主任【黄埔高教班二期】

100. 刘振三　第五十九军第一八〇师师长【黄埔高教班二期】

101. 李树人　第五十九军第一八〇师副师长【黄埔高教班十期】

102. 张宗衡　第五十九军第一八〇师第二十六旅旅长【黄埔高教班三期】

103. 崔振伦　第五十九军第一八〇师第二十六旅六七八团团长【黄埔高教班四期】

104. 祁光远　第五十九军第一八〇师第三十九旅旅长【黄埔高教班五期】

105. 杨遇春　第五十九军第一八〇师第三十九旅参谋主任【黄埔七分校（西安）教官】

106. 孙万群　第五十九军学兵队【黄埔二十一期】

107. 李凤鸣　第三军团第四十军副官处处长【黄埔五期】

108. 李辰熙　第三军团第四十军第三十九师参谋长【黄埔高教班二期】

109. 朱家麟　第三军团第四十军第三十九师第一一五旅旅长【庐山军官训练团】

110. 黄书勋　第三军团第四十军第三十九师第一一五旅副旅长【黄埔高教班】

111. 周勋青　第三军团第四十军第三十九师第一一五旅政治部主任【黄埔高教班二期】

112. 司元恺　第三军团第四十军第三十九师第一一五旅二二九团团长【庐山军官训练团】

113. 赵天兴　第三军团第四十军第三十九师第一一五旅二三〇团团长【庐山军官训练团】

114. 郑裕如　第三军团第四十军第三十九师第一一五旅二三〇团二营连长【黄埔十期】

115. 李运通　第三军团第四十军第三十九师第一一六旅旅长【黄埔高教班二期】

116. 崔玉海　第三军团第四十军第三十九师第一一六旅副旅长【黄埔高教班三期】

117. 李振清　第三军团第四十军第三十九师补充一团团长【黄埔洛阳分校教官】

118. 李宗岱　第三军团第四十军第三十九师补充一团一营二连连长【黄埔高教班十一期】

119. 史振京　第三军团第四十军第三十九师补充二团团长【庐山军官训练团】

120. 田玉峰　第三军团第四十军第三十九师补充二团特务营营长【黄埔武汉分校十六期】

121. 韩凤仪　第三军团第四十军第三十九师补充二团工兵营营长【黄埔洛阳分校】

第五章　序战之滕县保卫战中的川军

122. 邓锡侯　第二十二集团军总司令【中央军校校务委员】

123. 胡畏三　第二十二集团军参谋长【黄埔四分校办公室主任】

124. 郑蕴侠　军事委员会军法执行总监部司法长派驻第二十二集团军第四十一军政工队【黄埔四期】

125. 曾达光　第二十二集团军第四十一军参谋课长【黄埔九期】

126. 严　翊　第二十二集团军第四十一军第一二二师三六六旅七三一团一营营长【黄埔高教班第九期】

127. 张则荪　第二十二集团军第四十一军第一二二师三六六旅七三二团营长、代团长【黄埔 八期】

128. 张子完　第二十二集团军第四十一军第一二四师副参谋长【黄埔六期】

129. 王　麟　第二十二集团军第四十一军第一二四师第三七〇旅七四〇团团长【黄埔高教班五期】

130. 何煜荣　第二十二集团军第四十一军第一二四师第三七〇旅七四〇团团长【黄埔洛阳分校十期】

131. 曾苏元　第二十二集团军第四十一军第一二四师第三七二旅旅长【黄埔五期】

132. 刘公台　第二十二集团军第四十一军第一二四师第三七二旅副旅长【黄埔高教班】

133. 熊顺义　第二十二集团军第四十一军第一二四师第三七二旅七四三

团团长【黄埔七期】

134. 余农治　第二十二集团军第四十五军副官处处长【黄埔六期】

135. 何少桓　第二十二集团军第四十五军第一二五师参谋【黄埔十二期】

136. 陈　玲（陈仕俊）第二十二集团军第四十五军第一二五师第三七五
旅旅长七五〇团团长【黄埔高教班十期】

137. 黄初年　第二十二集团军第四十五军第一二七师参谋【黄埔特训班】

138. 刘景素　第二十二集团军集团军野战补充团副团长【黄埔八期】

第六章　台儿庄大战中的西北军

139. 倪志本　第二集团军第三十军副官处副官【中央军校杭州军官训
练团】

140. 任泮兰　第二集团军第三十军第三十师第八十八旅旅长【黄埔高
教班】

141. 李俊荣　第二集团军第三十军第三十师第八十八旅旅长【黄埔高
教班】

142. 吴明林　第二集团军第三十军第三十师第八十八旅一七五团团长【黄
埔高教班二期】

143. 袁有德　第二集团军第三十军第三十师第八十八旅一七六团团长【黄
埔高教班三期】

144. 仵德厚　第二集团军第三十军第三十师第八十八旅一七六团三营营
长【黄埔成都高教班九期】

145. 黄鼎新　第二集团军第三十军第三十师第第八十九旅旅长【黄埔
三期】

146. 李国信　第二集团军第三十军第三十师第第八十九旅一七七团团长
【黄埔高教班四期】

147. 池峰城　第二集团军第三十军第三十一师师长【黄埔高教班第二期】

148. 王　煦　第二集团军第三十军第三十一师参谋长【黄埔高教班二期】

149. 屈　伸　第二集团军第三十军第三十一师参谋长（代）【黄埔高教
班二期】

150. 牛殿楣　第二集团军第三十军第三十一师师附【黄埔高教班二期】

151. 王冠五　第二集团军第三十军第三十一师师附【黄埔高教班二期】

152. 曹辅民　第二集团军第三十军第三十一师师部勤务兵【黄埔八分校

（湖北均县）】

153. 刘寿彭　第二集团军第三十军第三十一师师部勤务兵【黄埔十七期】
154. 戴炳南　第二集团军第三十军第三十一师第九十一旅一八一团团长
　　　　　　【黄埔高教班九期】
155. 韩世俊　第二集团军第三十军第三十一师第九十一旅一八二团团长
　　　　　　【黄埔高教班四期】
156. 董树桢　第二集团军第三十军第三十一师第九十一旅一八二团团附
　　　　　　【黄埔军官训练班一期（比叙七期）】
157. 乜子彬　第二集团军第三十军第三十一师第九十三旅旅长【黄埔高
　　　　　　教班】
158. 牛洪凯　第二集团军第三十军第三十一师第九十三旅一八五团二营
　　　　　　五连连长【黄埔　　期】
159. 冯安邦　第二集团军第四十二军军长【黄埔高教班二期】
160. 鲁崇义　第二集团军第四十二军参谋长：【黄埔高教班三期】
161. 阎廷俊　第二集团军第四十二军第二十七师副师长【黄埔高教班】
162. 李亚东　第二集团军第四十二军第二十七师特务连连长【黄埔十期】
163. 于竹山　第二集团军第四十二军第二十七师秘书、战地服务团主任、
　　　　　　歌曲队队长【黄埔八期】
164. 黄宗颜　第二集团军第四十二军第二十七师第七十九旅旅长【庐山
　　　　　　军官训练班】
165. 张国安　第二集团军第四十二军第二十七师第七十九旅一五七团团
　　　　　　附【黄埔武汉分校七期】
166. 徐长瑞　第二集团军第四十二军第二十七师第七十九旅一五七团三
　　　　　　营营长【黄埔校官研究班】
167. 杨守道　第二集团军第四十二军第二十七师第七十九旅一五八团团
　　　　　　长【黄埔高教班一期】
168. 王范堂　第二集团军第四十二军第二十七师第七十九旅一五八团三
　　　　　　营七连连长【黄埔武汉分校】
169. 侯象麟　第二集团军第四十二军第二十七师第八十旅旅长【黄埔高
　　　　　　教班二期】
170. 吴鹏举　第二集团军第四十二军独立第四十四旅旅长【黄埔高教班
　　　　　　三期】
171. 仲得山　第二集团军第四十二军独立第四十四旅七二九团团长【黄

埔高教班四期】

172. 王振声　第三集团军总司令部高参【黄埔高教班九期】

173. 李勋甫　第三集团军总司令部特务营营长【黄埔高教班、南京中央训练团将官班】

174. 周遵时　第三集团军第十二军第二十师副师长【黄埔高教班五期】

175. 耿　介　第三集团军第十二军第二十师第五十九旅一一八团迫击炮连班长【黄埔七分校十八期】

176. 陈宇书　第三集团军第十二军第二十师补充团团长【黄埔七期】

177. 赵绍祥　第三集团军第十二军第二十师炮兵团运输队班长【黄埔一分校（陕西汉中）十六期】

178. 李放六　第三集团军第十二军第二十二师参谋长【黄埔三期】

179. 刘青浦　第三集团军第十二军第二十二师第六十四旅副旅长【黄埔高教班】

180. 葛开祥　第三集团军第十二军第二十二师第六十四旅一二九团团长【黄埔四期】

181. 薛明亮　第三集团军第十二军第二十二师第六十六旅旅长【黄埔高教班五期】

182. 罗先之　第三集团军第十二军第二十二师营长【黄埔七期】

183. 许文耀　第三集团军第五十五军副军长【黄埔高教班四期】

184. 荣光兴　第三集团军第五十五军第二十九师副师长【黄埔党政训练班五期】

185. 樊殿杰　第三集团军第五十五军第二十九师参谋长【黄埔教官】

186. 郑万良　第三集团军第五十五军第七十四师第二二〇旅四四〇团团长【黄埔高教班四期】

187. 贾本甲　第三集团军手枪旅第一团团长【黄埔高教班五期】

第七章　台儿庄大战中的中央军

188. 汤恩伯　第二十军团军团长【黄埔教官】

189. 鲍　刚　第二十军团第十三军副军长【黄埔高教班二期】

190. 王万龄　第二十军团第十三军副军长副军长兼二十军团干训班副主任【黄埔一期】

191. 任盛濂　第二十军团第十三军参谋处参谋【黄埔六期】

192. 张　轸　第二十军团第十三军第一一〇师师长【黄埔战术总教官】

193. 吴绍周　第二十军团第十三军第一一〇师副师长【黄埔高教班五期】

194. 秦鼎新　第二十军团第十三军第一一〇师参谋长【黄埔教官】

195. 辛少亭　第二十军团第十三军第一一〇师第三二八旅旅长【黄埔高教班四期】

196. 鲍汝沣　第二十军团第十三军第一一〇师第三二八旅六五五团团长【黄埔高教班四期】

197. 廖运周　第二十军团第十三军第一一〇师第三二八旅六五六团团长【黄埔五期】

198. 张继烈　第二十军团第十三军第一一〇师第三三〇旅六六〇团团长【黄埔四期】

199. 范龙章　第二十军团第十三军独立旅旅长【黄埔高教班】

200. 关麟征　第二十军团第五十二军军长【黄埔一期】

201. 姚国俊　第二十军团第五十二军参谋长【黄埔四期】

202. 吴丽川　第二十军团第五十二军参谋处长【黄埔四期】

203. 柯大澍　第二十军团第五十二军政训处训员【黄埔武冈分校十七期】

204. 郑洞国　第二十军团第五十二军第二师师长【黄埔一期】

205. 舒适存　第二十军团第五十二军第二师参谋长【高教班一期】

206. 郑明新　第二十军团第五十二军第二师参谋长【黄埔五期】

207. 罗汝正　第二十军团第五十二军第二师参谋主任【黄埔四期】

208. 廖传枢　第二十军团第五十二军第二师参谋【黄埔六期】

209. 方济宽　第二十军团第五十二军第二师政训处处长【黄埔五期】

210. 钟祖荫　第二十军团第五十二军第二师第四旅旅长【黄埔三期】

211. 刘玉章　第二十军团第五十二军第二师第四旅七团团长【黄埔四期】

212. 周开成　第二十军团第五十二军第二师第四旅七团二营营长【黄埔分校（武汉）七期】

213. 刘　平　第二十军团第五十二军第二师第四旅八团团长【黄埔四期】

214. 尹先甲　第二十军团第五十二军第二师第四旅八团团长【黄埔五期】

215. 赵宗汉　第二十军团第五十二军第二师第四旅八团一营三连二排排长【黄埔洛阳分校十三期】

216. 邓仕富　第二十军团第五十二军第二师第六旅旅长【黄埔二期】

217. 陈林达　第二十军团第五十二军第二师第六旅十一团团长【黄埔四期】

218. 吴啸亚　第二十军团第五十二军第二师第六旅十一团团长【黄埔四期】

219. 汪　波　第二十军团第五十二军第二师第六旅十二团团长【黄埔三期】

220. 骆振韶　第二十军团第五十二军第二师第六旅十二团团长【黄埔六期】

221. 叶剑雄　第二十军团第五十二军第二师师直属骑兵团团长【黄埔教官】

222. 丁保如　第二十军团第五十二军二师营长【黄埔八期】

223. 张耀明　第二十军团第五十二军第二十五师师长【黄埔一期】

224. 梁　恺　第二十军团第五十二军第二十五师副师长【黄埔一期】

225. 覃异之　第二十军团第五十二军第二十五师参谋长【黄埔二期】

226. 王作栋　第二十军团第五十二军第二十五师参谋主任【黄埔四期】

227. 徐幼常　第二十军团第五十二军第二十五师参谋【黄埔五期】

228. 戴安澜　第二十军团第五十二军第二十五师第七十三旅旅长【黄埔三期】

229. 吴泽道　第二十军团第五十二军第二十五师第七十三旅参谋主任【黄埔高教班五期】

230. 韩梅村　第二十军团第五十二军第二十五师第七十三旅一四五团团长【黄埔三期】

231. 罗怒涛　第二十军团第五十二军第二十五师第七十三旅一四六团营长【黄埔七期】

232. 曹云剑　第二十军团第五十二军第二十五师第七十三旅一四六团二营营长【黄埔六期】

233. 张汉初　第二十军团第五十二军第二十五师第七十五旅旅长【黄埔二期】

234. 李正谊　第二十军团第五十二军第二十五师第七十五旅一四九团副团长【黄埔四期】

235. 高　鹏　第二十军团第五十二军第二十五师第七十五旅一五〇团团长【黄埔四期】

236. 李运成　第二十军团第五十二军第二十五师第七十五旅一五〇团营长【黄埔六期】

237. 楼浩卿　第二十军团第五十二军第二十五师第七十五旅一五〇团三

营营长【黄埔六期】

238. 王仲廉　第二十军团第八十五军军长【黄埔一期】

239. 张公达　第二十军团第八十五军参谋长【黄埔四期】

240. 郑　平　第二十军团第八十五军参谋【黄埔十四期】

241. 陈大庆　第二十军团第八十五军第四师师长【黄埔一期】

242. 王毓文　第二十军团第八十五军第四师副师长【黄埔教官】

243. 石　觉　第二十军团第八十五军第四师副师长【黄埔三期】

244. 金　式　第二十军团第八十五军第四师参谋长【黄埔六期】

245. 黄辉亚　第二十军团第八十五军第四师作战科长【黄埔六期】

246. 王光荃　第二十军团第八十五军第四师军官教导队队长【黄埔四期】

247. 郭雪萍　第二十军团第八十五军第四师师部秘书【黄埔高级政治训练班】

248. 倪祖耀　第二十军团第八十五军第四师第十旅旅长【黄埔三期】

249. 金式祁　第二十军团第八十五军第四师第十旅副旅长【黄埔三期】

250. 傅镜芳　第二十军团第八十五军第四师第十旅十九团团长【黄埔五期】

251. 刘汉兴　第二十军团第八十五军第四师第十旅二十团团长【黄埔四期】

252. 蒋当翊　第二十军团第八十五军第四师第十二旅旅长【黄埔三期】

253. 陈纯一　第二十军团第八十五军第四师第十二旅二十三团团长【黄埔三期】

254. 彭赉良　第二十军团第八十五军第四师第十二旅二十四团团长【黄埔六期】

255. 巫剑锋　第二十军团第八十五军第四师工兵营营长【黄埔七期】

256. 应巩华　炮兵第七团八连连长（配属第八十五军）【黄埔十期】

257. 张雪中　第二十军团第八十五军第八十九师师长【黄埔一期】

258. 李　铣　第二十军团第八十五军第八十九师副师长【黄埔一期】

259. 吕公良　第二十军团第八十五军第八十九师参谋长【黄埔六期】

260. 李梯青　第二十军团第八十五军第八十九师参谋【黄埔武汉分校六期】

261. 周协南　第二十军团第八十五军第八十九师报务员【黄埔八期】

262. 赖汝雄　第二十军团第八十五军第八十九师第二六五旅旅长【黄埔二期】

263. 张绩武　第二十军团第八十五军第八十九师第二六五旅参谋长【黄埔武汉分校七期】

264. 罗芳珪　第二十军团第八十五军第八十九师第二六五旅五二九团团长【黄埔四期】

265. 李友于　第二十军团第八十五军第八十九师第二六五旅五二九团副团长【黄埔四期】

266. 谭乃大　第二十军团第八十五军第八十九师第二六五旅五三〇团团长【黄埔四期】

267. 舒　荣　第二十军团第八十五军第八十九师第二六七旅旅长【黄埔三期】

268. 陈岚峰　第二十军团第八十五军第八十九师第二六七旅旅长【黄埔教官】

269. 李守正　第二十军团第八十五军第八十九师第二六七旅五三三团团长【黄埔四期】

270. 颜械才　第二十军团第八十五军第八十九师炮兵营连长【黄埔六期】

271. 万宅仁　第二十军团第八十五军第八十九师【黄埔六期】

272. 姚秉勋　第二十军团【黄埔三期】

273. 彭士量　第二十军团【黄埔四期】

274. 蔡剑鸣　第二十军团【黄埔三期】

275. 胡冠天　第二十军团【黄埔五期】

第八章　台儿庄大战中的浙军、晋军

276. 裴　轸　第七十五军副官处处长【黄埔军校政治部科长，黄埔杂志社社长】

277. 沈澄年　第七十五军第六师第十七旅三十一团团长【黄埔五期】

278. 欧阳棻　第七十五军第六师第十八旅旅长【黄埔一期】

279. 李仁民　第七十五军第六师第十八旅三十四团团长【黄埔七期】

280. 唐　谦　第七十五军第六师第十八旅三十六团二营骑兵连排长【黄埔十期】

281. 甘丽初　第七十五军第九十三师师长【黄埔一期】

282. 邓春华　第七十五军第九十三师副师长【黄埔一期】

283. 彭佐熙　第七十五军第九十三师第二七七旅五五七团团长【黄埔

二期】

284. 张忠中　第七十五军第九十三师第二七七旅五五七团副团长【黄埔四期】

285. 陈金城　第七十五军第九十三师第二七九旅旅长【黄埔二期】

286. 黄光华　第二十集团军第三十二军第一三九师师长【黄埔教官】

287. 李兆瑛　第二十集团军第三十二军第一三九师第一旅旅长（代师长）【黄埔高教育班二期】

288. 袁方中　第二十集团军第三十二军第一三九师暂编第二旅代理旅长【黄埔九分校（新疆）教育长】

第九章　台儿庄大战外围战中的中央军

289. 贾韫山　第二十四集团军第八十九军第三十三师师长【黄埔一期】

290. 曾坚忍　第二十四集团军第八十九军第三十三师参谋处长【黄埔三期】

291. 刘振黄　第二十四集团军第八十九军第三十三师第九十七旅副旅长【黄埔三期】

292. 姜云卿　第二十四集团军第八十九军第三十三师第九十七旅一九四团团长【黄埔三期】

293. 顾锡九　第二十四集团军第八十九军第三十三师第九十七旅一九四团团长【黄埔三期】

294. 翁　达　第二十四集团军第八十九军第三十三师第九十九旅一九八团团长【黄埔四期】

295. 李守维　第二十四集团军第八十九军第一一七师师长【黄埔二期】

296. 单洪培　第二十四集团军第八十九军第一一七师参谋长【黄埔军官教育团】

297. 纪毓智　第二十四集团军第八十九军第一一七师第三五一旅七〇二团团长【黄埔三期】

298. 李延年　第二军军长【黄埔一期】

299. 陈家麟　第二军军部特务团团长【黄埔三期】

300. 邓纶魁　第二军军部特务团连长【黄埔武汉分校一期】

301. 李玉堂　第二军第三师师长【黄埔一期】

302. 赵锡田　第二军第三师第八旅旅长【黄埔四期】

303. 潘　质　第二军第三师第八旅十五团团长【黄埔四期】

304. 胡蕴山　第二军第三师第九旅旅长【黄埔三期】

305. 方先觉　第二军第三师第九旅十六团团长【黄埔三期】

306. 周庆祥　第二军第三师第九旅十八团团长【黄埔四期】

307. 陈应垣　第二军第三师第九旅十八团副团长【黄埔八期】

308. 郑作民　第二军第九师师长【黄埔一期】

309. 陈应龙　第二军第九师副师长【黄埔一期】

310. 张金廷　第二军第九师第二十五旅旅长【黄埔三期】

311. 陈克非　第二军第九师第二十五旅四十九团团长【黄埔五期】

312. 刘雪门　第二军第九师第二十五旅四十九团一营营长【黄埔六期】

313. 安占海　第二军第九师第二十五旅四十九团三营七连连长【黄埔十期】

314. 蒋治英　第二军第九师第二十六旅五十一团三营营长【黄埔六期】

315. 李剑霜　第二军第九师第二十六旅五十二团辎重营营长【黄埔五期】

316. 马鲲鹏　第四十六军军部参谋处作战科科长【黄埔六期】

317. 石仲伟　第四十六军军部秘书【黄埔四期】

318. 董　钊　第四十六军第二十八师师长【黄埔一期】

319. 褚静亚　第四十六军第二十八师参谋处长【黄埔六期】

320. 邓毓玫　第四十六军第二十八师兵站站长【黄埔一期】

321. 李鸿基　第四十六军第二十八师辎重兵团团长【黄埔四期】

322. 李梦笔　第四十六军第二十八师第八十二旅旅长【黄埔一期】

323. 李彦春　第四十六军第二十八师第八十二旅一六四团连长【黄埔洛阳分校五期】

324. 周士冕　第四十六军第四十九师师长【黄埔一期】

325. 李精一　第四十六军第四十九师副师长【黄埔二期】

326. 王公常　第四十六军第四十九师副师长兼政治部主任【黄埔七期】

327. 梁汉明　第四十六军第九十二师副师长【黄埔一期】

328. 艾　嗳　第四十六军第九十二师参谋长【黄埔四期】

329. 冼盛楷　第四十六军第九十二师第二七四旅第五四七团团长(代)【黄埔五期】

330. 蒋阆伟　第四十六军第九十二师第二七四旅五四八团团长【黄埔四期】

331. 邹鹏奇　第四十六军第九十二师第二七四旅五四八团第一营营长【黄

埔六期】

332. 林卧薪　第四十六军第九十二师第二七六旅旅长【黄埔三期】

333. 张　新　第四十六军第九十二师第二七六旅五五二团团长【黄埔
　　　　　　三期】

334. 李以劻　第四十六军第九十二师第二七六旅五五二团团长（代）【黄
　　　　　　埔高教班二期】

335. 陈业桓　第四十六军第九十二师第二七六旅五五二团团附【黄埔
　　　　　　四期】

336. 李仙洲　第九十二军军长【黄埔一期】

337. 姚域声　第九十二军参谋长【黄埔四期】

338. 萧续武　第九十二军特务团团长【黄埔六期】

339. 黄天玄　第九十二军第十三师政训处处长【黄埔二期】

340. 王胜泌　第九十二军第十三师第三十七旅七十三团团长【黄埔高
　　　　　　教班】

341. 曾昭度　第九十二军第十三师第三十七旅七十四团团长（代）【黄
　　　　　　埔南宁分校】

342. 朱鼎卿　第九十二军第十三师第三十九旅旅长【黄埔高教班一期】

343. 陈焕炳　第九十二军第十三师第三十九旅七十七团团长【黄埔高教
　　　　　　班一期】

344. 黄祖埙　第九十二军第二十一师副师长【黄埔二期】

345. 廖运泽　第九十二军第二十一师副师长【黄埔一期】

346. 蔡　棨　第九十二军第二十一师副师长参谋长【黄埔二期】

347. 聂松溪　第九十二军第二十一师参谋长【黄埔五期】

348. 赵　琳　第九十二军第二十一师第六十一旅旅长【黄埔三期】

349. 李鸿慈　第九十二军第二十一师第六十一旅一二一团团长【黄埔
　　　　　　四期】

350. 黄剑夫　第九十二军第二十一师第六十一旅一二二团团长【黄埔
　　　　　　五期】

351. 苗瑞体　第九十二军第二十一师第六十三旅一二四团团长【黄埔
　　　　　　三期】

352. 庄村夫　第九十二军第二十一师第六十三旅一二五团团长【黄埔
　　　　　　六期】

第十章　台儿庄大战外围战中的滇军、黔军、湘军

353. 赵锦雯　第六十军参谋长【黄埔工兵教官、武汉分校教育处长】

354. 龙泽汇　第六十军参谋处参谋【黄埔八期】

355. 李韵涛　第六十军参谋处三科科长【黄埔高教班三期】

356. 贺明哲　第六十军军部警卫营第三连连长【黄埔八期】

357. 安恩溥　第六十军第一八二师师长【黄埔五分校（昆明）学员总队副总队长】

358. 卓　立　第六十军第一八二师参谋处处长【黄埔武汉分校七期】

359. 卢　峻　第六十军第一八二师警卫连连长【黄埔五分校（昆明）十二期】

360. 卢浚泉　第六十军第一八二师第五三九旅旅长【黄埔三期学生队区队长】

361. 杨　鹏　第六十军第一八二师第五四〇旅一〇八〇团连长【黄埔第十四期】

362. 王正富　第六十军第一八二师第五四〇旅一〇八〇团连长【黄埔昆明分校十二期】

363. 曹鲁光　第六十军第一八二师第五四〇旅一〇八〇团连长排长【黄埔昆明分校十一期】

364. 盛家兴　第六十军第第一八三师参谋长【黄埔五期】

365. 潘朔端　第六十军第第一八三师第五四一旅一〇八一团团长【黄埔四期】

366. 苏景泰　第六十军第一八三师第五四一旅一八二团团副【黄埔南宁分校五期军官训练班】

367. 白肇学　第六十军第一八三师第五四二旅参谋主任【黄埔军校校部副官】

368. 萧大中　第六十军第一八四师参谋长【黄埔六期】

369. 桂　灿　第六十军第一八四师特务营营长【黄埔高教班】

370. 曾泽生　第六十军第一八四师第五四三旅一〇八五团团长【黄埔三期】

371. 王秉璋　第六十军第一八四师第五四四旅旅长【黄埔南宁分校副主任兼教育处长】

372. 冷　克　第六十军【黄埔十期】

373. 王文彦　第一四〇师师长【黄埔一期】

374. 何昆雄　第一四〇师副师长【黄埔一期】

375. 温　靖　第一四〇师参谋长【黄埔五期】

376. 方成德　第一四〇师第八三五团团长【黄埔四期】

377. 谭　心　第一四〇师第八三五团团长【黄埔五期】

378. 刘宗繁　第一四〇师第八三五团第一营二连连长【黄埔洛阳分校三期】

379. 戴泽坤　第一四〇师第八三五团第一营第二连连长【黄埔洛阳分校三期】

380. 万徐如　第一四〇师第八三七团团长【黄埔三期】

381. 江英华　第一四〇师第八三九团二营连长【黄埔十一期】

382. 令狐禹畴　第一四〇师【黄埔八期】

383. 王若坚　第一四〇师【黄埔八期】

384. 成光耀　第二十二军第五十师师长【黄埔高教班三期】

385. 彭诗圭　第二十二军第五十师第一四八旅旅长【黄埔一期】

386. 杨炼煊　第二十二军第五十师第一四九旅副旅长【黄埔高教班三期】

387. 廖定藩　第二十二军第五十师第一四九旅二九八团二营副营长【黄埔军官训练班一期】

388. 李邦藩　第二十二军第五十师补充团团长【黄埔高教班三期】

第十一章　台儿庄大战外围战中的地方游击部队

389. 李明扬　第五战区游击总指挥兼江苏省政府委员、江苏徐州督察专员、徐州防空司令兼苏北第四游击区总指挥官、还兼任第五战区动委会战勤部部长【黄埔南昌分校教育长】

390. 陈中柱　国民政府军事委员会战地特种团第三总队少将团长【黄埔六期】

391. 丘国珍　安徽省政府保安处中将处长、安徽省民众总动员委员会情报部部长【黄埔桂林分校军事政治干部训练班军官大队大队长】

392. 廖运升　安徽省任保安第八团上校团长【黄埔四期】

393. 赵达源　安徽省保安第九团上校团长【黄埔四期】

394. 盛子瑾　安徽省六安县县长【黄埔四期】

395. 贡沛诚　安徽省砀山县县长、县保安大队大队长【黄埔四期】

396. 高道先　山东省铁道破坏总队队长【黄埔九期】

397. 黄僖棠　国民政府军事委员会别动总队华北第五十游击支队司令【黄埔六期】

398. 孙伯龙　国民政府军事委员会别动总队华北第五十游击支队参谋长【黄埔六期】

399. 朱道南　抗日联庄会负责人、第五战区人民抗日义勇总队第三大队负责人【黄埔六期】

400. 沈庆霖　第五战区徐州青年干部团【黄埔七分校第五期】

401. 田培相　临、郯、费、峄四县边区联庄会大队长【黄埔十八期】

402. 田培桂　临、郯、费、峄四县边区联庄会联络员【黄埔十七期】

403. 田培才　临、郯、费、峄四县边区联庄会联络员、上海四川旅沪同乡会战时服务团【黄埔十五期】

404. 尤广才　峄县图书馆见习生【黄埔二分校十六期】

第十二章　台儿庄大战战略配合中的八路军、新四军

405. 徐向前　第八路军第一二九师副师长【黄埔一期】

406. 倪志亮　第八路军第一二九师参谋长【黄埔四期】

407. 陈　赓　第八路军第一二九师第三八六旅旅长【黄埔一期】

第十三章　台儿庄大战中的炮兵、空军

（一）炮兵

408. 杜聿明　第二○○师师长【黄埔一期】

409. 孔庆桂　炮兵第一旅第四团团长【黄埔教官】

410. 丁在山　炮兵第一旅第七团一营营长【黄埔七期】

411. 张是瑞　炮兵第一旅第十团加强连连长【黄埔五期】

412. 冯尔骏　第二○○师炮兵第五十二团团长【黄埔二期】

413. 佟大芳　第二○○师直属步兵炮营营长【黄埔七期】

414. 杜中夫　铁甲车第三中队【黄埔军校十四期】

415. 苏杨志　第二○○师战防炮第七团副连长【黄埔军校十一期】

416. 胡一新　炮兵第一旅第一团一营观测班长【黄埔贵州都匀分校十

七期】

（二）空军

417. 陈栖霞　空军第三路司令【中央航校教官】

418. 张廷孟　空军第一路司令【黄埔三期】

419. 陈怀民　航空第四大队飞行员【中央航校】

420. 张明生　空军第四大队飞行员【中央航校】

421. 金　雯　空军第七大队第六中队中队长【黄埔六期】

422. 吴汝鎏　空军第三大队大队长【广东航校三期】

423. 林　佐　空军第三大队副大队长【广东航校三期】

424. 吕天龙　空军第三大队第七中队队长【广西航校一期】

425. 欧阳森　空军第三大队第七中队分队长【广西航校一期】

426. 韦鼎峙　空军第三大队第七中队飞行员【广西航校三期】

427. 梁志航　空军第三大队第七中队【广西航校二期】

428. 陆光球　空军第三大队第八中队队长【广东航校六期】

429. 何　信　空军第三大队第八中队副队长【广西航校一期】

430. 曾达池　空军第三大队第八中队分队长【广西航校一期】

431. 陈业干　空军第三大队第八中队飞行员【广东航校六期】

432. 莫　休　空军第三大队第八中队飞行员【广西航校一期】

433. 李膺勋　空军第三大队第八中队飞行员【广西航校一期】

434. 李康之　空军第三大队第八中队飞行员【广西航校二期】

435. 张柏寿　空军第三大队第三十二中队队长【广西航校一期】

436. 韦一清　空军第三大队第三十二中队副队长【广西航校一期】

437. 邓　堤　空军第三大队第三十四中队队长【广东航校六期】

索 引

后 记

在 2013 年纪念台儿庄大战胜利 75 周年，2014 年纪念黄埔军校创办 90 周年，搜集、整理、挖掘台儿庄战役史料时，发现四任黄埔军校校长均参加并指挥了台儿庄战役，无论是在第五战区司令部，还是在各参战部队中，一大批具有黄埔背景的师生在战役中发挥了极其重要的作用。因此，笔者萌动了将这些在台儿庄战役中熟悉的，更多是陌生的，甚至是略带神秘色彩的，具有黄埔背景的将士的血战史实更好地再现出来的想法。经过近两年紧张的努力，终于付梓出版了。

本书按照序幕战、战役、外围战的次序，通过对参战的 346 名黄埔将士所处部队战斗序列及个人在战役中的史实叙述，使人物、史料更鲜活生动。本书在修订重印时，将参战的黄埔将士补充为 438 名。在写作时参考了大量抗战及黄埔方面的史料、档案文献、网络资料等，并注重吸收了相关专家学者的专著、论文、研究资料和业余战史爱好者们以及参战将士后代提供的最新的研究成果。

尤为荣幸的是，全国人大常委会副委员长、民革中央主席万鄂湘为本书题写了序言，使本书大为增色，也给作者以极大的鼓舞。

黄埔军校同学会会长林上元老先生对本书也给予热情称赞，并言之切切地叮嘱笔者："黄埔师生在抗日战争的这段历史不能忘记，这是当时的历史条件决定的，对待他们实事求是就好了。"

本书在成书过程中，得到了民革中央，民革山东省委，中共枣庄市委、市人大、市政府、市政协及团结出版社、枣庄矿业集团领导的关心和支持。

中共枣庄市委常委、宣传部部长张宝民在本书的策划、论证、编写和出版中，给予了大力帮助和悉心指导。

在资料、图片收集中，得到了：

山东省广饶县委统战部；

天津市黄埔军校同学会，云南省昭通市黄埔军校同学会；

民革安徽省委会，民革广西区委会，民革云南省委会，民革贵州省委会；

民革镇江、天水、武威、长春、昭通、武汉、成都、苏州市委会；

台儿庄大战纪念馆、李宗仁史料馆等单位的帮助和支持。

令人感动的是,参战将士后代和亲属们对笔者和书稿表现出很高的热情,并给予了厚望。时任西北军第二集团军第三十军副官倪志本嫡孙倪辉,第三十一师参谋长屈伸之女屈令婉,川军第二十二集团军第一二四师第七四〇团团长王麟孙女王愔、团长何煋荣之子何允中,第七四三团团长熊顺义之子熊文正,第一二二师第七三一团一营营长严翊之子严裕寿,第二十军团第八十五军参谋郑平之女袁园,第九十二军第二十一师第一二二团团长黄剑夫之子黄济人,黔军第一四〇师第八三七团团长万徐如之子蓝毅,尤广才之女杜恒,第五战区动委会常委卢斌族人卢劲风等人,提供了一些珍贵的图片及生平资料,订正了一些以讹传讹的资料及个人信息,使本书更具史料价值。

特别是时任第二师师长郑洞国将军嫡孙、现任全国政协常委、民革中央副主席郑建邦先生,时任第九十二军军长李仙洲之子、山东省政协原副主席、民革山东省委原主委李德强先生对部分文稿进行了审阅。

倪辉先生作为参战将士后裔还就部分文稿及大量史料进行了校阅订正。

台北教育大学文教法律研究所、“台湾高校杰出青年大陆参访团”辅导员张婉慈小姐提供了援助。

在此,谨一并表示由衷的感谢!

由于作者水平及资料所限,书中差错、遗漏和不足之处,还请专家、学者、参战将士后人和读者指正并不吝赐教。

于北京

2014 年 12 月 25 日